Bismarck

Karl Hans Strobl

Bismarck

Voltmedia

ISBN 3-937229-22-1

Gesamtherstellung: Oldenbourg Taschenbuch GmbH, Kirchheim
Einbandgestaltung: agilmedien, Köln

Buch I

1

Am 29. Juli des Jahres 1817 wurde den Berlinern ein absonderliches und aufregendes Spektakel zuteil.

Als der im zweiten Stock des Hauses Taubenstraße 31 wohnhafte Kammergerichtsrat Ernst Theodor Amadeus Hoffmann, um seinem Nachdenken über den weiteren Verlauf der Geschichte von Meister Martin dem Küfner und seinen Gesellen etwas Anregung zu geben, eben die dritte Pfeife angebrannt hatte, bemerkte er etwas Seltsames. Über dem Papier, das vor ihm auf dem Schreibtisch lag, blieb ein rosenroter Schein, obzwar der Fidibus längst schwarz und abgebrannt in seiner Porzellandose steckte. Während der Herr Kammergerichtsrat mit gespreizten Fingern über das Blatt fuhr, um sich zu vergewissern, ob diese Rosenfarbe nicht etwa nur an seinen Augen und ein Widerschein des Punschtopfes von gestern abend sei, knackte und knatterte etwas irgendwo in der Welt, als bräche man Bretter. Gleich darauf spritzte ein spitzes Klirren, wie zersplitterndes Glas. Der Kammergerichtsrat stieß in seinen Stuhl, tat einen Satz zum Fenster, sprang in der eigenen Spur zurück, daß die Quasten um seinen Magierschlafrock Arabesken tanzten.

"Frau", rief er, "Frau ... es brennt ... das Schauspielhaus brennt."

Die Frau Kammergerichtsrätin, die in der Küche im Haushaltungsbuch rechnete, in dem ihre großen Seufzer als Fettflecke zurückgeblieben schienen, ließ den Alarm beim anderen Ohr wieder hinausgehen. Es stand fest, daß es dem Gemahl beliebte, einen seiner grotesken Scherze in Szene zu setzen. Nein, es war ihr nicht danach zumute, ihm den Gefallen zu tun und herbeizueilen, um mit einem Bocksprung und einer ironischen Verbeugung empfangen zu werden.

Sie hörte den Herrn Kammergerichtsrat im Arbeitszimmer im Beschwörungston ausrufen: "Undine! Undine! Undine!"

Aber da sah sie über das freie Himmelsstück zwischen den kahlen Hofmauern eine dicke, schwarze Wolke mit einem rosigen Bauch wegschwimmen. Da sprang sie auf, das hoffnungslose Rechnungsbuch und ein hoffnungsloser Milchtopf polterten hinterdrein, und lief nach vorn. Und wirklich, diesmal war es kein skurriler Spaß des Gatten, sondern bedrohlicher Ernst. Aus dem Dach des Schauspielhauses gegenüber würgten sich Flammen los und bäumten sich schwarze, wirbelnde Rauchsäulen, die Funken gegen das eigene Haus niederstießen.

Der Kammergerichtsrat stand still und hielt die Arme weit von sich gebreitet, hinter ihm lagen die Schlafrockquasten auf der Erde wie zwei gezähmte Schlänglein. "Was soll", rief er, "was soll aus meiner ‚Undine' werden? Dreiundzwanzigmal gegeben, so wird sie mir in diesem Haus nicht einmal volljährig. Was kann das Wassernixlein gegen die Elementarbrüder des roten Feuers? Der Baron wird Augen machen."

"Ach, mit deiner ‚Undine'", schrie ihm die Gattin in den Jammer, "leg Hand an." Und sie begann sinnlos hin- und herzulaufen, trug zusammen und wieder auseinander, schleppte sich an schweren Dingen ab, die sie mitten im Zimmer stehenließ, um sich anderen zuzuwenden.

Der Kammergerichtsrat hatte indessen das Fenster geöffnet und beugte sich auf die Straße vor. Da unten drehten sich schon schwarze Wirbel von Menschen, in die von beiden Straßenenden immer neue Massen stießen. Gegenüber im brennenden Musenhaus sah man Leute laufen, ab und zu sprang einer ans Fenster und schrie in die Straße hinab. Und nun brach auch schon die Brandpolizei ein, keilte sich mit Leitern und Schläuchen in die Menge und fiel das Feuer an.

"Ich fürchte", seufzte der Kammergerichtsrat, "ich fürchte, das ist die letzte Vorstellung. Bei bengalischer Beleuchtung des ganzen Schauplatzes."

Die Leitern streckten sich an den Mauern hoch, unten flogen die Pumpenarme wechselnd in die Höhe, zwei Klumpen von Menschen streckten und duckten sich wechselnd.

Jemand trillerte auf einer Brandpfeife durch das Geschrei. An den Leitern schoben sich Männer hoch, schlaffe Schläuche nachziehend. Nun klebten sich die Leute fest, durch die Schlauchleiber lief Leben, straffte sie, und nun spie es aus schmalen Mäulern in den Feuerbauch. Dichte Rauchwolken schlugen zurück, Funkensprühen gab Antwort.

Um den Kammergerichtsrat stäubte rotes Gewürm, ein Feuertierchen hockte sich sengend in den Schlafrock, die schmale, knochige Hand drückte es tot.

Die Frau Rätin faßte die Schlafrockquasten an, riß an dem Herrn Gemahl, daß er einige Schritte zurücktaumelte.

"Fort vom Fenster, willst du mir verbrennen?"

Aber da polterte es auch schon die Treppen hoch, vier Brandleute schleppten den Wasserwurm ins zweite Geschoß, durch Vorraum und Zimmer ans Fenster.

"Wir müssen es von hier aus angehen."

Das Wasser kam im Schlauch hinterdrein, machte das hanfene Rohr prall, zischte überraschend und scharf auf den Feind. Schwarz und triefend lag die Wasserschlange mitten im Zimmer. Jetzt war es, als wende sich das Feuer mit zweifacher Wut hierher. Eine höllische Glut schlug herüber, Flammengehänge schwollen und bauschten sich vor den Fenstern, die Luft war heiß wie glühender Sand, röstete Gaumen, Hals und Lungen.

Die Brandleute legten Hand an die Möbel, denn es begann nach erhitztem Lack und versengtem Horn zu riechen. "Halt da", rief der Kammergerichtsrat, "nicht anfassen, es geht wohl so vorbei."

"Jesus, meine Zuversicht!" schluchzte die Kammergerichtsrätin, außer Atem und einem Weinkrampf nahe, "der Mann ... steht da ... tut nichts ... so rühr dich doch!"

Wie sich aber der Herr Kammergerichtsrat wandte, da sah er, daß der Wasserwurm eine Wunde hatte. In der Seite hatte sich ein Loch aufgetan, aus dem kam ein dünnes Strählchen hervor, das in einem feinen Bogen durch das halbe Zimmer setzte und gerade auf dem beschriebenen Bogen niederplätscherte, der auf dem Schreibtisch lag.

Da fuhr aber ein hastiges Leben in das dürre, kleine Männlein. Zuerst riß es ihn zu einigen ziellosen Sprüngen. "Zur Feuersnot auch noch Wassernot!" schrie er und zog sein Manuskript aus der Taufe. Das Brünnlein aus der Seite des Schlauches sprühte lustig weiter, und es war, als habe dies kleine Malheur im Zimmer den Leuten mehr den Verstand verwirrt als das große Unglück gegenüber. Die Frau Rätin zog das ganze große Lamento: "Jesus, Jesus ... die neuen Möbel ... um Gott ... dreihundert Taler sind hin ..."

Sie stand, wie sie eben im Begriff war, zu retten, mit einer gestickten Schlummerrolle in der einen und dem Papierkorb in der anderen Hand, und die Tränen brachen ihr hemmungslos aus den Augen. Da sie der Rat so wehrlos sah, sprang er auf sie zu: "Da du", rief er, "da du den Kopf verloren hast, brauchst du auch keine Schürze." Und er tat einen gewaltigen Zug an den Bindebändern, daß die Schürze vorn sachte abglitt. Jetzt verstanden die Brandleute, was es galt, rissen das blau und weiß gestreifte Kattunding in Fetzen, wickelten, verbanden, verschnürten mit den Schürzenbändern, besserten den Schaden, daß kein Tropfen mehr durchdrang.

Der Rat rieb sich die Hände und tat einen seltsamen und vergnügten Sprung. "Sind wir nicht", rief er, "sind wir nicht die rechten Schürzenhelden? So aber hat die Schürze wenigstens einmal in der Welt etwas Gutes gestiftet ..."

Während der Kammergerichtsrat Hoffmann so sein Hab und Gut zwischen Wasser und Feuer hindurchbrachte, kroch ein zweijähriger Junge gar nicht weit davon auf einen Fenstertritt. Etwas ging vor,. Lärm und Unruhe bestand, die Erwachsenen liefen, rissen die Fenster auf, etwas war zu Boden gefallen - vielleicht die Zuckerdose! Minna war fort, hatte ihn hingestellt, hatte gesagt, sie komme gleich wieder.

Nebenan schrie der Papa: "Jetzt kommt die dritte Brandspritze!" Und man hörte Bernhard quieken. Alles drängte sich nebenan im Eßzimmer an die Fenster.

"Da das" kroch auf den Fenstertritt, zerrte einen Stuhl, kletterte hoch. Haus, Straße, Menschen. Aber anders als sonst: das Haus rot, viel mehr Menschen als sonst auf der Straße.

"Da das" besann sich: was da rot um die Ecke schlug, war dasselbe, was in der Küche unter dem Herd tanzte, nur viel größer. Man konnte es nicht recht sehen, da kam immer nur so ein Arm vor, das andere war hinter der Ecke. "Da das" stemmte sich mit den beiden Händchen gegen die Fensterscheiben und wäre vor Schreck beinahe hintenüber gefallen. Denn das Glas war glühend heiß und man hätte schreihen mögen. "Da das" aber wollte nicht schreien, und nun mußte es erst recht wissen, was es da draußen gab. Herunter vom Stuhl und vom Fenstertritt, zur Tür, wieder einen Stuhl her, hinauf, die Klinke nieder und hinaus. Die Vorzimmertür stand offen, nun ging "Da das" einmal dem Unbekannten zu Leibe ...

Nachdem der Kammergerichtsrat Hoffmann sich überzeugt hatte, daß für seine Wohnung nichts mehr zu befürchten stehe und daß sie wohlbehütet sei, begab er sich auf die Straße. Er liebte es, bei Aufläufen dabei zu sein, denn das mannigfache Gebaren der Menschen, die unterschiedlichen Temperamente gaben dabei Gelegenheit zu eingehenden Studien. Wo viele Seelen zusammenschlugen und in eins verliefen, gab es überdies höchst seltsame Erscheinungen, die zu dem, was der einzelne in solchem Fall getan hätte, oft geradezu verkehrt standen.

Es schien, als sei es gelungen, das Feuer auf seinen Herd zu beschränken. Und wenn man auch das Schauspielhaus verloren geben mußte, so war die Nachbarschaft doch außer Gefahr.

Aber eben, als die Menge sich zu beruhigen begann und eine gemäßigte Schaulust eintrat, gab es in dem brennenden Gebäude einen Krach, als ob der Pfropfen aus einer großen Kinderpistole geschossen würde. Und gleich darauf stieg aus dem eingestürzten Dachstuhl ein ganzer Schwarm brennender Vögel, die sich funkenflügelschlagend und mit lodernden Schweifen in der Luft verteilten. Man sah sie einen Augenblick lang schweben und dann langsam auf die Nachbardächer niedersinken.

"Ach du mein", rief jemand neben Hoffmann, "jetzt hat sich das Feuer an die Perückenkammer gefressen."

Hoffmann sah den Nachbar an und erkannte den kleinen, verwachsenen Theaterfriseur Simmel. Und wahrhaftig, die Schwärmer, die da aus dem brennenden Haus aufflogen, waren aus der Perückenkammer gekommen. Es schien, als sei eine ganze altväterliche Gelehrtenzunft explodiert, alle Weisheit und Würde der Welt in Brand geraten. An die Korkzieher der Allongeperücken hatten sich rote, fressende Flocken gesetzt, von den eingedrehten Röllchen der friderizianischen Perücken standen Flammenflügel ab, auf denen sie mit feurigen Schwänzen wedelnd durch die Luft zogen.

"Ach du mein", jammerte der Theaterfriseur, "Herr Kammergerichtsrat: meine schönen Perücken sind alle kaputt."

"Menagier Er sich", sagte der Rat, "menagier Er sich. Besser die Perücke brennt ab als der Kopf. Mir geht drüben mehr kaputt als ihm."

In diesem Augenblick lief ein gewaltiger Stoß durch die Menge, denn die Feuerwehr war neuerdings in heftige Aufregung geraten und zog eine neue Schlauchlinie, um die Gefahr für die Perücken zu bekämpfen. Hoffmann flog gegen eine Wand und fühlte etwas Weiches zwischen seinen Beinen. Er griff hinunter und ertappte zwei Ohren und einen flaumigen Schädel.

"Unglückskind", rief er, indem er einen zitternden und halb zerquetschten Jungen aus dem Gewimmel von Beinen herauszog, "Unglückskind, wie kommst du da hinunter? Weißt du nicht, daß man der Welt nicht vor die Füße laufen darf, wenn sie irgendwohin will?"

Der Junge sah den Herrn Kammergerichtsrat aus blauen Augen fest an, rückte sich dann, als sei der Mann eigens für ihn herbestellt, auf seinem Arm zurecht und legte ihm eine Hand auf den Hals. Hoffmann aber lief es bei dieser Vertrauensbekundung des kleinen Geschöpfes warm im Herz zusammen. Er zog einen Zipfel des quittengelben Schlafrockes, in dem er unter der Menge stand, heran und über den Jungen und drückte ihn fester an sich. "Blaue Augen!" murmelte er einer entlegenen Vergangenheit zu. "Aha", machte der Junge auf seinem Arm und focht mit der freien Hand in der Luft. Es war aber auch eben das allerschönste Schauspiel für einen Jungen angegangen. Aus dem brennenden Haus hatte sich ein ganzes Volk von lodernden Perückenvögeln erhoben. Sie stiegen an, hielten sich infolge der Wärme oder aus anderen physikalischen Gründen längere Zeit schwebend, wobei sie Rauch und Funken von sich gaben, und nahmen dann den Kurs nach dem Dach der königlichen Seehandlung. "Die Bank! Die Bank!" schrie man in der Menge.

Sogleich zielten zwei Wasserstrahlen nach dem bedrohten Dach. Eine besonders große Perücke aber hatte sich vom Schwarm getrennt und unternahm eine eigene Luftreise. Sie stieg höher und höher, als wolle sie gegen den Himmel anrennen. Quirle und Feuer drehten sich unter ihr, hinter dem Zopf pufften kleine Rauchwölkchen. Das war keine Perücke mehr, das war ein Brander, der, wo er hinkam, zünden mußte. Wasserstrahlen zischten machtlos hinter dem gefährlichen Ungetüm drein. Der Junge aber hopfte auf Hoffmanns Arm, quiekte wie eine Maus vor Vergnügen und fuchtelte mit der Hand.

"Freust dich", sagte der Kammergerichtsrat, "freust dich, daß die Perücken fliegen? Brav, mein Junge, ich freu' mich auch, wenn's den Zöpfen und Perücken zu heiß wird. Man muß ihnen bisweilen recht unterzünden. Muß nur einer dasein, der es auf sich nimmt, den Brand anzustiften. Wenn auch einmal so ein paar Dutzend draufgehen, es bleiben uns noch immer genug Perücken in Deutschland übrig. Ich muß das wissen, ich bin Kammergerichtsrat."

Die Perücke hatte den Höhepunkt ihres Anstieges erreicht, sie drehte sich hoch oben über den Dächern, den Spritzen unerreichbar. Alles war dem absonderlichen Phänomen zugewandt. Da schlug ein Schuß in die Spannung. Man sah, wie der gefährliche Brandvogel oben zerstäubte, eine Wolke glühenden Puders verrieselte, schwarze Flocken krümmten sich, der rauchende, ohnmächtige Rest sank irgendwo zwischen den Dächern in einen Hof.

"Totgeschossen!" jauchzte der Kammergerichtsrat.

Im Dachfenster eines Hauses der Taubenstraße kniete ein Gardejäger, aus der Mündung seiner Büchse ging noch ein leichter, dünner Rauch aus, er winkte gelassenen Dank auf die Zurufe der Menge. Auch der Kammergerichtsrat wedelte mit dem Zipfel des quittengelben Schlafrockes seine Begeisterung hinauf. "Bravo", schrie er, "bravo! Ein couragierter Mensch. Wenn alle Mordgewehre so gute Arbeit täten, so könnte man wohl mit der Soldateska einverstanden sein. So sind sie die einzigen, die noch den Perücken aufkommen ..."

Plötzlich querte etwas Schweres den leichten Schwung seiner Seele. "Alle Heiligen", knurrte er, "alle Heiligen ... da stehe ich mit dem Jungen ... indessen seinen Eltern vielleicht die Angst blutigen Schweiß austreibt. Da muß ich doch sogleich ... wenn ich ihn nun schon einmal an mich genommen habe. Wer bist du denn?"

Der Junge spiegelte die Welt in blanken, blauen Augen. Hinter dem Erstaunen sah man scharfes Nachdenken, es war, als bilde sich eine Falte auf der glatten Stirn.

Wer man sei? "Da das" war man, von den anderen Otto genannt.

Dem Kammergerichtsrat wurde der Junge mit einemmal so schwer wie dem heiligen Christopherus der, den er über das Wasser zu tragen sich unterfangen hatte. Was einen solchen niederträchtigen Bengel so bleischwer machte, war die Verantwortung. Er rüttelte den Jungen ein wenig, wie man eine Medizinflasche schüttelt, damit das, worauf es ankommt, in die Höhe steige.

"Wie du heißt, Junge, frage ich! Otto? Also Otto. Mein Gott, was für ein Otto denn?"

Zum Sacktuch war kein Weg, da saß der Junge drauf. Der Kammergerichtsrat wischte mit dem freien Schlafrockzipfel über die Stirn. Etwas fiel ihm ein: "Kannst du mir das Haus zeigen, in dem du wohnst?"

Otto zog wieder diesen Schatten von Falte in seine Stirn, o ja, das ging vielleicht noch. Er ritt vergnügt auf dem Arm und strebte voran durch die dünner werdende Menge in eine der Straßen hinein. Der Kammergerichtsrat merkte wie ein gelehriges Pferd auf jeden Ruck, während er mit sich zu Rate ging, ob es nicht besser sei, den Jungen sogleich der Polizei zu übergeben. Aber das kleine Händchen lag so warm an seinem Hals, es war ein so absonderliches Gemenge von Ärger und Zärtlichkeit, das er aus dem Abenteuer nahm, er fühlte sich durch den Bengel so ins väterlich Wichtige gehoben, daß er das alles nicht mit einemmal abtun wollte.

Der Junge ritt indessen den Herrn Kammergerichtsrat in die Mohrenstraße hinein und lenkte zu jedem Haustor, um es ganz genau zu betrachten.

Gegenüber dem "Hotel de Brandebourg" hielt er sein Reitpferd vor einer Tür an, über deren Sturz eine Ente aus dem Stein gehauen war, die ein kunstverständiger Hausbesorger neuestens mit dem schönsten Blau angemalt hatte.

"Das sollte", brummte der Kammergerichtsrat, "das sollte anstatt des Bären das Wahrzeichen der Stadt sein. Eine Ente in Blau ... in Berlinerblau! Und hier bist du zu Haus, Junge? Der Himmel sei gepriesen ... hoffentlich irrst du dich nicht."

Aber der Junge lenkte seinen Freund sehr sicher zwei Stockwerke hinauf und vor eine Tür, die mit handbreitem Spalt klaffte, da Minna noch immer nicht zurückgekehrt war. Hier gab er dem Kammergerichtsrat plötzlich mit beiden Händen einen Stoß vor die Brust, rutschte ihm glatt aus den Armen und stand auch schon auf strammen, geraden Beinen.

Während der Rat noch lauschte, ob nicht darinnen Türenschlagen, Jammer und Weinen zu hören sei, fühlte er, wie eine Kinderhand zwischen seine Finger drängte und wie der kleine Kerl ihn vorwärts zog.

Aber er hatte keine Lust, im quittengelben Schlafrock einen großen Familiendank einzuheimsen. "Nein", sagte er, "nein, laß nur, mein Bengel ... du hast Glück, sie sind noch nicht dahintergekommen, daß du entwischt bist. Geh nur und gib acht, daß du deinen Mitbürgern nicht wieder unter die Füße kommst."

Er drehte den Jungen an den Schultern der Tür zu, fühlte es ein wenig schmerzlich durch seine Brust ziehen, drehte ihn wieder zurück und klebte ihm einen Kuß auf die nasse Schnauze. Dann stopfte er ihn rasch durch den Spalt und zog die Tür zu.

Als er schon auf der Treppe war, besann er sich, tat einen verwunderlichen Hopser, der ihn um die eigene Achse kehrte, und sprang noch einmal zur Tür zurück. Im Dämmer des Flures las er auf dem blanken porzellanenen Wohnungsschild in zierlich schräg gestellten Schreibschriftzügen: "Rittmeister Karl Wilhelm Ferdinand von Bismarck, Rittergutsbesitzer."

2

Pommern ist keineswegs das schlechteste unter den deutschen Vaterländern, es hat die pommerschen Gänsebrüste und die pommerschen Grenadiere, von denen jedes in seiner Art ein vollkommenes Ding ist.

Es war um Mittag ein weicher Schnee gefallen, der als dünne Decke über dem Eis und den schon ein wenig verfärbten alten Schichten von Weihnachten her lag. Jetzt schwamm das leichte Gewölk zu Federn zerzaust unter der Sonne. Der Sechsjährige kam über den Hof. Irgend etwas in der Welt rief und rief. Bernhard saß oben hinter den französischen Büchern, dem war die Grammatik als Riegel vor die Welt geschoben. All die weißen Hügel hatten Stimmen, denen man nicht widerstehen konnte. Es war alles viel schöner geworden, seit die schwarzen Tauflecke aus den letzten Tagen weiß zugedeckt waren.

Man mußte nur tun, als ob man gar nichts anderes im Sinn hätte, als etwa in den Stall zu gehen oder in der Schmiede zuzusehen. Mademoiselle schrieb einen Brief, aber jeden Augenblick konnte hinter ihm ein Fenster klirren und Mamas Stimme ihm seinen Namen wie eine Harpune nachschleudern. Otto sah diesen Namen leibhaftig und wie ein wirkliches Ding vor sich: mit zwei halbkreisförmigen Haken am oberen und unteren Ende, zwei Sicheln oder Klauen, die an kleine scharfe Spieße gebunden waren, das Ganze ein Instrument, das sich unerbittlich durch die Kleider bis ins Herz bohrte und mit dem einen die Mama aus dem entlegensten Winkel der Welt zurückholen konnte. Wenn der Vater den Namen sprach, so hatte das freilich ein anderes Ansehen: vorne und hinten je eine runde und schmalzglänzende Butterwecke. So wedelte man in der Schlauheit seiner sechs Jahre über den Hof, strömte auf alle Fälle Unschuld und Harmlosigkeit aus. In der schwarzen Schmiede stand Jochen Hildebrand, der so groß war wie der alte Schrank vor der Schlafzimmertür. Die Mama aber sagte von ihm, er erinnere sie an das trojanische Pferd, und wenn der in Berlin in ein Haus hinein wolle, dann müsse man erst die Mauern für ihn einreißen.

Jochen Hildebrand stand, vorn und hinten schwarz, vor dem Amboß und schlug auf eine glühende Pflugschar los. Das Eisen stieß unter der Wucht der Schläge Schwärme von Funken aus, von denen die Dunkelheit der Schmiede gesprenkelt wurde.

Jochen sah den Jungen am Torpfosten lehnen. "Komm mal ran", rief er, "hilf mir ein bißchen. Ich hab da den Teufel unter dem Hammer. Mein Vetter in Jüterbog hat mir'n geschickt. Er konnt' ihn nicht weich kriegen. Aber ich will's ihm schon besorgen."

Otto schüttelte den Kopf und schielte nach dem Herrenhaus, ob die Fenster leer blieben. Und als Jochen nach einigen Hammerschlägen wieder hinsah, war der junge Herr fort.

Der war glücklich um die Ecke gekommen, und da stand auch schon Karl Brand, der den Freund vor einer Viertelstunde herausgepfiffen hatte. Es war der ganz große Pfiff gewesen, der etwas ungemein Wichtiges bedeutete und dem man unbedingt folgen mußte.

Otto kam atemlos an.

"Kommst du endlich?" warf ihm Karl vor. Er trug eine große Pelzmütze aus Kindertagen des Urgroßvaters, deren abgeschabte Stellen genauso aussahen wie die Haut des Neunzigjährigen, und hatte einen endlosen Schal um den Hals gewickelt. Aber durch das dünne Röckchen fegte der Wind, und zu den Füßen hatte der Schnee durch mancherlei Fugen der Schuhe freien Zutritt.

Otto war vielleicht noch dünner angezogen, aber, wenn er zitterte, so war es nur die Erwartung, die ihn anspannte.

Sie trabten nebeneinander fort der Sandgrube zu, in der jetzt im Winter niemand etwas zu suchen hatte, außer wenn er etwa ein Geheimnis dort verbergen wollte.

"Was gibt's denn?"

"Warte nur ... wirst schon sehen."

Jetzt war man da, der Schnee bedeckte ein wüst zerkratztes Stück Welt. Zwischen den Maschen des Drahtnetzes, das da traurig in einem Winkel dem Sommer entgegenharrte, hatte sich das weiße Flockengewebe eingesponnen. Der Griff einer Hacke ragte aus dem Schnee wie der Knochen eines halbverscharrten Tieres.

Karl schlüpfte unter die überhängende Wand und begann zu graben. Etwas Hölzernes entwand sich dem Schnee und dem gefrorenen Sand, etwas in seinen Zwecken Unbegreifliches. Ein langes, in der Mitte dickeres, gegen die Enden schmaler verlaufendes und an ihnen aufgekrümmtes Brettchen. Und da kam noch ein zweites, ganz gleiches Ding zum Vorschein, gesellte sich dem ersten zum Paar. Was aber das Merkwürdigste war, die Brettchen waren in der Mitte durchbohrt und mit irgendwie kreuzweise durchgezogenen Stricken versehen.

Der Sinn dieser Vorrichtungen war vollkommen rätselhaft, sie waren nichts Vorhandenem und Bekanntem vergleichbar.

"Was ist das?"

Karl schnupfte auf, und ein Tröpfchen Feuchtigkeit unter seiner

Nase verschwand blitzschnell dort, woher es gekommen war. Er strahlte vor Erfindertriumph.

"Faßdauben!" sagte er.

Ottos sämtliche Sinne wichen vor dem Sehen. Jetzt erinnerte er sich: vorgestern hatte man ein Branntweinfaß zerschlagen, das hatte dem Karl die seltsamen Brettchen geliefert.

Sie kletterten aus der Grube auf die Hügelkuppe, und Otto war stolz, daß er eines der Brettchen schleppen durfte. Oben angekommen, legte Karl die beiden Rätseldinger nebeneinander auf den Schnee, kniete hin und begann, sie mit den kreuzweise durchgezogenen Stricken an die Füße festzubinden.

"Das sind Schlittschuhe", sagte Otto.

"Nein!"

Jetzt erhob sich Karl, rot, schnaufend und glücklich. "Paß auf!" sagte er. Und sogleich begann er, den Abhang hinabzugleiten, auf seinen beiden Faßdauben, in immer rascherer Fahrt, ein wenig schwankend zwar, aber immer wieder ins Gleichgewicht zurückkehrend. Er schoß den Wiesen zu, in denen der Morast, den hier die Zampel mitten hineinkleckste, als schwarzer Fleck lag. Noch ein Stück auf der Ebene trug ihn der Schwung hin, und es sah aus, als wolle er in den Tümpel, den die letzten Tautage erweicht hatten, hineinfahren. Aber am Rand des schwarzen Flecks setzte er zu einem Bogen an, der ihn nach rechts abführte und auf der Schneefläche verlief.

"Hallo!" brüllte er hinauf.

"Hallo!" brüllte Otto zurück. Er tanzte auf seiner Hügelkuppe vor Aufregung, hob sich wie ein Reiter im Sattel dieses Erlebnisses, fühlte, von der Größe des Neuen überwältigt, auf einmal, daß diese Welt voll Wunder war.

"Noch mal?" brüllte Karl Brand.

"Ja-a!"

Es war etwas umständlich, die Faßdauben abzuschnallen, den Hügel zu erklettern und sie neuerdings unter die Füße zu binden.

Dann aber kam das Herrliche, dieses Sausen, das nicht Schlittenfahren war und nicht Eislaufen, dieses vollkommen Neue. Die Schalenden flatterten hinterdrein, die Pelzmütze schien, vom Wind gebläht, sich vom borstigen Schädel lösen zu wollen, es war eine Art von Fliegen, lieber Gott, eine Art von Fliegen.

Als Karl Brand mit seinen Brettchen den Hügel hinankam, legte Otto die Hand auf sie. "Jetzt ich!"

"Nein!"

"Ja!"

"Was krieg' ich?"

Otto schlug eine Menge von nützlichen und vergnüglichen Dingen vor, eine ganze Schatzkammer von Jungenherrlichkeiten, Kreisel, Reifen, Bälle, Bilderbücher. Karls Begierden blieben endlich nach schweren Wahlkämpfen bei einem Federmesser mit fünf Klingen. Das war ein überraschendes Geschenk von Onkel Kessel, wegen Gefährlichkeit derzeit noch verboten, und vielleicht entschied gerade dieser Reiz für seine Erhöhung. Otto wußte, wo man es vor ihm versteckt hatte, und morgen wollte er es bringen.

Jetzt aber ... jetzt aber trat er auf die Faßdauben, und Karl schnürte sie ihm an die Schuhe fest. Sogleich hatte man das Gefühl, daß man irgendwie auf unangenehme Weise ins Weltall verlängert sei und daß man keineswegs berechnen könne, was vorne oder hinten an den Enden der Faßdauben geschehe. Ein Bangen kroch herzwärts, eine Warnung, eine Ahnung von unglücklichem Ausgang. Aber da war nun einmal nichts mehr zu ändern, die Bahn war betreten und mußte durchlaufen werden.

"Paß auf", sagte Karl, "daß du unten beidrehst, sonst fährst du in die Zampel."

Otto wollte sich noch erkundigen, wie man denn dieses Beidrehen machen solle, da bekam er einen Stoß in den Rücken, und die ganze Landschaft kam ins Gleiten. Gleich von allem Anbeginn war es entschieden, daß dieses Abenteuer kein gutes Ende finden könne. Der Stoß hatte ihn unvorbereitet getroffen, und so schoß Otto ungesammelt den Hang hinunter, mit dem dringenden Wunsch, umkehren und noch einmal und besser vorbereitet beginnen zu können. Indessen hob das Gleiten selbst ein mit Lust gemischtes Grauen in ihm hoch, das ihm gegen den Magen drängte, eine Zwiespältigkeit zerriß ihn. Während er sich bemühte, indianischen Gleichmut zu wahren, zwang ihn etwas, mit den Armen verzweiflungsvoll um sich zu schlagen, und zwängte ihm die Beine auseinander. In den Ohren klopfte es, als würde auf der Tenne gedroschen, der Hügel lief unbarmherzig an ihm vorüber aufwärts, ein Baum drehte sich um sich selbst wie ein Kreisel, etwas Schwarzes inmitten der sausenden Wiesen flog auf ihn zu.

Wie aus Weltenferne, vom Rand der Erde her, rief es hinter ihm: "Aufgepaßt!"

Beidrehen, jetzt war das Beidrehen da, von dem man nicht wußte, wie es anzustellen war! Vielleicht, indem man sich etwas auf die Seite legte und die Knie anzog ... aber ehe man das machen konnte, war die letzte Welle da, mit der sich der Hügel auf die Wiesen niederließ. Es war, als ob man einen neuen Schwung erhalte, der Schnee sprühte, die Faßdauben gaben ein heiseres, höhnisches Knirschen von sich ....

Karl Brand, der brüllend hinterdrein gelaufen kam, sah, wie der junge Herr Otto geradeswegs in den Zampelsumpf fuhr, wie sich die Faßdauben aufbäumten und den Abenteurer in den halbaufgetauten schwarzen Morast abwarfen ...

Als der Herr Rittmeister vergnügt die Treppe herabkam, um im Weinkeller für den heutigen Abend seine Wahl zu treffen, fand er im Winkel unter der Kellerstiege ein überraschendes Häuflein Elend. Es war wie ein kleiner Dreckklumpen, in den Reste eines blauen Anzugs eingebacken schienen und aus dem zwei Ärmchen hervorstanden, die eifrig hin und her fuhren.

Der Rittmeister erkannte an den blonden Borsten seinen Sohn Otto und sah, daß er damit beschäftigt war, mit einem scharfen Holzspan die Dreckrinde von sich abzuschaben, auf daß der eigentliche Mensch wieder ans Licht käme. Da die von Schnee durchsetzte Moorerde aber noch keine Zeit gehabt hatte, zu trocknen, war der Erfolg der Mühe nur der, daß Otto die schwarze Schicht gleichmäßiger über sich verteilte.

Der Rittmeister schob den Arm in den Treppenwinkel, faßte einen trockenen Kleiderzipfel und zog das Häuflein dreckigen Elends vor die strafende Gerechtigkeit.

"So", sagte er im allerschlimmsten Ton, "so sieht man aus. Man schämt sich nicht. Man wälzt sich im Dreck wie ein Schwein. Man gehört also in den Schweinestall."

In den blauen Augen rang Verzweiflung. Aber man blieb aufrecht und stand dem väterlichen Zorn.

Der Rittmeister hielt inne, die schon erhobene Hand sank herab, ein gerechter Richter hört auf den Angeklagten! Was geschehen sei, fragte er kurz.

Da kam denn der Dreckklumpen zu Worten, und das ganze Faßdaubenunternehmen mitsamt dem kläglichen Ende im Zampelmorast wurde vor den Richter hingebreitet. Karl Brand blieb verhohlen, denn der Freund hatte gebeten, ihn nicht zu verraten, und hatte sogar aus freien Stücken auf das Federmesser verzichtet.

Das Lachen war dem Rittmeister ohnehin näher als der Ärger, und wie er sich so den panierten Sünder besah, kam es breit und unaufhaltsam aus dem Herzen auf sein Gesicht. "Einen guten Tag hast du dir ausgesucht ... wo Gäste kommen", sagte er, "Faßdaubenfahren, hat man das gehört? Wenn dich die Mama erwischt, gibt's Verdruß ... vorwärts, schau, daß du dir umziehst, Junge, und gib die Kleider der Annemarie, daß die Mama nichts merkt! Und wenn du mir noch einmal auf Faßdauben in die Zampel fährst, so nagle ich dir an den Ohren zu der Fledermaus ans Scheunentor."

So hatte sich die strafende Gerechtigkeit dem Verbrecher als Hehler gesellt, und mit einigem schlechten Gewissen schob der Rittmeister seinen Jungen die Treppe hinauf und den Gang entlang vor sich her.

Aber es war manchmal, als ob die Mama wirklich hellsichtig sei und magnetische Felder um sich her auslege. Gerade, als sie an der Wäschekammer vorbeischlichen, tat die Klinke einen boshaften Knacks, die Tür ging auf, und die Mama stand vor den Verschwörern gegen Zucht und Ordnung. Vor einer halben Stunde hatte sie die Mademoiselle beim Briefschreiben erwischt und hatte sich sogleich, Übles ahnend, auf die Suche nach Otto gemacht.

Da stand er nun in seiner schwarzbraunen Glasur vor ihr, und die schlimmste Ahnung war übertroffen. Vier Augen blickten in ängstlicher Erwartung. Nichts war so schrecklich, als wenn Mama die Lippen schmal machte und ihr schönes Gesicht ganz regungslos wurde. In diesem Schweigen härtete sich ihr Blick zu etwas ganz

Kaltem und Spitzem. Man fühlte sich auf den Hintergrund der Dinge festgenagelt. So mochte es einem Käfer zumute sein, der, aus einer Betäubung erwachend, sich in eine Sammlung gespießt findet.

Frau Wilhelmine Luise schob ihre Hand vor, als wehre sie etwas Unreines ab. Diese kleine Bewegung zeigte dem Verstocktesten seine Abscheulichkeit, sie enthüllte den ganzen Abgrund zwischen ihm und dieser Frau. Wo Wilhelmine Luise, geborene Mencken stand, erglänzte der Adel der Sauberkeit, Ordnung, Wohlerzogenheit und Gesittung.

"Geh auf dein Zimmer, und verwandle dich wieder in einen Menschen", sagte sie mit ihrer weichen Stimme, deren Gesang auch durch den Ernst des Tadels nicht zersetzt wurde: "Ich hoffe, du fühlst es wenigstens, wie weit du in diesem Zustand davon entfernt bist, Anspruch auf diesen Namen zu haben."

Während der Verurteilte davonschlich, versuchte der Herr Rittmeister zu retten, was zu retten war: "Da steckt doch auch wieder dieser Karl Brand dahinter. Sie sind auf Faßdauben gelaufen ..."

Wilhelmine Luise schob wieder die Hand vor: "Ich weiß es, Ferdinand ... ich weiß es. Es ist nur bedauerlich, daß Otto diesen Hang überhaupt hat, und es wird darüber nachzudenken sein, wie dem abgeholfen werden könnte."

3

Otto und Bernhard standen am Fenster und sahen die Schlitten kommen. Graf Wartensleben auf Schwirsen war wie immer der erste Gast. Er war vornehm genug, um es nicht nötig zu haben, durch Unpünktlichkeit noch vornehmer erscheinen zu wollen.

Es war ein lustiges Ding, weit hinten aus der Dunkelheit das feine Klingeln der Schlitten zu hören. Es war, als sei etwas vom Weihnachtsläuten zurückgeblieben und als schüttle es der Winter jetzt in Faschingszeiten aus seinen Falten, damit er sich gegen den Frühling hin von aller Sanftheit befreie. Die Schlitten säten das dünne Klingeln in die Finsternis, und aus jedem wuchs in unbegreiflicher Schnelligkeit ein ganzer Schellenbaum. Ottos Phantasie wanderte immer weiter: so ein Schellenbaum war ein Wintergewächs, er schoß aus dem hingeworfenen Klangsamen auf den Landstraßen in einer Minute empor, aber er wurzelte nicht im Boden wie andere Bäume, sondern glitt auf Faßdauben mit der Geschwindigkeit eines Schlittens durch die Nacht.

Wenn er aber vor das Haus kam, dorthin, wo die Laternen das Dunkel mit gelben Strahlen gitterten, dann verschwand der Schellenbaum mit einem Ruck, und nur der Schlitten war da, in dem ein Wühlen und Ausschälen begann. Auch das war lustig, wenn die Diener vorsprangen, und es war fast wie eine Rauferei anzusehen, wenn sie an den schweren Pelzen zogen und in sie hineinstießen, bis dann endlich Männlein oder Weiblein als ein Kern zum Vorschein kamen, der oft in gar keinem Verhältnis zur Hülle stand.

"Das ist Schötteritz", sagte Otto, "da wird's lustig."

Bernhard zog Falten des Bedenkens auf: "Ob sie dich heute hinunter lassen?" Seinem schwereren Gemüt war der wilde Tatendrang des Bruders nicht ganz geheuer. Aber unten hatten sie sich nach dem Jungen erkundigt. Schötteritz hatte seine Frage hinausgeknallt, man konnte ihm nicht entgegenhalten, daß Otto wegen Hanges zur Liederlichkeit und Unsauberkeit eigentlich Zimmerarrest verdient hatte. So wurden denn Bernhard, der in Gefahr gewesen war, aus strategischen Gründen Ottos Schicksal zu teilen, und der Verbrecher selbst von oben geholt. Die Kleiderrechen zu beiden Seiten des ziegelsteingepflasterten Hausflurs waren bereits voll von Capes, Mänteln und neckischen Hüten, Dingen, die man überflüssigerweise unter den Schlittenpelzen mitgebracht hatte, nur um zu zeigen, daß man hinter Berlin nicht zurückstand. Man wußte, die Hausfrau hatte einen kritischen Blick für Toiletten und hielt etwas darauf, daß man auch auf dem Land nicht seinen äußeren Menschen vergaß. Es roch nach allerlei feinen und sprühenden Essenzen, und wenn die Tür geöffnet wurde, brachte die kalte Luft ganze Wolken von Duft in Wallung.

"Da seid ihr ja", schrie Schötteritz, "Jungens, laßt euch ansehen. Gewachsen, Donnerschlag ... beinahe einen Kopf, Otto ... du wirst ein Mordskerl ... das gibt Soldaten, Ferdinand. Rote Wangen, das ist brav ... Bernhard, du siehst mir zu käsig aus ... du hockst zu oft in der Stuben ... das gibt's nicht. Schmeiß die Bücher in die Ecke."

"Ich bin mit Bernhard recht zufrieden", sagte die Hausfrau mit Bedeutung.

"Liebste, Beste, nur keine Musterknaben! Musterknaben bringen die Welt um keinen Schritt weiter. Musterknaben kommen mir immer vor wie Eichhörnchen, sie drehen den ganzen Tag unverdrossen ihr Rad, aber am Ende sind sie müde, und vollbracht ist nichts."

Herr von Puttkamer auf Pansin erhob seine sanfte Stimme: "Ich finde, wir haben schon zu viel Genies, Europa wird ihnen sogar zu klein, man hört, daß manche von ihnen andere Schauplätze aufsuchen müssen."

Das war ein böser Stoß gegen Schötteritz, denn man wußte, daß mit dessen Sohn etwas nicht stimmte. Vor ein paar Monaten hatte der Junge Deutschland verlassen und war nach Amerika gegangen.

Schötteritz preßte sich gegen den weißen, heißen Kachelofen, man sah, wie er ausholte, um den kleinen, frommen Puttkamer in den Grund zu schmettern.

Die Hausfrau überblickte die Situation: "Zu Tisch, meine Herren, zu Tisch."

Man schob sich sogleich in den dreifenstrigen Saal, wo eine lange Tafel mit Silber und Damast das Licht in ein glitzerndes Bett fing. Alle anderen Teile der Stube leuchteten nur durch einen gelblichen Rauch, das ganze Haus schien seine Helligkeit jetzt auf diesem festen, jedem Gewicht gewachsenen Tisch zu sammeln. Wie die großen, blonden, lachenden Menschen jetzt lärmend ihre Plätze einnahmen, ging ein Atem von Lustigkeit und Essensfreude über sie hin. Ein Geschlecht von Soldaten und Bauern setzte sich zu Tisch, die Fäuste lagen wie Klötze zwischen den feinen Gläsern, die Hausfrau zog die Mundwinkel etwas herab, bei aller Taktfestigkeit ein wenig haltlos in diesem fremden Element.

"Immer was Neues schaffen", sagte Bülow-Cummerow in das aufsteigende Geklapper, "man muß immer was Neues schaffen, lieber Puttkamer, darin hat Schötteritz recht."

"Was ist Ihr Neuestes?" fragte Thadden, indem er die Schüssel mit Schleienkarpfen, die der Diener ihm zum Ohr hielt, zu bequemerem Dreinfahren niederdrückte.

"Ich schreibe eben an einer Broschüre über die Notwendigkeit einer Organisation unseres Kreditwesens. Wir sind ja unter uns! Woran fehlt es uns? ... Greifen wir uns ans Herz oder besser an die Brusttasche, denn sie ist der Sitz unseres Übels. Wer in seinem Kreis kräftig wirken will, muß Shakespeares Rat befolgen: ‚Tu Geld in deinen Beutel.' Die Welt ist auf alle Fälle aus den Fugen, meine Herren, wir dürfen nicht daran denken, Überwundenes wieder einzurenken, das Abgetane zu beleben. Die Erinnerungen und die Tradition sind etwas Wunderbares, wehe uns, wenn wir vergäßen, daß wir Enkel sind. Aus diesem Zusammenhang mit den Geschlechtern vor uns fließt unsere beste Kraft. Das ist unser innerer Halt, zu wissen, daß wir Tüchtiges leisten müssen, wir selbst, weil es unsere Erinnerungen von uns verlangen. Aber ...!"

Graf Wartensleben hob warnend seine Gabel, ließ seine klugen Augen blinken: "Aha, aber ...!"

"Ja, es geht eben nicht mehr an, sich auf seine Erinnerungen zu berufen. Stärker als das Band der Abstammung ist das Band des Berufes. Wir gehören zusammen, meine Herren, nicht weil wir Adelige sind, sondern weil wir Grundbesitzer sind. Diese neue Zeit gibt weniger darauf, woher du kommst, als vielmehr darauf, was du tust. Man muß oben wieder Rücksicht auf uns nehmen, die Bürokratie muß aufhören, die erste Geige zu spielen, unsere Bedürfnisse müssen Preußen seinen Kurs geben. Was die Kaufleute machen, müssen auch wir tun, uns vereinigen. Der einzelne ist heutigentags verloren. Ich denke daran, eine Bank ins Leben zu rufen, eine pommersche ritterschaftliche Bank, in Stettin meinetwegen, die uns Kredit gewährt, damit wir eine Bodenverbesserung vornehmen, damit wir mitkönnen. Wer stehenbleibt, ist verloren."

Von der Osten lehnte sich zurück, schnaufte und sah kummervoll gen Himmel: "Kurz: Reformen, Reformen, Reformen!"

Dieser quecksilberne Bülow, der seine Gedanken wie ungesattelte Pferde ritt, wurde in seinem Kreis mit einigem Mißtrauen angesehen. Obzwar man nicht verkannte, daß er das Beste wollte, war aus seiner Vergangenheit etwas zurückgeblieben, das irgendwie an Mimen erinnerte. Schon, daß er die Worte so rasch zu setzen verstand, machte ihn verdächtig. Verdächtig machte ihn, daß er seine Gedanken niederschrieb. In der Generation, die ihn umgab und deren Schwerpunkt im verflossenen Jahrhundert lag, war er der einzige, der sich mit dem Gegenwärtigen auseinanderzusetzen versuchte. Er trug einen Radmantel, so ein modisches und der Freisinnigkeit nahestehendes Kleidungsstück, und man sah ihn an, als ob er unter diesem Mantel vielleicht Ideen einschmuggeln wolle. Seine Vergangenheit, in der manches noch undurchforscht geblieben war und in der er sich diese Weltgewandtheit geholt hatte, glich einem der bunten Kinderkasten. Man konnte einmal unversehens an eine Feder drücken, und der Teufel des Liberalismus sprang heraus.

Otto, der mit Bernhard bei dem jungen Geflügel am unteren Ende der Tafel saß, schaute Bülow scharf an. Es kam bei ihm manchmal vor, daß er einen Menschen in einen Blick einspannte und daß dieser Mensch dann gleichsam ganz merkwürdig erhellt wurde. Otto sah ihn dann an, als ob er zum erstenmal vor ihm stünde. Jetzt fand er, daß der Sprecher ein feines, scharfes Gesicht hatte, hinter dem eine zitternde, unruhige Flamme brannte.

Etwas Weiches hüpfte in Ottos Augen, der junge von der Marwitz, Page am Hof Seiner Majestät, der auf Urlaub daheim war, hatte in der Pause vor der Bratenschüssel aus seiner Serviette eine Maus verfertigt. Aus einem walzenförmigen Leib lugten zwei Ohren, hinten wedelte ein langer Schwanz. Das Ding sprang von Ottos Gesicht ab und gerade in Fräulein von Schötteritz' Schoß, die mit einem kleinen Schrei auffuhr. Sogleich duckte sich die ganze Schar zusammen, in einem Gefühl von Gemeinsamkeit, als eine im Augenblick zusammengerottete Bande von Verschwörern gegen die Langeweile.

Man ließ von den Reformen aber nicht so rasch ab. Das Thema reichte bis über den Braten hinaus. Bülow kochte Preußen und Österreich und ganz Europa an seinem neuen Feuer.

Auf des Hausherrn breitem Gesicht schmunzelte schon lange eine kleine Bosheit. "Lieber", sagte er, "das Reformieren will verstanden werden. Da müssen Sie erst mal eine Schule errichten, sonst reformiert die ganze Welt darauf los, ohne zu wissen, wie es ausgeht. Meine Frau hat auch das Reformieren im Blut. Aber im vorigen Sommer hat sie mich eine Drainage in meine Zampelwiesen hineinreformiert, die hat mich bis jetzt bloß dat Jeld aus meine Tasche abjeleitet."

Es war Otto schmerzlich anzusehen, wie sich seine Mama mit schmalen Lippen und kalten Augen über diese Worte erhob. Wenn er auch faßte, daß der Vater damit bloß eine Niederlage vergalt, so stand er in diesem Augenblick doch bei seiner Mutter. Es war nur ganz in der Ordnung, daß ein Junge, der sich im Morast gewälzt hatte, seine Strafe bekam. Langsam suchte er die Frauen der Tafel ab und fand, daß seine Mutter die schönste war. Sie strahlte etwas Unsagbares aus, einen Adel, den die anderen nicht zu haben schienen und der sich gerade jetzt wie ein lichter Schein bewährte, als alles über die bekannten vergeblichen Bemühungen der Frau Rittmeisterin lachte.

Nach der Kompottschüssel fiel es Dewitz ein, daß er einen Brief von Major von Lützow erhalten habe und daß er einen Gruß an den Hausherrn bestellen solle.

"Geht's ihm gut? Ist er gesund? Das freut mich", sagte der Rittmeister.

"Der dankt Ihnen ja sein Leben", sagte das bleichsüchtige, pergamentfarbene Fräulein von Schötteritz und sah den Hausherrn verehrungsvoll an. In ihrer armen, trüben Seele, die in dem schwächlichen Leib nur ungern Aufenthalt genommen zu haben schien, brannte eine süße Andacht zu allem Heldischen.

"Ach was, Leben", sagte der Rittmeister und wischte den Apfelsaft aus den Mundwinkeln, "das war in der Zeit, wo das Leben keinen großen Wert hatte, da braucht man kein Aufhebens darum zu machen."

Man wußte, daß der Rittmeister im bösen Jahr 1809 den Major gerettet hatte. Der Schwerverwundete war von einem Vetter Bismarcks über die Elbe gebracht worden, der Rittmeister hatte ihn aufgenommen, verborgen und gepflegt. So hatte er in seinem kleinen Kreis der großen Zeit gedient, indem er der schweren Hand Napoleons Widerstand leistete.

Wenn die Sprache auf diese Zeiten kam, dann war es, als wüchsen diese Menschen auf ihren Plätzen und als würden sie in den Schultern breiter. Es waren die Schultern von Lastträgern, denen eine bittere Zeit unerhörtes Gewicht aufgeladen hatte, bis sie stöhnend und mit blutunterlaufenen Augen zusammenzubrechen drohten. Aber gerade da war es über sie gekommen, daß sie ihrer Kraft doch bloß die Richtung zu ändern brauchten, um Leid und Schmach zu wenden. In ihrem langsamen und wetterfesten Hirn war eine gefährliche Brunst von Freiheit aufgeglüht, und es gab nicht wenige unter ihnen, denen diese Freiheit wichtiger erschienen war, als das bisher höchste ihrer Gesetze, der Gehorsam gegen den König. Es gab fast in jedem dieser Geschlechter den einen oder anderen, der irgendwie auf eigene Faust Kleinkrieg geführt oder das Vaterland verlassen hatte, um in russischen Diensten gegen den Franzosen fechten zu dürfen. Diese Zeit war noch nicht so fern, daß nicht in jedem Haus noch eine Lücke gewesen wäre, wo Unersetzliches fehlte. Es gab Plätze, die man leer ließ, weil einst liebe Menschen auf ihnen gesessen hatten. In den Rechnungsbüchern gab es leere Seiten, die sich nicht füllen wollten, während gegenüber die Zahlen wuchsen, die Abhängigkeit und Entbehrungen bedeuteten.

Alles das drückte sich in solchen Augenblicken auf den Mienen dieser Menschen aus, mit solcher Schärfe, daß alles Unterscheidende beinahe verwischt wurde und etwas Verwandtes auf die Gesichter aller trat, als gehörten sie zu einer einzigen Familie. Jeder von ihnen hatte eine beschämende Erinnerung, neben vielen erhebenden, die ihm das Gefühl hinterließ, als sei noch etwas Ungesühntes vorhanden, dessen Wucht nur verschmolzen zu werden brauchte, um noch einmal und noch gewaltiger gegen den Feind loszubrechen. Für Ferdinand von Bismarck war es die Erinnerung an den Tag, an dem ihm die Soldaten beinahe sein junges Weib vergewaltigt hatten, und an die Nacht, die er mit den Bauern und dem Pfarrer im Schönhausener Wald verborgen liegen mußte, während die Franzosen in Dorf und Schloß plünderten.

So wollte er nichts davon hören, als der junge Marwitz von Theodor Körner sprach und von der Einsegnung der Lützower zu Schönhausen. Er würgte noch an der bösen Erinnerung und überhörte die Aufforderung zu erzählen. Erst als man den Rotgesiegelten brachte und Schötteritz ihm die Hand auf die Schultern legte, rüttelte er sich zurecht.

"Erzähle, Ferdinand", sagte Schötteritz, "so was darf nicht vergessen werden. Man sollte aus diesen alten Geschichten eine zweite Bibel machen, und am Sonntag sollte der Pastor neben dem Stück aus der seinigen immer eines aus der unsrigen vorlesen, damit das Gedächtnis nicht vergehe."

Ferdinand sah nach seiner Frau hinüber. Wilhelmine Luise blickte unentwegt vor sich auf das Tischtuch, als ob sie an allem keinen Anteil hätte. Er zerdrückte mit der Faust ein Brotmännlein, das seine Finger während der letzten nachdenklichen Minuten gebildet hatten.

Im Mai 1813 war es gewesen. In ganz Deutschland Waffengerassel und Hörner. Der Lützow ist wieder voran und der Jahn: zwei Sturmvögel. In Schönhausen beißen sie sich fest, da muß man den Elbübergang decken. Und das Volk rechts von der Elbe muß wissen, daß man da ist, wenn einer zu den Waffen greifen will. Der Major und Jahn wohnen im Herrenhaus. Der Jahn hat den Kopf voll von seiner Turnerei bis Mitternacht, wenn man beim Wein beisammen sitzt. Eine Menge junger Leute kommen an, die fechten wollen. Der Lützow lächelt und bringt ihnen Gewehrgriffe bei, der Jahn läßt sie laufen und springen. Immer neue Rekruten kommen, manchmal in ganz seltsamen Verkleidungen, als Hausierer, als Kutscher, als Viehhändler, einmal sogar einer in Weiberröcken. Unter Leibes- und Lebensgefahr haben sie sich durch das napoleonische Deutschland geschlagen, aus Bayern, aus Österreich. Wenn sie nicht exerzieren, so lernen sie ihre Geheimschrift. Die besteht aus einem Gekrakel von Punkten, Kreisen und Haken, ganz wie bei den Indianern. Sie haben Zeichen für Straße und Wald und Fluß und Brücke, für Feind und Freund, für Entfernung, Zeit und Zahl. Die malen sie auf die Stadttore und auf die Scheunen. Wenn's einer sieht, der's nicht versteht, so meint er, die Buben hätten Langeweile gehabt und sinnloses Geschmier betrieben. Die Schar wächst, und geheime Boten kommen und gehen. Es heißt, die Lützower müssen nach Sachsen. Das ganze Korps rückt zusammen, in der Dorfkirche schwören die Rekruten auf die Fahnen. Der Pfarrer hält eine kurze Rede. Alle wissen, um was es geht. Pardon wird nicht gegeben und nicht genommen. Da ist ein Gift in den Krieg gekommen. Die Wildesten haben dreißig Franzosen gefangen, furchtbar verstümmelt und dann davongejagt. Die Franzosen aber haben zweiundzwanzig Lützower mit den Füßen nach oben an die Bäume gebunden, unter ihren Köpfen Feuer gemacht und sie langsam gebraten. Das Gift frißt nun weiter, alle wissen das, aber alle haben helle Augen, und in keinem Gesicht steht Furcht. Nie zuvor und nie nachher hat die Orgel eine solche Stimme gehabt wie damals. Sie singen ein Lutherlied.

Als der Rittmeister mit seiner kunstvollen Erzählung zu Ende war, räusperte man sich ein wenig, aber niemand sagte etwas. Die Hausfrau erhob sich, meinte, daß man die Herren allein lassen sollte, und befahl, daß die Kinder zu Bett gebracht würden.

Schötteritz fing Otto, als er auf seinem Rundgang um den Tisch zu ihm kam, am Arm und zog ihn zwischen seine Knie. Er schaute ihm so seltsam eindringlich in die Augen, daß dem Jungen ein Stechen durch die Brust ging. "Ferdinand", sagte er dann, indem er sein knolliges Gesicht dem Freund zuwandte, "es ist mir, als sähe der Junge jemandem anderen beinahe noch ähnlicher als dir. Heute weiß ich es: Er hat ganz seines Onkels Gesicht, des Leopold, der bei Möckern gefallen ist."

Die Damen begaben sich in die Gartenstube, wo man auf den kleinen Tischchen Konfekt und süßen Wein vorfand.

"Aus Berlin? Von Josty?" fragte Frau von der Osten, indem sie eines der kleinen rosaroten Plätzchen vor den Mund hielt, das eine Taube mit einem Briefchen im Schnabel vorstellte. Und als habe sie die Bejahung der Frage abgewartet, um das süße Ding mit doppeltem Genuß zu verzehren, schob sie es auf das Kopfnicken der Hausfrau zwischen die hübschen weißen Zähne.

Die Frau Rittmeisterin bat, man möge es ihr zugute halten, daß alles so einfach sei. Sie wisse recht gut, daß dieses Meublement keineswegs dem modernen Geschmack entspreche, aber man habe es eben so vorgefunden und müsse sich vorderhand danach einzurichten versuchen, bis die Zeiten besser würden. Mit einem geringschätzigen Blick strich sie über den Raum hin, über den gedielten, schon etwas ausgetretenen Boden, die fleckigen Tapeten, die weißen Kachelöfen, die messingbeschlagenen Flügeltüren und die buntüberzogenen Rohrmöbel.

Man war daran gewöhnt, daß Wilhelmine Luise jedesmal, wenn

sie Gäste empfing, dieselbe Entschuldigung vorbrachte. Vielleicht würden die Zeiten besser, meinte Frau von Schötteritz, wenn einmal die pommersche ritterschaftliche Bank von Stettin im Gang sei.

Frau von Bülow war empfindlich und wollte die Ideen des bewunderten Gatten nicht verunglimpfen lassen. Man sollte doch zufrieden sein, wenn sich jemand fände, der für sie alle dächte, und die Früchte seiner Arbeit würden schon ihnen allen zugute kommen.

"Friederike, geh vom Fenster fort", rief Frau von Schötteritz, ohne der empfindsamen Sekundantin weiter Rede zu stehen, "es zieht vielleicht und du erkältest dich wieder."

Das bleichsüchtige Mädchen, das am Fenster in die Winternacht Heldengestalten geträumt hatte, kam gehorsam zum Tisch und begann mit spitzen, durchscheinenden Fingern im Konfektkörbchen zu stöbern.

"Ach Gott ja", seufzte die Schötteritz, "mit den Kindern! Sehen Sie sich mal das Ding an. Immer vierzehn Tage Regenwetter ... wie die teuren Zeiten. Und wenn Sie meinen Mann und mich ansehen! Und unsere Jungen! Lauter Prachtkerle. Wie kommen gerade wir zu einem solchen Grünspecht von Mädchen?"

Frau von Schötteritz war eine Kraftnatur, stämmig und immer bereit, den Teufel an den Hörnern zu fassen. Man erzählte von ihr in ganz Pommern, daß sie den Mist selbst aufs Feld fahre, in Hosen obenauf, und daß sie draußen werke wie ein Ackerknecht. Aber mit dem Gemüt schien es beschaffen wie mit ihren Pfannkuchen. Sehr viel um und um und darin ein winziges Klümpchen Süßigkeit. Um durch die dicke, zähe Seelenhülle zu dem bißchen Zartgefühl zu dringen, mußte man wohl einen guten Magen haben.

Der Grünspecht verfärbte sich bei dieser Anklage des Schicksals rot. "Mein Gott, Mama!" sagte sie und sah sich im Zimmer um wie eine Gefangene.

"Na ja", fuhr die Mama fort, "können Sie sich vorstellen, daß dieses Mädchen Kinder kriegt? Den Storch möchte ich sehen, der das zustande bringt."

Die Hausfrau war zu dem zitternden Kind getreten, legte den Arm um seine Schultern und neigte ihr Gesicht zu dem seinen. Sachte baumelten die schönen Korkzieherlocken, deren jede ein

Glanzlicht trug, gegen die blassen Wangen. "Sie sollten etwas für Friederikes Gesundheit tun, liebe Frau von Schötteritz!" sagte sie.

"Wir leben doch auf dem Land", posaunte die Mutter, "kann man denn Besseres für die Gesundheit tun?"

"Doch einmal den Arzt fragen!" meinte die Gräfin Wartensleben.

Frau von Puttkamer faltete die Arme, die in langen, schwarzen Garnhandschuhen steckten, über den Magen. Diese Handschuhe gehörten zu ihr wie ihre Ohrläppchen oder ihre Nase. Man sah sie niemals mit bloßen Armen, und da sie die schwarzen Futterale auch beim Essen nicht ablegte, so liefen die abenteuerlichsten Gerüchte um, wie, daß sie eine Leichenhaut habe oder bis zum Ellenbogen tätowiert sei. Sie zwinkerte beim Sprechen mit den Augen, und das war dann, als seien ihre Blicke ein paar kleine Zuckerzangen, die sie blitzschnell auf- und zuklappte, um ihr Opfer zu fassen.

"Die Ärzte", sagte sie, "von denen darf man sich nicht zu viel erwarten. Wenn Gott einem Menschen die Kraft verleiht, so kann er Erstaunliches wirken, ohne Arzt zu sein."

Frau von der Osten nickte mit der kunstvollen Frisur, die von einem golddurchwirkten Damaststreifen turbanartig umflochten war, so wie man es in den Modeblättern von der Herzogin von Broglie in Paris sah. "Sie meinen den Mann, von dem jetzt ganz Berlin spricht. Ein Wundertäter, seine Kuren grenzen an Zauberei."

"Er ist ein Erwählter Gottes", bestätigte Frau von Puttkamer.

Frau von Schötteritz klatschte sich auf die Schenkel, das hörte sich an wie Peitschenknallen. "Ja, ich weiß. Er ist ein ehemaliger Pferdeknecht namens Grube. Und seine Kuren bestehen darin, daß er den Leuten in den Mund spuckt."

"Pfui!" entrüstete man sich.

Mit einem scharfen Zwinkern faßte die Puttkamer die Hausfrau. "Und doch muß etwas an solchen Dingen sein: Würde sonst unsere schöne und kluge Frau Rittmeisterin, deren überlegene Geistesgaben wir alle verehren, ihre Gesundheit dem Wunderdoktor Wohlfahrt anvertrauen?"

Wilhelmine Luise hielt noch immer das blasse Mädchen umschlungen. "Das ist etwas anderes", sagte sie. "Wohlfahrt ist kein Pferdeknecht. Er ist Magnetiseur, und der Magnetismus ist eine wissenschaftliche Tatsache, keine Flunkerei."

Frau von der Osten schob einen blaßblauen Genius, der auf einem Fuß aus dem Zuckerland herangeschwebt kam, in den Mund. "Wie ist das mit dem Magnetismus?" drängte sie. "Man hört so viel davon. Sie müssen uns etwas davon erzählen."

"Das ist wohl nur für die Eingeweihten", kam die Gräfin Wartensleben der Hausfrau zu Hilfe.

"Es ist ein Geheimnis", sagte die Rittmeisterin ruhig, "aber ein Geheimnis, das jeder von uns in sich verborgen trägt. Jede Seele hat ihre magnetischen Kräfte, die eine hat mehr davon, die andere weniger. Menschen, die Überfluß an magnetischen Kräften haben, können anderen davon abgeben und ihnen dadurch helfen. Aber sie können auch Schaden anrichten, denn das ist das Seltsame dieser magnetischen Kraft, daß sie sowohl zum Guten als zum Bösen gerichtet werden kann. Es ist wohl dabei auch wie in der Chemie, daß sich Verwandtes anzieht und Gegensätzliches abstößt. So hat man bei aller Dunkelheit der Materie doch wenigstens schon gewisse Prinzipien festgestellt. Und es ist ernsten Männern wie dem begnadeten Swedenborg, dem vortrefflichen Mesmer wohl zuzutrauen, daß sie sich mit ihrem Thema gründlich auseinandergesetzt haben. Und ich kann aus Erfahrung sagen, daß an meinen Nerven durch Wohlfahrt sehr viel gebessert worden ist."

Friederike sah zu der schönen Frau auf, und ihr Gesicht trug einen Ausdruck glücklicher Spannung: "Gott ...", flüsterte sie, "man sagt, daß Sie hellsichtig sind."

Wilhelmine fühlte ihre Hand von feuchten, kalten Fingern umkrampft. Sie schaute in die winterliche Finsternis, die unmittelbar vor den Fenstern begann und für das dünne Licht der Kerzen unempfindlich schien: "Bisweilen glaube ich es", sagte sie.

Frau von Thadden, die mit einer robusten Art von Literaturbetrieb der Freundin nacheiferte, entsann sich jetzt mit einem kleinen Aufschrei des Entzückens, daß sie mitreden konnte. Sie war sehr stolz darauf, auskramen zu können, daß sie vor kurzem in irgendeinem Taschenbuch eine Erzählung gelesen habe, die sich mit den Geheimnissen des Magnetismus beschäftigte.

Mit einem kurzen Zusammenziehen der Augenbrauen sagte die

Hausfrau, als sich die Leserin weder des Titels der Geschichte noch des Namens des Autors erinnerte, es müsse wohl eine Novelle des Kammergerichtsrates Hoffmann in Berlin gewesen sein.

"Kammergerichtsrat?" fragte Frau von Bülow in dem schnippischen Ton, mit dem ihres Gatten gründliche Verachtung aller Beamtenseelen weibliche Färbung angenommen hatte.

Ja, und dieser Mann sei als einer der genialsten Poeten aller Zeiten anzusehen, er habe die Nachtseiten des menschlichen Seelenlebens durchforscht und ihre geheimsten Rätsel in das Reich der Dichtung gehoben. Er gehörte schon lange zu ihren Lieblingen, und er sei es wert, der Lieblingsdichter der ganzen Nation zu werden, denn weit mehr als im Getöse des Krieges gewinne der Genius der Nation Gestalt in den Gefilden des Geistes, der Poesie, die allein das Göttliche der Menschennatur offenbaren könne. Und daß er daneben auch Kammergerichtsrat sei, sei keineswegs geeignet, ihn herabzusetzen, sondern müsse wieder nur als ein Beweis dafür angesehen werden, daß gerade in den Kreisen des Beamtenstandes, der verlästerten Bürokratie, die geistige Blüte des Volkes gefunden werden müsse.

Man hörte mit einigem Erstaunen, wie die Hausfrau in dieser fast ein wenig kriegerisch gestimmten Erklärung aus ihrer kühlen Ruhe heraustrat. Gab sie damit eine Antwort auf vieles, das heute abend gesprochen worden war?

Frau von Puttkamer wagte sich zuerst wieder vor, sie nahm die schwarzen Futterale auseinander und faltete sie von neuem an derselben Stelle, als ob sie durch diese Bewegung frische Kraft in sich hineinpumpe. Da würde die Frau Rittmeisterin wohl auch für ihre beiden Söhne die Beamtenlaufbahn jeder anderen vorziehen.

Wilhelmine Luise sah zwischen ihr und Frau von Thadden hindurch in die Nacht hinter den Fenstern. Man hörte nebenan ein Schieben, Klappern und Poltern, dazu ein zaghaftes Kratzen und Winseln von Saiteninstrumenten. Da waren wohl die Musiker angekommen, und man bereitete sich zum Tanz. Aus dem Zimmer, wo die Jugend beisammen saß, lief ein Lachen eine ganze Tonleiter hinab, und ein anderes jagte wie ein Haschen hinterdrein.

"Es ist das höchste Ziel meines Lebens", sagte die Hausfrau,

"Söhne zu haben, in denen Bildung des Geistes und Herzens sich zu wahrhaftem Adel vereinigt. Das Haus meines Vaters ist mir darin ein Vorbild. Uns Frauen aber ist es verwehrt, das Höchste zu erreichen. Was man uns zu lehren für gut findet, ist gerade nur dazu angetan, uns wie Mose das gelobte Land des Geistes vom Berg zu zeigen. Es weckt uns nur die Sehnsucht. Meine Söhne aber sollen im höheren Sinn zu leben lernen. Ich will das Streben in ihnen erwecken, sich diese Güter des Geistes zu erwerben, sie sollen weiter in das Reich eindringen, das mir zu betreten versagt geblieben ist. Ich gehe ernstlich mit Gedanken über ihre Zukunft um, es wird Zeit, sie aus dieser Umgebung hier ins wirkliche Leben hinauszustellen. Sie sollen mir keine Soldaten oder Bauern werden."

Nebenan tat es ein greuliches Grunzen und Quieken, als ob einem halben Dutzend Schweinen gleichzeitig die Schwänze geklemmt würden. Das war Schötteritz, der dem Baßgeiger den Bogen abgenommen hatte und einen Strich über das Instrument verübte, von dem alle Klangfurien entfesselt wurden.

Die Tür ging auf, und der Rittmeister stand da, breit, purpurn und vergnügt, ein Rotweinglas in der Hand.

"Meine Damen, der Tanz beginnt."

Schon wallte es nebenan aus dem Familienzimmer in den Saal, Rosa, Hellblau und Weiß, Falbeln, Rüschen und Volants, Krepp, Mull und Batist. Friederike reckte den dünnen Hals aus dem dürftigen Ausschnitt. Denen drüben war alles mit vollen Händen gegeben, sie löffelte die armselige Wassersuppe des Glückes.

Die Damen begaben sich in den Saal, und der Rittmeister machte jeder von ihnen seine besondere Verbeugung. Als Frau von Puttkamer an ihm vorüberkam, blieb sie vor ihm stehen und zwinkerte heftig mit den Augen: "Lieber Rittmeister, Ihre Frau, Sie wissen ja gar nicht, was Sie an ihr haben ... eine solche Frau ... ich verehre sie unendlich ... sogar Hellseherin ist sie, heute hat sie es uns gestanden."

Der Rittmeister schob seinen Arm unter eines der schwarzen Futterale: "Ach, Liebe, Gute", lachte er gemütlich, "mit Hellsehermiene! Wat kauf' ich mich dafür. Wenn die Hellseherin wat taugte, so hätte sie mich letztes Mal in Stettin vorhersagen müssen, wie es mit den Wollpreisen kommt. Ich hab' jehalten und hab' mir damit jeschnitten. Am Ende des Marktes ist die Wolle tiefer jestanden als am Anfang. Dat hätte sie mir doch sagen sollen."

4

Da gab es noch einen Frühling, einen Sommer und einen Herbst in Kniephof, und ehe der Winter schwach wurde, entschied es sich, daß auch Otto nach Berlin müsse, wohin ihm Bernhard vorangegangen war. Schon seit dem Sommer hing das Schwert über ihm, und er wußte es seit jenem Abend, an dem der Vater so seltsam aufgeschlossen gewesen war. Sie hatten einen Spaziergang gemacht und kehrten nun langsam und schweigend zurück, und Otto, der zuerst gemeint hatte, der Vater sei wegen des Mißlingens irgendeines landwirtschaftlichen Unternehmens bedrückt, merkte bald, daß ihn etwas anderes verstummen ließ. Der Vater blieb stehen und legte die Hand an den Stamm einer Kiefer. Es war ein noch junger Baum, dessen Rinde sich nur nahe dem Boden rissig und borkig verhärtete, während sie oben noch in weichen, rötlichen Schuppen um das Mark lag.

"Fühl mal den Baum an", sagte der Rittmeister, "spürst du, wie es drinnen auf und nieder geht? Der Baum hat seinen Atem. Du glaubst, es ist dein Blut - aber nein, unter deiner Hand zuckt der lebende Baum, und spürst du, wie er sich in Treue und Vertrauen gegen dich stemmt? In den Büchern, die der Mama so gefallen, ist beschrieben, wie die Dichter, wenn ihnen etwas passiert, in den Wald hinausgehen, die Bäume umarmen und sich an ihnen ausweinen. Das ist weniger närrisch, als daß sie nachher hingehen und Bücher darüber schreiben. So ein Baum kann ein Freund sein, er hat seine Seele."

Und wahrhaftig, es war vielleicht nur deshalb, weil der Vater so sprach, wie er noch niemals gesprochen hatte, aber jetzt fühlte Otto ganz deutlich, daß sich der Stamm gegen seine Hand lehnte. Wie ein Tier erwiderte der Baum die Liebkosung, beglückt durch die Berührung einer Menschenhand. Es flutete warm durch den Arm in den Leib, und als strahle von den Wurzeln durch den Boden das Glücksgefühl der Kreatur aus, so strömte es auch von unten her durch seine Sohlen und die zitternden Beine.

"Die Mama will dir nun bald nach Berlin schicken", sagte der Rittmeister, indem er fortfuhr, den Baum zu streicheln, "du sollst ins Leben. Na jut! Und du sollst ein janz großes Tier werden. So'n Kabinettsrat, wie ihr Vater jewesen ist. Aber du sollst mir darüber nicht verjessen, daß du ein Bismarck bist! Werde ein treuer Diener deines Königs, aber merke dir, daß man uns vor zweihundertsechzig Jahren Burgstall wegjenommen hat. Dat war besser als Schönhausen, und so ist uns der König noch immer was schuldig. Und dat wissen sie auch janz jut. Und wenn der König vor jemandem Respekt hat, so sind's die Altmärker, die vier: die Schulenburg, die Knesebeck, die Alvensleben und die Bismarck."

Es war Otto, als bestände zwischen dem, was der Vater über die Bäume, und dem, was er über die Bismarcks gesagt hatte, irgendein innerer Zusammenhang, den man nur dunkel erfassen konnte. Und er ging noch oft in diesem Sommer zu einem Baum, um die Hand an seine Rinde zu legen, und dann kam immer wieder dieses Erwachen einer schlummernden Kraft.

Er trug viel Liebe in die freundliche Welt seiner Heimat und empfing viel Liebe von ihr. Der alte Brand, der in diesem Jahr immer mehr einschnurrte, erzählte seine kuriosen Geschichten. Karl Brand aber wurde ein wenig mürrisch, als ihm Otto andeutete, daß er nun wohl bald nach Berlin müsse.

Warte nur, ich komme schon auch nach Berlin."

"Warum denn?" Otto faßte es nicht, daß jemand von Kniephof fort wollte, der bleiben konnte.

Aber Karl Brand war anderer Meinung: "Was du kannst, kann ich auch. Soll ich ewig hier sitzen und Schafe hüten? Berlin ist groß genug, daß ich auch noch unterkomme.

Nach Weihnachten wurde Otto vor den fertigen Beschluß gestellt, und eine Woche später kam der große Schlitten aus dem Schuppen und pflanzte sich vor das Herrenhaus. Um die Mäuler der Pferde dampfte der Atem, der Kutscher schnürte an den Körben herum und prüfte die Knoten, denn was so ein richtiger pommerscher Landweg war, der hatte es, was Knotenlösen angeht, in sich, wie vormals Alexander der Große.

Die Sonne schien den Pferden prall auf die Hinterteile, deren

Haut sich faltenlos über festem Haferfleisch spannte. Während Otto schon bereitstand, war es ihm, als sähe er zum erstenmal, daß die Flecken am Schweif des Schecken so angeordnet waren, daß sie ein richtiges Gesicht ergaben. Zwei helle Flecke als Augen, und unter einem dritten, den man ganz gut als Nase ansehen konnte, hing der Schweif wie ein höchst merkwürdiger Schnurrbart in einer Strähne zur Erde. Und mit diesem zweiten Gesicht lachte der Schecke in den Wintermorgen hinein, während er zugleich in dem umgewandten Kopf einen Ausdruck von Verschmitztheit wies. Das war sehr lustig, und es war auch gar nicht einzusehen, warum es nicht lustig sein sollte, wenn man auf ein paar Wochen nach Berlin kam und dann wieder auf Ferien nach Hause durfte.

Und die Mama sagte: "Du darfst nicht vergessen, daß sehr viel dazu gehört, um in den Augen der Welt als gebildeter Mann zu bestehen. Das sollst du mir werden, wenn ich dich nicht zu den alltäglichen Menschen zählen soll. Ihr sollt mir hoch hinaus, ihr beiden ..."

Dann kam der Vater im dicken Pelz aus dem Haus, klopfte dem Schecken auf sein zweites Gesicht, sagte etwas, das man nicht verstand, denn eben ging ein großes Summen durch die belebte und unbelebte Welt, und dabei schwang alles langsam um einen Mittelpunkt, der man selber war. Die blaue Schürze, hinter der Trine Neumann heulte, drehte sich in bestimmten Zeiträumen vorbei. Man sah auch irgendwie durch alles hindurch der Mama blasses Gesicht, dann fühlte man sich zwischen viele Decken und Pelze und neben dem Papa eingekeilt, und plötzlich zog ein starker Ruck das Gesicht der Mama und Trines blaue Schürze und die vertrauten Fenster fort ...

Vor der Schmiedekate stand Jochen Hildebrand und hob ein kleines Bündel hoch, in dem oben ein roter, runzeliger Apfel saß.

"Der Storch war da", brüllte er, "ein Junge, Herr Rittmeister."

"Zehn Stücke und ein Marsch", brüllte der Rittmeister zurück.

Dort, wo der Landweg von der Zampel weg ins wilde Pommern strebte, kam noch ein letzter Gruß der Heimat. Ein Indianerpfeil flog über die Buschruten und blieb in den schweren Pelzfalten stecken. Otto löste einen Zettel vom Schaft: "Auf Widderseen in Berlin - Adjöh!" stand in windschiefer Keilschrift auf dem schmutzigen Papier, hinter dem Busch aber war Karl Brand auf Faßdauben zu sehen. Raketengleich flog ihm die Mütze aus den Händen hoch in die Luft, die herunterwirbelnde fing er kunstgerecht mit dem Kopf auf. Das war die Abschiedsvorstellung zu Ehren Ottos.

Der Papa hatte eine stille Zeit. Nur wenn sie der pommersche Landweg aus einer Furche in die andere warf und sie gegeneinander stießen, sagte er: "Oha!" oder "Na na!". Es fiel ihm nicht ein, die Fahrt zu guten Lehren auszunützen, und es war offenbar, daß er seinen Abschied schon an jenem Abend im Sommer genommen hatte.

So kam man nach Gollnow, wo der Scheck und der Fuchs mitsamt Kutscher und Schlitten verabschiedet wurden, fuhr dann mit einem Schiffer auf einer schmutzigen Plätte die Ihna hinunter und dort, wo die Oder ihr übermütiges Maul aufzureißen begann, zwischen weißblauen Eisschollen auf einem Fischerboot nach der Stadt, wo sie das Wollenwetter machten. Es war, als hafte die engere Heimat noch immer zähe an den Sohlen, und auch als man auf die Schnellpost übergegangen war, zeigte sich keine Änderung im Takt. Jedes Wirtshaus am Weg war ein Magnetberg an weißen, roten oder grünen Schnäpsen, an denen ein Postillon, der etwas auf sich hielt, nicht vorüberfahren konnte.

Pommern schwand erst dahinten am Horizont weg, als man in Berlin war. Zuerst schien es freilich, als habe man auch hier dafür gesorgt, daß den Kniephofern nicht bange werde, denn die Straßen glichen mit ihren Pfützen und zerfahrenen Gleisen den Dorfstraßen der Heimat, und als der Post, die unter Schwanken und Tuten die Linden entlang fuhr, eine Herde von Kühen entgegenkam, da bimmelte gleich die ganze Zampelwiesenerinnerung in heller Fröhlichkeit. Dann aber kamen sie an der Königswache vorbei und sahen links und rechts je ein in Fetzen vermummtes Gespenst stehen, dem Otto keine Deutung wußte.

Der Postillon aber wußte sie: "Det sind die Herren Bülow und Scharnhorst, in Marmor ausjehauen, von Monsieur Rauch, die demnächst enthüllt werden sollen."

Und als sie über den Gendarmenmarkt knatterten, zeigte der

Postillon mit der Peitsche auf ein Gebäude, das so feierlich aussah wie eine Sonntagspredigt, und sagte: "Und det is das neue Schauspielhaus, erbaut vom Monsieur Schinkel an Stelle von det alte, wo abjebrannt is."

Da kam Otto ganz aus Hintergründen ein Erinnern an Flammen und sprühendes Feuerwerk, und nun war es irgendwie entschieden, daß man nicht in Pommern war, sondern in Berlin.

Nicht lange, so war man vor dem Tor von Plamanns Lehranstalt, und Bernhard war da, half dem Vater aus dem Pelz, küßte seine Hand und umarmte den Bruder mit einem etwas erkälteten Ton von Wohlerzogenheit.

Im Flur, in dessen Steinboden mit kleinen farbigen Würfelchen nahe der Tür ein etwas absonderliches Bild von einem Hundevieh und die Worte ‚Cave canem' ausgelegt waren, kam ihnen ein kleines Männchen entgegen. Er machte immer drei Schritte und verbeugte sich dann händereibend: "Herr Rittmeister ... hohe Ehre ... Ihr Besuch ehrt mich in der Tat. Ich bin ungemein erfreut. Da haben wir also unseren neuen Schüler. Wollen uns schon Mühe geben, wird wohl seinem Bruder nicht nachstehen. Um es gleich vorwegzunehmen, Herr Rittmeister, wir sind zufrieden ... können beruhigt sein. Wird sich noch ganz zu Ihrer Freude entwickeln."

Bei jeder Verbeugung glitzerte eine blanke Glatze im einfallenden Licht. Otto hatte den tollen Gedanken, man brauchte diesen Schädel nur mit den Erdteilen zu bemalen und mit Kreisen zu umspannen, um an ihm Länderkunde studieren zu können wie an dem Kniephofer Globus.

Das Männchen führte die Gäste unter Verbeugung ins erste Stockwerk und ließ sie durch eine Tür mit der Aufschrift "Schulleitung" eintreten.

"Unser Rex ist famos, nicht?" flüsterte Bernhard.

Das Zimmer war kahl und ungeheizt. Da es draußen wärmer geworden war, strömten die Wände die aufgespeicherte Kälte doppelt unangenehm aus, und das Unbehagen steigerte sich, wenn man den Kachelofen ansah, der trostlos und seine Überflüssigkeit betrauernd in der Ecke stand.

Der Leiter dieser Anstalt hatte ein dickes, in Leder gebundenes

Buch mit abgegriffenen Ecken aus einer Tischlade genommen und aufgeschlagen. "Wollen doch gleich einmal die Personalia feststellen...", sagte er, "... also, Herr Otto von Bismarck, ehelicher Sohn des Herrn Rittmeister Karl Wilhelm Ferdinand von Bismarck und der Frau Wilhelmine Luise geborene Mencken, geboren am 1. April 1815 in Schönhausen in der Altmark. Etcetera. Das habe ich schon vorher eingetragen. Nun die Vorkenntnisse." Er stützte den Federkiel mit der Spitze gegen die von vielen Tintenklecksen befleckte Tischplatte und sah aus wie der Gott der Erwartung.

"Nun: Schreiben und Lesen ... ja wohl. Sehr gut." Er schrieb, zog die Augenbrauen hoch und spießte die Feder wieder gegen den Tisch. "Weiter: Zeichnen? Ach ja, habe ja die Blätter gesehen, die der Herr Bruder erhalten hat. Mit Talent und Geschmack gemacht. Französisch? Auch Französisch ... Bravo! Ausgezeichnet!" Er hüpfte auf seinem Stuhl, als sei ihm persönlich etwas Freudiges widerfahren. Er trug das vorhandene Wissen ein, schielte mit schiefgelegtem Kopf nach dem Blatt, legte dann das Löschpapier ein und klappte das Buch zu.

Dann schlug er die Hände mit einem lauten Knall zusammen und begann sie sogleich wieder zu reiben: "Da wollen wir schon etwas aus ihm machen. Ein guter Grund scheint vorhanden."

Der Papa ergriff das Wort und fragte, ob er mit seinen Söhnen den Rest des Tages und den Abend außerhalb verbringen könne.

"Aber gewiß, gewiß", buckelte das Männlein, "wollen nur den jungen Herrn erst behaglich einrichten. Christian! Christian! Herrn Otto von Bismarck auf Zimmer C."

Der Diener, der schon unten bei dem Mosaikhund die Sachen übernommen hatte, erschien und führte Otto in ein Zimmer, von dem der neue Zögling vorläufig keinen anderen Eindruck hatte, als daß es ebenso kühl sei als das des Herrn Rektors. Er kam an einer Gruppe von Schülern vorbei, die ihre Köpfe zusammenschoben. Er fühlte, daß ihm etwas wie feindselige Neugierde entgegenschlug.

Dann ging er mit Bernhard und dem Vater fort, ein wenig durch die Straßen der Stadt. Sie speisten in einer Gastwirtschaft, deren Wände in pompejanischem Rot gehalten waren und deren Kellner blaue Röcke mit silbernen Knöpfen trugen.

Dieser Abend zog sich müde und schleppend hin wie die Zampel, wo sie im Sumpf verläuft, und obwohl Otto wußte, daß mit dem Vater das letzte Stück lebendiger Heimat wegging, der Mensch, der ebensolange wie er selbst die Luft von Kniephof geatmet hatte, wünschte er doch, es wäre schon zu Ende.

Als es dann aber wirklich soweit war und der Vater vor Plamanns Haus seine Stirn mit einem festen, kurzen Kuß berührte, während der Diener mit der Laterne mürrisch im geöffneten Tor stand, da sah er doch in die Zukunft wie in ein weites, leeres Rohr, und es war ihm, als müsse er sich an dieses Stück Heimat klammern.

Dann war alles aus. Der Diener schloß das Tor und schritt mit der Laterne die Treppe voran. Bernhard zog den Bruder hinten am Rock: "Otto, ich muß dir was sagen. Du mußt dich ..." Aber es kam nicht dazu, daß Otto erfuhr, was ihm Bernhard zu sagen hatte, denn der Diener öffnete mit einem strengen Gesicht, das jedes Flüstern verwies, einen schmalen Flügel der weißlackierten Tür.

Ein winziges Flämmchen brannte hinter rotem Glas an der Wand. Sogleich fuhren aus einigen der zehn Bettstellen, die den Raum so ausfüllten wie die Zellen eine Honigwabe, ein paar Köpfe hoch, und eine scharfe Musterung begann. Niemand sprach, denn die Hausordnung verlangte nach neun Uhr abends unbedingtes Schweigen. Otto hatte auch keineswegs Lust, heute noch Bekanntschaften anzuknüpfen. Er hätte nur gerne gewußt, was ihm Bernhard mitzuteilen hatte, denn dieser fuhr so seltsam mit den Händen herum und zwinkerte so voll Bedeutung mit den Augen, daß es schien, als wolle er dem Bruder geheime Zeichen machen.

Das Bett war wie ein Brett, das Polster nahm keinen Eindruck an, das Ganze war wie eine Einleitung in die Härte des Lebens.

Otto versuchte im Gebet an Gott heranzukommen. Er stellte sich alles recht genau vor, den Vater, die Mama mit den Locken, die Schmiede, Karl Brand, den Teich im Park, Trine Neumann, den Sandstein-Herkules, dem er unlängst eine Ladung Schrot in das Hinterteil geschossen hatte, den Schecken mit den zwei Gesichtern, und über alles das stülpte er sein Gebet wie eine Glasglocke. Zum Schutz, daß er alles so wiederfände, wie er es verlassen hatte.

Er hörte ein Flüstern: "Paß auf, was du träumst", sagte jemand.

Als er einschlief, wiederholte sich ihm dumpf der Eindruck, er sei in eine enge Zelle gebettet, die mit anderen in eine Wabe gereiht war, und das Ganze bebe vor Summen wie ein richtiger Bienenstock.

Es sollte sich zeigen, daß wirklich ein recht böses Bienenvolk aus den Zellen schwärmen konnte, Bienen mit giftigen Stacheln.

Otto erwachte jäh, etwas war auf ihn niedergestürzt, sein Gesicht war verhüllt, der Hals eingeschnürt, es regnete Prügel. Seine Hände waren in die Finsternis geschraubt, seine Füße steckten in Flammen.

Der erste Gedanke war, des alten Brand Nachtgespenster seien ausgebrochen und hätten ihn überwältigt. Unter den Schlägen spritzten vor seinen Augen Funken. Aber als habe einer dieser Funken ein Bild entzündet, war auf einmal seines Bruders Bernhard Gesicht da und sein heimliches Deuten.

Da zog Otto mit einem plötzlichen Ruck die Beine an und stieß sie mit voller Kraft von sich. Er spürte, wie er etwas fortschleuderte, dabei wurden seine Augen frei, er sah einen ganzen Knäuel von Gesichtern über sich, halb lachend, halb grimmig, sah Fäuste nach sich gestreckt. Er schnappte, packte mit den Zähnen einen Finger, biß zu. Jemand schrie unterdrückt. Irgendwie lockerte sich die Schraube. Otto riß den rechten Arm heraus, fuhr blind in den Knäuel, mit geballter Faust, noch einmal ...

Da glitt ihm auch der linke Arm aus der Fessel. Nun krümmte er sich zusammen und stieß wieder beide Beine mit der Kraft eines losschnellenden Astes nach vorn, sprang auf, in die Lücke. Es war gut, daß er von Karl Brand gelernt hatte, seine Fäuste recht zu gebrauchen, so schlug er sie von unten her gegen die Kinnbacken oder schmetterte sie gegen die Magenwände ...

Er sah undeutlich, daß irgendwo neben ihm Bernhard dreindrosch wie ins Kraut ...

Plötzlich zerstob der Schwarm der Nachtmahre, man sah ein Flattern von Hemden, ein Hüpfen in die Betten, so wie Frösche reihenweise in die Tümpel springen. Bernhard stand neben Otto: "Rin in die Klappe! Der Dicke kommt!"

Als der Lehrer der Geschichte August Sammet, genannt der Dicke, einen Augenblick später in die Stube schaute, lag alles in friedlichem Schlaf, nur die Wandlampe blinzelte aus roten Lidern.

Am Morgen trat ein langer Kerl mit Sommersprossen, dessen Zeigefinger mit einem Leinenverband umwickelt war, auf Otto zu und fragte drohenden Tones: "Was hast du geträumt?"

Otto sah mit heiter blauen Augen drein: "Ich glaube - nichts! Es kommt vor, daß ich nachtwandle, aber am nächsten Tag weiß ich nichts mehr davon."

Da reichte ihm der Lange die Hand: "Ich nehme dich auf! Tod den Tyrannen!"

5

Von den alten Spartanern weiß jeder gebildete Mensch, daß sie vor allem durch die spartanische Erziehung berühmt waren.

Diese spartanische Erziehung bestand darin, daß man auf hartem Lager schlief, schwarze Suppe aß, seinen Zeltgenossen auf Tod und Leben die Treue hielt, die Kinder bisweilen auf dem Taygetos aussetzte und sich von Füchsen, die man an der Brust verborgen trug, totbeißen ließ.

In Plamanns Schule waren diese Grundsätze ins zeitgemäß Deutsche übersetzt worden. Demnach hatte man die Aussetzung der Kinder und das Totbeißen durch Füchse ausgeschaltet. Aber das harte Lager, die strenge Zucht und vor allem die schwarze Suppe waren beibehalten worden. Ja, wenn man annehmen konnte, daß im Punkt der Abhärtung das Muster vielleicht nur eben erreicht wurde, so war es ausgemacht, daß durch die Plamannsche Suppe die spartanische an Schwärze noch übertroffen wurde. Und wie die Gelehrten bis heute nicht wissen, woraus diese Suppe eigentlich bestand, so wäre es auch vergebene Mühe gewesen, das Geheimnis der Zusammensetzung der Plamannschen zu ergründen.

Nur eine Person wußte es, Frau Adelheid Trh aus Prdbaba in Böhmen, die Plamannsche Küchenregentin, und auch die vielleicht nicht genau. Man sagte von ihr, sie sei Anno 1813 Marketenderin gewesen und bearbeite noch heute die Abfälle aus jenen Tagen.

Jedenfalls hielt sie der Rex ob ihrer Küchenkünste lieb und wert, und je mehr es sich zeigte, daß der Stern seiner Anstalt im Herabsinken war, desto lieber und werter wurde sie ihm.

Auch das übrige Programm der Abhärtung wurde mit aller Unnachsichtigkeit betrieben. Winters und sommers wurden die Jungen im Tagesgrauen aus dem gejagt, was anderswo Federn heißen mochte. Sie traten mit Seife und Handtuch in einem Zug an und marschierten auf den Hof, wo sie sich an der Pumpe waschen durften. Im Winter mußte man oft erst lange Bärte von Eiszapfen wegbrechen, ehe der kalte Strahl aus dem Rohr kam. Es war ein beliebter und unverdrossen wiederholter Witz, dem Neben- oder Vordermann so ein Stückchen Eisbart in die Tasche zu schieben, daß ihm dann während des Unterrichtes das Schmelzwasser in die Hosen lief. Da war es dann Ehrensache, sich nichts merken zu lassen, und dieser Heldenmut ersetzte einigermaßen die Probe mit dem Fuchs.

Denn was bei den Spartanern die Zeltgemeinschaft war, das war bei Plamann die Stubengenossenschaft. Die dreißig Pensionäre, die auf drei Zimmer verteilt waren, bildeten drei untereinander engverbundene Gruppen, die wieder den Externisten gegenüber zu einem weiteren Verband zusammenwuchsen. Verrat kam nicht vor, und die Lehrer hätten den Versuch eines solchen als verabscheuungswürdig gerügt.

Im Plamannschen Olymp aber herrschte, wie es sich für einen anständigen Götterhimmel schickt, eine Dreifaltigkeit: neben Lykurgos standen auch, schon bei Lebzeiten zu den Sternen versetzt, Jahn und Arndt. So wurden neben den lykurgischen Grundsätzen, die mehr aufs Negative hinausliefen, auch die neuen Jahnschen Leibesübungen betrieben, das sogenannte Turnen mit Laufen, Klettern, Stabspringen, Schwingen und Klimmen an quergesteckten Stangen. Man schwamm. Man streckte die Glieder. Man focht. Man schlug mit Keulen um sich.

In der Geschichte aber lernte man von August Sammet, daß alle Regierungshoheit beim Volk sei und daß die Könige ihre Macht keineswegs von Gott, sondern von den Nationen empfangen hätten. Wenn demnach die Könige ihre Macht mißbrauchten, so stünde es beim Volk, sie ihnen wieder abzunehmen, und das heiße die souveräne Freiheit. Die Weltgeschichte habe diesbezüglich schon manche beachtenswerte Winke gegeben.

Diese aus Rücksicht auf die adeligen Schüler immerhin mit

einiger Mäßigung vorgetragenen Lehren wurden in den Geheimbünden zu Dolchen, Messern und Pistolen. Es war fester Beschluß, daß Deutschland einig werden müsse, und wenn sich die Regierungen in ihrer törichten Kurzsichtigkeit nicht aufraffen wollten, den Völkern die gewünschten Verfassungen zu geben, so mußten sie eben weggefegt werden.

Ernst Krigar hob bei solchen Stellen immer die Schwurhand. Ein anderer sagte zur Bekräftigung seiner Rede: "Auf Ehre!" oder "So wahr mir Gott helfe!", aber Ernst Krigar, Sprecher der Arminia, sagte: "Stein zu Stein, Bein zu Bein, Gras zu Grein", und kam sich dabei vor wie ein unmittelbarer Nachkomme der heiligen Feme. Seine Sommersprossen funkelten dazu, als wären sie ins Gesicht eingelegte Metallplättchen.

Eines Tages aber sagte Otto, als der Sprecher wieder seinen Femeschwur getan hatte, mit einem abwesenden Ausdruck im Gesicht: "Glück und Glas, wie bald bricht das."

Krigar fuhr herum, und die Haut zwischen den Sommersprossen schien einzusinken: "Wieso? Was meinst du damit?"

"Nichts!"

"Na, du mußt doch etwas meinen?"

"Nein - ich meine nur, das reimt sich auch. Und paßt ebensogut!"

Im übrigen aber hielt Otto die Treue, und als das Unglück mit der großen Fensterscheibe geschah, die von Ranft eingeworfen wurde, nahm er die Tat lieber auf sich, als daß er den Täter verraten hätte. Er schwor mit den anderen den Tyrannen Tod und Verderben, aber begriff doch nicht ganz, warum man Harmodios, Aristogeiton und Brutus so verherrlichte, da sie im Grunde doch nur Empörer gegen die Obrigkeit waren. Daß die Republik die beste Staatsform sei, war unzweifelhaft - aber sie hatte den einen Fehler, daß sie keinen König an der Spitze gebrauchen konnte. Mit solchen Ansichten machte er sich einigermaßen verdächtig, und man beschloß, wenn es je notwendig werden sollte, den König von Preußen zu töten, jedenfalls Otto von Bismarck nichts davon zu sagen. Ansonsten war aber auch er davon überzeugt, daß Deutschland unbedingt einig werden müsse.

Er nahm an allen Übungen mit Ausdauer teil und ließ täglich die schwarze Suppe mit dem Hunger der Jugend über sich ergehen.

Wenn er seine stille Zeit hatte, ging er in den Garten. Plamanns Haus lag inmitten einer kleinen, von der Stadt scheinbar vergessenen Wildnis. Der Garten, der hinter dem Gebäude lag, war zu groß, um durchaus gepflegt werden zu können, und selbst wenn jeder der Schüler seinen Teil ordentlich bestellte, blieb immer noch genug Gestrüpp, das wirr war von üppigem Wachstum. Dort hatten die Germanenstämme von A., B. und C. ihre Schlupfwinkel und Kriegspfade, und ein quer durch die ganze Wirrnis getretenes Weglein war der Rennsteig.

So hatte er ein wenig vom Kniephof auch hier. Aber Kniephof war doch anders. Otto stand oft, wenn er durch das Gestrüpp geschlüpft war, am Zaun, faßte mit den Händen je eine Zaunlatte und sah hinaus. In Kniephof lag, wo man vom festen Strand des Gutshofes hinaussah, die weite Welt wie ein Meer ohne andere Grenzen als den Himmel. Es ließ sich denken, daß man da gehen konnte, bis die Füße abgelaufen waren. Hier aber sah man durch den Zaun in einen Nachbargarten, und wenn es hoch kam, jenseits dieses Gartens noch einen zweiten, aber dann stieß man doch wieder überall schon auf Hausmauern mit Balkonen, an denen immer Wäsche flaggte und schlug, wie Segel, die ein Schiff nicht weiterbringen.

Manchmal hörte er draußen ein Geräusch, das an Kniephof erinnerte, an das Klirren der Pflugscharen oder das Hämmern in der Schmiede. Dann sprang Otto zum Fenster. Aber es war nichts zu sehen als Frau Adelheid Trh, die auf dem Hof die großen Blechtöpfe von den Überresten der schwarzen Suppe säuberte oder mit den Holzklammern klapperte, die ihr zur Befestigung der Plamannschen Hemden auf den langen Leinen dienten.

Nur das Gackern der Hühner war ihm treu geblieben und trog ihn nicht. Wenn sie unten auf Plamanns Hof so recht spektakelten und mirakelten, dann sah er mit geschlossenen Augen die Strohdächer der Scheunen und das Storchennest auf der Schmiede.

Eines Tages brach er sein Schweigen. "Bernhard", sagte er, "in vierzehn Tagen sind die Ferien da."

Das Zeugnis stellte Ottos guten Fortgang fest und war nicht karg mit dem Lob, das dazu dienen sollte, den Schüler zu noch größerem

Eifer anzuspornen. Otto hatte keine Freude daran, es schien ihm ein wertlos beschriebener Wisch, denn tags zuvor war ein Brief aus Kniephof angelangt, in dem Vater mitteilte, daß Mamas Gesundheit nicht zum besten stehe und daß eine Badereise unbedingt nötig sei. So sei es ihr leider genommen, die beiden lieben Söhne daheim zu sehen.

Der Sommer ging trüb, heiß und langsam über dem Plamannschen Grundstück hin, der Herbst brachte die Freunde zurück, und über den Winter und den Frühling wuchs die Hoffnung wieder dem neuen Sommer zu. Aber auch in diesem Sommer war es notwendig, Mamas Gesundheit im Bad zu kräftigen.

Es war Otto, als lege sich eine harte Rinde innen an die Brust. Wieder nichts. Wieder blieb die Zampel in der Ferne, das Gehämmer des Schmiedes sollte er nicht zu hören bekommen. So war er ein Kettengefangener, ein Galeerensträfling. Eine böse Absicht hielt ihn der Heimat fern. Es war mit Fug zu zweifeln, daß er seiner Eltern rechtes Kind sei, da sie ihn so von sich verbannten. Onkel Fritz in Templin nahm sich des Knaben an. Er hatte ein lustiges kleines Gut, und Potsdam war in der Nähe. Man konnte ganze Sonntage lang vergessen, daß es ein Kniephof gab, wenn man im Boot lag und fischte, an hängenden, dicht umbuschten Ufern entlangfuhr oder auf den Terrassen des Potsdamer Schlosses unter einem hellen Himmel ging, gegen den die dunklen, gestutzten Hecken schwer und finster dastanden. Wenn man aber wieder in Berlin war und vom Stubenfenster aus den roten Abendhimmel sah, dann war Kniephof wieder da, und die Sehnsucht brannte ihren glühenden Stempel in die Seele.

Der dritte Sommer brachte dieselbe Enttäuschung. Otto begann zu verstehen. Mamas System war die Ergänzung zu Plamanns spartanischer Erziehungsmethode. Er hielt sich die Spiegelscherbe vor das Gesicht, die Bernhards beginnenden Rasierübungen diente, und sah, daß aus dem verzogenen Mund arge Bitternis in wehe Falten glitt.

6

Es hatte geregnet, und an den Büschen hingen glasige Wassertropfen. Otto steckte im Arminenlager und las in Schillers ‚Tell'. Auch der gehörte zu den Freiheitshelden, aber auch bei ihm war nicht darum herumzukommen, daß er sich zu Unrecht seiner Obrigkeit widersetzte. Das in der hohlen Gasse war einfach scheußlicher Mord, wenn auch Schiller noch so viele Schändlichkeiten auf diesen Geßler häufte.

Ein Regenwurm mühte sich, aus der Erde zu kommen. Otto sah, wie er Ring auf Ring aus dem lockeren Müll zog und zu den schon befreiten legte. Die Erde: welche zähe Kraft des Haltens sie hatte!

Es flatterte ein kurzes Rascheln in den Büschen. Otto wandte sich nicht. Aber da war es ihm, als müsse ein Mensch in der Nähe sein, und nun drehte er langsam den Kopf über die Schulter. Etwas Helles blinkte in der Lücke hinter dem Nachbarzaun. Ein Mädchengesicht mit blonden Locken drückte sich an die Zaunlatten. Otto staunte hin, etwas Neues war in den Garten gekommen. Oft genug hatte er in den Nachbargarten gestarrt, um zu wissen, daß diese gelb besandeten Wege nur von einem alten Mann in schwarzen Kleidern und einer blassen, stillen Frau beschritten wurden.

"Wer bist du?" fragte das Neue.

Otto stemmte die Hand auf den Boden und erhob sich. Es regnete auf ihn herab und auf den Schiller, der neben dem Regenwurm liegengeblieben war. Otto stieß oben an die Büsche an, denn er war stark in die Höhe gegangen, wie ein Spargel, mit schlankem Leib und einem kleinen Kopf.

"Ich bin Schüler hier!" sagte er. "Und Sie? Ich kenne Sie nicht!"

Das Mädchen lachte: "Es gibt in Berlin noch viele Menschen, die du nicht kennst."

Jetzt stand Otto nahe dem Zaun und sah, daß das Mädchen eine zarte, braune Haut hatte, auf der viel Sonne gewesen zu sein schien. Aber darunter war alles durchsichtig, und nur wo die Backenknochen gegen die Haut vordrangen, grenzten sich rote Flecken ab.

"Übrigens hast du recht", sagte sie, "daß es dir auffällt. Ich bin erst seit einer Woche zurück. Berlin ist gräßlich, es sind so viele Menschen da."

Aus tiefstem Herzen mußte man da zustimmen. Aber das Mädchen fuhr schon fort. "Ich war in Italien. Da drängt man sich nicht so wie hier, man hat Platz. Hier baut man immer nur - das ist häßlich. Dort läßt man verfallen - das ist traurig, aber schön."

"Ja - Italien!" sagte Otto und hatte eine unklare Vorstellung von sehr viel Blau und etwas Weißem aus Stein zwischen dunklem Grün. Es war das aber mehr eine von Goethe kolorierte allgemeindeutsche Vorstellung von Italien als irgendwie eine besondere Sehnsucht.

"Wolltest du wohl auch gern nach Italien?"

"O ja!" Aber zugleich wußte Otto, daß er die ganzen blauen und weißen Herrlichkeiten jenseits der Alpen einschließlich der Tempel Siziliens und des Kolosseums in Rom für den Winkel hinter dem Kniephofer Kuhstall hingeben würde, wo die Brennesselstauden durch die Böden alter, von rotem Rost zerfressener Blechtöpfe hindurchwuchsen.

"Man darf nur nicht krank sein, wenn man in Italien ist. Kranke haben es in Italien noch schlechter. Alles sagt: Komm mit! Und du mußt immer sagen: Ich kann nicht! Die Berge winken: Komm herauf! Die Seen lachen: Komm herein! Und du hast nur immer die eine Antwort: Ich kann nicht!"

Wie alt war dieses Mädchen eigentlich? Otto maß ihre Größe mit einem schnellen Blick, und alles, auch die Art ihrer Kleidung, wies darauf hin, daß sie nicht viel älter sein mochte als er selbst. Wie kam es wohl, daß sie zu ihm "du" sagte, während ihm selbst sogleich von Anfang an das "Sie" angeflogen war und nun nicht mehr von den Lippen wollte?

"Was liest du da?" fragte sie.

"Es ist Schillers ‚Wilhelm Tell'."

"Ach, ich soll ja auch nichts lesen. Sie nehmen mir immer gleich das Buch aus der Hand. ‚Schau in die Sonne.' Man kann doch nicht den ganzen Tag liegen und in die Sonne schauen. Man lernt ja viel dabei ... ich habe gesehen, wie Pflanzen wachsen, wie sich Knospen entfalten, ein Blatt nach dem anderen rollt sich auf ... Schließlich mußt du doch wieder nach Berlin zurück. Alles hat ein Ende."

Als Otto nach diesen Worten in die Augen seiner Nachbarin sah, wußte er auf einmal, warum ihm das "Sie" an den Lippen klebte. Diese Augen waren viel, viel älter als das Persönchen, zu dem sie gehörten. Sie waren blau, aber von einem dunstigen Blau, wie es der Himmel vor langen Regenperioden hat oder wie es sich aus trägen Wasserflecken spiegelt, an denen Sagen von Ertrunkenen haften.

Dazu stimmten auch die schwarzen Wimpern, die dieses Blau umstanden wie Zypressen oder dunkle Weiden. Und, ganz von selbst, ohne daß er hätte sagen können, wie seine Frage zu diesen Beobachtungen gehörte, sagte er: "Wie heißen Sie?"

"Helene."

Ja, Helene, dieser Name war notwendig! Er stand schon in diesen Augen, in diesem Blau zwischen schwarzen Wimpern. Otto schauderte irgendwie in sich selbst zusammen, in einem geheimen Wissen, das er zurückdrängte.

"So rede doch auch endlich einmal. Wer bist du? Was für ein Landsmann?"

"Ein Pommer!" Er stellte das blank und kerzengerade hin, wie er selbst war.

"Baff!" machte Helene lachend. "Pommern grenzt an Rußland, und die Straßen sind dort mit guten Absätzen gepflastert, die den Wanderern verlorengegangen sind."

Otto war keineswegs böse. Jedem anderen wäre er mit der Faust unter das Kinn gefahren, dieses Lachen aber legte um jedes Wort ein hübsches, goldenes Rähmchen.

"Sie kennen Pommern nicht!" sagte er sanft.

Sie winkte ab mit einer reizenden Biegung der Hand: "Nein, da lieber noch Berlin."

"Ach nein!" verwunderte er sich. "Ja, was gefällt Ihnen denn da?"

"Es gefällt mir ja nicht ... aber es ist doch noch immer besser als die Wüste.

Aber da war es, als werde ein großes Tor in Otto aufgedreht und als dränge es ihn unwiderstehlich, aus sich selbst hinauszutreten. Er begann langsam, ganz langsam, sehr behutsam. Um nicht zu stolpern, sprach er gar nicht von den Dingen, die er besonders liebte, sondern mehr im allgemeinen von der Weite der Landschaft, dem Wechsel von Wiesen, Feldern und Wald, der Zampel, den Teichen, in deren Schilf die bunten Wildenten tauchten. Dann erst, nachdem das alles licht und zart ausgetuscht war, pinselte er seine besonderen Lieblinge hinein: den Schmied Jochen Hildebrand, der sich vor dem Teufel nicht fürchtete, den Schecken mit den zwei Gesichtern, Karl Brand und Trine Neumann, die immer einen nassen Schürzenzipfel hatte, weil ihr alles auf der Welt so naheging. "Und ... und ... und ...", er sperrte sich selbst seine Rede, obzwar er noch bis obenhin voll war, denn er konnte doch einem Mädchen, das eben aus Italien kam, nicht gar soviel von Kniephof erzählen. Dort unten lag die Schönheit ja auf allen Straßen, vergoldete jede Oberfläche, in Kniephof war sie mehr hinter den Dingen versteckt, und wer nicht selbst dort gewesen war, konnte es vielleicht gar nicht so recht glauben. Er schwieg und schämte sich ein wenig.

Aber Helene sah von ihm fort: "Das ist doch ganz hübsch ... hübscher, als ich es mir gedacht habe. Schließlich: Was braucht der Mensch, um glücklich zu sein, anderes als die Erde unter sich und den Himmel über sich? Kennst du Clauren ... der schreibt ..." Sie unterbrach sich, schaute zwischen den Büschen durch nach hinten und sagte: "Ich glaube, Mama holt mich zum Essen. Ich muß fort. Wenn die mich hier findet, zwischen den Haselstauden, wo es feucht ist ... dann weint sie stundenlang. Aber du bist doch morgen wieder hier ... du mußt mir dann noch von deinem Kniephof erzählen."

Die schlanke Hand drängte sich zwischen den Zaunstecken durch. Das Mädchen duckte sich, war weg, kaum daß die Spitzen der Haselstauden ein wenig schwankten, und schon sah sie Otto drüben neben dem schwarzen Kleid der Mutter als weißes Wölkchen von Schaum.

So bekam dieser Sommer, der Otto erst wie eine taube Nuß geschienen hatte, doch noch einen süßen Kern. Er wuchs irgendwie in eine allgemeine Güte und ein Weltverstehen hinein und hatte ohne allzuviel Gebetsorgen das Gefühl, rein und dem Herrn ein Wohlgefallen zu sein. Und das kam alles aus diesen Stunden am Gartenzaun, in denen er von Kniephof sprechen durfte und für sein pommersches Hohelied im Austausch Bilder aus Italien bezog, die ihm recht sauber und lieb erschienen, ohne sonderliche Wünsche rege zu machen.

Dann zog der Herbst daher, und die Schule füllte sich, Frau Adelheid Trh nahm wieder den großen Blechtopf vom Gestell, und die Schwaden der schwarzen Suppe zogen gleich finsteren Wetterwolken durchs Haus. Der Rex rieb in seine knochigen Hände viel Unbehagen hinein, denn wieder war die Zahl der Neueintretenden hinter seinen Erwartungen zurückgeblieben, und zu Ostern ging eine ganze Menge von Schülern an das Gymnasium ab.

August Sammet interessierte sich nach den Ferien viel schärfer für die deutschen Fürsten als vorher. Die heiligen Farben Schwarz-Rot-Gold sollten über ganz Deutschland wehen, und es war hohe Zeit, daß die Könige ihre im Jahr 1813 gegebenen Versprechungen wahr machten, sonst würde man sie daran mahnen. Mit Nachdruck! Er sprach auch von Verfassungen und eisernen Besen und daß man vor allem Österreich mißtrauen müsse. So wurde auch die Tonart in der "Arminia", bei den "Hohenstaufen" und bei den "Barden" viel schärfer, und man war entschlossen, mit den deutschen Fürsten nicht mehr viel Federlesens zu machen. Krigar schwor wieder Stein und Bein, die Freiheit müsse her, oder es gäbe ein Unglück.

Otto blieb dabei, daß er sehr für Revolutionen sei, aber es dürfe nicht tumultuarisch zugehen. Am besten seien Revolutionen, die nicht von unten, sondern von oben ausgingen, und so sei es nur ganz in der Ordnung gewesen, daß der Große Kurfürst endlich dem Kaiser die Zähne gezeigt habe. Trotz dieser offenbaren Zurückgebliebenheit in nationalem Verstand behauptete sich Otto obenauf. Er war mehr als bisher Heerführer und Kommandant aller Festungen, nahm die Leitung einfach an sich und fand es selbstverständlich, daß die anderen sich fügten.

Ein Gerücht, das sich bald über ihn im stillen ausbreitete, trug nur dazu bei, ihn in seiner Stellung zu stärken. Man erzählte sich, daß er eine Freundin im Nachbargarten habe, die zu ihm an den Zaun komme und mit der er auch schon auf der Gasse gegangen sei. Man knüpfte keine Bemerkungen daran, man verspottete ihn nicht, denn man wußte von August Sammet, daß die Frauen bei den alten Germanen in höchster Achtung gestanden hätten. Man staunte nur und wäre geneigt, darin die Bestätigung einer höheren Lebensordnung zu erblicken, wenn man das mit festen demokratischen Grundsätzen hätte vereinen können.

In Wahrheit war Otto mit der Freundin nicht so oft zusammen, wie er es wünschte, und der Winter trennte sie auf ganze Wochen. Nur zu oft klebte das dreieckige Stückchen Papier in der Ecke von Helenes Fenster. Und das hieß: "Ich bin krank, ich kann nicht." Und nur selten konnte er sich über das weiße Viereck freuen, das ihm sagte: "Erwarte mich morgen vor dem Haus."

Die Mutter saß immer nähend am Gartenfenster, und die Büsche waren kahl, da wären sie am Zaun gesehen worden. Darum mußten sie sich ein paar Minuten für ein flüchtiges Beisammensein im Haustor stehlen. Otto drängte Helene, doch auch einmal auf die Eisbahn zu kommen, aber für solche Wünsche hatte sie auf ihren längst wieder fahl gewordenen Wangen nur ein stilles, wehes Lächeln.

Nun setzte Otto seine Hoffnungen auf den Sommer, und er war diesmal gar nicht einmal so sehr auf Kniephof entbrannt. Wenn man ihm die Ferienfreude wieder versagte, so wuchs ihm daraus die andere, mit Helene von ihr zu sprechen. Inzwischen aber war der Frühling gar nicht gut gegen Helene. Wochenlang klebte das dreieckige Papier schon an ihrem Fenster ...

7

Otto lag vor Troja und befehligte seine Heerhaufen zum Sturm gegen die heilige Feste.

Oben auf dem Sandhaufen stand Hektor-Krigar und drosch mit beiden Fäusten seine zottige Männerbrust. Die Sommersprossen funkelten in der Sonne, und er verhöhnte den Feind im homerischen Stil: "Ihr Kröten, ihr langsamen Schildkröten, die ihr mit der Milch von Affen genährt worden seid und euch an Weiberröcken gemästet habt, wo sind eure langen Ohren? Ihr habt sie daheim gelassen, daß wir euch nicht daran fassen können, aber wir wollen unsere Schwerter umkehren und euch den Buckel ausklopfen, wie Blücher. Kommt nur heran, ihr Blindschleichen, ihr räudigen Hunde, ihr Schafe im Wolfspelz, ihr ausgelassenen Beistriche, ihr traurigen Schmalgesellen ..."

Wenn es ans Reden ging, dann ließ man Ernst Krigar gern die Vorhand, denn darin suchte er seinen Meister. Er schoß seine Worte wie aus Katapulten auf den Feind, und ehe er einmal zu schnaufen brauchte, hatten schon zehn Feinde den Atem verloren.

Der Turnlehrer Schmetter und August Sammet kamen auf dem zertretenen Streifen frühlingsjungen Grases den Spielplan entlang.

"Hören Sie", sagte Schmetter und ließ den Adamsapfel weit aus dem offenen Kragen vorspringen, "dieses Maulwerk! Damit bringt man's zu was in der Welt."

August Sammet schüttelte den Kopf: "Das Reden ist vorbei, lieber Kollege, jetzt wollen die Völker Taten sehen. Wir brauchen jetzt Männer des Handelns. Jawohl! - Da sehen Sie nur, wie hübsch das die Kerle machen."

Otto hatte die Hand gehoben. Seine Achaier schoben die Schildränder zu den Augen und brüllten in die Höhlung. Der Gärtner hätte sich gewundert, wenn er gehört hätte, welche Resonanz seine Mistschwingen gaben, sobald man nur ordentlich brüllte. Dann stürmten die Achaier, ohne weiteres Brimborium, ohne trojanisches Pferd und Laokoon und sonstige homerische Umständlichkeiten auf das heilige Ilion los, und einen Augenblick war es, als wachse dort drüben eine Sandhose aus der Erde. Der Sand flog wie von Wurfschaufeln geschleudert gen Himmel. Man sah bisweilen einen einzelnen Hosenfuß aus dem Sandwirbel vorschauen, oder ein Gesicht, an dessen Ohren zwei fremde Fäuste saßen, dann rollte ein verbissenes Kämpferpaar vom heiligen Ilion herab den Lehrern gerade vor die Füße. August Sammet, der Tyrannenfeind und Revolutionär, kriegte ängstliche Augen. "Pfeifen Sie ab! Das geht auf Leben und Tod." Der Turnlehrer trillerte auf seiner Ordnungspfeife das Einstellsignal.

Als sich die Sandwirbel senkten und die Staubwolken hoben, sah man, daß die Achaier oben waren und die Trojaner zum größten Teil unten saßen. Otto kam, vom Wink des Lehrers gerufen, heran. Der blonde, wirre Schopf hing ihm in die feuchte Stirn, die Augen waren groß und glänzten wie Stahl.

"Famos gemacht, Bismarck", sagte Schmetter und legte ihm die Hand auf die Schulter.

"Wenn's nur sonst auch so ginge", seufzte Sammet, "aber da läßt er nach. Übereilt sich dann wieder und macht's um so oberflächlicher. Scheint allerlei Possen im Kopf zu haben und wird fein unterscheiden lernen müssen, wann der Ernst not tut und wann man sich laufen lassen kann."

Bismarck steckte Lob und Tadel in einen Sack, der sich nicht allzu schwer trug, und wandte sich seinen Achaiern zu. Er gab Sammet im Grunde recht, der Frühling hatte ihn faul und übermütig gemacht. Nun war es ja so sommermäßig warm geworden, daß das niederträchtige dreieckige Papierzipfelchen endlich einmal verschwinden mußte.

"Sehen Sie", sagte August Sammet hinter ihm, "hier schwebt der Aar des Sieges, und drüben fliegt der Totenvogel ins Haus."

Im Hof des Nachbarhauses ging ein langer, hagerer Mensch in langem, schwarzem Schoßrock, schwarzen Kniehosen und schwarzen Strümpfen, einen schwarzen Dreispitz unterm Arm. Aus jedem fadenscheinigen Fleck, aus dem Glanz an Ärmel und Schenkeln guckte ihm eine schäbige, berufsmäßige Trauer. Man sah ihn hinter den Büschen, die erst von dünnem Blätterschleier überzittert waren, ins Haus rücken.

Der Leichenbestatter Haberland? Was will denn der dort drüben? Ist da jemand gestorben?"

"Sie wissen es nicht? Die hübsche Kleine. Die Enkelin vom alten Regierungsrat Emmerich. Lunge und so! Der Vater ist auch daran gestorben. Mein Gott, mit Geld ist auch nicht alles getan."

Otto ging nach der eroberten Feste und ordnete die Achaier zum Rückzug. Jetzt - jetzt konnte er sich umwenden. Ja gewiß, das Fenster stand weit offen, das war in seinen Morgen hinein ein Jubel gewesen: man ließ ihr Sonne und Luft ins Zimmer, und so zögerte denn auch die Genesung schon über die Schwelle. Jetzt erst wußte er, daß dies hieß, eine Seele habe dort ihren Weg hinaus genommen. Das dreieckige Papierzipfelchen war verschwunden, aber Helene hatte ihm kein Zeichen gegeben, wo er sie erwarten solle.

Heute rührte er nur so obenhin in seiner schwarzen Suppe, obzwar sie Möllenhoff als ganz besonders kräftig rühmte, wahrscheinlich, weil die schwarze Ratte, die man heute morgen in der Rattenfalle gefunden hatte, hineinverarbeitet worden sei. Von jedem Knöchelchen, das er fand, behauptete er, es sei eine Rattenpfote, so daß dieses Vieh schließlich in seiner Phantasie auf mindestens vierzehn Pfoten zu stehen kam. Otto nahm an dem Hallo keinen Anteil.

Am Nachmittag zog er sich vom Rex eine Rüge wegen vollkommener Unaufmerksamkeit zu. Abends nahm er seine Rinde trockenen Brotes und verschwand still und ohne jemandem aufzufallen. Während er durch die Gänge schritt, hielt er das Brot in der Hand, um, falls ihm jemand begegnete, den Anschein erwecken zu können, als gehe er noch, sein Abendbrot knabbernd, behaglich spazieren.

Am Ende des Korridors zweigte die Bodenstiege ab. Otto luchste nach links und rechts, dann lief er treppauf ins Dunkle, bis vor die Eisentür. Der Schlüssel war da, den hatte Adelheid Trh hergeben müssen. Jetzt ging es unter den Dachsparren hin. Zwei Augen standen in der Finsternis, das war Kater Murr, der fauchend vorbeisprang. Dann am Ziegelunterbau des Kamins gab es großes Innenfeuerwerk, sprühende Funken spritzten aus der Stirn ins Gehirn, und Otto fühlte, wie unter seiner Hand eine Beule schwoll.

Aber dann war er an der Dachluke und zog an der Schnur, das Fenster klappte auf, und man sah eine fahle Wolke am Himmel und einen einzigen Stern.

Das war furchtbar, ganz furchtbar traurig, denn der Himmel dahinter erschien vollkommen leblos und leer.

Aber nun galt es weiterzukommen. Leise kantete Otto eine große Kiste herbei, kletterte hinauf, zwängte sich schlank und geschmeidig durch die Luke und saß nun, wirklich wie ein Nachtwandler, auf dem Dach, die Beine bis ans Knie gezogen, die langen Arme um die Knie gelegt. Um ihn rieselte Sternenlicht. Das Dach war feucht und schlüpfrig von Tau. Bellum gallicum, der Hofhund, schnupperte unten in den Winkeln herum und stieß bisweilen die Schnauze in die Luft, als sei da etwas nicht geheuer. Noch etwas aber war da, ein Atem, der die ganze Nacht erfüllte, etwas Unsichtbares, das aber trotzdem alle Poren durchdrang, und das war vielleicht das Leben dieser Stadt, die noch im Schlafen auf ihr Wachstum bedacht schien.

Otto löste langsam wieder seine Glieder aus der Verschränkung und begann ruckweise das Dach hinanzukriechen. Es war keine leichte Arbeit, und bisweilen rutschte er auf den feuchten, von glattem Moos bezogenen Schindeln ein ganzes Stück zurück. Jetzt war der First erreicht, und das Reiten war ein leichtes. Etwas wie Lust wollte aufkommen, eine verwegene Freude, hier oben das Dach zwischen den Beinen zu haben und das ganze Haus samt Plamann und allen Schülern wie ein großes Tier durch die Nacht zu spornen.

Wo der First endete, ging es nach dem Dach eines Vorbaues hinab, der aus der Feuermauer heraussprang. Otto beugte sich aus dem Schindelsattel, und das Herz zog sich ihm ein wenig zusammen. Es war viel tiefer da hinab, als es, vom Hof aus gesehen, den Anschein gehabt hatte. Er wandte sich nach allen Seiten. Das schlüpfrige Dach hinabzukriechen ging nicht an, hier schwang es sich besonders steil vom Rand zum First.

Es mußte gesprungen werden, und Otto sprang mit geschlossenen Augen, so leicht als möglich, landete auf allen vieren, saugte sich sogleich mit dem ganzen Leib an das Dach, um nicht abzurutschen. Sein Weg war nicht mehr weit: Der Vorbau beugte sich zum Nachbarhaus hin, und dieses streckte sich ihm mit einem ähnlichen Auswuchs freundlich entgegen. Nur ein Spalt war dazwischen, die Grenze der Grundstücke, eine Schlucht der Abfälle und erledigten Dinge. Immerhin war auch hier ein Sprung zu machen, der den Anschlag überstieg. Und er war ohne Unfall und ohne Lärm zu machen, denn das Licht, das drüben im schiefen Viereck auf den Schindeln lag, kam aus dem Fenster, das dieser Kletterei Ziel und Ende war.

Alles Bisherige war ohne einen bestimmten Plan entstanden, gleichsam nur Stück für Stück, eines aus dem anderen gewachsen, weil es sich eben so fügen mußte. Nur an einzelnen Stellen seiner Wanderung war es Otto gewesen, als greife hier etwas vorher wohl Erwogenes ein wie der Zahn eines Zahnrades an seinem richtigen Ort. Erst vor diesem Sprung, der ihn zum fremden Haus führte, fiel ihn eine grimmige Klarheit an: daß er ausgezogen war, um die tote Freundin zu sehen.

Nun war es auch nicht mehr schwer, von dem flachen Dach aus das Gesims zu erreichen, das unter dem offenen Fenster hinlief. Er turnte mit einem Klimmzug hinan, klebte mit ausgebreiteten Armen an der Mauer, schob sich vorsichtig weiter und faßte den Fensterrahmen.

Jetzt saß er glücklich im Fenster, sah in den Raum. Es war ein schmales Zimmerchen in einem lichten Blau, unter dessen Decke ein hübscher, belebter Fries lief, in dem sich Genien mit Fackeln und Kränzen zu beiden Seiten eines flammenden Dreifußes einfanden.

Otto sah ein kleines Wandbrett mit Büchern, einen kolorierten Stich, der irgend etwas Italienisches vorstellen mochte.

Das Bett war von der Wand abgerückt und mitten in den Raum gezogen, so daß zu beiden Seiten nur schmale Durchgänge verblieben. In diesen Durchgängen standen je drei Kerzen in hohen Leuchtern. Da die Kopfwand des Bettes Otto zugekehrt war, sah er nichts weiter als ein Stück Spitzenstoff am Fußende, das in seiner vollkommenen Regungslosigkeit grauenhaft war.

Otto zog das andere Bein nach, stand im Zimmer. Auf Zehenspitzen schlich er voran, wand sich zwischen den Leuchtern hindurch, sah zuerst am Rand des Blickfeldes etwas Schreckliches: eine Hand, deren Finger so nebeneinander lagen, als wären sie einander ganz gleichgültig geworden. Dann faßte er langsam das Gesicht ins Auge.

Es war manches da, das an die Helene erinnerte, die er kannte. Aber das meiste war ihm doch fremd, vor allem die stumpfe Gleichgültigkeit, die irgendwie über das ganze Gesicht gebreitet war. Etwas Abgebrauchtes lag vor ihm, etwas Nutzloses und dem Zerfall Preisgegebenes, das sich selbst preisgegeben hatte.

Und eigentlich war auch der Schmerz gar nicht so groß, wie es Otto erwartet hatte. Es sprengte ihm nicht die Brust, es würgte ihm nicht die Kehle ab und preßte ihm keine Tränen aus. Er hatte nur ein wenig Angst vor dieser entsetzlichen Gleichgültigkeit des Leibes.

Und dann war noch etwas da. Eine harte Erbitterung, ein feindlicher Ingrimm gegen etwas, dem Otto in dieser Stunde keinen Namen wußte, das aber an dieser Fügung schuld war. Später erschrak Otto über diese Empörung, als er erkannte, daß sie sich im Grunde gegen Gott gerichtet hatte.

Ein Flackern und Wehen ging über die Kerzenflammen hin.

Jemand war ins Zimmer getreten. In der Tür duckte sich der alte Herr aus dem Garten, im blauen Rock mit blanken Knöpfen. "Was macht Er hier? Was will Er hier?" Der Blick war nicht frei von ein wenig abergläubischem Schrecken.

Jetzt kam das, was Otto immer gewaltsam aus seinen Gedanken abgeschoben hatte: Rückzug und Kosten des Abenteuers.

"Ich bin Schüler bei Plamann nebenan."

"So ist Er wohl der Junge, von dem Helene gesprochen hat? Hat sich wohl ihre Krankheit dadurch verschlimmert, daß sie zu Ihm an den Zaun und ins Haustor lief! Das erfährt man immer erst, wenn es zu spät ist. Und nun liegt mir auch die Mutter nebenan krank. Ich seh' Ihn nicht gern, das kann ich Ihm sagen."

So stand Otto nun in der Schuld dieses alten, unglücklichen Mannes, das war eine schwere Bitternis.

"Wie kommt Er denn eigentlich hierher?"

"Über die Dächer!"

"Soso ... über die Dächer. So sollt' ich Ihn eigentlich wieder auf diesem Weg zurückjagen, wie Er es verdient. Aber da sie gut von Ihm gesprochen hat, so will ich Ihn vorne aus dem Haus lassen und seinem Rektor keine Meldung machen. So seh' Er sie sich denn noch einmal an."

Der alte Herr zog ein großes Schnupftuch aus der Tasche, wandte sich zur Seite und schneuzte sich sehr vernehmlich. Otto schaute mit festem Blick nach dem gelben, spitzen Gesicht, dessen Backenknochen die schlaffe Haut umspannten. Es schien ihm, als stünden die Lippen etwas weiter voneinander als vor ein paar Minuten. Vielleicht war diese Gleichgültigkeit nur eine Maske? Aber der Schmerz hatte sich verlaufen, Otto fand nicht in seine eigenen Tiefen. Er war froh, daß er nach einigen schweigend verbrachten Minuten gehen konnte. "Ich danke Ihnen", sagte er, als ihm der Regierungsrat selbst das Haustor öffnete.

Obzwar der alte Herr Wort hielt, kam Ottos Abenteuer hintenherum, auf Umwegen durch Küchen und Gesindestuben, doch ans Licht. Christian berichtete, und Adelheid Trh wußte da bald, wozu Otto den Bodenschlüssel gebraucht hatte.

Es fiel ihm nicht ein, zu leugnen, als er zur Rede gestellt wurde, und so büßte er denn seine Strafe wegen nächtlichen Unfugs.

8

Die Hühner, die auf Plamanns Hof gackerten, hatten ganz sonderbare Namen. Sie hießen Deuterogunde, Kalbarilla, Segnalia oder ähnlich. Und inmitten dieser so erlesen benannten Horde trug Kurzundgut, der Hahn, seinen stolzen, schillernden Schweif. Ihre Namen hatten sie von Otto von Bismarck empfangen. Es waren Erinnerungen mit zwei Beinen und Stimmen und dem Kniephofer Jungen wert genug, daß er sie nicht alle miteinander in einen großen Knäuel zusammenschlug, sondern durch Namen fein säuberlich unterschied.

Sie waren zunächst einfach Hühner und betrugen sich hühnermäßig mit Scharren und Gackern genauso wie ihre Kniephofer Gevatterinnen. Daneben aber vertrat jedes von ihnen noch etwas Besonderes. Die rostrote Deuterogunde etwa die Morgenstunden zwischen Tau und Tag, wenn in den Traum schon die ersten Geräusche des Lebens auf dem Hof schlichen. Die weiße, sanfte Kalbarilla, die sich niemals vordrängte und so sachte aus der Hand fraß, daß man es kaum spürte, das waren die stillen Sonntagsnachmittagsstunden im Sommer, wenn die Felder qualmten und überall der feine, gelbe Blütenstaub herumflog. Segnalia aber, die Gelbe mit der schwarzen Zeichnung auf den Flügeln, die den ganzen Tag geschäftig herumschoß und bisweilen ein gellendes Gegacker des Entsetzens ausstieß, die war Trine Neumann und keiner anderen zu vergleichen.

Über alles das hinaus aber hatten die Hühner in ihrer Gesamtheit noch eine dritte, sehr wichtige Bedeutung. Otto von Bismarck hatte von August Sammet erfahren, daß die römischen Auguren aus dem Appetit der Hühner die Zukunft vorhersagen konnten. Im Appetit der Plamannschen Hühner ließ sich nun keine Veränderung wahrnehmen. Sie fraßen jahraus, jahrein, etwa wie Plamannsche Pensionäre, wenn man ihnen plötzlich die schwarze Suppe entzogen und dafür Sandtorte vorgesetzt hätte. Aber es gab andere kleine Verschiedenheiten, die sich orakelhaft deuten ließen. Sie konnten nach linksherum fressen und nach rechtsherum, in die Sonne hinein oder in den Schatten hinein, und an das alles konnte man seine Wünsche, Hoffnungen und Sehnsüchte hängen.

Otto stand im Hof und befragte das Hühnerorakel. Ein Brief mußte kommen, und es handelte sich darum, ob er ein Ja brachte oder ein Nein.

"Warte du, Segnalia", sagte er, als das gelbe Huhn voreilig drängend über seine Stiefelspitze stolperte, "es kommen alle dran.

Geduld! Kalbarilla, näher! ... Komm!" Und er wiederholte sich die Bedingungen: Wenn sie also der Hoftür zu fraßen, so hieß das, daß er diesmal nach Kniephof kommen dürfe, wenn sie aber die Richtung gegen den Gartenzaun einschlugen, so mußte er auch diesmal wieder hierbleiben.

Er rüttelte die ersparten Brotstückchen in seiner Hand. Deuterogunde sah mit gestrecktem Hals zu ihm auf, Segnalia legte den Kopf schief, funkelte aus bernsteingelben Augen, eines trat auf das andere, nur Kurzundgut, der Hahn, stand in vornehmer Entfernung und drehte ruckweise den Kopf.

Jetzt flogen die Brotstückchen aus Ottos Hand, wie ein Sämann säte er den Samen der Zukunft. Sogleich entstand ein wüstes Gewimmel zu seinen Füßen, man sah, wie sich Segnalia mit kurzen Flügelschlägen hineinstürzte, Kalbarilla fraß bescheiden und sanft den anderen alles zwischen den Füßen hindurch weg ... zwei Hühner mit Schöpfen fanden Zeit zu einem ganz kurzen Gehacke ... eine kleine Feder segelte über die eifrig pickenden Köpfe und senkte sich auf den Sand. Jetzt nahm Deuterogunde die Führung auf die Tür zu, fraß voran, und es schien, als würden ihr alle die anderen heiß und gierig nachfolgen.

Die Freiheit erschien in einem Tor von goldenen Stunden, einen Kranz von Sonnenstrahlen auf dem Haupt ...

Aber da kam einem der Hühner, Tumulinde mit dem nackten Hals, plötzlich einer jener Einfälle, an denen Hühner schon einmal zu leiden scheinen. Sie schoß ohne jeden Grund mit leidenschaftlichem Gegacker aus der Schar der pickenden Genossinnen hervor und auf den Streifen Futter hin, der gegen den Gartenzaun schwenkte. Mit einem eilig aufgerafften Brocken floh sie der Kresse zu, die am Zaun in feisten Trieben wucherte. Und als hätte diese Tumulinde in ihres Hühnerhirnes Unverstand dem Schicksal einen anderen Weg gewiesen, so wandten sich nun auch all die anderen ab und fraßen den Streifen entlang, der sich zum Garten hinzog.

Und somit war entschieden, daß man auch diesmal wieder angeschmiedet blieb. Aber das konnte man nun doch nicht ganz glauben, denn der Brief, den man geschrieben hatte, war zu beweglich gewesen. Und das war ja eben das Lustige an solchen Orakeln, daß man sie ganz gern annahm, wenn sie das Gute deuteten, und daß man, wenn sie widrig ausgingen, immer noch sagen konnte, es sei ein Unsinn.

Und jetzt ereignete sich etwas, das geeignet war, die Hoffnungen wieder zu beleben.

Kurzundgut, der Hahn, der seinen Hennen bisher alles allein gegönnt hatte, zog einen Fuß hoch, hielt ihn, gründlich erwägend, eine gute Weile in der Luft und setzte ihn dann zögernd nieder. Dann machte er es mit dem anderen ebenso und kam also langsam und bedächtig näher, wobei er den Kopf ruckweise drehte, daß der rote Kamm baumelte. Dann geschah es, daß er sich bückte und sorgenvoll ein Brotstückchen fraß, wobei er tat, als sei ihm der Schlund zu klein. Dieses aber bedeutete, daß etwas Ungewöhnliches geschehen würde, und gern legte man diesem Ereignis irgendeine Beziehung zu Kniephof bei ...

Es erwies sich auch schon im Laufe dieses Sonntags, daß Kurzundgut wirklich etwas Kniephoferisches angesagt hatte. Nach der schwarzen Suppe, die zu Ehren des Tages ein wenig ins Graue gemildert war, erschien Christian und drehte den Domestikdaumen nach dem Sprechzimmer: Es sei jemand draußen ... für den jungen Herrn von Bismarck.

Otto sprang auf und hinaus. Wahrhaftig, da war ein Stück Kniephof in Lebensgröße: Karl Brand. Er nahm sich nicht ganz so gut aus wie unter dem pommerischen Himmel. Irgend etwas fehlte und irgend etwas war zuviel, und daß die Schuhe noch immer so freimütig ihr Inneres zeigten, wie nur je auf den Zampelwiesen, schien nicht ganz zu dem Sprechzimmer zu passen. Als repräsentativster Raum des Hauses hatte dieser sogar ein Sofa - ein Lotterbett, wie es Schmetter und Sammet nannten - und somit einen Hauch von Luxus, der Brands Erscheinung gänzlich abging. Alles das streifte Otto nur ganz flüchtig, drang gar nicht in ihn, denn in ihm war alles Freude und pulsierender Sonnenschein.

Er faßte den Jungen an den Händen, zog ihn zum Fenster, tanzte vor ihm herum. "Ja, du!" sagte er, "du ... Karl ... du bist es!" Er lachte ihm zu, eine Weile ganz wertlos. Auch Karl lachte schief und verlegen, irgend etwas paßte da nicht recht, und es wäre ihm sehr lieb gewesen, wenn der Junker sich vernünftiger angestellt hätte.

"Karl Brand aus Kniephof!" sagte Otto immer wieder, er wollte wie in den Kniephofer Tagen dem Freund etwas schenken und besann sich, daß er nichts besaß als etwas Geld, und daß es in Plamanns Haus keine Überreste von Mahlzeiten gab.

"Ja, wie kommst du nach Berlin?" fragte er endlich. "Nein, nein, nicht erzählen", er sprang schon zur Tür, "wir gehen aus. Heute ist Sonntag. Du erzählst es mir draußen." Er sprang noch einmal zurück. "Warte, ich komme gleich."

Er warf den Freund auf das Sofa. Eine Feder aus napoleonischen Zeiten sagte Ach!

Dann gingen sie nebeneinander durch den sonntäglichen Berliner Nachmittag. Es war eine bunte Zeit. Zu den weißen Kleidern trugen die Damen farbige Schärpen, sie trugen große farbige Maschen unter dem Kinn und große grelle Schleifen auf den Hüten. Diese Hüte hatten hohe Kappen, von denen breite Krempen nach vorn und oben gerückt waren, so daß die Köpfe, von unten gesehen, auf dem goldgelben Stroh wie auf einem Heiligenschein saßen. Auch die Herren hatten ihre Röcke ins Blaue, Olivgrüne oder zumindest Schokoladenfarbene getaucht, und wer ganz mit der Mode gehen wollte, trug weiße oder wenigstens licht gestreifte Hosen, die unten eng an den Knöcheln saßen und oben gegen die Hüften ebenso schinkenartig anschwollen wie die Ärmel der Damen vom Handgelenk gegen die Achseln.

Selbst die Droschken waren aufs Helle und Freudige gestellt, hatten blaue, rote oder grüne Kasten und rollten allesamt auf gelben Rädern dahin. Jeden Augenblick kam ein kleiner Reitertrupp die Linden entlang, die Reiterinnen in kurzen roten Jacken, die mit der Gürtellinie abschnitten, und schmalkrempigen Zylindern, unter denen die Locken zu beiden Seiten des Gesichtes herunterrieselten.

Unter den Hufen der Pferde, unter den gelben Rädern der Droschken, unter den Füßen der Spaziergänger qualmte der Staub, zu dem die Hitze der letzten Tage die Oberflächen der Straßen zerpulvert hatte. Jede Bewegung der Spaziergänger, der Reiter, der Wagen löste gleichsam einen lautlosen Schuß, von dem man nur den Wirbel gelben Pulverrauches sah. In Manneshöhe breitete sich der gelbe Schleier über die ganze Straße, und was sich etwa davon absonderte und auf Menschen, Tiere und Häuser niederschlug, wurde durch die fortdauernden Staubexplosionen immer wieder ersetzt. Bisweilen durchdrang ein kurzer Blitz den Dampf dieses Kampfes um das Vergnügen, das Funkeln einer Schnalle, einer Schmuckspange, einer Brosche, eines Armbandes an schöner Hand.

Karl Brand trank dies alles mit dem ganzen Körper. Er sah, hörte und schmeckte Berlin zugleich, sog es mit allen Poren auf, hatte das Funkeln der bunten Farben in den Augen und fühlte den gelben Staub auf den Lippen. Ein unbeschreibliches, gespanntes und wütendes Wohlgefallen erfüllte ihn.

"Viel Geld!" sagte er.

Otto, der dem Freund pflichtgemäß Berlin zeigen wollte, aber sich danach sehnte, einen stilleren Winkel aufzusuchen, sah Karl erstaunt an. "Wie meinst du?"

"Es ist viel Geld unter den Leuten. Meinst du, diese Kleider kosten nichts, diese Pferde sind umsonst?"

Daran hatte Otto wahrhaftig noch nicht gedacht, den Berlinern nachzurechnen, was ihre Kleider kosten könnten. Es war Leben da, Frauen, Pferde, Wagen, das wimmelte, man saß bei Josty, bei Stehely, las Zeitungen, die Spenersche, die Vossische - das war Berlin, was weiter. Nun kam Karl Brand und meinte, das koste Geld. Es war möglich, aber was ging einen das an.

Karl Brand sah geradeaus, seine Stirn war, als ob man sie mit einem Hammer bearbeitet habe: "Weißt du, ich denke immer, es ist viel mehr Geld in den Städten als bei euch auf dem Land. Ihr tut doch nur so ... da fährt einer zum anderen, und zwei fahren zum dritten, und reihum kommen sie alle bei einem zusammen und fressen die Küche kahl, daß man hinterher auf acht Tage das Maul in den Rauchfang hängen kann. Es gibt Schlittenpartien und Jagden und Bälle, und doch ist nichts dahinter. Gebraucht wird viel und gewonnen wenig."

Ja, daran mochte schon etwas sein, seufzte Otto. In Stettin machten sie noch immer das Wollenwetter, und bisweilen stand etwas davon in Papas Briefen.

"Siehst du", sagte Karl, "so ist es. Ich glaube, das stirbt aus: Adel und so. Es kommt eine neue Zeit."

"Das ist das Brandenburger Tor", erklärte Otto, "schau, wie das da steht. Es ist nach dem Muster der Propyläen in Athen erbaut, denn die Griechen, weißt du, hatten die feinste Baukunst. Man baut jetzt alles nach der griechischen Methode. Aber weißt du, worüber man sich am meisten freuen muß? Das ist die Viktoria da oben! Die Franzosen haben sie uns schon einmal gestohlen. Nach Jena. Aber wir Preußen haben sie uns wieder aus Paris geholt und zurückgebracht. Jetzt trägt sie das Eiserne Kreuz. Siehst du, dort oben unter dem Adler. Sie hat's verdient, sie war doch auch im Krieg."

"Ja!" sagte Karl mit einem flüchtigen Blick nach oben. Was ging ihn Frankreich und die Viktoria an, das war vorbei und erledigt.

Sie durchschritten die Torfahrt.

"Weißt du", sagte er, indem er Ottos Ellenbogen faßte, "woran das liegt? Ich glaube, es liegt daran, daß sie die Maschinen haben. Die Maschinen muß die Zeit anders machen. Ich bin in einer Weberei, wo sie Tuch machen. So eine Maschine macht in einem Tag soviel wie zehn Weber in einem Monat. Das muß doch alle Weber einmal umbringen, nicht? Einmal muß es soviele Maschinen geben, daß es keine Weber mehr geben kann. Und dabei frißt die Maschine nichts als Kohlen. Du gibst ihr Kohle, sie macht Dampf daraus und mit dem Dampf Tuch."

Das war eine ganz neue Welt. Otto staunte den Freund an: "Ja ... und darum bist du nach Berlin gekommen?"

"Was sollte ich auf Kniephof machen? Der Alte ist tot!"

Ist tot! Der alte Brand, der mehr als Neunzigjährige! Nie mehr würde er aus seinem schmutzigen Strickstrumpf Geschichten hervorziehen, nie mehr würden im blauen Rauch seiner Pfeife Gesichter von Riesen und Prinzessinnen erscheinen. So war eine Märchenwelt versunken. So war doch ein Stück Kniephof abgebröckelt, trotz des Gebetes, das er als schützende Glocke darüber gedeckt hatte.

"Ja ... eine Tante ist hier in Berlin. Sie hat mich zu sich genommen, aber ich muß verdienen. Es geht uns nicht so wie euch, für uns arbeiten nicht die anderen. Wir müssen für unser Stück Brot unsere eigenen Hände rühren."

Ein leichter Wagen mit vier Füchsen sauste vorüber, den Baumgruppen des Tiergartens zu. Die schweißbedeckten Pferdeleiber glänzten durch den gelben Wirbel. Man sah ein junges Gesicht im Heiligenschein neben einem älteren, irgendwie komischen Herrn.

"Wer ist das?" fragte Karl mit brennenden Lidern.

"Ich glaube, jemand vom Theater."

Karl drängte dem Wagen nach, in den Tiergarten. Otto hatte auf einmal wieder diese peinliche Unsicherheit, er dachte, daß sein Freund auf den Zampelwiesen besser am Platz gewesen sei als hier im Leben der Stadt. Mit seinen breiten, festen Händen, deren abgekaute Fingernägel von schmutzigen Fleischkuppen überwuchert waren, mit dieser gehämmerten Stirn glich er irgendwie einem kleinen, hartnäckigen Instrument, das sich zu schaffen machte, wo ein feineres Werkzeug besser Anwendung gefunden hätte.

"Nicht dorthin!" sagte er, indem er Karl am Arm zurückhielt. "Wir wollen anderswo gehen."

"Warum?"

"Komm nur!"

Sie gingen wieder die Linden entlang, zum Schloß, wo Karl eine sachverständige Musterung vernahm, dann über die Schleusenbrücke und an der Münze vorbei. In der Jägerstraße stiegen sie in ein Kellergewölbe. Man mochte meinen, in Kasematten zu stecken. Alles war ins Wuchtige und Feste gebaut, die Gewölbe, die Pfeiler, die Tische, sogar der Kellner, der aus einer Nische hervorkam, wie aus Hintergründen der Geschichte.

Die beiden Jungen standen ihm kaum für die Mühe, die Hände aus den Taschen zu nehmen. Naserümpfend brachte er die zwei Flaschen Bier, die Otto bestellt hatte.

Durch das Fenster neben der Kellerstiege kam ein brüchiger, vergilbter Sonnenschein, der an den feuchten Wänden Schleim abzusondern schien.

"Warum schleppst du mich hierher?" fragte Karl mürrisch.

Otto nahm seine Hand, in einem Aufquellen der alten Freundschaft, einer weichen Innigkeit, mit einer Art von Achtung vor dieser Arbeitshand, die ihrem Herrn das Leben verdiente. "Ich kann nicht in den Tiergarten gehen. Ich kann nicht. Da sind Wiesen, die an Kniephof erinnern. Und dann Baumgruppen, Gebüsche. Wenn man da herumkommt, meint man, dahinter muß unser Park liegen oder das Haus. Dann aber steht ein Bettler da und spielt auf einer Drehorgel."

Karl spaltete die Lippen und stieß die Luft mit einem kurzen Ruck aus. Immer wieder Kniephof! "Was hast du denn? Deine Eltern kommen ja oft nach Berlin."

"Das ist nicht dasselbe, Karl. Aber ich war schon vier Jahre nicht draußen. Ich kann nichts mehr anschauen, was ein bißchen wie Kniephof ist. Die anderen laufen draußen herum, aber wenn ich vor die Tore komme und sehe, wie sie mähen oder Heu einführen, dann möchte ich heulen."

"Ach Gott, nein!"

"So bin ich nun mal", sagte Otto traurig. "Es ist eine Schande. Eine war da, die hat das verstanden, nur ein Mädchen, weißt du, aber die konnte stundenlang zuhören. Und dann - dann war ich wirklich daheim, dann war alles da, was mir fehlte. Sie ist mir gestorben."

Karl war wenig bewegt, betrachtete den Freund mit ruhig wägenden Blicken. "Deine Mama fährt immer über die Ferien fort."

"Sie nimmt mir die Heimat."

Der Freund zog seine Hand mit einem ärgerlichen Zucken fort. Wieder fühlte er, daß sie irgendwie nicht zu Ottos schlanken Fingern stimmte, und ließ seinen Groll darüber schäumen: "Was willst du? Habe ich eine Heimat?"

"Du hättest doch in Kniephof bleiben können."

"Ich will aber nicht, die Welt ist größer", fauchte er.

"Wie mich das quält, Karl. Ich möchte so gern nach Haus. Da habe ich nun einen Brief geschrieben, in dem steht alles drin. Wenn sie das lesen, müssen sie mich nach Haus lassen." Es jubelte in seiner Stimme. "Heuer sehe ich Kniephof. In acht Tagen bin ich schon auf dem Weg. Ich bete jeden Abend darum."

Er sah in ein sonderbares Gesicht, in dem sich die Unterlippe vorschob, während die eine Wange von einer Falte gegen das Ohr gezogen wurde und sich ein Auge zusammenkniff.

"Betest du?" fragte Karl.

"Ja, ich bete jeden Abend um Kniephof."

"Na ja!" Die Grimasse löste sich langsam wieder auf. Die

schmutzige Faust griff nach dem Glas. Karl trank langsam. Der Handrücken wischte über den feuchten Mund. Otto sah gespannt nach allen diesen Hantierungen, die wie eine Einleitung zu etwas Bedeutendem aussahen. "Was meinst du?" drängte er.

"Ich meine, wenn du nicht betest, ist's dasselbe."

"Man bringt doch seine Wünsche vor Gott ..."

"Ach was, Gott! Gott gibt's nicht." Er grölte in sich hinein: "Den haben sie schon längst in Frankreich abgesetzt. Nur in Deutschland brauchen sie ihn noch."

Furchtbar fremd und kalt war das. Otto sah den Freund an, der wich seinem Blick aus und suchte etwas an der grünschillernden Wand. Er hätte ihm von seiner Zuversicht mitteilen mögen, in der alle Hoffnung beruhte.

"Na, jetzt wollen wir aber gehen", meinte Karl, "ich möchte noch Menschen sehen. Es ist lächerlich, in diesem Loch zu hocken."

Sie trennten sich an der Münze, und Karl ließ sich lange drängen, ehe er ein halbes Versprechen gab, am nächsten Sonntag wiederzukommen, wenn er nichts Besseres zu tun wüßte.

Als Otto in die Anstalt kam, händigte ihm der gute Christian einen Brief aus, der schon am Morgen eingetroffen war, den er aber abzugeben vergessen hatte. Auf dem Umschlag winkten die schnörkelhaften Schriftzüge des Vaters. Unter freiem Himmel wollte er das lesen, wo man tief atmen konnte und wo das Glück seine Flügel breiten durfte, ohne an kahle Wände zu stoßen.

Er ging langsam in den Hof, die Hühner stürzten herbei, bereit, zu orakeln, sooft man es verlangte. Aber Otto brauchte keine Frage mehr zu stellen, er öffnete schon die Antwort des Schicksals.

Die Mutter schrieb:

"Mein lieber Sohn! Es erfüllt mich mit aufrichtiger Befriedigung, in Deinem Brief die Versicherung zu lesen, daß auch dieses letzte halbe Jahr wieder einen guten Fortgang aufzuweisen hat, und somit meine Hoffnung bestätigt zu finden, daß es Dir gelingen werde, das Dir gesetzte Ziel zu erreichen. Ich kann Dir nicht oft genug wiederholen, daß heutigentags nur eine allseitige Bildung fähig und würdig macht, die Laufbahn einzuschlagen, die ich Dir ausersehen habe und die Dich zu so hohen Ehren und solchem Ansehen führen soll, wie sie mein gottseliger Herr Vater genossen hat. Du schreibst, daß Dir der große Mann, der Deine Konfirmation vorgenommen hat, Schleiermacher, den Spruch zuerteilt habe: ‚Alles, was ihr tut, das tuet von Herzen, als dem Herrn und nicht den Menschen!' Wahrhaftig, das ist ein guter Spruch, und man mag ihn gern sein lebelang bewahren. Mit diesem Spruch will es mir aber wenig übereinstimmen, daß Dein Französisch, wie das nach meinem Befehl eingelegte Blatt ausweist, noch immer mangelhaft ist und, abgesehen von jener Eleganz des Ausdruckes, wie sie nun einmal von dem gründlich gebildeten Menschen verlangt werden kann und muß, auch im einzelnen bisweilen recht grobe Fehlschlüsse aufweist."

Es folgte nun eine zwei Seiten lange Erörterung der Verstöße gegen Grammatik und Geist der französischen Sprache. Ottos Blicke flogen über die Blätter. Er suchte seines Herzens Heil. Was waren ihm da die französischen Mängel ... Da stand es:

"Was nun Deinen geäußerten Wunsch anbelangt, heuer Deine Ferien auf Kniephof zu verbringen, so muß ich Dir bei aller Würdigung Deiner Anhänglichkeit an die Heimat doch zu meinem Bedauern mitteilen, daß ich auch heuer nicht in der Lage bin, diesem Wunsch nachzukommen. Ich wollte, ich wäre es, denn dann stünde es mit meiner Gesundheit besser, als es in der Tat steht. So aber sehe ich mich leider auch dieses Jahr wieder genötigt, ein Bad aufzusuchen, was mir an sich schon wegen der damit verbundenen großen Kosten verdrießlich ist. Denn es steht ja nach wie vor mit der Wirtschaft nicht besser, und trotz meines lebhaften Interesses für den Landbau und trotz der von mir eingeführten Reformen will es nicht so recht vorwärtsgehen, wie es zu wünschen wäre, wovon ich Dir ja, da Du nun schon alt genug bist, um das zu verstehen, Mitteilung machen kann. Aber die Gesundheit ist das höchste Gut - nächst einer gediegenen Bildung natürlich -, und so muß ich denn auch heuer wieder darauf verzichten, Dich nach Kniephof kommen zu lassen."

Vom Vater lag ein Blatt bei. Es enthielt Nachrichten von Haus und Hof. Die Pferdezucht schwang sich auf. Man hätte unlängst einen lustigen Abend bei Blanckenburgs gehabt. Hingegen sei in den Schweinestall ein großes Sterben gekommen. Die Freunde freuten sich mit ihnen über den guten Fortgang der Söhne. Unlängst habe man eine neue Sandgrube angeschlagen und dabei eine Menge alter Scherben gefunden. Der Pfarrer habe gemeint, sie seien noch aus der wendischen Zeit. Otto solle sich hüten, sein Geld zu verborgen. Wenn man es wiederhaben wolle, so mache man sich Feinde. Mit Kniephof sei es nun freilich wieder nichts. Die Mama habe immer ihre Nerven. Es sei anzunehmen, daß sie vor der Halsschwindsucht Angst habe, an der ihr Vater gestorben sei. Da sei Gott vor, aber man müßte doch ihren Willen tun und wieder ins Bad gehen. -

An diesem Abend rechnete Otto mit Gott ab.

Er konnte ihn ganz scharf ins Auge fassen, wie es ihm bisweilen mit Menschen erging, denen er auf den Grund sehen wollte. Und wahrhaftig, da geschah es, daß der alte Herr immer mehr in seinem Wolkenhimmel verschwamm, sich in Schaum und Nebel löste. Man brauchte ihn ja nicht ganz abzutun, man konnte ihn in dieser Verdünnung immerhin bestehen lassen, aber das Persönliche, das Väterliche, das Behütende hatte er verloren. Gott hatte keinen Mantel mehr und keine Hände. Das strahlende Auge war einfach zu Licht geworden, von dem das Weltall durchdrungen war. Und das Gebet? Das Gebet war ein Wälzen von leeren Worten. Helene war gestorben. Kniephof blieb versagt. Der Freund verlor sich. Es war nur zweierlei möglich. Der Geist der Welt war absolute Unvernunft. Dann war das Gebet ebenso unvernünftig. Oder aber dieser verdünnte Gott war die absolute Vernunft. Dann wieder war das Gebet unnötig, weil die absolute Vernunft doch ohnehin alles auf die vernünftigste Weise anordnete und im Betenden nur zu sich selber sprach. Wenn man es nicht etwa als die frevelhafteste Vermessenheit anzusehen hatte, sich von Gott unabhängig machen und ihn wie ein Negerzauberer dorthin locken zu wollen, wo man ihn haben wollte. So war das Gebet nur das eine oder das andere: Unsinn - oder Lästerung. Von diesem Abend an betete Otto nicht mehr.

9

Der Student der Rechte Otto von Bismarck war auf seinem Sitz im Gastzimmer der "Krone" zu Göttingen noch gar nicht warm geworden, als jemand mit der Tür hereinbrach, daß der Flügel krachend gegen die Wand schlug und der Mörtel aus dem Rahmen rieselte.

Der Kanarienvogel am Fenster fiel von der Sprosse und blieb betäubt im Sand sitzen. Dortchen, der Kattunbesen hinter dem Schranktisch, fuhr herum. Der plötzliche Schrecken wich in Wut. Wenn der Pokal, an dem sie eben säubernd wischte, nicht das Stammglas des Herrn Bürgermeisters gewesen wäre, so hätte sie ihn am liebsten fallenlassen und gesagt, der Schreck habe ihn ihr aus der Hand geschmissen.

"Manieren! Manieren!" zeterte sie.

"Ruhig, Schweinchen", der wüste Gast streckte sich, "ist ein p.t. Bismarck angekommen?" Dann blinzelte er nach der dunkleren Ecke, wo etwas saß. Mit ein paar langen Schritten war er da, ergriff mit beiden Händen eine Stuhllehne, beugte sich vor: "Bist du es wohl?"

Der junge Bismarck erhob sich, schlank, mit schmalen Schultern, ein wenig beklommen. In das Kindergesicht stieg die Röte seiner siebzehn Jahre. "Ich heiße Otto von Bismarck."

"Schon recht. Bist uns angezeigt." Er reckte die Hand hin: "Schlag ein! Bist unser!"

Zögernd langte Otto über den Tisch. Es war ihm, als unterwerfe er sich mit dem Erfassen dieser feuchten Finger einer unbekannten Macht. An dem polnischen Schnürrock, den langen Haaren, dem bloßen Hals, den ein angegrauter, zerknitterter Kragen rahmte, erkannte er den deutschen Patrioten. Aber hier war das Harmlose irgendwie gelöscht, ein Brennendes war in Blick und Haltung.

"Bist angezeigt, Bruder, wie gesagt. Wir wissen schon, daß du kommst. Sollen dich hüten, daß du nicht unter die Lämmer gerätst, sondern dorthin, wohin ein honoriger Bursch gehört. Bist immatrikuliert? Hast Bude?"

Dortchen senkte von hinten wütende Blicke in des Burschen Festjacke. Man kannte diese Zucht! Das schwor auf Teutschtum, Christentum, Freiheit und Keuschheit und rüpelte sich mit diesen Grundsätzen durch die Welt. Dabei waren sie irgendwie in gefährliche Dinge verstrickt, von denen man den Bürgermeister sagen hören konnte, es müßte ein böses Ende nehmen. Jetzt schnappte der teutsche Grobian das junge Gemüse und schleppte es fort, und so war es nichts mit den paar Tagen Schäkerei, die sie sich mit dem hübschen Kerl erwartet hatte. Nun wurde er in die Grundsätze eingebacken und damit Adjöh!

Und wirklich, schon hatte der Wildling den Burschen beim Wickel. Dortchen lief ans Fenster. Da gingen sie draußen, der Ältere hatte dem lieben Jungen den Arm eingeschlagen und redete auf ihn ein wie der Hufschmied in ein krankes Pferd. Ein kleiner enttäuschter Seufzer flatterte hintendrein. Dann kehrte Dortchen zu klapperndem und klirrendem Glas zurück.

"Ich bin der Hartvogel", sagte der Patriot, "vielleicht hast du den Namen schon gehört? Nein ... So wirst ihn künftig behalten. Man hat mich aus Jena hergeschickt, daß ich ihnen ein bißchen Öl ins Feuer gieße." Er lachte offen und lustig. "Ja, mein Lieber, jetzt bleiben wir nicht mehr länger hinten, jetzt blasen wir Tusch, muß alles Farbe bekennen, da hilft kein Ducken." Er rüttelte den Arm des Begleiters. Dem hätte die frische Gradheit des teutschen Gesellen nicht übel gefallen, wenn sie sich in einigem Abstand von ihm entfaltet hätte. Aber es war ihm nicht gegeben, sich so nahe auf den Leib rücken zu lassen, und so hielt er sich kühler und fremder, als es soviel Offenheit verdienen mochte.

Der Patriot war kein Schweiger, es sprudelte nur so aus ihm: "Ja, mein Lieber, hier sind die Hosenmätze und Schisser zu Haus. Nennt sich auch Burschenschaft! Daß Gott erbarm! Was die teutsche Burschenschaft ist, das wissen nur die Germanen zu Jena, dorthin muß man gehen, wenn man was wirken will. Ins teutsche Volk muß mit Brandfackeln geleuchtet werden, nicht mehr mit Öllämpchen, wie die Jungfern in den Spinnstuben haben. Was hat dich eigentlich nach Göttingen verschlagen, Bruder?"

"Ja ... es war mehreres! Es hätte mir ja auch eine andere Stadt besser getaugt. Aber da war Bonn zu weit an Frankreich, und anderswo war die Cholera, und in Heidelberg war der Wind zu scharf. Ein Freund riet zu Göttingen ..."

"Was den scharfen Wind angeht, der soll auch da bald anheben. Wetten, Bruder? Darum bin ich da, von Jena herüber, daß die Arminen zu Göttingen endlich dahinter kommen, es sei an der Zeit.

Es sind ja auch ganz brave Burschen, schlafen nur gerne ein bißchen lang. Wer Deutschland will in den Sattel heben, der darf nicht damit anfangen, dem Gaul erst die vier christlichen Tugenden beizubringen. Übers Vorbereiten sind wir hinaus. Zu Frankfurt auf dem Burschentag ist's beschlossen. Jetzt geht's ans Herbeiführen. Aber die Arminen hier sind ins Bockshorn gejagt worden. Im vorigen Jahr hatten sie Feuer gefangen. Es war ganz schön angegangen. Der Adel, und die englischen Hosenbändler auf dem Thron! Wie kommt solches Gesindel nach Deutschland? Ja - wie gesagt, mit Mut und Geschrei hat's angehoben. Eine Nationalgarde und eine Revolutionsregierung, das ist schon etwas, alle Achtung! Aber dauern hätte es müssen. Acht Tage später rücken ein paar hannoversche Regimenter ein, und da läuft die Revolutionsregierung auseinander, und die Nationalgarde kriecht in den Busch, daß man nur die Stiefelsohlen und die Hosenböden gesehen hat. Mit ein paar Schlägen war's vorüber. Jetzt paßt die Universitätsdeputation scharf auf und hat ihnen Schlösser vor die Mäuler und Kettenkugeln an die Beine gehängt. Frei ist der Bursch! Ja ... er darf die Bänke in den Hörsälen mit dem Hintern polieren und darf ochsen. Und wenn er seine Pfeife auf der Straße rauchen will, darf er seinen Taler pro Strafe zahlen."

Bismarck lächelte, dem guten Hartvogel schienen sie noch kein Schloß vor das Maul gehängt zu haben, und er hätte diesem Revolutionsmann, der so ungedämpft sprach wie ein Ausrufer, kein Geheimnis anvertrauen mögen.

Sie gingen die Weender Straße entlang, und es war zu merken, daß sie Beachtung fanden. Das waren Studenten, die da herumstanden, sich nach ihnen umsahen und sie mit den Blicken verfolgten. Ein großer Kerl, der sich vorne bei einigen anderen hielt, sagte seinen Kommilitonen ein Wort, schob sich über die Straße und kam ihnen auf demselben Gehsteig entgegen. Es war ihm sogleich anzusehen, daß er etwas im Schild führte. Seine von einem Hieb gespaltene Nase, die einigermaßen an den Hautlappen eines Truthahnes erinnerte, baumelte über den breiten Mund. Graue Augen fixierten.

Hartvogel zog seinen Arm hervor und stemmte ihn in die Hüfte. Das nahm sich ungemein scharf aus, wie er jetzt auf dem Rand des Gehsteiges geradeswegs auf den anderen zustelzte, der auch den

Rand einhielt. Man sah, wie die Gegner steife Beine bekamen, gleich großen Fleischerhunden, die miteinander anzubinden wünschen.

Jetzt standen sie einander auf den Füßen. Der Fleischlappen des Gegners hing Hartvogel fast auf die Stirn.

"Weichen Sie aus, mein Herr!" sagte Hartvogel zornbebend.

"Weichen Sie aus, mein Herr!" Die grauen Augen waren voll glitzernder Nadeln.

"Ich habe links, mein Herr!"

"Das ist mir Wurscht, mein Herr!"

Da geschah es auch schon. Hartvogel neigte die Schultern, um den Gegner zu rammen, der wich ein wenig zur Seite, machte eine Bewegung wie ein Lastträger, der einen Sack auf die Achsel wirft, und dann flog der dicke Hartvogel beinahe im Bogen in die Gosse hinaus.

Die ganze Straße lachte, alles war ein großes Gelächter, sogar die Fenster zitterten vor Lachen, und die Haustore waren wie grinsende Mäuler. Nur Bismarck lachte nicht lange mit. Hartvogel bot keineswegs einen kläglichen Anblick. Es war ihm anzusehen, daß er mit schwerer Mühe seinen Zorn niedertauchte. Das Ursprünglichste wollte in ihm hoch: Hinspringen, dreinschlagen! Aber etwas anderes duckte und dämpfte. So war diese Niederlage dem feineren Blick doch eine Art von Sieg. Er hob sein Barett vom Boden, blies den Staub ab und setzte es auf.

So peinlich es war, sich ihm zu gesellen, Bismarck erachtete es als seine Pflicht, jetzt nicht bei den Lachern zu bleiben. Sie gingen wieder nebeneinander. Der teutsche Patriot war sehr blaß, und die Muskeln unter der gekörnten Wangenhaut sprangen. Bismarck sah die Schwellung der Strähne den bloßen Hals hinab verlaufen. Der Mann war kein Feigling.

"Ich kenne den Kerl", sagte er, als sie ein hübsches Ende gegangen waren, "es war ein Hannoveraner."

"Was wollte der von Ihnen?"

"Ja - Bruder, das nennt man Gossenrecht. Wer die Gosse links von seinem Weg hat, darf behaupten, der andere muß weichen."

"So hätte er weichen müssen."

"Ja, er hätte es sollen. Wenn aber einer rech bübisch und gemein darauf ausgeht, Partien zu fangen, so rempelt er einen anderen ins Gossenrecht hinein."

"Sie hätten kontrahieren müssen", sagte Bismarck nach kurzem Bedenken.

"Ja ... bei des Teufels Großmutter, Bruder! Das hätte ich sollen." Er griff in die scharlachroten, mit goldenen Tressen besetzten Pumphosen, mit jeder Hand in einen Sack und rückte sie den Leib hinan. "Und das hätte ich getan, wenn ich bei diesen verräucherten Lämmerschwänzen von Arminen nicht hätte schwören müssen, das Duell als einen unmoralischen, barbarischen Akt zu meiden. Das ist so Arminensatzung! Wäre mir das in Jena begegnet, heilige Schockschwernot, dem hätte ich das Leder gegerbt. Aber jetzt steht Höheres auf dem Spiel. Es kann mir schlecht passen, jetzt gegen die Satzungen zu verstoßen."

Gewiß, das war ja aller Ehren wert, daß man der Satzung treu blieb, nach der zu leben man nun schon einmal auf sich genommen hatte. Aber Bismarck fand unter der Anerkennung eines solchen Verhaltens in sich selbst doch irgend etwas Heißes, ein Zucken von Blut, und konnte sich nicht verhehlen, daß ihm dies in solchen Augenblicken wohl in die Zunge oder in die Fingerspitzen gefahren wäre.

Seinen Begleiter hatte der Vorfall mürrisch gemacht. Er sah herausfordernd um sich und blähte sich, wenn er an einem Studenten vorüberkam, als wünsche er nur eine Wiederholung solchen Betragens, um aller Satzungen ungeachtet ganz anders abzuschneiden. Aber sie kamen unangefochten in die Rothjestraße und zum Haus Nummer 299, wo man schon ein Logis für Bismarck ausgesucht hatte.

Eine Hühnerstiege hinan und eine wacklige Holzgalerie an der Hofmauer entlang, durch deren Fugen man unter das maigrüne Gras zwischen den Pflastersteinen sah, dann war man an der Tür des braven Bürgers Schumacher. Es war eine Glastür, deren untere Hälfte mit einem alten Tibettuch bespannt war. An der oberen Hälfte klebte ein dickes Gesicht. Das war der brave Bürger Schumacher, der nach seinem Mieter ausschaute und jetzt beflissen hervorstürzte. Leider hatte sich ihm der Rockärmel in der Eile des

Anziehens an einem Knöpfchen des Hemdes verhakelt, und als er den Ellenbogen jetzt unterwürfig und gewaltsam in seine Hülle zwang, ging ein scharfes, langes Reißen durch das Unterfutter.

"Wir haben für dich gesorgt", sagte Hartvogel und schloß auch den Budenkaffer in seine Gönnerschaft. "Der Monsieur Schumacher ist die Arminen gewohnt. Er ist erprobt und treu befunden. Wenn es mal was Geheimes gibt, hier ist keine Gefahr."

Schumacher zwinkerte Verständnis. Sein Mund ölte sich gleichzeitig mit Ergebenheit. Auch die Hände blieben nicht müßig, während die Linke sich mit gekrümmten und gespreizten Fingern nach unten streckte, um so viel unverdiente Ehre von sich abzuleiten, legte sich die Rechte warm aufs Herz.

Die Bude entsprach dem Wesen ihres Eigentümers. Es war irgendwie etwas Öliges an ihr, obzwar man auf die flüchtige Prüfung hin sagen mußte, sie scheine rein zu sein. Etwas Unausgelüftetes, obzwar die Fenster offenstanden, etwas Gedrücktes, obzwar der Widerschein der Sonne in ihr war, die prall auf der Mauer gegenüber lag.

"Lassen Sie das Gepäck holen, Schumacher, der Bruder logiert in der ‚Krone'", ordnete Hartvogel an.

Bismarck hatte erwartet, sein Begleiter werde ihn allein lassen und ihm Zeit gönnen, sich einzurichten. Aber Hartvogel wich nicht, lümmelte über jedes Möbelstück hin, das es im Zimmer gab, und warf sich schließlich gestiefelt und gespornt auf das Bett. "Laß dich nicht stören", sagte er, "ich warte nur, bis sie deine Sachen bringen, dann gehen wir gleich."

Inzwischen erzählte er Universitätsklatsch und zog die gute Georgia Augusta bis auf die Unterhosen aus. Da war der Dahlmann, das große Tier von Göttingen, der meinte, zuerst komme Dahlmann und dann Dahlmann und dann noch einmal er, und dann vielleicht der liebe Gott, aber dann schon ganz gewiß niemand mehr. Der Gustav Hugo mit seiner Rechtsenzyklopädie, die man aber gerade so gut Linksenzyklopädie nennen könne, weil sich das Recht bekanntlich nach beiden Seiten drehen lasse. Amadeus Wendt, der dem Weltgeist die metaphysischen Bandwürmer abtreibe. Ludwig Göschen, von dem schon der Name aussage, was an ihm das Bedeutendste sei. Und der liebe Herr Thibaut, dem man unlängst die

Fenster eingeworfen und mit Ölfarbe ans Tor geschrieben habe, er solle sich welche von Horn machen lassen, wozu ihm seine Frau das Material liefern werde. Über die Brüder Grimm sei nichts zu sagen, die und vielleicht noch Dahlmann seien gut gesinnt und freiheitlich.

Jetzt krachte und schnob es draußen über die Holzgalerie, und dann kamen die Koffer. Schumacher und ein dürres Weibsbild mühten sich mit Begeisterung, jedes an seinem Ende.

"Pack aus! Pack aus! Ich bin nicht da!" sagte Hartvogel, legte ein Bein über das andere und wippte. Er war aber doch da, stand nach einer Weile auf und schaute zu, wie Bismarck in die Tiefen drang. "Fein! Fein", sagte er, "viel zu fein, du hast ja Wäsche, beinahe wie ein Franzos, Kamerad. Was ein rechter Bursche ist, hält nicht viel auf solche Alfanzereien. Auf den Geist kommt es an und auf die Fäuste, nicht auf die Hemden."

Bismarck entwand sich der kritischen Betrachtung: "Ich glaube immer, nicht das Kleid macht den Mann, weder das bessere, noch das schlechtere. Ein staubiger Rock ist noch kein Beweis für einen tüchtigen Kerl."

"Recht! Recht! Ich neide dir's nicht, das kannst mir glauben. Und gute Wäsche hat den Vorteil, daß man mehr dafür gibt, wenn du später einmal Moose brauchst."

Der Kofferdeckel krachte zu, das Schloß schnappte ein. "Genug", sagte Bismarck, "den Rest kann ich morgen wegstauen."

Hartvogel streckte die Arme zur Decke, dehnte sich gähnend, daß die Schultern knackten. "Dann wollen wir gehen."

Der Abend ließ über die Stadt Göttingen seinen feinen Aschenregen sinken, in den die Sonne noch brandrote Kleckse auf Fenster und Hausgiebel malte. Auf der Leine trieben verlorene Scheiben Sonnengold. Der Maiabend hatte allen jungen Menschen etwas Liebes sagen, sie konnten nicht in den Häusern bleiben. Bismarck sah mit hellen Augen um sich, alles drang ihm durch Kleid und Haut unaufhaltsam in seine freudige Seele.

Aus den Fenstern kletterten Lichtstrahlen auf die Straßen herab. Ein Student ließ seine lange Pfeife ein Stockwerk tief herabbaumeln und spuckte bisweilen kräftig auf die Gasse. Zwei Bürger standen schwer und breit an der Ecke, der eine hielt einen hübschen Spazierstock mit Elfenbeinknauf und kleiner bunter Quaste zwischen den auf den Rücken gelegten Händen im Pendelschwung. Ein flinkes Schneidermädel lief mit einem Pack vorbei. Aus dem grünen Tuch sah ein lustiges Gewirr von Fabeln und Rüschen, und das war sicher ein Ballkleid oder ein Hochzeitsstaat, der noch am Abend an seine rechte Stelle mußte.

Hartvogel brachte seinen Gesellen zum Rischenkrug. Der lag zwischen Bäumen vor dem Tor und war ein Bauwerk, dem alles Mögliche zuzumuten gewesen wäre, wenn es irgendwo im dicken Wald gestanden hätte. Freilich ging es hier an den Beutel, aber nur wenn man beim Bierramsch hineinsauste. Freilich floß hier Blut, aber innerhalb der kommentmäßigen Kreidestriche. Freilich gab es hier sogar eine Totenkammer, aber nur für friedlich röchelnde Bierleichen.

Als Bismarck und Hartvogel ankamen, qualmte die Spelunke aus allen Fugen, der ganze Mensurboden war ein Krater, der Kanasterwolken spie und in dem sich Bruchstücke von Menschenleibern umtrieben. Es waren in diesem Qualm wohl an die hundert Burschen versammelt, durch die Bismarck von seinem Begleiter gelotst wurde, bis man ihn an einem schweren Pfahl von Lüneburger vertaute. Der Lüneburger hatte ein Gesicht wie Gottes Langmut und sprach mit einer sanften Eintönigkeit, die sich beim Hörer in Fingerprickeln umsetzte. Otto wurde da- und dorthin in den Rauch hinein vorgestellt, hörte Namen zurückkommen, von deren Trägern er nur einen Nebelschwaden sah. Hände streckten sich vor und schüttelten die seine. Manche Gesichter blieben stumpf, bei anderen war es, als besännen sie sich auf etwas. Jemand in Ottos Nähe sagte etwas sehr Vernünftiges: Macht doch die Fenster auf! Aber man entgegnete ihm, das ginge nicht an, weil man sonst draußen jedes Wort vernehmen könnte.

Hartvogel, der auf eine Weile verschwunden gewesen war, kam aus dem gelben Qualm zurück: "Ich habe vergessen, Bruder ... du verpflichtest dich mit deiner Ehre und durch Handschlag, von dem, was du heute hier sehen und hören wirst, keiner Menschenseele, nicht durch Wort und nicht durch Schrift, auch nur das Geringste zu verraten."

Bismarck ergriff die Hand.

"Sag: So wahr ich ein ehrlicher Bursche bin!"

"So wahr ich ein ehrlicher Bursche bin!!"

Nach einer Weile sagte jemand irgendwo im dicksten Rauch: "Silentium! Liebe Brüder, wir sind zusammengekommen, um zu beraten, wie wir uns zu verhalten haben gegenüber der Einladung, das geplante Fest zu beschicken, und ich erteile dem Bruder Hartvogel das Wort, uns über Ziel und Zweck der Kundgebung aufzuklären."

Sogleich hörte Bismarck die scharfe, hohe Stimme seines Begleiters einschnappen. Jedes seiner Worte schien von einer kleinen, im Innern verborgenen Feder losgeschnellt zu werden. Er sprach einen großen, klaren Stil. Dieser ungepflegte Mensch mit den schlechten Manieren stieg im Sprechen zu einer ganz anderen Bedeutung, pflanzte sich selbst über seine gewöhnliche Art hinauf.

Auf der Wartburg habe man freilich Zopf, Uniform und Korporalsstock verbrannt, aber damit habe man diese bösen Geister aus dem deutschen Vaterland noch nicht ausgetrieben. Es sei ärger als zuvor. Wenn man große Gelegenheiten ungenützt vorbeigehen lasse, so wendeten sie sich um und würden des armseligen Zauderns grimmigste Feinde. Die große Gelegenheit von 1813 habe man versäumt. Schwerer als je drückten die Fürsten die Throne, beschränkter als je sei die Freiheit des Geistes, weiter entfernt als je die Einheit des deutschen Volkes. In Wien sitze einer - "Metternich! Metternich!" schrie es aus dem Qualm. "Ein Pereat!" -, nach dessen Pfeife tanze Europa. Was habe man alles versprochen, als man die Studenten und die Bürger gegen den Feind gebraucht habe. Wer mitgekämpft habe, der solle alle Kollegien frei haben und bei Ansprüchen auf Stipendien, Freitische und dergleichen als nächster Anwärter allen anderen vorgezogen werden. Der gediente Student solle bei allen Anstellungsgesuchen zum Staatsdienst vor den übrigen Bittstellern berücksichtigt werden. Und was sei von all den schönen Versprechungen gehalten worden? Man habe denen, die sich auf solche Reskripte und Proklamationen berufen zu können glaubten, höhnisch ins Gesicht gelacht.

Der Lüneburger Pfahl wandte sich Bismarck zu. In seinen groben Zügen stand aufrichtige Betrübnis. Er nickte: "Nur zu wahr!"

Die Fürsten Europas, so sehr sie sonst durch ihre Interessen geschieden seien, in diesem Belang spielten sie alle unter einer Decke.

Sie fühlten sich durch die Demagogen bedroht. Niemand habe die Demagogen gemacht als sie selbst. Bilden die Fürsten die heilige Allianz der Reaktion, so wollten Studenten und Bürgerschaft die heilige Allianz der Völkerfreiheit bilden. Dieser heilige Bund der freien Geister wolle sich erweisen und den Fürsten sein Halt entgegendonnern. Darum habe man für den 27. Mai nach dem Bergschloß Hambach ein deutsches Maifest berufen, in dem der Wille des Volkes machtvoll an den Tag dringen werde. Sache der Burschenschaft sei es, das Ihre dazu beizutragen, und darum solle man heute beschließen, daß dieses Fest zu Hambach zu beschicken sei.

Der Rauch verdünnte sich. In dem Maß, in dem die Köpfe wärmer wurden, wurden die Pfeifenköpfe kühler. Bismarck sah den Redner auf seinem Platz oben im Saal, einen Arm auf den Rücken geschoben, den anderen ausgelegt wie ein Fechter. Keines seiner Worte ging verloren. Von den Federn in ihrem Innern hinausgeschleudert, schienen sie körperlich gegen die Stirnen der Hörer anzuspringen und dann in ihnen zu verschwinden, um in den Gehirnen weiterzurollen. Leib an Leib saßen die jungen Menschen da, in einer starken Gemeinsamkeit des Fühlens und Denkens, noch nicht bis zur Tat erhitzt, aber schon glühend vor Begierde unter einem mystischen Bann von Wahrheit und Freiheit.

Bismarck sammelte dies alles in einem Blick. Der Strom ging auch durch ihn. Aber er durchfloß ihn nicht ohne Hemmnis. Er fühlte die heilige Not der Jugend, aber er sagte sich, daß da schwere Wetter aufzögen. Diese Arminen waren gar nicht die sanften Lämmchen, als die sie dem Jenenser erschienen. Er sah welche, die glichen mit ihren offenen, freien Gesichtern, den langen Locken und den predigerhaften Augen einem aufgeschlagenen Gebetbuch. Daneben saßen andere, ganz struppige Gesellen mit Räuberbärten, die sahen aus wie richtige Ziegenhainer Stöcke, deren Knorren man zum Überfluß noch mit Schusterzwecken beschlagen hat. Daß aber auch die Sanften und Gelockten die Faust zum Hammer machen und die Besonnenheit preisgeben konnten, wenn es dem Haß galt, stand außer Zweifel.

Indessen hatte die Verhandlung ihren Fortgang genommen. Einer hatte sich erhoben, der sprach so leise, daß man ihn kaum verstehen konnte. Nur Bruchstücke wurden ans untere Ende des Saales gespült, man nahm ihm die Schlagworte ab, einer reichte sie dem anderen. Gerade dieser stimmlose Jüngling schien aber ganz und gar zu denen zu gehören, denen das Äußerste gerade recht war.

"Zu Hunderttausenden erheben ..."

"Die ausgehöhlten Throne müssen stürzen."

"Der heilige Gewitterwind wird sie wegfegen ..."

"... auch der beste Fürst ist noch ein Hochverräter ..."

Der Widerstand wuchs in Bismarck. Er mußte sich irgendwie zu diesem Unsinn äußern. "Das ist nicht der Weg", sagte er zu seinem Nachbarn, "wenn ich einen Kranken heilen will, so muß ich ihm doch nicht zuvor alle Knochen brechen."

Sein Nachbar gab keine Antwort, und Bismarck sah erst jetzt, daß der Lüneburger starr vor sich hinschaute, wie einer, der sich sammelt. Und jetzt erhob er sich langsam zu seiner ganzen wuchtigen Größe. Es sah augenblicklich aus, als brande das Gewimmel um ihn an einem Pfahl empor. Die schläfrige Langmut war ganz aus seinem Gesicht gewischt, wie ein Landsknecht sah er aus, der im verlorenen Haufen fechten will. "Brüder", sagte er in seiner langsamen, bedächtigen Art, "Frankreich hat uns bekriegt. Wir haben Frankreich besiegt. Darüber sollen wir aber nicht vergessen, daß uns der Gedanke der Freiheit von Frankreich gekommen ist. Wehe den Fürsten, daß sie uns immer wieder daran erinnern. Wie nach dem Jahr 1789, so fangen wir wieder an, die Freiheit von Frankreich zu erhoffen."

Widerspruch und Beifall tobten durcheinander. Bismarck war aufgesprungen, ohne nach dem Wort zu fragen, er schleuderte seine Entrüstung in den Saal: "Frankreich kann niemals unserer Freiheit Freund sein, solange es noch einen Fußbreit deutschen Boden besitzt. Deutschlands Hader war immer Dung für Frankreichs Felder. Wir können von Frankreich nichts annehmen, ehe wir nicht Elsaß und Lothringen wiedergeholt haben."

Man hörte ihn nicht. Es schien, als habe sich der Rauch der Pfeifen nur verzogen, um einem noch dichteren Qualm der Köpfe Platz zu machen. Hartvogel war wieder da, drängte die Massen zurück, schmetterte seine Worte hinaus, diese sprungschnellen, leuchtenden, mit Widerhaken versehenen Worte: "Wir lassen uns nicht länger hinhalten. Wir fordern die vereinigten Freistaaten von Deutschland. Es wird in Hambach über die Einsetzung einer provisorischen Regierung für das freie Deutschland zu verhandeln sein, die ..."

Mehr hörte Bismarck nicht. Es war ihm gelungen, unbeachtet zur Tür zu kommen, und kaum war er hinausgetreten, so stand auch schon die Nacht da, ihm ihren Mantel von weicher, schwarzer Wolle um die Schultern zu hängen und die nasse Stirn zu trocknen. Wie vormals Münchhausen vermochte er den Hirnkasten zu öffnen und die unbequemen Dünste hinauszulassen, daß an ihrer Stelle eine köstliche Frische eindrang.

Die Bäume standen einsam im Dunkeln. Er ging hin und legte einem von ihnen die Hand an die Rinde. Sogleich begann der traurige und verlassene Baum zu leben, wurde heiter und schmiegte sich glücklich und vertrauensvoll gegen die Menschenhand.

Die Vorbereitungen zum Hambacher Fest führten Hartvogel aus Göttingen fort, und er vergaß, jemandem eigens auf die Seele zu binden, er möge den neu zu gewinnenden Bruder hüten. So kam es, daß niemand dem nach kurzem Auftauchen wieder Verschwundenen nachfragte. Nach dem Fest kehrte Hartvogel nicht mehr nach Göttingen zurück. Er bezog wieder sein geliebtes Jena, wo die Germanen darangingen, eine heroische Tat vorzubereiten, durch die das deutsche Volk wachgerüttelt würde.

Als sich der Lüneburger Pfahl nach einiger Zeit seines Nachbars erinnerte und in der Rothen Straße nachfragte, hieß es, der von Bismarck sei schon vor mehreren Wochen wieder verzogen.

10

Der Universitätsrichter beendete sein Gabelfrühstück, wischte mit der Serviette, die quer über jede der vier Ecken, schön in roter Wolle ausgeschlungen, die Worte: "Guten Appetit!" wies, zweimal den Mund und legte sie dann sorgsam gefaltet in die Schreibtischlade.

Sein ganzes Gemüt war Milde und Versöhnlichkeit. An diesem Sonntag, an dem selbst fünfhundertjährige Mauern verjüngt erschienen, hätte er aus reiner Herzensgüte sogar geglaubt, wenn ihm jemand erzählt hätte, er habe die Quadratur des Zirkels erfunden.

Er hing an der Sonne und an einem guten Gabelfrühstück, und wenn beides zusammentraf, schien ihm die Welt in keinem Belang einer Verbesserung bedürftig.

Zwei kleine Bronzelöwen hockten auf dem Schreibtisch und hielten ein beschriebenes Blatt Papier in den Pranken. Der dicke, noch immer etwas fettige Zeigefinger glitt die Liste herab, stockte bei einem Namen. Unter buschigen Brauen suchte der Blick den Pedellen, der an der Tür stand und die Stirn in Falten gelegt hatte, die dazu dienten, die schläfrigen Augenlider hochzuhalten.

"Ist der Delinquent zitiert?"

"*Per ordinem!*"

"Herein mit ihm!"

Die Tür ging auf, und etwas Langes, Apfelgrünes erschien, dem etwas Weißes, Gelbes und Vierfüßiges mit ungeheuerer Gewalt nachdrängen wollte. Eine Art Kampf entstand in der Türspalte. "Hinaus, Ariel! Du bist nicht zitiert!" Das Weißgelbe auf vier Beinen flog, von einem Fußtritt befördert, heulend in den Korridor zurück.

"Entschuldigen, Euer Gnaden, es steht zwar draußen: ‚Das Mitbringen von Hunden ist verboten!' - aber er kann nicht lesen." Das Apfelgrüne verbeugte sich keinen Zoll zu tief, so daß man keineswegs hätte sagen können, es sei ironisch gemeint.

Der Universitätsrichter betrachtete den apfelgrünen Delinquenten mit zunehmendem Erstaunen. "Sind Sie der Herr von Bismarck?"

Er war es, und er trug einen Frack, der nach Zuschnitt und Farbe zu den selbst für einen Universitätsrichter überraschenden Dingen gehörte. Der Bauart nach war dieses Kleidungsstück zum einen Teil zu der Gattung der Schlafröcke, zum anderen aber etwa zur Gattung der Husarenuniformen zu rechnen. War er oben fest um die Brust geschnürt, so hing er von der Taille ab in einem hinten abgerundeten, faltigen Zipf bis zu den Fersen. Von der Farbe aber war zu sagen, daß man von diesem Grün unreifer Äpfel niemals hätte vermuten können, daß es sich auf einen menschlichen Habit werde anwenden lassen.

Das Ganze kleidete einen sehr langen und sehr schmalen

Menschen mit abfallenden Schultern und einem kleinen Kopf, einen Menschen, der irgendwie den Eindruck machte, er sei trotz seiner Länge nach immer aufs Wachsen eingerichtet. Der Universitätsrichter griff hastig nach dem Papiermesser, legte es wieder hin, rückte das Tintenfaß heran, schob es wieder zurück, nahm einen Federkiel auf, prüfte am Fingernagel ... er war, um es sich selbst zu gestehen, außer Fassung. Er rang um die Würde seines Amtes. Endlich kam er ins Gleichgewicht.

"Sie wissen, warum Sie zitiert sind?"

"Jawohl, Euer Gnaden!"

"Wegen groben Unfugs, begangen durch Hinauswerfen einer Flasche aus dem Fenster. Was haben Sie zu Ihrer Entschuldigung zu bemerken?"

"Daß die Flasche ausgetrunken war, Euer Gnaden."

Der Richter biß die Unterlippe weiß. "Sie wollen sagen, daß sie nicht mehr das volle Gewicht hatte, also auch, wenn sie zufällig jemanden auf den Kopf getroffen hätte, wie dies ja dem Schneidermeister Röske gestern beinahe in der Tat passiert wäre ... ja, also, daß sie in einem solchen Fall, wollen Sie sagen, nicht so viel Schaden hätte anrichten können."

"Natur, Euer Gnaden!"

"Immerhin, mein Lieber, waren auch bei einer leeren Flasche, von der Sie selbstverständlich hätten annehmen müssen, daß sie bei ihrem Fall aus der Höhe des ersten Stockwerkes und bei der Härte des Straßenpflasters mit Wahrscheinlichkeit zerbrechen müsse, die herumspritzenden Glassplitter durchaus geeignet, beim Zusammentreffen unglücklicher Umstände Verletzungen herbeizuführen, die Ihnen hätten zur Last gelegt werden müssen."

"Natur, Euer Gnaden!"

"Sie haben also die pflichtmäßige Obsorge versäumt und sich eines groben Unfugs schuldig gemacht. Können Sie vielleicht noch mildernde Umstände anführen? Zum Beispiel, aus welchem Anlaß Sie die Flasche beim Fenster hinausgeworfen haben?"

"Weil sich die nordamerikanischen Freistaaten unabhängig erklärt haben."

Seine Gnaden der Herr Untersuchungsrichter hatte plötzlich

dringend unter dem Schreibtisch zu tun. Er arbeitete eine Weile mit Beinen und Armen, und als er wieder hervorkam, hing ihm der Bart über die Lippen wie einem gutmütigen Walroß.

"Wollen Sie mir das nicht erklären?" fragte er schnaufend.

"Gern, Euer Gnaden. Ich habe einige amerikanische Freunde. Wir kamen gestern bei Mister Harrison zusammen. Es war der 4. Juli. Das ist der Tag der Unabhängigkeitserklärung der Union von Nordamerika. Harrison hatte ein Frühstück vorbereitet. Natur, wir essen und trinken. Es wird gemütlich. Motley hält eine Rede. America for ever! Die anderen hauen ihre Gläser hin. Ich habe eben die leere Flasche in der Hand. Natur, ich schmeiße sie beim Fenster hinaus."

"Das ist sehr einleuchtend!" sagte der Richter und blies die Backen auf, daß sich der Walroßschnurrbart sträubte. Seine Würde benahm sich wie Josef bei Potiphar. Sie war im Begriff auszureißen und ihm einen leeren Mantel zurückzulassen. Dieser apfelgrüne Jüngling war ein prächtiges Kaliber, in aller Höflichkeit zeigte er sich der Lage vollkommen gewachsen. Es war Zeit zu handeln. Der Richter setzte das Barett auf, stemmte die Faust gegen den Kodex mit den Gesetzen der Universität und erhob sich:

"Im Namen des akademischen Senates der Universität Göttingen verurteile ich Sie hiermit wegen fahrlässiger Auswerfung einer leeren Bouteille aus dem Fenster, wodurch Sach- oder Personenschaden hätte entstehen können, zu einer Ordnungsstrafe von einem Gulden. Wünschen Sie gegen das Urteil Rekurs einzulegen?"

Der Verbrecher angelte hinten im Schoß des apfelgrünen Frackes. Eine kleine, perlengestickte Börse kam zum Vorschein, auf der sich zwei Tauben über einer Urne schnäbelten, ein Kätzchen von einer Börse, so schmiegsam wie das schwesterliche Händchen, dem er sie dankte. Sie gab aus dem Schlitz zwischen zwei Silberringen einen harten Gulden her: "Nein, Euer Gnaden, ich verzichte auf alle Rechtsmittel. Ihr Urteil ist gerecht."

Der Gulden klapperte auf den Tisch. Die Sonne sprang auf ihn, aber schon klimperte er in eine Pappschachtel, die eine Vignette mit der Aufschrift "Strafgelder" trug.

"Aber lassen Sie sich noch eine Warnung erteilen, junger Mann", sagte der Richter, ohne Bismarck anzusehen. "Keineswegs offiziell, sondern freundschaftlich, weil ich offene Menschen wie Sie liebe. Ich will annehmen, daß Sie sich Ihre ... Ihren grünen Frack da nicht etwa eigens deshalb haben bauen lassen, um die Universitätsbehörden zu vexieren, sondern, daß Sie ihn auch sonst auf der Straße tragen wollen. Nun, das, mein Lieber, könnte einmal unliebsames Ärgernis erregen. Man könnte Ihnen nachlaufen, man könnte sich zusammenrotten. Die Zeiten sind unruhig, man weiß nie, was aus solchen Aufläufen herauswächst. Sie beginnen wegen eines apfelgrünen Fracks und enden mit einer Verhöhnung der Obrigkeit. Dann findet sich leicht jemand, der behauptet, Ihr auffallender Aufzug wäre nur Vorwand und Signal der Revolte gewesen."

Auf Bismarcks bartlosem Kindergesicht stand maßlose Verwunderung. Dann ging ein lustiges Wehen durch seine Augen, wie ein Wind unter blauem Frühlingshimmel. In den Wangen zogen sich Grübchen ein: "Ich kann Ihnen auf Ehrenwort versichern, Euer Gnaden", sagte er, "daß mein Frack keinerlei politischen Hintergrund hat. Weder einerseits noch anderseits. Mir ist von einer Kleiderverordnung der Georgia Augusta bis dato nichts bekannt, und ich war mir nicht bewußt, gegen eine Vorschrift zu verstoßen. Wenn einem Frack ein verborgener Sinn unterzulegen ist, so ist es der der Freiheit in der Beschränkung und der Beschränkung in der Freiheit. Beides ziemt dem Studenten. Sie sehen die Beschränkung in der Art, wie mein Frack den Oberleib umschließt, so daß immer die Haltung gewahrt bleibt. Die Freiheit aber flattert in einem Schoß hinterdrein, und wenn sie sich auch ein wenig nach dem jeweiligen Wind richten muß, so kann sie mir doch niemals ganz verlorengehen, da sie mit der Beschränkung eng verbunden ist."

Jetzt aber half kein Stäubchenblasen und kein Kielfederspitzenproben mehr, und es war auch zu spät, um noch unter den Schreibtisch zu kriechen. Die Würde war auf und davon und der richterliche Ernst beim Teufel, und nichts war zurückgeblieben als das herzhafteste aller Gelächter. Der gestrenge Herr saß hilflos da, wurde vom Lachen gerüttelt und geschüttelt, die Tränen liefen ihm über die Backen. Es war, als ob er sich auf zehn Jahre hinaus Gallenfieber und Gicht vom Leib lachen wolle.

Dabei blieb Bismarck immerhin bei einem respektvollen Ernst, und nur in seinen Augen saß dieses vergnügte Licht vollen Einverständnisses. Als der Richter nur mehr eine Handbreit vom Zerplatzen und außerstande war, den Augenblick des apfelgrünen Übeltäters länger zu ertragen, winkte er ihm abzutreten. Und das sah aus, als schlage er mit beiden Flossen heftig um sich wie ein Meerungetüm, das in einen Wirbel geraten ist.

Bismarck verneigte sich und ging bescheiden aus der Tür. Ariel, der weißgelbe Köter, tat einen Satz und riß den jungen Mann, der ihn an der Leine hielt, in einem Zickzack von Bewegungen hinterdrein, so daß dieser den kläglichen Eindruck eines Menschen machte, der nicht gern möchte, aber muß. Die drei Dutzend amerikanischer Flüche, die Ariel an den Pelz flogen, hinderten ihn nicht, an Bismarck hinaufzuspringen und mit sehnender Zunge sein Gesicht zu suchen. Erst als das Hundevieh seine Wiedersehensfreude dämpfte, konnte man fragen, wie es ausgegangen sei und was der Spaß gekostet habe.

"Einen Gulden und eine Verwarnung!" sagte Bismarck.

Man hörte drinnen noch immer den Wirbel von Lachen, Husten und Pusten, in dem der Gestrenge umtrieb.

"Was ist denn da drinnen los?" fragte Motley.

"Seine Gnaden erstickt an meinem apfelgrünen Frack", sagte Bismarck, "es ist kein Ernst mehr auf der Welt."

Sie traten aus dem alten Bauwerk, Bismarck als der Held des Tages zwischen Motley und Coffin, Ariel bald vorn, bald hinten, bald zwischen den Beinen, und ganz Göttingen gehörte ihnen. Eigens für sie hatte Gott diesen Julitag so strahlend herausgeputzt, die Spatzen waren so frech wie nie zuvor, und alle die Florbesen hinter den Blumentöpfen an den Fenstern trugen Verheißungen in den Augen und auf den Lippen. Beim Rahmenmacher und Balgausstopfer Tuschmann am Fenster pfiff ein Star den hannoverschen Generalmarsch, die vielbemerkte Sophie vom Kaufmann Biereigl hatte eine reine Schürze vor dem vollen Busen, zwischen den Pflastersteinen war das Gras in saftigen Büscheln aufgedreht wie Lausbubenlocken.

Es war schade, daß Motley und Coffin so viel Übermut ungenützt ins Kolleg tragen wollten.

"Ja, du", sagte Motley, als Bismarck widersprach, "du bist ein

Herr von Adel. Das genügt bei euch in Preußen, und auf Institutionen, Rechtssprüche und Landrecht kommt's da weniger an. Bei uns drüben geht das nicht so."

Coffin spuckte wildwestlich auf fünfzehn Schritte einen Spatzen vom Gehsteig herab. "Ihr Eifer lassen nach ... Sie gehen ja bald nur zu die Heeren-Kolleg. Warum hören Sie denn da nicht lieber Dahlmann?"

Bismarck sah in den blauen Himmel: "Ach was, alle Welt läuft ja zu Dahlmann. Das Selbstverständliche trifft bald einer. Dahlmann ist in Göttingen das Selbstverständliche."

"Sie wünschen also zu sein gebraten ein ... wie heißt das ... Extrawurst?"

"Ja - immer eine Extrawurst, Coffin!" lachte Bismarck.

Dann gingen die Amerikaner ins Kolleg, und Bismarck blieb mit dem Sommervormittag und dem Aufsehen, das sein Frack auf dem Göttinger Marktplatz erregte, allein. Er spazierte noch dreimal rundherum, und dann waren richtig alle Fenster und alle Ladentüren mit grinsenden Gesichtern besetzt. Bismarck genoß das Vergnügen aufzufallen mit einem naiven Eifer. Er trank es mit der Sonne und der Luft, die über den roten Ziegeldächern und dem Pflaster schon mittäglich durchwärmt wurde. Ariel jagte Spatzen und schaute, immer von neuem verblüfft, den Davonflatternden mit triefendem Maul nach. Als Bismarck sich nach einer neuen Runde umwandte, sah er an der Ecke der Weender Straße einen kleinen Trupp von fünf Studenten.

Noch immer zählten Kappe und Band zu den verbotenen Dingen, der Göttinger Revolutionsschrecken vom vorigen Jahr saß den Behörden noch in allen Knochen. Die akademische Freiheit hatte den Hexenschuß bekommen und konnte sich noch immer nicht aufrichten. Was da an Korps war: Lüneburger, Hildesheimer, Ostfriesen, Bremer, Braunschweiger, Hannoveraner, Mecklenburger, Hessen und Westfalen, lebte dahin wie ein Schlittenpelz. Unscheinbar nach außen, die rechte Seite nach innen gekehrt. Geschnürt und gedrückt durch Verordnungen und Reskripte, unter der Vormundschaft der Universitätsdeputation, zu allerlei Umständlichkeiten verpflichtet, konnte man sich nicht auf den Straßen in seinen

Farben zeigen und trug seine Kraft nur auf Kneipe und Mensur. Immerhin begann schon wieder ein erstes, frühlingsmäßiges Knospen und Blühen der Farben. Durch das dunkle Erdreich der Philisterröcke kroch wieder die Buntheit des Studentenlebens. In kleinen Maschen, die an den Knopflöchern saßen, bekannten sich die Korps schon wieder zu ihrer heiligen Dreifarbigkeit. So sah Bismarck an den Knopflöchern der Fünf, die an der Ecke der Weender Straße standen, daß er es mit Korpsiers zu tun hatte.

Und daß er es mit ihnen zu tun bekam, war ihm klar, als ihm ein Chorus von Lachen entgegenschwoll. Die Fünf hatten sich eine besondere Art von Chorgelächter eingeübt:

Wuthmann lachte: "Ho-ho-ho!" Dammers lachte: "Hu-hu-hu!" Georg Haccius lachte: "Ha-ha-ha!" Gustav Scharlach lachte: "He-he-he!" und Stiencron lachte: "Hi-hi-hi!" Dieser Chor war sehr wirkungsvoll, aber die Schutzpatronin alles Musikalischen, Sancta Cecilia, mochte über ihn die Hände ringen, sobald er zum Himmel aufstieg. Und dieser Vokalchor brach jetzt an der Ecke der Weender Straße los, und es war klar, daß er nichts anderem galt, als dem apfelgrünen Frack. Bismarck schwenkte sogleich von seinem Rundgang in einer steilen Kurve zu den fünf Lachkünstlern ab. Da klang der Chorus noch lauter über den Göttinger Marktplatz hin. Bismarck aber schritt unentwegt durch den Vokalspektakel hindurch und nahm höflich seine Mütze ab. In diesem Augenblick sah er einen guten Bekannten unter den Fünfen. Den Studiosus mit der lappigen Nase, der Hartvogel so regelrecht in die Gosse angerempelt hatte. Hallo! Es wurde auf einmal ganz kühl in Bismarck, als habe er unter Haut und Fleisch einen Kern von Eisen.

"Wünschen die Herren vielleicht etwas von mir?" fragte er.

Der Student mit der Lappennase nahm die Führung. Er steckte die Hände in die Taschen, klappte die Fußspitzen auf, so daß er auf die Absätze zu stehen kam, klappte nach vorn, so daß er auf den Fußspitzen stand und die Fersen in der Luft waren, und wiegte dergestalt vor Bismarck hin und her. "Wir wünschen zu wissen", sagte er, nachdem er das Manöver eine Weile hatte andauern lassen, "nämlich, wir haben uns gefragt, was Sie wohl in Ihrem Grashüpferkostüm auf dem Marktplatz studieren mögen ... und überhaupt!"

Bismarcks Kindergesicht blieb vollkommen höflich und ernst, nur die Augen waren blauer, lodernder Stahl: "Ja, meine Herren ... ich habe unlängst in einem Buch über Göttingen gelesen, die Bewohner würden eingeteilt in Studenten, Professoren, Philister und Vieh, welche vier Stände jedoch nichts weniger als streng geschieden seien. Das studiere ich."

Das Wippen des Lappen wurde bedrohlich. "Und was haben Sie gefunden? Und überhaupt?"

"Ich habe gefunden, daß man die Professoren und Philister von den Ochsen ganz wohl unterscheiden kann, bei den Studenten wird es einem aber manchmal ganz unmöglich gemacht - und überhaupt sind Sie, meine Herren, alle miteinander dumme Jungen! Ich heiße von Bismarck und wohne im Turm an der Leine, wo, wird Ihnen Herr Adolf Jäger schon sagen können." Damit zog Bismarck wieder höflich die Mütze und ging die Weender Straße entlang, vom heißgehetzten Ariel mit hängender Zunge gefolgt. Die fünf Hannoveraner sahen einander an, als habe Gott aus dem brennenden Dornbusch gesprochen.

"Donnerwetter", sagte Wuthmann, der Lappige, "der Kerl geht schneidig los."

"Kinder, Kinder, hat der eine Schnauze. Das ist ein Preuße!"

Dammers schob die Mütze zurück und klopfte mit dem Stock das Straßenpflaster: "Ik komme mir blamoren vor."

"Warum?"

"Wie denn nicht? Lassen wir fünf alten Esel uns von diesem blutigen Finken da vom Fleck weg kontrahieren. Machen nicht das Maul auf ... einfach kontrahieren. Wie stehen wir da? Was soll meine Mutter von mir denken?"

"Er hat recht", meinte Georg Haccius, "wenn wir mit diesem Bohnentrieb antreten, so wird das ja der reine Kindsmord von Bethlehem. Wuthmann zog den Schnurrbart unter der Nase vor: "Der Kerl gefällt mir! Und überhaupt! Wir haben ihn herausgefordert. Er hat schneidig kontrahiert. Habt ihr was gegen ihn? Nein! - Fühlt sich jemand beleidigt? Nein! - Wie wär's, wenn wir Jägern hinschickten. Den scheint er zu kennen. Der soll fragen, ob er seine Kontrahagen nicht widerrufen möchte."

"Kann man das tun?" fragte Scharlach, der Jüngste, zweifelnd: "Ohne sich was zu vergeben?"

"Gewiß kann man das. Wir sind im Unrecht. Was geht uns sein Grashüpferkostüm an? Wie laufen denn die Burschenschafter herum? Wir backen doch dieses Grünzeug zu Spinat. Wir sind die Stärkeren, wir dürfen nachgeben."

Adolf Jäger wurde aufgetrieben. Adolf Jäger berichtete. Er wohnte im Vorderhaus, und hinten in einem achteckigen Turm an der Leine wohnte dieser Otto von Bismarck. Amerikaner und Mecklenburger gingen bei ihm ein und aus, sogar ein paar edle Polen waren schon gesehen worden, von der Sorte mit hängenden Schnurrbärten und tiefliegenden Augen, denen das Weibsvolk nachschmachtete.

Ob Jäger die Sache beilegen wolle? Der Senior nahm sich seine Leute erst einmal ordentlich vor, fluchte das Blaue vom Göttinger Himmel und die Ziegelsteine von den Göttinger Häusern herunter und daß man immer solche Tunken anrühre, die er auslöffeln solle. Aber schließlich befand er auch, daß die Kontrahageaffäre wohl am besten im guten beigelegt würde, und ging in Bismarcks achteckigen Turm.

Die Leine stank nach den vielen schönen Tagen ein wenig, noch mehr aber stank diese Geschichte, und Jäger, der Bismarck nur so obenhin vom Begegnen kannte, war keineswegs sicher, gut angelassen zu werden. Bismarck, der schon Motley und den Grafen Schulenburg bei sich hatte, war sehr erstaunt, anstatt zweier waffenrasselnder Kriegsansager einen etwas verlegenen Friedensboten empfangen zu dürfen.

"Wollen Sie Platz nehmen?" Es gab mehr Bücher in diesem Zimmer, als man bei einem solchen Verächter der Kümmelei hätte vermuten dürfen. Ein großer Tisch war voll von ihnen, aufgeschlagene Atlanten lagen als zackig umgrenzte Farbenflecke dazwischen. Von dem Stuhl, den er für Jäger heranzog, flog erst ein Stapel einer Weltgeschichte auf die Erde.

Jäger tat alles, um den Rückzug in annehmbare Form zu bringen. Daß man keineswegs eine Verhöhnung seiner Person beabsichtigt, sondern daß dieses absonderliche Kleidungsstück gewissermaßen als

Ding an sich, ohne Rücksicht auf die Person des Trägers, zum Lachen gereizt habe. Da nun anzunehmen sei, daß Herr von Bismarck in der Handhabung der Waffen nicht so geübt sei, während die älteren Semester, mit denen er zusammengeraten sei, bereits Dutzende von Partien hinter sich hätten, erlaubte er sich im Namen der fünf Herren anzufragen, ob die Angelegenheit nicht freundlich geregelt werden könne. Bismarck hörte die umständliche Rede mit einem gleichmütigen Lächeln an. Wegen der Handhabung der Waffen brauchten sich die Herren wohl keine Sorgen zu machen. Er nähme schon längere Zeit bei Christian Kastrop Unterricht im Fechten, und der Herr Universitätsfechtmeister sei mit ihm recht zufrieden. Da aber die Herren erklären ließen, daß sie nicht ihn gemeint hätten, sondern bloß den Rock, so wolle er gern seine Kontrahagen revozieren. Im übrigen sei er ein Freund des Lachens, und so hätte er sich im Grunde über eine solche Art des Lachens eher gefreut als geärgert. Damit war die Sache eigentlich erledigt, und Adolf Jäger hätte gehen können. Er saß aber noch immer auf seinem Stuhl neben dem Berg von Schmökern, in denen die Weltgeschichte eingekocht war, und würgte an einem Wort. Die zwei Zeugen hinten im Zimmer waren unbequem. Aber was jetzt versäumt wurde, war vielleicht niemals mehr zu erreichen. Unter allem Formenkram und der steifleinenen Kommentpedanterie war ein frisches, rasches Verstehen zwischen ihm und diesem Herrn von Bismarck, ein warmes Sprühen aus den Augen und Herzen.

Endlich stand er, trotz Zeugen und Bedenken, mit beiden Beinen im Entschluß. Er erhob sich: "Mein Herr", sagte er, "ich habe keinen Auftrag dazu, diese Frage an Sie zu richten. Aber Sie haben sich in dieser Angelegenheit so tadellos benommen, daß ich nicht umhinkann, Sie zu fragen, ob Sie geneigt wären, beim Korps Hannovera als Fuchs einzuspringen."

Da kam die Hand herüber, ohne Übereilung und ohne Zaudern, das Kindergesicht trug heißes Rot: "Ich danke Ihnen sehr, mein Herr! Und ich bitte Sie um die Ehre, Ihrem Korps als Fuchs vorgeschlagen zu werden."

Jäger verneigte sich: "Haben Sie besondere Wünsche in bezug auf die Person Ihres Leibburschen?"

"Wer ist der Herr mit der zerschlitzten Nase?"

"Er heißt Adolf Wuthmann aus Mohringen und ist Konsenior des Korps."

"Wollen Sie ihm mitteilen, daß ich ihn sehr bitte, mein Leibbursch zu werden."

"Mensch", schrie Graf Schulenburg, als der Bote draußen war, "jetzt hast du dich doch fangen lassen? Noch dazu von einem Korps, in dem es nicht einen einzigen Adeligen gibt."

Motley streckte die Beine noch weiter von sich: "Lassen Sie. Er predigt schon lang, daß die Korps eine Schule für das Leben sind."

Bismarck stand am Fenster. Er wandte sich mit einem jähen Ruck, zeigte sein leuchtendes Gesicht: "Ihr Wahlspruch gefällt mir - nunquam retrorsum! Nie zurück!"

11

Bei Harrisons kam das englische Kränzchen zusammen.

Göttingen war, so gut deutsch die hannoverschen Fundamente bestanden, obenauf und außenherum irgendwie englisch. John Lothrop Motley aus Boston nannte es halbenglisch, ein Beefsteak nach deutschem Geschmack, nur daß er meinte, was daran roh geblieben sei, das komme auf die deutsche Rechnung.

So kam es, daß sich auf dieser durch Gottes und der hohen Politik Gnaden mitten im deutschen Festland geschaffenen angelsächsischen Insel Angelsachsen von hüben und drüben des großen Wassers einfanden. Man genoß hier das Absonderliche und Anheimelnde des fremden Volkes und war dabei doch sozusagen daheim, man richtete sich nach der Methode ein, die England allgemach über den ganzen bewohnten Erdkreis auszudehnen begann: das Beste zu nehmen und nichts von sich preiszugeben.

Außer Motley gehörte noch Coffin zu dem englischen Kränzchen und Mitschell King aus Charleston, der durch Bismarck aus der Hannovera herübergebracht worden war. King war ausgezeichnet durch Schweigsamkeit und eine gewisse hartnäckige Gefräßigkeit, die er zu jeder beliebigen Stunde des Tages oder der Nacht entfalten konnte. Coffin hatte neben vielen vorzüglichen nur zwei weniger preisliche Eigenschaften: er konnte keine enge Öffnung sehen, ohne den Versuch zu machen, hindurchzuspucken, und keine Holzfläche, ohne mit seinem Federmesser einen Namenszug oder ein Herz oder einen Anker oder sonst irgend etwas Symbolisches hineinzuschnitzen.

Die Harrisonsche Wohnung zeigte die Spuren dieser freien Künste. Aber Harrisons nahmen diese Eigentümlichkeit mit in Kauf und freuten sich, daß sie den jungen Leuten den gastlichen Herd ihrer Ehe bieten konnten. Die Möbel rochen noch nach Tischler und Firnis, und es schien, als sei die Harrisonsche Ehe selbst nicht viel älter, und auch an ihr sei der behördliche Leim noch nicht ganz trocken.

Die Jugend war ganz unter sich. Fred Harrison war jung und unbedeutend. Und Mary Harrison war jung und unbedeutend. Aber es zeigte sich, daß es eine besondere Bedeutung hat, wenn eine Frau unbedeutend ist, sobald sie nur einen weichen Schritt, eine feine, schlanke, weiße Hand hat, die sich über der Teeschale gut ausnimmt, und eine blonde Haarkrone, die sie trägt wie eine Königin ihr Diadem.

Das ganze englische Kränzchen schien nur zu dem Zweck zusammenzukommen, um Mary Harrison zu bewundern. Motley, der entschlossen war, entweder ein großer amerikanischer Dichter oder ein großer amerikanischer Diplomat zu werden, versprühte seinen Geist für sie. King schien zu schweigen, um seine Anbetung besser genießen zu können, und wenn er sich als Freßkünstler vorführte, so war das offenbar eine Art fanatischer Huldigung für ihre besonderen hausfraulichen Eignungen. Coffin spuckte für sie durch die Schlüssellöcher. Bis Mary Harrison eines Abends beim Tee sagte: "Bitte, Coffin, spucken Sie mir nicht die Türen voll." Seitdem erhob sich Coffin jedesmal und wischte mit einem großen roten Taschentuch fort, was etwa danebengegangen war.

Bismarck aber bemerkte dazu: "Willst du genau erfahren, was sich ziemt, so frage nur bei edlen Frauen an!"

Er selbst flocht aus seinen Siegen auf der Mensur ein Kränzlein und widmete es der schlanken, blonden Mary. Leider hatte sie wenig Verständnis für den Sinn der ritterlichen Übung und vermochte in den Schlachtberichten die Terzen von den Quarten nicht zu unterscheiden, und wenn Bismarck einmal mit einem Pflaster erschien, so stellte sie Räucherkerzen auf, um den "Blutgeruch" zu vertreiben. Immerhin nahm sie aus diesem blutrünstigen unverstandenen Kult, was ihr zukam mit einem fraulichen Instinkt, der zu schätzen weiß, auch wo er nicht begreift.

Eines Abends aber ereignete sich etwas Ungewöhnliches. Mitschell King aus Charleston tat den Mund auf und sprach. Zwischen zwei Schlucken Tee sagte er gerade Frau Mary ins Gesicht, die sich neben ihm über die Zuckerdose beugte: "Bismarck ist heute nachmittag abgeführt worden."

Frau Marys Zuckerdose war ein Huhn aus Porzellan, das brütend auf einem Nest aus Porzellan saß. Was aber in diesem Nest lag, waren lauter weiße, von Kristallen glitzernde Zuckerstückchen. "O ja!" sagte Frau Mary ahnungslos, indem sie das Huhn wieder auf das Nest setzte.

Motley aber verstand besser, was diese Trauerbotschaft bedeutete.

Er verließ seine bequeme Lage, beugte sich vor, spähte in Kings Gesicht: "Zum Teufel... Bismarck ist wütend?"

"Sehr!"

"War das gegen die Bremer?"

"Biedenkamp!"

Mit Motley ging es eigentümlich. Er war als Amerikaner echtfarbig genug, um das ganze Um und Auf deutschen Studententums ein wenig lächerlich zu finden, und er war lange genug in Göttingen, um sich in diese Gebräuche eingelebt zu haben, so daß sie ihm bisweilen wichtig erschienen. Jetzt vergaß er ganz seine Haltung im englischen Kränzchen. Er schoß in Eifer: "Es hat einen verschärften Resturz gegeben." Wenn es so etwas Studentisches gab, so fehlte das englische Wort und das deutsche mußte heran.

"Was ist ‚verschärfter Resturz'?" fragte Harrison.

"Die Bremer haben die Hannoveraner beleidigt. Da muß jeder Bremer mit einem Hannoveraner fechten. King, wie war es mit Ihnen?"

"Ich habe abgestochen!"

Draußen brummte jemand, das Stubenmädchen gab eine Antwort, dann war Bismarck da. Auf seiner linken Wange saß, deutlich für die ganze Welt, die Abfuhr unter dem großen, schwarzen Pflaster.

"Ja, Pech gehabt", sagte er, indem er die Hände schüttelte, "King hat euch erzählt?"

"King erzählt wie ein Laternenpfahl."

Frau Mary machte ein ängstliches Gesicht, jetzt ging es wieder an von Terzen und Quarten.

"Denkt euch: Ich schlage im ersten Gang Doppelquart. Jedes Kind in Göttingen weiß das. Nun kommt mir dieser Idiot von Bremer und schlägt mir in meine Doppelquart hinein, schlägt mir die zweite Quart mit. Ein Sauhieb! Seine Klinge springt im Hieb und reißt diesen Schmiß. Der Unparteiische hat entschieden: sitzt nicht. Aber das ist sozusagen metaphysisch. Ich habe das Rechtsbewußtsein: Biedenkamps Quart sitzt nicht. Aber in der Welt der Tatsachen sitzt sie doch. Man könnte darüber Philosoph werden und über den Unterschied zwischen Idealität und Realität spinnen."

"Suspendiert?"

"Suspendiert! Nächstens geht es weiter!"

Der Göttinger in Motley war abgetan, der Amerikaner drängte vor. Motley lehnte sich zurück und sagte ein wenig spöttisch: "Bismarck, es kommt mir immer vor, ihr nehmt diese Geschichten zu ernst. Irgendwohin müßt ihr mit eurer Jugend und Kraft. Das öffentliche Leben versperrt man euch. Wer sich mit der Politik beschäftigt, ist immer so etwas wie ein Hochverräter. Da bleibt nichts, als sich im Raufen auszutoben und Unfug zu machen."

Bismarck nahm den Tee aus Frau Marys Händen. Er sah weich und besänftigt auf die feinen Finger, fühlte sich ins Behagen gebettet. "Ja, Motley", sagte er mit einem kleinen Seufzer: "Amerika, du hast es besser als unser Kontinent, der alte. Das sagt Goethe!"

Frau Mary zog an einem gestickten Band, eine brüchige Glocke schellte über den Tisch. Das Stubenmädchen öffnete einen Türspalt. "Bringen Sie Herrn Coffin ein Stück Holz aus der Küche!" sagte die Hausfrau. Coffin fuhr zusammen und versuchte das Messer zu verstecken, mit dem er an der Armlehne seines Stuhles zu schnitzen begonnen hatte. Seine Hand wischte über das eingeritzte Herz, als wolle er das geschundene Möbel wieder glätten.

"Wir haben noch keine Erziehung", sagte Motley mit einem Blick auf den unglücklichen Coffin.

"Ihr habt auch keine Vergangenheit. Wir haben eine Vergangenheit und doch keine Erziehung."

"Ich muß mich oft wundern", fuhr Motley mit einem Blinzeln seiner klugen Augen fort, "daß du als Preuße und Adeliger für unseren Freistaat so viel übrig hast."

"Gewiß, ich halte die Republik für die beste Staatsform. Ihr werdet nicht so viel regiert. Jeder wächst sich in seiner Art aus, das gibt tüchtige Kerle. Bei uns ist der ganze Lebensweg mit Verordnungen gepflastert. Hinter jedem Busch steht ein: links gehen, rechts gehen!"

"Warum ziehst du dann nicht mit der Burschenschaft?"

"Coffin!" sagte Frau Mary mahnend, und Coffin ließ, tödlich erschrocken, das Messer sinken.

"Ja, das ist etwas anderes, Lieber! Was für euch paßt, taugt nicht für uns." Bismarck sah behutsam und verehrungsvoll Frau Mary nach, die mit weichen Schritten nach dem Eckschrank ging, um die Whiskyflasche zu holen. "Wir Deutschen haben zu viel Gemüt. Wir müssen immer an einer unglücklichen Liebe leiden. Unsere große unglückliche Liebe ist die deutsche Einigkeit! Aber einmal werden wir das Schicksal zwingen."

Coffin hatte die Hände aneinandergelegt, daß zwischen den Daumen eine schmale Ritze entstand. Und auf diese Ritze tat er jetzt einen gellenden Pfiff, daß Fred Harrison in seiner Sofaecke, wo er langsam zu schlummern begonnen hatte, wie unter einem Wasserguß auffuhr. "Hallo! Fred!" sagte er. Dann wandte er sich Bismarck zu und grinste breit und vergnügt: "Ich hab' genug von eurer Einigkeit. Nicht einmal die neun Korps in Göttingen können sich vertragen. Ich wette, daß Deutschland niemals einig wird. Niemals!"

Motley nickte. Bismarck sah im Spiegel, daß seine linke Backe unter dem schwarzen Pflaster immer mehr anschwoll und kehrte Frau Mary seine gesunde Wange zu. "Na, Coffin, warten Sie nur. In zwanzig Jahren haben wir ein einiges Deutschland."

"Oh, gut. Wollen Sie wetten?"

Wetten weckte alle Lebensgeister. Motley, King, Harrison rückten gespannt näher. In diesem Augenblick saß Bismarck ganz zusammengesunken da, als habe ihn der Schmerz seiner Wunde überwältigt. Langsam sagte er, mit einer bescheidenen Zuversicht: "Ich wette, Coffin. Was gilt es?"

"Zwanzig Flaschen vom besten Rheinwein! Für jedes Jahr eine. In zwanzig Jahren melde ich mich."

Als sie über den Göttinger Marktplatz gingen, im harten Schnee, sagte Motley: "Bismarck, du hast zwanzig Flaschen verloren."

"Du kannst recht haben, John."

Sie gingen weiter, und der Schnee klang hart und knirschend. Ein paar Sterne waren da, wo der Himmel die Wolkenfalten auseinanderschlug, eine kümmerliche Saat. Bismarck drosch mit dem Stock einen Eiszapfen von einer Dachrinne.

Er schlang den Arm um Motleys Schultern: "John ... manchmal ... ich soll Beamter werden, Diplomat, will meine Mutter, ich kann nicht."

Da war das deutsche Gemüt! "Hallo, Otto", sagte Motley knurrig, "du hast den Spleen, weil du auf Mensur Pech gehabt hast."

"Manchmal meine ich, mir wäre viel wohler, wenn ich Farmer sein könnte, bei euch im Westen. Das Größte ist doch die Erde! Aus der Scholle kommt unsere Kraft. Bei euch sind noch die unbegrenzten Weiten. Bei uns ist alles eingeteilt. Das gehört dem, und das dem, und das meiste dem König. Nur noch die Luft ist frei, und auch die wird von den Fabriken verpestet. Ich will meine Ellenbogen rühren können. Wir sind fertig. Ein Volk, das eine Zukunft haben will, mußte alle Enge abschütteln. Alle Vorurteile von Landesgrenzen und Königtum und überhaupt ..."

"Da ist das Auge Gottes", sagte Motley vor einer rotverhangenen Tür, "komm, wir wollen noch einen Schoppen trinken."

In dieser Nacht kontrahierte Otto von Bismarck in der Weinschenke "Zum Auge Gottes" sechs Westfalen, weil sie gesagt hatten, die Preußen wären keine honorigen Burschen, und ihr König könnte ihnen gestohlen werden.

12

Auf dem "Keyser" vor dem Rheinhauser Tor wurde eine Mensur gerüstet. Unten auf der Landstraße, im Schmelzwasser, ging der Schnarrposten auf und ab. Ludolf Fromme von den Hannoveranern, Ludolf Fromme aus Hardegsen. Er aß einen Apfel und schaute bisweilen nach den Fenstern des ersten Stockwerkes, wo es verdächtig klirrte. Bismarck hatte ihm einen Spottvers angedichtet, der ihm nun am Kragen hing wie den Männlein auf den illuminierten Pergamenten des Mittelalters ihre Spruchbänder. Er lautete:

"Na warte nur aus Hardegsen, Juriste Ludolf Fromme,
Den, wenn der Weltgeist sehen tut, er ausstößt ein Gebromme."

Formale Glätte und Gewandtheit des Ausdrucks ließ dieser Vers ja vermissen, aber irgendwie schien er doch das Verhältnis zwischen dem Weltgeist und Ludolf Fromme richtig zu treffen, denn er hatte großen Beifall gefunden. Jetzt dachte Ludolf Fromme seiner Rache nach, während er im Schmelzwasser auf und nieder stapfte. Einen Vers, einen Spottvers auf Bismarck, wenn er heute als Mensurleiche vom Paukboden kam! Es war so sicher wie das Einmaleins, daß Bismarck von diesem Herrn von Röder abgeführt werden mußte. Handelte sich bloß noch um den Reim auf Bismarck. Aber auf Bismarck ließ sich mit aller Vergeudung von Hirnschmalz kein Reim machen. Auch oben war die Stimmung keineswegs zuversichtlich. In dieser einen Mensur war der Extrakt von sechsen zu sehen. Obgleich die anderen fünf Westfalen erklärt hatten, jene Äußerungen beim Auge Gottes im Zustand der Volltrunkenheit getan zu haben, beharrte Herr von Röder darauf, ganz nüchtern gewesen zu sein und die Verantwortung zu tragen.

"Er spielt sich als Revoluzzer auf, es ist ihm aber bloß um die Partie zu tun", sagte Wuthmann. "Unser Baribal ist ja ganz tüchtig, aber der Röder hackt ihn uns auseinander. Wir können ihn nachher ins Schnupftuch binden."

Gustav Scharlach, der das französische Prinzip vertrat, Gustav Scharlach, der Weiberkenner, meinte geheimnisvoll, es handle sich hier gar nicht um den König von Preußen, sondern um irgendeine Herzenskönigin von Göttingen. Nur in solchen Fällen sei man gar so entbrannt, sich mit dem anderen zu messen.

Der große Saal, in dem sonntags der Kuhschwoof stattfand, war so voll, daß man nicht verstand, wie in diesem Gedränge für eine Mensur Raum geschafft werden sollte. Alle Korps waren da, die langen Pfeifen qualmten, die Füchse schleppten Paukzeug aus dem Versteck herbei.

"Achtung!" schrie Wehner und drängte sich mit einer Schüssel heißen Wassers durch. Doktor Gans, der Bader, stand da und putzte mit Glaspapier den Rost von seinen Zangen. "Welcher Saukerl hat denn das Baderzeug so verschweint? Füchse stellen sich heute abend vor, ihr müßt ja das Besteck unter die Dachtraufe gelegt haben!"

In der Ecke saß der Hausknecht Thomas, das Mensurenorakel. Er hatte so viel Mensuren gesehen, daß der Mathematik dafür die Zahlen ausgingen. Wenn man ihn fragte: "Thomas, die wievielte?" dann hob er die rechte Hand mit der Fläche nach vorn zum Ohr, schlug mit ihr in die Luft und sagte: "E!" Es gab für ihn auf dem Mensurboden keine Überraschung mehr, und wenn jetzt der Erzengel Michael mit dem Erzengel Gabriel angetreten wäre, so hätten ihm auch die himmlischen Finten nichts Neues mehr gebracht. Es kam vor, daß er einen naseweisen Fuchsen vorn am Kopf nahm und ihm sagte: "O du, der du dem du das soweit der Vorrat reicht." Das war eine abgekürzte und Respekt einflößende Formel für die Unendlichkeit seines Wissens von den Dingen, von denen so ein grüner Fuchs kaum den Rand gesehen haben konnte.

Jetzt standen ein paar jüngere Bremer in seiner Stammecke und ließen ihn orakeln. Thomas sagte: "E!" Und nur, weil sein Schüler Bornemann dabei war, fügte er hinzu: "Abgestochen natürlich!"

Wuthmann zog die krumme Klinge in den breiten Korb. Es war wie ein letzter Liebesdienst, den er dem Leibfuchsen erwies. Die Schraube wurde mit unendlicher Sorgfalt angedreht. Dann hielt er den Säbel vor sich hin: die Klinge saß fest und gerade. "Ich bitte Platz, meine Herren!" Die Waffe pfiff dünn und scharf.

"Ein Schmollis den Herren Hildesen", rief ein roter Mecklenburger. Steinkrüge klapperten. Das klang dursterzeugend.

Bismarck wurde schon ins Paukzeug gespannt. "Ich möchte auch so was!"

"Der Kindskopf kriegt Bier!" schrie Dammers beflissen. Julia, der Kattunbesen, gleich Thomas kriegsgewohnt, rauchgebeizt, mit allen Salben geschmiert, schleppte herbei, was sie in Händen hatte.

Wenn die Vorbereitungen so weit gediehen waren, so kam über David Franz Christian Georg Rudolph Wehner aus dem Land Hadeln immer eine seltsame Stimmung im Unterleib. Es mochte in ihm ein bedenkliches Erbe friedfertiger und beschaulicher Ahnen sein, das sich geltend machte und nicht nach Männertrank verlangte, sondern nach dem sanften, mit Zichorie gewürzten Kaffee. "Julia ... du weißt schon!" sagte er.

Mit dem Bandagieren war man fertig. Die schweren Binden kamen nicht in Verwendung, Hals und Puls waren nur durch dünn gefütterte Seidenstreifen geschützt. Bornemann von den Hildesen, der Unparteiische, tauchte auf. "Sind die Herren so weit?"

"Wenn mir der Kassube abgestochen wird", flüsterte Wuthmann, "so schnapp' ich mir den Röder nachher selber.

Vor Bismarck entstand eine Bahn. Er sah auf das Schlachtfeld und jenseits dessen auf seinen Gegner, der in den Bandagen stak wie ein fetter, muskulöser Bullenbeißer in seinem Riemenzeug. Die Halsbinde drückte ihm das Kinn zu dem übrigen reichlichen, roten Fleisch des Gesichtes. Seine rechte Faust lag im schmutzigen Handschuh wie ein Feldstein auf dem Arm des Zeugen.

Wehner klappte den Steinkrug auf, den ihm Julia reichte. "Mogelant!" sagte Dammers, denn aus dem Steinkrug dampfte das Blümchen des Kaffees.

Es war also doch möglich, daß für die Mensur Raum geschaffen wurde. Freilich ging es nicht anders, als daß, was in der Mitte wich, an den Rändern hinanstieg. So sah man also den Kampfplatz von einem ganzen Wall von Menschen umgeben wie eine richtige Arena. Doppelt und dreifach standen die Reihen an den Wänden, die ersten zu ebener Erde, die zweiten auf Sesseln, die dritten auf Tischen. Doktor Gans konnte an seinem Tisch nur mit Aufgebot aller Grobheit verhüten, daß man ihm seine mühsam erworbene Instrumentenordnung wieder zertrat.

"Bier, die Herren!" rief Julia und reckte in jeder Hand fünf Steinkrüge. Alles qualmte aus den langen Pfeifen drauflos, als gälte es den Raum mit Wolken anzufüllen, daß die beiden Kämpfer wie im Nebelreich miteinander stritten, nordische Sagenkönige auf irgendeiner Sageninsel. Es war erstaunlich: Manche hingen mit einer Hand am Fensterkreuz und pafften drauflos, als wäre das ein Vergnügen.

"Raus mit dem Mensurbesen", schrie Wuthmann, als ihm die eifrige Hebe wieder in seine Zirkel trampelte.

"Na - na, Herr Wuthmann", sagte sie gekränkt, "Sie können Ihnen en anners mal ooch eene annere suchen."

"Leibfuchs", raunte Wuthmann, "feste stehen. Er rennt gern den Kontrapaukanten übern Haufen. Wenn du dich auf den Hintern setzt, enterbe ich dich. Leg dich weit aus. Und wenn wo was offen ist, hinhauen wie Blücher ... und überhaupt ..."

"Natur, Leibbursch."

"Na, dann können wir ja anfangen." Wuthmann spuckte hinter sich, das war sein Mensursegen. Er fuhr in den Stulp und Schurz, riß die Mütze am großen Schild über den Kopf, nahm den Speer.

"Wehner, komm mal her", flüsterte Bismarck über den Testanten hinweg. Wehner sprang zu, denn jeder Paukant hat vor dem ersten Gang so kleine letzte Wünsche: eine Binde kratzt, oder eine Binde sitzt locker, oder man möchte noch ein Spitzgläschen Kirschwasser.

"Wehner aus dem Land Hadeln", sagte Bismarck leise, "ich weiß einen Vers auf dich:

‚Was sind denn das für Leute dort in diesem Land Hadeln,
Die, wenn ein Brander Kaffee trinkt, das absolut nicht tadeln?'"

"Geh zum Teufel!" und Wehner setzte dem Dichter einen Puff zwischen die Rippen.

"Herr Unparteiischer!"

"Herr Unparteiischer!"

Hüben und drüben Mützenlüften, Neigen der Waffen, kriegerische Höflichkeit.

Der kleine, schwarze Bornemann von den Hildesen kletterte auf einen Stuhl. Was ihm an Größe fehlte, ersetzte der kleine Mann durch

Scharfsichtigkeit. Mitten im Geflirr der Klingen konnte er jedem einzelnen Hieb folgen, Zweifel gab es nicht, alles war scharf in den Moment gespannt. Bornemann, der Schüler des Mensurorakels Thomas, hätte eine Professur der Mensurwissenschaft bekleiden können, wenn die Georgia Augusta eine solche Kanzel errichtet hätte. Er hatte auch den richtigen, schneidenden Ton des Unparteiischen: "*Silentium* zur Austragung einer Ehrenangelegenheit zwischen Herrn von Bismarck, Hannoverae, als Herausforderer, und Herrn von Röder, Guestphaliae, als Gefordertem. Vierundzwanzig Gänge mit kleinen Mützen. Die Herren Sekundanten haben das Kommando!"

Bismarck und Röder rasselten von ihren Stühlen hoch. Die verdorrten Blutkrusten auf den Paukhosen knisterten, und knarrend rückten sich die steifen Riemen zurecht. Man sah erst jetzt, wie lang dieser Brandfuchs der Hannoveraner eigentlich war. Aber sein Kindergesicht stak sonderbar zwischen dem Halskragen und dem Mützenschild, daß sogar Julia Mauskuchen, der mensurgehärtete Kattunbesen, in ein mitleidiges Sinnieren über den Wert der Jugend verfiel. Mit einem Schritt war er in der Mensur. Nägel im Fußboden zogen den Kämpfern die Grenze. Ihm gegenüber duckte sich der Bulldogg Röder zum Sprung. Die vorgestreckten Klingen berührten sich zum erstenmal mit einem hellen, freudigen Klang, die Schneiden zuckten zusammen. In diesem Augenblick fuhr Bismarcks Linke zum Kopf und riß die Mütze mit den Farben des Korps von den blonden Strähnen. Im Bogen flog das bunte Ding in die Korona hinein. Sogleich flog ihr die Mütze von Röders Kopf nach.

Ein Wispern und Raunen ging um. "Doller Kerl!" "So 'ne Idee." "Der hat wohl 'n Kopp von Blech?"

Wuthmann sah unter dem Mützenschild seinen Paukanten an.

"Die Herren Sekundanten haben das Kommando!" schnarrte Bornemann auf seinem Stuhl.

Jetzt war keine Zeit zu Betrachtungen. "Binden Sie die Klingen!" rief Wuthmann.

"Gebunden ist!"

"Sie hauen aus!"

Da sprang auch der Westfale schon vor, mit einem Hieb, als wolle er den Gegner in zwei Hälften spalten. Man sah Bismarcks Parade kaum, aber sie mußte geglückt sein, denn schon sprang Röder zurück, und Bismarcks Gegenangriff sauste ihm nach, surrte die Klinge entlang, dröhnte auf den Korb.

Hinten an der Tür sagte das Mensurenorakel: "Mit dem Abführen ist's Essig - soweit der Vorrat reicht." Das Wort lief um, die ganze Korona entlang, änderte im Nu die ganze Stimmung. Dieser Bismarck war kein Schlachtopfer, er wies ein gutes, scharfes Gebiß.

Die Gegner lagen aus. Bismarck hatte sich ein wenig gestreckt: Leib, Arm und Säbelklinge bildeten eine flache Kurve auf des Gegners rechtes Auge zu. Er sah nichts als dieses feindliche Auge und das heilige Rot-Blau-Gold des Korbes, aus dem die breite Klinge wuchs, dreiunddreißig Zoll lang und dreiundzwanzig Lot schwer. Jetzt blitzte es auf ihn zu, doppelt, links und rechts, er fing das Funkeln in seinem Korb, holte aus, schlug aber nicht diesen schweren Jagdhieb gegen die schon emporgezogene Deckung, sondern ein kleines, unbedeutendes, harmloses Hieblein nach der anderen Seite. Es klatschte auf die Armbandage, ganz sacht und gemütlich.

Ringsum tiefes Atmen und Schnaufen. Unerhört! Dieser Brandfuchs nahm die Sache nicht ernst genug. Drüben traten die Mensurunken an den Westfalen heran. Jeder wisperte irgendeinen Rat, Röder fauchte wie ein bissiger Köter entgegen. Wuthmann drohte seinen Leuten mit dem Sekundantenspeer: "Maul halten!" Jäger verschluckte eine Abfuhrpille, die er Bismarck hatte darreichen wollen.

Der nächste Gang. Jetzt war der Gegner in sich zusammengeduckt, stand lauernd, nach einem leichten Geplänkel fiel das Halt der Sekundanten. Selbst der unbegabteste Fuchs hatte erfaßt, daß die Entscheidung nahe war. Alle Hälse streckten sich, hinten brach ein Stuhl zusammen, auf den zu dreien noch ein Vierter steigen wollte.

Bismarck begann mit einer geraden, festen Quart, die steil nach Röders Schläfe gemessen stand. Gleich darauf war ein fürchterlicher Anprall, ein Aufschreien der Klingen, vier, fünf Hiebe sausten gegen- und zum Teil ineinander, Ausfall und Deckung schlugen zusammen, und mitten aus dem Wirrwarr löste sich etwas Prachtvolles, ein stählerner, kühler Hieb, den jeder sah und der nur auszuführen schien, was Bismarck gleich zu Beginn des Ganges vorgezeichnet hatte.

Ein feiner roter Strich war auf Röders Schläfe. Jetzt zogen sich seine Ränder auseinander, und es quoll in langsamen Stößen aus ihm hervor, wie von einer Pumpe getrieben. Rot, helles Rot auf Gesicht und Hemd, das Gewebe trank Blut, über die alten, rostbraunen Krusten sanken die weinfarbenen Kaskaden, große Tropfen klatschten auf den staubigen Boden. Ein Klumpen Menschen schoß um den Westfalen zusammen. Man hörte Bornemanns helle Stimme: "Herr Röder, Guestphaliae, erklärt sich im vierten Gang für abgeführt. *Mensur ex*!"

Schon hatte Wuthmann Bismarck abzuschirren begonnen. Er quetschte ihm die Achseln, drückte ihm die Daumen in den Oberarm, puffte ihn in den Rücken. "Leibfuchs ... Leibfuchs! Kerl! ... Kassube! Die Klinge muß ich haben. Die hänge ich mir übers Bett. Wenn dein König was wert ist, bedankt er sich bei dir und schickt dir zwei Körbe echten Französischen."

Bismarck hatte viele Hände zu drücken. Auf seinem Kindergesicht stand ehrlicher Stolz. Als er aus der Rüstung geschlüpft war, fuhr er mit der Rechten in den rechten Hosensack. Er tastete nach einem kleinen Stückchen eines schwarzen Samtbandes, das ihm weich durch die noch steifen Finger glitt.

13

In den Pfingsttagen machte sich die Welt so weit und herrlich auf, daß es in dem Göttinger Häuserschatten nicht auszuhalten war. Der Himmel hatte die Hannoveranerfarben eingezogen, war morgens rot, mittags blau und abends golden, und die Erde steckte sich ein paar Blütenbäume an jede Hügelfalte. Die mürrischsten alten Zäune setzten irgendein paar grüne Zweiglein auf, die bemoosten Ziehbrunnen krächzten nicht mehr, sondern versuchten sich in einer Art Gesang, so gut er eben einem Ziehbrunnen gehen wollte. Auf den Bleichen blähte und bauschte sich die Wäsche und wurde so blendend weiß, wie noch nie zuvor in diesem Jahr, als sei sie für nichts als lauter jungfräuliche Unschuld bestimmt. Die Hühner legten den ganzen Tag Eier, eines um das andere, jedes von ihnen wollte das größte gelegt haben, und selbst bei Nacht sprachen sie noch davon im Traum. Aus dem Göttinger Straßenpflaster quoll das Gras in ganzen Büscheln, auf den Ziegeldächern hockten die blechernen Dachrinnendrachen, und wenn es niemand sah, schlugen sie mit den Flügeln und richteten sich auf den Schwänzen auf, um davonzufliegen.

Da trugen sie ihre Sehnsucht und ihre Wanderlust in das Land hinaus: Bismarck selbst, mit Wuthmann und Jäger, Oldekop und Rautenberg und ein paar guten Bekannten von den Braunschweigern. Die Ranzen waren nicht schwer, die Knoten lagen fest in den Fäusten, die Stiefel waren derb gesohlt, die Pfeifen sauber geputzt, und vorn baumelte der Tabaksbeutel mit den Schnüren in den Korpsfarben.

In den Dörfern liefen die Kinder zu den Zäunen, wenn die Wanderburschen kamen, Lied und Schritt im selben Takt, und die Wirte schoben sich aus den breiten Toren. Alle diese Löwen- und Bären- und Lamm- und Grüne-Kranz-Wirte nahmen die Samtkäppchen ab und legten sie vorn auf die Schürzen, und da die Studenten ein gutes Herz hatten und in diesen Tagen ein großer Durst in den Sternen stand, gingen sie auch selten an einem Haus vorbei, wo der Herrgott den Arm ausstreckte. Wie es einem ordentlichen Geographen auf die Wasserläufe ankommt, so ergänzten die Pfingstwanderer die Wissenschaft vom deutschen Land durch Untersuchung der Bierläufe und der trinkbaren Weine.

Die Wälder rauschten ihnen in ihren Weg, und es kam vor, daß sie halbe Tage verloren, indem sie auf Waldblößen lagen und auf die blauen Falten hinaussahen, die Deutschland warf. Hier im Herzen Deutschlands hatte Luther Eisen in sein Blut getan, und Schiller Feuer, und der Große, der im vorigen Jahr erst gestorben war, das Lächeln der Weisheit.

Bei Luther begannen sie, und die Wartburg war, als ob in ihr alles ans Licht gestellt sei, was wort- und gestaltlos in ihren Seelen gelegen hatte. Da war alle Heimlichkeit von altem Winkelwerk, in dem man bergen konnte, was man nicht sehen lassen wollte, da war die mühevolle Arbeit in Stein und Glas wie liebe Gedanken, an denen man hängt, weil sie eben so mühevoll sind, da waren enge Stuben, und bisweilen sprang irgendein geschnitzter oder gemeißelter Kobold vor, wie einem manchmal ein derber, übermütiger Spaß einfällt, über allem aber standen die Türme, wuchsen aus Giebeln und Zinnen, zum Blick übers Land.

In Luthers Stube kratzten sie ein wenig Mörtel von der Wand, dort, wo das Tintenfaß getroffen hatte, das nach dem Teufel geflogen war. Der Kastellan ließ es lächelnd geschehen, er meinte, der Tintenfleck müßte ohnehin alle paar Jahre einmal erneuert werden, aber es könne nicht schaden, wenn recht viele Deutsche meinten, sie hätten das echte Lutherpulver im Sack. Freilich sei auf der Wartburg auch ein anderes Pulver bereitet worden, das sei weniger gut für das deutsche Volk, denn es gehe vorzeitig los, wie sich vor kurzem im Anfang April auf der Frankfurter Hauptwache gezeigt habe. Bismarck lächelte, der Kastellan möge es nur gehen lassen, so recht er habe, vielleicht sei doch etwas Gutes an dem Wartburgpulver, man könne das nur heute noch nicht so wissen. Dann, als sie wieder im Schloßhof standen, sagte er mit einem Besinnen: "Es fällt mir eben ein. Ich bin genauso alt wie die Burschenschaft. Wir sind beide im Jahr 1815 geboren."

Auf dem Inselsberg fanden sie in geschützten Mulden noch Schnee. Da gab es unter der heißen Sommersonne noch eine kleine Winterschlacht, die Ballen klatschten auf Röcke und Gesichter, Jägers schöner Pfeifenkopf aus Meerschaum fand den Heldentod, Ariel raste wie besessen zwischen den Beinen von Freund und Feind, warf sich schließlich, als das Gefecht beendet war, im Schnee auf den Rücken und rieb sich krampfhaft hin und her, mit verrenkten Beinen und verdrehten Augen, als sei er abgestochen worden.

Über Gotha und Erfurt kamen sie nach Weimar. An der Ilm war da ein lustiges Winkelwerk zusammengeschachtelt, nur das Schloß hielt sich die gedrängte Bürgerschaft ein wenig vom Leib. Mitten in der Stadt aber, mit der braven Alltäglichkeit zu Nachbarn, lag ein Haus, geräumig und doch nicht übermütig, vor dem wurden sie alle stumm und befangen. Es wies sich, daß sie Glück hatten, die Besitzer waren verreist, und man gestatte ihnen die Besichtigung.

Bismarck trennte sich von den anderen und ging ein Stück hinter ihnen drein. Sie zogen doch eine Schleppe von Fragen und lautem Wesen nach, drängten den Räumen ihre Jugend auf, und da war es, als müsse man sich auf sich selbst zurückziehen, wenn man etwas von dem Geist empfangen wollte, der hier lebte. Dieses Haus war aus dem Einfachen ins Große gestellt, das Freundliche war dem Feierlichen eng benachbart, man sah die Schätze, die ein reiches Leben zusammengetragen hatte, und gleich neben den Zimmern, in denen die Welt zu Goethe gekommen war, lagen die engen und dürftigen Stuben, in denen das Gestalt gewonnen hatte, was er der Welt sagen wollte. Was ein lautes und starkes Leben sei, glaubte Bismarck zu wissen, hier war er bei einem stillen, aber noch stärkeren Leben zu Gast.

Irgendwo, in einem anderen Raum des Hauses hörte er die Kameraden rumoren. Das war aber gar nichts Störendes, das war nur ein abgetrenntes Stück dieser Harmonie, das nach einem Umweg wieder zu ihr zurückkehren mußte. So mündete alle Unruhe wieder in Ruhe und seliges Einssein.

Es war ganz seltsam, aus den vielen großen und guten Büchern, die den Namen dieses Mannes trugen, aus den hundert Worten und Geschichten, die noch von ihm im Umlauf waren, hatte er sich jetzt keines einzelnen entsinnen können. Ein Unzertrennbares war dieses Ganze, dieser Hauch der Mauern, der starke, herbe Duft der Arbeit, der in diesem Raum lag, das Schwirren einer Biene, der goldene Sonnenstaub, alles floß in eine beglückende Gewißheit zusammen. Auch diese Gewißheit hatte keinen Namen, sie drang in ihn und quoll gleichzeitig aus ihm empor, war sein Blut, seine Nerven, sein Hirn, Farbe und Licht der Welt.

14

Die englischen Kränzchen nahmen ein Ende mit Schrecken. Kein Mensch hatte eine Ahnung gehabt, daß das Behagen unterminiert sei, daß die Gemütlichkeit so jäh in die Luft fliegen könne. Eines Tages erschien zum Nachmittagstee ein älterer Herr, ungeladen, zog eine Hundspeitsche unter dem Rock hervor und schlug mit ihr auf den Tisch, daß die dünnen, japanischen Tassen auf die Erde sprangen.

Frau Harrison war beim Anblick dieses Mannes in Ohnmacht gefallen. Mister Harrison war schreckensbleich aufgesprungen und hatte beschwörend seine Arme vorgestreckt. Der ältere Herr aber benahm sich wie ein Cowboy, fuhr fort mit der Hundspeitsche zu fuchteln und drohte, er werde das nichtsnutzige Frauenzimmer schon durch ein paar Jagdhiebe zu sich bringen.

Darauf begann Coffin mit den Augen zu rollen, spuckte ins Ofenloch und ging auf den älteren Herrn zu, indem er ihn fragte, was ihm lieber sei, sofort die Tür von außen zuzumachen oder seine drei besten Backzähne zu schlucken. Bismarck näherte sich dem Lärmmacher von der anderen Seite und wünschte zu wissen, ob er die Konsequenzen dieses unglaublichen und empörenden Vorgehens tragen wolle. Der ältere Herr aber ging weder auf den Göttingenschen noch auf den wildwestlichen Komment ein.

Es stellte sich heraus, daß dieser ältere Herr Mister Frank Harrison war, der Vater von Mister Fred Harrison, und daß die Dame, die noch immer in Ohnmacht lag, keineswegs Frau Harrison war, sondern Miß Mary Stevens von der Eden-Hall in London. Die Verbindung der beiden jungen Leute war weder in näherer noch in fernerer Vergangenheit durch den behördlichen Leim zusammengefügt worden: Frank Harrison war nach den geltenden moralischen Normen vollkommen berechtigt, entrüstet zu sein, wenn auch die Hundspeitsche ein vielleicht etwas starker Ausdruck dieser Entrüstung war.

Am nächsten Morgen war der Harrisonsche Haushalt aufgelöst. Fred Harrison wurde noch einmal, bleich und düster, an der Seite seines Vaters im Postwagen erblickt, Frau Mary aber mußte schon vorher bei Nacht und Nebel abgezogen sein.

Zu dieser Enttäuschung, die von Bismarck mit dem Gefühl getragen wurde, hier sei an den geltenden moralischen Normen etwas nicht ganz in Ordnung, kam noch ein anderer Verdruß. Ein Steinchen war ins Rollen gekommen, eine Lawine war niedergefahren.

Auf dem Mensurboden war ein Streit entstanden, irgend jemand sollte irgend jemanden gestoßen haben. Da war man mit dem Verruf angerückt, und im Seniorenkonvent der Göttingenschen Korps trennten sich die Parteien. Lüneburger, Mecklenburger, Hannoveraner, Bremer, Hildesen und alle anderen fuhren einander in die Haare wie ihre Vorfahren Anno Völkerwanderung. Der Lärm war groß, und dem Göttinger Philisterium, dem alle akademischen Angelegenheiten in Kopf und Tasche wirkten, klangen die Ohren. Der Senat aber mußte davon Kenntnis nehmen, daß die Korps da waren, sehr gegen alle Verordnungen und gar nicht als die harmlosen Vereinigungen zu wissenschaftlichen und geselligen Zwecken, wie sie höchstens hätten sein dürfen, sondern mit Saufen und Raufen, Farben und Mensuren und allem staatsverdächtigen Unfug. Denn von Hambach und von Frankfurt, wo man die Hauptwache gestürmt hatte, war eine Wetterwand über Deutschland herangewachsen, und es war auch in Göttingen schwül geworden für Schuldige und Unschuldige. Es kam ans Licht, was da an verbotenen Dingen geschehen war. Die meisten Korps hatten fortbestanden, obwohl sie die vorgeschriebene Anmeldung unterlassen hatten. Es hatte Vorfälle gegeben, bei denen zwei Personen, mit den Waffen in der Hand, auf ungesetzlichem Weg, in Form eines Duells, sogenannte Ehrenangelegenheiten ausgefochten hatten.

Und die Senioren der Korps waren gegen alle strengen Verwarnungen zu einem Seniorenkonvent zusammengetreten. Die meisten Vernommenen wußten von nichts, hatten niemanden gesehen, waren nirgends gewesen, verstanden nicht, was man von ihnen wollte.

Einer aber sagte "Ja" und das und das sei geschehen und er nehme als Senior seines Korps die Verantwortung auf sich. Das war Otto von Bismarck. Es war ihm aus dem Harrisonschen Familienbrand ein Grauen vor aller Unaufrichtigkeit verblieben, das Geheimniskramen auf der einen und das Wichtignehmen auf der anderen Seite schien ihm in keinerlei Verhältnis zur Bedeutung der Sache selbst zu stehen. War man denn - zum Himmeldonnerwetter - eine Verschwörerbande, daß man sich ducken mußte und daß die Universitätsdeputation, der die Untersuchung solcher hochpolitischen Angelegenheiten zustand, die ganz große Inquisitorenmiene aufziehen durfte? Was war geschehen? Die gebotene Anmeldung zu Semesterbeginn war unterblieben! Man hatte mit den Waffen in der Hand, in Form eines Duells und so weiter ...! Gut, hier stand Otto von Bismarck, Senior der "Hannovera", bereit, die Strafe auf sich zu nehmen.

Man bekam das *consilium abeundi*, und zwar gleich doppelt,

einmal wegen Teilnahme am Duell, das andere Mal wegen Zugehörigkeit zu einer verbotenen Verbindung, man erhielt im ganzen sieben Tage Arrest, saß vier davon ab, die "Hannovera" löste sich auf. Aber es schadete keinem der Beteiligten.

Dann aber kam das Niederträchtige. Auf dem Arrest fand man neben dem Namen des Jüngstgesessenen Otto von Bismarck von fremder Hand ein Wort: Petzer. Das war ein Wort mit Widerhaken und Stacheln, das sich wie eine Zecke an die Seele fraß und ein Geschwür erregte. Das war ein glimmendes, heimtückisches Wort, wie Zunder auf eine offene Wunde. Damals erschraken Bismarcks eigene Korpsbrüder vor ihm. Er suchte den frechen Beleidiger, wühlte die ganzen Göttinger Korps um wie eine Maulwurfswiese, siebte seine Freunde und Feinde siebenmal, nahm das Ehrenwort zu Hilfe. Und als er den Verleumder nicht fand, war ihm Göttingen verleidet, so daß er sich entschloß, die Stadt zu verlassen.

Der Abschiedsabend fand im September statt, draußen in Weende, wo man sich vor Büttel und Pedell keinen Zwang anzutun brauchte, denn es sollte noch einmal ins Tolle und Volle gehen, alle Quellen sollten aufspringen und die Freundschaft mit Wein getränkt werden. Der Abend war herbstlich überreift, manche saßen im Mantel um die ins Freie gestellten Tische. Die Lichter in den Flaschenhälsen machten lange Zungen, kauerten sich dann wieder klein zusammen oder krochen gar verängstigt die Flasche hinab. Man kämpfte mit Wein wacker gegen die Kühle. Alle Freunde Bismarcks waren da, auch die nicht zum Korps gehörigen. Unten saßen Motley und Graf Keyserling als Nachbarn. Bisweilen sahen sie zwischen zwei fauchenden Flammenzungen das Gesicht Bismarcks, der oben neben Dammers präsidierte. Er war in flackerndes Licht getaucht und sprühte selber Übermut. Er riß die Füchse hin, die brüllten und johlten ihm zu.

"Sie gehen auch nach Berlin?" fragte Graf Keyserling.

"Ja ... ich will Savigny hören!"

"Es wird Bismarck lieb sein, daß er Sie auch dort in seiner Nähe hat. Sie kennen ihn gut."

Motley lächelte fein: "Ich kenne ihn gut. Aber ich kenne ihn nicht. Es steckt viel in ihm. Wir haben manchmal ganze Nächte hindurch gesprochen, über alles auf der Welt. Aber hören Sie, ich weiß das von Grimm, Sie haben da so einen Sagenhelden, der heißt Dietrich von Bern, an den erinnert mich unser Bismarck immer. Er hat lange Geduld. Er trägt alles versteckt in sich, macht nichts daher, weiß es vielleicht selbst nicht - bis es auf einmal aus ihm herausbricht, dann aber gibt es kein Halten und keinen Widerstand."

Der Graf umspannte sein Weinglas. "Prosit, Motley! Sie haben recht, es war ein Glück für den Kerl, der Bismarck einen Petzer genannt hat, daß er nicht gefunden werden konnte. Auch ein Glück für Bismarck. Diesmal wäre es ohne Pistolen nicht abgegangen." Er sah, im knackenden Gartenstuhl zurückgelehnt, in den Nachthimmel. "Wissen Sie, Motley, ich habe auch alle Lust, nach Berlin auszuwandern. Mich geht's nichts an, ich bin Russe und kein Korpsier. Aber der akademische Senat hier hat mir seit Frankfurt die Hosen zu voll."

Halbwegs zwischen Himmel und Erde brach ein wüstes Gepolter los. Etwas kam aus der Finsternis angesaust, fuhr mit Donnergetöse über eine schiefe Ebene, zwischen Zweigen durch, setzte im kurzen Schwung durch die Luft, fiel wie eine Bombe an der Tafel nieder, Wehnern aus dem Land Hadeln mit zu Boden reißend. Der nächtliche Luftspringer war Otto von Bismarck, der in einem Futtertrog über das Dach des Schweinestalles herabgefahren war. Und jetzt donnerte es hinter ihm drein, er hatte den Füchsen neue Bahnen gezeigt. Es wurde eine Volksbelustigung: man stieg hinten herum auf einer Leiter auf den Schweinestall und fuhr auf dem Futtertrog über das Dach.

Stietencron erhob sich, eine Weinflasche in der einen Hand und ein Licht in der anderen. Er hielt eine Rede auf die Gravitation in ihrer besonderen Anwendung durch Bismarck. Seine Sätze waren nicht mehr ganz fest im Scharnier, er fuchtelte mit dem Licht ... dieses Licht, das auch Columbus aufging, als er Amerika entdeckte, war durch Bismarck wieder in die Welt gekommen ... es war nicht anzunehmen, daß er es jemals wieder mit seinen eigenen Worten zu einem annehmbaren Verhältnis bringen werde, und so mußten die Beziehungen zwischen Columbus, Bismarck und der Gravitation, trotz des Lichtes in Stietencrons Hand, wohl ewig dunkel bleiben.

Ein Fuchs fuhr eben mit einem brennenden Besen über das Schweinestalldach. An der Kneiptafel entstand ein Gedröhn. Sie schlugen mit den Knoten über die Tische und brüllten dazu im Zweitakt: "Bis-marck... Bis-marck ..." Dammers und Bismarck bogen ins Geflacker und Gejohle. Man sah Stietencron mit Weinflasche und Licht, hoffnungslos in die Schwierigkeiten seiner Rede verstrickt.

"Otto", sagte Dammers leise, "ich muß dir auch noch von Herzen danken, daß du diese böse Geschichte auf dich genommen hast. Wenn's herausgekommen wäre, daß du gar nicht Senior warst, sondern ich, so wär' ich geflogen. Die Vollversammlung hatt' ich schon. Das war ein braves Stück von dir."

"Dammers", sagte Bismarck wie aus einem anderen Land her, "und jetzt ... jetzt ist es aus. Jetzt geht die Streberei an und dann das graue Elend bei den Perücken. Ich möchte wenigstens irgendwohin an den Rhein. Und wie mich die Manichäer in den Klauen haben, hast du ja auch gesehen."

Wuthmann kam mit der langen Pfeife, schielte in den Kopf, stopfte mit dem Finger nach. Er machte sein allergrimmigstes Gesicht, die Nase hing ihm wie ein nasser Lappen nieder. "Leibfuchs", knurrte er, "hast du deine Schreibklaue mit? Du mußt mir was ins Stammbuch schreiben."

Er packte ein kleines Tintenfaß aus, das die Form eines Apfels hatte und in zwei Hälften auseinandersprang, wenn man an einer Feder drückte. Und ein ganz nagelneuer Kiel kroch aus dem Wams, ein scharf geschnittener Kiel mit einem schönen, weißen, ein wenig zerzausten Bart.

Auf Bismarcks Platz lag ein kleiner Strauß von Astern.

"Eine zarte Spende", bemerkte Gustav Scharlach. Wuthmann legte sein Stammbuch vor den Leibfuchsen hin, ein schmales und längliches Büchlein, dessen Einband die Farben Rot-Blau-Gold wies und die verschlungenen Initialen: *Vivant fratres hannoverani conjuncti.* Bismarck blätterte langsam bis zur ersten leeren Seite.

Wuthmann sog an der kalten Pfeife. Er nahm Stein und Stahl aus der Tasche, legte den Zunder kunstgerecht an, hieb einen kleinen Funken los, zog den Brand in den Tabak ein. Mit leisen Strichen begann Bismarck zu schreiben:

"Stahl und Stein!
Schlag drein,
So hast du Wärme, hast hellen Schein!
Härte dir Hand und Herz in Ruh,
Stahl sei du!
Gott schickt dir schon die Steine dazu!"

"Leibfuchs!" sagte Wuthmann. Er nahm sein Glas. "Einen Kuhschluck." Der Wein schwand, das Glas flog im Bogen durch die Nacht, man hörte es nicht niederfallen, es war, als sei es von der Finsternis verschlungen worden. Jemand weinte in der Nähe. Das war Stietencron, der saß da, den Kopf in den Händen, und seine Rede löste sich ihm ins Tropfbarflüssige. Bismarck sah auf. Stine, die Wirtstochter, stand im halben Schatten, zwischen dem Haus und der lärmenden Tafel. Mit einem leisen Nicken dankte er für die Astern.

Unten begannen sie zu singen, es schwoll um die Tische und hüllte Bismarck ins Brausen:

"Wenn alle untreu werden, so bleiben wir doch treu..."

15

Wenn etwa einer von Kniephof nach Rom wollte, dann ist es so: bis Naugard geht's, aber dann zieht sich der Weg. Sehr ähnlich ist es, wenn ein Kniephofer Junkerlein preußischer Diplomat werden will: bis zum Regierungsreferendar in Aachen wär' es ja gegangen, aber was dann noch kommt, das ist gewiß weiter als von Naugard nach Rom. Und wenn schon das, was vorher lag, den pommerschen Landwegen auf ein Haar gleicht, mit Gerumpel und Steckenbleiben und Steifebeinekriegen, mit Schwitzen und Fluchen und Langeweile, wie mag das erst sein, was man noch zu erwarten hat. Nach des Herrn Ministers Ancillon Rat und Wunsch, der bei einem solchen gebietenden Herrn nicht viel anderes als ein Befehl ist, kommt dann erst noch die Einführung in die Zollvereinsgeschäfte, ehe man in deutsche Diplomatie Preußens eintreten kann. Denn um die Befähigung zum Dienst in der europäischen Diplomatie zu haben, dürfte man kein preußischer Landjunker sein, sondern etwa der Sohn irgendeines am Hof zu Berlin angeschriebenen fremdländischen Gesandten, eines Franzosen oder Russen. Im Grunde kommt es gar nicht darauf an, ob man ein warmes Herz und ein klares Hirn hat, in denen das Vaterland und seine Dränge lebendiges Gefühl und scharfer Begriff werden, sondern ob einem das Maulwerk gut mit dem französischen Schmieröl gesalbt ist. Es macht auch nichts aus, ob man etwas zu berichten hat, was Hand und Fuß hat, wenn der Bericht nur in einem eleganten Französisch geschrieben ist, also, daß man nicht etwa zu schreiben braucht, was das Wichtigste wäre, sondern das, wofür einem die geschmeidigsten Phrasen zur Verfügung stehen.

Das war Otto von Bismarcks Abrechnung, und so oft er das Exempel überprüfte, es kam nichts anderes dabei heraus. Ein langer Weg, und am Ende der Laufbahn würde man etwa den Greizern oder den Lippe-Detmoldern in die Töpfe gucken dürfen, anstatt aus dem großen europäischen Kessel für Preußen ein paar anständige Brocken herauszufischen.

Solche Bilanzen beflügeln den Eifer nicht, und wenn nicht einer aus Königsberg einem so ein niederträchtig scharfes, friderizianisch-preußisches Eisenpulver in den inneren Menschen gestreut hätte, so möchte man am liebsten den ganzen Quark mit einem Hallo herunterhudeln und in das rheinische Leben hineinlaufen. Es ruft und singt und knallt ja vor den Fenstern, als sollte die königlich preußische Regierung in lauter Lustbarkeit aufgelöst werden.

Bismarck ließ den Akt des Schuldepartements, der von der Bestallung eines neuen Lehrers in Vossenack und von der Notwendigkeit der Reparatur des durch Regen schadhaft gewordenen Schuldaches handelte, auf dem Schreibtisch liegen und trat an das Fenster. Die Badeverwaltung, stets bemüht, dem Aachener internationalen Publikum Unterhaltung und Abwechslung zu bieten, sandte einen Aufzug durch die Straßen. Der Übermut steckte sich den Anlaß eines Sommerfestes vor, und in dem Zug unten war genug guter Laune, um irgendeine andere, schwerere preußische Provinz vollkommen auf den Kopf zu stellen. Da kamen zuvörderst sechs Herolde auf breiten Pferderücken, die bliesen auf Blechinstrumenten so mörderisch falsch, daß man sogleich verstand, warum ihnen keine nervösen Renner gegeben worden waren, sondern müde Frachtpferde, die nach des Tages Arbeit zu Ausreißereien keine Lust mehr hatten. Dann folgten vierundzwanzig flinke Stubenmädchen, mit Häubchen und Schürzchen und klappernden Stöckelschuhen, das sauberste Franzosenzeug, das in Aachen aufzutreiben war, die taten so, als fegten sie mit Besen die Straße rein. Was da hinter ihnen herkam, dem sie den Weg bereiteten, das war ein schwankendes Gebäude aus Pappe, Holz und Leinewand. Es lief auf Rädern, hatte einen schwarzen, walzenförmigen Leib, schob seitwärts einen langen, gelenkigen Arm auf und nieder und stieß aus einem hohen, schlanken Zylinderrohr schwarzen Rauch hervor. Hinter sich her zog das Ungetüm eine Art Postwagen auf gelben Rädern, in dem hatten sich alle Nationen zusammengefunden, so wie man sie in den Witzblättern abgebildet sehen konnte. Der lange Engländer in kariertem Anzug, mit Feldstecher, Reisebuch und Schleier, das kokette Frankreich als junge Dame mit einer Jakobinermütze, der Russe mit struppigem Bart, Pelzkappe, Knute und Wodkaflasche, der Italiener mit Radmantel, schwarzem Kinnbart und spitzem Banditenhut. Am besten war auch hier wieder der edle Pole weggekommen, man hatte nicht das Herz gehabt, die unglückliche Nation zu verspotten, und so genügte es, daß ein hübscher junger Mann im polnischen Schnürrock ein wehmütig-tränenfeuchtes Gesicht machte.

Die Zuschauer wußten sogleich, worauf der Spaß hinauslief.

Das Fuhrzeug, in dem diese internationale Gesellschaft von zwei Paar Pferden dahingerüttelt wurde, war nichts anderes als eine Darstellung der neuen Dampfschienenbahn. Besonders zwei Gestalten der figurenreichen Gruppe erregten den Beifall zu lautem Gelächter. Die eine war ein kleiner, untersetzter Mann, der vorn auf der Lokomotive saß und unaufhörlich mit einer Glocke läutete, und jeder Mensch in Aachen erkannte sogleich Herrn David Hansemann, den bekannten Vorkämpfer der Dampfbahnen wie aller Neuerungen überhaupt. Die andere aber war ein Bäuerlein mit rotem Regendach, Wasserstiefeln und heraushängendem Schnupftuch, das niemand Bestimmtem glich und doch allen gut bekannt war. Es fühlte sich ohne Zweifel in dem Wagen hinter dem schwarzen Ungeheuer höchst unbehaglich, schrie wie am Spieß, streckte Arme und Beine aus dem Fenster wie ein Ertrinkender, und das bedeutete wohl nichts anderes als das Mißtrauen und die Angst der Landbevölkerung. Bisweilen gelang es dem Bäuerlein, aus dem Wagen zu entkommen, aber dann eilte sogleich der falsche David Hansemann herbei, läutete mit seiner Glocke und trieb den widerspenstigen Passagier, während man ihn von hinten an den Schößen zerrte, gewaltsam wieder in das Vehikel zurück.

Hinter dem schmerzensreichen Dampfdrachen kam noch ein langer Zug, über dem man allerlei Puppen baumeln sah, hohe Wagen, aus denen Garben von Blumen in die Menge flogen, dazwischen wirbelte und flog es von raschen, schlanken Jungen in prall sitzenden, gelb und schwarz gestreiften Flügelgewändern, in denen sie Wespen vorstellen mochten, und die machten ein Schäumen und Prickeln in der Menge wie die Perlen im Champagner.

"Den Teufel merkt das Völkchen nie, und wenn er sie beim Kragen hätte", sagte jemand hinter Bismarck, und das war der Herr Präsident Graf Arnim, der aus seinem Büro getreten war. Die Kollegen duckten sich und schlichen als ertappte Sünder zu ihren Schreibtischen zurück.

"Sehen Sie, Herr Graf", sagte Bismarck und deutete auf den Zug hinunter: "Das sind wir in der Vorstellung der Aachener."

Da kam eben ein absonderliches Monstrum vorbei, das hatte einen ungeheuren Bauch wie eine Sparbüchse und einen Kopf wie ein Kamel mit einer Perücke! - Angetan war es mit einem Gewand aus Papierfetzen, auf denen überall zu lesen war: Verordnung, Reskript, Gesetz, Erlaß. In dem Sparbüchsenbauch war ein Schlitz angebracht, über dem geschrieben stand: Steuern. Ein Mann stand auf dem Wägelchen vor dem Moloch und fütterte ihn durch den Steuerschlitz mit großen runden Silberstücken. Damit man aber auch sehe, was aus dem guten Geld geworden sei, flatterten am anderen Ende des Monstrums aus einem ähnlichen, nur unbeschriebenen Schlitz unausgesetzt Papiere hervor, Reskripte, Erlasse, Entscheidungen, Memoranda, Berichte, Verordnungen.

Mit keinem Wort war darauf hingewiesen, aber jedermann wußte es ohne Erläuterungen, daß man in diesem Mondkalb die königlich preußische Regierung vor sich hatte, und wo das Ding vorbeizog, zeigte der johlende Zuruf, daß man die Anspielung zu schätzen wußte.

"Man amüsiert sich auf unsere Kosten", sagte der Vizepräsident von Mallinckrodt, der einen halben Respektsschritt hinter dem Grafen stand, "es wird notwendig sein, den guten Leuten zu zeigen, daß wir unserer Aufgabe gewachsen sind."

Bismarck schien etwas entgegnen zu wollen, besann sich, daß es ihm nicht zustände, und verbiß das Wort.

"Sprechen Sie nur", sagte der Präsident, der Bismarcks Regung bemerkt hatte, "was meinen Sie, sollen wir dreinfahren oder gewähren lassen?"

"Wenn es mir vergönnt ist, meine Meinung zu sagen, so will ich nicht verhehlen, daß ich glaube, wir sollten lieber weniger regieren als mehr. Das Volk hier hat ein leichtes und flüssiges Blut, jahrzehntelang hat es eine Regierung kaum gespürt. Es gibt viele, die der vergangenen französischen Herrschaft noch heute nachtrauern, die ältere Generation sagt noch jetzt, sie fahre nach Deutschland, wenn sie über den Rhein fährt, und die Rekruten freuen sich wenig, wenn sie zu ‚den Preußen' müssen. Wir sind hier in einem Prozeß der Amalgamierung begriffen, den wir durch Gewaltmaßregeln nur stören können. Ich glaube, wenn wir etwas erreichen wollen, so wäre es gut, daß sich eine königlich preußische Regierung sozusagen von ihrer liebenswürdigsten Seite zeigte."

Auf des Herrn von Mallinckrodt gelbem Gesicht stand der helle Ärger. "Sie haben seltsame Ansichten von den Aufgaben einer Regierung, Herr Referendar. Wenn es nach Ihnen ginge, so lüden wir die ganze renitente Bande alle Wochen einmal zu einem Champagnerfrühstück. Die Regierung hat keinen Anlaß, liebenswürdig zu sein, ehe hier nicht alles bis auf die Knochen preußisch ist."

"Ein *circulus vitiosus*", erlaubte sich der Referendar lächelnd zu bemerken.

Der Graf hob die feine Hand. "Genug, meine Herren, heute abend lösen wir die Frage nicht mehr. Vergessen Sie nicht, Herr von Bismarck, daß heute Montag ist. Um acht Uhr, wenn ich bitten darf."

Dann ging er hinaus, vom Herrn Vizepräsidenten mit kleinen Schritten im gebührenden Abstand gefolgt. Auf der Treppe sagte

Mallinckrodt im leisen Nachbeben des Ärgers: "Unser Herr Referendar hat viel für die lustigen Rheinländer übrig. Er meint, wir müßten ihnen zuliebe französischen Charme lernen. Sie müssen lernen, sie von uns ... was das ist: Pflicht und Ernst, das müssen sie lernen."

"Lassen Sie nur!" Der Präsident trat vor das Haus und sah die Straße entlang, auf der dem großen Festzug noch kleine Wellen lachender Menschen nachzogen. "Sie sind leichter als wir, aber sie sind nicht weniger tüchtig. Sie sind es nur in anderer Art. Was hier geleistet wird, ist nicht wenig, geben Sie acht, Lieber, in diesem Rheinland wächst etwas heran. Wie sich diese Menschen auf alles Neue stürzen, das ist ein Schauspiel, das zu denken gibt. Sie leben hier noch in der Enge und wollen doch in die Ferne wirken, sie sind Kleinstädter und Weltbürger zugleich. Es ist, als ob die Erde unter ihnen bebte und als ob der Dampf ihre Seelen spannte. Sie beschleunigen sozusagen das Tempo unserer Entwicklung, indem sie uns zwingen, mit ihnen Schritt zu halten."

Aber Mallinckrodt hatte sich in den grünen Referendar verbissen: "Was Herr von Bismarck vertritt, das sind sehr liberale Anschauungen. Er holt sie aus ganz seltsamen Quellen, und ich glaube, das Lehrgeld, das er zahlt, steht in keinem Verhältnis zu dem, was er dafür gewinnt."

"Haben Sie Ungünstiges gehört?"

"Man spricht eben dies und das. Aachen ist doch, wie Sie selbst sagten, auch Kleinstadt, und das scheint Herr von Bismarck immer zu vergessen. Ein Beamter soll den Mäulern keinen Anlaß geben, sich mit ihm zu beschäftigen."

"Ich weiß, man bemerkt, daß er für das Ungewöhnliche einige Vorliebe hat. Er guckt hinter die Kulissen des Theaters und benimmt sich manchmal etwas auffallend im Parkett. Aber bedenken Sie, daß er den Studenten noch nicht weit hinter sich hat. Da flegelt es sich eben noch ein bißchen leicht, aber das ist bei ihm nicht etwa Mangel an Welt - denn er hat Welt, mein Lieber - sondern das Bedürfnis, dem Spießbürger bisweilen eins hinter die Ohren zu geben. Aus solchem Most wird der beste Wein."

"Ich wünsche es, Herr Graf", sagte Mallinckrodt beflissen, "wenn nur nicht etwa das Pflichtgefühl darüber den Schimmel kriegt."

Da wurde der Chef wieder ganz unnahbar: "Haben Sie mir vielleicht amtlich eine Beschwerde zu melden, Herr Vizepräsident?"

Erschrocken lenkte der Tadler ein: "Nein ... nein ... es ist ja soweit alles in Ordnung. Er bewährt sich ja recht gut, und im Militärwesen hat er sogar Zufriedenstellendes geleistet. Wenn er sich einmal an gewissenhafte Pünktlichkeit und den strengen Geist des Dienstes ganz gewöhnt haben wird, so kann ein sehr brauchbarer Beamter aus ihm werden." Und Mallinckrodt versenkte den Ingrimm bis auf gelegenere Zeit in sich und hob ein gefälligeres Gespräch über eine unter den Badegästen vielbemerkte russische Fürstin an die Oberfläche.

16

Im Amtszimmer des Schuldepartements wurden der Szene am Fenster subalterne Bemerkungen angehängt.

"Der Alte war ja heute sehr gnädig!"

"Mit Herrn von Bismarck ist er immer sehr gnädig!"

Und ein mühsamer Kletterer auf der Beförderungsleiter fügte nur für seinen Nachbarn hinzu: "Junker und Junker ... eine Krähe hackt der anderen kein Auge aus."

Bismarck antwortete nicht, ließ die schwierige Frage, ob das Vossenacker Schuldach einer Herstellung bedürftig sei, unerledigt und ging in den Juliabend hinaus.

Überall hingen Wünsche in der Welt, und hoch über ihnen, unerreichbar, standen die Erfüllungen, schmerzlich spannte die Sehnsucht. Er ging so langsam, daß er von einem Amtskollegen eingeholt wurde, der mit seiner Frau am Arm vorüberkam. Es war eine junge, hübsche Frau mit einem guten, stillen Gesicht, und das war das Hübscheste an ihr, wie sie abends immer in der Nähe des Amtsgebäudes auf ihren Gatten wartete. Aber Bismarck kannte auch die Leiden dieser jungen Ehe, die trotz ihrer kurzen Dauer schon in Schulden stak, er wußte, wie das Elend mit Aufgebot allen Stolzes getragen wurde. Er sah der jungen Frau nach, sie ging leicht und schön neben ihrem Mann, aber ihre Kleidung war dürftig, und Bismarck war einmal über einen Blick erschrocken, der zu sagen schien: "Warum kann ich nicht besser angezogen sein? Habe ich nicht ein Recht darauf?"

Da mußten alle Zukunftswünsche verblassen und verstummen. Schon einmal waren sie nach langem Kampf eingesargt und begraben worden. Und auch dieser neue Frühling mußte verdorren und verderben.

Er entließ seine Gedanken, sah ihnen eine Weile nach, wie sie auf kleinen Wölkchen zum Goldgebirge des Abends ritten, hinter dem der schwarze See der Nacht schwoll, und fuhr dann in den blauen Frack. Es war der Frack "Achundweh", denn Bismarck hatte jedem Stück seiner Garderobe einen Namen gegeben, der das zusammenfaßte, was ihm bevorstand, wenn er es trug. Da war der braune, bequeme Rock "Juchheissassa", der seinen Dienst hatte, wenn er in das grüne Hinterzimmer des "Großen Monarchen" ging, zu den leichten Stunden des Lebens mit Astley, Norcott, Savigny und Montebello. Der Rock, den er eben an Stelle des blauen in den Kleiderschrank tat, war an den Ärmeln etwas abgeschabt, um die Achseln verknittert, roch nach Staub und hieß "Beamtenelend". Der tiefdunkelgrüne hinten im Schrank, der seit Monaten nicht mehr hervorgeholt worden war, hieß "Jelängerjelieber" und trug die bittersüße Erinnerung an eine unglückliche Liebe.

Der blaue Frack aber, der nur mit Seufzen angetan wurde, dieser Frack "Achundweh", begleitete Bismarck in die große Welt der Empfänge, Teeabende und Hausbälle, und es war, als trüge er zwischen Stoff und Futter ein Pulver eingestreut, von der Art jener Gifte aus "Tausendundeiner Nacht", die Sinn und Wesen des Menschen vollkommen veränderten. So wurde auch Bismarck ein anderer, wenn er in diesen Frack fuhr, sein Körper rückte sich straffer zusammen, seine Zunge spitzte und schärfte sich, seine Augen schienen mit dem klaren Blick die härtesten Dinge ritzen zu können wie Glaserdiamanten, in seinem Gehirn arbeitete ein System kleiner Greifzangen, die erbarmungslos zupackten.

Im Haus des Regierungspräsidenten Grafen Arnim war eine vornehme Würde daheim. Die Höflichkeit dieser allmontäglichen Empfänge wurde so kühl serviert wie der vortreffliche Champagner, von dem es eine bestimmt abgemessene Anzahl Flaschen gab. So überstieg auch die Stimmung niemals einen gewissen Grad, konnte niemals zu rheinländischer Ungebundenheit ausarten, und wenn man nach Haus ging, so hatten die Aufgeschlossensten unter den Gästen das Gefühl, eine Annäherung sei versucht worden, aber auf halbem Weg sei man stehengeblieben. Das genügte für die Zwecke dieser Geselligkeit, denn man kam nicht ins Haus des Regierungspräsidenten, um Freundschaften zu schließen, sondern um einander kennenzulernen. Nach einem bestimmten, vom Grafen sorgsam ausgearbeiteten Plan wurde alles in sein Haus geleitet, was Aachen an wichtigen Persönlichkeiten hatte. Industrie und Beamtenschaft, Adel und Bürgertum mischten sich hier für die Dauer eines Tanzabends, um nachher wieder in ihre streng gesonderten Gebiete zurückzufluten.

Die Gräfin, die für sich dem wärmeren Seelenklima zuneigte, empfing den Referendar Bismarck mit freundlich ungezwungenem Gruß. Dann fiel er sogleich in die mütterlichen Hände der weißhaarigen Gräfin Hompesch: "Wo bleiben Sie, Bismarck? Wo stecken Sie? Was treiben Sie? Warum sehe ich Sie nicht bei mir?"

"Das Examen, gnädigste Gräfin, man lebt nicht nur seinem Vergnügen."

"Ich wünschte aber, mein Lieber, daß Sie das bißchen Vergnügen, das Sie sich gönnen, bei mir fänden. Aber ich bin Ihnen wohl schon ein wenig zu alt."

"Frauen wie Sie werden nicht alt." Es war aufrichtig, was Bismarck sagte, und die Gräfin dankte mit einem warmen Blick des Wohlgefallens.

Bismarck zog seine Bahn durch den Saal. An Mallinckrodt vorüber, der sich ein Lächeln des flüchtigen Bekanntseins um die dünnen Lippen zwang, an einem Dreimännerstein vorbei, auf dem der Graf Arnim, der echte David Hansemann und Ludolf Camphausen inmitten der Brandung der Gesellschaft standen. Sie sprachen von öffentlichen Dingen, und Hansemann hielt den Grafen beim Knopf, während er ihm die zehn Gebote des Freihandels in das Gehirn zu hämmern versuchte. Seine Glatze spiegelte das Kerzenlicht des Saales, und der Graf mühte sich, indem er den Kopf zurückbeugte, dem feinen Strom zerstäubten Speichels auszuweichen, der aus Hansemanns Mund sprühte. Bismarck konnte ein

Lächeln nicht unterdrücken. Der aufgeregte David Hansemann stand vor ihm, der den widerspenstigen Bauern mit Gewalt in den Dampfwagen zerrte. Ludolf Camphausen mit dem Demagogenbart machte daneben den Eindruck mühsam gebändigter Ungeduld, er schien nur auf ein Atemholen Hansemanns zu warten, um sich durch die Lücke in die Debatte stürzen zu können.

Ein Blick lenkte Bismarcks Kurs, und Bismarck konnte nicht anders, als zu gehorchen, obzwar er heute durchaus kein Verlangen nach lauem Geplätscher von Worten und nach Parfüm hatte.

Isabella Loraine saß an dem schlanken Spiegel neben der Tür zum Speisezimmer. Sie hatte sich so gesetzt, daß man in dem Glas, dessen fließendes Silber von einer feinen, schmalen Girlande goldener Rosen umrankt war, ihre Seitenansicht vor sich hatte. So sah man, wenn man mit ihr sprach, drei Viertel ihrer Gestalt, an der Natur und Schneiderin zu einem kleinen Wunder zusammengewirkt hatten. Noch standen die schönen, stolzen Brauen wie zwei leicht geschwungene Brücken aus Ebenholz, unter denen kleine Seen opalblauen Wassers schimmerte, noch verlief die gerade Nase in einer wundersamen Leichtigkeit zur Stirn, aber dennoch war aus den fünfunddreißig Jahren dieser Frau ein feiner Hauch von Reife über ihre Haut geweht. Sie konnte ihn gerade noch als vielleicht anziehenden Reiz gewähren lassen, ohne aufzuhören, jung zu sein, einfach jung, sie brauchte ihn nur mit einer unvorsichtigen Bewegung zu bemerken, um den Eindruck zu machen, sie stehe schon an der Schwelle zur zweiten Jugend.

Sie bewegte den großen Federfächer: "Die Gräfin Hompesch hat Ihnen Vorwürfe gemacht, daß Sie sich so selten sehen lassen."

"Wissen Sie vielleicht auch, was ich geantwortet habe?"

"Dasselbe, was Sie mir antworten würden, wenn es mir einfiele zu fragen: daß Sie für Ihr Examen gearbeitet haben."

"Sie aber fragen erst gar nicht?"

"Nein! Ich habe keine Lust, mich anlügen zu lassen."

Bismarck sah über die nackte, warme Schulter der Frau hinweg auf das kühle Bild des Nackens, das er im Spiegel vor sich hatte. Die feine, weiche Linie des Rückens versank in den schwarzbraunen Pelz, wie ein Geheimnis, das einem dargeboten und dann doch wieder entzogen wird. "Ich glaube manchmal", sagte er, "Sie ... Sie meinen überhaupt, die Arbeit existiere in Wahrheit gar nicht, sie sei eine Lüge, eine Erfindung."

Sie schlug mit ihrem Fächer die Luft: "Vielleicht nicht eine Lüge - aber eine Ausrede."

"Sagen wir: berechtigte Notwehr."

"Notwehr gegen seine besten Freunde? Wollen Sie mir sagen, ob sich das zusammenreimen läßt."

"Es läßt sich vieles nicht reimen, was in der Welt der Tatsachen dennoch nebeneinander besteht."

Der Pelzsaum in der Nähe des Mundes der schönen Frau flatterte von heftigerem Atem. "Sie sind unglücklich, Bismarck, Sie tragen eine Maske."

"In der Tat, Verehrteste, ich zweifle daran, daß es eine Gerechtigkeit gibt. Weder in der Welt im großen noch bei der königlich preußischen Regierung im kleinen. Man könnte ruhig beide miteinander vertauschen und die königlich preußische Regierung in den Himmel versetzen, es würde auf der Welt nicht um ein Haar anders. Nur daß die Schutzengel vielleicht Nummern bekämen, und die himmlischen Heerscharen in Uniformen gesteckt würden. Alle Jahre einmal großes Manöver und dann Parademarsch vor dem allerhöchsten Kriegsherrn. Der göttlichen Weltvernunft aber wüchse der Zopf, den sie bis dato unsichtbar trägt, zu einem recht realen Ding aus und hinge aus den Wolken herunter. Vielleicht wäre das der Weg zum Mond."

"Bismarck, Sie wüten gegen die eigene Natur."

"Wenn Sie meinen, daß man unglücklich ist, wenn man klar zu sehen beginnt, so haben Sie recht. Die Säfte trocknen im Büro ein, man muß bisweilen etwas Gift nachgießen, damit sich das Blut nicht zu Brei verdickt."

"Als ich Sie kennenlernte, waren Sie von einem so schönen Ehrgeiz erfüllt. Ihre Laufbahn enttäuscht Sie?"

"Ehrgeiz, Verehrteste! O ja, ich kann einmal, wenn ich alt und dürr bin, etwas erreichen, ein Ämtlein, in dem man ein Dutzend oder zwei Dutzend anderer Unglücklicher nach Gefallen hin- und hersprengen kann. Aber lohnt so etwas das Opfer an Kraft und Unabhängigkeit, das man gebracht hat? Das Wohl des Vaterlandes?

Ich bin nicht edel genug, an das Vaterland zu denken, wenn mir selbst die Hände in Eisen klirren."

Der "Achundweh"-Frack schnitt in den Achseln. Er trug sich wie eine Zwangsjacke. Die Augen unter den stolzen Ebenholzbrücken nahmen das Bild ungebärdiger Jugend auf und bewahrten es mit einem leichten Schmerz.

"Sie verschwören sich mit Ihrem Unmut gegen das liebe Leben", sagte Isabella leise, als wäre das etwas sehr Zartes, das sie ihm in die Seele legen wollte.

Bismarck sah wieder über ihre Schulter weg in den Spiegel. "Sehen Sie", sagte er, "so ist das Ideal, wie dieses Bild im Spiegel. Das Leben ist näher und wärmer, das Ideal ist kühl und rein. Aber man kann es nicht anfassen, ohne häßliche Flecke zu hinterlassen."

Längst war der Fächer im Schoß und machte keinen koketten Schlag mehr. Jetzt schaute die schöne Frau ein wenig ängstlich nach dem eigenen Bild und rückte fort, als wünsche sie keineswegs zum Ideal erhoben zu werden.

"Sie sind ein Romantiker. Lassen Sie das Spiel mit den Spiegeln. Das sind unheimliche Freunde und auch für Ideale etwas unbeständig. Sie heben nichts von dem auf, was man ihnen anvertraut." Und dann, mit gesenkten Augen und Händen, deren Finger sich langsam zusammenschlossen: "Ich glaube, Sie lieben noch immer."

Graf Arnim kam vorbei, mit seinen beiden Begleitern. Man hörte das Wort Schutzzoll, es platschte wie etwas Körperliches auf den Boden und wurde festgetreten. Bismarck sah den Herren nach und sprach hinter ihnen drein: "Vorbei, vorbei - Verehrteste, ich habe meine Verlobung aus sehr sachgemäßen Bedenken aufgelöst und muß noch heute einen Lobgesang auf meine Besonnenheit anstimmen. Ehestand, Weib und Kind, Windeln, Geschrei, Schulden, das gehört zusammen. Obzwar meine Frau das einzige Wesen auf der Welt ist, das ich mich entschließen könnte zu beneiden, sehe ich nicht ein, was mich dazu bestimmen sollte, einen Menschen so maßlos glücklich zu machen."

"Eine Herzogsnichte! Bismarck!"

"Ja! Und ein königlich preußischer Referendar ohne besondere Aussichten und ohne Vermögen!"

Von ungefähr schob sich Savigny im Saal heran, und seine Blicke liefen vor ihm her. "Ihr Freund kommt", sagte Frau Loraine und hob die Schultern zur Haltung der bewußten Schönheit, "ich glaube, er sucht Sie!"

Savigny suchte den Freund. Er kam mit einem Lächeln, huldigte Isabella mit ein paar gangbaren Höflichkeiten und zog Bismarck mit einem Lächeln - auf ein Wort - beiseite. "Otto", sagte er hastig, "Lilian verreist morgen."

"Verreist! Morgen! Wohin?"

"Nach Wiesbaden. Sie sind heute beim ‚Großen Monarchen'."

"Ich danke dir." Er kehrte zu Frau Isabella zurück.

"Bismarck, was hat Ihnen Savigny gesagt?" Der Fächer schlug wieder die Luft, aber es war nur so, weil die Hände etwas zu tun haben mußten. "Er hat Ihnen etwas Wichtiges gesagt. Ich habe gesehen, wie es Sie getroffen hat ... was ist es, Bismarck? Sie haben die Augen zugemacht, Ihre Lippen haben gezittert."

Die beiden großen Gesellschaftsräume der gräflich Arnimschen Wohnung standen zueinander im Verhältnis wie die beiden Abteilungen einer Sanduhr, deren Inhalt immer durch eine dünne Öffnung rieselt, um den einen Raum zu verlassen und den anderen zu füllen. Jetzt stand es so, daß der Menschensand durch die enge Einschnürung der Tür aus dem Tanzsaal in den Speisesaal sickerte. Nach einer Stunde würde die Sanduhr umgekehrt werden, und so maß man hier die Zeit. Alles mußte nahe an Frau Loraine und Bismarck vorüber, und es war unerläßlich, sich zu beherrschen. Sie sagte lächelnd, mit leise wallendem Schwung des Fächers, während ihre Stimme rauh und dunkel war: "Sie müssen mich zu Tisch führen, Bismarck! Hören Sie! Sie dürfen nicht fortgehen."

Er heftete den Blick auf die Perle auf ihrer Stirn. Die Sanduhr maß die Gesellschaft in ihren zweiten Raum, und Bismarck empfand etwas Schicksalhaftes in diesem Schauspiel. Überall war eine große Hand, die Menschenleben und Menschensitten wie ein mechanisches Spielzeug abschnurren ließ.

"So sprechen Sie doch ... ich bitte Sie ..." Isabellas Stimme war dunkler Samt, der schwere Falten warf. Alles Getändel der Dame war fort, ein Weib flehte um sein Urteil.

Mallinckrodt kam vorbei, mit einem kaum gemilderten maliziösen Schielen. Seine Schuhsohlen schliffen auf dem glatten Boden, das war höfische Eleganz.

"Es ist also wahr ... ich habe es nicht glauben können ... aber es ist wahr, ich sehe es." Aus den Augen brach der ungebändigte Kummer, die Perle war stumpf geworden, und auf eine unerklärliche Weise veränderte sich das ganze Wesen und Aussehen dieser Frau: Der Glanz der Schultern verblich, der Mund wurde herb und alt, die Haut der Stirn war auf einmal von unzähligen feinen Rissen durchzogen.

Die gute Gräfin Hompesch rauschte durch den Sanduhrhals, lächelte unter weißem Haar: "Kinder, habt ihr keinen Hunger?"

"Jetzt weiß ich es, Bismarck ... es ist also doch diese Lilian Westermore ... Sie können nicht lügen ... sie ist es ... quälen Sie mich nicht länger. Sagen Sie die Wahrheit."

Nebenan knallte die erste der bewußten Champagnerflaschen.

Bismarck riß den Blick von der Perle los, sah nach der Empore, auf der sich die Musikanten rüsteten. Einer hatte aus einem Notenblatt eine Rinne gefaltet, aus der er ein paar eben empfangene Geldstücke in seine linke Hand gleiten ließ. Ein anderer hielt ein Weinglas gegen das Licht, man sah einen Goldschimmer auf seinem Gesicht.

"Entschuldigen Sie mich, Madame", sagte Bismarck und wandte Isabella den Rücken. Er ging durch den Saal, als hätte ihm jemand gesagt, die Decke könne jeden Augenblick einstürzen. Ein wildes, sinnloses Hasten war in ihm, das sich gegen alle Dämme der Besinnung warf. Die schöne Frau saß allein im Saal, starrte nach der Tür, und der weiße Fächer in ihrem Schoß zuckte wie der Flügel eines angeschossenen Vogels.

17

Lilian Westermore war mit dem Reverend James Westermore über den Kanal gekommen, um die europäische Welt zu sehen. Man hatte mit Brüssel begonnen, hatte in Paris fortgesetzt und war jetzt in Aachen, wo Gold und Schönheit in Umlauf waren. In einer kleinen Landstadt in Yorkshire hatte man nicht viel Kenntnisse vom großen Leben erworben, und wenn der Reverend am Sonntag von der

Kanzel gegen das große Babylon donnerte, so war es mehr deshalb, weil es eben zu einer seelenstärkenden Predigt so gehörte, als daß er eine klare Vorstellung von dieser Verruchtheit gehabt hätte.

Der Teufel aber hat absonderliche Wege, um Beute zu machen, und wegen des Reverend Westermore ließ er eine alte Tante in Manchester sterben, so daß dem braven Mann eine kleine Erbschaft zufiel. Dieses plötzliche Einströmen von Geld in seine Taschen verwirrte ihn ein wenig, und anstatt daß er es ohne Zögern auf die Bank getragen hätte, um mit den Zinsen seine Einkünfte aufzubessern, beschloß er, einen Teil dazu anzuwenden, um sich mit eigenen Augen von der Niederträchtigkeit der Welt zu überzeugen.

So weit der Kirchturm sichtbar ist, hat der Teufel keine Macht über den Pfarrer. Aber kaum war das spitze Dach hinter den Hügeln von Yorkshire verschwunden, so sprang der Satan hinten im Postwagen auf und schlug die Klauen über des Reverends Rockkragen. Er fuhr als blinder Passagier über den Kanal und trottete in Paris triumphierend auf allen Wegen hinterdrein. Sein Einfluß zeigte sich darin, daß der Reverend trotz eines heftigen Losziehens auf die Lasterhaftigkeit der Zeit nicht zu dem Schluß kam, es sei besser, ihr aus dem Weg zu gehen, sondern daß er nach der Wahrheit: ‚Wer schimpft, der kauft', Verlangen trug, selbst recht viel davon kennenzulernen. Sich selber sagte er freilich nur, es geschehe, um nachher so recht aus Herzensgrund und aus der Fülle der Erfahrungen heraus seine andächtigen Zuhörer warnen zu können.

Zwei Gründe verhinderten, daß das Schifflein des Reverends an des Teufels liebster Klippe zerschellte: der Frau. Er war nicht mehr in dem Alter, in dem diese Klippe ihre ganze Gefährlichkeit bewähren kann, und die Begleitung seiner Tochter Lilian zwang seinen Kurs weit außen um den bedrohlichen Gürtel herum. Aber das Meer des Lebens ist vollet Tücken, und wer die Charybdis vermeiden will, kann leicht der Szylla verfallen. Ein gewaltiger Malstrom war da, ein Malstrom voll Geld, der kreiste um grüne Tische, auf denen die Karten fielen und Rot oder Schwarz über Schicksale entschied. In des Reverend Augen kam ein arges Funkeln und in seine Hände ein Zittern, als er das sah. Sein Herz flog in der Brust, und in seinen Taschen zog das Gold wie ein schwerer Klumpen. Es kam ein

Abend, an dem er einen geringen Betrag zaghaft auf eine Karte setzte, und an diesem Abend zog der Teufel die Schlinge zu und ließ ihm gerade so viel Luft, um atmen und das Spiel fortsetzen zu können. Das kleine Erbteil versickerte an den Spieltischen von Brüssel, Paris und Aachen, und je mehr es schwand, desto hartnäckiger hetzte der Reverend hinter dem Glück her, denn er hielt sich jetzt für verpflichtet, Lilian zu ersetzen, was ihr seine bisherige Ungeschicklichkeit schon verloren hatte.

Lilian selbst gab sich keiner Täuschung über den Ausgang dieser Reise hin. Sobald sie einmal erkannt hatte, daß die späte Leidenschaft des Vaters nicht mehr zu zügeln sei, ließ sie Tränen und Vorwürfe und stellte ihre kühlen und klugen Gedanken auf das ein, was ihr dabei zu tun obliege. Sie machte sich klar, daß letzten Endes sie die Kosten zu tragen haben werde, und wußte, daß sie es könne, denn sie sah, daß ihre Schönheit hoch im Preis stand. Es waren freilich welche, die sie vom Fleck weg für ein hübsches Sümmchen gekauft hätten, aber solche Nachfragen hatten für Lilian keinen Wert, denn ihr Geschäft bedurfte einer festen Grundlage. Sie prüfte sorgsam, was an sie herankam, und war nicht geneigt, sich an jemanden wegzugeben, bei dem die ganze Angelegenheit nicht unter Beistand der Moral hätte erledigt werden können.

In Aachen aber geschah etwas Unerwartetes. Ein junger Mann erschien, in dem war etwas, das sie bisher noch bei niemandem gefunden hatte, eine Kraft, die in sie eindrang, sie überflutete, eine heftige, verwirrende Zärtlichkeit, die so seltsam wirkte, daß ihr alle Pläne morsch wurden und zerbröckelten. Ihre Klarheit trübte sich, und sie versuchte wieder wie früher, mit Bitten und Tränen den Vater von den Spieltischen zu ziehen, um zuletzt einzusehen, daß seine Seele schon zu sehr von Giften durchsetzt war, als daß sie noch Widerstände hätte aufbringen können. Sie fragte sich, ob sie es auf sich nehmen dürfe, den Weg zu verlassen, um einem Gelüste ihres Blutes zu folgen, das sich zu so ungelegener Zeit meldete. Das war also das süße Rätselding der Romane, die Anspannung, Unruhe, Gehobenheit, Versunkenheit und Verdunkelung des Blickes. Es gab Stunden, in denen sie die Finger preßte und tränenlos mit ausgebrannten Augen vor sich hin schaute, entschlossen, den jungen

Menschen nicht mehr zu sehen. Dann erhob sie sich, zog sich an und ging zum Brunnen, wo sie ihn zu treffen sicher war.

Der Reverend war in dieser Zeit ihrer Aufsicht weniger unterworfen als sonst und machte sich die Freiheit zunutze, indem er an allen Spieltischen von Aachen dem rollenden Gold nachhetzte. Bis der Karren so gründlich in den Sumpf eingefahren war, daß man an kein Herausholen mehr denken konnte und machen mußte, daß man weiterkam. Was jetzt noch geschehen mußte, das wollte Lilian wenigstens nicht in Aachen vor sich gehen lassen. -

Bismarck fand, wie Savigny gemeldet hatte, seine kleine Gesellschaft im Hinterzimmer des "Großen Monarchen". Es war nicht Lilians Schuld, daß sie noch einmal mit Bismarck zusammentraf, Norcott und Astley hatten bei einem ganz zufälligen Vorüberfragen im Hotel erfahren, daß der Reverend Westermore nach Wiesbaden verreise, und hatten sogleich landsmannschaftliche Rechte geltend gemacht, indem sie ganz nach Art der britischen Meerbeherrscher das Westermoresche Schifflein einfach enterten und in die Bucht eines Abschiedsabends lotsten. Lilian konnte es nicht verhindern, daß man Bismarck Nachricht zukommen ließ.

Nun stand er da, wie er aus der Gesellschaft entlaufen war, und mühte sich, den heiteren Ton zu treffen, der hier als erstrebenswert galt. Aber in diesem Raum, dessen Seele doch sonst ganz auf den liederlichen Frack "Juchheissassa" gestimmt war und der nicht Staub, sondern Juckpulver abzusondern schien, war alles heute schwer und drückend. Norcott war, wie immer nach einem guten Essen, sehr laut und aufdringlich. Es sei höchste Zeit, daß Miß Lilian Aachen verlasse, nach dem letzten Ball hätten die Aufwaschweiber unter dem Tisch des Reverend drei gebrochene Herzen und zwei verlorene Eheringe hinausgekehrt. Der Reverend saß, wie immer, wenn er nicht spielen konnte, stumpf und gleichgültig dabei, Lilian unterhielt sich mit Astley, indem sie tat, als höre sie Norcott gar nicht.

Bismarck versuchte ein paar Scherze, aber sie fielen ihm von den Lippen, wie Vögel, die noch nicht flügge sind, aus dem Nest fallen, und verreckten elend auf den Wegen des Gespräches. Alles war so unsagbar traurig und entmutigend, und es schien, als hätte niemals auch nur das kleinste Einverständnis mit Lilian bestanden, als könne er sich nicht auf Worte berufen, die ihm selige Wunden geschlagen hatten, als wüßten die Wege und kleinen Pavillons um Aachen nichts von dem Geheimnis dieses Mundes. Lilian war unendlich fern. Es gab Zauberbrillen, die alles rosig machen konnten, und andere, die alles ins Aschgraue versetzten. Nun gut: es schien, als habe man ihm ein solches Zauberglas gereicht, durch das alles Nahe ins unerreichbare Weite gerückt schien, obzwar man es mit Händen hätte greifen können, wenn sie nicht durch den Bann gelähmt gewesen wären.

In dieser Frau und ihrer blonden Schönheit erneuerten sich ihm zwei frühere Abenteuer seines Herzens. Es war, als habe das Schicksal schon zweimal zum selben Ziel angesetzt, ohne vollenden zu können, dieses war der dritte Versuch, und Bismarck war entschlossen, sich an die Räder zu hängen und nicht nach Sinn oder Unsinn, sondern nach dem dunklen Drang seines Lebens Tiefe zu handeln.

Er starrte Lilian an, daß sie den Kopf noch mehr zu Astley wandte, um der Flamme zu entgehen. Norcott lallte mit Westermore über Gewinnhoffnungen und Glück und Unglück im Spiel. Der junge Marchese Montebello ließ Karten bringen und führte einige Zauberkunststücke vor, die er von einem Landsmann, einem reisenden Professor der Salonmagie, gelernt hatte. Schon der bloße Anblick der Karten trieb dem Reverend die Trägheit aus und ließ ihn aufmerksam näherrücken. Lilian aber wollte auch von diesen harmlosen Überraschungen der Karten nichts sehen und eiferte immer mehr gegen Astley, der für die Jagd schwärmte, während Lilian das grausame Vergnügen verwarf.

Bismarck saß zwischen beiden Parteien. Der Abend zerrann, schloß sich weder in Ernst noch in Scherz irgendwo ins Ganze. Müde und erschöpft ging man ins Hotel, mit summendem Kopf, denn man hatte getrunken, ohne sich befeuern zu können.

Es kam ein Augenblick, in dem es sich gefügt hätte, daß Bismarck mit Lilian allein gewesen wäre. Aber als ob sie gewußt hätte, daß ihm das Wort siedend heiß vom Herzen schoß, rief sie Montebello heran, um ihn nach irgend etwas Belanglosem zu fragen. Der Abschied war kühl, im Kreis der anderen reichten sie sich die Hände.

Die Freunde zogen noch weiter, ins lustige Aachen zu Tanz und Wein, schlugen sich durch die Nacht bis in den strahlenden Morgen hinein, und in allen diesen Stunden war für Bismarck nicht ein einziger dunkler Punkt Vergessens, daß ihm Lilian genommen worden war.

18

"Es ist klar", sagte der Reverend, "daß es eine Methode geben muß, um zu gewinnen. Wenn der oberflächliche Betrachter meint, beim Spiel sei alles Zufall, so ist zu entgegnen, daß es keinen Zufall gibt. Was der Mensch Zufall nennt, ist alles Fügung der Vorsehung, und deren Namen allein schon sagt, daß sie nicht blind ist, sondern schärfer und mehr sieht als wir armen Menschenkinder. Die Vorsehung wirkt nach bestimmten Gesetzen, die sie sich selbst gegeben hat und die uns nur zu verwickelt sind, um sie klar zu erkennen."

"Sie meinen also", erwiderte der Oberst Morris, indem er Westermore scharf ins Auge faßte, auch beim Glücksspiel gebe es bestimmte Gesetze, deren Kenntnis sich erwerbe läßt."

Der Reverend nickte eifrig, in den Augen stand zwischen geröteten, von Nächten gebeizten Augenlidern fahler Glanz. Um den Mund lag noch ein karger Rest der Salbung des Kanzelredners, Augen und Stirn trugen schon grau in grau die Spuren der Entwürdigung und Verwüstung. "Ja ... und ich bin auf dem Weg ... Erfahrungen muß man sammeln ... es lohnt sich, ein Vermögen zu verlieren ... man kann zwei zurückgewinnen."

Lilian kam mit dem Becher in der Hand vom Brunnen.

Der Oberst schlug mit der Peitsche gegen die Reitstiefel, sein Gesicht trieb einen Glanz von Wohlgefallen hervor: "Schön, wie dieser Sommertag, Miß Lilian."

Sie fiel ihm herb ins Wort: "Ich bin mit Ihnen nicht zufrieden, Oberst. Was haben Sie mir versprochen? Und nun sitzen Sie selbst mit meinem Vater die ganze Nacht am Spieltisch."

"Sie haben recht, Miß Lilian, Wiesbaden ist ein Morast, obenauf schillern ein paar Fürstlichkeiten wie grelle Sumpfblüten, das funkelt von Orden, und jeder Lakai hat eine goldene Nase. Darunter ist dann der Schlamm des Gesindels. Herz und Geist gehen hier zugrunde.

Man sollte nicht spielen. Aber wenn man da an dem grünen Tisch sitzt, da spürt man, wie das Leben kocht und braust. Jeder bezwingt sich, keiner sagt ein lautes Wort, aber man fühlt doch, wie Gewinnen und Verlieren heiß durch die Menschen geht, und da will man seinen Anteil an der Leidenschaft."

"Warte nur, Kind ...", ergänzte Westermore, "nicht mehr lange sollst du dich beklagen müssen. Es geht aufwärts ... warte nur."

Die Säulen der Kolonnade standen stark und fest unter dem Dach des Wandelganges, eine wie die andere, in ihrer strengen und einfachen Schönheit durchgebildet, in sich beruhend und doch den anderen zur Gemeinsamkeit gesellt, und Lilian war es wie ein Trost, als sie sich jetzt an eine von ihnen lehnen konnte. Durch den dünnen Stoff des Kleides spürte sie das Rund des Schaftes wie eine Versicherung gesunder Kraft.

"Um Gewinnen oder Verlieren ist es mir nicht", hörte sie den Obersten sagen, "es ist die Leidenschaft, die mich anzieht." Sie hörte das Klopfen der Reitpeitsche auf die Stiefelschäfte. "Sie verstehen das nicht, Miß Lilian. Sie sind kühl bis ans Herz hinan. Die Leidenschaft kann ein Studium sein, es gibt kein interessanteres, oder eine Medizin. Gift gegen Gift, der Beelzebub gegen den Teufel, Spiel gegen die Liebe. Ich gewinne unaufhörlich, Miß Lilian!"

Das Leben dieses jungen Julitages war überquellend von unbedachter Heiterkeit. Wagen kamen vorbei, jeder mit einem lachenden Strauß von Spitzen und Volants, ein Reiter in veilchenblauem Frack mit goldenen Knöpfen und Hosen von weißem Samt ließ zu Ehren der hübschen blonden Engländerin unter den Kolonnaden sein Pferd tanzen und steigen, kleine Eselchen trugen Kinder auf ihren Rücken, Häufchen von mit Glück gemischter Angst. Wenn dies ein Sumpf war, so war es offenbar ein sehr lustiger und blühender Sumpf, und wenn man sich ihm auch nicht anvertrauen mochte, so konnte man doch nicht leugnen, daß er hübsch anzusehen war. Ein wenig Weltfröhlichkeit und Leichtsinn wehte zu Lilian herüber und nahm etwas von der Last ihrer Gedanken. Gewiß: Schließlich würde auch das zu überwinden sein, und nur in Romanen starben die Heldinnen an gebrochenen Herzen.

Zwischen Weiß, Blau und Rosa kam ein brauner Rock heran, das war der Frack "Juchheissassa", und Bismarck trug ihn bedächtigen Schrittes und achtsamen Auges durch das Getümmel der Promenade. Er ging so vor wie jemand, der ganz bestimmt weiß, wo er etwas verloren hat, und nun nach einem bestimmten Plan jeden Quadratzoll absucht, so daß keine Tücke des Versteckens nützen will.

Für Lilian liefen die Farben in ein breites Band zusammen, das sich in bunten Streifen um sie drehte, sie glitt mit großer Schnelligkeit abwärts, einem unausweichlichen Zusammenstoß entgegen. Es riß sie mit einem jähen Schritt hinter die Säulen. Aber Bismarck hatte sie schon gesehen, kam heran, sein Gesicht tauchte aus dem Wirbel, seine Hand streckte sich vor ...

Ja ... und er habe vierzehn Tage Urlaub genommen, nur einmal Wiesbaden anzusehen. Den Kopf ausrauchen lassen, nicht wahr? Es sei nötig, denn die Examenarbeit habe ihm einen wüsten Schädel gemacht. Alles durcheinandergeschmissen: Preußisches Landrecht und Code civil, Kommunalverfassung und Zollvorschriften, das müsse sich erst einmal ordentlich setzen. Dann erst konnte weitergearbeitet werden.

Herr Oberst Morris - Herr Referendar von Bismarck!

Sie standen einander gegenüber, beide gleich groß, beide gut gekleidet und von gleich guten Manieren. Der Oberst mit einem leicht gewölbten Bäuchlein unter der geblümten Weste, Bismarck noch immer spargelsproß, schlank, mit kleinem Kopf. Sie verneigten sich, reichten sich die Hände und wußten, sie seien Feinde.

Lilian zog das Gespräch weiter: vom Leben in Wiesbaden und was die Aachener Freunde machten. Es sei ja erst kurze Zeit her, aber in diesem lauten Trubel und Wirbel der Tage vergäße man einander so schnell.

Ein Reitknecht kam die Promenade entlang, einen schönen Rappen am Zügel. "Da kommt ‚Hassan'", sagte der Oberst, "ich muß die Herrschaften verlassen. Er muß mich täglich spüren, sonst zerschlägt er mir den Stall. Er will meine Faust. Auf Wiedersehen denn mittags."

Er saß auf und ritt grüßend davon. Bismarck sandte ihm Mord und Tod nach, etwas von Sturz und Halsbrechen. Eine Hand legte sich auf die seine, Lilians Lippen bebten. Da wich alles Böse, und die

Dinge hatten alle goldene Säume und zarte Musik. Wo sich Baumschatten und Sonnenflecke durcheinanderwirrten, da schien es Bismarck, als sei dieses zarte Spiel von Dunkel und Hell der Sinn der Welt, und man dürfe sich nur nicht irremachen lassen, wenn einmal ein Schattenfleck auf die Tage fiel. Sie gingen nebeneinander, hatten wenig Worte, und der Reverend zog schweigend hinterdrein, in seinem Hirn arbeitete das System der Wahrscheinlichkeit des Gewinnens.

Der Mittag hielt sie voneinander fern, und auch der Nachmittag mit seinem Kinderfest auf dem Main, zu dem man im gelben Omnibus nach Biebrich am Rhein und dann mit dem Kahn stromauf fuhr. Am Abend aber, als der Vater zitternd am Spieltisch saß und mit dem Obersten die Einsätze beriet, traten sie auf die Terrasse. Das Licht aus den hohen, schmalen Fenstern streifte die Wiese vor dem Kurhaus, und man sah einen dünnen, weißen Nebel über das Gras ausgegossen. Die alten Bäume des Parks ballten Finsternis um sich und wölbten sie wipfelschwer als Klumpen unter dem Sternenhimmel.

Langsam, langsam über die Treppe, jede Stufe eine Entscheidung, der Nebel schmiegte seine Feuchtigkeit an die Knöchel, das Klopfen der Herzen war erst in den Fingerspitzen fühlbar. Langsam, langsam durch die Schatten der Bäume, Lilian wie ein helles Phantom neben Bismarck.

"Bismarck, warum sind Sie gekommen?" sagte Lilian klagend.

"Warum, Lilian? Warum? Soll ich zugrunde gehen? Nun kommen Sie zum drittenmal. Zweimal sind Sie mir entglitten, diesmal halte ich Sie. Zweimal habe ich dem Götzen der Besonnenheit geopfert. Diesmal hat das Scheusal keine Macht über mich. Mag mein Leben zerschellen ..."

"Bismarck, was reden Sie da?" Lilian stand schlank und weiß unter den Sternen, von Schatten umringt.

"Ich bin nichts und ich habe nichts, Lilian ... nichts als meine Liebe. Mag werden, was da will. Ich lasse dich nicht mehr." Er hielt ihre Hände, war mit seinem Gesicht dem ihren ganz nahe: "Ich verlobe mich dir ..."

Sie stand regungslos, überließ sich seinen Küssen. Ganz leise, traumhaft, wie ferne, singende Brandung schlug Musik in ihr Bewußtsein. Die kleine Lichtung wurde zu einem silbernen Eiland der Liebe, schützend stand der Wald herum ... Tau sank ins Haar, heiß schlugen die Küsse darein, sengten die Bedenken hinweg. "Ich verlobe mich dir", stammelte Bismarck...

"Warum bist du gekommen?" klagte sie ... ihr Wille war in seinem gelöst, wilde, nackte Nachtelfen tanzten im Nebel ...

Als sie zum Kurhaus kamen, stand eine dunkle Gestalt auf der Terrasse. "Miß Lilian! Miß Lilian!" Der Oberst schwenkte ein warmes, wollenes Tuch. "Wie unvorsichtig! So im Nebel herumzulaufen! Wie leicht können Sie sich erkälten. Ja, ja, die Jugend hat noch Feuer in sich ... sie denkt an nichts, und auf einmal ist ein Unglück geschehen." Er lachte rasselnd. Er legte das Tuch um ihre Schultern. Und Lilian erschauerte, als fühle sie erst jetzt die Kühle der Nacht.

19

Die rote Glut mußte sich unter der Asche der Tage bergen.

Der Vater hätte sicherlich nichts bemerkt, denn der sann seinem neuen System nach und erprobte es nachts an den Spieltischen. Aber der Oberst hatte seine Augen überall. Wenn man ihn irgendwo ganz fest eingebacken glaubte, so fühlte man es plötzlich wie kalten Schleim auf der Haut, daß er seine Blicke auf einen geheftet hielt. Er vermochte, in einer Ecke des Saales sitzend, die beiden armen Menschen in der entgegengesetzten so einzuspinnen und einzuschüchtern, daß sie ihrem Alleinsein nicht trauten. Selbst wenn er nicht zugegen war, schien er Mißtrauen und Angst in die Luft gesät zu haben, daß ihnen ihre Liebe nicht ins Helle und Freudige geriete. Längst war dieser Liebe Jubel und Zuversicht verlorengegangen, um so heißer brannten die Küsse unter dem Hauch von Gefahr. Was an heiligem Feuer sonst in langen Stunden der Zärtlichkeit verlodern kann, mußten sie in kurzen Viertelstunden, in flüchtigen Minuten versprühen. Sie mühten sich, ihrem Beisammensein in den Meinungen der anderen die Unbefangenheit zu wahren, aber immer schwerer wurde es ihnen, den leichten Ton harmloser Unterhaltung zu treffen, und oft stockte zwischen ihnen ein verdächtiges Schweigen. Der Oberst richtete sein Betragen gegen Lilian auf eine zähe Vertraulichkeit ein, als habe er sich gegen sie Rechte erworben, und gegen Bismarck schob er eine Eismauer von Kühle. Er spießte ihn immer irgendwo von oben herab an ein spöttisches Lächeln, und in Bismarck schoß oft eine blinde Wut hoch, der schwarze Wirbel des Hasses, in dem er meinte, nun müsse die Faust entscheiden. Er hielt diesen Menschen für fähig, ihnen Aufpasser auf den Hals gesetzt zu haben, er meinte einigemal schon, einem tückischen Schleicher auf die Spur gekommen zu sein. Das Entwürdigendste aber blieb, daß er gezwungen war, auf diesem glatten, hochmütigen, höflichen Gesicht mit stetem Mißbehagen zu forschen, ob nicht ein Anzeichen zu finden sei, das übel gedeutet werden müßte. Manchmal schlug ihm alles das, dieses Heimlichtun und Ducken, in einem bösen Brodem zusammen, der seiner Seele den Atem versetzte und sie um freie Luft ringen ließ.

Anfang September entschloß sich der Reverend Westermore, seine Zelte abzubrechen. Er hatte sein System noch immer nicht gefunden, obzwar er, wie ein Goldsucher des Mittelalters, reichlich Gold darangewendet hatte. Der Oberst, aus dessen Tasche die Westermoreschen Versuche bestritten wurden, hatte sich in die Familie eingekauft. Als Bismarck davon sprach, sich anzuschließen, fragte der Oberst: "Es war mir, als hätten Sie gesagt, Sie hätten bloß vierzehn Tage Urlaub genommen?"

"Es waren vierzehn Tage ...", sagte Bismarck, und seine Hände zogen sich zur Faust zusammen, "nun sind es mehr, meine Behörde hat mir den Urlaub verlängert."

Die königlich preußische Regierung zu Aachen wußte aber nichts vom Verbleib ihres Referendars, der Vizepräsident von Mallinckrodt hatte das nicht unterdrückte Vergnügen, den Grafen Arnim darauf hinzuweisen, daß Herr von Bismarck mit seinem ganz unverständlichen Betragen nur bestätige, was seine, des Vizepräsidenten, zu allem Beginn unterwürfig geäußerte Meinung gewesen sei: ein Hochhinaus ohne Ernst und Pflichtgefühl. Es kam dazu, daß auf die Nachricht von des Referendars unerklärlichem Ausbleiben Schneider, Schuster und der Speisewirt zum "Großen Monarchen" ihre

Bücher nach dem Namen des Verschollenen untersuchten und ihrer Taschen Ängste vor den Grafen trugen, auf daß er ihnen zu ihrem Geld helfe, die Lawine, die von Göttingen auf dem Weg über Berlin nur gewachsen war, schwoll vernichtend an.

Inzwischen zog Bismarck nach Süden, zwischen Leidenschaft und Verzweiflung. Die Gelegenheiten, mit Lilian allein zu sein, waren auf der Reise karg, der Oberst maßte sich immer mehr Gewalt an. Und auf der Plattform des Straßburger Münsters wäre es zwischen ihm und Bismarck fast zu einem bösen Wortwechsel gekommen, wenn Lilian nicht beiden die geschärften Worte ängstlich lächelnd ins Harmlosere gewendet hätte.

"Jetzt sollen sie es wissen", sagte Bismarck abends zu Lilian, "ich kann mich nicht länger selbst verraten. Sie sollen es erfahren, daß wir uns verlobt haben, und daß du mein bist. Wenn ich nichts bin, so kann ich etwas werden. Nach Aachen gehe ich nicht mehr zurück, ich krieche nicht mehr in die Koppel, aber die Welt steht mir offen. Ich habe zwei harte Fäuste und einen harten Kopf. Ich kann nach Spanien gehen, in Indien brauchen sie Offiziere, ich kann mir ein paar tausend Taler auftreiben, in Syrien gibt es Landstriche, die man um einen Pappenstiel haben kann, ob ich meine Zigarren am Ganges rauche oder an der Elbe ... wenn nur du bei mir bist! Heute noch sage ich es deinem Vater."

Lilian schluchzte auf, schlug die Hände um seinen Hals, lag an seiner Brust, die Ellenbogen eng zwischen seinen und ihren Leib geschmiegt, als solle kein Teil ihres Körpers der Nähe des seinen nicht teilhaftig sein. Das wortlose Schüttern und Fliegen ihrer Schultern verwirrte ihn. Er schob ihre Stirn mit der Hand von seinem Mund, suchte ihre Augen.

"Was ist es mit dem Obersten?"

"Nichts ... nichts."

"Welches Recht hat der an dich?"

"Frage mich nicht! Frage nicht! Ich bin unglücklich genug. Schweige, wenn du mich liebst."

Bismarck schwieg, er zwang einen Reifen um seinen Stolz, er beugte sich. Alles war grau eingewebt. So ein Kerl wie er - wenn er es mit einem solchen Kerl zu tun bekommen und das von ihm gewußt hätte, was er von sich wußte, er hätte sich bedacht, ob er ihn für honorig halten und ihm Genugtuung geben solle. Die wunderbare Flammenblüte seiner Liebe ging ein, und er tat so, als blühe sie noch. Er wollte zahlen, man gab es nicht zu, und er war im Grunde damit zufrieden, nicht zahlen zu müssen. Nach allen Seiten hin war alles zäh verfilztes Gestrüpp von Täuschung und Trug.

Man kam nach Bern. Wenn Bismarck auf den Balkon seines Zimmers trat und die großen und reinen Berge vor sich sah, so stöhnte er laut vor brennender Scham.

Der Oberst überschlug Soll und Haben. Er war kein böser Mensch, nur ein kluger Rechner, und er konnte von seinem Geld keinen besseren Gebrauch machen, als indem er seinem hereinbrechenden Alter eine Gefährtin kaufte, die ihm Schönheit bot und den Resten seiner Jugend ein Wohlgefallen war. Die Summen, die er der unersättlichen Gier des Reverend opferte, sollten ihm Zinsen von Behaglichkeit und Freude tragen. Während er den Alten einkreiste, duldete er die Liebelei Lilians mit diesem langen Preußen, weil er der Ansicht war, daß ihm diese Herzenswirrung schließlich das Mädchen nur um so sicherer zutreiben müsse. Er kannte die Frauen zur Genüge, um zu wissen, daß sie niemals geneigt sind, ihr Herz zu verraten, als wenn sie glauben, auf ihre Rettung bedacht sein zu müssen.

In Bern schien dem Obersten alles zum letzten Zug vorbereitet. Bisher war das Geschäft noch rentabel zu nennen, nun überschlug er, was er gegen den Reverend zu fordern hatte. Die Summe, die er ausgesetzt hatte, war erreicht, er wünschte nicht, sie zu überschreiten. Zudem begann der Preuße immer lästiger zu werden und spielte sich und seine Angelegenheit mit Lilian allzusehr ins Byronmäßige hinein. Die einst aufgedreht gewesene Locke hing ihm in die Stirn wie ein Stück Weltschmerz, in den Augen fror Menschenverachtung, um den Mund wetterleuchtete Gotteslästerung. Etwas in der Haltung dieses Burschen fing an, bedrohlich zu werden, er konnte leicht irgendwie lästig fallen, wenn auch nur dadurch, daß er sich selbst aus der Welt wegknallte, und Lilian hing ihm dabei immer äffischer an.

Es war hohe Zeit, ein Ende zu machen.

Im Hotel des Alpes war eine kleine internationale Gesellschaft beisammen, ein paar Franzosen, ein schweigsamer Verschwörer aus Italien, ein englischer Baronet, und es war ganz selbstverständlich, daß auch hier wieder die bunten Hieroglyphen der Karten zu sprechen begannen.

Gegen Mitternacht erst gingen Bismarck und Lilian auseinander, denn für diese Nacht schienen der Oberst und der Reverend am grünen Tisch verankert.

Bismarck lag noch lange wach, der Speisesaal befand sich unter ihm, er sah das Licht auf einer gegenüberliegenden kahlen Mauer, er hörte die halblauten Rufe, die mit den Karten fielen. War das der Inhalt eines Lebens? Spielen, Trinken und die Betäubung in einer kaum mehr als ehrlich empfundenen Leidenschaft. Sein in Aachen und Wiesbaden zusammengepumptes Geld war an den Spieltischen geblieben, die er um des Reverend willen nicht gänzlich meiden konnte, seine Liebe neigte zu einem schalen Rest. Die blauen Berge seiner Zukunft, einst voller Duft und Sonnenschein, waren von häßlichem Gewölk verhüllt ...

Ein Klopfen an der Tür riß ihn in den fahlen Morgen. Mit der Gewißheit, es sei etwas Entscheidendes geschehen, sprang er an die Tür. Der Reverend fiel ihm beinahe in die Arme, er sah leichenhaft aus, in den Augen sickerte eine trübe Feuchtigkeit, er wankte zu einem Stuhl, haltlos baumelte der Kopf. Die Hände schlugen mit einem schlaffen Ton immer gegen die Armlehne. "Bismarck ... Sie müssen helfen ... geben Sie mir Geld ..."

"Was haben Sie?"

"Geben Sie mir Geld!" Die Unterlippe bog sich dem Reverend nach außen, dünnflüssiger Speichel tropfte aus den Mundwinkeln. Die Sonne kam herauf, und es war schrecklich anzusehen, wie ihr reines Rot auf das verwüstete Gesicht fiel. "Er will nicht mehr ... er macht Schluß ... er will sein Geld haben ... Helfen Sie mir, Bismarck ..." In einer verworrenen Hoffnung schielte er von unten her in Bismarcks Gesicht. "Ich habe verloren ... und er will nun alles ... alles auf einmal..."

"Wer? Der Oberst?"

"Sie haben doch ein Gut, Bismarck ... man wird Ihnen Geld geben ... man leiht Ihnen auf das Gut. Nehmen Sie Geld auf ... Lilian ..."

Dieser Name versetzte Bismarck in Wut. Lilian: ein Lockvogel, ein Spielerkniff!

"Schweigen Sie!" schrie er. Hündisch, geschlagen duckte sich der Reverend, seine Hände klappten wieder schlaff gegen die Armlehne des Stuhles.

"Der Oberst will sein Geld ...? fragte Bismarck noch einmal, denn, obwohl er sogleich alles verstanden hatte, wünschte er doch ganz sicher zu gehen. "Wieviel brauchen Sie?"

Der Reverend zog ein Auge weit auf und drückte das andere zu. Das war so widerlich schlau anzusehen, daß sich Bismarck empörte.

"Es werden zehntausend Taler sein!" sagte er zögernd.

"Zehntausend Taler! Ich will nachdenken, ob ich Ihnen helfen kann! Aber gehen Sie jetzt zu Bett, Reverend ... gehen Sie!"

Bismarck zog den schlaffen Klumpen Mensch am Arm aus dem Stuhl und schob ihn auf den Korridor. Westermore sah sich noch einmal um, bittend und schlau, unterwürfig und unverschämt.

Bismarck warf das Hemd ab, fuhr mit dem Kopf ins Waschbecken, blieb so lange unter Wasser, bis ihm der Atem ausging. Noch einmal und noch einmal tauchte er unter, bis es war, als habe er seine Lungen mit ganz frischer Luft gefüllt. Er kleidete sich an, lief ohne Frühstück aus dem Hotel, rannte draußen vor der Stadt über die Höhen, warf sich hin, weinte ins Gras, starrte nach dem Reigen der Schneeberge. Er wich den Menschen aus, fastete, ohne Hunger zu bekommen, sah lange Zeit trägen Kühen zu, saß eine Weile auf einem bemoosten Felsblock mitten in einem Gießbach und ließ das kalte Wasser auf seine nackten Beine rinnen.

Erst gegen Abend kam er in das Hotel des Alpes, zu dem entschlossen, was er für seine Pflicht hielt: unter allen Umständen den Versuch zu machen, das Geld zu beschaffen.

Der Wirt teilte ihm mit, daß der Reverend Westermore mit Miß Lilian und dem Obersten Morris abgereist seien, ohne das Ziel anzugeben, und daß er die schönsten Grüße auszurichten hätte.

Nicht einmal einen Brief hatte Lilian zurückgelassen.

20

Aus Kniephof kamen Rebhühner nach Berlin geflogen. Mit der Stettiner Post natürlich und in gebratenem Zustand, denn mit dem postmäßigen Fliegen ging es so langsam, daß die Würmer sonst reichlich Gelegenheit gefunden hätten, ihnen in dieser Sommerhitze auf den Weg allen Fleisches zu helfen.

Malwine rannte die dunklen Treppen hinunter, Trine Neumann zählte dem Postboten im Hausflur das Trinkgeld auf, und es war zum Erschrecken, wie das weiße Ding über die Stufen sprang, Trine anfaßte und mit ihr einen Indianertanz hopfte.

"Immer verjnücht", sagte der Postmensch und nickte dem wirbelnden Übermut zu: "Ja - wat so richtig jung ist. Na denn, en anneres Mal wieder."

Er ging, und Trine drückte die Rebhühner an ihre Brust, wie der Ertrinkende den berühmten Strohhalm, während die Wellen von Malwinens Ausgelassenheit über ihr zusammenschlugen und ihr den Atem nahmen. Malwinchen war imstande, ein ganzes Haus von den untersten Kellerräumen bis unter den Dachfirst mit Lärm und Leben anzufüllen, daß die verräuchertsten Winkel freundlich dreinschauten und selbst über zerschlagene Fensterscheiben ein Schmunzeln ging.

Die Haustür tat sich noch einmal auf, und ein langer Gardejäger stand da. Er sah, wie Trine Neumann mit den Rebhühnern an der Brust im Begriff war unterzugehen, und da in das halbkreisförmige Fenster über der Tür fächerförmig verschiedenes Glas eingesetzt war, das jetzt von der Nachmittagssonne durchleuchtet wurde, war es zugleich ein höchst farbenprächtiger Anblick. Sie flog aus dem Blauen ins Grüne, und wenn ihr das Gelbe jetzt den Anschein gab, als sei sie ein verwesender Leichnam, so war sie gleich darauf im Roten, und das sah aus, als habe man sie eben aus dem Schmelzofen gezogen.

"Malwinchen!"

Das schnitt den Tanz entzwei, Malwinchen ließ Trine mitten im Schwung los und stürzte auf den Gardejäger los, der sie, so lang sie war, doch in seinen Armen noch ein tüchtiges Stück über den Boden rückte. Trine Neumann aber wurde von dem Rest der Drehungskräfte in den Winkel hinter der Wäscherolle geschleudert, wo sie, die geretteten Rebhühner an der Brust, unter einem Gewölbezwickel zusammensackte.

"Warte mal", sagte der Gardejäger und hielt die Schwester in den bunten Fächer, den die Sonne über die Steinfliesen legte. "Wie ein Märchen ...", sagte er. Das kleine Fräulein breitete das weiße Kleid aus, daß es recht viele Farbe auffange, drehte sich wie ein Pfau, war eine Prinzessin, in die der ganze Hof verliebt sein soll.

"Ja, es ist wie ein Märchen", lachte der Gardejäger, "wenn man dich so anschaut, bist du eine dünne, weiße Raupe ohne Taille, und es braucht dich nur die Sonne anzuscheinen, da wird ein Schmetterling daraus."

"Ach, du!" Die Raupe zeigte sich wehrhaft, spreizte Katzenkrallen nach des Bruders Augen.

Aus dem Winkel hinter der Wäscherolle schnob etwas heran, Trine Neumann, mit verschobenem Häubchen auf dem ergrauendem Scheitel und einem gänzlich zerknitterten Halskragen, aber das Rebhühnerpaket baumelte in der erhobenen Rechten. "Vom Herrn Rittmeister! Für die Frau Rittmeisterin!"

"Wie geht es der Mama?" Besorgnis saß in dem Ton der Frage.

"Immer gleich", sagte Malwine und schwieg einen Augenblick in Schuldbewußtsein und Reue, daß sie hier unten toben und tanzen konnte, während die Mama oben lag und Schmerzen litt.

"Ist der Arzt heute hiergewesen?" Otto wandte sich mit dieser Frage an Trine, als erwarte er von ihr besonnenere und klarere Auskunft. Das stach Malwine ein wenig ins kleine, eitle Schwesterherz.

"Es ist nichts Besonderes, alles soweit in Ordnung, ein wenig Schmerzen, dann kommt der Anfall von Hunger, der Tee wird fortgesetzt und die Umschläge wie früher."

Otto nickte, das ging seit Wochen so, und während von Tag zu Tag nichts Besonderes vorfiel und alles beim alten blieb, war, auf Strecken hin gesehen, der Verfall unverkennbar. Die böse Geschwulst breitete sich aus, das heimtückisch fressende Krebstier zernagte das Leben. "Wir wollen hinaufgehen."

Sie fliegen die Treppen hinan, hölzerne Stufen unter Wölbungen, die vom Alter flachgedrückt und schief schienen, an jeder Wendung war eine Nische in die dicken Wände gesenkt, als sei dieses Haus für ein Geschlecht unmäßig fetter Menschen gebaut, daß diese beim Begegnen einander ausweichen könnten. Jeder folgende Schritt hob sich schwerer auf die Stufe. Die Geschwister durchschritten das Wohnzimmer, das Speisezimmer und den blauen Salon. Im nachmittäglich erhellten Krankenzimmer drang das Licht bis in den Alkoven, hinter dessen grünen Vorhängen das Bett stand. Die gelbe, abgezehrte Hand, die sichtbar war, erzählte von Leiden. Das vergitterte Eckfenster gegen den kümmerlichen Garten zu stand offen, und gerade in dem Birnbaum davor mußte ein Volk von Spatzen Krieg führen. Sie beschimpften und zausten einander durch alle Zweige von oben nach untern, kreuz und quer. Otto hielt zögernd mitten im Zimmer an, ungewiß, ob er den Schlaf der Mutter durch das Schließen des Fensters retten oder erst recht stören würde. Die abgezehrte Hand bewegte sich, zog den grünen Vorhang zurück.

"Ich schlafe nicht, Otto, komm nur. Ich denke nur nach ... wenn die Schmerzen weichen, kommen die Gedanken, das ist eine Kette, ein Glied sitzt am anderen."

Otto zog einen Stuhl an das Bett, faßte die kalte Hand und küßte sie. Die Mutter ließ es geschehen, mit einer Spur der Dame von Welt, die sich selbst dem Sohn gegenüber nichts vergibt. Von ihrer einstigen Schönheit war nur das Feuer der Augen noch da und der durch keinerlei Leiden zu verwüstende Zug strenger Hochgesinntheit. Aber es war ihm in dem Verfall des Fleisches doch auch allerlei Demütiges und Rührendes beigegeben, und wer dieser Frau in den Tagen ihres Glanzes fremd geblieben war, der hätte jetzt der Leidenden näherkommen können.

"Es ist schön von dir, Otto, daß du von Potsdam herüberkommst, sooft es deine Zeit erlaubt."

Otto wies eine etwas krampfhaft gute Laune: "Das Nest! Alles schläft! Sie gehen alle auf den Zehen, um den Alten Fritz nicht aufzuwecken, daß er nicht mit seinem Stock unter sie fährt. Sie müssen wohl ein schlechtes Gewissen haben, daß seine Arbeit so verpfuscht worden ist. Dabei bimmelt's alle Stunden von der Garnisonkirche: ‚Üb immer Treu und Redlichkeit.' Mich juckt's nach Berlin."

"An ein Krankenbett, Otto? Nein ... du machst mir doch nichts weis. Du kommst, weil deine Besuche gezählt sind."

"Na ja, wenn ich mal in Greifswald bin, da springt sich's nicht so leicht nach Berlin."

"Nicht deshalb! Ich meine - weil es doch nun mit mir bald zu Ende geht."

Otto fuhr grobianisch auf, mit ärgerlicher Stimme: "Wer spricht davon?"

"Niemand! Das ist es! Niemand spricht davon, aber ich sehe es euch allen an. Das Geschwür frißt mich auf."

Die Rittmeisterin lag regungslos, die Augen auf den Betthimmel gerichtet, die Worte gingen ihr ganz leicht und ohne Qual vom Mund. "Mein Vater starb in meinem Alter. Die Mencken haben kein langes Leben. Hoffentlich gerät es dir nach den Bismarcks."

In dem kleinen Erker, unter einem an drei Schnüren schwebenden Topf, aus dem grüne Ranken in wirrer Fülle herabhingen, saß Malwine zusammengekauert, wirklich wie eine weiße Raupe, die im Begriff ist, sich zu verpuppen. Das war peinvollstes Unbehagen für sie, so ein Gespräch von Leiden und Tod, da sah eine zudringliche, böse Fratze über ihre Schulter. Eine Heimsuchung, sagte Trine Neumann, wie sie dieses Wort schon haßte, gab es auf der ganzen Welt ein so häßliches Wort wie dieses?

Otto zog tief Atem ein. Dann legte er den Arm auf die Fußwand des Bettes, seine Fingerspitzen berührten die kühle, polierte Oberfläche und begannen leise, ganz von selbst zu trommeln: "Weißt du, Mama ... ich weiß eine Medizin. Ich schicke dir zwölf Gardejäger her, die packen dein Bett und schleppen es über Land nach Kniephof. Eingekehrt wird nicht. Schlafen mußt du unter dem Sternenhimmel. Wenn du nach Kniephof kommst, bist du gesund."

"Und der Professor, der mich jeden Tag sehen muß ... mein Übel muß doch behandelt werden. Weshalb sind wir denn nach Berlin gekommen?"

"Das ist es ja eben. Ein Übel, das man alle Tage ansieht, wird nur immer ärger. Du solltest versuchen ... wie das einschrumpft, wenn du dich mal ein paar Tage nicht darum kümmerst."

Die Kranke fing an unruhig zu werden. Man sah, ein Gedanke

war in ihr aufgestanden. "Kniephof ... das wäre keine Medizin für mich. Wenn man da zusehen soll. Alles zerrinnt unter den Händen. Was hat man da hineingesteckt an Geld und Arbeit - es liegt kein Segen darauf. Der Vater ist ganz grau geworden."

Das waren die alten Klagen, die immer wiederholten Vorwürfe gegen etwas Unfaßbares, eine Schwere, ein Schleppen von Bedenken. Dieses Jammern, diese Anklage des Gutes traf Otto immer so, als ob einem lebenden Wesen unrecht geschähe: einem lahmen Pferd oder einem alten Hund, weil ihnen die Kraft ausging. Und es lag vielleicht gar nicht an dem Gut, es lag an der Verzagtheit der Hände, und unter einem anderen Herrn würde es rasch und freudig emporsteigen.

"Man muß mit dem Zeitgeist gehen", fuhr die Rittmeisterin fort. Sie wandte sich um und holte ein Buch vom Bord über dem Kopfende des Bettes. Ihr Eifer hatte sie Krankheit und Geschwür vergessen lassen, die Drehung des Körpers entzündete jetzt die beißende Flamme des Schmerzes. Während der Sohn den Deckel besah und die Titelseite las, lag sie ganz still, mit plötzlich eingefallenen Augen und kalkweißen Lippen. Es war ein Buch über die Rübenzuckerfabrikation. Otto zog die Brücke eines Blickes zwischen dem Buch und dem Gesicht der Mutter.

Ihr Geist überwand den Schmerz. "Da kann man noch eine Zukunft drauf bauen. Das ist etwas. Man müßte alles mit Rüben bestellen, eine Fabrik errichten. Es ist ja eine geniale Erfindung. Wer hätte das für möglich gehalten, daß man aus Rüben Zucker herstellen kann. Der Mann ist ein Wohltäter der Menschheit. Eine Fabrik, in der wir Zucker erzeugen und Rum ... das rettet Kniephof."

Otto war aufgestanden und begann schwer im Zimmer zu wandern mit Gardejägerschritten. Sein Kopf arbeitete, sein Herz bäumte sich in der Brust. Unter dem Gerank des hängenden Gärtchens folgte ihm der weiße Wurm mit ängstlichen Blicken. Ihr war der Bruder ein Stück Herrlichkeit der Welt, sein Wort und seine Tat Offenbarung der Größe, ein geheimes Verstehen band sie eng an ihn.

Stöhnen kam aus dem Alkoven, die Frau Rittmeisterin preßte die Hände gegen den Magen, wälzte sich im Bett. Die Spatzenbande flirrte in einer Wolke aus dem Birnbaum nach dem Dach gegenüber und verfiel sogleich wieder ins Raufen. Aus einem der Nachbarhöfe drehte sich der näselnde Ruf eines Seifenverkäufers, ein Ruf mit Koloraturen und Verzierungen, wie eine gesungene, barock gewundene Säule: "Koofmrochreeneseefe."

Kalten Schweiß trieb es der Kranken aus, wie ein Wolf wählte es in ihren Eingeweiden: "Jetzt ist der Hunger wieder da!"

Otto schien nicht zu hören, seine Gedanken bedrängten ihn. Malwinchen kam zaghaft ans Bett: "Es sind Rebhühner aus Kniephof gekommen, Mama!"

"Ja ... ja ... rasch ... Trine soll sie bringen ... mein Hunger ..."

Schon war Malwinchen draußen, polterte über die Stiegen. "Trine! Trine!" gellte die helle Stimme.

Die Frau Rittmeisterin zog den grünen Vorhang vor das Bett und begann sich anzukleiden, so rasch es gehen wollte. Der Hunger tobte in ihr, sprang wie ein boshaftes eingesperrtes Tier gegen die Magenwände. Er pflegte ganz plötzlich zu kommen, verdunkelte die Besinnung, lähmte den Willen, nichts blieb übrig als die Gier zu essen.

"Letztes Mal waren sie zu scharf gebraten", greinte sie hinter ihrem Vorhang, "das Fleisch war ganz spröde und krachte zwischen den Zähnen."

Malwine kam zurück und sah den Bruder vor dem schmalen Spiegel, dessen oberes Ende ein goldener Adler schmückte, der seine Flügel nach den beiden Seiten gebreitet hielt. Was den Bruder vor das Glas getrieben hatte, war keine Eitelkeit. Malwine verstand, daß ihm dieser Blick in den Spiegel etwas ganz anderes bedeutete, eine Musterung des ganzen Menschen, eine Heerschau über Gut und Böse. Das war als unklares, aber sicheres Empfinden in ihr und zugleich die Gewißheit, daß er jetzt vielleicht ein gutes Wort brauchen könnte. Sie kam ganz leise heran, sah sich neben Otto im Spiegelglas auftauchen. Er fühlte das Warme, Reine, Zärtliche, dem seine besten und sonntäglichsten Wünsche galten, Vertrauen strömte ihm zu, er hielt das Kind fest an sich gepreßt.

"Otto", flüsterte Malwine, "die Mama." Sie zog ihn zum Fenster, hob sich auf den Zehen zu seinem Ohr: "Ich habe solche Angst. Manchmal sitzt sie, starrt Löcher in die Luft und redet mit einem, den man nicht sieht."

Er streichelte sie: "Laß nur Malwinchen! Es wird besser werden. Nun kommt ja auch bald Vater aus Kniephof mit allen Möbeln. Dann seit ihr hier alle beisammen mit eurem alten Hausrat. Da gibt sich vieles."

Trine Neumann kam zum Vorschein mit den Kniephofer Rebhühnern auf einer Schüssel aus Schönhausener Zeiten, dem letzten Überrest eines ganzen Services, von dem einst jedes Stück in kunstreicher schwarzer Zeichnung auf tadellos weißem Grund irgendeine Ansicht aus Schönhausen gezeigt hatte. Die Kniephofer Rebhühner waren zwischen liebliche Häuflein weich gedünsteter Äpfel und tief purpurner Preiselbeeren gebettet. Wenn man aber der ganzen Sache auf den Grund gekommen war, so hatte man das Schönhausener Schloß vor sich, und Trine hielt das für eine zarte Aufmerksamkeit, daß sie so bei guter Gelegenheit den gesamten Bismarckschen Familienbesitz im Eßbaren und Nichteßbaren als Erquickung für Leib und Seele vereinigte. Sie ging auf den Zehenspitzen, in dem Bemühen, möglichst wenig Lärm und Störung in das Krankenzimmer zu tragen, und da sie wenig von der Anmut Fanny Elßlers an sich hatte, sah es aus, als bemühe sich irgendein großer Watschelvogel ums Seiltanzen.

Der Spalt des grünen Vorhangs ging auseinander, und die Frau Rittmeisterin kam, ein wenig schwankend, in ihrem weißen, weiten Morgengewand, das an Halskrause und Saum mit einer gestickten Borte kleiner bunter Blumensträuße geschmückt war. Zu diesem Blühen und dem reich von Spitzen umzitterten Häubchen stand der Verfall ihres Gesichtes in arger Unvereinbarkeit. Ihre Blicke liefen hungrig zur Schüssel voraus, und kaum saß sie am Tisch, so fiel sie auch schon mit aller Gier über die Rebhühner her. Sie nahm sich kaum Zeit, die gebratenen Dinger der Ordnung nach zu zerlegen. Die Knochen splitterten unter ihren Zähnen, so daß Otto zur Vorsicht mahnen mußte, das Apfelmus sog sie schlürfend ein, ihre Hände zitterten über den Teller hin.

Etwas war an diesem Schauspiel, das Otto ergriff und mutlos machte. Aller Groll aus Kinderzeiten war längst verschwunden, er war der Mutter durch die Zone kühler Beherrschtheit längst ans Herz gedrungen, aber ihre Krankheit, Anblicke wie dieser stießen immer wieder die Möglichkeit zurück, sich ihr ganz zu öffnen. Wie konnte er dieser Kranken mit den Wünschen kommen, die ihn aushöhlten und zersetzten und die den ihren so ganz zuwider liefen.

Ebenso plötzlich, wie er aufgetreten, war der Hunger der Rittmeisterin gesättigt. Sie lehnte sich mit einem deutlichen Ekel um den Mund und in den Augen zurück und betrachtete das Bild des Schönhausener Schlosses, das nur von Resten der Preiselbeeren und zernagten Hühnerknöchelchen verwischt war. "Der Vater hat nicht geschrieben?" fragte sie. "Es müssen doch zwei Mahagonikommoden da sein... zwei ganz gleiche ... er mag reden, was er will. Er soll sie nur beide mitbringen. Mein Gott ... es kann doch nichts verschwinden, was einmal da ist."

"Er wird sie sicher bringen!" sagte Otto beruhigend.

Wilhelmines Gedanken liefen wunderliche Kurven: "Daß ich hier in Berlin liegen muß ... der teuere Chirurg, die Medizinen, das Leben hier ... das richtet uns noch zugrunde, und es ist ja doch keine Hilfe."

Über Berlin zog der Abend ein feines, apfelgrünes Seidentuch, das war ganz fleckenlos an einen hohen Himmel gespannt. Ganz ohne Röte sank dieser Tag, gläsern und klar.

"Bernhard kann ein guter Landwirt werden", fuhr die Kranke fort, es reihte sich ohne erkennbaren Zusammenhang an das Frühere, "der Vater sagt, was er in Kniephof über die Bewirtschaftung geäußert habe, dem fehle weder Hand noch Fuß. Die Landwirtschaft interessiert ihn, er hat gesunde Ideen."

Sie schob die Überreste der Mahlzeit von der Mitte des Tellers an den Rand und beugte sich vor, als müsse sie das Schönhausener Schloß ganz genau betrachten. "Weißt du, Otto", ihre Stimme sang wie in früheren Tagen, den Tagen fester Entschlüsse, "Vater und ich sind übereingekommen, Kniephof an Bernhard zu übergeben. Es geht wohl nicht anders. Das Gut will eine junge Hand, und Bernhard kann es retten. Es ist zuviel für uns. Nun soll der Vater mit mir in Berlin leben ... was würde da aus dem Gut? Zu unserer Sustentation muß Schönhausen ausreichen ... Schönhausen." Sie verfiel den Erinnerungen an Schönhausen, an die Tage der jungen Ehe, die Franzosenzeiten, den hübschen, frivolen Offizier, dem der Rittmeister mit der Faust unter die Nase gefahren war ...

Plötzlich zwang sie etwas zur Gegenwart, der Sohn stand da, den Widerschein des klaren Himmels auf dem freien Gesicht, und war kein Junge mehr, sondern ein Mann: "Mutter, Mutter, warum nicht auch mir?" Er legte beide geballte Fäuste auf die Brust. "Mutter, laß mich ... mich auch. Mein ganzes Leben ist eine Sehnsucht ... von allem anderen treibt's mich fort."

Malwine faßte den Bruder mit großen Augen, ihr Herz stieß, das war ihr kühnstes Erleben, den Bruder so zu sehen. In unendlichem Glücksgefühl spürte sie seine Flammen auch in sich.

"Mutter ... jetzt, wo ich Soldat bin, weiß ich es ja wieder, was das ist, Himmel, Luft und Erde. Erde, Mutter! Wenn wir daliegen in der Schützenkette, möchte ich mich einwühlen ... Maulwürfe haben es gut ... Erde ist ihre Nahrung. Tausend Pfund Aktien wiegen keine Schaufel Erde auf."

Die Rittmeisterin schien gar nicht so sehr von diesem Ausbruch überrascht. Sie sah den Sohn mit zuckendem Mund an, fühlte in diesem Moment wohl gar nichts vom Siechtum ihres Leibes, war mit der ganzen Seele darauf eingestellt zu hören, sie öffnete sich und bereitete ihm den Weg.

Er, in dem Bestreben, nichts von dem Augenblick zu versäumen, überhastete sich: "Wie mich das ekelt ... dieses Perückentum. Sie mögen notwendig sein, sie mögen bleiben. Der Staat braucht sie, es muß Leute geben, die rechnen und die Gesetze durchführen. Ich tauge nicht hin. Ich kann Präsident werden mit zweitausend Talern Einkommen ... mein Lebensglück liegt nicht dort, Mutter, du willst mich glücklich sehen?"

Trine Neumann zog die Tür auf, watschelte auf Zehenspitzen zum Tisch und begann das Geschirr abzuräumen. Sie beeilte sich, denn das Schweigen im dunkelnden Zimmer war nicht geheuer. Otto war wieder ans Fenster getreten, krampfte die Finger in das Polster, das Brausen in seinem Kopf ließ nach, nun stand er auf Mensur um sein Glück.

Die Tür klappte, die Stimme der Mutter sang: "Ich will dich nicht unglücklich machen, Otto!"

Er hatte sich gesammelt: "Meine Schulden reiten sie mir aus Aachen nach. Dem Mallinckrodt hat das gerade gepaßt, mich gleich bei meiner neuen Behörde in Potsdam zu verpetzen. Persönliche Angelegenheiten setzten sie auf den Amtsschimmel. Ich will mich beschweren, höheren Ortes sollen sie entscheiden, ob man so vorgehen darf. Aber der Bassewitz, der Leisetreter, beschwichtigt jeden Tag. Am Arnim liegt's nicht, der ist mir wohlgesinnt und hat nicht einmal aus der Urlaubsüberschreitung eine *cause célèbre* gemacht. Es liegt am System, es organisiert den Neid und die Kleinlichkeit."

"Du warst leichtsinnig, Otto!"

"Ja, Mutter ... stellt mich aber an meinen Platz, da will ich zeigen, was ich kann. Warum will ich nach Greifswald? Warum? Dort ist eine landwirtschaftliche Akademie, da kann ich lernen, was man braucht, darum will ich hin, mich umtun, Kenntnisse sammeln fürs Gut."

Ein Schatten des feinen Lächelns von ehemals tauchte still auf Wilhelmines Gesicht: "Duckmäuser!"

"Ich will nach Magdeburg gehen, in einer Zuckerfabrik praktisch lernen, daß ich dem Gut dienen kann. Zwinge mich nicht zu bleiben, Mutter! Laß mich Abschied nehmen."

Wilhelmine erhob sich vom Tisch, wieder einsetzende Schmerzen krümmten ihren Leib: "Ich will zu Bett!" Otto sprang zu und stützte sie sorgsam zum Alkoven hin.

Während sich die Kranke hinter dem Vorhang entkleidete, kam Malwine aus der Dämmerung. Ganz verklärt sah das Kind aus, seine Augen leuchteten, es wuchs still und begeistert am Bruder hinan.

"Otto!" Die matte Stimme hinter dem Vorhang rief.

Er saß am Bettrand, seine Rechte war von zwei schmalen, mageren Händen umschlossen.

Ein lieber Lebensplan versank der Kranken, ein mühsam errichtetes Werk zeigte die schweren Irrtümer der Grundlage. Aber dafür stieg die Größe des Verzichtes, aus dieser Stunde baute sich eine andere Zukunft auf. "Ich will mit dem Vater sprechen. Deine Mutter soll nicht hindern, was du für dein Glück hältst."

Dankbar neigte der Sohn den Mund auf die trockenen, kalten Mutterhände. Lachten die Straßen? Sie lachten! Hatten alle Menschen Freude in den Mienen? Sie freuten sich. Wie wunderbar waren Trauer und Lust ineinandergeschmolzen, wie stark war so ein Menschenherz, daß es aus Wehmut Glück zu lösen vermochte.

Wilhelmine lag stumm in ihrem Bett, Malwine mit ihrem Buch und Trine mit ihrem Strumpf saßen um den Tisch, die Lampe blaffte leise, jemand sang im Nachbarhaus. Die Augen der kranken Frau waren weit aufgerissen und starr. Hatte sie ihr zweites Gesicht? Sie nickte einem Unsichtbaren zu, einem Schatten: "Sie gehen ihren Weg!"

21

Der Gutsherr von Kniephof fuhr mit Vater und Schwester durch den hellen Vorfrühlingstag, der über dem weiten Land aufgebaut war. Die Scholle reckte grüne Spitzen vor, und jeder Halm hatte nun, nachdem er durch Bohren, Wühlen und Heben sein Teil getan hatte, ein heiteres Selbstgefühl, er brauche sich bloß von den Säften durchströmen zu lassen, um etwas ganz Besonderes zu werden.

Der Gutsherr von Kniephof saß mit dem Vater auf dem Vordersitz und erklärte: hier komme Raps dran, da Klee und Hafer, dort müßte es bei Kartoffeln bleiben. Das war alles knapp und bündig, Freud und Leid gemischt, Erfolg und Mißlingen nahe beieinander, wie im Leben als Ganzem und überhaupt, und man konnte froh sein, daß neben so viel Nachtfrösten, krankem Vieh, toten Lämmern, hungrigen Schafen, Mangel an Stroh, Geld, Futter und Dünger doch noch immer ein unverwüstliches Wachstum durchbrach, solch ein unverdrossenes Vertrauen der Erde auf sich selbst, dem kein Fehlschlagen und keine menschliche Ungeschicklichkeit etwas anhaben konnte.

Hinten im engen Korb hockte Malwine mit einer Faust voll trockner Kletten vom vorigen Jahr, die sie irgendwo in einem Scheunenwinkel aufgelesen haben mochte und die sie nun auf des Bruders dunkelgrünem Rücken anzubringen trachtete. Die kleinen, borstigen Bällchen hefteten sich mit ihren winzigen Widerhaken in den rauhen Stoff des Leibrockes, und man sah, daß Malwine offenbar darauf ausging, des Bruders Monogramm darzustellen. Das O war schon wohlgerundet, und dem B fehlte nur mehr der Bauch.

"Und die Steuern ...", fuhr der Gutsherr fort, indem er Tamerlan mit der Peitsche über den scheckigen Rücken wischte, "das drückt und quetscht und dreht an der Schraube, bis unsereiner keinen Groschen mehr im Sack hat."

Des Rittmeisters Nicken war heftige Zustimmung. Darin war kein Unterschied östlich oder westlich der Elbe. Stettin oder Merseburg, die Regierung wünschte nichts sehnlicher, als die Staatsbürger allesamt in Dukatenmännlein zu verwandeln. Und wenn man mal unversehens in die Tasche griff, so fand man sicher schon die Hand des Fiskus darin. Wenn es trotzdem voranging, wie jetzt auf Kniephof, so mußte einer höllisch hinterher sein. Der Bengel! Dem schien zu gelingen, was ihm selbst versagt geblieben war, und wenn Wilhelmine jetzt von den Himmelswiesen auf deren irdische Gegenstücke an der Zampel niedersah, so mochte das schöne Lächeln verklärter Zufriedenheit ihr Gesicht durchleuchten.

"Drüben", Otto zeigte mit dem Peitschenstiel auf eine Birkengruppe an einem morastigen Wiesenstreifen, "drüben haben wir seit einiger Zeit ein neues Gespenst. Bei Neumond hört man's wimmern ... aus dem Sumpf steigen gedrehte Flämmchen, sehen aus wie Paragraphenzeichen, und über die Bäume fliegt's wie feurige Schwänze oder brennende Perückenköpfe ... ich vermute, es muß dort jemand von der Regierung in Stettin ertrunken sein."

Malwine hielt den Atem an und rückte näher. Kindergruseln war noch überall in der Heimat versteckt und kam am hellichten Tag, unter lachendem Himmel vor, schlüpfte zu behaglichem Grausen ins Herz.

"Und nahebei, gleich drüben, im Steinbruch ... dort ist es jetzt auch ganz schauerlich, dort spukt eine ungeratene Schwester. Die fuhr einmal hinter dem Bruder auf dem Korbwagen und benahm sich ohne Respekt wie eine richtige ungezogene Göre. Er tat zuerst, als merke er nichts, aber als das Maß voll vor, da fuhr er plötzlich herum ..."

Und schwapp! Da fuhr der Bruder auch wirklich herum und packte eine kleine Faust voll trockener Kletten. Malwine schrie auf, der große Bruder beugte sich von seinem erhöhten Sitz, daß es aussah, als begnade Zeus eine Sterbliche, faßte mit der Linken ein rosiges Ohr und leckte dann mit einer breiten, nassen Zunge vom Kinn bis unter den Hutrand über das Mädchengesicht.

"Ein Schweinekuß!" lachte er. "Zur Strafe!"

"Pfui! Du bist abscheulich!" Das junge Ding bog sich, prustete, sprühte lachenden Zorn, wischte mit einem kleinen Taschentuch heftig Wangen, Mund und Nase.

"Du bist ja nicht gemalt!"

"Du hast schöne Manieren angenommen in deinem Kniephof."

"Wenn ernste Männer reden, treibt man keinen Unfug. Jetzt nimmst du mir die Kletten weg, sonst komm ich noch einmal ..." Tamerlan, der im Begriff gewesen schien, auf offenem Weg einzuschlafen, fühlte wieder Zügel und Faust und setzte sich in einen beflissenen Trab, Malwine begann gehorsam von des Bruders Rücken die Kletten zu lesen, alles war wieder seinem Willen untertan.

"Jetzt will ich dir etwas von den Stettinern erzählen", sagte Otto. "Der Prediger in Külz meint, die Kirche brauche ein neues Kleid. Das Wort Gottes dringe nicht so leicht in die Herzen der Gemeinde, wenn die Kirche nicht frisch getüncht wird. Der Kirchenpatron von Külz aber ist mit Steuern im Rückstand und meint, die alte Tünche könne noch bis zum Herbst ihren Dienst tun. Der Prediger geht an die Regierung, die Regierung gibt ihm recht und dem Kirchenpatron unrecht. Es muß partout getüncht sein. Der Landrat soll den Kirchenpatron dazu verhalten. Wer ist der Landrat? Herr Bernhard von Bismarck! Der ist aber verreist! Und wer vertritt ihn, wenn er verreist ist? Sein Stellvertreter! Wer ist das? Herr Otto von Bismarck. Der soll den Kirchenpatron von Külz zur Tünche anhalten! Und wer ist der Kirchenpatron von Külz? Auch Herr Otto von Bismarck. Ich soll mich selbst dazu verhalten, aber ich will nicht. Wie mache ich das?"

"Was hast du getan?" fragte der alte Herr, und sein breites Lachen klang in das des Sohnes.

"Was tut man in solchen Fällen? Nichts! Ich warte, bis Bernhard zurück ist. Indessen sammle ich Stettiner Nasen, weil ich nicht meine Pflicht tue. Zu Weihnachten kommen sie in einen Korb, jede kriegt eine rote Masche, und dann verehre ich das Ganze dem Bülow, weil der die Bürokratien auch so gerne hat. Bist du fertig, Star?"

"Warum Star?" fragte Malwine.

"Du krabbelst an meinem Rücken herum wie die Stare den Schafen, wenn sie ihnen das Ungeziefer aus der Wolle suchen."

"So, bist du das Schaf!" schlug sie blitzschnell hin.

Der Bruder wandte sich auf seinem hohen Sitz, öffnete den Mund und ließ die Zunge baumeln wie ein lechzender Hund.

"Nein, nein!" schrie Malwine und kreuzte die Arme vor dem Gesicht, und das war nun wunderhübsch anzusehen, wie sie darunter vor und dazwischen den Feind anlugte.

"Ja, wahrhaftig bin ich das Schaf", sagte der Bruder, "und ein dämliches dazu, daß ich mir so etwas gefallen lasse auf meinem Grund und Boden, du Drossel, du Spatz, du Schopfhuhn. Wer ist denn da eigentlich der Herr?"

Als er sich aber Tamerlan und dem Weg wieder zukehrte, da erwies es sich, daß man Herr auf seinem Grund und Boden sein und doch nicht tun kann, was man möchte. Denn man war in einen Hohlweg eingefahren, und da man eben um die Ecke bot, kam von der anderen Seite Hermann Schnuchel mit seinem Gefährt, und nur mit raschem "Oh!" und Rückwärtsreißen vermied man den Zusammenstoß.

Hermann Schnuchel aus Jarchelin hatte zwei Gesichter wie Janus. Das eine war das hinterpommersche langmütige Untertanengesicht, und dem war anzusehen, daß es der Obrigkeit Gehorsam trug und die von Gott eingesetzte Weltordnung von Rang und Stand, von Höher und Tiefer achtete. Das andere aber war über die härtesten Knochen Preußens gespannt, und wenn er dies aufgesetzt hatte, so war ihm Staat und Himmel vollkommen wurscht, und es galt ihm nichts als der eigene Schädel, und der war ja nun so dick, daß man mit ihm Wände einrennen konnte. Man sagte, daß es sich nach seinem häuslichen Zustand richte, ob er den friedlichen oder den kriegerischen Hermann Schnuchel zeige, und daß letzterem zumeist durch einigen Aufguß die richtige bäuerliche Borstigkeit verliehen werde.

Das Verhängnis wollte es, daß er heute gerade den kriegerischen Janus aufgesetzt hatte und daß ihm sein wilder Geist einblies, an dieser Stelle, wo man einander nicht ausweichen konnte, gebe es für ihn nur ein Vorwärts.

Bismarck maß die Entfernung vom Hohlwegrand. "Schnuchel", sagte er, "vorbei geht's nicht. Einer muß zurück."

"Ja", sagte Hermann Schnuchel, nahm die Pfeife aus dem Mund und spie braunen Tabakssaft neben den Zügel.

"Nehm Er seinen Gaul und geh Er zurück."

Aber Hermann Schnuchel blieb auf seinem Platz hocken, blinzelte in die Sonne und ließ die Zügel auf den Rücken seines schwarzen Pferdes klappen. Er hatte nichts gegen Herrn von Bismarck, wie niemand etwas gegen ihn hatte, aber mit dem Ausweichen war es heute nichts, und wenn anstatt des Herrn Kreisdeputierten der König da gehalten hätte.

"Schnuchel, soll ich vielleicht Ihm ausweichen?" fragte Bismarck, und in seiner Stimme war ein heller, sirrender Ton wie von einer scharf gespannten Saite. Malwine legte dem Bruder die Hand auf den Arm, aber da war nichts von Zorn, da war nur Vergnügen an der Probe der Kraft. Bismarck maß den Mann, den Wagen und das Pferd. Der Wagen war derb gefügt und hätte sich mit Sicheln an den Radspeichen als eine Art von Kriegswagen verwenden lassen können, der Gaul sah aus wie das trojanische Pferd, und oben darauf hockte Hermann Schnuchel, breit und schwer, die Rechthaberei in eigener Person. Das Ganze nahm sich aus, als fahre der alte Wendengott Püsterich über Land. Es war ein böses Anbinden mit diesem Unding von Gefährt.

"Schnuchel, wir fahren den Hohlweg entzwei, und Er macht mir Feldschaden."

Aber Schnuchel blinzelte bloß nach links und rechts in die Felder und schien entschlossen, bis zum Jüngsten Tag hierzubleiben, wenn der Gegner nicht wich.

"Schnuchel, wenn ich wieder Brunnen bohre, so spanne ich Ihn ein, mit dem Kopf nach unten. Da kommen wir bis zu den Schwarzen auf der anderen Seite der Erde."

Hermann Schnuchel aber war auch dem Humor unzugänglich, nur sein trojanisches Pferd begann den Kopf auf und ab zu schleudern, hob den Schweif und ließ seine runden Äpfel, aus deren jedem ein kleines blaues, warmes Rauchfähnlein in den Frühling wehte, auf den Weg fallen.

Bismarck hob sich auf dem Sitz wie ein Rennfahrer. "Seh Er sich vor, Schnuchel", schrie er, "das Unheil komme über Ihn." Er drängte

Tamerlan zurück, schmitzte ihm die Peitsche scharf über den scheckigen Rücken, daß der Gaul einen richtigen Satz machte. Aber auch Schnuchel hatte die Zügel angezogen, und das trojanische Pferd fiel in einen bäuerlichen Trab.

Im nächsten Augenblick krachte das Himmelsgewölbe, die Erde drehte sich irgendwie plötzlich krampfhaft um, der Rand des Hohlweges wurde gegen die Köpfe geschleudert, man hatte ein breites schwarzes Pferdemaul über sich, Räder knarrten, die ganze Frühlingswelt machte eine Wendung von oben nach unten, jemand kreischte ...

Da saß die ganze Bismarcksche Familie nebeneinander auf der Erde. Malwine ordnete eilig ihre Röcke, der Rittmeister angelte nach seinem Hut, der Herr Kreisdeputierte klappte ein Dreieck in seinem rechten Hosenbein auf und zu, und Hermann Schnuchel aus Jarchelin verschwand im Hintergrund der Ereignisse, ohne sich umzusehen. Sein breiter Rücken schien den ganzen Hohlweg auszufüllen.

Der leichte Korbwagen, in dem man gekommen war, hing auf drei Rädern, eine Seite war eingedrückt, und die gebrochene Deichsel starrte in den Weltraum hinaus. Tamerlan stand im zerrissenen Gestränge und drehte den Kopf fassungslos nach der Bescherung.

"Hol mich der Deubel!" sagte Bismarck, und sein Lachen kam breit und gewölbt aus der Brust, "ist das ein Dickkopf. Mit solchen Kerls wollte ich mal in die Franzosen fahren."

Dann machte er sich daran, den Gaul auszuschirren. Der zerschellte Wagen blieb auf dem Kampfplatz zurück.

22

Man fand das ganze Haus voller Gäste. In Gramenz bei Senfft von Pilsach war eine Art von Frühlingsfest gewesen. Da waren sie zusammengeflogen, konnten, wie dies oft geschah, nicht so bald auseinandergehen, schwirrten weiter und setzten sich in die Kniephöfer Flur, ein lustiger Schwarm von schwatzenden Menschen.

Der Hausherr kam mit Vater und Schwester zu Fuß, den stumpfsinnig gewordenen Tamerlan am Zügel nachziehend. Der

Einmarsch erregte Verwunderung, Reinhold Thadden tanzte auf einem Bein: "Don Quichotte von Kniephof!" Er war zehn Jahre jünger als Bismarck.

"Hermann Schnuchel! Ein Hoch auf Hermann Schnuchel, der Otto auf die Erde gesetzt hat." Moritz von Blanckenburg rieb ein Glas auf dem Tisch, denn man hatte es sich in Abwesenheit des Hausherrn in der Gartenlaube bequem gemacht. Aber er trank nicht etwa dem entfernten Sieger zu, sondern suchte sanft und zärtlich über den Rand des Glases die Augen des Fräulein von Thadden.

Durch das kahle Geäst, das sich um das Lattenwerk der Laube spann, brannte die Nachmittagssonne mit sommerlicher Begeisterung. Altes Gerät stand auf dem Tischchen zusammengedrängt, auch das Porzellan mit den Schönhausener Ansichten war wieder aus Berlin zurückgekehrt, und die schlanken Römer blühten dazwischen wie volle Tulpen.

Malwine und Marie von Thadden neigten sich zueinander, mädchenhaft vertraut, dürftig und kümmerlich drückte sich das ältliche Fräulein von Schötteritz hinter sie, während ihre Augen nicht von Bismarck wichen.

Schötteritz rückte das gichtische Bein auf seinem Liegestuhl: "Wenn du mit auf Gramenz gewesen wärst, so wäre dir das nicht passiert."

Bismarck zeigte sein liebenswürdigstes Lächeln vor: "Leider hat der Tag noch immer nur vierundzwanzig Stunden, und ich habe die Kunst noch nicht erfunden, an zwei Orten zugleich zu sein. Der Vater war reisemüde. Und schließlich: Was mache ich mit Einladungen hinten und vorne, kauft mir doch einmal ein Stück Mastvieh ab."

Sie lachten dröhnenden Beifall.

Friederike von Schötteritz streckte ihr gelbliches, dürres Gesicht gegen die Schulter Malwines: "Es hätte ja auch wirklich ein Unglück geschehen können. Er ist so unbändig!" Sie hatte den großen Helden gefunden, der alle anderen überstrahlte, aber nun bangte sie um seinen Leib und seine Seele.

"Ja", lachte Malwine, "man muß meine Strümpfe bis zu den Knien gesehen haben."

"Gott hat seine Hand überall", sagt Marie von Thadden ernst.

"Auch in den pommerschen Hohlwegen", lachte Bismarck, der alles zu hören schien.

Senfft von Pilsach fing das Wort im Flug. "Ja ... mit unseren Wegen überhaupt. Wasserstraßen gehören nach Pommern. Das ist eine einmalige Auslage, dann gibt's kein Bessern mehr und kein Bauen. Mit dem Wasser ist es wie mit dem Geld. Wo es ist, weiß man nichts damit anzufangen, und wo es nicht ist, könnte man es brauchen. Aufgabe: es von der einen zur anderen Stelle zu bringen. Entwässern und Bewässern, das ist das Programm der Zukunft. Was ist Pommern und die Mark? Entweder Sumpf oder Sand. Ausgleichen, meine Herren, ausgleichen!"

Aus Schötteritzens Liegestuhl grollte es lustig: "Er redet wie ein Demokrat."

Im Regenwalder Verein, Bülows Gründung, hatte man die Frage nach allem Für und Wider erörtert, man hatte sie breit geklopft und langgezogen, durch das Sieb geschüttet und zur Essenz verarbeitet. Die Meinungen gingen noch immer auseinander, die Gemüter gerieten auf wässerigem Weg in Hitze.

Aus einem kleinen, herzlichen Geklingel von Gläsern, das die Jugend verband, wandte sich Bismarck an den Sprecher: "Wenn es nach Ihnen ginge, lieber Senfft, so setzten wir das ganze Land unter Wasser ... Sie ... Sie Neptun von Pommern!"

Nun hatte Senfft von Pilsach wirklich etwas von einem Wassergott, eine umfängliche Bauchpartie, die zur Aufnahme von Luft eingerichtet zu sein schien, dehnbar wie eine Fischblase. Eines der besten Gehirne der ganzen Landschaft war in einen kugelrunden Schädel eingebaut, einen runden Seehundskopf mit Froschaugen und einem Walroßschnurrbart, dessen dünne Fransen über wulstige Lippen hingen. Man stellte sich ihn sogleich vor, wie er, nackt und grün, mit einem Fischschwanz und einem Dreizack in der Hand, die Fluten der Zampel hinabglitt. Die Mädchen kicherten dem Bild zu.

"Nein, mein Lieber", sagte der pommersche Neptun gutmütig, "lassen Sie nur. Denken Sie an Hermann Schnuchel."

"Spaß! Wenn mich einer über den Haufen rennen will, kann mir das auf einem Kanal auch begegnen. So bin ich wenigstens trockenen Fußes davongekommen. Und die Gefahren des feuchten

Elementes! Ich bin stolz darauf, beim letzten Hochwasser ist ein Teerfahrer samt seinem Pferd in der Zampel ertrunken. Und mir hat es einen Wagen mit drei Fässern Spiritus fortgetrieben. Aber das darf doch nicht der normale Zustand werden.

Senfft von Pilsach ereiferte sich: "Übertreiben Sie nicht, Bismarck. Das Wasserteilungsgesetz wird kommen, da können Sie nicht gegen an. Es handelt sich darum, Ordnung in die Sache zu bringen, und dem Staat muß das Recht gewahrt bleiben, unter Umständen das Privateigentum zu enteignen.

"Ich will Ihnen etwas sagen." Bismarck setzte sich rittlings auf seinen Stuhl wie in Göttinger Studententagen und legte die Arme auf die Lehne. "Ich weiß eine Geschichte aus England. Ich habe einen Lord in Aachen kennengelernt, der in selbstgewählter Verbannung lebt, der niemals in die Heimat zurückkehren wird. "Wissen Sie, warum? Man hat ihn ‚enteignet'. Man hat ihm durch seinen Park eine Eisenbahn gebaut. Er hat dreizehn Schlösser, dieser Mann. Der Park des einen wird von einer Eisenbahn zerschnitten. Der Mann könnte in einem der zwölf anderen wohnen. Er tut es nicht, sein Rechtsgefühl ist verletzt, er hat sein Land verlassen. Verstehen Sie das?"

Bewunderung umrann ihn, drei Mädchen ergaben ihm ihre Seelen, die Schwester in alter Treue, Marie in neugieriger Freundschaft, Friederike in schrankenloser Vergötterung.

"Nein", sagte der pommersche Neptun, "das verstehe ich nicht, und das mißbillige ich entschieden. So eine Landesflucht ist Verrat an Volk und Staat. Das Interesse der Gesamtheit steht höher als das des einzelnen. Wohin kämen wir, wenn ein einziger Dickkopf eine Einrichtung verhindern könnte, die Hunderttausenden zugute kommen soll. Der moderne Staat muß solche Widerstände brechen können, er muß unter Umständen das Privateigentum an sich nehmen."

Äußerlich war Bismarck nichts anzumerken, sogar das Lächeln blieb um seine Lippen stehen, aber dennoch ging irgendwie eine dunkle Kraft von ihm aus, die mehr von seinem Wesen sagte als diese feste Ruhe. "Der Staat!" sagte er. "Was ist das? Das ist eine Konstruktion! Der Staat, der enteignen will, das ist der Staat der Beamten, die für den Fortbezug ihres Gehaltes sorgen und für den Bestand der Mittelmäßigkeiten, aus denen sie stammen. Wissen Sie, was Preußen ist? Wir - und der König. Sonst niemand. Ein Staat, der mir mein Eigentum nehmen will, ist nicht mein Staat. Hat mir der Staat mein Eigentum gegeben? Nein - also kann er es mir auch nicht nehmen."

"Aber er entschädigt Sie doch dafür!"

"Sie können es mir gar nicht in Geld bezahlen, wenn Sie an meinem Land rücken. Soll ich Geld dafür nehmen, wenn man mir den Park meines Vaters in einen Karpfenteich oder das Grab meiner seligen Tante in einen Aalsumpf verwandelt? Ich habe ein Gutachten über die ganze Geschichte zu erstatten. Da werden Sie ja lesen, was ich zu sagen habe."

Er stand auf, faßte den Stuhl mit beiden Händen, und da sah das hölzerne Ding wie ein Spielzeug aus: "Auf meinem Grund und Boden bin ich Herr - sonst niemand! Übrigens, Malwine, du frierst! Es ist kalt geworden ... wir gehen hinein ..."

Ganz sanft wurde der Stuhl hingesetzt.

"Begraben wir den Tomahawk", sagte Bülow. "Wenn ein paar redliche Männer, jeder nach seiner Art, das Beste wollen, so muß sich zum Schluß ein Verein finden lassen."

Die Sonne lag irgendwo tief zwischen dürrem Gezweig, die Nacht wehte Frost vor sich her, was Grünes war, krümmte sich in Angst vor der Dunkelheit und der Kälte. Mit besorgtem Blick sah Bismarck in die Röte des Himmels, sein Bauernherz bangte um das Wachsen und Gedeihen ringsum.

"Ja", sagte der alte Rittmeister, und es war wie ein nachschleppendes Bruchstück des Gespräches, "im Jahr 1562 hat uns der Hans Georg Burgstall genommen. Das sind sie uns heute noch schuldig."

Man schwieg höflich und dachte, daß der alte Herr anfange kindisch zu werden, nur der Sohn verstand ihn ganz genau und nickte Mitwissenschaft.

Die drei Mädchen hingen Arm in Arm aneinander, wehten dem Haus zu. "Nun, wie steht's?" flüsterte Marie.

Malwine kroch enger in ihr Tuch: "Noch kein Wort darüber."

"Mein Gott, der Arme ... er läßt sich nichts merken! Sie ist keine Frau für ihn."

Jedes Wort ätzte Friederikes Herz, sie wußte, daß sie noch heller sah als die anderen und hüllte sich in ihren einsamen Schmerz.

Moritz von Blanckenburg tauchte mit einem Scherz neben Marie auf, tastete unter dem Umhang nach ihrer Hand und nahm ihren zärtlichen Druck.

"Und Ihr?" fragte Malwine.

"Zu Ostern! In ein paar Tagen, dann darf man's wissen", sagte Blanckenburg hell. "Ich muß mein ganzes Leben lang Gott für so viel Glück danken."

Johann steckte die Lichter im Gartensaal an, dann näherte er sich dem Herrn und meldete hinter der breiten Tatze, ein Postauftrag aus Stettin sei gekommen, etwas Amtliches, und man habe einen Taler erlegen müssen. Bismarck staunte ihn an, dann schoß ihm das Begreifen ein: "Hol mich der Deubel! Die Stettiner haben mich beim Wickel. Da muß man doch gleich nachsehen. Die Herrschaften sind höflich eingeladen!"

Man fragte durcheinander, aber der Hausherr schob sie alle vor sich her, lachend und polternd fuhrwerkte die junge Bande die dunkle Treppe hinan, als wollten sie das Haus mit Lärm auseinandersprengen. Sie hielten sich an den Händen und tobten so als Kette die Stufen hinauf, daß selbst Friederike, dies Stück saurer Elendswelt, das am Ende hing, ins Kreischen und Fuchteln kam. Die gesetzten Herren stiegen würdevoll schnaufend hinterher, und nur Senfft von Pilsach meinte, Bismarck führe sie hier als echter Räuberherbergsvater in Dunkelheit und Verderbnis, hauptsächlich deshalb, um ihn, seinen Widerpart in Wassersachen, loszuwerden. Er habe aber ein Testament bereitgelegt, und in dem sei seinem Nachfolger aufgetragen, vor allem nichts eifriger zu betreiben, als daß mitten durch Kniephof ein großer Kanal für Ozeandampfer gestochen würde.

Indessen war man in Bismarcks Arbeitszimmer angekommen, und nun hieß es stillhalten, denn hier war man gänzlich im Unbekannten. Moritz von Blanckenburg warnte, einen Schritt zu tun, schließlich: Treppen seien Treppen, und da könne man entweder hinauf- oder hinabpurzeln, da gäbe es keine sonderliche Überraschung gegen die Ordnung der Natur, was aber in Bismarcks Arbeitszimmer auf sie lauere, könne der gemeine Verstand nicht ermessen. Atem anhalten und aufpassen sei die Losung.

Als aber das Licht auf dem Schreibtisch angezündet war, wies es sich, daß dieses Zimmer nur der im Dunkeln unbändig gewordenen Phantasie voll Abenteuer und Gefahren gewesen war. Im Schein der Wirklichkeit zeigte es sich als ein etwas kühler Raum mit Bücherschränken und Glaskasten, ohne Falltüren und geheime Nischen, ohne den wüsten Luxus, mit dem der Klatsch bisweilen Bismarcks Einsamkeit ausstattete. Es war keine peinlichere Sauberkeit da, als ein Junggeselle haben durfte, ohne pedantisch zu sein, und gerade so viel Unordnung, um das Alleinsein romantisch zu verklären. In den Bücherkästen sah man allerlei Historisches, Schlosser und Ranke, neben Dantes grandiosem Ernst mimte Eugen Sue weltmännische Allüren und Kenntnis aller Laster der Abgründe der Kultur.

Auf einem langen Ausziehtisch lag zwischen Getreideproben das Rechnungsbuch, und dem war anzusehen, daß jeder Tag mit allem Erwerb und Verderb darin seine genaue Spur zurückließ und daß Ordnung und Gewissenhaftigkeit zwischen den Zeilen auf- und abspazierten und Nachschau hielten. Damit aber das Genialische nicht gänzlich verleugnet sei, war ein kleines Buch quer über das rote und schwarze Gitterwerk mit den kletternden Zahlen geschmissen.

Friederike von Schötteritz hatte in diesem Zimmer keinen Atem. Sie hielt die Hände vor die dürre Brust geschlagen und war ganz in eine schmerzliche Verzückung gelöst. Hier war das Heiligtum ihres Heros, hier dampfte sein Geist über den Büchern, hier sprach er mit den anderen Großen der Menschheit. Zögernd näherte sie sich dem Büchlein, erschauernd las sie: Byron "Childe Harold". Das schlug ihr wie süße Hitze ins Gebein, und alle bleichen, schwarzlockigen, wilden, verstörten, lästernden, schrecklichen Helden des Dichters einten sich ihr mit einemmal in Bismarck.

Der hatte inzwischen das amtliche Schreiben erbrochen und hielt es empor: "Es ist, wie ich es erwartet habe. Der Kreisdeputierte Otto von Bismarck hat wegen unterlassener Verhaltung des Kirchenpatrons von Külz nach mehrfacher vergeblicher Monierung von Seiten der hohen Regierung zu Stettin eine Ordnungsstrafe von einem Taler erhalten."

"Na... na!" sagte Bülow, "machen die Zöpfe solche Zicken."

"'Ordnung muß sein', sagt mein Freund Senfft von Pilsach", fuhr

Bismarck fort, "und so lade ich die Herrschaften ein, Zeuge zu sein, wie rasch die königlich preußische Verwaltungsmaschine arbeitet." Er ging auf die Tür zu, riß sie auf und brüllte hinaus: "Der Herr Kirchenpatron von Külz soll kommen!"

Zu nicht geringem Erstaunen der Gäste verließ er selbst das Zimmer, öffnete jedoch im nächsten Augenblick wieder und trat mit einer Verbeugung in der Richtung des Schreibtisches ein.

Hierauf wandelte er voll bedachtsamer Würde zum Schreibtisch und ließ sich in den zersessenen Stuhl nieder, aus dessen schwarzem Lederüberzug ein Büschel Roßhaar übermütig herausgedreht war. Mit einem Nicken gegen die Stelle, wo er vorhin selbst gestanden hatte, fragte er: "Sie sind der Kirchenpatron von Külz?"

Er sprang auf, machte kehrt, stand stramm: "Zu dienen, Herr Kreisdeputierter!"

Er warf sich in den Stuhl, holte aus der Schreibtischlade einen Bogen Papier, prüfte eine Kielfeder am Daumennagel und spießte die Imagination des armen Sünders, die vor ihm stand, mit einem Vernichtungsblick an seine Schuld. Nachdem er aus einem langwierigen Federgeschnörkel das Wort Protokoll herausgeholt hatte, grollte er dumpf: "Sie heißen?"

Sogleich war er aus dem Sessel draußen, stand vor dem im Stuhl zurückgebliebenen Schatten seiner selbst und antwortete sich: "Rittergutsbesitzer Otto von Bismarck ... zu dienen!"

Schon war er wieder vor dem Schreibtisch und setzte unter das herrlich geschwungene "Protokoll" die Worte: "Aufgenommen am 25. März 1842 vor dem Kreisdeputierten Otto von Bismarck in Vertretung des beurlaubten Landrates Bernhard von Bismarck in Angelegenheit des Rittergutsbesitzers Otto von Bismarck als Kirchenpatron von Külz wegen Tünchung der Filialkirche zu Külz."

Jetzt erst begriff man den Sinn des grotesken Spieles, und ein pommersches Gelächter brach los, das den Mörtel von den Wänden löste und die Nägel in den Schindeln des Daches lockerte. Nur Friederike von Schötteritz konnte nicht mitlachen, ihr zartes Empfinden warf dieser Scherz aus dem Bild des Byronschen Helden. Unbeachtet stand sie neben dem wilden Recken, niemals fiel ein Strahl auf ihre Liebe. Sie sah, wie er sein Herz an eine andere hingab, hoffnungslos hüllte sie ihn in ihre Träume und glaubte ihn so enger zu besitzen als irgendeine andere. Was man sich von seinem tollen Leben, seinem Reiten, Spielen, Lieben erzählte, war Gift für sie, an das sich ihre Seele gewöhnte, ihr dünnes Blut wurde durch die Erzählung seiner Abenteuer berauscht, und in einer tiefen Traurigkeit rang sie um sein besseres Ich. Zu diesem romantisch verklärten Helden wollte es nicht passen, daß er sich mit einem derben Scherz selbst verspottete, von ihrem durchsichtigen Seelchen führte kein Weg zu den trotzigen Schwänken Eulenspiegels, zu den Übertreibungen und Späßen Münchhausens, deren Blut auch in Bismarck war und zum Übermut drängte.

Indessen aber fuhr Bismarck fort, sich selbst grimmig und punktatim nach der Külzer Tüncherei zu befragen und sich seine Antworten zu geben, die auf ein Hinausziehen der rückständigen Steuer wegen ausliefen. Ringsum lachte ganz Pommern, und Bismarck setzte Frage und Antwort, einmal als Kreisdeputierter auf die eine, dann als Kirchenpatron auf die andere Seite des halbgebrochenen Bogens und sorgte dafür, daß die Einwendungen des Kirchenpatrons im rechten Licht ständen. Zuletzt unterschrieb er das Protokoll, einmal auf der linken und einmal auf der rechten Seite, bestätigte sich selbst die Richtigkeit und stülpte das Sandfaß darauf.

"Schade", sagte Schötteritz, indem er die Lachtränen von den Wangen wischte, "daß die Regierung in Stettin nichts davon hat."

"Sie soll nicht um ihr Vergnügen kommen", antwortete Bismarck, und er faltete den Protokollbogen in Amtsformat, schnürte und versiegelte ihn und schrieb in seinen behaglichsten Buchstaben oben drauf: "An die hohe königliche Regierung in Stettin."

23

Am Ende des langhingedehnten Nachtessens, dort, wo es in die zwanzigste Flasche ging, wurde beschlossen, morgen zeitig nach Trieglaff zu den Thaddens aufzubrechen. Bismarck, der gern lange in den Federn lag, warnte vor solchem Vornehmen. Er wurde überstimmt und mußte sich den Gästen unterwerfen.

Die drei Mädchen, die eine Kammer im Obergeschoß teilten, hörten die Männer etwas schweren Schrittes durch das Haus gehen. Die alten Holztreppen ächzten, einmal fiel eine Tür sehr laut ins Schloß. Von tausend Neuigkeiten und überaus wichtigen Dingen bisher wachgehalten, lauschten die drei, ob sie bekannte Tritte unterscheiden könnten. Auf dem Flur vor dem Schlafzimmer brechselten Stiefelsohlen, vor dem Schlüsselloch war ein Atmen und Drängen von Körpern. Da fuhren die Decken bis an die Ohren hoch, wie Mäuse lugten die Mädchen aus den warmen Nestern.

"Schläft man schon?" fragte jemand, und das konnte niemand anders sein als Moritz, kühn gemacht von Wein und Sehnsucht. Kichern wagte sich in die Dunkelheit, die Glieder strafften sich unter der Decke vor Freude an dem Abenteuer.

"Schläft man schon?" fragte es dringlicher am Schlüsselloch.

"Ja - feste!" antwortete Marie.

"So sage ich es in den Traum. Morgen um sechs Uhr Aufbruch. Gute Nacht."

Ganz leise wehte es aus den Betten: "Gute Nacht!"

Ein ganz leises Beneiden war doch in Malwine um diese schöne Zuversicht auf die Zukunft, auf dieses langsame Hingetriebenwerden zur Ehe, diese Gewißheit, den Gefährten gefunden zu haben. Und gleich geriet sie auch wieder auf des Bruders Schicksal, das eben jetzt auf dem Ja oder Nein einer Frau stand.

"Ich sage dir, Ottilie ist keine Frau für Otto. Ich weiß auch gar nicht, warum er gerade auf sie verfallen ist." Marie von Thadden sagte das so, als wäre es gar nicht dunkel, sondern als gestatte ihr eine übernatürliche Helle, im Kopf der Freundin zu lesen. Sie hob ihre Worte aus der schönen Gemeinsamkeit des Fühlens, die sie mit Malwine verband.

"Sie ist hübsch."

"Das kann doch nicht alles sein. Dein Bruder ist ein genialischer Mensch, man muß trachten, ihn zu verstehen. Jetzt ist er wild und ungebärdig, seine Kraft will irgendwo hinaus. Ich glaube manchmal, das Leben hier ist zu eng für ihn, er sollte ins Große wirken können."

"Er hat aber doch den Duft dieser Welt mitgebracht, er, der einzige, der hier ihre Manieren und ihren großen Zug hat. Die

Frauen hier spüren das, alle Mädchen ... jede würde glücklich sein ..."

"Und er mußte gerade auf diese Ottilie von Puttkammer verfallen. Er schrieb mir einmal im Scherz: ‚Mademoiselle, ich muß sehen, bald zu heiraten' ... aber schließlich", fuhr sie eifrig fort, "es ist nicht um Ottilie. Sie könnte er noch gewinnen und erziehen ... aber die Mutter mit ihrer eingefrorenen Liebenswürdigkeit, die kann er doch nicht mehr formen."

"Und ich glaube, er liebt Ottilie sehr!"

"Er ist ganz Glut und Leidenschaft. Er verbirgt es. Ich glaube, sein wahres Wesen bekommt niemand zu sehen. Was er mir schreibt, ist auch nur immer Narrenpossenzeug. Ich fürchte, wenn er allein ist, leidet er sehr."

Die Betten der Mädchen waren nahe aneinander gerückt, sie lagen Hand in Hand, weich und dunkel gingen die Worte von ihren Lippen, lösten sich in der Nacht. Sie hatten ganz vergessen, daß da, abseits von ihnen an der Wand, noch ein drittes lag - in Qual und Schmerz.

"Die Frau, die für Otto taugt", sagte Marie, "die müßte etwas ganz Besonderes sein. Ein Gefäß, das die Form von seiner Hand annimmt, und doch dabei ein Stück starkes Selbst. Weißt du ... ich denke mir manchmal: Du wärest die rechte Frau für ihn ... oder ich."

Eine Stimme kam von der Wand her, eine brüchige, trockene Stimme, und man merkte, daß das, was sie sagte, am Ende einer langen Reihe durchkämpfter Gedanken stand: "Er hat keinen Gott."

Jetzt war es sehr still, sogar das Heimchen schien beschworen, den starken Anruf zu hören. Sehr zaghaft nur begannen wieder die Geräusche der Nacht, Raunen der Bäume, das Angelgeknarre an einer offenstehenden Tür, ein Tapfen auf den Stiegen, das von einem der Hunde herrühren mochte.

"Ja", sagte Marie, die Tochter des Bekenners Thadden, "es mag sein. Ihm fehlt die Herzenseinfalt und Frömmigkeit. Ich möchte ihn nicht nach seinem Glauben fragen."

Und wieder kam diese trockene, erregte Stimme: "Seine Seele ist groß und schön. Aber sie irrt haltlos im Leeren. Sie entwürdigt sich durch Mummerei. Er ist ein verlorenes Weltkind, wer ihn liebt, muß um ihn weinen. Was sucht er? Er weiß es nicht, aber ich weiß es, er sucht seinen Gott."

Zwei Mädchenhände verkrampften die Finger, drückten sich fest, leiteten die Gedanken über. Friederike war zu alt für die Jugend der beiden, sie stand nicht im Vertrauen, was man ihr geben konnte, war lächelndes und aus Zartgefühl schweigendes Mitleid.

Malwine nahm sich des Bruders an: "Ich glaube aber nicht, daß er ihn durch Ottilie finden würde. Die Puttkamersche Frömmigkeit ist zu selbstgerecht, die bekehrt keinen Sünder."

Wieder wurde das Schweigen zu schwarzem Samt, die Atemzüge reihten sich tiefer aneinander.

"Um sechs!" Maries Stimme war schon halb verdeckt. Sie hatte Malwine ihre Hand entzogen, mit der anderen verfaltet und unter die linke Wange geschoben. In dieser Lage pflegte sie einzuschlafen. Noch einmal hatte sie ein sehr weltliches, sündhaftes und schönes Empfinden von der Reife ihres Leibes.

"Du sollst Jean Paul lesen, Malwine", stammelte sie, "seinen ‚Titan'. Ich habe das Buch herunter ... ge ... stürzt ... stürzt wie Champagner. Es ist mein zweites Evangelium ..." Sie lachte leise in den beginnenden Traum. "Und ... weißt du ... Jean Paul ... Oder Bulwer ... seine Helden sehen aus ... sehen aus ... ritterlich ... groß ... Pelham ... und ein bißchen unglücklich ... wie ..."

Dann kam der Schlaf.

24

Der Nachtwind hatte den Himmel ein wenig verhängt und den Frühling vor Frost bewahrt. Bismarck rettete sich mit Tagesdämmern aus einem stolpernden Traumgewirr, riß das Fenster auf und wusch sich mit kalter Luft und Wasser zugleich. Er trat auf den Hof, nahm einen der Büsche bei den grünen Knospenaugen und freute sich, daß sie nicht versengt und braun waren.

Der alte Hildebrand schlich zur Schmiede, er war einen Kopf kleiner geworden, fahl hingen ihm die Backen, vom Mund zum Kinn liefen Säbelfalten, vom Schädel flatterte dünnes, graugelbes Haar. An diesem Verfall hatten nicht bloß die Jahre, sondern auch der Kummer gearbeitet. Er sah den Herrn, der sonst zu so früher Stunde nicht auf dem Hof zu finden war, verwundert an.

"Wie steht's, Hildebrand?" fragte Bismarck den Scheuen.

Der Schmied schüttelte den Kopf, krächzte Schleim aus der Kehle, spuckte aus und trat darauf, als wolle er etwas Widriges niederstampfen. Bismarck sah ihm in die entzündeten Trinkeraugen. "Hildebrand! Der Schnapsteufel bringt Sie um. Kopf hoch!"

Aber der Mann sah schiefen Blickes zu Boden, zog den Hosenbund hoch und schlürfte auf seinen Holzpantinen der Schmiede zu, deren Tor er entriegelte und krachend zuschlug.

Inzwischen kam der junge Hildebrand, der Sohn des Schmiedes, mit den Pferden, die im Stallübermut an den Zügeln tanzten. Es ging gegen sechs, Bismarck musterte die Fenster seines Hauses. Er sah Bülows eingeseiftes Gesicht an einer Scheibe, der Rittmeister winkte morgenfrisch herunter, aus einem der Fenster flog eine Kußhand herab. Nur dort, wo Reinhold und Moritz schliefen, rührte sich nichts, ihre Jugend träumte sorglos in den Tag hinein.

"Wartet, Schwefelbande!" knurrte Bismarck neiderfüllt.

Im Gartenzimmer schrägte allerlei Waffengerät die Wand, Gebrauchs- und Schmuckmordzeug aus fremden und eigenen Landen. Bismarck nahm eine schön zisilierte Duellpistole herab, lud sorgsam und trat in einen ersten Sonnenstrahl, der im Osten unter dem Wolkenbehang durchkroch. Mit Bedacht zielte er auf das Junggesellenfenster.

Oben sägte tiefbeglücktes, ahnungsloses Schnarchen. Reinhold und Moritz schliefen mit Hingebung, im letzten Dämmer des Weinkampfes von gestern abend, Moritz plusterte im Ausatmen die Lippen auf, als wollte er etwas fortblasen.

Ihm war, er ergehe sich in einem paradiesisch schönen Garten, der mit einer Saat von bunten Ballonblüten bestanden war. Es wölbte sich glänzend und in allen Farben den tastenden Fingern entgegen, dieses Rot, Grün, Gelb und Blau war so verlockend prall, daß es eine richtige Versuchung war, diese gespannten dünnen, weichen Häutchen anzufassen. Jedenfalls war es sonderbar, daß die Früchte der Erkenntnis so aussahen, wo man doch von altersher und durch des Moses eigene glaubwürdige Angaben dafür gehalten hatte, sie müßten eine Art von Äpfeln gewesen sein. Und sonderbar war es auch, daß auf der Nichtbeachtung des Gebotes als Strafe stand, der

Kniephofer Park würde in einen Aalsumpf verwandelt werden. Moritz von Blanckenburg hatte seine eigene Traummoral, und die sagte ihm, daß diese Wasserpantomime doch keineswegs geeignet sei, auf ihn abschreckend zu wirken, weil ihn der Kniephofer Park im Grunde wenig angehe. So hob er, ein rechter sündiger Adam zweiter Auflage, den Arm und büßte seine böse Lust, indem er eine schöne blaue Ballonblüte mit den Fingern berührte.

Aber das war Höllenspuk und Teufelstrug! Es tat einen Schlag, als habe er durch den Fingerdruck eine mit hundert Tonnen Pulver geladene Kartaune gelöst, der sündige Adam flog aus dem Paradies durch Nacht und Grauen und Vernichtung in einen Frühlingsmorgen und ein Bett. Er hörte Fensterscheiben klirren, an der Decke tat es einen Schlag, und ein ganzer Klumpen Mörtel fiel mitten in die Stube. Da war eine Kugel in die Decke gefahren und hatte ihr eine Wunde geschlagen, aus der Staub nachrieselte. Nebenan, im Mädchenzimmer, quiekte es.

Der Schrecken riß Moritz und Reinhold mit zwei Sprüngen zum Fenster. Da stand Otto von Bismarck unten im Hof, eine Pistole in der Hand, aus deren Mund noch ein dünnes Rauchwölkchen ausging, tat mit ihr einen ritterlichen Salut und rief im vergnügtesten Morgenton: "Ausgeschlafen?"

Es gab einen kleinen Auflauf, man mußte Friederike ein wenig mit wohlriechenden Wassern reiben und ihr Riechsalz unter die Nase halten, die alten Herren bestürmten den wilden Schützen mit lachenden Vorwürfen: Wie denn wenn, und was denn dann, worauf Bismarck entgegnete, er sei bereit, jedem von ihnen einen Apfel vom Haupt zu schießen, und er bäte sie nur, sich zur Probe zu melden. Dann kamen die jäh aus dem Schlaf Geschossenen die Treppen herab.

"Man meint, die Welt stürzt ein", rief Moritz von Blanckenburg, "aber es ist Otto Bismarck, der seine Gäste weckt."

"Wartet nur, das Jüngste Gericht wird eure Knochen aus den Gräbern noch ganz anders zusammenposaunen ...", wehrte der Hausherr den üblen Segen, der ihm noch zugedacht schien.

Es war notwendig, auf den Schrecken einen Schluck zu trinken. Im Gartenzimmer standen Sekt und Porter, Bismarck brauchte kein langes Zureden, er unterwies seine Gäste, wie diese beiden Getränke, jedes edel in seiner Art, zum Göttertrank würden, wenn man sie mischte.

"Mein Gott, schon am frühen Morgen", flüsterte die noch immer schreckensblasse Friederike mit verschlungenen Händen, während sie jede Bewegung Bismarcks in ihre angstvollen Augen trank.

Man war in rechter Junkerlaune, man fühlte sich gehoben und königsgleich. Was kostet die Welt? Holla - wenn's darauf ankam, schoß man sich mit dem Teufel übers Schnupftuch. Moritz und Marie waren dicht beieinander, Auge in Auge, wo es nur anging, Hand in Hand. Schötteritz erzählte Geschichten, die waren so gebeizt und gepfeffert, daß man sie nur unter einem Dämpfer von sich geben konnte.

Mitten im besten Frühstücken blies ein Jagdhorn draußen.

An Hildebrands Reitknechtsfäusten kämpften die Gäule, die Wagen standen schon längst bereit. Man brach mit Lärm und Gelächter in den Morgen hinein, die Damen verstauten die weiten Röcke in den Wagen, schlangen die Schals um die Schultern, Pelze schmiegten sich um die Knie. Der kranke Schötteritz barg seine gichtischen Beine in ihrer Wärme. Reinhold von Thadden und Moritz von Blanckenburg ritten - Schlag links, Schlag rechts - die Ehrenwache. Die älteren Herren machten auf ihren Gäulen Figur.

So klapperte und rollte die ganze Sippe dem Wald zu.

Otto von Bismarck nahm nicht das rasche Tempo der anderen, der alte Rittmeister blieb neben ihm zurück. Seit dem Tod seiner Frau war der alte Herr in ruhige Zeiten gekommen. Niemand reformierte mehr um ihn herum. Wenn etwas in Schönhausen nicht klappen wollte, kam Otto von Kniephof herüber und rückte die Karre zurecht. Die Knochen waren etwas morsch geworden, Rheinwein und Rotspon schlugen nicht mehr recht an, so mußte denn mit Sherry und Portwein kuriert werden. Das Sterben war einem gewiß - am besten, wenn man sich mit gutem Trunk und stiller Vergnügtheit zu Grabe trug.

Wenn es eine Sorge gab, so war es jetzt die um Ottos innerliches Leid, das dem alten Herrn in besserem Verstehen einging als einem anderen.

Kaleb trabte mit seinen langen Beinen über die Waldwurzeln, sein Reiter duckte sich unter den Föhrenzweigen, der alte Rittmeister kam ohne Verbeugungen durch seinen Kniephofer Wald.

"Sekt und Porter!" brummte er, "Junge, du verstehst es. Das muß dich der Neid lassen. Da steckt was drin. Du hast Übung in die Wissenschaft von Getränke.

Wieder trabten sie schweigend nebeneinander.

"Ich habe heute morgen zugesehen", fuhr der alte Herr fort, "was ist das mit dem Meister Hildebrand? Der Mensch versauft sich ja vollends."

"Es ist, seitdem ihm sein Weib durchgegangen ist."

Nickend bestätigte der Alte. Das lag Jahre zurück, noch in den Zeiten des Rittmeisters. Und eines bösen Tages war das Weib des Schmiedes verschwunden gewesen. Eitel Honigseim und Sonnenschein zu Beginn, dann arger Zank und Schläge durch Sträflingsjahre, endlich Aufgehen einer Drachensaat von Gift und Haß - das war diese Ehe, die den Mann gebrochen hatte.

"Den Jungen hab' ich mir zum Reitknecht genommen", beendete Otto die schweigende Wiederholung der Geschichte.

"Mit einem Feuerschlucker ist sie durchgegangen. Feuer mag er verschlucken können, dieses Weib wird ihm in'm Schlund geblieben sein. Ja ... die Weiber, Junge! Wer sich da bindet, muß sich vorsehen."

"Vater!"

"Ja, Junge."

"Vater, es wird mir zu schwer. Du mußt mir helfen."

"Gern, mein Junge. Ich sehe, wie du dir quälst."

"Sie haben mir doch einen Termin gestellt. Ein Jahr, von dem sind erst acht Monate um. Ich bin in einer großen Einsamkeit. Vater, jetzt muß es sich bald entscheiden."

"Ich möchte dir glücklich sehen. Du hast doch gründlich erwogen?"

"Ja ... und sie muß es sein. Aber sie wollen, daß ich aus meiner Haut fahren soll. Kann ein Mensch aus seiner Haut fahren?"

"Soll er auch nicht", brummte der Rittmeister, "du am allerwenigsten."

"Du sollst mir helfen, Vater."

"Zum Donnerwetter, ja!"

"Wir wollen miteinander einen Brief schreiben. Das heißt, er muß von dir ausgehen ... du muß ihr sagen, daß es nun genug sein muß, und daß sie ... daß ich nicht ..."

"Ich weiß schon, Junge. Wir wollen dieser ... hm, Dame einheizen, Deubel noch mal, daß sie einen weißen Hund für einen Bäckergesellen ansehen soll ..."

Ein Kuckuck rief. "Wie lange noch?" fragte Bismarck klopfenden Herzens. Aber das Teufelsvieh schrie und schrie den ganzen Wald voll und schrie aus jedem Winkel einen Kameraden heraus und hörte gar nicht mehr auf, und es war, als ob die Unendlichkeit sich höhnisch herbeiließe, einen armen Sterblichen zu verspotten.

25

Man fror in den hohen Zimmern auf Pansin. Sie waren sehr auf Würde und Großartigkeit angelegt, anders als die Räume auf Kniephof, an denen es Frau Wilhelmine so schmerzlich vermißt hatte, daß man keinen von ihnen so recht als Saal ansprechen konnte. Das Meublement war geschont. Wenn Besuch kam, so mußte er wenige Minuten in einem Vorraum warten, während flinke Hände die weißen Leinenbezüge von den Polsterungen streiften.

Sooft Bismarck nun schon auch auf Pansin gewesen war, er hatte nie die Zimmer zu sehen bekommen, in denen sich das Leben dieser Familie eigentlich abspielte, immer nur diese hohen, kahlen Säle, deren Wände auch mitten im Sommer Kälte aushauchten. Aller Leichtsinn war hier unbekannt, eine lippendünne Frömmigkeit mit gestielten Augen ließ nichts passieren, was irgendwie ins Weltfreudige schlug.

Er saß Frau von Puttkamer an der anderen Seite des ovalen Tisches gegenüber, steif auf einem steifen Stuhl, der ihm trotz seiner Länge noch mit zwei Knäufen über die Schultern sah. Die Sonne blinkerte in einer Perlenstickerei, die Frau von Puttkamer eben wegschob, um einen Brief aufzunehmen, der sich in der Politur der Tischplatte noch einmal sehen ließ.

"Sie kommen in Verfolg dieses Briefes", sagte sie.

Bismarck starrte auf dieses Schreiben wie auf etwas ungeheuer Verfängliches. In den mit langen, schwarzen Handschuhen bezogenen Händen der Frau nahm sich das Stück Papier aus wie ein Uriasbrief.

"Der Herr Rittmeister war so liebenswürdig, mir in der Angelegenheit der von Ihnen beabsichtigten Verbindung unserer Familien zu schreiben. Ich nehme an, daß Sie von diesem Schritt wissen?"

In der Verdoppelung dieses Briefes, der Bismarck einmal aus der Hand der Frau von Puttkamer zuknitterte und das andere Mal aus dem dunkelglänzenden Grund des Tisches entgegendämmerte wie aus tiefem Wasser, lag etwas Schicksalhaftes, das den Menschen bedrohte. Er starrte auf die Tischfläche, da quollen die unergründlichen Wasser des Geschehens. Die Mutter mochte recht haben mit der magnetischen Kraft von Spiegeln, von glänzenden Flächen. Die letzte Frage hallte nach, sollte er nun leugnen, sollte er gestehen? Es galt stark zu sein, ganz zu bleiben, kein Stück seines Selbst an die Lüge hinzugeben.

Er sah vom Tisch auf, setzte sich den Zangenblicken aus: Ja, er wisse davon, er habe den Vater selbst darum gebeten.

"So wissen Sie also auch, daß der Herr Rittmeister in Anbetracht Ihres Trübsinns und Kummers mich darum bittet, ich möge die einjährige Frist abkürzen und schon jetzt, nach acht Monaten, Ihre Bewerbung annehmen."

"Ich denke, acht Monate sind für die Sehnsucht eines Liebenden eben eine genug lange Frist", sagte Bismarck treuherzig und zugleich mit einem weltmännischen Versuch zu scherzen.

Frau von Puttkamer legte den Brief auf den Tisch, kreuzte die langen, schwarzbezogenen Arme über dem Magen und räusperte sich mißbilligend. "Aber keine genügende Frist für Prüfung des Bewerbers durch eine Mutter."

Hinten im Erkerfenster wußte Bismarck Ottilie. Er hatte ihr Bild ganz deutlich vor sich, wie es ihm beim Eintreten entgegengeleuchtet hatte. Ihr Profil vor dem hohen, schmalen, vielfach durchstabten Fenster, den Korb mit den vielen Knäueln bunter Wolle im Schoß, die Wolken, die sich hinter ihr über die Wipfel des Parks bauschten und bäumen. Sein Manöver, sich so zu setzen, daß er sie im Auge hätte, durchkreuzte die Mutter, indem sie ihn zwang, ihr den Rücken zu kehren. Nun ersehnte er Hilfe von ihr, den warmen Strom von Mensch zu Mensch, die Unterstützung durch Wünsche, die seine eigenen Energien verstärken und sieghaft machen könnten. Aber die Hilfe kam nicht, nichts Verwandtes rührte ihn an, es blieb leer zwischen ihm und ihr, toter Raum, unbelebt von Schwingungen der Seele.

Frau von Puttkamer begann wieder mit der sanften Höflichkeit, die sie niemals verließ. "Ich kann nicht oft genug wiederholen, wie ehrenvoll Ihr Antrag für uns ist. Ein junger Mann von einnehmendem Äußeren ... nein, nein, lieber Herr von Bismarck ... ich muß Ihnen das sagen, damit Sie sehen, daß ich für Ihre hervorragenden Qualitäten durchaus nicht blind bin. Ein Mann, der durch die Schule der Welt gegangen ist ... ach, mein Gott, genau so, wie das Ihre liebe selige Mama, meine beste Freundin - Gott schenke ihr die Ruhe - immer gewünscht hat. Besitzer eines schönen Gutes, das er aus dem Gröbsten herausgearbeitet hat - und vielleicht noch einmal recht ertragreich machen wird ... Ein Mann, der bei einiger Ausdauer - Sie verzeihen! - auch im Staatsdienst seinen Weg hätte machen können ... oder noch machen könnte. Nein nein ... ich bin nicht blind."

Das war Frau von Puttkamers bewährte Taktik: zuerst die lichte Habenseite seines gesellschaftlichen Kontos, kurz wie ein Sonnenblick an einem Regentag, und dann das lange, rabenschwarze, wolkenschwere Soll, das in Donner und Verdammnis endete. Ja - zum Deubel, warum war er denn eigentlich hierher gekommen, welche törichte Hoffnung hatte ihm eingegeben, daß der Brief des Vaters etwas an diesen Dingen geändert haben könnte? Da saß er wieder wie ein Junge, dem seine Sünden vorgerechnet werden.

"Aber ..." Das Wort stand riesengroß wie Kometenschrift am Weltuntergangshimmel seiner Liebe ... "aber in dem, was ich gegen Ihre Bewerbung einzuwenden habe, hat sich in den letzten acht Monaten nichts verändert. Ihr Herr Vater macht nun allerdings in diesem Brief" - ein schwarzer Zeigefinger tippte auf den weißen Bogen - "den Versuch, den Mohren ein wenig weiß zu waschen. Aber der Mohr bleibt doch noch immer Mohr."

Sie entblößte lächelnd die Zähne. Vor dieser übersüßen Freundlichkeit gerann Bismarck aller Mut, das Blut wurde dick und schwer und konnte vom Herzen gar nicht mehr wieder aus den Beinen heraufgepumpt werden.

"Der Herr Rittmeister meint, ich möchte mich nicht durch ein anscheinend leichtfertiges Benehmen täuschen lassen. Er glaubt - mit mir - an Ihren guten Kern. Und vielleicht hat er auch darin recht, daß die Kunde von Ihren Abenteuern so manches übertreibt. Aber einer Übertreibung muß doch etwas zugrunde liegen, was übertrieben werden kann. Und wenn nur der zehnte Teil dessen Wahrheit ist, was man sich von Ihnen erzählt ... lieber Herr von Bismarck, in diesen letzten acht Monaten hat sich nicht nur nichts geändert ... es will mir scheinen, es sei sogar noch ärger geworden."

Bismarck lächelte ins Wesenlose. "Sehen Sie ... es ist ... Sie dürfen auch nicht alles glauben ... ich bin so einsam, mein Landleben, man trinkt, man spielt ein bißchen, man macht hundert dumme Streiche - wenn Sie mir Ottilie gegeben hätten, so wäre ich längst ein gesetzter Ehemann." Und er lächelte wieder demütig und bittend, unsagbar vertrauensvoll und offenen Herzens. Zugleich sog er mit allen Kräften seiner Seele an der des Mädchens, das er hinter sich im Erkerfenster wußte, rief sie mit lieben Namen an. Jeden Augenblick konnte sie leise von hinten herankommen, ihm die Hand auf die Schulter legen und sagen: "Mutter, es ist genug - ich, ich vertraue ihm."

"Man trinkt, lieber Bismarck", die Zangenblicke der Frau faßten schärfer zu, "Sie sagen: man trinkt, die Leute aber sagen, man schwemmt sich in Kniephof toll und voll, man feiert Orgien, und daß der Gutsherr noch dasitzt, wenn die anderen unter dem Tisch liegen, das ist ein trauriger Ruhm."

Noch einmal stieß Bismarck mit lächelnder Wendung vor. "Es gibt einen Dialog des Plato - ‚Das Gastmahl' -, in dem wird erzählt, daß Sokrates, ein sonst sehr achtbarer Mann, am Ende dieses in der Kulturgeschichte der Menschheit berühmten Gastmahls nach sehr feinen und tiefsinnigen Gesprächen die anderen unter den Tisch getrunken hatte. Und wissen Sie warum? Weil er daheim eine Frau hatte, die Xanthippe hieß."

O Gott, das war nun freilich ein grimmiger Verstoß erster

Ordnung. Bismarck hatte damit nichts anderes sagen wollen als dies, was auf ihn selbst paßte, daß Sokrates kein Heim des Behagens und Verständnisses hatte. Aber Frau von Puttkamer war von einem befiederten und mit Widerhaken besetzten Pfeil getroffen, der federnd in ihrem Herzen saß. Es unterlag keinem Zweifel, daß dieser junge Mensch den Namen des berühmtesten bösen Weibes der Weltgeschichte nicht ohne hämische Absicht angebracht hatte. Ihre sorgende Mutterliebe, die Vorsicht finanzieller Erwägungen war diesem Herrn gut genug, um sein Witzchen daran zu hängen. Sie wickelte sich noch enger in sich selbst, drehte alle Seelenöffnungen zu, daß ja kein freundliches Gefühl mehr einschlüpfen könnte.

"Sie können noch mehr Beispiele aus der Historie anführen", sagte sie, "es wird dadurch nicht besser. Ihr Vater schreibt, wir wollten das Glück unserer Kinder gründen. Dazu muß man die Fundamente prüfen. Was war es denn damals mit Ihrer eigenmächtigen Entfernung vom Amt? Das war doch ein rechtes Abenteuer von der verliebten Gattung ..."

"Mein Gott, darüber sind fünf Jahre hingegangen."

"Aber die Lust an Ähnlichem ist geblieben. Sie sind zu jung, mein Lieber. Man weiß ja noch gar nicht, was aus Ihnen wird."

Bismarck lauschte gespannt nach rückwärts. Jetzt, jetzt mußte er den leisen Schritt hören, jetzt mußte sich die Hand auf seine Schulter legen. Jetzt war der Augenblick der Entscheidung da. Er hielt den Atem an, aber nicht einmal ein tieferer Seufzer war vernehmbar. Wolken hatten die Sonne übersponnen, grau und glanzlos lag die Tischplatte, der Brief schwamm auf dem Trüben wie ein Floß von Schiffbrüchigen. Aus den kahlen Wänden sank Frost in sein Blut, ein Herr von Puttkamer in Allongeperücke und Staatsrock sah streng auf ihn herab. Die schwarzen Finger der Rechten spielten einen triumphierenden Marsch auf dem schwarzbezogenen linken Unterarm.

"Sie müßten Vertrauen zu mir haben", sagte er zaghaft.

Frau von Puttkamer drückte ihn gänzlich unter sich. "Wie kann ich Vertrauen zu jemandem haben, dem die Religion abgeht. Nur ein Mensch, der einen festen Glauben hat, bietet die Gewähr eines festen Charakters."

Himmelmillionenhakenquarten! Es schwoll wie ein Windstoß durch Bismarck, fegte dürres und prasselndes Zeug vor sich her, riß schmerzhaft an seinem Leben. Ja, zum Deubel, warum saß man eigentlich da und bettelte um ein wenig Einsicht und Gnade? Plötzlich, nach einem schreckhaften Gefühl der Leere und Armseligkeit, in dem man an sich selbst hätte verzweifeln mögen, strömte aller gehemmte Reichtum daher, erfüllte den ganzen Menschen. Das Leben war nur Stoff des Knetens, und die Kraft dazu hatte man in seinen Fäusten. Sollte man davon jemanden redend überzeugen, mit schönen Worten und Versprechungen? Zu Kreuze kriechen? Wie Heinrich nach Canossa gegangen war? Von jetzt an will ich schon brav sein! Wenn er etwas verlangen durfte, so war es dies: Glauben an ihn. Prüfte man ihn, so prüfte er wider.

Er wiegte, sich zur Beschwichtigung, bärenhaft das Haupt. "Religion! Ich habe mir meine eigene zurechtgemacht. Die genügt für den Hausgebrauch. Ich gehe nicht in die Öffentlichkeit, wenn ich andächtig sein will."

Frau von Puttkamer sprach sanft und eindringlich, ihre Zangenblicke hielten das Opfer: "Es gibt nur eine Religion, und die ist so, wie sie Gott offenbart hat."

Bismarck stand plötzlich auf, kehrte der schwiegermütterlichen Großinquisitorin den Rücken, wuchs, sich selber überraschend, in dem kahlen, frostigen Raum zu mächtiger Größe. Weltall und Menschheit baumelten an ihm herab. Es gab außer ihm nur noch einen Menschen, der etwas zu sagen hatte, zu dem drängte er jetzt seinen Willen, hoch und stolz wie eine diamantene Brücke. Er sang wie eine Harfe, sturmbewegt, seine Augen waren stählerne Vögel. Noch stützte er die Faust auf den Tisch, hatte Gefühl von Erde unter sich, aber nun trat er mit zwei Schritten ins Leere hinaus, stand von allem gelöst.

"Jetzt hat eigentlich niemand mehr etwas zu sagen als Sie, Ottilie! Was denken Sie von mir? Haben Sie Vertrauen zu mir?"

Das schöne Mädchen am Fenster senkte den Kopf auf die bunten Wollknäuel, ihr Gesicht lag im Dämmern, man konnte nicht sehen, ob es die Farbe wechselte. Aber auf dem gekrümmten Rücken schien die Frage zu liegen wie ein schwerer Stein.

"Ich frage Sie, Ottilie - ob Sie zu mir Vertrauen haben?"

Etwas Kleines, Dunkles drängte sich in die Bahn, pflanzte die Mutterwürde auf, Frau von Puttkamer fand, die Fäden seien von dem Sofaplatz hinter dem ovalen Tisch nicht mehr zu leiten, sie agierte jetzt auf der Vorderseite der Szene, stellte das Unvermeidliche wieder auf.

"Lassen Sie doch das Kind!"

Ottilie hob die langen Wimpern, drehte den Kopf, ihre ratlosen Augen zweifelten zwischen Mutter und Freier.

"Sie soll mir antworten!" drängte Bismarck.

"Sie wird Ihnen Antwort geben, bis die Probezeit um ist."

Gehorsam sank der Kopf wieder auf die Wollknäuel, in der Dämmerung war es nicht auszunehmen, ob die Fensterstäbe vor oder hinter diesem Kopf verliefen, so konnte man meinen, man sehe ihn hinter dem Gitterfenster eines Gefängnisses.

"Ich muß also warten?" fragte Bismarck.

"Geduld, mein lieber Freund ... Geduld."

Da war der Flug beendet, man stand, wieder zu Lehm geworden, mitten im Zimmer und empfand den tragischen Aufwand sehr überflüssig und lächerlich, man war gar nicht so groß, daß alles andere daneben unscheinbar wurde.

Bismarck empfahl sich, sagte etwas vom Reitenmüssen, weil man sonst in die Dunkelheit gerate, versprach das Wiederkommen und wurde mit Sirupaufguß von Höflichkeiten versehen wie eine Torte.

26

Kaleb trabte mit seinen langen Beinen der Nacht entgegen. Sein Reiter hatte des Weges nicht acht, hing im Sattel wie in seinen schwerfälligen, schleppenden Gedanken. Die Empörung war fort, und die Enttäuschung drückte wie ein schweres wollenes Tuch auf seine Kräfte, verhüllte Gegenwart und Zukunft wie Heiderauch Busch und Baum verhüllt.

So also sah sein Bild bei den Gediegenen und Frommen aus. Es war ein Zerrbild, aber vielleicht mußte es so erscheinen, wenn man nicht der Gespiegelte selber war, der es anders wußte.

Übrigens, der Ritt rüttelte, je länger er dauerte, die Gedanken um so besser zurecht, und jetzt sonderte sich etwas Festes aus, eine Gewißheit. Letzten Endes handelte es sich den guten Leuten um eine Sicherheit im Rechnungspunkt. So ein Anfänger, der auf einem verschuldeten Gut wirtschaftete, bot keine Gewähr eines glücklichen Bestandes und Ausganges, wenn sein Betragen von der ganzen Landschaft als leichtfertig abgetan wurde. Man sah in Pansin auf gefüllte Taschen, man hatte allen Anlaß, darauf zu sehen - das war es. Nun hätte man sie darüber in einigem beruhigen können, aber es widerstrebte Bismarck, sich Vertrauen durch Buchauszüge zu erkaufen.

Wichtel wuchsen aus dem Boden, legten Wurzelschlingen um die Hufe, fahl lugte ein See durch Binsen, wie Leichenhaut, hier herum waren Moorgespenster zu Haus. Schwarz sprang es an der Wegbiegung auf sie zu - ein Wacholder.

Kaleb scheute und schlug Galopp an.

Die rasche Bewegung trieb Dünste fort, weckte hellere Kräfte. Wenn er Ottilie entführte wie irgendein Ahn in Ritterszeiten, quer über den Sattel, oder hinter sich, die Arme um seinen Hals geschlungen. Weinend ... weinend ... und so weinte sie ihn denn ins Elend hinein, wenn nicht der Segen aus der Mutter schwarzbehandschuhten Händen dabei war. Dammich noch mal!

Bäume standen auf, gesellten sich, Landsknechtshaufen, wurden dunkel und drohend, und der Weg war ganz im Finstern. Kaleb trabte mit Bedacht.

Lichter flogen wie verfrühte Glühwürmchen, sprühten zwischen den Stämmen, wurden zu Bällen und Streifen, malten die Bäume alle an der einen Seite gelb und rot. Eine Schenke stellte sich an die Straße, die hatte Schein und eine Musik, als feiere der Teufel Geburtstag. Es donnerte unten wie auf alten Kesseln, und einer ziselierte oben die letzten Töne einer Violine, dazwischen aber polterte einer, als trommle er mit Wasserstiefeln in einer Tonne herum, und ab und zu tat eine Flöte einen Lauf, daß einem das Mark gefror. Aber diese Musika war Bismarck wie ein Abbild des Staates, jeder will was anderes, und im ganzen klebt es doch zusammen. Die Musika hielt den Takt, und Bauern tanzten ihre Sonntagsfreude aus.

Kaleb wurde an einen Eisenhaken gebunden. Sein Herr trat in die niedrige Stube. Unter gebräunten Balken wirbelte Rauch und Tanz, die Leiber dampften, und in den Köpfen rumorte schon der Rausch. Der Gutsherr von Kniephof scherte sich nichts ums Mützenrücken, trank aus einem irdenen Krug, nahm ein Mädchen auf und warf sich in den Tanz. In Staub und Rauch und Dunst drängten sich die Paare, die festen Lenden und Schultern rieben sich aneinander, man verwuchs förmlich zu einem Klumpen, der nun, da das Beispiel des Kniephofer Gutsherrn auch die lässigen Tänzer aneiferte, so anschwoll, daß er die Wände des Krugs hinauszudrücken schien.

Bismarck wechselte die Mädchen, die Burschen führten sie ihm als dem Ehrengast zu, er wiegte sich mit ihnen im großen Knäuel hin und her, ohne von der Stelle zu kommen. Dann wich auf einmal alles an die Wände zurück, ein leerer Kreis entstand, einen Augenblick lang war es Bismarck, Göttingen sei wieder lebendig und es gelte eine Mensur. Er sollte einen Ehrentanz haben, und die Musika spielte etwas Langsames. Das Mädchen war rot und weiß, seine Röcke knisterten, die Wäsche roch nach Seife und Sonne, warm lag ihre Wange an der seinen. Sie schämte sich vor so viel Ehre.

Nach dem Tanz sprang eine Kaskade von Bier über Musikanten und Tänzer, der hohe Gast hatte ein Fäßchen freigemacht. Als es sehr laut herging, schwand Bismarck.

Das Mädchen ging mit, stand bei Kaleb und streichelte das Pferd, das ihr in die Hand schnob. Sie hatte den Kopf gesenkt, dunstiges Licht traf Hals und Arme. Nur ein paar Schritte, und man war im Dunkeln, in einem schweigenden, weichen Frühlingsatmen. Quellen sangen im Blut, zwischen Himmel und Erde stand der Mensch, mit seinem Anteil an beiden, leidend und beglückt durch beide, Bismarck küßte das liebe, schlanke Ding zwischen Nackenhaar und Hemdkrause ... sie wehrte ihm nicht ...

Dann stob er durch die Finsternis wie der wilde Reiter.

Er dachte nicht an Halsbrechen, er wollte nur reiten, denn das schien ihm so ziemlich das einzige, was jetzt zu tun war. Er hatte keineswegs Eile, sein Haus lockte ihn nicht, er war davon überzeugt, seinen Gedanken nicht entfliehen zu können, er wollte reiten.

Kaleb schnob Angst.

Es ging immer in die schwarze Mauer hinein, die erst im letzten Augenblick vor dem Pferdekopf auseinanderwich. Warum Frau von Puttkamer immer schwarze Handschuhe trug? Einen Augenblick lang schimmerte wieder Wasser zwischen den Stämmen. Bismarck lenkte seitab, Äste schnellten aus dem Unvorhergesehenen, peitschten Pferd und Reiter. Die Lust ließ sich nicht bändigen, so mochte man in den Feind reiten.

Man sollte warten - warten, wenn das Blut brannte. Etwas Ungefüges fiel wie ein Klotz herab, die Schwärze drang durch ein Loch in den Kopf, löschte die vor den Augen springenden Lichter. Dann schwamm man auf gedehnten, weichen Wellenrücken - lange ...

Ein Gurren drang zuerst durch den Schleier. Waldtauben ruckten im Holz, Grau und Gold quollen ineinander, feuchtes Gras war über den tragenden Himmel gespannt. Bismarck stützte sich auf den Armen empor. Er lag am Rand einer Föhrenschonung unter einem Baum, als hätte er sich den Platz zum Schlafen eigens ausgesucht. Ein Großes, Lebendes hauchte schnuppernd heran: Kaleb, dessen Zügel sich um ein Bäumchen geschlungen hatten, so daß er gebannt war.

Bismarck befühlte sich, seine Kleider waren vom Tau durchnäßt, aber seine Glieder bogen sich unzerbrochen, nicht einmal der Kopf hatte ein Loch, nur eine kleine Beule bekundete den nächtlichen Sturz.

"Preußenschädel!" lachte er sich selbst zu.

Herrlich ausgeschlafen lag er im morgenfrischen Wald. Plötzlich bereitete er die Arme aus wie in Kindertagen: Nährende Erde! Tragende Erde! Ströme wiedergeborener Kraft rannen durch alle Bahnen des Lebens. Seine Finger bogen sich, faßten triefende Grasbüschel: "Mutter Scholle!"

27

Bei den Thaddens auf Trieglaff war ein wärmeres Christentum daheim als anderswo. Gott stand ihnen nicht in einer gläsernen Leere, umdonnert von Wetterwolken und zuckenden Strahlen, sondern er neigte sich liebevoll zu den Herzen der Menschen, um in ihnen seine Wohnstatt zu nehmen. Sein Sinn war ihnen nicht Sündenfall und Strafgericht, sondern noch immer wirkende Versöhnung und Erlösung.

Marie von Thadden und Moritz von Blanckenburg, seit einem Jahr Braut und Bräutigam, standen im Sonnenschein des Glücks, und nur dies eine beschwerte sie, daß der Freund der Erweckung widerstrebte. In langen und bangen Gesprächen bestärkten sie sich darin, daß Gott einst die Seele dieses Sündenkindes von ihnen fordern würde.

In dem großen Saal, der auf Trieglaff eigens für die Hausandachten gebaut worden war, kamen alle zusammen: die Familie des Gutsherrn, das Hofgesinde und die Bauern. Sie nannten sich alle Brüderchen und Schwesterchen, denn vor Gott war man gleich, wenngleich Gott auch ansonsten Scheidung der Stände gewollt und dem Untertan Gehorsam gegen die Obrigkeit, dem Gutsherrn die Sorge für den Untergegebenen auferlegt hatte. Irgend jemand, dem das Herz brannte und die Zunge gelöst war, begann zu predigen. Senfft von Pilsach, der Hausherr oder Herr von Puttkamer auf Reinfelden, der gewaltigste der Laienredner in diesem Kreis. Manchmal sprang ein Erleuchteter auf, ein schlichter Bauer, dem sich Gott geoffenbart hatte und der nun die Schale seiner Sünden weggoß.

Sinn und Geist lagen ausgebreitet wie Frühlingsäcker, Gott säte seine Saat von gutem Willen, Freudigkeit und Zuversicht, und wenn Marie und Moritz manchmal in das Leuchten dieser einfältigen Bauerngemüter sahen oder in den hinreißenden, kindlichen Jubel der Versammlung, das Hosianna und Gloria, einstimmen konnten, da war es ihnen ein bitteres Leid, daß Otto von diesem Glück ausgeschlossen war. Es schien ihnen, er stehe in eine düstere Wolke gehüllt abseits, uneins sich selber, einmal Schwermut und dann wieder Übermut, einmal Kümmernis und dann Kraftvergeudung, während er doch nur einen Schritt in das lichte Reich der Gnade zu machen hatte, wo Heiterkeit und Einheit des ganzen Menschen war.

Sie trugen ihre Seelensorgen vor den Vater. Er sah ernst drein, dann lachte er: "Bekehrt ihn doch. Er ist eine Festung, die es sich lohnt zu Fall zu bringen."

Sie gingen mit sich zu Rate. "Ich habe die größere Verantwortung", sagte Moritz, "ich bin sein Freund von Jugend an, wir waren beide zugleich im grauen Kloster in Berlin. Unsere Leben sind zu lange parallel verlaufen, sie sollen nun nicht auseinanderstreben: meines zu Gott, seines in die Verdammnis. Aber du mußt mir helfen."

"Was kann ich dir helfen?" klagte Marie, "wenn er auf dich nichts gibt."

"Doch, doch ... es ist die Sympathie, die wirkt. Du liebst ihn doch als Freundin."

"Er zieht mich an ... ein großer, interessanter Weltmann, er hat etwas Leuchtendes, doch es kommt nicht von Gott."

"Ich fürchte nichts von ihm. Du bist ihm heilig. Ich würde wagen, dich ihm ganz zu überlassen. Seine gefährliche Glätte ist für dich kein Glatteis. Und seine kalte Eleganz birgt keine Ruchlosigkeit, sondern ist nur ein Panzer über ein weiches Gemüt. Wir müssen ihm an sein Herz dringen - und wenn ich das Geheimnis preisgeben müßte."

An diesem Abend schlangen sie heiße Bitten um Bismarcks Heil in ihr vereintes Gebet. Und als ob dieses Gebet den Entfernten herbeigerufen hätte, traf er am nächsten Tag zur Mittagszeit in Trieglaff ein.

Reisezeiten hatten ihn noch einmal mit der großen Welt zusammengebracht, von England und Paris aus gesehen war Pommern sehr unbedeutend erschienen, aber er münzte seine Überlegenheit nicht für seinen täglichen Verkehr aus. Nur einen blonden Vollbart hatte er aus Paris mitgebracht, und der war in diesen Landen so ungewöhnlich, daß man abenteuerliche Geschichten von ihm zu erzählen begann.

"Ich habe etwas auf dem Herzen", sagte er und griff an die Brust.Man sah ihn an, und Erwartung stockte den Atem. ‚Sollte das Gebet schon an ihn gerührt haben?' dachte Moritz.

Bismarck schob die Hand in die Brusttasche und zog einige gefaltete Bogen Papier heraus. "Das da!" und er warf das Ding zwischen die Kaffeetassen, freute sich der Enttäuschung. "Ich bin unter die Zeitungsschreiber gegangen. Darf ich euch das Machwerk vorsetzen?"

Es war eine Entgegnung auf einen Artikel, der in der "Stettiner

Zeitung" erschienen war. Ein unbekannter Skribent hatte sich über eine Parforcejagd auf dem Freienwalder Stadtacker aufgehalten. Dem hatte Bismarck heimgeleuchtet, mit wohlgezielten Hieben links und rechts, Jäger und Student zugleich, der Reiter und Junker gegen den demokratischen Scheelseher, und am Schluß stand etwas, das nahm sich sehr so aus, als sei es ein Wink mit der Duellpistole.

Die Verlesung fiel in ein Schweigen, Moritz sah betrübt vor sich hin. Herr von Thadden fragte: "Ist das nötig, Bismarck, daß Sie sich mit solchen Dingen abgeben?"

"Nötig, nötig", sagte Bismarck ärgerlich, "sie sollen uns reiten lassen. Wenn es nach diesen Stubenhockern ginge, so müßten wir unsere Gäule dem Metzger verkaufen und dürften höchstens nach Spatzen schießen. Man soll uns unsere Freiheit nicht antasten."

Die Verstimmung drückte das Gespräch. Herr von Thadden stand im Grund ganz dort, wo Bismarck stand: Der König war ihm ein großer Gutsbesitzer, der Gutsbesitzer ein kleiner König - aber die Zeitungsschmierer sollte alle der Teufel holen, und daß sich Bismarck mit ihnen einließ, war wenig nach seinem Sinn.

Im Trieglaffer Park fing ein kleiner Teich ein Stück unbefangenen Sonnenhimmels in einen Metallspiegel, der in einen grünen Rahmen gespannt war. Mitten darein aber war ein fröhliches Buschwerk gesteckt, ein Strauß von Flieder und Schilf, das war die Freundschaftsinsel, eine gebogene Holzbrücke spannte sich zwischen ihr und dem Ufer, unter der schwammen die Abbilder der weißen Wölkchen durch, und manchmal sprühte der Silberglanz eines flossenschnellen Schuppenrückens.

Im Schilf brannten Schwertlilien, Libellen hielten ihre Körper zwischen einem feinen Geflirr links und rechts, dann zuckten sie plötzlich weg. Inmitten dieser sommerlichen Leichtfertigkeit rüsteten zwei bange Menschen zum Sturm auf eines dritten Seele.

"Du redest immer von Freiheit", sagte Moritz zaghaft. "Freiheit ist allein in Gott. Die Freiheit, die du meinst, ist Unfreiheit, Gefangenschaft in den Dingen der Welt."

Sie standen auf der Bogenbrücke, schritten jetzt gegen die Insel zu hinab. "Ihr seid anmaßend, ihr Frommen", sagte Bismarck nachlässig.

Moritz folgte ihm eilig: "Wie denn anmaßend? Das verstehe ich nicht."

"Es ist eure Anmaßung, Gott kennen zu wollen. Gott ist die Freiheit, Gott ist das und jenes ... Jeder weiß es ganz genau, was Gott ist."

"Wie sollten wir es nicht wissen, wo wir doch das lebendigste Gefühl von ihm haben. Er offenbart sich uns in der Heimlichkeit."

"Gott hat andere Dinge zu tun, als sich dem Menschen zu offenbaren, diesem Staub vom Rollen der Räder."

"Schrecklich", sagte Moritz, "wenn jemand Gottes Hand nicht fühlt."

"Mein Gott ist zu groß, um sich um mich zu kümmern."

"So spricht Gott niemals zu Ihnen ... er kann sich Ihnen nicht verständlich machen?

"Vielleicht ist das Gewissen seine Stimme. Im übrigen aber mag es Gott vielleicht gehen, wie dem Zauberlehrling Goethes - er hat die Welt einmal geschaffen und mag sich jetzt selbst darüber wundern, welches Unheil daraus entstanden ist. Wir aber sind dieser Schöpfung beiläufiger Ausfluß, leben ein Dasein ohne Zweck und Ziel."

Die Freundschaftsinsel war nur eine enge Scholle Land. Der Weg schlang sich in zwei Achtern durch die Fliederbüsche, und genau in der Mitte reckte sich eine Art Tempelchen auf acht Säulchen von grau gestrichenem Holz. Der Wehmut war unter diesem offenen Dach ein Denkmal errichtet: Auf einem Sockel stand eine Urne aus Stein, der Deckel war ein wenig zur Seite geschoben, daß eine steinerne Flamme aus dem Urnenbauch ihren Ausgang fand, und, malerisch hingeworfen, war schon seit mehr als einem halben Jahrhundert ein steinernes Tuch im Begriff, über die gewölbten Wandungen herabzugleiten. Irgendein literarischer Oertzen, von denen das Gut durch Heirat an Thadden gekommen war, hatte hier seine Begeisterung für den Sänger der Messiade überliefert. Auf dem Sockel stand in schiefgestellten starken Buchstaben, die von grünlichem Moos ausgefüllt waren: Klopstock.

Marie legte den Arm an die Urne, stand, sich des hübschen Anklingens ihrer Linien gegen den Stein wohl bewußt: "Bismarck, mir graut vor Ihnen."

Ein Fliederbusch hatte eine Gerte für Bismarck geben müssen, eine rasche, feste Faust streifte die Blätter bis auf eine dünne Quaste am Gertenende ab. "Geben Sie sich mit meiner armen Seele keine Mühe", sagt er. Er mied ihren Blick, klopfte eifrig gegen den Stiefelschaft.

Es verdroß sie, daß er sie nicht ansehen wollte, und sie schloß daraus, daß ihrem Blick vielleicht eine überredende Kraft gegeben war, die ihren Worten versagt blieb. Sie wollte ihn zwingen, sie anzusehen: "Ich kann es Ihnen nachfühlen, Bismarck, es ist der noch nicht verwundene Schmerz um den Verlust. Es ist die alte Geschichte: Man macht Gott für den unglücklichen Ausgang verantwortlich."

Es gelang. Bismarck sah sie voll an. "Nein", sagte er beinahe ungehalten, "das ist vorbei. Es war anfangs schwerer, als ich dachte, es trug sich schlecht, daß Ottilie nicht standhielt. Übrigens, wenn mich etwas davon überzeugen könnte, daß es eine Vorsehung gibt, so wäre es dies, daß mir diese Heiratsidee fehlgeschlagen ist. Die Leidenschaft stülpt dem Menschen absonderliche Brillen auf ... Die Gläser sind fort: man sieht ein ganz gewöhnliches Frauenzimmerchen."

Marie schmiegte die Wange gegen den Stein, das Tuch zog seine massigen Falten nahe ihrer Stirn vorüber. "Und doch, Bismarck - Sie sollten heiraten."

Noch eines Blickes Länge fing sie das Funkeln von Bismarcks Augen. Dann wich der blaue Glanz beiseite, bohrte sich in den Kies: "Schaffen Sie mir eine Frau!"

"Ich wüßte eine ..."

Ein gelber Falter war aus dem Nachmittagsglanz herübergetaumelt, Bismarcks Gerte zuckte, und das Tier drehte sich mit gebrochenen Flügeln am Boden.

Moritz von Blanckenburg war in schwerer Seelennot hinter den beiden auf- und abgegangen. Die Hände auf den Rücken gelegt, suchte er nach Worten, die wie Angelhaken des Freundes Herz aus der Tiefe holen sollten, wo es in Verstocktheit lag. Jetzt hielt er an, lächelte in all seiner Bedrängnis: "Die Frauen ... Otto ... die Frauen können selbst bei Gott beginnen, es läuft doch zum Schluß immer aufs Heiraten heraus."

"Moritz, wenn du unartig bist, nehme ich mein Wort zurück."

Aber er war schon wieder ganz ernst, in seine Sorgen zurückgefallen, wandelte noch einmal um die Urne, blieb dann vor Bismarck stehen. "Otto", sagte er, "Freunde sind Menschen, die sich stets aus Liebe die Wahrheit sagen."

"Ich habe dir immer die Wahrheit gesagt", scherzte Bismarck, "daß du ein alter Esel bist."

Aber Moritz ließ sich nicht abschütteln. "Warum hast du deinen Reitknecht Hildebrand im vorigen Sommer gerettet?"

"Weil er ins Wasser gefallen war."

"Warum hast du deinen Reitknecht Hildebrand mit Gefahr deines Lebens gerettet?"

"Weil er sonst versoffen wäre! - Und weil ich die Rettungsmedaille kriegen wollte. Ich gründe jetzt in Jarchelin eine Dorffeuerwehr, werde Feuerwehrhauptmann und rücke am Sonntag mit der Medaille aus. Man muß was für die Repräsentation tun."

Moritz stand gedrückt und mit den ein wenig kurzsichtigen Augen zwinkernd vor dem Freund: "Du wirst deine gute Tat nicht kleinmachen. Deine Seele hat dich angetrieben. Gottes Stimme hat dir zugerufen."

"Ja, also meinetwegen ... das Gewissen."

"Warum hörst du auf dein Gewissen?"

"Warum? - Weil es unbequem ist, ein schlechtes Gewissen zu haben."

Über Moritz kam ein wenig von der Ekstase der gemeinsamen Andachten, sein Gesicht wurde scheckig, seine Hände zackten Gesten in die Luft. Er drängte sich vor Marie. "Ach, Otto, ich durchschaue dich. Ich sehe deine große Not und dein Ringen um Gott. Ich sehe, wie du ankämpfst gegen die Härte deines Gemütes, die dir den Weg zu Gott wehren will. Wende dich zum Glauben."

Bismarck wandte sich ab, der Anblick solch unbeherrschter Erregtheit war ihm peinlich. Er setzte sich auf die Bank, die rund um das Tempelchen lief, sah durch eine schmale Gasse zwischen den Fliederbüschen auf den sonnenbeschienenen Teich hinaus. Eine dunkle Dolde nickte windbewegt immer in den strahlenden Glanz hinein.

"Ich weiß den Abend noch ganz genau, an dem ich zum letztenmal gebetet habe. Was ist Glaube? Kann man sich vornehmen zu glauben? Der Glaube muß entweder in mich hineinfahren, oder ohne mein Zutun und Wollen in mir aufschießen."

Moritz war ihm nachgekommen, stand schon wieder zwinkernd und deutend vor ihm: "Sieh mich an, Otto, ich war wie du ungläubig oder weltgläubig, dachte, es sei alles gut so. Aber ich bin erweckt worden und bin in der Gotteskindschaft noch einmal so glücklich wie zuvor. Was sage ich! Jetzt erst weiß ich, was das ist, leben! Ich will nicht sagen, daß ich besser bin als du, geistlicher Hochmut sei ferne von mir, aber ich bitte dich, verhärte dich nicht, du darfst nicht sagen, ‚ich kann nicht', du mußt glauben wollen. Sieh, Otto, wir beide haben gestern für dich gebetet, daß du gerettet werdest."

Bismarck hatte die Hände zwischen den geöffneten Knien gefaltet und mit der Gertenquaste durch den Sand gefegt, daß kleine Staubwölkchen über seine Stiefel qualmten. Jetzt sah er auf, wie emporgerissen, geradeswegs in Mariens Gesicht.

"Ja, Otto", sagte sie, dunkelrot und kurzatmig, wir haben für Sie gebetet."

"Ich begehe einen Verrat", sagte Moritz außer sich, "einen schändlichen Verrat. Ich gebe dir eine Seele preis. Die Seele einer Sterbenden. Mißbrauchst du dieses Geheimnis, dann müßte ich mich mit dir übers Schnupftuch schießen. Dann wärst du ein elender Schurke. Aber du bist ein edler Mensch, nun befangen im Unglauben. Diese Sterbende soll dir den Glauben geben. Höre, Otto, sie liebt dich. Lange liebt sie dich schon, eine edle, tiefe und reine Seele. Und deine Lebensführung ist der Wurm ihres Gemütes. Du siehst das Dasein ohne Zweck und Ziel - das ist der Weg zum Selbstmord. Sie fürchtet für dich."

Von der Wucht dieses Anpralls war Bismarck überwältigt, er sah Tränen in den Augen Maries, aller Glanz des Sommertages war mit Wehmut getränkt.

"Sie ersehnt den Tod und kann doch nicht sterben, bis sie dich gerettet weiß. Sie ahnt nichts davon, daß ich sie an dich verrate. Aber im Namen Gottes, ich wage es daraufhin, ihr in der Ewigkeit Rechenschaft geben zu müssen. Stelle dir das Bild recht innig vor, das

Bild dieser sterbenden Seele, die im Todeskampf liegt, bis sie dich selig weiß. Wenn sie hinüberlächeln soll, so müssen deine stolzen Wellen sich gelegt haben, du mußt wieder Gottes Hand fühlen."

Marie sah sich vom Blick des Bedrängten umklammert, umloht, sie nahm wahr, daß Moritz ein wenig unbeholfen in der Tasche wühlte, einen zerknitterten Brief vorbrachte. "Da - da - sie hat Marie geschrieben und mir auch ... lies! Gott erwecke dich!"

Der Brief ging in Bismarcks Hand. Der war aufgestanden, stieß beinahe bis ans Dach, es sah aus, als bäume er sich gegen das Schicksal auf.

"Wer ist es?"

"Es ist Friederike Schötteritz."

Bismarcks Hand hielt den Brief zwischen schlaffen Fingern. Nachdenken zog Falten über seine Stirn, um den Mund webte Unerklärliches. Dann schob er das Schreiben in die Brusttasche, legte die Hand auf den Scheitel und trat auf die Steinschwelle des Tempelchens, die von vielen Tritten abgeschliffen war. Der im Achter geschlungene Weg lag vor ihm, mit zwei kleinen Rasenflächen, deren jede eine Gruppe Rosen trug. Eine Möwe kam plötzlich, weiß und grau, schief über die Fliederbüsche, wie ein Stück Silber schnellte ein Fisch, Kreise liefen auf dem Wasser auseinander, vom Gebälk des Tempelchens kam etwas Eiliges, Krabbelndes, ein kleines Spinnchen an einem Faden, als glückbringender Abendgruß, ein Mistkäfer mühte sich zappelnd wieder auf die Beine zu kommen. Alles dies war nur scheinbar vereinzelt, hing irgendwie im Innern tief zusammen, wußte nichts von Bangen, war alles in Gottes großer Huld.

Bismarck wandte sich den Freunden zu, reichte beiden die festen Hände: "Ich weiß, was ihr für mich getan habt ... ich danke euch."

Sie gingen in den Abend hinaus. Marie lief fort, ihr weißes Kleid leuchtete bei den Rosenstöcken, dann zwischen Schilf und Flieder. Sie kam mit einem Armvoll Blumen und weißen Fliederdolden. Bismarck erhielt eine rote Rose.

"Was bedeutet das?"

"Rot ist das lebensvolle Ringen nach jeder Blüte und Frucht."

Marie nestelte eine tiefblaue Gladiole an Moritz' Rockkragen. "Echte Liebe, Treue, Feuer für den Kern der Existenz - das ist Blau."

Was an weißen Blüten übrig war, das trug sie in das Tempelchen, und mit heißen Wangen schüttelte sie weißen Flieder und weiße Nelken über die Urne. Moritz leuchtete in sanfter Verklärung, seine Hoffnung auf Ottos Himmlisches war jauchzend groß geworden.

"Seid Bruder und Schwester!"

Marie kam und neigte die Stirn. "Ademar!"

"Ademar?"

"Wir nennen Sie so!"

Bismarck küßte die heiße Stirn mit einem flüchtigen Hauch.

28

Auf Trieglaff hatte sich die Frömmigkeit mit der Heiterkeit zusammengetan, um eine Hochzeit zu feiern.

Es gab einen guten Klang, und nur die Überstrengen, wie Ludwig von Gerlach, meinten, es gehe zu laut und weltlich her, und bei einer so wichtigen Sache könnte etwas weniger gefiedelt und gelächtert sein. Auch was Essen und Trinken anlangt, kam alles aus dem vollen, und wer nicht an christlicher Bedenklichkeit einen rechten Halt in sich hatte, konnte leicht in Fraß und Völlerei geraten. Die alte Susanne, ein Thaddensches Erbübel, von dem der Herr des Hauses behauptete, es stamme noch aus dem Dreißigjährigen Krieg und man könne darum keine neumodische Politur von ihm verlangen, schlug sich auch auf die Seite der Eiferer. Sie hatte alles ausräumen müssen, was in Küche und Keller speicherte, rattenkahl gähnten Spinde und Borde, und die Schlüssel, die nun nichts zu versperren hatten, klimperten lauter Wehmut und Verzicht. Sie jammerte durch ihre Bezirke und briet und buk in alle Speisen die bange Frage, ob Gott diese unvernünftigen Aufwendungen nicht am Ende durch ein Strafgericht beantworten werde.

Der Oktobertag hatte sich kaum erst recht aus den frühen Nebeln losgemacht, da begann es auf den Landstraßen zu rollen und zu traben, Pommern sandte seine bekränzten und freudigen Heerscharen zu der Trieglaffer Hochzeit. Braut und Bräutigam standen ernst und heiter. Der Brautvater war bewegliches Leben, und das Wort, das er jedem Gast zur Begrüßung anheftete, war nicht so irgend etwas Plötzliches und Weithergeholtes, sondern es funkelte und traf, als sei es eigens für diesen Zweck lange vorher nach jedes einzelnen Maß zugeschnitten und sorgsam abgepaßt.

"Ademar, ich habe Ihnen etwas Hübsches zugedacht", sagte Marie, "Sie werden zufrieden sein."

Bismarck besah die Braut, im weißen Seidenkleid mit Kranz und Schleier blühte sie dem Neuen entgegen. Alle Aufregung der letzten Brautwochen war abgetan, es war, als tauche sie nach langer, ein wenig banger Halbbetäubung erst in dieser Stunde zu voller Besinnung.

Sie faßte Bismarck an den Ellenbogen und drehte ihn um, und da stand das Hübsche hinter ihm, ein mageres Mädchen im weißen Mullkleid, eine etwas lange Nase im gewöhnlichen Gesicht. Ins tiefschwarze Haar waren blutrote Granatblüten getan, und das sah so aus, als sei sie sich ihrer Gewöhnlichkeit bewußt und bemühe sich, sie ins Interessante zu ändern, so wie brave Bürgersfrauen es lieben, auf Maskenbällen Zigeunerinnen oder Spanierinnen oder sonst irgend etwas Leidenschaftliches vorzutäuschen.

"Meine liebste Freundin, Johanna Puttkamer auf Reinfelden!"

Der Name rührte an das Pansiner Elend, Bismarck umwölkte sich. Moritz betrachtete ihn besorgt, aber schon besann sich der Weltmann seiner Pflichten und daß diese Reinfelderin ja nicht einmal durch eine entfernte Verwandtschaft mit der Ungetreuen bemakelt war. Sie sah ihn auch ganz unbefangen, höchstens ein ganz klein wenig neugierig an und erwiderte seine stumme Verbeugung durch eine Spur von Knicks.

Der Oktobertag bestreute den Kirchweg gelb und rot, die Bauern säumten den Straßengraben, im Hintergrund der Festesstimmung krachte es aus alten Donnerbüchsen, die Schulmädchen sangen. Der Lehrer orgelte süß und schwärmerisch und dann wieder gewaltig und gemütbewegend durch alle Register, und er hätte ihrer noch einmal soviel haben können, er hätte sie heute alle gezogen. Schließlich ließ er die aufgewühlte Brandung wieder in eine sanfte Lieblichkeit auslaufen, und dann kam der Prediger an die Reihe. In der blendend geweißten Kirche fügten sich ihm die Worte ohne Beschwer, sie waren alle wie frisch gewaschen und in Zuversicht auf Gott gestärkt.

Hütewerfen und Donnerbüchsengetöse, weiße Mädchen mit Sträußen, Glockenläuten, festlicher Hunger, Tränen, viele Hände, eine leichte Benommenheit in Kopf und Herz - Marie lehnte sich an Moritz, dem sie nun gegeben war.

Bismarck, der Brautführer, und Johanna, die Brautführerin, hatten es miteinander zu tun. "Nun sind sie eins", sagte das Mädchen und schaute geradeaus in den Park.

Auf der Terrasse über dem noch immer frischen, kurzen Rasen verübte Musik ein leidliches Spektakel, kleine Tischchen mit Sherry und Lachsbrötchen halfen den allzu Hungrigen bis zur Tafel.

"Ich habe meine Schwester an die Ehe abtreten müssen", sagte Bismarck, "es ist ein sonderbares Ding. Man sieht so etwas heranwachsen, dann fällt es einfach von einem ab, wie eine reife Frucht. Nun muß sie trachten, mit dem auszukommen, was man ihr mitgegeben hat."

Johanna lachte: "Was mögen Sie wohl Malwine mitgegeben haben?"

"Doch einiges. Ich glaube, ich habe sie gelehrt, einen Mann von einem zu unterscheiden, der bloß so aussieht. Wenn es nicht mein Freund Arnim wäre, der sie mir genommen hat, einem anderen würde ich es nie verzeihen."

Aus einem Knäuel von Herren kam der Hausherr herab, hinter ihm, in einigen Schritten Entfernung, wandelte ein kleines Männlein.

"Wo haben Sie die Rettungsmedaille, Bismarck?"

"In der Tasche."

"Ist das eine Art? Ich habe Sie doch nur und eigentlichst eingeladen, daß ich meinen Gästen sagen kann: Hier haben Sie einen richtiggehenden Lebensretter, der einen hundertdreißig Pfund und drei Lot schweren Reitknecht aus dem Lubbiner See gezogen hat. Sie verderben mir die ganze Festfreude. Übrigens stelle ich Ihnen hier den Assessor Hans Kleist-Retzow vor." Und in raschem Flüstern fügte er bei: "Beinahe taub! Sie müssen schreien!"

Der kleine Mann hatte indessen seine Stiefnichte Johanna begrüßt und verneigte sich nun so, daß ihm der lange Bismarck den ganzen Rücken hinuntersah: "Sehr erfreut!" brüllte der kleine Assessor.

"Sehr erfreut!" brüllte Bismarck dem Tauben zurück.

"Sie waren bei der Regierung in Aachen!" schrie der Assessor wieder.

Bismarck schloß aus dem Stimmaufwand des Kleinen, daß seine Taubheit wohl sehr arg sein müsse. Er beugte sich zu ihm nieder und donnerte an seinem Ohr: "Wir kommen schlecht miteinander aus, die Regierung und ich. Ich habe es unlängst noch einmal in Potsdam versucht - aber nie wieder."

Der Assessor taumelte, von dem Luftdruck aus Bismarcks Lungen getroffen, zurück, seine Hand zuckte nach dem gemarterten Trommelfell. Dann lächelte er vergnügt, holte tief Atem und brüllte los: "Ja, ha. Ich weiß! Man erzählt etwas Reizendes von Ihnen. Meding hat Sie warten lassen, wie er das immer tut. Man soll glauben, er habe viel zu arbeiten. Sie wollten Urlaub haben. Aber als Sie lange genug gewartet hatten, trugen Sie dem Portier auf: ‚Sagen Sie dem Herrn Oberpräsidenten, ich wäre fortgegangen, aber ich käme auch nicht wieder.' Und darauf reichten Sie Ihren Abschied ein! Famos! Famos! Wir haben uns alle gefreut. Meding ist'n Aas!" Der kleine Mann verlor die Luft und sank erschöpft zusammen.

Bismarck lächelte verbindlich. Dann donnerte er: "Wenn es auch nicht ganz so war ..." Hierauf gerieten die Herren in ein politisches Gespräch, das Bismarck fesselte, weil er in dem kleinen Kleist seine eigenen Ansichten mit Abweichungen wiederfand. Es war nur etwas anstrengend, dieses Gespräch im gleichen Weltuntergangsposaunenton zu führen, und schließlich schreit man politische Ansichten auch nicht so hinaus, daß es über die ganze pommersche Seenplatte hörbar wird.

Bismarck sah mit einem Seitenblick, daß Johanna von Puttkamer mit weit aufgerissenen Augen dastand, und nahm dann auch wahr, daß er mit Kleist den Mittelpunkt eines Kreises bildete, den ein heimliches Lachen umlief. Er empfand es unangenehm, in einer Arena zu stehen und eine Vorstellung in Lungengymnastik zu geben. ‚Ein Gentleman brüllt nicht so', dachte er, ‚und das kleinere Übel ist, daß er mich nicht versteht.' Er dämpfte also die Stimme und sagte in gewöhnlichem Gesprächston: "Die einzig mögliche Vertretungsform für Preußen ist die ständische. Bauern, Bürger und Adel, das ist die natürliche Gliederung des Volkes, und der König sollte sich durch keinerlei Geschrei irremachen lassen."

Und sogleich senkte auch der Assessor die Stimme ins Gebräuchliche: "Und was die Liberalen wollen, dieses Großdeutschland, ist ein Unsinn. Undeutlich ist es, den Einzelstaat aufzugeben, denn in der bunten Vielfältigkeit unseres Wesens liegt eben unsere deutsche Eigenart. Und undeutsch wäre es ebenso, mit der alten Gliederung zu brechen. Deutsch und ständisch ist dasselbe."

"Erlauben Sie", sagte Bismarck, "Sie hören doch ganz vortrefflich."

Jetzt sank dem Assessor von Kleist die Unterlippe herab, zugleich hob die Stirn mit vielen Falten die Augenbrauen hoch, und zwischen diesem Gesenkten und diesem Gehobenen trat eine ratlose Verblüfftheit zutage. "Und Sie ...", stammelte er, "Sie sind nicht schwerhörig?"

Es war ein pommerscher Scherz, man hatte auch ihm weisgemacht, Bismarcks Ohren seien nur für stärkstes Geschütz eingerichtet, und nun bebte die Erde zwischen Oder und Weichsel von Gelächter. Bisweilen brach in diesen Landen die Kruste, und dann kam durch den neuen Preußen der alte zum Vorschein, die rauhe, ungebändigte Tonart schlug durch die sanftere Kulturweise, der struppige Wendenschädel tauchte auf.

Es kam nicht dazu, daß Bismarck seine Ungehaltenheit zeigte, denn Johanna war auf einmal unaufdringlich da, lachte in einer freien Heiterkeit alles Grobe und Verletzende weg.

"Sie können nichts dafür!" sagte Bismarck und reichte Kleist die Hand.

Marie und Moritz hatten alle Glückwünsche über sich ergehen lassen, standen ein wenig verquetscht von den Umarmungen, und Marie wischte heimlich ein halbes Hundert salbungsvoll feuchter Küsse vom Mund.

Die Terrassenmusik siedelte sich von draußen ins Speisezimmer und wurde Tafelmusik. Alles Silber der Thadden und Oertzen war ausgerückt, Frau von Thadden sah mit mütterlicher Rührung auf die Stücke, die man ihr vor Jahren auf die Geschenktafel gestellt hatte und die nun der Tochter Hochzeit mitfeiern halfen. Es waren Vasen aus Lapislazuli darunter, Harfen aus Silber, mit silbernen Saiten bespannt, Dinge ohne jede andere Bestimmung als die, da zu sein und in dunklen Schränken auf Feste zu warten, aber auch edel gefügte Nützlichkeiten in den altmodisch gewordenen Formen des Dazumal.

Die Musik spielte einen Choral, die Gäste standen hinter den hohen Stuhllehnen und hörten schweigend zu. Dann faltete der Brautvater die Hände: "Lasset uns beten!" Und er sprach ein schlichtes, starkes Gebet, Dank für alles bisher Gewährte, Kindesbitte um weitere Fürsorge.

Mit dem letzten Wort brach der fröhliche Tafellärm herein. Man rief einander an, denn es gab in diesem Kreis wenige, die nicht durch Gleichheit der Erziehung und der Wege verbunden gewesen wären.

Die junge Frau sah mit klaren Augen die Tafel hinab. "Sieh, Johanna und Ademar!"

"Hochzeiten sind ansteckend", sagte Moritz, "die bösen Zungen behaupten: ein Unglück zieht das andere nach sich."

"Wenn es doch so käme!"

"Friederike ist ohne Trost gestorben, und Bismarck steckt noch immer in seiner alten Haut. Es mag sein, daß der Stachel in ihm sitzt, daß er den Keim in sich trägt, aber nun müßte jemand sein, der den Stachel tiefer einbohrt, der den Keim pflegt, daß er heranwächst."

"Ich bin sehr glücklich, Moritz, ich möchte, daß alle Menschen glücklich sind."

"Ich wünsche sehr, daß ihm Johanna gefällt. Ist es nicht seltsame Fügung, daß sie so heißt wie Ottilie? Hast du von der Homöopathie gehört, die Ähnliches aufeinander wirken lassen will? Oder, wie die Alten sagen, lege die Haare des Hundes, der dich gebissen hat, auf deine Wunde. Vielleicht heilt Johanna den Schmerz, den ihm Ottilie zugefügt hat."

Ein leiser, von fern herüberziehender Traum wagte sich in die Augen der jungen Frau. Sie sah, wie sich Johanna zu ihrem Tischnachbarn beugte.

"Sie sind also der wilde Bismarck?" fragte die Reinfelderin den Kniephofer.

Ihr Gesicht wurde im Gespräch zu einem frischen, lebhaften Studentengesicht, was andere durch ernste Erfahrungen erwerben und mit herben Verlusten bezahlen, Kenntnis von Welt und Menschen, schien sie ohne Mühe aus sich selbst zu holen. Nur daß es da wie aus einer Retorte kam, in der es verfeinert und geläutert worden war, so daß ein unentwegter Schwarzseher hätte sagen können, sie fälsche alles, was sie sehe. Ein Mensch des Vertrauens aber hätte dankbar jubeln müssen, so müsse es sein, lauter und klar, und Hölle und Teufel seien müßige Erfindungen magenkranker Leute, Schmutz und Elend lägen in Zeiten, über die man bereits längst zu besseren hinausgerückt sei. Dieser ganze wundersame Prozeß aber schien sich in den beiden strahlenden Augen zu vollziehen, die unter den schön gespannten, schwarzen Brauen lagen. In diesen Augen wurde die Welt umgewandelt. Ihre Farbe wechselte dabei von Grau zu Schwarz, ließ aber doch als wichtigsten Eindruck ein strahlendes Blau bestehen. Es war mit diesen Augen, wie man es von den magischen Steinen erzählt, in denen unter dem glatten Schliff alle Begebnisse gleich Wolken vorübertreiben.

Bismarck sah sich gespiegelt und verbessert. Er bog sich trotzig aus dem Bann dieses blauen Feuers. "Ja - ich trinke wie vormals Kaiser Wenzeslaus, ich spiele wie der Graf von Luxemburg, ich habe einen Harem wie der Großtürke."

Johanna nahm keinen Anstoß. "Und was ist es mit Ihrem Vollbart?"

"Was denn?"

"Nun - man erzählt doch: Otto von Bismarck sitzt in einem Barbierladen und macht recht junkerhaft den König herunter. Der kann ihm gar nichts nach Gefallen tun. Und wie er sich so kräftig durchgeschimpft hat, da steht auf einmal einer der Barbiergäste auf, schlägt den Mantel auseinander und ist der König. Der hat alles angehört, und zur Strafe für seine schlechte Meinung muß nun Otto Bismarck den Vollbart tragen, und der darf nur zweimal im Jahr geschoren werden - vom Henker!"

"Und hat man Ihnen noch nicht erzählt, daß ich meinen alten Vater im Hungerturm eingesperrt habe? Nur einer meiner Vasallen namens Hermann trägt ihm nachts heimlich Speise und Trank zu. Mein Bruder Bernhard aber ist aus Gram über diese schrecklichen Familienverhältnisse in den böhmischen Wäldern Räuberhauptmann geworden."

Das Lachen Johannas umfing Bismarck wie etwas sehr Köstliches, es war ein blaues Lachen, an dem ihre Augen den größten Anteil hatten.

Nach vielen Toasts trat man in den Abend auf die Terrasse hinaus. Schwärmer stoben bunt und prasselnd über die Baumkronen auf, bogen sich in viele feurige Strähne herunter, hingen wie lodernde Grasbüschel in der Luft, wie Blumensträuße. Man setzte sich dem leichten Seewind aus, der kühlend über Wasserflächen kam, den Weindunst ein wenig wegspülte. Blau, Grün, Gold und Rot warf die Erde gegen die Wolken, manchmal riß der Wind eine Saite von den lodernden Harfen in die Luft, wühlte in dem wehenden Haar des Feuers. Ein Funke kam im Bogen über den Park, fiel bei der Freundschaftsinsel in den Teich und ertrank.

In der Küche prophezeite die alte Susanna Unheil, der Herr Zebaoth könne doch nicht zulassen, daß, statt innerer Einkehr und ernster Betrachtung solch wüste Lustbarkeit ein Hochzeitsfest geheißen werde.

Aber der Brautvater war anderer Meinung und freute sich, als ein ganzer Klumpen Feuers über dem schweren Schwarz der Bäume auseinanderbrach und unzählige Goldfäden zur Erde schüttete. Der Wind kam, wickelte einen der lohenden Goldfäden um die Faust und fuhr mit ihm über Strohdächer und Scheunen. So wurde der alten Susanna die Genugtuung zuteil, daß sie als erste sah, wie aus dem Stall hinter dem Herrschaftshaus eine lange, grelle Flamme stach. Da fiel sie freilich gleich in Todesangst, stürzte auf die Knie, bat um Vergebung ihrer sündigen Gedanken und um Rettung aus Feuersgefahr.

Der Brandlärm fiel in die weinlaute Gesellschaft, einen Augenblick war alles schreckgelähmt, man sah noch die im Gespräch erstarrenden Gruppen, einzelne Gesten hingen noch in der Luft, Herren waren noch über die nackten Schultern von Damen gebeugt und rissen schon die Gesichter aufwärts wie überraschte Kämpfer.

Aus dem Stall und der einen Scheune sprangen steile Flammen vor, drüben in die Strohdächer der Bauern war die Brunst eingefallen. Das Rot goß sich in die Halsausschnitte der Kleider, auf die bloßen Arme und Fäuste.

Jeder der Männer hatte nach einem vorübergehenden Anflug von Schrecken den besten Willen zu helfen, nur daß dieser Wille in keine Bahn geleitet war. Die Männer wandten sich unschlüssig nach links und rechts, stürzten von den Damen fort und kehrten, von kavaliersmäßigen Bedenken getrieben, wieder zurück.

Durch Bismarcks Erinnerung schoß fern ein helles Licht, Funkenprallen, hoch aufstiebende Feuergevögel, ein Mann im gelben Schlafrock ... dann sprang er los, faßte jemanden am Arm, es war der kleine Kleist, der baumelte an ihm wie ein Groschenboot am Dreimaster, lamentierendes Gesinde schoß herum, das brüllte der Kniephofer zum Teich zusammen. Es hatte seine Schwierigkeiten, von den kopflosen Knechten die geteerten Feuereimer herauszuschlagen, dann aber lief einer um den anderen triefend durch die Kette der Hände vom Teichrand zum Feuer, spie in die Glut.

Ein Weib krümmte sich vor den arbeitenden Menschen, beschwor sie, vom frevelhaften Rettungswerk abzulassen, Gott habe die Brunst entzündet, er müsse sie auch wieder löschen. Sie wand sich in letzten Ängsten: Sünde, Gott zu widerstreben! Keinen Finger rühren! Brennen lassen! Gott wird löschen, wenn er will. Wenn er nicht will - wer kann retten?!

Bismarck schob die alte Susanna aus dem Weg, er sah in seiner Nähe zwei weiße Kleider, Seide und Mull, ein Brautkreuz wich aus dem Haar, Granatblüten blätterten aus schwarzen Flechten. Marie und Johanna halfen Pferde anschirren, die mit Wassertonnen zu den entfernten Herden jagten.

Das Hochzeitsfest endete in harter Arbeit, das Gutshaus selbst war mit versengtem Schopf und angebrannten Flanken davongekommen, aber ringsum qualmte viel schwarzes Gesparr. Und als man so weit war, daß nichts mehr zu befürchten stand, da klatschte der Hausherr in die Hände: Es gab durchnäßte und verdorbene Hochzeitskleider in Menge, aber auf der Terrasse standen immer noch die kleinen Tischchen mit Sherry und Lachsbrötchen.

"Kinder, Hunger und Durst gibt's bei uns nicht", rief er in den dampfenden Morgen. "Gelobt sei Gott, daß er das Schlimmste abgewendet hat. Herr, dein Name ist Herr, von Ewigkeit zu Ewigkeit, und dein Name sei gebenedeit, Nehmen und Geben steht allein bei dir - was aber den Morgentrunk anlangt, wollen wir uns nicht nötigen lassen."

Da scholl ringsum Pommernlachen, in den berußten, zerrissenen Händen klangen die feinen Sherrygläschen.

Bismarck kam als letzter die Terrassentreppen hinan, der Brand glühte hinter ihm gebändigt in sich zusammen. Da lag das winselnde Weib: Sünde! Gott zu widerstreben! Das Gebet allein war alle Kraft. Bismarck sah sie an. Das Bild einer weiten, dampfenden Ebene, die er in England gesehen hatte, stieg ihm auf, endlose Reihen von Eisenreitern im Gebet, Gottesstreiter! Das Cromwellwort kam ihm in den Mund: "Pray and keep your powder dry."

"Wat het he seggt?" fragte Susanna mißtrauisch aus ihrem Gottesjammer.

Johanna neigte sich vor: "Beten ist gut - aber besser ist es, das Pulver trocken zu halten."

29

Der alte Herr auf Schönhausen hatte sich für den Rest seiner Erdentage eine gute Philosophie zurechtgemacht, die er mit so viel Behagen, als sein körperliches Befinden gestattete, aus dem Allgemeinen ins Spezielle wandte.

Ärger war billig zu haben, jede Stunde hielt mehr davon feil, als man gebrauchen konnte, und wie ein boshafter Krämer mochte sie manchmal, wenn man ihr gar nichts abnehmen wollte, dem lässigen Käufer den ganzen Vorrat an den Kopf werfen.

Da war es gut, in der Einsamkeit eine kleine Freudenapotheke zu halten! Tropfen, Pillen, Mixturen von Heiterkeit gegen Magenverstimmungen des Gemütes, gegen Hämorrhoiden des Geistes, gegen Leberverhärtungen der Seele, als da waren: ein paar frohe und sonnige Briefe aus Kniephof vom Otto oder aus Naugard von Bernhard oder aus Angermünde von Malwine, und dann die verstaubten Kellerfreunde, die nur den gläsernen Rock abzuwerfen brauchten, um im herrlichsten Goldgelb oder einem zum Schwarzen neigenden Purpur dazustehen.

Dem Leben war überhaupt gut beizukommen, wenn man es behandelte wie eine launische Frau, das heißt, wenn man nach seinem eigenen Kopf verfuhr und so tat, als habe es ja gesagt, wenn es nein gesagt hatte.

Man konnte ihm so abgewinnen, was es gar nicht hergeben wollte, man konnte Füchse jagen, wo es gar keine gab. Bei solchen Veranstaltungen war auch Otto gut zu gebrauchen.

Man rückte in den frühen Wintermorgen oder in die Herbstnebel der Elbniederung aus, prüfte den Wind mit aller jägermäßigen Genauigkeit, und Ihle oder Bellin führten zu irgendeinem Busch, in dem sie einen Fuchs gespürt haben wollten. Es war nun allen Beteiligten von vornherein klar, und dem Rittmeister selbst war es am klarsten, daß in dem Busch ebensowenig ein Fuchs saß wie etwa ein Nashorn, aber die Jägerfreude der Erwartung blieb unverkümmert und war kein Wechselgläubiger, der auf Erfüllung bestand. Man sog die Nebel in die Lungen oder spürte die Finger am Schießeisen klamm werden, man hörte die getreuen Mannen mit den aufgeregten Hunden den Busch umzingeln, ganz wie bei einer wirklichen Jagd. Otto unterhielt sich mit dem Vater so lange im Verschwörerflüsterton, bis der Rittmeister mit den Augen abwinkte und dem roten Pelz die Büchse entgegenhob. Denn nun waren Karl, Bellin und Ihle mit den Hunden in Feindesland eingebrochen, tobten wie drei Armeekorps Waldteufel durch das Gestrüpp, als wollten sie um eines armseligen Füchsleins willen Baum und Strauch mit Stumpf und Stiel ausreißen, droschen mit den Knütteln dörperisch an jeden Stamm, heulten dem harmlosesten Dornbusch in die Wurzeln hinein und vertrieben mit dem wüsten Gejohle Holzmännlein und Holzweiblein auf sieben Jahr. Wenn sie dann brüllheiser und dorngeritzt und in bravem Schweiß zu den Jägern kamen, dann begann Ottos Anteil an der Veranstaltung. Ob er denn nichts gesehen habe? Ja - es sei ihm doch gewesen, als ob - oder: Nein, diesmal könne ganz bestimmt kein Schwanz durchgewischt sein. Darauf ließ man von dem gemarterten Stück Schönhauser Welt ab und nahm ein anderes vor, dem man genauso zusetzte, ohne mehr hervorzuholen als ein paar Krähen, ein struppiges Häslein oder ein holzklaubendes Bauernweib, dem der Schrecken bis an sein Ende nicht mehr aus den Gliedern ging. Man wurde so aufs schönste naß und müde, hungrig und stubenfroh, aß nachher die Neunaugen und Gänselebern mit dreifach gesteigertem Vergnügen, Fingal streckte die Beine und schnarchte vor dem Ofen, und so war es doch gewesen wie eine wirkliche Jagd.

Aber die Elbe hatte etwas gegen den alten Herrn, der nie dem Wasser innerlich gut Freund gewesen war, und so schickte sie ihm im Frühjahr von 1845 durch den gebrochenen Deich gelbes Lehmwasser auf die Saaten. Es traf sich nun unglücklich, daß zur selben Zeit, als sich die Elbe den Weg ins Weite zwang, dem Rittmeister der Portweinweg enge und beschwerlich wurde. Sein Hals wollte das Schlucken verlernen, der viele, auf dem Lehmgeschiebe herangeschwemmte Ärger mußte unverspült bleiben, also daß ihm der Herbst dieses Jahres seinen Faden *philosophiae* abriß und das Lebenslichtlein ausblies.

Da wurde nun Otto von Bismarck nach dem Einvernehmen zwischen den Geschwistern auch Herr auf Schönhausen, und es entschied sich, daß er Kniephof an die längere Leine legen mußte, um Schönhausen näher an der Faust zu haben.

Sein Leben nahm den ersten Kreis und führte ihn an die Stätte seiner Geburt zurück. So stand er nun, wie der alte Brand vor Zeiten gesagt hatte, mit einem Bein in Pommern und mit dem anderen in der Altmark, und wenn er auch hier in Pflicht und Fron des Tages genommen war, die Seele war immer noch gegen die östliche Heimat seines Herzens gewendet. Hier gab es nun ein scharfes Werken durch Stall und Feld. Kaum daß Kniephof hochgekommen war, mußte hier noch einmal tiefer unten begonnen werden, und dabei drohte draußen hinter dem Deich der Feind.

Dem schweren Wasser wäre aber noch beizukommen gewesen, wenn nicht die Regierung von Magdeburg am grünen Tisch alles hätte besser wissen wollen als die Männer, die alljährlich zum Frühjahrsgruß den Eisstoß kommen sahen und um die Festigkeit des Deiches bangen mußten. Es war notwendig, den Magdeburger Herren, die sich von den Stettinern nur durch die Namen unterschieden, klarzumachen, daß ein Deich nicht durch Verordnungen und Berichte zu erhalten und verstopfen sei, sondern nur durch Knüppel, Sand und Mauerwerk.

So ließ die Arbeit wenigstens die Muskeln spielen, und gab der Kampf um den Deich dem Geist scharfe Flüge, schärfte ihm Pfeile gegen die breitbäuchige Unfähigkeit im papierenen Hemd.

Denn sonst verrannen ihm die Schönhausener Wochen kahl und schmucklos. Ungern sah er beim Eintritt ins Dorf links von der Straße das Neue Schloß, das in Zeiten des Niederganges vom Besitz hatte abgetrennt werden müssen. Es kam ihm vor, als ginge er da einer Schnittfläche entlang, so wie man in geologischen Kabinetten die sogenannten Profile sieht, das sind Schnitte durch das Antlitz der Mutter Erde, die dem Gelehrten ja sehr wichtig sein mögen, aber Ungelehrte wieder allzusehr an Leichentisch und Seziermesser erinnern. Und das eigene Heim war Bismarck wenig vertraut, gern las er zwar das Sprüchlein, das den Klee und die Eichenblätter im Wappen über dem Portal kriegerisch anders deutete:

"Das Wegekraut sollst du stehen lan,
Hüt dich, Jung, sind Nesseln dran."

Aber es schien ihm, als dürfte sich zu Wegekraut und Nesseln, zu Mühe und Wehrhaftigkeit schon manchmal auch ein Strauß Reseden oder ein Sträußchen Rosen gesellen, wie es ihm in Kniephof von der Freundschaft oft genug in seine Einsamkeit gelegt worden war. So nahm er denn alle Gelegenheit herzhaft wahr, aus der Elbniederung an die Oder zu wallfahrten, und ließ auch viel von dem, was ihm durch den Sinn wollte oder leuchtete, durch die Kielfeder aufs Papier fließen, daß man in Kardemin seiner nicht vergesse.

Im Sommer kam ihm ein Evangelium der Freundschaft aus dem Osten, warmer Sonnenschein drängte die Kälte in die entlegensten Herzenswinkel. Marie hatte es sich in den Kopf gesetzt, den Harz aufzusuchen, und rührte dazu die Werbetrommel über Pommern. Da war auf einmal das Gelobte Land auf die andere Seite der Welt gerutscht, rückte mit dunklen Waldbergen zusammen und hielt dem romantischen Sinn Sagensteine und verfallene Schlösser entgegen.

30

Auf dem Bahnhof von Magdeburg hatte das Leben einen hellen Klang. Sein Rhythmus schien Bismarck manchmal gesteigert, seit es die Schienenstränge hatte, auf denen es Menschen und Güter mit unerhörter Schnelligkeit von Ort zu Ort brachte. Da lag Schönhausen in seiner Niederung, deichbewehrt, in Abgeschiedenheit, aber unweit keuchte die Welt und rollte mit schweren Eisenwagen und war daran auszugleichen, was Jahrhunderte lang streng geschieden nebeneinander gestanden hatte. So war die Eisenbahn sonst im Grunde nur ein notwendiges Übel, das Unausweichbare, dem die Liberalen den fanatischen Namen Fortschritt gaben, aber heute war sie eine Freude und ein wahres Himmelsgeschenk.

Bismarck freute sich seiner Größe, die ihm über das drängende Volk hinwegzuschauen gestattete. Er sah im Zug ein weißes Tuch scharf nach hinten wehen, sah sich erkannt, schwenkte seine Mütze im Kreis. Noch ins Kreischen der Bremsen hinein schlugen Bruderkuß und Umarmung, Moritz hielt ihn fest, seine Hand war von Marie erfaßt. Dann sah er in graue Augen, die ihn still neugierig betrachteten.

"Fräulein von Puttkamer?"

Hedwig Blanckenburg und Marie duckten sich hinter ihm ins Verschwörergeheimnis.

"Jetzt bist du unser, Otto!"

"Wir wollen leben, wandern ... ganz in Freiheit."

"Man soll uns nicht anmerken, daß wir sonst gesetzte Menschen sind."

"So wollt ihr nicht den Harz fromm machen?" warf Bismarck fragweise ein, "ich dachte, es sei als Kreuzzug gegen das germanische Götterzeug vermeint, das sich um den Blocksberg herum so zähe hält."

Aber es war nichts als grüne, wanderfertige Jugend da, und als man in Wernigerode die Stolper getroffen hatte, gute gerade Menschen, da wies es sich, daß auch das Ehepaar Mittelstädt, den anderen an Jahren weit überlegen, der Sommerlust nicht weniger offen die Seele entgegentrug.

Man konnte es wahrhaftig an nichts wahrnehmen, daß Pietisten auf dem Weg waren, alle Schönheit wurde durstig getrunken, die Stillen im Land waren sehr ins Laute hineingeraten, der Himmel über den Harzbergen hing ihnen voller Geigen, von denen keine einzige falsch gestimmt war, und im ganzen schienen ihre Gemüter um eine erhebliche Anzahl von Breitegraden südlich gerückt, wo schon das wärmere Seelenklima beginnt. Wenn einer was Feines hatte oder wußte, so behielt er es nicht etwa für sich, sondern trug es den anderen zu, daß die sich auch freuen sollten. Sie waren so aufeinander abgepaßt, daß jeder Ton von einem zum anderen überging und Verwandtes erweckte, und so klang immer sehr bald ein Akkord zusammen, bei dem Schwermut und Fröhlichkeit ihr Gemeinsames in warmer Herzlichkeit fanden. Bismarck stand bei alledem vielleicht ein wenig abseits, es war trotz seiner Freude an allem doch ein feiner Hauch von Kälte um ihn, wenn es zu überschwenglich zuging.

Sie saßen im Gasthof zu Ilsenburg, und Elisabeth Mittelstädt machte dem Prediger Wangemann gegenüber kein Hehl daraus: Bismarck sei ihr so, wie wenn sie mitten im Sommer und Sonnenschein an einer offenen Kellertür vorüberginge, da komme auch immer so ein Sturz kalter Luft hervor. Wenn man mit diesem Menschen zusammenleben müßte, so müßte man wohl den Seelenschnupfen kriegen.

"Ich finde ihn interessant", entgegnete der Prediger, "er weiß unendlich viel. Er hat die Welt gesehen, und nicht wie andere daraufhin, ob die Suppen süß oder sauer angemacht werden, sondern auf das, worauf es ankommt. Was er mir von englischen Kathedralen gesagt hat, erspart mir ein Buch über diesen Gegenstand."

Beim Klavier gab es großes Gelächter, man zwang Johanna zu den Tasten. Moritz hatte schon die gemusterte Decke abgerissen und sie Bismarck um die Schultern geworfen. "Was bekomme ich, wenn ich spiele?" fragte Johanna mit schiefgehaltenem Kopf, ihre Augen waren Lichtgarben, graue Funken sprühten.

"Otto, was bekommt sie, wenn sie spielt?" drängte Moritz.

Bismarck zog den Mantel königlich um sich her: "Eine Lizenz zum Drehorgelspielen für Schönhausen und Fischbeck", und er neigte seine Hand, als verleihe er eine Urkunde.

"Ich bin erschüttert - ich kann nicht länger widerstehen." Das schwarze Gelock sprang um Johannas Schläfen, sie schlug den Deckel zurück, die armselige abgearbeitete Klaviatur wurde sichtbar, die zerschundenen schwarzen Tasten, das drangvolle Nebeneinander der einst weiß gewesenen, nunmehr gelben, in die braune Flecken von Zigarren gebrannt waren. Mit einem Finger ließ sie eine bekannte Melodie über das gemarterte Tastenwerk stolpern, hinten im langgestreckten Kastenleib balgten sich die Hämmer mit den lockeren Saiten. Ein Geheul ertönte plötzlich. Mitten im Zimmer hockte Moritz, hielt die Hände in den Gelenken abgebogen, hatte den Kopf schief zur Decke gedreht, die Augen aus den Achsen gekugelt und heulte wie ein musikfeindlicher Dorfköter.

Der Kellner, der eben mit einem Stoß Teller bei der Tür hereinkam, wurde zur Salzsäule und stand, ganz gegen alle Erziehung, ratlos vor der Erscheinung.

Das Ehepaar Mittelstädt lachte Tränen.

"Er ist mondsüchtig", schrie Hedwig Blanckenburg, und Bismarck fuhr mit seiner Klavierdecke auf ihn zu, als wolle er sie über seinen Kopf werfen.

"Ich muß ihn erlösen", sagte Johanna, und unter ihren nun voll eingreifenden Fingern entstand ein Walzer, einer von den Wiener Walzern, mit denen sich Gungl jetzt eben in die Begeisterung der Berliner einspielte. Ihr Spiel hatte nichts Erschütterndes, es war eine gute, klare Geläufigkeit darin, die nicht bis zur Brillanz gelangt war, mit dem hübschen Walzer war auch ganz gewiß keine tiefere Wirkung zu wecken, aber es breitete sich ein Wohlbehagen über die Menschen, und seltsam, diese abgearbeitete Scherbe von Klavier bekam eine Stimme und sang. Sie sang, wie manchmal ein herabgekommener Sänger sing, der sonst in Kneipen Lieder grölt, wenn er sich seiner Vergangenheit erinnert, und das ergreift einen, weil jeder Ton durch Tränen hindurch muß, die ihm aus dem Herzen quellen. Und auch das war dabei: Das Grau oder Blau ihrer Augen fand Bismarck irgendwie in die Töne gelöst, ihre Schalkheit und wissende Unwissenheit der Augen, die Takte waren von diesem einzigen, starken Elixier getränkt, und darum gingen sie wohl und fein in den Menschen ein.

Das Tellerklappern wurde jetzt heftig, drei Kellner schleppten die

Küchenerzeugnisse heran. Auf dem Tisch braute es würzhaft, was in den drei Reichen der Natur für Menschendienst gewachsen war, schien sich dort zu vereinigen.

Johanna zog den Deckel über die Tasten, die, von ihren Fingern nicht mehr benützt, sogleich aussahen wie alte, schlechte Zähne. Wehleidig erzitterte ein Summen im Klavier.

"Kennen Sie Beethoven?" fragte Bismarck.

"Nein."

"Er hat wohl das Tiefste ausgedrückt, was das Menschenherz an Leidenschaft empfinden kann. Schmerz der eisigsten Einsamkeit, Ringen zwischen Gott und Teufel."

"Was hat denn Bismarck mit Johanna getan?" schrie Moritz messerfuchtelnd. "Sie stehen dort hinten und schauen die Koteletten nicht an."

Herr von Mittelstädt knüpfte die Serviette hinten am Hals fest und breitete die Ellenbogen auseinander, um das Huhn zu zerlegen, das braun und mit glitzernden Fetttröpfchen auf der Haut in einem grünen Salatkranz lag. "Dem Moritz hat die Ehe noch nicht die gute Laune verdorben!"

Marie beugte sich vor, um ihrem Mann ins Gesicht zu sehen. "Wir beziehen ein Gehalt von der Regierung, wir sind engagiert, um den Leuten Lust zur Ehe zu machen."

"Es wird wenig helfen", sagte der rosige Wangemann, "wer kann sich heute zur Ehe entschließen? Die Zeiten sind schlecht."

Moritz sah über seine Forelle weg, die heute morgen noch in der Ilse zwischen dunkelgrünen Steinen leise flossenschlagend gestanden hatte und nun rot getupft und silbergrau in goldener Butter schwamm: "Du solltest nicht so reden, Wangemann, das ist nicht Pastorensinn!"

"Die katholische Religion hat uns das voraus, daß sie ihren Priestern die Ehe verbietet. Wie klug ist das ausgedacht: Wer für das Himmlische werben will, soll seinen Willen nicht an das Irdische binden. Und gibt es eine stärkere irdische Bindung als das Weib?"

In Elisabeth von Mittelstädts Gesicht, das dem Sprecher gespannt zugewendet war, zog eine Enttäuschung auf, ihrem ohnehin etwas angesäuerten Lebensmut war diese katholische Anwandlung schmerzliche Überraschung. Frau von Mittelstädt trat ihrem Gatten unter dem Tisch stark auf den Fuß und wies mit einem Ruck des Kinns bedeutungsvoll auf die Tochter.

Moritz gab Großartiges von sich: "Wie meint Schiller? ‚Himmlische Rosen ins irdische Leben.'"

"Der Herr Prediger hat recht", sagte Bismarck, "eine Frau ist ein Übel. Wenn ich mir in mein Leben hinein eine Frau vorstelle, so komme ich zum Schluß: es geht nicht. Ich bin ein Langschläfer! Nun ist zweierlei möglich: Entweder meine Frau ist auch eine Langschläferin oder sie ist es nicht. Ist sie eine Langschläferin, dann ist sie eine schlechte Hausfrau, es geht in Küche und Haus drunter und drüber, die Milch brennt an, oder die Katze frißt den Speck - ist sie aber keine Langschläferin, dann rumort sie mir morgens in meinen schönsten Schlaf hinein, weckt mich auf, der Tag ist mir verdorben, und so ist sie erst recht eine schlechte Hausfrau, die dem Mann den Tag schlecht macht. Conclusio: Eine Frau ist auf jeden Fall eine schlechte Hausfrau."

"Sie dürfen eben nicht nur eine Hausfrau suchen, Ademar", sagte Marie.

Sein Blick ging ernst zu ihr: "Wie viele Frauen gibt es, die dem Mann Freundin sein können?"

Wangemann blies die rosigen Bäcklein auf, sein junges Gesicht zuckte vor stillem Lachen: "Die Ungläubigen reden davon, daß Gottes Schöpfung unvollkommen sei. Ich könnte Gott nur einen einzigen Vorwurf machen: daß die Knöpfe nicht von selber wachsen. Dann wäre die Ehefrau ganz und gar entbehrlich."

Moritz sandte dem letzten zarten Forellenbissen eine kleine runde Kartoffel nach. Die sah aus wie ein großer, butterglänzender und mit grünem Schnittlauch bestreuter Schlußpunkt zu dieser gottgesegneten Zwiesprache mit dem Flossentier. "Ja", sagte er kauend, "ihr redet beide von der Ehe wie der Blinde von den Farben. Probieren geht über Studieren. Versucht's nur einmal."

Sie wehrten lachend ab. "Das ist's ja eben, daß es kein Probieren gibt. Ja - ginge die Ehe nicht immer gleich so aufs Ganze."

Elisabeth schüttelte mißbilligend den Kopf, da war diese kühle Frivolität, die offene Kellertür. "Ach Gott, Moritz", sagte Marie mit einem verzogenen Mund, "da müssen wir der Regierung das Gehalt zurückgeben. Wenn wir nicht einmal unseren nächsten Freunden Lust machen können!" Sie wandte sich nach links. "Und du, Johanna?"

"Ich finde die Ehe recht nett", sagte die Schweigsame, "sie hat nur einen Nachteil: daß ein Mann dabei sein muß."

Entrüstung schlug ihr entgegen, Johanna verriet gemeinsame Interessen. "Ach, du Unnatur! Du Männerfeindin! Na, warte nur auf deinen Tag!"

Der Morgen nahm die Wanderer die Ilse entlang mit sich dem Brocken zu. Das Wasser sprang von roten Gipfeln und buckligen Halden ins dunkle Tal.

Aus dem Tal rang sich der Weg bergan ins lichtere Gehölz. Je höher sie kamen, desto freier und kühler wurde es um sie. In den Schneelöchern hatte der Winter noch schmutzige Reste zurückgelassen, an deren Ränder ein Wundersaum von Frühlingsblüten stand. Bismarck bedauerte, daß sie keinen Champagner mitgebracht hatten, da hier so schöne Gelegenheiten gewesen wären, ihn zu kühlen. Die anderen aber sprachen davon, daß der Reiz der Berghöhen darin liege, daß man mit dem Hinansteigen immer mehr ins schon abgetane Jahr zurückgeführt würde, vom Sommer des Tales bis zur Winterkälte, und daß es also sei wie mit der Erinnerung, die auch in Vergangenheiten leite. Man lebe so ein Stück seines Lebens noch einmal.

Unter einem über die Waldberge gespannten Zelt von Gold und Blau wurde das Frühstückslager abgehalten. Dann kam man ins Blockgewirr, und das zarte Zeugschuhwerk der Frauen, das den Knöchel nicht fest genug umspannte, gab Anlaß zur Besorgnis. Bismarck, der oft als letzter ging, um mit seinen langen Beinen das Steigen der anderen nicht zu sehr zu beschleunigen, sah oft Johanna vor sich und freute sich, wie sicher und gut sie ging.

Einmal wandte sie sich nach ihm um: "Hier sind also die Hexen zu Haus?"

"Ja!" sagte er ernsthaft. "Es mag schon übermenschliche Bekenntnisse und Einflüsse geben, Dunkles und Verborgenes, das rührt uns ja in allen großen Dingen an, ist vielleicht das Beste in ihnen. Wenn Sie einem tiefen Eindruck nachsinnen, bleibt immer etwas unerklärt. Sollen Sie sagen, warum Sie ein Gedicht von Byron ergreift oder etwas von Beethoven? So müssen Sie zuletzt verstummen."

Johanna hätte nicht sagen können, warum sie darüber so innig erfreut war, daß Bismarck so zu ihr sprach. Sie fühlte, daß er ihr mit diesen Worten mehr gab als anderen sonst. Und warum gerade mir? Indem sie dieser Frage nachhing, fand sie sich selbst in das Dunkle, Unerklärte gedrängt, von dem er gesprochen hatte. Eine süß nagende, verwirrende Neugierde blieb zurück. Sie zog sich im Laufe des Tages noch oft in seine Nähe, immer wieder mutlos ins Unbedeutende sinkend, wenn sie sich zu innerlich Wichtigem erheben wollte.

Das Brockengespenst, das Moritz ganz fest versprochen hatte, blieb aus, aber dafür hob sich ihnen deutsches Land wie eine volle Schale entgegen, angefüllt mit dem Grün der Wälder, dem Altgold der Felder und dem dazwischen hingestreuten Gekräusel von Dörfern und Städten. Man ahnte in den Dünsten des Nordens das Meer und in der Klarheit des südlichen Himmels Zinnen und Firne aufgebäumter Bergwelten.

Fast schmerzlich süß war das Glücksgefühl der Stunden, und Bismarck hatte zu tun, seine Kaltblütigkeit gegen den Ansturm von Schwärmerei zu verteidigen, der immer wieder aus den wunderbar erhellten Menschen vordrang. In der einfachen Gipfelwirtschaft fand man sich mit den geringen Vorräten an Lebensmitteln gerne ab, und da man schließlich die rechte Zeit zum Abstieg versäumt hatte, entschloß man sich auch, über Nacht zu bleiben. Wenig hätte gefehlt, und Wangemann, der auf die Teufelskanzel geklettert war, hätte von dort herab zu sprechen begonnen, ohne zu bedenken, daß auf diesem Felsen nun ein für allemal eine satanische Predigt haftete.

Der Sonnenuntergang hielt nicht ganz, was der schöne Tag versprochen hatte, aber dafür kam dann die köstliche Mondnacht herauf.

"Sehen Sie den Eisstoß dort oben?" sagte Bismarck, der mit Johanna, wie sie in einen schweren Mantel gehüllt, vor dem Blockhaus stand.

Am Himmel war wirklich ein lebhafte Schauspiel von bewegten Wolkenschollen, die sich übereinanderschoben und von einem starken Strom fortgetragen wurden, während sich der Mond wie ein großes Boot durchkämpfen mußte. Wenn er dann eine Strecke freie Fahrt hatte, so zuckten die Granitblöcke des Hexenaltars und der Teufelskanzel ihre schweren Schatten zwischen sich und über den kurzbegrasten Grund.

"Sie denken an Ihren Deich?" fragte Johanna.

"Er macht mir Sorgen. Sehen Sie, ich will Deichhauptmann werden, nicht um der Ehre willen, sondern weil ich weiß, daß ich der Nächste dazu bin. Unser Hab und Gut hängt an diesem Deich, und man hat mit nichts als lauter Unverstand und Trägheit zu kämpfen ... Sehen Sie, da ist der Qualmdeich ... ach, was erzähle ich Ihnen das ...?"

Ein Paar strich unten um den Hexenaltar, und man hätte Ungeheuerliches denken können, wenn man nicht genau gewußt hätte, es seien Elisabeth und Wangemann.

"Wollen Sie es mir nicht doch erzählen?" bat Johanna nah einem kleinen Schweigen.

Und Bismarck nahm ohne längeres Weigern seine Schönhausener Angelegenheiten und stellte sie vor Johanna, wie vor einen klugen, einsichtsvollen Menschen. Da war der Fischbecker Qualmdeich, der war nicht etwa so ein Ding für sich, sondern gehörte zur Uferbefestigung wie nur ein Stück des eigentlichen Elbdeiches. Er hielt den Gegendruck gegen den elenden Hauptdeich fest. Aber die Regierung hatte ihren Aktenschimmel aufgezäumt und ritt ihn gegen vier armselige Bauern, denen sie immer wieder die Erhaltung dieses Qualmdeiches aufhalsen wollte, obzwar die vier Notnägel die Last nicht tragen konnten und das Ganze eine öffentliche Sache war.

"Sollte man es für möglich halten?" Johanna war ehrlich erstaunt.

"Man versteht es nicht. Wundern Sie sich dann, wenn man von Menschen nicht allzuviel hält und von jedem das Schlimmste und Dümmste so lange annimmt, bis er den Gegenbeweis erbracht hat?"

Sie erschauerte bis in die Untergründe ihres Seins. Es war ein schnürendes Kältegefühl. "Das muß furchtbar sein! Mit dieser Ansicht von den Menschen muß einem das Herz erfrieren."

Hedwig und Marie kamen von einem Rundgang.

"Sieh da! Der ausgekältete Bismarck und die gleichgültige Johanna!" lachte das Trieglaffer Fräulein. Aber Marie zog sie hastig fort, mit eifrigem Geflüster die Störung beseitigend.

Die Mondfahrt ließ Schatten in raschem Wechsel aufspringen und aufgesaugt werden. "Das Leben ist ein Schattenspiel", sagte Bismarck mondwärts starrend, "ich treibe willenlos zwischen den Schollen. Mein Steuer ist die Neigung des Augenblicks. Es ist mir gleichgültig, wo mein Schiff an Land oder auf Grund gerät."

Tränen drangen dunkel heran, die Welt war voll Leid. "Sie sollten nicht so sprechen! Sie sind berufen, ins Große zu wirken."

"Ach, wenn Sie wüßten, wie mich die Leere quält. Was ist denn dies alles? Ich werde Deichhauptmann sein und mir und meinen Bauern das Land behüten. Ich balge mich mit der Regierung wegen der Patrimonialgerichtsbarkeit. Ich werde vielleicht zum Abgeordneten gewählt werden und, wenn der König einmal den Vereinigten Landtag beruft, zwischen etlichen hundert anderen Schafsköpfen Reden halten. Was weiter?"

Schweres fiel in Johannas Seele, aber Freude glänzte wolkenhoch her. War das der wilde Bismarck, von dem man nichts als tolle Streiche wußte? Da stand ein in sich selbst bohrender Grübler, ein Beladener, einer, der Rechenschaft fordert und zu geben gesonnen ist. Und ihr wurde sein Vertrauen.

Das Spiel am Himmel nahm seinen Fortgang, nach einer schweren Wolkentrift gerann nun alles zu Silber, vorsintflutlich hockten die Granite, hielten die schwarzen Schatten an sich gerafft. Ein weicher Flug zuckte in der Luft. Johanna zitterte unter der drangvollen Fülle dieser Stunde. Wartete Bismarck auf ein Wort? Bescheiden hob sie es aus sich: "Was Sie quält, ist nur das Übermaß Ihrer Kraft."

Er stand ihr abgewandt. Der Mantel bewegte sich leicht, es war, als rüste er sich auf seinem Felsblock zum Fliegen. "Ich bin dreißig vorbei. Mit diesem Jahr entscheidet sich das Leben zu dem Weg, den es gehen will. Es lag einmal ein schöner, blauer Duft auf fernen Bergen. Jetzt weiß ich, es ist vorbei."

"Mein Gott, Bismarck, Sie fangen doch erst an."

"Ich habe es als Beamter versucht. Ekel! Alles wird ins Kleinliche gezerrt. Da war dann die große, stille Kraft der Erde. Seit Jahren baue ich Raps und Korn und schlage mich mit Dürre und Feuchtigkeit, die Pferde kriegen den Koller, die Kühe kalben, das Gesinde muß kurz gehalten werden. Man darf mit ihnen nicht zu vertraut werden. Die vielen, kleinen Dinge, die ein Beisammensein nötig macht, trüben das Gefühl fürs Große. Die Einsamkeit ist bitter."

Elisabeth und Wangemann strichen langsam vorbei, dem Haus zu, etwas schrie seltsam in der Mondnacht, ein Käuzchen, aber es war, als habe einer der grotesken Felsen sich eine zu ihm passende Stimme beigelegt. Weither wehte die Unendlichkeit, aus dieser Ahnung räumlicher und zeitlicher Ewigkeit tropfte es schmerzlich und betäubend ins Blut. Johanna umfaßte einen Zacken des naßkalten Felsens, das Mondlicht war in kleinen Schüsselchen des Steines flüssig geworden, es war die Stunde der sprechenden Tiere. Jetzt kam das Einhorn an den Rand der großen Wälder, trabte mit glühenden Augen auf die Lichtung, trug die Affengestalt der Nachtgespenster zum offenen Fenster des Försterhauses. Aber um die Schneelöcher unten drehten sich selige Lichttänzerinnen. Und alles hing irgendwie im tiefsten Wesen Johannas und dieses Mannes, war von Gottes Hauch berufen, zeugte von ihm durch seine reine Schönheit. Ihre Lippen sprangen auf: "Es ist die Enge. Eine große Aufgabe, Bismarck, die fehlt! Vertrauen Sie auf Gott. Er wird Sie rufen, wenn es an der Zeit ist."

"Ich habe um Gott gerungen", sagte er, "er hat mich nicht gehört. Wenn er ist, hätte er mich hören müssen, so habe ich aufgeschrieen. Wer glauben kann, der steht fest. Der Zweifel kann nicht heran. Mag auch die irdische Bestimmung verfehlt werden, die himmlische ist ihm sicher. Wer aber nur über diese Erde verfügt und nicht finden kann, wohin er zu gehen hat ...! Nächtelang habe ich über der Bibel gewacht ..." Er schlug den Mantel auf, der Wind, der bergauf stieg und um die Teufelskanzel fuhr, riß am befreiten Saum. Stand einer dort auf den Steinen und predigte, war dieser Wind sein fauchender Atem? "Ach, das macht einen nur noch bitterer!" brach Bismarck ab.

Angstvoll bebte ein allzu beladenes Herz. "Ihre Freunde sind besorgt um Sie."

Breiter Lampenschein brach in die blaue Mondflut. Eine dunkle Gestalt stand in der Hüttentür, beide Arme gegen die Rahmen gespreizt. "Juhu! Kinder! Schlafenszeit!" schrie Moritz.

Sie schritten nebeneinander her, tauchten ins neckende Gefragte, ob sie auf die nächste Walpurgisnacht Quartier bestellt hätten, Bismarck als Herr Urians Leibjägermeister, Johanna als jüngstes und sauberstes Hexlein. Dann ging's auf das rauhe Lager, daß den Frauen im Obergeschoß, den Herren auf dem Stroh, in der Kammer neben dem Wirtszimmer bereitet war. Schulternahe, Arm in Arm gingen Johanna und Marie die steile Hühnerstiege hinan. Plötzlich fühlte sich Marie umfaßt, naß drückte sich der Freundin Gesicht an ihre Wange, Schluchzen schütterte an ihrem Hals. Alle Seligkeit der Nacht war gelöst, Mondsilber und Unendlichkeitsahnung in Tränen gewandelt, ein tiefergriffenes Herz half sich in beglückendem Weinen.

"Was hast du, Johanna?"

"Ich möchte gut sein, Marie … die Welt ist so unsagbar schön … bete mit mir, daß mich Gott gut sein läßt."

Sie standen auf der Treppe, durch eine Schießscharte von Fenster schob der Mond seine milde Hand auf die braunen Wände. Marie hielt Johannas Kopf, zukunftsfroh und doch mit einem leise nagenden Gefühl im Herzen.

31

Das ganze Haus roch nach Essenzen, man hatte allerlei wohlriechende Kräuter abgebrannt, um die Luft zu verbessern, denn diese Krankheit, deren Natur den Ärzten rätselhaft war, konnte auch ansteckender Art sein. Sie gab das Bild einer Gehirnentzündung, aber die Kette führte vom Totenbett des jüngsten Thadden über das der Mutter zum Krankenlager Maries. Der Bruder war an Typhus gestorben, und so lag die Vermutung nahe, daß die Seuche, die über ganz Pommern ging, auch Marie ergriffen habe.

Moritz sah vom Fenster des Krankenzimmers Bismarcks Wagen vorfahren. "Dreißig Stunden ist sie im Delirium gelegen. Wir glaubten schon, es wäre vorbei. Jetzt klärt es sich wieder. Sie hat mich erkannt."

Vor der Tür des Krankenzimmers, die Klinke leise niederdrückend, flüsterte er noch: "In ihren Phantasien hat sie auch dich immer gesehen. Sie war bei den Seligen ... auf einmal strahlt sie in Freude:

‚Wie froh bin ich, daß auch du angekommen bist.' Das warst du, Otto, der da kam."

Schon vor vierzehn Tagen, da Bismarck Marie als eine von leichtem Übelbefinden Befallene verlassen hatte, war ihr Aussehen danach angetan gewesen, Besorgnis zu erwecken, jetzt war das, was da zwischen dem aufgetürmten Bett und der Binde um den Kopf zu sehen war, zum Erschrecken. Zur Schlacke ausgebrannt, gedörrt von Fiebern, zusammengeschnurrt war das arme Gesicht. In tiefe Bewußtlosigkeit gestürzt, dann wieder zu wütender Gedanken- und Bilderhetze aufgerissen, verströmte die Kranke Kraft und Leben. Der Geruch, der das ganze Haus in Besitz genommen hatte, schien aus ihrem halbgeöffneten Mund hervorzukommen, getragen von den ungleichmäßigen Stößen des Atems.

"Ja ... Ademar!" sagte sie, und man sah das Bemühen, ihre Hand unter der schweren Decke hervorzuziehen. Bismarck wehrte ab, er war wie unter einem Geschwirr sausender, dunkler Flügel, ein langer Saugrüssel lag an seinem Herzen, durch den soff ein Unhold das Blut. Untrüglich war es, daß die Frau am Beginn des Weges ohne Wiederkehr stand. Schon fielen die langen Schatten. Ferner klang die Welt an diesem Bett.

"Ja ... Ademar ... ich bin nicht schöner geworden...", ihr Lächeln brannte Wunden, "die Haare gehen mir aus. Ich habe die ganze Zeit Eis auf dem Kopf. Da sterben die Wurzeln ab. Oder aber die Hitze in meinem Kopf versengt sie ... wenn ich mit der Hand hinfasse, ganze Strähnen gehen mir aus ... Sie sind gekommen, mich sterben zu sehen."

Bismarck trug Zuversicht zur Schau: "Nein ... Ihretwegen wäre ich nicht so rasch wieder aus Schönhausen gekommen, Marie. So ein bißchen Fieber ist kein ausreichender Anlaß. Ich muß meinen Pachtvertrag über Kniephof abschließen, der soll in diesen Tagen perfekt werden."

Unbeschwertes Kinderlallen quoll durch das Haus, vergnügtestes Krähen, das nichts vom Jammer des Sterbens wußte.

Die Hand hatte sich von der Deckenlast befreit, zitterte armselig über die Federwölbung, zu schwach beinahe, um einen Eindruck zu hinterlassen. "Warum mich Gott wohl sterben läßt?" sann die

Kranke. "Ich bin zu weltlich. Ich habe mein Herz zu sehr an Moritz und das Kind gehängt. Gott ist darüber zu kurz gekommen. Nun nimmt er mich fort, er will nicht, daß wir uns an diese Welt zu sehr verlieren. Aber warum hat er uns dann die Liebe gegeben, wenn wir sie nicht üben sollen?"

"Marie, Ihre Sterbegedanken sind Unsinn."

"Nein, Ademar - aber was bedeutet das? Ich weiß, daß mein Erlöser lebt. Und ich bleibe doch bei euch, meine Lieben."

Hinter Maries Rücken winkte Moritz zum Fortgehen. Gehorsam und weh erhob sich Bismarck, mit einem Scherz, der Pächter erwarte ihn, er könnte ihm inzwischen hinter die Kniephofer Unzulänglichkeiten kommen, wenn er zu lange ausbliebe.

"Wie findest du sie?" fragte Moritz draußen.

Mit einer Lüge entwand sich Bismarck. Nach den Berichten, die man ihm gesendet habe, sei er auf Ärgeres gefaßt gewesen, und in Maries Augen sitze das Leben, es getraue sich nur noch nicht so recht frisch hervor.

"Lausig ... lausig ... gemein ... lausige, hundsgemeine Welt", murmelte er, als er auf dem regentriefenden Wäglein durch die pommersche Landstraßentunke schlabberte.

Der Pächter aber hatte nichts zu lachen. Dem setzte Bismarck die Daumen aufs Auge und drehte ihm so harte Bedingungen an, daß der Mann einen eilenden Boten aussandte, um einen Berater und Beistand zu holen, von dem er wußte, daß er Bismarcks persönlicher Gegner und schon darum geneigt sei, kräftig Widerpart zu halten.

Es kam wieder einiges Licht in die Welt.

Die Schatten um Frau Marie schienen aus ihren Winkeln zu weichen, das Herabgleiten auf dem dunklen Weg hielt ein, Herzschlag und Kopf wurden freier, der alte Doktor Fanninger besah den Urin im dünnen Glas mit väterlichem Wohlgefallen.

Auch die Haare werden wieder wachsen, meinte er, als sei mit dieser Versicherung etwas Wesentliches für den Gesundungswillen getan. Bismarck erzählte, er habe seinen Pächter an den Marterpfahl gebunden und werfe mit Vertragsparagraphen nach ihm, die seien noch schneidiger als die indianischen Kriegsbeile. Den Rechtsbeistand, der sich mit hämischen Bemerkungen liberaler Herkunft

Kniephof herabzusetzen erdreiste, werde er demnächst zufällig in die Senkgrube befördern, damit er endlich zu dem ihm einzig anstehenden Geruch komme.

Alles wollte mithelfen, um Marie wieder in diese Sündenwelt herabzuziehen. Aber ihre Seele, die schon zu weit weggewesen war und nur in einer letzten Rückschau noch gezögert hatte, schien sich endgültig zum Verzicht entschließen zu wollen. Die Besserung hielt nicht an. Je weiter es in den November ging und je kürzer die Tage wurden, desto welker lag die Kranke, schwand immer öfter ins Dunkel der Sinnlosigkeit, als gewöhne sich ihr Geist, den Körper zu verlassen.

Es gab nach Regenwochen Frost, auf den Straßen knisterten braune Krusten, in den tief eingepflügten Geleisen schossen weiße Strahlengebilde an, Krähen hockten völkerweise im kahlen Baumgespreiz.

Marie hielt Bismarcks Hand: "Wir waren Ihnen treue Boten, Ademar", sagte sie, und nach jedem Wort pfiff der Atem durch die Lungen, "wir haben keinen Ihrer Gedanken getrübt. Alle sind rein und unverstellt vor Johanna gelangt. Und sie ... sie meint, sie sei noch immer herzkrank." Ein ergreifender Rest von Schelmerei wankte durch ihre Züge.

"Ich sterbe leicht ... Ademar. Mein Gott wird mir gnädig sein. Wenn Sie still und heiter werden wollen, reichen Sie Gott die Hand. Er wird helfen ..."

Der Doktor kam mit seinem weichen Schritt, trug den bedeutenden Bauch auf kurzen Beinen zum Bett, Bismarck mußte den Platz räumen ...

Kaleb, du wirst verkauft! Wirst Ackergaul. Vor den Pflug gespannt wirst du schwere, pommersche Erde brechen für grüne Saaten, die aufschießen müssen und reifen, um dich zu nähren, daß du von neuem vor den Pflug gespannt werden kannst. Kaleb, nicht mehr oft wird mich dein Rücken tragen! Die Stallaterne schwankt über den Boden, Kaleb schnaubt am Zügel, stolpert in den Stall. Kaleb, wie oft ist Schwermut in deinem Sattel gesessen und wie oft Übermut, heute hast du den Gedanken an ewige Trennung getragen!

Die Kniephofer Zimmer waren kahl geworden, was es Liebes

und Trautes gab, war an die Elbe geräumt, dort baute sich nun das neue Leben auf. So sah sich Bismarck von nichts umgeben, das den schweren Hang seiner Gedanken durch zärtlich begütigendes Stummsein gemildert hätte, so warf die Brandung in seinem Gemüt den ganzen Schwall gegen die Grundpfeiler seines Wesens. Schon ein liebes Ding in die Hand zu nehmen und still zu betrachten, ist Wohltat. Bismarck sehnte sich nach einem Schimmer von Trost. Er drang, am Fenster stehend, durch die Herbstnacht nach Reinfelden, dort war jemand, ihm gleichgesinnt, mit der Entfernten bangte sein Herz um die Freundin.

Wenn Eltern sterben, so ist das der natürliche Verlauf der Dinge, und eine ruhige, nur leise spannende Trauer bestätigt Gesetze des Weltgeschehens. Aber dieses Hinsterben war Unrecht und Unsinn. Es nahm einen Menschen fort, der so reich war, daß er jedem etwas zu geben hatte, so mußte eine Leere bleiben.

Ein Pfeifen schrillte durch das öde Haus. Johann hatte Liebeskummer, er bannte ihn durch einen Schottischen, und was darin an falschen Tönen war, das gab im Symbolischen die Falschheit der Geliebten, die einen Stellmacher vorgezogen hatte. So stieß der kleine Schmerz unmittelbar an den großen. Wer übrigens hatte das Recht zu sagen, sein Schmerz sei der größere? Und wer durfte sich herausnehmen zu sagen, dies sei Sinn und jenes Unsinn? Wer zählte die Welten des über alles Großen und des unmeßbar und unwägbar Kleinen?

Ein Ringen brach Felsen auseinander, in flüssiger Glut strömte der Kern des Wesens dahin. So mochte die Erde ihren heißen Leib durch plötzlich geöffnete Spalten entladen. Ein Ungeheures, Brausendes sengte. Es bildete einen Namen, Klang, Kristall, gewölbte Halle, Ton von sprühenden Steinen, drängte sich immer inniger in alles Dasein ... Gott! Gott - laß sie nicht sterben!

Bist du Barmherzigkeit, Gnade, Herz der Welt, dann laß sie nicht sterben! Du hebst den Finger, Meere brüllen auf, die Angeln der Ewigkeit zittern, du strömst einen Tropfen Licht dahin, im Kuhfladen regt der Wurm den Anfang einer unabsehbaren Lebenskette, Erzengel stehen mit strahlenzitternden Flügeln auf den Zinnen des Seins, eine Blume duftet sich in der Hand eines Mädchens zu Tod.

Gott - laß sie nicht sterben! Aus meinen Tiefen hebe ich mich zu dir, nimm mein Gebet, gib ihr die Kraft, das Leben zu halten. In deinen Händen liegt die Macht ... ich weiß, du bist, du bist ...

Ich fühle dich in mir, und hingegeben bin ich dir, dein Mantel fließt und umhüllt mich ganz, Gott ...!

Hingeworfen fand sich der kleine Mensch, vor Ergriffenheit zerwühlt. Nacht braute und Einsamkeit rauschte. Was war geschehen? Ein Gebet war zu Gott gegangen, ohne Willen ausgesandt, jenseits der Vernünftigkeit entstanden, jenseits alles Grübelns, aus Drang und Angst und großer Gewißheit der Stunde.

Der Kampf wich, eine stillergebene Ruhe sänftigte alle Herbheit, nun war alles dem Einen anheimgestellt. Die Nacht bettete den Müden in den Rest ihres Dunkels.

Mit dem Morgengrauen war ein Kardeminer Bote da, blassen Gesichts, der Herr von Bismarck möge nur schnell kommen. Kaleb trabte durch Rauhreif, sein Herr wußte alles. Still, zwischen hohen brennenden Kerzen lag Marie, schmal und leicht, alle Weltlichkeit war von ihrem Gesicht gewischt. Bismarck stand aufrecht, beide Hände auf das Bettende gestützt, dachte einer Stunde, wo er, über Dächer reitend, den ersten Blick auf eine Tote gewann.

Der alte Thadden, der zum drittenmal in wenigen Wochen den Schnitt der Sense vernommen hatte, und Moritz waren gefaßt und liebreich gegen den Freund, dessen stumme Erschütterung sie wie ein Beben des eigenen Selbst empfanden.

"Dies ist das erste Herz", sagte Bismarck, "das ich verliere, von dem ich weiß, daß es warm für mich geschlagen hat."

"Gottes Wille geschehe", murmelte Moritz mit leerer Stimme.

"Amen!" beendete der alte Thadden.

Bismarck wandte sich und zog den Freund an sich. Die riesigen Glieder zuckten in der heiligen Marter des Schmerzes.

32

Im Land der Kassuben, nahe der polnischen Grenze, wo im Winter noch die Wölfe bis an die verschneiten Bretterzäune heranheulen, wurde dem alten Herrn von Puttkamer auf Reinfelden eine Überraschungsbombe in den Weihnachtsabend geworfen. Sie kam aus der Posttasche, in der die Briefe von Stolp gebracht wurden und sah gar nicht anders aus wie jeder andere Brief. Hohe, feste Züge stellten den Namen von Johannas Vater auf den Umschlag, denn daß es sich nicht etwa um *oeconomica* des Gutsherrn Puttkamer oder um *politica* des Abgeordneten Puttkamer, sondern lediglich um ihn in seiner Eigenschaft als Vater handelte, wurde klar, sobald das Siegel mit Klee und Eiche erbrochen war.

Der wilde Bismarck warb um Johanna.

Im ersten Schrecken wünschte sich der fromme alte Herr Fausti Mantel oder Fortunati Wunschhütlein oder sonst ein rasches Beförderungsmittel, auf die Gefahr hin, seinem gottgefälligen Wandel durch teuflisches Zauberzeug einen unaustilgbaren Klecks anzuhängen, nur um augenblicks in Schönhausen zu sein und dem Junker den Kopf waschen zu können, ehe noch die Seife seines Zornes zu schäumen aufgehört hätte. Dann aber schlug es ihn aus dem Brief an wie Glockengeläute unter Wasser, wie aus einer versunkenen Märchenstadt grüßte es, und langsam, als sei der Tiefe Erlösung gegeben, stieg es aus der Verwirrung und Tollheit empor zum Licht der Sicherheit über sich selbst.

So konnte der alte Herr von Puttkamer, nachdem er den Brief auf sich wirken lassen und mit Frau Luitgarde bis in die Beistriche und Punkte hinein beraten hatte, und nach ernstlichen Unterredungen mit der ungeratenen Johanna nicht anders beschließen, denn daß dem Herrn auf Schönhausen eine Antwort zu geben sei. Die fiel denn auch so aus, daß man den Inhalt auch in einem halben Schock bedenklicher "Hms" hätte zusammenfassen können, und war im ganzen wie ein wohlgeratenes diplomatisches Aktenstück, bei dem man auch vorn und hinten nicht genau unterscheiden kann und nicht weiß, ob es letzten Endes ja oder nein bedeutet. Nur ein kleiner Finger war darin dem Schönhausener entgegengestreckt, die Möglichkeit eines Besuches in Reinfelden in Aussicht gestellt, und Bismarck war nicht danach angetan, sich so ein Fingerlein entgegenkommen zu sehen, ohne sogleich die ganze Hand zu fassen.

Er meldete seinen baldigen Heereszug auf Reinfelden, und von dem neuen Wandkalender dieses Jahres 1847 waren noch gar nicht viel Tagesblättchen ins Vergangene abgerissen, als man schon wußte, der Werber komme angerückt. Er kam durch Winter und mannestiefen Schnee, durch das Land der Kassuben und der Wölfe, wo die Flüsse an die Wälder festgefroren waren.

Jeder bereitete sich auf seine Weise zum Empfang.

Herr von Puttkamer durch viele Zwiegespräche mit Gott, durch angstvolles Zukunftdeuten, wenn es nach ihm gegangen wäre, so hätte er das Ganze als eine Bußangelegenheit aufgefaßt, die in Sack und Asche zu erledigen sei und in ein strenges Beten und Fasten münden müsse.

Frau Luitgarde betete mit ihm, aber gegen das Fasten sperrte sich die Hausfrau in ihr, die einen Teil ihrer Seele in weltlichen Obligationen angelegt hatte, von der Art, die zwar im Himmel keine Zinsen tragen, aber hier auf Erden sichtbare Sicherheit geben, es sei in Küche und Keller alles wohl bestellt. Ihre Kränklichkeit war bis auf weiteres erledigt, sie scharwerkte bei Wurst, Schinken und Rauchfleisch für zwei Gesunde.

Johanna aber bestellte ihr Herz, indem sie alle Kammern öffnete, als sei es nicht Winter, sondern lichter Frühling, und man könne nicht genug Luft und Glanz einlassen, so daß der Vater immer wieder verwundert vor ihr stehenblieb, wie schön sein Kind geworden war. Es erging ihm mit ihr wie mit einem Schreibtisch oder Sekretär, einem Möbel, das man jahrelang kennt, bis in alle tiefsten Fächer und Laden hinein, und eines schönen Tages drückt man an eine unscheinbare Feder, und etwas Verborgenes springt auf, ein allertiefstes, geheimes Fach, in dem etwas ganz und gar Unerwartetes zutage kommt.

Der Wintermorgen ballte Schneewolken über das Kassubenland, vermummte Zäune und Bäume noch tiefer, der Hausherr trug seine Sorgen ruhelos durch das Haus, das so sauber gemacht war wie eine Kirche zur Pfingstzeit, und wenn er irgendwo Johanna begegnete, so blieb er stehen und sah ihr immer wieder kopfschüttelnd nach.

Die Heimliche! Die Verschwörerin! Die Maskenträgerin!

Als er sie im blauen Zimmer traf, wo sie über den großen Mahagonitisch einen weißen buntgestickten Läufer zog, ihrer Hände Arbeit, Frauenschuh und Herzblümlein in grünem Gerank, da fing er sie beim Arm und fragte zum zweiunddreißigstenmal: "Kind! Kind!

Wie ist das nur gekommen?"

Und Johanna hatte das blaue Leuchten: "Wie die Sonne kommt, Papa! Sie geht auf und ist da!"

"Mein Kind, meine Johanna", lamentierte der Vater, "wenn ich dich nur nicht in den Harz gelassen hätte."

"Es wäre doch gekommen! Wenn jemand gegen den Osten auch eine Mauer baut, so geht die Sonne ja doch auf!" Sie strich das Läufertuch glatt, über Frauenschuh und Herzblümlein strich ihre Hand.

"So bist du mir in Leidenschaft verfallen ... Kind!" klagte Puttkamer.

Das Wort Leidenschaft hatte für Johanna üblen Geruch und Klang. Leidenschaft, das ging wohl in Gegenden des Herzens vor, die sie nicht kannte, ihre Liebe war ruhiger Glaube und Fröhlichkeit. Jungfräuliche Scham wehrte ab: "Nein, Papa ... es ist nicht Leidenschaft. Aber ich vertraue ihm."

"Dem wilden Kerl? Dem ..." er fing noch zu gutem Glück ein paar haarige Worte gerade beim letzten Schwanzzipfel.

"Wenn er mit mir gesprochen hat, war es Ernst und tiefer Sinn."

"Wann, wann hat er so gesprochen?" Der Vater beklagte gewährte Gelegenheiten.

"Im Harz, in Mondscheinnächten, wenn unser Gemüt ganz voll war von Gottes Schönheit und Güte. Und früher schon, in Pfingsttagen ... zu Kardemin. Aber da kamen wir uns nicht so nahe. Zuletzt dann noch in Zimmerhausen."

Herr Heinrich reckte den festen Schädel zum Himmel, zwischen tiefen Denkerwinkeln lief eine spitze, glatte Haarzunge in die starke Stirn aus: "Ja ... die Kardeminer Zwischenträgerei!"

"Papa, diese beiden besten Menschen haben es zu unserem Glück vermeint. Es ist mir, als sei unser Bund durch unsere arme Marie geheiligt. Sie haben uns immer näher gebracht."

Schlittenläuten schien in den stäubenden Flocken zu hängen, seit dem Morgen war es in Johannas Ohren. Aber vom Fenster sah man nur weiß gepelzte Welt, in der auch des Gutes Alltagsarbeit gedämpft war. "Sie haben unsere Gedanken und Gefühle einander wissen lassen, und dafür steh' ich in ihrer Schuld. Wie schön hat Moritz einmal geschrieben, als er einen Briefbogen zerteilte und jedem von uns eine Hälfte sandte: wollte Gott, daß ich euch beiden noch einmal auf undurchschnittenem Briefbogen schreibe."

Der alte Herr räusperte sich, Verlegenheit nahm ihm das Wort, eine Tote stand verklärt vor ihm, nur Gutes war dem Herzen dieser Frau entflossen.

"Und hast du nicht seinen Brief", fuhr Johanna fort, Anwältin ihrer Liebe, "hast du nicht zum aufrichtigen Bekenntnis seiner Verfehlungen auch das seiner Einkehr, seiner Rückkehr zu Gott durch das Gebet? Man mag ihm nachsagen, was man will, das werden ihm die grimmigsten Gegner lassen müssen: Seine Wahrhaftigkeit steht über allem Zweifel."

Der Vater deckte den Rückzug: "Es mag ja sein, daß er selbst daran glaubt."

"Nein, Vater, er prüft sich ganz genau. Er würde es sonst nicht geschrieben haben. Gottes Finger hat ihn erweckt. Und im Himmel ist mehr Freude über einen Bekehrten als über neunundneunzig Gerechte."

Da blieb nichts übrig, als das Feld zu räumen, aber während der alte Herr dem Ankleidezimmer zuschritt, um sich umzuziehen, traf ihn die Erkenntnis, daß seine Bedeutung vor diesem Wildfremden gesunken war. Die sanfte Johanna redete wie ein Advokat, sie formte Gründe und hielt sie gegen ihn als Waffen. Und so war unzweifelhaft zu ersehen, daß sie das Leben von Vater und Mutter und Reinfelden wegführen würde, und sie würden fortan hinterdreinfahren wie arme Bauersleute, während Johanna vorn im Wagen des Glückes saß. Des Glückes? Wer gab Bürgschaft? Der alte Herr stand in bitterer Not. Wenn es nicht anders ging, so war die Angelegenheit wenigstens hinauszuziehen.

Er suchte seine Frau, fand sie in der Küche vor einem Bratenblock, so groß, daß sich des Königs zwölf hungrigste Grenadiere hätten an ihm ersättigen können, und erklärte, jetzt sei er entschlossen, und aus des Herrn Bismarcks Plänen würde nichts.

Pro primo: wegen des Herrn von Bismarck bemakelten Vorlebens, das nicht durch acht Seiten eines vernünftigen Briefes aus dem Krummen ins Gerade gebogen werde, zweitens, weil man doch wisse, daß es dem Junker auf seinem elbischen Sandhaufen nicht zum besten gehe, und daß es ihm eher gelingen könnte, sich des Wassers als der Schulden zu erwehren, drittens, weil sonst Johanna Reinfelden verlassen müßte, und viertens bis zehntens: überhaupt.

Frau Luitgardens Entgegnungen, die darauf hinausliefen, es vielleicht doch zunächst im Verhandlungsweg zu versuchen, schnitt er auseinander, wie sie selbst die Kalbskeule, und jupiterte die Stiegen hinauf, um seinem Nein durch Anlegung der Festkleidung mehr Gewicht zu geben. Auch Frau Luitgarde mußte jetzt das Küchenregiment abtreten, um ins Schwarzseidene zu schlüpfen, und sie war noch am Zuschnüren, als das Schicksal unten mit Schellengeläute in den Schloßhof fuhr.

Herr von Puttkamer donnerte herbei: "Fertig?" und dann rückten sie beide über die Hintertreppe ins blaue Zimmer, während sich Bismarck vorn im Hausflur aus Pelz und Decken wickelte. Sie nahmen ihre Plätze ein, Frau Luitgarde auf dem roten Samtsessel unter dem Spiegel, Herr von Puttkamer im schwarzen Frack gegen ein Wandtischchen gelehnt, das in einem Füllhorn aus Porzellan porzellanene Blumen emporhielt. Alle seine Ohren waren an den Aufschlag gereiht, und wenn dadurch der drohende Ernst des feierlichen Rockes ein wenig ins Bunte gemildert war, so wies die Krawatte, die ihm von den Schlüsselbeinen bis zu den Unterkiefern reichte, deutlich, daß für den Werber nichts zu hoffen war.

Bismarck trat aus der Winterkälte, in der ihm die Wangen rot und der Kopf klar geworden waren, in eine kaum geringere Kühle, die ihn so heftig angriff, als sollte seine warme Neigung sogleich Frostbeulen bekommen. Wenn bei der Mutter noch ein unruhiges Rücken und eine Unentschlossenheit zu bemerken war, so sah man dem Brautvater seines Sinnes Härte außer an der Krawatte auch an der Stellung an.

Er hatte ein Bein über das andere gekreuzt, die linke Hand auf den Rücken gelegt, die rechte vorn in den Aufschlag geschoben und das Kinn gesenkt. So erwiderte er auf die Verneinung des Werbers in gemessenem Ton: "Mein lieber junger Freund. Ihre Werbung war uns in unserer Einsamkeit hier eine Überraschung. Keine heitere, denn so sehr wir uns geehrt fühlen, so muß ich doch gleich betonen ..."

Es war Bismarck nicht vergönnt zu erfahren, was Herr von

Puttkamer zu betonen wünschte, denn in diesem Augenblick ging die Tür auf und Johanna stand da, im einfachen Mullkleid, das liebe, erregte Gesicht von leise bewegten, schwarzen Locken umhangen. Ein Zucken ging durch die beiden jungen Menschen, eine Verständigung der Geister und der Leiber, das gleichzeitige Aufflammen in einem Licht, wie wenn die Sonne mit einem langen Wellenschlag zwei benachbarte, gleich hohe Gipfel trifft. Und dann geschah etwas, das in Papa Puttkamers Plänen ganz und gar nicht vorgesehen war.

Bismarck machte einen Schritt auf Johanna zu, breitete die Arme aus. Johanna stieß einen kleinen jauchzenden Schrei aus, wie eine Schwalbe, die sich in die Luft schleudert, und warf sich in die Umarmung des langen Menschen. So wuchsen sie in einem Kuß zusammen.

Zwischen Vater Puttkamer und Frau Luitgarde aber wanderten Blicke hin und her, die sagten einander eine herbe Wahrheit der Entsagung. Langsam nahm der entwaffnete Vater seine napoleonische Stellung auseinander, hob die Kreuzung der Beine auf und zog die Hand aus dem Rockaufschlag vor. Seiner Strategie war anstatt eines Jena mit vernichtender Schnelle ein Belle Alliance bereitet worden.

"Einverstanden?" lachte Bismarck, indem er vor ihn trat und unter dem Arm seiner Braut die Hand vorschob.

"Sie haben eine Art ...", zögerte Puttkamer, "eine Art ... ich muß sagen, eine merkwürdige Art, sich ein Einverständnis zu erzwingen." Er dachte noch darüber nach, ob nicht doch ein Rest der Rede noch anzubringen sei, da war schon Frau Luitgarde im Schwarzseidenen herangerauscht, hob sich auf die Zehenspitzen und küßte den rabiaten Menschen auf die Stirn. So war der alte Herr von allen Truppen verlassen, und es ging ihm wie dem König Anno 1806, der auch nichts anderes tun konnte, als den Frieden zu unterzeichnen, nachdem seine Generale alle Festungen übergeben hatten.

"... sich den Segen zu erzwingen", murrte er, indem er Bismarcks Hand drückte. Dann aber ging er, um noch einmal den Rheinwein zu prüfen, den er auf alle Fälle bereitgestellt hatte.

"Ich möchte Briefpapier!" bat Bismarck.

"Deine erste Bitte! Wem hast du zu schreiben? In der ersten Stunde?"

Otto lächelte bedeutend, geheimnisvoll standen die dichten Brauen über blauem Geleucht.

Das Schreibtischlein hatte schlanke Beine, es war aus zierlichen Zeiten und ächzte unter dem krummgebogenen Arm mit der Schreibfaust. An Bismarcks Schulter hingelehnt, sah Johanna, wie er den blauen Mädchenbriefbogen mit seinen grimmen Haken verunzierte. Nur wenige Worte stellten sich nebeneinander: "Reinfelden, den 12. Januar 1847. All right. B."

"Wem gilt das?" Johanna tat mißtrauisch.

Er fing sie ums Hüftenrund, in das sich Johannas Schlankheit einwuchs. "Wem anders? ... Malwine! ... Ich wollt', ich könnt's auch noch einer anderen schreiben."

Dann saßen sie im Sofa im roten Saal. Aus dem blauen Zimmer kam das freundliche Tafelgeläute, ab und zu orgelte des Hausherrn Baß, der sprach lieblichste Namen aus, Namen gefangenen Sonnenscheins vom Rhein. Otto und Johanna saßen eng, waren in schmerzliches Gedenken versunken. Ihre Liebe brannte stiller, unter einem matten Sturz von Trauer.

"Liebes Vermächtnis!" sagte Bismarck und küßte die schlanke Hand. "In dir ist alles, was ich je an Frauen schön gefunden habe. Und mir ist, als hätte ich das alles aus ihren Händen empfangen."

"Sie ist bei Gott!" sagte Johanna mit stillen Augen, die Weltenfernen sahen. Dann wieder, rasch zurückkehrend, ganz nahe und menschlich vertraut: "So hast du durch sie noch beten gelernt, Otto! Das ist in deinem Brief so wunderbar, so ganz schlicht gesagt, mir kamen die Tränen, und dem Vater brannte das Schluchzen im Hals."

"Ich bin ein Lahmer, der noch straucheln wird."

"Und doch ... Gott hat dich nicht erhört. Marie mußte sterben. Hat dich das nicht verstört?"

"Dieser Tod war eine Vorausreise, so nahmen's alle. Und es kommt nicht darauf an, ob man erhört wird. Daß ich wieder beten konnte, Liebste ... das war Fingerzeig und Wunder. Ich sah geradeswegs in die Ewigkeit. Ich glaube an sie ... oder es hat Gott auch nicht die Welt erschaffen."

Johanna löste sich von ihm und ging zum Flügel, der schwarz und schmal von der Palmengruppe weg ins Zimmer stand. Sie öffnete den Deckel und schlug ein paar Töne an. Plötzlich bekamen die Locken einen leichten Schwung, das Studentengesichtlein war da und neckte: "Du hättest auch einen Korb bekommen, Otto - so groß, daß wir den Marktschlitten hätten anspannen müssen, wenn du der alte Ketzer geblieben wärest!"

"Dann bin ich glücklich, daß mich Gott wenigstens durch das Schlüsselloch seiner Gnadentür hat schauen lassen."

Das Mullkleidlein bauschte sich auf dem Drehstuhl, die ersten Takte schritten zaghaft. Johanna sah den langen Menschen an, ihr Blick fragte: Erinnerst du dich?

"Beethoven ...", flüsterte er, in sich zusammengespannt. Sie kam aber nicht weit in Beethovens f-Moll-Sonate, denn nun standen Papa und Mama Puttkamer deputativ in der Tür und luden zu Tisch, hinten glotzten zwei Kassuben in Livree, weiße Zwirnhandschuhe über den schaufelförmigen Pranken und staunten den Bräutigam an.

Aus einem Kübel lugte ein Blütenstrauß von Flaschenköpfen. Ein Kork sprang, Sekt sprühte an die Lippen. "Bismarck", sagte der alte Herr vor dem ersten Schluck, mit dem Rest von Gewissensangst, "ist denn auch alles wahr, was Sie uns ... was du geschrieben hast, von deiner Wandlung und Umkehr?"

Bismarck lachte der Welt entgegen: "Ich bin viel umgetrieben worden. Ich habe die Freiheit zu ergründen versucht. Schließlich wird es klar, man hängt nicht als einziger im Weltraum. Ordnung muß sein, der unterwirft man sich: Gott im Himmel, auf Erden der König!"

Die Gläser gaben einen feinen, hellen Ton, wie eine lustige Fanfare der Zukunft.

33

Den Parisern war das Geblüte scharf geworden, und Deutschland kriegte davon das Jucken. In Paris sägte man dem Herrn Bürgermeister den Ast ab, und in Deutschland wackelten unter dem Knirschen der Säge die Throne und Thrönchen. In Frankreich wehte eine scharfe Luft, die zog über den Rhein und ließ auch die schwarzrotgoldene Fahne in ihrem Hauch knattern. Frau Freiheit erwachte aus dem Traum, legte die Hand über die Augen, schaute über die Ardennen und Vogesen und erblickte Madame Liberté, wie sie, kurzgeschürzt und die rote Mütze auf dem Kopf, das Straßenpflaster aufriß und Barrikaden baute.

Da wurde ganz Deutschland auf einmal wieder jung und dumm und pudelnärrisch. Die alte Sehnsucht kam ins Blühen, bedrängte die Gemüter, riß den Unmut aus allen Winkeln, heiliger Frühling war da. Jetzt war der Tag gekommen, an dem man sich nehmen wollte, was bisher vorenthalten worden war. Die lange Bank der Versprechungen, auf die man die Erfüllung der Völkerwünsche bisher geschoben hatte, wurde kurz und klein gedroschen und flog ins Freudenfeuer. Der verstockteste Philister entdeckte im innersten Wesensschrein so etwas wie einen Schlapphut und eine schwarzrotgoldene Schärpe.

Das Wartburgfest und der Tag von Hambach redeten wie mit Glockenzungen über die Jahrzehnte weg, im Kyffhäuser schlug Barbarossa mit der Faust auf den Tisch, und die Zwerge zogen den Gaul aus dem Felsenstall.

Herr Joachim Biesenbrecht, Schornsteinfegermeister zu Tangermünde, nahm eine gründliche Waschung vor, denn diese großen Zeiten erforderten einen reinen und geläuterten Menschen, und hatte nach sieben Wassern seinen anschwärzenden Beruf abgespült. Dann begab er sich nach der Wiese hinter Rollwurms Krug "Zur Eintracht", wo die Bürgerwehr mit Links- und Rechtswenden die Glieder schmeidigte und die Hände an die Gewehrläufe schlug, daß sich die Fingernägel bogen.

Die Frau Schornsteinfegermeisterin schritt neben ihm wie Thusnelda, und der kleine Joachim schleppte als seines Vaters Waffenträger das Jagdgewehr.

Es war ein Anblick, der einen begeistern konnte, alt und jung zur Wehrhaftigkeit gestimmt, und wenn auch noch nicht in Schritt und Tritt taktfest, so doch in Gesinnung und Tatendrang. Wenn man sich umwandte, so sah man von allen Türmen Tangermündes die schwarzrotgoldenen Fahnen flattern, und selbst viele der alten, krummgezogenen Giebel hatten die heilige Dreiheit vorgesteckt. Es war, als hätten diese Farben lange im Verborgenen geblüht, in den Kellern der Entsagung und Verdrossenheit, und nun stellt sie der erste Sommertag des Völkerfrühlings plötzlich ans Tageslicht.

Das ganze Land sollte die Weihe tragen, jedes Dorf die Schleife der deutschen Freiheit und Einheit anheften, und als man sich tüchtig mit "erstes Glied kniet" und Laufen im Kreis abgestrampelt hatte, trat Joachim Biesenbrecht herzhaft vor die Front. Es sei nötig, Gesinnung und guten Willen zu prüfen, und in den Dörfern, nicht anders als in den Städten, von allen Türmen die Freiheit zu grüßen.

Das war ein verständiges und mannhaftes Wort, und sogleich trat man in Abordnung zusammen, die Biesenbrechts Vorschlag ausführen sollten.

Er selbst rückte auf Schönhausen vor, und gerade dorthin, wo der Brennpunkt geistigen und politischen Lebens anzunehmen war, in den Gemeindekrug. Es war aber bloß der alte Ausgedinger Karl Stürzebecher anwesend, der triefäugig und von seinen fünfundachtzig Jahren schiefgedrückt in der Ecke saß, zahnlos an seiner Pfeife mummelte und keineswegs geeignet schien, die historische Größe des Augenblicks recht zu erfassen.

So sandte der Wirt den Kellerburschen Johann aus, um die Gemeindeältesten zu holen, dem Wirt trug die Begebenheit eine heimliche Freude zu, denn bewegte Zeiten, in denen zwischen Krug und Krug die Gemüter ihre Spannung entladen müssen, galten ihm für wirtsfreundlicher als die stillen, in denen nur ehrlicher Durst oder Gewohnheit unter die schwarze Balkendecke kamen.

Der Johann hatte es so dringlich gemacht, als es ihm aufgetragen worden war, und so kamen nach einer kurzen Weile ein Stücker zwölf Schönhausener Bauern von Feld und Stall und besahen sich mißtrauisch das fremde Wesen mit den dreifarbigen Abzeichen an den Hüten und den Schleppsäbeln und Pistolen.

Joachim Biesenbrecht begann ihnen vorzutragen, um was es sich handle. Wie, daß die Freiheit über Nacht in Deutschland eingezogen, daß jeder von heute an reden und schreiben dürfe, wie ihm das Maul gewachsen sei, und daß der König nicht mehr so ins Blinde hinein machen dürfe, wonach ihm der Sinn stünde, sondern daß das Volk in Zukunft gefragt werden wolle, und daß sein Nein gelten solle wie sein

Ja, und auch wenn es um Steuern oder sonst wie ins Geld hineinginge.

Das waren in Schönhausen ganz neue und unerhörte Dinge, und an der Sache mit den Steuern schien allerlei Verständnis zu hängen.

Zum Zeichen aber, daß die Bauern begriffen hätten, nun wäre die neue Zeit für Deutschland angebrochen, sollten sie die drei Farben der deutschen Einheit auf ihren Kirchtürmen aufziehen: Schwarz, Rot und Gold, wie sie auf den Abzeichen und Schärpen hier wären.

Darüber wurden die Schönhausener stutzig, denn Farben schienen ihnen so eine Art von Geschriebenem, und mit Geschriebenem konnte man nicht vorsichtig genug sein, man brauchte seinen Namen nur irgendwohin zu setzen, und sogleich zog einem jemand das Fell über die Ohren. "Was denn diese Farben vorstellten?" fragte der Deichschulze Knautke.

Sie hätten es doch schon gehört, es seien die Farben der Einheit, und jetzt sei es auch aus mit der erbärmlichen Kleinstaaterei und Zerrissenheit Deutschlands, und wenn die Völker die Freiheit hätten, so würden sie auch bald alle Grenzen wegwischen und erfüllen, was der Zollverein vorzubilden begonnen habe: ein mächtiges, geeintes Deutschland. Aber die preußischen Farben, warf der Deichschulze ein, seien doch Schwarz und Weiß, soviel er wisse.

Der Schornsteinfegermeister murrte etwas, das klang sehr nach Knüppelholz, und sagte: es handle sich eben nicht mehr um Preußen, sondern um Großdeutschland, und wenn sie etwa noch keine schwarzrotgoldene Fahne hätten, so habe er ihnen eine mitgebracht. Damit schnürte er ein Paket auf, und es erschien die farbige Dreieinigkeit in einer Ausgabe, die ausreichte, um vom Schönhausener Kirchturm als recht auffallende Zunge in die Welt zu lecken.

Die Männer von Schönhausen hätten also nur zuzugreifen brauchen, und wenn sie nun trotzdem noch zusammentraten und gewichtig untereinander sprachen, so war einem aufgeklärten Städter, wie dem Schornsteinfegermeister Biesenbrecht, damit wieder nur erwiesen, daß man ebensogut einem Ochsen etwas einreden könne wie einem Bauern. Zuletzt kam der Deichschulze aus dem Haufen, und sie möchten doch noch vorher Herrn von Bismarck befragen.

Der sei wohl bei ihnen so eine Art Gott, meinte der Schornsteinfeger. Nein, aber da sei die Sache mit dem Fischbecker Qualmdeich gewesen, wo er vier Bauern gegen die Regierung zu ihrem Recht verholfen habe, und ein andermal hatte er ihrer Dreißig oder Vierzig, die sich durchaus nicht hätten vertragen wollen, in einem halben Tag auf gleich gebracht, mit dem Deich sei seit seiner Hauptmannschaft auch alles in Ordnung und überhaupt, wenn einer, so verstünde es Bismarck.

Der Schornsteinfegermeister ließ die anderen Mitglieder seiner Abordnung durch Winken und Nicken merken, so eine Einfältigkeit sei selbst für dörfliche Verhältnisse zu arg. So ..., brach er los, und ob sie denn in ihr gottvergessenes Nest niemals ein Zeitungsblatt bekommen hätten, aus dem sie hätten ersehen können, wessen Geistes Kind dieser ihr Herr von Bismarck sei. Wie er im vereinigten Landtag durchaus mit den Rückschrittlern und Finsterlingen, den Junkern und Königstrabanten an einem Strang gezogen habe. Wie er am liebsten die Sonne mit Lehm vermauern würde, daß die Welt kein Licht mehr bekäme. So sei es denn durchaus verfehlt, sich bei einem solchen Reaktionär in Sachen des Lichtes und der Freiheit Rats zu holen.

Aber die Bauern hatten nun einmal einen Entschluß gefaßt, und es nützte Biesenbrecht nichts, daß er ihnen etwas anderes in die Köpfe hämmern wollte. Da wurde es ihm vor Zorn ganz schwarz und rot und gelb vor den Augen, also daß er auch so wieder die deutsche Farbendreiheit zu sehen bekam, und er schlug mit der Hand auf den Tisch, daß es knallte. So sollten sie denn in drei Teufels Namen zu ihrem verdammten Herrn von Bismarck gehen. Aber, er stieß seinen Schleppsäbel auf den hartgestampften Lehm, wehe, wenn es nicht nach seinem Willen gehe. Dann würden sie aus Tangermünde mit Verstärkung wiederkehren, die Fahne selbst aufpflanzen und den Bauern schon beibringen, was unter deutscher Freiheit zu verstehen sei.

Seine eigenen Genossen besahen sich den Schornsteinfeger mit Verwunderung. Sie kannten ihn als einen stillen, durch seinen beruflich häufigen Aufenthalt im Röhrenförmigen etwas langgezogenen Mann, der, obzwar durch die Schwärze seines äußeren Menschen, die weiß rollenden Augen und die lange Leiter ein Kinderschreck, doch im Innern ein Friedfertiger war. Auch auf der

Bierbank hatte er zu den gutmütigeren Streitern gehört, die sich schon lange ärgern mußten, um zu einem härteren Wort zu greifen. Und nun erwies es sich, wie große Zeiten den Menschen wandeln können, wenn die Berufung an die rechte Stätte kommt. Joachim Biesenbrecht war vollkommen ins Berserkerhafte geschossen, stand dräuend unter der niedrigen, rauchgebeizten Balkendecke, und die Kriegsfurie fletschte ihm aus den Augen.

So kamen die Bauern etwas eingeschüchtert zu Bismarck. Sie fanden ihn mit Bellin rechnend, die Kosten der langen Hochzeitsreise wollten eingebracht sein, weiße und graue Wolken wühlten um sein Haupt, aus der großen Pfeife qualmte der Nachschub. Er besah sich den Aufmarsch mit einigem Erstaunen. Der Deichschulze sprach sein Gesetzlein ... und was nun eigentlich zu tun sei?

Zuerst dröhnte ein breitmächtiges Lachen, aber hinterher flog ein Buch auf den Tisch, daß die Rechnungszettel vor Bellins Nase ins Wirbeln kamen. Die Augen schossen einen scharfen Blick, Bismarck schritt die Reihe ab. Da war keiner, mit dem er nicht schon einmal in Arbeit und Not auf dem Deich gestanden hätte. Er hielt an und faßte einen der Männer am Hornknopf:

"Engelbrecht, warum haben Sie mich damals auf dem Rücken aus dem Wasser getragen?"

Der Mann sah neben Bismarcks Hand auf seine großen Treter herab und hätte ums Leben gern ausgespuckt. "Ach, Herr Deichhauptmann, das hätte jeder von uns gern getan, weil wir doch wissen, was wir an Ihnen haben!"

"So, wißt ihr das? Wir sind gegen's Elbwasser zusammengestanden, Männer, wir wollen auch gegen diese Überschwemmung zusammenstehen. Das mit der Freiheit, das ist so eine neumodische Erfindung, die euch nichts angeht. Das ist etwas von Stadtleuten und für Stadtleute, Bauern lassen am besten die Hände davon. Und so frage ich euch, ob ihr euch wehren wollt!"

Da schlug ein "Ja" von allen zusammen.

"So schmeißt erst mal die Kerls aus dem Dorf raus, dann wollen wir weitersehen."

Da war allen der Mut wiedergegeben, und sie zogen ab, indem sie einander verständnisvoll angrinsten und spürten, wie ihnen die

Fäuste schwer wurden. Bismarck aber wandte sich zu seinem Getreuen: "Laufen Sie, Bellin, zum Küster. Ich weiß, es ist irgendwo in der Kirche eine alte Fahne, schwarz und weiß, mit dem Eisernen Kreuz darauf. Die soll er suchen und beim Turmfenster herausstecken."

Inzwischen war das ganze Dorf auf die Beine gekommen. Man hatte sich vor dem Wirtshaus zusammengerottet. Weiber und Kinder starrten nach dem Fenster, an dem Biesenbrecht mit Schlapphut und Schärpe stand. Die Burschen und Männer nahmen den Anlaß wahr, in die Schenke zu schlüpfen, und so kam es wenigstens doch dem Wirt auf das heraus, was er sich von dem Ereignis versprochen hatte. Niemand wußte, um was es eigentlich ging, aber es liefen Gerüchte um, die Unruhe stifteten. Der König hänge in Berlin an einer Straßenlaterne! Die Minister hätten den Bauern alle Schulden nachgesehen! Die Tangermünder wären da, um alle Burschen zum Militär mitzunehmen! Langsam kamen die Abgeordneten durchs Gedränge. Die Weiber und Mädchen hingen an ihnen, um etwas zu erfahren, aber die Männer hatten ihren Auftrag in sich hineingeschlossen.

Joachim Biesenbrecht trommelte in die Scheiben. Auch im Musikalischen hatte er sich für Mars entschieden, und anstatt der sonst so geliebten "Letzten Rose" war es jetzt der Generalmarsch, den seine Finger an das Glas wirbelten. Er genoß Siegervorgefühle, über seinem Haupt schwebte Viktoria mit einem Kranz: Freiheit und Einheit. Er sah die Abordnung im Schwarm der Weiber. Plötzlich streckte sich etwas in seinem Blick: Aus dem Turmfenster gegenüber kam etwas Walzenförmiges hervor, schwarz und weiß gebändert, darüber erschien der rote Schädel des Küsters, der knetete an dem tuchenen Wurm herum, bis er ins Wachsen kam und eine Fahne wurde, schwarz und weiß, mit einem Kreuz darin ...

"Zum Teufel, was soll das heißen?" schrie der Schornsteinfeger die Eintretenden an. Der Deichschulze aber sah von einem Tisch zum anderen, und überall saßen ein paar handfeste Gesellen.

"Wir sollen die Kerls zum Dorf rausschmeißen, hat er gesagt!"

Die Schönhausener Köpfe mochten sonst nicht aufs schnelle Begreifen eingerichtet sein, aber diesmal war es wie beim Pulver: Funke und Knall waren eins. Und ehe Biesenbrecht noch Gelegenheit hatte zu erproben, ob seine strategische Begabung mehr von der zugreifenden oder von der hinauszögernden Art sei, fand er sich schon draußen und den Weibern in die Arme geworfen, die vollendeten, was die Männer glorreich begonnen hatten. Es war eine richtige wonnevolle Prügelei, und jeder Hieb ging ganz warm und frisch begeistert vom Herzen durch die Faust hinaus, denn man prügelte sozusagen mit obrigkeitlicher Bewilligung, unter den Auspizien des Herrn Deichhauptmanns, der auch die Polizeigewalt hatte.

So entschied sich die Schlacht von Schönhausen mit der Niederlage der Tangermünder, und mittags hielt Herr von Bismarck Musterung und Waffenschau und freute sich, daß er ein halbes Hundert Jagdgewehre zählen konnte, die mit seinen eigenen auf die Siebzig anwuchsen.

"Wir fahren!" sagte er dann zu Frau Johanna.

Ihr Leib war gesegnet, man sah die Spuren auf ihrem Gesicht, in das gelbe Flecken geraten waren, die Stirn stand in ein wenig starker Wölbung, aber in ihren Augen leuchtete das junge, angstvolle Glück. Ihr Leben war in seines verschränkt, grenzenlos war ihr Vertrauen zu seiner Kraft und Klugheit. Ihre Hand drückte nur einen Augenblick seinen Arm. Dann verstand es sich von selbst: das Gehorchen.

Sie fuhren in die Dörfer, und überall weckte Bismarck Kämpfer für den König. Die schweren Menschen reckten sich, wenn Bismarck rief, waren sie bereit, nach der Hauptstadt dem König zur Hilfe zu ziehen.

Am späten Abend waren sie wieder daheim. Ganz ermüdet, aber klaglos lehnte Frau Johanna in einem alten Stuhl, die Beine zitterten ihr noch, das Rot ihres Schals war ihren Nerven widerwärtig, aber sie konnte sich nicht entschließen, aufzustehen, um einen anderen zu holen. Bismarck saß im Lampenkreis, barg die Stirn in der Hand. Als er dann nach Johanna hinübersah, schien er ihr in ernsten Gedanken gealtert.

"Ich glaube, daß der König nicht mehr frei ist. Wenn er frei wäre, so hätte er nicht den Befehl gegeben, daß die Truppen nach Potsdam abrücken. Welcher Wahnsinn! Die Truppen waren siegreich, noch ein solcher Tag wie der achtzehnte, und die Revolution wäre ausgeblasen gewesen."

Er erhob sich und stand im Zimmer, horchend, als lausche er in der Ferne auf Schüsse und Geschrei. Dann begann er zu wandern, sein Schatten kreiste um ihn, lief einmal voraus und dann wieder hinterdrein, das glitzernde Klinkerzeug des venezianischen Glaskronleuchters klingelte.

"Jetzt ist der König ohne Schutz im aufrührerischen Berlin. Um ihn spinnt der Verrat, oder die Leute müssen den Kopf verloren haben."

Nun stand er vor Johanna und sagte weich und gut, indem er jedes Wort so zart wie möglich formte, daß es seiner Frau nicht allzu schwer eingehe: "Ich will morgen früh nach Potsdam!"

Sie erschrak, das Herz verdrehte sich ihr im Leib, sie konnte nichts dafür, daß ihre Hände auf den Lehnen des Armstuhles ins Zittern kamen. Aber schon hatte sie sich gefaßt, der Atem kehrte zurück, ergeben neigte sie das Haupt.

34

Waffen und Uniformen spiegelten im Kanal an der Potsdamer Plantage, stumpf standen die Mannschaften bei den Gewehrpyramiden. Die Häuser hatten verschlossene Tore, blinzelten bösartig durch schmalgeritzte Fensterläden. In Berlin war Blut geflossen, und auch hier duckte sich die Empörung zum Sprung.

Bismarck kam den Kanal entlang, hielt bei den ermüdeten Truppen. Sein prüfender Blick fand die harten Arbeitsgesichter der Bauern, wenige Städter waren unter diesen Gardeinfanteristen.

"Warum hat man euch aus Berlin genommen?" fragte er.

Der junge Soldat, an den er sich gewandt hatte, gab gar keine Antwort. Seine Schulter warf die Frage mit einem Ruck beiseite. Ein anderer, mit frischen Augen, nahm sie für eine Herausforderung. "Geht Sie das etwas an?" Und er stellte sich dem Fremden keck gegenüber.

Bismarck lächelte in das hübsche Jungengesicht: "Ich bin keiner von den Schreiern! Mir ist es um den König zu tun."

Einer, der einen jungen Grashalm zwischen den Zähnen hielt, rief dem Kameraden zu: "So sag ihm doch das Geheimnis, er wird auf den Rücken fallen, wenn er's hört."

"Wir wissen es nämlich nicht. Niemand weiß es."

"Nicht einmal der General von Prittwitz weiß es", rief einer mit einer Baßstimme aus der hintersten Reihe.

"Nichts zu beißen und nichts zu nagen! Den ganzen Tag stehen."

"Und dann, wie's erst recht losgehen soll ... zurück!"

"Man soll uns gegen das Gesindel führen!"

"Traut sich ja niemand!"

"Und der Prinz von Preußen ist auch ausgerissen."

"Wir wollen ihnen beibringen, Barrikaden bauen."

"Wir wollen nach Berlin."

"Lauter Verräter hat der König bei sich."

"Nach Berlin!"

Bismarck sammelte die Rufe, die ihm zuflogen. Unter der Lavakruste der Ermüdung glühte noch die Erbitterung der Straßenkämpfe. Man hatte die Truppen verhöhnt und beschimpft, dann endlich hatten sie die Waffen gebrauchen dürfen, den Erfolg aber, das siegreiche Vordringen gegen die Menge, die da auf den Straßen zum gehaßten Feind geworden war, hatte ihnen ein unbegreiflicher Befehl genommen. Bismarck fühlte dunkles Leid. Da wütete Kraft gegen Kraft, die eine so schlecht geleitet wie die andere, das Volk zerfleischte sich. Wenn es gelänge, beide Mächte zu vereinigen und einem Ziel zuzuwenden! Es hing ja doch vielleicht nur daran, Verstehen und guten Willen zu wecken, vielleicht einte ein gemeinsamer Feind!

Der Frühling hatte den Kanal schon mit grünen Rüschen besteckt. Durch Friedrichs des Großen Park knirschten die Schritte auf dem Wegekies. Friedrich Wilhelm, der Vierte, glich seinen Ahnen nicht, er hatte kein Eisen im Blut, er war ein bürgerlicher Schwärmer. Er trocknete seine Schnupftücher und Socken eigenhändig am Ofen des kleinen Kabinetts, das er allen anderen Gemächern vorzog, und dabei schwebte ihm die blaue Blume seines romantischen Ideales von Politik und Leben vor. Nichts Ganzes, weder im Guten, noch im Bösen, ging aus seinen Händen, seine Minister waren Künstler in Halbheiten, im Geschmack ihres königlichen Herrn. Und auf der anderen Seite drängte die Sehnsucht eines halben Jahrhunderts empor, ein Aufjauchzen neuer Zeiten schwoll, das Volk war zu einem neuen Begriff von sich selbst gelangt.

Aber es war viel Blindes und Unbändiges da, das haßerfüllt gegen die Ordnung stieß und sich selbst vernichtete. Das Vaterland stand auf dem Spiel, das war mehr als die alberne Zwiespältigkeit nach Verfassung oder Absolutismus, nach liberal oder reaktionär.

Der kurze Spaziergang ließ Kühle in Bismarcks heiße Gedankenwelt. Er wandte sich zum Schloß, das beruhigend dastand, in edlen Formen, gebändigt durch Maß und Ordnung. Auf seine Frage nach der Prinzessin von Preußen führte man ihn gleich im Erdgeschoß weiter. Eine kahle Tür ging auf, die Prinzessin schrieb an einem kleinen Tischchen. Es war ein Dienstzimmer, in das man Bismarck gebracht hatte. Von der fröhlichen Innenpracht des Schlosses war hier nur eine sehr geringe Verdünnung, ein paar Stuckschnörkel, weiße Mullvorhänge am Fenster, ein abgetretener Laufteppich machten es eben nur noch wohnlich.

Die Prinzessin sah von ihrem Brief auf und ließ sich, während sie zögernd die Feder hinlegte, durch den Kopf gehen, was sie von diesem Menschen schon alles gehört hatte und was von ihm zu halten war. Sie erinnerte sich, der Prinz hatte Gutes von ihm gesprochen, bei Hofbällen liefen Anekdoten von diesem Junker um, im Landtag hatte er liberale Zornstürme erregt. Tiefer als das alles, was doch danach angetan war, Vertrauen zu erwecken, bestand eine unbegründete Abneigung, irgendwie in ihrer Weiblichkeit verankert, ein Widerstreben, dem sie ohne jedes Nachdenken und Prüfen Entscheidendes überließ. Es war wirklich nur eine Strömung unter der Schwelle des Bewußtseins, vielleicht eine Sache des Geruchs oder der Nerven, aber Auguste kämpfte nicht gegen sie, und so wurden oft die besten Männer ihrer Umgebung von ihr vernachlässigt und beleidigt.

Der Diener, der Bismarck hereingeführt hatte, war noch nicht bei der Tür draußen, als die Prinzessin schon im Ton von jemandem, der in wichtigen Geschäften unterbrochen wird, fragte: "Nun, was bringen Sie?"

"Königliche Hoheit!" sagte Bismarck, "Berlin ist außer Rand und Band. Der König scheint ein Gefangener in seinem eigenen Schloß zu sein. Ich suche den Prinzen von Preußen."

"Was wollen Sie vom Prinzen?"

"Ich muß wissen, wo er ist."

"Müssen Sie das? ... Nun, er ist auf dem Weg nach England. Der König hat ihm einen Auftrag für die Königin erteilt."

Jemand lief draußen polternd über die Treppen. Der Gleichmut verließ die Prinzessin, sie fuhr von ihrem Stuhl, man sah, daß sie diese letzten Tage arg mitgenommen hatten.

Bismarck begann wieder: "Königliche Hoheit, ich muß wissen, wo der Prinz ist, man weiß, daß er sich noch nicht auf dem Weg befindet. Er hat die Nacht in Spandau zugebracht. Ich war beim General von Prittwitz, ich habe mit den Truppen gesprochen ... Niemand weiß, wer den Befehl zum Rückzug ereilt hat. Aber alles ist empört. Die Truppen waren im Vordringen ... Man hätte noch ein paar Salven abgegeben, und das Gesindel wäre auseinandergelaufen. Eine Wankelmütigkeit und Schwachheit sehr zur unrechten Zeit ..."

"Üben Sie Kritik am König?"

"Wenn der König den Befehl erteilt haben sollte, dann war es nicht minder eine Schwachheit. Er hat sich dadurch den Aufrührern ausgeliefert."

"Was wollen Sie denn vom Prinzen?"

"Die Truppen müssen Befehl erhalten, wieder in Berlin einzurücken. Prittwitz soll partout den Besiegten spielen, die Rolle liegt ihm nicht, ich habe ihm ein paar Hundert bewaffnete Bauern angeboten als Zuzug, er braucht sie nicht, er braucht Proviant und Geld. Jemand muß dieser Verwirrung ein Ende machen ... Es muß gehandelt werden. Sagen Sie mir, wo ich den Prinzen finde."

"Ich kann Ihnen nur sagen, der Prinz ist fort. Das Volk haßt ihn, sie glauben, er habe den Befehl zum Schießen gegeben."

Vor dem Fenster, ganz unten am Rand, wanderte etwas Schlankes, Spitzes, Glänzendes vorüber, das Bajonett des Wachpostens, das in den Glanz der Nachmittagssonne stach. Drüben im Lustgarten, in einer Kastanie, deren kahle Zweige pralle, klebrige Knospenkeulen schwangen, war ein Schwarm Spatzen eingefallen, die verübten einen heillosen Spektakel, als sei es der Natur darum zu tun, recht laut hinauszuschreien, sie habe mit den menschlichen

Kämpfen nichts gemein und ihr Frühling sei anderer Art. Wenn man beim anderen Fenster hinaussah - das Zimmer lag im Eck des Gebäudes -, so ging der Blick über die lange Brücke ins leichte Grün der Freundschaftsinsel. In blauen und schiefergrauen Platten und gedrehten Wirbeln, die etwas von den Zierlichkeiten des Parks von Sanssouci gelernt zu haben schienen, glitt das Wasser der Havel unter der Brücke fort.

In Bismarck erregte das alles nur die Erinnerung an den großen König, unter dessen flammenden Augen einst Havel und Park und Schloß gelegen hatten.

"Königliche Hoheit, die Sache ist dringend. Hier darf sich keiner verstecken, der nach vorn gehört. Im Namen des Vaterlandes, sagen Sie mir, wo ich den Prinzen finden kann."

Die schöne Frau wuchs vor Bismarck. In ihren Zügen formte sich eisige Abwehr. Sie zog die grüne Seidenmantille um sich her. "Verschonen Sie mich doch mit Ihren Sachen. Die Staatsraison erfordert es, daß der Prinz nicht hervortrete. Der König ist unbeliebt, er hat sich zu einer Komödie bequemen müssen, den Märzhelden seine Reverenz zu erweisen, nun hat man ihm zum Teil wieder vergeben. Aber wenn der Prinz etwas unternimmt, so ist die Dynastie in Gefahr."

In diesem Augenblick kam Bismarck der Gegensatz zum Bewußtsein, der zwischen dieser Frau und dem Dienerzimmer bestand, in dem er sich aufhielt. Lag in diesem äußeren Verzicht auf die Pracht, dem kein innerer entsprach, vielleicht ein Versuch, das Schicksal durch den Anschein von Demut umzustimmen? Auch in ihrer Kleidung war etwas dergleichen, in diesem schwarzweiß gestreiften Bauschrock, an dessen Mittellinie ein bescheidener Aufputz von Maschen hinunterlief, in dieser unscheinbaren grünen Mantille.

"Die Dynastie und das Vaterland sind eins", sagte Bismarck, "es handelt sich jetzt darum, ein Mann zu sein. Faust und Kopf müssen zusammengehen." Seine Worte waren ohne Schwung.

Erregung fleckte das schöne Gesicht der Prinzessin. Wie ein plötzlicher Ausschlag trat der Zorn sichtbar hervor, bis in den Halsausschnitt hinein, um den eine schlichte Bernsteinkette lief.

Bismarck sah feindseligen Ansprung. "Ich bin Mutter, Herr von Bismarck ... der König hat sich schwach gezeigt ... der Prinz ist unbeliebt ... es ist meine Pflicht, die Rechte meines Sohnes zu wahren."

Sie ging ein wenig rauschend mit festem Schritt zu dem Tisch zurück, ließ sich nieder und legte die Hände zu beiden Seiten des Schreibens auf die Platte. Einen einzigen Augenblick lang mahnte sie mit ihrem nun schon wieder unbewachten Gesicht an eine ruhende Sphinx. Gleichgültigkeit floß von ihren Zügen, legte Weltenweiten zwischen sie und den Mann dort.

"Ich danke Ihnen. Es freut mich, Ihre Meinung gehört zu haben."

Nun konnte Bismarck gehen. Die Tür wog so merkwürdig leicht in seiner Hand und hatte eine solche Neigung, in ihren Rahmen zu fliegen, daß sich Bismarck ernstlich und in aller Bestimmtheit besinnen mußte, es sei ja eine Frau in dem Zimmer verblieben.

Aber das blieb ihm unverwehrt, die Fäuste gegen den Potsdamer Himmel zu recken und dabei laut und deutlich zu sagen: "Himmelmillionenhakenquarten!", daß es dem Wachposten vernehmlich war.

Darauf ging Bismarck zu einem Barbier und ließ sich den blonden Vollbart abnehmen.

35

Was in Tangermünde und in Schönhausen wie ein guter deutscher Schwank ausgesehen hatte, der allemal in eine wohltuende Prügelei auslaufen muß, um vollständig zu sein, war in Berlin blutiger Ernst.

Die deutsche Freiheit hatte sich ein blutrotes Kränzlein aufgesetzt, die deutsche Einheit hatte eine Reihe von Helden zu sich entrückt.

Wo es um hohe Dinge geht, da läuft auch immer Gesindel mit. Die Roheit borgte der Begeisterung die Fäuste und nahm sich dafür aus, nach ihrer Art schalten zu dürfen. Beim Handschuhmacher Wernicke "Unter den Linden" brannte ein hübsches Feuerchen. Man hatte ihm das Mobiliar aus dem Laden gerissen, und aus Papier und Stroh schleckten rote Zungen über Getäfel und Stuhlbeine.

"Wat nen richtijes royalistisches Jestelle ist, muß allzumal verbronnen sint", sagte ein Gerber und brach einem Schubkasten die Rippen. Mit Fersen und Fäusten wurden die königstreuen Schemel, die Türen und Aushängeschilder zerkleinert. Von der aufsteigenden Hitze erfaßt, bewegte der Baum, an dessen Stamm die Flamme wie eine lebende Tulpe brannte, die gequälten Zweige. Ein hübscher Junge von Student hatte auf einem umgestürzten Karren Posten genommen und deklamierte:

"Ich bin ein Preuße, kennt ihr meine Farben?"

Zweierlei Handschuhe hatte er an den Händen, einen schwarzen und einen weißen, und die legte er abwechselnd mit gespreizten Fingern an die Brust und verdrehte die Augen.

Seine Zuhörer saßen und standen um ihn herum und spendeten johlenden Beifall. Der Student mochte einen krummbeinigen Mitkämpfer zur Nachfolge angeeifert haben. So hatte der sich aus den Wernickeschen Ladenbeständen zwei lange Damenhandschuhe ausgesucht, die er über die bloßen Arme aufzog. Als der spindeldürre Mensch, der er war, brachte er sie glücklich bis über die Ellenbogen, aber die Finger vermochte er nicht richtig unterzubringen. Er begnügte sich also damit, die Daumen durch das Loch in die Handfläche zu stecken und ließ die leeren Handschuhfinger baumeln. Und weil ihm zu seinem Scherz kein passender Text einfallen wollte, so sprang er wenigstens zwischen den Kameraden umher und schmitzte ihnen die elastischen Finger ins Gesicht.

Berittene Bürgerwehr trabte vorüber, die Barrikadenkämpfer brüllten Grüße, der genialische Handschuhentjungferer tanzte eine Weile vor den Pferden her wie ein Schembartläufer. An der Mündung der Friedrichstraße mußten die Reiter absitzen und die Gäule an die Zügel nehmen, denn hier war das Pflaster aufgewühlt und weithin mit Glasscherben bestreut. Schnaubend stiegen die Pferde über einen Blutfleck hinweg, dort hatte man ein Roß, das die Beine gebrochen hatte, erschießen müssen.

Geschrei und Gesang kam in einem geschlossenen Körper die Friedrichstraße herab. Ein halbes Hundert Arbeiter aus der Borsigschen Fabrik geleiteten drei polnische Jünglinge. Die schritten in der Mitte so stolz, als hätten sie den Sieg des Volkes entschieden, und eine weiße und rote Fahne, die Farben Polens, zuckte vor ihnen. An ihre Schnürröcke hatten Frauenhände Blumen gesteckt, erstes Frühlingsgewächs aus wohlbehüteten Treibhäusern, Nelken in rot und weiß. Sehr preisgegeben sahen die armen Blumen an den schmierigen Röcken aus.

Hinter dem Trupp kamen ein paar Männer, die gehörten zu den anderen und hielten sich doch ein wenig für sich. Ein untersetzter Mensch von etwa dreißig Jahren sprach heftig mit den Händen. "Das neue Ministerium hätten wir ja ... das wird nun wieder pfundweise ins Papier gehen. Wir müssen Garantien haben. Versprechungen können sie für sich behalten."

"Der König wird sich hüten", meinte einer mit einem durchlöcherten Filzhut. Eine Kugel war da einen Zoll über dem Leben hingefahren. "Und wem wird es zugute kommen, wenn es sich doch ins Bessere wenden sollte? Den Bürgern, den Studenten ... Wir Arbeiter haben helfen dürfen. Wir sollten unsere Ansprüche feststellen. Wir dürfen uns nicht mehr wieder so unterkriegen lassen." Die schweren Hände lebten mit jedem Wort. "Wir müssen endlich aufwachen! Wissen wir, was wir wollen? Nein! Die meisten wissen's nicht. Eine Partei müssen wir werden. Ein gleiches und allgemeines Wahlrecht muß her."

Ein feingliedriger Mensch mit klugen Augen nickte immerzu. Er stand im Setzersaal einer Buchdruckerei, und viel Neues glitt durch seine Finger und sein flinkes Hirn. "Genossenschaften brauchen wir, staatliche Genossenschaften zur Gütererzeugung! Eigentum ist Diebstahl!"

Eine helle Stimme krähte hinein: "Kiek, dat is och en Franzos!" Ein schmutziger Berliner Schusterjungenfinger stach hinter einem Mann her, der eben vorbeigegangen war. Mit einer schwarz-rot-goldenen Papierverbrämung am Schürzenlatz bekannte sich der Junge zur deutschen Einheit und zur Revolution. Der Fremde hatte etwas Verdächtiges an sich, trotz Schlapphut und Abzeichen schien er an den Dingen ringsumher keinen Anteil nehmen zu wollen. Etwas Hochmütiges lag in seinem Gang, in diesem Geradeaussehen die Straßen hinab, daß er zu einer Zeit der Blusen und polnischen Röcke, der Pekeschen und Hemdärmel in einem Frack einherwandelte, nahm ihn von der Menge sehr absonderlich aus, und schließlich gab ihm der lange Knebelbart wirklich etwas von jenseits des Rheins. Alles das stimmte irgendwie nicht zusammen, der Knebelbart stand ihm nicht ganz zu Gesicht, etwas Abweisendes stemmte sich in seinem Wesen gegen den Jubel und Tumult der Straße.

Der untersetzte Arbeiter zog die Brauen zusammen, als sei es ihm um eine ferne Erinnerung zu tun.

"Wir können ihn ja gleich mal fragen", sagte einer der Begleiter, "da wird er uns ja wohl sagen müssen, wat er für'n Jewächs is." Und er setzte sich in Trab, um den Fremden einzufangen.

"Laß, Wolf!" hielt ihn der Anführer zurück. "Aber ich will ihm doch mal nachgehen. Vielleicht erfahren wir da was Neues." Die Kameraden wurden angewiesen, vorauszuziehen und auf dem Sammelplatz zu warten. Man wollte an dem Umzug teilnehmen, der eine Anerkennung der schwarzrotgoldenen Fahne durch den König bringen sollte.

Ruhig und ohne sein Interesse an dem Mann vor ihm zu verraten, ging der Arbeiter hinterdrein, und aus Gestalt, Haltung und Gang wuchs ihm immer deutlicher die Gewißheit, wen er vor sich hatte. Ein paar Straßen weit dauerte die Verfolgung. Der Weg des Fremden strebte wieder dem Schloß zu. An einer Straßenkreuzung war es dem Späher, als schaue der falsche Franzose mit einer Wendung um und hinter sich. Dies eine fügte sich überzeugend zum übrigen, daß der Verfolgte niemals den Schlapphut vom Kopf nahm, wenn ein Haufe siegreicher Barrikadenkämpfer vorüberkam, daß er keinen Gruß und keinen Wink erwiderte, als gehe ihn dieser ganze Rausch von Hoffnungen nichts an.

Der Gasthof Meinhard sah mit ein paar offenen Fenstern nach der Straße. Ein dicker Herr lag in einem von ihnen, von den gekreuzten Armen schien eine beträchtliche Fettschicht gegen das Kinn geschopft, in der dem kurzen Hals das Atmen schwer wurde. Mit einem Ausdruck von Behagen und Wohlwollen, dem auch die Schrecken einer Revolution nichts anzuhaben schienen, sah er zu, wie einige Blusenmänner einander eine Proklamation aus den Händen rissen.

Der Fremde blieb gerade unter dem Fenster stehen. Und ohne

hinaufzusehen, flüsterte er: "Doktor ... Doktor Fanninger!"

Hals und Kopf drückten sich noch tiefer in die Fettschicht. Furchen quälten sich in die Stirnhaut. Dann kam das Erkennen mit einem Sprung.

"Ach du meine Güte ... Sie sind es ... ja, so kommen Sie doch herein."

Der Franzose klopfte eine Minute später an und trat ein, der Doktor streckte ihm die beiden weichen, weißen Händchen entgegen.

"Ja ... Bismarck ... wie sehen Sie aus? Was hat Sie geritten? Sie sind ja ganz ins Parisische umgekrempelt!"

"Man kennt mich hier in Berlin zu gut!" sagte Bismarck, warf den Hut auf den Tisch und schaute ihn wutentbrannt an. "Ohne Maskerade kommt man hier nicht durch."

Der Doktor schlang die Finger ineinander und stieß die Arme nach hinten, daß sich die verschränkten Hände zu einem Nest bauchten. "Ja ... was sagen Sie dazu? Verdammte Schweinerei! Nicht? Ich habe einen schweren Patienten hierher überführt, da bricht der Tanz los. Nun bleib' ich vorerst da und seh' mir den Betrieb an. Man erlebt doch nicht alle Tage ein Stück Welthistorie aus solcher Nähe."

"Ich möchte heulen ... mit den Fäusten dreinschlagen."

"Ja, sehen Sie, mein lieber Freund, wundern dürfen wir uns nicht darüber. Wir hätten es nur eigentlich früher erwarten dürfen. Einmal mußte es so kommen ... Man hat das Volk zu lange an der Nase geführt."

"Sie reden ja wie einer von den Recken da draußen. Nehmen Sie doch eine Büchse und stellen Sie sich auch auf die Barrikaden."

Da war ein Kasten nahe am Fenster, der spiegelte Licht. Der Doktor trat an ihn heran und steckte die Nase dicht an die Politur, als gälte es eine schwierige Diagnose. "Ja, sehen Sie, in diesem Punkt denken wir eben nicht ganz gleich. Ich bedauere nur, daß es so hat kommen müssen. Und was machen Sie eigentlich in Berlin?"

"Ich muß ... ich will ... ich wollte zum König."

"Ja, mein Lieber, bei dem haben jetzt die Herren ‚von' kein Vorrecht. Da gehen jetzt die Schneider und Redakteure ein und aus."

"Es ist mir auch nicht gelungen. Ich habe mir ein Schreiben des

Prinzen Karl in Potsdam ausgebettelt, um zum König zu gelangen, aber der Idiot von Bürgergardist am Schloßportal läßt mich nicht ein. Ich muß wieder abziehen. Und mit dem Prinzen von Preußen ist es auch nichts. Seine Gemahlin breitet die Röcke vor. Sie hat Angst, daß die Krone ihrem Sohn entgehen könnte. Sie denkt gewiß daran, die Regentschaft zu bekommen."

Das alles war hingeschmettert, Schlag für Schlag. Jetzt holte Bismarck tief Atem, die Hand fuhr ins gelichtete Haar.

"Haben Sie Tinte und Feder? Ich will einen Brief schreiben."

"Dort drüben, sehen Sie doch nach. Bitten Sie Gott, daß das Stubenmädchen eingefüllt hat.

Auf dem tintenbefleckten Schreibtisch wartete ein Porzellanbär auf. In dem kleinen Borstwisch, der in seinen Schädel eingelassen war, steckte eine Feder. Wenn man die obere Bärenhälfte abhob, so sah man die untere mit schwarzem Saft gefüllt, dem Unheilsaft, der die Eigenschaft hatte, sich auf den Straßen in helles, rotes Blut zu wandeln. Bismarck nahm ein Briefpapier aus der Mappe, tauchte die Feder ein.

"Bismarck", sagte Fanninger im gleichen gelassenen, etwas fetten Ton, "ich glaube, man spürt Ihnen nach. Drüben steht einer, der läßt kein Auge vom Fenster."

Der Schreibende gab keine Antwort, die Feder sprühte über das Papier, warf im Bogen Tröpfchen aus.

"Ich weiß, wenn man Sie warnt, werden Sie erst toll. Aber nehmen Sie sich in acht, der Mensch drüben ist verdächtig."

Schräg grub Bismarck seinen Namen in das fetzige Papier.

"Darf ich wissen, an wen Sie geschrieben haben? - Nämlich deshalb - damit, wenn man den Brief bei Ihnen findet ..."

"An den König." Bismarck stieß den Sessel unter den Schreibtisch, der wieder ins Ganze gebrachte Bär wankte. "Ich habe ihm meine Meinung mitgeteilt, daß die Revolution eine Angelegenheit der Städte ist, daß sie vom Proletariat gemacht wird. Die Bauern sind königstreu, wie meine Bauern sind sie alle, und wenn der König sich entschließen kann, Berlin zu verlassen, so ist er Herr in seinem Land. Wir wollen schon aufräumen. Das habe ich ihm geschrieben."

"Bismarck", sagte der Doktor, indem er auf den dünnen Beinchen seinen Bauch wieder näher zum Fenster trug, "drüben steht einer ..."

Aber schon hatte Bismarck seinen Schlapphut ergriffen, rief von der Tür her seinen schönen Dank, und als sich der Doktor aus dem Fenster beugte, sah er ihn mit seinen längsten Schritten, nunmehr gänzlich unbedacht, davonrasen. Auch der Blusenmann auf der anderen Seite der Straße trabte in gleicher Richtung und in gleicher Beschleunigung. Ingrimm trieb Bismarck vorwärts, der Demokratenhut vertrug sich nicht mit dem Junkerschädel, der Knebelbart hing ihm am Kinn wie ein fremdartiges Gewächs. Erbost trachtete er, seine Maskerade loszuwerden.

Man hatte ihm gesagt, der Fürst Boguslaw Radziwill habe freien Zutritt zum König. Er lief die teppichbelegten Stiegen des Palais hinan, warf ein paar Diener, die den absonderlichen Fremdling für gefährlich hielten, aus dem Weg und drängte dem Fürsten seinen Brief auf.

Radziwills feines Lächeln über den ungestümen Eiferer hatte die Wirkung, daß Bismarck dachte, der König werde schlecht bedient, und in seiner Umgebung meine es niemand so ganz ehrlich.

So ging er enttäuscht und ausgekühlt die Treppen hinab. Es war ihm klargeworden, daß es ihm nicht vergönnt sein werde, irgendwie in die Ferne des Geschehens zu greifen. Er fühlte sein eigenes Gewicht, das, in eine Waagschale geworfen, entscheiden konnte. Er war wie eine Feder, die zusammengerollt eine ungeheure Energie in sich birgt und erlöst sein möchte.

Als er vor das Palais trat, rührte eine Hand an seine Schulter. Das Gesicht eines Menschen war nahe. "Folgen Sie mir!" sagte der Mann, "ich muß Ihnen etwas sagen."

Bismarck sah sich um, die Straße war durch Schatten und Licht in zwei ungleiche Hälften geteilt, und es war im besonnten Teil trotz des späten Nachmittags so sommerlich heiß, daß der Posten der Bürgerwehr, vier Mann zu Fuß und zwei Reiter, sich nach der anderen Seite hinübergezogen hatte. Da saßen und standen sie im Gespräch, einer, der an der Wand lehnte und zu schlafen schien, blinzelte einmal durch schmale Lidspalten nach Bismarck hinüber.

Sonst waren wenig Menschen zu sehen, fernes Geschrei kam wie Qualm über die Dächer, sank in die Straße, das war wohl der Jubel, der dem Umzug des Königs an der Spitze seiner getreuen, revoltierenden Bürger galt.

Bismarck folgte dem Mann, der mit sicheren Schultern, in die ein dicker Kopf etwas tief gesteckt war, und einem plumpen Hüftenwiegen vor ihm schritt.

Nach einigen Straßenbiegungen blieb der Mann unter dem Laden eines Uhrmachers stehen. Ein paar Steinstufen führten hinauf, der Laden war geschlossen, die Zeit war nichts für Uhrmacher, es wußte ohnehin jeder, daß die Stunde der Freiheit geschlagen hatte.

Der Mann, der um einen Kopf kleiner war als Bismarck, sah ihm von unten ins Gesicht. "Reisen Sie ab", sagte er, "Sie werden sonst verhaftet."

"Abreisen!" Das war, als sollte man auf der Mensur abgeführt werden, sein Trotz schob Bismarck alle Widerstände zu.

"Sie fallen auf. Sie werden beobachtet."

"Niemand hat das Recht, mich anzuhalten."

Beinahe harmlos und jedenfalls sehr zuversichtlich lachte der Mensch. "O doch ...! Reisen Sie ab. Was wollen Sie denn noch in Berlin? Ihre und Ihresgleichen Rolle ist ausgespielt!"

Bismarcks Kopf dröhnte wie eine geschlagene Pauke. Die Klugheit erforderte Vorsicht, und dabei lagen in der rechten Handfläche mindestens ein Dutzend ungegebener Ohrfeigen. Aber im letzten Moment zögerte noch so ein leises Erkennen heran, nur die Umrisse einer Erinnerung, wie unter einem wollenen Tuch.

"Kennen Sie mich denn?" fragte er.

"Gewiß. Auch wenn Sie sich verändert haben. Man wird doch Bismarck kennen, der die schönen Reden im Landtag hält, nach denen alles beim Alten bleiben soll."

"Also aus dem Landtag?"

"Nein, unsere Bekanntschaft ist viel, viel älter."

Da war es Bismarck, als gerate der Schutt der Jahre ins Gleiten, der Hügel der Vergangenheit öffnete sich. "Karl!" sagte er. "Karl Brand!"

Der Mann verzog das Gesicht, ein harter Blick wehrte alles

Näherkommen ab. "Ja, und jetzt stehen wir so. Es hat Blut gegeben ... Das wäre nicht nötig gewesen, wenn ihr, die Junker und die Soldateska, weiter gesehen hättet, als eure Nase reicht."

"Es fragt sich noch, wer den weiteren Blick hat, Karl!"

Der Handbewegung, mit der Karl Brand die Einwendung beiseite schob, war anzusehen, daß sie bei ihm in häufigem Gebrauch stand. Die Handbewegung eines Versammlungsredners, der gelernt hat, Massen zu beherrschen.

Bismarck war zu weich gestimmt, um den Feind anzugreifen. Es war ihm, als ob er seiner eigenen Jugend hätte Übles zufügen sollen, wenn er Karl Brand richtig mit den glühenden Zangen seiner Worte gepackt hätte. Er zog es vor, einen kurzen Dank für die Warnung zu sagen und sich zum Gehen zu wenden.

Berlin hatte eine Stimme, eine brodelnde, johlende Stimme, die Bismarck den Jubel über den großen Sieg des Volkes nachrief.

Buch II

1

Die dickbäuchige, gelbe "Ariadne", der rheinischen Dampfschifffahrtsgesellschaft Drittälteste, kam stromabwärts und krabbelte mit ihren patschenden Rädern auf die Landungsbrücke von Rüdesheim los. Obzwar der Strom das Beste an der Fahrerei selbst tat, mühte sie sich doch, auch den Anschein besonderer Beflissenheit zu erwecken und quirlte unter den Radkasten das Wasser zu einem dicken Schaum, der in großen Flocken hinter dem Heck zurückblieb und sich im Kielwasser drehte.

Erst als Heinz Kogges aus Köln zu der Glocke am Bug ging und zu läuten begann, als sei ihm aufgetragen, bis an die französische Grenze vom Kommen der "Ariadne" Kunde zu geben, verlangsamte sie die Fahrt. Der Kapitän legte den Mund an die Muldenmuschel des Sprachrohrs und tutete in den Maschinenraum. Der dünne, gelbweiße Rauch zog vom Schornstein nicht mehr in einem breiten Band über den Strom hin, sondern ballte sich um die verrußte, schwarze Mündung und quoll dann heiß und beizend auf das Verdeck herab. Timm Belzig stand mit dem zur Wurfschlinge zusammengelegten Tau steuerbords, wie ein Gewittergott von Wolken umhüllt, und als der langsam näher rauschenden "Ariadne" auf der Landungsbrücke noch immer keine hilfreiche Hand entgegenkam, sog er Luft in die Brust und brüllte wie ein Nebelhorn: "Bratenbusch!"

Darauf öffnete sich die Tür der Schiffskneipe "Zur Loreley", und der alte Bratenbusch erschien, mit knallrotem Gesicht unter weißen Haaren, ein wenig schief geladen, wie immer, und schlotterte dünnbeinig auf die Brücke. Im Bauch der "Ariadne" klingelte es, der Kapitän ließ, ohne den Mund vom Sprachrohr zu nehmen, die Augen zwischen Schiff und Ufer wandern, plötzlich begann unter dem gelben Radkasten ein neuer gewaltiger Wassertumult, die Wurfschlinge fuhr aus Timm Belzigs Hand und wurde vom alten Bratenbusch geschnappt und über den dicken Pfahl gestülpt.

Behutsam wand sich das Schiff heran.

Und als Karl Heine und Fred Karsten den Steg vom Bord zur Brücke geschoben hatten, da schoß ein weißer Pudel als erster unaufhaltsam darüber hin und fuhr mitten in das kleine Häufchen Reisender wie in eine Schafherde.

"Scipio! Scipio!" rief sein Herr klagend hinter ihm.

Aber Scipio hatte alle Würde vergessen, zu der ihn sein Name verpflichtete, und war, wie einer, dem die Freude den Sinn verwirrt hat, ganz in das Unternehmen vertieft, den eigenen Schwanz zu fangen. Er drehte sich wie toll im Kreis, und Bratenbusch, dem das weiße Ringelspiel zu seinen Füßen die ganze Welt in einen Zirkusgalopp brachte, hielt sich krampfhaft am Landungspfahl, um nicht mitgerissen zu werden.

Die drei Herrn hatten das Schiff verlassen, Hildebrand stand, mit Mänteln und Decken bepackt, hinter ihnen. "Aber Scipio!" sagte der schlanke Graf Lynar im Ton sanften Vorwurfs und sah fassungslos auf die rasende Wollkugel zwischen ihnen. Der größte der drei Herren beugte lachend seinen mächtigen Leib vor, reckte langsam die Hand und faßte mit plötzlichem Griff in das weiße Gewirbel. Er riß die Faust hoch, und da zappelte auch schon Scipio am Halsband und war keine irrsinnige Billardkugel mehr, sondern wieder ein Hund, an dem man, wie es sich gehört, alle Bestandteile, Kopf, Beine und Schwanz, genau unterscheiden konnte.

"Bravo, Bismarck!" sagte Graf Rochow. "Wenn Sie einmal in Zollvereinssachen auch den Bund so famos am Halsband packen, so kann sich unser König ja Glück wünschen, gerade Sie ausgewählt zu haben."

Bismarck setzte Scipio auf die Erde und entließ ihn mit einem freundlichen Klaps auf das Hinterteil. Der Hund fuhr die Uferböschung hinauf und war verschwunden. "Ja", meinte Bismarck, "mit dem Bund wird's wohl schwer gehen. Der hat mehr Köpfe als einen, viel mehr sogar als der Höllenhund Cerberus, berüchtigten Angedenkens, und ob man da gleich das richtige Halsband erwischt ...? Ich glaube immer, daß ich zu einem guten Diplomaten verdorben bin. Da scheint's mir mit dem Zupacken nicht getan. Es kommt vielmehr darauf an, den Füchsen Salz auf den Schwanz zu streuen."

Auf dem klugen, fein gefälteten Gesicht des Generals war der leise Schimmer eines stillvergnügten, befriedigten Lächelns. "Es steht uns nicht an, an den Entschlüssen unseres königlichen Herrn Kritik zu üben. Es muß sein wie bei Goethe: ‚Der König sprach's - der Knabe lief' ... im übrigen aber glaube ich wirklich, daß Ihnen vielleicht Petersburg mit seinem derberen diplomatischen Klima besser zugesagt hätte."

Bismarck schob den Kopf zurück, ein wenig Ernst mischte sich in den Klang seiner Stimme: "Seine Majestät wird wissen, warum Euer Exzellenz unschätzbare Dienste am russischen Hof nicht zu entbehren sind. Ich meinerseits bin von keinem anderen Gedanken geleitet als von dem, meine Pflicht auf dem Platz zu erfüllen, auf den mich der Wille meines Herrn zu stellen beliebt. Soweit es in meinen schwachen Kräften steht, natürlich."

Der General entgegnete nichts mehr, stocherte im Gehen mit der Spitze seines Stockes im Boden. Auf der Landungsbrücke warf der alte Bratenbusch das Tau vom Pfahl ab, die dickbäuchige "Ariadne" begann zu schnaufen und schob den gelben Leib im kurzen Bogen in den Strom hinaus. Hinter dem Binger Wald war eine Weltuntergangsröte aufgegangen, die brandete bis gegen den blassen und dünnen Mond, der im Osten unbeachtet aus dem versinkenden Tag getreten war. Die drei Herren hatten sich umgewandt und sahen, wie die "Ariadne" zwischen Gold und Purpurrot in den Abend fuhr. Sie wurde immer kleiner und dunkler, je weiter sie sich zu Tal arbeitete, immer unbedeutender im Schimmer der Unendlichkeit, der sich aus dem Himmel in den Strom ergoß.

Man beriet, welchem Gasthof man sich für Abend und Nacht anvertrauen sollte und einigte sich auf ein behagliches Häuschen mit rebenumranktem Balkon, das zudem den freundlichen Namen "Zum vollen Becher" trug.

Der Wirt merkte was Vornehmes, rückte ein blaues Käppchen, strich die Schürze glatt und versprach gebackene Hühner mit Salat. Der Wein, meinte er, sei wohlgeraten, und es werde die Herren nicht gereuen, ihm selbst die Wahl zu überlassen. Während hinten im Hof unter den mörderischen Händen der Köchin ein arges Gezeter der schlaftrunkenen Hühner anging, trat Bismarck auf den Balkon. Blau schatteten die Wälder über den Rhein, wie ein buntes getigertes Fell war der Himmel ausgespannt, im Städtchen blinkten Lichter, und der Fluß begann seinen Nachtgesang.

Etwas Dunkles wuchs neben Bismarck aus dem hellen Holzboden des Balkons. Das war der Schatten, den der goldgelb gewordene Mond neben ihn lautlos hinschmiegte. Bismarck breitete die Arme weit aus. Ehrfürchtig und beinahe andächtig sah der blasse und schlanke Graf Lynar die mächtige Gebärde, mit der dieser Mann Wald und Strom und Himmel zu umschließen und an sich zu ziehen schien.

"Vor vier Jahren war's anders", sagte Bismarck, "Regen und Kälte ... sie trug einen grünen Mantel. Der ganze Silberschatz ging damals drauf, achthundert Taler hat uns die Reise gekostet. Bin ich ein Verschwender, Graf Lynar? Wer hätte damals gedacht, als wir in Frankfurt waren, daß ich einmal dort für den König zu wirken berufen sein werde?"

Graf Lynar wagte nicht zu antworten. Es war ihm, als hätte Bismarck gar nicht zu ihm, sondern zu jemand anderem gesprochen, der fern war. Aus dem Fenster über ihnen, wo des Generals Zimmer war, brach Kerzenlicht und verlor sich im grünen Rebengerank. Sie hörten, wie Rochow ins Waschbecken prustete und sich das Wasser um Hals und Ohren schlug.

Bismarck ließ die Arme sinken, stemmte sie gegen die Brüstung und beugte sich weit vor. "Wie anders die Welt aussieht, wenn der Himmel seine Sonntagslaune hat! Gott muß lächeln, das ist alles. Hören Sie!" Er wandte sich zu dem jungen Mann, "Ich muß noch hinunter. So eine Nacht ist ein Geschenk, das man nicht wegwerfen darf. Ich will vor Hühnern und Wein noch im Rhein schwimmen."

Und ehe der Graf noch etwas hatte entgegnen können, stampfte Bismarck schon die Treppe hinab. Hildebrand löste sich irgendwo aus dem Dunkel und schritt hinter seinem Herrn her. Der alte Bratenbusch murrte ein wenig, als man ihn hinter dem feuchten Schenktisch seiner Kneipe hervorholte, aber ein silberner Händedruck brachte ihn zur Einsicht, daß die Launen großer Herren ihren Sinn hätten. Er löste mit zitternden Händen einen guten Kahn von seiner Kette und sah mit abgezogener Mütze dem Einsteigen zu.

Durch lange, gelassene Schläge trieb Hildebrand das Boot längs des Ufers gegen den Strom. Bismarck saß eine Weile dem Getreuen gegenüber und ließ mit innigem Behagen die Lichter von Rüdesheim zur Seite hinwandern. Dann löste er das Halstuch, legte Rock und Weste ab, balgte sich im schwankenden Kahn mit der engen Hose, zog Stück um Stück seiner äußeren Schale fort, bis er im weißen Hemd blieb, das der kühle Wasserhauch von der erhitzten Haut lüftete.

Hoch auf reckte er sich, warf das Hemd von sich und glitt im nächsten Augenblick ins Wasser. Der plötzlich entlastete Kahn tat einen Satz und wurde von Hildebrand mit glatt gestreckten Rudern wieder ins Gleichgewicht gebracht. Als Hildebrand nach seinem Herrn ausschauen konnte, war dieser fort, als hätte ihn der Strom verschlungen. Aber da tauchte er wieder auf, ein gutes Stück stromaufwärts, hob sich bis zur Brust aus dem Wasser und schüttelte den Kopf, daß ein silbernes Sprühen ins Mondlicht spritzte.

Lauwarm spülte das Wasser um Bismarcks Leib. Es war in rascher Bewegung und drängte sich ihm entgegen, daß er mit Zug und Muskeldruck sich ihm hart an die Brust stemmen mußte. Ab und zu quoll eine kältere Strömung von unten empor, da war es, als griffe die Tiefe nach ihm, und ein leiser Schauer glitt ihm über das Kraftbehagen hin. Er fühlte den Widerstand des siegreich bekämpften Elements beim Herunterdrücken der Arme und beim Schließen der langen, muskelbegnadeten Beine, und das war fast wie beim Reiten, wenn man die Rippen eines wilden Gaules preßte. Und er fühlte, daß eben dieser Widerstand es war, der ihn schwimmen ließ und über den dunklen Abgrund trug. Und in diesem Zusammenspiel von Streben und Gegenstreben schien ihm die Weltordnung in wohltuender Heiterkeit und Fülle ausgedrückt.

Jetzt war Rüdesheim vorbei, dunkel lagen die Ufer, Rochow und Lynar und Backhühner fielen dem Schwimmenden ein, er wandte sich auf den Rücken, und sogleich erfaßte ihn der Strom und trug ihn den Weg zurück. Unweit gondelte Hildebrand, noch immer in der alten Richtung rheinaufwärts, unachtsam, in seinem Sinnen darüber, wie dieser Abend wohl in Schönhausen aussehen mochte. "He, Hildebrand! Daß dich der Teufel brate!" rief Bismarck, hob sich halb aus dem Strom und warf wie ein zürnender Wassermann einen Guß kühler Nässe nach dem Ruderer. Die Rheinwelle zerstäubte silbern über dem Schönhausener Traumgefilde, eben als Hildebrand mit sich ins klare gekommen war, daß es Karolines hausfraulichen Tugenden mehr entsprach, Strümpfe zu stopfen oder Federn zu schleißen, als schwärmerisch im Mondschein zu sitzen.

Bismarck aber lag schon wieder auf dem Rücken und trieb weiter stromab. Der Mond war kleiner geworden und sah ihm voll ins Gesicht. Nur Mund, Nase und Augen standen dem Schwimmenden über Wasser, rundum war alles Licht und Glanz. Mit kleinen Bewegungen der Finger lenkte Bismarck die mühelose Fahrt. Er war körperlos, schwerelos, nur denkendes Gehirn und selig schauendes Auge. Welche Gottespracht das war, was für ein Gleißen, in dem er davongeführt wurde! Das Bewußtsein der dunklen Tiefe war geschwunden, das ganze Wasser eine einzige leuchtende Herrlichkeit. Rüdesheim kam sehr rasch vorbei, rascher als vorher. Wälder und Weinberge schwangen dunkle Kuppen einander zu, alte Burgruinen zackten in den matt opalfarbenen Sternenhimmel, den der Mond nicht zu vollem Licht kommen ließ. Vorspiel der Ewigkeit, empfand Bismarck, so auf den Zeiten dahinzugleiten, getrieben von Gottes unerforschlicher Kraft, und das Strahlen aller Welten in sich zu saugen. Er regte sich nicht, versank im Glücksgefühl inniger Hingabe an Welt und Gott.

Ein dunkles Gemäuer türmte sich zur Linken, plump und wuchtig. Der Rhein erhob die Stimme, schlug schärfer gegen Fels und Quadern. Das war der Turm, wo die Mäuse über den alten, bösen Bischof Hatto das Strafgericht vollzogen hatten. Haß und Vergeltung, in Stein gebannte Bosheit reckte sich in die Seligkeit der Nacht. Es ging nicht an, sich treiben zu lassen, das war nicht Menschenlos, man war dazu berufen, alle Kämpfe aufzunehmen, die einem angeboten wurden.

Bismarck wandte sich, das Boot war ihm gefolgt, er zog sich hinein und begann sich anzukleiden. Und lächelnd sagte er sich, als er in die engen Hosen fuhr, daß von jeder, selbst der geringfügigsten Bosheit immer ein Teil auf den Täter zurückfällt. Denn es erwies sich, daß ein Teil des wassermännischen Gusses, den er nach Hildebrand gesandt hatte, auf seine eigenen Hosen niedergegangen sein mußte, als daß es ihm jetzt um die Sitzgelegenheit ein wenig feucht war.

Rochow und Lynar saßen auf dem Balkon vor drei Gedecken, die um ein Windlicht angeordnet waren, und Rochow schien ein wenig ungehalten, daß Bismarck sie hatte warten lassen.

"Wir dachten schon, Sie wären ertrunken", sagte er, und das klang ein bißchen spitzig und scharf gewürzt.

Aber Bismarck lag noch die Kühle des Rheines und der Schimmer der Mondnacht in Blut und Herzen. "Nein", sagte er behaglich, "wem Gott bestimmt hat, in den Redefluten des Bundes unterzugehen, den läßt er nicht im Rhein versaufen."

Die Backhühner kamen, umgrünt von krausen Salathecken, ein Wein gesellte sich dazu, der war schwer und goldig und roch nach allem Herrlichen des Sommers. Erwartungsvoll stand der Wirt mit reiner Schürze im Hintergrund, und als Bismarck nach der ersten Zungenprobe Lobendes zu sagen wußte, da verneigte er sich, als hätte er einen Orden bekommen. Denn er hatte indessen von Hildebrand erfahren, daß er Herren von der preußischen Bundesgesandtschaft zu beherbergen und bewirten die Ehre hatte.

Das Windlicht brannte in reinem Tulpenglas, das Besteck und Geschirr glitzerten, der Wein rann leuchtend aus hohen Flaschen in grasgrüne Römer, alles war strahlend, bis auf Scipio, der sich eingefunden hatte und betrüblicherweise durch irgendeinen lästerlichen Wandel aus einem frischgewaschenen weißen Pudel ein braungelbes Untier geworden war.

Bald nach dem Speisen zog sich Rochow zurück, und Bismarck blieb mit Lynar allein. Blauer Zigarrenqualm wolkte in der stillen Luft über die Römer hin, und nur wenn er über den offenen Mund der Glastulpe hinzog, wurde er von der aufsteigenden Wärme des Lichtes erfaßt und wirbelnd in die Höhe entführt. Leise überschattete Müdigkeit, vom Rhein her und vom Essen her, den künftigen Gesandten des preußischen Königs. Er hatte das Gespräch allein zu bestreiten, denn der stille, bescheidene Lynar sprach nur, wenn er eine Antwort zu geben hatte. Er sei ja wohl für morgen zum alten Fürsten Metternich nach Johannisberg eingeladen, meinte Bismarck. Und es verlocke ihn schon einigermaßen, beide kennenzulernen, den alten Metternich und den alten Johannisberger. Seien doch beide sozusagen heute noch immer die interessantesten

Gewächse in Europa, den Louis Napoleon vielleicht ausgenommen, aber von dem wisse man noch nicht so recht, was für ein Wein aus ihm werden solle. Indessen - ein Gähnen trieb Bismarcks Zähne auseinander -, er werde sich den Metternich und den Johannisberger wohl für ein anderes Mal aufheben. Für jetzt sei ihm ein anderer ans Herz gewachsen, und das sei der Rhein. Den könnten sie morgen bis Koblenz genauer besehen. Bei diesem Sonnenwetter müsse man sich an des Herrgotts Rockschößel halten, und der Johannisberger schmecke bei Regen ebensogut.

Scipio kam herangeschlichen, demütig im Bewußtsein seiner Untaten, setzte sich in gemessener Entfernung auf das Hintergestell und hängte bettelnde Blicke an die Backhühnerreste. Bismarck warf ihm mit mildtätiger Hand abgenagte Knöchelchen zu.

"Hören Sie, Lynar", sagte er, wie durch den Hund auf das Gemeinsame ihres Lebens gebracht, "wir werden jetzt hoffentlich unseren Haushalt bald auflösen können."

Graf Lynar wand sich in Verlegenheit.

"Nein, nein, mein Lieber", beeilte sich Bismarck, "ich meine nicht, daß Sie ein unangenehmer Hausgenosse wären, den ich froh bin loszuwerden. Aber Sie werden es mir nicht verdenken, wenn ich mich danach sehne, die Junggesellenwirtschaft bald abgetan zu haben. Zum Donnerwetter, wozu ist man denn Ehemann und Vater, wenn sich sechsunddreißig deutsche Bundesstaaten zwischen mich und die Meinen legen dürfen. Sie sind um zehn Jahre jünger, Lynar, Sie verstehen das noch nicht so. Ihnen gefällt's vorläufig noch im Junggesellenkarpfenteich."

Schamhafte Röte glomm aus Lynars hellroter Halsbinde, daß es aussah, als rinne die Farbe aus ihr gegen alles Naturgesetz bergan. Bismarck blies eine große blaue Wolke von sich, und da sich aus ihr durch Spiel des Zufalls ein Ringlein löste, steckte er den Finger hindurch, so daß es sich einen Augenblick lang ansah, als biete sich ein Abbild des Saturn mit seinem Ring. Dann schlug er plötzlich mit der flachen Hand schwer ins Gewölk. Es wallte nach allen Seiten heftig auseinander.

"Man soll das bedenken und mich nicht herumziehen! Werde ich nun Bundesgesandter oder werde ich es nicht? Was für Umstände, daß ich als Legationsrat hierherkomme und mich erst langsam zum Gesandten auswachsen soll. Ich muß erst in die Schule gehen, den politischen feinen Ton lernen, wie ein diplomatischer Hosenmatz! Der König wollte es anders. Aber ich weiß, wer dahinter steckt, daß sich die Sache verzögert. Einer, der selbst gerne hierbliebe, wie es scheint."

Lynar warnte ängstlich durch einen Blick nach Rochows geschlossenem Fenster. Scipio, durch Duldung unverschämt gemacht, rutschte an Bismarck heran und legte ihm mit leisem Gewinsel die lehmige Pfote auf die Hose. Aber Bismarck schleuderte sie mit heftigem Ruck von sich. "Ich weiß es ganz genau. Petersburg paßt ihm nicht mehr, aber Frankfurt, das wäre was. Die vielen kleinen Höfe hier in Süddeutschland, das Leben im Bund, eine höhere Vereinsmeierei. Er ist ein feiner und kluger Mensch, hat's aber mit dem Edelmut und den moralischen Eroberungen. Und mit Leisetreten geht's beim Bund nun einmal nicht. Man muß ihnen auf die Perücken klopfen, daß der Staub herausfliegt. Man muß ihnen Pfeffer in die Nase streuen, daß sie ihren politischen Stockschnupfen loswerden. Ich hab' mir's nun einmal in den Kopf gesetzt, als könnt' ich's. Und der König glaubt's auch von mir."

Der Rest der Zigarre flog über die Balkonbrüstung, eine glimmende Krümmung bog sich über das Nebengerank wie die Bahn einer Sternschnuppe über die krause Dunkelheit der Nacht.

"Ich weiß nun freilich nicht, wie man die Hintertüren auf- und zumacht. Ich kenne die Lakaienwege nicht. Aber wenn sie mich vielleicht abschieben wollen, nach Darmstadt oder Stuttgart oder weiß ich es wohin, so bin ich derjenige, welcher. Als Legationsrat hier oder als Gesandter an irgendeinem Höflein, ach nee, da bin ich weder Fisch noch Fleisch, weder gesotten noch gebraten."

Bismarck reckte sich, der Stuhl knackte, durch das Rohrgeflecht ging ein angstvolles Stöhnen. "Kommen Sie, Lynar, wir wollen schlafen gehen. Morgen nach Koblenz. Der Wein hat warm gemacht." Er löste das weiße Halstuch, schwang es in der Hand hin und her. "Und wenn man Sie fragt, Lynar - man fragt Sie ja nicht, und von selbst tun Sie den Mund nicht auf -, aber wenn man Sie fragt, so können Sie sagen, ich hätte mich niemandem aufgedrängt. Da man mich aber schon einmal hervorgezogen habe, so gebe es für mich nur eine Entscheidung: der Bund - oder Schönhausen. So ... und nun: durch die Mitte ab."

Vor des Grafen Lynar schnellem Blick nach Rochows Fenstern schien oben eine weiße Nachtmütze von den Scheiben zu weichen. Und es war dem Grafen, als blitze auch Bismarck sehr schnell hinauf. Jetzt aber nahm ihn Bismarck unter dem Arm, und indem er unmittelbar in das komische Pathos eines Heldendarstellers überging, der auf Provinzbühnen den Marquis Posa spielt, schritt er gravitätisch mit ihm ins gemeinsame Schlafzimmer.

Die Fenster des Balkonzimmers blieben offen, und die ganze Nacht rauschte der Rhein in Bismarcks Schlaf.

2

Frau von Vrints hatte einen ihrer strahlendsten Tage. Ihr leichtes Sommerkleid lag auf dem Moos, als wäre es aus Wiesenschaumkraut gewoben, und ihr Gesicht blühte so frisch auf einem Hintergrund von wildem Waldgebüsch, als hätte sie das gute Wetter erfunden. Der fünfundsechzigjährige Marquis Tallenay, der unermüdlichste ihrer Bewunderer, nahm keinen Anstand, ihr das einige Male zu wiederholen und hinzuzufügen, man brauche nur die schöne, junge Gräfin Thun anzusehen, um zu merken, daß diese sich geschlagen fühle. Und Graf Czechenyi, der zu ihrer Linken lag, meinte, es lohne sich, den deutschen Bund zusammengetrommelt zu haben, einzig aus dem Grund, damit ihr Ruhm sich vom Rhein bis zur Weichsel verbreite. Was den magyarischen Globus anbelange, so wolle er schon dafür sorgen, daß man erfahre, wo die schönste Frau Europas zu finden sei.

Selbst Baron Brenner von der österreichischen Gesandtschaft machte, obzwar er pflichtgemäß gemeinsam mit Fräulein von Umständer aus einer kleinen Kaviarbüchse löffelte, seine romantischsten Augen zu ihr hinüber. Man hatte ihn der sommersprossigen Bankierstochter zugeteilt, und da er viel zu faul war, um sich dieser Pflicht durch einen Staatsstreich zu entziehen, verharrte er auf seinem Posten und ließ nur seine Blicke wandern.

Auch die Gräfin Thun hatte ihren Stamm von Bewunderern um sich versammelt, Herrn von Bülow, den Gesandten von Holstein und Lauenburg, den Darmstädter Munch, dessen gemessene Höflichkeit bei ihr immer ein wenig wärmer wurde, den bayerischen Gesandten Schrenck-Notzing, der ihr zu Ehren seine besten Hofbräuwitze auskramte, und Herrn von Regenhardt selbstverständlich, den Advokaten und Ratsherrn, dessen Gattin ihr Taschentuch zerknüllte, weil sie niemanden bei sich hatte als den österreichischen Baron Nell, der schon mit der Zunge anzustoßen begann.

Sie lagen auf einer Waldblöße des Taunus, der sich vor ihren Blicken unabsehbar buckelte, als bestehe Deutschland von einem Ende bis zum anderen aus nichts als Wald, wie zu des Tacitus Zeiten. Daß des Tacitus Zeiten aber vorbei waren und seither sehr viel Französisches nach Deutschland hereingeflattert war, hätte man aus den Witzen des jungen Herrn von Umständer entnehmen können, die einer Schar von jungen Mädchen und Frauen eine Röte nach der anderen von Nacken und Busen über Hals und Gesicht riefen und die geschmückten Ohren erglühen machten.

Unten auf der Straße standen, ganz klein und unansehnlich, die grüngestrichenen Landauer, in denen man gekommen war. Die Kutscher lagen im Farnkraut und schliefen, nur Hildebrand hielt die Augen offen, sah dem Geschwirr glasheller Flügel zu. Der Wald sang tief und voll, aber davon war oben auf der Waldwiese nichts zu hören, über die Frauenlachen und Gläserklingen in lauen Wellen ergossen war.

Graf Thun ging ruhelos zwischen den Gruppen umher und band jeder Frau eine hübsche kleine Schmeichelei an. Niemand war ein liebenswürdigerer Wirt als er, und niemand konnte das Bild des Heiteren und lebenslustigen Österreich mit einem einzigen Lachen so hervorzaubern. "Alsdann, mein lieber Mott", sagte er zu dem kurhessischen Gesandten, der rinnenden Schweiß mit einem Taschentuch bekämpfte, "machen S' doch keine Faxen. Wir sind doch unter uns, nicht? Sommerluft bei 18 Grad im Schatten. Da zieht man sich halt den Rock aus." Und er riß mit einem Athletengriff den kaffeebraunen Rock vom Leib, als gelte es einen Ringkampf, warf ihn dem Diener zu und stand in battistenen Hemdsärmeln.

Herrn von Mott blieb der Atem aus, und der Schweiß trat ihm noch stärker aus allen Poren. Er warf einen erschrockenen Blick nach den Damen und einen hilfeflehenden nach den Kollegen vom Bund, die auf einem kleinen Gesprächsklumpen nahebei unter einer Linde standen. Die Damen schienen des gräflichen Gastgebers Hemdsärmeligkeit weiter nicht übelzunehmen, aber bei den Kollegen sah er von Bedenken langgezogene Gesichter. Der Mecklenburger Oertzen hatte die Hände auf den Rücken gelegt, jetzt schob er sie wie zur Verwahrung noch ein Stück höher hinauf, daß die Rockschöße hinten abstanden wie Flügel einer lahmgeschossenen Krähe. Der alte Smidt aus Bremen zog sein faltenreiches Gesicht bis zur Unterlippe in das Halstuch ein und hatte ganz das Ansehen einer Schnecke, die sich in ihr Haus zu begeben beabsichtigt, und da dem Gesandten Sachsens, Herrn von Nostitz, eben kein passendes Zitat aus Schiller einfiel, meckerte er ein hölzernes: "He, he!" Obzwar Österreich, wie es sich gehörte, das Beispiel gegeben hatte, war nämlich noch keineswegs festgestellt, in welcher Reihenfolge es nachgeahmt werden dürfe und ob etwa der Gang der Abstimmung im Bundestag auch auf diesen außerordentlichen Fall vorbildlich anzuwenden sei.

Mott, dem es vorgemacht worden war und der nach dem Maß seines Schwitzens auch der Nächste dazu war, fühlte sich keineswegs berufen, es so ohne weiteres nachzumachen, hielt sich unschlüssig zwischen persönlichem Bedürfnis und diplomatischem Bedenken selbst an den Rockaufschlägen und sah von einem zum anderen.

Aber Herr von Bismarck, preußischer Legationsrat, an diplomatischem Verständnis und bundestäglichem Dienstalter der Benjamin der Gesellschaft, warf, ohne abzuwarten, wie sich der weitere Verlauf ordnen würde, seinen Rock ins Gras und sagte: "Sie haben recht, Graf Thun, warum sollen wir in der eigenen Schale sieden wie Kartoffeln? Wenn die Damen nichts dagegen haben." Seine Hemdsärmeligkeit war freilich keine so feinbattistene wie die des österreichischen Gesandten, aber dafür stammte sie aus den Schönhausener Hochzeitstruhen, zeigte ein Gewebe, das bis fünf Meilen hinter die Ewigkeit zu halten versprach.

Und als dies geschehen war, da kam eine plötzliche Wallung über die ganze Waldwiese, so, als hätte sich sämtlicher Herren Blut mit einem Schlag um mehrere Grade erhitzt. Sie beeilten sich, ihre Röcke abzuziehen und fortzuwerfen wie eine Schar von Schauspielern, die sich mit höchster Geschwindigkeit zwischen zwei Akten umzuziehen hat. Braune, blaue und grüne Tuchklumpen ballten sich auf dem Moos, und mitten darinnen lag Motts zitronengelber Nankingrock mit ausgebreiteten Ärmeln und einem großen dunklen Schweißfleck auf dem Rücken wie ein verflogener tropischer Riesenfalter. Des Grafen Diener gingen dazwischen herum und lasen die abgeworfenen Hülsen auf, um sie den Fichten des Waldrandes an passende Zweiglein zu hängen.

Nur der Marquis von Tallenay hatte an der Entkleidung keinen Anteil genommen, denn er war fünfundsechzig Jahre alt und aus der guten Pariser Kulturschule. Und der alte Smidt aus Bremen hatte sein Kinn mit offensichtlichem Verdruß noch schneckenhafter in die Halsbinde gezogen. Denn auch er mißbilligte dieses leichtfertige Wesen, und überdies hatte er, weil die Woche an den Samstag geraten war, kein einwandfreies Hemd vorzuweisen.

"Wir würden nie", meinte der Marquis zu seiner schönen Nachbarin, "in Gegenwart von Damen uns so zeigen. Ich muß gestehen, daß in diesem Belang die deutschen Sitten für unseren Geschmack etwas - frei sind."

"Hören Sie, Bismarck", rief Frau von Vrints den Preußen an, der seinem Rock nachging, um ihm die Zigarrentasche zu entnehmen, "der Herr Marquis hat mir soeben ein Tadelsvotum zukommen lassen. Hoffentlich wird uns Frankreich nicht noch einmal wegen unserer robusten Sitten den Krieg erklären."

Bismarck blieb vor der kleinen Gruppe stehen, vor der klugen und schönen Frau, die des ganzen Frankfurter Getriebes Seele war, dem lustigen Ungarn, der hinter ihrer Schulter die Augen zukniff und anzügliche Grimassen schnitt, und dem Franzosen, der zart und feingliedrig auf dem deutschen Waldboden lag, so seltsam wenig zu ihm passend wie ein Sèvresfigürchen ins Heu. Frau von Vrints sprach ein tadelloses und wundervoll schwingendes Französisch - das beste Französisch in Deutschland, wie der galante Marquis zu behaupten pflegte -, aber das Französisch, mit dem Bismarck den Ball aufnahm, war kaum minder gut. "Ich schätze Frankreich und die Franzosen zu sehr", sagte er, "um nicht einzusehen, was sie in ihrer großen und reichen Kultur uns voraushaben. Aber ich weiß auch, daß sie ihr Scharfsinn befähigt, dem, worin sich andere Völker von ihnen unterscheiden müssen, Gerechtigkeit werden zu lassen. Schließlich kommt es auf Äußerlichkeiten nicht so sehr an, Marquis, Rock oder Hemd ... dann kommt ja doch die Haut, bei Franzosen und bei Deutschen. Übrigens", er hielt inne, und ein lustig weltmännisches Lächeln schob sich in sein Gesicht, "haben die Franzosen jedenfalls den Ruhm, das Parfüm, wenn nicht erfunden, so doch in allgemeinen Gebrauch gebracht zu haben." Damit verneigte er sich ein ganz klein wenig und ging auf den Fichtenstamm zu, an dem sein Rock hing.

"Gesprochen wie ein Diplomat", sagte der Franzose, indem er ihm mit wohlgefälligem Kopfnicken nachsah und dann befriedigt ein wenig von der Patschuliwolke einsog, die von ihm über den Boden ausging.

An der Moosbank, wo auf weißem Tuch noch immer einige Schlachtreihen belegter Brote ausgebreitet waren und einige Torten wie halbzerstörte Redouten auf Abtragung warteten, trafen sich drei Herren. Sie aßen Zungenwurst und Trüffelpastete und achteten für sich darauf, daß beim Griff nach den Tellern die Reihenfolge der Abstimmung im Bundestag eingehalten werde.

"Was sagen Sie?" meinte Nostitz, indem er mit geschickter Zunge ein verlorenes Krümchen aus dem Mundwinkel hob.

Der Lübecker Gesandte Brehmer wischte heftig kauend mit seidenem Taschentuch den Mund. "Haben Sie sein Hemd gesehen? Er ist ein Bauer."

Herr von Munch machte seine kalten, spitzigen Augen: "Das kommt davon, wenn man eine solche Gans von Frau hat. Eine Landpomeranze, sage ich Ihnen ... was man so hört."

"Er soll doch früher", warf Nostitz ein, "etwas auf sich gehalten haben. Man erzählt allerlei. Es soll sich manches zugetragen haben, in Wiesbaden zum Beispiel."

Herr von Munch war an der Reihe, Zungenwurst zu nehmen. "Das mag sein. Aber ich sage Ihnen, meine Herren, es ist die Frau, die den Mann macht. Die seinige scheint aus der Zeit von Vossens ‚Luise' zu stammen. Halb Hausmädchen, halb Kinderfrau. Mein

Gott, wie wird sich die in diesem Kreis von Weltdamen ausnehmen!"

Herr von Nostitz warf einen Blick wie eine Angel: "Ist es denn schon gewiß, daß er uns beschieden ist?"

"Rochow ist ein Provisorium", sagte Brehmer achselzuckend, "ob ihm Bismarck folgen wird?"

Sie schwiegen einen Augenblick, taten sehr beschäftigt mit Essen, legten indessen Fragen zurecht. Aber da wirbelte Czechenyi herein, der kein Verständnis dafür hatte, daß diplomatische Angelegenheiten auch zwischen Zungenwurst und Trüffelpastete hingesponnen werden konnten, und zwang die Herren dazu, ihm in feierlichem Zug zu folgen und eine kleine Auswahl von Brötchen vor Frau von Vrints zu bringen. Sie kamen gerade zurecht, um den Baron Nell heranstolpern zu sehen. Er trug, irgendeiner plötzlichen und unerforschlichen Aufwallung folgend, sein halbvolles Sektglas heran, stieß es an das ihre und sagte ein wenig dunkel lallend: "Der schönsten Frau!" Lachend tat man im Kreis Bescheid.

Frau von Regenhardt, die er ohne Erklärung und Entschuldigung so plötzlich verlassen hatte, sah ihm halb erleichtert und halb erbost nach. Dann strich sie ihr Kleid, das vom Liegen verknittert war, glatt und schickte sich, indem sie eine Hand auf das Moos stützte, mit einem leisen Seufzer an, ihre etwas ins Üppige geratene Schönheit aufzurichten. Eine Hand streckte sich ihr entgegen. "Gestatten Sie", sagte jemand, ein kräftiger Ruck half sich ihr entgegen.

"Ich danke Ihnen, Bismarck!" sagte sie, dunkelrot. Sie stand und sah ihn an, und da sie ein leises Muskelzucken seiner Schultern als Zeichen nahm, daß er seinen Ritterdienst beendet glaubte, setzte sie rasch hinzu: "Man hat Sie heute von Ihrem angestammten Platz verdrängt."

Seine stumme Verwunderung machte sie lachen. Dieser Waldmensch war unter die Komödianten gegangen, und man mußte sagen, daß er mit großer Natürlichkeit spielte. "Ach Sie ... Sie Schlimmer!" sagte sie, indem sie des Grafen Thun österreichische Sprechweise mit Geschick nachahmte. "Die beiden galantesten Nationen haben sich in Ihre Rechte geteilt ... die Franzosen und die Ungarn."

Jetzt verstand Bismarck. "Frau von Vrints ist meine Freundin", sagte er ruhig.

"Sie ist noch nicht alt genug dazu. Aber Sie haben recht, Sie sind gegen alle Frankfurter Versuchungen gefeit ... Sie haben eine Frau, die Sie lieben. Man wird also niemals eine Bismarcksche Skandalgeschichte zu hören bekommen." Sie hielt inne und sah ihn von der Seite an. Ein schmaler Waldweg, den sie eingeschlagen hatten, umfing sie mit Büschen, in denen schon Flocken von Dunkelheit hingen. Durch Buchenstämme drang der Abend und schlug die glatte Rinde mit Gold aus. Sie gingen wie zwischen brennenden Säulen, zwischen die ein Strahlengitter gespannt war. Ein später Fink hob aus einem Wipfel ein kleines, schmuckloses, tapferes Lied, in dem keine Nachtangst flatterte.

"Ich will Ihnen sagen", begann Bismarck plötzlich herb, "was mit den Frankfurter Frauen los ist. Haben Sie den Hühnerhof um den jungen Umständer betrachtet? Sollte man so einen Schuft nicht gleich mit der Reitpeitsche bearbeiten? Mit welchem breiten Wohlbehagen streicht er den Frauen und Mädchen seine Zoten um die Ohren! Und das kichert und lacht dazu, als sei diese Art Unterhaltung die letzte und höchste Stufe von Geist. Sie nennen das vielleicht Esprit, auf gut märkisch heißt es Schweinerei."

Frau von Regenhardt nahm das als eine kleine Abkanzelung, die nur zur Hälfte ernsthaft vermeint und zur anderen eine prickelnde Würze schien. "Ach, Sie Prediger aus der märkischen Sandwüste!" sagte sie mit einem Schmollen, das um zehn Jahre zu jung war.

"Sie haben hier einen einzigen Götzen ... neben dem alten Amschel Rothschild natürlich ... der ist das Vergnügen. Glauben Sie mir, das Leben wäre um vieles angenehmer, wenn das Vergnügen nicht wäre. Was glauben Sie, wie ich in diesen Wochen zeramüsiert bin? Bälle, Tees, Landpartien, eines hinter dem anderen wie beim ‚Schwan-Kleban'. Aller innere Halt geht flöten, es ist, als wollte man uns eine moralische Rückenmarkschwindsucht an den Hals hetzen, als sei es ein teuflisch schlauer Vernichtungsplan, und wenn man sich eines Morgens im Licht eines Katers betrachtet, so bemerkt man, man ist heruntergekommen und weiß doch selber nicht wie. Und das, meine Gnädige, kommt von nichts anderem als von dieser schauderhaften Geselligkeit."

Wispern und Kichern flatterte seitwärts aus den Büschen, ein helles Sommerkleid drängte sich tiefer ins Dunkel. Beide sahen mit kurzem Blick hinüber. "Geben Sie mir Ihren Arm, Bismarck", sagte die Frau, "es sind hier so viele Wurzeln."

"Wir wollen umkehren."

Aber sie lenkte weiter waldeinwärts. "Was sollen wir denn tun, mein Lieber?" klagte sie. "Sehen Sie doch unser Leben an! Sollen wir uns hinknien und Fußböden scheuern oder uns in die Waschküchen stellen? Wollen Sie das von uns? Welche andere Aufgabe haben wir, als elegant und - so schön wie möglich zu sein?"

"Pflichten, Pflichten, Gnädige, wir sind nicht auf der Welt, um glücklich zu sein, sondern um unsere Schuldigkeit zu tun. Wie oft muß ich das nicht auch meiner Frau sagen, obzwar die sich doch wahrhaftig nicht um ihre Pflichten drückt. Sehen Sie, man spaßt, Armut ist kein Verdienst, und Reichtum schändet nicht. Aber er schändet doch, wie man an Frankfurt sieht, wo der Hochmutsteufel bis zu den Handwerkern hinunter seine Opfer findet. Er macht die Seelen kahl und die Herzen leer und läßt die Sinne allein übrig, die tanzen dann nach solchen Rattenfängerpfeifen, wie der Schuft, der Umständer, bläst."

Frau von Regenhardt sah ihren Johannes von der Seite an. Je heftiger er prophetete, desto lockender erschien es ihr, diesen Simson der Moral zu fällen. Ihr Busen drängte immer heftiger gegen seinen Arm, in dem der ihre lag. Ihre Haut begann stärker zu duften, wie Jasmin, der seinen Geruch in die Sommerabende haucht. Sie überlegte nur, auf welche Weise sie Bismarck am wahrscheinlichsten in die Arme fallen könne, durch einen kleinen Schreck vor Waldgeräuschen oder einen Sturz über Wurzeln mit nachfolgender Knöchelverstauchung. Frau von Regenhardt war nicht wählerisch in ihren Mitteln, da sie wußte, daß die meisten Männer nicht wählerisch im Glauben daran waren. Sie war daher billig erstaunt und verstimmt, als Bismarck an einem alten Wegkreuz, das einen blassen Heiland durch die Nachtschatten leuchten ließ, ohne viele Fragen und Umstände kehrtmachte.

Sie kamen an der Stelle vorbei, wo man hinter den Büschen noch immer das Sommerkleidchen schimmern sah, wenn es auch jetzt schon mit Asche überstreut schien. "Sie sollten Traktätchen schreiben", sagte Frau von Regenhardt mit einer plötzlichen Wut.

"Bitte, halten Sie mich nicht für einen Ritter von der traurigen Gestalt", lachte Bismarck scheinbar unbefangen in die Schwüle, "Gott ist mein Zeuge, ich freue mich, wenn sich zwei Menschen zusammenfinden, stark und groß in ihrer Leidenschaft. Und wenn sie dabei zu Fall kommen ...! Das kann ein ergreifendes und erhebendes Schauspiel sein, ein Erlebnis aus den Tiefen der Natur, wie eine Sturmflut, ein Gewitter, ein Erdbeben. Aber die Liebe als Gesellschaftsspiel, wie sie hier betrieben wird, das ist gegen mein Gefühl. Haben Sie die Damen angesehen, mit welchem Vergnügen sie ihre Scham an diesen Bengel verraten haben? Nun, eine ist darunter, die hat vor ein paar Tagen ihr Küchenmädchen hinausgejagt, weil sie vom Gärtner schwanger ist und demnächst ein Kind bekommen wird. Heute hat sie am lautesten gelacht. Ich schätze die Liebe der Frau viel zu hoch, um nicht die Lüsternheit der Weiblichkeit peinlich zu empfinden. Das verehre ich an dieser jungen Gräfin Thun, daß sie an diesen Dingen keinen Gefallen findet, obzwar ihr Herr Jupiter von Gemahl ihr genug Vorwand gäbe, sich auf die leichte Seite zu schlagen. Und noch mehr finde ich das an meiner Freundin, ist das nicht prächtig, wie sie durch einen Blick oder ein Wort alle vorlauten Zungen zügeln kann? Davon hat ja unser Gespräch seinen Ausgang genommen, wenn ich nicht irre."

Sie hörten den Lärm des Aufbruchs von der Waldwiese her. Diener liefen mit Fackeln den Berg hinab, große Schatten zuckten plötzlich bis vor ihre Füße und drehten sich dann ins Gebüsch. Frau von Regenhardt hielt den Kopf gesenkt. "Bismarck", sagte sie, und es war, als sei ihre Stimme von eben demselben zuckenden Spiel von Licht und Schatten erfüllt. Sie verzögerte den Schritt.

Und noch einmal, zaghaft und beklommen: "Bismarck, wann werden Sie endlich Ihr Versprechen halten? Sie haben mir zugesagt, daß Sie uns besuchen wollen."

Der große Mensch verbeugte sich leicht zur Seite der stattlichen Frau: "Es wird mir eine Freude sein, Ihnen meine Frau, die ja nun hoffentlich nicht mehr lange auf sich warten läßt, vorzustellen."

Frau von Regenhardt entzog ihm ihren Arm, griff nach ihrer Frisur, strich die Ärmel des Kleides glatt. Leise klirrten die Armbänder, die ihre Handgelenke umwanden wie silberne Schuppen.

3

Wenn man einmal so richtig ins Vergnügen geraten war, so fand man nicht gleich ein Ende damit. Der Frankfurter Schwan-Kleban des Grafen Thun zog sich mit beginnender Nacht aus den Taunuswäldern in die Stadt, und als man um Mitternacht vor der Wohnung des österreichischen Gesandten angelangt war, fand man kein nachtschlafendes Haus, das man erst wachzurütteln hatte, sondern eines, das hell und belebt die Gäste erwartete. Die Diener standen schon an den Türen, und jedem Bedürfnis war seine Erfüllung bereitet, den etwa von der Nachtluft angegriffenen älteren Herrschaften Tee und den noch immer Erglühenden Speiseeis, das in absonderlichen Formen, Hasen, kleinen Elefanten, brütenden Hühnern und schlangenumwundenen Obelisken, aus silbernen Kühlern tauchte.

Der Tanz, der auf dem Rasenboden nicht recht hatte vonstatten gehen wollen, drehte sich nun ganz anders im Thunschen Spiegelsaal, dessen von Goldstäben eingefaßtes Kristall aus dem Walzer einen wirbelnden Brodeltopf von Kleidern und Gesichtern machte. Und das Thunsche Hausorchester, vier echte, wirkliche Wiener Pratergeiger, machte auch eine ganz andere Musik dazu, als Baron Brenner auf seiner Okarina machen konnte. Bismarck steckte mitten im Tanztopf und fischte aus ihm bald ein Stück diplomatischer, bald eines Frankfurter Weiblichkeit in Blau, Weiß oder Rosa, ohne einen anderen Anspruch als den auf eine gute Haltung und einen flinken Fuß. Er war ein gewandter und ausdauernder Tänzer, und da er den Damen als ein Neuling des Kreises immerhin noch einiges zu raten gab, freute man sich, wenn er kam und sich ritterlich verneigte.

Im chinesischen Zimmer gab es Porter, Sekt und Karten. Hier setzte sich das ältere Aufgebot zum Spiel, und bis auf Oertzen, der seine ehrliche Juristenseele dem Schlaf überantwortet hatte, und den guten Schrenck-Notzing, der ihm dabei in der anderen Diwanecke Gesellschaft leistete, waren alle Geister wieder lebhaft und munter geworden. Der Marquis Tallenay schien sich erst jetzt, da man den Wald verlassen hatte, so recht wohl zu fühlen und wurde mit jeder Stunde dem Morgen zu jünger. Die besondere Ehrung, die ihm widerfahren war, mochte dazu ihr Teil beigetragen haben. Der französische Koch des Grafen hatte es irgendwie zustande gebracht, aus Zitronen- und Himbeereis eine kleine Büste des Louis Napoleon herzustellen, die für gutgläubige Gemüter eine ungefähre Ähnlichkeit mit dem Urbild hatte. Nun löffelten ihm Sachsen und Württemberg, Baden und Braunschweig, Holstein und Lübeck mit kleinen Goldlöffelchen vom Nacken und von der Brust, die mit phantastischen Papierorden geziert war, schunden ihm Stücke von Stirn und Wangen, bis nur mehr ein formloser Klumpen übrig war, der kläglich in silbergefaßter Glasschale zerschmolz. Und der Marquis erzählte zu dieser Demolierung des französischen Oberhauptes Geschichten aus Paris, mit denen dann einer der Diplomaten nach dem anderen verschwand, um sie in stillverschwiegener Ecke aufzuzeichnen, als Ausbeute des heutigen Tages und Stoff für einen Bericht, zu dem, was jeder von ihnen an Bemerkungen über das Benehmen und die mutmaßlichen Eigenschaften des preußischen Legationsrates von Bismarck schon vorher in sein Taschenbuch eingetragen hatte.

Nach dem Tanz trat Bismarck aus dem Tanzsaal ab. Im blauen Saal, hinter dem Ebenholzflügel, saß Frau von Vrints und stützte den Kopf auf die Hand. Sie sah ein wenig müde aus und erinnerte mit den blauen Schatten unter den Augen jetzt mehr als je an Malwine, so, wie sie Bismarck zuletzt nach der Geburt des Kindes gesehen hatte. Ein zärtliches Gefühl kam über Bismarck.

"Nun?" fragte Frau von Vrints, und ihre Augen wurden wieder hell und blank.

"Wo haben Sie Ihre Kavaliere?" fragte Bismarck dagegen.

"Den Grafen habe ich an das L'Hombre verloren und den Marquis an seinen eßbaren Napoleon abgegeben. Schließlich verlieren wir Frauen ja immer an das Spiel oder an die Politik."

"Mit dem Spiel hat's bei mir keine Gefahr mehr. Aber an die Politik ... Das beklagt auch Johanna in jedem Brief." Er sah ihr ein wenig starr ins Gesicht, suchte immer nach Ähnlichkeiten mit Malwine.

"Nun?" fragte sie noch einmal lächelnd, "es ist natürlich nicht unbemerkt geblieben!"

"Ich war wie Mucius Scävola, der die Hand ins Feuer hielt. Oder besser, wie einer der Jünglinge im Feuerofen, von Flammen umlodert und dabei lobpreisend den Herrn."

Der Tastendeckel war aufgeschlagen, ihre Hand griff ganz leise einen sehnsüchtigen Akkord, der seltsam ins Geräusch des Vergnügens links und rechts verschwebte. "Hören Sie, Bismarck", erledigte sie alles Weitere, "ich habe mich nach einer Wohnung für Sie umgesehen. Es ist wirklich schwer, etwas Passendes zu finden. In der Bockenheimer Straße vielleicht, ein paar hundert Schritte vor dem Tor. Ein Haus mit einem Garten ... wenn es Ihnen nicht zu klein ist."

Er war sogleich ganz wieder sorglicher Gatte. Nein, zu klein, das habe ja nichts auf sich. Die königlich preußische Regierung halte ihre getreuen Diener ohnehin nicht so, daß sie alles aus dem vollen nehmen könnten, wie die Österreicher. Man sei offenbar noch immer der Ansicht Friedrichs des Großen, der seinem Gesandten in London auftrug, nur schön ruhig zu Fuß zu gehen und allen Spöttern zu sagen, sie möchten bedenken, daß eine Armee von hunderttausend Mann hinter ihm dreinkomme. Er wisse überhaupt nicht, wie er alles bestreiten solle, denn soviel merke er schon jetzt, daß die Einrichtung ein rasendes Geld verschlingen werde. Möbel, Betten, Leinenzeug und Silber könnten sie ja von Schönhausen herüberbringen, aber außerdem müsse man noch vieles neu anschaffen.

Ja, meinte Frau von Vrints, da müsse doch die Regierung auch beisteuern. Bismarck blies die Backen auf. Dreitausend Rheintaler vielleicht oder gar nur zweitausend, das wäre alles, da müßte er denn wohl ein tüchtiges Stück Geld aus eigenem zulegen. Er sei darauf gefaßt, mit Schulden zu beginnen.

"O weh!" seufzte die Freundin mit einem ganz leisen, lieben spöttischen Lächeln und schlug dazu einen komischen wehmütigen Mollakkord auf den vergilbten Tasten an. Ja freilich, o weh! Da müsse man sich denn bescheiden und mit dem Gehalt sein Auslangen finden, damit die Einkünfte des Gutes zur Schuldentilgung verwendet werden könnt.

Vor dem Fenster gerann die Dunkelheit zu einem trüben Grau, Baumwipfel ballten sich aus dem Gartengrund. "Mein Gott! Schon wieder ist der Morgen da. Der fünfte, den ich nicht im Bett zubringe." Sie erhob sich, sah wieder müde aus, mit blauen Schatten unter den Augen. "Ach das ... das wollte ich Sie fragen. Was meinten Sie denn vorhin im Wald zum Marquis Tallenay, das mit dem Parfüm? Wie ich Sie kenne, war da irgendeine Bosheit dahinter."

Bismarck lachte sein helles Jungenlachen: "Ich erinnerte mich, daß die Parfüms zuerst am Hof Ludwigs XIV. so ausgiebigen Gebrauch fanden ... weil ... weil man sehr wenig vom Baden hielt und nicht viel Wert auf reine Unterwäsche legte."

"Er hat's nicht verstanden", stimmte sie ein, "gewiß nicht verstanden. Es sind schlechte Historiker, die Franzosen. Sie wissen von ihrer eigenen Geschichte nicht viel mehr als das Wort *gloire*."

"Aber mit dem kann man sie an der Nase führen, wohin man will. Und es ist einer da, der entschlossen scheint, es zu tun."

Im kleinen Garten am Haus der Hochstraße, das Bismarck zusammen mit Lynar bewohnte, schüttelten sich die Büsche und warfen den Nachttau ab. Gelbrot glänzten die Sandwege, und mit feuchtglänzenden Leibern mühten sich die Regenwürmer ins Grab zurück. Vor dem Haus schellte die Milchfrau, und Bismarck sah von seiner Bank unter dem Jasminbusch Hildebrand über die Treppe kommen. Der war um Mitternacht ins Bett geschickt worden, sprang ausgeschlafen über die Stufen und klapperte mit den beiden Milchkannen. Nebenan krähte der Hahn des Bäckermeisters Bilse, als wolle er sich die Gurgel sprengen. Alles war frisch und neu an diesem Sonntagmorgen und entschlossen, mit allen Kräften ins liebe Leben zu gehen und seinen Segen zu empfangen.

Bismarck zog, weich an alles das hingegeben, an einer großen Zigarre, und alle Nachtdünste wichen so rasch aus seinem Kopf, als habe er wie vormals Münchhausen eine Klappe in der Schädeldecke, um sie zu entlasten. In seiner Rechten lag, vom Zeigefinger gespalten, ein schmales, schwarzgebundenes Büchlein, das hob er jetzt wieder empor, in Augenhöhe. Es war ein Neues Testament, und darin lag der Zeigefinger gerade im Römerbriefe. Er begann zu lesen, und als er die zweite Seite umwandte, da war auf einmal Frankfurt fort und die Hochstraße und Hildebrand, den er eben noch über den Rand des Büchleins hinweg mit den jetzt gefüllten Milchzubern vorsichtig hatte die Treppe hinansteigen sehen. An Stelle alles dessen sah er den Schönhausener Rasenplatz, auf dem eine schlanke Frau mit zwei kleinen Kindern herumwirtschaftete, sah den alten Herrn von Puttkamer rauchend am Schreibtisch und Johannas Mutter an ein türkisch gemustertes Sofa gelehnt, mit einem Heft des "Musée français" dicht an den kurzsichtigen Augen. Ein winziges Stückchen Gelb hatte die zauberische Verwandlung bewirkt, ein Blättchen Goldregen, das zwischen den geraden schwarzen Staketenzäunen der Druckzeilen lag und das Johannes liebe Hand einmal als Lesezeichen da hineingelegt haben mochte. Bismarck sann sich in Form und Farbe des Blättchens hinein, in seine zarte Äderung und in die kleinen Fäulnisflecken, die es schon zu zerstören begannen, sann alledem nach, mit nichts als dem Auge, sann, als wäre es ein noch weit tieferes Geheimnis als Gottes Wort.

Ein Knirschen auf dem Sandweg zerriß den Zauber. Graf Lynar stand da, schlank, im Sonntagsrock, verlegene Röte auf den Wangen.

"Schon auf?" fragte er.

"Schon lange! Seit gestern früh!"

"Die ganze Nacht ...? staunte Lynar.

"Man darf doch das Alter nicht merken lassen, daß es Macht über uns gewinnt. Nur dem Feind keine Schwächen zeigen. Das ist der Sinn dieses hirnverbrannten Geselligkeitstumultes."

"Sie lesen?" fragte Lynar, der nie recht wußte, was er mit Bismarck sprechen sollte.

Bismarck wies sein Buch. "Neues Testament", dehnte der Graf, und ohne sein Wissen kam das geringschätzige Verziehen des Mundes, das ihm aller Bibelleserei gegenüber als Ausdruck starken Geistes eingeprägt worden war.

"Lieber Lynar", sagte Bismarck, "ich weiß genau, was Sie jetzt denken."

Mit Erschrecken trat der Ertappte zurück.

"Sie denken: Da sitzt der Mensch nach einer durchschwärmten Nacht mit Tanz und Sekt und weiß Gott was noch allem Frankfurterischen auf der Bank und liest im Neuen Testament. Ist es nicht so? Seien Sie nur ruhig, ich nehme es Ihnen weiter nicht übel. Nur daß Sie mir leid tun können! Glauben Sie mir, das, worin Sie jetzt stecken, habe ich durchgemacht und hinter mir. Wir scheinen in diesem Punkt gleiches Schicksal gehabt zu haben. Das Haus hat uns ausgeworfen, und die Welt hat sich in unsere Seelen geteilt wie die Räuber in die Beute. Aber ich habe zurückgefunden. Und wissen Sie, warum ich das Buch jetzt, in dieser Morgensunde, lesen kann? Weil doch nichts anderes darin steht als das, was alle diese Büsche und das Gras und die Rosenstöcke drüben und die Sonne selbst sprechen und meinetwegen auch Bilses Hahn und das Wasser, das jetzt dieser Hildebrand, der Teufel hol ihn, dort hinten wieder gegen mein Verbot in den Hof hinuntergießt."

Und er unterbrach sich und brüllte mit seiner mächtigsten Deichhauptmannsstimme hinüber: "Hildebrand!" und schüttelte die Faust gegen das Fenster, hinter dem Hildebrand verschwand, als habe ihn wirklich senkrecht der Teufel geholt.

"So, mein lieber Lynar", wandte sich Bismarck wieder an den Hausgenossen, "und nun gehen Sie zur Strafe für Ihre sündigen Gedanken mit mir in die Kirche. Aber da ich Sie nicht zwangsweise bekehren mag, gehen wir in eine Kirche, in der Sie Menschenfurcht kennenlernen, nicht Gottesfurcht. Waren Sie schon in der Paulskirche? Nein, ich auch nicht. Dann gehen wir miteinander. Warten Sie nur so lange, bis ich den Vergnügungsrock abgeschabt habe."

Nach einer Viertelstunde war Bismarck wieder da, glänzte den Widerschein von Wassergüssen und hart reibenden Tüchern von Wangen und Stirn und steckte in einem neuen blauen Anzug. Sie verließen den Garten und waren nach kurzer Zeit im Sonntagsstrom der inneren Stadt. Ein wenig geärgert sah Bismarck auf den flatternden Putz und blinkenden Aufwand, der da an ihnen vorbeistolzierte. Man sah es den Leuten an, daß das Geld leicht und flüssig umlief und daß man unschwer etwas davon in seine Taschen ableiten konnte. Das wäre kein Unheil, murrte Bismarck in sich hinein, aber dadurch wuchs ein Hochmut in den Leuten, der alle gottgewollte Ordnung über den Haufen warf. Wie der reichgewordene Bankier es dem Adel gleichzutun suchte, so drängte sich der Kaufmann diesem nach, und hinter diesem schob sich wieder der Handwerker hervor und empor. Und hob nicht auch hinter diesem wieder der Arbeiter sein struppiges, verrußtes Haupt? Da wollte jeder um ein Stück hinauf, gebrauchte die Ellenbogen und ahmte in Kleidung und Haltung die höhere Schicht nach. Das lag nicht an der Gewerbefreiheit, denn in Frankfurt hatte sich das alte Zunftwesen erhalten, und doch war es hier ärger als anderswo. Der alte Sinn des Zunftwesens hatte sich verloren, seine Einfachheit und Bescheidenheit waren fort, und die übertriebenen Bedürfnisse stachelten Neid und Mißgunst.

Da stiegen Handwerkerfrauen, die Bismarck recht wohl als solche erkannte, in Samt und Seide an ihnen vorüber. Kaufmannsfrauen lagen mit glitzerndem Schmuck in Wagenpolstern, alles breit und patzig, und auf ein bescheidenes Ausweichen der großmäuligen Handwerksburschen, die allesamt Demokraten spielten, war nicht zu rechnen.

Lynar war froh, als sie die Paulskirche betraten, denn Bismarck hatte zuletzt seine Gedanken laut werden lassen, so laut, daß sich manche der Begegnenden nach ihnen umsahen, als ginge es sie besonders an.

Ein junges Mädchen schritt auf Filzpantoffeln durch die Kirche und wischte den Staub von den Bänken. Nach einem kurzen Blick auf die Besucher setzte sie die Arbeit einstweilen fort. Bismarck sah auch ihr ärgerlich nach. Obwohl sie die Tochter des Küsters oder vielleicht gar nur seine Magd war, trug sie sich doch als ein rechtes Stück demokratischer Eitelkeit, und es war nichts Unsonntägliches an ihr als die Filzpantoffeln unter dem weiten, in Rüschen und Volants protzenden Rock. Also daß sie nur diese Pantoffeln mit Schuhen zu tauschen hatte, um recht passend in den Hoffartstrubel draußen auf der Straße eintauchen zu können.

"Also hier", sagte Bismarck, indem er sich umsah, "hier hat man die deutsche Einheit ausbrüten wollen und hat doch nur das Kuckucksei der Demokratie im Nest gehabt. Wissen Sie, Lynar, ich glaube immer, Deutschland wird noch einmal am Ideenschlagfluß sterben. Wir haben zu viel Ideen, wir ersticken daran! Lauter große, weltbewegende, prächtige Ideen, aber es fehlt an einem Bader, der uns zur Ader läßt. Wir machen es wie die da," er wies auf die Wurmlöcher der Bank, an der er stand, "wir bohren uns ein und bohren immer weiter und weiter, immer tiefer ins Innere der Dinge, bis wir lauter hartes, totes Holz vor uns und nur unsere Exkremente in einem leeren Gang hinter uns haben. Und dabei haben wir vergessen, daß das Licht und die Wirklichkeit draußen vor der Öffnung unseres Schachtes geblieben sind. Es ist umsonst, eine noch so große Schar emsiger, kleiner, ideologischer Würmer vermag die Welt nicht zu ändern."

Das junge Mädchen war auf Filzpantoffeln lautlos herangekommen, sie war mit Staubabwischen fertig, und es lag ihr daran, die umständlichen Besucher recht bald beim Tempel draußen zu haben. "Das dort in der Mitte", begann sie im Führerton, indem sie mit gelangweilten Augen nur halb hinsah, "das ist die Tribüne mit dem Präsidententisch. Sie sehen noch die vier Lampen darauf, die bei der letzten Sitzung gebrannt haben, es ist überhaupt alles so erhalten, wie es zuletzt gewesen ist."

"Sagen Sie", fragte Bismarck, "hat denn die Sankt-Pauli-Gemeinde ihre Kirche noch nicht wieder als Bethaus einrichten wollen?"

Das Mädchen zuckte verdrossen die Achseln, eine solche Frage war bisher noch nie an sie gestellt worden, und sie fuhr fort, in einem gelangweilten Ton und sehr erzwungenem Hochdeutsch ihr Eingelerntes abzuhaspeln. Sie führte die beiden Herren zwischen den Bänken hin, zeigte die Plätze berühmter Persönlichkeiten des Parlamentes und hielt schließlich vor zwei Pulten, die nahe benachbart standen und in deren Holz kleine Silberplatten schimmerten. "Hier sind der preußische Generalmajor Auerswald und der Fürst Felix Lichnowsky g'sesse, die am 18. September 1848 in Frankfurt ermordet worde sind."

Und als sie annahm, daß die Betrachtung genügend lange gedauert habe, holte sie ein nicht unbeträchtliches Küchenmesser aus einer Pultlade und reichte es Bismarck. "Was soll ich damit?" fragte er verwundert. "Späne abschneide!" antwortete sie, mürrisch über so viel Stumpfsinn, "zur Erinnerung!" Da bemerkte Bismarck erst, daß von den Fußgestellen beider Pulte ein nicht geringer Teil in Erinnerungsspäne übergegangen sein mochte, also daß sie sich dem Ruinenzustand bedenklich zu nähern begannen. Er meinte, er könne es nicht verantworten, sie noch weiter ihrem Verfall entgegenzuführen, und so setzten sie ihren Gang durch die Bankreihen fort, bis zu einem Pult, in der Krümmung den Plätzen der beiden ermordeten Demokratenfeinde beinahe gerade gegenüber. Wenn aber an den

Pulten drüben die Erinnerung nur genagt hatte, so hatte sie an diesem mit Wolfsgier gefressen. Man sah dem Rest an, daß die Besucher sich nicht etwa mit kleinen Holzfasern begnügt hatten, sondern daß sie Splitter abzuschneiden pflegten, als wollten sie Lagerfeuer damit anfachen. Vom Fußgestell waren nur mehr zwei armselige dünne Krücken übrig, auf denen hielt sich eine geschnitzelte Platte, die sah aus wie ein deutscher Kleinstaat, den Napoleon in der Arbeit gehabt hatte. Mitten in dieser hölzernen Kümmernis war eine Silberplatte eingelassen, die umgab ein feiner silberner Lorbeerkranz, und auf ihr stand: "Robert Blum, hingerichtet 9. November 1848."

Ein leiser, ehrfürchtiger Schauer wehte aus diesen Worten in Bismarcks Herz, er sagte kein Wort, hier war einer, der seine ideologischen Wurmstechereien durch den Tod besiegelt hatte.

Da erschien ein Messer unter seiner Nase, das sah womöglich noch schlächterischer aus als drüben das Auerswald-Lichnowskysche. "Robert Blum, der Freiheitsheld", sagte die Führerin in feierlichem Ton. Aber der Verstand blieb ihr mit einem kurzen Ruck stehen, als dieser seltsame Fremdling, der drüben die Erinnerungsspäne verschmäht hatte, auch hier das Messer zurückschob.

"Nein", sagte Bismarck, "ich danke, da ist ja bald nichts mehr übrig."

Welcher Partei gehörte er also an, dieser lange Trinkgeldknicker, da er weder von den Tyrannen noch von dem Demagogen etwas wissen wollte? "Ach was, deswegen!" sagte sie enttäuscht und ärgerlich, "da kommt doch immer wieder ein neues Pult, wenn das alte hin ist. Das hier ist schon das dritte."

Lächelnd entsann sich Bismarck eines gewissen Tintenfleckes auf der Wartburg, der auch immer wieder erneuert werden mußte, wenn der alte von der Wand gekratzt war. "Sehen Sie, Lynar", sagte er, indem er mit seinem Begleiter dem Ausgang zuschritt, "das ist die Historie! Man möchte sagen, sie ist ein Schwindel. Aber nein - es handelt sich nur darum, sie von Zeit zu Zeit neu zu machen, damit man wieder an sie glauben kann."

"Jawohl!" sagte Lynar, obzwar er nicht genau wußte, ob ihn Bismarck mit einem Tiefsinn beschenkt hatte oder mit einem Unsinn hatte vexieren wollen.

4

Endlich sandte Fra Diavolo in Berlin doch den Pfeil ab, der sich dem Generalleutnant von Rochow mit seinen Widerhaken tief ins Fleisch bohrte.

Manteuffel hatte, aller Gegenarbeit zum Trotz, den Herrn von Bismarck zum preußischen Bundesgesandten ernannt, und als das dem Verschmähten kaum zur Kenntnis gekommen war, wurden die Reisekoffer gepackt, und ein paar Stunden später fuhr Herr von Rochow zur Bahn. Er ließ die Geschäfte im Stich, nahm keinen Abschied, wollte niemanden mehr sehen, war ganz böse. Aber noch ehe der Zug abging, war Bismarck da, sprach so herzlich von Dank für die Einführung in die schwierigen Frankfurter Verhältnisse, und es war so viel aufrichtige Freundschaft und Achtung um den Scheidenden gebreitet, daß er wider Willen seine grimmige Miene fahren lassen mußte. Ehe er sich dessen versah, hatte er, was er vermeiden wollte, getan, einige Winke und Weisheiten als sein politisches Testament an Bismarck abgegeben.

Erst als er im rollenden Zug am Fenster stand und ihm Frankfurt vor den Augen zerrann, kam's wieder über ihn, das Bedauern und ein kleiner Neid, der aber nicht mehr so brannte wie vorhin. "So ein märkisches Sumpfhuhn", sagte er, schnalzte mit der Zunge und wußte nicht, daß ihm aus seinem gütigen Herzen sogar ein Lächeln auf die Lippen gestiegen war.

Bismarck aber fuhr heim und hatte sich ganz in die eine Wagenecke gedrückt, weil es ihm vorkam, als lehne in der anderen ein Schwert, so lang und breit wie das des steinernen Roland von Bremen.

Er schlug aber noch nicht damit drein, sondern bediente sich vorläufig nur eines spanischen Rohres, mit dem er bisweilen auf das grüne Tuch klopfte, daß die Motten torkelten, und über die Bundesakten drosch, daß in den Registraturen ein Zittern bis in die letzten Spitzzettel ging. Er brachte ein wenig Studentenbrauch und Junkerschneidigkeit in die höfischen Debatten und beschleunigte sie bisweilen so, daß den an langsamere Fahrt Gewöhnten der Atem ausging. Dem Regensburger Gespenst, das sich im Bundespalais niederzulassen drohte, ging er mit kräftiger Beschwörung zu Leibe.

Er tat, als merke er das Kopfschütteln nicht, das sich rings um ihn erhob, und als wisse er nichts von den Berichten, die ihn bei den Regierungen als einen schwarzen Peter und preußischen Wauwau hinzustellen nicht müde wurden.

Er wußte seinen liebsten Bundesgenossen nahe, und an einem Herbsttag kam er wirklich, kam mit einer Menge von Koffern und Schachteln, hatte das reinste Gesicht, das je aus Gottes Meisterhand hervorgegangen war, und strahlte aus blauen Augen alles Liebe und Gute, das es auf der Welt gab, Vertrauen und Hingabe, Zuversicht und Fröhlichkeit. Und zwei kleine Zuversichtshelfer hingen an ihm, kletterten jetzt am Vater empor und fingen sogleich an, eine Geschichte von einem grooooßen Elefanten zu erzählen, den sie heute auf einer Wiese neben der Bahn gesehen hatten.

Dann fuhren sie die Bockenheimer Straße entlang, und der Kutscher begann schon oben an der Ecke beim Zigarrenhändler zu schnalzen, damit es gleich alle wüßten, die Frau Gesandtin ziehe ein. Hinterdrein kam ein nicht ganz unbeträchtlicher Steifwagen langsamen Schrittes, auf dem war verstaut, was an Unentbehrlichem bis zuletzt in der Nähe Johannas und der Kinder benötigt worden war. Und das war gut, daß man es rasch bei der Hand hatte, denn was an Kisten und Kasten vorausgesandt worden war, lag noch zyklopisch im Hausflur und in den Zimmern aufgemauert.

"Ach, Liebste", klagte Bismarck, "du kommst in kein bereitetes Nest. Alle haben sie mich im Stich gelassen. Versprechen gilt bei diesen Leuten so viel wie ein verblühter Löwenzahn im Wind. Sie fangen eine Woche später an und hören zwei Wochen später auf, als sie dürften."

Es sah wirklich noch ein wenig umstürzlerisch aus, in einigen Zimmern rutschten noch die Maler mit Papiermützen auf dem Kopf auf ihren bekleckten Leitern herum, in der Küche putzte der Ofensetzer noch am Herd und fuhr ihm mit dem nackten Arm bis an die Achsel in die Eingeweide, die Glaser klebten im Speisezimmer neue Scheiben in die frisch gestrichenen Rahmen, und dort, wo man der Familie Heimlichstes zu suchen pflegt, stand ein Mann und stocherte mit einem langen Eisenstab in die Tiefe.

Aber Johanna hing an Bismarcks Arm, ging mit ihm aus einem

Zimmer ins andere und fand alles so lustig, daß er zuletzt gar nicht mehr ärgerlich war und zugab, es sei so viel romantischer, als sich in eine geglänzte und gebügelte Häuslichkeit zu setzen. So ein Tumult sei, als habe man noch einmal geheiratet, daß es aber keineswegs frisch geheiratet sei, das bewiesen die beiden Bälger Marie und Herbert, die schon mit allen Wänden und Türen und Treppen gut Freund geworden waren und das Haus von vorne nach hinten und von hinten nach vorne durchfuhrwerkten, unbekümmert um die Kinderfrau, die sich über diese Jagd in der Zugluft entsetzte.

Der frühe Abend machte der Handwerkerarbeit ein Ende. Maler, Glaser, Schlosser und Ofensetzer zogen die Röcke an und gingen mit flüchtigem Mützenrücken an den Gatten vorüber. Als es stiller geworden war, trat Bismarck mit Johanna an die Glaswand des Salons. Man sah auf die Steinterrasse hinaus und den Garten, der das Heim von der Straße schied. Dort war die Welt zu Ende, die über den Mann Macht hatte, die seine Kraft verlangte. Die Kinder lärmten im Oberstock, man hörte das Trappeln der kleinen Füße, dann schrie Herbert quiekend hell auf, nicht wie Schmerz, sondern wie höchstes Vergnügen.

Die Steinterrasse vor der Glaswand war dunkel von dem Regen, der den ganzen Tag über fein gerieselt hatte und nun mit der Dämmerung stärker zu werden begann. Bismarck küßte den letzten Schimmer des Tageslichtes von Johannas Augen. "Die armen Augen", sagte er, "hast du viel leiden müssen? Du darfst mir nicht mehr abends lesen und schreiben, außer bei gutem Licht."

Ach, was war das kleine Augenübel jetzt, hatte es Bismarcks Mund hinweggeküßt! "Es ist nichts", sagte sie, "du kannst ruhig sein. Die Bäder tun mir gut. Wenn es wiederkommt, will ich nichts versäumen."

Bismarck hielt sie noch bei den Wangen, stand über ihre Stirn gebeugt: "Wie kann etwas so Strahlendes so schmerzen? Und Kleine, wie steht's mit dem Französischen? Taugt die Französin was, die du mitgebracht hast? Man braucht es hier in der Gesellschaft, wenn sie hochnotpeinlich werden oder besonders fein, glauben sie, es gehe nur auf französisch. Sind aber viele, die sprechen's so, wie Dütken Sauer das Deutsche."

Frau Johanna mußte lachen, denn Dütken Sauer war ein Dorftölpel, und sein Deutsch hatte so krumme Beine wie er, also daß es gar nicht aus dem Stolpern kam. Dann aber rang sie die Hände in einem kleinen Verzweiflungsanfall ineinander: "Ach, ich fürchte mich so vor deiner Frankfurter Gesellschaft. Was für strahlende Damen das sind, wie werde ich da bestehen, vor so viel Geist und Eleganz."

Er drückte die schmalen Schultern an sich: "Du hast dich nicht zu fürchten. Du bist meine Frau! Wie hinter mir der König steht und Preußen, so stehe ich hinter dir. Vergiß das niemals. Würde brauchst du keine, lebe dein liebes Leben für mich, laß sie an der Rinde nagen. Übrigens wirst du Freundinnen finden. Frau von Vrints, die du aus meinen Briefen kennst, die kann dich kaum erwarten. Sie wird dir die Hand geben."

Zwei Falten waren da um Bismarcks Mund, wo früher oft Grübchen gewesen waren. Deutlich sah es Johanna in der Dämmerung, sie waren jetzt von Schatten erfüllt und umspannten die Lippen stramm und regungslos. Behutsam hob sie die Hände, strich weich über sie hin, als wolle sie die Schatten wegwischen. "Was für Falten sind das?"

Bismarck lachte. "Sind wohl meine Bundestagsfalten!"

"Hast du Ärger?"

"Du bist es, der ich's sagen kann. Ärger und Gelächter kämpfen in mir. Aus kleinen Dingen machen sie große, große verstehen sie oft nicht. Wie oft wollte ich's mir in meinen Briefen von der Seele laden! Aber die Österreicher schauen in jeden Brief hinein. Herr von Vrints hilft dabei, und die Taxischen Gauner haben ihre Kniffe wie die Posträuber. Man muß vorsichtig sein, wenn man verdächtig ist wie ich. Ja, der Bund wäre was Schönes, wenn sie so aufrichtig und harmlos sein wollten, wie wir es sind. Preußen hat die ungefährlichsten und gutmütigsten Politiker und eine Politik ohne positive Zwecke und Ziele. Und die Wiener, die uns an Geriebenheit und Schlauheit sechsmal über sind, mißtrauen uns doch."

"Ich glaube, dieser Graf Thun ist dir nicht sympathisch", sagte Johanna leise und ein wenig zaghaft, wie jemand, der auf dünnen Eis geht. Bismarck wanderte mit starken Schritten im Dunkeln.

"Sympathisch, das ist kein Wort im politischen Lexikon.

Sympathie und Antipathie sind nichts für Diplomaten. Und persönlich mag ich ihn gerne, er ist ein Edelmann und hat die Liebenswürdigkeit seines reichen und begabten Volkes. Und schon um seiner Frau willen mag ich ihn, du wirst sie ja kennenlernen. Aber man kommt durch lauter Liebenswürdigkeit nicht zu seinem Kern. Er ist wie die Zimmermaler: versprechen und nicht halten. Umstände, Weitschweifigkeiten, Verzögerungen, Ausflüchte, das sind ihre Mittel. Diplomatenmittel, aber abgebraucht. Hinter einem geraden Wort vermuten sie neunundneunzig krumme. Es ist kein ehrlicher Handel, sie möchten uns immer gerne übers Ohr hauen wie Roßtäuscher. Und dabei haben sie sich unter den Kleinen eine Gefolgschaft zusammengetrommelt, und ehe man sich's versieht, ist bei der Abstimmung die Mehrheit gegen uns."

Jetzt aber tobte es draußen die Treppen herab, "Herbert, Herbert!" kreischte die Kinderfrau, Lichtstrahlen zuckten, eine Jagd fuhr durch die leeren Zimmer. Und da kam Herbert wie ein Indianer bei der Tür hereingesaust, in der Hand einen langen Malerwedel und auf dem Kopf eine zerfetzte Malermütze aus Papier, die von allen Regenbogenfarben starrte.

Aber da griff die väterliche Hand unvermutet aus dem Dunkel: "Oh, die Range!", und der Indianer wurde hochgeschwungen und irgendwo in der Finsternis auf eine Schulter gesetzt, daß er vor Vergnügen brüllte. Die Kinderfrau kam keuchend in die Tür und beleuchtete die Begebenheit mit einer Kerze. "Mein Gott", stammelte sie, "die dreckige Mütze ... er ist so wild!" Und sie deckte die Kerze mit gekrümmten Fingern gegen die Zugluft, daß ihr bestürztes Gesicht ganz hell beleuchtet war.

Langsam glitt der Indianer zu Boden. Wie auf einmal alle diese Mauern lebten! Das tote Knistern und Rieseln, das Bismarck in diesen Räumen gehört hatte, war fort. Kinderstimmen banden Stein an Stein, machten das alte Holz neu und elastisch. Bismarck umfing Johannas Leib und fühlte unsäglich beglückt die Rundung ihrer Hüften. "Ach du", sagte er aufatmend, "nun bin ich daheim!"

Er führte sie in das einzige bewohnbare Zimmer, wo Hildebrand ein junggesellenhaftes Abendbrot angerichtet hatte. Draußen rieselte der Regen weiter auf die Gartenbüsche, vor dem Gitter, auf der

Straße, stand die Welt und machte hungrige und böse Augen; aber Bismarck fühlte sich so schwer von Fäusten und stark von Herzen, daß er ihrer wohl Herr werden konnte.

5

Es war eine deutsche Flotte, der erging es wie dem armen verzauberten Prinzen im Märchen: Sie konnte nicht leben und nicht sterben.

An den Rändern der Ostsee und der Nordsee wuchsen viele Tausende braver und strammer Jungen, die sich vor der weitesten Fahrt nicht scheuten und dem wildesten Sturm in die Zähne griffen. Sie hatten Sehnen wie Schiffstaue, diese Jungen von der Wasserkante, und Pfoten, so groß wie Backschaufeln, und wenn sie mal ein Steuerrad so richtig zwischen den Pranken hielten, so mußte schon eine ganz besondere Woge kommen, um den Kurs ein bißchen zu irren. Aber alles das, diese michelhaften Überschüsse an Gesundheit und Kraft, diese hellen Augen, diese unerschütterlichen Herzen wurden zumeist nur an das schäbigste Handelsschiff gesetzt, an Heringsfänge nach Schottland hinauf oder an Moskowiten. Man blieb im kleinen und zog die enge Jacke nicht aus, und es war, als hörten die deutschen Küsten gar nicht, wie hinten im Land das Geld blinkend und klingend durch die Adern zu rollen begann und wie metallene Pulsschläge an Deutschlands Grenzen klopften.

Nur ganz wenige von diesen Salzluftjungen, von Tausenden kaum einer, kamen auf die wackeligen Kähne, die man Bundesflotte nannte und die in den Häfen lagen, zur Freude der Muscheln, die sich in dichten Scharen vom Kiel bis zur Wasserlinie ansiedelten. Die Planken vermorschten, die Figuren unterm Burgspriet verwitterten, also daß die Neptune aussahen wie Armenhäusler mit Mistgabeln und den Amphitriten ihre reizvollen Blößen ins Pockennarbige verunstaltet wurden. Die Schutzhüllen auf den Kanonenrohren zerschlissen in Sturm und Regen und Sonnenbrand, Schiffsknechte und Matrosen lernten das Nichtstun, als sei hier eine hohe Schule für Fleetenkieker. Sie standen an der Reling, rauchten und spuckten ins Wasser, und wenn nicht hier und da einmal ein ehrgeiziger Kommandant auf einen neuen Anstrich bedacht gewesen wäre oder einen Zorn auf die Steckmuscheln bekommen hätte, so hätten ihnen alle Gelenke von den Fersen bis zum Nacken einrosten müssen.

Der hannoversche Gesandte von Bothmer trug den ganzen Kopf voller Flottengedanken, als er an diesem Februartag des Jahres 1852 die Klinke der Bismarckschen Tür aus den Händen eines Berliner Geheimrates entgegennahm. Der hatte sie von einem russischen Gesandtschaftsattaché bekommen und dieser von einem ungarischen Magnaten, dem sie vom alten Fürsten Radziwill übergeben worden war, der sie wieder vom Bürgermeister von Hanau mit einer großen Verbeugung erhalten hatte. Wer diesem vorangegangen war, dessen wußte sich der Türsteher wahrhaftig nicht mehr zu entsinnen, aber da er auf seiner schwarzen Tafel im Verlauf des heutigen Vormittags schon einundzwanzig Striche hatte machen müssen, so war es weiter nicht verwunderlich, daß Herr von Bismarck den hannoverschen Gesandten noch in seinem schwarzgelben Schlafrock empfing.

"Sie kommen in der Flottenangelegenheit?" fragte Bismarck, indem er seinen Besucher etwas hastig in die diplomatische Ecke seines Sofas drückte.

Immer mußte man bei diesem Menschen erschrecken, wie er alles so geradezu anging und beim Schopf packte. Da war es unmöglich, das langsame Drumherum anzubringen und erst allmählich mit seinen Wendungen und stetem Sondieren vorzudringen, wie es als Wesen aller diplomatischen Kunst gelehrt worden war. Dieser Plötzlichkeitsfanatiker hatte keinen Sinn für den Reiz des Allmählichen und schien dem abscheulichen Grundsatz aller banalen Naturen zu huldigen, daß Zeit Geld sei. Da indessen Herr von Bothmer keiner der ganz Umständlichen war, faßte er sich rasch und entgegnete, daß er wirklich in der Flottenangelegenheit komme.

"Hat Ihnen Schele gesagt, worum es sich handelt?" fragte Bismarck.

Ja, er wisse von Seiner Exzellenz, dem Herrn Minister, daß der Herr Gesandte in Hannover gewisse Vorschläge bezüglich einer Teilung der Flotte gemacht habe, deren Annahme einerseits einige nicht abzuleugnende Vorteile mit sich bringen würde, andererseits aber geeignet sein dürfte, die bestehenden Meinungsverschiedenheiten im Bund vielleicht noch zu verschärfen.

Bismarck focht mit dem elfenbeinernen Falzmesser über einen dicken Akt hin, in dem mit blauen und roten Strichen grausame Verwüstungen angerichtet waren. "Also, lieber Bothmer, bringen Sie mir den Antrag Hannovers oder nicht? Sie wissen doch, daß ich Schele gesagt habe, der formelle Antrag müsse von Hannover ausgehen. Wenn Preußen den Antrag stellt, so ist sogleich das gewisse Mißtrauen da, und aus unserer Idee wird Essig."

Es wäre zu überlegen, meinte Bothmer, ob man nicht doch die Frage über das Eigentum an der Flotte aussetzen und vorher versuchen wolle, zu einer völligen Übereinstimmung mit Österreich zu gelangen, wozu er nach wie vor seine guten Dienste zur Verfügung zu stellen geneigt sei.

Bismarck stand auf, und wenn Bismarck aufstand, dann fühlte sich Bothmer in seiner Diplomatenecke wie von unsichtbaren, gewaltigen Fäusten zurückgedrückt und eines Teiles seines Willens beraubt. Und es verschlug nicht das mindeste dabei, daß jetzt, da Bismarck aufgestanden war, unter dem schwarzgelben Schlafrock die Unterhosen zum Vorschein kamen, die unweit der türkisch gestickten Hausschuhe mit kräftigem Bund abgeschlossen waren. "Überlegen!" sagte Bismarck. "Ich bitte Sie, lieber Bothmer. Die Sache ist so einfach wie Haarpomade. Entweder die Flotte ist Bundeseigentum, dann sollen die Herrschaften auch zu ihrer Erhaltung beitragen, aber durch wirkliche Beiträge, nicht durch Vorschußumlagen. Oder aber, die Flotte ist nicht Eigentum des Bundes, dann kann man doch auch durch Mehrheitsbeschlüsse nicht über sie verfügen. Diesen Fall sieht mein Vorschlag vor. Wir wollen dann mit Hannover die Flotte teilen und die anderen irgendwie abfinden."

"Meine Bedenken bleiben bestehen", sagte Bothmer tapfer, "die Ansprüche der anderen Staaten sind nicht so leicht festzustellen, unsere Verpflichtungen gegen den Bund und die Rechte der Bundesstaaten müssen wohl abgewogen ..."

"Von Rechten, wirklichen juristischen Rechten kann doch nicht die Rede sein, etwa Eigentumsansprüchen und dergleichen. Woher denn Eigentumsansprüche? Wer hat denn zur Gründung der Flotte beigetragen? Matrikularbeiträge sind wohl ausgeschrieben worden. Aber wer hat sie denn gezahlt? Wir und ein paar andere. Die meisten, die heute vom Bundeseigentum sprechen, nicht. Sie sollen sich erst zur Nachzahlung der Gründungskosten verpflichten!"

"Ach ja", sagte Bothmer rasch, "es ist viel mehr eine politische als eine juristische Frage. Und darum will mein Vorschlag das Vernünftigste, was getan werden kann. Sie können überzeugt sein, daß Preußen Hannover so weit entgegenkommen wird, als Sie nur wollen. Wir sind bereit, Ihnen alle Zugeständnisse bezüglich des Kommandos zu machen, die Sie wünschen können. Bezüglich des Kommandos und auch sonst! Sie sollen sich wundern, wie nachgiebig wir sein können", er hielt inne und lachte breit und gemütlich, "... wenn es sich nicht um den Bund handelt."

Bothmers Blick hing an dem Bild des Königs, der mit mächtigen Ordensbändern und einem etwas grämlichen Gesicht auf den Schreibtisch seines Gesandten herabsah. "Gut", sagte er, "aber Österreich! Manteuffel ist doch gegen alle antiösterreichische Politik."

"Fra Diavolo gibt mir recht. Was heißt das, antiösterreichisch? Ist das schon antiösterreichisch, wenn wir nicht immer nach Österreichs Pfeife tanzen? Ich war unlängst beim alten Metternich auf Johannisberg zu Gast. Noch immer einer der klügsten Köpfe in diesem superklugen Europa, sag' ich Ihnen. Der bedauert die neue Schwarzenbergsche Richtung seiner Politik sehr. Sein Grundsatz war, Preußen und Österreich müßten auf dem Bund immer einig auftreten. Das war ein Grundsatz, für den ich durch Wasser und Feuer gegangen wäre. Aber nun ist es anders geworden, man will nicht mehr die Metternichsche Verständigung, man will uns vergewaltigen. Österreichs Politik ist eine Politik der Furcht vor uns. Noch etwas kann ich Ihnen sagen, lieber Freund." Durchdringendes Feuer floß aus Bismarcks Blick, Bothmers Brust war wie sprödes Glas, fast sprang sie von Bismarcks Worten. "Ich schätze Ihren Schele sehr, und ich weiß, Sie selbst sind ein ehrlicher Mensch. Keiner von denen, die Anvertrautes sogleich weitertragen. Die neue Richtung in Österreich biegt sehr seltsam nach Westen. Wir wissen aus sehr guter Quelle, daß ihm daran gelegen ist, mit Frankreich gut Freund zu sein. Österreich hat es über kurz oder lang wieder mit Piemont zu tun, und Frankreich hat ihm seine Mitwirkung dabei versprochen. Dafür muß nun Österreich natürlich auch Frankreich allerlei zugesagt haben, und wenn darüber etwa ... etwa ernstliche Spannungen zwischen ihm und uns entstehen sollten, so wäre es für Österreich doch nicht wünschenswert, die Bundesflotte ganz in unserer und unserer Freunde Hand zu wissen."

Bothmer starrte das diplomatische Weltwunder sprachlos an, diesen Mann, der sagte, was er dachte, der offenbar nichts von dem, was er wußte, hinterm Berg hielt, und es war ihm, als sei das etwas Neues und Überwältigendes, vor dem alle Künste der Diplomaten nur wie ein zwerghaftes, verrunzeltes Geschlecht standen. Ein Glockenton schlug in sein Erstaunen. Bismarck lüpfte den Schlafrock und sah auf seine Beine herab. "Donnerwetter, noch in Unterhosen!" sagte er. "Johann läutet zum Anziehen, in einer halben Stunde muß ich bei der Sitzung sein. Auf Wiedersehen, Bothmer. Ich rechne auf Sie bei der Abstimmung."

6

Im Garten des Taxisschen Palais tropfte der Schnee von den Büschen. Eine ganz unzeitgemäße, verwunderliche Vorfrühlingswärme löste weiche Klumpen aus den Ästen und warf sie in die weiß verhüllten Beete. An den Rändern der geneigten Dachtraufen rannen die Tropfen rasch hintereinander her als wollten sie einander fangen, und dann liefen sie einen kleinen Eiszapfen entlang und plumpsten von seiner Spitze in das Wasserfaß, das sie in seiner schwarzen Höhlung aufnahm.

Diesem unzeitgemäßen Frühlingsgegaukel widersprach der mächtige grüne Kachelofen im Gartensaal des Palastes. Er stand wuchtig im Raum, wie ein Stück Vergangenheit, das nicht umzubringen ist und spie Wärme in die Bundessitzung. Von den Seitenteilen, die mit weitausladenden Rollen und mit hochaufgebäumten Schnörkeln verziert waren, sahen, in ovale Rahmen gefaßt, die allegorischen Gestalten der Stärke, Mäßigkeit und Tapferkeit nach dem grünen Tisch. Nur die Weisheit hatte einen schlechten Platz, denn sie war auf der vierten Seite des Ofens angebracht und hielt ihren Spiegel fruchtlos der Wand entgegen. Im übrigen waren alle Damen außerordentlich von innen heraus erhitzt, so daß es aussah, als schürzten sie nur deshalb ihre Gewänder so hoch, damit sie einen kühlen Wind auffangen konnten. Und die Bande von Putten, die sich unter ihnen mit Blumen- und Fruchtgewinden um den Ofen tummelte, hätte, wenn sie nicht von Natur aus grün gewesen wäre, die schönsten knallroten Bäckchen haben müssen.

An dem ungeheuren kreisrunden Tisch, an dem die Geschicke des Bundes beraten wurden, hatte man soeben die Debatte über eine Revision der Geschäftsordnung beendet, die von Preußen angeregt worden war. Und wie jeder grüne Tonengel am Ofen und jede der tanzenden Horen des verführerisch verschlungenen Wandfrieses hätte voraussagen können, war es nicht für nötig befunden worden, an den bisher bestehenden Gebräuchen und Ordnungen das geringste zu ändern. Im Gegenteil: Man hatte, da man bei dieser Gelegenheit wegen der Zweifel eines umstürzlerischen Neulings das ganze Gebäude vom Grund bis unter das Dach wieder einmal genauer in Augenschein genommen hatte, sich davon überzeugen können, daß es nichts Vollkommeneres gebe und daß alles so seinen Bestand behalten müsse. Es war alles so künstlich eingerichtet, daß kein Stein hätte herausgenommen werden dürfen, ohne das Ganze ins Wanken zu bringen. Es war ein Labyrinth, aber ein höchst vergnügliches Labyrinth, und das war eben die Hauptsache, daß sich nur der darin zurechtfand, der politischen Verstand, Einsicht und Erfahrung hatte.

Man hatte eine Pause gemacht, die Herren hatten sich erhoben, standen in Gruppen. Der Gesandte für Braunschweig und Nassau, Baron Dungern, lehnte den Rücken an die grünglasierten Gewandfalten der Stärke, nahm die Wärme in seinen Körper auf und sagte: "Er ist ganz blau und gelb vor Galle." Nostitz sah vorsichtig nach Bismarck hinüber, der mit Bothmer und Oertzen am Tisch sitzengeblieben war: "Ich vergönne es ihm. Bis heute ist es noch immer so gegangen, auf einmal soll es nicht mehr gehen."

"Man darf die wohlerworbenen Rechte Österreichs nicht verletzen", sagte der Darmstädter Münch, "und darauf läuft's doch hinaus. Wie hat er gesagt? Der Bund gleiche in seinem heutigen Bestand einer Präfektur mit dem österreichischen Gesandten als Präfekten, aber nicht einem Kollegium gleichberechtigter Gesandter. Ja ... wenn wir uns das gefallen lassen wollen, unsere Souveräne, meine ich ... so braucht Preußen keine Extrawurst zu haben."

In des Baron Dungern politischer Brust lebten zwei Seelen, eine preußische, die ihre Eingebungen von seinem Minister Wintzingerode empfing, und eine österreichische, die auf die schwarzgelbe Partei seines Hofes und die hübsche, junge Herzogin Adelheid hörte. Und da er selbst für seine Person den Preußen und vor allem diesem junkerlichen Goliath von Gesandten nicht günstig gesinnt war, gehorchte er zumeist und in entscheidenden Augenblicken eher dem schwarzgelben als dem schwarzweißen Geflüster. Er rettete sich vor inneren Verdrießlichkeiten, indem er zuweilen, wo es nicht schadete, auch die Abteilung Wintzingerode zu Wort kommen ließ, und die schien eben obenauf, als er sagte: "Man kann doch nicht gut von wohlerworbenen Rechten sprechen. Es ist doch eben auch viel Usus darunter, kleine Übergriffe des Präsidiums, die man geduldet hat, und die sich dann eingebürgert haben."

Herr von Münch zuckte die Achsel, und Herr von Nostitz, der Gesandte Sachsens, schnaufte bedauernd durch die Nase. Die Göttin der Stärke aber hielt die abgebrochene Säule, die sie als Sinnbild der Kraft in den Armen trug, schwebend gerade über des Barons Dungern rosige Glatze. Es sah so aus, als sei diese Säule ein großer Siegelstempel und als beabsichtige sie, im nächsten Augenblick dieser glatten Wölbung zur Anerkennung für die bewiesene Standhaftigkeit einen großen Stempel aufzudrücken.

Graf Thun, der am Nordpol der kreisrunden grünen Tischscheibe in Papieren gekramt hatte, die ihm Brenner und Nell von links und rechts zugeschoben hatten, hob den Kopf, ließ seine Augen durch den Raum laufen und schellte dann mit einer kleinen silbernen Glocke. Die Herren nahmen unter Scharren und Husten ihre Plätze ein, Graf Thun erhob sich und lächelte die Versammlung an. Er habe die Ehre, begann er, den geschätzten Herren auch als nächsten Programmpunkt einen Antrag Preußens - er verneigte sich liebenswürdig gegen Herrn von Bismarck - vorzulegen, betreffend endliche Beschlußfassung in Angelegenheiten der Bundesflotte, und er überlasse es dem Herrn preußischen Gesandten, seinen Antrag eingehend zu begründen. Bismarck legte einen gelben Bleistift fort, den er bis dahin in den Fingern gedreht hatte und sagte mit einer etwas hohen Stimme, die Sache sei schon so oft im Bund zur Sprache gewesen, daß er sich darauf beschränken könne, sie kurz zusammenzufassen. Der Kurhesse Trott winkte Bismarck heftig zu, er litt unter der Hitze des übermäßig erwärmten Raumes und war sehr für kurzes Zusammenfassen.

Bundeseigentum oder nicht Bundeseigentum an der Flotte sei die Frage. Niemand werde bestreiten, daß Preußen gewisse Ansprüche an die Flotte zu erheben berechtigt sei, und es sei verständlich, daß es diese endlich realisiert sehen möchte. Da, soweit Bismarck die Lage zu überblicken vermöge, wegen der Kosten wenig Geneigtheit bestehe, die Frage im Sinn des Bundeseigentums zu entscheiden, so möge man sich auf einen Modus einigen, durch den Preußens Ansprüche verwirklicht werden könnten.

Graf Thun hatte dem Sprecher mit geneigtem Kopf äußerst aufmerksam zugehört und wiederholt wohlwollend genickt. Sein frisches, kühnes Aristokratengesicht war gespannt, Jägerleidenschaft hielt die Züge straff. Er sah sogleich die leise Regung des Württembergers Reinhard und bat ihn, zu sprechen. "Meiner Regierung", sagte der Gesandte ein wenig zögernd, weil er noch gar nicht hatte sprechen wollen und nun sozusagen ins Leere und Ungewisse redete, "liegt nichts mehr am Herzen, als dem Bund eine starke Flotte erhalten zu sehen. Ob dieses Ziel besser durch das Bundeseigentum an der Flotte oder durch eine Naturalteilung der Schiffe erreicht wird, ist zu entscheiden, und meine Regierung wird das annehmen, was der Bund für zuträglicher hält."

Bismarck sah den Sprecher ungehalten an, da hatte einer der Getreuen vorschnell sein Pulver verschossen, und es war ohne Wirkung verpufft.

Der bayerische Gesandte Schrenck-Notzing reckte die Hand. Er sog die Brust voll Luft und begann, indem er die Finger erklärend spreizte: "Bayern steht auf dem Standpunkt, daß die Flotte als Bundeseigentum, aber nicht als organische Einrichtung anzuerkennen ist. Nicht als organische Einrichtung, wohl verstanden." Er machte seine schlauesten Augen, und es war ihm anzumerken, daß diese subtile Unterscheidung sehr nach seinem professorischen Geschmack war. "Aus dem Eigentum aber folgt noch nicht die Verpflichtung, die Matrikularbeiträge zu entrichten, die zwecks Anschaffung der Flotte ausgeschrieben wurden." Er sah sich im Kreis um, und ein heftiges Gewoge beifälligen Nickens ging durch das Rund der diplomatischen Köpfe. "Im übrigen", brachte er seine Instruktionen zu Ende, "ist meine Regierung der Ansicht, daß die Verhältnisse der einzelnen Bundesstaaten zueinander bezüglich der Flotte nicht durch Majoritätsbeschlüsse geregelt werden können." Er war zu Ende, und die Luft stürzte sich wieder wirbelnd in seine Lungen.

"Die Ansicht der königlich bayerischen Regierung läßt sich hören", nahm Bismarck rasch das Wort, "trotz der etwas kitzlichen Auslegung des Begriffes Eigentum, eines Eigentums, das bei Ablehnung der Matrikularbeiträge doch auf keinem Rechtstitel beruhen würde. Insonderheit ist die königlich preußische Regierung mit der königlich bayerischen bezüglich der Majoritätsbeschlüsse des Bundes eines Sinnes. Daraus folgt, daß die Verhältnisse doch nur durch Vereinbarungen der einzelnen Bundesstaaten untereinander geregelt werden könnten. Und in diesem Belang sind den meisten Bundesstaaten doch wahrscheinlich die Wünsche Preußens bekannt, die man wohl als durchaus diskutabel bezeichnen kann. Es erübrigt dem Bund also nur, auszusprechen, daß er Preußen für diese Verhandlungen freie Hand läßt."

Herr von Bothmer hatte sich nicht gerührt, aber Nostitz räusperte sich, das Sprachrohr Österreichs begann zu tönen. Wie sich denn Preußen das Liquidationsgeschäft vorstelle, und wie die Ansprüche der Bundesglieder bei einer solchen Naturalteilung Berücksichtigung finden könnten? Der Bremer Smidt reckte sein faltenreiches Fuchsgesicht gegen den Vorsitzenden, man habe doch schon auch von einem Flottenverein etwas hören lassen, das sei ein keineswegs zu verwerfender Gedanke, und der Zollverein könnte als Vorbild dienen. Herr von Trott hatte ein großes Blatt Schreibpapier aufgerafft und fächelte sich damit, indem er sehnsüchtig in den Garten hinaussah, wo über den Schnee schon das leise Rot des sinkenden Tages gehaucht war.

Vergebens suchte Bismarck die zerflatternde Aufmerksamkeit

zurückzuzwingen. "Preußen will dem Bund möglichst entgegenkommen. Der Bund könnte bezüglich der Liquidierung sich dahin einigen, daß der Verlust auf den Wert der Schiffe und die Erhaltungskosten von allen Staaten matrikularmäßig zu tragen sind. Was die Nachzahlung der Gründungsumlagen anlangt", er machte eine Pause, um seine Worte mit mehr Gewicht fallen lassen zu können, "so wäre Preußen unter Umständen nicht abgeneigt, von ihrer Forderung abzusehen."

"Und die Ansprüche der Bundesstaaten auf die einzelnen Schiffe?" wiederholte Nostitz hartnäckig. Die könnten auf den einzelnen Schiffen beibehalten werden, wenn sie sich auch tatsächlich im Besitz Preußens befinden, meinte Bismarck.

"Also eine Eigentumsgemeinschaft", sagte der Hamburger Syndikus Bunke mit einem scharfsinnigen Juristenlächeln, "für jeden Bundesstaat Eigentum zu soundso viel Teilen an jeder Planke, jedem Tau und jedem Nagel."

Das Regensburger Gespenst ging um. Bismarck verstand, daß es für ihn nicht mehr viel zu wollen gab, weil man sich bei seinen Gegnern darüber einig war, was zu geschehen habe. Aus dem Mund seines Nachbarn ging ein peinlicher Geruch aus, ein Hauch schlechter Zähne und eines durch allzu üppiges diplomatisches Essen verdorbenen Magens, und es schien ihm, als sei dieser Geruch der unverfälschte Atem des Bundes selbst, der Atem von Unverdaulichem und Verdorbenem, dessen man sich doch nicht entledigen wollte.

Graf Leo Thun lehnte sich in seinem Stuhl zurück, er sah, daß alles so ging, wie er es wollte, und daß die preußische Anmaßung in ihre Schranken gewiesen werden konnte. Es war vergebens, Österreich übers Ohr hauen und ihm das Heft aus den Händen nehmen zu wollen, und ein ganz leises und höfliches Lächeln des Triumphes war in seinen Worten, als er sagte: "Die Herren werden mir recht geben, wenn ich das Ergebnis der Debatte dahin zusammenfasse, daß die Frage keinesfalls schon spruchreif ist."

Und Sachsen fiel sogleich ein: "Ich beantrage, die Abstimmung zu vertagen."

Die Diener hatten Lichter gebracht und auf den Tisch gestellt. Vor dem Platz des Präsidenten reckte ein Leuchter drei rosenfarbene

Kerzen hoch, vor den übrigen Gesandten flammten nur weiße Kerzen in Doppelarmen. Der süße Geruch brennenden Wachses kämpfte gegen den üblen Atem von Bismarcks Nachbarn. Behaglich holte Graf Thun die krokodillederne Tasche mit dem in Gold eingeprägten Doppeladler vor, knipste mit silbernem Werkzeug die Spitze seiner blonden Zigarre ab und entzündete sie an einer rosenfarbenen Kerze. Die Flamme schoß dreimal in langer Zunge empor, blauer Rauch verhüllte einen Augenblick das feine und liebenswürdige Gesicht des Gesandten. Das war ein hohes und unantastbares Vorrecht der Präsidialgewalt, sich bei den Sitzungen in Rauch wickeln zu dürfen, wie es Jupiters Vorrecht war, sich bisweilen in Wolken den Blicken zu entziehen.

Der bayerische Gesandte hatte sich, etwas spät, noch eines Stückes seiner Instruktionen entsonnen und meinte, daß seine Regierung dem Gedanken einer Nordsee-Kontingentsflotte nicht abgeneigt sei. Aber niemand hörte ihn an, alle Diplomatenköpfe waren vorgeneigt und starrten stier und unverwandt auf ein unglaubliches Schauspiel. Bismarck, Herr von Bismarck, der Gesandte Preußens, hatte aus seinem Rock eine Tasche aus Juchtenleder gezogen, entnahm ihr langsam eine graubraune Walze, die wie eine getrocknete Seegurke aussah, und brannte sie an seinem Leuchter an. Und wie die Flamme aus der Zigarre hochschoß, sah man dieses herrische Gesicht unter der wie aus schwerem Eichenholz gedrehten Stirn. Zitternd verkroch sich das Regensburger Gespenst.

Unbeirrt durch die sprachlose Verwunderung ringsum sagte Bismarck, er müsse gegen eine abermalige Vertagung protestieren. Die Angelegenheit sei ja nach allen Seiten durchgesprochen, und Preußen wolle nicht weiter warten, weil es doch die Kosten dieses Wartens zu tragen hätte. Graf Thun hatte seine Zigarre sinken lassen, sie lag nahe über einem Akt, und unter ihrer Glut begann sich das Papier zu krümmen und zu bräunen. Beinahe wohlwollend sah er ins Gesicht des Empörers.

"Ich beantrage, die Abstimmung zu vertagen", murmelte Nostitz, wie einer, dem alle Gedanken plötzlich aus dem Kopf genommen sind und der nur immer wieder seine letzten Worte sagen kann. Die Abstimmung wurde vorgenommen, und es ergab sich, daß eine große Mehrheit der Ansicht war, über die Flottenfrage sei heute nichts Entscheidendes zu beschließen.

Als die Gesandten draußen waren, stand Nostitz noch immer neben dem Grafen Thun. Aufgeregt griff er nach dem Arm des beleidigten Präsidenten. "Exzellenz", stammelte er, "wollen Sie sich das bieten lassen? Das ist doch noch viel ärger als die Hemdsärmelgeschichte, da haben uns Exzellenz doch erlaubt ..."

"Lassen S'ihn ", lachte der Graf in seinem saftigsten Wienerisch, "er ist ein Mordskerl. Das is er. I will nur net, daß uns die Preußen übern Kopf wachsen. Aber warum soll er net sein Zigarrl rauchen? Raucht's halt auch. Deshalb wird an Österreich net weniger."

Als sich diese Geschichte in Frankfurt herumgesprochen hatte, erhielt Bismarck von einem unbekannten Spender ein Kistchen blonder, duftender Zigarren. Eine Karte besagte, das sei dieselbe Sorte, die der Graf Thun rauche, und die passe auch besser zu den battistenen Hemden, die er sich ja gottlob neuerdings zugelegt habe. Bismarck glaubte in der kleinen, mit eifrigem Bemühen verstellten Schrift die Züge der Frau von Vrints zu erkennen. Aber sie leugnete es, als er es ihr auf den Kopf zusagte.

7

Und wenn die Eisenbahnwagen, in denen man fuhr, noch dreimal schlechter gewesen wären und die politischen Geschäfte, zu denen man ausgesandt war, noch dreimal verdrießlicher, es lohnte sich, in dieses schlampige und nachlässige Österreich zu fahren, es lohnte sich. Aus den Polstern des Abteils erster Klasse standen wohl hie und da Büschel Seegras hervor, die Fenster klapperten, und von dem Zugriemen des einen war gerade nur so viel übrig, um sich daran in fruchtlosen Versuchen des Öffnens die Nägel umzustülpen. Aber wenn der Schaffner kam und anstatt zu brüllen: "Die Fahrkarten vorzeigen!" die Hand an den Mützenschild legte, und im gewinnenden Ton persönlicher Ergebenheit sagte: "Hohö die Öhre!", da wurde einem so ganz wohlgefällig ums Herz, als sei auf einmal nicht alles auf Reibung und Kampf gestellt, sondern könne auch in gegenseitigem Gewährenlassen nebeneinander bestehen.

Bismarck wehrte sich anfangs gegen dieses schlappe Gefühl. "Es kommt mir manchmal vor, als ob ausgerechnet Sie Österreich erfunden hätten, Lynar", sagte er zu seinem Begleiter. "Hold, sinnig, minnig, träumerisch, weich, schwärmerisch. Pfui Deibel, man kriegt Lust nach einem anständigen Nordhäuser Doppelkümmel." Denn Bismarck war keineswegs mit der Friedenspalme und der Anweisung auf ein "Lobet den Herrn" nach Wien auf dem Weg, sondern sollte die Zollvereinssache nach den Wünschen Preußens richten, die denen Österreichs gerade zuwiderliefen. Die Erkrankung des preußischen Gesandten von Arnim rief ihn zu einem schweren diplomatischen Gesellenstück.

So besann sich Bismarck immer wieder auf das schwarze politische Geheimnis in seiner Brust, rief sich allen Ärger zurück, den er je im Taxisschen Palais und in seinen eigenen Kanzleien gehabt hatte und suchte in allen Bitternissen der letzten Zeit den schwarz-gelben Bodensatz. Aber es war schwer, so gerüstet zu bleiben, wenn man an den Haltestellen nur die Hände aus dem Wagenfenster zu halten brauchte, um die linke mit einem kalten Huhn und die Rechte mit einem Stutzen Wein zurückzuziehen, wenn auf jedem Gesicht das Thunsche Lächeln lag und wenn die Erinnerungen, die längs der ganzen Bahn von Dresden nach Wien standen, alle Johannas Augen hatte. Da waren die mährischen Gebirge, die man damals auf der Hochzeitsreise verschlafen hatte, da war das weite Marschfeld unter der hochgewölbten blauen Junikuppel, und als man auf der großen Eisenbrücke über die Donau setzte, da fuhr man in einen Glanz und ein Flimmern hinein, als ob der Himmel für das Stück Welt zwischen Kahlenberg und Prater eine ganz besondere Affenliebe hätte.

Bismarck konnte Lynnar kaum ansehen, wie der dasaß und große Augen hatte und vor lauter Verlegenheit und Bewunderung die Finger knacken ließ. "Sehen Sie, Lynnar", brummte er, "da haben Sie sich gewunden und nicht mitkommen wollen, und nun sitzen Sie da, und die Augen fallen Ihnen aus dem Kopf." Das war aber so ziemlich das letzte Mal, daß Bismarck das grobschlächtige Schönhausener Register zog; er sträubte sich nicht länger, sperrte das schwarze politische Geheimnis einstweilen zum Verstand in die

Bodenkammer und machte das Herz auf, daß das seidige und silberige Flimmern einziehen könne.

So ein Wiener Tag war wirklich Seide und Silber vom Morgen bis zum Abend, jede Stunde fühlte sich weich an und glänzte. Im Prater fuhr um die Mittagszeit ein heiteres und harmloses Volk in den elegantesten Wagen hin und wieder, zwei lange, schillernde Reihen, in denen jeder den anderen kannte und aus denen die Scherze wie bunte Ferderbälle aufflogen. Rauschten Frauenröcke noch irgendwo in der Welt so wie in Wien? Dufteten Frauenschultern noch irgendwo so wie in den weiten Spiegelsälen von Schönbrunn und Laxenburg? Und wo, um Gottes willen, hießen Frauen noch so wie hier: Cilli und Lori und Pepi und Jugerl und Wixerl und Guckerl, gleichviel ob Gräfinnen oder Hausmeisterstöchter, und waren auch genau so wie diese Namen: Anmut und lustiger Lebensdurst und Gehaben ohne Faxen - Gräfinnen wie Hausmeisterstöchter? Graf Buol-Schauenstein, der Bruder der Frau von Vrints, nannte seine Frau sogar Tschaperl. Aber als Bismarck fragte, welcher Taufname sich denn so seltsam verzärtlichen lasse, wurde er belehrt, daß gerade dies ein Gattungsname sei, der eine besondere Art weiblicher Anschmiegsamkeit bezeichne. Herr von Bismarck durfte alles das wahrnehmen und sich darüber freuen, denn er war kein eingeschnurrter Wüstenaszet und kein Säulenheiliger, der die Erde verlassen hat und dessen frommer Geruch zum Himmel stinkt. Die Liebe zu Johanna hatte ihm nicht die Augen aus dem Gesicht gestohlen, und so konnte er sich schon gestehen, daß selbst die schmetterlingsfarbigen und lustigen Frankfurter Frauenzimmer hinter diesen raschen und schlanken und zungenfertigen Wienerinnen zurückstehen mußten. Was dort bisweilen bei der juwelenklirrenden Bankiersfrau vermißt werden mußte, fand sich hier oft ungesucht bei irgendeinem Ladenmädel oder einer Nähmamsell, Schimmer des Einzigartigen, Selbstverständlichkeit des Geschmacks, ohne jenes ihm so widerwärtige Gehabe einer geistig herausgeputzten Lüsternheit.

So ein Wiener Tag begann morgens mit einem Frühstück von Forellen, Backhuhn und Gumboldskirchner und endete abends mit einem Mondscheinspaziergang im Schönbrunner Park oder mit einer

Vorstellung des "Don Giovanni", bei welcher der Don Juan ein so sympathisch verführerischer Kerl war, daß sich Bismarck trotz aller Bundessymbolik darüber ärgerte, wenn ihn der steinerne Gast schließlich beim Kragen nahm. Und wenn nicht mitten zwischen Frühstück und Oper ein oder zwei Stunden Zollvereinsverhandlungen gelegen hätten, in denen Bismarck nach dem Uriasbrief in seiner Tasche fühlen und die Verstandesbodenkammer aufriegeln mußte, so hätte wahrhaftig die ganze preußische Tüchtigkeit im rosigen Leichtsinn entschwinden können. Manchmal kam sich Bismarck bei seinem Doppelspiel wie ein richtiger Mantelbandit und Verschwörer vor. Er war dazu da, um so zu tun, als ob. Das war bisweilen peinlich, wenn alles um ihn so freundlich und aufgeschlossen schien und jeder Mensch so frei von der Leber sprach, wie er es selber liebte. Und er mußte sich erinnern, daß die österreichischen Diplomaten doch keineswegs die harmlosen Lämmer waren, als die sie zwischen Kahlenberg und Prater in der flimmernden Wiener Luft dastanden, sondern daß auch ihre Offenheit manchmal nur ein mit Folie hinterlegtes Glas vor irgendwelchen schwarzen Bodenkammern war. Aber es war immerhin leichter, im Frankfurter Labyrinth Verstecken zu spielen, auf dem Boden, der niemandes und aller war, als hier, wo man sich als Gast befand, dem jede Tagesstunde mit allerlei Köstlichem behangen wurde.

Der junge Kaiser war in den siebenbürgischen Wäldern zur Jagd gewesen und hatte den Abgesandten seines königlichen Bruders von Preußen eingeladen, ihm nach Ofen entgegenzukommen. Da war Bismarck nun auf einem Schiff die Donau hinab ins alte Hunnenland gefahren, mit einer ganzen Fracht von Nibelungengedanken, wie auch er wirklich von Rhein und Main zu den brennenden Steppen Ungarns gefahren komme und wie es wohl auch diesmal wieder um nichts Geringeres gehe, als um das Gold, dessen Schimmer er einmal, vor nun schon Jahresfrist, zwischen Rüdesheim und Bingen hatte glänzen sehen. Nur daß es diesmal nicht mit Mord und Totschlag endigen müßte und nicht mit stürzenden Brandruinen, sondern daß es in ein Pfeilgeschwirre diplomatischer Noten und in einen Leichenhaufen umständlicher Protokolle auslaufen würde, über die anstatt des Blutes nur Tinte ergossen wäre.

Und indessen wandelten sich Ufer und Menschen langsam aus dem Österreichischen ins Ungarische; es wurde alles noch lauter und bunter, mit Schatten, die manchmal weniger fehlendes Licht als ein klein wenig malerischer Schmutz waren. Der Dampfer überholte lange Holzflöße, die mit gelenkigen Gliedern um die Strombiegungen schwenkten und auf denen Kerle standen, die waren wie die Räuber im Märchenbuch. Unter den breiten Geld-oder-Leben-Hüten verwegene schwarzbraune Gesichter mit Schnurrbärten, die, pechschwarz zusammengedreht, sichelförmig um die Lippen hingen. Die Beine staken jedes für sich in einer Art Weiberrock, so breit und faltig ging es von den Hüften bis zu den Knöcheln, wo sich die weitschichtige Herrlichkeit in ein Gefaser von Lumpen auflöste. So standen sie auf den Flößen, umklammerten mit nackten Füßen die glatten, nassen Balken und tauchten die endlosen Ruder emsig in die gelben Wasser. Das mochte zu Attilas Zeiten nicht viel anders gewesen sein, Berge und Auwälder, zwischen denen die Stromarme gurgelten und die hunnischen Flößer. Nur daß das Schiff der Nibelungen nicht die königlich preußische Flagge trug, wie der Dampfer, auf dem man sie zu Bismarcks Ehren aufgezogen hatte.

Am Landungsplatz wartete ein kaiserlicher Wagen, vier Schimmel und ein Glaskasten mit vergoldeten Stützen, ein Kutscher wie aus Holz und zwei Lakaien, die den Schlag aufrissen und hinten aufsprangen, daß es dem preußischen Junker wider Willen ganz prinzlich zumute wurde. So viel Glanz hatte sein königlicher Herr nicht aufzuwenden, der hatte einen nüchternen und bescheidenen Haushalt, während hier alles ganz phantastisch und verwirrend üppig zuging, daß man sich eines leisen Neides schwer erwehren konnte.

Nun wohnte man in der kaiserlichen Burg, hoch über der Donau. Unten hing eine schwarze Brücke an eisernen Ketten über dem glitzernden Strom, und drüben hatte das junge Pest eine Reihe seiner glänzendsten Häuser gerade an das Donauufer gestellt, die so zuversichtlich aussahen, als wären sie einer zahlreichen Nachfolge gewiß. Nach der anderen Seite sah man auf die Ofener Berge, die zur Hälfte dem Wein und zur anderen dem Wald dienstbar waren und am Abend viele kleine Lichter von Landhäusern unter den Sternenhimmel stellten.

Man wohnte in Zimmern, die wuchtige Gewölbe über die Köpfe spannten. Die Wände waren so dick, als sollte jede von ihnen Geheimtreppen bergen können; uralte braunschwarze Nußbaumschränke nahmen Kleider und Wäsche in unergründliche Tiefen auf; und als Hildebrand alles untergebracht hatte, da war nur gerade hie und da ein Winkelchen und ein Fach ausgefüllt, als wären nicht zwei königlich preußische Beamte mit immerhin ansehnlichem Gepäck, sondern nur zwei wandernde Handwerksburschen mit ihren Bündelchen ins Losament gezogen. Und Bismarck dachte, wieder mit einigem Mißbehagen, was für einer Art von Besuchern wohl diese kaiserliche Burg Rast zu bieten gewohnt sei.

Aber jeder Gang durch die alten Hallen, jeder Blick aus den Fenstern wand ihm die Mißstimmung aus der Seele, und wenn Bismarck sich den mit hellblauer Seide ausgeschlagenen Lehnstuhl vor das schöne Donaubild gezogen hatte, dann vermochte er nichts anderes zu empfinden, als ein tiefes Staunen vor der unendlichen Fülle dieses Landes, vor diesem unermeßlichen, kaum sich selbst bekannten Reichtum. Vier Zimmer hatten sie, zwei für Lynnar, zwei für Bismarck und eine Kammer für Hildebrand, deren Wände kaum stark genug waren, um sein Schnarchen zu dämpfen. Denn Hildebrand hatte sich das Schnarchen angewöhnt, und das kam daher, weil seine guten nüchternen Grundsätze, mit denen er noch dem Franken- und dem Rheinwein hatte Widerstand leisten können, betrüblicherweise vor dem Ofener Roten und dem Szamorodner gänzlich zusammengebrochen waren. Also daß er sogar durch Bacchi unerforschlichen Ratschluß und mit Gottes Zulassung ins poetische Elend getrieben wurde und Bismarck abends neben dem Schnarchenden folgende Verse an Karoline fand:

"Wenn sich alle Bande trennen,
Doch unsre Liebe trennt sich nicht.
Ganzen Tag ist nur mein Sehnen
Liebes Mausi nur an dich."

Das Mausi hatte Hildebrand in der Wiener Schule gelernt. -

Der junge Kaiser war Jäger und Soldat, seinen Diplomaten an beidem fast zu viel, und so ließ er denn Bismarck nach der Rückkehr aus Siebenbürgen nicht lange warten. Gleich am nächsten Tage war Fürst Windischgrätz da, um ihn zu Seiner Majestät zu führen. Während sich Bismarck die Uniform anzog, stand der Fürst in seinem weißen Dragonerrock am Fenster, und rosig rann ihm das Morgenlicht um Schultern und Brust, die blanken Knöpfe waren wie gedrehte Stücken Licht.

"Schön, was?" fragte er.

Ja, es war schön. "Ach", meinte Bismarck, "Österreich weiß vielleicht selbst noch nicht ganz, was es an sich hat. Da sagt man immer: das alte Reich an der Donau! Und es ist vielleicht zum größten Teil noch überhaupt unerforscht."

Der junge Offizier nickte. "Hätten S' net Lust, bei uns zu bleiben? Wenn der Graf Arnim net mehr könnt' oder wollt'? Wir möchten uns freuen, Sie bei uns zu haben. Und es heißt doch auch, in Wien is die hohe Schul' der Diplomaten."

"Ja, es ist seltsam", sagte Bismarck, indem er in den gestickten Frack fuhr, den ihm der Mausifänger hinhielt, "daß ein so junges Volk die Politik in der spanischen Gangart reitet." Vier junge Augen blitzten in lächelndem Verstehen ineinander. "Aber ich fühle mich in Frankfurt sehr behaglich", fuhr Bismarck fort, "es gefällt mir in meiner Schützenkönigsherrlichkeit. Ich möchte noch zehn Jahre in Frankfurt mitmachen, dann - vielleicht? - zehn Jahre preußischer Minister sein, und dann möchte ich in Schönhausen bleiben, unter meinen Linden sitzen, über meine Felder reiten, zuschauen, wie die Elbe am Deich frißt und Obstbäume pfropfen, wie mein Onkel in Templin."

‚Ein etwas armseliges Lebensprogramm', dachte der glänzende Adjutant, ‚mit einem preußischen Ministerportefeuille als Gipfel und gar nicht ein bissel Wien darin!' Aber er war so höflich, zu versichern, es habe sein Schönes und Gutes. Dann gingen sie, und an der Tür ließ der Offizier den Gesandten in strammer Haltung voraus. Über die Diele der Zimmer zackten große schwarze unregelmäßige Flecken hin, über die Bismarck und Lynar schon vergebens gerätselt hatten. "Sagen Sie, Fürst", fragte Bismarck, indem er lächelnd stehenblieb, "was sind das für Klecksographien hier? Ist da eine alte

Mordgeschichte passiert, deren Blutspuren nicht zu tilgen sind? Oder hat da vor mir schon ein anderer Diplomat gewohnt, der hier seine Tintenfässer umgegossen hat?"

Der junge Offizier ließ seinen Dragonersäbel gegen die Diele klirren. "Es sind Brandspuren, Exzellenz!" Sein frisches Reitergesicht war plötzlich ernst. "Das Denkmal eines Tapferen. Hier haben unsere Soldaten auf brennenden Trümmern gegen die Aufrührer gekämpft. Der Generalmajor Henzy ist mit der ganzen Besatzung der Burg von den Ungarn niedergehauen worden. Vor drei Jahren erst ... Vor ein paar Wochen hat man die Burg für den Kaiser wieder instand gesetzt."

Bismarck empfand die Antwort wie einen leisen Stoß vor die Brust. Es war ihm entglitten, daß dieser junge, fröhliche Offizier der wüsten Zeit ein schwerstes Opfer hatte bringen müssen, das Leben seiner Mutter, die in Prag ermordet worden war. Er reichte ihm die Hand, und die niedrigen Gewölbe der Ofener Burg wichen ihm für einen Augenblick zum Kuppelrund der Paulskirche auseinander, unter dem die Bänke standen, von denen man Erinnerungsspäne an den großen deutschen Totentanz abschnitt. Nein, es sollte nie mehr dazu kommen, daß die Saat Beelzebubs in Deutschland aufging.

Dann stand er vor dem jungen Kaiser. Ein schlanker Offizier in der Uniform von Bismarcks König, der ihm ernst und prüfend ins Gesicht sah. Freundliche Würde verdoppelte die zweiundzwanzig Jahre des Herrschers. Hinter dieser leicht gewölbten Stirn gingen klare und verständige Gedanken geordnet ihres Weges. Nichts Spanisches war an ihm; der Offizier und der Jäger hatten ihn frühes Aufstehen gelehrt, das war kein blinder Monarch, sondern ein Arbeitssucher und ein Sehender, von dem sich Bismarck sogleich in ein menschenkundiges Urteil gefaßt sah. Und er begegnete ihm in seinem Innern und fand, daß darin alles sorgsam aufbewahrt stand und daß nicht leichthin über die schwarzen Brandflecken seiner Burg hingewischt war. Mit diesem Mann selbst zu verhandeln, anstatt mit seinen allzu geschickten Diplomaten, wäre der Weg zu Eintracht und Verständigung. Der Uriasauftrag Fra Diavolos brannte Bismarck auf dem Herzen, leise klopfte Scham in seinen Pulsen.

Dann empfand er den Druck einer kühlen, festen, sehnigen

Jünglingshand und war mit Herzlichkeit zu Gnaden angenommen. Unmittelbar von der Audienz ging es zum Frühstück, und gleich in das erste Klappern der Teller und Gabeln begann der General Fürst Liechtenstein den neuesten Mikoschwitz zu erzählen. Es war viel Jugend um den jungen Kaiser, keiner reichte nur entfernt an Bismarcks Tischnachbarn, den weißhaarigen Erzbischof von Gran, im Alter heran. Und wie nun alle zugleich zu lachen und zu plaudern anfingen, war es, als sei nicht eine feierliche Tafel an einem der ältesten Höfe Europas eingeleitet worden, sondern als habe sich eine lustige Jagdgesellschaft zu Tisch gesetzt. -

Vier Buchstaben beendeten Bismarcks Schwanken und zugleich seine Sendung. Das kleine Wörtchen "nein", das der Draht aus Berlin herübergebracht hatte. Die Verhandlungen über Österreichs Beitritt zum Zollverein wurden mit vielem gegenseitigen Bedauern eingestellt, und Bismarck konnte die Heimreise antreten. Er hatte sich noch in die schwermütige Betyarenromantik der ungarischen Pußten gestürzt und hatte die steirischen Berge aufgesucht, er hatte sich trotz seiner Sehnsucht nach Johanna noch mit Österreich angefüllt, mit diesen Zigeunern und Räubern, diesen Schneebergen und Eisenbahntunnels, in deren einem der Tod auf ihn gelauert hatte, mit diesen Weinen und dem Lachen dieser Frauen. So wie einer, der weiß, daß etwas nie mehr wieder so in sein Leben kommt, noch alles an sich ziehen möchte, was in ein paar Tagen hineingeht. Mit einer leisen Wehmut verließ er das Reich, und erst als er von Bockenheim aus die Lichter seines Hauses erblickte, schüttelte die freudige Erwartung alles sonderbar Drückende aus seiner Seele.

Johanna empfing ihn auf dem Bahnhof, in den großen schwarzen Mantel gehüllt, der ihren wiederum gesegneten Leib verbarg. Ihr Gesicht war eingefallen und von den gelben Flecken überzogen, die sie bei jeder Schwangerschaft zeichneten.

Zärtlich und sorgsam führte er sie zum Wagen, erkundigte sich nach ihren Augen und ihren Zahnschmerzen und drückte ihr leise die Finger, als sie gestand, daß es diesmal recht arg gewesen sei.

Sie lag ihm weich im Arm, seine Hand fühlte die Wölbung ihrer Hüften; er erzählte von Wien, von dem Bruder der Frau von Vrints, vom jungen Kaiser. Manchmal stieß der Wagen so stark, daß Bismarck die Zähne zusammenbiß und Johanna besorgt ins Gesicht sah.

"Nun", sagte sie, "und was bringst du Manteuffel mit?"

"Ach, nicht Politik", warf er ein, "laß das doch! Jetzt, da wir uns wiederhaben, gibt's Wichtigeres."

"Nein, nein", beharrte sie, "ich weiß doch, was dir wichtig ist. Wie ist es ausgegangen?"

Er wollte nicht widersprechen, sah, wie sich ihre Seele an die seine drängte. "Gut ist's ausgegangen. So, wie wir es wollten."

"Also Österreich tritt dem Zollverein bei?"

Er sah gerührt auf das eingefallene Gesichtchen. Wie sie sich nun um Dinge kümmerte, von denen sie noch vor kurzem so weltentfernt gewesen war. "Schritt!" rief er dem Kutscher zu. "Nein!" wandte er sich zu ihr zurück. "Das ist's ja eben, daß Österreich nicht beitritt."

"Man hat dich doch nach Wien geschickt, um mit Österreich darüber zu verhandeln."

"Diplomaten, Diplomaten!" lachte er, und es war ein wenig Blech in diesem Ton. "Hast du noch immer nicht begriffen, was das heißen will? Das heißt, Schwarz sagen und Weiß meinen. Heißt links versprechen und rechts tun. Man hat mich nach Wien geschickt, um darüber zu verhandeln, sehr richtig. Österreich wollte in den Zollverein hinein, doch uns liegt gar nichts daran, es mit darin zu haben. Aber das kann man doch nicht ohne weiteres abschlagen. Man muß also sagen, wir freuen uns ungeheuer, und muß dazu so verhandeln, daß durchaus nichts daraus werden kann. Das habe ich getan, habe mich sehr gefreut und war ungeheuer betrübt - als man die Steine, die ich hinschob, nicht aus dem Weg räumen konnte. Der Graf - will sagen: Der König wird seinen Diener loben."

Er fühlte einen leisen Widerstand gegen den Arm, mit dem er Johanna an sich ziehen wollte. "Bismarck ..." sagte sie, ein Schlucken bedrängte ihre Kehle, "Otto ... ist das recht, was du da tust?"

"Recht! Recht? Es ist der Vorteil Preußens."

Lichtschein einer Straßenlaterne fiel in den langsam rumpelnden Wagen. Er sah ein trauriges, blasses Gesicht. "Und hast du dich nicht über die Doppelzüngigkeit und Hinterhältigkeit deiner Gegner beklagt? Treibst du es nun anders und besser?"

Alles, alles nahm sie aus seinem Gewissen heraus und stellte es anklagend vor ihn.

"Man muß den Feind mit seinen eigenen Waffen bekämpfen."

"Nein", sagte sie so heftig, daß sie zitterte, "man muß ihn mit der Wahrheit bekämpfen. Die Wahrheit ist die Waffe, vor der die Lüge vergeht. Wer die Wahrheit aufgibt, verliert sich selbst."

Was war zu tun, um die Aufgeregte zu beruhigen? Quälendes Mitleid mit ihr und Bitterkeit quollen würgend auf. Er nahm wieder seine Zuflucht zu seinem Studentenlachen. "Ja, es ist wahr, Liebste, Politik verdirbt den Charakter. Aber was soll man tun, der Zweck heiligt halt, wie der Wiener sagt, die Mittel."

"Die Wahrheit muß zuletzt doch triumphieren! Gott ist die Wahrheit! Otto ... Otto, glaubst du noch an Gott?" Ihr Körper begann ganz zu beben, ein leiser Ton verriet, daß die Tränen sich nicht mehr halten ließen.

"Ach, du! Du!" Er preßte sie erschüttert an sich und suchte im Dunkeln ihren Mund. Stumm duldend litt sie seinen Kuß.

8

Den Rhein entlang, von Mainz bis Köln, wehten von allen Türmen und krummen Giebeln die Königsfahnen. Die alten Städtchen hatten sich herausgeputzt und blank gemacht, und da war keines so klein, daß es nicht wenigstens mit ein paar Böllerschüssen in den Weinbergen hätte herausbrüllen mögen, es sei da und grüße den König. An den Landungsbrücken standen die Bürgermeister und Gemeinderäte, die weißen Mädchen und die Veteranen und die Musikkapellen, und, wenn der Dampfer vorüberfuhr, dann wehten sie alle mit weißen Tüchern, bis auf die Musikanten, weil diese mit beiden Händen ihre Instrumente melken mußten, auf daß ihnen die Hymne vom Siegeskranz entquille.

"Heil dir im Siegeskranz", das ging mit dem Schiff von Mainz den Rhein hinab, und die Berge hatten dazu ihre ersten Herbstgewänder übergeworfen, mit leichten roten und gelben Arabesken im Grün.

Seit Jahrhunderten stand ein grauer Dom in Köln am Rhein, der konnte nicht fertig werden. Jetzt aber hatte man sich ermannt; ganz

Deutschland hatte seinen festen Willen auf das Schicksal des Bauwerkes gerichtet und sich entschlossen, es zur Höhe und zum Ende zu führen. Es war, als solle jenem anderen Bauwerk, das in Frankfurt nicht unter Dach und zu seiner Vollendung kommen konnte, ein Vorbild geschaffen werden.

Das gab ein Fest, und der König fuhr den Rhein hinab, um es zu weihen. In Stolzenfels nahm man Nachtquartier, es dauerte bis tief in die Dunkelheit, ehe die letzten Schwärmer in den Weingärten verzischt waren und man die feurigen Züge, die hoch oben die Zeichen des Königs: F. W. IV. an die geborstenen Wände der Ruine schrieben, verlöscht hatte.

Zeitig am nächsten Morgen klopfte ein Hofbediensteter an die Tür Bismarcks, der im Gasthaus "Zum Rebenkranz" enge Unterkunft gefunden hatte. Seine Exzellenz möchte sich mit dem Aufstehen beeilen. Seine Königliche Hoheit erwarte ihn auf dem Weg zur Ruine.

Der Prinz von Preußen brauchte nicht lange zu warten; wenn es galt, konnte Bismarck mit rekrutenmäßiger Eile in die Hosen fahren. Bismarck fand Wilhelm auf dem Steinmäuerchen eines Weingartens sitzen, ein rotes Weinblatt stak zwischen den Zähnen Seiner Königlichen Hoheit, die Reitpeitsche klopfte im Takt gegen leicht bestaubte Stiefelschäfte. Ein abgeklaubter Traubenstengel lag in einer kleinen Pfütze, zerkaute Beerenschalen bewiesen offenkundig einen Weinbergfrevel. Es hatte nachts über leicht geregnet, die Sonne kämpfte gegen weiche Wolken, die ganze Welt war lind und gütig.

"Ich bin schon geritten", sagte der Prinz, indem er Bismarck die Hand reichte.

"Und haben gemaust, Königliche Hoheit", ergänzte Bismarck, indem er auf die verdächtigen Reste zeigte.

"Preußischer Diplomatenscharfblick. Ja! Glauben Sie, an der Hoftafel schmeckt's auch nur halb so gut?"

"Und wenn der Wächter kommt?"

"Ich zahle Lösegeld, das war die Traube wert. Also, Sie sind gekommen, Bismarck, das freut mich. Haben Ihre Frau mitgebracht? Ja? Famos. Ich habe den König überzeugt, daß Sie nicht vernachlässigt werden dürfen. Müßten auch mit eingeladen werden."

Es war Bismarck von der Einfahrt in das linke Hosenbein an klar gewesen, daß es dem Prinzen nicht um einen harmlosen Morgenspaziergang zu tun sei, sondern daß in diesem jungen Tag irgendein Politikum mit Hörnern und Klauen für ihn bereit stehe. Prinz Wilhelm liebte es, sich Bismarck, wo er seiner habhaft werden konnte, einzufangen und seine politischen Ansichten von ihm auffrischen und bügeln zu lassen oder sie gegen die des Gesandten aufzutrumpfen. So war Bismarck auch weiter nicht erstaunt, als der Prinz auf dem Burghof, anstatt in romantische Andacht vor dem alten Gemäuer zu versinken, die Frage erhob, wie lange der Krieg nach Bismarcks Ansicht wohl noch dauern werde.

Nahezu anderthalb Jahre schon würgten Engländer und Franzosen den Russen am Halse. Die Krim war zu einer großen Schlachtbank geworden, das Gloiregespenst mästete sich an Leichen. In den Kabinetten Europas zitterten die Federn so unruhig wie die Zeiger der Instrumente, die das Erdbeben anmelden, und jeder stärkere Geschützdonner von Sebastopol herüber gab ihnen Ausschlag nach links und rechts, nach Osten oder Westen. Es sei derzeit noch kein Ende abzusehen, meinte Bismarck, aber für Preußen entstehe jetzt ernstlich die Frage, wie lange sie noch zuschauen dürften, daß Rußland die Gurgel abgeschnürt werde.

"Ja! Ja!" sagte der Prinz und schlug mit der Reitgerte nach einem Zweiglein, das drei kleine rotgelbe Blättchen sorgsam aus der Mauer heraushielt, "Jetzt kommt's endlich darauf, was ich gleich zu Beginn gesagt habe. Meine Imagination hat richtig intendiert. Hätten eben gleich von Anfang an Rußland sagen müssen, es sollte keinen Krieg machen, wir würden uns sonst einmischen. Aus purer Freundschaft natürlich. Geht doch absolutement nicht an, daß ein uns so eng verbundener Staat so schwer geschädigt wird. Die braven Truppen, die da verbluten, die vielen guten Offizieres." Die drei rotgelben Blättchen wirbelten herab, von der spitz zuckenden Gerte getroffen. "Wir hätten Rußland retten müssen, gegen seinen Willen, wenn es nötig gewesen wäre. ‚Du forderst ganz Europa gegen dich heraus', hätte man sagen müssen, ‚das dürfen wir nicht ansehen. Wenn du so toll bist, dich in den Krieg zu stürzen, marschieren wir gegen dich.' Das wäre gut preußische Freundschaftspolitik gewesen."

Noch immer wälzte der Prinz die Sophismen um und um, mit

denen man ihm die Treibereien gegen Rußland einleuchtend gemacht hatte. Bismarck fing eines der wirbelnden Blättchen; wie ein rotgelber Schmetterling saß es auf seiner Hand. "Ich glaube kaum, daß uns Rußland das als Liebesdienst angerechnet hätte."

"Wahre Freundschaft wird sich auch damit abfinden, einmal verkannt zu werden."

"Verkannten Freunden geht es so wie unverstandenen Frauen. Schließlich wird doch immer irgendwie ein Scheidungsgrund daraus. Sollen wir uns wirklich mit einem guten Nachbarn, mit dem uns viel Gemeinsames verbindet, in einen Krieg begeben, so müßte doch wirklich schon ein sehr triftiger Grund vorhanden sein und ein mächtiger Vorteil herausschauen. Aber ich frage Sie, Königliche Hoheit, was geht uns die orientalische Frage an? Wäre nicht Rußland darin verwickelt, dem wir nichts Übles wünschen dürfen, so könnte Preußen ruhig seinen Spaziergang vor dem Tore machen und sich vom Kriegsgeschrei unterhalten, wenn hinten weit in der Türkei die Völker aufeinanderschlagen."

Der Prinz griff in eine Mauerritze und holte ein Stück losen Mörtels heraus. Es flog in kurzem Bogen in ein Volk schwarzgebrannter Nesseln, das auf einer Schutthalde wucherte. "Geben Sie acht, Bismarck, Europa wird immer kleiner. Die Völker dehnen sich; und eines schönen Tages spürt der letzte preußische Legationsrat jeden Seufzer des kranken Mannes am Goldenen Horn in den Fingerspitzen. Im übrigen, *que faire*, mein Lieber? Wie denken Sie sich das Weitere?"

Achselzuckend stieg Bismarck durch das raschelnde Nesselvolk die Schutthalde hinan. Der Prinz ging neben ihm, die beiden Männer waren fast gleich groß, bückten sich unter einem wackeligen, steinernen Türsturz, traten in einen Raum, der für einen Augenblick von Sonnenlicht überfloß. Schon zogen wieder weißlich-graue Wolken über die zackigen Mauerränder hin. "Ich weiß es nicht, Königliche Hoheit. Es besteht wenig Geneigtheit zu einem kraftvollen Eingreifen. Gehen wir gegen Rußland, so haben wir seine ewige Feindschaft auf dem Hals. Und außerdem die polnische Soße auf dem Teller - Gott behüte uns vor ihr! Und für Rußland zu den Waffen zu greifen, wird man sich nicht entschließen. Außerdem haben wir doch diesen - Vertrag mit Österreich, der uns die Hände bindet. Wir sind schon wieder der Leporello, und wenn es pfeift, so dürfen wir gehorsamst zweimalhunderttausend Mann an die russische Grenze stellen."

Die Reitgerte hing am Handgelenk des Prinzen, mit beiden Händen bändigte er den graugemischten Bart, der ihm stark aus den Backen sproßte. "Ihrer Ansicht nach ist also die ganze Sache verfahren."

"Verfahren, Königliche Hoheit", sagte Bismarck ungestüm, "von vorne bis hinten und von hinten nach vorne. Preußen spielt in dem Handel eine klägliche Rolle."

"Na! Na!! Na!!!" Mißbilligung steigerte den Nachdruck. "Nichts ist irreparabel. Wir werden an den Friedensverhandlungen teilnehmen. Werden preußische Interessen schon durchsetzen."

"Wir werden nicht an den Verhandlungen teilnehmen", sagte Bismarck, und sein Ton gab dem des Prinzen nichts nach, "ausgenommen, wenn man uns schön dazu einlädt. Aber bitten werden wir nicht um unsere Zulassung."

"Sehe ich nicht ein", brummte der Prinz. Ein Turmfalke kreischte hoch zwischen Wolken und Turmtrümmern.

"Nein, Königliche Hoheit. Es rührt sich schon etwas dergleichen in Wien. Wenn wir teilnehmen, müssen wir unsere Bedingungen stellen. Wenn wir vorher um die Zulassung gebettelt haben, und unsere Bedingungen werden dann nicht angenommen, wie stehen wir da? Ganz Europa wird lachen. Ist es nicht besser, wir gehen gar nicht hin? Dann können sie beschließen, was sie wollen, wir brauchen uns nicht zu fügen, anerkennen nur das, was uns paßt."

Die Reitgerte klopfte gegen den Stiefelschaft. "Sie müssen doch immer Ihren eigenen Kopf haben." Das klang nicht so, als sei der Prinz davon besonders erbaut.

"Verzeihung, Hoheit, ich möchte keinen anderen."

"Sie tun immer, als seien Sie der einzige, der etwas von diesen Dingen versteht. Die anderen Männer, die preußische Politik machen, sind auch keine Idioten. Aber Sie haben einen wüsten Ehrgeiz in sich, Manteuffel meint immer, Sie wollten ihn stürzen."

"Fällt mir nicht ein. Der König schreckt ihn doch bloß mit mir.

Aber damals, damals ... vor anderthalb Jahren - da hätte ich wohl auf sechs Monate das Ruder in der Hand haben mögen." Bismarck reckte sich, seine Faust ballte sich klammernd, als griffe er nach diesem Ruder, mit dem er Preußen aus seinen Wirrsalen hätte lenken können. Prinz Wilhelm sah starr in das Gesicht, dessen Kiefermuskeln unter der Haut vom Druck zusammengebissener Zähne gespannt waren. "Und jetzt ist es zu spät?"

"Zu spät!"

Die Wand, an der sie standen, trug auf dem zermürbten, zerschundenen Bewurf leisen Farbenhauch. Könige und Heilige waren da einmal hingemalt gewesen; man sah wie durch den Schleier von Jahrhunderten Reste von langwallenden, faltigen Gewändern, Schatten von Schwertern, Kronen und runden Heiligenscheinen. Über ein Paar dunkler, mandelförmiger Augen hatten Regen und Schnee nichts vermocht, nur das Gesicht war weggelöscht, so starrten sie schicksalhaft ernst aus einem Geschiebe weißlicher, erinnerungsmatter Farben. Ein Loch war rücksichtslos in diese ehrwürdige Wand gebrochen. Sie krochen hindurch, standen auf einem Balkon, der mit einem morschen Geländer gegen die Tiefe schloß.

Unten lag der Rhein mit sanften Windungen, als sei er sich seines Weges im ganzen gewiß. Die Luft zwischen ihm und dem Balkon war von Dünsten erfüllt, weich lagen die roten und braunen Dächer des Städtchens gebettet, der königliche Dampfer wimpelte bunt an der Landungsstelle. Hinter und über den beiden Männern wuchs die glatte Mauer ziemlich hoch empor, bis zu lockeren Gesimsen, über denen sich die Fenster zu zweien und dreien gesellten. Und auf diesem Mauerwerk war die Veranstaltung sichtbar, die gestern den Namen des Königs über den Rhein gestrahlt hatte. Und es war seltsam, daß sich das leuchtende Gewürm von gestern nacht dem Betrachter als eine geschwungene Folge schwarzer, ausgebrannter, häßlicher Pfropfen und Stöpsel darstellte. Der Prinz sah die Wand hinan, dann sank sein Blick zu dem bewimpelten Schiff: "Sie werden mit dem König nichts von Politik sprechen können", sagte er, "er denkt bloß an seinen immerwährenden Streit mit Manteuffel. Das geht um nichts und wieder nichts. Und außerdem liegen ihm jetzt Hatzfeldt und Bernstorff in den Ohren."

Da unten dehnte sich preußisches Land, an Deutschlands Strom in seiner unsäglichen Schönheit, aber nur den von heute auf morgen gestellten Gehirnen lag sein Schicksal klar und bestimmt in der Zukunft. Es war Bismarck, als müsse er diesen Augenblick nützen, um zu sprechen wie Mann zu Mann. "Königliche Hoheit", sagte er, "ich erlaube mir den Luxus des Nachdenkens und treibe ihn so weit, auch Sie selbst nicht damit zu verschonen. Darf ich Ihnen sagen, was Sie gegen Rußland haben? Sie haben ihm Olmütz nicht vergessen, wo es uns zusammen mit Österreich die Schlinge um den Hals gelegt hat. Und dieser Kaiser Nikolaus mag Ihnen wenig angenehm sein, der sich uns gegenüber so präpotent aufspielt, als sei er unser Gönner und wir die armen Verwandten."

"Nicht nur das, mein Lieber", sagte der Prinz rasch, "sagen Sie selbst, ist es nicht ein gefährlicher Nachbar, dieses Rußland? Sie haben doch auch Haxthausens Broschüre gelesen. Rußland hat drei Zonen, die einander wechselseitig mit ihren Produkten ergänzen. Wenn die einmal so weit sind, daß sie in engsten Ausstausch treten können, so ist Rußland so stark, daß es mit seinen hundert Millionen uns und ganz Europa erdrückt. Und sie haben das Testament Peters des Großen, auf das sie sich berufen können, wenn sie damit anfangen. Und noch etwas! Wir müssen uns nach Westen schlagen, Bismarck! Frankreich und England führen das Banner der Zivilisation, Rußland aber ist Unkultur, Barbarei, asiatische Willkür. Preußen muß deklarieren, daß es die Sache der Zivilisation zu der seinen macht."

Wie genau aus diesen Worten die Stimmen des Koblenzer Heerlagers vernehmbar waren, das dem von Sanssouci heimlichen Widerpart hielt und die Gruben grub, in die man gern Manteuffel fallen gesehen hätte. Man hätte beinahe jeden einzelnen unterscheiden und sagen können: das ist Bethmann-Hollweg und das Albert von Pourtalès und das Robert von der Goltz, und was die schöne Phrase vom Banner der Zivilisation anlangte, so war kein Zweifel, daß sie Prägung und Ton keines Geringeren trug als die der Prinzessin von Preußen selbst, die des "Preußischen Wochenblattes" und seiner Leute Patronin und Fahnenträgerin war. Das war ganz die westmächtliche Neigung der Prinzessin, deren Ideale durchaus an der Seine und jenseits des Kanals wohnten und für die in diesen Ländern

Anfang und Ende aller Gesittung und aller wirklichen Vornehmheit zu suchen war, so daß Deutschland nichts anderes übrigblieb, als aus dem reichen Strom soviel als möglich auf seine armseligen Mühlen abzuleiten. Und als Bismarck so den ganzen Lindwurm mit seinen vielen Köpfen vom Prinzen als braves Hündlein, auf dessen Treue man bauen könne, behandelt sah, da überkam ihn ein heiliger Georgszorn. Es wurde ihm schwarz vor den Augen, er legte die Lanze ein, ritt los. "Ach was, Zivilisation hin, Zivilisation her! Preußen hat nur zwei natürliche und wirkliche Feinde in der Welt. Österreich und England. Österreich steht uns in Deutschland entgegen und England in der Welt. Und damit hat die Zivilisation gar nichts zu schaffen. Das ist ein Gerede für Tanzmeister und Zeitungsschmierer."

Augustas Stimme schallte zurück. "Sie reden wie ein richtiger preußischer Junker", rief der Prinz, "Preußen will nach Europa und nicht nach Asien."

Aber Bismarck focht unentwegt weiter gegen die züngelnden Köpfe. "Und darüber werden wir zum Narren. Wir lassen uns aufs Glatteis locken, und England reibt sich die Hände und sieht zu, wie sich ein neuer Vasall in seinem Dienst die Beine bricht. Oder man wird mit Recht sagen, wir haben uns in das dümmste aller Abenteuer gestürzt, um uns bei Österreich lieb Kind zu machen oder weil wir uns vor Frankreich fürchten."

Des Prinzen Kopf wurde dick und rot, wirr stand ihm der Bart ab. "Ach was", schrie er, "verschonen Sie mich damit. Das habe ich mir schon einmal von Ihnen verbeten. Von einem Preußen mag ich solche Worte nicht hören, verstehen Sie mich?"

Lautes Heulen quoll aus dem Abgrund zu den beiden, die auf dem engen Balkon einander gegenüberstanden und einander anfunkelten. "Wir müssen gehen, kommen Sie, Bismarck", sagte der Prinz, indem er den Arm des ungebärdigen Gesandten faßte, "und erzählen Sie mir, wie Sie eigentlich mit Manteuffel stehen. Was haben Sie gegen die Pläne des Königs mit Ihnen einzuwenden?"

9

Ein roter Teppich lag auf der Koblenzer Landungsbrücke, weißgekleidete Mädchen mit bunten Herbstblumensträußen standen darauf, und als sich der Dampfer nun in die Strömung drehte, verwuchsen die Gestalten mit dem Grund zu einem persischen Muster, das rasch immer kleiner wurde.

Es war kühler über den Wassern als am Ufer; der König fröstelte in seinem Soldatenmantel, sein fahles Gesicht war von einem Zucken durchzittert wie eine lockere Gallertmasse, unstet tanzten seine Blicke vor ihm her. Er hatte Hatzfeldt und Bernstorff zur Seite, die gingen im selben Trab neben ihm und sprachen abwechselnd auf ihn ein. Hatzfeldt und Bernstorff litten an demselben Übel, jener in Paris und dieser in London, nur daß es bei jenem Wedell und bei diesem Usedom hieß, die ihnen Manteuffel als außerordentliche Gesandte in die diplomatische Wolle gesetzt hatte. Sie wurden nicht müde, dem König ihre Entrüstung zu bekunden, daß man ihnen solchergestalt einen Text verderbe, wie er bisher gar nicht günstiger für Preußen hätte lauten können. Wenn man Hatzfeldt anhörte, so war es, als ob der Kaiser Napoleon nur seinetwegen es Preußen nicht weiter nachtrage, daß es nicht gegen Rußland die Waffen ergriffen habe.

Und wenn Bernstorff auch nichts Ähnliches aus London berichten konnte, so erzählte er doch die tollsten Schauergeschichten von Usedoms Gattin Olympia, auf die der Spleen sämtlicher Malcolms bis zu den alten schottischen Knierockkönigen hinauf übergegangen zu sein schien, also daß sie sich und ihren Gatten und mit ihm ganz Preußen nahezu unmöglich machte.

"Ja, ja", sagte der König, "solche Zicken macht er schon immer." Er, das war Manteuffel, mit dem der König am preußischen Staatsruder in stetem Gezerre lag. Er schwenkte um den Schornstein herum, blieb vor einem großen Menschen im bloßen blauen Rock stehen, packte ihn an einem Knopf. "Bismarck", sagte er gallig, "daß man Sie auch einmal sieht. Wo stecken Sie?"

"Majestät haben mich erst jetzt befohlen."

"Wollen sich nicht aufdrängen, was? Haben eine Heidenangst vor dem Aufdrängen. Es ist mir aber lieb, wenn meine Diener trotzdem immer bei der Hand sind, wenn man sie braucht. Braucht! Was wollte ich Ihnen denn sagen …?"

Hatzfeldt und Bernstorff verschwanden lautlos wie der Schatten von der Sonnenuhr. Der Schornstein qualmte schweres Gewölk über das Hinterdeck, Böllerschüsse knallten, der König fuhr ärgerlich nach den Ohren. Dann tanzte der Blick wieder unstet über die Gruppen, die sich in Entfernung hielten. "Wollte ich Ihnen denn sagen …?" sann der König. Das Haar lag ihm dünn und gebleicht an den Schläfen, die Wangen zitterten. "Pourtalès … ja, ja … aber mit seinen dreißigtausend Talern Einkommen, da glaubt er, er kann machen, was er will. Gehorsame Diener brauche ich. Gehorsam!" Er dämpfte die Stimme und wiederholte wie sein eigenes Echo: "Gehorsam!"

Ein Dampfer kam stromaufwärts, dichtgedrängt wuchsen Menschenhecken am Bordrand, dreimal schallte "Hurra", die Flagge am Mast ging dreimal auf und nieder. Der König lief dreimal rund um den schwarzen Schornstein, zuckte die Achseln hoch und schlug mit den Händen hinter sich. Plötzlich blieb er vor Bismarck stehen, zog ihn am Rockknopf herab und sagte geheimnisvoll: "Aber ich werde ihm schon eine Bürste ins Bett stecken." Er kicherte, und seine Blicke flatterten in Bismarcks Gesicht: "Bett stecken."

Bismarck fand, daß des Königs Nerven durch den steten Ärger mit Manteuffel sehr angegriffen waren, und eine heiße Teilnahme trat aus ihm, inniges Hinströmen von Seelenkraft zu diesem König, der sich in kleinen Kämpfen mit einem Getreuen aufrieb. Und er begann ein paar Worte zu sagen, von Manteuffels richtigem Blick und seiner Geschicklichkeit, Preußen zwischen Österreich und Rußland hinzuleiten, von seiner Konsequenz …

Der König hatte sich stramm gemacht, sah den Sprecher klaren Blickes an, schien wirklich wie unter dem Einfluß eines Arztes sich selbst wiedergegeben. Aber er widersprach dennoch. "Konsequenz? Das sagen Sie? Wissen Sie nicht, daß Konsequenz die elendeste aller politischen Tugenden ist?" Sein Blick verschärfte sich, ging tiefer: "Sie sind auch so ein Frondeur. Haben damals auch nicht nach Wien gehen wollen. Wenn Sie wollten, Bismarck? Aber Sie haben keine dreißigtausend Taler Einkommen und können doch nicht gehorchen.

Und dann … auf einmal bekommt Ihre Frau irgendwo in Hinterpommern Husten oder Zahnweh, und Sie reißen mir aus, mitten aus einer Sitzung oder Verhandlung, und wenn Preußen darüber ins Wackeln kommt und der Deutsche Bund zusammenfällt."

So hatte der König immer noch nicht vergessen, daß man einmal das diplomatische Gedrechsel einer Depesche minder wichtig gefunden hatte als die Gesundheit Johannas und daß man königliche Gnade aufs Spiel setzen konnte, um eine fieberheiße Hand zu umfassen. Aber der große Zorn von damals war gutmütig verbrämt, die königliche Laune glich sich diesem Tag an, der auch immer mehr und mehr ins Sonnige geriet. "Wie viele Kinder haben Sie, Bismarck?" fragte Friedrich Wilhelm. "Drei? … Brav! Na - Sie werden Ihre Frau der Königin und der Prinzessin vorstellen wollen. Die Damen kommen dort aus der Kajüte …" Er winkte ab und wandte sich, und sogleich tauchten Hatzfeldt und Bernstorff links und rechts aus dem Hintertreffen hervor und schoben sich dem König an die Seite.

Bismarck holte seine Frau aus der Obhut der Frau von Hatzfeldt, an der Johanna wieder ihr neu aufpoliertes Französisch hatte üben müssen. Die kleine, blankzähnige Französin hatte sie beim Louvre und dem Pantheon und der Notre-Dame-Kirche und allen neunundneunzig Weltwundern von Paris beschworen, doch auch endlich einmal dem Beispiel zu folgen, das der Besuch ihres Gatten in diesem Sommer gegeben hatte. Und Frau Johanna, die mit der leichten und lustigen Pariserin viel in die liebe Sonne hineingelacht hatte, mußte nun rasch die Frankfurter Würde umtun und ernsthaft neben ihrem Mann den königlichen Damen entgegengehen. "Mut!" sagte Bismarck und schloß die plötzlich kaltgewordenen Finger der aufgeregten Novizin in einen zärtlichen Druck.

Die Königin hatte ein leichtes Unwohlsein unter Deck bekämpft; nun kam sie, ein wenig schwerfällig auf ihren gichtischen Beinen, die Treppe hinauf und ließ sich von der Prinzessin stützen und führen. Hofdamen trugen Kissen und Decken nach. Mit enggezogenen Lidern blinzelte die Königin in die Sonne, nieste und sagte klagend: "Es wird ein Schnupfen daraus."

Und dann hob sie das Augenglas an seinem perlmutternen Stiel und besah die junge Frau im schwarzseidenen Kleid, die da einen so hingebungsvollen Hofknicks vollführte, als stehe man nicht auf den Planken eines Rheindampfers, sondern auf dem spiegelblanken Fußboden eines Ballsaales in Potsdam. "Ach ja!" sagte Elisabeth, "Sie sind Frau von Bismarck, nicht wahr? Die Gattin unseres braven Bismarck in Frankfurt? Ja, ja! Ich freue mich, meine Liebe. Nun, wie gefällt es Ihnen in Frankfurt?"

Ein abermaliges heftiges Niesen erschütterte die Königin und rückte den Schnupfen in so bedrohliche Nähe, daß sie sich, ohne erst die Antwort abzuwarten, an die Hofdamen wandte, um sich mit Kissen und Decken zweckmäßig gegen die Wasserkühle zu verschanzen. Sie fand solche Wasserfahrten wenig erfreulich; unter Deck bekam man Kopfschmerzen von Kohlendunst und Speisengeruch, und oben schickte einem der liebe Gott kalte Winde und Widerwärtigkeiten anderer Art.

Tiefes Glück königlicher Gegenwart und Aufmerksamkeit hatte Johanna durchronnen. Langsam richtete sie sich auf, um eine kleine, vor Seligkeit zitternde Antwort zu geben, da hatte ihr die Königin schon den Rücken gekehrt und wirtschaftete in der Nähe des Maschinenraumes, wo es warm aus dem Bauch des Schiffes aufstieg, an einem Liegestuhl herum. Und Johanna war in einen anderen, kalten Blick eingeschlossen, aus dem ein ganzer Winter von Mißvergnügen herüberwehte. Die Prinzessin von Preußen musterte sie langsam und gründlich, von oben bis unten, und wie dieser Blick über die junge Frau hinschnitt, war ihr, als erfriere ihr Glied um Glied. Wie die Fliege von Bernstein war sie von diesem unverhehlten Mißfallen umgeben, und wenn sich auch an ihr nichts verrückte und verdrückte, alles Bewegen und Flügelschlagen war unmöglich geworden. Und die Prinzessin empfand grausame Genugtuung, daß ihr alter Widersacher, dieser Juchtenlederfanatiker und Wodkanbeter, dieser verkappte Moskowiter und Tatar, dabeistehen und die Folterung mitansehen mußte. Knüpfte er nicht immer die bösen Knoten in ihre Gespinste, hatte Herr von Schleinitz nicht recht, wenn er vor ihm als dem gefährlichsten Gegner warnte? Und daß man mit diesem Menschen seit jenem gewissen Frühlingstag im Potsdamer Schloß ein Geheimnis gemein hatte, war unerträglich, so unerträglich, daß man diese Großmut zum Bruch fordern mußte.

Die Prinzessin verstärkte den kalten Hohn ihrer Mundwinkel, nickte der Schuldlosen aus entlegener Höhe einen verwischten Gruß zu und ging an ihr vorüber auf Frau von Hatzfeldt und Frau von Bernstorff zu. Heiterste und wortesprudelnde Liebenswürdigkeit umstrickte die Damen, als habe die Prinzessin nicht zwei königlich preußische Gesandtenfrauen, sondern die Stadtgöttinnen von London und Paris in eigener Person angetroffen.

Bismarck sah, wie sich Johannas Hand unbewußt an den unmütterlich jungen Busen hob, wie sie hilflos um sich schaute. Er stand schwer atmend, unter den dichten Brauen lohten die beiden blauen Sankt-Georgs-Flammen, die geballte Faust sehnte sich nach Lindwürmern oder doch mindestens nach Stuhllehnen, die Planken schienen sich unter ihm zu biegen, daß sich die Schiffsenden in die Höhe krümmten. Wie war das mit der alten Unbill, die dem Geschlecht Bismarck angetan worden war, als man ihm wider Recht und Gesetz die Herrschaft Burgstall genommen hatte ...? Ausreißen! Ausreißen! Wie oft hatte man auf der Mensur gestanden? Ein Spruch ging quer durch alles: Das Wegkraut sollst du stehn lan, hüte dich, sind Stacheln dran ...

Eine Glocke schellte im Bauch des Schiffes.

Ein Schatten schob sich zwischen Bismarck und Johanna, der Prinz von Preußen beugte die hohe Offiziersgestalt vor der geknickten Novizin. "Man läutet zur Tafel", sagte er, "darf ich um die Ehre bitten, Exzellenz zu Tisch führen zu dürfen?" Angstvoll sah Johanna auf, rasch ging ein Blick zu Bismarck, zaghaftes Lächeln dankte dem ritterlichen Prinzen. Dann legte sie den Arm in den seinen und schritt an seiner Seite leicht und anmutig und schmiegsam der Kajüte zu, während das schöne Antlitz Augustas hinter ihnen in maßlosem Erstaunen versteinte.

An dieser Mittagstafel war Bismarck, der sonst bei Tisch wie Öl und Wein zu sein vermochte, eitel Essig und Pfeffer. Er würzte das Tischgespräch so scharf, daß es den Anwesenden manchmal den Atem verschlug, und es machte Bismarck gar nichts, auch allerhöchste Ansichten so anzurichten, daß sie ganz und gar ungenießbar wurden. Wenn es die Prinzessin darauf abgesehen hatte, Biegen oder Brechen zur Entscheidung zu bringen, so schien Bismarck darin mit ihr eines

Sinnes, und es war, als sei ihm gar nichts daran gelegen, wenn es nicht mit dem Biegen ausginge.

In diesem Sommer war Paris wieder einmal als Mittelpunkt der Welt in Flammen gestanden. Die große Industrieausstellung hatte alles angezogen, was Geld besaß und neugierig war zu sehen, wie man es auf pariserisch loswerden könne. Augusta pries zu Frau von Hatzfeldt in hohen Tönen diese Lebendigkeit Frankreichs und seine Kraft, während eines Krieges ein solches Unternehmen auszubauen und so vollkommen durchzuführen. An ganz Frankreich sei nur eines zu beklagen, und das sei die Unverschämtheit dieses Emporkömmlings Louis Napoleon, dessen Kaisermaskerade einen Fleck auf das glänzende Schild Frankreichs geworfen habe.

Bismarck mischte sich ein, er habe den Kaiser während seines Pariser Aufenthaltes kennengelernt, und er müsse sagen, daß er ihn für einen der klügsten und denkfähigsten Souveräne Europas halten müsse.

Ja, es sei viel bemerkt worden, sagte die Prinzessin rasch, daß Herr von Bismarck sich in lange und offenbar gewichtige Unterredungen mit diesem absonderlichen Potentaten eingelassen habe. Daran könne er nun nichts finden, entgegnete der Gesandte, wenn er um des Vorteils seines Landes willen mit einem von Preußen doch seines Wissens anerkannten Souverän in nähere Verbindung getreten sei.

Die Königin machte sich ganz steif: Souverän? Souverän? Woher denn dieser Souverän seine Legitimität bezogen habe? Es gäbe ihrer Meinung nach nur Könige und Kaiser von Gottes Gnaden. Alles andere sei schwindelhaft und gegen die Weltordnung.

Aber Bismarck war keineswegs geneigt, die Schärfe seiner Würzen zu lindern. "Irgendwann und irgendwo wurzelt jede Legitimität in der Revolution. In irgendeiner Art von Revolution, das ist in einer Empörung gegen Bestehendes. Das kann eine Empörung im Erdgeschoß oder eine solche in einem oberen Stockwerk des Staatsgebäudes sein. Es gibt keine Regierung, die nicht in der Revolution ihren Anfang genommen hätte. Und Königliche Hoheit dürfen nicht daran zweifeln, daß, wenn es den Demokraten vor einigen Jahren gelungen wäre, etliche Throne hinwegzufegen, die neuen Regierungen von den übriggebliebenen heute durchaus anerkannt wären."

Immer mehr Lippen an der königlichen Tafel wurden dünn und stumm, immer mehr Augen hoben sich nicht mehr von den Tellern, immer angstvoller flog Johannas Herz, und als die Königin nach einem dreimaligen Niesen mit der Tafel zugleich auch das streitbare Tischgespräch beendete, war allen erheblich wohler zumute.

In Remagen erbat Bismarck vom König die Erlaubnis, nach Frankfurt zurückkehren zu dürfen, da dringende Bundesgeschäfte seine Anwesenheit erforderlich machten. -

Die Kopfpolster des Gasthofbettes, in dem Johanna zur Ruhe gegangen war, wurden in dieser Nacht sehr tränennaß, und Bismarck hatte bis in den jungen Tag hinein zu trösten, daß doch alles nur auf höfische Art zugegangen sei und daß man dieses natürliche Auf und Ab allerhöchster Gunst als ein Naturereignis nicht schwer nehmen dürfe und nicht anders anzusehen habe als den Wechsel von Regen und Sonnenschein unter Gottes Himmel. Durch diesen Hinweis auf das Kapitel der unerforschlichen Ratschlüsse fand Johanna ihr enttäuschtes, königstreues Herz beruhigt und schlief ein wie ein verweintes Kind. Bismarck aber wachte noch länger und überließ sich dem Dunkel des Unbewußtseins erst, als er gewiß war, daß dort, wo er des Prinzen Für und Wider in sich aufzeichnete, mit Gold und Feuer ein unvergeßlicher Dank eingetragen sei.

10

Bei den Kassuben in Hinterpommern war die Welt schon weitläufig genug, und wer anderswo für seine Ellenbogen und die Beine seines Gaules keinen Platz hatte, der brauchte ihnen dort wenig Gewalt anzutun.

Aber das heilige Rußland übertraf diese Geräumigkeit noch um ein beträchtliches. Es zerfloß nach allen Seiten in Wälder, Sümpfe und Ackerbreiten, und je mehr Meilen die kleinen Pferdchen mit ihren Hufen zerschlugen, desto mehr wuchsen vor dem Wagen aus dem Boden. Selbst wenn man königlich preußischer Gesandter war und nicht bloß von Amts wegen, sondern auch im Herzen durchdrungen von der Größe Preußens, so kam dieses einem, je weiter man ins Russische hineingeriet, desto armseliger und unbedeutender vor. Es verschwand nicht bloß hinter der Krümmung des Erdballes, sondern auch sozusagen unter dem geistigen Horizont, und schließlich schien Rußland nichts als ein ungeheurer Bauch, der sich mit lauter Quadratmeilen bis zum Zerplatzen angestopft hatte, während alle übrigen Länder und Völker, das großartige Albion mit eingeschlossen, nur als verkümmerte Gliedmaßen und wedelnde Schwänzlein daransaßen.

Bisweilen war überhaupt nichts als lauter Gegend vorhanden, ganz tief im Schnee, daß man die Wälder kaum von den Feldern und Sümpfen zu unterscheiden vermochte, mit einzelnen Stationen mitten darin, so selten wie Rosinen im Armeleutekuchen. Die Pferdchen taten ihr Bestes, um den Wagen mit dem königlich preußischen Gesandten Otto von Bismarck und seinem Begleiter Klüber von einer Station zur anderen zu bringen. Der Kutscher brüllte, der Vorreiter brüllte, und die Konniky legten sich ins Geschirr; aber was half das alles, wenn den Wegen der heilige Therasius zum Schutzpatron gegeben war, als welcher zur Pilgerfahrt von Byzanz nach Jerusalem siebzehn Jahre und drei Monate gebraucht hatte. Sie gefielen sich in einer Musterkarte von Schneeverwehungen, von Warmwasserlöchern, von Glatteis. Es war, als solle dem neuen preußischen Gesandten in Petersburg schon zwischen Königsberg und Pfkow alles vorgeführt werden, was ein richtiger russischer Winter auf richtigen russischen Wegen an Naturereignissen zu veranstalten imstande sei. Es ging immer hart am Umschmeißen hin, der schmale, hochgepackte Postwagen schwankte in den tiefen Gleisen herum und schien nur deshalb nicht umzufallen, weil er immer auf ein noch übleres Loch wartete, in dem Reisende und Gepäck so recht mit Wollust kurz und klein gedroschen werden könnten. Bisweilen trat ein Pferd auf einer schadhaften Brücke in einen morschen Spalt, dann wieder kollerte das ganze Gespann einen vereisten Abhang hinunter, und die Pferdchen lagen zu acht auf einem Haufen, kläglich ineinandergewirrt und ins Geschirr verstrickt, daß Bismarck recht lebhaft an das Taxissche Palais zu Frankfurt erinnert war.

Er hatte die qualvolle Enge im Innern des Wagens mit dem freieren Platz neben dem Kutscher vertauscht. Da schnitt ihm freilich die Kälte unmittelbar ins Gesicht und zersprengte ihm die

Wangen, daß sich Fetzen von ihnen lösten, als müsse er für seinen neuen Dienst durchaus aus seiner alten Haut heraus- und in eine neue hineinfahren. Er saß so hoch, daß er die buntfarbig geringelten kaiserlich russischen Schlagbäume ganz nahe über seiner Pelzmütze sah, als solle er bei jedem Straßenwärterhaus geköpft werden, und wenn sie durch Wald fuhren, dann schlug ein jeder tiefere Fichtenast nach ihm und warf seine Winterlast in den Wagen, daß Bismarck immer in minutenlangem Schneegestöber saß.

Die Kutscher wechselten, aber Bismarck mußte ausharren, die blauen und weißen Tage und die schwarzen und weißen Nächte, in denen der Schlaf immer nur ein kurzes Versinken ins Leere zwischen je einem heftigen Aufschrecken war, das die müden Sinne wieder auf Wache jagte. In den Nächten flimmerten die Sterne, als wollten sie sich vom Firmament lösen, die Sonne ging im russischen Stil auf, schnapsrot und gedunsen, und erst, wenn sie ein wenig im kalten Morgen gestanden hatte, wurde sie wieder klar und nüchtern wie in Deutschland.

Bismarck ließ es gern geschehen, daß seine Gedanken auslüfteten und ausfroren. Sie waren nach dem Abschied nicht allzu springetoll und übermütig gewesen, Herz- und Heimweh warf Schatten über sie, und Fragezeichen wuchsen allerorten, ob es denn wirklich nötig sei, sich nach Petersburg schicken zu lassen. Neue Räder waren in die Staatsmaschine eingefügt worden, die saßen scharf in den Achsen, knirschten und knarrten und schliffen. Den König hatte seine Krankheit ins Ausgedinge gewiesen, und mit ihm war Fra Diavolo gesunken, der sich ehrlich und getreu bis zuletzt mit ihm gebalgt und gebüschelt hatte. Der Prinz von Preußen war erster Diener des Staates, als Regent zuvörderst, und neue Männer, die man zu wenig kannte, saßen am Ministertisch. Man wußte nicht, ob die Petersburger Sendung die Auszeichnung sei, als die sie angepriesen wurde, oder ob sie in einem mißgestimmten Frauenkopf ersonnen worden war und man in der Verbannung kaltgestellt werden sollte. Da hatte man sich in acht Frankfurter Jahren in das Leben dort eingefügt und das Labyrinth gründlich kennengelernt; man kannte alle freimaurerischen Bundesgebräuche und Losungsworte, und wenn einem jemand bei einer Vordertür entkommen war, so konnte man ihn bei der Hintertür erwarten, durch die er wieder auftreten mußte. Nun war Bundesastrologie und Frankfurter Kabbala und Nekromantik für die Katze, und man konnte auf russisch von vorn anfangen. Es war ein magerer Freundestrost, wenn der neue Kriegsminister Roon gemeint hatte, man werde Bismarck schon auch in Petersburg nicht aus den Augen verlieren, und wenn der Champagner was taugen solle, so müsse er vorher kalt gestellt werden.

Als Bismarck über die preußische Grenze getreten war, da war eine dichte Wolke von Traurigkeit in ihn gesunken. In der war alles das darin, Enttäuschung über vergebliche Mühe und ein leiser Schmerz wie von erlittenem Undank. Aber noch mehr war darin, außer diesen geordneten und erfaßbaren Gedanken und Gefühlen: etwas Schwebendes und Unnennbares, Hauch einer Ahnung, Schauer innerer Kälte, als strecke sich eine graue Faust aus der russischen Unendlichkeit, als warte hinter diesen Werstpfählen ein verhüllter Schrecken. Man hatte, unter Brüdern gerechnet, mehr als die Hälfte des Lebens hinter sich, nun ging es abwärts bis zum Schönhausener Gewölbe, wo schon die Würmer warteten. Dieses Dasein war wie ein geschicktes Zahnausziehen. Man glaubt, das Richtige komme erst, und da macht der Zahnarzt schon mit dem Zahn in der Zange seine Verbeugung: es ist vorbei. Hatte nicht Johanna recht: Warum warf man den ganzen Plunder von Dienst samt allen Drückereien und Scherereien nicht fort und fing auf dem eigenen Grund und Boden das eigentliche Leben an, sich, den Seinen und ein paar guten Freunden zuliebe.

Das wehte wie ein kalter Schauer von Angst um unwiederbringlich Verlorenes aus den russischen Einöden, wie ein erster Hauch aus dem Rachen des Todes, und Bismarck war froh, daß die Kälte in seinen Knochen dagegen ankämpfte und der Winterwind und der Anblick der dampfenden Pferdchen vor dem Wagen.

Sie kamen nach Ägypten, das aber nicht am Nil gelegen war, sondern in der Nähe der Düna, und wo man nicht durch Wüstensand fuhr, sondern durch Schneewehen, bis die Konniky nicht mehr konnten und man in einer Station zur Nacht bleiben mußte, die man zu überflügeln gehofft hatte. Der verschneite Wald war eng um das Blockhaus gestellt; ein anderer Wagen hatte sich vor der Tür so breit gemacht, daß Bismarcks zwei Fuhrwerke kaum auffahren konnten. Bismarck sprang ab und ging, seinen erstarrten Beinen zu Gefallen, einen schmal ausgetretenen Waldpfad ins unbekannte Dunkel. Aber er war noch gar nicht weit gekommen, da erhob sich in seinem Rücken ein Lärm, als seien sämtliche Werwölfe Kurlands und Livlands miteinander ins Raufen geraten. Eine gesunde und fröhliche Balgerei war Bismarck seit jeher ein nicht unwillkommenes Schauspiel gewesen, weil er annahm, es wirkten sich in ihr Kräfte aus, die sonst anders gefährlicher ins Handeln geleitet würden. Wenn es nicht bis zum Messer kam, sondern bei Beulen und blauen Flecken blieb, so war es wohlgetan, solchen Überschüssen freie Bahn zu geben. Er ließ also sein Weglein allein weiter in die Winternacht laufen, wandte sich zurück und sah, daß sein Kutscher sich mit einem Fremden am Kragen hatte und daß sie aufeinander losbrüllten, als sollte man auf dem Newski-Prospekt darüber entscheiden, wer recht habe. Das Wörterbuchrussisch reichte eben hin, um zu verstehen, daß es um Unterkunft, Pferdefutter und Vorspann für morgen ging, die man einander streitig machte. In ihren dicken Pelzen sahen die beiden Kutscher aus, als seien sie zwei Knechte Ruprecht, die über dem Weihnachtssack uneinig geworden waren. Obzwar sie einander immer noch mit Väterchen und Bruderherz anredeten, ließ die Höhe des Tones keinen Zweifel darüber, daß das Handgemenge nicht mehr weit sei.

Während Bismarck diese Entwicklung lächelnd abwartete, sprang ein Herr in einem Zobelpelz über die Stufen des Blockhauses herab, schwang eine Reitpeitsche kurz auf und hieb einen Jagdhieb über die Schultern des königlich preußischen Gesandtenkutschers. Als er aber zum zweitenmal aufziehen wollte, war sein Handgelenk plötzlich in der Luft festgenagelt, eine Faust lag eisern darum, und ein Gesicht wuchs gegen das seine: "Entschuldigen Sie, das ist *mein* Kutscher!" sagte Bismarck.

Das war freilich eine Empörung gegen die russische Weltordnung, daß jemand einen Fürsten Suworow verhindern wollte, von seiner Peitsche den von Gott gewollten Gebrauch zu machen. "Herr, wer sind Sie?" brüllte der Fürst, indem er sich bemühte, sein Handgelenk aus der Klammer zu reißen; aber da stürzte der Postmeister aus dem Stall herbei, bekreuzte sich schreckensbleich und vermittelte nach hüben und drüben die Bekanntschaft zwischen dem russischen Fürsten und dem *pruski poslamik*. Und da war es freilich nichts damit, daß die Herren etwa fortsetzten, was die Kutscher so schön eingeleitet hatten; der Fürst breitete die Arme aus und zog den Gesandten hinein und beförderte ihn sogleich vom Widersacher zum Gastfreund. "Alles gehört Ihnen", versicherte der Fürst, und während seine Diener durch das Haus trampelten und auf dem Herd ein Braten und Backen aus den Vorräten des Fürsten anhob, als sei die Einkehr des verlorenen Sohnes zu feiern, schafften die Kutscher draußen alle Streitfragen hinsichtlich Unterkunft und Pferdefutter und Vorspann bei einer Flasche Wodka einträchtlich aus der Welt.

Es wurde gemütlich, der Samowar summte auf dem Tisch russische Nationalweisen, man streckte zu dritt die verfrorenen Beine unter die von unzähligen Fahrgästen in langweiligen Wartestunden zerschnitzelte Platte. Der Fürst wurde nicht müde zu versichern, daß man in Petersburg vor Freude ganz außer sich sei, gerade Herrn von Bismarck an die Newa zu bekommen. Man wisse ihn und seine gute Gesinnung zu schätzen, und er beglückwünsche sich selbst dazu, daß er ihn als erster begrüßen dürfe. Ihre Kaiserliche Hoheit, die Kaiserinmutter, die ja eine Tochter der großen Preußenkönigin Luise sei, könne ihn kaum erwarten, indes vergehe kein Tag, an dem der Kaiser selbst nicht von Bismarck spreche. Der Inhaber eines Hutladens auf dem Newski-Prospekt sei sogar vor kurzem bei der Polizei darum eingeschritten, seine neueste Sommerschöpfung Bismarck-Hut nennen zu dürfen; aber die Polizei habe das Gesuch nicht eher bescheiden wollen, als bis man wisse, ob es Seiner Exzellenz genehm sei, seinen Namen an eine Mode geheftet zu sehen.

Bismarck teilte alles das in zwei Hälften und rechnete die eine der Wahrheit, die andere der russischen Liebenswürdigkeit zu, und über alles das war der Samowar abgetragen worden, und auf das heiße Zeitalter folgte für den Magen das kalte. Man brachte einige Flaschen Sekt, die sich draußen im Schnee sehr rasch das russische Winterklima geholt hatten, und nun erwies es sich, daß dem Fürsten Suworow nicht ohne Nutzen vier Heidelberger Semester in seine Jugend gepflanzt worden waren.

Es ging mit Prosit und Ex wie auf der Kneipe in einem Bierdorf, nur daß anstatt eines dünnen und saueren Bieres der feurige Franzose da war, der die Geister um soviel schneller umzutreiben begann. Alte Hannoveranertage flammten vor Bismarck, rot, blau und gold, klingende Jugendtollheit, und er besann sich, daß es unter keinen Umständen anging, sich von diesem ehemaligen Heidelberger Badenser unter des Postmeisters wackeligen Tisch trinken zu lassen.

Der Fürst war auf ein Gespräch verfallen, das außergewöhnlich peinlich war. Er sprach vom russischen Zorn gegen Österreich und daß dieses durchaus zerschlagen werden müsse. Ob die Welt jemals einen solchen Undank erlebt habe wie Rußland von Österreich? Hätten ihm die Russen nicht in seiner größten Not beigestanden, indem sie ihre Armee nach Ungarn geschickt und die Revolution niedergeworfen hätten? Und zum Dank habe Österreich mit Rußlands Feinden während des Krimkrieges gemeinsame Sache gemacht. Noch jetzt weine die Kaiserinmutter jeden Tag bei diesem Gedanken, und der Kaiser Nikolaus sei sicher darüber an gebrochenem Herzen gestorben. Über diese Dinge wurde der Fürst so gerührt, daß ihm selbst die Tränen über die Wangen liefen und er schluchzend sein Glas leerte, worauf er infolge dieser Mischung von Seelenschmerz und Sekt den Schluckauf bekam und sich für einige Minuten mit aufgehobenem linken Bein und vorgestrecktem rechten Arm an die Wand stellen mußte.

Bismarck sah der Petersburger Gesellschaft und der russischen Politik in die Falten, aber er wollte das böse Gespräch nicht fortsetzen und drängte es sachte nach Heidelberg und Göttingen, zu Mensuren, Kommersen und Bierulken in Stadt und Land. Noch einmal wechselte das Magenklima, der Sekt war zu Ende, und Fürst Suworow ließ ihm, nachdem er seinem Haushofmeister heftige Vorwürfe an den Kopf geworfen hatte, daß er sich nicht reichlicher versehen habe, eine kleine Schnapsorgel folgen. Schmale und dicke Pfeifen, bauchige und schlanke Flaschen, braune, weiße und grüne Schnäpse mit hellen und tiefen Stimmen, auf denen der Fürst mit etwas locker gewordener Hand seine Akkorde griff.

Mit Entsetzen sah der biedere Klüber, wie dieses freundschaftliche Gefecht immer tiefer in die Winternacht hineinging, und mit

Bewunderung stellte er fest, daß sich der Sieg immer mehr auf Seite Preußens neigte. So mochten die alten Sachsen auf ihren Metbänken gesessen haben, wie Bismarck dasaß, eine Zigarre nach der anderen ansteckend, und wie er immer gelassener sprach, je verworrener der Fürst seine Worte torkeln ließ. Und während Bismarck so bewies, daß bei gleichem Aufwuchs auf Deutschlands hohen Schulen das altmärkische Holz immer noch knorriger sei als das sarmatische, plagte sich Klüber mit dem höchst beunruhigenden Gedanken, ob es etwa in Petersburg zu den diplomatischen Obliegenheiten gehöre, sich mit den russischen Fürsten in solche Choräle auf der Schnapsorgel einzulassen. Drei Schlafstunden beendeten sodann diese Nacht. Der Fürst lag noch in sein verschwitztes Bettzeug hineingewirrt, als Bismarck schon in den Morgen trat. Die Bäume standen noch tiefer gebeugt unter neuer Schneelast, die diese Nacht über sie geworfen hatte. Föhrenstämme brannten rot im rosenfarbenen Schnee. Bismarck wölbte die Brust und trank die kalte, klare Winterwelt in sich; er sah sich um, packte einen schweren Hackklotz, auf dem des Postmeisters Iwan eben das Futter für den großen Ofen zerkleinert hatte, suchte ihm einen Augenblick mit winklig angezogenem Arm Halt und Gleichgewicht zu geben und stemmte ihn dann in großem Schwung durch die Luft. Der Hackklotz versank zu Füßen der mächtigen Buche in einer Schneewehe; Iwan entfiel das Holzbeil, die vier Kosaken des Fürsten Suworow grinsten vor Hochachtung.

Oh, man war also noch zu Dummheiten fähig, man konnte sich noch auf bacchische Gefechte einlassen, man war also noch nicht zu alt, um ganz neue Menschen und Verhältnisse zu erobern, und man brauchte sich keineswegs von heimwehbangen Ahnungen und einödenfinsteren Todesgedanken einschüchtern zu lassen!

11

Die Ahnungen hatten aber dennoch recht bekommen sollen, der Tod hatte nach diesem starken und frohen Leben die knöcherne Hand ausgestreckt.

Sah zwar ganz harmlos aus der Tod, indem er in der Gestalt des Doktors Walz auftrat, des deutschen Arztes, der in Petersburg viel Ansehen genoß, über alle Kinderspitäler gesetzt war und sogar von Großfürstinnen empfohlen wurde, und er stellte die Sache auch ganz harmlos an, um dem knorrigen Altmärker beizukommen. Es wurde bloß ein kleines Pflästerchen in die Kniekehle gelegt, um die letzten Launen eines Rheumatismus auszutreiben, und niemand konnte auf den Gedanken kommen, daß es mit Gift und Grab gesalbt sei. Sowie der Tod aber einmal mit seinem Lemurenpflaster an Bismarcks Haut gekommen war, biß er sich ein und fraß sich ins Fleisch, mit Eiter und Schwären, verpestete Arterien und Venen und trachtete ihn an die Knochen zu fassen. Wie Hiob und wie Lazarus wurde er gequält, floh vor dem Tod in die Heimat, nach Berlin, nach Wiesbaden, nach Nauheim, und da schien es endlich, als sei der alte Bismarck wiedererstanden.

Kaum hatte er in sich einen Abglanz seines früheren Wesens gefunden, da trieb es ihn wieder in den Dienst nach Petersburg zurück. Aber der Tod hatte ihn bloß an langer Leine laufen lassen, und eben, da er sich im Gesunden glaubte, schlug die knöcherne Tatze nach ihm und warf ihn nieder.

Bei Belows auf Hohendorf hatten sich Sorge und Fieber einquartiert, und auf dem Dach saß der Tod, schlenkerte mit den Beinen und heulte bisweilen auf ostpreußisch in den Schornstein hinein. Aus Fensterladenritzen stach trauriges Krankenzimmerlicht in den nächtlichen Hof.

Flüsternd standen die beiden Frauen an der Tür. "Er hat gesagt", wiederholte Frau von Below, "es sei eine Vereiterung der Lunge eingetreten ... den lateinischen Namen habe ich nicht behalten."

"Und ... und", drängte Frau Johanna. Ihre Augen baten um Wahrheit.

"Bei Ihres Mannes starker Natur ... es wird gut ausgehen." Ein ganz leises Zucken der Augenlider entging der angstvollen Frau nicht, mißtrauisch befürchtete sie Lügen des Mitleids. Morgen wollte sie selbst den Arzt beschwören.

"Schonen Sie sich", bat Frau von Below, "lassen Sie die Wärterin wachen."

Ihre Hand wurde gefaßt: "Sie Gute, Sie Gute! Wie soll ich Ihnen das danken? Gibt es so was auf der Welt, dann ist viel Sünde und Schlechtigkeit wettgemacht, und Gott hat auf lange keinen Grund, die

Menschheit zu vertilgen. Das Unglück wirft Ihnen einen Kranken ins Haus, und Sie nehmen sich unser an, als seien wir Ihre Geschwister ..."

Eine trockene, rauhe Stimme kam hinter dem dunkelblauen Bettvorhang wie auf Krücken hervor: "Ich weiß, er soll mir nichts weismachen. Es kommt aus der zerstörten Vene ... ein Eiterklumpen ist durch den Blutkreislauf in die Lunge gekommen ... das ist es ... das Walzsche Pflaster frißt weiter."

Johanna vergaß Gott und die Welt und eilte ans Bett. Bismarck lag wach, fingerte mit heißen Händen auf der Decke. Die Lippen waren zersprungen, die tiefblauen Augen lagen wie in weißen glanzlosen Schaum gebettet. Er warf den Kopf von links nach rechts: "Ich möchte mein Testament machen, Name ... einen Vormund muß ich bestellen über unsere drei Würmer ... aber der Staat soll mir nicht dreinreden dürfen. Ich pfeife auf die gesetzliche Vormundschaft. Schönhausen behälst du ..."

"Otto ... morgen ... morgen. Es ist nicht nötig! Aber wenn du willst, sollst du morgen angeben dürfen, was du ... ach Gott, jetzt ist es Nacht. Aber es hat doch keine Gefahr, Liebster ..."

"Jetzt ist es Nacht!" wiederholte Bismarck, "jetzt ist es Nacht." Die Lippen klafften, der Atem pfiff wieder, und jeder Zug schien tief drinnen schwere Klumpen Eiter zu heben, langsam drehten sich die Augäpfel dem oberen Lid zu. "Selbstgerecht", flüsterte er geheimnisvoll, "selbstgerecht. Was soll denn das heißen? Sie sagen: ‚selbstgerecht', gnädige Frau? Muß man nicht Grundsätze haben, gnädige Frau? In der Politik muß man ja leider die Grundsätze bisweilen zum Teufel jagen ... aber die Gesellschaft kann ohne Grundsätze nicht bestehen. Hilft Ihr Mann nicht der österreichischen Post bei der Öffnung verdächtiger Briefe? Nun also ...?"

Da war das Fieber wieder, und in seinem krausen Spiegel tanzte die Frankfurter Zeit. "Es ist sehr schade, daß Sie gestorben sind, gnädige Frau! Sehr schade. Wir haben Sie alle liebgehabt, alle, auch meine Frau hat Sie liebgehabt. Sie dürfen nicht glauben, daß sie etwa eifersüchtig gewesen ist. O nein. Meine Frau ist kein Zoon politikon ... aber Sie ... Sie ... manchmal waren Sie Malwine und manchmal Frau von Stael. Sehr schade, sehr schade, daß Sie gestorben sind. Um so schöner von Ihnen, daß Sie mich hier besuchen ... wenn ich auch selbstgerecht bin ... ich, ich ...", undeutliches Gemurmel quoll aus den jetzt wieder zusammengekniffenen Lippen.

Johanna erhob sich lautlos, wechselte den Umschlag auf Bismarcks Brust, schwer lag ihr der heiße Körper in den Armen. Dann schob sie das Nachtlicht hinter den grünen Schirm, auf der Decke tanzte ein heller Kreis, Johannas Schatten war lang und schmal; nur von ihrer Hand, die an der Lampe schraubte, sank ein schwerer Klotz von Dunkelheit hinter das Bett. Ein unruhiger Griff zerrte am blauen Vorhang.

"Das mußt du sehen ... alle Türme haben oben große Zwiebeln. Riesenzwiebeln, Johanna, in Rot und Grün und Blau und vor allem in Gold. Gold, man glaubt, die Sonne ist auf die Türme genagelt. Solche Zwiebeln wachsen sonst nirgends ... Bellin würde schauen, wenn in unserem Gemüsegarten plötzlich solche Zwiebeln wachsen ... Napoleon ... die Stadt ist ganz groß, vom Brand merkt kein Mensch etwas ..."

Russische Bilder hatten Frankfurt verdrängt, dieses unheimliche Rußland mit seiner Pracht und seinem Elend nahm die Fiebergedanken ihres Gatten fort. Johanna fuhr auf, eine warme, feuchte Berührung ihrer herabhängenden Hand überraschte sie. Einer der Belowschen Jagdhunde, der bisher unbeachtet zusammengeringelt hinter dem Ofen gelegen hatte, war erwacht und hervorgekommen. Er stand neben ihr, stieß die Schnauze in ihre Handfläche und sah vertraulich zu ihr hinauf. Sie faßte ihn am Halsband und wollte ihn aus dem Zimmer ziehen. Er sträubte sich, und unter seinen gespreizten Beinen schob sich der Teppich in Falten. Da ließ sie ihn, war er doch ein Atmendes, ein Geschöpf Gottes, das Lebenskraft besaß und von dem vielleicht etwas Heilsames auf diesen Fiebernden überging.

"Jawohl, Exzellenz", sagte der Kranke laut, "jawohl, Exzellenz. Wir wollen eine andere Chiffre wählen ... ja, Chiffren welken auch und sterben ab wie Diplomaten. Man muß bisweilen andere pflanzen. Es ist mir lieb zu wissen, daß die kaiserlich russische Regierung unsere alte Chiffre kennt. Reißen wir sie aus, legen wir sie aufs politische Mistbeet. Was aber Österreich anlangt ... Graf Szachunyi tut mir leid, er ist ein netter Mensch ...", ein leeres Plappern erschreckte Johanna, "Österreich ist Bundesstaat ... bitte,

bitte, bitte, unsere Stellung, ja unsere Stellung, ich kann solche Äußerungen Ihres Mißfallens nicht zur Kenntnis nehmen ...", immer rascher haspelten die Worte ab, "unser Handel mit Österreich ist unsere Angelegenheit, deutsche Angelegenheit, Bundesangelegenheit, geht uns allein an, schreiben Sie: kann nicht zur Kenntnis nehmen, werden uns niemals bereitfinden, was auch Frankreich beginnen mag ..."

Heftiges Röcheln schwoll zu krampfhaftem Husten an, Luftnot färbte Bismarcks Gesicht blau, Schweiß quoll aus allen Poren. Johanna stützte rasch den Oberkörper des Mannes, führte ihm das Taschentuch an die Lippen, ein schwerer Schleimklumpen brach aus dem Mund. Jetzt lag er wieder erschöpft hingesunken, kaum ging der Atem, die Wangen hatten die Farbe des Bettleinens.

Der Hund ging mit leisen Tritten durchs Zimmer und blieb schnuppernd am Fenster stehen. Durch den Schornstein kam ein heftiges Heulen herab, das Nachtlicht flackerte hinter dem grünen Schirm. Frau Johanna trat neben dem Hund ans Fenster, legte ihm die Hand auf den warmen Kopf, fühlte den Schädelknochen unter der beweglichen Haut. Darin waren Mensch und Tier gleich, sie trugen das Bild des Todes unter ihrem Fleisch, heißes Blut umspülte für eine Spanne Zeit das knöcherne Gerüst. Irgendwo, tief in der dunkeln Welt, schliefen drei Kinder in ihren Bettchen, die morgen vielleicht schon Waisen waren. Sie fühlte es, daß diese Nacht die Entscheidung auf schwarzen Flügeln trug.

Hell zinkte die Uhr zehnmal auf der braungebeizten Kommode. Knistern von Leinen und Ächzen der Bettfedern riß Frau Johanna herum. Der Kranke hatte die Beine unter der Decke vorgeschoben und war im Begriff, auf den Teppich zu treten. "Königliche Hoheit", sagte er mit klappernden Zähnen, "ich bin da. Ich bin bereit zu allem. Ich werde Sie nie verlassen. Immer in Ihrer Schuld."

Eilig drängte ihn Johanna unter die Decke, schob das zerwühlte Kissen zurecht, legte einen neuen Umschlag auf. Die Kälte des Wassers schien das Bewußtsein aus dem Wirbel des Fiebers zurückgerufen zu haben, die Augensterne sanken in den Spalt der verschwollenen Lider, ein sehender Blick erkannte Johanna. "Wie gut du bist", murmelte Bismarck, "wie gut! Und immer bei mir, wenn ich dich brauche." Seine Finger verbrannten die ihren fast: "Ich habe immer an dich gedacht, immer und überall."

Es war eine Weile ganz still, irgendwo fern im Haus schlug ein Fensterladen heftig gegen die Wand, ein Hund bellte auf, mit knurrendem Laut antwortete der Freund im Zimmer. Bismarck lag mit geschlossenen Augen, in seinen Lungen gurgelte der Eiter. Er legte den Kopf nach links und wandte ihn dann nach rechts, als wolle er die Wangen auf den Kissen kühlen. Und nun wurde aus dieser Wendung eine regelmäßige Bewegung, die furchtbar anzusehen war, ein unablässiges Pendeln, als hänge dieser arme glühende Kopf an einer Uhr des Todes, als treibe er selbst unaufhaltsam den Zeiger weiter.

‚Gott, gib mir Kraft, das zu ertragen!' rang Johanna. Sie versuchte den pendelnden Kopf zur Ruhe zu bringen; aber es war, als werde er von einer starken Feder geschnellt, seine Bewegung riß ihre segnenden und begütigenden Hände mit. Und dazu rann es ihm jetzt wieder stoßweise vom Mund: "Ich muß einen größeren Schreibtisch haben ... ein Zylinderbüro wie deines ... Troubetzkoi und Suworow richten sich mit Nußbaummöbeln ein ... alle richten sich mit Nußbaummöbeln ein ... wie verrückt sind sie mit Nußbaummöbeln ...", er kicherte, und Schaum flockte dabei vor seinen Lippen, "wir können verkaufen, wenn wir wollen ... der Transport kostet dreißig Kreuzer der Kubikfuß ... aber die Likörflaschen sind zerschlagen, Johanna, der ganze Nordhäuser fließt unten durch die Kisten ..." Sein Gesicht verzog sich in Ärger, der Kopf blieb zur Linken gewandt auf dem Kissen liegen, Speichel floß zwischen den Zähnen in zähem Fluß hervor: "Wenn das Eis der Newa wieder trägt", murmelte er, "dann pflanzen wir Straßenlaternen und Turmzwiebeln, Bellin!"

"Mein Gott, mein Gott", stöhnte Johanna, "was ist der Mensch? Wie stand er vor dir, aufrecht und stark, mein Gott, vielleicht zu aufrecht; aber mußte er darum so furchtbar niedergeschmettert werden? Oh, Allerbarmer, sieh nicht unsere Schwächen an, sieh auf sein Herz, das ist gut und rein."

Es war, als wären Johannas Gedanken wie lautere Engel durch die Fieberglut bis an die Seele des Mannes gedrungen. Sprach er nicht Bibelworte vor sich hin? "Es ist alles nur Heuchelei und

Gaukelspiel der Zeit … was Preußen und Österreich? … Völker und Menschen, Torheit und Weisheit, Krieg und Frieden, sie kommen und gehen wie Wasserwogen, und das Meer bleibt. Gott allein ist die Ehre und die Herrlichkeit … Wenn die Maske von Fleisch fällt, dann wird zwischen einem Preußen und einem Österreicher eine große Ähnlichkeit eintreten."

Johanna preßte die Hände an die Ohren, ging fassungslos auf und nieder, erschrak plötzlich vor einem weißen Gesicht, das war sie selbst, die aus dem Spiegel sah. Dann schämte sie sich ihrer Feigheit und nahm das Hören wieder auf sich. Halb elf klinkte die Uhr. Johanna träufelte Medizin auf einen Löffel. Der Kranke öffnete den Mund, aber plötzlich schnappte er zu und packte den Löffel mit starkem Gebiß. Die Medizin rann auf das Hemd, der silberne Stiel ragte aus den gefletschten Zähnen und bebte leise.

Jetzt war es mit Johannas Mut zu Ende; sie lief zur Tür und faßte das Klingelband. Aber sie besann sich; nein, kein Fremder sollte an dieses Bett kommen, niemand konnte helfen als Gott, und Gott nur durch sie. Ihre Kraft und ihr Gebet umgaben den Geliebten, jeder fremde Atem legte Breschen in diesen Wall.

Aus Bismarcks Mund klirrte der Löffel zu Boden. Der Fiebernde stöhnte, sein Flüstern ging schneidend durchs Zimmer. "Was ist Wahrheit? … Ja, Sie haben recht, Gerlach, ich frage wie Pilatus … Was ist Wahrheit? … Hat die Wahrheit zwei Gesichter? … Oh, es ist ein Schmerz … Ich weiß, sie kann es nicht verwinden … Die Politik verdirbt den Charakter … Bin ich selbstgerecht? Ich weiß es doch … kann man mit der Wahrheit durch die Welt? … Man zeige mir einen anderen Weg, und ich will ihn gehen … zeige mir einen anderen Weg, Johanna …"

Seine Fieberranken griffen nach ihr, umklammerten ihren Namen, selbst in diesen Nachtgärten des Grauens leuchtete er von Zärtlichkeit. "Nie mehr, o Gott", betete sie, "will ich an ihm zweifeln. Er soll seinen Weg gehen, was verstehe ich von seinem Weg, ich will ihn begleiten voll Vertrauen. Kann Gott nicht auf allen Wegen zum Guten wirken? Geht nicht aus aller Finsternis Licht hervor?" Sie war an der Tür auf die Knie gesunken, barg das Gesicht in den Händen. "Ich stand nicht immer neben ihm, so eng, wie ich hätte stehen müssen. Er mußte von anderen holen, was er in mir hätte finden sollen. Mach ihn gesund, Gott, wenn es nicht wider deinen Ratschluß ist; sein Weg ist immer voll von deinem Wehen, ich habe dich nicht erkannt, o Gott, in ihm."

Kam da nicht in dieser röchelnden Stille jemand den Gang herab? Langsame, tappende, schlürfende Schritte den Gang herab, auf das Zimmer zu.

Im Bett schrie es schrill: "Auf Mensur! ... Bindet die Klingen! ... Gebunden ist! ... Los!"

Johanna nahm die Hände vom Gesicht, Bismarck lag da, aufgebäumten Leibes, auf die Ellenbogen gestützt, wie im Krampf. Sie wollte aufspringen, ihn beruhigen, aber sie war lahm an allen Gliedern, nur das Gehör war geweitet, lauschte auf diese tappenden, schlürfenden Schritte, die den langen, einsamen Gang herab immer näher kamen. Wer sollte da mitten in der Nacht an dieses Bett, wer kam da ...?

Der Hund, der sich wieder auf dem Teppich zusammengeringelt hatte, zuckte im Schlaf und hob den Kopf. Witternd stieß er die Schnauze vor, knurrte dumpf, leise löste er seinen schläfrigen Ring, stand stumpf da und machte ein paar Schritte gegen die Tür zu.

Noch immer tappten die Schritte den Gang herab, kam dieser Korridor aus dem Endlosen, war er ein Flur der Ewigkeit?

Johanna griff nach dem Hund, sie wollte ihm am Halsband zu sich ziehen, sein Leben an dem ihren fühlen. Aber er wies die gelben Zähne, wich zurück, und da sah Johanna die Haare an seinem Nacken steil aufstehen, wie sie es an ihrem armen Nero in Reinfelden erlebt hatte, ehe er wütend geworden war. Die Augen funkelten grün, Geifer tropfte vom Maul, das Hintergestell bog sich ein, als sei dem Tier das Rückgrat gebrochen worden. Und plötzlich lag der Hund auf dem Bauch und kroch winselnd davon, unter das Bett.

Draußen auf dem Gang tappten die Schritte vor der Tür, standen still ...

Und vom Bett her rief Bismarck mit einer tiefen Stimme, die ihm ganz fremd war: "Das Bein muß amputiert werden!" O Gott, wessen Stimme war das, die da noch einmal dröhnend sagte: "Muß amputiert sein."

Ein Schloß knirschte, ein kleiner Lichtblitz traf von der Seite Johannas Auge … ganz langsam wurde die Türklinke heruntergedrückt. Es riß sie von den Knien empor. Nicht Schlüssel noch Riegel war an der Tür, und immer tiefer wurde die Klinke gedrückt. Da warf sie sich an die Tür, stemmte sich mit dem Rücken dagegen und klammerte sich zu beiden Seiten an die Pfosten. Ihre Nägel verbogen sich im Mörtel, ihre Füße wurzelten in die Diele.

‚O Gott, o Gott, nimm mich!' schrie es in ihr, ‚nimm mich. Nicht ihn! Laß ihn seinen Weg zu Ende gehen. Du hast ihm Großes bestimmt, ich weiß es, ich will nie mehr zweifeln. Dein Wille geschehe, gnädiger Gott … aber sei barmherzig, nimm mich.'

Sie fühlte mit ihrem Rücken die Türklinke, aber es war so, als sei ihr Leib etwas sehr Fernes, liege im Endlichen, das sie mit ihrer Seele verlassen habe, um in ein Reich vorzudringen, wo nichts Körperliches bestand. Und wie aus weiter Ferne erzählte ihr dieser Leib, daß die Klinke sich langsam nach oben bewege und mit einem leisen Knacksen einspringe … die tappenden Schritte wurden vor der Tür laut, schlürften zurück, langsam, den langen Gang hin, woher sie gekommen waren.

Ein Ächzen rief ihre Seele in den verlassenen Leib. Sie fand sich mit ausgebreiteten Armen an die Tür geheftet, ihr Körper brannte wie eine große, eiternde Wunde.

Bismarck lag leise stöhnend im Bett, der Krampf war gelöst, seine Glieder waren willenlos und schlaff in die Laken gewühlt. Johanna wankte zu ihm, ihre Hand fühlte auf seiner Stirn, seinen Wangen, seiner Brust einen kalten Schweiß in großen Perlen. Ruhiger ging der Atem, leise weinend sank Johanna vor das Bett und küßte die nasse Hand.

12

Die Wassergottheiten des Parkes von Fontainebleau konnten an diesem Sommer des Jahres 1862 ihre Freude haben.

Es war, als hätten bei der Entscheidung über das Wetter gar nicht die Schwalben, Lerchen und Schmetterlinge, sondern einzig und allein die Frösche, Regenwürmer und Schnecken mitzureden gehabt;

fast unaufhörlich sprühte den Neptunen, Amphitriten, Najaden und Tritonen der Brunnen und Wasserbecken ein feiner, kalter Regen über die steinernen Schultern. Grüne Moosbüschel wuchsen ihnen unter den Achseln, im Schoß und in den Gewandfalten, überall wo eine Biegung und Höhlung war. Im Wasser wucherten die langfädigen Algen; das Grün des Rasens und der Büsche war so tief, als gebe es keine Sonne, die in Halme und Blätter ein wenig Gold zaubern könnte; wo Zweige nahe dem Boden hingestreckt waren, da ging das Grün ins Schwarze, und unter den großen, breitgewipfelten Buchen roch es nach Moder.

Man fror in Paris. Und man fror um so mehr, als es zu den französischen Glaubensartikeln gehörte, daß man nicht nur in der Geschichte, sondern auch in der Natur unter einem besonders milden Himmel wohne, in dem die Heiligen und sämtliche Engelscharen, die kriegerischen und die friedfertigen, nichts Wichtigeres zu tun hätten, als ihr Augenmerk auf das Wohlergehen Frankreichs zu richten. Man war also gar nicht darauf eingerichtet, einem solchen Frosch- und Regenwurmsommer zu begegnen, man trug Leinenhosen, weil es Juni war, und man dachte nicht daran einzuheizen, weil die französische Phantasie nicht zugeben wollte, daß man in der französischen Wirklichkeit mit den Zähnen klappere.

An diesem Juniabend hatte die Sonne den Regenmantel der Welt im Westen ein wenig zerschlitzt, gerade so viel, daß sie durch den schmalen Spalt ein paar Handvoll Strahlen gegen die Glaswände des Schlosses Fontainebleau werfen konnte. Das war, als wolle die Sonne eben justament zeigen, wie schön es sein könne, wenn sie die Oberhand habe; wie von einem Wasserfall von Gold, Feuer und glühendem Glas stoben Funken bis weit in den Park hinein, zwischen die Buchsbaumhecken und unter die Buchen.

Selbstverständlich aber hatte es dabei zu regnen keineswegs aufgehört, und die beiden Herren, die, in ihre Mäntel geknöpft, auf einsamen Parkwegen gingen, hielten bedachtsame Schirme über ihren Zylinderhüten.

"Sie sind also mit Ihrer Ernennung zufrieden?" fragte der kleinere der beiden Spaziergänger, der ein nicht unbeträchtliches Bäuchlein auf kurzen Beinen zu tragen hatte.

"Sie wissen, ich liebe Paris, Majestät", sagte der zweite, dessen Regenschirm den des Mitwandelnden um ein gutes Stück überragte. Hüstelnd zog er das dicke Tuch, mit dem der aufgestellte Kragen seines Mantels umwunden war, enger zu. "Es ist ja nicht immer so unangenehm wie diesen Sommer."

Louis Napoleon lächelte unter seinem Schirm. "Hinge es von uns Franzosen ab, wir würden auch das Wetter ändern, um es so lieben Gästen wie Ihnen, mein Herr, recht behaglich zu machen."

Es war seltsam; wenn man unter seinem Schirm ging, so hatte man das Gefühl, ein wenig mehr von seiner Persönlichkeit behaupten zu können, gegen alle Umwelt besser abgeschlossen zu sein und wie unter eigenem Dach mehr sagen zu können als unter einem fremden. "Die Liebenswürdigkeit der Franzosen hat ihnen die Welt erobert", sagte Bismarck. "Was aber das Wetter anlangt, so müssen sie sich damit begnügen, Donner und Blitz, Regen und Sonnenschein bloß auf den politischen Gefilden zu machen."

Der Kaiser blieb stehen und lachte Befriedigung. Er hatte die Gewohnheit, seine Spaziergänge durch kleine Stehpausen zu unterbrechen und dabei seine Hände nach der Art seines Onkels auf den Rücken zu legen. Da der Schirm aber wenigstens von einer Hand getragen sein wollte, konnte er nur den linken Arm nach hinten bringen. Aber auf dem Rücken des Mantels war es naß, und so zog er den Arm wieder vor und grub die Hand in die Tasche. "Das ist wohl die Ansicht Ihres Königs über mich?" fragte er, indem er unter das überragende Schirmdach sah.

"Die Ansicht des Königs Wilhelm kenne ich nicht so genau", antwortete Bismarck, "aber mein verstorbener König mag so ähnlich gedacht haben."

"Ich weiß, ich weiß", nickte der Kaiser, "man hat mich allgemein lange Zeit für den leibhaftigen Gottseibeiuns gehalten." Er schien mit einigem Gefallen bei dieser Vorstellung zu verweilen. "Man hat gemeint, ich habe meine Hände überall, meine Fäden in jedem Gespinst, und ich stehe hinter jeder geheimen Kabinettstür. Man hat in der ganzen Welt die politischen Kinder mit mir geschreckt. Und selbst sehr ausgewachsene Diplomaten scheinen geglaubt zu haben, sie brauchten mich nur um Mitternacht mit den richtigen Worten und

Räucherwolken zu beschwören, und ich steige mit Pech- und Schwefelgeruch aus der Erde." Das runde Bäuchlein schwang sich in Lachen.

"Sie wissen es besser, mein Lieber!" Ja - Bismarck wußte mehr von Napoleon als andere. Es gab etwas, das diesen beiden Männern ganz allein gehörte, etwas, das sie seit Jahren verband, und Bismarck dachte daran, wie es von Vorteil wäre, sich Männer durch Schweigen zu verpflichten, und wie gefährlich es sei, mit Frauen ein Geheimnis zu teilen. Männer vermöchten an Schweigen zu glauben, Frauen fürchteten immer, man könne eines Tages zu sprechen beginnen.

Sie gingen eine Weile stumm um ein großes Brunnenrund. Undeutlich sah man die Gebärden einer ganzen Schar von mitten in einer aufregenden Szene erstarrten Wassergottheiten.

"Ich freue mich, daß ich Sie hier habe, lieber Freund", begann der Kaiser wieder, "Hatzfeldt war nicht unangenehm, er hatte Beziehungen und versah sein Amt mit Geschick, aber bedeutend war er nicht. Sie sind anders, Sie sind gefährlicher, Sie sind sehr gefährlich, denn Sie sagen die Wahrheit. Aber das liebe ich, dann spiele auch ich mit offenen Karten, und darum freue ich mich auf das Spiel, das wir miteinander mischen können. Aber ich frage mich, lieber Freund, ich frage mich, warum Sie noch immer nicht Ministerpräsident in Preußen sind."

Die feine Traurigkeit dieses verregneten Parkes lag auf Bismarcks Seele, und die versteinerte Aufregung des Wasservolkes im Brunnenbecken, das mit allem Schwung und aller Leidenschaft regungslos in die Nacht gebannt war, erschien ihm wie ein Sinnbild alles vergeblichen Mühens auf der Welt überhaupt. Er wog die Worte: "Der König hat wohl bessere Männer als mich. Und ich habe nichts dagegen, einige Jahre in Paris zu bleiben, um reifer zu werden. Hier kann man immer noch lernen. Und ich bin nicht mehr so gesund wie früher. Früher hätte ich Bäume ausreißen mögen, meine Frau freute sich über meine Bärengesundheit, jetzt bin ich ein wenig abgespannt und matt, ich bin dem Charon gerade noch so aus dem Kahn geschlüpft. Und um in Berlin auf der Ministerbank zu sitzen, muß man stärkere Nerven haben, als ich zur Verfügung stellen kann."

Der niedrige Schirm schwankte rascher neben Bismarck her. Plötzlich hielt der Kaiser wieder mit einem Ruck an. "Es ist schmeichelhaft, daß Sie glauben, bei mir noch reifer werden zu können, denn Sie sind der einzige Diplomat in Europa, den ich bewundere. Und Sie sind auch der einzige, den man anderswo - Sie wissen wo - ernstlich fürchtet. Warum soll ich es verhehlen: Man ist in Wien über Ihre Ernennung geradezu entsetzt gewesen. Und man bietet mir nicht bloß einen Finger, sondern gleich beide Hände. Aber ich möchte mich lieber an Sie halten als an Wien."

Nachtvögel flatterten im Gebüsch, weit hinten im Park ging ein klägliches Wimmern an, irgendein Tier, dem der Schrecken an das Leben gefahren war. Sie gingen weiter, näherten sich einem Plätschern, einem Wasserstrahl, der aus dem Schoß der Nacht zu kommen schien, furchtlos und unsichtbar unter dem schwer verhüllten Himmel aufstieg und wieder ins Wesenlose zurücksank.

"Metternich hat von Wien Instruktionen bekommen, die ihm Vollmacht geben, auf alles einzugehen, einfach auf alles. Ihnen kann ich es sagen, Sie wissen zu schweigen. Aber ich halte mich an Sie, ich hätte nichts dagegen, Sie in Preußen an Hohenlohes Stelle zu sehen."

"Majestät werden wohl vergebens darauf warten."

"Sie können sich denken, daß ich über alles in Berlin gut unterrichtet bin", sagte der Kaiser, und sein Ton war scharf und stramm, als presse er seine Gedanken eng ins Wort. "Ihr Kriegsminister Roon tut alles, um Sie ans Ruder zu bringen, und man ist an Allerhöchster Stelle nicht abgeneigt, aber kann sich doch nicht entschließen, weil mancherlei Einflüsse und Bedenken entgegenwirken. Hohenlohe ist kein Ministerpräsident für Preußen, dort fehlt eine starke Hand wie die Ihre, gerade jetzt, wo es um die Heeresorganisation geht."

"Ja, ich weiß, ich habe daheim bei den Liberalen den Ruf, so etwas wie ein politischer Attila zu sein. Wo ich hintrete, wächst kein liberales Gras mehr. Aber ich glaube, die Konservativen trauen mir auch nicht so ganz."

Der Kaiser blieb bei einer Marmorbank stehen, die in eine Taxusnische gebannt war, daß man an den bleichen Leib der Prinzessin in der Drachenhöhle denken mochte. "Ich frage Sie, mein Herr, muß der Preuße immer ein Gegner Frankreichs sein?"

Bismarck sah den kleinen Mann unter dem Schirmdach neben

sich, diesen behäbigen Bürger, der den zerbrochenen Kronreifen Frankreichs neu geschmiedet hatte. Welch glückliches Land das war, dessen Größe darin bestand, daß es alle Französisch sprechenden und fühlenden Menschen in sich vereinigte und daß es immer, wie auch der Streit der Parteien gehen mochte, nach außen einen Willen hatte, den es der Welt aufzwang. Das war seine Spannkraft, das war seine Jugend, trotz der Runzeln in seinem Gesicht, trotz der welken Haut und der Mattigkeit seines Lächelns. Es gab in Deutschland keine Schlösser, die so wehmütig und traurig hätten sein können wie etwa dieses verwunschene Fontainebleau in seinem dunkeln Park. Und voll warmer Achtung sah er auf diesen kleinen, ruhigen Mann, der einem Kaufmann oder Bankdirektor glich und der, obzwar er nichts von einem Helden an sich trug, alle langsamer schleichenden Säfte neu belebt und Eisen in die Adern seines Landes gegossen hatte. Wer vermochte Deutschland so zu beleben? Wo waren die alten Studententräume und Ideale mit den Erzengelflügeln, die Wartburgfeste? Da ging der königlich preußische Gesandte neben dem Kaiser der Franzosen und fraß leisen Neid in sich hinein, nicht Neid auf die Krone und deren Glanz, aber Neid auf die Tat der Verjüngung. Und zu tief verwandt fühlte er sich ihm, brüderlich verwandt, ausersehen zu gleichen Taten, nur daß jenem die Freiheit des Schaffens gegeben war und ihm die Hände gebunden blieben.

Vergebens hatte der Kaiser auf Bismarcks Antwort gewartet. "Wo besteht ein naturnotwendiger Gegensatz zwischen uns und Preußen?" fuhr er drängender fort. "Warum sollen wir uns nicht vereinigen können? Warum wollen Sie Ihre Interessen Ihren Gefühlen opfern, wo doch diese Gefühle ausgebeutet werden; darüber brauche ich Ihnen nichts zu sagen. Wenn Sie die Heeresorganisation durchgeführt haben werden - und Sie werden sie durchführen, da wird den Liberalen kein Sträuben nützen - , so wird Preußen eine der stärksten Armeen Europas haben. Sehen Sie, ich trage es Preußen nicht nach, daß es im Krimkrieg nicht an meine Seite getreten ist. Ich mache Ihnen nicht einmal einen Vorwurf daraus, daß Sie vor drei Jahren Ihre Armee Österreich zu Gefallen gegen mich mobil gemacht haben und daß wir wohl die Waffen hätten kreuzen müssen, wenn Österreich nicht rasch mit mir Frieden gemacht hätte, weil es den für sein eigenes Heil aufgepflanzten preußischen Bajonetten nicht recht getraut hat." Die kaiserliche Beredsamkeit floß wie ein Sturzbach; Bismarck verstand, daß es Leute gab, die sich von ihr betäubt und hinweggespült fühlten. "Aber muß das in alle Zukunft so sein? Warum sollen wir nicht Vertrauen zueinander fassen. Sie erinnern sich an das, was ich Ihnen schon vor fünf Jahren sagte. Ich habe Ihnen Anerbietungen gemacht, wenn Preußen neutral bleiben wollte, falls es zwischen uns und Österreich wegen Italiens zu einem Krieg käme. Sie haben mir damals abgewinkt und mir zu verstehen gegeben, ich hätte mich zu weit vorgewagt, und da Sie aus einer Unvorsichtigkeit keinen Nutzen ziehen wollten, haben Sie gegen jedermann geschwiegen, auch gegen Ihren König. Das vergesse ich Ihnen nicht, und Sie haben recht gehabt; es war damals zu früh; die Kriegsgefahr mit Österreich stand zu unmittelbar vor uns, als daß Sie hätten Ihrem Freund untreu werden dürfen. Jetzt liegen die Dinge anders. Ich sehe keine Kriegsnotwendigkeit mit Österreich. Warum sollen wir keine Allianz schließen, ohne Spitze gegen Österreich, als Grundlage freundschaftlichen Verhaltens in allen Angelegenheiten Europas?"

Der Kaiser atmete tief und laut; es war zu merken, daß ihn die neuen Bilder erregt hatten, die ihm vielleicht erst während des Sprechens aufgegangen waren.

"Majestät", sagte Bismarck langsam, "es ist wahr, daß wir in Preußen viele Vorurteile von uns getan haben, die unseren Blick bezüglich Frankreichs getrübt haben. Wir sehen in Frankreich nicht mehr den Feind schlechthin ..."

Bismarck fühlte seinen Arm erfaßt und wurde einen Schritt zurückgerissen.

"Da ..., da ...", stieß der Kaiser hervor. Angst saß in seiner Stimme, Bismarck wurde von ihr wie von einem dunkeln Wirbel ergriffen.

"Was denn? Was denn?"

"Er schreibt wieder in seinem Zimmer!"

In der finster gepreßten Fensterreihe des Schlosses war ein einsames Licht entbrannt.

"Wer schreibt?"

"Es ist das Zimmer", flüsterte Napoleon, "es ist das Zimmer, in dem der Kaiser damals seine Abdankung unterschrieben hat."

"Und was bedeutet das?"

"Ich weiß nicht", zögerte Napoleon, "ich weiß nicht ... die Leute im Schloß reden allerlei."

Der lange Preußenjunker nahm den Franzosenkaiser ganz gegen alle höfisch zulässigen Formen unter dem Arm. "Wir wollen ihm doch dabei zusehen!" sagte er. Und er zog den kleinen Mann mit sich fort, über Wege zuerst und dann, als man auf diesen nicht ganz an das Schloß herankam, mitten durch Beete, die ihnen mit nassen Blumenbüscheln an die Beine schlugen. "Wir haben in Deutschland eine Menge Schloßgespenster", sagte Bismarck, "ich habe in vielen gotischen Zimmern geschlafen, in denen sonst nur die weißen Frauen wohnen. Aber ich habe noch keine persönlichen Bekanntschaften schließen können. Sie weichen einem ehemaligen Deichmeister aus."

Er schlich mit Jägervorsicht weiter, ließ den schwer an seinen Arm Gehängten nicht aus. Bisweilen schwand der Lichtschimmer vor ihnen, dann blinkte er wieder auf. Jetzt schlugen sie nasse Jasminranken zurück, traten hinaus - leer und dunkel lag die Front des Schlosses nach links und rechts in die Finsternis gedehnt.

"Dort drüben", sagte Bismarck und wies auf ein Häuschen, das mit zwei erleuchteten Fenstern unter einer Wand schwarzen Gebüsches unweit stand.

"Mein Gott, es ist wahr", seufzte der Kaiser erleichtert, "es war der Widerschein aus der Wohnung der Gärtnergehilfen."

Bismarck hatte dem Geführten den Arm zurückgegeben; der Abstand, den diese Regennacht für eine kurze Zeit hinweggewischt hatte, lag wieder zwischen dem Kaiser und dem Gesandten.

"Kommen Sie, die Kaiserin wartet auf uns!" sagte Napoleon. Sie gingen einen gepflasterten Pfad um das Gärtnerhäuschen herum, lenkten in den Hauptweg, durchschritten die hallenden Bogen eines hohen Tores, in dem Herkules dastand, auf seine Keule gestützt, und Diana mit einer Meute von Hunden. Da war der Innenhof, Licht rann von allen Fenstern in ihn herab, Diener sprangen vor, die Wache trat rasselnd unters Gewehr. Sie schritten die breite Treppe empor, von der ihnen ein roter Teppich entgegenfloß.

"Denken Sie über das nach", sagte der Kaiser, "was ich Ihnen gesagt habe. Es lohnt vielleicht der Mühe." Hohe Flügeltüren wichen vor ihnen, von den Decken hingen Tropfsteingebilde aus Licht, eine Frau trat lächelnd auf sie zu.

Bismarck neigte sich vor der schönsten Frau Europas. -

Ein paar Stunden danach stieg Bismarck die steile Treppe der Pariser Gesandtenwohnung empor, diese Treppe, die gewunden und unbequem war wie ein Aufstieg zu besonderer Seligkeit. Aber es erwartete den glücklichen Überwinder gar keine Seligkeit irgendwelcher Art, sondern Einsamkeit, Kälte und übler Geruch. In den Wänden saß der Schwamm, und die französische Kultur, die sonst allerlei Kleinigkeiten des täglichen Lebens mit großem Eifer nachzusinnen pflegte, hatte gerade jene Bequemlichkeit nicht sehr liebevoll bedacht, die das Unvermeidliche durch den Reiz der Sauberkeit erträglich machen kann.

Bismarck durchschritt einige kleine Räume und trat ins Schlafzimmer, ohne die unsichtbare Dienerschaft herbeizurufen. Auf dem Nachttisch lag ein Brief, Roons frauenhaft zierliche Züge versprachen Nachrichten aus Berlin. Der Umschlag flog zerfetzt unter das Bett, Bismarcks Augen rissen die Zeilen an sich. Nichts! Nichts! Versprechungen, Vertröstungen, Umschweife, Wollen und Nichtkönnen, Hohenlohe und Bernstorff und Schleinitz, und Tod und Teufel und sechstausend Manichäer ...!

Bismarck sank ins Himmelbett. Das war das einzige Geräumige im ganzen Haus und hätte für sechs preußische Gesandte von Bismarcks Güte nebeneinander Platz gehabt. Bismarck löschte das Licht, zog den Vorhang vor seine Gedanken und war im Augenblick der Heeresorganisation der liberalen Kammermehrheit und selbst Seiner Majestät dem König entrückt.

13

Preußen brauchte Soldaten, das war es, nichts weiter. Es liefen sehr viele junge Leute herum, die man nicht in des Königs Rock stecken durfte, weil die Zahl der Rekruten voll war. Und so war es gekommen, daß bei der Mobilmachung des Jahres 1859 sehr viele brave

Landwehrmänner hatten den Schießprügel ergreifen müssen, indessen das junge Volk daheim bleiben und sich vergnügen durfte.

Um die Rekruten, die neuen Regimenter und das Geld, das dazu nötig war, ging der Handel. Und es war ein so wenig erfreulicher Handel mit Vorbehalten und Hinterhalten oben und unten, mit kleinlichen Geschäftskniffen, Leisetretereien und Mißverstehenwollen bei Regierung und Volksvertretung, daß sich Bismarck seiner angegriffenen Gesundheit entsann, um alledem zu entgehen. Er ließ Berlin Berlin und Paris Paris sein, nahm einen Urlaub und fuhr ins Sonnenland.

Da war es freilich erstaunlich, was in Bordeaux und im Medoc für Weine wuchsen, von denen man weder in Schönhausen, noch in Reinfelden, noch auch in den gesegneten Kellern der Suworow, Troubetzkoi oder Obolenski eine Ahnung gehabt hatte. Wenn man so durch einige Lagen hindurch immer tiefer in die dunkeln Gewölbe eingedrungen war, bis dort, wo in den kleinsten Fässern die ganz großen Kostbarkeiten aufbewahrt wurden, da sahen alle Verdrießlichkeiten allmählich wie singende junge Mädchen aus; die ganze Zukunft war mit flatternden grünen Hoffnungsbändchen herausgeputzt, und selbst die königlich preußische Dienstgaleere hatte alle Wimpel aufgezogen und böllerte drauflos, als sollten die Geburtstage sämtlicher Preußenkönige vom allerersten bis auf Wilhelm herab auf einmal gefeiert werden. Man verstand, daß der Herrgott in Frankreich das beste Leben hatte.

Freilich, wenn dann die rosige Medocbrille abgelegt war, dann war die Dienstgaleere wieder der alte, graue, wurmstichige Kasten, mit dem man nichts Rechtes anzufangen wußte, weil jeder ins Kommando dreinreden wollte, und die Zukunft hatte ein Gesicht wie vier Wochen Regenwetter, und in Berlin stank der parlamentarische Unfug zum Himmel. Da war es am besten, alles das wegzuwerfen wie ein Bündel alter Fetzen und aus einer Stunde in die andere zu leben, mit keinem anderen Gedanken, als ihre sechzig Minuten wie ein leichtes Gleiten in sich zu fühlen und für nichts anderes die Sinne offen zu haben, als für die Schönheit dieser Welt.

Das Schönste an dieser schönen Sonnenwelt war aber, daß sie irgendwie doch immer in einem Zug der Heimat glich: das Land zwischen Bordeaux und Bayonne der wilden Kassubei, San Sebastian dem Siebengebirge mit dem Drachenfels, daß die Zitadellen manchmal deutschen Burgen zum Verwechseln ähnlich sahen und jeder schmälere Meeresarm an den Rhein erinnerte, und schließlich auch die Pyrenäen nichts anderes als nur eine Art riesiger Taunus waren. Nur für die Balkone und den Fandango und die schwarzen, brennenden Augen der Liebe war keine deutsche Ähnlichkeit aufzutreiben.

Aber der Urlaub ging zu Ende, und eines schönen Morgens erwachte Bismarck in seinem Gasthaus zu Avignon mit dem Bewußtsein, daß das letzte Endchen Freiheit gerade noch dazu reicht, um in zwei Tagen in Paris zu sein. Vorgestern hatte man noch in Toulouse seinen Berliner Briefträger gehabt, das heißt, man hätte ihn haben können, wenn man sich in Biarritz nicht eine so erhabene Gleichgültigkeit gegenüber sämtlichen Staatsaktionen angewöhnt hätte. Bismarck zog sich an, pfiff auf der Treppe: nach Paris? Und was weiter? Und betrat den kühlen Speiseraum zur ebenen Erde, vor dessen Tür schon über dem Straßenpflaster die Luft in der Septembersonne zu zittern begann.

Ein Herr saß im Rohrstuhl bei einem über den ganzen Tisch gezogenen reichlichen Frühstück und wandte knisternde Zeitungsblätter um. Der Herr sah auf, spuckte in großem Bogen dicht neben Bismarck auf die Straße hinaus und sagte: "Morning, Baribal!"

Baribal! Herrgott von Spandau, wer war dieser Mensch in dem weiten, gelben Leinenanzug mit dem Uncle-Sam-Bart um das glattrasierte Kinn? Bismarck trat einen Schritt näher, der Herr warf einen Stoß Zeitungen von seinem Nachbarstuhl zur Erde und begann gelassen in seiner Teetasse zu rühren. "Wollen Sie nicht Platz nehmen, wenn's gefällig ist?" fragte er. Dabei spuckte er in kunstvollem Bogen zwischen dem weißbeschürzten Kellner und dem Türpfosten auf die Straße und - nur ein Mensch auf der männererzeugenden Erde konnte so spucken, nur einer - wahrhaftig: Coffin war's, Coffin Göttingerschen Andenkens, Coffin aus dem Harrisonschen Familienidyll.

Er war es, und er war von Amerika wieder einmal herübergeschwommen, um Europa zu sehen, Geschäfte zu besorgen und eine Wette einzukassieren. "Eine Wette?"

"Oh yes! Zwanzig Flaschen Rheinwein. Sie haben zwanzig Flaschen Rheinwein verloren, Bismarck."

"Zwanzig Flaschen Rheinwein!" staunte der Wiedergefundene. Da schlug ihm Coffin lachend aufs Knie und holte eine umfängliche Brieftasche ans Licht. Zwischen hundert anderen kroch ein kleiner Zettel hervor, ein vergilbtes Papierchen mit brüchigen Knickfalten und gefransten Rändern, und darauf stand, daß sich Herr Otto von Bismarck verpflichte, an Mister Coffin 20 (sage zwanzig) Flaschen Rheinwein zu zahlen, falls in zwanzig Jahren noch kein einiges Deutschland gegründet sei. Und neben Bismarcks Unterschrift war sehr sauber der Hannoveranerzirkel hingemalt wie ein Siegel, das gewichtigen Urkunden beigedruckt wird.

Coffin schwenkte seinen Schein: "Aus dem Jahre 1832, Bismarck! Sie uerden mir mussen geben zu, daß ich Ihnen nicht gedrängt habe. Ich habe gewarten lang genug, es sind dreißig Jahre drüber hin, nicht zwanzig. Und wo ist der deutsche Einheit? Ist der Bund der deutsche Einheit?"

Nein, das konnte man wahrhaftig nicht sagen, und wenn es je eine verlorene Wette gegeben hatte, so war es diese. Aber Coffin hatte sich nicht gerade den richtigen Ort zur Einlösung des Weinwechsels ausgesucht, in Avignon gab's alle anderen bacchischen Möglichkeiten, nur gerade Rheinwein nicht. Er entschuldigte sich, daß er nicht habe warten können, bis Bismarck wieder in Deutschland sei, weil ihn der Betrieb seiner Blechdosenfabrik wieder sehr bald nach Amerika zurückzwinge. Er habe sich von Paris aus nach Bismarck durchgefragt, sei froh, ihn gefunden zu haben, und nun komme es ihm aufs Wortwörtliche nicht so an, es könne auch ein Burgunder oder irgendein anderer Franzose sein.

Da gingen sie miteinander Arm in Arm durch die Stadt und lachten ein wenig wehmütig den Göttinger Jugendtagen zu. Nachmittags besahen sie die finstere Burg der Päpste, und abends saßen sie in der kleinen Kneipe, deren Geheimnis ihnen der beschließende Krimkriegveteran gegen ein gutes Trinkgeld offenbart hatte. Louis Napoleon sah als schandbarer Öldruck auf sie herab, Fliegen wimmelten an den Wänden, aber die verstaubten Flaschen, die der Wirt aus dem Keller steigen ließ, lösten Zungenschnalzen aus und machten die Augen klein vor Behagen. Sie aßen von schmutzigen Tellerchen mit den Bildnissen der Kaiserin Eugenie und Lulus

Oliven und Maulbeeren und gingen immer wieder die alten Erinnerungen durch. Harrisons? Harrisons waren verschwunden und verschollen, Frau Harrison war wieder als Miß Mary Stevens in der Eden-Hall zu London aufgetreten und war dann einem südamerikanischen Pflanzer ins Brasilianische gefolgt. Jetzt war sie wohl eine würdige, alte Dame mit einem Spitzbauch, die ihren Ärger an den jüngeren Indianerinnen ausließ. Motley war einmal bei Bismarck in Frankfurt gewesen, war derselbe gute, ehrliche Junge wie damals, nur an Klugheit hatte er zugenommen vor Gott und den Menschen. Und von den alten Farbenbrüdern hatte Bismarck den Gustav Scharlach einmal in Norderney gesehen, und der war aus einem lustigen jungen Studenten ein etwas verkümmerter Beamter geworden, mit Gicht und Hämorrhoiden und einer eingeschnürten Seele, als habe sie jahrelang unter lauter Aktenstößen gelegen, und dabei sei ihr der Saft ausgepreßt worden.

Ja, so war das Leben, Verheißungen und Erfüllungen ließen sich nicht ganz übereinbringen, und man mußte froh sein, seinen Wirkungskreis zu haben, meinte Coffin, der beim Zusammensein mit einem Deutschen sich zu einigem philosophischen Tiefsinn verhalten glaubte, obzwar er drüben sein Leben von seinen Blechdosen recht nützlich und ohne weiteren denkerischen Ehrgeiz ausgefüllt fand. Nicht jedem sei es freilich vergönnt gewesen, einen solchen Anstieg zu nehmen wie Bismarck.

"Oho", sagte Bismarck, "oho." Es mochte sein, daß ihm bei diesem Erinnerungsbad der Abstand von damals zum heutigen Tag erst recht bedeutsam geworden war, und daß er den Abriß des Erreichten etwas dürftig fand; oder aber, es war in dem Burgunder doch etwas zu viel revolutionärer Feuergeist vorhanden und, wenn die Wette hätte mit Rheinwein ausgetragen werden können, so hätte sich die Gesinnung im Maßvolleren halten lassen. Jetzt aber war die angeröstete Wurstigkeit auf einmal verflogen, Bismarck sagte: "Oho!" und ließ die Faust zwischen den Gläsern auf den Tisch fallen, daß die Kaiserin Eugenie und Lulu einen kleinen Luftsprung taten.

"Nein, mein lieber Coffin", sagte er, "ich habe es satt. Ihr seht freilich nur, was erreicht ist. Aber was vergeblich erstrebt worden ist, wißt Ihr nicht."

Man könne doch in den Zeitungen lesen, wandte Coffin ein, indem er einem Kater, der hinter dem Schanktisch saß, auf den Rücken spuckte, man könne doch allerorten in den Zeitungen lesen, daß Bismarck demnächst zum Minister ernannt werden würde.

"Ich lese keine Zeitungen", sagte Bismarck, und seine Augen waren böse Tiere im Ansprung, "ich habe seit Tagen keine in der Hand gehalten, und ich pfeife auf alle Zeitungen. Aber das weiß ich, daß ich genug habe. Ich bin kein Leutnant mehr, der immer zur Miete wohnt und sich für den Königsdienst eine edle Freizügigkeit bewahren muß. Die Haare fangen mir an auszugehen, und ich mag nicht mehr länger zwischen Tür und Angel stehen und das Reißen kriegen."

Coffin sah nach Bismarcks Kopf und nickte sachliche Zustimmung, denn freilich war auf diesem Schädel längst nicht mehr die wildwüchsige Üppigkeit, die von den Göttinger Friseuren nur mühsam gebändigt worden war. An den Schläfen und hinten herum war ja noch die alte Herrlichkeit in kümmerlichen Resten erhalten, aber gerade das, was zumeist in den Blick genommen wird, die Stirn zog sich schon ungebührlich weit nach hinten, und es half wenig, daß ein paar längere Haarsträhnen von links nach rechts kunstvoll über die blanke Rundung gespannt waren.

Bismarck bemerkte Coffins kritische Betrachtung, und sein Grimm wurde dadurch nicht gelinder. "Jawohl, man wird nicht jünger", wetterte er, "aber man bringt den Karren nicht um ein Stück weiter. Ein neunmal eingeseifter Esel, wer sich mit dem ganzen Dreck einläßt. Was hat man davon, nicht einmal ein ordentliches Heim hat man bei diesem Schweineleben. Meine Frau und meine Kinder sind in Pommern, meine Möbel in Petersburg, meine Pferde in Berlin, meine Wagen in Stettin, und ich sitze hier in Avignon. Das ganze heißt man deutsche Häuslichkeit. Bei den Siouxindianern oder den Tuaregs ist es gemütlicher. Und mich läßt man in Berlin in einem Gasthaus vor Anker liegen wie einen Versicherungsagenten oder einen stellungsuchenden Kommis. Und dann schickt man mich nach Frankreich und gibt einem doch nichts Gewisses. Man hängt wie der Fisch an der Angel, jeden Augenblick kann einen ein Ruck aus dem Wasser ziehen. Da kann einem wahrhaftig alle Lust an den Geschäften vergehen. Es ist kein Ernst in der Sache und kein fester Wille, mit lauter Wenn und Aber bringt man nicht einmal einen krummen Hund um die Ecke ..."

Über den Tisch herüber langte Coffins Hand nach der seinen: "Bismarck, uollen Sie uetten um zwanzig Flaschen Rheinwein, daß Sie sind in einem Jahr Ministerpräsident in Preußen?"

"Gehen Sie zum Teufel", schrie Bismarck, "ich habe es satt. Ich pfeife darauf!"

Er hatte es wirklich satt und er pfiff darauf, aber da er ein gewissenhafter Deutscher war, als welche jede spatzenhafte Menschenangelegenheit irgendwie in Gottes Hand zu legen und metaphysisch mit dem Weltganzen zu verschweißen pflegen, stellte er seinen endgültigen Entschluß noch unter den Wink der Vorsehung. Er forderte den Himmel zu einem Zeichen heraus, die Hieroglyphen des Zufalls sollten zu sprechen beginnen, um ihm zu sagen, was zu tun sei.

Sie brachen auf, Wetterleuchten warf prachtvolle Feuerschäume über den westlichen Himmel; um so schwärzer lagen dann die unerhellten alten Gassen. Aus dem Dunkel einer Seitenschlucht hinkte der Krimkriegsveteran von der Burg der Päpste heran, erkannte die beiden Fremden und fragte, ob sie wohl bedient worden wären. Er hatte keine Ahnung, daß seine welthistorische Sendung keineswegs auf dem Malakowhügel durch eine russische Kugel abgeschlossen worden und daß er noch einem königlich preußischen Gesandten zu einer wichtigen Entscheidung zu verhelfen berufen sei. Es war Wink des Himmels, Hieroglyphe des Schicksals, daß Bismarck bei sich beschlossen hatte, sich zu fügen, je nachdem ein Weib oder ein Mann zuerst in seinen Weg kommen würde. Wäre ein Weib gekommen, so hätte er nach dem Wink von oben noch ein wenig zuwarten sollen. Aber es war ein Mann gekommen, und das hieß: es war gewiß und sicher und unumstößlich, daß er sich nicht mehr länger an der Nase herumführen ließ. Morgen würde er nach Paris zurückkehren, aber nur, um seinen Abschied zu nehmen und sich für den Rest seines Lebens nach Schönhausen zurückzuziehen. -

Aber am nächsten Morgen weckte ihn eine frühzeitige Depesche von vier Worten.

"Die Birne ist reif!" Mehr stand nicht da, aber Bismarck erkannte sogleich Roons Stil. Die Birne ist reif, das hieß, daß die Wenn- und Aber-Zeiten vorüber waren, daß man wieder zu wollen wagte, und da waren alle Winke der Vorsehung und Hieroglyphen des Schicksals und unumstößlichen Schönhausener Entschlüsse vergessen, und Bismarck stürzte sich in die Kleider, als gelte es vom Fleck weg in den Kampf zu fahren und seinen König als braver Soldat herauszuhauen.

14

Bismarck lief den gerade in den Bahnhofs Jüterborgs eingefahrenen Zug entlang. "In welchem Wagen sitzt der König?" fragte er den Schaffner, der auf krummen Beinen daherkam und mißmutig seine Laterne schwenkte. Bei solchem Hundewetter auch noch auf offensichtlich höhnische Witze Rede stehen zu sollen, ging dem Mann wider seine Amtswürde, er stieß Bismarck zur Seite und schwenkte brummend seine Laterne nach vorne. Weiter hinten kam ein zweiter Schaffner, der hob auf Bismarcks Frage mißtrauisch sein Lämpchen hoch und leuchtete ihm ins Gesicht. "Ja, ja, hat schon dreimal nach Ihnen gefragt, der König!" sagte er dann ingrimmig mit einer heiseren, rauhen Stimme. Wo denn Seine Majestät also sei?

"Was geht mich denn Ihr König an?" schrie der Mann plötzlich. "Suchen Sie sich gefälligst Ihren König selbst. Das da ist kein Hofzug. Das is'n fahrplanmäßiger Zug ... für ganz gewöhnliche Menschen. Verstanden?" Und er pfiff schrill und recht gellend gerade in Bismarcks Ohr hinein.

Ein einziger Wagen erster Klasse war da, Bismarck erkletterte ihn, ein peinliches Summen im Trommelfell, riß mit dem ersten Ruck des abfahrenden Zuges die Tür auf und tappte in den von schwach fließendem Deckenlicht durchdämmerten Raum. Im dritten Abteil, auf grünsamtener Polsterbank, an ein weißes, gehäkeltes Deckchen gelehnt, saß der König, allein, mit geschlossenen Augen. Als Bismarck die Tür aufschob, gingen die Augen auf, ein müder Blick fragte, dann rann Erstaunen hinein: "Sind Sie es, Bismarck?"

"Ich habe mir erlaubt, Majestät hier zu erwarten, um Sie noch vor Berlin zu begrüßen und um ..."

Der König schnitt mit einer Handbewegung Bismarcks Satz entzwei. "Ja, ja, ... weiß schon, wieder Husarenstreiche gemacht. Deichhauptmann gewesen, Göttinger Student. Eisen und Blut ... weiß schon. Ist natürlich alles auf. Kocht der ganze Parlamentstopf über, kann es mir denken. Wollen sich jetzt entschuldigen."

Bismarck füllte fast das ganze Wagenabteil aus, wie ein Käfig war der enge Raum, nahe seiner Stirn brannte das armselige Öllämpchen, er beugte den Kopf. "Ich wollte Majestät ... vorbereiten ..."

"Vorbereiten ... vorbereiten!" Der König schlug zweimal mit beiden Händen heftig den grünsamtenen Sitz. "Schonend vorbereiten, daß über kurz oder lang das Jahr 48 wieder da sein wird. Nur daß man uns diesmal nicht mit einer Verfassung wird entwischen lassen, mein Lieber. Sie sollen Ordnung machen, die Heeresreform ins trockne bringen, und was tun Sie? Sie hetzen mir die Leute noch mehr auf. Reden von Eisen und Blut ... Was wird geschehen? Wissen Sie, was geschehen wird? Man wird Ihnen den Kopf abschlagen ... Ihnen ... und eine Weile später - mir."

Ein Ruck über eine Weiche hin machte Bismarck wanken, ließ ihn leicht gegen den König taumeln. Ein schweres Wolkenwetter von Mißbehagen lag zwischen den Brauen Wilhelms, verdrießlich wies er mit stummem Wink nach dem Platz gegenüber. Bismarck schob sich hin, sank mit dem Gewicht seines Leibes ein; seine Knie standen, um ein kleines Stückchen höher, gerade denen des Königs gegenüber.

"Ja - ja!" bekräftigte der Monarch, als habe Bismarck Zweifel geäußert. Aus Ärger und aus Befangenheit war dieses doppelte Ja gebacken, die Bekräftigung einer Ansicht, die einem noch neu ist und von der man sich nur widerstrebend hatte überzeugen lassen. Es war klar, daß man dem König in Baden die große Schwitzkur verordnet hatte und daß ihm die Badestube mit sämtlichen Tyrannenmorden und Enthauptungen von Cäsar bis Ludwig XVI. eingeheizt worden war. Und wer die Scheite zugetragen hatte, das glaubte Bismarck so genau zu wissen, als wäre er dabei gewesen und hätte es selbst gehört. Aber nun hatte er den König für sich allein, nun konnte ihm keiner der Quere reden und ihm Pflöcke eintreiben, wo er Verzahnungen wünschte. Etwas sammelte sich tief im dunklen Hintergrund seines Wesens, wuchs mächtig und rasch heran.

"Auch Roon ist mit mir unzufrieden gewesen", sagte Bismarck ehrlich, "er hat mir die Leviten gelesen. Man hat mir natürlich auch das Wort im Mund verdreht ..."

"Sehen Sie, wenn selbst Roon ..." meinte der König bekümmert.

"Ja, was soll man tun? Bin ich nicht mit den besten Absichten gekommen, mich mit den Leuten zu verständigen und ihnen zu geben, was sie vernünftigerweise verlangen können? Ich habe es an Versuchen nicht fehlen lassen. Natürlich, denn Feindschaft ist immer Kraftverlust, und wir müßten unsere Kräfte für andere Aufgaben sammeln. Darum war ich für Ausgleich und Versöhnung. Der Erfolg: Hohn und Spott. Sie mögen mich nicht, und ich finde, ihre Ideen sind wie Göpelpferde, die sich immer im Kreis drehen. Wie Würmer sind sie, die in alten Brettern bohren. Wir sind das Volk der Dichter und der Denker - ja spüren denn die Herren nicht, welche Ironie darin liegt, daß uns die anderen Nationen so nennen? Wir machen uns über alle Dinge Himmels und der Erde unsere Theorien, die leiten wir aber nicht etwa aus den Dingen selbst ab, sondern holen sie aus einem Wolkenkuckucksheim, zu dem jeder deutsche Professor seinen besonderen Schlüssel hat. Es kommt dabei viel Gescheites und Tiefsinniges heraus, und manchmal hat so ein wolkenkuckucksheimischer Gedankenschmetterling auf seinen Flügeln Glanz und Schimmer der Ewigkeit. Aber aus Gemeinem ist der Mensch gemacht! Und wie sich so ein Himmelsgeschöpf mit der gewöhnlichen Wirklichkeit einläßt, werden Mondkälber und Wechselbälger daraus. Und wenn sich dann zeigt, was für eine saubere Zucht aus solcher Kreuzung kommt, sind die Demokraten böse - auf uns, als hätte eine Königlich Preußische Regierung die Wirklichkeit gemacht. Und während wir darüber streiten, wer eigentlich daran Schuld ist, daß zwei und drei bloß fünf und nicht sechs sind, werden die besten Gelegenheiten verpaßt. Es ist ein Jammer, was für schöne Gelegenheiten Preußen in den letzten Jahrzehnten versäumt hat, die ganze preußische Politik ist eine Politik der versäumten Gelegenheiten. Wir sind rings von Feinden umstellt und müssen uns rüsten, unser Schwert schärfen, und statt dessen werden bloß die Mäuler gewetzt, und unsere Panzer bestehen aus bedrucktem Zeitungspapier. Da habe ich es ihnen doch endlich einmal sagen müssen, daß die wichtigsten Angelegenheiten unserer Zeit nicht durch Reden und Majoritätsbeschlüsse entschieden werden, sondern durch Eisen und Blut."

Wilder Regenschwall schlug gegen die Fenster, die Dunkelheit schien aus Bottichen Ströme gegen den Zug zu schleudern, als wolle sie ihn vom Geleise stürzen. Und wie das Wasser über die Scheiben spülte, da zog es sich zu Flecken und Inseln auseinander, zu umgrenzten Flächen, zu Landkarten, die aber so rasch ineinanderrannen und wechselten, wie sich die menschliche Geschichte vom Thron der Ewigkeit aus ansehen mag. Nachdenklich schaute der König in das rasende Dunkel. "Damit werden wir in Deutschland und in Europa nicht populär werden", sagte er. Das war wieder die Stimme Augustas, die immer nach Beifall aus war, den Weihrauch der Presse bitter entbehrte und nach England und Frankreich hinhörte, um sich Wert und Würde Preußens in London und Paris bestätigen zu lassen. Bismarck fing den Hieb mit einem Lächeln, gab ihn unverweilt zurück: "Wer ist Deutschland? Der Bund? Und wer ist Europa? Verschiedene große Nationen, die niemals darüber einig sind, was zu geschehen hat, und denen man es so machen muß, wie Götz den Bürgern von Heilbronn. Mit der eisernen Faust auf den Tisch hauen. Und was ist schließlich Popularität? Adressen, Huldigungstelegramme, Lorbeerkränze, Protektorate über Schützenfeste, die Zufriedenheit der Zeitungsschmierer. Sie wird damit erkauft, daß man von der Hand in den Mund lebt, daß man den kleinen Zielen nachläuft und die großen darüber vergißt. Es ist viel bequemer, populär zu sein. Wer aber an große Aufgaben glaubt, an Ziele, die nicht von morgen sind, der wird nicht zögern, auch sein Teil Haß und Spott zu tragen. Ich kann es, ich habe eine dicke Haut."

Bismarcks Beredsamkeit kam dem König plötzlich allzu lebhaft und aufdringlich vor. Hatte nicht Augusta recht, wenn sie vor dem maßlosen Ehrgeiz dieses Mannes warnte, der danach verlangte, den Diktator zu spielen, und wenn darüber Preußen in die Brüche ging und das Königshaus zu Fall kam? Er schob das Kinn vor, der Ärger zog ihm die Brauen zusammen und ritzte Runzeln in die Stirn. "Ja - ja, mein Lieber, und darüber geht die ganze Heeresform vor die Hunde ..."

Bismarck reckte sich, endlich war der König seiner welken Müdigkeit entrafft, stand ihm in Kampfbereitschaft gegenüber. Seine Stimme klang hell und sieghaft: "Nein, nein ... wir machen sie ohne Parlament. Wir wollen nicht die Verfassung brechen. Drei Mächte haben bei den Gesetzen mitzuwirken: das Parlament, das Herrenhaus, der König. Wenn aber das Parlament gewisse Ausgaben nicht bewilligt und sich darüber im guten mit den beiden anderen Mächten nicht einigen kann - was hat dann zu geschehen? Darüber enthält die Verfassung nichts. Also kehrt dann das Recht, darüber zu entscheiden, zu dem zurück, der die Verfassung gegeben hat - zum König."

Trüb rann das Licht über das Gesicht des Königs an dem helleren Nasenrücken vorbei in den dichten Bart. Er sah Bismarck mit einem verdrossenen Blick an, der ihn von den Knien bis zur hohen blanken Stirn maß und etwas Trennendes einschob. "Sophisterei!" murmelte er.

"Und jetzt handelt es sich gar nicht mehr um die Heeresform", sagte Bismarck plötzlich rücksichtslos und mit wütender Entschlossenheit, "jetzt geht es einfach darum, ob das königliche Regiment oder eine Parlamentsherrschaft von Schwätzern über Preußens Geschicke entscheiden soll." Was er heran- und heraufkommen gefühlt hatte, war da und erfüllte ihn ganz und gar, rann wie Wein durch seine Adern, schlug mit großen Fittichen in seiner Brust und brauste wie Sturm durch seinen Kopf. Indem er sich der ungeheueren Wucht seines Körpers voll bewußt war, war er doch zugleich von ihm gelöst und wie aus einer höheren Sphäre seiner so vollkommen Herr, daß er fast übermütig fühlte, wie jede kleinste Regung seines Fingers Ungeheuerliches zur Folge haben könnte, Bergstürze, Explosionen, Wassereinbrüche, Wirbelwinde von Kraft. Er schien einen Teil elementarer Gewalten der Erde an sich gerissen zu haben, und so gesteigert fand es sich, daß er, als er nun den König in seinen flammenden Blick spannte, dieses Trennende, das der König zwischen sie gelegt hatte, mühelos zurückschob wie ein Blatt Papier, wie ein Nichts. "Wir müssen in die Zukunft gehen wie die Cromwellschen Eisenreiter in die Schlacht."

Mürrisch rief der König: "Bis zum Schafott!"

Knirschen der Bremsen sägte in allen Fugen des Leibes, ließ die

Zähne schmerzhaft lang werden, man hielt irgendwo in der Nacht vor dem fahl beleuchteten Phantom einer Station.

"Majestät werden sich erinnern", begann Bismarck wieder, wie eine Stahlfeder, die jedem Druck widersteht, "daß Sie abzudanken gesonnen waren, als ich in Babelsberg vor Ihnen stand. Majestät haben mich befragt, ob ich gewillt sei, den Kampf für die Heeresreform unter Umständen auch gegen die Mehrheit des Landtages fortzusetzen. Und als ich bejahte, haben Majestät gemeint, dann sei es Ihre Pflicht, diesen Kampf unter meinem Beistand noch einmal aufzunehmen. Es ist so weit, Majestät, daß es versucht werden muß."

Des Königs Rücken straffte sich an dem gehäkelten Deckchen hin, Bismarck sah mit diesem hellen Scharfblick seiner Spannung, dem nichts entging, daß die Finger der königlichen Hände sich krümmten, einzogen und in die Handflächen wuchsen. "Meinen Sie?" fragte Wilhelm. Ein Wort war gefallen, das ihn aus seinem Kleinmut emporzog, ein rechtes Preußenwort und Soldatenwort, das Wort Pflicht. Das hatte er in Babelsberg gesagt, Bismarck hatte es bewahrt, eisern stand es vor ihm.

"Sollen wir uns ergeben?" Triumphierend schwang Bismarcks helle Stimme, "ergeben, ohne das Äußerste versucht zu haben. Was kann uns geschehen? Und wenn man Eurer Majestät den Kopf abschlägt, so werden Sie im Kampf für Ihr gutes Recht gefallen sein ... Steht nicht schließlich der Tod am Ende aller Dinge! Es würde ein Soldatentod geworden sein, Majestät, auf dem Schlachtfeld der Ideen, Sie würden gefallen sein für die Idee des Königtums, die nicht zum Spott werden darf, für die Ehre Ihres Namens und für die Zukunft Preußens, von der Sie ein anderes und größeres Bild in sich tragen als jene Leute, die das Vaterland lieber heute als morgen an ihre Fata Morgana von Freiheit und Verbrüderung dransetzen möchten."

Zwei harte Fäuste lagen auf des Königs Knien. Er saß hoch aufgerichtet, ganz der Alte, wie ihn Bismarck kannte, wenn er mit munteren frischen Offizieren beisammen war, deren Jugend er über sich hinsprudeln ließ, um selbst ein gutes Stück jünger zu werden. Sein Gesicht hatte alles Welke und Schlaffe fallen lassen, es war kühn und beinahe ein wenig wild, und da Bismarck außer sich selbst und über sich selbst geraten war, seines Körpers Herr und Schöpfer bis in die letzte Falte, wußte er auch, daß sich der Mund des Königs ganz nach dem seinen formte und in den Augen des Königs genau dasselbe blaue Flimmern stand, das Bismarck aus den seinen sprühen fühlte. "Sie haben recht", sagte der König, "Sie haben recht, Bismarck."

"Euer Majestät haben keine Kritik zu befürchten. Es kommt auf die Haltung an. Wenn Sie bei dem Beginnen, die Geschicke des Staates vor der Unvernunft zu schützen, untergehen sollten, so wird die Sympathie der ganzen Welt auf Ihrer Seite sein. Man wird Sie bewundern, und Sie werden als eines der edelsten Beispiele in der Geschichte dastehen. Ein König, der zu sterben wußte wie ein Offizier auf seinem Posten. Ich sage nicht, daß es so kommen muß. Die demokratischen Geldverweigerer sind nicht das preußische Volk, noch immer und trotz allem bedarf der deutsche Patriotismus seiner angestammten Dynastie, um lebendig zu bleiben. Und die deutsche Politik wird wohl auch weiterhin auf den Schultern der Fürsten ruhen, nicht auf den Barrikaden. Aber wenn es so kommen sollte, daß uns auf dem Meer der Zeitungsphrasen der Wind aus den Segeln genommen wird und uns der Sturm des Unwillens verschlingt, dann wollen wir uns an Mast und Ruder binden und mit wehender Fahne untergehen."

"Und Sie, Bismarck, und Sie?" fragte der König und tappte nach der Hand, die da, eine Spanne von der seinen entfernt, auf Bismarcks Knien lag.

"Ich werde mit Ihnen untergehen, Majestät", sagte Bismarck, "und werde mich glücklich preisen, daß ich meinem Leben einen solchen Abschluß geben durfte."

Wie gerade und einfach dem König das alles auf einmal aussah, was man ihm in Baden so ins Ängstliche gezogen und verbogen hatte. War es nicht wirklich die einfachste und natürlichste Sache von der Welt, seine Pflicht zu tun und sich nicht darum zu kümmern, wie es ausging?

"Dann kommen wir miteinander nach Walhall", lachte er glücklich, "und die Walküren reichen uns den Ehrentrunk. Und wir essen von dem ewigen Schweinebraten der Asen ..."

"Könnten wir nicht wenigstens Borchardt mit hinaufnehmen, daß er etwas Abwechslung ins Menü bringt", sagte Bismarck bedenklich. Da lachten sie einander vergnügt an, zwei große Jungen, die eben einen gewagten, aber tüchtigen Streich verabredet haben.

Lichter standen im dunkeln Feld auf, gesellten sich zu Haufen, immer öfter sprang der Zug über Wechsel, und nun schob das nächtliche Berlin helle Fensterreihen an die Bahn; man sah in gelbliche Straßenschluchten, deren Boden dünnstrichelnden Regen in schwarze Lachen sammelte. Der Zug fuhr in ein Gewölbe von Eisen und Glas; Bismarck ließ das Fenster herab und beugte sich vor: "Bodelschwingh ist da ... und Eulenburg ... und Roon ..."

Sie stiegen aus, bürgerlich, im Strom der anderen Reisenden. Hier kannte man den König, und die Überraschung zog ein paar zögernde Hüte herab. Die Minister hatten sich eingefunden, jeder mit einem Sack voll Lamento und voll übelriechender Nachrichten aus den Ausschüssen und der mächtig greinenden Presse. Und sie erstaunten nicht wenig, als der König das gar nicht mit dem gewohnten Bedenken aufnahm und alles zusammen mit einer frischen Gebärde auf die leichte Achsel warf; gerade als sei er Sankt Christophorus, der sich schon zumuten dürfe, mit einiger Belastung durch das wilde Bergwasser der öffentlichen Meinung zu stampfen.

15

Es rann ein böses Gift durch Preußens Adern, das fraß sich bis an die Knochen hin, ließ die Säfte stocken und verpestete den Atem. Bismarck schloß den preußischen Landtag und schickte die Abgeordneten nach Haus. Und weil das nicht zu genügen schien, da nun die Zeitungen in ganzen Breitseiten zu kanonieren begannen, wo sie sonst nur einzelne Stückkugeln geschossen hatten, vernagelte ihnen Bismarck die Rohre und nahm ihnen durch eine Verordnung die Freiheit, mit ihrer Meinungsmunition umzugehen, wie sie wollten. Das war nun freilich eine Kur nach der Eisenbartschen Methode, und das Geschwür, das nicht nach außen aufbrechen konnte, zog sich um so tiefer in die Gewebe, so daß schließlich alles in Glut und Fieber stand.

Das Danziger Rathaus hörte die Worte, mit denen der Kronprinz sich von den Ratgebern seines Vaters lossagte, und die ganze Nacht hindurch raunten die alten Steine von den Kellergewölben bis zu den Dachgiebeln davon, daß ein preußischer Prinz, der Erbe der Krone, die Politik des Königs vor einer Versammlung von Bürgern mißbilligt hatte.

Der Prinz aber fand sich in seiner offenherzigen Tat frei und groß und gelöst von langem Druck, denn er stand zuinnerst bei jenen, die nicht an Bismarcks Eisen und Blut, sondern an den guten Willen der Menschheit und ihre Heiligung in friedlichem Vernehmen glaubten. Und erst als ein väterlicher Brief über ihn hereinbrach, in dem erschreckend deutlich wurde, wie seine Worte Korn für die Mühlen der Widerstrebenden gewesen seien, erkannte er - nicht sein Unrecht -, aber doch seine Unbesonnenheit.

Über alle diese Spannung und Unsicherheit aber war in jenen Junitagen des Jahres 1863 ein Himmel aufgebaut, blau wie eine Glockenblume und mit so dünnen Wänden, daß man hätte meinen mögen, man müsse die Ewigkeit dahinter summen hören. Dazu stand die Welt in Flor und Glorie; im Park von Babelsberg gab es Amseln, sie sangen allen süßen Sehnsuchtsschmerz seit Erschaffung der Erde noch einmal herunter, und der See nahm alles das, Himmel und Landhäuschen und blühende Kastanien, zärtlich in seine Obhut, spiegelte es im grünen Waldrahmen seiner Ufer.

Der Wagen fuhr längs des Sees die Straße zum Neuen Palais, leichter Staub qualmte hinter ihm; auf dem blauen Rücken des Kutschers senkte sich das Tanzgewimmel zu Schichten. Hinter einem Gartengitter, zwischen Blumenbeeten, ging ein junges Mädchen, einen gelben Strohhut korbartig am Arm; mit weitabstehenden Röcken fegte sie links und rechts die Tulpenköpfe. Rotbraune Tonlöwen hockten auf hohen Ziegelsockeln zu beiden Seiten einer Einfahrt, von der ein glimmender Sandweg zu einer Villa hinanlief, die sich mit einer Säulenfront ganz antikisch auf eine kleine Anhöhe gestellt hatte.

Die ganze Sommerherrlichkeit hatte über den König keine Macht; Mißmut saß in ihm, und er wälzte düstere Entschließungen über den Störrischen und Abtrünnigen. Bismarck war einer Anrede gewärtig, sann indessen auf den See hinaus, wo jemand hemdsärmelig im Boot saß und die Gegend auf einem Zeichenblock einzuheimsen schien.

"Warum reden Sie nicht?" sagte der König auf einmal aufgebracht, als habe Bismarck unschicklicherweise eine Frage überhört, "was sagen sie also zu dem Brief?"

Bismarck stieß das Kinn nach vorn, wo Kutscher und Kammerdiener ihre Ohren nach hinten spannten, und antwortete französisch: "Majestät sollten sich damit zufrieden geben und Verzeihung gewähren."

"Verzeihung! Zufrieden geben! Nachdem er mich so direktement blamiert hat? Man wird von ihm und seinem Fall die Konsequenzen nehmen. Ein König, der nicht einmal seinem Sohn zurechtweisen kann, wie soll der uns, die freigewählten Abgeordneten und so weiter … na, Sie kennen das ja zur Genüge."

"Trotzdem, Majestät, trotzdem! Lassen Sie die Sache auslaufen … jetzt ist es ein kleiner Skandal, hüten wir uns, daß nicht ein großer daraus wird, der dem königlichen Ansehen mehr schadet als so ein demokratischer Exkurs eines Prinzen." Sie fuhren durch einen dichten Schwarm glashell geflügelter Insekten, die eben erst im Uferschlamm von der Sonne ausgebrütet sein mochten. Sie tanzten, taumelten lichttoll und weltunerfahren über den Weg hin. Die Pferde schnaubten und schüttelten die Köpfe, Bismarck teilte das Geschwirr durch einen Schlag der flachen Hand: "Das vergeht alles sehr rasch", sagte er.

Der königliche Unwille aber stemmte sich stark gegen alles Sänftigende. "Sie möchte ich sehen, Bismarck", sagte Wilhelm deutsch, "wenn Ihre Jungen mal groß sind und Ihnen solche Stücke spielen. Würden Sie da nicht ein heiliges Himmelkreuzdonnerwetter …" Er unterbrach sich, von Bismarcks Blick gewarnt, und schaute wütend auf den Rücken der beiden Leute auf dem Bock, die geduckt da saßen, als wollten sie ihre Ohren vergessen machen. Der Zorn rann im Französischen weiter, wurde schon durch die fremde Sprache etwas geglättet: "Ich kann das nicht dulden; wenn jeder Vater das Recht hat, seinen Sohn wegen Ungehorsams zu bestrafen, das soll ich mir versagen?"

"Die Staatsräson, Majestät …?"

"Ach was, Sie mit Ihrer Staatsräson ... Ich will vor allem Ordnung in meinem Haus, damit fängt die Staatsräson an. Ist das erhört, daß ein Prinz von Preußen hingeht und erklärt, er finde, die Regierungsmaßnahmen seines Vaters seien bedauerliche Verirrungen ... darauf läuft es ja im Grunde hinaus! Und daß er ausdrücklich versichert, daß er nichts von ihnen gewußt und an ihrem Zustandekommen keinen Anteil habe. Überlegen Sie sich das nur ... malen Sie sich die Jubelchöre bei den Demokraten aus."

"Es ist fatal", sagte Bismarck. "Aber Geschehenes läßt sich nicht ändern, und er entschuldigt sich immerhin in seinem Brief."

"Man muß ihm sozusagen mildernde Umstände zubilligen", setzte er vorsichtig hinzu.

Der König hatte den Brief noch einmal aus der Innentasche seines Uniformrockes geholt und überflog ihn. Wieder drohten die Brauen Wettersturz, der Schnurrbart zuckte in heftigem Muskelspiel des Mundes. Dann schlug er mit dem Handrücken auf das knisternde Papier: "Gerade dieser Brief ... der ist beinahe noch ärgerlicher. Was heißt das: Er war der Meinung, es sich und seiner Kinder Zukunft schuldig zu sein ... Will er denn künftighin mit Hilfe des Herrn Bockum-Dolffs und Herrn Stavenhagen und mit den Zeitungsschmierern gemeinsam regieren? Und glaubt er vielleicht, daß er gar so nahe daran ist, aus meinen Händen ... daß ich vielleicht über heute oder morgen ... oho! oho!" Er schnellte empört vom Sitz und fiel wieder zurück.

Eine Gruppe von Spaziergängern stand am Wegrand, dehnte sich rasch beim Herannahen des Wagens in eine Reihe auseinander und zog die Hüte. Bismarck dankte höflich, der König sah nichts von ihnen, denn sein Blick war wutentbrannt nach innen gerichtet.

"Und dann dieses Begehren ...", entrüstete er sich weiter, "Enthebung von seinen Ämtern! Ist das nicht neuerdings eine, eine ...? Entlassungsgesuch, wie ein gekränkter Minister. Einen Minister kann ich nicht halten, wenn er meine Politik nicht mehr machen will. Aber mein Sohn muß ausharren. Möchte sich entheben lassen, *urbi et orbi* zeigen, ich tue nicht mehr mit, mein Vater soll sehen, was daraus wird. O nein, er soll nur bei der Stange bleiben."

"Es sind eben Einflüsse da", sagte Bismarck tastend.

"Na ja … ich weiß: Die englische Prinzessin, die mein Sohn geheiratet hat, paßt Ihnen nicht. Weiß ich schon lange. Kann mich erinnern, meinten schon damals, Kronprinz von Preußen wäre bessere Partie als eine Prinzessin von England."

"Ich schätze Königliche Hoheit sehr als eine kluge und liebenswürdige Frau. Aber sollte es Ihnen unbekannt sein, wie sehr sie doch noch immer Engländerin ist? Unsere deutschen Prinzen und Prinzessinnen vergessen auf fremden Thronen sehr bald ihre Herkunft und sind stolz darauf, in das fremde Volk hineinzuwachsen. Die fremden Prinzessinnen, die von unseren Prinzen geholt werden, bleiben, was sie sind, und so sieht auch die Frau Kronprinzessin alles bei uns mit englischen Augen, hat ihren Sack von englischen Urteilen und Vorurteilen immer bei der Hand und spendet freigiebigst …"

Ungeduldig winkte der König ab: "Mag sein! Bestreite ich nicht, daß sie Engländerin geblieben ist. Unser Konflikt, durch englische Brillen gesehen, mag bedrohlich stuartisch aussehen. Bestreite aber, daß mein Sohn durch solche Einflüsse … verstehen Sie! Ist nicht hohenzollernsche Manier, Frauen mitreden zu lassen und solche Einflüsse maßgebend werden zu lassen …"

"Gewiß!" versicherte Bismarck unbewegten Gesichts, nur der kleine Finger der linken Hand, die auf dem Wagenschlag lag, zuckte leicht, von einem Nervenreiz angerissen.

"Muß also auch volle Verantwortung tragen!" sagte der König, sich zu tragischer Gewalt zusammenraffend. "Werde ihn zur Rechenschaft ziehen."

Bismarck gönnte dem König durch eine minutenlange Pause den vollen Genuß seiner Größe als Heldenvater. Die Pferde warfen die Beine hoch, über dem rasch rollenden Wagen streckten Linden ihre rundgeballten Wipfel einander zu, zwischen den dunkeln Stämmen, jenseits eines schmalen Rasenbords und des schweren Baumschattens blitzte der See flächig herüber.

Langsam sagte Bismarck, und jedes Wort sank wie ein Steingewicht herab: "Dazu möchte ich nicht geraten haben."

Das war der Ton, in dem Bismarck entscheidende Dinge vorzubereiten pflegte, und der König kannte ihn zu gut, um nicht gespannt hinzuhorchen: "Majestät sollten den Kronprinzen nicht zum Märtyrer machen", setzte Bismarck hinzu.

"Hm! Märtyrer! Wenn er aber seine Strafe verdient?" wehrte sich der König. Aber Bismarck entging die Unsicherheit nicht, die dies einzige kluge Wort angerichtet hatte.

"Es ist nun einmal so, daß die Leute den gemaßregelten Thronfolgern ihre ganze Sympathie zuwenden. Man sollte sich hüten, zu solchen Demonstrationen Anlaß zu geben. Hat sich nicht die ganze Welt auf Friedrichs Seite gestellt, als er von seinem Vater eingelocht wurde? Und weinen wir nicht noch heute um den Knaben Karl, obzwar wir inzwischen dahintergekommen sind, daß er ein bösartiger Schwachkopf war ...?"

Die Straße wich vom Seeufer ab, eine breite, hellgrüne Wiese schob sich vor das Wasser, in dem mit einem Mal das Bild einer großen, aus dem Nichts emporgetauchten schneeweißen Wolke sich zwischen den hingeschnörkelten Randspiegelungen von Wald und Gärten eindrängte. Sie fuhren längs einer niedergelassenen Zeile von Potsdamer Vorstadthäuschen und bogen in die friderizianische Parkherrlichkeit von Sanssouci.

"Und dabei geht das doch alles eigentlich gegen Sie", brummte der König, schon auf dem Rückzug; Bismarck setzte ein gleichmütiges Achselzucken hin, das sagte ohne viel Prahlerei, daß man diesem breiten Rücken schon etwas aufladen könne und daß er von einer derben Haut überzogen sei, die nicht gleich von jedem Mückenstich des Schicksals ins Schwellen und Schwären komme.

Ja, fuhr der König fort, und was der Prinz Friedrich dem Ministerpräsidenten alles vorgeworfen habe, das Schlimmste eigentlich, was von einem verfassungsmäßigen Minister gesagt werden könne, daß er das Volk verachte und am liebsten mit der Reitpeitsche behandeln möchte, daß er an der Auslegung der Verfassung einen spitzfindigen Scharfsinn übe, der vielleicht einem Winkeladvokaten anstünde, aber nicht dem loyalen Leiter einer Regierung; und daß es gar nicht weiter verwunderlich wäre, wenn einmal, sobald die Verfassung doch vielleicht nicht mehr gebogen werden könnte, das Brechen an die Reihe käme. Eine solche Sprache könne er nicht dulden, meinte der König, und er werde den Kronprinzen zwingen, diese Äußerungen zurückzunehmen. Dabei sah er verstohlen aus den Augenwinkeln nach Bismarcks Gesicht, und ein mißtrauisches Schielen verzwickte seinen Blick.

Bismarck nahm die Kappe ab, die süße Lindenblütenluft des Hauptweges hauchte über die schweißbeperlte Stirn. "Ich möchte Majestät bitten, das zu unterlassen. Es ist mir keine Genugtuung, den Kronprinzen ins Unrecht gesetzt zu sehen. Ich bitte, nur keine Art von Maßregelung."

"Sie sind gut, Sie sind edel, Sie sind rührend", sagte der König, und der Ton seiner Stimme war seltsam schwankend, immer hart auf der Schneide, ganz ins Ironische zu gleiten. "Denken wohl daran ...", fuhr der König plötzlich herum, wie um Bismarck auf frischer Tat zu ertappen, "denken wohl daran, daß er einmal mein Nachfolger wird? Nicht? Sind ja ein weitschauender Staatsmann. Angenehm, sich beizeiten mit dem mutmaßlichen Erben auf guten Fuß zu stellen. Angenehm und nützlich. Erinnere mich, daß Sie ja auch, als ich Sie zur Leitung berief, bei meinem Sohn waren. Zuerst, ehe Sie überhaupt noch bei mir waren, haben Sie den Kronprinzen aufgesucht. Merke mir solche Dinge gut ..."

War das ein Eisenreifen, den Bismarck auf seine heiße Stirn setzte, oder wirklich nur der Lederrand einer Kappe? Auf einmal war alle Spannkraft aus seinem Gesicht fort, ein ganz anderes Antlitz kam darunter zum Vorschein, ein trostlos entmutigtes, voller Falten und Runzeln: "Ich habe bereits mehrere Mal die Ehre gehabt", murmelte er, "Majestät auseinanderzusetzen, wie sich die Sache zugetragen hat. Belieben gnädigst festzuhalten, daß mich der Kronprinz selbst rufen ließen und daß ich keinen Anlaß hatte, mich hier durch einen Ungehorsam gegen Seine Königliche Hoheit einzuführen." Bismarck bediente sich geflissentlich höfischer Redewendungen, die ihm sehr geläufig von den Lippen gehen konnten, wenn es darauf ankam, zu zeigen, daß er den Einsatz seiner Persönlichkeit vermeiden wolle.

Der König wandte sich ab und haschte verlegen nach einem Lindenzweig, der nahe über seinem Kopf dahinschnellte: "Weiß schon", brummte er, "haben sich ihm gegenüber zu nichts verpflichtet. Glaube es Ihnen gern."

Neben ihm klirrte Bismarcks Majorsdegen. Und hastig, als könne bei nur sekundenkurzem Zögern Unwiederbringliches versäumt werden, fuhr der König fort, indem er den Kopf ganz beim Wagen hinausdrehte: "Wünsche mir nur, daß ich noch ein paar Bismarcks hätte."

"Ich, Majestät", sagte Bismarck ganz heiser, "wünsche mir, nur einem einzigen Herrn zu dienen. Ihnen - und sonst keinem anderen weiter."

Dann sprachen sie gar nichts mehr, sahen aus dem Wagen, der eine links, der andere rechts, als sei ihnen aufgegeben, die Lindenstämme zu zählen, und es dauerte auch nicht mehr lange, da fuhren sie in den Hof des neuen Palastes ein. Das ganze Lehrbataillon stand in Reih und Glied, blau vor den gelben Wänden, und so gleichmäßig, als habe Gott an ihnen das Zählen erfunden. Und so stramm sie standen, als nun der König unter Trommelwirbel und Pfeifengequieke auf sie zuging, da zog es sie noch strammer zusammen, und sie drückten die Knie durch und wölbten die Brust, daß der alte Fritz im Preußenhimmel darüber ins wohlgefälligste Schmunzeln kam.

Und während der König an der Seite des Majors Bismarck auf die Musterschar zuging, sagte er: "Stramme Jungens! - Werde also den Übeltäter pardonieren." So daß es einem, der etwa nicht mit dem Herzen zugehört hätte, vielleicht hätte scheinen mögen, er verzeihe dem Kronprinzen um der guten Haltung dieser braven Soldaten willen.

16

Keudell turnierte gegen das schwere Tor des Hauses Wilhelmstraße 76 an, dem man immer erst seines Leibes ganze Erdenplumpheit an die Klinke hängen mußte, um es zu öffnen.

Wie er freilich einen schmalen Spalt geöffnet hatte, da kam schon der Novemberwind die Wilhelmstraße hinter ihm drein hergelaufen, fegte ihn wie ein dürres Blättlein in den Flur, riß ihm die Tür aus der Hand und warf sie wüst johlend ins Schloß, daß es dem Pförtner Schellenberg in seiner Zelle durch Mark und Bein ging. Er ließ die Zeitung fallen, packte einen Schlüssel, wie der Indianer im

Augenblick eines Überfalles unverzüglich nach der Streitaxt greift, und stürmte in den gläsernen Vorbau, von dem aus er tagsüber alles Kommen und Gehen im Ministerium des Äußern beschaute und prüfte. Da er aber den Ministerialrat Keudell erkannte, der im Hausflur eben wieder zu sich zu kommen begann, mußte er seinen Pförtnerzorn eiligst klein zusammenlegen und die Mütze ziehen und konnte durch ein Gemurmel über heftigen Zug nur die meteorologische Ungezogenheit verantwortlich machen.

Keudell stieg die Treppe zu Bismarcks Wohnung hinan, eine einzelne Gasflamme summte in einer Art Rasierschale; das war wie ein unwilliges Zischeln, und von einer Stufe zur andern überzeugte er sich mehr davon, daß es niemandem andern gelten könne als ihm selbst und seinem wohlgemeinten Jungenstreich. Als er vor der hohen weißen Tür stand, war ihm sogar nach Umkehren zumute, aber Engel enthob ihn der Unentschlossenheit; ein Auge blickte überraschend durch das durchbrochene Messingfensterchen, dann ging die Tür auf, und schon streckte Engel die Hände nach Mantel und Hut.

Es war gut, daß Bismarck nicht im Empfangszimmer war, so konnte Keudell doch über Herzklopfen und Atemnot hinwegkommen. Er hatte sich kaum vor der Hausfrau und Frau von Arnim verneigt, da hingen ihm schon die Jungens an den Falten und wollten sich jeder rechtgeben lassen. Bill hatte in irgendeiner Zeitschrift gelesen, daß im vorigen Jahr bei einer Ausstellung im Londoner Kristallpalast ein Stahlblock von zwanzigtausend Kilogramm zu sehen gewesen sei - "zwan-zig-tausend Kilogramm", sagte er, als habe dieses Weltwunder einen Anspruch darauf, durch sein Gewicht die Silben breitwalzen zu dürfen.

"Is nich wahr! So'n Frosch!" schrie Herbert, wobei mit dem Frosch nicht etwa der Stahlblock, sondern der Bruder gemeint war, dem er mit seiner dreijährigen Überlegenheit allzeit gern die Daumen aufs Auge setzte.

"Is doch wahr!" behauptete der Kleinere steifnackig, Bekennertrotz in dem hübschen Bubengesicht. "Is wahr! Und is noch dazu'n deutscher Stahlblock."

"Na, wer soll ihn denn gemacht haben?" fragte Keudell als vorsichtiger Diplomat.

"Derselbe Mann, der auch die Kanonen macht!" Oh, Bill war seiner Sache sicher.

"Alfred Krupp", sagte der junge Eisendecher, indem er eine Teetasse aus der Hand Johannas nahm. Er reckte beim Sprechen immer den Hals ein wenig aus dem Kragen, wie ein junger Hahn, der das Krähen noch nicht ganz sicher weg hat.

"Wer ist nun das wieder?" fragte Malwine, indem sie ein drollig verzweifeltes Jungmädelgesicht machte, als sei ihr die Frage von einem übelwollenden Lehrer gestellt. Dieses Gesicht stand noch immer im Einklang mit den frischen Augen und dem reichen Haar, das ihre nordische Schönheit wie ein Versprechen unveränderter Dauer segnete. Niemand hätte ihr die zahlreichen Geburten angesehen, die für sie immer Lebensgefahren gewesen waren und sie mit nachfolgender Krankheit so herunterbrachten, daß nur ein Lebenswille gleich dem ihren sich aus ihnen zu erheben vermochte.

"Krupp! Krupp!" sagte Moritz von Blanckenburg recht geringschätzig.

Malwines Gatte war gerechter: "Kanonenrohre aus Gußstahl … das ist eine Erfindung, für die man ihm dankbar sein kann."

"Die Gußstahlreifen ohne Schweißung … der Bessemer-Stahl … das Martin-Siemens-Verfahren", ergänzte der junge Eisendecher nach der friedlichen Seite hin und wurde ein wenig atemlos dabei, wie immer, wenn er an diese Ungeheuerlichkeiten dachte, an diese glühenden, sprühenden Öfen, an die Bessemer-Birnen mit ihrem Inhalt von Lava, die sich drehen und wenden ließen, wirklich nicht anders, als hingen sie harmlos an irgendeinem Obstbaumzweig. Und Bill und Herbert machten große Augen bei diesen Namen, die sie in eine Zyklopenwerkstatt zauberten, in der es noch ganz anders zuging als in den homerischen und virgilischen Götterschmieden.

"Ja, ja", nickte Frau Johanna zu Malwine herüber, "das sind nun unsere jungen Leute. Wie war's bei uns? Wir haben uns an Jean Paul gehalten und an Byron und Chamisso, und alles Gute und Köstliche haben wir in unsere Tagebücher eingetragen wie Bienen den Honig. Die jungen Leute von heute werden rot, wenn sie an Elektromagnetismus denken und an Hochöfen. Die Welt stellt sich immer mehr aufs Praktische. Es soll mich nicht wundern, wenn lauter Ingenieure und Chemiker aus ihnen werden."

Mit weichen, leisen Tritten ging Mariechen zwischen den Gästen hin und hob ein Tablett mit kleinen Butterbroten vor jeden, so anmutig und mit so persönlicher Bitte, daß man nehmen mußte, und wenn man schon bis an den Rand vollgestopft gewesen wäre. In ihrem schlichten, schwarzen Kleidchen, das die Trauer um die im September gestorbene Großmutter bekundete, war sie ihrer schlanken, zarten Mutter fast schwesterlich angeglichen. Nur war alles, was bei Johanna als weicher Schwung und reife Erfahrung grüßte, bei der Fünfzehnjährigen noch nicht aus dem Unebenen und Eckigen gelöst.

Blanckenburg schlürfte den Tee in eine struppige Bartwildnis. "Kanonenrohre ... Kanonen ...das ist jedenfalls die Hauptsache ..." Er war nach dem Tod seiner Frau in die Kümmernis versunken gewesen wie in einen Sumpf und wäre mit Haut und Haaren darin untergegangen, wenn seine Gläubiger ihm ein Verschwinden vom Schauplatz gegönnt hätten. Aber sie stellten am Ufer der Zurückbleibenden ein solches Wehklagen und Händeringen an, daß sich Moritz plötzlich besann, es gehe nicht an, ein solches unwürdiges Leichengefolge zu haben. Da hatte er sich münchhausisch selbst aus dem Trauersumpf emporgerückt und sich wieder ins Leben geworfen, mit solcher Wucht, als sei ihm wirklich an den Zielen sonderlich gelegen, die er zu haben vorgab. Und da es der Welt offenbar gleichgültig zu sein schien, ob eine Tätigkeit um ihrer selbst willen oder als seelenärztliche Kur unternommen wird, wurde ihm sein zähes Ackern und Ringen gesegnet. Von den Gläubigern trollte sich einer nach dem anderen befriedigt von dannen, im politischen Leben riß er eine Führerschaft an sich, die ihn sogleich in jede Bresche springen ließ, wo die Demokraten gegen die Konservativen hätten den Sturm ansetzen können. Und schließlich fand er sich von seinen Freunden, den Bismarcks voran, sogar in eine zweite Ehe geschoben, die seine junggesellenhafte Seelenöde wieder mit spätsommerlichem Gerank umwucherte.

Arnim sann der Blanckenburgschen Kanonensentenz nach. Kein Talent, aber eine stramme Gesinnung, trug Moritz die Bismarcksche Präge jeden Wortes ungescheut zur Schau. "Ja ... Kanonen ...", sagte Oskar nachdenklich, "wir werden sie wohl bald gegen die Dänen brauchen können."

Johanna horchte hoch auf. "Dänen ... was ist denn nun wieder dort los?" Arnim lächelte nachsichtig: "Nanne sitzt beim Topf und weiß nicht, was gekocht wird."

"Es ist etwas faul im Staate Dänemark", sagte Moritz mit hamletischer Gedankenschwere, "und das heißt Schleswig-Holstein."

Damit war Keudell arg an seine Verzagtheit gerührt, und er schickte einen Blick in das anstoßende dunkle Kabinett, jenseits dessen er Bismarck an seinem Arbeitstisch wußte.

"Ach, ich weiß ja von alledem nichts", sagte Johanna ohne jede Befangenheit; "Otto ist froh, wenn er einen Menschen hat, mit dem er nicht immer gleich in die politische Tretmühle muß. Sie setzen ihm sonst genug zu, und ich habe ihn kaum ein paar Minuten des Tags für mich."

Moritz stellte eine große Handbewegung Bismarckscher Herkunft in die Luft. "Nun, es ist einfach genug, Schleswig-Holstein ist deutsches Land, das können wir nicht den Dänen lassen."

"Schleswig-Holstein, meerumschlungen", summte Arnim.

Aber Blanckenburg mußte die Fülle seiner politischen Gesichte entladen; er konnte es sich nicht versagen, sich und anderen zu beweisen, wie er alle Zeitereignisse in klarem Verstand zu umspannen und begreifen vermochte. Da sei nun eben dieses Schleswig-Holstein - nicht wahr! - also ganz überwiegend deutsches Land, durch das Londoner Protokoll von 1852 freilich Dänemark zugesprochen ... aaaaber unter der Bedingung, daß die schleswig-holsteinische Art und Eigenart unangetastet bleibe. Und was hatte Dänemark getan? Eine Verfassung erlassen, in der alle Sonderrechte der Herzogtümer weggewischt waren, eine dänische Gesamtverfassung, die sich den Henker um das Londoner Protokoll kümmerte und deutsches Land einfach in die Tasche steckte, daß nicht auch ein Zipfelchen mehr heraussah. Sollte also Anno 48 das rote Blut der Kieler Studenten und Turner ganz umsonst geflossen sein und der Deutsche Bund trotz allen Gebrumms nach der dänischen Pfeife tanzen müssen? Das habe man sich in Berlin und in Wien doch nicht bieten lassen können, und so habe man denn einen recht deutlichen

Merks nach Kopenhagen geschickt. Daraufhin habe man dort wohl etwas zurückgezuckt, indem man zwar eine neue Verfassung entworfen und so getan, als ob man den Herzogtümern ihre Rechte und Selbständigkeit nicht weiter zerkrümeln wolle, im Grunde aber sei es gehüpft wie gesprungen gewesen und alles beim alten geblieben. Nun müsse man doch um des Ansehens willen etwas gegen die dänischen Strauchritter unternehmen, sonst käme noch der oder jener, und jeder glaube, er könne bei guter Gelegenheit auch so ein Endchen und Eckchen Deutschlands heruntersäbeln.

Nachdem Moritz solchergestalt das Ei aus der Schale geholt hatte, griff er nach einem schäumenden Glas Bier, das in Gesellschaft einer ganzen Schar von Kameraden von Marie auf einem kleinen laufenden Tischchen herangerollt worden war, und seihte es durch den großen Bart in die Kehle. Ganz hinterwäldlerisch-urgermanisch sah er dabei aus, wie ein Skalde beim Mettrunk, und daß ihm nachher der Schaum in großen Fetzen vor dem Mund stockte, machte ihn nur noch verwegener.

"Und Österreich marschiert mit Preußen?" verwunderte sich Johanna. Das war freilich der Kern der ganzen Sache, und Arnim nickte der Scharfsichtigen wohlwollend zu. Ja - Österreich marschierte mit Preußen, vielleicht, weil es Preußen nicht allein hantieren lassen mochte oder aus welchem Grund immer; es ging mit, und es würde auch noch weiter mitgehen, selbst wenn es zum Krieg kommen sollte. So könne die Welt noch einmal das Schauspiel erleben, daß die Preußen mit den Weißröcken Schulter an Schulter kämpften. Und das sei Bismarcks Verdienst - Oskar verbeugte sich leicht und elegant vor Johanna, als sei ihr ein Anteil daran zuzuschreiben -, denn wenn Preußen allein gehandelt hätte, so würde sich wohl rings bei allen Scheelsehern in Europa ein grimmiges Getöse erheben, daß Preußen nicht des Bundes Sache, sondern seine eigene betreibe.

Das Bierwägelchen war zu Keudell weitergerollt, und der versenkte seinen Harm in einem verzweiflungsvoll großen Schluck. Er hatte politisches Herzklopfen; denn er hatte seine Finger ganz ungebeten in den schleswig-holsteinischen Handel gesteckt, und es kam ihm jetzt ganz so vor, als zögen sich bereits die Brandblasen auf seiner Haut zusammen.

Blanckenburg aber begehrte in Vasallentreue auf. Es sei wahrlich genug an dem Getöse, das im eigenen Land vollführt werde. Eine Sünde und Schande, wie die Herren Abgeordneten sich gebärdeten und Bismarck Prügel vor die Füße schleuderten. Er müsse jeden Schritt erst erkämpfen und stehe stündlich vor der Nötigung, was nicht im guten geschehe, mit Gewalt zu erzwingen.

"Ach was ... die ... die!" eiferte Johanna zornrot. Sie kam den Feinden auf keinen Namen, und es war zu sehen, daß der bloße Gedanke an sie die Sanftmut ihres Herzens mit einmal hinwegblies und alles Streitbare ihres Hinterpommernblutes zusammenballte.

"Die Schwefelbande!" ereiferte sich Moritz; "Da reden sie und reden. Das können sie. Vom heiligen deutschen Recht und heiligen deutschen Boden. Aber wenn es zum Handeln kommt, da klemmen sie die Schwänze ein. Als ob die Kopenhagener um die schönste Professorenrede auch nur eine Schaufel Erde hergeben würden. Und Bismarck, der weiß, daß Schleswig-Holstein nicht mit dem Maul, sondern nur mit dem Bajonett befreit werden kann, ihm verweigern sie das Geld, ohne das man keinen Schuß abgeben kann."

Malwine begann sich zu langweilen; sie kannte Moritz und wußte, daß es geraume Zeit dauerte, ehe er ablief, wenn er einmal aufgezogen war. So holte sie sich Keudell heran und begann, ihn nach musikalischen Dingen zu befragen, ob er Verdis neueste Oper "Traviata" schon gehört habe, die man gegenwärtig im Opernhaus so hervorragend spiele. Keudell aber hörte nur mit halbem Ohr auf ihr Geplauder und gab wackelige Antworten; denn er war ganz auf das hingespannt, was nebenan gesprochen wurde.

"Man muß auf den Krieg gefaßt sein", hörte er Moritz sagen, "da können sich Virchow und Aßmann auf den Kopf stellen. Nur mit waffenmäßiger Großmachtspolitik können wir etwas erreichen." Das war sichtlich ein Wort aus der Bismarckschen Rüstkammer; denn es stand mit gespreizten Beinen und eisernem Gesicht auffällig zwischen allen andern. Und sogleich, als habe es Johanna gleichfalls erkannt, sagte sie: "Otto weiß, was er zu tun hat." Keudell sah sich um, sah die Bekennerglut auf ihrem Gesicht und die schwärmerische Zuversicht ihrer Liebe. In einer inbrünstigen Gebärde hatte sie die Hände über der Brust zusammengezogen; so mochte sie als Mädchen in unbedingter Hingabe und Gläubigkeit gesprochen haben: Was Gott tut, das ist wohlgetan.

Bill und Herbert kamen und reichten die Hand, ihre Schlafenszeit war da. "Geht zu Bett, Jungens", murmelte Johanna und folgte ihnen mit mütterlichem Blick. Marie durfte noch ein halbes Stündchen länger bleiben und schmeichelte sich an die geliebte Tante heran, die in einem Stoß Noten auf dem Klavier blätterte.

"Er findet heute wieder kein Ende", sagte Johanna seufzend. Sie schaute nach dem Kabinett, das wie ein Würfel Dunkelheit zwischen diesem Raum und dem Arbeitszimmer lag. Fragend wandte sie sich an Keudell: "Soll ich ihn wegholen ...?"

Keudell zuckte die Achseln; es war im voraus zu sehen, wie Bismarck den Arbeitsstörer anließ.

"Ach, ich habe solche Sorgen um ihn", sagte sie beklommen; "er wird sich noch zugrunde richten. Von zehn Uhr morgens ... bis ein Uhr nachts ..., da müssen die Nerven kaputt gehen, und wenn sie so stark wären wie Schiffstaue."

"Er ist natürlich reizbar ...", bestätigte Arnim; "unlängst hat er mich angeblasen ... ich weiß gar nicht mehr warum ... aber es war irgendeine Kleinigkeit ..."

Johanna nickte bekümmert auf eine Stickerei herab, die sie aus einem Winkel des Sofas hervorgezogen hatte: "Nichts macht ihm Freude ... seine Fuchsstute steht im Stall, nicht einmal eine Stunde Reiten gönnt er sich. Ich kenne ihn manchmal fast gar nicht mehr ... er ist ganz aus dem Gleichgewicht gebracht."

"Kein Wunder ... Schwefelbande!" brummte Moritz.

"Es geht ihm näher, als er sich merken läßt. Manchmal kommen aus irgendeinem Provinzwinkel Adressen, Lorbeerkränze, Geschenke ... an der Freude darüber kann ich erst ermessen, wie ihm die Anerkennung fehlt. Aber sonst sind alle gegen ihn. Er steht fest und tut, als rühre das nicht an ihn ... aber es frißt ihm schon bös am Herzen. Darüber wird er dann gereizt und brummig. Und obzwar er gerade jetzt Freundschaft und Vertrauen braucht, verscheucht er durch seine üble Laune die letzten Getreuen ..." Sie schaute von der Arbeit auf, versuchte ängstlich in den Augen der Männer zu lesen, ob vielleicht auch da schon der trübe Schatten stand. "Man darf ihm das nicht so übel anrechnen ..." Das war eine Werbung für den Geliebten, eine zaghafte Bitte.

"Hm!" machte Moritz gerührt.

"Spielen Sie uns doch etwas vor, Keudell", sagte Malwine, indem sie langsam den Deckel von den Tasten des Flügels hob.

Keudells Augen fragten bei Johanna an.

"Ja, spielen Sie nur", sagte sie, "es stört ihn nicht. Er hat es sogar sehr gern, wenn man spielt. Er meint, es rege ihn während der Arbeit an."

Beethoven lag, von Malwines schlanken Fingern aufgeschlagen, da. Wenn Keudell jetzt zu spielen begann, dann wußte Bismarck drüben, daß er da war, und so entschied es sich in der nächsten Viertelstunde über Sturm oder Sonnenschein. Nach einem kleinen Zögern schritt er tapfer auf den Flügel zu, sah einen Augenblick lang die Notenzeilen wild über das Blatt laufen. Mit einem festen Griff riß er die Herrschaft an sich und begann in seiner kühnen Art den ersten Satz der großen f-Moll-Sonate.

Plötzlich stand Bismarck in der Türöffnung des dunkeln Kabinettes. Keudell sah nicht ihn selbst, aber er hatte neben dem rechten Rand des Notenblattes Johanna vor sich, und wie sie sich nun halb vom Sitz hob und sich mit einem tief-sonnigen Lächeln dem magnetischen Zug überließ, der ihres Leibes eigenster Wille war, da wußte Keudell, daß Bismarck eingetreten war. Er hörte sogleich zu spielen auf und ließ die Hände sinken.

"Kommen Sie doch einen Augenblick zu mir", sagte Bismarcks ruhige Stimme.

Gehorsam folgte er seinem Vorgesetzten durch den dunkeln Raum, wild stieß ihm das Herz wie vor einer feindlichen Pistole. Nüchternes, unerbittliches, gelbes Licht breitete viele beschriebene Blätter auf dem Schreibtisch hin, es war sozusagen eine besondere Art von Licht, die aus der großen Moderateurlampe rann, hellgewordene Vernunft, Geistesklarheit, schattenlose Denkfrische.

Unter einem umfangreichen Aktenstück zog sich ein Zipfel eines blauen Briefbogens vor. Keudell hatte Bismarcks breiten Rücken vor sich, die schlanken Hände suchten in den Akten. "Ich frage mich", sagte Bismarck, "... ich frage mich vergebens, ob ich mir ...

vielleicht … in einem Anfall von Geistesabwesenheit Ihren Rat erbeten habe."

Das sah freilich nicht nach gutem Wetter und Sonnenlaune aus, sondern barg Blitz und Donner. Keudells Gehirn lag gelähmt in seiner Schädelschale.

"Sagen Sie …" fuhr Bismarck fort, "welcher Teufel hat Sie eigentlich geritten? Was ist Ihnen eingefallen, mir einen Brief zu schreiben …? Was für eine Antwort soll ich Ihnen geben …?"

Keudells Blicke arbeiteten noch immer an Bismarcks Rücken. Viel unheimlicher und drohender war es, Bismarcks Gesicht nicht zu sehen, als wenn er dem Ungeratenen in flammender Majestät entgegengetreten wäre und ihn mit Loderaugen versengt hätte. Erdrückend war diese ungefüge, bergesschwere Körpermasse, wie ein Block auf steilem Hang, der im unsichersten Gleichgewicht auf einer schmalen Kante schwankt. Alles war verloren, Keudell gab sich preis.

"Ich … bitte … mich zu entlassen!" sagte er, von kaltem Schweiß überronnen.

"Ach was, entlassen …" sagte Bismarck leise, aber mit schneidender Bitterkeit, "entlassen …? Hinauswerfen würde ich Sie … wenn Sie nicht - Keudell wären."

Alle Freundschaft, alle Liebe und Güte langer Jahre, alles Verstehen und Hingeben in gemeinsamen Sternenträumen musikalischen Erlebens lagen auf einmal wie ein Meer von Wehmut in Keudells Seele. Ein dunkles, trübes Meer, das leise an- und abschwoll und eine wunderlich klare Stimme hatte. Aus dem Grau bildeten sich Gestalten, Beethoven, Schubert, Chopin, Bismarcks Lieblinge, die machten traurige Gesichter, als hätte sich Keudell durch einen dummen Brief auch ihrer unwürdig gezeigt. Bismarck hatte sich umgedreht und stand mit einem Schritt vor Keudell, als wolle er ihn am Kragen fassen. "Wer hat Sie zu diesem Brief angestiftet?"

Keudell rang unter dem glühenden Anhauch des Sturmes nach Luft, stotterte: "Mi … mich? Angestiftet? Ich habe … aus … mi … mir selbst … in bester … Absicht ..."

"Natürlich … die beste Absicht … die gute Meinung … die habt ihr alle. Und vor lauter guten Meinungen und besten Absichten wird mir das Leben sauer, und ich bringe nichts vorwärts. Drei Viertel meiner Kraft muß ich dransetzen, um eure guten Absichten wegzuräumen."

Keudell war ein tapferer Ostpreuße, und sein Herz hatte bei mehr als einer Gelegenheit ein tüchtiges Beispiel gegeben, wie man zupackt und sich nicht fürchtet. Jetzt aber war sein Mut dahin, irgendwo unter den Schuhsohlen im Abgrund des Grauens versunken. Das kam aber weniger davon, weil Bismarck etwa noch erschreckend und gewalttätig anzusehen gewesen wäre, sondern weil im Gegenteil die Spannung aus seinen Zügen von einem Augenblick zum andern mehr wich und ein Welken und Verfallen eintrat, als durchfliege dieser Mann vom Beginn eines Satzes zu seinem Ende eine lange Reihe verzehrender Jahre.

"Alle … alle … auch die Nächsten", murmelte er, "… auch in meinem Haus. Sie haben mir eine Kugel in die Brust geschossen, Keudell."

Es war klar, daß nicht die Anmaßung eines Untergebenen solchen Schmerz hervorrufen konnte, sondern nur der Verrat eines Freundes. Keudell hatte die ganze Brust voll Schluchzen, der Mund brannte ihm von einem zurückgepreßten Stöhnen.

"Sie schreiben von der Bewegung der Geister und von dem herrlichen Aufflammen des deutschen Gedankens in der dänischen Sache. Sie beschwören mich, diese Gelegenheit wahrzunehmen, als der Held Deutschlands zu handeln und die verlorenen Neigungen wiederzugewinnen. Durch selbstloses Handeln im Dienst eines Ideals! Ich soll die Herzogtümer vom dänischen Joch befreien und den Herzog von Augustenburg wieder einsetzen, dessen Vater die Dänen dazumal hinausgewimmelt haben. Ach, das sind die Ratschläge, die mir die Kollegen geben und die Abgeordneten und die Zeitungen und die öffentliche Meinung und ganz Deutschland. Das sind die Phrasen, die mich tagtäglich vom Morgen bis zum Abend umschwirren. Wenn ich zum Frühstückstisch komme, dann liegt sicher neben der Kaffeetasse ein Artikel über die Rechte des Herzogs Friedrich von Augustenburg, und wenn ich nachts zu Bett gehe, dann fällt mein letzter Blick auf eine Warnung, ich möge mich nur ja nicht unterstehen, die dänische Sache anders als vom idealen Standpunkt aus zu sehen und etwa mehr an Preußen als an die immanente Gerechtigkeit der Weltgeschichte zu denken."

Bismarck war einen Schritt von Keudell zurückgetreten, sprach ruhig und fließend, aber es war, als käme seine Stimme aus tiefen Finsternissen. Er begann hin und her zu gehen, und Keudells Blick lief immer hinter ihm drein.

"Ideale! Ideale! Ich weiß nicht, ob ich ein Ideal habe, ich bin vorsichtig mit so hohen Namen. Schließlich sind eure Ideale nur eine Art von Brockengespenst, eure eigenen Schatten im Nebel, ins Ungeheuerliche verzerrt und vergrößert, so daß ihr sie für Riesen haltet. Wenn ich aber ein Ideal haben sollte, so ist es jedenfalls nicht das eure. Es ist ein Ziel, aber das sehe ich klar und unverrückbar, ohne euren Nimbus. Wenn wir mit den Dänen Krieg führen, so führen wir ihn nicht für den Bund und für den Augustenburger, sondern für uns selbst. Sollen die preußischen Soldaten ihr Blut vergießen, damit dem Bund noch das schleswig-holsteinische Lämmerschwänzchen anwächst? Sollen wir den Augustenburger einsetzen, ein Herrlein mehr zu den andern, ein Stimmlein mehr im Taxisschen Palais, das sich gelegentlich mit den anderen Mittelstaaten vereinigt und gegen Preußen erhebt ...?"

Er stand im tiefen Schatten, nahe der Tür, selbst eine ins Ungeheuerliche vergrößerte Gestalt, wie das Brockengespenst, von dem er gesprochen hatte.

"Wenn Preußen schon seine Hand ausstreckt, so darf es sie auch nicht leer zurückziehen. Die Herzogtümer müssen preußische Provinzen werden. Ich habe dem König keinen Zweifel darüber gelassen, und ... und ...", Lachen stieß über seine Lippen, "er hat mich für - betrunken gehalten, als ich das erstemal davon sprach. Jetzt beschäftigt er sich schon mit dem Gedanken, quält sich nur mit Bedenken, ob er ein Recht auf sie habe oder nicht. Und das Londoner Protokoll geht ihm im Kopf herum. Als ob Moral und Gerechtigkeit ein Maßstab für europäische Traktate wären!"

Der schwerste Druck war von Keudell genommen, Bismarck sprach sachlich, der Schwerpunkt war vom Herzen ins Hirn verlegt. "Und Österreich?" fragte er schüchtern.

"Mit Österreich wird sich ein Vernehmen finden", antwortete Bismarck ruhig. Er kam wieder an Keudell vorbei, durch die Schreibtischhelle, gegen das gelbverhangene Fenster hin. "Aber Sie … Sie sollten mich doch kennen, Keudell. Wie lange ist das doch her … damals bei Kisting … es können zwanzig Jahre sein … meine Frau war damals noch meine Braut. Zwanzig Jahre … achtzehn Jahre sehen Sie mir schon zu. Ich weiß es noch ganz genau … Moritz war da und seine arme Frau … und Johanna hatte Sie eingeladen, daß Sie uns etwas vorspielen sollten … Sie spielten die f-Moll-Sonate … wie heute! Sie … Sie hätten wissen müssen, daß ich diesen Weg nicht eingeschlagen habe, ohne mich zu vergewissern, daß ich ihn vor Gott verantworten kann. Sie hätten mich durch Ihren Brief nicht wieder verwirren dürfen."

Seine Hände sanken auf Keudells Schultern, rüttelten ihn ein wenig. "Achtzehn Jahre, Keudell!"

Ach, da war der Hals wieder ganz und gar zugeschnürt, das Herz hämmerte verzweiflungsvoll. "Wie oft haben sich unsere Wege gekreuzt … und nun habe ich Sie ganz an mich gezogen. Einen Menschen … einen, der mich ganz versteht! Nicht bloß mit dem Herzen, sondern der meine Wege und Züge zu deuten weiß, dem ich nicht das neue Tor bin, vor dem er glotzend stehenbleibt, und auch nicht der Eckstein, wo er das Hinterbein heben kann. Sehen Sie … unser Gesandter in Paris, dieser Herr Goltz, wochenblättlerischen Andenkens, hält mir Widerpart, schreibt dem König lange Briefe, in denen er meine Politik anschwärzt und dunkle Ahnungen ausstreut. In den Ministerien sitzen fast lauter liberale und demokratische Beamte. Itzenplitz kann sich vor ihnen kaum retten, und wenn Bodelschwingh redet, so ist er nur ein großer Trichter, in den irgendeiner seiner Herren Räte hineintutet. Ich lasse sie alle reden und maulen und lasse mir von den Abgeordneten und Zeitungen Schandtaten ansinnen …"

Sprach Bismarck noch zu Keudell, war es nicht vielmehr ein Selbstgespräch, in dem ihm die Bitterkeit seines Leides von den Lippen floß? "Glauben Sie etwa auch, daß es leicht ist, von allen Menschen anzunehmen, sie seien Schwachköpfe oder Böswillige? Wieviel leichter ist es, sich in dem Glauben an die allgemeine Güte der Menschen und an den guten Willen zu friedlichem Verstehen und Verständigen zu sonnen. Aber dieser Glaube, der schon für den einzelnen zum Verderben werden kann, ist für ein Staatswesen die Wurzel alles Übels. Es ist traurig, sich immer und allezeit vor Augen halten zu müssen, daß … so wertvoll der einzelne Mensch sein mag … in der Masse zumeist nicht der Geist des Guten, sondern der des Bösen siegt. Es ist die Pflicht des Staatsmannes, das zu wissen und ihm zu begegnen. Das ist unser eisernstes Muß. Nicht ich treibe es so - sondern es treibt mich. Wenn wir Preußen mit dem allgemeinen Wohlwollen und der guten Gesinnung und der Gerechtigkeit der anderen Nationen rechnen wollten, wie es unsere Herren Universitätsprofessoren sich ausmalen - glauben Sie mir, Keudell, in zehn Jahren wäre Preußen von der Staatentafel gelöscht."

Sprach es sich nicht in den Kanzleien und auf den Fluren der Ministerien herum, Bismarck sei schwer erkrankt und werde nicht mehr lange gegen den Ansturm auf seine Nerven standhalten können? Fast sah es so aus, unstet flogen die Augen, unter der gelben, fahlen Haut des Gesichtes sprang bald hier und da ein einzelner Muskel schlaff ins Gewebe zurück. Die Stirn stand unschön und verhältnismäßig schwer über den grauen Augenhöhlen, wölbte sich zwischen den eingefallenen Schläfen vor.

"Und nun kommt dieser Brief … von Ihnen", sagte Bismarck traurig, "ein Geschoß aus dem Arsenal meiner Feinde …"

Da mußte Keudell die Arme von sich breiten, der Kopf sank ihm haltlos auf die Brust. "Verzeihen Sie mir", stammelte er, "verzeihen Sie, das hab' ich nicht gewußt … geben Sie mir den Brief zurück …" Ein Schatten glitt weg und wieder hin, der blaue Bogen knisterte in Keudells Hand hinein.

"Vorbei … aus … abgetan! Sprechen wir nicht mehr davon", sagte Bismarck, "es soll nicht gewesen sein. Wenn Sie mir etwas zu sagen haben, so kommen Sie … wir wollen darüber vernünftig sprechen … aber keine solchen Brandpfeile mehr in mein Haus … Und jetzt gehen Sie und spielen Sie drüben weiter. Ich komme gleich nach."

Die Welt hatte wieder einen Sinn, die Minuten stürzten nicht mehr dröhnend in Abgründe, dieser fürchterliche Schmerz in der linken Seite war vorbei und hallte nur mehr in einer dumpfen Ermüdung nach. Keudell ging ins Musikzimmer, glitt unter Johannas besorgt fragendem Blick hinweg, und da er die Tasten vor sich hatte, war es ihm, als sähe er von einem hohen Berg des Menschen eigentliche Heimat. Er spannte die Flügel hoch, Brausen war um ihn und Himmelsschwung, Jauchzen und Sphärenklang, und eine bange Klage von Menschenleid war hineingewoben, über die sich der Anteil an Freude immer höher hob, bis alle Sehnsucht in Zuversicht gewandelt und geläutert war.

Als Keudell wieder zur Erde zurückkehrte, da saß Bismarck auf dem Sofa nahe bei Frau Johanna, die von einem Lächeln verklärt war.

"Ein Menschenleben", sagte er, "ein ganzes Menschenleben, Beben und Jubeln, Kampf und Triumph eines ganzen Menschenlebens. Ich danke Ihnen, Keudell."

Als Bismarck später, nach dem Weggang der Gäste, in seinem Arbeitszimmer den Schreibtisch schließen wollte, bemerkte er unter dem Aktengeschiebe einen uneröffneten Brief, der ihm bis jetzt entgangen war. Das Schreiben war, wie am anderen Morgen festgestellt wurde, am Nachmittag durch einen unbekannten Boten beim Pförtner abgegeben worden.

Auf dem Bogen rauhen Papiers war oben die plump verständliche Zeichnung eines Totenkopfes über zwei gekreuzten Knochen angebracht, so daß man sogleich wissen mußte, es handle sich um Gift und Verwesung. Und unter diesem Firmenschild des Todes war die Mitteilung an den Erzverbrecher Bismarck, daß er wegen ungezählter Schand- und Missetaten vom internationalen Freiheitsbund zu Barcelona zum Tod verurteilt worden sei.

Johanna, der Bismarck das Todesurteil nicht hehlen konnte, stieß einen Schrei aus und klammerte sich an ihres Mannes Schultern.

"Sei ruhig, mein Armes", sagte er lächelnd, "vertrau auf Gott und auf das Sprichwort: Hunde, die bellen, beißen nicht."

17

Das nach den Taxisschen Aspekten Unglaubliche geschah wirklich: daß die Preußen mit den Weißröcken zusammen kämpften; Schulter an Schulter, wie es Moritz ausgedrückt hatte. Und alle schiefgezogenen Großmachtsmäuler und schielenden Diplomatenblicke konnten es nicht hindern, daß die Dänen von den Grenzen gleich ein gutes

Stück ins Schleswig-Holsteinische hineingefegt wurden, und nicht ändern, daß die Preußen auf den Düppeler Schanzen den Danebrog niedergeholt und die schwarz-weißen Fahnen aufgepflanzt hatten.

Über Flensburg jubelten die Fahnen hin, und die lustigste Aprilsonne lief den Truppen wärmend über den Rücken, als der König die Parade abnahm. Man hatte ein paar grimmige Winterwochen mit Eis und Schnee hinter sich und einen Vorfrühling, bei dessen Bereitung der himmlische Wetterwart aus Versehen ein paar Kübel Regen zu viel genommen hatte. Jetzt aber benahm sich der April, als wolle er vergessen machen, was man ihm jemals in anderen Jahren nachgesagt hatte; er kam aus dem Lächeln ins Lachen und stand zuletzt wie ein festes Versprechen ewiger Heiterkeit über dem nordischen Zipfelländchen. Italien war nach Jütland hinübergezaubert, und wenn man die Truppen ansah, wie sie strohtrocken und frischgebacken dastanden, so hätte man nicht glauben mögen, daß sie noch vor ein paar Tagen wie die Wassermäuse in den nassen Laufgräben vor den Düppeler Schanzen gelegen hatte.

Sie brausten dem König ihr "Hurra" entgegen, und das war freilich ein anderer Empfang, als wenn er mit der Thronrede vor die Abgeordneten trat, die bocksteif und säuerlich dreinschauten und mit allen Fasern ihres Herzens nichts umklammerten als ein großes, kahles, leeres Nein. Es war kein leichter Entschluß, in einen Krieg zu gehen, aber es lohnte sich schon, die stockenden Säfte ein wenig umzutreiben. Und außerdem, wenn man ganz aufrichtig in die eigene Seele hinabstieg, so fand man da doch einen ganz großmächtigen Feiertag darüber, daß man als Sieger in eine eroberte Stadt einreiten durfte.

Nachher gab es ein Festmahl, und Wrangel hatte das große Wort, und wenn man ihm so zuhörte, so war es, als habe er den ganzen Krieg allein gemacht, und Prinz Friedrich Karl und der General von Gablenz seien gerade nur so ein wenig mitgelaufen. Und um die Düppeler Schanzen zu erstürmen, na ja ... da hatte sich Papa Wrangel eben einfach in ein paar tausend Teile geteilt oder, wenn man wollte, eins, zwei, drei! vertausendfacht, hatte "Hurra" gebrüllt und den Rotröcken den Kolben über den Schädel geschmiert. Nur daß an des Königs anderer Seite dieser gottverdammte Himmelhund von Zivilist saß, dieser Bismarck, verdarb dem wilden Feldmarschall die Stimmung von Gloria und Glockengeläute. Ein so windiger Paragraphendreher und Schlauheitsreiter der war, so fühlte man sich doch von ihm ganz abscheulich gegängelt und gebändelt. Dieser Krieg hatte nicht nur das Londoner Protokoll zerbrochen, sondern auch die alte Freundschaft mit Bismarck; und als Wrangel einmal richtig erkannt hatte, daß der Leisetreter eigentlich an den Galgen gehörte, so hatte er nicht gezögert, diese Freundschaft mit einem Fußtritt in die Scherben zu schmeißen.

Es war gut, daß der König zwischen ihnen saß, als Grenzmauer, und wenn sie sich durchaus notgedrungen mit Fragen oder Antworten aufeinander beziehen mußten, als gemeinsame Mittelstelle. Da sagte Wrangel, was er eigentlich Bismarck sagen mußte, dem König, und der König empfing, was Bismarck eigentlich dem Feldmarschall zu sagen hatte. Bismarck machte das Spiel lächelnd mit und freute sich im Grunde über dieses große Kind, das nur durch Eigensinn und rechthaberischen Unverstand unlenksam war und eine feste Hand brauchte, um nicht Unheil anzurichten. Denn wenn es nach Wrangel gegangen wäre, so wäre er in Jütland eingefallen, ohne die Österreicher abzuwarten, hätte so das Gesicht des ganzen Krieges verändert und Bismarcks sorgsames, diplomatisches Konzept verdorben.

Am anderen Morgen, als man nach den Düppeler Schanzen hinausfuhr, hatte ihn Bismarck neben sich im Wagen. Der Sinn des Generals stand nicht nach vielem Reden, es war ihm mehr ums Schauen zu tun. Seine klugen, scharfen Augen gingen rastlos über den Schlag links und den Schlag rechts in die Weite, und beim Anblick dieser stillen, unablässigen Arbeit mochte man meinen, sie seien optische Instrumente, mit denen das Feld vermessen werde, um eine gute Zahl sauberer und klarer Risse im Gehirn aufzuspeichern. Bismarck rauchte seine Zigarre; aber wenn nicht Keudell auf dem Vordersitz gewesen wäre, wegen des Generalstabschefs von Moltke hätte er sie nicht ein einziges Mal aus dem Mund nehmen müssen.

Die Düppelberge wuchsen ihnen entgegen, aus dem graublauen Sund ein recht ansehnliches gelbes Erdgewoge. Drüben lag Alsen breit ins Meer hingestrichen, schwarz ragten die Trümmer der Brücke, die Sonderburg mit Düppel vor dem Waffengang verbunden hatte und die von der Kriegsfurie entzweigebrannt worden war. Dort lagen noch die Rotröcke eingebissen, hier waren ihnen die Finger aufgebogen worden; aber man sah allenthalben, wie fest sie in den Boden gekrallt gewesen waren.

Landwehrmänner räumten das Schlachtfeld auf, die Toten waren schon in die Erde gesunken; jetzt sammelte man Waffen und Rüstungsstücke. Eine Gruppe von Offizieren stand wartend und trat nun blinkend an den Wagen. Der Mann, der den Krieg bereitet, und der Mann, der ihn bis hierher geführt hatte, gingen durch die Laufgräben. Man stampfte im Schlamm, von den Rändern bröckelten Erdschollen und klatschten in Wasserlachen, aus einem Lehmklumpen bog sich die Ledersichel eines abgerissenen Mützenschildes.

Da war die vierte Parallele, aus der die Preußen den Sturm angesetzt hatten. Moltke sah sorgsam um sich, maß und rechnete mit den Augen. Dann kletterten sie über Erdstufen, die unter ihren Tritten wichen, schritten über zerwühlten Boden.

"Wie sind sie da durchgekommen?" staunte Keudell, von Grauen überrieselt. Es habe viel Blut gekostet, meinte ein Oberst ernst; aber die Leute seien von einer unvorstellbaren Todesverachtung gewesen. Der Pionier Klinke … dem Mann müßte ein Denkmal gesetzt werden … "Wissen Sie … er schleppt einen Pulversack bis an die dänischen Palisaden und zündet ihn an, reißt eine Bresche in den Verhau, … daß wir nachstoßen können …; freilich er selbst … er selbst ist auch …"

"Das Lied vom braven Mann …", sagte Bismarck nachdenklich, und es fiel ihm mit einem Mal ein, daß dies sein erstes Schlachtfeld sei. Wozu führte man eigentlich Krieg? Wer von den Tausenden, die hier geblutet hatten, hätte es eigentlich genau zu sagen vermocht … wer … wer wußte es überhaupt bis in die allerletzten Gründe …? Wer …?

Und nun erzählte einer nach dem andern von den heldischen Ereignissen, über deren Stätte man schritt. Die Pfähle lagen geknickt und zersplittert, Schanzkörbe waren in den Boden gewühlt, in Wolfsgruben starrten spitze Pfähle; bösartige Fußangeln waren hingestreut, vor denen man sich zu hüten hatte, und die Dänen hatten sogar stachelige Drähte kreuz und quer gespannt, an deren einem ein gutes Stück aus Keudells Hose zurückblieb. Aus den tiefen

Gräben hoben sich die Schanzen steil hinan, keuchend kam man oben an und ermaß aus der Mühe des ungefährdeten Klimmens die Leistung des Sturmlaufes im Feuer. Geschütze hatten sich in den Sand eingegraben, wie walzenförmige Seetiere im Schlick des Strandes; die Blockhäuser der Werke waren von den preußischen Kanonen hinweggeblasen wie Kartenpaläste. Moltke und Bismarck mußten die große Mine betrachten, mit der die stürmenden Preußen hätten in die Luft gesprengt werden sollen, wenn nicht der Hauptmannn Stöphasius dem dänischen Kanonier im Augenblick des Anzündens die Lunte entrissen hätte.

Von hier oben sah man über die ganze Halbinsel Sundewitt hin, wie sie mit zwei Spitzen gegen die Insel Alsen züngelte, und über das vielgeteilte Meer, von dem jedes Fleckchen immer gleich seinen Namen für sich hatte, hier Flensburger Bucht und dort Alsener Förde, dort Apenrader Bucht und hier Wenningbund. Und alles gleißte verheißungsvoll der Sonne entgegen, Land und Meer grüßten zum Himmel hin, als wären sie eben funkelnagelneu gemacht worden, und trugen noch den Abglanz der Hände des Schöpfers.

"Und was wird jetzt?" Moltke hatte den Mund aufgetan und gesprochen. Die Offiziere standen ein Stückchen entfernt und spießten für Keudell mit den Zeigefingern interessante Punkte an.

‚Ja, was jetzt werden solle?' lächelte Bismarck. Na - nun gerade sei doch in der Londoner diplomatischen Küche ein neuer Topf mit Brei auf das Feuer gesetzt worden, und alle Köche rührten eifrig darin herum. Man müsse abwarten, ob man das Gericht gar koche oder ob es von einem Ungeschickten versalzen oder verschüttet werde. Vielleicht käme dabei ein Waffenstillstand heraus ... vielleicht Friedensverhandlungen, und da voraussichtlich die Dänen nicht würden nachgeben wollen, so würde das Feuer auf dem Londoner Kochherd wieder ausgehen.

"Und dann?"

Bismarck wies nach der Insel Alsen hinüber, die frühlingsgrün jenseits des Sundes lag. "Das Weitere ist dann Ihre Sache!"

"Und wenn wir da mit fertig sind?" beharrte Moltke.

Ja, dann würde der Landtag wahrscheinlich die Stimme erheben und sich darüber beschweren, daß man sich unterstanden habe, mit dem Schwert anstatt bloß mit der Phrase zu siegen. Und daß alles so ganz und gar nicht nach dem demokratischen Patent und Rezept gemacht sei und daß man sich beeilen müsse, um Gottes willen dem Augustenburger lieber heute als morgen die Herzogtümer zu übergeben. Und wenn aller Erfolg so recht hübsch nachdrücklich dem lieben Zufall gutgeschrieben wäre, so würde man sich beeilen, der Regierung das Geld zu verweigern, das die Sache gekostet hätte.

Moltke drang dem Sprecher mit seinen klaren Augen bis in die Brust. "Und Sie ... was gedenken Sie zu tun?"

Mit weitem Blick umspannte Bismarck Land und Meer; er hob den Kopf und atmete tief, als habe die Welt hier einen eigentümlichen Duft, den er einsaugen müsse. "Ich ... ich", sagte er mit einem porzellanenen Lächeln, "oh, ich werde meine Bedingungen stellen - wenn wir schon durchaus für den Augustenburger gekämpft haben sollen. Kiel - Kiel sollen sie mir jedenfalls nicht aus der Hand winden; denn ich muß ein Fenster aufs Meer haben. Und wenn wir einmal dieses Läppchen Land durchschneiden, das Ostsee und Nordsee nicht um Jütland herumfließen müssen ..."

Die Herren näherten sich wieder; Bismarck brach ab, und Moltke stülpte wieder sein Schweigen auf. Langsam verließen sie die Schanze und rochen den Rauch der Feuer, an denen die Landwehrmänner ihr Mittagessen bereiteten.

Aber es war, als habe Bismarck ein Zauberwort ausgesprochen, durch das er selbst gebannt worden sei. Türme stellte es vor ihn hin, einen Hafen mit vielen Schiffen, und das Meer, das von den steinernen Mauern des Strandes zurückwich, immer weiter hinaus, und im Eigentlichen besehen zwar überall Grenzen, aber nirgends ein Ende hatte.

18

Wenn es in Gastein gutes Wetter gab, mit Morgen- und Abendglühen, bei dem sich die Schneeberge immer zu kräuseln und aufzuplustern begannen, wie Mullspitzen unter der Brennschere, dann war dieser Gebirgsspalt mittags mit drei Handvoll Sonne beschenkt. Man konnte eben gerade genug davon in einer Linse sammeln, um sich ein Loch in die Haut zu sengen oder mit einem Spiegel dem dicken Postrat aus Brünn, der jenseits des Wasserfalles gerade gegenüber im Hotel Weißmeyr eingemietet war, vor den Augen herumzublitzen, sobald er aus dem Fenster sah. Der Wasserfall selbst war gar nicht anspruchsvoll, milderte seine Stimme und sprang zwischen den weißen Mauern der Gasthöfe gesittet zu Tal. Man konnte zusehen, wie die Meisen ihre Jungen fütterten, oder man konnte eine Büchse nehmen und mit irgendeinem haarigen Urmenschen knienackend in die Wände steigen und sich stundenlang braten lassen, bis irgendein unglücklicher Gemsbock sein Horn zeigte.

Es war zwar, aller dieser Herrlichkeiten ungeachtet, immer ein klein wenig Bangigkeit und Gedrücktheit in der Seele Hintergrund, und Bismarck gestand es sich ein, daß diese riesenhaften Berge wohl sehr schön zum Ansehen seien, zum Verweilen, Wohnen und ganz Heitersein aber doch nur das ebene oder flachwellige Land, mit ein paar runden Kuppen darauf, von denen man nicht in grauenhafte Abgründe sah, sondern wieder auf Menschenstätten, Wiesen und Äcker. Also daß sich Pommern immer wieder als von Gott recht eigentlich zum Gleichgewicht der Sinne und der Seele eingesetzt erwies.

Ganz schlimm aber wurde es in Gastein, wenn es den Bergen einfiel, die Wetterkappen aufzusetzen, und wenn dann der Regen kam und die Wolken wie feuchte Tücher zwischen die Wände gequetscht waren. Dann konnte man überhaupt am Bestehen der Sonne zu zweifeln beginnen und glauben, man sei in den Zustand der Welt vor der Erschaffung des Lichts zurückversetzt. Die Ache wurde dann aufdringlich laut und machte ein acherontisches Getöse, so daß sie einen mit Haß gegen sich erfüllte und man schließlich beinahe ihrem ewigen Brausen und Donnern und Stäuben die Schuld an dem endlosen Regen zuschob. Wie trübsinnige Selbstmörder standen dann die Hotels an dem weißen Gischt, und es sah aus, als wollten sie sich vornüber hineinstürzen, um nur dem gestreiften Geplätscher zu entgehen.

Und wenn nicht der König immer wieder Gefallen an dem Aufenthalt gefunden und die Wohltat der Bäder sehr gelobt hätte,

Bismarck hätte seinen Sommerwochen schon eine andere und lieblichere Zuflucht gewußt. Zudem ließen ihn in der Umgebung seines Herrn die Geschäfte nicht einen Augenblick los, und dieser Sommer zumal verstand es, die Gasteiner Wasserkünste mit den allerschönsten politischen Umtrieben und Begebenheiten so holdselig zu verknüpfen, daß Bismarck nicht daran zweifelte, diese Augusttage seien von Macbeths Hexen zusammengebraut worden.

Es stand nämlich so, daß Preußen und Österreich jedes die dänische Beute an einem Zipfel hielten und nicht fahren lassen wollten und daß darüber die Messer ganz von selbst locker geworden waren, und nun war Graf Blome, Österreichs Gesandter in München, nach Gastein gekommen, um vielleicht noch in letzter Stunde das leise Zischen und Klirren der Klingen zu einem friedlichen Schweigen zu bringen. Und bei aller dieser Sorge und der schlimmen Regenwetterlaune galt es, ein heiteres und zuversichtliches Gesicht zu machen, wie es sich für einen Diplomaten schickt, der den andern glauben machen möchte, er fühle den Erfolg schon in seiner Hosentasche.

Sie waren alle in den Hintersaal des Hotels Germania gegangen, um den halben Abend totzuschlagen. Eine Theatergesellschaft war da eingerückt und spielte in dem halbdunkeln, kahlen und kalten Hundeloch schlecht und recht Komödie. Die Frau Direktor Ehrmann mit drei Töchtern und vier Söhnen und zwei Familienfremden. Der eine war Gehilfe beim Theaterfriseur in Pilsen gewesen und war beim Anpassen von Perücken und Zurechtmachen von allerlei Maskenglorie unversehens von der dramatischen Muse geküßt worden, also daß er nicht umhin konnte, jetzt auf Frau Direktor Ehrmanns Schaubühne die jugendlichen Liebhaber zu spielen. Der andere gehörte einem weit älteren Jahrgang an und hatte außer der Aufgabe, hinter den Kulissen den Akteuren ihre Rollen vernehmlich zuzuflüstern, auch noch die schwierigere, der Frau Direktorin den verstorbenen Gatten zu ersetzen.

Sie spielten Komödie, mehr schlecht als recht, mit einem Nichts von Ausstattung und Gewandung, also daß der Phantasie der Zuschauer ein fast shakespearisch weiter Spielraum belassen war, sich alles das zu imaginieren, was die Handlung verlangte. Ein paar armselige Lämpchen glommen über den Bankreihen, die auf wackeligen Böcken lagen. Die wenigen Besucher des Spektakels, das der kalte Schnürlregen um den Zuspruch gebracht hatte, drehten die Köpfe und zeigten einander die vornehmen Gäste, den König von Preußen, seinen Minister, den übelberufenen Bismarck, den österreichischen Gesandten. Im Schatten der öffentlichen Aufmerksamkeit saßen Keudell und der preußische Kultusminister von Mühler mit seiner Gattin.

Die Frau Direktor Ehrmann hatte ein Ritterschauspiel angesetzt, das offenbar irgendeinem sehr beliebten Volksdichter seinen Ursprung verdankte, denn es wimmelte darin von Kindesweglegungen und Vertauschungen, von edeln Räubern und verkleideten Jungfrauen.

Gegen Schluß hatte eine von diesen als weißer Ritter in einer Schlacht zu erscheinen und den Geliebten aus einer Schar von Feinden herauszuhauen. Man hatte ihr zu diesem Zweck das Glanz- und Hauptstück der Ehrmannschen Theatergarderobe angelegt, eine funkelnde Brünne aus Blech; da man aber für ihre untere Hälfte nicht ein gleiches ritterliches Rüstzeug besaß, hatte man sich begnügt, aus dem väterlichen Erbteil für sie eine Unterhose hervorzuholen. Diese väterliche Ehrmannsche Unterhose war dort, wo solche Kleidungsstücke geschlitzt zu sein pflegen, vernäht und unten ihrer Bindbänder beraubt und fiel nun in zwei weißen Röhren von den Hüften bis zu den roten Samtpantoffeln, in denen die Heldenjungfrau ihre Füße ein wenig nach einwärts setzte.

Und als sie auf die Frage des von ihr geretteten Gundobald: "Tatst du das mir - tatst du's dem Vaterland?" geantwortet hatte: "Du warst mein Sporen, Gundobald!", fand man um den König, es sei genug, und nun endgültig im Schwanken zwischen Weinen und Lachen für das Letztere entschieden.

Man nahm Bismarcks Einladung an, in seinen Zimmern noch ein kleines Abendbrot zu genießen, und ließ den Eindruck des Abends in einigen Witzen und einigen sentimentalen Betrachtungen über fahrende Leute ausklingen.

"Die Kunst ... die Kunst", sagte Keudell, "warum finden wir solche Dinge doch immer rührend? Und nicht bloß traurig, wie irgendein anderes Elend. Wir schämen uns beinahe, zu lachen. Weil doch immer noch ein Rest von Idealismus ..."

Aber Frau von Mühler wollte das nicht gelten lassen. Sie reckte ihren langen, dürren Oberleib steif auf und meinte, es sei doch nur Faulheit und Arbeitsscheu bei diesen Leuten, und wenn sie sich dazu verstehen wollten, einen bürgerlichen Beruf zu ergreifen, so würden sie es nicht nötig haben, die armseligen Kreuzer in der Theaterkasse zusammenzuzählen.

"Lassen Sie die armen Teufel nur dabei", sagte Bismarck und lächelte ihr verbindlich ins Gesicht, "sie sind zu anderem doch nicht zu gebrauchen. Und es ist kein Stück so lächerlich und elendiglich, daß nicht dabei doch auch ein Körnchen Tiefsinn wäre. Haben Sie diese Walküre in Unterhosen nicht gehört? Gundobald hieß ihr ‚Sporen' - nicht das Vaterland ... Und so ist's immer, wenn sich Frauen in Politik mischen. Das kann man sich merken ... Man möchte meinen, es geht ihnen ums Vaterland; aber nein, es steckt irgendein Gundobald dahinter oder irgendeine andere höchst persönliche Angelegenheit und Beziehung."

Ein sehr schönes Gallengrün und Giftgelb wogte vor Frau von Mühlers Blick, und sie entschloß sich, ihrer hohen Gönnerin noch heute nacht einen Brief zu schreiben, in dem dieses Bismarck Niedertracht und Bosheit recht klargestellt war.

Bismarck aber hob sein Bierglas zu einem freundlichen Gruß gegen sie.

"Sie trinken schon wieder Bier, Bismarck?" fragte der König. "Haben Sie Banting wieder verabschiedet?"

Ach, es war nur zu wahr, Bismarck hatte sich vor kurzem der Bantingschen Kur und ihrer strengen Lebensweise zu- und allem Bier und sonstiger Leibesfreude abgeschworen, um seinen Umfang einmal gründlich zu verringern. "Majestät", sagte er, indem er bekümmert an den sich rundenden Formen seines Körpers hinabsah, "es ist leicht, bei Banting zu bleiben, wenn das Bier so schmeckt wie Leipziger Soße mit Seife und Soda. Aber jetzt ist frisches Kaltenhauser Bier gekommen, und das ist ... ja, was soll ich gegen die Bismarcksche Begehrlichkeit tun? Zwei Seelen wohnen ach ..."

Er nickte dem Grafen Blome zu, der die Finger ineinander verschränkt hatte und mit einem klugen Lächeln Bismarcks Einsicht in seine Begehrlichkeit zustimmte, indem er sie vom engen Bierbezirk über ein viel weiteres Feld hindehnte.

Keudell brachte ein Album heran, in dem eine ganze Menge schöner Bilder von Alpenlandschaften staken, die nach dem neuestens sehr verbesserten Lichtverfahren von Daguerre hergestellt waren. Und als die Köpfe des Mühlerschen Paares mit denen Keudells und des Grafen über den Blättern vereinigt waren, wich Bismarck mit dem König in eine Fensternische.

"Ich bitte Majestät, mir Gelegenheit zu geben, noch heute mit Blome zu sprechen", sagte er rasch, "Roon meint, es sei keine Verzögerung mehr angängig."

Wilhelm biß die Unterlippe, verlegen wich sein Blick an Bismarck vorbei. "Wollen Sie es wirklich auf die Spitze treiben?"

"Es muß sein!"

"Habe ich denn wirklich ein Recht auf Holstein?"

"Majestät sollten nicht mehr zweifeln, seit die Kronjuristen ihr Urteil abgegeben haben, daß das Recht der Augustenburger erloschen ist. Es besteht kein anderes Recht in den Herzogtümern, als was Österreich und Preußen im Wiener Frieden erworben haben."

"Die Kronjuristen?!" sagte der König zweifelnd.

"Es sind die ersten Juristen des Landes", setzte Bismarck ernst dawider, "unabhängig von Eurer Majestät, unbeeinflußt von mir. Als Parteimännern mag es ihnen sogar unangenehm gewesen sein, so zu entscheiden, wo doch ganz Deutschland nach dem Augustenburger schreit ... als Juristen mußten sie seinen Ansprüchen entgegentreten."

"Ich soll also gehen und Sie mit Blome allein lassen?" seufzte der König.

Schon hob Frau von Mühler mißtrauisch den Kopf vom Album und spitzte nach der Fensternische hin.

"Ja ... und ich bitte, nehmen Sie die gute Mühler mit, die geht mir sonst bis zum Morgen nicht vom Hals. Sie ist so maßlos neugierig, daß sie mir die Neuigkeiten am liebsten mit den Nägeln aus dem Gehirn kratzen möchte."

"Schön! Ich bin Ihr gehorsamer Diener, Bismarck! Aber trachten Sie, daß Sie es mit Österreich zum Guten wenden."

Gegen des Königs Wunsch zum Aufbruch war nichts einzuwenden, und Mühler mußte mit seiner Frau im Kielwasser folgen. Daß Blome und Keudell zurückgewunken wurden, war der Beweis, daß nun wohl um Entscheidungen gewürfelt werden würde, und es war ein Abgang in diesem Augenblick doppelt schmerzlich und empörend. Bismarck aber hatte ein recht boshaftes Wohlgefühl darüber, daß die Frau Ministerin gerade vom König abgeführt wurde, der keine Ahnung hatte, daß er mit ihr Augustas geheime Botschafterin und Nachrichtenfrau wegschleppte.

Nach einem kurzen Gang durch das Zimmer, noch ein letztes Summen auf lächelnden Lippen, blieb Bismarck vor dem Grafen stehen. "Wollen wir nicht miteinander ein Spiel machen?"

Der Graf war dem Spiel nicht abgeneigt und hatte einige Male in Gefahr gestanden, es dem sangberühmten Grafen von Luxemburg gleichzutun. Aber von Bismarck war es höchst verwunderlich, daß er, von dem sonst keine Spielerleidenschaft bekanntgeworden war, sich nun ins Verlieren oder Gewinnen begeben wollte. Keudell brachte eine schwarzlackierte Kartenkassette, Glück und Unglück lagen darin in bunten Blättern. Nachdem zum erstenmal gegeben war, ließ Blome seine Karten ein wenig sinken, schaute über ihren Rand in Bismarcks Gesicht. "Sie wollen mit mir also über unsere Sache sprechen?" fragte er.

Da war angenehm zu sehen, daß man Schule gemacht hatte, sogar in Österreich, und daß das Herumgehen um den Brei nicht mehr aller Weisheit Um und Auf war.

"Ich sehe nicht ein, warum wir uns nicht verständigen sollten", sagte Bismarck; "ich habe den guten Willen dazu und setze ihn bei Ihnen voraus. Schmerling ist beseitigt, der unser Gegner war und glaubte, Preußen müsse um jeden Preis niedergehalten werden. Neue Männer sind in Österreich, mit Belcredi oder eigentlich dem Grafen Esterhazy läßt sich reden."

Sie spielten langsam und besonnen ihre Karten aus.

"Es kommt darauf an, was Sie uns zu sagen haben!"

"So viel muß Ihnen doch klargeworden sein, daß die Bundeskomödie und der augustenburgische Unfug in Schleswig-Holstein nicht länger geduldet werden dürfen. Was wollen die hannoveranischen und sächsischen Truppen in dem Land? Sie prügeln sich mit unseren Preußen herum, und der Herzog Friedrich läßt sich huldigen und benimmt sich, als hätte er das Land gewonnen."

Ein Trumph stach Bismarcks höchste Karte.

"Wir haben es doch für ihn erobert. Es ist nicht ganz angebracht, daß Preußen die Agitatoren des Herzogs verhaften läßt."

"Ja, sollen wir denn zusehen, wie alles drunter und drüber geht und die Dänen schließlich sagen, wir könnten nicht Ordnung halten, und so müßten eben sie wieder nach dem Rechten sehen."

Zwei Könige trafen sich über einem kleinen Häufchen bedeutungsloser Karten; sie ritten mit salbungsvollen Gesichtern und Umhängebärten auf ihren halbierten Pferden wie zur Krönung, und das Märchenhafte daran war, daß jeder König doppelt vorhanden war und an seiner Schnittfläche mit dem Gegenfüßler innig zusammenhing. Das Reihengesetz stand auf Blomes Seite, er war im gewinnen, und es blieb dabei. Sie spielten schweigend, gleichmäßig klatschten die Blätter.

"Was hätten Sie uns eigentlich anzubieten?" fragte Blome ins nächste Mischen.

"Ich biete Ihnen an, den Zustand der Macht in den des Rechtes überzuführen."

Blome sann einen feinen Zug nach, Keudell war zum Fenster gegangen, um frische Luft in die Qualmhölle Bismarckischer Gewaltraucherei einzulassen. Sogleich war das ganze Zimmer vom Getöse des Wasserfalles angefüllt, als stürze draußen das alte Chaos in den Abgrund der Zeitlosigkeit. Es war, als sei es im Weltenrat beschlossen, daß alle Berge zu Wasser werden und sich selbst zernagen müßten. Schwarze, kalte, nasse Finsternis wurde vom Toben zerwühlt, und Keudells Herz schlug heftig.

"Das heißt", sagte der Graf nach einer Weile, "Sie möchten Schleswig-Holstein für Preußen haben?" Bismarck antwortete nicht und schien ganz von dem zu Ende gehenden Spiel gefesselt. Und als es sich herausgestellt hatte, daß das Gewinnen abermals an Blome gewesen war, sagte der Graf mit einem fröhlichen Klang: "Es ließe sich vielleicht darüber reden … wenn gewisse Kompensationen … also eine Entschädigung Österreichs, nicht wahr? … eine Vergrößerung seines deutschen Gebietes durch eine Abtretung Ihrerseits ... etwa die Grafschaft Glatz ..."

Angstvoll sah Keudell in Bismarcks Gesicht, ob nicht die Flamme darin hochschoß.

"Ich bin Esterhazy sehr dankbar", sagte Bismarck, indem er einem verlorenen Stich gleichmütig nachsah, "daß er gerade Sie beauftragt hat, mit mir zu verhandeln. Sie sind Holsteiner und stehen diesen Gedankengängen nicht so schroff gegenüber wie ein Politiker von österreichischer Geburt. Aber das von Kompensationen, Entschädigungen, Vergrößerungen müssen sich die Herren in Wien schon aus dem Kopf schlagen. Mein königlicher Herr würde unter keinen Umständen auch nur einen Quadratfuß preußischen Bodens aufgeben ... es sei denn, man schneidet ihn mit dem Schwert ab. Was aber Schleswig-Holstein anlangt ... sehen Sie, was macht eigentlich Österreich mit diesem Land? Hätten wir gemeinsam mit Ihnen etwa Triest erobert, wir würden uns keinen Augenblick überlegen, es Ihnen zu überlassen, weil wir doch damit nichts anfangen können ... für Österreich ist Schleswig-Holstein ganz und gar wertlos. Und glauben Sie mir, Österreich hat andere Aufgaben, sein Weg liegt gegen Osten ..."

Die Blätter fielen mit Wucht aus Bismarcks Hand, erstaunt sah Keudell, welch wildes und regelloses Spiel er eingeschlagen hatte.

"Ich glaube, Sie verkennen Österreich", sagte Blome mit dem Unmut eines gewandten und schulgerechten Fechters, der sich gegen einen gewalttätigen Waldmenschen zu wehren hat. "Ich bin, wie Sie richtig bemerkt haben, ein gebürtiger Holsteiner und kann also nicht so leicht in Verdacht kommen, ihm gegenüber verblendet zu sein. Und darum kann ich Ihnen sagen, was Sie von einem Österreicher vielleicht nicht zu hören bekommen würden, weil die Österreicher es als ein Zeichen besonderer Geistesschärfe ansehen, ihr Vaterland klein zu machen und ihm alles Üble nachzusagen. Es ist ein wunderbares Land voll verhaltener, unerprobter, unausgebeuteter Kraft. Sie kennen es eben einfach nicht, Bismarck, Sie tun ihm Unrecht. Wenn Sie sich nicht absichtlich verschließen wollten, so würden Sie sehen, wie es dort ringt und gärt. Was ist in diesen Jahren seit 1848 alles geleistet, erprobt und verworfen worden, welche Fülle von Talenten sprudelt da hervor, was für prachtvolle Politiker sind das, diese Metternich und Schwarzenberg."

Bismarck hatte unbewegten Gesichtes weitergespielt, nur jetzt konnte er ein leises Zucken des Mißbehagens nicht verbergen.

"Ja, auch Schwarzenberg", sagte Blome nachdrücklich, "auch er. Was wollte er? Nichts anderes, als Österreich seine führende Rolle erhalten. Ist das so verwerflich? Er ist einseitig, und seine Mittel waren nicht immer einwandfrei. Aber wer ein großes Ziel hat, darf sich nicht davor scheuen, einseitig zu scheinen. Unter uns, Bismarck, sind Sie es nicht auch selbst, wenn Sie in Österreich immer nur den Gegner sehen? Wären Sie gerecht, so müßten Sie sich sagen, daß Österreich gar nicht anders handeln kann. Soll sich dieser Staat das Heft aus der Hand winden lassen? Er spürt seine großen und neuen Kräfte und will seine Stellung in Deutschland nicht aufgeben, ehe diese Kräfte sich gesammelt haben und ans Licht getreten sind. Soll ein erneuertes Österreich den Verlust seines alten Erbes an Macht und Ansehen beklagen? Lassen Sie ihm nur Zeit, sich zu entwickeln. Sie aber wollen nicht gerecht sein; Sie suchen alles Lächerliche und Unfertige hervor, um sagen zu können, mit diesem Österreich ist kein Vertragen möglich."

Er hatte seine letzten Worte in sehr heftigem Ton gesprochen; denn es war unerhört, wie Bismarck zu spielen wagte, wie er allem Kartenverstand zuwider die wahnwitzigsten Streiche unternahm und wie ihm dabei doch unablässig das Glück zur Hand war. Den Worten des Grafen gegenüber blieb er verschlossen, und der Ausdruck seiner Mienen war eine höfliche Abwehr eines solchen Schwalles, der ihn in seiner nächsten Pflicht, im unerbittlichen Verfolgen seines Kartengegners störte.

Ein Dutzend Spiele folgten einander, die Karten schnellten über den Tisch wie bunte Fische. Stich auf Stich fiel Bismarck zu, anfänglich Eingebüßtes kam zurück, und dann begann auch Blomes Geld hinüberzurutschen.

"Sie lieben Österreich nicht", sagte Blome, ganz und gar außer sich und entrüstet.

Mein Gott, wo hatte Bismarck diesen Zehner her, durch den Blomes Dame sehr rasch vom Schauplatz abgeschoben wurde?

"Es war immer die Richtschnur meines Handelns, mit Österreich einig zu sein." Scheinbar wahllos und blind warf Bismarck die Karten aus und riß den Grafen in atemlose Hast. "Ich meine, es wäre schon wert ..." Die wilde Draufgängerei endete mit einer schweren Niederlage für Bismarck. Er nahm ruhig die Karten und ließ sie durcheinandergleiten. "Ich meine, es wäre schon wert", sagte er langsam, "noch diesen ... letzten Versuch zu machen, in gemeinsamem Vorgehen die deutschen Fragen zu lösen ... und dafür zu sorgen ..., daß dieser Versuch nicht mißlingt."

Das Spiel wurde fürchterlich; Bismarck betrieb es weiter als wilder Mann, ohne Rücksicht auf Gewinn und Verlust. Man sprach nichts mehr von Politik; unter diesem Hagel von Stichen konnte sich kein anderes Wort mehr hervorwinden, als was eben Geben und Nehmen betraf. Ungeheuerliche Summen wechselten mehrmals von einer Seite des Tisches zur anderen; blaß und betroffen saß Keudell und suchte vergebens nach dem Sinn dieses erregten Getümmels. Und er war schließlich nicht weit davon entfernt zu glauben, daß die lang befürchtete Nervenkrankheit endlich ausgebrochen sei und Bismarcks Abneigung gegen alles Kartenspielen in leichtfertigste Waghalsigkeit gewandelt habe.

Schmutziges Grau wurde vom Regen mitgespült, die verregneten Hotelgesichter gegenüber drehten sich fast dem Morgen zu; die weißen Milchstrudel der Ache sprangen wild schäumend aus weichenden Finsternissen.

Da wurde das Spiel beendet, und Blome empfahl sich ernst und förmlich, nachdem er Bismarck mitgeteilt hatte, er werde sich die Ehre nehmen, im Laufe dieses Tages noch einmal vorzusprechen.

Keudell näherte sich Bismarck; lächelnd las dieser die Besorgnis des Getreuen und nahm dankbar seine Hand: "Lassen Sie nur gut sein, Keudell", murmelte er, "lassen Sie nur gut sein."

An diesem Tag, der ihnen am Kartentisch angebrochen war, einigten sich Bismarck und Blome zu einem Vertrag, demzufolge Lauenburg gegen eine Zahlung von zweieinhalb Millionen Taler an Preußen fiel und die Verwaltung der Herzogtümer so geteilt würde, daß Preußen Schleswig erhielt und Österreich Holstein. Rendsburg war zur Bundesfestung und Kiel zum Bundeshafen geworden und vom Augustenburger weiter keine Rede mehr. Der Graf Blome aber war nicht wenig zufrieden, sich mit seinem Gegner so billig abgefunden zu haben; denn von einem so waghalsigen und gefährlichen Spielwüterich, dem keine Regel galt, hätte man sich auch in politischen Dingen versehen können, daß er als ein borstiger wilder Mann alles auf eine Karte setze. Also, daß es schon das Rechte gewesen war, so weit nachzugeben, als man ihn Wien nur glaubte gehen zu können.

19

Selbst für einen Studenten war das Päcklein etwas gar zu armselig, mit dem der junge Mensch das Hotel in der Jägerstraße betrat, und es verstand sich von selbst, daß der Zimmerkellner jeden Anschein eines Versuches unterließ, es ihm abzunehmen und daß er dem schäbigen Gast Nummer 37 B gab, das Hundeloch neben dem Ort der Heimlichkeiten, mit der Aussicht auf den trübseligen, eng ummauerten Hof.

Der armselige Gast kümmerte sich wenig um die Geringschätzung, die man ihm nicht verbarg, sperrte hinter dem mürrisch abtretenden Söldling die Tür ab und begann sein dürftiges Päcklein auszuschälen. Unter der Hülle aus Zeitungspapier barg sich ein zusammengerolltes Nachthemd, das wieder Hülle irgendeines festen Kernes von geringem Umfang war. Mit diesem aber mußte es irgendeine absonderliche und geheimnisvolle Bewandnis haben; denn ehe ihn der junge Mensch aus seinen Wickeln löste, besah er die Wände links und rechts eine Zeitlang so mißtrauisch, als sei von ihnen zu befürchten, daß sie nicht bloß Ohren, sondern auch Augen haben könnten, und hockte auch eine gute Weile am Schlüsselloch, ob denn wirklich und wahrhaftig kein Blick von draußen hereinangeln könne. Und als er dessen gewiß war, da nahm er erst recht das Ding so rasch aus den Hemdfalten in seine rechte Rocktasche, daß auch der scharfsichtigste Späher nicht hätte ausnehmen können, ob es ein Gutes oder Schlimmes, ein Freundliches oder Feindliches und eines solchen Aufwandes und Getues überhaupt wert sei.

Das Nachthemd aber warf er achtlos in die Bettgegend, daß es sich im Flug aufbauschte und über die Kante hingebreitet blieb, mit der Halsöffnung nach unten und abwärts gereckten Ärmeln, als gehöre es zu einem aus dem Himmel kopfüber herabstürzenden Engel.

Als der junge Mensch das Hotel verließ, schob ihm der Portier knurrend das Fremdenbuch hin und pflanzte sich dann breit ans Fenster, indem er dem kümmerlichen Kerlchen so nach Pförtnerweise zu verstehen gab, wie ihm sein Nam' und Art vollkommen gleichgültig sei. Der dürftige Jüngling warf zuerst einen zornigen Blick nach dem Lakaienrücken, der nichts als eine breitspurige Einladung für ihn enthielt, diesen Buckel je nach Gefallen hinanzusteigen oder hinabzurutschen. Dann aber kam ein abgründiges Lächeln auf das ausgemergelte Gesicht und spannte die dünne, blasse Haut. Er hatte zuerst beabsichtigt, das Fremdenbuch mit einem falschen Namen zu betrügen. Nun schrieb er in raschem Zug seinen richtigen Namen hin und verhehlte auch nicht, daß er Hörer der landwirtschaftlichen Akademie in Hohenheim und soeben aus London eingetroffen sei.

Sie sollten es wissen, wie er hieß; sie sollten diesen Namen in ihrem schmutzigen Buch haben, diesen Namen, der längstens binnen dreimal vierundzwanzig Stunden der bekannteste und gefeiertste Name Europas sein würde. Und dann mochten sie immer die von ihm ausgefüllten Fächer des Registers mit Gold umranden und das Buch unter Glas ausstellen, und dieser Lümmel von Portier mochte dann den Fremden erzählen: "Ja, er kam daher und sah nach gar nichts aus … ein ganz gewöhnlicher Mensch … nur in den Augen …"

Vorläufig grüßte der Portier nicht einmal, als die Eintragung beendet war und er mit einem verächtlichen Blick so obenhin feststellte, ein Herr Cohen-Blind sei bei ihm eingekehrt.

Der schmale Jüngling aber ging, fröhlich beschwingt, durch die Berliner Straßen und genoß das Vorgefühl seiner Bedeutung. Steine und Häuser schienen ein besseres Ahnungsvermögen zu haben als Menschen. War das nicht ein Flüstern und Raunen um ihn, wo er ging und stand, quoll es nicht aus allen Fugen des Pflasters, wehte es nicht aus allen offenen Haustoren wie der Atem der Bewunderung? Die blanke Maisonne und der leise Wind wußten schon davon und waren voll zärtlicher Schmeichelei für den Helden von übermorgen. Im Tiergarten reckten die Büsche ihre hellgrünen Zweige, um ihm das Gewand zu streicheln; auf den Weihern ruderten die Schwäne heran, drehten die langen Hälse und legten die Köpfe schief, als wollten sie ihm ins Gesicht staunen. Schon war sein Gedanke von der ganzen unvernünftigen Schöpfung an- und aufgesogen, nur der vernünftigen mußte er ihn noch hehlen; denn unter dieser waren Verräter der Freiheit und käufliche Schergen im Dienst des Beelzebubs.

Das war kein Abend, um nach Haus zu gehen und keine Nacht, um zu schlafen; der junge Mensch wollte die heimlichen Stimmen der Straßen und Bäume hören; er ging ein dutzendmal durch die Wilhelmstraße, wo hinter den schweigenden Portalen und hohen Fenstern die Ämter der politischen Finsterlinge waren, von denen alles Unheil der Welt kam. Er ließ seinen Schritt auf dem einsamen Pflaster klappen, saß unter den leise wehenden Tiergartenbäumen, bis ihn im rieselnden Morgen ein Schutzmann aufstörte und ihm aufs neue bewies, daß man in einem Polizeistaat war, in dem man keineswegs tun durfte, was einem gefiel, sondern nur, was nach den Paragraphen der Kerkermeister zulässig war.

Ein Schlaf bis in den hohen Mittag hinein brachte eine Kette goldener Träume aus einem Jenseits, wo alle Gewalt und Bedrückung abgeworfen und durch die Herrlichkeit letzter Erfüllungen ersetzt war. Säle voll seliger Geister, und allen voran der Mann, der ihm zu seinem ersten Vatersnamen einen zweiten, noch teureren, gegeben hatte. Die Gramfalten des Heimatflüchtlings, des auf fremder Erde dahinlebenden Verbannten, des politischen Verbrechers, waren wegverklärt; er schritt in einem roten Prachtgewand auf einem Mosaik von blauen und weißen Steinen, das aber so durchsichtig war, daß man wie unter einem gläsernen Himmelsboden die ganze Erde ausgebreitet sah, mit grünen Äckern und blauen Adern von Flüssen und grauweißen Stadtklumpen. Dann stand der Stiefvater zwischen zwei Säulen, die links und rechts von ihm hinaufgingen, immer höher, so hoch, daß man ihre Kapitelle nicht sah und nicht ausrechnen konnte, was diese endlosen Schäfte eigentlich zu tragen hätten. Und der Mann las aus einem rotgeränderten Zeitungsblatt mit einer hallenden Stimme: "Republikanisches Regierungsblatt, Hauptquartier Lörrach, den 22. September 1848. Aufruf an das deutsche Volk! Der Kampf des Volkes mit seinen Unterdrückern hat begonnen. Nur das Schwert kann das deutsche Volk noch retten ... Siegt die Reaktion, so wird Deutschland auf dem sogenannten gesetzlichen Weg furchtbarer ausgesogen und geknechtet werden, wie dieses in den blutigsten Kriegen geschehen kann. Zu den Waffen, deutsches Volk! Nur die Republik führt uns zum Ziel, nach dem wir streben. Hoch lebe die deutsche Republik! Im Namen der provisorischen Regierung, der Schriftführer Karl Blind." Dann begann das rote Gewand von den Schultern des Mannes zu fließen, rann über den Boden hin, drang durch das Mosaik und tropfte schwer und dunkel auf die irdischen Gefilde. Und wo einer der dunklen roten Tropfen ins Grüne oder in eines der Häusernester traf, da stieg sogleich ein kleiner runder Dampfballen auf, als verzische der Tropfen auf einer überhitzten Eisenplatte. Eine Stimme aber sagte: "Sei mein Erbe! Vollende mich!"

Nach einem einfachen Mittagessen in einer Kutscherkneipe fing sich der junge Mensch ein Zeitungsblatt aus der Flut, die eben durch alle Straßen gebraust kam. Die Nachrichten sogen sich wie Blutegel an den Leser fest, mästeten sich von seinem Leben und machten den Kopf leer. Er saß wieder auf einer Tiergartenbank, hatte den breitkrempigen Banditenhut neben sich liegen und wühlte unablässig mit der mageren Hand im staubigen Haargesträhne. Und als alle Telegramme aus Wien und Rom und Paris aneinandergereiht und mit den Berliner Berichten zusammengebracht waren, da ergab es sich, daß der Krieg zwischen Österreich und Preußen unvermeidlich sei. In den besetzten Herzogtümern war es trotz des Gasteiner Vertrages zwischen den einstigen Bundesgenossen nicht ganz geheuer geworden, und man konnte es Österreich nicht verdenken, daß es gegen Preußen mißtrauisch geblieben war. Es saß weit von der Schüssel und Preußen nahe daran, und so war die Furcht begründet, daß es sie eines Tages ganz an sich ziehen werde, zumal es von einem Esser regiert war, dessen Maul und Magen die größten Bissen zwingen konnten. So ließ Österreich einstweilen den Augustenburger weiter wirtschaften, als ob nichts versprochen und vertragen worden sei, und der machte mit der Treue seiner Partei die Schüssel so heiß, daß sich Bismarck schon die Finger verbrennen konnte. Darüber aber waren auch die Roten zwischen Berlin und Wien ins Sieden gekommen, und jetzt wuchsen die Truppenwälle an den Grenzen, trotz Friedensversicherungen und Abrüstungsvorschlägen.

Mitten im Lesen fiel dem Jüngling ein, daß ihm sein Traum den Stiefvater wie einen Verklärten und Jenseitigen gezeigt hatte. Und er lebte doch noch, wandelte auf dem freien Londoner Boden, und gleich ihm warteten noch viele Hunderte von Verbannten des roten Quartals rings um die deutschen Grenzen auf das Erwachen. Und Tausende waren im Land selbst, Erben des Freiheitsgeistes, gleich ihm bereit, sich zu erheben, wenn das Zeichen gegeben wäre. Noch immer war die deutsche Einheit das hohe Ziel, von der Wartburg an bis heute. Aber wo sie sich gereckt hatte und ihre Fahnen geflattert waren, da hatte sich immer dieser eine entgegengestellt. Er, der alle großen Gedanken fraß, Vergifter aller reinen Brunnen. Judas und Nero und Franz Moor.

Nun sollte der Deutsche Bund zerschlagen werden, die Grundmauer des Einheitsbaues. "Ein Brüderkampf steht uns bevor", schrieb die Zeitung, "ein unermeßliches Unglück, die Zerrüttung des Vaterlandes, des preußischen engeren und des großen deutschen, selbst wenn Preußen siegen sollte."

Der wirre Leser sah auf, vor seinen Augen rollten und stampften die Bäume und Sträucher des Parkes, als liefe ein riesenhaftes Tier unter dem Boden hin, dessen Rücken Erde und Pflanzenwelt wie ein Tuch wellte. Er ballte die Zeitung zu raschelndem Knäuel, entzündete sie und warf die Fackel ins Gebüsch. Da schwebte sie zwischen dem bodennahen Geäst, bog schwarze Aschenblätter auseinander und versengte wie mit einem giftigen Hauch die Grashalme und maizarten Blättlein. Zuletzt erstickten die Flammen, ehe noch der ganze Klumpen verzehrt war, und nun lag er da, halb verkohlt und halb nur angesengt, manchmal von einem krampfhaften Krümmen bewegt und sehr häßlich anzusehen neben ein paar märchenhaften Buschwindröschen unter einem noch zusammengerollten Farnkraut.

Der kümmerliche Jüngling aber streckte die magere Faust aus

und zog die Lippen von den gelben Zähnen. Nach der Glut von vorhin lief ihm jetzt ein kalter Frost durch die Knochen.

"Gezählt, gewogen und gerichtet!" sagte er halblaut.

Langsam ging er den Weg, den er seit seiner Ankunft nun schon oft genug gemacht hatte: vom Tiergarten zur Wilhelmstraße. An allen den kalten und hochmütigen Amtsgebäuden ging er vorbei, die wahrhaftig ganz nach der nüchternen und dünkelhaften Feldwebelpolitik aussahen, die seit Friedrichs des Großen Zeiten darin gemacht wurde, an diesen Zwingburgen des Lebens und der Freiheit. Er kämpfte sich durch das ungefüge Tor des Hauses Nr. 76 und fragte den sogleich auftretenden Portier, ob Seine Exzellenz zu sprechen sei.

Ob denn der Herr Graf von diesem Besuch unterrichtet sei, fragte Schellenberg mit Amtsmiene dagegen. Jawohl, log der junge Mensch, Seiner Exzellenz sei er bereits durch die Gesandtschaft in London angemeldet. Er käme nämlich aus London.

Es ging oft sonderbares Volk bei Seiner Exzellenz aus und ein, und es mochte immerhin ein so verstörtes und übernächtigtes Menschlein auch seinen Weg zu ihm nehmen dürfen, zumal in diesen unruhigen Zeiten, wo sich allerlei Geheimes zutrug und bereitete. Aber der Herr müsse dann wohl später wiederkommen, denn jetzt sei der Herr Graf eben zum Vortrag bei Seiner Majestät, und er pflege erst nach sechs Uhr vom Palais zurückzukehren. Damit war dem Besucher auch gedient, und er ging, nachdem er dem Pförtner versichert hatte, er werde sich zur rechten Zeit einfinden.

Die Linden standen in geraden Reihen, hinab und hinauf, und trugen die von Maikäfern umsurrten grünen Köpfe hoch. An einem der Stämme lehnte der junge Mann aus London, gerade dem königlichen Palais gegenüber, und ließ die Tür neben dem schwarzweißen Schilderhäuschen nicht aus den Augen. Er hatte die Beine gekreuzt und die Arme verschränkt und fiel durch diese Haltung einer überaus finsteren Entschlossenheit mehr als einem Vorübergehenden auf, daß sich etliche Köpfe nach dem blassen Gesicht mit den flackernden Augen wandten.

Auch dem Buchbindermeister Bannewitz war diese durchloderte Düsterkeit als ein höchst unheimliches Ding erschienen, und er sagte sich, so könne wohl ein Wahnsinniger vor Ausbruch der Tobsucht aussehen. Nur zögernd setzte er seinen Weg fort, denn er pflegte von den Büchern, die ihm zum Binden übergeben waren, die abenteuerlichen und aufregenden nicht ungelesen zurückzugeben und war ein großer Freund aller rätselhaften Charaktere und spannenden Nachtstücke in Literatur und Leben. Als er sich zum drittenmal nach dem drohenden Jüngling umwandte, sah er, wie sich dieser vom Lindenstamm löste und hinter einem Mann dreinging, der eben aus dem königlichen Palais getreten war.

War das nicht ... ja, das war Bismarck, unschwer nach den unzähligen Zerrbildern zu erkennen, die der Haß über das ganze Land verstreute, nach diesen bösartigen Witzen und Witzchen, die man ihm allenthalben anhängte, seinem Gehen und seinem Sitzen, seinem Schlafen und seinem Wachen, seiner Politik und seinem häuslichen Leben. Als ein braver Demokrat fand Meister Bannewitz vielen Gefallen an diesen gesinnungstüchtigen Nadelstechereien, und da er eben erst vorige Woche einige Jahrgänge des "Kladderadatsch" zu binden gehabt hatte, lächelte er im geheimen über ein paar besonders drollige Bosheiten Berliner Herkunft.

Inzwischen war Bismarck im raschen Vorwärtsschreiten dem feierabendlich schlendernden Meister näher gekommen, und Bannewitz wollte eben ausweichen, nicht etwa aus Ehrfurcht, sondern um den berüchtigten Giftmischer so recht scharf von der Seite ins Auge zu fassen.

Da knallte es hinter ihm zweimal rasch nacheinander, und aus dem besonnenen Seitenschritt wurde ein erschrockener Satz. Bannewitz sah, daß sich Bismarck umgewandt hatte, der schmale, kümmerliche Mensch stand mitten auf der Straße und hob die Hand gegen den großen, schweren Mann. Es knallte zum drittenmal, von der vorgestreckten Faust verzog sich ein dünnes, blaues Wölkchen.

Aber schon waren die beiden Menschen in eins gewirrt; Bismarcks breite Faust saß dem Menschen an der Gurgel, seine Linke zerquetschte das Handgelenk.

Menschen liefen herbei: Eine Frau schrie gellend ...

Eine große Menge kam im Gleichschritt die Straße herab, Soldaten ...

Die Knochen der Mörderhand krachten unter Bismarcks Fingern, aber da entwischte die Linke des Jünglings durch eine Lücke zwischen den aneinandergepreßten Leibern und riß den Revolver aus der Rechten. Ganz nahe an Bismarcks Rippen brannte er noch zweimal ab. ‚Ich bin tot! Ich muß tot sein!' dachte Bismarck, ‚aber mit meiner letzten Kraft drücke ich dir die Kehle ab!' Blaurot quoll das Gesicht vor ihm, röchelnd bog sich der Kopf hintenüber, kein Schuß fiel mehr …

Und da war auch der Buchbindermeister Bannewitz heran und riß dem Mörder das Gewehr aus den eingekrallten Fingern. Bismarck ließ die gewürgte Kehle los; schlaff wie ein Sack fiel der Mensch in sich zusammen, hing nur an des Meisters Faust über dem Pflaster. Jetzt erst schlug der Schreck in Empörung um: "Was? Was??" schrie Bannewitz. "Totschießen? Du Haderlump!", und er pflanzte zwei Ohrfeigen in das Gesicht des Menschen, als hätte er vom Weltgericht dazu eigens den Auftrag erhalten. Und waren es zwei Ohrfeigen, wie Bannewitz je in Lehrlingszeiten empfangen, noch in Meisterszeiten je ausgeteilt hatte. Wobei freilich von ihm nicht bedacht war, daß das Lachen über die argen Zerrbilder Bismarcks vielleicht unweit des Anfangs- und Ausgangspunktes jenes Weges lag, auf dem heute fünf Schüsse gefallen waren. Bismarck stand da, befühlte sich, sah die Kugellöcher in seinem Überrock, diese beiden von runden Brandflecken umrahmten Löcher auf seiner rechten Seite, und konnte nichts tun, als sich verwundern, daß er noch lebte.

Zwei richtige Ohrfeigen sind manchmal das beste Lebenselixier; der junge Mensch war zu sich gekommen und hing wankend in Bannewitz' festem Griff, während seine Augen zaghaft und wirr über Gesichter, Bäume, Häuser und Wolken wanderten. Unverständliches war geschehen; Bismarck stand unversehrt, er aber war mit Schwäche und Schmach geschlagen, kein Held und Retter, ein ertappter Mörder, dessen letztes Lebensstümpfchen gerade noch bis zum Galgenende reichen würde.

Ein Soldatenhaufen kam jetzt vorbeigetrommelt und -gepfiffen, und alles das, die ganze Lebenswende, Sieg und Niederlage, hatte nicht längere Zeit gedauert, als ein Bataillon vom zweiten Garderegiment brauchte, um vierhundert Schritte näher zu kommen.

Bismarck rief einen Leutnant an; mit zwanzig knappen Worten war alles erklärt, und der Gefangene schwankte zwischen zwei ellenlangen pommerschen Gardesoldaten unter Vorantritt eines Sergeanten in kläglichster Zermalmtheit dem Gefängnis zu.

Eine Droschke kam Bismarck eben recht. Als er einstieg, rief jemand hinter ihm: "Hoch Bismarck!" Das war der Buchbindermeister Bannewitz, und der Kutscher hatte seinen Gaul noch nicht dreimal über den Rücken geschmitzt, als es hinten mit: "Hoch Bismarck!" und "Hurra Bismarck!" losbrach, als wären die Linden noch nicht breit genug und müßten durch Gebrüll erweitert werden. -

Tod wie Tod, und man hatte ja auch schon vor Pistolen gestanden, und auch sonst hatte er einem schon bisweilen auf die Schulter getippt mit allerlei absonderlichen Unfällen und Zufällen, und als Mann sagte man sich, daß der Tod an sich nicht das Ärgste sei. Aber das ist ernst und schwer, dem liebsten Menschen in die Augen zu sehen, wie sie vor Angst und Grauen weit und dunkel werden, und sich zu sagen, was wäre es, wenn die Kugel nicht an der Rippe abgeglitten wäre und du nun still da lägest.

Bismarck hatte es für Johanna recht leicht machen wollen, so auf dem Weg zum Tisch, vor anderen Leuten obenhin, mit einem leichten Kuß auf die Stirn und in gemessener Heiterkeit: "Erschrick nicht, liebes Herz, man hat auf mich geschossen. Aber du siehst, ich bin unverletzt. Nur einen anderen Überrock muß ich mir machen lassen."

Sie hatte nicht etwa geschrien, nur die Augen hatten sich ihr aufgetan und waren so geblieben, unnatürlich groß, mit Pupillen, die vom lieben Grau nur schmal umreift waren. Zum Essen hatte sie keine Hand gerührt, allem Mahnen nur stumm den Kopf gegengeschüttelt, und man wußte nicht einmal, ob sie hörte, was Bismarck über die Mordgeschichte erzählte. Es war nicht die geringste Verletzung sichtbar, nur eine Rippe schmerzte ein wenig, da war die Kugel wohl angeprallt und abgeglitten. Schon war alles aus dem unmittelbaren Erleben in ruhige Betrachtung erhoben und alles Leidenschaftliche bezwungen und versenkt. Während dieser Mahlzeit wagte sich kein lautes Wort hervor, die Gläser klangen nicht, und die Teller klirrten nicht; denn wo ein Wunder geschehen ist, wird Schweigen zur Andacht. Als sie dann ins Musikzimmer gingen, da fand Johanna das erste Wort. Heiße Finger schlangen sich um die Hand, die vor kurzem die Kehle eines Mörders gewürgt hatte. "Gottes Hand", flüsterte sie, "nur Gottes Hand ... er hat den Streich aufgehalten, er hat die Kugeln gelenkt ... Du bist sein Werkzeug, Otto." Dann starrte sie wieder stumm in diese Welt, in der das Entsetzliche zugelassen wurde, daß jemand auf Otto schoß, und in der sich das Herrliche zutrug, daß um seinetwillen ein Wunder geschah.

Und Bismarcks Hand ließ sie erst, als der König kam.

Alle Anwesenden neigten sich; er schritt geradeswegs auf Bismarck zu, ganz blaß vor Erregung. Fest lagen die Hände der Männer ineinander. "Liebster ... Lieber ..." stammelte der König. Die übrigen hatten sich langsam auf einen Wink Johannas aus dem Zimmer gezogen; denn es verstand sich, daß der König in diesem Augenblick alles Königliche abzulegen wünschte.

"Wenn man Sie erschossen hätte", murmelte er, "Bismarck ..., wenn man Sie mir erschossen hätte." Und auf einmal waren seine Arme offen, und Bismarck lag für dreier Herzschläge Dauer an der Brust seines hohen Herrn. Dann löste er sich ab: "Ich kann mir keinen schöneren Tod denken ... seit meinem Dienstantritt bin ich dazu bereit, zu allem. Sie wissen es, Majestät, ob auf dem Schlachtfeld, ob auf dem Straßenpflaster ... Ich stehe tief in Ihrer Schuld ..."

Da stampfte der König mit dem Fuß auf und schwang sich dem Flügel zu herum; denn wenn auch der König abgegelitten war, so war der Mann doch verblieben, und dem stand es nicht an, den Schimmer seiner Augen sehen zu lassen.

20

Der letzte Vortrag beim König dauerte bis tief in die Nacht hinein. Und dann diese Nacht des 14. Juni, eine Nacht zum Grauwerden und Altern um Jahre.

Der Graf Barral war noch einmal gekommen, Italiens Botschafter, ein schöner, pompöser und bei allem Wortreichtum sehr vorsichtiger Mann. Ob also Preußen wirklich den österreichischen Antrag im Bund von heute als Kriegsfall betrachte, und was es zu tun beabsichtige.

"Wir schlagen los und rennen sie über den Haufen!"

Ein Bismarckwort, eindeutig, ohne Ornamentik, als gehe es nicht um ins Kriegerische geratene allerhöchste Verwicklungen, sondern um eine Kirchtagsrauferei. ‚Es war wirklich lächerlich,' dachte der Graf, ‚wie wenig diese preußischen Barbaren es verstanden, große Handlungen durch Worte zu verbrämen und ihre Bedeutung durch Gewinde von prächtigen Redensarten zu erhöhen. Alles kam kahl und nüchtern und ärmlich ans Licht, so daß man sich erst besinnen mußte, daß es nicht um irgendein kleines kaufmännisches Unternehmen ging, sondern um das Wohl und Wehe von Staaten. Aber immerhin war einiger Verlaß auf solche nüchternen Kasernenworte.'

Ehe dieses Bündnis abgeschlossen worden war, in dem sich Preußen und Italien zu gegenseitiger Kriegshilfe verpflichteten, hatte man mißtrauisch aneinander herumgetastet.

Und wie, wenn dieser alte schlaue Fuchs Bismarck das heilige Italien nur als Trumpf ausspielt, um den Österreichern Schleswig-Holstein ohne Krieg abzunehmen.

Und wie, hatte Bismarcks Völkerkenntnis geraunt, und wie, wenn diese schlauen Katzelmacher Preußen nur als Trumpf ausspielten um den Österreichern Venetien ohne Krieg abzuknöpfen.

Einer mußte den Einsatz an Vertrauen schließlich wagen, und Bismarck tat es, indem er sich auf den König Viktor Emanuel verließ, der ein Ehrenmann war, als hätte er auf irgendeiner deutschen Universität beim Landesvater beschworen, stets ein braver Bursch zu sein. Und auch ein wenig darauf, daß er wußte, dem italienischen Volk sei beinahe des Teufels Hinterteil noch lieber als des Österreichers Gesicht.

Nun war es so weit; die preußischen Heeressäulen standen marschbereit, und jetzt konnten sich auch die italienischen Armeen gegen die Weißröcke in Bewegung setzen.

Dann war der italienische Graf wieder in die Nacht gewichen, Bismarck mit sich allein, die Moderateurlampe summte, vor den Fenstern schwoll und schwebte die Juninacht. Die Schwäche kam mit dunkelziehenden Schleiern, Schwäche und Schwindel der letzten

Wochen, Ringeltanz feuriger Glühwürmer, die aus dem Gehirn gekrochen waren, Gedankenwürmer … ja, Beinzittern zwang ihn in den Lehnstuhl, die Arme klappten auf den aufgebogenen Seitenstützen hoch und nieder, der Kopf sank tief.

"Der Bund ist hin! Abgestochen am 14. Juni 1866, infolge Antrages auf Bundesexekution gegen Preußen. Österreichs Antrag. Wen haben wir gegen uns: Sachsen, Württemberg, Hannover, Hessen, Nassau … schade … auch Bayern. Neun im ganzen … und nur sechs auf unserer Seite. Haben uns nicht sehr beliebt machen können. Was ist zu tun? So ist der Gasteiner Kitt bald verdorrt und abgesprungen. Nun ist der alte Bund hin!"

Er schob seinen Leib, der in eine schlaffe Lage gerutscht war, mit wiederkehrender Kraft höher im Lehnstuhl. Sein Blick fand wieder die Umgebung, an der Wand gegenüber das große Bild von Schönhausen, ein paar Schattenrisse von alten Freunden: Gustav Scharlach, Motley, Coffin und darüber Kappe und Band mit Rot-Blau-Gold und der Schläger darüber geschrägt, die alte, rostige Klinge, und im Korb, von Motten ein wenig angenagt: Rot-Blau-Gold. Das war die alte Welt, von der Wartburg an bis zum heutigen Tag, viel verpuffte Kraft, verschleudertes Gut, Saat auf steinigem Acker. Und viel jugendliche Herrlichkeit, philosophischer und muskelhafter Überschwang. Ach, wie auf dieser Gotteserde alles durcheinander gewirrt war, Gutes und Schlimmes, frische Luft und Mottenfraß, Förderliches und Hemmendes. Wer konnte sagen, daß er das Richtige zog? War das Volk nicht wie … wie ein Karren, den ein boshafter Zauberer mit Empfindung begabt hat … er spürt jeden Stoß der holprigen Wege, aber er weiß nicht, wohin er fährt.

Oder so: Sie hatten zuerst an einem Strang gezogen, beide, und da war es ein gutes Ding gewesen. Dann aber hatte man Preußen vorne und Österreich hinten angeschirrt, und nun war der morsche Bundeskarren aus dem Leim gegangen und sah aus wie einst das Bismarcksche Korbwägelchen im Jarcheliner Hohlweg nach dem Kampf mit Hermann Schnuchels trojanischem Pferd. Wo war das Können und wo das Müssen in diesen Dingen? Wo war Recht und wo Unrecht? War nicht auf dem Grund eines jeden Staatengebildes ein Bodensatz von Gewalt? Rom hatte als Verbrecherkolonie begonnen und sich durch den Raub der Sabinerinnen höchst peinlich in die Geschichte eingeführt. Ein wahres Glück, daß damals noch nicht das europäische Gleichgewicht erfunden war, sonst hätte es in England und Frankreich eine schöne Entrüstung und Gezeter gegeben. Um des europäischen Gleichgewichtes willen war es nötig, den anderen irgendwie ins Unrecht zu setzen, wenn er auch genau ebensoviel Recht hatte wie man selbest. Ging es noch um Schleswig-Holstein? Nein, es ging um die deutsche Frage, um die ganze deutsche Frage. Um noch einmal an Rom zu denken, das alte, gute, feste, republikanische Rom ging daran zugrunde, daß es zwei Konsuln hatte. Preußen hatte nur einen König und das Universum nur einen Gott … Und darum mußte einer von ihnen, Preußen oder Österreich, aus dem künftigen Bund weichen.

Und wenn das Mißlingen seinem Willen das Rückgrat brach, wenn seine Pläne vom Schicksal davongefegt wurden wie Papierblätter vom Sturm? Stand jetzt nicht wirklich alles auf einer Karte? War er nicht wirklich der Spieler geworden, für den er sich in der Gasteiner Regennacht ausgegeben hatte? Alles mußte auf ihn zurückfallen, und der König, gegen dessen Willen dies alles war, dieser durch seine Überredung zu dem ihm Ungemäßen gelenkte König? Würde diese Freundschaft unter dem Gewicht des Mißlingens zermalmt werden? Verrat an den nun ein halbes Jahrhundert alten Überlieferungen! Blut von Tausenden vergebens gefallener Landeskinder! Elend der Witwen und Waisen! Verkleinerung und Machtlosigkeit und Wiederbeginnen von vorne! Jeder Schatten im Gesicht des Königs ein Vorwurf für den Überbegehrlichen! Jede leise Gewissensregung ein unerträgliches Feuermal für den Urheber!

Plötzlich fühlte Bismarck Kälteschauer in allen Gliedern und Geriesel von Schweiß auf der Stirn. Die Wände drückten, die Lampe roch unerträglich; Bismarck riß einen Mantel aus dem Spind und lief in die Nacht hinaus. Drei Straßen weit ohne Besinnung, dann wußte er, daß er zu Moltke wollte.

Ein tief schlafendes Haus, das schwer wachzuklingeln war. Erst nach anhaltendem Fäustegetrommel wankte ein Vermummter heran, ward aus dem zaghaft aufknarrenden Türspalt über den Haufen gerannt; ein Kammerdiener wollte Zeter schreien, erstarrte mit offenem Mund. Und nun stand Bismarck vor dem Bett, sah das verschrumpfte, gelbliche Gesicht des Generals zwischen Nachtmütze und Bettdecke und streckte die Hand nach der Schulter. Aber er brauchte nicht zu rütteln; denn die Augenlider gingen von selber auf, und die klaren, grauen Augen sahen den Nachtbesuch ohne Staunen an.

"Ich habe Sie kommen gehört, Bismarck", sagte er.

Das sei doch ein wenig verwunderlich, meinte Bismarck, daß ihn der General am Kommen erkannt habe.

"Wer sollte nachts mit einem solchen Getöse bei mir einbrechen als Sie? Was wollen Sie?"

"Eine Frage wegen der Operationen!"

"Warten Sie!"

Zwei dürre Beine mit dunklem Haarwuchs fuhren gleichzeitig unter der Bettdecke vor, die sorgsam nach erprobtem System alarmbereiten Kleider deckten sehr rasch die rücksichtslos enthüllten Blößen. Bismarck war zurückgetreten und hatte sich zum Kopf einer antiken Statue gestellt, die noch aus Moltkes türkischen Zeiten stammte. Und als er eben bei sich dachte, Moltke könne etwa mit den Unterhosen fertig sein, tippte ihn dieser, schon bis oben in den Uniformrock geknöpft, auf den Arm.

"Ich bitte!"

"Können Sie nicht", begann Bismarck ohne Einleitung, "können sie nicht die Truppen in Sachsen, Hannover und Hessen schon am 16. einmarschieren lassen, anstatt erst am 17.?"

In Moltkes Augen begann das stille Rechnen. "Warum?" fragte er hinhaltend.

"Wir wollten den Staaten achtundvierzig Stunden Bedenkzeit geben, nicht wahr? Wozu eine so lange Frist? Hannover und Hessen werden nicht anderen Sinnes werden. Und Sachsen ist ja für den Krieg vollkommen gerüstet, jede Stunde Verzögerung ist ein Gewinn für sie und eine Gefahr für uns. Warum sollten wir warten? Wir müssen dreinfahren, daß es ihnen um den Nabel flimmert. Die Überraschung ist unsere beste Waffe." Und er sprach weiter, als gelte es, Moltke von einer gegenstrebenden Ansicht zu der seinen zu bekehren; von den drei Armeen, die in Böhmen getrennt einfallen sollten, um sich dort zur Schlacht zu vereinigen, von den Stellungen der Truppen an den Grenzen der Mittelstaaten und davon, daß überall nur die größte Eile einen Erfolg verbürge.

Indessen war Moltke mit dem Rechnen fertig geworden, er hob die Hand, und sogleich schwieg Bismarck, denn in diesen Dingen lagen die Entscheidungen ja nicht bei ihm.

"Ja", sagte der General, "ich glaube, wir können schon am 16. marschieren."

Aufatmend stand der Ministerpräsident. "Das ist … das ist …", dehnte er dunkel, "Gott sei's gedankt." Aus tiefer Brust. Nun brach wieder Schweiß los, auf der Stirn, im Nacken, die Lampe auf dem Kartentisch schwang im Kreis, stechender Schmerz zog im Bein, an dem der russische Tod gefressen hatte, vom Sprunggelenk zum Knie. "Und Sie sind gewiß …?" murmelte er.

Moltke hob die knöchernen Schultern: "Es steht bei Gott. Wer will sich vermessen, den Ausgang vorherzusagen? Wir können nichts anderes tun, als alles nach besten Kräften ins Wirken zu leiten."

"Sie sehen, daß ich schlafen konnte", setzte er nach einer Weile hinzu und lächelte. Ja, es war so bei diesem kühlen Uhrwerksmenschen, daß er, je näher es an das Losschlagen kam, desto zuversichtlicher und gleichmütiger wurde und immer mehr Zeit zu gewinnen schien. In unermüdlicher Tag- und Nachtarbeit hatte ihn Bismarck nur um die Wende gesehen, wo es noch ungewiß war, ob es mit Österreich zum Frieden oder zum Krieg gehen werde. Jetzt aber war keine Hast und Eile mehr notwendig, denn die Räder und Rädchen, Walzen, Stifte, Federn und Schrauben, die längst gebosselt, gefeilt und gehämmert waren, kamen nun ganz von selbst, um den großen Mechanismus zusammenzusetzen. Wie ein Zauberkunststück war es, bei dem sich vor den Augen des Zuschauers auf den Wink des Magiers etwas aufzubauen beginnt, ohne daß der Herr des Wunders die Hände zu rühren braucht. Und um das ganze Werk früher in Gang zu setzen, als geplant war, bedurfte es nur eines schärferen Anziehens einer Schraube oder eines Hebels.

"Verzeihen Sie, daß ich Sie geweckt habe", sagte Bismarck, angesichts dieser allem Mißgeschick überlegenen Seelenruhe ein wenig verdrießlich über seinen indianerhaften Nachtangriff.

"Wir werden jetzt gleich zum König gehen", erwiderte Moltke, indem er ein ihm offenbar überflüssig und selbstverständlich scheinendes Bindeglied ausließ.

"Hat der Kronprinz ...?" Das Verhalten des Kronprinzen gehörte zu Bismarcks schwersten Kümmernissen, denn Friedrich Wilhelm hatte niemals ein Hehl daraus gemacht, daß ihm diese auf den Bundeszusammenbruch und die österreichische Amputation hintreibende Politik ein Greuel sei.

"Der Kronprinz hat seine Ansicht nicht geändert. Selbstverständlich; denn wenn wir Österreich dahin bringen, daß es uns einen Kriegsvorwand gibt, wird man sich nicht darüber entrüsten können, daß wir ihn endlich bekommen." Seine Augen zogen sich ein wenig zusammen, und die Blicke gingen nun wie Stichflammen aus einer engeren Öffnung mit um so schärferem Strahl. "Wenn Sie aber etwa meinen, daß der Kronprinz darum die schlesische Armee, die ihm anvertraut ist, schlechter führen wird, so ist das ein Irrtum. Mit den Kriegszielen mag der Kronprinz nicht einverstanden sein, aber seine Pflicht wird er tun; er wird trachten, den Feind zu schlagen, wenn er es auch bedauert, ihn schlagen zu müssen. Denn schließlich ist auch er seinem Kriegsherrn und seinem Gewissen verantwortlich als Soldat."

Es war ein ganz leise ablehnender Klang in diesem letzten Wort, so, als ob der General es vorziehe, über Soldatendinge nicht weiter viel zu sprechen mit einem, der ins Soldatische vielleicht nicht so ganz hineingewachsen war. Bismarck aber nahm nichts krumm, er dankte dem General neue Kraftströme, mochte er ihm immerhin die soldatische Krönung des Lebens aberkennen.

Er zog mit seinem Lächeln den Zylinderhut: "Kommen Sie zum König, General."

21

Im Morgengrauen kam Bismarck zurück, stieg die Hintertreppe der Diener und Geheimagenten hinan. Lauschend stand er im dunklen Zwischenzimmerchen, das seinen Arbeitstempel vom Wohnraum trennte. Licht zog um den unteren Teil der Wohnraumtür einen feinen Goldsaum, Blätter knisterten. Da las sie drüben und wartete noch immer auf ihn.

‚Ich bin nicht rücksichtslos genug in politischen Dingen', dachte er, ‚manchmal packt mich eine Angst, ob ich das Richtige tue. Um wieviel besser haben es die Männer ohne Gewissen. Was zwingt mich, alles hin und her zu überlegen? Man sollte zugreifen, ohne lange zu bedenken. Nur gegen eine bin ich rücksichtslos.'

Er hob die Hand zur Türklinke, ließ sie wieder sinken; noch immer war das heitere Gesicht nicht fertig, das Johanna zu sehen bekommen mußte, wenn ihre Besorgnis um ihn nicht rückwirkend an seiner Kraft zehren sollte. Geräuschlos ging er ins Arbeitszimmer, wo die Moderateurlampe erbärmlich schmauchte. Er blies sie aus, sah dem schwarzen Rußwölkchen nach, das aus dem Zylinder stieg.

In einem großen Kastanienbaum waren etliche hundert Spatzen erwacht und begannen den Tag mit einem heftigen Morgengezänk. Das hörte sich an, als sei das Parlament plötzlich ins Vogelreich geraten und als säße dort drüben eine Eule zum Spatzengespött, genauso wie Bismarck oft genug auf der Ministerbank zu sitzen hatte. Ein armer Teufel von Halbnarr hatte auf ihn schießen müssen, um ihm ein paar Herzen zu gewinnen. Aber es gab genug andere, die Gottes Finger nicht erkannt hatten und auch an dieses Begebnis ihren blutigen Hohn anschmierten. In vielen Läden der Stadt konnte man das Blatt eines giftigen Witzbolds sehen, der es darzustellen unternommen hatte, wie der Student Cohen-Blind auf den Grafen Bismarck schießt. Aus eigener infernalischer Phantasie aber war der Teufel hinzugefügt, ein richtiger Höllenabgrundsteufel mit Hörnern und Schweif, wie er die Revolverhand des Attentäters wegschlägt mit den Worten: "Halt, der gehört mir!"

So war also das Gotteswunder in ein Satanswunder verkehrt, und wenn dies nicht die Meinung vieler gewesen wäre - trotz aller brausenden Huldigungen großer Volksmengen - , so hätte man nicht diesem lästerlichen Bildchen überall begegnen können. Bismarck hatte sonst alle Feindseligkeiten des Stiftes und der Feder mit ziemlichem Gleichmut zu nehmen gewußt, diesmal aber war nicht er verunglimpft, sondern Gottes sichtbarliche Hilfe.

Die Spatzen entflogen dem Kastanienbaum mit schrillem

Gezeter, schwirrten über Wipfel hin ins Morgenrot. Es war nun nach all dem Lärm so still, daß Bismarck zu hören glaubte, wie die Gedanken sich regten, zueinander neigten und sich leise umschlangen. Und auf einmal trat, wie aus einem Tor, ein ganz strahlender und lichter Gedanke hervor und sprach deutlich an Bismarcks Lebenswurzel: Gottes Werkzeug ...

Ein leises Klingen ließ Bismarck ins Zimmer zurückschauen. Da hatte sich, ganz von selbst, der Schläger von der Wand gelöst und ließ, während der rot-blau-goldene Korb noch auf dem Haken ruhte, die Klinge mit leisem Scharren pendeln. Er mußte im nächsten Augenblick ganz zu Boden klirren; Bismarck sprang an, und da fiel ihm auch schon die Waffe in die Hand, mit dem Griff eben in die zufassende Faust.

Lächelnd sann er auf den hochgewölbten Korb herab, ließ die Klinge pfeifen: "Ja, ja ... so ist es", flüsterte er, "so ist es."

Plötzlich stand Johanna auf der Schwelle des Arbeitszimmers, mit ihren traurigsten Augen und Kummerfalten um den müden Mund. Sie hatte es gewagt, den Gatten von der Arbeit endlich ins Bett zu holen; nun stand er da, wog das greuliche Schlachtschwert in der Hand und war anzuzusehen, als wäre er vom Major wieder zum Fuchsmajor geworden.

"Was machst du da?" staunte sie ihm entgegen.

"Ja, mein Liebes ...", sagte er lustig lehrhaft, "siehst du, es gibt zwei Arten von Mensuren. Bei der einen, da haßt man einander, es steckt irgendeine Mädelgeschichte dahinter oder persönliche Abneigung oder ein wüstes Wort, und da hackt man aufeinander los, als wolle man Menschheit und Weltall entzweispalten, und es ist ein großer Zorn dabei bis zum letzten Gang. Bei der anderen aber, die nennt man Bestimmungsmensur, und die heißt so, weil man sie sich nicht selbst bestimmt hat, sondern ... weil sie einem bestimmt worden ist. Und es ist auch nicht etwa wegen eines großen Zornes und einer erbitterten Feindschaft, sondern es handelt sich etwa darum, daß zwei gleich starke und gleich angesehene Verbindungen um den Vorrang kämpfen und weil man endlich wissen möchte, wer unter den Studenten Führung und Oberhand haben soll. Man schlägt sich ... aber ohne Groll ... und es kommt aufs bessere Fechten an."

Sie verstand den Gatten nicht ganz, den eine durchwachte Nacht auf Gott weiß welchen Umwegen nach Göttingen geführt hatte, um ihr im Morgengrauen von blutigem Unwesen zu erzählen. "Du mußt jetzt schlafen gehen", sagte sie mit ruhigem Nachdruck, "deine Kraft muß ausreichen ..."

"Ja! Ja!" sagte er gefügig, stellte den Schläger neben den Bücherschrank und lachte Johanna ins Gesicht: "Guten Morgen."

Sein Glück war ihr Glück, seine Lustigkeit rann belebend in sie, machte sie selbst lustig und morgenfrisch: "Du hast gute Nachrichten?" fragte sie.

"Ja! Von allerhöchster Stelle! Wir werden siegen! Mit Hilfe Gottes - und mit dem Zündnadelgewehr."

22

In diesem Kriegsjahr 1866 - und auch schon seit etlichen Jahren vorher - wurde das Dietrichsteinsche Schloß zu Nikolsburg in Mähren von einem Verwalter betraut, der früher Gymnasialprofessor in Brünn gewesen war und nun seinen Ruhestand mit einem freundlichen Anschein von Betätigung vereinigte. Es war eine Betätigung ganz nach Anton Strahofers Sinn: dem alten Gemäuer liebevoll aufs Wohlergehen schauen, alle kleinen Schäden entdecken, melden und bessern lassen, den Arbeitern auf die Finger passen, allen Motten, Holzwürmern und Schimmelpilzen göttliches Strafgericht sein.

Gleichermaßen der stillgewordenen Größe und Vornehmheit heimischer Geschichte wie dem funkelnden, südlich starken Sonnenschein und der weinfröhlichen Gegenwart zugewandt, ein Vaterlandsfreund im edelsten Heimatssinn, mußte es der Professor als schmerzlichstes Erlebnis seiner bald sechs Jahrzehnte empfinden, daß Österreich in diesem Krieg geschlagen und bis in die Grundfesten erschüttert sein sollte. Zuerst war es kaum zu begreifen gewesen, daß ein solcher Krieg überhaupt entbrennen konnte, der dem Sinn der Historie eines halben Jahrhunderts widersprach.

Dann, als man die Dinge immer spitzer und schärfer werden sah, als die Durchmärsche von Fußvolk, Reiterei und Kanonen begannen, Heersäule auf Heersäule, und als man sich vorstellen konnte, wie nicht nur auf dem Stückchen Welt, das man von der Gartenterrasse des Schlosses überschaute, sondern auf allen Straßen gen Böhmen, auf allen Eisenbahnen, links und rechts Hunderttausende von Soldaten gegen den Feind geschoben würden, da ließ man das Bedauern hinfahren und das hohe Siegesgefühl einziehen.

Aber dann kamen die ersten Nachrichten aus Böhmen, ein Getröpfel von Unglück vorerst: Nachod und Trautenau, Skalitz und Gitschin und, als die Siegessaat schon recht trübselig stand, die Hagelwolke von Königgrätz, die alles in den Acker schlug.

Der Rückzug begann, man sah die geschlagenen Truppen zurückkehren, in guter Haltung und bisweilen auch mit Rufen, es sei noch nicht aller Tage Abend, und so schnell schössen die Preußen nicht, daß sie etwa Wien wegnehmen könnten.

Wenn sich auch der Professor an solchen Worten ungebrochenen Mutes erfreute, im Herzensgrund blieb ihm doch die dunkle Ahnung eines schlimmen Endes, denn er war zu gut in der Geschichte bewandert, um nicht seine Vergleiche zu ziehen. Und die sagten ihm, daß nun der Krieg entweder für das Vaterland verloren sei oder man sich auf eine sehr lange Dauer gefaßt machen müsse, zwei Gewißheiten, von denen ihm die eine ebenso unerträglich schien wie die andere.

Ein paar Tage nach dem letzten österreichischen Vorüberdröhnen und Staubgewölke kamen preußische Ulanen über die Nikolsburger Katzenköpfe hereingeklappert, und der Professor erfuhr von einem stramm schnarrenden Leutnant, das Schloß sei zum königlichen Hauptquartier ausersehen. Mit einigem Herzklopfen hatte der Professor den Boten der Sieger empfangen; denn, wenn er auch die Gerüchte nicht glaubte, die den Preußen voranliefen und sie als eine Art von Hunnen zeichneten, denen nur das Kinderspießen und Fleischweichreiten zum Steppenräuber fehle, so fürchtete er doch einen siegesherrlichen Übermut, dem er hätte mit Würde entgegentreten müssen. Er fand aber in den Preußen wohlerzogene Leute, die sich nur in einer etwas stark aufgetragenen Schneidigkeit gefielen, und auch der Mannschaft war nur nachzusagen, daß sie sich gehörig und nicht herausfordernd betrug. So brauchte der Professor nichts von seiner Selbstachtung abzustreichen und konnte gemessen und mit dem Bewußtsein, jetzt in die Welthistorie mit einbezogen zu sein, entgegnen, das Schloß stehe den Herrschaften zur Verfügung.

Am nächsten Tag kam das Hauptquartier von Brünn, und Thusnelda stand im Hof und sah mit strengen Augen in das Gewimmel der Wagen und Reiter. Thusnelda war des Professors Fünfzehnjährige, das letzte der Strahofer-Mädeln, das ihm, nach Abgabe der zwei Ältesten an die Ehe, noch im Haus verblieben war, um ihm für die Schwestern und die tote Mutter zugleich zu gelten. Sie war so in die Welt des Vaters hineingewachsen, daß sie ihm in allen Gedanken und Gefühlen gleich war und darum ebenso schwer an der Niederlage des Vaterlandes trug. Nur daß in ihren fünfzehn Jahren alles viel mehr Farbe und Blut hatte als in den sechsundfünfzig ihres Vaters, und also auch ein leidenschaftlicher Haß gegen die Sieger in Herz und Kopf und Kehle saß.

Sie musterte die Gäste und hatte sogleich nach den Bildern der Zeitschriften Bismarck in dem Mann herausgefunden, der auf einem Ungeheuer von Pferd neben einem Wagen heranritt, in dem offenbar der König saß. Das Pferdeungetüm schien geradenwegs aus dem Riesenland gekommen, und der Reiter war jedenfalls auch nicht weit davon zu Haus, ein Schwert hing ihm zur Seite, das war wohl zwei Ellen lang, und ein fürchterlicher Helm war auf den Kopf gestülpt. Und wie er jetzt absaß, und auch die anderen von den Pferden und aus den Wagen stiegen, bärtige und breitschultrige Hünen, da kam es Thusnelda vor, als seien die alten Ritterzeiten, die in der Schloßbücherei eingesargt lagen, auf einmal wieder aufgebrochen. Ihr Zorn wurde nur noch heftiger, als sie an dem Banditenhäuptling, dem Verderber des Vaterlandes, nichts fand, worüber sie heimlich hätte lachen können. Es wäre ihr Trost und Vergeltung für das Königgrätzer Unglück gewesen, wenn sie ihm so eine rechte Mädelbosheit hätte anhängen können, einen Spitznamen oder einen Flederwisch, wie man ihn einem verspotteten Lehrer an die Rockschöße nadelt. Daß er müde und verfallen aussah, mit grauem Gesicht und aufgetriebenen Tränensäcken, entging ihr nicht, aber das konnte man nicht zum Anlaß eines Gelächters nehmen.

Thusnelda ging mit unentschlossenen Schritten in Hof und Garten umher, die halbkurzen Röcke schwankten ihr nachdenklich um die Beine, die Zöpfe hingen glanzlos über den Rücken. Ihr Haß geriet immer tiefer ins Ernsthafte, sie konnte es sich nicht verhehlen, daß die Gestalten der Jungfrau von Orleans, der Judith, der Charlotte Corday und anderer rabiater Frauenspersonen an ihr vorübernickten und sich heranflüsterten.

Abends zeigte ihr der Vater die Liste, auf der vom preußischen Quartiermeister verzeichnet war, wie die Zimmer auf die Herrschaften verteilt worden seien. Da waren neben den Räumen des Königs die des Prinzen Friedrich Karl - "des Husaren mit dem großen Bart, weißt du" - , und auf der anderen Seite hatte man die Zimmer des Kronprinzen vorbereitet, der demnächst vom Schloß Eisgrub herüberkommen würde. Da wohnte der Kriegsminister Roon, und da der Generalstabschef Moltke, und da Bismarck. Aber nicht bloß Preußen weilten im Hauptquartier, sondern auch Italiener und der Abgesandte Napoleons, der Graf Benedetti, und - der Professor hob die Augenlider und sagte, den Finger auf einem Namen der Liste, mit bebender Stimme: "… und Graf Karolyi, der frühere österreichische Botschafter in Berlin … das bedeutet … das bedeutet natürlich …"

Aber Thusnelda wußte nicht, was das bedeuten könne.

"Das bedeutet natürlich", schloß der Professor, "daß bereits über den Frieden verhandelt wird."

Von allen den Namen suchte Thusnelda nur den Namen Bismarck auf der Liste, und als sie las, daß ihm das Delfter Zimmer und das anstoßende rote Kabinett gegeben sei, da brannte ihr das Herz plötzlich vor kaltem Schreck so sehr, daß sie den Atem verlor. Das Delfter Zimmer hatte seinen Namen davon, daß es von einem kunstreichen Meister in Blau und Weiß, ganz genau nach Art der Delfter Kacheln bemalt war, so daß man vom Boden bis zur Decke hinauf immer wieder eine Kuh neben einer Windmühle und ein Schiff neben einer Kaffeetasse hingetäfelt sah, viele Hunderte von Kühen und Windmühlen und Schiffen und Kaffeetassen im kalten Delfter Blau und Weiß unter- und nebeneinander. Noch merkwürdiger aber war das benachbarte rote Kabinett, denn, wenn es sich auch in seinem einförmigen pompejanischen Rot mit der holländischen Kachelei nebenan nicht messen konnte, so war es doch vor allen anderen Räumen dadurch ausgezeichnet, daß in ihm eine wirkliche und wahrhaftige, echt mittelalterliche Geheimtreppe mündete. Thusnelda wußte von ihr, wie sie ja jeden Stein und jedes Mausloch des ganzen Schlosses kannte, besser fast als ihr Vater, und sie suchte sogleich auf seinem Gesicht, ob ihm wohl auch eingefallen sei, welche besondere Bewandtnis es mit diesem Raum habe. Aber Professor Strahofer hatte so ruhig über die Liste hingesehen, als biete sie gar nichts besonders Erregendes, und schien jetzt ganz anderen Dingen nachzuhängen; und da sagte sich das Mädchen, daß es wohl seinen guten schicksalmäßigen Grund haben müsse, wenn man Bismarck in das rote Zimmer gesteckt habe, und wenn dessen düsteres Treppengeheimnis auf einmal nur ihr von allen Menschen auf dem Schloß bekannt scheine.

Einen ganzen Tag lang wehrte sie sich tapfer gegen das Gewisper; am nächsten Abend aber war es so weit, daß sie weder aus noch ein wußte, da suchte sie aus dem väterlichen Schlüsselbund jene Schlüssel hervor, die in Betracht kamen, und trat ihren Schleichgang an. Sie ließ sich auf keine Abkürzungen ein, sondern machte den ganzen Weg regelrecht, von der Grotte im gewachsenen Felsgrund des Schlosses an, wo zwischen seltsam verdrehten Zapfen und Muschelzeug ein gespenstisches Pferd aus dem Stein gehauen war, durch alle Wendungen und Windungen, steile Stufen hinan, zwischen Mauern, die so eng aneinander gedrückt waren, daß sogar sie ihre schlanke Person noch schmaler machen mußte. Schließlich glitt sie durch die geheime Tür in das rote Zimmer, nachdem sie vorher sorgsam durch das sinnreich verborgene Späherloch die Leere des Raumes festgestellt hatte.

Kaum aber stand sie vor dem vorspringenden blinden Wandschrank, als welcher die Tür nach außen gebildet war, da fiel ihr ein, daß sie gar nicht wußte, warum sie sich eigentlich hierher geschlichen hatte. Wenn sie etwa ertappt würde, so könnte sie beim besten Willen keine Gründe angeben und vielleicht in diesen grausamen Kriegszeiten gar noch des Spionierens verdächtig werden. Ein Brausen stürzte in ihr nieder; sie tappte unentschlossen nach der Wandtür. Indessen aber malten doch die Augen wenigstens den Eindruck der nächsten Dinge in ihren Mädelkopf ab. Das rote Zimmer war bei seiner Bestimmung als Schlafraum verblieben; das große Himmelbett quirlte in der Ecke seine vier barocken Drehsäulchen aus dem Gestell zur blauseidenen Decke hinan; ein Mantel hing genialisch wüst über das Fußende; ein Buch lag gespalten auf dem Nachttisch hingespreizt, und mit leisem Schämen stellte Thusnelda fest, daß aus der Dämmerung unter der hochbeinigen Bettlade jetzt noch, am Abend, jenes Gefäß matt hervorschimmerte, das die Strahofer Mädels nach einer uralten Familienüberlieferung den Ferdinand zu nennen pflegten.

Plötzlich wurde sie sich dessen bewußt, daß nebenan laut und offenbar sehr erregt gesprochen wurde. Das scheuchte sie nun vollends in die Flucht. Schon lag der Finger am Drücker der Geheimtür, da kam ein Wort, das war wie eine Harpune nach ihrem Herzen geworfen und hielt sie fest.

"Österreich!" sagte jemand, "Österreich ... sind wir Gurgelabschneider, daß wir ihm ans Leben wollen? Sind wir Landräuber nach Art des glorreichen Ludwig, den ich den Franzosen herzlich gern überlasse? Ich sage Ihnen, meine Herren, Österreich ist eine Notwendigkeit für Europa, Österreich muß dem Kontinent erhalten bleiben. Sollen wir vielleicht Österreich zertrümmern helfen, damit wir dann an Stelle eines Staates einen Topf Mehlwürmer haben, um den sich die Stare zu raufen anfangen?"

"Haben nicht immer so gesprochen, Bismarck!" sagte ein anderer, und so wußte Thusnelda nun, daß es Bismarck gewesen war, den sie zuerst gehört hatte. "Nicht immer so gesprochen! Kann mich gut erinnern!"

"Gegen den Zollverein mit Österreich bin ich gewesen. Gegen einen deutschen Bund mit Österreich; denn Preußen darf sich nicht an die Wand drücken lassen. Und wenn ich auch manchmal verärgert war, nie habe ich das gute Recht Österreichs angezweifelt, sich gegen uns zu stemmen und zu wehren. Sollen wir uns anmaßen, über sie zu Gericht zu sitzen? Österreich mußte unser Feind sein, aber es steht nicht als Angeklagter vor uns, über den wir eine Strafe zu verhängen haben. Vergönnen Sie ihm den ehrenvollen Rückzug und Frieden, Majestät; nehmen Sie die österreichischen Bedingungen an. Verlangen Sie keine Gebietsabtretung; glauben Sie mir, es ist ihnen

Ernst damit, daß der Kampf bis aufs Messer ginge; ich habe dem Grafen Karolyi und dem General Degenfeld in die Augen gesehen. Und was von den österreichischen Soldaten zu halten ist, haben wir ja bei Königgrätz erfahren."

Eine trockene, rissige, spröde Stimme kam daher: "Das ist es eben, daß bei den Österreichern noch immer eine in den tatsächlichen Verhältnissen unbegründete Überheblichkeit da ist. Dieses Unbezwungentum muß gebrochen werden; man muß sie militärisch niederringen. Unser Einzug in Wien muß sie zur Vernunft bringen."

"Na ... der Einzug in Wien!" sagte die Stimme jenes Mannes, den Bismarck als den König angeredet hatte. Bismarck sprach, und es war der kleinen Österreicherin, als höre sie das wundersame Phänomen, das sie an ihrem Klavier so liebte, bei dem der Anschlag einer Taste alle verwandten Töne in der Höhe und der Tiefe ins Schwingen riß: "Ich bitte Sie, Majestät, denken Sie nicht an den Einzug in Wien. Lassen Sie sich's genug sein, Österreich in einer großen Schlacht geschlagen zu haben; verzichten Sie darauf, es auch noch zu demütigen. Hüten Sie sich davor, es zu Preußens unversöhnlichem Feind zu machen. Es könnte Sie einmal gereuen, jetzt Ihrem Siegergefühl allzuviel eingeräumt zu haben. Und überdies: Dieser Einzug in Wien dürfte uns keineswegs leicht gemacht werden."

Jemand widersprach: "Ich denke, Graf Bismarck, das dürfen Sie ruhig den militärischen Ratgebern Seiner Majestät überlassen, wie wir nach Wien kommen."

"Ich habe allen Anlaß, die Ansichten meiner Generäle als ausschlaggebend anzusehen", sagte der König mit einem zornigen Ton.

"Die Herren belieben mir im Hauptquartier die Rolle einer Art von Questenberg zuzuweisen. Ich maße mir auch nicht an, in militärische Angelegenheiten sachverständig dreinreden zu wollen. Aber die Herren sind nun einmal im Siegen und glauben, es müsse so immer weitergehen. Ich warne Sie und bitte Sie, nicht zu vergessen, daß die Österreicher einen neuen Bundesgenossen bekommen haben."

"Na! Na!" warf ihm eine fröhliche Stimme entgegen, "Da müßten wir wohl davon wissen."

"Sie wissen davon ... die Cholera! Wir wollen nach Ungarn einfallen - je tiefer wir in dieses Land dringen, desto fürchterlicher wird die Seuche aufräumen. Wissen Sie, daß schon jetzt in manchen Regimentern kaum die Hälfte der Leute dienstfähig ist? Noch können wir dem Krieg ein rasches Ende machen. Und ich habe meine guten Gründe, es dringend zu wünschen. Unser Kriegsziel war, freie Hand in Deutschland zu gewinnen. Dieses Ziel ist erreicht, und ich bitte Sie, Majestät, es nicht ... es nicht ... auf Landerwerb von Österreich auszudehnen."

Hart und hölzern hämmerte die Stimme des Königs: "Es bleibt dabei, wir müssen Schlesien haben und die Randstriche Böhmens und ..."

Eine kleine Stille brach ein, in der nebenan offenbar irgend etwas vorging; ein Murmeln und Stühlerücken, dann tappten schwere Tritte zur Schlafzimmertür.

In Thusneldas Starrnis schlug mit der Erkenntnis der Gefahr jähes Leben. Eidechsenschnell war sie in der Schranktür und stand zwischen den kühlen, feucht atmenden Wänden. Zaghaft beugte sie sich zu dem Späherauge des Schrankes, das mit dunklem Glas in eine zusammengerollte Schmuckranke unkenntlich eingesetzt war. Da sah sie nicht weit vor sich Bismarck auf einem Stuhl sitzen, aber gar nicht als den Mordgesellen und Riesenkerl, als der er sich ihr im Hof dargestellt hatte, sondern zerbrochen und zerschlagen, als sei er vom Rad gelöst. Die ausgerenkt baumelnden Glieder wurden bisweilen von einem Zucken geworfen, das Gesicht war fahl überronnen, über der spitzen Nase knotete die Stirn einen schweren Wulst, der sich kahl bis zum Scheitel zog. Und jetzt warf er plötzlich die Arme gegen die Kante des Nachttischchens, den Kopf darauf, und über den gekrümmten Rücken lief ihm eine Welle inneren Schüttelns nach der anderen. Es war ein Weinen, das seinen Körper im Krampf zusammendrehte und hilflos herumschleuderte, und wie Thusnelda das durch ihr dunkles Glas mit ansah, war es ein Weinen aus dem Urgrund der Welt, ein Erdbeben, ein Krampf der ganzen Menschheit, so fürchterlich und erschreckend anzusehen, als müßten im nächsten Augenblick die Posaunen des jüngsten Gerichtes losbrechen.

Da konnte sich Thusnelda nicht mehr helfen, ihre Lippen

begannen zu zittern, und sie fing an, leise zu weinen, bis sie sich besann, daß sie doch nicht hier hinter der geheimen Tür heulen dürfe und mit umdunkelten Augen tappend davonschlich.

23

In der Nacht verfaßte Bismarck das Schreiben, in dem noch einmal Frieden und Krieg abgewogen wurden. Bis zum Morgen hatte er sein Schriftstück vollendete. Das war denn freilich so, daß der König, als er mit dem Lesen fertig war, Bismarck zornig anblitzte: "Es scheint, Sie wollen mir das Messer an die Kehle setzen!"

Bismarck stand vor seinem Herrn und entlastete den kranken Fuß, indem er sich auf einen Stock stützte. "Es ist keine Drohung, Majestät. Es ist die inständige, flehentliche Bitte, mich zu entlassen, wenn Sie meinen Gründen nicht beipflichten sollten."

"Also die Kabinettsfrage?"

"Ja, die Kabinettsfrage, Majestät, geknüpft an die Friedensfrage."

In des Königs Hand knisterten Bismarcks Bogen, als wären sie vom Feuer ergriffen. "Sie zwingen mich also, Frieden zu schließen, jetzt, wo unsere Truppen vielleicht vor den herrlichsten Erfolgen stehen."

"Der Krieg darf uns nicht Selbstzweck sein. Ich kann eine andere Entscheidung als den Frieden nicht verantworten. Wollen Majestät bedenken, daß alle Verantwortung für die politischen Entschließungen des Hauptquartiers auf mir liegt."

"Sie denken sehr ... sehr ...parlamentarisch."

"Ich bedenke vor allem, daß sich im Osten und Westen gegen uns die Fäuste ballen. Die russische Faust und die französische Faust. Graf Benedetti hat schon Napoleons Forderungen zum Konkurs angemeldet. Jeder Tag Krieg mehr kann uns nur entweder schwächen oder stärken. Schwächt er uns, dann werden die Franzosen um so unverschämter, stärkt er uns, dann werden sie um so neidischer. Im ersten Fall glauben sie, sie könnten, im zweiten denken sie, sie müßten sich hineinmischen. Und worauf diese Einmischung hinausläuft, brauche ich nicht zu sagen. Eine kleine Grenzberichtigung für Frankreich ... das linke Rheinufer."

Je unanfechtbarer Bismarcks Gründe waren, desto mehr geriet der König in Zorn. Er war in der Lage eines Mannes, der sich schwer zu einem Schritt entschlossen hat, nun aber, da er ihn gelungen sieht, allen Einsatz an Bedenken und Gewissenspein und Selbstüberwindung mit Erfolgszinsen herausholen möchte. Eine Weile zitterten Bismarcks Bogen noch in seiner Hand, dann waren die Fäuste plötzlich zu einem Mahlgang geworden, der das Schriftstück erfaßte, zusammenballte, zerrieb, bis es im Bogen gegen den Papierkorb flog.

"Muß denn alles in der Welt nach Ihrem Dickschädel gehen?" schrie er.

Bismarck stand, mit einem traurigen Lächeln, vornübergebeugt und stützte sich auf seinen Stock.

"Ich habe es satt, verstehen Sie, mich von Ihnen gängeln zu lassen. Es wird bald so weit sein, daß ich nicht mehr tun darf, was ich will. Bei Königgrätz haben Sie auch verfügt, wo ich bleiben und wo ich nicht bleiben darf."

"Weil Majestät sich unvorsichtig den österreichischen Granaten ausgesetzt haben", sagte Bismarck; "ich mußte wagen, was kein anderer wagen wollte: Majestät an Ihre Pflicht zu erinnern! Die bestand nicht darin, mitten im Granatenregen herumzureiten."

"Der Teufel hole Ihre Granaten!" Zornrot schlug der König mit der Faust an die Wand. "Recht haben wollen Sie! Mit mir herumkommandieren wollen Sie! Aber man hat recht, Sie sind ein Abenteurer, Sie wissen nicht, was Sie wollen. Sie haben keinen festen Plan. Heute das und morgen jenes. Zuerst wollen Sie den Krieg und hetzen mich hinein. Dann ist es auf einmal genug, und ich soll aufhören, weil es Ihnen so paßt. Sie machen sich nichts daraus, sich mit meiner Gesinnung und meinen Zielen in Widerspruch zu setzen. Man hat recht mit allem, was man ..."

Da schlug Bismarck jäh und unbedenklich in des Königs Satz hinein. Auch er war plötzlich zornrot geworden; fest stand er auf beiden Beinen, die Stockstütze war überflüssig geworden, frei pendelte das dicke Bambusrohr in seiner Hand. "Ich bitte Sie, mich zu entlassen!" sagte er, und das war ebensogut ein Kommando, wie nur je eines auf einem Exerzierplatz gegeben worden war.

"Gehen Sie, gehen Sie", focht der König mit beiden Händen. -

Im königlichen Vorzimmer stand eine dickbauchige Vase, die einer der Dietrichsteine zu Beginn des Jahrhunderts einmal von einer Japanfahrt in kaiserlichen Diensten mitgebracht hatte. Sie war weniger kostbar als durch ihre Größe merkwürdig und zeigte auf ihren wohlgerundeten Seiten eine sehr roh gemalte schlitzäugige Menschheit in Hemd und Hosen, mit allerlei Hantierungen des östlichen Lebens, als Tee-Ernten, Drachensteigenlassen, Bootfahren und Wagenziehen, beschäftigt. Kein Mensch, auch der Professor Anton Strahofer nicht, hatte je gewußt, welchen Zwecken diese porzellanene Tonne zu dienen habe. Man hatte sie für einen nutzlosen Eckensteher, Raumausfüller und Staubfänger gehalten; aber heute erwies es sich, daß nichts auf der Welt so unscheinbar und wertlos ist, daß es nicht durch den Zusammenhang der Dinge plötzlich, wenn auch nur durch Vernichtung des eigenen Seins, zur hohen Bedeutung gelangen könnte.

Denn, eben als Bismarck an dieser Vase vorüberkam, war ihm die Zornlava bis in die letzten Gehirnwindungen gedrungen; sie mußte ihren Abstich haben, wenn sie nicht ihr Gefäß zersprengen sollte. Und plötzlich, blitzschnell im Vorübergehen, hob er seinen Bambusstock und hieb der schlitzäugigen Porzellanmenschheit eine Prim hin, von einer Wucht, mit der er seinerzeit auf dem Göttinger Mensurboden wohl den härtesten Westfalenschädel bis auf die Halsbandage gespalten hätte.

Es gab ein Klirren, als sei eine ganze Porzellanpagode eingestürzt, und das Geschrill drang selbst durch das brennende Dorngebüsch der königlichen Empörtheit und meldete dort, daß nun Bismarck seinerseits geblitzt und gedonnert habe.

Da begann der König in sich hineinzuhorchen und verwunderte sich, wie rasch es still und immer stiller wurde; und nach einer Weile hob er das zusammengeknödelte Friedenstraktätlein vom Boden, glättete es, indem er es über die Kante des Schreibtisches spannte, und fing dann an, mürrisch zu lesen, wobei er den Kopf in die Hand stützte und die Lippen bewegte, als wären sie gezwungen, Bismarcks Worte nachzubilden.

Und wieder nach einer Weile kam jemand herein, der blieb an der Tür stehen und sah lächelnd das Bild des lesenden Königs in sich hinein. Wilhelm fühlte sich von einem Blick umfangen, schaute auf, da klirrte ein wuchtiger Kürassier mit großem blonden Bart auf ihn zu, der Kronprinz. Der war von Eisgrub eingetroffen und nun auf einem Umweg über Bismarck zum König gekommen, gerade zurecht, wie er meinte, um das bismarckisch-königliche Kräfteparallelogramm, das sich ein wenig ins Windschiefe verbogen habe, wieder zurechtzurücken und die resultierende Diagonale zu finden.

Bismarck stehe drüben und messe die Entfernung von diesem Fenster längs des Schloßfelsens bis auf das Hofpflaster, ob diese vier Stockwerke wohl hinreichen, aus einem preußischen Minister von sieben Fuß Länge ein Häuflein Knochengeschlotter und Blutkuchen zu machen.

"Wird wohl nicht ...", brummte der König.

Und es sei ihm deutlich anzumerken, daß er mehr noch als von seinen Nervenschmerzen davon geplagt werde, daß er seinem König habe weh tun und ihn so heftig erzürnen müssen.

"Hat mir höllisch heiß gemacht", nickte Wilhelm, und da war es, als fliege dieses Wort aus seinem Mund wie eine erste Friedenstaube über die noch wilden Wasser. Dann aber schob er ein gelindes Mißtrauen zwischen den Sohn und sich. "Du? Du!? Daß gerade du als Vermittler kommst?"

Friedrich Wilhelm stand am offenen Fenster, hatte den Pallasch vor sich gestemmt, sein Bart wehte ein wenig im Sommerwind zur Seite über die breite Schulter. "Ich bin gegen den Krieg gewesen. Bismarck allein hat ihn zu verantworten vor Europa und der Geschichte. Nun meint er, der Zweck sei erreicht, und wir müßten ein Ende machen. Man darf ihn nicht daran hindern. Ich bin seiner Meinung und bin gekommen, um dies hier zu sagen."

Da staunte der König seinem Sohn ins tiefe Herz hinein und ergab sich, nach einem längeren Widerstand, der nur dazu da war, um einen königlichen Willen mit Ehren zurückzuziehen.

"Wenn auch du mit Bismarck zusammenhälst", sagte er am Ende aller Umschweife, "so muß ich wohl in den sauren Apfel beißen", und schrieb ein paar ingrimmige Verwahrungsworte an den Rand der Bismarckschen Blätter. -

"Bismarck hat heute die große Japanvase zerschlagen", sagte der

Professor Anton Strahofer zu seiner Tochter Thusnelda, und der historische Schauer rann ihm sichtlich durch das Gebein. Thusnelda aber, die ihr großes Erlebnis noch innig und scheu in sich verhielt, sagte sich, daß wohl Weinen und Dreinschlagen aus denselben Erschütterungen stammen könnten.

Dann sah man im Laufe des nächsten Tages die beiden Franzosen, den Grafen Benedetti und seinen Sekretär, höchst aufgeregt auf der Gartenterrasse nebeneinander hertanzen und mit den Händen der gallischen Beredsamkeit ihrer Zungen noch nachhelfen.

Dann sah man den österreichischen Botschafter Grafen Karolyi mit dem noch immer schönen Baron Brenner, der nun schon Geheimrat geworden war, und dem General Degenfeld aus den Zimmern des Königs kommen, und das diplomatische Lächeln war diesmal so echt, wie es nur sein kann, wenn es nicht nur um den Mund gemacht wird, sondern aus einem strahlenden Herzen kommt.

Und zuletzt sah man gegen Abend den König und den Kronprinzen ausreiten, und das war für Thusnelda wieder wie in einer Rittergeschichte, und Bismarck war der wuchtigste der Hünen, mit einem Gesicht wie aus Stahl und Leder, und kein Muskel tat ihm mehr weh, als sei er wieder in einen ganz anderen und sieghaften Leib hineingefahren.

Und aus alledem, diesen Mienen und Vorgängen, wucherte in Schloß und Stadt ein Gerücht, in dem klangen ferne Friedensglocken, und die schwangen immer lauter, und schließlich war es auch für den verschlossensten Märtyrer des Amtsgeheimnisses nicht mehr nötig, zu verhehlen, daß die Vorverhandlungen des Friedens unterzeichnet seien.

Am Abend dieses Tages trat Bismarck in sein Schlafzimmer und war von einer Wolke von Rosenduft umhüllt. Da stand an seinem Bett ein großer Strauß der wunderschönsten Rosen, die im Schloßgarten von einem alten Gärtner bulldoggenhaft auch gegen die Preußen gehütet wurden. Aber es war trotz eingehenden und strengen Befragens der Dienerschaft nicht herauszubringen, wie die Blumen in das Schlafzimmer gekommen wären, und so blieb Bismarck dieser erste Friedensgruß ein liebes Rätsel.

24

Der alte Pfarrer Mulert in Wossow war ein richtiger hinterpommerscher Knasterpastor und Skatgelehrter. Auf dieser, nach seiner Meinung ziemlich wohlgeratenen Gotteswelt schien ihm, neben anderen höheren Dingen, wie etwa alle Seelenangelegenheiten, eine gute Pfeife und ein bierehrlicher Skat zu den gelungensten Schöpfungseinrichtungen zu gehören. Sein Vergnügen am Irdischen war ohne Arg und wurde von ihm selbst als eine Art minderen Gottesdienstes empfunden, und so war es kein Wunder, daß er seinem Nachbarn, dem hochmächtigen Gutsherrn von Varzin, wohl gefiel, als welchem ja alle zusagten, die sich in diese Welt mit Mut und Vertrauen zu schicken wußten.

Daneben aber hatte der Pastor Mulert aus vielen alten Kalendern, Kirchenbüchern, Urkunden und vergilbten Schmökern eine gründliche Kenntnis der Vergangenheit des Schlawer Kreises zusammengelesen, und es war dem hochmächtigen Gutsherrn auf Varzin keine unwillkommene Zugabe zu des Pfarrers prächtiger Menschlichkeit, daß er sich von ihm über alle Dörfer, Schlösser, Wälder und Berge in dieser buckligen Gegend Geschichten und Sagen erzählen lassen konnte.

Es war freilich alles ins Kleinste verschränkt und verschachtelt, und Weltbewegendes war von hier nicht hinausgetragen worden; aber dafür haftete an der Landschaft genug des Heimlichen und Unheimlichen, von alten peinlichen Familienereignissen bis zu den wehklagenden Irrlichtern im Sumpf und dem zweiten Gesicht, das vielen Leuten hier herum eigen sein sollte.

An einem Julitag des Jahres 1870 bekam der Pastor den Besuch seines Schwiegersohnes. Das war nun freilich kein richtiger Pastorenschwiegersohn, weil doch die überwältigende Mehrheit der Pastorenschwiegersöhne immer wieder unter Kandidaten, Lehrern und Kantoren und anderen, mehr nach geistigen als nach irdischen Gütern Strebenden erwählt zu werden pflegt. Fritz Hochgesandt aber war als Prokurist eines Berliner Bankhauses schon von Berufs wegen mehr diesen als jenen zugewandt, und wenn man sich etwa darüber verwundern sollte, wie der Prokurist zu dem Pfarrerstöchterlein kam, so muß bemerkt werden, daß die Wege des Herzens allenthalben verschlungen und seltsam sein können.

Fritz Hochgesandt war also aus Berlin gekommen, und als er nach den üblichen Grüßen und Gesundheitsversicherungen und -erkundigungen weiter nichts Besonderes vorzubringen wußte, da verstand der Pastor, daß er wegen etwas ganz Besonderem gekommen sein müsse. Es sollte ihm Gelegenheit zum Sprechen gegeben sein, und so schlug der Pastor nach dem Nachmittagskaffee einen Spaziergang in den Wald vor. Auch dieser späte Nachmittag war noch heiß, und sie traten aus dem Sonnenglast der Ackerfelder in den Waldschatten wie in eine Kirchenkühle. Eine Weile gingen sie nebeneinander und sänftigten den erhitzten Atem.

"Sehr schöne Bäume", sagte der Schwiegersohn, als sie in den Buchenstand kamen, wo das Laubgewölbe von den glatten, grauen, starken Stämmen hoch über ihre Köpfe gehoben war.

Es lag etwas von Brettsäge und Holzgeschäft in dieser Anerkennung; aber da mußte man nur lächeln, denn dieser Wald stand vor allen Prokuristengelüsten in Sicherheit. "Ja, Bismarck pflegt seinen Wald", sagte der Pastor geruhig, "väterlich kann man sagen. Ich glaube, seit er das Gut von Blumenthal gekauft hat, ist dem guten Oberförster das Leben sauer geworden. Bismarck kennt wohl jeden Baum. Und wenn der Oberförster einen kranken oder dürren Stamm aushauen will, so gibt es heftige Gefechte. Weißt du, was Bismarck zu tun imstande ist? Ich treffe ihn unlängst im Wald und mit dem Gewehr. ‚Kommen sie mit, Pastor', sagt er. Ich gehe also mit und denke, ich soll ihm auf dem Anstand Gesellschaft leisten. Aber nein … er zieht mich tief in den Wald hinein, auf eine Blöße, auf der eine Fichte steht. ‚Die soll weg, meint der Oberförster, weil sie wipfeldürr ist. Aber steht sie nicht noch ganz schön und stattlich? Kann man so was schon umbringen?' Und er zwinkert mir zu, legt dann das Gewehr an, zielt bedächtig unsd schießt. Es kracht und prasselt in den Zweigen, und dann schlägt das dürre Wipfelgeäst neben uns hin. ‚So', lacht er, ‚und jetzt soll der Oberförster noch kommen und von Wipfeldürre sprechen.'"

Der Prokurist zog aus dieser Geschichte seine eigenen Schlüsse. "Er scheint also wieder ganz gesund zu sein …"

"Ja, mit Gottes Hilfe hat er's wieder überwunden. Es ist ihm ja in den letzten Jahren einige Male recht schlecht gegangen, mit Magenkrämpfen, rheumatischen Brustschmerzen und Nervenzuständen; aber so arg wie in diesem Mai mit der Gelbsucht war es seit Hohendorf nicht, meint die Gräfin. Jetzt aber ist er wieder obenauf. Er macht seine Karlsbader Brunnenkur, reitet, schießt, daß es eine Freude ist."

Fritz Hochgesandt wandelte bedächtigen Schrittes: "Ob es wohl wahr ist, daß jede Gemütserregung bei ihm gleich zu einer körperlichen Krankheit wird?"

Der Pfarrer sann sich in Längstdurchdachtes wieder hinein: "Geist und Körper hängen bei ihm wohl enger zusammen als bei anderen. Es ist, als ob dieser Mensch, der sich so hoch über andere erhebt, erdgebundener wäre als sie."

Sie waren an die Wipper gekommen, die hier wie ein rechtes Waldmärchen aus einem dunkelgrünen Geheimnis hervor unter einem Torbogen von Sonnenlicht hin wieder in ein geheimnisvolles Dunkelgrün hineinfloß. Im Sonnentorbogen schimmerte eine Brücke aus weißrindigen Birkenstämmen. Sie gingen über das Gemurmel hin, sahen Forellen blitzen, dann duftete die Sommerwiese um sie.

"Dann steht jetzt wohl alles gut", sagte Fritz Hochgesandt, indem er leichthin seinen Stock schwang, "ist alles in Ordnung ... da Bismarck bei guter Gesundheit ist."

Lächelnd drang des Pastors Blick bis auf die Prokuristennieren; es stand also so, daß man Fritz ausgeschickt hatte, um Kundschaft über Krieg oder Frieden zu bringen. Und er beschloß, den Tückebold und Breiumschleicher vorerst ein wenig zappeln zu lassen, steckte also Diplomatenbedenken aus und sagte ein gedehntes "Jaaaaa" von einem Ton, in dem sehr viel Zweifelhaftes hineingemischt war.

Bankprokuristen mögen hinterpommerschen Pastoren im Verständnis der Kurszettel von Devisen und Valuten überlegen sein; wo es sich aber um Kurszettel von Menschenherzen handelt, sind die Pastoren den Bankprokuristen zumeist über, und es wies sich, daß Zappelnlassen allemal eine gute Politik ist. Gegenüber diesem sehr unsicher einherschwankenden "Ja" wagte sich Fritz Hochgesandt weiter vor. Was denn Bismarck eigentlich zu dem Ton gesagte habe, der vom französischen Premierminister am 6. Juli in der Pariser Kammer angeschlagen worden sei?

Pfarrer Mulert ließ den Schwiegersohn wieder in sein Gummielastikum von "Jaaaa" beißen. Er habe seither mit Bismarck nur ganz flüchtig gesprochen und über ganz unpolitische Dinge, als Erntestand und Aussichten für die Hasenjagd.

Nun wurde Fritz ungeduldig und meinte, der Pastor müßte als Bismarcks häufiger Tisch- und Rauchgenosse doch eigentlich wissen, wessen man sich angesichts dieser doch offenbar vor aller Welt angetragenen französischen Ohrfeige von Bismarck versehen könne. Man sage doch, daß Bismarck die ganze spanische Kandidatur nur angezettelt habe, um endlich von der Wetterschwüle durch ein Kriegsgewitter zu erlösen.

Da hielt es der Pastor nicht mehr in der diplomatischen Fischblütigkeit aus und schoß in Redesaft. Er strampelte mit den kurzen Beinen vorwärts und sprach ganz frei von der Leber weg, als wisse er, daß in diesem Wald die gerade gewachsenen und stämmigen Worte besser seien als die gewundenen und gerankten. Was sich Bismarck denke, das könne man nicht immer wissen, denn er habe wohl in seinem Herzen Fächer, die selbst vor seinen nächsten Freunden mit den sieben Siegeln Salomons verschlossen seien. Wenn er aber zur Annahme der spanischen Königskrone durch den Erbprinzen Leopold von Hohenzollern-Sigmaringen geraten habe, so dürften seine Worte mit seinen Gedanken wohl eines harmlosen Sinnes gewesen sein. Denn die Spanier könnten doch zum König wählen, wen sie wollten, und wenn General Prim etwa nicht einen Hohenzollern, sondern Herrn Fritz Hochgesandt als Herrscher über die Caballeros setzen wolle, so dürften Louis Napoleon und der Herzog von Gramont von Rechts wegen dagegen nicht aufzumucken wagen. Und schließlich sei die Annahme der Krone durch einen Hohenzollern keine preußische Staatsangelegenheit, sondern von vorn bis hinten eine hohenzollernsche Familiensache. Der König sei daran nur als Oberhaupt dieser Familie beteiligt, und Bismarck habe seinen Rat nicht als Bundeskanzler oder preußischer Ministerpräsident, sondern nur als Freund des Königs abgegeben.

Die Franzosen aber hätten es sich angewöhnt, in alle Suppen zu spucken und mit den Fingern in alle Schüsseln zu fahren, und wenn irgendwo etwas angerichtet werde, bei dem sie nicht mitgerührt hätten, so wäre Feuer auf dem Dach. Ja - und dann erinnere ihn die edle Nation an die Jahrmarktsaffen, die mit roten Hosen und einem Käppi angetan und einem Gewehr über der Schulter auf den Leierkästen herumhopften und auf die Buben herunterkläfften.

Hierauf holte der Pastor Mulert tief Atem und wischte die Lippen, die während der letzten Sätze von Speichelbläschen befeuchtet worden waren, mit seinem rot und weiß gewürfelten Taschentuch. Fritz Hochgesandt aber wiegte den Kopf, und das hieß aus der Börsengebärde übersetzt: Man kann nicht wissen. Dabei aber freute er sich über den prächtigen Menschen, den er zum Schwiegervater hatte, denn er war für Offenheit und ehrliches Drauflosreden außerhalb seiner eigenen Kreise keineswegs unempfänglich.

Sie lagerten sich auf den Hügel hin, der Pastor legte den runden Hut ins Gras.

"Du bist doch gekommen", sagte er plötzlich, "um herauszubringen, was von Bismarck zu erwarten ist. Jetzt sag einmal, was wollt denn ihr, ihr Bankmenschen und Geschäftsleute? Wollt ihr den Krieg oder den Frieden?"

Darauf war die Antwort nicht leicht abzuwerfen, denn einerseits war der Frieden wohl ein köstliches Ding, andererseits aber war einzusehen, daß er doch auf die Dauer nicht würde bewahrt werden können. Der unabwendbar herankommende Krieg drückte die Geschäfte, man wagte nicht, sich zu rühren, die Gelder liefen träge um, die Unternehmungen stockten, der schon auf viel Neues gerichtete Geist wurde von Bedenken gehemmt. Übrigens wußte man genau aus besten Quellen, daß Bleichröder, der doch Bismarcks Berater im Geldwesen war, diesen gebeten habe, doch endlich den Krieg irgendwie vom Zaun zu brechen ...

Der Pastor hörte diese Ausführungen seines Schwiegersohnes aufmerksam an. "Bist du fertig?" fragte er, als Fritz Hochgesandt schwebend und ohne Punkt schloß.

"Es wäre noch vieles zu bedenken ...", sagte Fritz unsicher.

"Eines hast du ganz und gar vergessen. Eines fehlt in eurem Kalkül." Der kleine Pastor setzte sich auf und sah seinem Schwiegersohn ins Gesicht. "Das ist die Ehre, mein Lieber! Jawohl! Ich weiß, sie fehlt auf dem Kurszettel. Aber ich sage dir, ein Staat, der seine Ehre verliert, der kann auch auf der Börse einpacken. Ein Krieg ist immer ein Unglück, jeder Krieg, selbst ein siegreicher. Und wenn er mit Ehren zu verwinden ist, so ist es besser, den Tomahawk nicht auszugraben. Aber wenn der Herzog von Gramont vom Leierkasten herunterkeift, die Franzosen werden nicht dulden, daß eine fremde Macht einen ihrer Prinzen auf den Thron Karls V. setzt, so ist das eine Herausforderung. Wer so spricht, der hat schon alle Gewehre geladen und alle Kanonen schußbereit." Studentenmut blitzte aus den Augen des alten Herrn.

"Wenn mich einer rempelt und mir ‚dummer Junge' sagt, soll ich kneifen und sagen: Entschuldigen Sie, mein Herr? … Und wie ich Bismarck kenne, wird er …"

"Was?" fragte Fritz Hochgesandt gespannt in die Dunkelheit, in der das Gesicht des alten Herrn leuchtete. Der Pastor fühlte sich am Arm erfaßt und zum Aufstehen ermuntert. Ein Licht brach vorne die Dunkelheit entzwei, legte eine breite, freundliche Scheibe über das Ende des Waldweges. Da stand das Pfarrhaus in den Ackerbreiten, zwischen den Gartenbäumen brach das helle Scheinen hindurch und überrann die weiße, staubige Landstraße vor der Gittertür.

Der Pastor ging auch heute nach der dritten Pfeife zu Bett, konnte aber lange nicht in den Schlaf sinken, lag lauschend. ‚Wie Kinder sind wir', dachte er, ‚die von Dunkel umgeben sind, in dem Vertrauen und Furcht inbegriffen ist. Aber Gott der Herr wird wissen, was er mit uns vorhat, wer will seine Pläne ermessen, er wird es uns zum Besten lenken.' Und als er seine Sache so ganz und gar auf den Hort des Lebens gestellt hatte, kam ihm eine tiefe, selige Ruhe und mit ihr der Schlaf.

Der Morgen brach frisch und fröhlich an; der Pfarrer machte blanke Augen und stieg sorgsam mit dem rechten Fuß zuerst aus dem Bett auf das zottige Ziegenfell, auf daß ihm die sonnige Laune bewahrt werde und der Tag Gutes bringe. Er fühlte sich gewichtig und doch heiter, scherzte mit Fritz, und während sich dieser dann im Gastzimmer zur Abreise bereitete, trat er mit der frühesten Pfeife auf die Türstaffel in den warmen Sommerglanz.

Ein Wagenrollen schwoll heran, und da dem Pfarrer alles Fuhrwerksgeräusch weit und breit wohl vertraut war, glaubte er auch dieses bald zu erkennen. ‚Ist das nicht Bismarcks Wagen?' dachte er. ‚Ja wahrhaftig … das ist er! Da kommt er aus dem Wald, und die beiden Braunen sind vorgespannt, und Bismarck selbst sitzt breitmächtig darin. Sitzt darin, jawohl! Da fährt er wohl nach Köslin, zum Berliner Zug. Himmel, Herrgott und Heidengrab! … Zum Berliner Zug!'

Er nahm die Pfeife aus dem Mund und das grüngestickte Morgenkäppchen vom weißen Kopf. Und Bismarck winkte freundnachbarlich zurück, und plötzlich reckte er den Arm steil in die Luft, als habe er einen Schläger in der Faust und pfiff mit dem unsichtbaren Gewaffen zwei sehr scharfe Hiebe in den blauen Morgen, wie sie auf sämtlichen Mensurböden Deutschlands nicht hätten schöner hingelegt werden können.

"Hao!" stammelte der Pastor, "Quart-Terz'. Scharf' Eisen schneid't. Das ist der Krieg."

25

Als Moltke und Roon mit strahlendem Ernst abgezogen waren, ging Bismarck langsam in sein Arbeitszimmer, wo er Keudell seiner wartend fand.

"Ist die Depesche besorgt?" fragte er.

Sie war es, und zur Stunde lief sie alle Telegraphendrähte entlang und klapperte in unzähligen Stationen ihre Striche und Punkte auf den schmalen Papierstreifen hin, und morgen las es alle Welt, daß der Abgesandte Frankreichs den greisen König beleidigt hatte und von ihm zurechtgewiesen worden war. Es war, als ticke diese Maschinenarbeit bis in die Stille des Arbeitsraumes hinein und dringe körperlich in Bismarck, so daß er sie wie feine Nadelstiche im Pulsen der Schlagadern fühlte.

‚Es ist gut so!' sagte er sich. ‚Es ist gut so; denn es ist das einzig Mögliche.'

"Schreiben Sie, Keudell", sprach er laut, "eine Depesche an den

König. Die Chiffrierbeamten sind da?" Drüben warteten sie, in einem Raum des lautlosen Hauses, an den kleinen Tischen, über deren jedem dieser unablässig rinnende gelbe Schein lag. Bismarck nahm von dem mit Papieren überhäuften großen Tisch ein Heft auf, blätterte in Rethels "Totentanz", sah den Tod auf der Barrikade stehen. Das war vorbei, die Barrikadenzeit; nun ging es auf anderem Weg zum großen Ziel, und wenn der Tod schon mit dabei war, so trug er doch nicht die Schärpe und Fahne der Revolution, sondern das alte deutsche Kaiserschwert.

‚Losnächte', dachte Bismarck, ‚Schicksalsnächte eines Volkes!'

"Schreiben Sie", begann er: "Eurer Majestät Depesche in der von Abeken mitgeteilten Fassung zu veröffentlichen, konnte ich mich nicht entschließen. Daß dem Publikum ein Recht darauf eingeräumt werden muß, von den ganz Deutschland erregenden Verhandlungen unmittelbar Nachricht zu erhalten, ist einleuchtend, und der Schlußpassus von Eurer Majestät Depesche stellt es mir ja anheim, sie unseren Gesandten und der Presse mitzuteilen ..."

Keudell saß über das Papier gebeugt, und sein Stift flog hinter dem rasend schnellen Gang von Bismarcks Worten her.

"Schreiben Sie", fuhr Bismarck fort, indem er diesen gebeugten Rücken und das Stück des aus dem Rockkragen kriechenden Kopfes betrachtete. "Leider läßt jedoch die Fassung die Deutung zu, daß die Verhandlungen keineswegs durch die Zurückweisung Benedettis beendet seien, sondern weiteren Fortgang nehmen und erst in Berlin zum Abschluß gebracht werden würden. Dieses scheint mir aber unangebracht gegenüber einer Dreistigkeit ... schreiben Sie: Zudringlichkeit, der König hat das Wort ja selbst gebraucht ... also: Zudringlichkeit, die nicht vor persönlicher Belästigung der Königlichen Majestät haltgemacht hat. Es übersteigt die Grenzen, die dem Verkehr zwischen den Gesandten eines Landes und dem Souverän des anderen gezogen sind, wenn jener diesem sozusagen nachstellt und die Neigung Eurer Majestät zu einfacheren Verkehrsformen und persönlicher Besprechung schwebender Angelegenheiten dazu ausnützt, um Forderungen an ihn zu richten, die, an sich schon überspannt, niemals mit Umgehung des amtlichen Weges an ihn zu bringen wären. Die allgemeine Empörung hat ein Recht darauf, zu verlangen, daß die Zurecht- und Zurückweisung, die Eure Majestät dem Geschäftsträger Frankreichs haben zuteil werden lassen, als eine endgültige und abschließende angesehen werden kann. Ich habe deshalb in der zur Veröffentlichung bestimmten Fassung von Euerer Majestät Depesche … zwanglos … nein, schreiben Sie: durch Hinweglassung einiger belangloser Wendungen der Mitteilung … einen solchen … einen solchen endgültigen und abschließenden Sinn gegeben."

‚Es ist gut so', sagte er sich abermals, ‚es war das Richtige. Es war das einzig Mögliche.'

‚Nein, … es ist nicht gut so', wurde ihm plötzlich geantwortet, ‚es ist gar nicht gut so …'

Bismarck übersah vollkommen, daß ihm diese Antwort auf Gedanken gekommen war, die er gar nicht hatte laut werden lassen, und fuhr heftig dagegen an: ‚Und warum nicht? Warum nicht? Sollte es etwa in diesem Stil weitergehen, mit Unverschämtheiten und Herausforderungen? Sollte es den Franzosen erlaubt sein, uns ihre Absätze in den Bauch zu stoßen und mit der Peitsche vor dem Gesicht zu fuchteln?'

‚Gewiß nicht', war die Antwort, ‚gewiß nicht. Sosehr die Franzosen schätzbar sind, indem sie der Menschheit eine Reihe der erleuchtetsten Geister dargeboten haben, so sind sie doch eine allzu unruhige Nation, nur allzeit geneigt, ihre Politik nach dem Grundsatz einzurichten, es sei, wenn daheim die Kinder greinen, des Nachbars Haus anzuzünden, damit die Bälger ein Schauspiel hätten.'

‚Nun also', sagte Bismarck, ‚und was wollen sie noch weiter? Ist der Erbprinz von Hohenzollern-Sigmaringen nicht von der spanischen Kandidatur zurückgetreten, als er das Getöse in Frankreich hörte?'

‚Es ist richtig', sprach die Stimme, ‚und das sieht wahrhaftig ganz so aus, als hätte Preußen selbst, *sit venia verbo*, den p.t. Schwanz eingezogen. Aber noch mehr ist gewiß Spanien selbst in der Sache engagiert; denn man will ihm verbieten, sich den König zu holen, der ihm paßt, und füglich hätte Spanien vor allem Grund und Ursache, an Frankreich den Krieg zu erklären.'

‚Das sollte man meinen', schwoll Bismarcks Grimm, ‚aber die Spanier mögen tun, was sie wollen. Finden sie, sie könnten es sich gefallen lassen, so ist das ihre Sache, aber das wir es uns nicht gefallen lassen können, das ist so sicher wie das Amen im Gebet. Und wäre es bloß an dem, so könnte man die Sache noch mit ein paar diplomatischen Rippenstößen einrenken oder mit ein paar Abführpillen regeln, obzwar es immer so aussehen würde, als wären wir vor kriegerischen Drohungen gewichen. Aber was soll man zu dieser neuen Unverfrorenheit sagen, zu dieser Zumutung, unser König solle sich verpflichten, nie wieder zu einer hohenzollernschen Kandidatur auf Spanien seine Zustimmung zu geben. An den Aspantikönig oder den Sultan von Marokko können sie solche Forderungen stellen, aber nicht an den König von Preußen.'

‚Ja, es ist wahr', wurde ihm entgegnet, ‚und es scheint wirklich, daß sie eine solche Forderung nur gestellt haben, weil sie entschlossen sind, es zum Krieg zu treiben.'

‚Nun also', triumphierte Bismarck klingend, ‚dann war es auch gut, der Sache einen Schliff zu geben, der ihre Böswilligkeit ans Licht und sie vor der ganzen Welt ins Unrecht setzt.'

‚Und es war doch nicht gut', kam die Antwort hartnäckig und ein wenig traurig; ‚denn dabei hat etwas Schaden genommen, ein heiliges Gut, die Wahrhaftigkeit.'

Es war unerhört, daß sich Keudell herausnahm, so zu sprechen, daß er seine Werkzeugbescheidenheit vergessen hatte und sich vermaß, seinem Meister peinvolle Dinge vorzuhalten, so blutig und schmerzhaft, als schneide er sie aus seinem Innern. Wie konnte er sich unterstehen, Fetzen von Bismarcks Gedanken loszureißen und sie vor ihn hinzuwerfen. Und höchst seltsam auch dies, daß er in einem gelben, geblümten Schlafrock dasaß, eine Kielfeder hinter dem rechten Ohr, und daß er mit beiden Händen auf der Schreibtischplatte trommelte.

"Hören Sie, Keudell ...", sagte Bismarck; aber da wirbelte der gelbe Schlafrock plötzlich auf dem Drehstuhl herum, in beängstigender Schnelligkeit, eine rote Schnur zischte hervor, hob sich im Schwung zur Waagrechten. Das Ganze war ein kreisender gelber Kegel, um den die Schnur als rote Scheibe flog, und das Rotationsphänomen schraubte sich eilig mit der Platte des Drehstuhles aus dem Gestell hervor, immer höher, bis es oben, hoch über

Bismarcks Kopf unter der Decke tanzte. Bei alledem war Bismarck im Augenblick nichts so erstaunlich, als das im Drehstuhl eine so endlos lange Schraubenstange stecken konnte. Während er noch darüber nachsann, wandelte sich der rotumflirrte gelbe Wirbel oben in seine Gegenbewegung und sank langsam herab, in immer bedächtigerem Drehen, bis ein Männlein im gelben Schlafrock mit roten Quasten, ein skurriles und vertrauliches Lächeln auf dem Gesicht, unmittelbar unter Bismarcks Augen saß.

‚Ja, Bismarck', sagte es, ‚die deutsche Wahrhaftigkeit hat Schaden genommen.'

Es war Bismarck, als habe dieser Mensch ein Recht, da zu sitzen, als könne er nicht so ohne weiteres hinausgewiesen werden; denn wenn er auch in seiner Kleidung und seinem Gebaren höchst fremdartig und sonderbar war, so sprach Bismarck doch in dessen unaufhörlich wechselndem Mienenspiel jeweils etwas längst Bekanntes, und es war beinahe, als bediene er sich des Muskelzuckens in seinem Gesicht nur, damit nicht festgestellt werden könne, wem er eigentlich gleiche.

‚Gewiß', sagte der Mann mitten in Bismarcks Gedanken hinein, ‚ich habe Sie doch auf den Armen getragen, mein Bester; mein Name ist Kapellmeister Kreisler, aufzuwarten!'

Bismarck nickte, losgelöst vom Raum, in dem er stand.

‚Und darum, mein Bester … jawohl, die Wahrhaftigkeit: Eine schöne Tugend, nicht wahr, wir haben allerlei Gutes errungen, Macht, Herrlichkeit, Ansehen, lauter neue und glänzende Dinge, darüber kann man ein solches altes Erbstück schon dahingeben. Wir haben Deutschland mit neuem Möbel versehen, da muß wohl der Großvaterstuhl in die Rumpelkammer!'

‚Ich habe', sagte Bismarck, sich ermahnend, ‚ich habe nichts getan, was ich nicht verantworten könnte. Es ist kein Wort verändert worden, ich habe nur gestrichen und zusammengezogen … Es ist eine Redaktion, keine … Fälschung.'

‚Hoho', lachte das Schlafrockmännlein, indem es sich auf die dürren Schenkel klatschte, ‚hoho, ein Sophisma, ein prächtiges Sophisma. Wickelt man sich jetzt in Sophismen ein. Als ob der Graf Bismarck, der erste Staatsmann Europas, nicht wüßte, daß es in

Aktenstücken auf jedes Wort ankommt. Daß in solchen Dingen Weglassen dasselbe ist wie Hinzufügen und Umdrehen. Logik! Logik, Verehrtester! Ist der Ton durch die Redaktion nicht ganz und gar verändert worden, aus einer Schamade in eine Fanfare.'

Das waren Moltkes Worte gewesen, und so war es klar, daß der Mensch schon den ganzen Abend über in Bismarcks Nähe gelauscht und gelauert haben mußte. Man war also im eigenen Haus nicht sicher, und Bismarck wollte heftig auffahren, als er sich von einem so wehmütig liebevollen Blick umfangen fühlte, daß er innehielt. Auch in diesem Blick waren viele andere Blicke wie in einem Strahlenbündel zusammengefaßt, seines Vaters derbe Geradheit, Blanckenburgs anhängliche Treue Maries schwärmerische Schlauheit und vor allem der weiche Glanz aus Johannas Augen, die Blicke aller Menschen, die er geliebt hatte und liebte.

‚Ich habe meinen Abschied nehmen wollen', sagte er leise, ‚aber Moltke und Roon meinten, ich dürfe es nicht tun. Wenn wir zurückgewichen wären … das hätte ich nicht ertragen. Ich wäre von der Bühne abgetreten, da kam die Depesche, die mir die Möglichkeit gab, den Streich auf Frankreich zurückprallen zu lassen. Glauben Sie mir, ich wäre zurückgetreten, wenn ein anderer da wäre …'

Das Männlein hielt sein Vogelgesicht ganz still, und man konnte jetzt sehen, daß es von unzähligen Furchen durchzogen war, aus denen sich die Nase krumm und schmal über dünnen Lippen hervorarbeitete. Es nahm die Schlafrockschnur in die Hand, und sogleich richtete sich diese straff empor und stand senkrecht wie eine rote Blume. Die große Nase senkte sich über die Quaste, als rieche sie wirklich an einer Blüte.

‚Das ist wahr', sagte das Männlein, indem es die rote Schnur sinken ließ, die sich sogleich wieder weich und geschmeidig um den gelben Schlafrock schlang, ‚das ist wahr … es ist kein anderer da!'

‚Es ist nicht leicht, sich für den Krieg zu entscheiden', fuhr Bismarck in seinen Gedanken fort, ‚ich werde selbst zwei Söhne im Feld haben.'

Lautlos glitt der fremde Gast vom Stuhl und setzte sich mit einem kleinen Tanzmeistersprung in eine seltsame Bewegung, indem er zwei Schritte vor und einen zurück machte. So ging er mehrere

Mal durch den Raum, schaukelnd und murmelnd und manchmal den Kopf nach Bismarck wendend, bis er plötzlich klein und unansehnlich vor diesem stehenblieb. Den Kopf drehte er schief nach dem Überragenden, die Falten spielten und jagten einander, die Augen hatten einen weißlichen Schimmer. ‚Und Deutschland?' fragte er. ‚Und Deutschland? Wird Deutschland einig sein?'

‚Es ist die gebietende Stunde', sagte Bismarck, ‚Deutschland wird einig sein. Woran wir gelitten haben, das war ein Zuviel an Selbständigkeit, an eigenem Sinn, an Eigensinn. Jeder muß etwas von sich preisgeben ...'

Die Landschaft schwand wieder zum Schlafrock um dürre Glieder.

‚Euer Hochgeboren ehrerbietig beizupflichten', tänzelte das Männlein mit skurrilem Gesichterschneiden. Plötzlich fuhr es mit der Hand nach dem rechten Ohr, als werde ihm dort von einem ärgerlichen Jucken zugesetzt. Es knetete, walkte, drückte und rieb, und da die gewaltsame Behandlung nicht zu genügen schien, zog er das Ohr aus dem Kopf heraus, wie man die Mandel aus der Torte zieht, äugte in die gewundene Muschel, blies zweimal heftig hindurch und steckte sie wieder an ihren Platz. ‚Beizupflichten!' wiederholte der Fremde, ‚aber - einer muß alles auf sich nehmen!'

Da verstand Bismarck mit einemmal, daß dieses abenteuerliche Betragen des Mannes nur der Wall um einen tiefen Ernst war, alles Grimassieren und Hopsen schamhaftes Verbergen zärtlichster und sorgenvollster Liebe. ‚Ja', dachte er, ‚ich verstehe, einer muß das auf sich nehmen, was bei großen Dingen an Peinvollem, Erniedrigendem und Unzulänglichem mit unterläuft. Der göttliche Strahl trübt sich in der Wirklichkeit; wer Gold aus dem Schlamm wäscht, kann nicht ganz saubere Finger behalten, allem irdischen haftet ein Stück Erbsünde an. Man muß den Mut haben, trotzdem zuzugreifen; es ist besser, etwas Unrichtiges als nichts zu tun und zu warten, bis die Gunst des Geschickes von selbst kommt. Brust an Brust mit den Ereignissen, wenn sie sich nicht fügen, müssen sie vergewaltigt werden. Das Maß von Schuld, das an aller Gewalt haftet, will ich tragen. Ich nehme es auf mich.'

Er hatte die Augen mit der Hand bedeckt. ‚Ich nehme es auf

mich', sagte er laut. Er nahm die Hand fort, blickte auf, um dem gelben Kapellmeister in die Augen zu sehen. Aber der war fort, und verwundert sah Bismarck niemand anderen als Keudell auf seinem Drehstuhl am Schreibtisch, Keudell in seinem in keiner Hinsicht merkwürdigen schwarzen Rock, aus dessen Kragen der Kopf leicht nach Bismarcks Seite hingedreht war.

"... und abschließenden Sinn gegeben", wiederholte Keudell in dem Ton, in dem er die letzten Worte des Kanzlers nach kurzem Stocken im Diktat aufzufrischen pflegte; und da merkte Bismarck, daß die Erscheinung des Schlafrockmännleins und die ganze Unterredung in einem Sekundenflattern vor sich gegangen sein mußte, ganz so, wie von jenem Kalifen aus "Tausendundeine Nacht" während des Eintauchens ins Waschbecken ein volles Lastträgerleben durchlitten worden war.

‚Das sind Losnächte', dachte er, ‚Nächte, in denen alles frei wird, was am Schicksal eines Volkes webt.'

Und als er Keudells Erwartung noch immer angespannt sah, sagte er: "Es ist genug ... sorgen Sie jetzt nur dafür, daß die Depesche morgen mit dem frühesten beim König in Ems ist." Noch einmal sann er über den Entwurf mit rasch fliegenden Blicken. Die geballte Faust lag auf das Papier gestemmt, dann öffnete sie sich, knitterte das Blatt zum Knäuel: "Nein ... wozu soll er hineingegangen sein ... ich hab's gewagt."

26

Diesmal hatte alles Brunnentrinken und Waldwandern im Emser Hügelgelände und die schönsten Sonnenuntergänge hoher Sommertage dem König keine Erholung gebracht. In die ersehnte Entspannung hatte sich Aufregung und Ärger gedrängt, und nun hielt man eine Depesche in der Hand, die den Krieg bedeutete, wenn Frankreich nicht in letzter Stunde Vernunft annahm.
Jähem ersten Erschrecken war Düsterheit und Unruhe gefolgt, manche Gedanken ließen sich kaum zu Ende denken, und so viel war im Augenblick klar, daß man die Lahn verlassen und an die Spree eilen mußte.

In angstvoller Liebe an den König geschmiegt, fuhr Augusta mit ihm zur Bahn. "Warum läßt man dich nicht in Ruhe", klagte sie, "warum hast du dir diesen rastlosen Menschen gesellt? Du Armer, Guter, hast du dir nicht einen heiteren Abend verdient? Du bist mit deinen dreiundsiebzig Jahren kein Greis, aber du darfst erwarten, daß man dich nicht mehr mit schweren Entschließungen plagt."

Der König zog die Hand seiner Frau empor und küßte zärtlich die über feine, blaue Adern gespannte Haut.

"Ach", sagte sie mit einem leichten Schmollen, das ihr noch immer jugendlich anstand, "ich gelte ja doch nichts bei dir; im Herzen gibst du mir recht, aber dann packt er dich zwischen seine eisernen Klammern und preßt aus dir, was er will. Er hat dich zum Krieg gegen Österreich gezwungen, und nur durch Gottes Gnade ist er gut für uns ausgegangen. Aber nun spielt er sein tolles Spiel weiter, und du sollst alles daransetzen, was du damals gewonnen hast. Und diesmal geht es wirklich um Sein oder Nichtsein Preußens."

Schweren Hauptes nickte der König.

"Du wirst sehen", fuhr Augusta fort, "die deutschen Staaten werden dich alle verlassen, die annektierten Provinzen werden sich gegen dich erheben. Österreich wird dir in den Rücken fallen. Denn ein Krieg gegen Frankreich ist ein Verbrechen gegen die Zivilisation, die ganze Welt wird sich gegen dich empören, du wirst unterliegen."

"Unsere Armee ist in zwei siegreichen Kriegen gestählt", sagte der König, und sein gutes Gesicht straffte sich soldatenstolz.

"Was hilft das gegen die Armeen Frankreichs? Bleibe stark, wenn sie dich gegen Napoleon hetzen. Unterliegst du, so ist Preußen verloren, und siegst du, so hast du nichts als den Ruhm erworben, die Menschheit ins Herz getroffen zu haben, denn Paris ist ihr Herz. Ich beschwöre dich, denke an die Zukunft Preußens und an die Zukunft unserer Kinder."

Tränen kamen unter den gesenkten Lidern hervor, die Königin schluchzte in ihr Taschentuch; tief erschüttert drückte der König seine Schulter gegen die ihre.

Sie fuhren im runden Bogen den Bahnhof an und verließen den Wagen. Da war der graue Bahnsteig bis zum wartenden Zug hin von einer Blütenwolke in Weiß und Rosa und Hellblau überstäubt.

Hunderte von Frauen und Mädchen standen da, und als der König kam, begann ein helles Rufen und Wehen von Taschentüchern.

"Siehst du!" flüsterte die Königin. "Sie erwarten dich, um dich zu bitten, daß du den Krieg verhüten mögest."

Zwischen einigen Herren in feierlichstem Schwarz trat ein ganz junges Mädchen vor, Sonnenglanz fing sich in blondem Haar, Rosen dufteten stark und heiß dem König entgegen. "Dem König", sagte sie mit zitternder Stimme, "der Deutschland siegreich gegen Frankreich führen wird."

Am Schlag des Wagens aber, als der König schon den Fuß auf den Tritt gesetzt hatte, sah er noch einmal in seiner treuen Gefährtin vergrämtes Gesicht. "Denke an Jena und Tilsit", sagte sie leise, "denke an die Schmach deiner Mutter in Tilsit."

Der König fuhr aus der wehenden und klingenden Blütenwolke ins Freie. ‚Sie wissen nicht, was sie tun', dachte er, ‚es sind junge Mädchen und Frauen. Sie haben noch nie ein Schlachtfeld gesehen.'

Und seine trüben Gedanken wollten ihn nicht verlassen; er saß wortlos neben dem Adjutanten, der bisweilen scheu von der Seite nach seinem greisen Herrn sah, um diesem unbewegten Gesicht etwas abzulesen.

Vor einer kleinen Station zögerte der Zug mit der Einfahrt. Auf der Straße, die sich hier ganz nahe an die Bahn heranzog und ein Stück neben ihr hinlief, kam ein Bauernwagen heran mit einem Dutzend von Marktbesuchern, die aus der Stadt in ihr Dorf heimkehrten. Sie hatten alle die Hüte mit Sträußen und bunten Bändern besteckt, und Sankt Gambrinus hatte einige von ihnen gesegnet. Als sie bei der Bahnübersetzung vor dem wartenden Zug halten mußten, sah der Weichenwächter aus seinem Blockhäuschen. "Der König", sagte er, indem er auf die Wagenreihe deutete, "der König fährt nach Berlin."

Und plötzlich reckten alle Bauern die Hälse, rissen die buntfarbigen Hüte ab und begannen zu brüllen, daß die Erde vom Bahndamm bröckelte: "Nieder mit die Rothosen! Wir hauen Napolium den Hintern aus!"

Der König zeigte sich nicht, sah nur verstohlen nach dem Wagen voll kriegerischer Bauern und dachte: ‚Sie wissen nicht, was sie schreien. Sie müssen es ganz vergessen haben, wie es war, als wir die Franzosen im Land hatten und alle Saaten von Pferdehufen und Geschützrädern in den Boden gestampft wurden. Es hat wohl keiner von ihnen ein Schlachtfeld gesehen.'

Gleich darauf fuhr der Zug weiter, und sogleich sogen sich wieder die traurigen Gedanken wie Blutegel an des Königs Herz.

Aber dann kam man nach Göttingen, und da zeigte der Bahnhof das allerbunteste Farbenspiel. Alle Studenten und Professoren waren ausgerückt, die lehr- und die lernbeflissene Wissenschaft, die ehrwürdigen und hochmögenden Zylinder als kleine Insel inmitten einer Brandung von Kappen. Schläger stießen gegen das Pflaster, Fahnen waren entfaltet, und die ganze glorreiche Alma mater Georgia Augusta vom Rektor bis zum letzten Couleurdiener brüllte wie aus einem Munde: "Den Krieg, Majestät, wir wollen den Krieg!"

Und auf einmal kam ein schwerer Wellenschlag in die Brandung, Rhythmus und Gesang, halb festlich und halb kriegerisch, hämmernde Begeisterung, Marsch von Tausenden, ein Lied; ein Lied, so unmittelbar, als habe es eben erst dieser Augenblick heiß und jung aus dem Herzen der Menschen gerissen. Wilhelm verstand die Worte nicht ganz; aber als es am Ende jeder Strophe hieß:

"Lieb Vaterland, magst ruhig sein ...
Fest steht und treu die Wacht am Rhein ..."

Da wehte es ihn wie Längstvertrautes an, wie das Wiederfinden eines Dinges, das man vorzeiten als unscheinbar und wenig brauchbar in eine unachtsame Bewahrung getan hat und dem nun an neuen, unvorhergesehenen Ereignissen ein niemals geahnter Wert zugeflossen ist.

"Was für ein Lied ist das wohl, das da gesungen wird?" fragte er nachdenklich.

Der Adjutant lächelte, aber sein Mund zuckte in Ergriffenheit: "Majestät erkennen es nicht ...? Es ist gegen Frankreich gedichtet, ich weiß nicht von wem, und ich weiß nicht, von welchem Kapellmeister in Musik gesetzt. Aber ich erinnere mich, es vor ein paar Jahren beim Sängerbundesfest in Dresden gehört zu haben ... Man vergißt es nicht so bald wieder … und damals sagte man mir, es sei zur Feier von Eurer Majestät silberner Hochzeit in Krefeld komponiert worden."

"1854 also", nickte der König und blickte der Vergangenheit nach, "1854! Das ist lange her. Ich glaube, man hat es mir schon bisweilen vorgesungen." Und auf einmal kam es ihm vor, als müßte Gott doch etwas Besonderes damit meinen, wenn ihm gerade dieses Lied, das zuerst zur Feier seiner Vereinigung mit Augusta in die Welt geklungen hatte, hier als Kriegslied entgegenbrauste. War etwa dies der Verstand dieser absonderlichen Wandlung, daß der Himmel durch die Stimmen des Volkes anzeigen wollte, er habe sich von den allzu Friedfertigen weg, den Kriegswilligen zugewendet?

Aber ehe er noch aus dem tosenden Bahnhof ganz draußen war, fraß schon wieder der Zweifel, und die Düsterkeit senkte sich herab. ‚Sie wissen nicht, was sie wollen', dachte er, ‚es sind unreife und unerfahrene junge Menschen, die ihre Lehrer angesteckt und mitgerissen haben. Sie wollen die Langeweile der Schulbank mit Lagerfeuern und einem Soldatenleben vertauschen, das sie sich nicht romantisch genug vorstellen können. Sie haben alle miteinander noch kein Schlachtfeld gesehen.'

In Berlin war Ruhe und Ordnung, denn die Polizei hatte das Publikum von den Bahnsteigen zurückgedrängt und preßte es in schmalen schwarzen Leisten gegen die Wände. Während der König mit dem Kronprinzen, Bismarck, Moltke und Roon, die ihm bis Brandenburg entgegengekommen waren, dem Wartesaal zuschritt, bemerkte er in der ersten Reihe der Menschen, fast verdeckt von dem breiten Rücken eines Schutzmannes, einen einbeinigen Krüppel. Der Mann trug die Kriegsdenkmünze auf dem Rock, drehte den Hut in der Hand und hing mit so treuen, leuchtenden Augen an dem König, daß dieser, wie von einem plötzlichen Anruf getroffen, anhielt.

"Wo hast du dir deine Medaille geholt, mein Sohn?" fragte der König.

Der Veteran richtete sich, so gut es auf einem natürlichen und einem hölzernen Bein gehen wollte, stramm auf und antwortete: "Bei Königgrätz, Majestät."

Da überkam den König der Wunsch guter Menschen, die in

schwerer Bedrängnis und großer Seelennot sind, dieses Verlangen nach einer edlen und reinen Tat, und er fragte rasch und beinahe schamhaft: "Du sollst dir etwas ausbitten, mein Sohn", und als er den Mann zögern sah, drängte er: "Rasch, bitte dir etwas aus, was kann ich für dich tun? Was willst du haben?"

Der Mann stand vor seinem König und sah ihm fest ins Gesicht.

"Den Krieg gegen Frankreich, Majestät!" antwortete er mit soldatischer Bestimmtheit. Der König senkte den Kopf und nickte leise, denn dieser da, der wußte, was er sagte, der hatte Schlachtfelder gesehen und fallende Kameraden und wimmernde Verwundete, und dennoch wollte er den Krieg wie alle anderen, ungeachtet allen Jammers, der hinter ihm drein zog.

Auf dem Potsdamer Platz hatte die Polizei keine Macht über die ungeheuere Menge. Man wußte, daß Gramont in Paris gesagt hatte, Frankreich mache seine Armee mobil, man wußte, daß der König, den Napoleon beleidigt hatte, ankam, und nun standen sie wartend, wie sich das Schicksal enthüllen würde.

Aus dem Bahnhof lief es über die Stufen hinab, das Schwirren und Drängen Tausender lähmend: Der Zug war eingefahren, der König war da! Und man hatte nur mehr wenige Minuten zu warten, da sah man plötzlich die hohe Gestalt des Kronprinzen auf der obersten Stufe, weithin über dem schwarzen Schwarm sichtbar.

Er hob den Arm und rief: "Die Mobilmachung der Armee ist befohlen."

Da zogen alle die Hüte ab, und es stockte noch ein kurzes Schweigen, dann aber war es, als brächen alle Schlünde der Erde und des Himmels los, jubelnde Donner schlugen hoch, und alle Häuser erzitterten von den Grundmauern bis unter die Dächer.

27

Man hätte nicht sagen können, daß die Franzosen windige Kerle und Ausreißer seien. Sie hielten sich und schlugen sich, als ginge es nicht um die liebe Eitelkeit und die Behauptung des Anspruchs, alle Weltbegebenheiten nach ihrem Willen einzurichten, sondern um eine ganz hohe und heilige Sache von großem Gewicht und zehntausendjähriger Gültigkeit. Wenn auch dem Gewicht nach etwa zwei Gaskogner auf einen ostpreußischen Musketier oder bayrischen Jäger kamen, so hatten sie doch unter den schwächeren Rippen ein mutiges Herz, und was ihnen an Wucht fehlen mochte, das ersetzten sie durch Geschwindigkeit. Genauso wie in ihrer Sprache, konnten auch ihre Infanteristen drei Sätze machen, ehe die Deutschen mit einem zustande kamen, und da sie bessere Gewehre hatten und ihnen die teuflischen Kugelspritzen beistanden, ging es bei Spichern und Wörth recht blutig her, bevor sie ausließen.

Solange sie sich die deutschen Wüteriche auf Schußentfernung halten konnten, war es gut für die *grande nation*; das Elend begann aber, wenn Preußen oder Sachsen oder Bayern so nahe herangekommen waren, daß die Kolben mitreden konnten. Dann entschied es sich freilich nach den derberen Knochen und der mächtigeren Faust, und es steckten nicht so viele Bauern aus der Auvergne oder Fischer aus der Bretagne in den roten Hosen, daß sie es hätten mit der deutschen Tobsucht aufnehmen können.

Für jetzt stand die Sache vorläufig so, daß Moltke dem neuen französischen Marschall Bazaine die deutschen Armeen in den Rücken gedreht hatte und ihn in Metz an die Kette zu legen im Begriff war. Bazaine zappelte zwar noch mächtig gegen das liebe Paris zurück, aber schon waren die Klammern von links und rechts so eng herangezogen, daß sich das rechte Loch nicht mehr finden ließ.

Es ging ein Gerede von einer blutigen Reiterschlacht bei Mars-la-Tour. Da war ein Vater im deutschen Hauptquartier, der zwei Söhne bei den ersten Gardedragonern hatte, und die waren wohl auch mit dabei gewesen. Gegen Abend war das Schießen noch nicht zu Ende, man hörte das Getöse des Kampfes deutlich bis nach Pont-a-Mousson hinüber, und in dem zerhämmerten, von Nervenschmerzen gequälten Kopf Bismarcks war es gerade, als fände die Schlacht unmittelbar unter seiner Schädeldecke statt. Er war mit seinen diplomatischen Leuten in einem abscheulichen, engen Vorstadthaus untergebracht, denn alle besseren Wohnungsmöglichkeiten waren den hohen Herren vorbehalten, die als Zuschauer der großen Ereignisse mitzogen. Sitzen und Stehen und Liegen war in diesen Zimmern gleich peinvoll, und Bismarcks Unruhe hätte ihn längst fortgetrieben, wenn er nicht hätte warten müssen, bis sein eines, einziges Hemd, das Engel am Nachmittag gewaschen hatte, trocken geworden sei. Nun war es soweit, Engel triumphierte mit einem zerknitterten Bündel daher, das aussah, als sei es eben einer Kuh aus dem Maul genommen worden.

Er war Schuld an dem Wäscheelend, denn er hatte alles Gepäck in einen unmöglichen Zug getan, der nun natürlich durchaus nicht ankommen wollte. Und nun tat er sich noch etwas darauf zugute, daß es ihm einfiel, das fragwürdige Leinengelump um einen Teigwalker zu schlagen und es so lange auf dem Fensterbrett hin und her zu rollen, bis man unterscheiden konnte, daß es eine Halsöffnung und zwei Ärmel hatte. Bismarck war immerhin gottesfroh, zog den Interimsrock ab, den er ein paar Stunden auf dem bloßen Leib getragen hatte, schlüpfte in das wiederhergestellte Hemdgemächte und ging, als er sodann in die Uniform seiner gelben Kürassiere geknöpft war, in die Schule, wo er den König und Moltke wußte. Sie standen beide über den Karten, und Moltke focht seltsam mit beiden Händen über das Metzer Gelände hin, als habe er sich aufs Beschwören verlegt und wolle die Franzosen auf magischem Wege verjagen.

"Gute Nachrichten?" fragte Bismarck mit tosenden Schläfen.

"Es scheint gut zu gehen", antwortete der König, indem er sich mit dem Taschentuch nach dem Nacken schlug, den die Fliegen sich nicht scheuten, als Tanzboden zu benützen. "Die Franzosen sind abgedrängt, aber es kann morgen noch einmal angehen. Wir wollen um halb vier hinaus."

"Haben wir große Verluste?"

Wieder antwortete der König, während Moltke ganz würdelos mit dem Lineal in den schwirrenden Schwarm vor seinem Gesicht hineinschlug. "Voigts-Rheetz hat eine schwere Attacke geritten. Sehr schwer. Da werden viele brave Reiter nicht wieder aufstehen. Aber vielleicht hat er den Tag gerettet."

"Weiß man, wer mitgeritten hat?"

"Dreier-Husaren, Dreizehner- und Sechzehner-Ulanen, Ihre braven gelben Kürassiere, Bismarck, und - auch die ersten Gardedragoner."

Auch die ersten Gardedragoner! Bismarck spürte, wie sich die Fliegen an dem Schweiß vollsogen, der seine Stirn dick überperlte. "Unsere braven Jungen sind nicht zu halten", sagte er, während sich die Schulstube mit ihrer schwarzen Tafel und den Wandbildern ins Kreisen begab, "sie scheinen zu glauben, jedem von ihnen wäre das ewige Leben garantiert. Man braucht sie nicht zu stapeln, man sollte sie eher zurückhalten."

Moltke hatte inzwischen, ohne weiter auf Bismarck zu achten, seine Erläuterung wieder aufgenommen und baute seine Siegesgedanken auf das Kampfgelände hin. Er wandte sich mit seinen Schlachtenlenkerplänen ausschließlich an den König; denn im Grund war dieser Bismarck, trotzdem er die Uniform seines siebenten schweren Landwehr-Reiterregiments trug, doch in allem Militärischen Laie, und es mußte ihm von vornherein gezeigt werden, diesmal lasse man sich nicht wieder dreinreden wie Anno sechsundsechzig.

Aber Bismarck hatte noch nicht lange zugehört, da klopfte es scharf in Moltkes Vortrag hinein, und ein Ordonannzoffizier trat ins Zimmer und riß sich stramm an der Tür zusammen.

‚Ja', dachte Bismarck, ‚der kommt nur deinetwegen.' Und plötzlich kamen ihm alle die dicken, fetten, schillernden Fliegen wie Aasfliegen vor, und vielleicht hatten sie auch wirklich vor kurzem noch drüben über den Schlachtfeldern geschwärmt und sich von Leichen gemästet. Daß der Offizier seine Meldung nicht laut vorzubringen wagte, sondern sie an Moltkes Ohr hinflüsterte, und daß darauf der General keine Antwort zu finden schien, führte Bismarck schon wieder zur Fassung zurück. ‚Warum sagt Moltke nichts', dachte er, ‚und warum schaut mich der König so an? Es ist etwas geschehen. Welchen von beiden hat es nun getroffen?'

"Ja, ja!" sagte er, "ich weiß schon. Es geht mich an. Sprechen Sie nur."

Er sah, wie Moltke dem Oberleutnant zuwinkte und wie dieser, sich hoch aufrichtend, Atem holte. Aber sehr erschrocken schauten noch immer die Augen aus dem sonnenroten Jungengesicht: "Bei der Attacke ist … sind … Graf Herbert Bismarck gefallen … und … Graf Wilhelm Bismarck ist schwer verwundet."

"Von wo kommt die Meldung?" fragte Bismarck

"Vom Kommandierenden General des zehnten Korps."

"Von Voigts-Rheetz. Und wo ist der General augenblicklich?"

"Ich weiß es nicht. Er reitet jetzt herum und besichtigt die Lazarette."

"Ich danke Ihnen!"

War das große Gelblichweiß, das sich ihm entgegenstreckte, eine Hand? Und wem gehörte sie wohl, Moltke oder dem König? Wie ätzend Mitleid ist! Was wollte man noch von ihm? Bismarck wandte sich, und wie er hinausschritt, streifte er mit der Stirn den oberen Balken der niederen Tür.

... Und wie kam das, daß man auf einmal ein Pferd unter sich hatte und Nacht um sich. Das Pferd ging in einem gelinden Trab, die Nacht war dort, wohin man ritt, ein wenig erhellt von brennenden Gehöften; der Krieg knatterte mit einzelnen Schüssen irgendwo im Dunkeln; allmählich unterschied man Bäume am Straßenrand, weiße, kalkgestrichene Steine, dunkle Haufen im Graben, vielleicht gefallene Pferde oder tote Menschen. Durch die Räder eines umgestürzten Wagens sah man vor einem Hintergrund von Flammenschein einen schwarzen, spitzen Turm.

Langsam sammelten sich die Gedanken.

‚Das Schlimmste ist', dachte Bismarck, ‚daß ich mich viel zu wenig um euch gekümmert habe. Meine Arbeit und meine Pflicht und immer wieder meine Arbeit und meine Pflicht! Und euer liebes, junges Leben rann dabei neben mir hin, während ich Noten drechselte und mich mit Ministerien, Gesandten und Parlamentariern herumschlug. Ich hatte immer nur einen flüchtigen Schein von eurem Dasein, weiß nur, wie glücklich euch die Sommer in Varzin gemacht haben, der Park, die Wipper, die Eichhörnchen. Aber ich habe nicht daran teilgenommen. Das weiß man alles erst, wenn es zu spät ist. An Herbert hat mir ja der Tod eine Warnung gegeben. Aber ich habe sie nicht verstanden. Nun liegt er wohl wieder so wie damals in Bonn.'

Und Bismarck sah seinen Jungen vor sich, in seiner Studentenbude zu Bonn, als seine Mensurwunde von Leichengift brandig geworden war. Es war alles furchtbar deutlich; der arme junge Mensch, den man hätte für tot halten können, in dem weißen

Bett, Johannas vor Angst ganz klein gewordenes Gesicht, das bedenkliche Tasten des Doktors über die blauschwarze, ungeheuerliche Geschwulst, dann die zaghaften Besuche der Borussen, denen man ansah, daß sie sich verwunderten, den Farbenbruder noch am Leben zu finden. Und nun lag er wieder so, nur daß kein Atem mehr ging und die Lippen weiß waren … oder vielleicht war er in Stücke gerissen. Hatte ihn Gott damals nur dazu gerettet?

Und Bill, der lustige, immer gut gelaunte Bill, vor Schmerzen wimmernd, stöhnend und dem Tod entgegenröchelnd, ein zerbröckelndes Leben. Und wo, um Gottes willen, wo in dieser fürchterlichen Nacht lagen sie, in welchem der unter den Schlägen der Schlacht geduckten Dörfer, in welchem der Gehöfte, deren Mauern sich mit den Schreien der Verwundeten vollsogen?

Bismarck verließ die Straße und ritt querfeldein, dem Feuerschein zu. Ein Mann saß am Feldrain und hob mit gebogenem Arm eine Flasche zum Mund. Der Reiter hielt, fragte nach dem Dorf Trouville, denn dieses lag nahe dem Schauplatz des Reiterangriffs, und so konnten die Gefallenen und Verwundeten dorthin gebracht worden sein.

Aber der Mann auf dem Feldrain gab keine Antwort. Bismarck stellte die Frage noch einmal in der Feindessprache; denn es war immerhin möglich, daß er einen versprengten Franzosen vor sich hatte. Und als der Mann auch auf französisch nicht antwortete, beugte sich Bismarck vom Pferd über ihn, eine Feuergarbe schoß in dem brennenden Dorf hoch, der Funkenregen eines in Flammen geratenen Getreidespeichers. Wie ein feuriger Besen fegte er den schwarzen Himmel.

Da sah Bismarck, daß dem Mann auf dem Feldrain der Unterschied zwischen Deutsch und Französisch ausgelöscht war, weil er in keiner Sprache antworten konnte, und daß er aus der gehobenen Flasche nicht würde trinken können, weil ihm der Kopf vom Rumpf gerissen war. Vielleicht lag der Kopf, durch einen Granatsplitter sauber abgetrennt, irgendwo im nachtfeuchten Gras und glotzte den Frager mit aufgequollenen Augen höhnisch an.

Sporengeschreckt tat das Pferd einen Satz und raste ein Stück in die Dunkelheit hinein, bis es wieder zum Trab gezügelt wurde.

‚Ich habe es gewußt', dachte Bismarck, ‚ich habe Düppel gesehen und Königgrätz. Und ich habe es doch auf mich genommen. Es ist nichts, sein eigenes Leben einzusetzen. Ich war dazu bereit, wenn sich Gott bei Königgrätz gegen mich entschieden hätte; und ich hätte die letzte Attacke mitgeritten und wäre gefallen. Aber dieses da … dieses da … ist mehr, als ein Mensch ertragen kann.'

Kam da nicht ein Reiter hinter Bismarck her, im selben Trab, mit demselben weichen Gestolper über Stoppeln und Schollen, mit demselben Gebaumel und Geknarr von Zaumzeug und Sattel? Es war aber nichts zu sehen als hockendes Gebüsch und Bäume, denen der Eisenhagel die Äste zersplittert hatte.

‚Gottes Hand hat mich rasch erreicht', dachte Bismarck weiter; ‚man spricht immer davon, daß man ihm vertraut, und denkt nicht daran, daß er sich auch gegen uns wenden könne. So hat er mir unrecht gegeben … er hat mir unrecht gegeben … wie soll ich vor Johanna kommen, wie soll ich es ihr sagen, unsere Jungen … unsere beiden Jungen …'

Stöhnen quoll aus der Erde; in einer Ackerfurche krümmte sich ein Mensch, die Hände waren in den Boden gekrallt, das eine Bein lag zermalmt unter dem Körper. Bismarck sah rote Hosen, ein zerfetztes Käppi; er glitt rasch vom Pferd.

"Mein Kamerad", sagte der Verwundete, "warum läßt man mich hier allein? Warum muß ich hier krepieren wie ein Hund auf dem Düngerhaufen? Ich habe nichts getan …"

"Ich will Krankenträger suchen!" sagte Bismarck rasch.

Der Soldat schüttelte den Kopf. "Nein, nein, davon hab' ich nichts, ich will mich nicht mehr rühren, das Bein ist hin …" Und mit einem Mal, als habe das Herannahen des Todes tiefere Bezirke seiner Seele erschlossen, begann er deutlich zu sprechen: "Du sollst Grüße heimbringen."

"Wie heißt du …?"

"Küfferlè … Hans Francois Küfferlè … aus Kolmar im Elsaß … meine Frau … ich habe einen kleinen Laden aufgemacht." Das schmerzzerrissene Geflüster war schwer zu verstehen, Bismarck beugte sich tief herab; aber als er sein Gesicht dem des Sterbenden auf eine Spanne genähert hatte, stieß dieser plötzlich einen Schrei aus. Seine Hände ließen die mütterliche Erde, hoben sich zur Abwehr. "Sie sind Bismarck", schrie er, "ich erkenne Sie! Sie sind

Bismarck! Gehen Sie fort." Und immer wieder kreischte er: "Gehen Sie fort!"

Ratlos und verwirrt richtete sich Bismarck auf; aber da sah er unweit Lichter vor Bahren schwanken und rief rasch hinüber. Krankenträger hielten Nachlese; sie kamen heran, und Bismarck wies ihnen den wieder stumpf gewordenen Verwundeten. Während er in der Richtung, die sie ihm gezeigt hatten, davonritt, hörte er hinter sich das Schmerzgebrüll des Soldaten, dessen zerfetzten Leib man auf die Bahre lud.

Es war noch ein langes Reiten über Felder und durch kleine, gerupfte Wäldchen, an Tümpeln hin und durch Dörfer, die voll Truppen lagen, ein Weiterfragen von Mann zu Mann, an verschlafenen Trainkolonnen hin, die mürrisch und todmüde noch in der Nacht irgendwohin mußten, an Batterien, die abgeprotzt hatten und auf der Stelle, Mann wie Pferd, in einen tiefen Schlaf versunken waren. Oft noch hörte Bismarck hinter sich reiten, und er dachte: ‚Es ist der Tod, der hinter mir her ist; er hat einmal mich fahren lassen und einmal meinen Herbert. Nun will er dabei sein, wenn ich an ihren Leichen stehe.' Er ritt aber immer weiter, ohne sich umzusehen, und hielt an jedem Lazarett an, glaubte hinter den armseligen Wänden im trüben Licht das Knirschen der Sägen zu hören, mit denen die Knochen abgetrennt wurden, sah auch bisweilen, wenn die Tür geöffnet wurde, das fahle Gesicht und den offenstehenden Mund eines Toten. Und überall fragte er mit schmerzendem Kiefer und vertrockneter Zunge nach seinem Jungen. Man erkannte ihn überall und wies ihn von Lazarett zu Lazarett; denn niemand wußte genau, wohin man den Toten und den Sterbenden gebracht hatte, und immer, wenn Bismarck weiterritt, glaubte er hinter sich zu hören, wie man sagte: "Das ist Bismarck, dem seine beiden Söhne erschossen worden sind."

Endlich wurde es heller, und der Tag begann seine unbefangenste Morgenmiene zu machen, als könne er gegen keinerlei lebendes Wesen auch nur das geringste im Schilde führen. Bismarck ritt über eine sanft ansteigende Wiese dem Weiler Mariaville zu, wo in einem Meierhof eine Anzahl von Verwundeten untergebracht war. Die Wiese war von ungewöhnlich großen Maulwurfshaufen gebuckelt;

aber als Bismarck hindurchritt, sah er, daß es keine Erdhügel der Wühler waren, sondern lauter Pferdeleiber, einer neben dem andern, so daß zu vermuten stand, hier müsse einer der Reiterangriffe stattgefunden haben.

Und während Bismarck zwischen den Pferdeleichen dem Dorf zuritt, kam er endlich mit seinen Gedanken ins reine. Der frische Tag half ihm dazu, das Aufleuchten der Wolken dort unten am Weltsaum, der Anblick der argen Menschennot und Notwendigkeit ringsum. Trug nicht jeder Tag ein bitteres, aber heilsames Kraut im Morgenmund? Das Kräutlein Muß, an dem man umkommen oder gesunden mochte, je nachdem man sich zu den Kranken oder zu den Aufrechten zählen durfte.

‚Ja, gewiß', dachte Bismarck, ‚es ist so. Gott hat mir unrecht gegeben, seine Strafe hat mich ereilt. Ich habe mich vermessen, es auf mich zu nehmen. Meine Söhne habe ich eingesetzt, Gott hat das Opfer willkommen geheißen. Aber nun soll es genug sein; ich habe sie für den Sieg hingegeben, nun, Herrgott im Himmel, schenk uns den Sieg!'

Als Bismarck durch das Hoftor einreiten wollte, kam eben ein Gardedragoner daher, an dem war das liebe Reiterblau aber mit einer solchen Dreckschicht überzogen, als habe er vierzehn Tage im Zampelsumpf zugebracht. Und eben als Bismarck den Mund auftun wollte, um nach seinen Söhnen zu fragen, da spaltete sich das Negergesicht vor ihm mit grinsendem Zahngehege, die weißen Augäpfel begannen zu rollen, und der Schmierfink streckte dem Reiter einen fünfgliedrigen Lehmklumpen entgegen. "Morgen, Vater … fein, daß du herjetroffen hast."

Da rasselte Bismarck vom Pferd, daß man merken konnte, die Freude führe eine ebenso kräftige Turnierlanze wie der Schmerz, und so neu seine Uniform war, so nahm er doch den allerzärtlichsten Abdruck von seines Bill schmieriger Ungestalt auf sein Wams.

"Junge! Junge …", stammelte er, und so wenig das war, so mochte es sich von Gottes Thron doch wie ein großes Hallelujah und Tedeum mit Orgel, Posaunen und Engelchören anhören. "Und Herbert?" schreckte Bismarck noch einmal aus der Freude auf.

Ach was, Herbert lag drinnen im Haus, mit drei Schüssen, aber an keinem war was Rechtes daran. Eine Kugel hatte ihm den Oberschenkel durchbohrt, hinein - hinaus, basta, lauter Fleisch. Die zweite war ihm über die Brust gepfiffen. Und die dritte hatte ihm die schwarze Holzuhr zerschlagen, die Herbert vom Vater erhalten hatte, und da war wohl jetzt für den kunstreichsten Uhrmacher der Welt kein Flicken mehr möglich. Und jetzt schlief Herbert dort drinnen zwischen den anderen Verwundeten und hielt eine sehr große Säge in Betrieb.

Aber so lustig Bill berichtete, der Vater wollte nicht lachen; er stand an der Tür und sah Herbert an, der auf seinem Stroh mit einem trotzigen Bubengesicht schlafend lag, mit demselben bösen Stirngefältel wie in Kinderbettzeiten nach einer Prügelei mit Bill. Schweigend nickte Bismarck dem und jenem bekannten Gesicht zu und trat dann wieder mit Bill auf den Hof.

"Und du?" fragte er, "man hat Herbert ganz und dich halb tot gesagt."

Ach, das war weiter nichts als Reitermißgeschick gewesen, beim Galopp gegen den Feind ein Sturz über ein totes Pferd, kopfüber in einen sehr schönen Tümpel hinein. Kein Beinbruch, kein Versagen bei Mann und Pferd, man hatte sich wieder aufgeklaubt und hatte das Pferd am Zügel wegführen können.

Warum er denn nicht aufgesessen sei, fragte Bismarck.

Ja, das wäre schwer zu machen gewesen, meinte Bill, weil doch schon ein anderer im Sattel gesessen sei.

Wer denn im Sattel gesessen sei?

Na - eben der Dragoner!

Welcher Dragoner?

Ach, so ein armer Verwundeter, den man doch nicht habe im Feuer liegenlassen können.

Im Feuer? Also hätten die Franzosen fleißig hingeschossen.

Mein Gott, das wäre doch auch weiter keine Kunst gewesen; sie hätten ja höchstens fünfzig Schritte entfernt gestanden.

Und sie ... hätten ... also nicht getroffen?

Nein - er und der Dragoner hätten keine Kugel bekommen; aber das Pferd wäre, kaum daß sie aus dem Feuerbereich gewesen wären, tot zusammengebrochen.

"So so!" sagte Bismarck und legte den Finger über die Augen, wie von einer großen Helle geblendet. Das war Gottes Hand, diese Hand, von der Bismarck geglaubt hatte, daß sie ihn züchtigen wolle, und die in Wahrheit jede Kugel so gelenkt hatte, daß sie ihm Gottes Gnade erwies.

28

Bis ein Uhr nachts hatte man mit den Franzosen gehandelt, und es war ihnen nicht beizubringen gewesen, daß man ihnen nichts aufgeschlagen habe und also auch nichts nachlassen könne. Dann hatte das Bett bis drei Uhr morgens gesungen wie ein Katzenklavier, bei jedem Umwenden einen ganzen quiekenden und pfeifenden Meyerbeer, schauerliche Melodien, die in die Gedankenbrandung hineinächzten. Es war, als wehre sich dieses französische Bett gegen den schweren Deutschen, der diesen schlimmen Tag herangeführt hatte. Schließlich löschte Bismarck, ungeachtet der Gefahr, sich den braunschwarzen, wimmelnden Nachtpartisanen auszuliefern, die Kerze im Flaschenhals, sah noch einen Augenblick im Fenster die von einem schwarzen Kreuz in vier Felder geteilte Brandröte und zwang sich dann ernsthaft in den Schlaf.

Aber man hatte wohl kaum ein paar tiefere Atemzüge getan, da sang das Bett wieder seine infernalische Arie, und die erquickende Dunkelheit zerbröckelte in trübes Licht. Der Reitknecht Josef stand da, mit einer Stallaterne, und ein französischer General in einem weiten, dunklen Mantel, wie eine große Fledermaus. War das wirklich der immer lächelnde General Reille, Muster der französischen Liebenswürdigkeit, Generaladjutant des Kaisers der Franzosen und Tischnachbar in den Tuilerien, der hier in diesem düsteren Nachtstück auftrat und eine Bitte seines Herrn stockend und unsicher überbrachte?

Dann war er fort, seine Botschaft hatte Schlaf und Müdigkeit weggefegt, Josef beleuchtete dem Kanzler die Wege ins Kleiderwirrsal.

"Hast du gehört?" sagte der linke Reitstiefel zum rechten mit leisem Knarren, "Napolium hat um unsern Herrn geschickt."

"Ja", antwortete der rechte, indem er seinen hohen Schaft gegen den Nachbar lehnte, "geschieht ihm recht, dem Schuft. Was hat er auch im Busch herumzukrauchen."

Es waren zwei schwere pommersche Reitstiefel, ohne Herz und ohne jeden Sinn fürs Tragische. Dann fuhren die Bismarckschen Beine in sie hinein, durch den langen Schaft bis auf den Grund, sie schmiegten sich an, verstummten und klirrten nur noch leise mit den Sporen.

Josef hatte den Onkel Tom gesattelt, der ein unbequemes Biest war und dazu neigte, jeden weißen Meilenstein für ein Feuerwerk und jeden Wegweiser für ein Gespenst mit ausgebreiteten Armen zu halten. Aber das war gut so, man mußte den Sinn aufs Reiten richten, die letzten Schlafdünste verflatterten, und das unbehagliche Gefühl, ein ungewaschenes Gesicht und einen leeren Magen in den Tag zu tragen, verging in der Spannung auf Bändigung des wilden Kerls.

Bayern zogen vorbei, mit ihren Raupenhelmen, sie sangen:

"Die Rosen blühen im Tale,
Soldaten ziehen ins Feld - ins Feld."

Gegen Sedan marschierten sie, das drüben in seiner verhängnisvollen Mulde septemberlich dunstete. Da und dort war es noch von Rauch überwölbt, der im Nebel feststand wie schwarze Kirchenkuppeln. O weh, bliesen diese Bayern ihren Soldatenkantus falsch, und Onkel Tom stieg, als sei er von Gott mit musikalischen Nerven begnadet; alle siebenundneunzig Unarten fielen ihm ein, und Bismarck hatte zu tun, ihn durch Schenkelzwang und Zügel wieder mit den vier Hufen auf die Straße zu bringen. Aber auch Bismarck selbst gab beim Singen weniger auf eine gute Meinung als auf ein bißchen Glanz und Klang, und so stocherte er in einem scharfen Trab dahin, bis die Bayern ein gutes Stück zurückgeblieben waren, so daß ihr Lied nur mehr wie ein leiser Schwall im dünnen Nebel lag. Die Landstraße war als ein echt französisches Stück Welt auf beiden Seiten mit Pappelschnüren bespannt. Von den langen Baumspindeln tanzten Herzblätter und wirbelten vor Onkel Toms klappernde Hufe. Bismarck ritt jung und fröhlich dahin, wie seit langem nicht, das erste

Frösteln im feuchten Morgen war behaglicher Leibeswärme gewichen, jeder Muskel war in Arbeit und sendete Ströme von Wohlgefühl durch den ganzen Menschen, die Reitstiefel knarrten am Sattel; weiß Gott, es kam einem vor, man hatte die Welt geraubt, und nun lag sie quer vor einem über den Rücken des Pferdes. Die häusliche zivilisierte Fleischesserei verdarb das Blut, man wurde dick und träg, wenn man die Verwesung so in sich hineinschlang; man fraß Leichen, und sie lagerten ihr Gift in Adern und Knochen ab. Jetzt, drei Tage schon ohne Fleisch und ohne eine andere Magenwärme, als die vom Reiten kam, was für ein anderer Kerl war man da bei hartem Brot und Knoblauch! Man roch zwar davon wie ein Wunderrabbi, aber - besser als alle Karlsbader Sprudel, Gasteiner Brunnen und Emser Krähnchen.

‚Pfui Deibel', dachte Bismarck, ‚wir sind wahrhaftig nicht dazu da, um zarte Gefühlchen aus einem Töpfchen ins andere zu pflanzen und immer ins Blümelblaue hineinzuduseln. Die ganze Welt ist auf Krieg gestellt, und die Menschheit ist ein zu ihrem Unglück seßhaft gewordener Nomadenstamm, der im Krieg wieder in seinen naturgemäßen Zustand zurückfällt. Wir sind wahrhaftig nicht die Hüter unserer Brüder, und wenn sich einer durchaus den Kopf an den Wänden einrennen will, so ist es nicht unsere Aufgabe, sie ihm mit Kissen zu polstern.'

Plötzlich wurde Bismarck eines Wagens ansichtig, der vorn auf der Straße im spitz zulaufenden Winkel der Pappelschnüre stand. Er mäßigte den scharfen Trab und ritt zuletzt im Schritt heran. Drei französische Offiziere hielten zu Pferd neben dem Wagen, drei andere saßen im Innern, und der vierte, der auf dem rechten Hintersitz, der schlaff zusammengesunkene Mann mit dem fahlen, gelbgedunsenen Gesicht, das war der geschlagene und gefangene Kaiser. Noch immer war ihm der schwarzglänzende Spitzbart straff aus dem Kinn herausgedreht, noch immer drangen die Augen unter dem Mützenschirm scharf in den Menschen ein; aber er war nicht mehr Samiel, der schwarze Jäger, der die Freikugeln für alle politischen Wildschützen Europas segnete, sondern ein kranker und von der Raubtierpranke des Schicksals zermalmter Mann. Und das war Bismarck kaum klar geworden, als er absprang und die Haltung annahm, die ihm zugekommen war, als er Preußen vor dem mächtigsten Monarchen dieses Weltteils vertreten hatte.

"Ich bitte Eure Majestät, über mich zu befehlen", sagte er.

Der Kaiser beugte sich grüßend aus dem Wagen: "Ich möchte mit Ihnen sprechen, Herr Graf. Ich möchte den König sehen."

Das Hauptquartier befand sich in Vendresse, und das war drei Meilen weit; aber man würde den König verständigen können, daß er ein Stück entgegenkomme, und inzwischen könnte Seine Majestät ja, um nicht hier auf der Straße halten zu müssen, mit Bismarcks Quartier in Donchéry vorlieb nehmen. Damit war Napoleon einverstanden; man fuhr den deutschen Stellungen entgegen, und stumm trabten die Reiter neben dem Wagen her.

Eine glanzlose Sonne qualmte in den Nebeln, Marschgedröhn und Gesang kam entgegen, eins ins andere taktfest hineingeschlagen; das waren die Bayern, die Bismarck vorhin überritten hatte. Sie sangen jetzt was anderes:

"Musketier sein lust'ge Brüder,
Haben's frohen Muuuut,
Singen's lauter lustige Lieder,
Sind's den Mädeln gu-u-u-ut."

Die Marschkolonne drückte sich an den linken Straßenrand, der Wagen und die Reiter klapperten und klirrten den anderen Straßenrand dahin. Der Gesang zerbröckelte, alle Raupenhelme drehten sich nach rechts, nach dem Wagen voll Franzosen und der seltsamen Begleitreiterei; der Kaiser hatte das Gesicht in den Mantelkragen gezogen, aber plötzlich schrie einer: "Napoleon!" Ein blutjunges Lehrerlein von Zeitungsbildung hatte ihn erkannt; da stampften die Stiefel noch einmal so schwer, als sollte ganz Frankreich in den Grund getreten werden. "Hallo" sprühte über die Glieder hin, und plötzlich bekam der marschierende blaue, borstige Riesenwurm, dieser Heerwurm von Tausenden von Raupenhelmen, eine einzige Kehle, aus der ein "Hurra" gegen den Himmel brüllte.

Bismarck ritt näher an den Schlag, wie um zu zeigen, daß der Kaiser unter seinem Schutz stehe. "Das sind Bayern!" sagte der

Kaiser, als sie wieder mit der Straße, den Pappeln und der blassen Herbstsonne allein waren. "Ein wildes Volk", fügte er hinzu, "wie sie Bazailles erstürmt haben ... schrecklich!"

Das Städtchen Donchéry lag da, ein kleines, von der Maas umwundenes Häusergedränge. Napoleon legte eine gelbe Hand auf den Wagenschlag: "Ich bitte Sie, Graf Bismarck, ersparen Sie es mir, in den Ort einzufahren. Ich möchte möglichst wenig Franzosen sehen, ich will nicht angegafft werden, wie, ich weiß nicht welcher besiegte Fürst, der von seinem Feind in einem Käfig mitgeführt wurde. Ihre Siegergefühle sind natürlich und selbstverständlich, aber es ist bitter, in die Gesichter meiner Landsleute zu sehen."

Ein kleines Wegwächterhäuschen stand an der Straße, eine geflickte und übertünchte Armseligkeit von vier Wänden unter einem schadhaften Dach. Der Kaiser stieg plump und mit schmerzhaft verzogenem Gesicht aus dem Wagen und wand sich stöhnend Schritt für Schritt eine enge, von Schmutz schlüpfrige Treppe hinauf. Die winzige Kammer, in die ihm Bismarck folgte, lag unter Dach und schaute mit einem staubblinden Fenster nach der Straße, zwei Stühle mit glattgeriebenen Strohsitzen waren einem Tisch gesellt, auf dessen Bierrändern zwei matte Herbstfliegen klebten. Ein paar Heiligenbilder waren rahmenlos an die Wände geheftet, und über einen Schmutzrand, der anzeigte, daß hier vielleicht einmal eine Kommode gestanden haben mochte, hatte sich einst ein vergilbter Holzschnitt mit dem Bild Napoleons breit gemacht, der aber war just durch zwei kreuzweise Balken mit einem dicken Zimmermannsbleistift gedemütigt und gleichsam aus der Welt gestrichen. Bismarck versuchte dem Kaiser diesen Anblick zu entziehen, indem er sich mit dem breiten Rücken gegen das Bild stellte, aber Napoleons Augen waren ihm schon zuvorgekommen.

"Ach so!" sagte er mutlos, indem er sich schwer ächzend auf einen der Stühle niederließ. Jetzt, da Bismarck den Kaiser unmittelbar vor sich hatte, sah er erst, wie Krankheit und Kummer mit diesem Körper und dieser Seele umgesprungen waren. Unglück und Tod hatten ihm ihre Zeichen aufgeprägt, und gerade dies schien ihm Bismarck ehrwürdiger zu machen als alle Herrlichkeit der Tuilerien und das dämonische Gefunkel seiner Macht.

Man hörte durch den dünnen Bretterboden die Stimmen der französischen Offiziere, die sich unten mit Bismarcks Vetter Karl unterhielten, der sich zuletzt zu der Gesellschaft gefunden hatte.

‚Ich muß etwas sagen', dachte Bismarck, ‚es ist unerträglich.' Und er begann möglichst unbefangen von den Quartieren zu reden, die man sich im Krieg gefallen lassen mußte, von den Flaschenhalsleuchtern, den melodienreichen Betten, den Nachtpartisanen und der Annehmlichkeit, daß man oft nicht einmal einen geeigneten Ort hatte, wo man seine Heimlichkeiten abtun konnte.

Und er wagte es um ein Lächeln dieses gedemütigten Menschen, zu erzählen, daß er sich vorlängst nur mit Mühe eines Musketiers habe erwehren können, der sich durchaus während dieses Geschäftes habe als Schild- und Ehrenwache neben ihn pflanzen wollen.

Aber Napoleon schüttelte den Kopf. "Ich bin gekommen, mein Lieber … im Vertrauen auf unsere alte Freundschaft, … um Sie zu bitten, daß Sie beim König auf bessere Bedingungen für mich hinwirken sollen."

"Ich fürchte, Majestät", sagte Bismarck, da er sah, daß dieses Rühren an den jungen Schmerz unvermeidlich sei, "daß der König auf der bedingungslosen Ergebung der ganzen Armee … und … und Ihrer Person wird bestehen müssen. Es sind Generalsbedingungen, verstehen Sie wohl … militärische Notwendigkeiten."

"Ja … ich weiß es", sagte der Kaiser leise, "was kann ich tun? Ich bin in Ihrer Hand. Wir sind besiegt. Ihre Soldaten marschieren besser als die unseren. Ihre Generäle haben sich den unseren überlegen gezeigt. Mac-Mahons Zug nach Norden hat ihm nichts geholfen, Sie hatten immer Nachricht von uns, wir keine von Ihnen. Ihre Ulanen haben ihre Sache vortrefflich gemacht, wie ein Mückenschwarm, immer da, Wolken von Pferden. Ihre Bewegungen gingen wie hinter Schleiern vor sich, die unseren lagen vor Ihnen offen. Aber dennoch weiß ich, daß Prinz Friedrich Karl die Armee vor Sedan kommandiert."

Da sagte Bismarck leise und beinahe mit Bedauern: "Sie irren, Majestät, man hat Sie nicht gut berichtet. Hier steht die Armee des Kronprinzen. Prinz Friedrich Karl hat den Marschall Bazaine in Metz eingeschlossen."

Es war deutlich zu sehen, daß diese Nachricht ein Gifttrunk war, sie riß dem Schmerz wieder alle Tore auf, betäubt sank das gelbe Gesicht nach vorne: "Ja, dann ... ah ... dann ist alles verloren."

Wo in aller Welt war ein Trost für diesen Erniedrigten? "Glauben Sie mir, Majestät", sagte Bismarck, "es ist besser so. Es mag für Sie hart sein, aber da der Krieg für Frankreich nun einmal unter keinem günstigen Stern steht, so ist es besser, daß es rasch zum Frieden gezwungen wird."

"Oh", sagte der Kaiser rasch, "glauben Sie nur nicht, daß Sie Frankreich durch diesen Sieg schon zum Frieden gezwungen haben. Die Armee von Sedan ist nicht mehr, aber Frankreich wird weiterkämpfen, ohne diese Armee ... ohne mich ..."

Darauf war nichts zu erwidern, denn es stand Bismarck nicht an, dem Kaiser das Letzte zu nehmen, das in diesen Schicksalsstunden seiner Seele Gerüst war, den Glauben an den Opfermut und das Heldentum seiner Nation. In das Schweigen sprachen die Stimmen im unteren Stockwerk, eine schwere Batterie zog dröhnend vorbei, die Fensterscheiben klirrten in morschen Rahmen.

"Und welchen Preis müßte Frankreich für den Frieden zahlen?" fragte der Kaiser mit einem trockenen Flüstern.

"Wir können keinen Frieden schließen, ohne die Gewähr zu haben, daß wir gegen einen künftigen Angriffskrieg sicher sind ... Frankreich hat sich immer als ein unruhiger Nachbar erwiesen ... es ist eine militärische Notwendigkeit, den Rhein zu schützen. Wir müssen das Elsaß haben und Lothringen ... wegen Metz ..."

"Oh!" sagte der Kaiser, indem er mit dem Arm über den Tisch hinwischte, als fege er etwas Widriges zu Boden. Dann fiel die Faust mit unvorhergesehener Wucht nieder. "Nie!" sagte er, "Niemals."

‚Mein Gott, wie er aussieht', dachte Bismarck, ‚er wird mir doch nicht sterben. Sie schreien dann sicher, daß ich ihn ermordet habe.'

Plötzlich begann sich der Kaiser zu winden und zu krümmen, er hielt die Arme in die Seiten gestemmt, die Brust füllte sich mit Geröchel, und dann brach er zu Bismarcks Entsetzen einen Klumpen grünen Schleims in das Taschentuch. Nun war es auch gleich besser, und Napoleon wehrte Bismarcks Anerbieten ab, ihm einen Arzt oder doch Wasser zu besorgen.

Schwach und schlaff saß er da, die Hand baumelte gelb neben einem der schmierigen Stuhlbeine. "Ich werde ja doch mit dem Frieden nichts zu schaffen haben … man wird mich nicht fragen!"

Wieder zog draußen auf der Landstraße der Krieg vorüber, Bismarck trat ans Fenster, leinenüberdachte Planwagen schoben sich hintereinander her, ein Trainsoldat hielt ein längliches Stück Speck in der Hand, fletschte ein Messer aus dem Stiefelschaft und begann Scheiben zu schneiden. Das war ungemein friedlich anzusehen, und wenn man nicht gewußt hätte, daß unter der Plane Kriegsbedarf irgendwelchen neuen Schlachten entgegengeführt werde, Brot und Erbswurst für Soldatenmägen oder Stiefel für Soldatenfüße oder sonst eine Notwendigkeit des Sieges, so hätte man auch ganz gut meinen können, eine Reihe Erntewagen führen vorbei.

‚Gott segne euch Hunger und Seelenruhe', dachte Bismarck. Lange war es im Zimmer hinten still, dann begann undeutliches Gemurmel zu spinnen. ‚Wenn nur schon der Bote kommen wollte', wünschte Bismarck, ‚dieses Beisammensein macht mich krank.' Schleimig tropften die Worte von den Lippen des Kaisers: "Über ein unruhiges Volk … über ein so unruhiges Volk zu herrschen … das ist ein Verhängnis. Oh, ich liebe es, aber ich sehe seine Fehler … es soll immer etwas Neues da sein, dem man nachlaufen kann … es ist ein Verhängnis."

Hier war es schwer, etwas einzuwerfen; denn man tat gut, sich an die Erfahrung zu halten, daß man über Fehler, die ein Liebender am Geliebten feststellte, besser nicht mitzureden habe.

"Sie wissen wohl, Herr Graf", sagte der Kaiser, "daß es nicht ganz nach meinem Willen gegangen ist. Ich wollte es nicht auf die Spitze treiben … ganz zuletzt noch den kriegerischen Ton vermeiden! Aber sie haben mich herumgezwungen, … ich bin ein kranker Mann … Gramont hat seinen Kopf durchgesetzt … Und dann noch … Immer ging es gegen meinen Rat … Ich habe deutliche Ahnungen, vielleicht sieht man alles, was kommt, nur dann so genau voraus, wenn man bald sterben muß. Daß Mac-Mahon nach Norden abgeschwenkt ist, war gegen meinen Rat … verstehen Sie … Dieser unglückliche Einfall hat uns soweit gebracht. Sie dürfen mir glauben, ich habe mich in der Schlacht nicht geschont … Ich war einigemal im schweren Feuer, aber es hat dem Tod nicht gefallen, mein Anerbieten anzunehmen."

Bismarck sah den Kaiser an; dem war der Kopf nach hinten gegen die Stuhllehne gefallen, die Augen starrten die Decke an, wo zwischen dem zerbröckelten Bewurf das Riesengeflecht in Strähnen hervorquoll. Nichts stand zwischen Mensch und Mensch als die Besorgnis, der Kaiser könne eine Vertraulichkeit als ein Anzeichen dafür ansehen, daß man ihn in Gedanken bereits entthront habe.

"Ja, ja …", fuhr der Kaiser in klagendem Ton mit zitternder Unterlippe fort, "erinnern Sie sich an Fontainebleau … warum haben Sie damals meine Hand nicht genommen?"

"Majestät, die deutsche Einigkeit mußte aus eigener Kraft zustande kommen", sagte Bismarck fest, "jede französische Einmischung war eine Brücke zwischen Süd und Nord. Nichts hat uns Bayern rascher gewonnen, als daß Frankreich nach Königgrätz deutsches Land verlangt hat."

"Die deutsche Einigkeit …", nickte der Kaiser, " …sind Sie so weit? Ja … Kassandrastimmen … man hat sie nicht hören wollen, aber mir war die Seele von ihnen voll. Wissen Sie auch …? Der Kaiser sah Bismarck scheu an; seine Worte waren wie ein Gestrüpp voll geheimnisvoller Nachtvögel, "wissen Sie jetzt auch … damals in Fontainebleau … damals … warum *er* damals im Abdankungszimmer geschrieben hat?"

Bismarck hörte einen Reiter traben und vor dem Haus halten; und nach einer Weile trat der Vetter Karl ein und meldete, daß der König in dem unweit gelegenen Schlößchen Fresnois mit Seiner Majestät zusammenzutreffen wünsche.

Der Kaiser erhob sich, straff genug, trotz des Schmerzes, den man ihm ansah. Er reichte Bismarck die Hand huldvoll wie in den Tagen der Weltherrschaft und sagte: "Gehen wir!"

29

Man konnte im Zweifel darüber sein, ob etwa die Mitralleuse nach Jules Favres Vorbild erfunden worden sei oder ob man sie erst erfunden und dann eine davon in Herrn Jules Favre eingebaut habe, menschlichen Verhältnissen entsprechend umgewandelt, freilich, nicht eine Kugelspritze, sondern ein Wortschnellfeuergeschütz. Beide waren echt französischen Geistes, die Kanone und der Diplomat, nur daß die eine über das Schlachtfeld dahinfegte und der andere alle Debatten niederschießen wollte.

Wie wollte da ein Pommer dagegen aufkommen, und wenn er zehnmal Ministerpräsident und Bundeskanzler sein mochte, da ihm doch das Französische nur als eine gut gehandhabte erlernte, aber nicht als seine heimatliche Sprache zu Willen war. Es blieb also nichts anderes übrig, als auf alles Überzeugen von vornherein zu verzichten und sich vor diesem Wortkugelregen in einem festen Beharren zu verschanzen.

Wenn Jules Favre am Ende einer Stundenrede eine Atem- oder Trinkpause machte, dann schob man eben wieder hin: ja, aber wenn Frankreich den Frieden wolle, so müsse es Elsaß und Lothringen hergeben. Und Punktum. Das lag da wie ein Klotz, und nun konnte der Franzose wieder schießen. Und er schoß und focht mit den Händen und rief Gott und Europa zu Zeugen an, daß dem französischen Volk das grimmigste Unrecht angetan werde und daß die Kulturvölker nicht dulden könnten, daß man die Wiege aller Zivilisation so barbarisch vergewaltige.

Man erzählt vom großen, dem ersten Napoleon, daß er beim Schauspieler Talma Unterricht genommen habe, um seinem Auftreten mehr kaiserliche Würde geben zu lernen. Dann war aber Jules Favre gewiß in die Schule von mindestens drei Tragöden und einer Tragödin gegangen, von denen er unterwiesen worden war, seine rasenden Sätze mit den ergreifendsten Gesten der Verzweiflung zu versehen.

Von der Tragödin hatte er die Rührungstränen gelernt.

So kam es wenigstens Bismarck vor, denn er wußte von sich, daß dem höchsten Schmerz nicht viele Achs und Ohs beigegeben und daß die großen Ausrufungszeichen und klagenden Gebärden meist nur von außen angeklebt sind. Wenn er aber den ersten Ärger über die Fruchtlosigkeit dieser Unterredungen verwunden hatte, dann vermochte er es über sich, einen ehrlichen Untergrund der theatralischen Überhitztheit zuzugeben; und bei weiterem Besinnen sagte er sich, daß Gott eben recht verschiedene Sorten von Menschen erschaffen habe, die einen mit engeren, die anderen mit weiteren Mäulern, die einen mit Armen und Händen, die starr und knorrig in den Gelenken saßen, die anderen mit so wohlgeölten Knochenkapseln, daß ihnen jeder einigermaßen angewärmte Gedanke gleich Arme und Beine ins Zappeln brachte; er erinnerte sich der weniger verärgerten und bebürdeten Jahre, in denen ihm solcherlei Studium verschiedener Gottesgaben bei Menschen und Landschaft Freude bereitet hatte und in denen er, ohne jemals nach einem Umtausch seiner deutschen Haut zu verlangen, auch andere Häute als schön und zu den bezüglichen Seelen passend gelten ließ.

Es war vielleicht wirklich nur darum so schlimm, weil seinem Blut in diesen Wochen wieder so viel Tinte zugesetzt worden war, daß man sich, in Betracht dessen, daß dieser Saft ja aus Galläpfeln erzeugt wurde, gar nicht darüber verwundern durfte, wenn der Lebensbrunnen nun schwärzlich und bitter dahinfloß. Aus war es mit dem freien Reiter- und Soldatendasein, vom Feldbett oder Stroh in den Sattel und auf Landstraßen hin, hinter marschierenden Regimentern drein, in Staubgewölk und Regengeklatsch, und dann von donnernden Höhenriegeln auf stürmende Schützen sehen. Nun war es klar geworden, zu welchem Zweck man das ganze Auswärtige Amt in einer gekürzten Ausgabe: Abeken und Keudell und den Vetter Karl und den Grafen Hatzfeldt mitgeschleppt hatte, samt einem ganzen Anhängewagen voll namenloser Beamter für die elfhundertsiebzehn Zeremonien und Mysterien des Dienstes. Nun war der Wagen verdammt schwer geworden, er ließ sich nur mit Mühe ziehen, man fühlte die Sieben am ganzen Leib und bekam eine Hornhaut auf dem Denkvermögen. Die besetzten Gebiete wollten verwaltet sein, das gab viel Reibungen an den Kanten, wo das Zivilistische mit dem Militärischen zusammenstieß, und neben dem heiligen Bürokratius machte sich jetzt auch der heilige Ressortimus sehr breit, welcher darauf zu achten hat, daß keine Grenzüberschreitung und Kompetenzverletzung stattfindet. Daheim blieb die Aktenmaschine auch nicht stehen, und da der Maschinenmeister einmal wieder glücklich eingefangen war, sauste ihm auf den dienstlichen Gleitbahnen das Amtspapier nur so zentnerweise nach. Daneben war viel wichtiges Kommen und Gehen im Rothschildschen Schloß zu Ferrières, denn es wollte und wuchs etwas Neues und Gewaltiges heran, dessen Werden aber noch im abendlichen Geheimnisdunkel behütet werden mußte.

Wenn Bismarck solcherart alles überdachte und erwog, wieviel an Ärgerlichem in ihm selbst und wieviel an seinem Verhandlungsgegner lag, da stellte er sich zuletzt doch immer wieder auf das in seiner tiefsten Seele aufgemauerte Fundament der Gerechtigkeit; und er fand den Monsieur Jules Favre, wie er wirklich war, als einen vertrauens- und liebenswürdigen Menschen, der nur seinem Schmerz auf abenteuerliche Weise Luft machte.

Es verstand sich, daß dieser Schmerz echt war, denn seit dem 19. September hatte man ja Paris selbst am Kragen, und es benahm sich bei diesem Unglück wenig würdig, war vielmehr, wie es auch sonst in Kreisen galanter Damen vorzukommen pflegt, aus einem koketten, lächelnden Ding plötzlich in eine keifende Vettel gewandelt. Seit man Napoleons Thron vom gallischen Podium abgesägt hatte, stritten sich im Namen der glorreichen dritten Republik die Parteien um Schuld und Sühne dieses Krieges, daß die ausgerissenen Haarbüschel die Sonne des französischen Ruhmes verfinsterten. Und jetzt schlugen sie sich schon gegenseitig die Köpfe ein, hatten gar Geschütze in die Straßen gepflanzt und schossen hin und wieder.

Trotz aller dieser Einsichten in Jules Favres und der französischen Nation mißliche Lage fand Bismarck an dem Verlauf der Ereignisse keinerlei mitleidsvolle Änderung für nötig, meinte im Gegenteil, daß alles dies Sonne für das deutsche Korn sei. Und am Ende aller Debatten lag immer wieder sein Klotz da, der Elsaß-Lothringen hieß. Nachdem Jules Favre und seine Begleiter vergebens versucht hatten, ihn wegzuschieben oder um ihn herumzukommen, ließen sie den ganzen Handel sein und gingen unverrichteter Dinge zurück, wobei Favre bemerkte, mit Bismarcks Dickschädel ließen sich wohl die stärksten Festungstore einrennen.

So hatten sich also die Friedenstauben aus dem Schloß von Ferriéres wieder verflogen, und man stand vor einem großen, rings von Fragezeichen umränderten: Was nun? Nun könne man sich auf die Volkserhebung gefaßt machen, meinte der König; die Not würde nun durch das Land trommeln, und wenn die Franzosen den geeigneten Mann fänden, so könne die Sache nicht ungefährlich werden.

Moltke glaubte nicht recht an die Gefährlichkeit so rasch zusammengeraffter, ungeschulter Massen; aber da fuhr der König auf: Er möge sich an die Franzosen der Revolutionskriege erinnern, an diese sieghaften Volksheere, oder noch besser und glorreicher, an die Kämpfer von 1813, diese ungeübten Landstürmer, die dem großen Napoleon auf die Socken geholfen hätten. Noch sei nicht aller Tage Abend, wenn man auch vor Paris stehe, und jetzt fange der Krieg erst an.

Das war ganz nach Bismarcks Sinn gesprochen; er sah den König mit ja-sagenden Augen an und richtete sich im gründamastenen Armstuhl, in dem er unter dem Bild des alten Jakob Rothschild saß, etwas auf. So müßte man wohl, meinte er, allen solchen Erhebungen durch eine rasche Einnahme von Paris zuvorkommen.

"Ja", sagte Moltke, "es wird aber schon einige Wochen dauern, bis sie der Hunger mürbe gemacht hat."

"Ach was, Hunger", rief Bismarck, "Hunger? Darauf dürfen wir nicht warten. Wir müssen ihnen ein paar tausend Tonnen Eisen hinüberschicken, so heiß, wie es nur aus den Kanonenrohren kommt. So ein paar Granaten zum Frühstück, Mittag- und Abendessen - bei solcher Kost brauchen wir uns nicht auf den Hunger zu verlassen."

Moltkes Blick lag kalt auf Bismarcks stürmischem Eifer: "Das ist schwerer, als Sie sich vorstellen, Graf Bismarck. Paris ist eine starke Festung; wenn wir die Beschießung mit ungenügenden Mitteln unternehmen und dann keinen Erfolg haben, so stehen wir jämmerlich da."

Es war deutlich, daß der Feldherr den Laienunverstand des Ministers zurechtgewiesen hatte. Schwarzgallig rann das Blut durch Bismarcks Adern: "Ich maße mir nicht an, Sie belehren zu wollen; es wird Sache des Generalstabes sein müssen, sich über die Durchführung klar zu werden."

"Sie begnügen sich damit, die Beschießung anzuordnen." Trockener Humor knisterte in jedem Wort. Bismarck hielt an sich: "Ich kann sie nicht anordnen; ich kann sie nur empfehlen. Dringend empfehlen, denn es erscheint mir geraten, den Frieden zu beschleunigen. Sie sind ja doch selbst der Ansicht, daß wir ohne Metz keinen Frieden machen können. Wie wollen Sie aber die Franzosen dazu bewegen, wenn Sie Paris nicht beschießen? Wir müssen uns beeilen, den Krieg zu Ende zu bringen; Thiers reist bei den Neutralen herum und weint allen Ministerien Europas die Ohren voll über den Untergang Frankreichs. Und ich spüre wahrhaftig auch schon den Neutralitätsrheumatismus in allen Gliedern, das heißt, die Anzeichen eines schlechten Wetters bei den Nachbarn. Wenn wir lange im Kreis um Paris herumstehen und warten, bis sie drinnen bei Hundebraten und Katzenragout angelangt sind, so kriegen die Zuschauer zuletzt den Einmischungswahn. Ich sehe Konferenzen auftauchen … Sie haben es leicht, Sie bleiben bei Ihren Karten … aber setzen Sie sich einmal mit zwanzig Diplomaten an den grünen Tisch. Ich möchte mit Ihnen tauschen, Moltke, auf der Stelle … wenn dies ginge und mir mit Ihrer Aufgabe auch die strategische Genialität angeflogen käme."

Der Feldherr wies dieses Ansinnen durch eine gefrorene Miene ab. Selbst im Scherz sollte so etwas an ihn nicht heran, starre Falten klammerten die dünnen Lippen ein, auf den eingesunkenen Wangen rötete sich die Haut über den Backenknochen: "Paris ist viel zu weitläufig", sagte er, indem er sich nun ganz ins Sachliche stellte, "wir haben etwas über hundertsechzigtausend Mann auf hundertvierzig Kilometer Front verteilen müssen; und wenn wir die Belagerungsarmee auf zweimal hunderttausend Mann erhöhen, so genügt das höchstens zur Einschließung, aber nicht zum Sturm auf den Fortsgürtel. Die Franzosen haben eine ungeheure Menge ihrer schwersten Marinegeschütze herangebracht, die sind vortrefflich an den wichtigsten Punkten verteilt. Wir können nicht entfernt so viele Kanonen und so wirksame Kaliber herbeischaffen. Die Eisenbahn, die wir benutzen können, endet in Nanteuil, das ist etwa hundert Kilometer von unseren Linien entfernt. Wie wollen Sie schwere Geschütze auf den Straßen befördern, die bald von dem Herbstregen unter Wasser gesetzt sein werden? Wir haben überdies auch weder Wagen noch Pferde, und ich weiß auch nicht, woher wir sie nehmen sollen." Er schloß und sah Bismarck nach dieser Rede dauernd unverwandt an: "Genügt Ihnen das?" fragte er mit stählernem Klang.

Bismarck zuckte die Achseln: "Darauf kann ich Ihnen nur antworten, daß die Italiener bereits überlegen, ob sie den Franzosen nicht doch zu Hilfe kommen sollen, daß die Russen bereits die Hand ausstrecken, um die Gelegenheit bei einem Zipfel zu packen, und daß die Engländer darüber nachdenken, was sie uns bei der Gelegenheit antun könnten. Es ist nur ein Glück, daß sich Österreich neutral erklärt hat und uns nicht in den Rücken fällt; freilich würde ich es vermeiden, ihm zu viel Zeit zum Nachdenken über seine Neutralität zu geben."

‚Es tut nichts', dachte Bismarck, ‚wenn ich den König daran erinnere, daß ich es gewesen bin, der ihm damals den besten Rat gegeben hat.'

Der König hatte sich still verhalten, und nur seine Augen waren von einem zum andern gegangen, je nachdem, wer ans Wort geriet; aber es war nicht abzusehen gewesen, zu welchem von ihnen er sich stellte. Er saß vor dem Kamin, eine pantherartig gefleckte Plüschdecke über den Beinen, die vom Feuer rot angestrahlt war. Jetzt sank die Decke herab. "Gute Nacht, meine Herren", sagte der König, "wir wollen schlafen gehen."

Für Bismarck aber war die Schlafenszeit noch nicht da, denn drüben in seinem Zimmer wartete Delbrück, der in München gewesen war, um zu hören, wie sich Süddeutschland den Anschluß an den Norddeutschen Bund dachte.

30

Welcher Art die Geister eigentlich waren, die Herrn David Home bei seinen magischen Künsten halfen, das verriet er nicht. Ob es wirklich die Geister der Verstorbenen über sich brachten, Herrn David Home oder seinem Medium zuliebe in Tischen und Schränken herumzuklopfen, an die Wand gehängte Gegenstände mit Gepolter herunterzuschmeißen, oder Stühle plötzlich aufzuheben und über die Köpfe aller Anwesenden hinweg bis zur Decke des Zimmers zu tragen?

Herr David Home hätte diese Annahme sicher am liebsten gelten lassen, denn so hätte er dann den lebenden allerhöchsten Herrschaften, die seinen Vorführungen so großes Interesse entgegenbrachten, mit bescheidenem Anstand versichern können, daß sich auch die abgeschiedenen allerhöchsten Herrschaften zu seinen Sitzungen nur so drängten; daß drüben im Schrank der König Artaxerxes rumore, daß Julius Cäsar das Sieb von der Wand geworfen habe und daß Heinrich der Achte von England eben mit dem Tisch unter der Decke herumtanze.

Herr David Home hätte es vielleicht noch angehen lassen, wenn jemand auf den Gedanken gekommen wäre, seine Wunder durch eine Art Fluidum oder magnetische Kräfte zu erklären, die, dem Menschen selbst unbewußt, in ihm spielten und aus ihm heraus in einer Weise wirkten, für die man zur Zeit noch keine Gesetze gefunden hatte. Sicher aber hätte er sich dagegen gewehrt, wenn etwa jemand hätte behaupten wollen, er habe seine Wunder nur der Taschenspielergeschicklichkeit seiner Finger, etlichen gut angebrachten Schnappsäcken im Rockfutter und der Leichtgläubigkeit seiner Zuschauer zu verdanken.

Dadurch, daß der Geisterbeschwörer es der Phantasie seines Publikums überließ, sich den Kopf darüber zu zerbrechen, wem die unsichtbaren Hände eigentlich zugehörten, steigerte er nur den verwirrenden Reiz seiner Vorführungen, und es gab viele, die sich der ersten und zweiten Möglichkeit, aber nur wenige, die sich mit Bismarck der dritten zuneigten.

Bismarck aber hatte ja schon so viel mit Geistern, bösen und guten, zu tun gehabt und sich allzuoft von ihrem Weben umschlungen gefühlt, um nicht zu wissen, daß sie sich auf so armselige Weise nicht herbeizaubern ließen, und, wenn sie kamen, sich anders auswirkten als durch bunt herausgeputzte Kinkerlitzchen. Es verdroß ihn nur, daß der Kronprinz dieser englischen Schnurrpfeiferei in seinem Quartier eine Freistatt gewährte und daß so viele ernste Männer im Bürgerrock und im Soldatenrock mit Schauern einem umgekehrten Humoristen auf den Leim gingen, während vor Paris die Weltgeschichte wuchs.

"Warum nennen Sie ihn einen umgekehrten Humoristen?" fragte Gustav Freytag.

"Warum? Der Humorist lehrt uns, das Ernsthafte mit Lachen anzusehen; dieser Professor aus Nekromantien aber will uns beibringen, das Lachhafte ernst zu betrachten." Und das sagte Bismarck nicht einmal leise, sondern so, daß es der Kronprinz, der unweit saß, ganz gut hätte hören können. Er war durchaus der Ansicht, dieser karierte Magier gehöre nicht in die Villa "Les Ombrages".

David Homes feistes Spitzbubengesicht war von einem Beschwörerlämpchen fahl beleuchtet. Jetzt war er dabei, Gedanken zu lesen, und das wurde so ausgeführt, daß der, dessen Hirn umgekrempelt werden sollte, von dem Medium, einer mageren, durchscheinenden Miß in einem Hemd von Milchstraßenzuschnitt, an der Hand gefaßt wurde; die andere Hand legte die Miß auf ein Papierblatt, das vor aller Augen auf dem Tisch gebreitet war, und wenn sie nach einigen Minuten Stirnrunzelns und Verstörtseins die Hand aufhob, fand sich auf der Unterseite des Blattes in Spiegelschrift die Antwort auf die Gedankenfrage des Versuchstellers. Freilich war die Antwort meist etwas dunstig und schillernd gehalten, in einem Orakelstil aus ja und nein zusammengekocht und mannigfach nach links und rechts drehbar.

David Home verneigte sich, strich Beifall ein. "Wünscht noch jemand der Herren?" fragte er.

"Jawohl", sagte Bismarck, indem er aufstand, "ich würde bitten."

‚Es nützt nichts, mit seinem Ärger dahinten zu bleiben', dachte er, ‚man muß all Ding auf der Welt selbst versuchen.'

Er stand groß aufgereckt vor dem Zaubertisch, die Miß in der Milchstraßentoilette umklammerte sein Handgelenk; das war unangenehm, wie Berührung von Spinnweben. Die dünnen Finger sogen sich an seinem Puls fest, er hörte den gepreßten Atem des Mediums, sah beinahe erschreckt in die Pupillen, die wie fressende, schwarze Flammen waren; sie leckten verzehrend in die Stirn zurück. Wie kann ein Mensch glücklich sein, schoß es ihm flüchtig quer durch seine Frage, der alle Gedanken der anderen kennt?

Jetzt aber war das Aushorchen seines Gehirns zu Ende, sein Handgelenk wurde frei. Der Magier hob das Blatt vor den großen Spiegel, daß Bismarck und alle anderen es sehen konnten.

"Die ehernen Löwen werden nicht gegen die Königin brüllen", las Bismarck auf dem blanken Glas.

"Ist das eine Antwort auf Ihre Frage?" buckelte Herr Home.

"Ja", sagte Bismarck; denn, um der Wahrheit die Ehre zu geben, war das ein nicht mißzuverstehendes Nein auf die Anfrage, ob man denn endlich Paris mit Kanonen zu Leibe gehen werde.

Der Geisterbeschwörer verneigte sich lächelnd, Bismarck ging, während der Großherzog von Baden an den Schicksalstisch herantrat, auf seinen Platz.

"Es hat also gestimmt", sagte Gustav Freytag; "sehen Sie ... es gibt doch mehr Dinge zwischen Himmel und Erde ..."

"Ach, nun bin ich erst recht nicht zufrieden. Denken Sie nur, wenn dieser Magier da unsere Gedanken auspumpt: feine Gedanken, politische Gedanken, strategische Gedanken, und sie dann an die Franzosen verkauft. Er nimmt sie uns einfach aus den Köpfen und bringt sie nach Paris. Welch ein Unfug! Man sollte ihm das Handwerk legen."

Gustav Freytag machte seine klugen, schmalen Grenzboten-Augen.

"Es ist doch nicht ganz so leicht, nach Paris zu kommen, wenn Moltke seinen Zauberstrich darum gezogen hat."

"Oh, den Franzosen und ihren Freunden steht doch die Luft offen. Haben sie nicht ihre Ballons? Ist nicht Gambetta auf einem Ballon aus Paris geflogen, um die neuen Armeen aus dem Boden zu stampfen? Ganz bewunderungswürdig, das muß man sagen. Aber Herr Home braucht nicht einmal die französischen Ballons, er pfeift einfach seinem König Richard Löwenherz oder dem Hamilkar, und der trägt ihn durch die Luft nach Paris hinein, und da kann der ganze Generalstab nichts machen."

Sesselrücken und Begrüßungsgeflüster hinter Bismarck störten die mystische Stille, eine Hand senkte sich auf Bismarcks Schulter; der Kanzler wußte, wer gekommen war, der Genosse im Kampf und im Leid. Roons Stimme flüsterte über die hohe Stuhllehne: "Nein, nein und wiederum nein! Keine Aussicht! Ich habe es satt."

"Ich weiß es bereits", flüsterte Bismarck schief hinauf, "Herr Home war gerade so freundlich, es mir mitzuteilen."

Aber da war die Sitzung eben zu Ende, die durchscheinende Miß entwich hinter einen grünen Vorhang, denn eine Pythia muß etwas auf ihre rechtzeitige Entfernung halten. Die Diener kamen, um die Lichter wieder zu entzünden, und um Herrn David Home schwoll ein Schwarm von Bewunderern und Neugierigen. Eben, da sich Bismarck mit Roon zurückziehen wollte, trat der Kronprinz auf ihn zu, mit breitem, offenem Lachen: "Nun, Bismarck, sind Sie bekehrt?"

"Nein, Königliche Hoheit, ich sage mir, Home macht das nach Art der Kartenaufschlägerinnen und Wahrsagerinnen, die ihre Weisheit aus dem Dienstbotenklatsch beziehen."

Sie waren in ein Nebenzimmer getreten, wo Wein und Zigarren auf Glastischchen warteten. "Ich habe erraten, welche Frage Sie gestellt haben. Es ist nicht schwer, wenn man weiß, was Ihnen am Herzen liegt."

Einen Augenblick lang dachte Bismarck daran, nun noch einmal mit der ganzen Streitmacht seiner Gründe auf den Kronprinzen einzudringen; aber er sah, daß dieser inzwischen von der Schießerei weit fortgewichen und einem anderen zugewandt war. Ein Franzosenkopf saß auf einem der Weinflaschenhälse, der war aus einem weichen Holz geschnitten und bunt bemalt und verschloß mit seinem korkigen Unterteil die Mündung. Bauern mit geschwollenen Zahnwehgesichtern, Jäger mit grünen Hüten, Soldaten mit Pickelhauben waren in die anderen Flaschen gespundet. Der Kronprinz liebte solch harmlos lustigen Aufputz seines Weines.

Nun schraubte er den Franzosenkopf los und goß Wein in zwei Gläser. Er klang mit Bismarck an und sprach noch ins Schwirren der geschliffenen Kelche: "Haben Sie etwas Gutes aus Süddeutschland?"

Ach, da war man über Für und Wider noch nicht hinaus, Württemberg und Bayern wollten und wollten nicht, schlügen vor und zögen zurück, hätten gern ein einiges Deutschland und doch auch wieder ihre Selbständigkeit, und darüber komme man nicht vorwärts.

In Friedrich Wilhelm wirkte der Schlachtengeist, seine Faust hatte den Feind niedergeschlagen, und seither war in seine Seele ein neuer Glaube an den Segen der Gewalt eingezogen.

"Man wird sie eben zu zwingen wissen", sagte er zornig. Bismarck wehrte heftig ab. "Mein Gott", rief er ungeduldiger, als eigentlich nach dem Hofkomment zulässig war, "reden wir nicht von Zwang. Wenn wir hier in Versailles das Deutsche Reich nicht unter ein Dach bekommen, dann kriegen es alle Maurermeister der Zukunft nicht fertig. Aber das muß mit dem Mörtel der Überlegung und mit den Ziegeln der Einsicht und des Vertrauens gemauert werden, nicht mit Gewalt."

"Baden will", sagte der Prinz, "und Oldenburg und Coburg und Weimar. Wenn die Mehrzahl der Fürsten hier in Versailles sich zu einem Bund vereinigt und dem Ding eine Verfassung und ein Oberhaupt gibt, so möchte ich sehen, ob Bayern und Württemberg im Schmollwinkel bleiben."

"Der König will aber nicht durch eine Mehrheit der Fürsten an die Spitze des Bundes gestellt werden, sondern nur durch einen einstimmigen Beschluß. Es war überhaupt nicht gerade vorsichtig, die Frage nach dem Oberhaupt schon jetzt anzuschneiden. Der bloße Name Kaiser hat mir Bayern und Württemberg zuerst recht schwierig gemacht."

Der Prinz bäumte sich auf: "Wollen Sie mir vielleicht Vorwürfe machen, Graf Bismarck? Ich lasse mir nicht den Mund verbieten, ich halte es für meine Pflicht, niemanden darüber im Zweifel zu lassen, wie ich denke. Mit Ihnen weiß man nie, woran man ist! Wer hat mich denn davon überzeugt, daß der Kaisertitel das einzig Mögliche sei, als mir Gustav Freytag bewiesen hatte, daß alles Unglück der deutschen Nation aus dem vertrackten Gedanken des römischen Kaisertums komme? Nun wollen Sie auf einmal wieder nichts davon wissen, und es soll nichts davon geredet werden."

Bockig wuchs Bismarck gegen den Prinzen: "Alles zu seiner Zeit, Hoheit. Politik ist Kunst, das Richtige zu seiner Zeit zu tun."

"Ich bin vierzig Jahre alt, und niemand hat mir Weisungen zu geben, worüber ich sprechen darf und worüber ich schweigen muß, als der König allein."

"Wenn es Königliche Hoheit befehlen", donnerte Bismarck, "so werde ich es mir gesagt sein lassen und keine Ratschläge mehr zu erteilen wagen."

Daß Bismarck dem Prinzen das Befehlen allein und sich das Gehorchen allein zumaß, berührte diesen wie der Flügelschlag der Göttin Vernunft. "Sie sind sehr reizbar, Bismarck", sagte er gelassener, "und ich - ich habe Ihnen nichts zu befehlen."

"Ich muß darauf aufmerksam machen", sagte Bismarck noch immer aufgebracht, "daß ich gern zurücktrete, sobald Königliche

Hoheit darüber zu entscheiden haben werden, wen Sie zur Führung der Geschäfte für tauglicher halten. Bis dahin aber muß ich bitten, bei meinen Ratschlägen darauf bedacht zu sein, daß sie dem Bewußtsein meiner Verantwortung für das Gelingen der großen Sache und meiner Kenntnis der Dinge und Menschen entspringen."

Sie standen aber doch schon wesentlich abgekühlter einander gegenüber, als Herr Home, der nun ganz gewöhnlich aussah, mit den übrigen Gästen, der Weinwitterung folgend, eintrat.

Russell, der Kriegsberichterstatter der "Times", machte sich an den Kronprinzen heran und fragte ihn zwischen zwei Lachsbrötchen mit der kaltblütigen Zudringlichkeit, die er für ein Vorrecht seiner Nation hielt, es scheine, daß der Kanzler übler Laune sei; die Antwort des Mediums habe sich wohl aufs Schießen bezogen, und im allgemeinen mache es den Eindruck, als ob Bismarck es nur schwer ertragen könne, hier im Hauptquartier hinter den Generälen erst an zweiter Stelle zu kommen. Und dabei maß er im Geist die Länge eines kleinen gewürzten Artikelchens in der "Times", in dem er Bismarcks Entthronung geschmackvoll anrichten wollte.

"Lassen Sie das gut sein", sagte der Kronprinz ungewöhnlich grob, "wohin Bismarck tritt, da steht er an erster Stelle." -

Spät in der Oktobernacht noch knirschte der Sand der Parkwege unter den Schritten zweier Männer. Der Himmel war eine Weile sternenklar gewesen, jetzt hörte man schon wieder aus der Ferne die Regenfrau Wolken zusammenheulen. Die Bäume klatschten mit den Ästen, der Wind trieb schwarzes Dunstgetümmel in die Sternenfelder.

"Unsere Leute in den Gräben ...!" sagte Bismarck.

"Sie dürfen mir glauben, daß ich mich nicht geschont habe, um das Schießen durchzusetzen. Aber man rennt gegen Wände an. Blumenthal macht höhnische Gesichter, als wolle er sagen, du bist ja doch nur Kriegsminister, kümmere du dich um Ersatzmannschaften und Material, aber nicht um Operationen. Moltke beharrt auf seinem Standpunkt; manchmal ist es beinahe wie der kindischste Greiseneigensinn."

"Und der König?" fragte Bismarck, "was hat er zu Ihren Gründen gesagt?"

"Man weiß nicht recht, wohin er innerlich neigt, aber vor den anderen gibt er Moltke recht. Ach - ich sage es Ihnen, Bismarck, ich habe es satt. Ich bin ein schwerkranker Mensch, der Ärger hier frißt mich auf. Anstatt mich zu schonen, zerreibe ich meine letzten Kräfte an diesen harten Steinen. Jetzt aber ist es genug, ich lasse mich nicht länger als den Überflüssigen behandeln. Um als fünftes Rad mitzulaufen, bin ich mir zu gut. Ich nehme meinen Abschied."

Es war sehr wahr, daß Roons ganzes Wesen seinen Halt verloren hatte, seit sein Bernhard bei Sedan durch den Leib geschossen worden war, und daß er in Schwung und Stoß nicht mehr als der Alte gelten konnte. Aber dies war nicht die Zeit, sich oder andere zu schonen. "Wollen Sie mich allein lassen?" sagte Bismarck, indem er nach der Hand des Freundes tastete. "Ich habe hier niemanden als Sie. Wir tragen eine Farbe. Wir dürfen nicht verzweifeln, wir müssen weiter Sturm laufen."

Roons Stimme rann trübe in der Dunkelheit: "Was wollen Sie gegen Moltke beginnen? Moltke hinten und Moltke vorn, Moltke ist das ganze Um und Auf. Ich bin abgetan, ich habe die Waffen schärfen dürfen, jetzt in die Führung habe ich nichts dreinzureden."

"Wir wollen nicht an Moltke herumzausen", sagte Bismarck bedächtig, "er hat alle strategischen Teufel von Ramses bis Napoleon in sich, und wir können es vielleicht noch gar nicht einmal so genau übersehen, wie gescheit alles war, was er gemacht hat. Aber es sind auch Nachtwächter schon bei Tage gestorben und Genies über ihre eigenen Füße gestolpert. Diesmal hat er den unrechten Zipfel erwischt. Was soll dann ich sagen? Mich behandelt der König überhaupt als Luft, und wenn ich vom Schießen anfange, so fragt er, was ich für Nachrichten von meiner Frau aus Nauheim habe."

Bismarck blieb stehen, ballte die Fäuste in der Dunkelheit vor sich hin: "Roon, lieber Alter, wenn man nicht so ein Stockpreuße wäre, so ein gottverdammter, strohschädeliger, siebenmal waschecht königsblau gefärbter Stockpreuße mit einem noch ganz besonderen Denkzettel für den alten Herrn, einer Ehrenschuld von Jahren her … Weiß der Himmel, man könnte wahrhaftig einen Blödsinn begehen."

"Na, wenn Sie so reden", sagte Roon verblüfft.

"Ganz ungerupft kommt man jedenfalls nicht davon", murmelte Bismarck.

Die Regenfrau hatte sich näher herangemacht und schlug mit den Windgeißeln in die ächzenden Bäume; der Sturm riß die Wolkensäume ab und fegte sie als ein dünnes, spitz beißendes Sprühen in den Park und über die Gesichter hin.

"Sehen Sie, ich habe wahrhaftig mehr Grund, mich beschwert zu erachten als Sie", fuhr Bismarck fort. "Es fällt dem Generalstab nicht ein, mich von den militärischen Maßnahmen zu unterrichten, und doch kann jeder Befehl in dieser gespannten Lage von äußerster politischer Wichtigkeit sein. Aber wenn ich etwas erfahren will, so muß ich Umwege machen, zu Hintertüren und Lakaien. Die englischen Kriegsberichterstatter wissen mehr als ich; manchmal reicht mir der König irgendeine Nachricht, aber das ist ein Almosen aus Mitleid. Ich habe darüber dienstlich Klage geführt, aber das hat nichts geändert."

"Man hat darüber gesprochen, Bismarck", sagte Roon, "aber man hat darauf hingewiesen, daß es Ihre Tageseinteilung nicht gestattet, Sie zu den Beratungen zuzuziehen. Der Generalstab tritt vormittags zusammen, und Sie schlafen bis gegen Mittag ..."

"Ich wünsche niemandem meine Nächte", sagte Bismarck heftig.

"Jedenfalls hält man sich an dieses Hindernis."

"Man könnte mich ja nachher von den Entschließungen verständigen. Aber ich sage Ihnen, es ist ein System. Ich komme mir vor wie ein Reiter im Sumpf, ich möchte mich herausarbeiten, aber alles Herumschlagen bringt mich noch tiefer hinein ... und was da unter mir brodelt und quatscht und Blasen wirft, ist nichts als Mißgunst und Neid. Warum haben meine Söhne so lange auf Beförderung warten müssen, länger als andere? Haben sie sich etwa schlechter geführt? Und warum hat keiner von ihnen bisher das Eiserne Kreuz? Waren sie nicht etwa bei dem Todesritt am 16. August dabei, von dem wenige sagen können, sie hätten ihn mitgemacht? Jeder einzelne von den braven Dragonern hat sein Kreuz verdient ... wie viele haben es bekommen? Und wir ... von uns hat man jedem das Kreuz auf die Brust gepflanzt, uns, den Kartenflohsuchern und Operationseierlegern, die wir höchstens auf dem Aktenschimmel Attacken reiten. Und wir laufen damit herum und schämen uns nicht."

Bismarck hatte sein Eisernes Kreuz gepackt und zerrte daran, als wolle er es von der Brust reißen.

Nun war es an Roon, das Beschwichtigungsöl auszugießen. "Nein, Bismarck", sagte er, "das dürfen Sie nicht glauben. Es muß alles seinen Amtsweg gehen. Jedem Regiment ist doch nur eine bestimmte kleine Zahl von Kreuzen zugemessen ... die kann man nicht beliebig vermehren ... Ich gebe ja zu, daß uns noch immer hinten ein Zöpfchen baumelt."

Er schwieg, denn die Regenfrau war jetzt mit aller Wucht hervorgebrochen und warf Wassergarben in die Baumkronen und auf die Parkwege; man mußte sich gegen einen Wirbelsturm stemmen. "Die Hauptsache ist doch", sagte Roon, während sie sich dem Ausgang des Parkes zuarbeiteten, "daß wir in diesem Garten des Sonnenkönigs sind und überhaupt in die Lage kommen, darüber zu sprechen, ob wir Paris beschießen werden oder nicht."

Der Sturm wehte ihm die Worte in Fetzen vom Mund, so daß sie Bismarck nur gerade im Vorüberflattern noch halb verstand. Aber der Park Ludwigs XIV. schien sie wohl verstanden zu haben, denn plötzlich krachte es ihnen zu Häupten, als habe der Sturm eine Planke vom Himmelszaun abgerissen und die komme nun herab. Es brach in der Baumkrone über ihnen, und da stürzte auch schon ein ungeheurer Ast aus dem dürren Geprassel, ein schwerer, regennasser Hieb der Finsternis. Aber er vermochte nur mehr mit den letzten Zweigspitzen ihre Rücken zu erreichen und fuhr grollend fruchtlos in den Boden.

"Na", lachte Bismarck, als sie einander vor dem hochgerankten Eisengekletter des Tores die Hände reichten, "jetzt hätte uns der Sonnenkönig mitten in der Nacht beinahe erschlagen. Das hätte ihm so passen mögen, damit Paris nur ja verschont bleibt."

31

Bevor das Jahr zu Ende ging, zeigte es Bismarck aber doch noch sein freundlichstes Gesicht. Am Weihnachtsabend hatte ein Baum im Salon der Madame Jessé geleuchtet. Er war mit Kerzen besteckt und mit Zigarren behangen, und allerlei Kram lag unter den tief herabschleifenden schweren Zweigen, die noch schneefeucht waren, denn die Musketiere hatten ihn erst am Nachmittag aus dem Wald herangeschleppt.

Die Franzosen hatten ihnen dazu mit Granatenglocken den Heiligen Abend eingeläutet, aber sie hatten ihnen das Lachen und die gute Laune nicht aus den Herzen zu schießen vermocht. Jedem hatte die Heimat eine Erinnerung geschickt, und so viel Wehmut und Liebe und Sehnsucht war in alle Dinge hineingetan, daß das ungetümste Paar Wintersocken so holdselig verklärt war, als sei es jenseits der Wolken in den himmlischen Singschulen gestrickt worden.

Bismarck trank den Punsch aus einem lieben Heimatsbecher, und dann zwickte er den Taler auf der Uhrkette fest, den ihm seine Marie geschickt hatte. Darauf war zu sehen der heilige Georg, der gegen den Lindwurm streitet, und er stach das gotteslästerliche arge Vieh mit solcher Bravheit grad mitten in den Hals, daß ihm der schwarze Höllensaft fürspritzte. Und wie er das alte Stück vorne baumeln fühlte und silbern klingeln hörte, da war es ihm, als ginge ihm alles Liebe und Gute, was er von Menschen je erfahren und erlebt, noch einmal durch das Herz; alles warme Wünschen, das sein Kind an den Taler gebunden hatte, schwoll in ihm empor und löste die Kälte und Starrnis, die in den letzten Monaten seiner Herr geworden war.

Da ließ er dann Madame Jessé kommen, die Witwe, deren hübsches Häuschen ihn beherbergte. Ihr Gatte war schon vor vielen Jahren gestorben, aber sie hatte die längst abgelegte Witwentracht wieder hervorgesucht und trug sich nun, wie alle französischen Frauen, schwarz wegen des nationalen Unglücks. So stand sie in ihrem altmodischen Gefältel und Gebausche aus brüchiger Seide und morschen Spitzen, mit über den Bauch verschränkten Händen, recht seltsam verdutzt vor dem fremden Weihnachtsgeleuchte.

Bismarck nötigte sie zu Punsch und Pfefferkuchen, und als sie nach kurzem Verweilen wieder abzugehen begehrte, geleitete er sie höflich zur Tür und meinte so nebenbei, sie möge nicht erschrecken, wenn demnächst geschossen würde. Ach, geschossen würde ja alle Tage, sagte die Witwe, daran hätte man sich schon gewöhnt. Nein, aber diesmal würde auch zurückgeschossen werden, und das würde viel näher knallen.

"Ach, mein Gott", rief Madame entsetzt, "Sie wollen doch nicht Paris beschießen?"

"Ja, wahrhaftig, das wollen wir endlich", lachte Bismarck, "oder meinen Sie etwa, Madame, nur Paris hätte das Recht zum Schießen, und wir dürften nicht erwidern?"

Aber dabei könne doch ganz leicht irgendetwas in Trümmer gehen, ein Kirchturm oder der Invalidendom oder das Louvre oder die Tuilerien. Die Augen standen der guten Frau weit offen, und der Schrecken schien aus ihrem Körper sogar bis in ihr Witwengewand gekrochen zu sein, denn die Spitzen standen ganz ratlos durcheinander, und die Rüschen und Volants liefen wie geängstigt wirr um den dürftigen Busen und das magere Gestell.

Ja, erwiderte Bismarck ganz harmlos, das sei freilich zu bedauern. Aber Gott habe es nun einmal so eingerichtet, daß es Scherben gebe, wenn irgendwo scharf geschossen würde. Und geschossen müßte nun endlich einmal werden, selbst wenn darüber der Wasserspiegel der Seine kaputt gehen sollte.

Da zog sich die Witwe Jessé höchst beunruhigt und verwirrt zurück, denn sie verstand nicht, wie man an einem Baum mit Lichtern eine so kindische Freude haben und dabei doch davon reden könne, über Paris herzufallen. Denn daß man etwa im Ernst daran denken könne, es auch zu tun, glaubte sie immer noch nicht, weil kein Hunne so hunnisch und kein Henkersknecht so metzgerisch und bluthündisch sein könne, sich solchermaßen gegen den ersten und schönsten Schöpfungsgedanken, gegen Paris, zu versündigen.

Als die Lichter fast herabgebrannt waren, da kam noch der Generaladjutant Hermann von Boyen, lächelte auf dem ganzen roten Gesicht unter dem weißen Haar und überreichte ein ganz kleines Päckchen vom König. Ein Eisernes Kreuz erster Klasse; aber nicht das war es, was Bismarcks Augen jetzt plötzlich den milden Glanz des Baumes so blendend machte, daß er sich wegwenden mußte, sondern das Kärtchen, das mitgekommen war und auf dem in des Königs Hand stand: "Aus dankbarster Anerkennung des 18. Dezember 1870."

Bismarck stand lange gegen einen Schrank gedreht, der noch aus dem königlichen Frankreich stammte, denn er trug auf seinen Türen ein leichtsinniges Getändel von Amoretten mit Blumenketten und von tanzenden Grazien, alles sauber mit verschiedenfarbigem lichtem Holz gegen den dunkeln, braunroten Grund abgesetzt, und die Säulchen, mit denen das Dachgesims gegen das Mittelschloß abgestemmt war, erinnerten deutlich an die Ordnungen des Versailler Schlosses. Bismarck sah aber von dem schönen Schrank kaum einen verschwommenen Umriß; vor seinem Blick zitterten die Zeilen seines Königs.

Ja, so war das Gemüt des alten Herrn, lauter und köstlich wie flüssiger Diamant, und nichts war betrüblicher, als die bittere Notwendigkeit, es manchmal zu stören und ins Wallen zu bringen. -

Zu den Freuden des ausgehenden Jahres gehörte es auch, daß der Geisterbeschwörer David Home an einem der folgenden Tage verschwand, einfach spurlos verschwand, als sei er wirklich auf seinem König Richard Löwenherz oder seinem Hamilkar durch die Luft geritten. Es war möglich, daß er sich einfach einen stilvollen Abgang hatte schaffen mögen oder aber, daß er sich den Ereignissen hatte entziehen wollen, ehe sie gegen seine Wahrsagekunst ein donnerndes Zeugnis ablegen konnten. Jedenfalls war es Bismarck, obzwar ihm nun einiger Triumph entging, zufrieden, daß der Magier nicht mehr im Hauptquartier herumhorchte, und er gab, um aller Möglichkeiten willen, den Befehl, den verdächtigen Geisterseher bei etwaiger Rückkehr sogleich festzunehmen.

Am 28. Dezember begannen nun wirklich allen Stimmen aus der vierten Dimension zum Trotz die ehernen Löwen gegen die Königin zu brüllen. Und der Himmel stürzte nicht ein, und die Erde tat sich nicht auf, um die Kanoniere zu verschlingen; sie durften vielmehr ihre Geschütze so ruhig und sicher bedienen, daß dem Mont Avron im Osten der Stadt, dem das Gebrüll zunächst galt, ein Schuß nach dem anderen in Flanken und Scheitel fuhr.

Da atmeten all die Tausende in den verschneiten und vereisten deutschen Gräben auf, man war erlöst von dem lähmenden "Nichts Neues vor Paris", und man konnte sich sagen, daß nun dem Mont Valerien, den die Soldaten den Herrn Baldrian nannten, und allen übrigen wehrhaften Herren, die bisher allein das Wort gehabt hatten, bald der Mund gestopft sein würde.

Am nächsten Morgen ritt Bismarck nach einem Windmühlhügel, von dem aus man über die winterliche Landschaft bis zur großen Feindin hinübersah. Neben der flügellahmen, traurig im ungenutzten Wind schnurrenden Mühle hielt der König mit dem großen Stab, ein dunkler Reiterhaufen auf der weißgescheckten Kuppe. Man konnte sehen, wie die deutschen Geschosse drüben in den Wällen des Forts zerbarsten, weiße, ungeheure Schneeballen, in die bisweilen eine Garbe von Erde und Gemäuer hingerissen wurde.

Der König ritt ein wenig zur Seite, ließ das Glas die dunkeln Kolonnen entlang gleiten, die sich hinter Hügelfalten zum Sturm sammelten. "Nun werden sie bald mürbe sein", sagte er.

Bismarck hielt neben dem König; es schien ihm, kein Augenblick sei so angebracht wie dieser, von den Dingen zu reden, die ihm noch schwer auf dem Herzen lagen. "Ich möchte Eurer Majestät auch noch meinen mündlichen Dank abstatten für die Weihnachtsfreude …", sagte er.

"Ja, ja!" sagte der König, "Sie haben Ihre Sache gut gemacht. Es war kein kleines Stück, all die Fürsten unter einen Hut zu bringen. Und es war sehr feierlich, als am 18. Dezember die Abordnung des Parlaments kam … ein großer Moment. Etwas, das nur Ihnen gelingen kann."

"Es wird von Eurer Majestät gewiß nicht unbemerkt geblieben sein, daß der Führer der Abordnung des Reichstages jener selbe Eduard Simson war, der schon im Jahre 1849 im Auftrag der Frankfurter Nationalversammlung die Kaiserkrone nach Berlin brachte. Man darf in solchen Zufällen bedeutsame Fügungen erblicken."

"Ich fürchte nur", sagte der König langsam, indem er unentwegt fortfuhr, durch sein Feldglas zu schauen, "daß … ich doch den Herren … und Ihnen die Freude nicht werde machen können, den mir zugedachten Titel anzunehmen."

Bismarcks Pferd begann, durch Sporendruck geängstigt, zu tanzen. "Majestät", sagte er, "ich verstehe nicht, in drei Tagen, am ersten Januar, tritt die neue Verfassung in Kraft. Wir waren alle der Überzeugung, Sie hätten sich dareingefunden, als Bundespräsident deutscher Kaiser zu heißen. Sie haben der Abordnung unzweideutig zugesagt …" Der König riß das Glas von den Augen, wandte Bismarck ein grimmiges Gesicht zu; dreißig Jahre waren darin abgestrichen, Manneskraft loderte: "Wann habe ich zugesagt? Wie habe ich zugesagt? Ich bitte Sie, mich nicht auf Stimmungen und Reden bei Empfängen festzunageln. Ich habe mir die endgültige Entschließung ausdrücklich vorbehalten. Aber Sie wollen einen immer überrumpeln und überlisten … ja! Mit dem König Ludwig von Bayern haben Sie ja auch hinter meinem Rücken verhandelt, und auf einmal bietet er mir die Kaiserkrone an. So ganz aus dem Busch heraus. Und ohne mein Wissen legt Ihr Delbrück das bayerische Schreiben dem norddeutschen Reichstag vor. Und auf einmal kommt auch Weimar daher und beantragt die Kaiserei im Bundesrat. Und hinter allem stecken Sie, und überall haben Sie die Hände, und ich werde so ganz langsam eingefangen, Masche um Masche, wie es Ihnen beliebt."

Drüben schlugen die deutschen Granaten in das Fort Avron, und auf einmal war es Bismarck, als wären das gar keine Schüsse, sondern nur ungeheure Hammerschläge, die an einer Krone schmiedeten. Sie bogen einen Stirnreifen zusammen, klopften und nieteten ein strahlendes Rund.

"Ich sehe keine Hindernisse", sagte Bismarck; "wenn man nur ernstlich will, gibt es nirgends Hindernisse. Man kann jedem guten Ding seinen guten Grund finden."

Über dem Seinetal lag ein scharfer, weißlicher Nebel. Der König verfolgte die Truppen, die in den Schneemulden nach links und rechts auszuschwärmen begannen. "Ich verstehe", sagte er ruhiger, "Sie triumphieren, weil Sie Ihren Willen durchgesetzt haben und weil wir nun Paris doch beschießen müssen. Aber was bleibt uns übrig, wir kommen dem Frieden nicht näher, die Entsatzarmeen sind geschlagen, aber dieses unerschöpfliche Land kann andere aufstellen; es muß ein Ende gemacht werden. Unsere Soldaten frieren und werden krank … und nun werfen Sie sich in die Brust und denken, das hätten Sie uns doch alles schon längst gesagt. Und nur die gewissen Einflüsse - na, ich weiß ja! - haben uns bisher davon abgehalten, das, was wir jetzt tun, schon früher zu tun. Triumphieren Sie in Gottes Namen. Aber Sie müssen nicht immer recht haben … nein, nicht immer …!" Während der König so sprach, hatten die Kanonen nicht aufgehört, an der deutschen Krone zu schmieden.

Bismarck vermied es, von Überwundenem zu sprechen, von der deutschen Gefühlskrankheit, von dem Humanitätsbauchschmerz, den man gehabt hatte, von den vielen Eisenbahnzügen, die mit Lebensmitteln für die Pariser bereitgestanden hatten, so daß man keine Geschütze hatte heranbringen können, von all den begangenen Fehlern, die man nun gutzumachen im Begriff stand.

"Majestät wissen", sagte er, "wie schwer es war, die Einigung zustande zu bringen. Wir haben den süddeutschen Staaten manche Vorrechte belassen müssen, ohne die sie niemals unser geworden wären. Die Verfassung sieht jetzt ein wenig buntscheckig aus, aber es wird mit ihr sein wie mit alten Perserteppichen; sie werden mit der Zeit und mit dem Gebrauch immer schöner und harmonischer in den Farben. Aber ich habe sie nur auf einen Kaiser hin einigen können."

Jetzt wölbten die Hammerschläge der Kanonen im Kronreifen schon die Kappe aus Gold, die sich in edler Kuppelung dem umkreisenden Bismarck anschmiegte. Die kleinen Geschütze waren wie die kleineren, hastigeren Hämmer, die Juwelen fassten und einfügten, daß der Glanz nach allen Seiten in tausend Brechungen erstrahle.

"Ach was", entgegnete der König, "ich bin der König von Preußen und will der König von Preußen bleiben. Meinetwegen das Bundespräsidium, aber kein Kaiser."

"Was ist das Bundespräsidium? Ein Neutrum, ein Ding ohne Kern in einer weiten, schlottrigen Haut, ein Sack, in den jeder Beliebige hineinstecken kann, was ihm beliebt. Nein, das Deutsche Reich muß schon ein Wesen von Fleisch und Blut an der Spitze haben. Wir haben lange genug in den blümeranten Ideologien herumgeplätschert, jetzt verlangt die Zeit Tatsachen auf zwei Beinen. Es ist sehr wahr, was ich dem bayerischen König geschrieben habe. Jeder wird sich fragen: Das Bundespräsidium, wer ist das, wer steckt dahinter? Und wenn es heißt, der König von Preußen, so wird der Bayer den Koller kriegen und sich sagen, was geht mich denn der König von Preußen an, warum ist das Bundespräsidium nicht ebensogut der König von Bayern? Man muß solche Empfindlichkeiten schonen, indem man nicht das Trennende, sondern das Gemeinsame sucht. Der Deutsche Kaiser - ja, der ist mein Landsmann ... und man wird dem Deutschen Kaiser alles geben, was man dem König von Preußen verweigert hätte."

Mit den letzten wuchtigsten Schlägen aber vollendete sich jetzt drüben ein doppeltes Werk, die Bezwingung des Mont Avron und der Bau der unsichtbaren Krone.

"Wenn Sie Deutscher Kaiser sind", fuhr Bismarck fort, "so hören Sie doch nicht auf, König von Preußen zu bleiben."

Das Kronengewölk trieb näher, strahlend über die winterliche Erde, hing leuchtend im Brandqualm der Festung. Aber in diesem Augenblick, da es über seinem Scheitel angekommen war, sagte der König: "Lassen Sie mich endlich mit Ihrem Kaiser in Ruhe. Ich pfeife Ihnen auf den Kaiser von Deutschland." Und er hob sich aufgeregt im Sattel: "Sehen Sie … da … da … beginnt der Angriff."

Wirklich hatten sich die Truppen schon so weit herangearbeitet, daß der Sturm angesetzt werden konnte. Die dünnen Reihen liefen über das Glacis im feindlichen Feuer, das aber nicht so kräftig war, wie man befürchtet hatte. So waren dem Feind doch die Knochen ordentlich gebrochen, er wehrte sich mühsam mit letztem Atem. Die schwarzen Schwärme überkletterten die Palisaden, verschwanden im Graben, ballten sich vor dem Tor zu Klumpen, tauchten wieder auf, bissen sich am Grabenrand fest, drangen in die zerrissenen, zermalmten Böschungen, in den Rauchwirbel des brennenden Innern.

Auf dem Windmühlhügel sprach jetzt niemand ein Wort. Jeder hatte sein Glas auf ein buntes Tuch gerichtet, das auf einer Panzerkuppel des Forts hing und manchmal ein wenig zu kurzem, verdrossenem Wehen gelüftet wurde. Die Brandwolken zogen drüber hin, weißer Qualm und schwarzer Rauch umhüllten es manchmal ganz, so daß man glauben konnte, es sei verschwunden. Aber es kam immer wieder hervor, wie in einem zähen Kampf seinen Platz behauptend.

Plötzlich sah man einen Mann auf der Panzerkuppel neben der Fahnenstange auftauchen. Mit seinem Auge hätte man sein Beginnen kaum wahrnehmen können, aber das Glas zeigte, wie er neben der Fahnenstange niederkniete, das wehende Tuch mit beiden Händen ergriff und abriß.

Und nun wurden die vielen Glasaugen noch einmal so scharf und strahlend, denn der Mann auf der Panzerkuppel zog ein anderes

Tuch unter seinem Rock hervor und knüpfte es mit zwei derben, dicken Knoten an die Stange. Zuerst konnte man seine Farben gar nicht wahrnehmen, denn eben zog sich wieder schwarzes und weißes Gewölk aus dem brennenden Grund über die Kuppel; als aber das verweht war, da schien es, als sei ein kleines Flöckchen davon an der Fahnenstange hängengeblieben. Schwarz und weiß zuckte die Flagge vor einem heftiger anspringenden Wind über das eroberte Fort hin.

32

An einem späten Januarabend ging der König in zerrissenster Laune durch die langen Galerien des Versailler Schlosses.

Der Kronprinz war dagewesen, Schleinitz, als Minister des königlichen Hauses, und Bismarck, der ihm wieder schonungslos zugesetzt hatte in dieser letzten Beratung vor der morgigen Ausrufung zum Kaiser.

Glas und Gold, Glas und Gold in endlosem Wechsel, Gebaumel von Kristallkronleuchtern über dem Kopf, dann olympische Szenen von großem Wurf, in denen die strahlendste Nacktheit immer höchst wirkungsvoll gegen die erhabenste Würde abgesetzt war, blühendes Fleisch gegen Stahlpanzer und Allongeperücken, die Mythologie und die Historie waren hier abgeschildert, und wenn man dieses Gewimmel von Göttern, Göttinnen, Heroen, Riesen, Königen, Barbaren und Feldherren betrachtet hatte, so mußte man zuletzt davon überzeugt sein, daß die ganze Welt- und Menschheitsgeschichte von vornherein ausschließlich zum französischen Privatgebrauch erfunden worden sei.

Dann kam der König an dunklen, schmalen Bildnissen französischer Herrscher und Prinzen vorüber, in denen die Teilnehmer des olympischen Deckengetümmels in einer den Sterblichen zugänglicheren Fassung Platz genommen hatten.

Der König durchschritt viele Gemächer, von denen ein jedes seine Besonderheit und große Bedeutung hatte, das eine durch kostbarste Stuckarbeit, das andere durch ein Wunder von Marmorkamin, eines durch eine Tischplatte aus einem einzigen riesenhaften Malachit und ein anderes durch die Menge edelster Porzellangefäße, die darin aufgehäuft waren. Hie und da standen Posten und hüteten die Türen, durch die man zu einem deutschen Fürsten oder Herzog oder König kam. Hofbeamte warteten in den Vorzimmern, sie verbeugten sich vor dem König, die Posten zogen die Gewehre an und standen stramm.

Der König sah das alles kaum, er war in seine bitteren und grimmigen Gedanken zu tief eingesenkt. ‚Wie eine Presse ist er', dachte er, ‚unerbittlich, man fühlt sich wie zwischen zwei harten Brettern. Er schraubt und schraubt, der Atem vergeht einem, man spürt, wie einem der eigene Wille ausgepreßt wird. Wie ein Saft läuft einem der Wille aus; was zurückbleibt, ist wie Ton, den er mit seinen Händen kneten kann.'

Wieder schritt der König durch Glasgalerien, die nur von wenigen Lichtern erhellt waren. ‚Und ich', spann der König seine Gedanken fort, ‚ich soll immer der Prellbock zwischen ihnen sein. Alle rennen mit ihren harten Köpfen gegen mich. Moltke und Bismarck fechten ihre Turniere aus, und mich treffen die Püffe. Bismarck zerrt dahin und mein Sohn dorthin. Dem ist es noch viel zu wenig, was geopfert wird, der möchte alles noch achtundvierzigerischer haben, als es ohnehin schon ist. Aber ich weiß nicht … vielleicht mache ich ihnen allen noch einen dicken Strich durch die Rechnung.'

Während dieser Gedanken war der König auf seiner Flucht vor Begegnungen mit Hofbeamten und Offizieren in immer abgelegenere Teile des Schlosses geraten. Es schien ihm, als müsse er schon sehr lange umhergewandert sein; nur selten drangen noch ferne Stimmen zu ihm, Nachtstille zog alle Geräusche ein. Aber der König konnte noch nicht zur Ruhe kommen, die Wendung der Geschicke ins Große war für ihn nichts als eine schwere Bitternis, Trennung seiner Wurzeln aus heiligem Lebensgrund.

Bescheidener waren die Wände, an denen er jetzt vorüberschritt, Prunk und Pracht des Sonnenkönigtums war hier dem Gebräuchlichen gewichen; vielleicht hatten hier die Diener oder Beamte gewohnt, die Hofdamen, ehe sie von einer Neigung ihres Herrn in seine Nähe gerückt worden waren.

Schließlich stand der König am Ende eines langen, schmalen Ganges vor einer roten Tür; er war nie in diesem Teil des Schlosses gewesen, es wandelte ihn die Lust an, einmal eines dieser Gemächer anzusehen. Wie er nur die Hand auf die Klinke legte, gab diese so überraschend schnell nach, als habe sie auf ihn gewartet, und er trat ein. Dunkel lag der Raum vor ihm, Schneedämmerung füllte nur eben den Fensterrahmen, und er sah nichts, als an der Wand, gerade der Tür gegenüber, ein kleines Bildchen, das von dem Licht am Beginn des Ganges matt aus der Finsternis herausgeschnitten wurde. Er trat heran und sah zu seiner Verwunderung, daß es ein sprechend ähnliches Miniaturbildnis des Alten Fritz war, eines der kleinen Meisterwerke der Porzellanmalerei, wie sie das achtzehnte Jahrhundert so zierlich und lebendig zu üben verstand.

Der König fragte sich, wie das Bildchen wohl in das Schloß der französischen Könige gekommen sein mochte, ob es vielleicht ein Gesandter Preußens mitgebracht und in seinem Zimmer zurückgelassen hatte oder ob es ein Geschenk des Königs an einen Literaten gewesen und von diesem seiner Freundin weitergegeben worden war. Es blieb immerhin einiges daran herumzurätseln, und es verlohnte sich schon, das Bildchen mitzunehmen und genauer zu untersuchen, ob nicht Unterschrift oder Widmung irgendeinen Fingerzeig gäben.

In seinem Schlafzimmer angelangt, setzte sich der König in den behaglicheren Armstuhl, den er allen hochlehnigen, kronengeschmückten Prunksesseln vorzog und rückte das Bild in den Lichtkreis der hochgeschraubten Lampe. Es war wirklich ein äußerst lebendiges Bild des großen Preußenkönigs; mit einer peinlichen Wahrheitsliebe verzeichnete es alle Runzeln des alten Gesichts, ohne daß man hätte sagen können, dieser Pinsel sei nichts als ein Sklave der Natur gewesen; denn von künstlerischem Vermögen sprach der Ausdruck leise ironischer Klugheit, und vor allem diese Augen, die aus dem Gesicht hervorsahen, als befände sich hinter der Porzellanplatte wirklich eine Seele, deren Blick sie zu versenden hätten.

Im übrigen aber war weder auf noch hinter dem Bild, noch am Rahmen irgendein Hinweis, wie es in den Palast des Sonnenkönigs gekommen sein mochte.

Wie der König das Bildnis seines Ahnen so hin und her wandte, wurde ihm ein wenig freier und leichter zumute, als habe sich ein guter Freund und treuer Berater zu ihm gesellt, dessen Anwesenheit allein schon alle Kümmernis milderte.

‚Ach', dachte er, ‚wenn ich ihn doch um Rat fragen könnte ... ihn, den größten aller preußischen Könige! Er würde mir das Richtige sagen, denn es geht doch um den Namen, dem er Achtung und Geltung verschafft hat; es ist das Schicksal seines Geschlechtes, das sich entscheidet.

Wenn ich ihn rufen könnte ... wenn meine Stimme zu ihm dränge in sein himmlisches Sanssouci ... vielleicht stünde er eben inmitten seiner Tafelrunde und spielte Flöte. Und da käme mein Ruf, und er horchte und legte die Flöte weg und sagte: "Pardon, Messieurs ... man ruft mich unten. Ich muß doch mal nachsehen ..." Und dann käme er die lange Himmelstreppe hinab und träte in eben dieses Zimmer und klopfte mit dem Stock bis zu mir hin und sähe mich an ... mit diesen Augen da ... und fragte: "Na, was hat Er denn, red Er einmal frisch von der Leber weg."

"Sire", würde ich sagen, denn ich weiß nicht, ob ich ihm einen anderen Titel zu geben wagte, "es handelt sich darum, daß ich aufhören soll, König von Preußen zu sein."

Es ist gewiß, daß da diese Augen Feuer sprühen würden, und die Donner aller seiner Schlachtfelder würden grollen: "Wie denn das, enchantier Er sich!"

"Ja, ich soll Deutscher Kaiser werden", müßte ich sagen, "da muß ich doch wohl den preußischen König dahinterlassen. Unser Preußen, Sire, unser Preußen soll in Deutschland aufgehen. Haben Sie deshalb sieben Jahre um Preußen gekämpft?"

"Hm", würde der König machen und den Krückstock gegen das Kinn stemmen, "ja, schmeiß Er mir nicht alles in einen Topf. Deutscher Kaiser ist kein gar so übles Ding, wenn's nicht einer von der Sorte wird, die glauben, alles Heil läge jenseits der Alpen, oder so ein Jämmerling, der die Reichskleinodien vertrinkt. Ist alles bei meinem Stamm nicht zu befürchten. Und es ist mir doch, als wäre dieses ganze Jahrhundert schon angefüllt von dem Geschrei nach einem Deutschen Reich und einem Kaiser."

"Das ist richtig, Sire", würde ich sagen müssen, "laut genug hat's ja geklungen. Ich würde aber niemals darauf eingegangen sein, den Gedanken auch nur zu erwägen, wenn er auf die achtundvierziger

Manier gekommen wäre, vom souveränen Volk und so … Aber nun bringen mir die Fürsten die Krone dar …"

"Red Er mir nicht so vom Volk", würde der Alte Fritz sagen, und vielleicht sähe er dabei sogar etwas zugespitzt lächelnd aus, "man lernt darüber oben anders denken, wenn man erst einmal durch die große Knochenmühle gegangen ist. Wenn Er aber auf die Fürsten beharrt, so hat Er ja ohnehin, was Er will."

Da würde man sich wohl ereifern müssen: "Ob vom Parlament oder von den Fürsten, als König von Preußen bin ich dreiundsiebenzig Jahre alt geworden und habe mir die Mühe gegeben, ein rechter König zu sein, wie er auf Preußens Thron gehört …"

Und wenn man genau hinsähe, so würde man vielleicht die Freude haben, ein kurzes, zufriedenes Nicken Friedrichs wahrzunehmen, da würde man gehobener fortfahren können: "Und nun soll man diesen Rest Leben an etwas ganz anderes wenden, an einen Kaisernamen, den man nicht liebt, der etwas ganz Neues ist. Zweierlei kann mit diesem Kaiser sein: Er ist entweder ein Schatten, ein bloßer Titel, eine leere Würde, und dann ist es eines Königs von Preußen unwürdig, ihn zu tragen. Oder aber er ist wirklich etwas Lebendiges, etwas Starkes, dann braucht er alles Erdreich für sich, und der König von Preußen verkümmert neben ihm."

Aber wie, wenn der große Fritz jetzt etwa eine Prise nähme und dabei nachdenklich sagte: "Larifari … kommt ganz auf den Kerl an, kann mir recht gut vorstellen, daß einer kann König von Preußen sein und Kaiser von Deutschland dazu, ohne daß ihm die Erde zu knapp wird. Und dreiundsiebenzig Jahre ist kein Alter! David nahm noch ein Weib, da er hundert Jahre alt war, und glaub Er mir, das ist ärger, als Kaiser werden."

Und da würde man, wenn sich der Alte Fritz so ausließe, wohl alles recht beweglich vorstellen müssen: "Es sollen neue Reichsfarben aufgezogen werden: Schwarz, Weiß und Rot."

"Ist doch Preußens Schwarz-Weiß schön darinnen", würde aber der König vielleicht einwenden. "Die Fahnen, die über die Barrikaden geweht haben", sage ich, "hätten mir nie über meinem Thron flattern dürfen. Aber dann ist noch dies, daß die Armee kaiserlich heißen soll und die Flotte kaiserlich. Die Flotte ist was Neues, die mag sich meinetwegen nach den neuen Zeiten etikettieren. Aber von meinem preußischen Heer mag ich nicht Abschied nehmen."

Und nun würde ich nach Zustimmung im Gesicht des Königs spähen, der dieses Heeres Schlagfertigkeit vollendet und seinen Ruhm bis zu den Sternen gehoben hat. Aber was sollte man dazu sagen, daß er den Kopf schüttelte: "Kommt auch da immer wieder auf den Kerl an, der den Schießprügel trägt. Wie er dabei heißt, ist dem Feind einerlei, wenn er totgeschossen wird. Hör Er, seine ganze Not steckt im schweren Preußenblut, das glaubt, die Welt muß untergehen, wenn sie nicht schwarz-weiß angestrichen bleibt. Da Er mich nun einmal gerufen hat, so will ich ihm nur sagen, mir wär's schon recht, wenn Er ja sagen wollte."

Aber da wäre es mir, als dürfe ich mir in dieser Sache von niemandem etwas befehlen lassen, auch vom Alten Fritz nicht, und ich würde sagen: "Aber es geht mir ganz wider Herz und Gewissen, ich mag Preußen nicht an Deutschland verraten. Sie mögen ihr einiges Reich haben, das haben sich die Deutschen redlich verdient, und auch ihren Kaiser. Aber ich mag es nicht sein, der so heißt. Ich trete zurück und überlasse alles Fritz. Er mag sich in die neuen Dinge hineinfinden, er hat's ja von vornherein darauf abgesehen gehabt, und schließlich kommt es ihm und seinen Nachkommen zu, das neue Reich recht stark und fest zu machen. Ja - nun ist's entschieden: Ich gehe ab, mögen sie meinem Sohn die Krone geben."

Das hätte ich kaum gesagt, so würden die Augen des Königs wie Lichtbündel, er stampfte mit dem Krückstock auf den Boden: "Schockschwerenot", würde er schreien, "hat Er mich deshalb belästigt, um mir dann aufzumucken. Sperr Er sich nun nicht länger und nehm Er auf sich, was Ihm auferlegt ist; was weiß denn Er, wie sich eins ins andere fügt. Ist Er wirklich so blind, daß Er den großen Zusammenhang nicht erkennt und sich an Altpreußen anklammert, wo doch dessen Stunde jetzt geschlagen hat?"

Und jetzt sähe ich erst, wie sehr die Augen des Königs denen von Bismarck ähnlich sind, wenn er seinen großen Zorn hat und ihn nur der Respekt vor mir hindert, loszudonnern, wie er wohl möchte.

Und da bliebe mir wohl nichts anderes übrig, als nachzugeben, und ich sagte: "Dann will ich es also tun, wenn es so verhängt ist.

Aber dann will ich auch nicht Deutscher Kaiser heißen, sondern Kaiser von Deutschland."

"Ach, heißen kann Er sich, wie Er will", sagte da der König, "wenn Er's nur ist." Und er nickte mir zu, nähme eine Prise und ginge, mit schief geneigtem Kopf, seinen Krückstock fest aufsetzend, aus dem Zimmer.'

"Ja, so würde er wohl sprechen", sagte Wilhelm seufzend, indem er das Bild weglegte, daß er bisher so fest betrachtet hatte, daß ihm nun die Augen zu flimmern begannen. -

Am nächsten Morgen verbreitete sich in den untersten Einquartierungsschichten des Versailler Schlosses ein absonderliches Gemurmel. Der Ulan, der spät in der Nacht vor des Königs Tür die Wache gehabt hatte, wollte seinen Kameraden eine Gespenstergeschichte aufbinden. Er habe eine Gestalt den Korridor herabkommen sehen, die sei wie der Alte Fritz anzusehen gewesen, so wie man ihn in hundert Volksbüchern und Kalendern abgebildet habe; dem Posten sei die Stimme im Hals festgefroren gewesen, und da sei sie ohne weiteres beim König eingetreten, und nach einer guten Weile sei sie wieder hervorgekommen.

Die Soldaten lachten und sagten, der Posten hätte nur zugreifen sollen, da hätte er schon irgendeinen Kammerdiener in Händen gehalten; und etliche meinten, man dürfe sich darüber nicht verwundern, Mulert sei der Sohn eines Pastors in Hinterpommern, und dort hätten ja zehn Leute zusammen elf Gesichter, weil jeder zehnte Mensch sein zweites Gesicht habe.

33

Plötzlich sah Bismarck die Spitze eines Bajonettes auf seine Brust gerichtet.

"Halt! Passierschein!"

Er hatte das große Gedränge der An- und Auffahrt vermieden und seinen Weg ins Schloß hintenherum nehmen wollen. Da stand er nun zwischen zwei winterdürren Heckenwänden, ein Musketier spießte ihm äußerst bedrohlich sein Bajonett entgegen, und ein Sandsteinfaun hielt sich den Bauch vor Lachen.

"Kennst du mich nicht, mein Sohn?" fragte Bismarck väterlich milde.

"Jawohl, Herr General", sagte der Musketier.

"Na, wer bin ich denn?" Das Hohe-Herren-Abenteuer paßte ganz zu dem freudigen Wintertag und diesem weißen Schneegeflimmer.

Der Musketier hatte gesehen, daß nicht zu befürchten stand, man würde mit Gewalt durchzubrechen versuchen. Er zog das Bajonett zurück und stand stramm: "Der Generalmajor Graf Bismarck", sagte er hell.

Bismarck hatte sein gewinnenstes Lächeln: "Dann weißt du wohl auch, daß ich drinnen dringend zu tun habe?"

"Jawohl, Herr General. Aber ohne Passierschein is hier nich."

Da nickte Bismarck dem Posten freundlich zu, wandte sich, und während er zwischen den Heckenwänden dahinging, dachte er, wie gut es wäre, wenn man sämtliche Gelegenheitslöcher und Hintertürchen der großen Welt mit einem deutschen Soldaten besetzen könnte. Der würde niemanden einlassen, nicht einmal die Vernunft in eigener Person, und da müßten dann alle vorn hereinkommen und hinausgehen, und die ganze Weltgeschichte spielte wesentlich vereinfacht im klaren. Er war noch gar nicht weit gekommen, da hörte er ein mörderisches Gezeter, und da er neugierig war, zu sehen, wer der Genosse seines Mißgeschicks geworden sei, kehrte er zu dem tapfer verteidigten Heckenengpaß zurück. Was der Sandsteinfaun jetzt zu sehen bekam, wäre geeignet gewesen, ihn vor Lachen ganz und gar zerspringen zu lassen, wenn das Malheur nicht einen Vertreter der englischen Nation betroffen hätte, deren Humanitätsgesängen Paris eine so lange Schonung zu verdanken hatte.

Mister Whitestone, der Berichterstatter des "Daily Expreß", hing nämlich in den Fäusten des unerbittlichen Musketiers und zappelte wie ein Hase.

"Na, stell ihn nur mal hin", sagte Bismarck, nachdem er den Anblick eine Bierminute lang genossen hatte. "Was hat's denn gegeben?"

Ach, Mister Whitestone war der irrigen Meinung gewesen, man könne an einem wegsperrenden preußischen Musketier mit zwei

Grobheiten und einem Boxerstoß vorbeikommen, und Recht, Gesetz und Kommandobefehl strahlten zu Häupten des Musketiers.

Bismarck versuchte dem Engländer höflich auseinanderzusetzen, daß man heute nicht so ohne weiteres ins Schloß eindringen dürfe und daß er eben auch selbst vor dem Nein des Postens habe umkehren müssen. Aber Mister Whitestone schien zu glauben, daß, was einem Minister verboten sei, einem Engländer noch lange nicht verwehrt werden dürfe; er war außer Rand und Band, der Erbbestand des englischen Blutes an Gelassenheit raste zersetzt als Gift durch die Adern, und er ging davon, indem er schwor, er werde sich beschweren und Genugtuung verlangen.

"Hast du mir nicht vor ein paar Wochen einen Herbstblumenstrauß gebracht?" fragte Bismarck, indem er dem Posten fest ins Gesicht sah. "Du bist der Musketier Lehrke! Ihr habt den Strauß für mich gepflückt!"

"Jawoll, Herr General!" sagte der Musketier, und die Freude lief ihm nur so übers ganze Gesicht.

"Woher bist du?"

"Aus Jüterbog!"

"So so ... aus Jüterbog! Das ist ja die Stadt, wo der Schmied den Teufel verhauen hat."

"Jawoll, Herr General!"

"Na - denn ist jut." Und Bismarck ging nun mit schnellen Schritten, um Versäumtes nachzuholen, über den knirschenden Schnee, und obzwar als sicher anzunehmen war, daß französische Glocken sich nicht würden bewegen lassen, an diesem Tag zu klingen, hörte er doch ein tiefes und volles Läuten, das aus Fernen herandrang.

Im Spiegelsaal waren Federbüsche, Helme und Tschakos bereits zu kleinen Gruppen zusammengetan, die bayerischen Raupen krochen dazwischen, und keinem der Versammelten fehlte auf der linken Brustseite das leuchtende Ordenssternbild des belohnten Verdienstes.

Noch eine leise Unruhe war in Bismarck, noch eine bis zu diesem Augenblick unentschiedene Frage spannte ihn und ließ ihn hastig nach dem Kronprinzen suchen.

Während er sich durch die Gruppen schob, fühlte er plötzlich eine Hand auf seinem Arm. Ein bayerischer General hielt ihn zurück, und Bismarck sah dem Erbprinzen Friedrich von Augustenburg in das ernste und kluge Gesicht. "Ich sehe, Sie haben Eile", sagte der Prinz, "nur ein Wort ...", er holte tief Atem, daß die Worte voll und gewichtig wurden: "Ich möchte Ihnen Glück wünschen zu Ihrem Werk."

Das war die Vergangenheit, die da an Bismarck herangetreten war; in dem aus Schleswig-Holstein Hinausgewundenen hatte sie Worte gefunden, und was sie sprach, war Versöhnung und Glückwunsch.

"Hoheit ...", sagte Bismarck mit einem leichten Schwindelgefühl, als würde er plötzlich emporgerissen.

"Ja ... ja ... gehen Sie nur", lachte der Prinz, "aber ich hätte in diesen ganzen letzten Jahren nicht in Ihrer Haut stecken mögen."

In der Kapelle traf Bismarck den Kronprinzen, der hier seine Anordnungen noch einmal überprüfte: "Ja, schauen Sie nur", sagte er heiter, "ich habe die Sache etwas herausgeputzt. Wäre es nach dem König und nach Ihnen gegangen, so hätte dieser Tag nicht mehr Ansehen gehabt als der Gründungstag einer Aktiengesellschaft. Man muß doch ein wenig fürs Festliche sorgen; ein so kunstvolles Chaos wie Ihre deutsche Reichsverfassung kommt nicht so bald wieder."

"Und der Schlußstein, Königliche Hoheit", fragte Bismarck, "hat sich der König besonnen ...?"

"Ja, damit müssen Sie sich abfinden", der Kronprinz sah ein wenig verlegen nach den Emporen, über deren Brüstungen Teppiche hingen. "Sie wissen ja, daß ich mit Ihnen in diesem Punkt nicht übereinstimme; dennoch habe ich dem König zugeredet. Er bleibt dabei, daß er Kaiser von Deutschland heißen will und nicht Deutscher Kaiser."

Vergebens hatte Bismarck also auf Einsicht und Nachgiebigkeit gehofft, vor diesem geringfügigsten aller Hindernisse staute sich noch einmal der machtvolle Fluß der Ereignisse. "Dann ist wieder alles auf die Spitze getrieben!" rief er in heller Verzweiflung.

"Wenden Sie sich an den Großherzog", sagte der Kronprinz rasch, "da kommt er eben. Vielleicht gelingt es ihm, den König noch umzustimmen, er hat das Hoch auf den Kaiser auszubringen, aus seinem Mund wird die Welt den Titel zum erstenmal hören."

Und damit entzog sich der Kronprinz dem letzten Getümmel, während der Großherzog von Baden eintrat und in seiner behutsamen und gründlichen Art die Ausschmückung der Kapelle zu betrachten begann. Bismarck erbat sich einen Augenblick Gehör und brachte seine Frage vor, wie der Großherzog das Kaiserhoch zu fassen gedenke.

Bedachtsam zwinkerte der Fürst mit den Augen, wie es in schwierigen Angelegenheiten seine Art war: "Seine Majestät hat befohlen, ihn als Kaiser von Deutschland zu begrüßen."

"Das geht nicht ... das geht doch nicht", und Bismarck fühlte, wie ihn der Schmerz ansprang, der ihm bei heftiger Erregung den Magen zerfraß.

"Ich finde", sagte der Großherzog bestimmt, "der Titel Deutscher Kaiser klingt etwas mager. Vergessen Sie nicht, daß Seine Majestät ein Opfer bringt. Er hat ein Recht, zu fordern, daß auf seine Wünsche Bedacht genommen werde."

"Aber da gibt's nichts mehr zu wünschen und zu wählen. Der Text der Reichsverfassung ist doch bereits durch Beschluß des Reichstages festgelegt. Und in diesem Text lautet der Titel Deutscher Kaiser. Sollen wir das neue Reich gleich mit einem Verfassungsbruch einleiten?"

"Nein", sagte der Großherzog betreten, denn seinem redlichen Sinn, der zur Treue gegen Verträge und Verfassungen erzogen war, schien nichts verhängnisvoller als ein Verbiegen des Wortes. "Wenn es nun schon einmal festgelegt ist!" Er wiegte den Kopf hin und her und zwinkerte in strengem Nachdenken. "Warten Sie, ich will noch mit dem König sprechen."

Und dann war es so, daß alles in eine weite Entfernung rückte, als stünde Bismarck auf einem Punkt, der durch einen kahlen Zwischenraum von den Ereignissen getrennt war. Viel Glanz begann drüben zu gleißen, Fürsten und Heerführer, Moltkes faltiges Gesicht stand lange gelb vor einem tiefblauen Teppich, die Orgel wühlte Vergangenheit und Zukunft in schweren Tonwellen durcheinander; dann verließ man die Kapelle, Bismarck ging zwischen Moltke und Roon.

Eine dürre Greisenhand drückte die seine, von der anderen Seite aber flüsterte Roon: "Heute stirbt das alte Preußen", und er hörte sich erwidern: "Nein, es nimmt nur einen weiteren Mantel um."

Weiß und golden prunkte der Saal, von den Scheiteln der hohen Bogenfenster grinsten Maskenfratzen mit Blumenschnüren zwischen den Zähnen, die Spiegel fingen all die Uniformen in Blau, Weiß, Rot und Grün und kochten sie in einem Farbengebrodel, Goldschnüre hingen hinein, und ein Sterngewölke von Orden zog auf. Über der dreistufigen Tribüne waren Fahnen entfaltet, ganze Büschel von Fahnen, alte, zerschlissene, mürbe Regimentsfahnen, morsches Tuch mit Kugelwunden, solche Fahnen, von denen kaum mehr etwas übrig war als ein paar Fetzen an der Stange, und die man deshalb mit Bändern behängt hatte, damit sie das Wehen nicht ganz verlernten. Unter diesem Strauß von kriegerischem Ruhm und Unsterblichkeit stand der König im weißen Bart mit einem ernsten Gesicht, in dem die Ergebung ins Unvermeidliche feierlich ins Unergründliche versenkt war. Einen halben Schritt rechts hinter ihm, in straffer Männlichkeit, die Reitergestalt des Kronprinzen, schon jetzt denkmalsfertig, durchdrungen von allen Mächten dieser Stunde, und dann die deutschen Fürsten mit allen Mienen der Anteilnahme von Neugierde bis zur gläubigen Hingabe.

Der König verlas etwas von einem Papier; da klangen bekannte Worte, ach ja, man hatte sie ja selbst gezählt, gewogen, gerichtet und gesetzt. Und nun war es so weit, daß Bismarck die Urkunde verlesen mußte, die der Begründung des Reiches und der Wahl eines Kaisers galt. Es waren trockene Sätze, in denen die Worte nichts von dem zu besagen schienen, was hinter ihnen lebte, ein ledernes Aktendeutsch, ausgebeutelte Puppen; Bismarck hatte die Beine gespreizt, er hörte sich mit hölzerner und kahler Stimme einen Satz nach dem anderen hervorrattern, und er hatte die Empfindung, daß das ungemein langweilig sein müsse, und wünschte, je weiter er las, um so dringender, es wäre zu Ende.

Nach einer kleinen Ewigkeit konnte er die Stimme zum letzten Punkt herabsenken. Und da schwand auch die Zweiteilung seines Wesens, der horchende und zuschauende Bismarck ging wieder in den handelnden und sprechenden Bismarck ein, denn er sah den

Großherzog von Baden neben den König treten, sah ihn die Hand erheben. Und dann war es auf einmal, als hätten die alten Fahnen, die alten, mürben, zerschossenen Regimentsfahnen zu Häupten des Königs, eine Stimme bekommen. Sie sagten deutlich, alle zusammen und zugleich: "Seine Majestät, der Kaiser Wilhelm, lebe hoch!"

Und während das "Hoch" in drei Salven donnerte und aus dem Weltengrund eine schwere Musik losbrach, trat Bismarck in die Sicherheit seines Lächelns. ‚Oh', sagte er sich, ‚weder Kaiser von Deutschland noch Deutscher Kaiser ... Kaiser schlechthin. Da glaubt man, man wäre Gott weiß wie gewitzt ... und man kann immer noch von anderen lernen.'

Und das Lächeln blieb ihm auch, als der neue Kaiser aus dem Händeschütteln der Fürsten fort auf seine Generäle zutrat, sehr eilig, als wäre es das Allerwichtigste, ihnen zu danken, und als er Bismarck achtlos, ohne Blick und ohne Wort, an seinem Weg stehenließ.

‚Ich nehme es auf mich', dachte er, ‚du magst nun tun, was du willst. Kaiser bist du doch!'

Der Wintertag funkelte blank über Ludwigs Park.

Bismarck ging die Heckenpfade, stand lange an den überdeckten Brunnenterrassen; weiße Wolken kamen von Osten, die hatten den Rhein gesehen, vielleicht kamen sie sogar von weiter her, waren aus den Elbniederungen aufgestiegen. Er legte die Hand an einen Baum, fühlte, wie es darinnen auf und nieder ging, winterlich langsam wie der Puls eines Schlafenden, aber dennoch warm-lebendig und gar nicht feindlich, wie in der Sternennacht, in der die Regenfrau die Bäume aufgehetzt hatte. Nun war man wieder mit allem Geschaffenen in Eintracht und Brüderlichkeit gebracht.

Buch III

1

Im Haus Rue de Provence Nr. 14 in Versailles knallten die Türen. Zu ebener Erde, im ersten Stock und im zweiten Stock nahm sich niemand Zeit, sie sanft und behutsam zu schließen, wie es sich für ein Haus schickte, in dem die rabiat gewordene Weltgeschichte wieder eingerenkt und die Kriegsfurie zur Vernunft gebracht werden sollte. Die Türen, diese sonst mit Ingrimm dem deutschen Klinkendruck gehorsamen französischen Türen, rissen sich dem Unachtsamen aus den Händen und schmetterten hinter dem Hastigen mit Zorn ins Schloß, daß der Bewurf von den Wänden bröckelte und Madame Jessés boshafter Hausgeist auf der Uhr im Salon mit dämonischem Vergnügen seinen Daumen lutschte.

Herr Leverström war angekommen, Leverström, der schwarze Reiter, und hatte den Briefsack von der Feldpost mitgebracht und eine Ladung von Kisten und Paketen, in denen man allerlei eßbare und trinkbare Sehnsüchte, Grüße und Wünsche der Heimat zu vermuten berechtigt war, in schmackhafter Gegenständlichkeit dargestellte Erläuterungen zu lieben Worten und wehmütigen Gedanken aus der Ferne. Im Bibliothekszimmer des verblichenen Herrn Gustave Jessé ging die Enthüllung und Verteilung vor sich. Krüger handhabte die Schere und schnitt die Bindfäden durch, Engel hämmerte das Stemmeisen in Kistenfugen und hob die krachenden Deckel ab, und der brave Herr Theiß hatte die Amtsmiene eingezogen und eine warme menschliche Anteilnahme aufgesteckt und las zwischen Stirnrand und Zwickergläsern über die gesenkte Nase hin die Namen der Bedachten. Wahrhaftig, aller sonstige Ernst war ihnen so in Umgänglichkeit und Sanftmut gewandelt, daß der lustige Graf Bismarck-Bohlen meinte, wenn ihnen jetzt durch einen Zauberspruch anstatt der Uniform der Rock des Bürgers an den Leib gehext würde, so könnte niemand merken, daß diese drei die Kanzleidiener des königlich preußischen Auswärtigen Amtes seien und den Zugang zu Bismarck zu hüten hätten.

"Sie haben etwas Mythologisches an sich", sagte der Doktor

Bucher, indem er einen Brief aus des Vaters Theiß Händen nahm; "ein Unglück, daß die Griechen alle freundlichen Dreiheiten immer nur als Frauenzimmer dargestellt haben. Ich finde nichts Passendes, und für den dreiköpfigen Höllenhund atmen sie heute zu viel Lieblichkeit."

Das Vaterland hatte sich mit einer Fülle von Gaben eingefunden, mit nützlichen und erfreulichen Dingen, deren jedes mit einem kleinen Geleucht zärtlicher Bedachtsamkeit umgeben schien, daß die tastenden Finger über dem unscheinbarsten von ihnen zu zittern begannen. Dabei war jedes Empfängers Art und Wesenheit irgendwie hieroglyphisch ausgedrückt; man konnte aus dem inneren Sinn der Gaben ablesen, ob der Beschenkte mehr zu des Lebens Unentbehrlichkeiten oder zu seinen Überflüssigkeiten hinneigte, ob sein Wille mehr auf das Stramme oder auf das Lässige ging, ob er es vorzog, sich dem Erdenhaften des Lebens anzuvertrauen oder an den Rockschößen eines Ideals Höhenflüge zu unternehmen. Die Liebe daheim wußte es und hatte sich danach einzurichten verstanden.

Der Geheime Legationsrat Abeken stand, einen grünledernen "Faust" unter dem linken und ein Paket mit Pulswärmern und Wollstrümpfen unter dem rechten Arm, am Fenster und las mit gerührtem Augengezwinker den begleitenden Brief. "Damit Du Deinen geliebten Goethe nicht entbehren mußt", schrieb die Frau Geheime Legationsrätin, und in Abekens Seele sang dazu eine selige Melodie, ein Geklimper von stählernen Stricknadeln, das aus den Maschen des Gewirkes unter seinem rechten Arm aufzusteigen schien. "Ich habe Dir einen Band Spielhagen senden wollen, aber ich weiß, Du hälst nicht viel von den neueren Dichtern ..."

"Da sehen Sie mal her, Abeken", sagte der Gardedragoner und schob ihm eine Dose zwischen Augengezwinker und Briefblatt. Es war eine feste, weiße Porzellandose, und in ihrem ehrlichen, makellosen Rund hegte sie eine gleichmäßig braungraue Masse, die mit einem Ring hellgelben Fettes umrandet war und einen köstlichen Duft von Versuchung und Üppigkeit ausströmte. "Riechen Sie, ich bitte! Riechen Sie! Gänseleberpastete! Von der Gräfin Johanna. Ist sie nicht lieb, denkt sie nicht an alles?"

Der Geheime Legationsrat hob den Arm zum Winkel und zog

das Wollgewirk aus der Achselklemme: "Von meiner Frau! Alles selbstgestrickt!"

Graf Bismarck-Bohlen kam nicht dazu, seiner Bewunderung Ausdruck zu geben, denn in diesem Augenblick ließ Engel die Schere, Krüger Stemmeisen und Hammer sinken, der Vater Theiß schob seinen Zwicker von der Nasenspitze an die Augen, und alle drei waren mit Leichtgeschwindigkeit wieder in königlich preußische Kanzleidiener zurückverwandelt; die Ordonnanz, die hinten beim Ofen in einem Berg französischer Briefschaften herumgewühlt hatte, war herumgefahren und stand stramm mit an die Hosennaht geklebten Händen; ein wenig gelassener, mit einem Rest von Lächeln auf den Lippen, nahmen auch die Herren Stellung.

Ein schwächlicher Kistendeckel zerkrachte unter Bismarcks Tritt. "Na, was haben wir denn da?" fragte er fröhlich. "Ist auch etwas für mich gekommen?"

In des würdigen Theiß dienstlichen Ernst schmunzelte wieder ehrfurchtsvolles Behagen: "Es sind einundzwanzig Stück da, Exzellenz."

"Und zwei Flaschenkisten darunter!" sagte Bismarck-Bohlen, der mit der freudigen Nachricht voranlief und sich nicht einholen lassen wollte.

"Machen Sie auf, Theiß! Ich bin neugierig! Wir sind neugierig, meine Herren!" und widerspruchslose Zustimmung überglänzte die Anwesenden. Krachend bogen sich die Kistendeckel unter dem Druck des Stemmeisens, klirrend fiel die Schere über die Verschnürungen her, Hälse reckten sich hoch, denn was da auch zum Vorschein kommen mochte, es war gemeinsames Gut, und jeder hatte seinen Anteil daran.

Nur der Herr, der mit Bismarck gekommen war, machte trübe Augen zu der Bescherung; sie strichen mit wohlerwogenem und standhaftem Gleichmut über die Dinge hin, als wären Eß- und Trinkbarkeiten Dinge einer anderen Ebene, über die man sich durch tapfere Entsagung längst hinausgehoben hat. Bismarck wandte sich um: "Es ist spät geworden, wollen Sie mir die Ehre machen, mein Gast zu sein?"

In Jules Favres gelbem Gesicht sank die Unterlippe noch tiefer hinab, der graue Bart zitterte leise, und mit einer müden Stimme sagte er: "Ich muß Eurer Exzellenz meinen ergebenen Dank sagen." Er hob den Kopf und die Stimme zu rednerischem Nachdruck: "Es geht nicht an, bei Ihnen zu Gast zu sein, während meine Landsleute in Paris hungern müssen."

Bismarck fuhr mit der Hand durch die Luft, als wische er mit dem Schwamm über eine Tafel: "Ach was, wird es dadurch etwa besser, wenn Sie mithungern? Und übrigens: Wenn Sie bei mir essen, können Sie sich eine patriotische Tat gutschreiben. Drinnen ein Esser weniger, und hier helfen Sie unsere Vorräte verringern."

"Oh!" sagte Herr Favre und bückte sich nach einem Brief, der, mit Spuren von Schuhnägeln auf dem Umschlag, vor seinen Füßen lag.

Bismarck warf einen kurzen Blick hin: "Ja, der gehört zu dem Haufen dort drüben beim Ofen, sehen Sie. Wir haben eine ganze Ballonpost abgefangen. Glauben Sie, ich weiß nicht, welch einen Berg von Qual, von brennendem Warten, von zerfleischender Unruhe wir da haben? Wir haben es an uns selbst erfahren, Ihre Freischärler haben oft genug unsere Post abgefaßt. Was kann man tun? Das ist der Krieg; sträuben Sie sich nicht länger, es liegt nur an Ihnen, ihn rasch zu beenden."

Lothar Bucher kam gerade in Bismarcks Blickfeld zurecht, denn in Jules Favres Brust schwoll hörbar eine Phrase empor. "Wollen Sie Menschen suchen, Bucher?" lachte der Graf.

Bucher schwang wie Diogenes seine Laterne: "Man hat mir diese Taschenlampe geschickt. Ich kann sie brauchen, wenn ich nachts nach Hause gehe. Die Straßen sind dunkel wie Hegel; welchem man doch übrigens aus dem Weg gehen kann, wie ich es getan habe, aber auf dem Boulevard de la Reine hätte ich mich sicher noch einmal zu Tode gestolpert."

"Sie haben recht, Doktor. *Lux in tenebris*. Eine handfeste Laterne tut unter Umständen bessere Dienste als eine Enzyklopädie des Geistes. Und wie nimmt sich gegenüber dem absoluten Subjekt eine Spickgans aus? Sehen Sie nur ..."

"Sieben Spickgänse", bedeutete Theiß ernsthaft, "zwei Kisten Hummer, ein Baumkuchen, drei westfälische Schinken ..." Die

Getreuen umstanden die enthüllten Herrlichkeiten; Leibliches wog schwer in diesen Tagen nervöser Anspannung des ganzen Menschen, ein Geschlecht von Ringern um die Zukunft, Arbeiter bei Tag und Nacht, setzte Kräfte ein, verströmte sich in entsagungsvoller Mühe.

"Eine Forellenpastete!"

"Das ist mein braver Friedrich Schulze vom Leipziger Garten."

Bismarck-Bohlen drehte eine verstaubte Flasche um und um. "Deidesheimer Kirchenstück." Seine Hand wischte über einen gänzlich verschlissenen Zettel: "Forster Hofstück", entzifferte er: "Gott erhalte uns die Pfalz!"

"Ihr Vaterland hat alle Ursache, Ihnen dankbar zu sein", sagte Jules Favre wehmütig. "Mein Gott, ich will zufrieden sein, wenn das unsrige uns nicht verflucht."

"Machen Sie sich keine Gedanken darüber", Bismarcks Hand lag breit auf Favres Arm, "es ist das schlechteste aller Geschäfte, sein Leben auf Dankbarkeit zinstragend anlegen zu wollen. Tun Sie das, wozu der Geist Sie treibt, nachher lassen Sie die anderen nach Gefallen segnen oder fluchen."

Der Kaffee wurde in den Salon gebracht, Keudells Hände liefen leicht über die Tasten hin, und ganz von selbst woben sich die Töne nach einigem Hin- und Herschweben zu einem kleinen, innigen Heimatliedchen. Er umrankte es mit leicht geschwungenem Rahmen, ließ es untersinken und leise wieder auftauchen, gedämpft aufsteigen wie ein unauslöschliches Erinnern aus den Tiefen des Herzens.

Der Jessésche Hausdämon auf der Uhr unter dem Spiegel biß sich mißvergnügt auf den Daumen und wünschte dem ungetreuen Wimmerkasten, der sich zu so unpatriotischem Geschwärme hergab, die Motten in den Bauch. Wäre er nicht aus Bronze und mit dem Uhrgehäuse fest verbunden gewesen, so hätte er seine Fledermausflügel ausgebreitet und diesen Raum verlassen, in dem die Sieger zu Herren geworden waren. Schieläugig maß er die Fremden mit hochmütigem Hohn. Drüben am Kamin verriet Favre das Vaterland an den dicken Geldmann aus Berlin, der gekommen war, um das Lösegeld in Empfang zu nehmen. In der Hand des Räuberhauptmanns, der in der Sofaecke saß, knisterten französische Zeitungsblätter. Und die anderen Banditen lagen so bequem als möglich in französischen

Polsterstühlen, die bereitwillig ihre Arme ausgebreitet hielten und die Lehnen dem Kopf zur Stütze boten, als wäre nichts geschehen und als hätte Paris nicht in diesem Zimmer einen Waffenstillstand erkaufen müssen. "Wie finden Sie ihn?" fragte Graf Hatzfeldt mit unmerklichem Deuten nach dem Franzosen hin.

"Er ist ein wenig ruppig geworden", meinte Bismarck-Bohlen, dem vor starken Worten niemals bange war. "Ruppig, melancholisch und gedunsen", fuhr er fort, "letzteres kommt wohl vom Pferdefleisch her."

"Spotten Sie nicht!" Der Doktor Bucher öffnete spielend seine Laterne und sah in ihr Inneres aufmerksam hinein. "Eine große … man mag sagen, was man will, eine große und für die Menschheit bedeutsame Nation hat einen unverdienten Schmerz erlitten. Die Völker leiden immer unverdient."

"Dieses Volk nicht", ereiferte sich Bismarck-Bohlen, den Gardedragonersäbel zwischen den Beinen, "nie war eine Nation mit ihren Verführern so im Innersten einverstanden."

"Es ist das Unglück der Franzosen, daß sie zu musikalisch sind. Wir tun ihnen unrecht, sie nicht ernst zu nehmen. Jeder hat darauf Anspruch, so ernst genommen zu werden, als er es meint. Aber ich gestehe, sie machen es einem schwer, wenn man sieht, daß sie sich immer wieder seit ein paar hundert Jahren durch dieselben Jahrmarktskunststücke hypnotisieren lassen."

"Sie meinen, Jules Favres Schmerz ist echt?" fragte Hatzfeldt.

"Ich weiß nur", bockte Bismarck-Bohlen, "daß bei der Versorgung dieser edlen Stadt Paris, dieser unentweihten Königin Europas, von den Lieferanten gestohlen wird, daß sich die Balken biegen. Warum glauben Sie wohl, daß man unseren Antrag, ihnen Lebensmittel zu geben, abgewiesen hat? Aus nationalem Stolz? Ach nee - weil daran nichts zu verdienen war."

"Gestohlen wird überall", sagte Bucher, indem er die Laterne zuklappte.

Bismarck-Bohlen zuckte die Achseln und summte dann leise das Liedchen mit, das unter Keudells Händen aus dem Pianino aufschwebte: Ach, wie ist's möglich dann, daß ich dich lassen kann …

Abeken hob das verwitterte Geheimratsköpfchen: "Was glauben

Sie? Ob wir wohl in Paris einziehen werden?"

In den Händen des Lesenden im Sofaeck knisterte ein Zeitungsblatt besonders laut, wie Feuer prasselte es ihm unter den Fingern, und als er nun den Blick hob, da leuchtete es ihm unter dem Brauengestrüpp wie Gottes zorniggroße Gegenwart im Dornbusch. Den Sprechenden dorrten die Stimmen, der tückische Uhrkobold erbebte in seiner bronzenen Seele, als der Mann wuchtig aufstand und zu den beiden anderen am Kamin trat.

"Sagen Sie Ihren Zeitungsschreibern meinen besten Dank", er hob das in Falten gekrampfte Blatt bedrohlich nahe vor Jules Favres Gesicht, "für die gute Meinung, die sie von uns haben. Ich glaube, man muß es so auslegen. Denn nur eine außergewöhnlich gute Meinung von der Gutmütigkeit und Großmut eines Menschen kann sich das Wagnis erlauben, ihn so zu reizen, wie es Ihre Blätter tun." Bismarcks Stimme schwang sich hinan: "Im Ernst gesprochen, mein Herr, Sie werden guttun, Ihren Zeitungen einen Beißkorb anzulegen. Was soll das? Ihre Literatur bildet sich etwas darauf ein, eine psychologische zu heißen. Verstehen Ihre Zeitungsschreiber gar sowenig davon? Sagen Sie, ist es klug, den Feind vor den Toren der Hauptstadt herauszufordern, wenn man im Begriff ist, den Waffenstillstand in einen Frieden umzuwandeln? Oder ist das nicht Ihre Absicht? Wollen Sie den Frieden, dann dämpfen Sie die Sprache Ihrer Presse. Durch Lügen und Verleumdungen wird drinnen der Haß gegen uns genährt und hier bei uns die Neigung zum Frieden nicht gefördert."

Der Anwalt Frankreichs saß schon auf dem sturmmähnigen Hippogryphen seiner Beredsamkeit. "Sie sehen mich aufs äußerste bestürzt über Ihren Unwillen, Exzellenz. Aber denken Sie sich in die Seele einer gedemütigten Nation, die den Ruhm von Jahrhunderten wohl nicht vernichtet, aber gefährdet sieht, der das Schicksal die letzten und bittersten Leiden auferlegen will, den Feind nicht bloß an der Schwelle ihres Tempels zu sehen, sondern über diese selbst in das Innere des Heiligtums einlassen zu müssen."

Bismarck hörte zu, wie die Worte über die dicke Unterlippe rollten, und während der Gelbgesichtige den gesamten Olymp Frankreichs, Edelmut, Tapferkeit, Freiheit und zwei Dutzend anderer, ausschließlich dem ersten Volk der Welt vorbehaltener Tugenden ausrücken ließ, schwand das Zorngeleuchte unter dem Dorngestrüpp der Brauen. Konnte man ihnen ernstlich böse sein? Sie schlugen dem Nachbar die Fenster ein, und wenn man sie bei den Ohren nahm, riefen sie die Götter zu Zeugen ihres Leides und ihrer Demütigung an. Er hob die Hand: "Vergessen Sie nicht, es liegt an Ihnen, den Parisern unseren Einzug zu ersparen. Überlassen Sie uns Belfort. Wir lieben die Schauspiele der Glorie nicht so sehr, daß wir auf den Einzug nicht verzichten könnten, uns wäre Belfort lieber, aber es war Ihr Vorschlag, wie Sie sich erinnern wollen."

Jules Favre breitete die Arme aus. Tief innen zermalmte ihn ein unsagbarer Schmerz. Die Scham brannte ihm in den Eingeweiden und stieg ihm wie siedendes Öl in den Hals. Es war ihm, als müsse er sich die Brust zerfleischen und das Herz mit beiden Händen herausreißen. Aber als alles das zum Vorschein kam, war es eine etwas geschnürte und geschminkte Rednerei mit hohen Stöckeln und roch nach Kulisse und Lampenruß. "Sie sind der Sieger", sagte er mit bebender Stimme, "Sie zwingen uns, durch Ihr Joch zu gehen. Nun gut, wir werden es tun, um dem Vaterland ein Stückchen seines heiligen Landes und eine durch das Blut seiner Söhne geweihte Stadt zu erhalten. Wir werden den Kelch des Leidens bis auf die Hefe leeren, aber Sie werden uns nicht hindern können, ihn mit unseren Tränen anzufüllen. Die Weltgeschichte und Europa werden sehen, daß die französische Nation eine Schmach zu ertragen weiß, ohne entehrt zu sein, wenn es die Rettung des vaterländischen Bodens gilt."

Bismarck nickte Geduld und Wohlwollen. "Es geht übrigens auch Sie an, Bleichröder", sagte er, indem er das Zeitungsblatt flattern ließ, "Sie und mich! Da drin steht, wir hätten miteinander unsaubere Geschäfte gemacht, und Sie hätten es einzurichten gewußt, daß ich am Krieg einiges ins Verdienen gebracht hätte." Noch einmal blitzte das Wettergewölk: "Ich bin nicht Ihr Monsieur Magnin, der, unter uns gesagt, an zwei Tagen siebenmal hunderttausend Franken verdient hat - mit Schafkäufen für das hungernde Paris."

Er schwieg, die Feuerzungen des Kamins leckten nach seinen Reiterstiefeln, im Leib der Uhr unter dem Spiegel rumorte die Zeit. "Na", sagte er, "gehen wir - Stosch wird uns schon erwarten."

Er schritt hinaus; tückisch grinsend schielte ihn der Uhrdämon von unten an. Lächelnd legte ihm Bismarck die Hand auf die bronzenen Flügel: "Da haben Sie den Vitzliputzli Ihrer Presse. Ich möchte gerne mit Ihnen zu Frieden und Verträgen kommen, mein Herr, denn Sie mögen sagen, was Sie wollen, wir sind aufeinander angewiesen, und Deutschlands und Frankreichs Eintracht verbürgt den Frieden der Erde. Aber da hockt so ein Ölgötze, schielt Löcher in die Welt und saugt sich Bosheiten aus dem Daumen. Er ist eng an die Zeit gebunden, aber sie läuft rastlos unter ihm davon; er spürt wohl, daß sie tickt, aber er versteht im Grund nicht das mindeste davon.

Sagen Sie das den Herren in Paris, ich meine, es sei verfehlt, sich irgendeiner Art von Götzen zu verschreiben, sie möchten besser auf die Zeit hinhören, die lehrt, das einzig Bleibende sei der Wechsel."

"Also doch ... also doch!" schluckte Abeken mit erhelltem Gesicht, "wir ziehen in Paris ein."

2

Im Wintergarten der Generalintendantur wogten die Millionen. Sie kamen aus Paris, hier war die Schleuse, wo sie sich stauten, um dann in breitem Strom nach Deutschland zu fließen. Bedrucktes Papier war gebracht worden, das die zweihundert Millionen vorstellen wollte, die der Waffenstillstand verlangte. Da fand man in Versailles, Banknoten hätten bloß ein Lächeln, und es sei nur ein recht sauersüßes Lächeln, das richtige Lachen sei nur beim Bargeld. So standen nun die französischen und die deutschen Zahlmeister einander gegenüber und zählten und wogen einander Silber und Gold zu. Gemünztes Metall kam in Säcken, ergoß sich über die Zähltische und die Waagen und wechselte gleichmütig den Herrn.

Stosch, der Generalintendant, stand geradrückig am Eingang und empfing die Kommenden.

"Wie geht's, mein Lieber?" grüßte Bismarck. "Ein Glück, daß Silber und Gold nicht so gefährlich sind wie Blei. Sie müßten sonst eine Silber- und Goldvergiftung bekommen ... in dieser Luft."

Helles Klingen erfüllte den Raum. Von allen Seiten schaute der schneidig klare Februartag durch Glaswände, blitzend wie Fische sprangen die Münzen auf die prüfenden Steinplatten, häuften sich zu stumpf funkelndem Geröll, aus dem behende Finger Stangen zusammenschoben. Von den Waagen her, auf deren Balken die schlanken Zeiger schwankten, kamen eintönige Rufe, die Hunderte und Tausende benannten.

"Zwanzig Mann sind an der Arbeit", sagte der Generalintendant sachlich kühl, "täglich sechs Stunden, und heute ist der dritte Tag. Dabei können wir nicht alle Säcke nachzählen, wir wiegen sie oft im ganzen und verlassen uns auf die Ehrlichkeit der französischen Siegel."

Jules Favre verneigte sich, mit etwas Röte im gelben Gesicht. "Nehmen Sie den Dank Frankreichs für Ihr Vertrauen, mein Herr. Mein Vaterland hat noch niemanden betrogen, der ihm Vertrauen schenkte." Er schwieg, selbst betäubt von dem Anblick der Millionen, die hier vorüberflossen, es war, als sähe man einem gewagten chirurgischen Versuch zu, der den Blutstrom aus den Adern des einen Leibes in die eines anderen leitet. Von einem Gedanken ergriffen wandte er sich an Bismarck. "Sehen Sie nur ...", stammelte er, "sehen Sie nur ... und da sollen wir Ihnen fünf Milliarden zahlen? Fünf Milliarden! Sie verlangen fünf Milliarden von uns?" Ein Einfall entzündete sein rasches Gehirn. "Wissen Sie", schrie er, "welche Höhe diese Summe erreichen würde, wenn man sie aufeinanderstapeln wollte? Wissen Sie, daß seit Christi Geburt noch lange nicht einmal die erste Milliarde Minuten verflossen ist ...?"

Er verstummte, blaß vor Schrecken über die Ungeheuerlichkeit dieser Vorstellung, feuchtes Geschimmer von Tränen stieg ihm in die Augen. Lächelnd wandte sich Bismarck nach Bleichröder um, der Fall und Klang des Metalls mit allen Poren einzusaugen schien. "Machen Sie sich keine Sorgen", sagte er, "darum habe ich diesen Herrn kommen lassen. Der zählt von der Erschaffung der Welt an."

Aber Jules Favre war keinem Scherz geneigt; was das Vaterland hier dahingeben mußte, das war Kraft für den Feind, Wohlstand, Macht, Rüstung; eine fürchterliche Vision von Gefahr für die Nation beherrschte ihn, mit zitternden Fingern nahm er ein Goldstück von einem der Tische; mißtrauisch sah ihm der Zahlmeister auf die Hand. Da war das Gesicht des Kaisers, des Verehrten und nun Verleugneten, des Glorreichen und des Verderbers. Favres Ingrimm senkte sich in das Gold, durchsetzte es, ätzte es mit Gift und Galle. Ein Sturm von wüsten Wünschen durchfegte ihn, von Tod, Vernichtung, Seuchen und allerlei anderen brandroten und pechschwarzen Unannehmlichkeiten. Der Schmerz um das Vaterland stand megärenhaft da, in eine Rachegöttin gewandelt, mit Schlangenhaaren, die ihr, gleich wütenden Pfeilen, vom Kopf stoben, um sich in fremdem Fleisch festzubeißen. Aber der anständige Jules Favre, Bürger, Republikaner und Mensch, erschrak über den Greuel, schob ihn in sein unholdes Verließ und warf rasch den Riegel vor. Mit spöttischem Goldgeklimper hüpfte der Napoleon zu seinem Haufen zurück, und da war es schon, als wäre etwas von Favres Gedanken in Bismarck eingegangen.

"*Ad vocem* Bleivergiftung", hörte er die nachdenkliche Stimme des Feindes, "ich glaube doch, Blei ist nicht das einzige giftige Metall, und wir werden uns zu hüten haben, mein lieber Stosch."

Eben wurde wieder einer der Säcke auf den Zähltisch gehoben, die Plombe fiel, und aus dem geöffneten Leinenmaul stürzte das Gold in breitem Strom hervor. Es rollte und sprang bis an den aufgestülpten Rand. Durch Bismarcks Sehnerven ging ein Brennen bis tief in das Herz, als hätte ihn ein tückischer Blick getroffen. Da war ein bitteres Zusammenkrampfen, wie von Angst, die Goldstücke klangen auf der Steinplatte, aber Bismarcks Seele machte keine gute Harmonie dazu.

Er setzte die weiße Mütze auf. "Ich überlasse die Herren ihren Geschäften", sagte er und ging aus dem Glashaus, vor dessen Fenstern die Bajonette der Posten spitz in den hellen, harten Winternachmittag stachen.

Nachdenklich betrat er das Jessésche Haus und hörte im Billardzimmer, das zum Amtsraum gewandelt war, die Getreuen im lauten Für und Wider. "Wir wollen alle mitreiten", drang Abekens hohe Altherrenstimme durch die Wand, "ich sehe nicht ein … und wenn Wilmowski einen Helm hat? Wer ist Wilmowski? Chef des Königlichen Zivilkabinetts. Also?"

Abeken barg zwei Dränge in seiner treuen Brust. Der eine trieb ihn die Stufen des Parnaß, der andere soweit als möglich die Stufen der Throne dieser Welt hinan. Er freute sich, dem Saum der Macht nahe zu sein und etwas von den Strahlen der Herrlichkeit auf seinem schon gekrümmten, arbeitsgebeugten Rücken zu fühlen, er sammelte Erinnerungen an Fürstenworte und Vorgänge in der Nähe der Großen mit demselben bürgerlichen Eifer, mit dem er in seinem Gedächtnis Aussprüche der Dichter speicherte. Er roch mit Begeisterung Hofluft und war glücklich, im Vorzimmer der Weltgeschichte anwesend zu sein, wobei er gerne Gelegenheit nahm, eine bedeutsame Figur zu machen und sein Dabeisein würdig aufzuputzen.

"Ja, der Helm, der Helm ist die Hauptsache dabei", sagte Bismarck-Bohlen in trockenem Baß, "ohne den Helm ist's nichts."

"Ich werde mir doch meinen Dreimaster aus Berlin kommen lassen", bedachte sich Abeken.

"Der Dreimaster sieht nicht kriegerisch genug aus. Und es kommt darauf an, den Parisern Eindruck zu machen. Stellen Sie sich Hermann, den Cherusker, mit einem Dreimaster vor. Nein, Abeken, Sie müssen einen Helm haben."

"Aber einen Helm mit Federn", sagte Hatzfeldts Stimme, bebend von innerlichem Johlen, "zwei Federn, Abeken, eine schwarze und eine weiße."

"Nein: drei", sagte Bismarck-Bohlen in ernstester Tiefe, "eine rote dazu. Sind wir nicht im neuen Reich? Sie werden über das Marsfeld reiten, Abeken, und unter dem Arc de Triomphe hin, mit einem Helm mit drei Federn, und Ihr Grauschimmel muß eine Schabracke haben. Unsere Pferde müssen alle Schabracken haben, brokatene Schabracken mit Glöckchen am Saum, wie es sich für die Sieger gehört."

"Meinen Sie", fragte Abeken eifrig.

Eine Tür ging, Theiß murmelte etwas Dienstliches. "In drei Teufels Namen, ja!" schrie Bismarck-Bohlen.

Lächelnd ging Bismarck weiter, über ein paar Stufen hinab, an dem Posten, der das Gewehr anzog, vorbei, in den Park hinter Madame Jessés Haus. Die schwarze, engbrüstige Gärtnersfrau, die immer aussah wie Holzäpfel in Essig, wich vor dem wuchtigen Reiterstiefeltritt des bösen Feindes in den Wagenschuppen zurück; ein Stückchen weiter wandelte zwischen schwarzgrünen Taxusbüschen der hellblaue Kürassier Keudell.

"Ich muß Luft schöpfen", sagte er, als Bismarck an seine Seite kam, "ich bin ganz schlaff. Mein Kopf drückt wie Blei auf den Schultern."

"Wir sind alle überarbeitet", begütigte der Kanzler, "es ist Zeit, daß wir hier zu Ende kommen. Die Nerven empören sich und treiben Allotria. Dort drinnen quälen sie den armen Abeken. Aber nun steht alles gut, der Friede ist nicht weit."

Der Abend spann Schatten in die leicht überschneiten Büsche und Baumgänge, auf den Fensterscheiben, die über die Gemüsebeete gedeckt waren, gerann sein Rot in funkelnden Lachen. Der weißgekörnte Schnee der Wege, der tagsüber an den Sonnenstellen ein wenig verwässert worden war, dichtete sich im Anziehen der Abendkälte zu krachenden Krusten. Sie standen vor dem kleinen Wassergesprudel, das aus der Gartenmauer kam und zwischen Eiszapfen und verfrorenem Moosgestein in ein Becken sprang.

"Der Friede ...", sagte Bismarck und stieß mit der Fußspitze an einen gezackten Eisvorhang am Beckenrand, der mit erschrockenem Klirren zerstäubte. "Wie leicht das gebrochen ist, wie lange es dauert, bis es wächst." Plötzlich reckte sich eine Erinnerung in ihm, sie stieg an und umschloß sein Herz. Weite Wasser wirbelten, vom Mondschein hell, Wellen rauschten mit ihm an alten Burgen vorbei, und in der Tiefe glühte geheimnisvolles Gleißen. Warnend sang der deutsche Strom. Wie wundersam lebten die alten Sagen durch die Jahrhunderte in immer neuer Deutung, Vätererbe, unerschöpfliches Blühen der Kunde von Leben und Tod der Völker. Das französische Wässerlein hier, so leichtsinnig es aus der Mauer sprühte, war dem mächtigen Gedränge der Massen von den Alpen zum Meer verwandt, wie die Natur durch alle Reiche verwandt ist und die Grenzen nicht kennt, die der Mensch gezogen hat.

"Wir sind gewarnt", sagte Bismarck leise, "was war der Weisheit Schluß? Den blutigen Schatz in den Rhein zu versenken, damit die Welt vom Unheil erlöst sei. Verstehen Sie, Keudell? Er brachte Mord und Tod, weil er den Fluch auf sich trug."

Nein, Keudell verstand durchaus nicht, was da aus geheimen Gedankengängen hervorgesickert kam, und schaute unsicher zum Meister auf.

Der hatte wieder zu schreiten begonnen, stampfte den fahlen Grund mit schweren Tritten und ging die verschlungenen Wege, die in der Dunkelheit rätselhaft verschraubte Figuren, Fragezeichen und magische Buchstaben zogen. Während Keudell noch eifrig an seinen Worten herumarbeitete, waren seine Gedanken schon wieder ein Stück weiter. "Das geht über Geschlechter hin", sagte er ans Ohr der Nacht, "das Drama hat einige Dutzend Akte und ist mit dem Tod des Helden nicht aus." Er stand fest ins Dunkel gerammt, nur die weiße Mütze leuchtete schwach, als schwebe ein kleiner Hauch von Unwirklichem über ihm: "Wissen Sie, wann ich sterben werde, Keudell?"

Keudell starrte die leuchtende Mütze an, die Zähne klapperten ihm. "Wie soll ich ..."

"Nun ja, Keudell, einmal muß doch geschieden sein - von Freunden und Feinden. Glauben Sie, daß Pythagoras ein Esel war? Oder daß die alten Juden umsonst manche Zahlen für heilig oder verderblich angesehen haben? Buchstaben und Zahlen waren eins bei ihnen, und in ihren heiligen Namen kommt immer wieder die Dreizehn vor. Jahwe ist zweimal dreizehn, Adonai fünfmal dreizehn, Isaak sechzehnmal dreizehn und so weiter. Jeder alte Hebräer trägt irgendwie seine Dreizehn im Namen versteckt. Ich bin nicht aus so vornehmen Geschlecht und nicht so nahe mit Jehova verwandt, bei mir muß es die Elf tun. Mein Jahrgang ist 1815, der siebente Elferreigen beginnt mit einundsiebzig ..."

Ein freundliches, breites Licht kam daher, im Speisesaal drüben waren die Fenster hell geworden, eine Ordonnanz zeigte sich im Rahmen, mit gehobenen Armen gegen die niederträchtige Verworrenheit der Vorhangschnüre ankämpfend; und zugleich kam durch das Winterdunkel aus Hintergründen ein saftig warmes Geruchlein, als liege das liebe Gänseland Pommern irgendwo ganz in der Nähe, ganz fein läutete es dazwischen wie von Flaschenhälsen, die in einem Korb aneinanderklingen.

"Jawohl", sagte Bismarck nach kurzer Witterungspause, "ich werde einundsiebzig Jahre alt werden und sterben im Jahre 1886, geliebt und betrauert und zur größten Genugtuung der meisten; aber bis dahin, Keudell, wollen wir nicht vergessen, daß die Spickgänse dazu da sind, um gegessen zu werden, und daß sie am liebsten in Forster Hofstück schwimmen."

3

Es war der Tag des Einzuges der Sieger, und Berlin bebte von einem Ende bis zum anderen. Es hatte den Kopf verloren, es war nur noch Herz, alle Schärfe war dahin, nur Wellen von Glück und Stolz durchströmten es, eine nach der anderen. Sein Mark, seine Nerven, sein Blut waren heute in der stundenlangen Siegesstraße vereinigt, deren Hauptstück schnurgerade vom Königlichen Schloß zum Brandenburger Tor lief. Es war jung, bräutlich, strahlend, selig, denn jetzt erst war ihm die große Wandlung seines Wesens ins Bewußtsein getreten. Den Ausziehenden hatte die Hauptstadt Preußens bange nachgewinkt, als Hauptstadt des neuen Reiches empfing sie die Heimkehrenden. Das war in Gruppen auf dem Sockel der Frauengestalt vor dem Königlichen Schloß dargestellt, der Germania, die nun kein Wunschtraum und keine Allegorie der Sehnsucht mehr war, sondern Wirklichkeit von Fleisch und Bein, rundherum mit einem schönen schwarzweißroten Zaun gegen alle neidische Nachbarschaft.

Es gab viele schwarze Kleider in der bunten Menge, aber die Not ist ein Zusatz zum Menschendasein, der rasch aufgesaugt und in Verzicht und Ergebung gewandelt ist, wenn nur ein Tropfen Glück durch die Adern rollt. Musik klang grell unter einem bedachtsam und duldsam hingebend lächelnden Himmel, der den Fahnen ihre hellsten Farben ließ, ab und zu schien er sich ein wenig zu öffnen und einen Sturz von Blumen aus Sphärenwiesen zu entlassen. Man wußte nicht, woher sie kamen, sie hingen plötzlich an Helm und Gewehr, um Hals und Arm, sie häuften sich als jauchzende, duftende Last.

Die Truppen marschierten, dreißig sieghafte Schlachten und Belagerungen hinter sich und hundert strahlende, erhoffte Friedensjahre vor sich. Die Truppen marschierten zwischen Dämmen von Menschen, die waren aber selber die gestaute Flut und trugen ein Rauschen in sich wie Sturm und Meer. Die kahlen Straßenwände hatten sich in Teppiche und sommerliche Blumenherrlichkeit gewandelt, und alle Steine und Kamine und die Bäume und die Sonnenstrahlen selber schrien Hurra.

Hinter dem neuen Kaiser, im Glanzgetümmel der Uniform, ritt der Halberstädter Kürassier, der jüngste Fürst des jungen Reiches, neben dem General Gablenz, den Österreich entsendet hatte. Alles war jung und neu und ein Anfangen, auch das, was durch den Österreicher schüchtern zu den Siegern zu sprechen begann. Drei Lorbeerkränze hingen dem Kanzler am Sattel, einer von Johannas Hand und zwei herabgeregnete; aber die grünen, liebend gewundenen Unsterblichkeitsblätter raschelten gegen eine Tasche, aus der ein Strom dunkler Sorgen in Bismarcks Herz aufstieg. Theiß hatte ihm die spät eingelaufene Depesche nachgereicht, als er schon im Sattel saß, unter seinen Fingern hatte das Papier geknistert, und da war ein Fenster nach Westen aufgerissen, durch das man zackenrandiges, wildes Wettergewölk sah. Nun ritt er mit der ganzen Wucht seines Wissens ernsthaft und bekümmert durch den jubelnden Taumel holder, bunt gefärbter Ahnungslosigkeit. Inmitten der strampelnden, beglückten Heiterkeit kam er sich wie verflucht und ausgestoßen vor, der Seligkeit des Augenblicks beraubt und auf die Zukunft hingedrängt, mit dieser Last der Verantwortung beladen wie ein von den Göttern gezeichneter Seher. Er hatte sein Herz der Freude öffnen wollen, nun strömte die Begeisterung an ihm vorüber, wie ein kalter Stein teilte er die lebendige Flut. Da waren junge Tage gewesen, voll Übermut und Unbedachtsamkeit, er sah sie in den langen Reihen von Studenten erneuert, mit Bannern und Schlägern und Fuchsschwänzen, das war alles auch einmal sein gewesen; Gottes Donner und Strichpunkt, wie sah die Welt aus, wenn man so einen Fuchsschweif rund um den Schädel trug? Nun hatte der kümmerlichste Heringsbändiger ein leichteres Herz als er, der trokkenste Zahlmeister war minder verstäubt, das armseligste Schneiderlein keuchte weniger unter seinem Dasein als er. Er ritt an den grüßenden Scharen hin, den wehrhaften Burschen der hohen Schule von Berlin, mit denen die tobende Bürgerlichkeit auf eine Strecke hin überaus farbenprächtig gesäumt war. Warum konnte er nicht dort drüben stehen, jung und dumm sein, einen Schläger in die Höhe strecken und Hurra brüllen, anstatt hier als Atlas herumzureiten, dazu verdammt, diese ganze jubilierende Welt auf seinen Schultern mit herumzuschleppen, und überdies mit so einer gottverdammten, angezündeten Pulvermine in der Tasche.

"Sehen Sie, was er für ein ingrimmiges Gesicht macht", sagte Keudell, "weiß jemand, was es da gegeben hat?"

Sie saßen auf der Tribüne, die über die Gartenmauer des Auswärtigen Amtes ein Stück in die Königsgrätzer Straße vorgereckt war. Enge beisammen trotz der Hitze, wie ein Nest Spatzen, die braven geheimen und wirklichen Legationsräte, Regierungsräte, Sekretäre und Chiffreure, in ihren dunkelblauen Uniformen mit zwei Reihen blanker Knöpfe, der Gardedragoner Bismarck-Bohlen und der hellblaue Kürassier Keudell als kriegerische Ausrufungszeichen in der diplomatischen Gleichförmigkeit. Da saßen sie und starrten hinab, stolzgeschwellt, weil ihr Oberster da unten so mittelpunktmäßig dahinritt, und todunglücklich, weil er nicht hinaufsah.

"Was hat er denn?" stammelte Abeken.

In diesem Augenblick hob Bismarck den gesenkten Kopf und fing seine Getreuen mit einem langen Blick. Ja, da waren sie, die Unbedankten und Unbejubelten, die aus Männertaten Aktenstücke machen mußten, die durch Berge von Papier ihre Stollen schlugen, während draußen die Welthistorie alle Namen aufzeichnete, nur nicht die ihren. Da war Lothar Buchers feines, müdes Gesicht, des Vetters allezeit lachbereite Mienen, Abekens Vogelköpfchen zwischen schwarzem Samtkragen und einem überaus prunkvollen Dreimaster und alle die anderen. Wozu hatte man einen Säbel an der Seite, wenn nicht, um diese Männer zu grüßen? Breit und funkelnd fuhr er aus der Scheide und winkte blank hinüber. Mit einmal ging ein kleines Glitzern durch Bismarcks Ernsthaftigkeit. Er beugte sich vor, hob eines der grünen Unsterblichkeitsgewinde vom Sattel und fuhr mit der Klinge durch sein volles Rund. Hoch auf schwang sich der grüne Kranz vom Stahl, schwebte durch die Luft und senkte sich in sorgsam bemessenem Flug gerade in des verblüfften Abekens Schoß.

Mit stockendem Herzschlag sahen sie dem Reiter nach, der nickte ihnen zu, ließ das Pferd weiterschreiten und trug ein leises Klingen in der Seele mit. Ein Stückchen weiter, da sollte aus dem Klingen ein recht herzhaftes Lachen werden.

"Schauen S', Durchlaucht", sagte der General Gablenz, indem er sein Pferd an Bismarcks Seite drängte, "so haben Sie sich aber g'wiß noch net g'sehn, wie da drüben an dem Haus."

Wahrhaftig, sooft sich auch Bismarck während des Rittes in allerlei treugemeinten Bildnissen schon begegnet war, in Papier und Gips, zwischen Eichenlaub und Fichtenreisig, gewebt, gestickt, gehauen und gestochen und sogar in Muschelmosaik zusammengesetzt, so hatte er sich noch nicht erblickt, wie an dem Haus des Buchbindermeisters Bannewitz. Da saß er nämlich riesenhaft an einem Ding mit Rädchen, Nadel und Fußtritt, das war, weiß Gott, eine Nähmaschine, und er war damit beschäftigt, eine ungeheure Landkarte zusammenzunähen. Nord- und Süddeutschland waren schon zusammengeflickt, und eben war die heroische Nähmamsell dabei, auch Elsaß-Lothringen mit einer guten, sauberen, festen Naht dem Übrigen anzufügen. Aus dem Fenster aber, gerade über des gemalten Bismarck kahlen Scheitel schaute der Buchbindermeister Bannewitz und wedelte mit einem fahnenmäßigen weißen Handtuch, als wollte er ganz Europa zur Schau seiner selbsterdachten Herrlichkeit einladen. Denn als einer, der seit einem Maiabend des Jahres 1866 sein Dasein durch besondere Fügung an das Bismarcks geschlossen glaubte, hielt er sich auch für verpflichtet, sich an diesem Tag, der ohne ihn nicht hätte kommen können, durch etwas Besonderes hervorzutun.

4

Das Lachen hielt eine Weile vor, aber nicht allzulange, dann wurde es wieder düster in Bismarcks Inwendigem. Das kam zum Teil von der Wetterwand im Westen, vielleicht war es aber auch zum Teil ein Schatten von der großen Tribüne her, die haushoch über das Gewimmel ragte und nichts als schwarze Fräcke trug. Sie hob sich aus der allgemeinen Sommerbuntheit wie ein Felsen besonnenen Ernstes und unantastbarer Würdigkeit und unterschied sich auch dadurch von den anderen Landschaften des Siegesrittes, daß an ihrem kühlen, prüfenden Dastehen der Jubel gleichsam seine Temperatur verlor und kleinlauter wurde. Das hölzerne Schiff, das die schwarzbefiederten Vertreter des Volkes trug, schwamm nicht mit dem reißenden Gefälle dieser Stunde, es hatte Männer an Bord, die sich verpflichtet fühlten, den Kopf oben zu behalten und nicht Mithandelnde zu sein, sondern Zuschauer zu bleiben. Es war, als schaue an dieser einzigen Stelle das alte, kahle, nüchterne Berlin durch den Festmantel der Stadt.

Während Bismarck unten dahinritt und die vereinzelten Zurufe, die aus der Höhe auf ihn niederfielen, mit verbindlichem Nicken erwiderte, wandte sich ein kleines Männlein der ersten Sitzreihe mit einem vergnügt klugen Lächeln an seinen Nachbarn, dem ein grauer Bart kantig gegen das Kinn hin geschnitten war.

"Sehen Sie, lieber Mallinckrodt", sagte der zwerghaft Kleine aus seiner Tiefe zu dem ragenden Genossen, "ich weiß jetzt genau, was Sie denken."

"Haben Sie bei Mister Home Unterricht genommen?" lächelte der Nachbar zurück.

Das gescheite Schmunzeln verließ das bartlose Gesicht des Kleinen nicht. Ein paar Fältchen jagten einander um den Mund. Hinter Brillengläsern sprühte ein elektrisches Feuerwerk. "Ohne Home, lieber Mallinckrodt! Sie denken: ‚Wie komisch wäre das, wenn statt des Bismarck der Doktor Windthorst da unten auf dem Riesenvieh säße.'"

Es mochte nicht weit vorbeigeraten sein, denn Mallinckrodt erwiderte allzu eifrig: "Es ist nicht unsere Aufgabe, Parade zu reiten. Das können wir anderen überlassen."

Windthorsts schmale Lippen schoben sich vor, sein Mund bekam einen kindlichen Trotz. Mit einem leise schmatzenden Laut klafften sie wieder auf. Er hob die Stimme ein ganz klein wenig, gerade genug, um noch ein paar gleichgesinnten Genossen links und rechts verständlich zu sein. "Wir wollen aber auch nicht geritten sein, nicht von Bismarck und nicht von einem anderen."

Einige Sitzreihen weiter oben und hinten hatte Lasker vor zwei Stunden das Wort genommen und noch nicht wieder hergegeben. Seine Aufregung wurde ihm immer zu Gießbächen von Beredsamkeit, der er selbst nicht Einhalt gebieten zu können schien; sein Inneres begann zu glühen und zu dampfen, daß ihm der Schweiß unter den schwarzen Ringellöckchen auf die Stirn trat. Über ein Nichts konnte er so ins Reden geraten, um wieviel mehr über das, was heute vorging, über dieses Schauspiel, das vor allem seinem Helden zu gelten schien. Er verbreitete sich eben über die Lage der Dinge in Frankreich und erzählte, daß es den Deutschen dort nicht zum besten gehe und daß man ihnen mit allen möglichen großen und kleinen Quälereien zusetze, davon zu schweigen, daß offenbare Rechtsverletzungen vorkämen, für die den französischen Richtern die Augen fehlten. "Und was sagen Sie", fuhr er fort, "wie die Leute ihre Milliarden zahlen? Sie wollen uns loswerden. Gut! Aber hat jemand gewußt, daß Frankreich so reich ist? Sie werden früher gezahlt haben, als wir unsere Besatzungen zurückziehen können. Haben Sie gehört, daß sieben neue Aktiengesellschaften in Berlin gegründet worden sind? Ja - Geld kommt ins Land, man muß irgendetwas damit anfangen. Sie werden sehen, wie der Bodenwert und die Grundrente steigen, wir haben eine neue Zeit vor uns. Hübsche Dotationen haben die Generäle bekommen, was? Übrigens, der Kronprinz hat sie nicht angenommen. Wissen Sie, was er gesagt haben soll: Es ist traurig genug für die Generäle, daß ihnen die Prinzen die höheren Kommanden weggeschnappt haben, er will sie nicht auch noch in dieser Weise verkürzen, und wenn man ihm die Dotation aufzwingt, so wird er sie Blumenthal abtreten. Prinz Friedrich Karl aber hat genommen und war ganz bös, daß man ihn überhaupt gefragt hat, ob er will. Er wird neue Pelze für die Ziethenhusaren machen lassen."

Die schimmernde Reiterwolke zog vorbei, und Lasker erhob sich. Sein Herz schwoll an, feucht stieg es ihm in die Augen; wäre er dieses hölzernen Schiffes von Schwarzbefrackten Kapitän gewesen, so hätte er jetzt dreimal die Flagge gesenkt. Verklärt starrte er seinen Helden an: "Da reitet er! Wissen Sie, daß ihm der Kaiser hat zum Fürsten ein neues Wappen geben wollen, mit einem Adler darin? Und wissen Sie, was er geantwortet hat? ‚Ich möchte nicht, daß mir der Adler meinen Klee frißt', hat er gesagt. Hat er gesagt! Und ist bei seinem Dreiblatt geblieben. *In trinitate robur.*" Er war voll von Aussprüchen Bismarcks und von Geschichten über ihn. "Kennen Sie die Antwort, die er dem Kellner in Frankfurt gegeben hat? Sagt der

Mensch, der ihn von früher her kennt, er hätte den Fürsten in Zivil nicht wiedererkannt. Was sagt Bismarck? ‚Ja, das ist den Franzosen ähnlich gegangen. Die haben uns auch erst erkannt, wie wir die Uniform angezogen haben.' Was sagen Sie?"

Bennigsen nützte die Fragepause. "Setzen", schrien hinten einige, deren Ausblick durch Laskers aufgeregtes Gefuchtel geschmälert war. Sanft zog Bennigsen den Parteigenossen auf die Bank. "Wir wissen", sagte er, "daß Bismarck Ihre unglückliche Liebe ist."

Ehrliche Kümmernis stieg in Laskers Gesicht, er schluckte an einer kleinen Bitterkeit: "Mein Gott ...", sagte er, und die Worte blieben ihm diesmal aus.

"Er soll Ihnen übrigens gesagt haben, Lasker", fuhr Bennigsen fort, "er wette, er und Sie würden noch einmal Kollegen werden."

Die Truppen marschierten, ein endloses Gleißen; es war ja keine ernsthafte Ordnung mehr; auf dem stundenlangen Weg hatte sich Bekanntes zu Bekanntem gefunden, Gleiches zu Gleichem, wie die Atome auf ihrem Tanz durch das Weltall das Verwandte anziehen und zu Molekülen zusammenklumpen. Das waren nun freilich höchst unmilitärische Molekülklumpen, der Landwehrmann im wilden Bart, mit dem Kleinsten auf dem einen, der Gattin am anderen Arm und noch sechs Rangen hinterdrein, und der Alte Dessauer im Preußenhimmel schüttelte über dieses Schauspiel den Kopf, als sei es die Einleitung zum Weltuntergang. In dem Durcheinander von Familienglück und Wiedersehen und Freudengewimmel kümmerte sich keiner um den andern und am wenigsten um die unbeweibten und alleingängerischen Unteroffiziere, die händeringend und wetternd der allgemeinen Auflösung zu steuern suchten.

Plötzlich gab es vorn irgend etwas. Die Moleküle hatten sich irgendwie festgekeilt, die Masse war aus trägem Fluß in Erstarrung geraten, die ganze Straßenbreite war angefüllt, und wer keine Turnergeschicklichkeit anwenden konnte, anderen Menschen auf den Schultern oder dem Kopf zu stehen, mußte das Fortkommen aufgeben.

Solange man geritten war, hatte Bismarck seine Unruhe meistern können. Aber dieser plötzliche Halt machte sie so drängend wie einen körperlichen Schmerz. Sie schoß gleichsam über ihn hinaus, wie eine Kraft bei plötzlichem Abbruch der Bewegung sich irgendwie als Fortsetzung äußert. Sengend roch die Lunte an der Pulvermine in seiner Tasche. Da saß der Kaiser auf seinem Roß, und das Volk war durch keine Schutzmannschaft zurückzuhalten, ihm ganz aus der Nähe mit Hüteschwenken und Gebrüll zuzusetzen. Ein schon etwas ermüdetes Lächeln auf dem Gesicht des alten Herrn wehrte ab und sagte sein bescheidenes: Genug, genug! Bitter empfand es Bismarck, daß er dieses rührende Lächeln töten sollte. Er trieb sein Pferd an, zwischen Moltke und Roon, verwundert sah der Kaiser auf den ungestümen Dränger.

Schwer pumpte Bismarck die Worte hoch: "Majestät ... eine Meldung ist eingelaufen ... die französischen Vorposten vor Paris haben an einzelnen Punkten die Demarkationslinie verlassen und sich unseren Stellungen bis auf wenige Schritte genähert."

Es war schmerzlich zu sehen, wie das Lächeln zusammenschrumpfte und erlosch. "Was meinen Sie?" fragte der Kaiser nach einer Weile.

Das Bitterste war vorüber. Bismarcks Pferd stieß ein langes Wiehern aus und biß nach dem rehbraunen Hinterbacken von Moltkes Stute. "Schießen!" sagte Bismarck.

Der Kaiser nickte, ein großer Rosenstrauß traf seinen Sattel und fiel zwischen die Hufe der Pferde; der Kaiser grüßte dankend nach dem Wagen, in dem die Schützin aufrecht stand, eine Dame mit einem großen, gelben Strohhut über hellblauem, nach unten verbreitertem Faltengeriesel. Bismarck hob sich in den Bügeln, in die Menge spähend. "Durchlaucht wünschen?" fragte ein Schutzmann dicht neben dem Kopf des Pferdes.

"Haben Sie Papier und Bleistift?"

Beim saftigsten Fang war das Notizbuch nicht so schnell zur Hand gewesen, ein zackig gerissenes Blatt flatterte hoch. Ein Reitstiefel ist keine gute Unterlage und ein aufgeregter Gaul kein ruhiger Schreibtisch, die Züge von Bismarcks Handschrift verzerrten und verschoben sich und bekamen seltsame Schnörkel. Aber schließlich stand doch fest und klar da, was zu sagen war: "Dem Herrn Kommandanten der Vorpostentruppen vor Paris. Wenn die französischen Vorposten nicht zurückgehen, so greifen Sie an. Depesche an französische Regierung folgt."

Bismarck sah von seiner Sattelhöhe in das unbewegte Gesicht unter dem Helm. "Können Sie das sogleich in das Auswärtige Amt bringen?"

"Jawoll", sagte der Mann; das war wie ein Schwur, sich, wenn nötig, durch alle vier Elemente zu schlagen. Aber es war keine solche Gewaltprobe nötig, denn als hätte alles bis hierher geduldig gewartet, so löste sich in diesem Augenblick der Knoten in dem breiten Menschenband, es hob sich ein neues Rufen und Farbengeflacker, und die ganze Masse setzte sich mit einem Druck von Gigantenkräften in Bewegung. Durch die gelockerte Mauer wand sich ein Mann und war verschlungen.

Drüben beim Zeughaus stand eine sonderbare Heilige. Sie war eine Französin, gewaltig anzusehen wie ein Ungetüm der Vorzeit; um und um war sie aus blanker Bronze gefügt und reckte aus einem dicken Hinterteil ein sehr in die Länge gezogenes Vorderteil, dessen Inneres mit nachdrücklichen Schraubenzügen wohl versehen war, wie es sich für ein Frauenzimmer schickt, das auf der Welt etwas durchsetzen will. Mit Namen hieß sie Sainte Valérie und war der heiligen Barbara Base, aber zugleich, wie dies schon unter Verwandten zu gehen pflegt, ihre grimmigste Feindin. Auf dem bewußten Mont Baldrian bei Paris hausend, hatte sie vor noch nicht langer Zeit heftig zu den Deutschen hinübergebellt, bis diese anrückten, sie mit Seilen fesselten und hinwegführten. Nun stand sie, mit Eichenlaub um die Hüften, vor dem Zeughaus, reckte das mit einem Rosenkränzlein umwundene Maul voll Bitternis zu dem fremden Himmel und tat, als sehe sie von dem ganzen Tausendgetümmel ringsum nicht das mindeste.

Dabei krabbelte ihr das lästige Volk allenthalben um den Leib und, wie es durch Zug und Druck einer lebendigen Masse leicht erklärlich, war einiges von dem Gewürm ihr sogar halbwegs das Rohr hinaufgeschoben worden. Da hockten sie nun, ein wenig über den Köpfen der Menge, und quatschten, und weil sie ihr so dicht an den Leib gepflanzt waren, konnte die gefangene Heilige gar nicht anders, als hören, was sie sprachen.

"Bequem ist anders", sagte einer, der von dem glatten Bronzefleisch immer wieder abzugleiten schien.

"Sie hätten ja drüben auf der Tribüne Ihren Platz haben können", sagte ein anderer.

"Unter den Profitlern, Blutsaugern und Wucherern, unter der Meute der Kapitalisten, wie ein dressierter Jasager zu alledem. Damit sie lachen können, wir waren dabei und haben so noch nachträglich zu diesem Krieg unser Amen gegeben. Sollen wir sie verherrlichen helfen, diese Banditen und Einbrecher auf Befehl, die auf der Freiheit der Völker herumstampfen. Und dabei für wen? Um die Geschäfte eines Königs zu besorgen, für den der Mensch beim Leutnant anfängt." Das war für einen Drechsler ein wenig ungefüge und rauh geantwortet, als sei zwischen seinem bossierenden Handwerk und seinem grobianischen Denken ein brückenloser Riß, und ein wenig laut war es dazu und kühn inmitten einer freudebebenden Menschheit.

Der ältere Genosse mit der Sturmmähne und dem stacheligen Bart um das Untergesicht warnte den Fürchtenichts mit einem Blick: "Es ist der letzte Krieg", sagte er, "es wird anders sein, bis die Wenigen unten und die Vielen oben sind." Er hatte eine tiefe und schwerflüssig süße Stimme, die wie aus gesponnenem Zucker gemacht war, und sein Blick ging mit tapferer Schwärmerei und einem edlen Eigensinn über die Menge hin, als sähe er wie Moses jenseits der kriegerischen, waffenklirrenden Gegenwart das Land der Verheißung.

"Dazu muß erst alles um und um gedreht werden", knurrte der Dritte, dem über das Kindergesicht ein ganz gefährlicher Räuberhut gepflanzt war, auf daß man sogleich wisse, daß es diesem Gesinnungstüchtigen mit dem Umsturz des Bestehenden voller Ernst sei. Das war Karl Most, und wenn es nach ihm gegangen wäre, so hätte man schon die Linden unterwühlen und mit hunderttausend Tonnen Pulver gegen den Himmel streuen müssen. "Siehst du, August", fuhr er fort, "da mimt er den Reichskanzler. Immer in Geschäften, immer tätig fürs Vaterland, hat nicht einmal im Siegesrummel sein Vergnügen, muß vom Sattel herab die Welt regieren. Alles Schwindel, sag ich euch, Komödie, Schwindel, Theater für den Bürger in Parkett und Loge. Na, Sie müssen ihn ja kennen, Brand, Sie sind ja sein Jugendgespiele … nicht?"

Karl Brand, der als vierter auf das Hintergestell der Sainte Valérie gedrückt war, sagte langsam: "Ja ... aber wir sind etwas weit auseinandergekommen."

Most schob den breitkrempigen Verwegenheitsfilz mit einem Ruck nach hinten. "Das ist es ja. Der Fluch unserer Gesellschaftsordnung! Ein gutes Beispiel! Wär's anders, so säßen vielleicht Sie dort drüben auf dem Gaul, und er könnte sich hier herumquetschen." Wie ein hörnertragender, schuppenschwänziger Greif stieg sein drohender Zorn. "Aber es ist noch nicht das letzte Wort gesprochen. Und manches kommt vielleicht anders, als es sich der und jener denkt."

Das alles hörte die verschleppte Heilige, und sie freute sich bis tief in ihre stählerne, schraubig geriefte Seele hinein.

5

Der Herr Geheime Legationsrat Bucher lag dem Leibe nach auf dem schmalbäuchigen Sofa seiner Arbeitszelle, sein ermüdeter Geist aber wanderte zur Erholung unter Palmen von Honduras. Das Sofa war ein Überbleibsel aus der Zeit, da dieses Haus Nummer 76 der Wilhelmstraße zu Berlin noch dem russischen Gesandten Alopäus gehört hatte, und es war mit der antikischen Strenge und Herbheit seiner Linien mehr auf Haltung als auf Bequemlichkeit bedacht, als ein richtiges Kind seiner Zeit, die auch dem Alltag einen heroischen Stil zu geben beflissen gewesen war. Mit seiner geraden, steifen Lehne und den beiden Rollen siebenten Härtegrades vorne und hinten sah es wie eine stygische Gondel aus und war überhaupt, rundheraus gesagt, ein Instrument zum Abgewöhnen.

Seit zehn Uhr morgens aber hatte der Kanzler seine Augenbrauen gedreht, der rotgebänderte Klingelzug im ersten Stockwerk hatte fast ununterbrochen gerufen, zwölfmal war der Doktor Bucher oben vor dem Schreibtisch, vor diesem Belagerungsgeschütz, dieser Arche Noah gestanden, im glühenden Anhauch des Vulkans, und am Abend eines solchen Tages konnte auch das alopäische Marterbrett nicht hindern, darauf in Schlaf zu verfallen. Die zehn mageren Londoner Verbannungsjahre hatten dem einstigen Revoluzzer den Feuergeist ausgetrieben, der Spiritus des Jahres achtundvierzig war verflogen, und indem Bucher der gepriesenen Freiheit Englands in die unsauberen Hinterkämmerchen schaute, gewann er gleichzeitig die richtige Fernsicht auf das deutsche Vaterland und überzeugte sich dabei, daß Einreißen ganz gewiß ein leichteres Geschäft sei als Aufbauen. Dabei war in der Kümmerlichkeit jener Zeit freilich auch ein gutes Stück Kraft draufgegangen, und der Mann, der nach zehn Jahren in die Heimat zurückkehren durfte, um beim Bauen mitzuhelfen, war ein schmächtiger Junggeselle mit schwachem Magen und enger Kehle. Aber was ihm verblieben war, das hatte er dem großen Baumeister dargeboten, bereit, sich für ihn totzuarbeiten, und manchmal schien es, als sei es gar nicht weit davon.

Was aber die Mangrovenwälder und Zuckerrohrfelder von Honduras anlangte, so war ein Stück davon nicht etwa bloß Traumland, sondern richtige, dem Doktor Lothar Bucher eigentümlich zugehörige Wirklichkeit zufolge eines verbrieften, versiegelten und beglaubigten Kaufaktes. Dort drüben bei den Mestizen und Kreolen lag seit mehr als zehn Jahren ein Abschnitt Welt, den man noch niemals gesehen hatte, auf den man sich aber jederzeit zurückziehen konnte, wenn es hier irgendwie schief ging. Vorläufig genügte er als Zuflucht in den Hintergründen der Zeit, als letzter Rest jugendlicher Freiheitsromantik und zusammen mit der Botanisiertrommel und den Kanarienvögeln als farbige Verzierung dieses steinigen Gebirges von unablässiger, zermalmender Arbeit.

Mitten in die exotische Landschaft hinein krachte von jenseits des Schlafraumes ein unmißverständliches Räuspern der Wachheit. Doktor Bucher tat die Augen auf, zog die Beine mit der Vorsicht an sich, die auf der stygischen Gondel vor schnellen Bewegungen warnte, und stand auf den Füßen vor Moritz von Blanckenburg.

"Sind Sie endlich gekommen?" fragte er mit der raschen Gesamtheit eines, dessen Schlaf Unterbrechungen aller Art gewöhnt ist. "Der Chef hat schon dreimal nach Ihnen gefragt."

Blanckenburg murmelte etwas von Verhinderung und Sitzungen und schloß die Frage an, ob der Herr Geheime Legationsrat wisse, um was es dem Fürsten zu tun sei; darum habe er zuerst hier vorgesprochen, damit er vorbereitet komme. Aber Bucher machte sein aufrichtigstes Verheimlichungsgesicht, wußte von gar nichts, zog den schlaftrunkenen Rock zurecht und bat zu folgen. Sie durchschritten die engen Kammern, in denen um diese späte Stunde die Lampen auf den Schreibtischen trübsinnig einsam vor sich hin stanken, stiegen die Treppen hinan und traten durch die Glastür, hinter der Theiß mit einem Federmesser an seinen Nägeln herumschnitt. Das Federmesser verschwand in der Westentasche, die Brust warf sich dienstlich streng in die weiße Hemdbrust im Frackausschnitt. Blanckenburg hatte noch einiges Fragebedürfnis, aber Bucher hatte sich bereits hinterhältig diplomatenhaft verzogen, war einfach ohne Abschied von dannen geklinkt, und da war ja auch Theiß schon wieder, eine Tür öffnete sich breit, man trieb ohne Gnade und Barmherzigkeit im kleinen Kahn auf brausenden Wassern.

Nun gut und justament, und man war auch wer, und das Bockshorn war noch nicht gewachsen, in das man gejagt werden konnte.

Bismarck aber schien gar nicht der grimme Hagen und heimliche Heide, als den ihn die Kreuzzeitung von Partei wegen hinstellte, sondern sah eher wie ein überwachter und geplagter Professor aus, mit seinem Stubenhockergesicht und seinen zerzausten Augenbrauen und der denkerisch zugekanteten Stirn. Freilich, als er aufstand und hinter seiner Verschanzung von Zeitungen hervorkam, da merkte man schon, daß er für einen Professor etwas zu überlebensgroß geraten und daß nicht etwa der Mann nach dem Schreibtisch, sondern der Schreibtisch nach dem Mann gemacht war, und daß dieser jenes zweieinhalb Meter Breite und zwei Meter Tiefe ohne alle Anstrengung vertrug.

"Gut, daß du gekommen bist, Moritz", sagte er, und das war wie einst in den Kniephofer und Kardeminer Zeiten, wenn es etwa um eine schwärmerische Mondscheinbowle oder ein niederländisch gefräßiges Schweineschlachtfest ging. "Es war eben recht einsam geworden … bei Papier und nichts als Papier … und noch dazu so üblem wie dem da." Er warf einen rechten pommerschen Junkerblick nach dem verachtungswerten Zeitungszeug, das da neben dem Schreibtisch hingeworfen lag, nicht etwa sorglich zusammengelegt und wieder in die Brüche gefaltet, wie es ein frommer Zeitungsleser tut, der mit Behagen und Einverständnis sein Blatt bis ans Ende gekostet hat, sondern irrtümlich zusammengeballt und zerknödelt, als seien die Fäuste darüber zu heiß geworden.

Moritz von Blanckenburg bemerkte, daß in diesem grausigen Papiertumult der blaue und rote Stift wacker gefochten hatten und daß mancher Artikel mit einem dicken Strich zur Strecke gebracht worden war, andere aber wieder durch ein Zeichen an der Stirn gesondert worden waren, man wußte nur nicht, ob wie Kain oder wie der heilige Franziskus.

Eine Freundeshand lag auf Blanckenburgs Arm. "Du hast dir die Mähne nehmen lassen, Moritz, und den weißen Bart? Brav! Es ist die rechte Zeit zum Haareschneiden: zunehmender Mond. Nein, wirklich, darauf soll man sehen. Mein Oberförster in Varzin schlägt keinen Baum, der aus dem Stumpf noch treiben soll, anders als im ersten Viertel. Wenn der Stock aber gerodet wird, dann kriegt der Baum im letzten Viertel die Axt. Försterweisheit! Bei mir freilich hilft alle Försterweisheit nichts mehr, und in keiner Hexenküche der Welt gibt's einen Balsam für dieses Haupt." Er fuhr wehmütig über die Kahlheit seines Kopfes, dem nur im zweiten Kranz um den Scheitel noch ein wenig mühselig dünner Flaum stand.

"Na ja! ... Nicht hier", er drängte Moritz von dem Stuhl ab, zu dem dunkelroten Schlafsofa unter den Kaiserbildern, "dort sitzen die Gesandten, Botschafter, Abgeordneten, Finanzleute und sonstiges Besucherzeug. Es ist noch kein Freund dort gesessen ... wollen nur immer was ... Ja, was meinen strahlenden Gipfel betrifft, da hilft kein zunehmender Mond mehr!"

Moritz rührte sich nicht, er saß da, hielt die Ohren steif und krampfte die Hände um das Steuer seines kleinen Kahnes, daß er ihn sicher durch die Wirbel brächte.

Der Fürst hatte die Hände auf den Rücken gelegt und sah dem Kaiserbild über Moritz ins Gesicht. "Hast du das auch bemerkt, daß die Jahre immer kürzer werden? Zuerst tanzen sie schön langsam mit uns rundum, ein gelassener Reigen von Monaten, jetzt haben sie Beine wie die Windhunde und hetzen den armen Hasen vom Leben zu Tode. Weiß Gott, wie sich saubere Frauenzimmer in solch bissige Köter verwandeln können. Ich bin verbraucht, Moritz, meine Kraft ist aus, ich ducke mich in den Krautacker und warte, bis mir der nächste Jahreshund oder das nächste Hundejahr, wenn es so besser klingt, das Genick durchbeißt. Meine Gesundheit ist wurmstichig geworden; wir hatten so einen alten Kasten auf Kniephof; jedesmal, wenn man die Tür öffnete, wunderte man sich über die Haufen von Holzmehl, die da lagen. Du ahnst nicht, wieviel Holzmehl ich täglich vor meinem Bett finde. In diesen schlaflosen Nächten nagen sie mit Inbrunst an mir."

‚Welcher Schauspieler', dachte Moritz, ‚er beginnt mit Klagen, um mich mürbe zu machen.' Er verhärtete sich, legte die Hände auf die Knie und sah Bismarck fest von unten an. Der Fürst nahm den Blick nicht vom Gesicht seines Kaisers. "Das Alter, Moritz, ist ein abscheulicher Feind, und die andern merken es vielleicht noch genauer, was es anrichtet, als man selber. Mein alter Herr - du ahnst nicht, wie alt der geworden ist. Das ist ein Ächzen und Stöhnen über jeden frischen Luftzug; am liebsten würde er alles sorgsam abschließen, und wenn er sich doch rühren muß, dann geschieht es so langsam, daß man fast immer zu spät kommt. Was für eine Mühe war das, ihn zu überzeugen, daß so ein Minister wie Mühler in dieser Kampfzeit nicht zu gebrauchen ist. Ich bin der Störenfried, der Quälgeist, der Unheilstifter, sie halten dort alle fest gegen mich zusammen, die Unterröcke machen Politik gegen mich, eine alte süße Gewohnheit, von der sie nicht lassen können. Wen ich nicht mag, den lobpreisen sie in allen Tonarten, und wen ich brauchen kann, den putzen sie zu, daß seine eigene Mutter vor ihm erschrecken könnte. Es gibt bei Hof keine schlechtere Empfehlung als die, bei mir gut angeschrieben zu sein. Und ich selber stolpere immer nur so am Rand der Ungnade dahin; wenn ich nur schon, in drei Teufels Namen, einmal fiele, daß das Getanze ein Ende hat. Da ist so ein Blättchen, das nennt sich ‚Reichsglocke', dem bin ich an den Klöppel gebunden und soll zu Tode geschwungen werden. Das Ding hat einen recht üblen Klang, aber es läutet überall bei den hohen und höchsten Herrschaften, und, Moritz - es läutet auch im Schloß, sogar in zwei Exemplaren."

Moritz sah auf die Teppichwiese zu seinen Füßen nieder, auf der in dunkelrotem Grund blaue, grüne und hellrote Streublümchen wuchsen und preßte den rechten Arm fest an sich, damit nicht etwa die neue Nummer der hier so übel angesehenen Glocke herausfalle, die er dort in der Innentasche verwahrte. Es war Zeit, um die gefährliche Ecke herumzusteuern. "Warum hast du mich kommen lassen?" fragte er verstockt, um nur ja gleich deutlich anzuzeigen, daß er von all dem geheimen Regierungsjammer nicht im mindesten angegriffen sei.

Mit Befremden kam Bismarcks Blick von seinem alten Herrn auf den Freund herab. Was für ein bitterer, fremder Klang da an das innere Ohr gedrungen war, was für ein parteisteifer Klang von Unentwegtheit und Rechthaberei: "Ja so!" sagte er beklommen, stand in schmerzlich heller Blendung und tat dann die zwei Schritte zum Schreibtisch. Auf der Unterlage von rosarotem Löschpapier schnitt ein beschriebener Briefbogen ein schiefes Viereck aus. Moritz reckte sich ein wenig; das waren, weiß Gott, wohlbekannte Züge.

"Diesen Brief habe ich von Senfft von Pilsach bekommen", Bismarck hielt das Blatt auf der flachen Hand, "er hat mich zur Buße, zur Demut und Einkehr ermahnt, hat mir das Beispiel des Erlösers vorgehalten und mir das Gericht Gottes angedroht, wenn ich auf meinem Weg fortfahre. Das ganze, liebe Hinterpommern erhebt seine Anklage gegen mich, es ist ein richtiges frommes Traktätchen daraus geworden."

"Nun?" fragte Moritz, noch tiefer in seinen Parteipanzer verkrochen, daß kaum mehr ein kleines Stückchen Mensch hervorsah.

"Du kannst dir denken, daß er seine Antwort bekommen hat. Soll ich diesen pharisäischen Dünkel gegen mich unwidersprochen hinnehmen und seiner geistlichen Fürsorge meinen zerknirschten Dank abstatten? Auf mein Seelenheil bin ich schon ganz von alleine bedacht und brauche niemanden, der mir die Posaunen des jüngsten Gerichtes schon in dieser Zeitlichkeit vorbläst. Zum Glück gibt's in der Bibel Sprüche für jede Art von Gelegenheiten, und ich habe ihm einen gefunden, der von Gottes Backenstreichen und von ausgeschlagenen Zähnen handelt."

Das Briefblatt flatterte zurück und knickte ängstlich gegen das gewölbte Glas, unter dem die vergoldete Uhr ihr Pendelchen hin und her schwenkte, während der vergoldete spanische Maler stumpfsinnig daneben saß und den vergoldeten Pinsel gegen die vergoldete Tafel gezückt hielt.

Wahrhaftig, dieser Schreibtisch war, wie Bucher meinte, zweifach in seiner Wesenheit: Arche Noah, in die alle Drolligkeit und Absonderlichkeit dieser Welt unbedenklich einging, und Wurfmaschine, die alle Arten von Geschossen, groben und kleinen Kalibers, zurückschleuderte.

Bismarck rollte einen Polsterstuhl gegen das Sofa. Er sank zu tiefem Sitz herab, sein Gesicht war nahe an das des Freundes geschoben. "Das habe ich fragen wollen, Moritz, ob ihr alle so denkt wie Senfft von Pilsach? Ob das ... sozusagen ... konservative Parteimeinung ist?"

Eine Kardinalfrage, die auf ein echt bismärckisches Glatteis führte. Moritz sammelte sich und faßte Fuß: "Ja ... gewiß denken viele so wie Senfft von Pilsach. Eine Parteimeinung besteht natürlich über so persönliche Dinge nicht."

Langsam, wie eine leichte Frühlingswolke, zog ein Name durch Bismarcks Unbewußtes und warf einen rosigen Schein um sich her bis in diese trübe Stunde. Bismarck sann ihm nach, da schwebte er über den Rand, ein Freundschaftsname: "Ademar", mit einem zierlichen Gewinde von Veilchen und Vergißmeinnicht und einem Geruch nach Jugend und Weltvergessenheit, gemeinsames Gut von vier Menschen, die wie aus gemeinsamer Wurzel aufgegangen waren. Jetzt hieß Ademar unten bei den Geheimen und Wirklichen Legationsräten, bei den Sekretären und Hofräten Gamaliel. Die wußten es nicht besser, aber es war Bismarck, als müsse es ihm gelingen, den alten Namen auf die Lippen des Freundes zu zwingen, durch Anspannung der Seele, als müsse er wie ein geheimes Losungswort auftauchen, das, einmal ausgesprochen, keinen Irrtum und kein Verkennen mehr zuließ.

Moritz aber schwieg, und es blieb dunkel und unbewegt in ihm.

Schwer schatteten die borstigen Brauen über Bismarcks Augen. "Ihr bezweifelt mein Christentum ... Alle steht ihr auf der anderen Seite, alle Namen und Erinnerungen meiner Jugend sind von mir abgefallen. Senfft-Pilsach, Savigny, Kleist-Retzow, Gerlach, Thadden und - du ..." Zerwühlt brach er ab.

"Deine Bundesgenossen machen dich verdächtig", setzte Blanckenburg ungefüge hin.

Nun war man hart aneinander, Leib an Leib. "Meine Bundesgenossen, Moritz? Warum habt ihr mir die Gefolgschaft verweigert?

Ihr, meine eigene Partei? Muß ich mir nicht meine Bundesgenossen suchen, wo ich sie finde? Für diesen Kampf um das neue Reich ..."

Hörbar klapperte der Parteipanzer. "Es ist der Kampf um den Glauben. Der religionslose heidnische Staat streitet wider die Kirche. Dabei ist es Christenpflicht, ob das Bekenntnis nun römisch oder evangelisch ist, bei der Kirche zu stehen."

Hatte der magische Name Ademar einen teuren Schatten aus dem Grab beschworen? Er war zwischen sie getreten, in seiner trauerbangen, sehnsüchtigen Schönheit, die Hände nach jedem von ihnen ausstreckend, wie die Lebende zwischen ihnen gestanden hatte, mit einem Übermaß von Seele, die sie Gott aufopferte, indem sie sie ihnen dahingab. Von dieser fast körperlichen Gegenwärtigkeit des Einst bedrängt, atmete Bismarck tief und schwer und wehrte sich durch ein Zurückweichen ins Gegenständliche.

Es trieb ihn von seinem Sitz, er trat zum Schreibtisch. Da stand eine Zigarrenkiste mit einer wunderschönen Göttin in Buntdruck auf der Innenseite des Deckels. Sie hatte ein griechisches Flattergewand an, das von einem unfühlbaren Wind nach hinten geweht war, so daß der schreitende Fuß in seiner wohlgerundeten Nacktheit zum Vorschein kam; lächelnd schwang sie einen Kranz, und damit man über die Bedeutung dieser mythologischen Persönlichkeit nicht im Zweifel sei, stand groß und breit darüber "Viktoria". Die Zigarre aber, die von diesem klassischen Frauenzimmer überdeckt wurde, sah keinerlei antikem Gerät, sondern eher einer der Keulen ähnlich, wie sie vielleicht von den Chatten in den Teutoburger Wäldern geschwungen worden sein mögen. Bismarck reichte dem Freund die Kiste, der wehrte durch ein Kopfschütteln ab.

"Es ist der alte Kampf", sagte Bismarck, "der seit Jahrtausenden nicht erlischt. Jedes Jahrhundert sieht ein wechselndes Gesicht und nennt ihn mit einem anderen Namen. Staat und Kirche, Gegenwart und Vergangenheit, Kultur und Rückschritt, oder von der anderen Seite gesehen: Sünde und Seelenheil, Unglauben und Glauben ... es läuft alles auf den Gegensatz zwischen Arzt und Priester hinaus oder ins allerletzte vereinfacht: zwischen Leib und Seele. Soll der Arzt, der einem Siechen eben die gebrochenen Glieder zusammengeflickt hat, sich Vorschriften über die orthopädische Behandlung machen lassen? Ich komme von den Schlachtfeldern Frankreichs, Moritz, wo diesem armen Krüppel von Deutschland die durch Jahrhunderte getrennten Knochen durch die allerkostbarste Kur wieder zusammengeleimt und eingerenkt worden sind, und finde hier daheim eine Partei, die gegen den verjüngten Staat mobilgemacht hat. Wie sagt Windthorst? ‚Wir sind keine konfessionelle Partei.' Was ist das Zentrum dann? Die Partei der Besiegten und Unterworfenen, die Verschwörung aller Unzufriedenen. Und ich soll den Staat nicht verteidigen dürfen? Nicht mit leichtem Herzen habe ich den Handschuh aufgenommen, das darfst du mir glauben. Aber ich sehe da die Französlinge, die es nicht wahrhaben wollen, daß Frankreich besiegt ist, die Welfen, die uns das Jahr sechsundsechzig nicht verzeihen können und in ihrer rostigen Rüstung herumspazieren wie eine alte Waffenkammer, und die Polen. Unsere Katholiken laufen in ihrer Verblendung mit, weil sie dem Reich unter Preußens Führung nichts Gutes zutrauen. Welches Schauspiel für unsere guten Freunde in Europa, welches Händereiben allenthalben, daß die Sieger untereinander zu raufen begonnen haben wie die geharnischten Männer, die aus den Drachenzähnen aufsprossen."

Er schob die Keule der Siegesgöttin in das kleine Rundloch einer eisernen Säule und kürzte das dünnere Ende durch einen festen Schlag. Blauer Rauch wolkte heftig vom Keulenkopf.

"Wir werden darin nicht übereinkommen", sagte Blanckenburg, indem er sich erhob. "Es mag das sein, wie es will, dies steht fest, daß die Gesetze deines neuen Ministers Falk diokletianische Gesetze sind. Die Entziehung der Schulaufsicht öffnet dem Unglauben die Türen der Schule. Es ist eine neue Christenverfolgung."

Traurig sah der Schatten von einem zum andern, seine gerungenen Hände flehten um ein wenig Verstehen von Mensch zu Mensch, aber er war in seiner reingeistigen Wesenheit machtlos gegen dieses Fremde, das plumpe Scheusal Mißtrauen mit seinen tausend scheelen Augen und seinen schleimigen Fühlern, die vortasteten und vor jeder Berührung zurückschnellten. Es hatte sich im Freundschaftstempel eingerichtet und spann graue Schleier zwischen die einst so heiteren Säulen. Die Wehmut hatte einen bitteren Geschmack von Zorn, die Jahre fletschten die Zähne und zerbissen das mürbe gewordene

Band. Es war nichts mehr zu halten und zu bessern, alles nahm seinen mißfarbenen Weg.

"Ich frage mich umsonst", sagte Bismarck in den Zusammenbruch, "was ihr da drüben macht, ihr preußischen Junker, ihr Pommern, Protestanten und Hüter des Staates? Ich bin wie der Mann vom Syrerland, über mir das wütende Kamel, unten im Brunnen der Drache und die Mäuse, die mir den Strick zernagen. Ihr könnt euch in der Gesellschaft aussuchen, was euch am besten zusagt."

Das war kein mit Honig bestrichener Bissen, und Blanckenburg lehnte ihn ab: "Ich ziehe es vor", sagte er klingenscharf, "auf dein Bild nicht näher einzugehen."

Bismarck warf die Zigarre hinter sich, sie fuhr geradeswegs auf das porzellanene Schreibzeug zu und verzischte röchelnd in der Tinte. "Ihr seid Leute, die zu wenig zu tun haben. Es ist ein Jammer, wenn einer die Tage um und um dreht und nichts Gescheites mit ihnen anzufangen weiß; da kommt man leicht auf den Gedanken, sich die Zeit mit Rechthaben zu vertreiben. Eure Welt ist um einige Breitengrade zu klein, ihr habt Angst vor den Liberalen, als seien sie noch immer die Vorposten des Teufels in Deutschland. Ihr habt Angst um euere Partei und ihre Macht."

Das war dem Pommern zu arg, denn er war einer von denen, die um so härter werden, je mehr man ihm mit Feuer zusetzt, selber einer vom Schlag derer, die sich im Widerstandslosen gern treiben lassen und an den Wehren und Schleusen heftig aufbäumen. "Das mußt du wissen, denn du hast selber Angst um deine Macht. Was heißt das, wenn du sagst, daß der Staat gefährdet ist? Es heißt: Ich will nicht, daß man mir in die Töpfe guckt. Du sagst das Reich und meinst: Bismarck. Du bist ein Gewaltmensch, ein Tyrann, der unter Freiheit eben das versteht, was ihm paßt, dafür gelten zu lassen.Wir sind dir dahintergekommen, wir wissen, was wir von deinen Phrasen zu halten haben, du hast dich den Liberalen verschrieben, mit Haut und Haaren. Wir sehen es mit Schaudern, aber wir werden nicht zugeben, daß Thron und Altar verraten werden, daß wir vielleicht anstatt Gottes einen Demokratenhut anbeten und anstatt des Vaterunsers das liberale Glaubensbekenntnis hersagen müssen."

So, das war einmal gründlich und bündig geredet, ohne jedes

Blatt vor dem Mund, und somit war klar geworden, daß es keine weichliche Freundschaftsduselei gab, wo es um die höchsten Güter der Überzeugung ging. Zwei harte Pommernschädel krachten zusammen, und das Feuerwerk dabei war nicht von schlechten Eltern. Immerhin, es war etwas daran, wenn einer so brav auf der Mensur stand und für seine Farben focht. Ein rechter Kerl trat allerwege auch für den Blödsinn ein, den die Senioren gemacht hatten, und wenn es der buntest gestreifte und gesprenkelte Blödsinn war und wenn er auch bis in die Tupfen als solcher erkennbar war. Das war so üble Gewohnheit aus der taciteischen Zeit her, und daran war nichts zu ändern, basta und Streusand darauf.

So dachte Bismarck und sagte mit tunlichster Sanftmut, indem er der Siegesgöttin eine neue Viktoriazigarre fortnahm: "Weißt du, Moritz ... man will ja doch Herr in seinem Hause sein ..."

Aber Moritz von Blanckenburg war allzusehr in den konservativen Saft geschossen, als daß er noch zu bändigen gewesen wäre, er ging mit einer steifen Sekundantenverbeugung, ohne Händedruck, und Bismarck blieb die Einsamkeit mit dem Gefühl verbrämt, daß von den zwei Pommernschädeln sich der seine diesmal nicht als der härtere erwiesen habe.

Tiefsinnig hielt er die glimmende Siegeskeule zwischen den Fingern und starrte auf den Tintensumpf, in dem ihre Vorgängerin nach kurzem Kometenflug verzischt war. Dabei hing ihm das Band des Klingelzuges gerade vor der Nase herab wie ein rotwollenes Ausrufungszeichen; und als das Gesicht Bismarcks von den inneren Betrachtungen wieder zu den auswärtigen Angelegenheiten zurückkehrte, da nahm er besagten Klingelzug als eine Mahnung wahr, daß es spät in der Nacht und das Tagewerk noch keineswegs beendet sei.

Ob der Herr Geheime Legationsrat Bucher noch da sei, fragte er den schlafumflorten Theis. Gewiß, der Doktor Bucher war noch da, und er wäre auch nicht nach Hause gegangen, solange der Fürst in seinem Arbeitszimmer war, und wenn er bis zum hellen Morgen auf der stygischen Gondel hätte schaukeln müssen.

"Hören Sie, Doktor", sagte er, "das Ministerium Hohenwart in Österreich hat eine Merkwürdige Richtung eingeschlagen. Die Sklaven kommen dort auf Kosten der Deutschen immer mehr empor. In Rußland, wo man vor unseren angeblichen Absichten auf die baltischen Provinzen Angst hat, wird das natürlich gern gesehen, daß Österreich seine schlimmsten inneren Feinde stärkt. Gortschakow, der alte Geck, lacht sich ins Fäustchen. Ich möchte, daß diese Verhältnisse in unserer Presse ein wenig besprochen werden. Nicht in der offiziellen ... da dürfen wir dem Ministerium Hohenwart nicht dazwischenfahren, aber sonstwo kann man sich darüber schon recht kräftig auslassen ..."

Der Doktor Bucher stand da und huschte mit dem Stift in kleinen Flüchtigkeitszeichen über den Notizblock; der Fürst kramte das Geheimfach seiner Gedanken aus und rührte dabei träumerisch mit dem Zigarrenstumpf in der Tinte. ‚Denn,' dachte er so zwischen dem politischen Gespinst hindurch, ‚wenn so ein Dreck erst einmal angerichtet ist, so hilft es nichts, ihn etwa durchs Tüchlein seihen zu wollen.'

Hierauf schlug die Uhr unter dem gewölbten Sturz die elfte Stunde, Bismarck zündete eine neue Siegeszigarre an und fuhr fort, dem Doktor Bucher, ohne Rücksicht auf dessen wankende Knie, seine Gedanken herunterzureden.

6

Seit ein paar Tagen begann der Palmenstrand von Honduras wieder nachdrücklicher jenseits von des Doktors Buchers trübseligen Gegenwartsgewässern aufzusteigen. Es war freilich vorerst mehr ein inneres Gesicht, als daß sich die amerikanische Freiheitsgloria schon nach äußerer Gelegenheit und Erreichbarkeit deutlich abgezeichnet hätte. Immerhin trieb ihm wie vormals dem unternehmenden Genueser in der Strömung seiner Tage doch schon dies und jenes Zweiglein oder Rindenstück oder sonstiges Landmerkmal, von dem er seine Einbildung nährte, daß nun sein Lebensschifflein vielleicht doch bald an den Strand stoßen werde, und das ihm dazu diente, dieses Fahrzeuges etwas schwierig gewordene Besatzung zu beschwichtigen. Ja, es war nicht zu leugnen, daß die ganze Matrosenschaft von Gedanken und Wünschen, die seine nun bald sechzigjährige Karavelle bevölkerte, einigermaßen rebellisch geworden war und über einen Dienst zu murren begann, in dem es Tag und Nacht fast kein Ausspannen gab. Es war an der Zeit, der Schinderei ein Ende zu machen, auf daß die Gasten die verschwitzten Hemden einmal ausziehen, waschen und in der Sonne trocknen und bleichen konnten, um für die letzte Fahrt ins Abendrot ordentlich angezogen zu sein. Wobei für die Palmen- und Mangrovenlandschaft von Honduras eine gewisse, nicht unbehagliche Vorstellung einer biederen Romantik im Stil von Onkel Toms Hütte mitspielte, mit irgendeiner vollgeratenen Kreolin, die von der selbstherrlichen Anmaßung europäischer Frauenzimmer nicht einmal den Namen nach etwas wußte, einem guten, sattgetönten Tier mit dem Talent, sich in die Ecke schicken zu lassen, wenn man seiner nicht weiter bedurfte.

Kurz und gut, man war willens, auf den Patriarchen- und Feierabendstandpunkt überzugehen oder, in Gottes Namen hegelianisch gesprochen, nach der revolutionären These des Tugendhelden aus dem roten Quartal und der Antithese des treuen und unentwegten Helfers Bismärckischer Regierungsmacherei die Synthese des wahrhaft Freien, auf sich selbst Gestellten zu gewinnen. Denn schließlich: Wer war man denn eigentlich? Es war ja gewiß eine liebliche und heitere Beschäftigung, ein Geschlecht von Kanarienvögeln nach dem anderen aufzuziehen und darauf zu achten, welche von ihnen sich zu besonders begnadeten Sängern auswachsen würden, oder allerlei Pflanzenzeug zusammenzutragen, ihm zwischen grauen Löschblättern den Lebenssaft auszuquetschen und es dann nach Klassen und Familien in eine gründliche Herbariumsordnung zu bringen. Aber diese Spitzwegische Betätigungsweise schmeckte allzusehr nach der Nachtmütze und dem Schlafrock, sie war nur ein unbedeutsames Schnörkelwerk, wuchs gewissermaßen nur als Moos und Algenüberzug auf einer grauen, zyklopischen Mauer, in der war jeder Quader eine schwere Arbeit von Tag zu Tag und ohne Unterlaß. Man stöhnte unter der Mühe, aber der Baumeister gab nicht nach und kannte keine Müdigkeit und wurde täglich nur mißtrauischer und grimmiger bei jedem Verschnaufenwollen.

Gewiß, er machte es sich auch nicht leicht und hatte seinen Ärger, aber auch seine Rechthaberei und rannte mit seinem Kopf gegen manche Wand, die er besser hätte untergraben und zu Fall bringen können. Manchmal wandte er dann freilich diese Würmer- und Diplomatenweisheit an, aber es wollte auch nicht recht gelingen, weil diese verdammten Wände oft so tief in die feste Erde allerhöchsten Wohlwollens gesetzt standen, daß ihnen auch von unten her nicht ohne weiteres beizukommen war. Da marschierten dann die Klagen über den Verlust des kaiserlichen Vertrauens an mit allerlei verärgerten Sprüchlein, die sehr wenig nach Ergebenheit klangen, und die Donnergewitter über unfähige und ungehorsame Minister und Gehilfen, diesen dreifach widerspenstigen Harry von Arnim etwa, die immer hintenherum irgendwie ins feindliche Lager liefen und dort die Stimmung stärkten. Vielleicht war auch mancher gar nicht so schwarz, wie er angemalt wurde, und es färbte bloß ein immer mehr ins Pechfinstere und Gallenbittere sich entfernendes Weltbild auf ihn ab. Gewiß, nirgends auf der Erde war das Selbstverständliche so wenig selbstverständlich wie in Deutschland, und was nicht mindestens auf dem Umweg durch das Ding an sich bewiesen und durch zwölf Eideshelfer aus dem deutschen Ideenhimmel gestärkt war, galt nicht. Und wenn es schon galt, dann galt es nur für die betreffende Partei, die ihre eigenen Ideen darin erkannte, zumal ja jede ordentliche deutsche Partei ihre eigene Abteilung in diesem Ideenhimmel für sich hatte und die anderen Abteilungen für durchaus idiotische und verbrecherische Veranstaltungen erklärte. Also daß einer, der wie Bismarck ein Gemeinsames und Verbindendes herausholen wollte, bald von diesen, bald von jenen, je nach Gelegenheit, für das Narrenhaus oder das Zuchthaus reif erklärt wurde, bis sich aus all diesen vereinzelten Gehirn- und Meinungsdünsten ein schweres Gewölk zusammenballte, wie das, unter dem er jetzt unstreitig wandelte.

Es reichte von einem Ende Deutschlands bis zum anderen und war fahl, wie Hagel, der noch am Himmel hängt, und wenn Bismarck selbst es nicht merken wollte, so merkten es die um ihn desto drohender. All diese Spannung zu ertragen und dabei immer nur noch wütender die Arbeit an sich zu reißen, dazu mußte man aus dem Geschlecht der Riesen sein wie Bismarck und nicht ein magenkrankes Menschlein wie der Doktor Bucher.

Da hatte man den Doktor nach Kissingen gerufen, und er war

mit einer Vorstellung von Badeleben und ein wenig leichter Schreiberei gekommen, wie sie von einem Mann zu erwarten war, dem der Arzt nach einem rheumatischen Fieber den Salinengebrauch verordnet hatte. Aber mit diesen Bismarckschen Krankheiten war es eine eigene Sache; man mochte glauben, nun sei er niedergeworfen und werde sich unter Monaten nicht erholen, und am nächsten Morgen war irgendein gewaltiger Ärger da, der machte ihn so gesund, daß er im Augenblick auf den Beinen war und mörderisch mit flammendem Hammer auf seinem Ziegenbockwagen über Land und Leute hinwetterte. So saß man denn täglich auch hier seine zwölf Stunden am Schreibtisch, und ringsum auf den bayerischen Bergen wuchsen sicher die schönsten der noch nie gewonnenen Sommergewächse, und der Traum vom Badeleben war eine ganz niederträchtige Wirklichkeit von Akten, in denen eine Unmenge neuer und alter Fäden gröber und feiner geknüpft und gesponnen wurden.

Von allen diesen Dingen war der Doktor Bucher so voll, daß er sie nicht ganz bei sich behalten konnte und wenigstens zum Teil herauslassen mußte. Das geschah im Wirtshaus "Zum Mohrenkopf" bei der oberen Saline, wo er allabendlich mit zwei Unbedingten beisammensaß, denen gegenüber er ein freies Wort schon vom Stapel lassen durfte. Man saß im Hinterzimmer, weil die anderen Gäste an diesem schönen Sommerabend draußen im Freien saßen und man sich nicht mehr unter die Leute mischen mochte, die dem Gehilfen des Kanzlers immer große Augen und lange Ohren machten; es war also niemand weiter da als der Mohrenkopf unter seinem Glassturz, nach dem das Wirtshaus seinen Namen hatte, und der von der zweiten Türkenbelagerung Wiens stammen sollte, aber der war balsamiert und insofern auch unbedingt.

Die beiden anderen Unbedingten aber konnten sich nicht genug verwundern, daß der Doktor heute soviel aus sich laut werden ließ, da er doch sonst eher nach dem Moltkeschen als nach dem Laskerschen Grundsatz über seine Sprachwerkzeuge verfügte.

"Heeren Sie", sagte der Professor der höheren Magie Bellachini, indem er die Röllchen aus den Ärmeln zupfte, "ich finde Sie das aber nicht scheene, daß Sie äben jetzt ausreißen wollen, wo ihn das Wasser sozusagen in den Mund laufen dhut." Pirna, die berühmte Sachsenstadt, war dieses zauberkundigen Mannes Heimatsort, obwohl nur verschämterweise, wie er denn auch den Namen Bauchwitz, den seine ungelehrte Jugend getragen hatte, hinter der italienisch großartigen Klangschönheit seines gewandelten verbarg. Aber beim Sprechen sah man immer wieder ein Stückchen Pirna; es war genau so, wie man bei seinen Zauberstücken an die sächsische Schweiz denken mußte, die ja die richtige Gegend ist, um das Hexen zu erlernen, wenn dort schon die Berge ausschauen wie die Torten und Felsen, wie Bären oder Pudelhunde und an den unwahrscheinlichsten Orten plötzlich blecherne Gemsen stehen wie aus dem Hut gezaubert.

Der zweite Unbedingte sagte gar nichts, sondern trommelte bloß auf den Tisch. Er hieß Karl Wilhelm und war ein Musiker, der vor nun gerade zwanzig Jahren zu der silbernen Hochzeit des Prinzen von Preußen ein Lied vertont hatte. Der Prinz war inzwischen Kaiser von Deutschland geworden, und dieses Lied war inzwischen in die Unsterblichkeit eingegangen, es war der Schlachtgesang und der Sturmdonner eines Volkes geworden, so, als ob alles Herzhafte und Tollkühne der Nation bis dahin nur stammelnd gesprochen worden und in diesen Tönen erst zu sich selbst gekommen sei. Alle andere kleine, ehrgeizige Notenschreiberei des Mannes war unter jenem marschaktigen Brandungsgang der Elemente ein mildes Gesäusel und Gezirpe geblieben. Der Musiker war ein feiner und weicher Mensch und litt schwer darunter, daß jene rasche Eingebung einer Stunde eine Armee von Hunderttausenden bedeutete und in den Lüften gegen den Feind focht wie die Geister der Kämpfer auf den katalaunischen Feldern, während seine hundertundeins sonstigen mühsam ersonnenen Tonwerke ihr flüchtiges Leben schwindsüchtig dahinhauchten. Übrigens war er mit einem Nationalgeschenk von jährlich tausend Talern bedacht; aber nicht deshalb trommelte er auf den Tisch, sondern aus ehrlicher Mißbilligung der Bucherschen Zweifelsüchtigkeit, und das war immerhin die schärfste Äußerung von Feindseligkeit, die seiner zahmen Natur anstand.

Bucher aber war heute nun schon einmal ordentlich aufgezogen und weder durch Röllchenzupfen noch durch Trommeln von seinem Kontrapunkt abzubringen. "Er ist ein großer Mann, ja!" sagte er. "Aber ein Menschenfresser!"

"Himmelherrgott!" sagte Bellachini, und Karl Wilhelms Getrommel wurde zum Generalmarsch. "Jawohl, ein Menschenfresser", beharrte der Doktor, "das heißt, er nagt uns alle bis auf die Knochen ab, und die wirft er fort … auf den Schindanger. Es schaut um ihn aus wie auf dem Sirenenfelsen, wo hinten die Gerippe bleichen. Oder, wenn es Ihnen so besser gefällt, er ist eine Zitronenpresse, und wir sind die leeren Schalen. Den Saft hat er in seinen Unsterblichkeitsbecher geträufelt. Prosit den Gestirnen!"

Bellachini ließ ganz in Gedanken ein Brotkügelchen, das er zwischen den Fingern gedreht hatte, im Rockärmel verschwinden; dafür war er Professor der höheren Magie, und das Zaubern war ihm so geläufig, daß es ihm aus dem Unbewußten geschah,wie anderen das Husten. "Heeren Sie", sagte er mit Erbosung, "es will mer gar nicht gefallen, daß Sie so daherreden dhun. Sie ham doch ooch sozusachen e Abonnemang auf die Unsterblichkeit. Es weeß Sie doch jedermann im deitschen Reiche, daß Sie dabei sozusachen mitgeholfen ham. Verfassung des Norddeutschen Bundes, die für de Reichsverfassung 's Beispiel gegäm hat und so."

Nein, der Kurs stand geradeaus auf Honduras, und keinerlei Gesang vom braven Mann und bescheidenen Anteil konnte ihn irre machen. "Er ist ein Mensch, für den man sich totarbeiten könnte, ja! Aber ich will mich nicht totarbeiten, nein. Ich gehe beizeiten ab. Ich bin auch wer, jetzt bin ich sieben Achtel Bismarck, aber ich möchte wieder ganz der Doktor Bucher sein."

Nach solchen Explosionen konnte der Abend freilich nicht mehr in der gewohnten sanften Vergnügtheit verlaufen, und nach einigem stimmungslosen Hin und Wider nahm der Doktor den Hut und ließ die beiden Unbedingten mit ihrem neuen Groll allein. Sein Triumphgefühl war freilich etwas mangelhafter Art, aber gerade weil in seinen Seelenwänden irgendwo ein Wurm saß und Bohrlöcher hineinfraß, gedachte er sich um so fester zusammenzuhalten, und der morgige Tag sollte den großen Entschluß ans Licht treten sehen. Es war ihm jetzt freilich, als habe er unter dem Mohrenkopf etwas zuviel gesagt, aber die Unbedingten waren in Treuen fest, und auf den Mohrenkopf konnte man sich auch verlassen. Die Hauptsache war jetzt ein ordentliches Rückgrat, das weder durch die Faust Bismarcks zu brechen, noch durch sein Lächeln zu biegen war. Unter diesen Gedanken kam er in die Saalestraße und sah vor dem Haus des Doktors Diruf die üblichen zwei Schattenwandler. ‚Er wird bewacht wie ein Pulverturm', dachte er, indem er zu den immer noch erleuchteten Fenstern aufschaute, ‚na ja, wenn er in die Luft fliegt, so geht manches mit.' Da er aber in Angelegenheit der nötigen Versteifung des Rückgrates bereits so weit war, auch einige Ungerechtigkeit in seine Seele zu gießen, fuhr er sogleich mit machiavellistischer Kaltblütigkeit fort: Es sei übrigens eine recht geschickte Veranstaltung für den deutschen Spießer, so zu tun als ob, damit die Anteilnahme immer hübsch lebendig bleibe. Wobei er absichtlich vergaß, daß Bismarck von den beiden nachtwandelnden Pulverturmswächtern keine Ahnung hatte.

Es gab noch einige Spätarbeit für den nächsten Morgen abzutun, und erst nach Mitternacht kam der Doktor in sein Zimmer. Der Mond lag darin und spielte mit den schönen, alten Überfanggläsern in der Vitrine; übrigens, wenn man aus dem Fenster schaute, konnte man über den krummen Dächern die weichgeschwungenen Begleithöhen der Saale sehen mit ihren Wäldern, in denen es jetzt, Gott mochte wissen welche seltenen Pflanzen gab, wie ja doch in ganz Deutschland um diese sommernächtliche Stunde die verwickeltsten Wachstumsgeheimnisse vor sich gingen, mit Wurzeln, Blüten und Samen. Und in Honduras erst recht! Wie der Doktor Bucher das alles so gründlich bedachte, fühlte er sich geradezu fürchterlich entschlossen; es war wie Anno achtundvierzig, als es um die allgemeine Freiheit ging, und in diesem umstürzlerischen, aber außerordentlich stärkenden Bewußtsein begab er sich zu Bett und schlief bis in den Morgen hinein.

Da saß er freilich zunächst im Arbeitszimmer über den Akten, denn man mußte seine Pflicht bis zum letzten Tag tun, man war kein Dienstbote, der davonlaufen konnte, sondern man wollte in allem Anstand um ehrlichen Abschied bitten. Bismarck kam gegen Mittag und sah heute wirklich wie eine gereizte Bulldogge aus; und es war im Interesse des steifen Rückgrates sehr angemessen, dies dem französischen Botschafter Gontaut-Biron in sich hinein einige Male nachzusagen. Ob der Bericht über den eigenen unbotmäßigen Botschafter, diesen Herrn von Arnim, fertig sei, mit welchem dem hohen Herrn mitgeteilt werden sollte, daß im Archiv zu Paris einige wichtige Aktenstücke fehlten, womit also wohl Arnims Absägung endgültig vollendet und seine Tätigkeit bei den Franzosen in das sonderbarste aller Lichter gestellt werden könnte? Ob man die Informationen für die Ministerien im Kampf um die Heeresvermehrung abgehen lassen könne, damit den Nationalliberalen endlich klargemacht werde, sie müßten ihren verbohrten Advokatenwiderstand gegen ein Gesetz aufgeben, und damit den Franzosen gewiesen werde, daß Deutschland auf ihren Trumpf einen anderen setzen könne? Ob man das vorsichtig tastende Schreiben an den österreichischen Außenminister Andrassy abgefaßt habe, in dem einiges und dies und das über die unbedingte Notwendigkeit des Bestandes dieses Mosaikbildes Österreich gesagt sei? - "Glauben Sie, daß ich der Ansicht bin, der deutsche Minister, der von Österreich etwas wegnehmen wollte, verdiente, gehängt zu werden?" - Vor allem, ob der Brief an den Kultusminister Falk fertig sei, in dem über das kulturkämpferische Mailüftchen dieses Jahres, über das Zivilehegesetz, wichtige Darlegungen enthalten seien?

Der Doktor Bucher gab seine guten und raschen Auskünfte wie ein Nachschlagebuch und dachte dabei, jetzt sei wohl keineswegs der geeignete Augenblick, sein versteiftes Rückgrat zu erweisen und die fürchterliche Entschlossenheit darzutun. Damit müßte wohl gewartet werden, bis der Fürst von der Saline zurückkam, denn mit einer solchen Unannehmlichkeit, als welche der Doktor seinen Abgang immerhin anzusehen begann, war einem dermalen kurbedürftigen Menschen das Bad schlecht gesegnet; soviel Rücksicht mußte man schon üben, wenn er auch ein Menschenfresser war. Der Doktor übte also Rücksicht, schwieg auch während des Mittagessens, obzwar ihm allerlei deutungsschwere Bemerkungen über die tropische Pflanzenwelt auf dem Weg vom Herzen zur Zunge waren, und setzte sich nachher wieder hinter seine Akten. Ehe er das aber tat, warf er einen Blick aus dem Fenster: Da stand der königlich bayerische Hofwagen vor der Tür wie alltäglich um halb zwei, und wie alltäglich war die Straße voll Menschen, die den Fürsten sehen und grüßen wollten. Einen Augenblick war es Bucher, als treibe auf dem

Schwarm des sächsischen Magiers Gesicht einher; alles das waren aber keine Eindrücke, die ihn hindern konnten, gewisse Wendungen des Briefes an Andrassy noch geschmeidiger zurechtzufeilen.

Mit dem lachenden Sonnenschein kam das Geschwurbel der Menschenstimmen beim offenen Fenster herein, das war alles durchaus aufs Fröhliche gestimmt, und das Hufstampfen der hafersatten Pferde hatte dazwischen etwas von Pulsschlag der lieben Ungeduld; ein heiterer Widerschein dieses klaren und losgelösten Sommerwesens wollte durchaus unter Buchers entschlußdüsteren Seelenhimmel, so daß er Mühe hatte, seine Ränder rundherum festzuhalten, daß sie nicht gelüftet würden. Er war eben dabei auszukosten, ob an einer gewissen Stelle das Wort "Sicherheit" oder das Wort "Gewißheit" mit besserem Geschmack hingesetzt würde, als in seine auf fünf Dezimalstellen des Gehörs genauen Erwägungen plötzlich ein sehr grober und klobiger Knall hereinbrach.

Es schleuderte ihn wie mit einem Katapult vom Schreibtisch zum Fenster. Was er zunächst unten sah, waren zwei hochsteigende und auf den Hinterbeinen tanzende Gäule, der Fürst, der verwundert seine rechte Hand zu betrachten schien, rundherum aber war irgendeine wimmelnde Unverständlichkeit, die beiläufig nach einer Art von Rauferei aussah. In ihrem Kern schlug jemand mit Händen und Füßen um sich, wurde von zwanzig Fäusten gepackt, riß sich los, um mit dem Kopf gegen die Menschenwand Mauerbrecher zu spielen, und hing schließlich ohnmächtig und um sich schnappend wie ein wütender Hund im Griff von fünf oder sechs Männern, während ein Gefuchtel von Stöcken und Sonnenschirmen über seinen Körper als ein Platzregen von Schlägen niederging. Jetzt erhob sich der Fürst im Wagen und stand dem ganzen wildbewegten Auflauf sichtbar da: "Lassen Sie ihn ... wir wollen den Behörden nicht vorgreifen ... beruhigen Sie sich. Es ist nichts Besonderes geschehen, nur die Hand ist gestreift."

Bucher sah noch, wie der Doktor Diruf aus seinem Haus gestürzt kam, und da er den Fürsten dermalen außer Gefahr und in der Fürstin und Mariens sicherer Hut wußte, meinte er, es sei Zeit, sich vorderhand mit sich selbst zu beschäftigen. ‚Hm', dachte er, ‚so hat man doch versucht, den Pulverturm in die Luft zu sprengen, und es ist kein Zweifel darüber, wo die Lunte angezündet worden ist.' Es hatte sich ja allerlei Unerfreuliches wirklich zugetragen, wie es eben beim Reiben zweier Hölzer schließlich immer Rauch und Gebrandel gibt; darüber hinaus aber hatte man den Leuten noch recht viel Blitzblaues weisgemacht, wie etwa dies, daß Bismarck den Papst gefangennehmen und die Liberalen dem Heiligen Vater den Bauch aufschneiden wollten. Oder die Mär, die man in der Rheinprovinz auf die Beine gebracht hatte, daß an einem gewissen Tag alle katholischen Kirchen gesperrt werden würden und wer nicht protestantisch werden wolle, ins Gefängnis wandern müsse; worüber denn sämtliche älteren Jungfrauen des Landes ins Zittern kamen und ihre Sparkassenbücher hervorholten, soweit solche vorhanden waren, um mit ihrer Hilfe noch vor dem verhängnisvollen Tag in den Stand der Ehe zu treten.

Ja, solche Betriebsamkeiten konnten letzten Endes ganz leicht in den Lauf einer Pistole geladen und abgeschossen werden, wie man das am Beispiel sah, und das war nicht weiter verwunderlich. Verwunderlicher war in diesem Augenblick, daß sich der Doktor, der sich mit dem ausdrücklichen Vorsatz auf sich zurückgezogen hatte, sich mit sich selbst zu beschäftigen, nun mit allen Gedanken mit dem Menschenfresser und dessen besonderen und allgemeinen Angelegenheiten abgab. Von Doktor Lothar Bucher war ganz und gar nicht weiter die Rede, außer es wäre anzunehmen gewesen, daß durch die obige Materie hindurch seine eigene erfaßt und, von ihr eingeschlossen, irgendwie miterörtert und miterledigt zu werden im Begriff sei. Was vom Herrn Geheimen Legationsrat nicht in diese Gedankengänge hineinverwoben war, das horchte so nebenher auf die Geräusche im Haus, auf dieses Laufen und Türenschlagen; da er aber ein bescheidener Mensch war und nicht gern irgendwo im Weg herumstand, beteiligte er sich vorerst nicht an dieser aufgeregten Geschäftstätigkeit, sondern wartete im Hintergrund auf seine angemessene Zeit. Er kam erst zum Vorschein, als er die Abordnung auf der Treppe hörte, schloß sich ihr hinten an und betrat das Empfangszimmer. Die Abordnung bestand aus dem Bürgermeister, der Gemeindevertretung und einem rasch zusammengesetzten Entrüstungsausschuß der Badegäste, unter dem auch der zauberkundige Professor seinen Zylinder schwenkte. Sie hatten kaum Zeit gefunden, sich zu einem anmutig geschwungenen Halbkreis mit dem Bürgermeister als Schwerpunkt zu ordnen, als auch schon der Fürst eintrat. Die rechte Hand mit dem weißumwundenen Handgelenk hing ihm in einer schwarzen Schlinge, und daß er wie eine Bulldogge aussah, das war eine echt französische Verleumdung, er sah aus wie ein Soldat nach einer Schlacht, ja, wahrhaftig, mit einem Siegerlächeln auf dem Gesicht.

Was der Bürgermeister von dieser Empörung und flammenden Zornesglut der Gutgesinnten und von den irregeleiteten Mordbuben vorbrachte, das hörte Bismarck mit diesem ein wenig über den Dingen schwebenden Lächeln, mit einer wie aus Pulvergewölk vorbrechenden Sonnenhaftigkeit. Sein Dank war kurz. "Und keine Umstände, meine Herren! Es ist ja nichts geschehen, zwei Rehposten links und rechts neben die Pulsader. Ein Böttchergeselle aus Neustadt-Magdeburg, wie ich höre, bei den Faßdauben wächst kein Wilhelm Tell! Es gehört ja nicht gerade zum Kurgebrauch, aber das Geschäft bringt das nun einmal so mit sich."

Sogleich brach er die feierliche Allgemeinheit in zwangloses Einzelgespräch auseinander. "Professor," sagte er, indem er mit der Linken den Knopf von Bellachinis Frack faßte, "ist das schön von Ihnen? Wo war Ihre Geistesgegenwart? Sie sind ja dabei gestanden, warum haben Sie die Kugel nicht aufgefangen und mir zwischen den Fingerspitzen überreicht?"

Während sich der Magier aus Sachsen noch um eine Antwort mühte, war der Fürst schon bei Bucher, der sich vergebens hinten bei den Tertiariern barg: "Doktor ... ich kann Ihnen nicht helfen ... Sie sind nun meine einzige brauchbare rechte Hand!"

Engel öffnete die Flügeltüren des anstoßenden Raumes, als wäre er zum Erzengel ernannt, und dahinter wartete nicht ein Imbiß, sondern die ewige Seligkeit. Bellachini schob seinen Arm unter den Buchers: "Was sachen Sie, mei Kutester ...? Ist das ein Mensch? Er ist Sie äben e Gigant. Wollen Sie ihm noch entfliehen?"

"Ich?" fragte Bucher verwundert, als habe sich der Hexenmeister erkundigt, ob er darauf bestehe, von nun an die Erde um den Mond laufen zu lassen.

7

Die Dohlen spazierten in kleinen Gruppen über die Wiesen des Parkes, äugten bisweilen schief in die Regenwurmlöcher hinein, wandten mit dem Schnabel die herbstlichen Blätter um, mit denen der Rasen sich zu bedecken anfing, und gaben so Bismarck Anlaß, in seinen Gedanken über sie fortzufahren. ‚Da wächst ein Geschlecht nach dem anderen kräftig heran', dachte er; ‚es ist eine Erziehung, wie es sich gehört, Freiheit und Gesetzlichkeit in rechter Verteilung; bei uns muß es immer irgendwohin übertrieben oder zugespitzt werden; so bekommen wir auf der einen Seite die Paragraphenangst oder auf der anderen den roten Koller und dorren entweder auf der einen ab und schrumpfen ein oder verdünnen uns auf der anderen ins Uferlose vor lauter freier Geistigkeit und Umstürzlerei.'

Sultan kam auf dem Kriegspfad angesaust und sprengte wie ein apokalyptisches Getier mitten in den ehrbarlichen Dohlenwandel, worauf dieser sogleich abgebrochen und mit lebhaftem Flügelgeknatter in die Baumwipfel verpflanzt wurde. Da saßen sie oben und schauten kühl und zugeknöpft auf die ebenerdigen Begebenheiten herab, während Sultl von seinem letzten Sprung her mit vier gespreizten Beinen wie angewurzelt stand und die Zunge seitwärts aus dem Maul hängen ließ; wobei es ihm offenbar durch den viereckigen Kopf ging, daß es mit dem Fliegen doch eine besondere Schöpfungsbosheit auf sich habe.

Bismarck setzte den Knotenstock ein, den hartgeschnitzten Fuchskopf der Krücke fühlte er in der inneren Handfläche und schritt den Weg entlang, der zur Baumschule führte. Das war auch eine Art von Erziehung, aber mehr eine königlich preußische von der Plamannschen Spartanerweise, wie man sie selber mitgemacht hatte. Man wuchs in Reihen heran, dann aber wurde man, wenn man die nötige Stärke erreicht hatte, in gutes Erdreich versetzt, wo man nach eigener Kraft und Gelegenheit von Sonne und Wind wachsen konnte. Und auch hier war das Menschenwesen wieder anders als das Baumwesen, insofern diesem durch einen sorgsamen Förster das erstickende Unkraut ferngehalten wurde, während über jenes kein Wildhüter gesetzt war.

So war dieses Jahr ein richtiges und echtes Jahr der Wende und Entscheidung, in dem allerlei Altes sich schuppte und abstreifte und allerlei Neues, das schon länger in Blut und Hirn gelegen hatte, zu dunkeln Formen sich in der Stille bildete, als wolle man aus dem alten Menschen durchaus in einen neuen hinein. Das war aber eine recht schmerzhafte Bildung, und empfindlicher als je stachen alle Härten und Spitzen der Welt; bedürftiger war man der Wüste und des Berges Sinai, wenn auch nicht zu Fasten und Bußetun, so doch zu Alleinsein und Gesprächen mit Gott. Die Kugeln des Böttchergesellen Kullmann waren zwar vorbeigegangen, aber man hatte doch eine Herzenswunde davongetragen; die kam aus keinem leibhaftigen Mordgewehr, sondern von dem übeln Geläut der "Reichsglocke", und Herr Joachim Gehlsen, der Reichsglöckner, konnte sich rühmen, seine breitmäulige Verleumdung recht wirksam hinausgeschwungen zu haben. Diesmal hatte man Herrn von Bleichröder zusammen mit Bismarck an den Klöppel gebunden und hatte die alte Mär ausgeläutet, daß den beiden der große Krieg ein großes Geschäft gewesen wäre. Von den Franzosen gesagt, war das nur ein Zorn und ein Fäusteballen und ein übler Gestank; von deutschen Landsleuten gesagt und geglaubt, war es ein bitteres Weh im Herzen, und der letzte Rest der Freundschaft mit Moritz war bei diesem Geläute in Trümmer gegangen. Dann war dieses Jahr mit einem Zusammenstoß eingeleitet worden, bei dem es sich nicht wie früher oft um ein Vorgehen und Zurückweichen gehandelt hatte, sondern in allem Ernst um Bleiben oder Gehen. Aber es war zum Bleiben entschieden worden, der Kaiser hatte auf Bismarcks Entlassungsgesuch sein "Niemals" geschrieben, man blieb an sein Werk geschmiedet und rüstete sich zu ihm in Einsamkeit.

Nach dem Durchschreiten der letzten Buchenbreite sah Bismarck die Fuchsmühle vor sich, wo ihm der Wald zu Papier gewandelt wurde. Das gestaute Wasser stürzte über die Räder, dumpf schlugen die Stampfen auf. Er trat unter die Tür, kein Mensch war zwischen den Bottichen mit Holzbrei zu sehen, ganz allein machte das Mahlwerk seine Gänge. ‚Ist es nicht schade', dachte er, ‚lebende Bäume in Papier zu zerstampfen, Welten von Sonnenwachstum und Erdsäften zu zerkneten, um darauf Lügen zu drucken?' Dabei aber sagte fast zugleich ein kleines Männchen, das wie eine Ziffer aussah, mit recht unangenehmer Deutlichkeit in ihm: ‚Belieben Eure Durchlaucht zu bedenken, daß dieses schöne Varzin fast nichts einträgt, daß diese und die andere Mühle für die fürstliche Kasse durchaus notwendig sind, denn das Holz, mein Gott, es wächst Holz genug in Pommern, und wer Masten, Balken oder Bretter braucht, fragt nicht, ob sie in einem fürstlichen Forst gewachsen sind oder nicht. Und was das Getreide anlangt, so wissen Eure Durchlaucht selbst am besten, wie es mit unseren Eisenbahnen steht und daß sie Frachtsätze haben, mit deren Hilfe das ausländische Korn auf unseren Märkten billiger zu haben ist als das einheimische.'

Das Peinliche war, daß das Ziffermännlein mit seinem dürren Exkurs traurig recht hatte, und darüber schien es dem Fürsten, als sei in dem Gang des Mahlwerkes unter dem schwarzen Mühlgebälk etwas unabwendbar Schicksalsmäßiges, als könne da menschliches Hinzutun oder Abstellen nichts daran ändern, und es müsse ihm eben in der Öde sein Lauf gelassen werden.

Auf schmalem Brett ging er über das Mühlwehr, von Sultan hart bedrängt, der durchaus vorausrennen wollte. Dunkel kam das Wasser daher, mit vielen roten und gelben Herbstblättern auf dem Rücken, die von den Nachtfrösten abgebissen worden waren.

So war es mit dem Getreide, an dem er selbst seine eigenen Erfahrungen hatte, so war es aber auch mit dem Eisen, und so war es mit vielen anderen Dingen, und darüber hatte sich mancher gesunde Betrieb matt hingelegt, um zu sterben. Wie der Fürst so weiter dem Wasser entgegenschritt, da war es, als sprächen aus Busch und Erde und dem Wassergeraun unzählige Stimmen zu ihm, die waren im einzelnen unverständlich, im ganzen aber doch stark vernehmbar durch das, was ihnen aus dem Mann heraus entgegen und gleich mit ihnen klang. "Nein", sprach er in seinen Tiefen, "wir wollen kein Mühlwerk sein, das ewig im gleichen Takt weiterläuft, ich will in die Räder greifen und sie nach der Uhr der Zeiten stellen."

Was die Einsamkeit anging, die zum Heranreifen der Kraft nötig war, die wäre in Varzin zu haben gewesen, und nicht einmal die Nächsten des Lebenskreises störten darin. Vor der Zudringlichkeit der Verehrer entwischte man durch die geheime Ausfallspforte in den Park, und wer denn durchaus nicht vermieden werden konnte, den ließ man so recht glatt über sich hinwegreden, ohne die Poren aufzutun. Johanna verstand mit dem Herzen. An ihrem unbedingten Ja zu allem konnte kein Feuer angerieben werden, an dem irgendeine große Frage hätte geschmolzen oder gehärtet werden können. Zudem gehörte es zu ihren Lebensgewohnheiten, immer um irgendwen in mütterlichen Sorgen zu sein, und zur Zeit war es Bill, dessen Bein von irgendeinem bösartigen Hundevieh zerbissen war und durchaus nicht heilen wollte, wobei noch dazu allen harmlosen Umständen zum Trotz das Gespenst der Tollwut durch die Nächte seufzte. Herbert war ein treuer Helfer, dem alles einmal Beschlossene unbedenklich anvertraut werden konnte, der aber auf einer zu jugendlichen Lebensebene stand, um dem Vater mit Bausteinen dienen zu können. Und Marie, die Arme, war Johannas zweites Sorgenkind, sie litt in ihrem Herzen an einer weit ärgeren Wunde als Bill. Den Geliebten und bereits mit ihrem Verlöbnis Beglückten hatte ihr der Tod genommen; davon trug sie leere Augen und blasse, kalte Hände, und all ihr Tun war von beklemmender Zusammenhanglosigkeit mit ihren sonstigen tapferen Bekenntnissen zum Leben.

Blieben für den in sich Gewandten die Gespräche mit Gott, die waren seinerseits keineswegs demütig und kleinmütig geführt und von seiten Gottes von einer brausenden und gewitterhaften Zornmütigkeit. Nicht etwa darum, weil Gott zur Zentrumspartei gehörte und Bismarck auch als diokletianischen Christenverfolger angesehen hätte, dem das Handwerk gelegt werden müßte. Darin war Bismarck mit seinem Gewissen und seinem Schöpfer einig, daß der Glauben unangetastet bleiben solle, wenn auch seine irdische Erscheinung auf dem engen Schauplatz dieser Welt mit anderen irdischen Erscheinungen ins Vertragen und Gleichgewicht gebracht werden müsse. Nicht darum also schwoll Gottes Zornmut gegen den Ringer mit ihm, sondern darum, weil diesem Gotteskind ein anderer Glaube vollständig abhanden gekommen war: der Glaube an den Menschen, welcher trotz aller wohlbedachten Unzulänglichkeiten immerhin als die letzte und beste Form, die aus der Hand des Ewigen hervorgegangen war, geschätzt sein wollte. Bismarck aber war zu einem großen Verächter geworden, der aus seinen Erfahrungen ein spöttisches Tränklein als Quintessenz abgezogen hatte und in diesem Punkt starrsinnig allen Mahnungen der unendlichen Güte entgegenstand.

Stimmen kamen durch den Wald, man war den Mühlgraben entlang zum Teich gelangt, da war eine lebhafte Bewegung und geschäftiges Treiben. Der Teich war zum Herbstfang abgelassen worden, nun wateten die Männer in langen Wasserstiefeln durch den Schlamm und trieben die Fische durch das seichte Wasser in einer Ecke zusammen. Dort war bereits ein dichtes Gewimmel von Schuppenrücken, runde Mäuler schnappten nach Luft, ab und zu schnellte ein Fischkörper in verzweifeltem Fluchtversuch aus dem Gedränge, fiel klatschend zurück und wand sich eine Weile auf dem Rücken der Gefährten, bis er in eine enge Lücke glitt und wieder in der Menge verschwand. Das war nun die dritte besinnliche Ereignung auf diesem Spaziergang, nach Dohlen und Bäumen nun auch die Fische, und vielleicht war hierin die besondere Bezüglichkeit auf die Menschenweise am besten klargestellt. ‚Kein Entkommen', dachte Bismarck, ‚sie werden vom Unbekannten zu einem Haufen zusammengetrieben, und es nützt nichts, gegen den Himmel springen zu wollen, er bleibt unerreichbar, und man fällt wieder in seinen Haufen zurück. Immerhin, es geht alles ohne Beißen und Bosheit vor sich, und insofern hat auch in diesem bildmäßigen Fall der Mensch wieder seinen traurigen Vorzug vor den Brüdern in Gott.'

Inzwischen griffen die bestiefelten Männer mit beiden Armen in das Gezappel, warfen die Gefangenen in Körbe und trugen sie dann zu den wassergefüllten Bottichen am Teichrand. Sultan glaubte sich berufen, bei dieser aufregenden Angelegenheit in seiner Weise mitzuwirken; er rannte um den Teich, und wenn er irgendwo einen Fisch auf dem Trocknen sah, wie er in seiner schwanzschlagenden Hilflosigkeit dalag, spreizte er die Beine und bellte das fremdartige Gebilde gesinnungstüchtig an.

Der Oberförster zog den Hut vor dem Fürsten und steckte die Pfeife in die Tasche der Lodenjoppe. "Im vorigen Jahr war's besser. Die Ottern haben bös gewirtschaftet."

"Lassen Sie die Ottern", sagte der Fürst, "das sind tüchtige Kerle, und sie haben ihre Aufgabe." Nach dieser für einen Förster nicht ohne weiteres verständlichen Äußerung rief er Sultan zu sich und schritt auf dem Damm wieder in den Wald. Von einer kleinen Lichtung sah er auf den Teich zurück, und der Hund stellte sich neben ihn und tat dasselbe, nicht ohne weiteres davon überzeugt, daß er seine Aufgabe da drüben voll und ganz erfüllt habe, ja sogar mit einem leisen Zweifel, ob es nicht angebracht sei, noch einmal zurückzulaufen und sich noch einmal und mit mehr Nachdruck an der Begebenheit zu beteiligen. Aber da fühlte er sich am Halsband gefaßt und hörte die Stimme des Herrn. "Paß auf, Sultan!" sagte der Herr, "kannst du mir sagen, ob Schurke eine Beleidigung ist? Ich meine nicht dich ..."

Sultan hatte den Kopf gehoben und verstand soviel, daß da etwas nicht ganz in Ordnung war. Er ließ sich auf die Hinterbeine nieder, aber das Sitzen vertrug sich schlecht mit seiner augenblicklichen Verfassung, die mehr auf Bellen und Herumteufeln gerichtet war; unruhig wetzte er mit dem Hinterteil, und während seine dreieckig gestutzten Ohren dem Herrn zugewandt blieben, konnten seine lichtblauen Augen nicht von der außerordentlichen Veranstaltung im Teich abkommen.

Bismarck aber ließ das Halsband nicht los. "Wir fahren zwischen Klippen dahin, und sie wollen, daß man den Kurs unverrückt festhalte. Ich soll das Steuer nicht herumwerfen dürfen, denn sie haben ihre Theorien darüber, wie man am besten durchkommt, und es gibt nicht wenige, die glauben, so einer richtigen und fein zugespitzten Theorie müßten die Klippen ausweichen. Und die ganz Großartigen sagen, eher dürfte man an den Klippen Schiffbruch leiden, als sie klug vermeiden, und darin erblicken sie den deutschen Charakter. Sie werden über Feigheit schreien - ich höre, wie sie über Feigheit schreien werden - bin ich feig, Sultan? Sie werden sagen, ich sei doch nach Canossa gegangen, und ich hätte die Farbe gewechselt. Aber es war mir nur um feste Grenzen zu tun, und wo so wichtige Dinge auf dem Spiel stehen ..."

In diesem Augenblick fühlte Sultan den Griff an seinem Halsband sich lösen; und da in diesem selben Augenblick eben einem Korb der Henkel riß, und ein ganz wahnwitziges und silbern springlebendiges Getue entstand, mit viel Geschrei und Gelächter am Teichrand, übermannte ihn das Bewußtsein seiner höchsteigenpersönlichen Sendung so sehr, daß er aufsprang und, sich selber immer um einen ganzen Hund voraus, hinuntersauste.

Bismarck sah ihm ärgerlich nach, dann lächelte er und ließ den Rest seiner Gedanken lautlos in den Frieden des Waldes verrinnen.

8

Peinliches war auf Varzin geschehen. Lange schon hatte das Ziffermännlein dem Gutsherrn zugeflüstert, daß irgendwo und irgendwie in den fürstlichen Kassen lange Finger am Werk seien, Leimspindeln für Talervögel, an denen im Laufe der Jahre erkleckliche Summen klebengeblieben sein müßten. Eine plötzliche und gründliche Untersuchung hatte dem Ziffermännlein recht gegeben, ein ungetreuer Verwalter war entlarvt worden, und als einer, der beim Aufdecken der Karten seinen Bankrott einsehen mußte, war er hingegangen und hatte sich durch einige Tröpflein eines gediegenen Elixiers allen Weiterungen entzogen. Nun waren die Sendboten der Gerechtigkeit da: Staatsanwalt, Kreisrichter und Kreisphysikus, um festzustellen, daß und wie da ein Mensch dem Machtbereich der Justitia entkommen sei. Sie glaubten alle, durch die feierlichen Amtsmienen ihre Entrüstung hindurchblicken lassen und jenseits der Unparteilichkeit Partei sein zu müssen; aber Bismarck zeigte sich dem Verlust gewachsen und nahm den Fall nur als weiteres Beispiel für eine ihm längst feststehende Gesetzmäßigkeit, so daß sie mit einigem Erstaunen vor diesen verschlossenen Türen stehenblieben.

Dieser Mittagstisch in Varzin war reichlich besucht. Außer den Herren der Kommission saßen die vier Telephonbeamten da, und neben Herbert hantierte Lothar Bucher mit Messer und Gabel sehr vorsichtig über den etwas allzusehr aufs Gediegene und Magenbeschwerliche gestimmten Bismarckschen Tafelgenüssen.

"Es ist alles Varziner Eigenbau", sagte die Fürstin hausfraulich stolz, "es kommt nichts auf unseren Tisch, als was bei uns selbst gewachsen und gezogen ist. Was Sie hier sehen, stammt von unseren Feldern, aus unseren Gärten und Forsten."

"Bis auf den Wein und den Kognak, natürlich", sagte Bismarck, "so weit haben wir es noch nicht gebracht. Gott wollte die Pommern nicht zu übermütig werden lassen, dem Menschen muß eine Sehnsucht übrigbleiben."

Ein Wildschweinkopf kam angerückt, dem war die natürliche Grimmigkeit durch eine sachgemäße Behandlung mit allerlei Kräuterwerk und Brühen ins Wohlschmeckende gewandelt.

"Den hat Herbert geschossen", sagte Bismarck, und Herbert errötete über das hinter den ungeschminkten Worten schwingende Jägerlob.

"Nein", wehrte Johanna dem fürstlichen Gabelangriff auf das Gewild, "du darfst nicht, Otto! Du weißt doch, das schadet dir. Du kannst dann nicht schlafen."

Gehorsam, aber wehmütig ließ Bismarck ab; immerhin versuchte er ein Rückzugsgefecht: "Die Schlaflosigkeit, Liebste, die kommt vom Ärger."

"Nein", beharrte sie, "darüber sind die Gelehrten verschiedener Meinung. Ich glaube, der Ärger kommt von der Schlaflosigkeit. Und woher die Schlaflosigkeit kommt ... das weiß ich."

Der Staatsanwalt glaubte die Zeit sei da, um das Thema des fürstlichen Ärgers mit besonderem Bezug auf die menschliche Nichtswürdigkeit durch einige schneidige Geschichten von betrügerischen Angestellten und ihrer Entlarvung zu bereichern. Bismarck hatte aber eine viel tiefere und philosophischere Ansicht über die Niedertracht menschlichen Wesens zu gut in sich selbst gegründet, als daß sie ihm durch staatsanwaltschaftliche Histörchen hätte irgendwie bemerkenswert ausgebaut werden können; so wandte er sich den vier schweigsamen Telefonbeamten zu, die das Verlegen von Telefondrähten durch eine Pause unterbochen hatten. Sie waren bisher bloß Auge und Ohr gewesen und Mund nur insofern, als er für eine gewissenhafte Anteilnahme an den Varziner Selbsterzeugnissen notwendig war. Nun sollten sie sich dieses Werkzeugs zu technischen Erklärungen bedienen, und darüber wurden sie befangener, als der Arbeitsmann in der blauen Bluse gewesen war. Immerhin kam einiges zustande, aus dem hervorging, wie großartig diese neue Erfindung den Verkehr förderte und welche Umwälzung es mit sich bringen mußte, wenn man über Entfernungen hinweg, die sonst vom schnellsten Eisenbahnzug nur in Stunden zurückgelegt werden konnten, mit jemandem zu sprechen imstande war, der am anderen Ende des Drahtes stand. Das Unbegreifliche war Wirklichkeit geworden, und dadurch, daß die vier Eingeweihten der neuen Zauberkunst etwas verwirrt von Membranen und elektrischen Strömen sprachen, wurde es nur gerade so beiläufig obenauf erhellt, im tiefsten aber noch dunkler von Genialität und Unglaubwürdigkeit.

Ob man nicht einen Versuch machen könne, fragte der Fürst.

Ja, es sei wohl so weit, daß man aus dem Park ins Haus ein Gespräch halten könne, sagten die vier nach kurzer Beratung, und es bedürfe nur einiger Vorbereitung. Hierauf zogen sie eilfertig ab, und ehe noch die Zigarre des Fürsten so weit war, daß sie die Fingerspitzen sengte, kam der Sprecher wieder, ein langer, blonder Mensch, der jetzt ein Gesicht wie vier Wochen Urlaub machte, weil er mitteilen konnte, es sei wirklich so weit.

Etwas aufgeregt beschloß man, daß die Fürstin am diesseitigen Ende zurückbleiben solle, während der Fürst und Herbert sich an des Wunderdrahtes anderen Pol zu begeben hätten. Die Gerichtsherren baten um Entschuldigung, der außerordentlichen Vorführung nicht beiwohnen zu können, nun müßten sie wohl Lokalaugenschein und Totenbeschau vornehmen und nachher in die Stadt heimkehren.

Ganz hinten im Park bei der Rodung hatten sie einen morschen Gartentisch ins Gestrüpp gestellt, auf dem war ein kleines schwarzes Kästchen in aller Bescheidenheit hingetan, eines vom Geschlecht derer, die in ihrer Unscheinbarkeit Schicksalsmächte bergen. Der blonde Sprecher stammelte eine Erklärung, durch welche die Konfusion noch größer wurde, drehte an einer Kurbel, worauf ein heftiges Geklingel in dem Kästchen ausbrach. Das nächste, was er tat, war, daß er eine Muschel vom Haken ans Ohr hob und seinen Mund einem runden, mit Draht vergitterten Loch im Kasten näherte.

"Hallo!" sprach er hinein, zum Unsichtbaren hin. "Verbunden?"

Es war ein ganz großer Augenblick, zwei Eingeweihte führten zwei wissensdurstige Jünger in den Tempel der neuen Zeit, und eine Anzahl dienender Leviten in blauen Blusen stand in einer Art von Ergriffenheit gruppenweise herum. Das große Unsichtbare, das angerufen worden war, schien inzwischen geantwortet zu haben, denn mit einer Geschwindigkeit, als gälte es, etwas Warmes möglichst ohne Verlust an seinen gehörigen Ort zu bringen, riß der blonde Telefonjüngling die Muschel von seinem an Bismarcks Ohr. "Ich bitte", sagte er; was Bismarck daraufhin hörte, war nur ein anhaltendes Geknurr und Gefauche, als sei da irgendwo in dem Kästchen ein großer Topf siedendes Wasser oder als sei ein Bienenschwarm eingesperrt; was aber ganz apart und eigentümlich dabei war, das war ein heftiges Geschnalze, das aus dem Sieden und Brummeln aufspritzte und unangenehm in die Ohren sprang. Eine Weile hörte Bismarck geduldig hin, und als eben seine Gläubigkeit auszugehen anfing und er die Muschel zurückgeben wollte, um zu sagen, daß man wohl diesen neuesten Kulturfortschritt nur mit einem vom Herrn Reichspostmeister eigens gelieferten Gehörsinn verstehen könne, gerade da war es, als lösten sich aus dem wüsten Geschnarche Laute los, die waren nach menschlicher Weise geordnet, Selbstlaute und Mitlaute hübsch der Reihe nach, wie sie einander in wohlgefügten Gruppen zugehören.

"Otto!" sagte es in der Muschel an seinem Ohr.

Das war beim heiligen Thurn-Taxis, das war ja Johannas Stimme, in der Welt draußen, jenseits des Bienenschwarmes und Wassertopfes, und sie kam, mit einem Rest von persönlichem Wohlklang und in verschleierter Lieblichkeit daher, als stünde Johanna leiblich irgendwo in der Nähe.

"Ja!" sagte Bismarck verblüfft geradeswegs in die Luft hinaus.

"Hier hinein, Durchlaucht!" wies der Jüngling auf das Loch im Kasten.

"Ja!" sagte Bismarck zu dem Loch herabgebeugt, als rede er mit einem kleinen Kind. "Bist du da, Johanna?"

"Ja, ich bin da! Und bist du da?" kam es aus der Muschel wieder.

"Ja. Wo bist du?" sagte Bismarck.

"Ich bin in deinem Arbeitszimmer ..." krrrch, pfschch trr ... paff ... "und wo bist du?"

"Ich bin hinten in der Rodung."

"Du lieber Himmel ... ist das nicht merkwürdig!" Pfff, chchrrr, rr ... paff ... trrr.

"Ja, es ist sehr merkwürdig", bestätigte der Fürst.

"Durchlaucht können auch etwas hinein singen", flüsterte der Telephonbändiger, "man hört jeden Ton."

Diese Möglichkeit zu erproben, war ungemein verführerisch, und Bismarck begann nachzusinnen, welche Art von Gesang er loslassen solle, und ob "Nun danket alle Gott" oder "Was kommt dort von der Höh" dieser Gelegenheit angemessener wäre. Aber da ging das unablässig wogende Geknister und Gesummse in ein solches Toben über, als solle die hölzerne Muschel durchaus entzweigerissen werden und das Trommelfell mit. "Hören Sie nur", sagte er bestürzt und reichte dem blonden Jüngling die Muschel; der ließ dieses Wirrsal sekundenkurz gegen das Ohr anknallen, sagte dann mit einer ärztlichen Miene "Störung" und begann an die Leviten Befehle auszugeben, die den Fürsten überzeugten, daß jede besondere Fachfertigkeit ihr eigenes Rotwelsch habe.

Somit war die Vorführung für diesmal beendet, und man konnte das Feld mit dem Bewußtsein räumen, nun an einer vollkommen neuen Lebensrechnung höheren Grades einigermaßen wissenden Anteil zu haben. Es war ja keineswegs ein so bedeutsames und feierliches Gespräch geführt worden, wie es der Größe des Augenblickes entsprach und wie es die Chorpersonen vom Protagonisten vielleicht erwarteten; aber wenn man sich auch nicht wie der erste Napoleon benommen hatte, der jederzeit auf die Weltgeschichte hinschielte und auf ihre gute Meinung von sich, so hatte man andererseits auch nicht jene kannibalenmäßige Verblüfftheit gezeigt, die den Donner der Kugelbüchsen für die Stimme Gottes hält und nach Art der Affen hinter den Spiegel greift, um den zu fangen, der ihnen daraus entgegengrinst.

Was aber die Einordnung der neuen Erscheinung in die allgemeine Kulturgeschichte der Menschheit anlangte, so begnügte sich Bismarck fürs erste mit einem einzigen Wort, das lautete "Schwefelbande" und war in anbetracht der anderen Namen, die er in der letzten Zeit für die engere Naturgenossenschaft gehabt hatte, eine Wendung zu anerkennender Einschätzung.

9

Etwas von dem Ereignis dieses Tages war noch in Bismarck, als am späten Abend Herr von Bennigsen ankam, wie immer geheimnisvoll und unter Vorsichtsmaßregeln von Schlawe hereingebracht. Offener und unumwundener als je zuvor sprach er mit dem späten Besucher von den Dingen, die zwischen ihnen im Werden waren; es war, als habe er nach der Kraftprobe heute nachmittag im Park wieder mehr Zutrauen zu menschlicher Tüchtigkeit gefaßt.

Dieser Draht und dieser schwarze Kasten mit der siedenden Muschel und dem vergitterten Loch bedeuteten wahrhaftig im besten Sinn die neue Zeit, die, das Gegenständliche und Handgreifliche vor sich, auf eine fast unmerkliche Weise mittels eines unscheinbaren Drahtes ins Unermeßliche hinauswirkte. Die Nutzanwendung lag nahe, ein guter, fester, solider Kasten, das war Deutschland, den mußte man zuerst haben, und dann mochte man in Gottes Namen seine Drähte spannen. Und ob dieser Kasten mehr nach der konsevativen oder nach der liberalen Seite gebaut war, darauf kam es nicht an, wenn er nur seine hörbare Stimme und seine ehrliche Antwort hatte. Darum sollte Bennigsen in das Ministerium eintreten, um mitzuhelfen, aber der hatte allerlei Bedenken mitgebracht, die ihm seine Partei aufgefrachtet hatte, auf daß sein Schifflein nicht allzuleicht von der Bismarckschen Strömung fortgerissen werde.

Da waren vor allem die Bedenken, daß Bismarck in seiner neuen Steuer- und Zollpolitik zu weit gehen könne. Eine Auflage auf Bier und Tabak könne man schließlich noch zugestehen, aber daß den ausländischen Erzeugnissen der Zutritt zum deutschen Markt erschwert und versteuert werden solle, das verstoße gegen alle gesunde Volkswirtschaftslehre.

Bismarck hatte ruhig zugehört, an eine Kaminsäule gelehnt, die Füße in der roten Lichtlache, die aus der Feuerstelle rann, den Kopf hoch oben am Sims, wo das Wappen Lothringens angebracht war. "Sehen Sie", sagte er dann, "die Nationalliberalen haben einen Hausgötzen, der heißt Freihandel, und sie machen es mit ihm, wie die alten Mexikaner mit ihrem Vitzliputzli. Sie reißen den neuen und jungen Gedanken das Herz aus und legen es ihm noch zuckend auf den Altar. Aber Notwendigkeiten lassen sich nicht so leicht umbringen, sie wehren sich, und eines Tages schmeißen sie den Vitzliputzli von seinem Stein. Alle diese Götzen waren einmal lebende Menschen, die ihre Leute irgendwie vorangebracht haben, und irgendein Stück Kulturgeschichte knüpft sich an sie; aber dann hat sie ihre Priesterschaft so lange unbedingt angebetet, bis sie eben zu steinernen und grimassenhaften Vitzliputzlis geworden sind. Hier kommt eine neue Notwendigkeit, glauben Sie mir, in diesem Varziner Jahr habe ich in Büchern, Zeitungen und im Leben ihren Schritt herannahen gehört ... der Freihandel hat seine Sendung vollendet. Wir dürfen unsere eigenen Lebensinteressen nicht einer schönen Theorie opfern. Wirtschaftsgebiete grenzen sich gegeneinander ab, Herr von Bennigsen, und diese Grenzen brauchen eine ebensolche Verteidigung wie die politischen. Sehen Sie unseren Handel und Wandel an, welch trauriges Bild ist das doch; unsere Eisenindustrie stöhnt unter dem englischen und französischen Eisen, das unsere Bahnen mit törichter Bereitwilligkeit über die Grenze bringen, unsere Landwirtschaft hat keinen Damm gegen die Überschwemmung mit russischem Getreide. Alle diese Länder schützen sich durch Zölle gegen den ausländischen Wettbewerb, nur wir breiten die Arme aus: Kommt alle her, wir haben einen guten alten Götzen, der euch willkommen heißt, den Freihandel. Ihre Partei will ein starkes Deutschland, Herr von Bennigsen, liefern Sie seine Kraft nicht seinen Feinden aus. Es hat nichts als Feinde in der Welt ..."

Bennigsen war ein guter Zuhörer; man fühlte, daß die Worte in ihm weiterklangen, aber er war keiner von den leicht Umgebogenen und Überzeugten. So lässig er in die Tiefe des Polsterstuhles neben dem Kamin hingestreckt war, so gestiefelt und gespornt stand seine Erwiderung da: "Es ist für die neue Notwendigkeit Eurer Durchlaucht bei den Böswilligen nicht eben von Gutem, daß sie glauben, sagen zu dürfen, die neue Notwendigkeit und Eurer Durchlaucht eigener Vorteil als Gutsbesitzer und Landwirt seien, bei Licht besehen, ein und dasselbe. Das neugeprägte Schlagwort trägt auf der Vordersseite die Aufschrift: ‚Salus publica', und auf der Rückseite steht: ‚et agrariorum'." Wie kam es doch, daß Bismarck in diesem Augenblick die eigentümliche Leere des Arbeitszimmers unbehaglich und beunruhigend auf die Seele fiel? Er öffnete die Tür zum Bücherzimmer. Bismarck blieb vor dem Waffenschrank stehen; da lagen hinter Glas grüne Lanzenspitzen aus Hünenzeiten, japanische Schwerter, ein Säbel des Bei von Tunis, alles durchaus redliche Vorrichtungen zu Kämpfen Mann gegen Mann; aber auch die Pistole aus eigenen wilden Junkerzeiten, mit der man Morgengrüße in schlafdämmrige Zimmer geschossen hatte, und das war schon ein Gewehr für Wirkungen in die Ferne bei eigener kaltlächelnder Sicherheit. So lag der Weg der Menschheit da.

"Es ist kein besonders klassisches Latein, Herr von Bennigsen, das auf der neuen politischen Münze, die bei mir geprägt worden sein soll. Ich bin nun einmal ein Junker, sagen die Liberalen, und darum sei mir nicht zu trauen. Und die Junker sagen, ich sei ein Liberaler, und trauen mir ebensowenig. Was soll ich tun, soll ich, wie der reiche Jüngling im Evangelium, mein Gut verschenken und den Bettelstab des Glaubens an eine Theorie ergreifen? Muß das, was dem allgemeinen Wohl dient, dadurch legitimiert werden, daß es zum Nachteil des eigenen Standes ist? Nennen Sie mir den politischen Heiland, dem ich auf diesem Weg nachfolgen soll. Wahrlich, wahrlich, ich sage Ihnen, es wird zwar kein Kamel durch ein Nadelöhr gehen, aber es wird keiner bloß darum vom Himmel der anständigen Leute ausgeschlossen bleiben, weil er eingesehen hat, daß Deutschlands Gewerbe und Landwirtschaft den Schutzzoll braucht."

Windthorst war ein Kobold und Springteufel aus dem Kästchen, Eugen Richter ein Haudegen und Knüppel aus dem Sack, Lasker eine Gehirnmaschine mit einer Wortmühle von unvergleichlicher Umdrehungsgeschwindigkeit; dieser Bennigsen aber war zäh vor lauter innerer Güte, ein Träumer mit einer scharfblickenden Umsichtigkeit, ein Gelehrter mit den Talenten eines Unterhändlers. So war er und so sprach er aus der Gelassenheit seiner weichen Haltung im Polsterstuhl: "Meine Partei verlangt aber Sicherheiten, Durchlaucht, daß ihre Grundsätze anerkannt werden, wenn sie der Regierung Gefolgschaft leisten soll."

Bismarck hatte das Zimmer durchwandert und stand im Erker, von wo man bei Tag durch drei schmalbrüstige Fenster in den Park hinaussah. Nun war draußen stockfinstere Nacht.

10

Beim Frühstüch war der kaiserliche Herr recht aufgeräumt gewesen. Seine Worte hatten so munter geleuchtet wie seine Augen, denn ein lieber Freund saß ihm am Tisch und machte gutes Wetter in allen Herzenskammern.

Als die beiden alten Herren dann ins Arbeitszimmer gegangen waren und mit angezündeten Zigarren einander gegenübersaßen, da wollte dem älteren freilich wieder ein wenig bang ums Herz werden beim Anblick des Briefes, der oben auf dem Poststoß lag.

"Lesen Sie!" sagte er, indem er dem Freund das Blatt reichte.

Es war eine schwarzumränderte Mitteilung. "Graf Bismarck-Bohlen", sagte Roon, "der lustige Bismarck-Bohlen ... so jung."

"Wenn die Alten sterben, so ist es mir nicht so schlimm. Das muß sein ... aber wenn der Tod über uns hinüber nach den Jungen greift, da spüre ich seinen Schatten auf mir und frage mich, ob ich meine Jahre gut angebracht habe und nicht als ungetreuer Knecht zur Rechenschaft gezogen werde. Länger leben zu dürfen als andere legt besondere Pflichten auf. Übrigens - der junge Mensch hat sich selbst - in Venedig ... ich weiß noch nicht warum. Aber gibt es irgend etwas, was uns aus dem Leben zwingen dürfte? Dieses junge Geschlecht hat seine Verantwortung vor Gott nicht begriffen."

"In Venedig ...", sagte Roon wehmütig, und da fuhr er auch schon in einer Gondel auf einem dunkeln Wasser, das im Grunde einer Schlucht von Häusern regungslos stockte. Die eine Wand war grell im Mond mit dem steinernen Zierwerk, das alabastern und bunt um die Fenster und Balken gewunden war, die andere stand wie geronnene Finsternis. "Sie sollten nach dem Süden, Majestät, Ihre Gesundheit könnte ein wenig Sonne und Freiheit vertragen."

"Ich?" verwunderte sich der Kaiser über diesen Anruf eines höchst jugendlichen Leichtsinns, "wohin wollen Sie mich verlocken? Was denken Sie? Jetzt, wo hier die größten Affären bevorstehen. Bismarck wird sich die europäischen Staaten invitieren, um ihnen die Knoten auszulösen, die sie sich in ihre Fäden gemacht haben. Es ist sehr ehrenvoll, den Schiedsrichter abzugeben, aber wir werden uns die Nägel dabei abbrechen. Die Welt hat nun einmal den Eigensinn, an den ehrlichen Kulissier nicht zu glauben. Und sonst ... sehen Sie nur ...", er ließ die flache Hand auf den Stoß von Akten und Briefen fallen, "mein Tagespensum ..."

Er nahm das Blatt auf, das zuoberst lag, und mit der Geschwindigkeit des Vielbeschäftigten ließ er den Blick darüberlaufen. Dann aber begann er es noch einmal und sehr bedächtig von vorn, als der treue und gewissenhafte Arbeiter, der er war, und dem kein Wort zu klein und dürftig schien, um es nicht zu wenden, wie sein Futter aussehe. Es war ein Akt mit dem Vorschlag für die Aufschrift im Giebelfeld der Nationalgalerie. "Sie wollen hinsetzen: ‚König Wilhelm der deutschen Kunst', und die Enkel werden dann mit den Fingern zeigen: ‚Was der alte Herr schon von der Kunst verstanden hat.' Nee, was meinen Sie, Roon, der Kunst soll man keinen Ring durch die Nase ziehen und sie partout tanzen lassen wie den Bären auf dem Jahrmarkt. Ich verstehe nichts davon, die Knöpfe sollen richtig an den Uniformen sitzen, das bitte ich mir in der Ruhmeshalle aus, wenn die Begebenheiten auf die Wand gepinselt werden, aber sonst mag die Kunst sehen, wo sie bleibt."

Roon, durch einen Blick befragt, hatte gleichfalls nichts dagegen, daß die Kunst selber sehe, wo sie bleibe, und daß man ihr seine Gönner- und Vormundschaft nicht aufdränge; so kratzte denn der Gänsekiel gefräßig über das Papier und nahm den König Wilhelm fort. Es blieb bloß der deutschen Kunst dritter Fall übrig mit einem großen D am Anfang, also daß mit keinem Wort gesagt war, wer als der Spender gelten wolle. Die Weihe des Ungenannten blieb über dem Widmungswort.

Hierauf trennte der Kaiser das letzte leere Blatt des Bogens sorgsam ab und legte es beiseite zu einem Häuflein, das von Tag zu Tag als Erspartes wuchs und zu gelegentlicher Verwendung bereit war. Es war die Methode eines guten Hausvaters, der nichts ungenützt verderben lassen will und vor dem unscheinbarsten Ding fragt, ob es nicht noch irgendwie zu Ehren kommen könne.

Dann wurde der Akt vom Stoß gehoben und in die Mappe getan, ein anderer kam zum Vorschein, und der hatte etwas von des Lebens Heiterkeit an sich, als schwänzele nach der ernsten Kunst ein satirisches Schweiflein einher. "Ach", sagte der Kaiser, "unser Karl

Meier Baron von Rothschild hat schon wieder den Ordensbandwurm. Das ist eine Krankheit, die bei ihm periodisch auftritt wie die Regenzeit oder der Monsun in den Tropen. Was soll man tun? Den Brillantenen Stern zweiter des Roten Adlers hat er schon. Er macht ja enorm viel durch seine Frau für die Wohltätigkeit … sie hat das Verdienstkreuz bereits erworben, er muß aber wohl auch dekoriert werden, es ist ja sein Geld. Wie denken Sie über das Komturkreuz des Hohenzollern-Ordens? Hat einen sehr schönen sechseckigen Stern … was meinen Sie, Roon?"

Roon war nicht im Zweifel darüber, daß dieser sechseckige Stern den bereits auf der Rothschildschen Ordensbrust aufgegangenen Sternenhimmel höchst angemessen ergänzen werde. Ein paar Worte flohen schief über den Rand des Bogens; plötzlich hielt der Kaiser inne und schob den Akt weit von sich. Es war ihm eingefallen, daß er im Begriff war, sich an die Arbeit zu verlieren, als wäre er allein wie sonst. "Da kommen Sie zu mir auf Besuch, und ich tue, als wären Sie noch im Dienst und nicht der freie Mann, der Sie sind."

Das wäre die Gewohnheit der Pflichterfüllung, meinte Roon, die laufe in ihren Stunden dahin, wie die Eisenbahn auf ihren Schienen, und wenn die Fahrzeiten nicht eingehalten würden, gäbe es Verspätungen und Verwirrungen im Verkehr. Der Kaiser hatte ein anderes Bild für dieselbe Sache, die Gewohnheit setze sich im menschlichen Leben ab, wie der Kalk im Leib gewisser Meerestierchen bis schließlich das ganze Tier nichts sei als ein Kalkgerüst, an dem nichts geändert und umgebaut werden könne, und schließlich stürbe das Tier daran. Das war eine wissenschaftliche Erläuterung noch von Anno Humboldt her, der seinerzeit den königlichen Hof einschließlich der Prinzen und der Hofbeamten durch beharrliche Darlegung seiner Ansichten über die Natur gepiesackt hatte; wenn man aber den Raum betrachtete, in dem sich die Arbeit des Kaisers vollzog, so mochte man eher geneigt sein, seiner eigenen bildhaften Meinung vor der des Freundes den Vorzug zu geben. Denn von stürmischem Dahinbrausen war hier nichts sichtbar, wohl aber von einer Verkrustung des Lebens, von der Schichtung der Jahre und vom Satz der Erinnerungen. Die Zeit hatte die kleinen Kalkteilchen des Daseins herangeführt und sorgsam abgelagert in Gestalt von

Bildern, von Büsten, von Fahnen, Schleifen und Kränzen, von Statuen und Statuetten, von Briefbeschwerern und Rauchzeugen. Das starre Gehäuse war gewachsen, an den Wänden hingen die viereckigen und runden Ölbildnisse von Angehörigen des königlichen Hauses, kleinere Bildchen hatten sich auf dem Schreibtisch gehäuft; Nachbildungen von allen Denkmälern berühmter Feldherren oder von Monumenten kriegerischer Begebenheiten im allgemeinen nahmen die Sockel und Tischchen ein, so daß schließlich für den lebenden Inwohner nur ein knapper Platz am Schreibtisch übriggeblieben war und zur Bewegung fast nur der Schritt von dort zum Eckfenster. Unfähig, die kleinste Erinnerung eines Patriarchenlebens als wertlos abzutun, hielt der Kaiser dieser Bedrängnis stand und entnahm ihr das Gefühl der Enge, das seinem arbeitsamen Tag Bedürfnis und Vorteil war. Man war alt im Reichtum dieser Gedächtnisschichten und war doch auch wieder jung, weil sie die entlegensten Erinnerungen gegenwärtig hielten. Irgendwie hing es mit solchen Gedanken zusammen, daß der Kaiser jetzt das Bildnis des erstgeborenen Enkels vor den Freund hinschob. "Den hab' ich nun selbst beim ersten Garderegiment eingeführt, und er soll mir ein guter Soldat werden, wie er ein flotter Student gewesen ist. Man rühmt ihm ein Redetalent nach, das ist keine schlechte Gabe, ein gutes und besonnenes Wort am rechten Platz kann Wunder tun."

"Majestät haben ja einen zu Diensten, der Wunder im Worte tut. Ich habe Bismarck nicht auf allen seinen Wegen folgen können, aber was er da im Februar über Rußland, Österreich und uns gesagt hat, das war groß in Klarheit und Kraft."

Roon hatte keine Höflingsgeschicklichkeit, und wenn er auch nicht so abseits von den Erdbebenherden der Politik lebte, daß er die großen Erschütterungen nicht verspürt hätte, so wußte er doch nichts von den geheimen, aber um so gefährlicheren Schwankungen und Spannungen unter der Oberfläche, die nur von den genauen Instrumenten verzeichnet und gedeutet wurden. Nachdem er so geradewegs auf den besonderen Kummer des kaiserlichen Herrn losgegangen war, wich dieser auch nicht weiter aus, sondern legte die Hand auf Roons Arm und senkte den Blick in den seinen.

Ja, mit Bismarck hatte es seinen grimmen Haken, und der Kaiser war glücklich, mit Roon darüber zu sprechen, da er bei Augusta nicht daran rühren durfte, ohne daß sie mit "Siehst du wohl" und "Ich hab' es immer gesagt" gleich meilenweit über das Ziel hinausschoß. Das aber war gewiß und unabstreitbar, daß Bismarck aus einem treuen Gefolgsmann zu einem gewalttätigen Hausmeister geworden war, und zwar zu einem recht eigensinnigen und reizbaren, der bei jedem Widerspruch und Mißlingen gleich Schlüssel und Orden, und was sonst als Abzeichen seiner Würde gelten mochte, hinwarf und mit Abgang drohte. "Ich muß mich wehren", sagte der Kaiser bekümmert, "daß er mich nicht zum Niemand herabdrückt. Das geht doch nicht, daß er Dinge hinter meinem Rücken und über meinen Kopf hinweg tut, als wäre ich einfach nicht mehr da oder schwachsinnig geworden. Da hätte er mir unlängst beinahe Bennigsen ins Ministerium gebracht; ich habe mich tüchtig auf die Hinterbeine stellen müssen. Nun ist es ausgemacht, daß mir diese Laus nicht in den Pelz gesetzt wird, aber Bismarck hat die Verhandlungen bloß aufgehoben, trotzdem er weiß, daß nichts daraus werden darf, und so hält er die Nationalliberalen immer noch am Band. Ist das noch ehrliche Politik? Überhaupt, wie hat er mir die Parteien durcheinandergebracht, durch Versprechungen und halbe Wendungen und Schwanken von heute auf morgen, so daß sich kein Mensch mehr in ihm auskennt."

"Mit den Konservativen ist es schwer, die sind gänzlich verdorrt und drehen sich mit ihrer Staatsidee im Kreis", sagte Roon, und das konnte der Kaiser von einem unverdrossenen Parteigänger immerhin annehmen, zumal er hinzusetzte: "aber mit den Liberalen geht es ebensowenig."

Genau betrachtet war der Bismarcksche Haken gar kein einzelnes und einfaches Ding, sondern ein ganzes Bündel von widerwärtigen Verbogenheiten mit den krummsten Spitzen der Welt. Da waren diese kämpferischen Maigesetze, die Ehe und Schule und Vermögensverwaltung der Kirche und weiß Gott was sonst noch unter dem Vorwand des Ausstaubens und Lüftens auf den Kopf gestellt hatten. Und überhaupt, dieser unnötige Aufstand von Bewegung allerorten, dieser beständige Wechsel von Personen, dieser Wirbel um Bismarck, in dem das neue Gesicht, an das man sich kaum gewöhnt hatte, gleich wieder unterging. Der schlimmste aller Bismarckschen Haken aber war dieser neue, der von ihm ausgeworfen worden war, um Österreich daran zu sich herüberzuziehen.

"Darüber muß die Freundschaft mit Rußland in die Brüche gehen, denn die beiden sind niemals unter einen Hut zu bringen. Wir haben zwischen den beiden zu entscheiden, und ich denke nicht, die Freundschaft, die mich vom Vater her mit dem Zaren als *corde sensible* verbindet, aufzuopfern."

In diesem Punkt freilich war Roon anderer Meinung als der kaiserliche Freund, und vorsichtig stellte er seinen Widerspruch ans Licht, daß Rußland doch keineswegs diese Treue zu schätzen wisse; es hätte vielmehr recht unzweideutig mit Frankreich angeknüpft und halte immer den Dolch gegen den Rücken Deutschlands gezückt.

"Hören Sie mir auf", sagte der Kaiser mißtrauisch, "hat er Ihnen auch das österreichische Tränklein eingegeben? Aber mich soll er nicht damit benebeln, diesmal leiste ich Widerstand bis zum Ende."

Da schwiegen nun die beiden alten Herren gegeneinander, um nicht mehr sagen zu müssen, was der Freundschaft unliebsam gewesen wäre; und wie immer, wenn der Kaiser Kraft zu Entschlüssen und Stärkung seines Willens brauchte, gingen seine Gedanken zu Gott und kehrten von dort mit der Fracht gläubiger Zuversicht zurück, freilich nur, um dann desto deutlicher zu erkennen, was der Menschheit alles an wahrer Gotteskindschaft gebreche. "Wir leben in einer irren und wirren Zeit", sagte er seufzend, "es fehlt uns am rechten religiösen Erlebnis. Anstatt sich hinzugeben, preisen sie die Selbstbehauptung, und aus der wächst die Selbstherrlichkeit. Und selbst die Kirche ist von dem neuen Geist erfüllt. Hat da nicht unlängst so ein aufgeklärter Herr in der Jakobikirche von der Kanzel gepredigt, daß die Evangelien Menschenwerk seien, und der Heiland sei nicht Gott-Mensch, sondern nur ein von Gott besonders begnadeter Mensch? Soll man sich dann wundern, wenn mit der Gottesleugnung auch der Geist des Aufruhrs wächst, die rote Gefahr, die Hand in Hand mit dem Unglauben geht?"

Der Christenglaube Roons war etwas wie ein altes Erbstück von Väterzeiten her, ein Möbelstück, auf das man sich einfach verließ, weil sich die Vorfahren darauf verlassen hatten, ohne es sonderlich in den Alltagsdienst zu ziehen und insbesondere ohne nachzusehen, was in den einzelnen Schubfächern enthalten sei, oder über ihre Zweckmäßigkeit nachzudenken. Um so mehr hatte er über das neue Möbel nachgedacht, über den Christentumersatz der Sozialdemokratie, die ja bisweilen sich so aufzuspielen liebte, als hätte sie die Gedanken- und Gefühlswelt von Pauli und der Katakombenzeiten her frisch aufpoliert und wieder gebrauchsfertig gemacht; zum wenigsten so, daß es herauskam, als müßten die Sozialdemokraten zwar nicht Christen sein, aber als wären die ersten Christen nur mangelhaft unterrichtete Sozialdemokraten gewesen. "Ich habe den Eindruck", sagte Roon behutsam, "als wäre die Sozialdemokratie etwas, das eigens gegen Deutschland erfunden worden ist. Die anderen Länder haben ja auch ihre Internationalen, aber während diese ihre Phrasen brüllen, verständigen sie sich als die guten Auguren, die sie sind, mit einem Augenzwinkern, daß sie es gar nicht so meinen. Nur unsere guten Deutschen glauben alle diese Manifeste und Kundgebungen aufs Wort und lassen sich das Messer in die Hand drücken, um gegen den Staat Amok zu laufen. Wessen Geschäfte besorgen sie wohl? Sie sind einmal für den ewigen Frieden, dann aber gebärden sie sich manchmal so wüst, als wären sie vom Ausland bezahlt, um uns in einen Krieg zu hetzen. Laufen da nicht Fäden nach Paris und nach London, wo Herr Karl Marx ein behagliches Dasein führt, man weiß nicht von wessen Gnaden? Die wahre Gefahr für uns wird dann eintreten, wenn das Reich in einen Krieg verwickelt wird und die Sozialdemokraten stark genug sind, um sich an unser Schwert zu hängen."

Mit geneigtem Kopf hatte der Kaiser zugehört; nun kam dem Allgemeinen plötzlich eine besondere Frage in den Weg: "Haben Sie die ‚Berliner Freie Presse' an meinem Geburtstag gesehen? Können Sie mir sagen, warum das Sozialistenblatt an diesem Tag mit schwarzem Trauerrand erschienen ist?"

Obzwar Roon das vielbemerkte Ereignis gleichfalls nicht unbeachtet gelassen hatte und auch im Besitz eigener Gedanken darüber war, zögerte er mit einer Antwort, der er in der Geschwindigkeit nicht die nötige Rundung hätte geben können. Aber der Kaiser ersparte ihm die Drechslerarbeit, indem er selbst gleich an seine Frage die eigene Antwort hängte: "Ist es nicht, als ob sie andeuten wollten, daß sie dieses beginnende Jahr als mein Todesjahr ansehen möchten? Wollen sie mir den Abgang ansagen? Steht vielleicht schon einer bereit, um auf mich zu schießen wie auf Bismarck? Ist das wirklich die Stimme meines Volkes?"

Aber in diesem Augenblick kam eine andere Stimme, die auf einem längst wahrnehmbar gewesenen dumpfen Orgelpunkt plötzlich mit einem Geknatter von Trommeln und Gequietsche von Pfeifen einsetzte. Die überschlugen sich so voll übermütigster Unternehmungslust in der klaren Mailuft, daß es war, als müßten die dünnen Wände der Lichtglocke über dem Palais und der Schloßwache und den Linden zerspringen. Die Standuhr auf dem Schreibtisch tickte in den Lärm zwölf silberne Schläge, da erhob sich der Kaiser und trat an sein Fenster. Die Schloßwache zog auf, aber der militärische Spektakel bewegte sich keineswegs abgeschlossen und wurzellos durch den Mittag, sondern war von einer breiten, wimmelnden Bürgerlichkeit gesäumt und getragen, die nun, da sie den Kaiser an seinem Fenster sah, mit unzähligen Hüten zu winken und zu rudern begann.

Der Kaiser, wenige Schritte von den Nächsten entfernt und nur ein Geringes über die Menge erhöht, winkte zurück, und das war alles zum Glück nicht im mindesten feierlich, sondern eine Art Volksfest und Wallfahrt, bei der die Lustbarkeit eine Hauptsache ist. So grüßten der Kaiser und der Berliner einander, und die alte französische Kanone drüben beim Zeughaus wünschte sich einen Zentner Baumwolle in die Windungen, um dieses unliebsame Getöse nicht hören zu müssen.

11

Auf dem schroffen Felsen über der Gasteiner Ache stand das König-Otto-Belvedere. In dem König-Otto-Belvedere stand ein zerwakkeltes, zerschnitzeltes Tischchen, und um das Tischchen im König-Otto-Belvedere auf dem schroffen Felsen über der Gasteiner Ache saßen fünf Menschen, ernst wie Schachfiguren und schweigsam wie Sicherheitsschlösser. Sie hielten ihre Hände dem Tischchen aufgelegt, und zwar so, daß sich die Finger auseinanderspreizten, als hätten sie sich gezankt und seien jetzt böse aufeinander; nur die Daumen waren noch in Berührung, und die kleinen Finger suchten die Verbindung mit den beiderseitigen Nachbarn, also daß die magische Kette nach allen Regeln der Geheimwissenschaften rund um den Tisch geschlungen war und die psychischen Ströme in sein Holz eindrangen. Und während sie so aus Leibeskräften auf das Tischchen einwirkten, schweiften die inneren Kräfte im Reich des Unsichtbaren umher und lockten durch allerlei Versprechungen und Anerbieten unbedingter Gläubigkeit einen Geist herbei, der, redseliger als Geistern sonst rätlich scheint, zu Auskünften bereit wäre.

Allerlei Menschengeräusche kamen bruchstückweise aus der Tiefe zwischen Villa Orania und Hotel Straubinger, ein Stück Melodie der Kurkapelle aus der Wandelbahn, das hatte bisweilen etwas Staub von Menschengemurmel auf den Flügeln, und manchmal hatte es ein blechernes Brimborium von Ringelspielmusik angehängt, von jenem Drehkrankheitszelt, das auf dem Stückchen Wiese hinter der Villa Meran seine hölzernen Pferde, Schwäne, Wägelchen und Ferkelchen unablässig im Kreis laufen ließ. Von Naturgeräuschen kam auch allerlei hinzu. Eine Amsel sang irgendwo im Gebüsch am Felsabsturz, unten brummte der Wasserfall urtümlich bärenhaft in seiner schmalen Felsenkluft, und in aller dieser von der Augustsonne übergoldeten Gegenständlichkeit saßen die fünf Geisterbeschwörer da und versuchten, den guten Tisch auf Geheiß der Fürstin Odescalchi zum Reden zu bringen.

Es war ein biederer Tisch, und er hatte im Lauf seines langen Lebens Verschiedenes mitgemacht und den mannigfachsten Menschenwünschen ergeben stillgehalten. Er hatte glühende Liebesbriefe und tränenreiche Abschiedsbriefe auf sich schreiben lassen und nicht gezuckt, wenn scharfe Messer die Hieroglyphen einer Leidenschaft oder auch nur die Runen Kieselakischen Ehrgeizes in seine Platte eingruben, bis schließlich seine jugendliche Ebenmäßigkeit zu einem narbenreichen Feld von Schriftzeichen geworden war. Über all diese schmerzhaften Geduldproben und den vielfältigen Wechsel von Wetter und Wind war er alt und morsch geworden, ohne, als der richtige Landschafts- und Freilufttisch, der er war, jemals vor eine ausgeprochen verzwickt städtische Aufgabe gestellt worden zu sein. So verstand er gar nicht einmal recht, was man von ihm wollte; aber da er gutmütig genug war, den Anforderungen seiner Gäste nach Tunlichkeit entgegenzukommen, rann eine verlegene Unruhe durch ihn und machte seine Beine zapplig.

Zwei Männer kamen den ansteigenden Weg aus den Schwarzenberganlagen hinan. "Sehen Sie nur, Graf", sagte Bismarck, "wen haben wir denn da? Das ist Ihre Landsmännin, die Odescalchi, und ich glaube, sie beschäftigt sich damit, den Tischen das Tanzen beizubringen, nachdem es die Männer schon längst nach ihrer Pfeife gelernt haben."

Graf Andrassy lächelte ein paar Schritte lang der Bemerkung des Fürsten nach und der Verführerin entgegen, und dann standen sie an der Brüstung des Aussichtstempelchens, die ein übertrieben knorriges und rauhrindiges Geäst urwüchsig durcheinanderflocht.

"Kommen Sie", sagte Bismarck, "wir stören. Hier wird die Zukunft befragt, und niemand weiß so wenig von ihr wie wir. Da vertreiben wir die Geister nur."

Die Fürstin Odescalchi streckte das reizendste Schnuppernäschen, das je in Spitzentaschentücher gesteckt worden war, hoch und sog die Luft heftig ein.

"Nein, Fürst Bismarck", rief sie, "Gott sendet Sie mir. Ich darf die Kette nicht unterbrechen, und der Tisch rührt sich schon. Bitte, schauen S', helfen S' mir. Mein Taschentuch steckt im Gürtel."

"Im Gürtel!" sagte Bismarck. "Ich sehe ein, daß ein so wichtiges psychisches Experiment nach Kräften unterstützt werden muß. Wo ist das Taschentuch? Links? Rechts?"

Es steckte links, auf der Herzensseite, und während Bismarck im Gürtel suchte, sandte die Fürstin einen jener schmachtenden Blicke zu ihm empor, an denen die Männer wie am Anhauch der gottwohlgefälligsten Sündhaftigkeit dahinwelkten und verbrannten. Obwohl dieser Blick den Nachbar zur Linken sowohl wie den zur Rechten nicht das mindeste anging, ja sie nicht einmal streifte, erbebten sowohl der Flügeladjutant Graf Lehndorff wie der Flügeladjutant von Lindequist innerlich auf so grausame Weise, daß der Tisch das mitfühlte und zu zittern begann. Indessen hatte Bismarck ein winziges Gewirbel von Spitzen hervorgebracht, in dem jede Zacke ein verdichtetes Wohlgerüchlein zu sein schien, die Gräfin neigte den Kopf, versenkte das Näschen in das duftende Geflock, und ein leiser, überaus melodischer Ton war wie eine ins Sphärenhafte gehobene Läuterung einer sonst grob irdischen Angelegenheit. Sorgsam wischte Bismarck noch zweimal zwischen Nase und Oberlippe der Fürstin hin und her und tat das Tüchlein dann wieder an seinen Ort.

"Dank schön", sagte die Fürstin, "vergelt's Gott! Wann S' was von mir brauchen, Durchlaucht ... ich bin Ihre ergebene Dienerin!"

"Man kann nicht wissen", erwiderte der Fürst, "wenn vielleicht einmal so eine kleine Hexerei nötig sein sollte, so weiß ich, zu wem ich gehen muß."

Darauf trat er von seinem anmutigen Geschäft zurück und setzte mit dem Grafen den unterbrochenen Wandelgang fort. Von dem Bestreben geleitet, die Aufmerksamkeit der Meisterin über die Geister wieder auf die vitale Elektrizität ihrer Tischgenossen zu ziehen, rief Graf Lehndorff plötzlich mit einer tiefen Seherstimme: "Er bewegt sich ... er bewegt sich schon ... gleich wird er klopfen." Aber es sollte unentschieden bleiben, ob der Tisch wirklich begriffen habe, was man von ihm verlange, und Neigung zeige, zum Sprachrohr der Geisterwelt zu werden. Plötzlich löste nämlich die Fürstin Odescalchi ihre Hände mit einem Ruck aus der magnetischen Kette und schlug mit der Hand gerade auf das Herz, in dessen Umrissen die Namen Emma und Ferdinand auf ewig vereint da standen. "Hören S' auf", sagte sie, "der Tisch is ja blöd. Gehen wir."

Wenn die Fürstin Odescalchi sagte, der Tisch sei blöd, dann war ihm von keiner menschlichen und keiner göttlichen Macht mehr zu helfen, und er war es und blieb es für Zeit und Ewigkeit; und wenn sie sagte: "gehen wir", dann war kein Widerspruch und keine Auflehnung, und man hatte eben so lange zu gehen, bis sie etwas anderes befahl. Man ging also, und es war des weiteren selbstverständlich, daß man die Richtung einschlug, die Bismarck vorgezeichnet hatte, denn das war so ziemlich im allgemeinen die Richtung, in der die Gasteiner Tage der Fürstin Odescalchi überhaupt dahinflossen.

Eine außergewöhnlich lebhafte Eheenttäuschung hatte ihr die

Libellenflügel keineswegs gebrochen und ihrer Phantasie nichts von ihrer Spannkraft zwischen Tag und Traum genommen. Ihr Lachen hatte durch einen längst abgetanen Gefühlstumult nicht ins Seufzen verkehrt werden können; ja, sie hatte von dem seinerzeitigen Elend nicht einmal die sonst beliebte Geste der Schwermütigkeit übrigbehalten, sondern blitzte und funkte so vergnügt ins Leben hinein, als müsse von dem übriggebliebenen, noch recht umfänglichen Rest jede Minute mit doppelter und dreifacher Freude genossen werden. Überall baute sie ihre Luftschlösser hin und stattete sie mit so wunderhübschen Einfällen aus und hob das alles aus dem Potemkinschen in eine so drollige Glaubwürdigkeit, daß ihre Begleiter darin ein und aus gingen, als seien es wirklichste Wirklichkeiten. Von ihren beiden derzeitigen Schwärmereien bewegte sich die eine auf der Astralebene und bewarb sich um Kundschaft aus der Geisterwelt, die andere aber tanzte und schwebte um die durchaus erdenfeste Gestalt Bismarcks; wobei sie freilich den Zusammenhang mit der übersinnlichen Zone insofern betonte, als sie behauptete, er sei ein in Erscheinung getretener Dämon.

Es war nicht ganz aus dem Leeren gegriffen, denn ihre feine und für große Eindrücke empfängliche Seele verstand hinter der aller Welt zugekehrten Äußerlichkeit etwas wie eine tragische Dämmerung. Sie ahnte die geheimnisvolle Dunkelheit auf dem Grund seiner Liebenswürdigkeit, die undurchdringlichen Schatten auf der Rückseite des in weiter Entfernung schwingenden Gestirnes, das den Betrachtern immer den gleichen Aspekt zeigte. Zu dieser großen Seelenneugierde gesellte sich eine kleine Frauenneugier mit der Frage, worüber brütet er eben jetzt? Ohne irgendwie politisch gerichtet zu sein, hätte sie gerne gewußt, an welchen weltbewegenden Angelegenheiten er gerade Hand angelegt hatte, und sie hätte es als ihre eigentlichste Bejahung und Bestätigung empfunden, wenn sie wenigstens andeutungsweise in ein kleines Geheimnis mit einbezogen worden wäre. Zumal jetzt hatte sie ein unerträgliches Gefühl, daß bedeutsame Dinge im Werden seien, und Andrassys gleichzeitige Anwesenheit in Gastein - nach der vorjährigen Zusammenkunft in Salzburg - schien ihr ein Anzeichen zu sein, worüber ihre ganze kleine Person lichterloh entbrannt war.

"Ein herrlicher Mensch, was? Sagen S', meine Herren, is er net ein herrlicher Mensch?" sang sie zu der rascheren Gangart, die sie angeschlagen hatte, um ihn noch auf dem Weg einzuholen.

Die beiden Flügeladjutanten nickten und bekräftigten mit leichten Veränderungen das angeschlagene Thema. Sie hätten es, trotz aller Verehrung für den Fürsten, lieber gesehen, wenn sich die Fürstin mit anderen Dingen, zum Beispiel mit ihnen, beschäftigt hätte. Denn obwohl sie Flügeladjutanten des deutschen Kaisers waren, schienen sie diesen Urlaub für Gastein eigens deshalb genommen zu haben, um sich wenigstens für ein paar Sommerwochen den Libellenflügeln der kleinen Ungarin beizugesellen, und auf diese Weise eine im vorigen Jahr gewonnene Bekanntschaft ins Vertraulichere und Zärtlichere zu steigern. Bei diesen Bemühungen wollte keiner dem anderen einen Vorsprung lassen, und es gewann auch keiner einen, so daß sie als die beiden Unzertrennlichen auftraten; ein Doppelgespann sozusagen, das den lieblich bekränzten Triumphwagen der Fürstin mit der berückendsten Liebesgöttin durch die Gasteiner Tage zog.

Die Verfolgung geschah also in der gewohnten Ordnung: die Fürstin mit ihren beiden Flügeladjutanten vorauf und hintennach die Gräfin Kornis, eine Landsmännin der Fürstin, und ihr Landsmann Desider Hatfy, der ein Zeitungsmensch war mit einem ganzen Kopf voll politischer Phantasien, die er nicht versäumte in Gestalt von guten Ratschlägen und Vorschlägen und Anschlägen verschwenderisch an Bismarck gelangen zu lassen, wo immer sich Gelegenheit bot.

Unten auf der Erzherzog-Johann-Promenade wandte sich die Fürstin mitten aus einer äußerst wohlgesetzten Begeisterungsrede des Grafen Lehnsdorff über die unvergleichliche Anmut der Wiener Mundart, zumal aus dem Mund einer schönen Frau und zumal, wenn die schöne Frau eigentlich eine Ungarin war, über die Schulter weg mit einer ungarischen Frage an den Landsmann hinter ihr. Das war immer eine Katastrophe für die beiden Flügeladjutanten, denn bei aller Vorliebe für ungarisches Wesen waren sie mit einer solchen Wendung sogleich ins Kühle gestellt und empfanden diesen Mangel in ihren Sprachkenntnissen als eine unverdiente Härte des Geschickes.

Die Marschordnung änderte sich. Desider Hatfy kam an Seite der Fürstin, um mit ihr im Ungarischen unverständlich weiter zu schweigen, während die abgesetzten Kavaliere zur Gräfin Kornis abfallen mußten; auch einer äußerst liebenswerten Dame, wiewohl mit Abstand, aber mit einem feinen Verständnislächeln für die Regungen des Herzens. So blieb den Adjutanten nichts anderes übrig, als mitten im Gespräch mit der Gräfin die Ohren nach vorn zu spitzen; wobei freilich nichts weiter aufgefangen wurde als die zwei Namen Bismarck und Andrassy, was nur höchst ungefähre Schlüsse auf die vordere Unterhaltung zuließ.

Indessen war es klargeworden, daß die Besprochenen entwischt seien, vielleicht angesichts der Bedrohung durch ein Gewitter, das den Nachmittag über von den Bergen her die Fäuste geballt hatte und und mit seinen Vorboten den Sonnenschein fahl zu machen begann.

Man schlug den Weg nach Haus ein, und wirklich saß Bismarck selbfünft im Familienkreis beim Kaffee unter dem Gartenzelt. Der Graf Andrassy war inzwischen ins diplomatische Geheimnis entrückt, und das war gut, denn das Zeltrund, das noch zehn und mit dem eben hinzugekommenen Doktor Bucher elf Menschen zur Not faßte, wäre für ein volles Dutzend schon zu klein gewesen.

"Denken Sie, Kilian ist krank", sagte die Gräfin Rantzau bekümmert. Die Vorsehung hatte mit Bismarcks Mariechen Mitleid gehabt und den Schmerz um die verlorene erste Liebe im Glück einer zweiten gelöst, die im vorigen Sommer zur Ehe gereift war. Um das Glück aber nicht allzu vollkommen werden zu lassen, hatte sie ihr wiederum die Sorge um Kilian aufgeladen; und wirklich lag das schwärzliche Hundegetier auf einem rotsamtenen Kissen im Gras und nahm sich mit seinem aufgetriebenen Bauch und den weggestreckten Beinen recht erbarmungswürdig aus.

"Sie sollten Ihren Tisch um ein Mittel fragen", sagte Bismarck.

Die Fürstin legte das rechte Bein über das linke, die Hände umschlangen das Knie, und sie sah den Fürsten mit einer entzückend kußfertigen Nachdenklichkeit an. "Da müßte man den Geist von einem verstorbenen Tierarzt zitieren", sagte sie, "und ich weiß nicht, ob so was auf der Astralebene herumspaziert."

"Er könnte auch nichts anderes sagen, als daß sich der Kilian überfressen hat", brummte der Doktor Bucher, aber gar nicht laut, denn in allen kilianischen Belängen war die junge Frau ein wenig ungehemmt empfindsam.

Das Gewitter knurrte recht bedenklich nahe zu Häupten, von allen Villen ringsum und von der eigenen klang das Klirren der Fenster, die geschlossen wurden, hinter der grünen Buschwand schwankte eine hohe Staubsäule langsam vorbei und fiel an der Straßenecke in sich zusammen. Man fand, es sei Zeit ins Zimmer zu gehen, Kilian wurde von Lehndorff und Lindequist auf seinem Kissen sanft mitgenommen, und man hatte sich kaum zurechtgerückt, als auch schon die ersten Regenstriche über die Scheiben fuhren. Das Gespräch schwirrte ein wenig bunt durcheinander, und nur Bismarck stand, noch mit dem breiten Hut auf dem Kopf, am Fenster, teilnahmslos und, wie die Fürstin fühlte, drangvoll im Ansturm seiner meeresgleich stürmenden Gedanken, die einander mit weißen Schaumkämmen jagten.

Sie hatte den Flügel aufgeschlagen, ihre Finger banden die schwarzen und weißen Tasten zu sanften Mehrklängen, sie sehnte sich danach, diese gigantische Gehirnwelt mit ihrem eigenen ungezogenen Persönchen zu durchbrechen. Plötzlich begann sie fest in das bewegliche Tongitterwerk zu greifen, und nach ein paar vorspielhaften Klängen kam eine Melodie im Dreivierteltakt daher, die roch nach Bier wie eine Kellnerin im Hofbräuhaus und war überhaupt die höchste Fidelität. Und die Worte lauteten:

Warum sollt' im Leben
Ich nach Bier nicht streben,
Warum sollt' ich denn nicht einmal lustig sein?
Meines Lebens Kürze
Allerbeste Würze
Sind ja Gerstensäfte und der Wein.

Also sang die Fürstin Odescalchi, und das war ein ganz unzweifelhaftes Bierlied wie es ringsum auf allen hohen Schulen Deutschlands klang und insbesondere auf Göttinger Kneipen. Aber es nahm sich in ihrem Mund auch keineswegs übel aus, sondern es war sogar ganz herzig, wenn sie versicherte, daß sie Gerstensäfte und Wein als ihres Lebens Würze ansehe. So war es denn auch nicht weiter merkwürdig, daß die ganze Gesellschaft in den Kehrreim einfiel und mitsang, Johanna und Maria, trotz der Sorgen um Kilian, und alle bis auf zwei. Den einen, auf den es ankam, und Desider Hatfy, der ihn überfallen hatte, um ihm seine Ansicht über Rußland nebst einigen Winken zu dessen Bändigung mitzuteilen.

Aber auf einmal zog der Doktor Bucher einige Blätter aus der Tasche und meinte, er habe einen schönen neuen Text zu dieser mit Recht so beliebten Weise mitgebracht, "gedruckt in diesem Jahr!". Näher besehen, waren es Verse, mit violetter Hektographentinte säuberlich vervielfältigt, und sie galten den Unzertrennlichen und ihrer zärtlichen Erwärmung; wer aber der Dichter war, das verschwieg des Sängers Bescheidenheit. Als die Blätter verteilt waren, stand der neue Gesangverein malerisch gespannt da und begann:

"Ach, die sehr galanten
Flügeladjutanten
Haben Dienst bei Tag und Nacht, in Krieg und Fried'.
Lindedorf und Lehnquist
Sind, wie hier zu sehen ist,
Auch bei schönen Frauen à la suite."

Es war jedenfalls ergreifend und ein Beweis für die poetische Gewalt der neuen Dichtung, daß Herr von Lindequist selbst den Takt dazu schwang, mit einem Taktstock, den er aus dem Semmelkorb vom Tisch geholt hatte, einem länglichen, goldbraunen, geraden Zapfen, der mit viel Salz und Kümmel bestreut war, also einem richtigen österreichischen Salzstangel natürlich. Man sang die Strophen mit einem herzinnigen Vergnügen und einigem beifälligen Gelächter zwischen je zweien ab. Man hatte aber Bismarck noch immer nicht von Desider Hatfy freigesungen, dieser war vielmehr auf die Balkanpolitik Österreich-Ungarns übergegangen, und das war ein Feld, auf dem für einen geriebenen Schlaumeier immerhin Erkleckliches zu tun war.

Trotz aller landsmännischen Zuneigung faßte die Fürstin eine kleine, stille Wut, sie ließ die Biermelodie in ein Nachspiel auslaufen und nahm mit einigen herzhaften Übergängen eine andere auf; die gehörte dem Kilianwalzer an, den Keudell komponiert und als Zeichen der Anhänglichkeit an alle Bismarcksche Hauswesen aus Konstantinopel geschickt hatte. Sie war noch gar nicht weit gekommen, da hörte sie verdächtiges Tanzgeräusch hinter sich, und als sie den Blick über die Schulter wandte, da sah sie Desider Hatfy weggeschoben und Bismarck mit Frau Johanna im Arm in langsamen Walzerschwung zwischen den Sesseln und Tischen hingedreht, während das gesamte Publikum große, aber äußerst zufriedene Augen machte.

Ein wenig betrübt fuhr die Fürstin in ihrem Takt fort und beschied sich etwas enttäuscht mit der Wahrheit der Weltweisheit, daß man nicht zugleich aufspielen und selber tanzen könne.

12

Es muß eingeräumt werden, daß die fürstliche Tafel an diesem Geburtstagsvorabend etwas reichlich besetzt gewesen war.

Sie hatte mit Austern und Kaviar begonnen, von jenem Malossol, den man durch die Botschaft in Petersburg bezog; denn wozu war man schließlich seinerzeit selbst in ganz Europa herumkutschiert, als um zu wissen, an welche Quelle man sich als ausgewachsener Kanzler zu halten hatte. Nach der Wildsuppe waren Forellen dahergeschwommen, gebratenerweise natürlich, in goldgelben Butterbächen, und eine Krammetsvögelpastete hatte dahinter eine Art von Doppelpunkt gemacht. Die Morcheln mit Spickgans waren der Auftakt zu dem gewichtigen Schwerpunkt der ganzen Folge, dem Wildschwein mit Cumberlandtunke und dem ehrlichen, unverzierten, nur vom eigenen, braunen Saft umflossenen Rehrücken. Nachdem man sich so durch die drei Reiche der Tierwelt gegessen und von Schwimmenden, Fliegenden und Laufenden seinen Tribut genommen hatte, ging man zum Pflanzenreich über und sah die Äpfel von Borsdorf in einem bequemen und wohlschmeckenden Schlafrock von Butterteig mit Behagen als dessen Vertreter an. Bis man sich am Ende in einem letzten Aufgebot von Kraft noch an einem Gemengsel aus verschiedenen Zonen der eßbaren Welt, wie Schwarzbrot mit Käse, Marzipan und Schokolade, mehr naschhaft als überzeugt beteiligte.

Zu erwähnen ist, daß die Laune des Geburtstagskindes, das morgen sein siebenundsechzigstes Jahr vollenden sollte, während dieser etwas langatmigen pommerschen Vorführung nicht gleichmäßig dahinlief, sondern ziemlichen Störungen ausgesetzt war, jenem Auf und Ab von Heiterkeit und Verdrossenheit, das sich in der letzten Zeit recht bemerkbar gemacht hatte. In die Wildsuppe war dem Fürsten der Abgeordnete Windthorst gefallen und war als ein unangemessen dickes Haar darin gefunden worden. Die Cumberlandtunke hatte durch Herrn Eugen Richter einen unangenehmen Beigeschmack bekommen. Und der Rehrücken war die Tafelgegend gewesen, wo die Reichstagsstenographen auftauchten, als das nichtsnutzige Pack, das sie waren und das sich ein Vergnügen daraus machte, alle Bismarckschen Reden zu verstümmeln und ins Sinnlose zu verunstalten.

Die Reichstagsstenographen waren unter den störenden Geistern die hartnäckigsten, denn sie traten noch einmal auf, ganz gegen Schluß, beim Waldmeisterbowleneis. Es mußte mit Nachdruck dargelegt werden, daß sie sich nicht entblödeten, auch die Mißfalls- und Beifallskundgebungen ungenau zu vermerken, indem sie die ersteren mit aller Bosheit verzeichneten und die letzteren vollkommen übersahen. Das waren so die kleinen Nadelstiche und Widerborstigkeiten gegen ein unbeliebtes Kanzlerdasein, und man suchte durch Beschwerden beim Reichstagspräsidium umsonst Abhilfe. Über diese Stenographiermenschen war der Fürst in Hitze geraten und hatte sie mit Waldmeisterbowleneis gekühlt, und da er sehr in Hitze geraten war, hatte er sie stark kühlen müssen, was wieder eine Erwärmung des Magens durch sechs harte Eier mit Butter nötig machte, und dazu hatte er dreizehn Pfeifen geraucht, und am nächsten Morgen hatte der deutsche Reichskanzler einen Schlaganfall. Es war jedenfalls mitten in der Nacht, da hatte er sich einigemal übergeben, und nun lag ihm die Zunge völlig lahm im Mund, und sein Gesicht war gelb und verfallen.

Es gab einen Tumult von Angst in der Wilhelmstraße, und wiewohl der Doktor Struck einen ursächlichen Zusammenhang mit dem Bowleneis herstellen wollte und von Erkältung des Magens und Lähmung der Gaumenmuskeln als deren Folgeerscheinung sprach, blieb Bismarck bei dem Schlaganfall, und es wurde erst besser, als er die Zunge regen und den Doktor anbrüllen konnte, er möge ihn mit seiner Weisheit verschonen und sich zum Teufel scheren. Hierauf holte der Doktor Struck Verstärkung, nämlich den Professor von Leyden. Aber dadurch, daß dieser dasselbe oder etwas Ähnliches sagte, wurde nicht viel geändert, als höchstens die Tonart vom Zum-Teufel-Scheren. Der Fürst wollte überhaupt niemand um sich haben, nur Tyras durfte bleiben. Den Hund zu seinen Füßen, holte er sein Tagebuch vor und schrieb mit steifen Fingern: "Heute zum erstenmal vom Schlag getroffen."

Ja, das war der Tod, der zum erstenmal an den Fensterladen geklopft hatte, kein Wunder übrigens bei diesem Dasein, das die Nerven zerpflückte und die Muskeln zermalmte. Jung und alt neben ihm begann wegzusterben, der tüchtige Bülow war an der Gasteiner Kur eingegangen, Bismarck-Bohlen war am Leben selbst vernichtet worden, Roon war seit dem vorigen Jahr tot, und selbst die alte Frau Bellin auf Schönhausen, die doch wahrhaftig keine anderen Sorgen hatte als das Wetter und ihren Strickstrumpf, war dahingegangen. Schließlich: Man hatte sich in seine Aufgaben redlich geschickt, und, so vieles auch noch halb oder gar nicht vollendet war, die anderen mochten jetzt sehen, wie sie geschickter damit fertig wurden. So ein rechtzeitiger Abgang war jedenfalls besser als die Frage, die am Ende eines jeden allzu ausgedehnten Menschenschicksals von der Undankbarkeit getan wurde: "Willst du denn ewig leben?" Auch hatte man ja sein persönliches Dasein bereits in das zweite Geschlecht hinein verlängert, denn ein gräflich Rantzauscher Enkelbub lag in der Wiege. Lothar Bucher mit der Aktenmappe hatte an diesem Tag zwar Zutritt, fand aber wenig Gehör, denn für den Spaziergänger am Rand der Ewigkeit verblaßte der in Frage stehende Beitritt Hamburgs zum Zollverein zu einer wenig wesenhaften Angelegenheit. Wiewohl Bismarck in seinem Kaminsessel nicht bloß als Reichskanzler, preußischer Ministerpräsident und preußischer Minister des

Auswärtigen, sondern auch noch als derzeitiger Handelsminister daran Anteil zu nehmen gehabt hätte, hatte er ihn nicht und ließ die Hamburger sich sträuben, soviel sie wollten. Während Bucher fortfuhr, die Aussichten der von Preußen vorgeschlagenen Reichsstempelsteuer bei der Abstimmung im Bundesrat zu beleuchten, hatte Bismarck das Gefühl, als sei sein Magen das nördliche Eismeer, und als schwämmen die sechs harten Eier wie Eisberge darin herum, und die Reichstagsstenographen tauchten seehundsmäßig mit runden Köpfen und Hängebärten zwischen den Schollen auf und bellten heuchlerisch klagend.

Gerade zwei Unterschriften gab der Fürst her, mit den übrigen fand sich der Herr Wirkliche Geheime Legationsrat überraschend schnell vor der Tür, ein wenig in den Gelenken schnappernd und inwendig schlotternd, als sei sein Kern von der äußeren Hülle losgeschlagen und wackele haltlos darin herum. Die ins Himmelsakermentische übertragene Todesahnung hielt mehrere Tage vor und wurde nicht besser dadurch, daß die preußische Reichsstempelsteuervorlage im Bundesrat abgelehnt worden war. Hierauf schien der Zornteufel nur gewartet zu haben, um sich einmal ordentlich auszulassen. Bismarck erklärte sich und Preußen und seinen Kaiser und den gesunden Menschenverstand im allgemeinen beleidigt und bewies aus dem Gothaischen Almanach, daß die Neinsager bloß siebeneinhalb Millionen Deutscher gegen die achtunddreißig Millionen der Jasager vertraten und doch gegen sie recht behalten hätten. Solche haarsträubenden Irrsinnigkeiten müßten durch Änderungen der Geschäftsordnung unmöglich gemacht werden, und überhaupt sei Bismarck nicht geneigt, weiter mitzutun. Dies ließ er dem Kaiser auf vier Bogenseiten mitteilen, und der Punkt saß fest wie der Nagel im Holz.

Während dieser Donnerwetterstimmung gingen die Allernächsten scheu am Außenrand seines Bereiches herum, und Fremden war es ganz und gar unmöglich, auch nur einen Blick auf ihn zu werfen.

Mit der Immediateingabe an den König hatte es ungemeine Eile gehabt. Bismarcks Stirnrunzeln hatte vier Schreiber zugleich in Bewegung gebracht, um halb vier Uhr war der Entwurf in die Kanzlei getan worden, um halb fünf Uhr saß Leverström, der schwarze Reiter, bereits mit der Reinschrift im Sattel, aber die Unterschrift mochte noch kaum trocken und Leverström noch nicht warm geworden sein, als der Fürst ein hastiges Klingeln vollführte.

Anstatt Engels trat aber die Gräfin Marie ein, mit einem sanften und verlegenen Lächeln, das etwas vom Warten auf passende Gelegenheit an sich zu haben schien.

"Ist Leverström schon fort?"

"Ja, er ist schon weggeritten! Aber du hast Besuch bekommen."

"Man soll ihm nachreiten. Das Abschiedsgesuch soll nicht in die Hände des Kaisers gelangen. Ich habe mir zugeschworen, als ich ihn in seinem Blut liegen sah, ihn nicht zu verlassen, und nun ... jeder Quark..."

Marie aber, die um alles Geschehene wußte, entgegnete sanft, daß dies wohl nichts mehr helfen würde, da ja auf des Vaters Befehl bereits am Morgen ein Bericht an die "Norddeutsche Allgemeine Zeitung" abgegangen sei, in dem auf das Entlassungsgesuch Bezug genommen werde. Übrigens sei ein Besuch angekommen.

"Man soll telefonieren! Man soll den Flügeladjutanten vom Dienst aufrufen."

Alles zu spät, das Abendblatt werde wohl schon im Erscheinen und die vollendete Tatsache geschaffen sein, meinte die Gräfin Marie, übrigens sei ein Besuch angekommen.

Vollendete Tatsachen waren für Bismarck jene Art von Erscheinungen, mit denen er sich am leichtesten abzufinden verstand. "Gut", sagte er fast erleichtert, "dann mag die Geschichte ihren Lauf nehmen. Er hat mich oft genug 'reinfallen lassen, heute lasse einmal ich ihn 'reinfallen. Aber mit der alten Geschäftsordnung arbeite ich nicht mehr." Und jetzt erst kam ihm Maries hartnäckige Anmeldung an sein inneres Ohr. "Mit deinem Besuch! Du weißt doch, ich mag keinen Menschen sehen."

"Diesen Besuch kannst du nicht abweisen", sagte Mariechen mit der immer gleichen Sanftmut, die sie Johannas Mütterlichkeit oft so ungemein ähnlich machte.

"Wer zum Teufel beehrt mich denn, daß ich folgen muß?"

"Es ist Richard Wagner, weißt du, er hat sich angemeldet, du hast ihn ein geladen, nun kannst du ihn nicht abweisen." Trotz der gesellschaftlichen Logik dieser Beweisführung sah Mariechen einigermaßen unsicher nach dem Augenbrauengestrüpp über des Vaters Augen.

Es sträubte sich wohl zusammen und drohte mit Flammen, aber dann kam Einsicht und Sänftigung. Verdrossen seufzend erhob er sich und wanderte ergeben nach dem Salon voran, wo Herr Richard Wagner auf einem mit hellroter Seide überzogenen Polsterstuhl an einem Marmortisch der Fürstin Johanna gegenübersaß.

Sogleich nach den ersten Worten konnte man merken, daß er die Wartezeit nicht ohne Ungeduld und Mißbehagen verbracht hatte, denn er hörte die Begrüßung etwas ungnädig an und äußerte dann, Durchlaucht sei offenbar sehr beschäftigt. Es war etwas im Ton seiner Stimme, das die beiden Frauen besorgt machte und sie mit mildem Nachdruck einige auseinanderhaltende Wendungen einschieben ließ.

Die beiden Männer standen einander gegenüber und betrachteten sich und fanden, daß sie voneinander sehr verschieden seien, und äußerlich waren sie es auch, denn in Bismarcks Gesicht war alles mehr ins Knollige und Weiche gestaltet, bei dem wesentlich Kleineren aber mehr ins Gekrümmte und Hakenförmige, und Nase und Kinn näherten sich einander über einem streng geschlossenen und eigensinnigen Mund.

‚Wovon soll ich mit ihm sprechen?' dachte Bismarck. ‚Sprechen wir von Musik!' Aber da er keine Lust hatte, von Wagnerischer Musik zu sprechen, die er zu wenig kannte, zog er es vor, von Beethovenscher Musik zu sprechen, als von einer allen Seelen gemeinsamen Liebe und Sprache zu Gott. Also sagte er etwas von der Musik im allgemeinen und meinte, man solle über Künste eigentlich überhaupt möglichst wenig Worte machen und am wenigsten über Musik, denn das sei eben das Wunderbare an ihr, daß sie das Gefühl entbinde. "Worte sind immer ein Zwang und eine Fälschung. Wahrhafte innere Freiheit ist nur im Gefühl. Und das ist Beethovens Amt: Er kommt wie ein Kerkermeister und rasselt mit den Schlüsseln, und man spürt die Dicke und Feuchte der Wände, dann aber lächelt er und schiebt zauberhaft so eine ganze Wand einfach weg, und wir schwingen uns der Unendlichkeit entgegen."

Richard Wagner war aber gekommen, um über Richard Wagner und nicht über Beethoven zu sprechen, und nebenbei galt es den Versuch, ob sich an den Ufern des Überflusses nicht irgendein Schöpfwerk würde aufstellen lassen, mit dessen Hilfe die ständige Bayreuther Dürre würde berieselt werden können. Es blieb also bei einer etwas zurückhaltenden Zustimmung, wie sie einem Laien gegenüber angebracht war, dem das Beste ja doch nicht anvertraut werden durfte.

"Die Musik hat die seltsame Eigenschaft", fuhr Bismarck fort, "daß sie das Gefühl bloß entbindet, aber nachher jeden auf seine Weise selig werden läßt. Sie schreibt nichts vor, wie es ein Bild tut oder gar wie die Bücher. Sie gibt sozusagen nur das Element, aus dem wir selber nach unserem Wesen die Schöpfung vornehmen müssen. So kommt es, daß bei demselben Stück der eine dies, der andere jenes empfinden kann, nur gemäß jener höchst unbestimmten Stimmung, in die es uns versetzt. So wird die Musik zur Prüferin der Seelen, und wer etwa bei der d-Moll-Sonate an sein Bankguthaben denkt, ist gewogen und zu leicht befunden." Bismarck war froh, durch leises Rühren an die goldenen Pforten von sich selbst erlöst zu werden, und ließ eine dumpfe Gedrücktheit hinter sich zurück als eine schwere Last von Tagen. Immer weiter schritt er von diesem abgefallenen Haufen Erdenunbill weg. "Leider komme ich nur selten zu guter Musik im großen. Es müssen Menschen dabei sein, viele Menschen, das macht es einem verdrießlich, der nicht gern im Schwarm mitgeht. So muß ich mich mit dem begnügen, was im Haus selbst erzeugt wird. Verstehen Sie es, daß ich mir nach dem Erlaß des Rüstungsbefehles gegen Frankreich die c-Moll-Sinfonie vorspielen ließ? Beethovens c-Moll, vom vollen Orchester, aber als Publikum niemand als die Meinen und ich."

Das war Bismarcks Meinung, und sie lief der Wagners schnurstracks zuwider. Denn wenn dieser auch solche alleingängerische Neigungen von seinem königlichen Freund von Bayern her zur Genüge kannte und hinnehmen mußte, so waren die Höhepunkte musikalischer Wirkungen doch in großen festlichen Versammlungen vieler Menschen gelegen und der Gottesdienst zu Bayreuth der Gipfel, wo aller Künste Eigenstes in gegenseitiger Durchdringung zusammenfloß. Zudem war ein verschwommenes Gefühl ja etwas Schönes, aber doch Minderes gegenüber einem ordentlichen, festen und gedankenreichen Bau, der nach einem genauen Plan entworfen war, und in dem jedes Leitmotivs Wandlung und Wendung nach Dur und Moll seine besondere dramatisch-philosophische Bedeutung hatte.

"Ja, eben", beharrte Bismarck, "über Musik hat jeder seine Ansichten. Meines Oberförsters Junge will durchaus Musiker werden, aber der Alte sagt: ‚Eher hacke ich ihm die Pfoten ab, als daß er anderen Leuten aufspielen darf. Er soll sich selber aufspielen lassen und können.' Das ist auch ein Standpunkt, und kein ganz dummer. Was mich betrifft, so habe ich es immer so gehalten, daß ich Musik machen will, wie ich es für gut finde, oder gar keine."

Sie sprachen aneinander vorbei, und es war offensichtlich, daß sie sich niemals nähern würden, bei aller brüderlichen Ähnlichkeit hinter dem ersten Schichtenwuchs, die aber, wie es so oft zu geschehen pflegt, obenauf ein recht feindseliges Ansehen hatte.

Bismarck merkte etwas von Verstimmung und Enttäuschung. "Wissen Sie", sagte er, sich einer scherzhafteren Angelegenheit zukehrend, "daß man Sie einmal bei mir als einen ganz gefährlichen Verschwörer hat aufschreiben wollen. Sie sollen in der Schweiz zwischen den russischen Nihilisten und den Internationalen vermittelt haben."

"Die deutsche Politik", sagte Wagner in unverminderter Steifheit, "ist immer eine Angsttraumpolitik gewesen. Man hört die Mörder über die Stiegen kommen und will die Tür versperren, aber der Schlüssel dreht sich nicht im Schloß. Man will fliegen und flattert nur mit den Armen. Ein einziges Mal ist man wirklich geflogen." Wagner machte eine wirksame Fermate nach dem Paukenschlag. Dann setzte er mit seinem boshaften Blechton wieder ein: "Wer ist nach Eurer Durchlaucht Ansicht der erste Diplomat in Europa?"

Bismarck sah zur Decke empor und war zum erstenmal nach langen Tagen der Trübsal wieder voll inneren Lachens: "Ja", sagte er mit gerunzelter Stirn und einem leichten Spiel von Lichtern um Nase und Mund, "das weiß ich nicht, aber sicher ist Lord Beaconsfield der zweite."

Hierauf verrann das Besuchsgespräch ins Überflüssige, und man empfand, daß man einander nichts weiter zu sagen habe. Wagner erhob sich und nahm den Mantel seiner Selbstherrlichkeit zu königlichen Falten zusammen. Die Einladung nach Bayreuth blieb unangebracht. ‚Er verdient es nicht,' dachte er, ‚er ist die Vergangenheit, ich bin die Zukunft.' Als er die Stiege hinabschritt, mit seiner abgekühlten Begeisterung und einem neu angefachten Gefühl von Überlegenheit, sagte er sich, daß es sehr gut gewesen sei, sich nichts vergeben, Männerstolz gezeigt und von dem Schöpfwerk für die Bayreuther Trockenheit geschwiegen zu haben. ‚Diese Art von Menschen', dachte er, ‚ist unerträglich, sie benehmen sich, als hätten sie die ganze Weltgeschichte instrumentiert, und haben dabei nicht einmal den rechten Takt in sich.'

"Er ist vom Erfolg verwöhnt", sagte Bismarck im selben Augenblick zu Johanna, die ihm sanfte Vorwürfe machte, daß er etliches über des Wagners neueste Opern zu sagen unterlassen habe, "ich weiß mir nichts mit ihm anzufangen. Es ist schon recht, wenn einer an sich selber glaubt, aber der möchte allerorten der erste sein und ist beleidigt, wenn man findet, einiges andere sei noch über ihm."

Die beiden Lebensschiffe, die sich auf kurzer Fahrt genähert hatten, wichen wieder in scharfer Krümmung auseinander, jedes nach seinem inneren Muß, und die beiden Seelen ahnten nicht, daß sie aus dem gleichen Samen Gottes waren, dem der Stolzen und Unbedingten, der Gewaltsamen und Unbeugsamen.

13

Die parlamentarischen Frühschoppen des Fürsten fanden im Reichskanzlerpalast statt, und zwar an Sonnabenden, und das war insofern der geeignete Tag dafür, als er zwischen dem Freitag und dem Sonntag gelegen ist, dem Tag der Trauer und Kümmernis und dem Tag der Ruhe und Heiterkeit. So daß er eine Art Übergang darstellt und außerdem im allgemeinen einen Tag der Läuterung und des Aufräumens, an dem allerlei Wochenstaub und -schmutz beseitigt wird. In Süddeutschland heißt dieser Tag Samstag, und Bismarck fand diesen Namen weit treffender, zum wenigsten in bezug auf sich, denn er sei sein Gehor-Samstag gegen seine Pflicht als Kanzler und als Politiker überhaupt. Sagte er. Von Seiten der Abgeordneten trug man keine Bedenken, diese Veranstaltungen zu besuchen, zumal man sich hier sozusagen bei aufgehobenem Komment und mit geöffnetem Visier begegnete. Nach allem Waffengeklirr, mit dem man die Bürgerschaft von der Rednerbühne herab erschreckt oder erzürnt hatte, durfte hier ein augurenhaftes Lächeln zum Vorschein kommen. Zweitens bis siebentes aber waren diese Bismarckschen Friedensfeste durch das, was bei ihnen an leiblichen Darbietungen verzeichnet werden konnte, keineswegs übel berufen.

Der Saal war schon fast ganz gefüllt, als ein kleines Männlein in die Tür trat, das für sich allein gewiß im Gewimmel untergegangen wäre, aber es bekam sehr rasch einen Begleiter, dem sich im dichtesten Schwarm sogleich alle Wege öffneten.

"Das ist Windthorst", sagte Bennigsen, "seit zwei Jahren kommt er wieder, als Taube mit dem Ölzweig im Schnabel."

"Ja, die Gewässer der Bismarckschen Sintflut beginnen sich zu verlaufen", sagte Virchow, "und das Schiff, das auf dem Ararat hängengeblieben ist, das ist das Schiff der Kirche."

"Über der versoffenen Welt wölbt sich der Regenbogen des Friedens mit Rom", schmückte Eugen Richter das biblische Bild weiter aus.

"Und was sind wir dabei?" Laskers Nasenflügel schwangen in schmerzlicher Bitternis. Seine Augen ließen nicht von dem großen Lotsen, der das um soviel kleinere Schiff durch die Menschenwogen steuerte.

"Wir sind die Wasserleichen, die auf den sinnenden Wassern treiben", sagte Bennigsen, der es Bismarck bei aller Gefolgstreue noch immer ein klein wenig nachtrug, daß er einst für ihn eine Zahl in einem politischen Rechenbeispiel gewesen war.

"Wir sind die Opferlämmer, die dem neuen Bund geschlachtet werden", meinte Virchow. "Die ganze Geschichte stinkt zum Himmel. Unser Fett prasselt."

Indessen waren Bismarck und Windthorst in die Mitte des Saales gelangt, wo zwischen den Sitzen von Parteifreunden ein Platz für den Führer freigehalten worden war. Ein zweiter Begleiter hatte sich hinzugesellt, der ragte, obwohl er auf vier Beinen ging, mit dem

Kopf fast bis zur Schulter Windthorsts empor: Tyras, der von einem Schnupperrundgang zwischen den Beinen der Gäste zu seinem Herrn zurückgekehrt war und ihn mit einem Fremden beisammen fand, dessen Geruch ihm ganz und gar nicht zusagte.

Windthorst erkletterte einen Stuhl, ein Diener schwenkte ein großes Tablett mit einer reichen Auswahl belegter Brötchen von links herein. Wie Windthorst den Arm zur Schüssel hob, klirrten auf der Frackbrust die beiden einzigen Orden gegeneinander, der päpstliche und der hannoversche. Er trug keine anderen, und diese Beschränkung schien darzutun, daß ihm an keiner anderen Macht Wohlgefallen gelegen war als an der der Kirche und seines welfischen Landesherrn.

Tyras stand dabei und blies die Lefzen auf, als Windthorst in das reizvoll ausgestattete Brötchen biß, auf dem sich über hellrotem Schinken Bänder von Sardellen kreuzweise begegneten, während im Mittelfeld ein kleines Hügelchen von Kaviar aufgesetzt war. "Nehmen Sie sich in acht", lachte Bismarck, "er macht seine eigene Politik, und die geht noch mehr nach Brot als die große."

"Er mag mich nicht", sagte Windthorst, "aber ich mag ihn, wenn auch nur von ferne. Gegensätze ziehen sich an. Nur darf es nicht bis zum Verschlucken kommen."

"Man sollte ein Kapitel über den Hund in der Politik schreiben", sann Bismarck weiter. Sein Kopf war von dröhnendem Ohrensausen erfüllt, seine ganze linke Gesichtshälfte war wie eine offene Wunde, aus der mit Zangen Stücke von Fleisch ausgerissen wurden, aber was den Gästen zugewandt war, wies nur eine gleichmäßig über das ganze Wesen verteilte Heiterkeit. "Einmal hat mir so ein Köter Herzklopfen gemacht. Das war der Hund des ermordeten Zaren Alexander, und es handelte sich darum, ob Rußland uns freie Hand gegen Frankreich lassen oder uns in den Rücken fallen werde. Der König und der Zar sitzen in Ems beisammen, und ich sehe mir sie so von weitem an, da kommt der Hund Alexanders unter dem Stuhl hervor, streckt sich und wandert dann durch das Zimmer, mit unsäglicher Anmaßung muß ich sagen, und es ist ihm deutlich anzumerken, welche Verachtung er für die Zweibeinigen hat, die da herumstehen. Bei mir macht er halt, wedelt und stößt die Nase gegen meine Hand. ‚Umdrehen', denke ich, ‚jetzt muß er sich umdrehen', und wie auf einen Anruf wendet sich der Zar um und bemerkt die Liebenswürdigkeit des Hundes gegen mich. ‚Sehen Sie', sagt er zum König, ‚das Tier kennt die Freunde seines Herrn.' Na - mir war hierauf erheblich leichter zumut, das dürfen Sie mir glauben."

Wie die Eisenfeilspäne auf einer Platte dem Magneten folgen und sich zu Figuren ordnen, so waren die Abgeordneten zum Teil um die beiden hier nahe zusammengerückten Pole geschart. Ein Gemurmel trug die Bismarckgeschichte weiter.

"Alexander hat einen schrecklichen Tod gefunden", meinte Windthorst, indem er dem vierfüßigen Helden nicht weiter nachfragte und sein drittes Brötchen in Angriff nahm. "Wie wird der neue Zar die russische Stimmung gegen uns beeinflussen?"

"Es heißt von ihm", sagte der Abgeordnete Bamberger aus dem magnetischen Feld heraus, "daß er drei Abneigungen hat: gegen die Soldaten, die Gebildeten und die Spitzbuben.

"Ach", nahm Bismarck das Wort auf, "die Spitzbuben werden sich wenig daraus machen, die Gebildeten werden fortfahren, Bomben zu erzeugen, und die Soldaten werden ihm nach wie vor seine Kriege führen, ob er sie mag oder nicht."

"Und eines Tages auch gegen uns", sagte Windthorst mit plötzlich weit hinter Brillengläsern aufgerissenen Augen und einem ganz verkniffenen Greisenmund, "Rußland wird uns den Berliner Kongreß niemals verzeihen. Das kommt von gewissen, allzu ehrgeizigen Wünschen."

‚Nicht weiterreden', dachte Bismarck, ‚um Gottes willen nicht weiterreden!' "Oh", sagte er laut, "es gibt eben überall Leute, die es durchaus nicht fassen können, daß einer bei einem Geschäft nichts weiter verdienen will als den Ruf, ein ehrlicher Unterhändler zu sein."

Die Versuchung lag nahe, noch einiges über Rußland und Österreich und alle Fragen, die damit zusammenhingen, zu sagen, in der Art, wie es Bismarck verstand, Meinungen und Entschlüsse bei guter Gelegenheit in die Spalten der Zeitungen, die Gänge des Reichstages und die Sitzungen der Parteivorstände gelangen zu lassen. Aber er war außerstande dazu, das Ohrensausen war zu einem ganzen Hammerwerkgetöse geworden, die Gesichtsschmerzen zu dem lieblichen Gefühl gesteigert, als werde ihm unter dem Skalpiermesser eines Indianers die Haut vom Nacken an über den Kopf gezogen, wobei der einzige ingrimmige Trost der war, daß besagter Indianer sich mit einer höchst dürftigen Skalplocke würde begnügen müssen.

Aus seiner Ahnungslosigkeit heraus fuhr ein Deutschkonservativer mit Fragen fort: Ob und wie sich Rußland mit dem neuen Verhältnis zu Österreich abfinden werde und ob die alte Freundschaft der Monarchen zueinander oder der neue panslawistische Sturm und Drang obsiegen würde. Und ein anderer wurde noch zudringlicher und wollte wissen, wie sich denn der Kaiser in die Frontveränderung geschickt habe, denn man wisse wohl, daß es den Kanzler große Mühe gekostet habe, ihn zur Annahme der neuen Richtung zu bewegen. Bismarck kam sich wie eine Trommel vor, auf die von allen Seiten losgeschlagen wird und die, ohne sich wehren zu können, mit einem dumpfen Gedröhn antworten muß. ‚Man hat mir die Haut jetzt ganz und gar abgezogen', dachte er, ‚und über einen Reifen gespannt, meine Seele sieht aus wie ein Hase vor dem Spicken.'

Die Stimmen waren lauter geworden, die Gruppen änderten ihre Zusammensetzung, schoben sich hin und her, und in dem Maß, in dem die beiden Bockbierfässer im Schenkzimmer aus der waagrechten Achsenlage in die schiefe geneigt wurden, stieg die Zwanglosigkeit der politischen Mischung. Wenn man bisher auf die Anrede des Kanzlers bescheiden gewartet hatte, so harpunierte man ihn jetzt im Vorüberkommen mit einer Frage oder einem mit Widerhaken versehenen Wort.

Ein Fortschrittler fragte, ob es wahr sei, daß Bismarck von Victor Hugo einen Brief bekommen habe, halb Pathos und halb Größenwahn, aber fast noch mehr Größenwahn, immerhin aber ein Gruß von Gipfel zu Gipfel über den Abgrund des Hasses seiner Nation hinweg. Es war leider nichts Wahres daran, und auch an der Geschichte, die der Abgeordnete Treitschke jetzt vorbrachte, war das Wahre zumindest recht zweifelhaft. Sie handelte von einem deutschen Professor, der auf zerstreutem Wandel in griechischem Bergland von verdächtigen Gesellen angefallen worden war und den der

Name Bismarck gerettet hatte. "Sie haben Durchlaucht für den Kaiser von Deutschland gehalten", schloß Treitschke mit dem Vergnügen des Geschichtsprofessors an einem sackgroben historischen Unsinn.

"Lassen Sie um Gottes willen nichts davon an die Witzblätter kommen", sagte Bismarck, "die zeichnen mich sonst noch als arkadischen Ziegengeist, der die Hirten schreckt, zu allem anderen, was ich ohnehin schon bin. Ich weiß gar nicht, wie ich allein die ganze politische Witzigkeit bestreiten soll. Vor Jahren haben wir sie uns zu dritt geteilt: Napoleon, der Sultan und ich. Napoleon ist tot, der kranke Mann am Goldenen Horn hat sich beschwert und darf nun nicht mehr angeulkt werden. Die einzige Scheibenfigur, die übrig ist, bin ich. Träfen alle Pfeile, so müßte ich schon aussehen wie der heilige Sebastian."

In einem breiten Strich Novembersonne, von Stäubchen umtanzt, standen ein paar Parlamentarier um den Kultusminister von Puttkamer, unter dessen weitreichendem Patriarchenbart Stern und Band hervorschimmerten, und es war Bismarck, als höre er von dorther das Wort Unfallversicherung.

Der vielleicht bloß eingebildete Klang des Wortes entschied über den Augenblick und machte ihn zu plötzlichem Flammenlicht und blendender Offenbarung. Alles das, dieses unerträgliche Ohrensausen und dieser Gesichtsschmerz waren nur die ins Körperliche gerichteten Strahlungen innerer Vorgänge, einer schmerzlichen Wallung, die sich als ein Übergang von dunkler Geringschätzung zur Verachtung verdeutlichte. Lange vorbereitet und durch immer wiederholte Enttäuschung herangereift, wurde sie von diesem Augenblick ins Helle getrieben und gesellte sich dem Gefühl eines ungeheueren Abstandes und einer unermeßlichen Überlegenheit. Das ganze Gewimmel lag klein unter ihm, es war, als besähe man es von der Brüstung eines hohen Turmes, so entlegen war es geworden. Bismarck hatte eine Empfindung, als dürfe er die Beine nicht vom Boden nehmen, um die Brut nicht zu zerstampfen. Wie Gulliver im Land der Zwerge war er von ihren spinnwebdünnen Fesseln gebunden, von ihren Ansichten über Politik und Leben, von ihren Meinungen von Recht und Unrecht, die allesamt durch ein Heben der Faust zu zerreißen waren. Wie ein Nürnberger Spielzeüg lag ihr spitzfindig ausgeklügeltes und ausgewinkeltes Parlamentshäuschen da, eine Puppenküche, an deren Herd sie ihre Gerichtlein kochten, während sie mit putzigen Gebärden ihre Sprüchlein hersagten. Wer bin ich? Und wer seid ihr? Das donnerte dumpf in ihm, und er wußte nicht, warum er noch immer Rücksichten nahm und die ganze Gesellschaft nicht mit dem Arm vom Tisch fegte, auf dem er sie tanzen ließ. Niemals, niemals kamen sie auf die Sache um der Sache willen, niemals war ihr Widerstand etwas anderes als persönliche Gegnerschaft gegen ihn. Eine mäuschenhaft wispernde Verschwörung gegen seine Schuhsohlen und die Speckseiten, die sie in seinen Schränken zu wittern glaubten. Etliche duckten sich, wenn er sie anschrie, etliche spielten die Unentwegten und wilden Männer, und dieser neue Reichstag war wie die früheren darin einig, daß es der Gipfel aller Weisheit sei, zu dem, was von Bismarck kam, nein zu sagen. Ein römischer Kaiser kam ihm wieder in den Sinn, der der ganzen Menschheit einen Kopf gewünscht hatte, um ihn abschlagen zu können. So ernst und grausam wollte Bismarck die Sache gar nicht genommen wissen, aber was er dieser redelustigen und von sich eingenommenen Genossenschaft wünschte, das war wenigstens ein gemeinsames Hinterteil und das diesbezüglich hinlängliche spanische Rohr dazu.

Mit solchen Gedanken und Wünschen und ihrem sonstigen Drum und Dran war er freilich weit davon entfernt, ins Vertragen und Vereinbaren kommen zu können, das von Gott nun einmal als alles Menschenwesens unumgängliche Nötigung gesetzt zu sein scheint, an dem sich Geduld und Einsicht in die seelischen Bedingnisse anderer und noch ein Dutzend besonderer Tugenden entwikkeln können. Oder aber Bismarck hatte diese Tugenden besessen, und sie waren ihm im Laufe der Zeit ausgetrieben worden oder eingegangen, wie Pflanzen auf einem Boden eingehen, dessen Nährkräfte durch sinnloses Wüsten mit ihrem Bestand ausgebeutet sind.

Darüber waren ihm ganze Scharen von Dämonen in Kopf und Herz eingezogen, die trugen noch einen Lichtschimmer einstiger Verklärtheit in sich, waren aber sonst voll großartiger Düsternis und Menschenfeindlichkeit: Unduldsamkeit und Mißtrauen, Ungerechtigkeit und Überhebung. Eine Garde gefallener Engel, sündenfällig nicht durch eigene Hoffart, sondern durch den Unglauben der Welt an sie, bis sie sich wirklich nach dem Bild gewandelt hatten, das man seit Jahrzehnten von ihnen an die Wände Deutschlands gemalt hatte. Sie hatten sich jetzt im Trotz verhärtet: Wollt ihr uns nicht sehen, wie wir sind, so wollen wir sein, wie ihr uns seht. Es hätte einer ganz anderen Zusammensetzung bedurft, um diese Umkehr zu verhüten, einer weit minderen Streitbarkeit und einer weit größeren Milde im Menschenteig Bismarck, ja, vielleicht sogar etwas von der überirdischen Gnadennatur des Heilandes, der dem Feind nach dem Schlag auch die zweite Backe hinhält. Bismarck aber war in Pommern gewachsen und hielt sich bei aller Frömmigkeit doch an das Gebot, eine Ohrfeige mit zweien zu vergelten und auf einen Räuber anderthalb zu setzen. Einen Geringeren hätte die düstere Garde ganz zu sich herübergezogen, aber Bismarck fehlte der Haken der Eitelkeit und Ruhmsucht, an den sie ihre Schlingen hätte legen können. So folgten sie ihm bloß, aber sie waren immer da und standen zwischen ihm und den Menschen.

In solcher Bedrängnis, die Bismarck einseitig als plötzlicher Überdruß klarwurde, war er wenig geneigt, den liebenswürdigen Wirt zu machen und die parlamentarischen Wespennester zu schonen. Langsam schritt er aus dem Saal, und soviel war von dem Sturm immerhin äußerlich sichtbar, daß ihn keiner anzusprechen wagte.

"Er hat kein System", sagte der Doktor Bamberger hinter ihm drein, "er schwankt haltlos herum." Der Doktor Bamberger war schlecht auf den Kanzler zu sprechen, weil er seiner Auffassung von der Hausknechtsrolle des Staates durch die neuen Versicherungsgesetze einen argen Stoß versetzt hatte. "Da glaubt man, er wolle die Sozialisten auffressen, und dann kommt er mit solchen Ungeheuerlichkeiten. Ist der Staat dazu da, um für die kranken Arbeiter zu sorgen? Das ist ihre eigene Sache, mögen sie sich zusammentun und sich selbst helfen, anstatt politische Parteien zu bilden. Sie sollen ihr Geld für Sicherung ihrer eigenen Zukunft ausgeben, anstatt damit die Wühler und Hetzer zu bezahlen. Aber das ist nur Blendwerk, und Gott weiß, was er mit diesem Zuckerbrot für die Sozis will."

"System? System?" ereiferte sich Treitschke, der von seiner historischen Warte aus ein größeres Stück des Mannes zu übersehen glaubte als die anderen. "System ist etwas für unsereinen, für Professoren, für Advokaten und Ärzte! Unsereiner muß ein System haben, ein Koordinatensystem, für jeden Punkt im Leben seine Abszisse und die dazugehörige Ordinate, sonst kennt er sich nicht aus. Das Genie braucht kein Koordinationssystem, es zerreißt die fadenscheinige Rechtwinkligkeit mit einem Ruck."

"Er hat Phantasie", bestätigte Lasker, "aber sie ist uns zu fremd und schweifend. Man muß ihm widersprechen, weil man nicht weiß, wo hinaus er will, und weil er uns nicht einweihen will. Und er weiht uns nicht ein, weil er uns geringschätzt." Lasker war tieftraurig, denn ein boshaft wollender Freund hatte ihm zugetragen, Bismarck habe gesagt, im Weingarten des Reiches sei Lasker noch viel mehr Reblaus als Windthorst.

"Wir irren uns alle", sagte der systemgläubige Doktor Bamberger, "wir haben gemeint, er sei ein Löwe, er ist aber bestenfalls ein Fuchs."

Indessen war Bismarck durch einige Gänge geschritten und hatte die Tür eines kleinen Zimmers aufgeklinkt. Da war eine ganz andere Versammlung als drüben im Saal des Berliner Kongresses. Heiterer Lärm ohne Rauchgewölk, Frauengeschäftigkeit und eifervolles Getriebe mit allerhand Sächelchen und Kram, wie sie zu wohltätigem Zweck zusammengelesen zu werden pflegen. Es waren jene kunterbunten Nichtigkeiten, die man auf Kaminsimsen, Schränken und Tischen so lange stehen hat, bis man eine gute Gelegenheit findet, sie mit einem Anschein von Gutherzigkeit wieder abzuschieben, jene grünsamtenen Nadelpölsterchen, Zahnstocherbüchslein, Schweinchen, an deren Rückenborsten man die Feder abwischen kann, die porzellanenen Kühe, auf deren Bauch Stadtansichten hingemalt sind, die Spiegelein mit Rahmen aus Karlsbader Sprudelstein und tausend andere ähnliche staubfängerische Dinge, deren Sinn bloß im möglichst raschen Wiederloswerden zu bestehen scheint. Hier waren ganze Berge davon aufgebaut, denn in der kommenden Woche sollte der Basar des Frauengroschenvereines zugunsten armer Wöchnerinnen stattfinden, und die Damen der Gesellschaft waren dabei, jedem Ding seine Umhüllung und seinen Aufputz zu geben, ein rosafarbenes Bändchen und einen kleinen Tannenzweig.

Es roch nach Wald und gepflegter Weiblichkeit zugleich, die Damen knicksten, Scheren und Nadeln und Bindfäden in den Händen, eine bildhübsche Komtesse Radziwill, die grobe Handschuhe anhatte, um beim Schneiden der Tannenzweige die Finger nicht zu verderben, barg kichernd die unförmig anzusehenden Pfötchen auf dem Rücken. Bismarck schritt auf Johanna zu, die hinter einem langen Tisch saß und Leinwandstreifen für kleine Beutelchen zurechtschnitt, in denen irgendeine Herrlichkeit untergebracht werden sollte.

Bismarck legte ihr die Hand auf die Schulter: "Wie geht's?" Sie antwortete nur mit einem stillen Blick, der eine besorgte Gegenfrage tat, denn seine Augenbrauen waren struppig und die Stirn ganz knollig von Gedankenarbeit.

Die kleine Komtesse Radziwill überreichte ein eiligst zusammengedrehtes Sträußlein aus Tannenreisig und einigen Moosrosen und nestelte es, mit jetzt unbehandschuhten Händen natürlich, an den hellblauen Kürassierrock. "Bleiben Sie bei uns, Durchlaucht", bat sie, "lassen sie die langweiligen Parlamentarier. Ist es nicht schöner bei uns? Sie dürfen einen Lampenschirm kleben, der wird dann versteigert. Denken sie, welchen Preis der erzielen wird: ein vom Reichskanzler eigenhändig geklebter Lampenschirm."

Bismarck sah in das frohe, etwas knabenhafte Gesicht: "Ich weiß, ich könnte mich hier nützlicher machen als drüben." Noch immer lag seine Hand auf Johannas zarter Schulter, es stieg Frieden und Sanftmut aus den Fingerspitzen durch den Arm in sein Herz und verbreitete sich mit geheimnisvoller Schnelligkeit durch sein zerwühltes Wesen.

Ein Fräulein von Petersdorff, etwas älteren Jahrganges, aber immer noch anmutig in allen Äußerungen von Jugendlichkeit, faltete die Hände: "Bleiben Sie, Durchlaucht, wir werden viel braver sein als die drüben."

Einen Augenblick war es Bismarck, als geschähe hier ebensoviel und ebensowenig Nützliches und Ersprießliches als drüben bei Bockbier und Zigarren, nur mit dem Unterschied, daß man sich hier über das Ziel und die Wege zu ihm einig war, während drüben jeder sein eigenes Zielchen und Weglein hatte. Das Losreißen von dem harmlosen Wohltätigkeitstumult war schwer, aber nun war doch wieder so viel Kraft gewonnen, daß man sich ohne Explosionsgefahr hinüberbegeben konnte.

Der Saal, wo Europa über das Schicksal von Staaten beraten hatte, war jetzt von blaugrünem Gewölk angefüllt, in dem sich die Parlamentarier, wenn auch nicht wie Götter, so doch wieder wie vergnügte Zeitgenossen ausnahmen. Sie waren auch ganz gewiß viel zugänglicher und unterhaltsamer geworden, denn inzwischen hatte sich die Achse der Bockbierfäßchen zum Winkel von fünfundvierzig Graden gegen die Waagrechte geneigt, und man war zum Rheinwein übergegangen. Die Gläser klangen zusammen und gaben keinen Mißton wie sonst die Köpfe, wenn sie zusammenstießen.

Tyras stand da und schnappte nach Wurstblättern, mit denen Lasker um seine Gunst warb.

Windthorst kam Bismarck mit seinem halbgefüllten Glas entgegen: "Sehen Sie, wie schlecht mir eingeschenkt wird. Zum zweitenmal kommt der Rest auf mich."

Bismarck beugte sich herab, nun wieder in gastfreundlicher Laune: "Gehen Sie zur Regierung über, Doktor", sagte er, "dann bekommen Sie immer Ihr volles Glas."

14

Die Tür ging auf, nicht wie von Menschenhänden geöffnet, die eine Klinke durch sanfte Macht niederdrücken können, sondern durch einen Schlag, als haue eine Faust gegen die Schnalle, und dann kam als lebendige Erklärung Tyras herein.

"Ja, was willst du denn da?" fragte der Fürst, und Tyras wedelte eine demütige Antwort und Bitte, bleiben zu dürfen, ging dann aber sogleich auf den fremden Mann zu und begann ihn eindringlich zu untersuchen.

"Er glaubt, er muß dabei sein", sagte Bismarck, "er hat nun einmal Verdacht gegen alle Künstler. Dem guten Professor Schaper ist er beinahe an die Gurgel gefahren. Das Denkmal für Köln hat der Professor ja so mehr beiläufig ausführen müssen, und für die Reckengestalt haben sie einen Schutzmann in meine Uniform gesteckt. Dafür haben sich die Kölner gerächt, und beim Karneval hat mir ein Friseurgehilfe mit Schlagsahne einen weißen Bart angemalt. Die Polizei, die nirgendwo einen guten Spaß versteht, hat den Mann eingesteckt, und ich hab's leider zu spät erfahren. Ja - also Schaper ... bei der Bildnisbüste wollte er's dann genauer haben, und ich sitze so ganz ahnungslos ihm gegenüber, auf einmal sagt er: ‚Erlauben, Durchlaucht' und holt ein Zirkelinstrument hervor und fängt an, mir den Schädel zu vermessen. Tyras aber glaubt, es geht um mein Leben, und stürzt auf ihn los wie Eugen Richter auf die Sozialreform. Nur daß Tyras folgt, wenn man ihn anbrüllt."

Tyras war, weiß Gott, in allem, was seinen Herrn anlangte, wie die hohe Polizei, er verstand ebensowenig Spaß wie sie, und überhaupt erwies er sich, trotzdem er gleich Sultan aus dem Zwinger des Grafen Holnstein stammte, als von diesem ganz und gar verschieden in Anlagen und Neigungen. War Sultan mehr ein Lebenskünstler gewesen, dem ein behagliches Schlendern durch das Dasein und eine gelegentliche lustbare Rauferei mit seinesgleichen als Inhalt seiner Tage genügte, so war Tyras mehr von einer streitbaren Philosophie erfüllt und betrachtete die Beziehungen zur Menschenwelt und die handelnden Personen seines Umkreises mit unverhohlenem Mißtrauen und der eingewurzelten Überzeugung, daß die Schlechtigkeit die Grundeigenschaft alles zweibeinigen Getiers sei. Das Knurren lag ihm näher als das Wedeln, seine Beine hatten eine beständige Neigung zum bedrohlichen Steifwerden, und die Zornhaare am Nacken standen ihm öfter empor, als daß sie ihm glatt anlagen. Man brauchte ihm bloß in die Augen zu sehen, die bernsteinfarben waren und nicht himmelblau, wie die des verewigten Sultan, um zu wissen, daß er erst nach gründlicher Erwägung jedes einzelnen Falles an Stelle des Mißtrauens eine kühl herablassende Genehmigung eintreten lasse.

"Na, leg dich, Tyras," sagte der Reichskanzler, "der Professor Lenbach hat keinen Zirkel in der Tasche. Der macht alles nach dem Augenmaß und aus dem Handgelenk."

Der Professor Lenbach aber hatte von der Überprüfung seiner Person keine Kenntnis genommen. Er stand vor der Staffelei, betrachtete sein Bild und war mit Augenmaß und Handgelenk aufs äußerste unzufrieden, ja, er verzweifelte geradezu an Farbe und Licht und überhaupt an allen besseren Eigenschaften der Materie und jeder Göttlichkeit der Kunst. Mit langen, wütenden Blicken fuhr er zwischen der Leinwand und dem lebendigen Urbild hin und her, knirschte mit den Zähnen, verzog das Gesicht, kniff bald das linke, bald das rechte Auge zu, legte den Kopf schief auf die Schulter, trat näher auf die Leinwand zu und weiter von ihr weg, und das Ergebnis der anhaltenden kritischen Pantomime war nur eine immer tiefere Einsicht in die Unzulänglichkeit des Geschaffenen. Was in der Werkstatt recht annehmbar ausgesehen hatte, zeigte sich hier als ein mühseliges Gekleckse, als gemalte Oberfläche ohne Tiefe, als eine Ähnlichkeit, eine blanke alberne Ähnlichkeit ohne Feuer und dämonische Gewalt. Die Runzeln waren da, und die Hände und der schwarze Rock und die weiße Halsbinde, Himmelherrgott, der ganze äußere Mensch samt Garderobe. Aber rundherum gesagt, das war alles eine schandbare Pinselei, solange die Augen nicht sprachen und nicht das Leben aus allen Poren quoll.

Plötzlich ballte der erboste Maler die Faust gegen seine Leinwand, als wolle er sie durch einen Boxerstoß vernichten, und murmelte etwas, das klang nicht nach Halleluja, sondern nach einem recht lästerlichen Gegenteil davon.

"Wie?" fragte Bismarck.

Aber Lenbach befand eine Wiederholung nicht für notwendig. "Das geht nicht", sagte er zornmütig, "das geht so nicht."

"Was wollen Sie denn?" verwunderte sich der Fürst, "es ist doch sehr ähnlich, das sagen alle."

Lenbach rang die Hände. "Ähnlich? Ähnlich? Wenn's nicht einmal ähnlich wäre, so könnte ich meinetwegen gleich Kanalräumer werden. Das heißt nichts, nach Skizzen zeichnen, Werkstattarbeit aus dem Gedächtnis. Sie müssen mir sitzen, Durchlaucht."

Wenn Tyras auch vielleicht nicht genau verstand, was da gesprochen wurde, so hatte er doch ein feines Ohr für den Ton der Worte, und der mochte so sein, daß er ihm für seinen Herrn allzu bedränglich klang. Er erhob sich von seinem Platz, versteifte die Beine, sträubte die Zornhaare, und ein Knurren grollte tief unten in der breiten Brust. Sein Herr aber hatte selber schon eine heilsame Art, ein Allzunahekommen abzuwehren. "Was wollen Sie?" sagte er, plötzlich meilenweit von dem verzagten Meister entfernt. "Ich habe Ihnen doch von vornherein gesagt, daß ich Ihnen nicht sitzen kann. Meine Nerven lassen das nicht zu. Ich liege die ganzen Nächte schlaflos, meine Knochen krachen mir vor Schmerzen. Und ich soll mich für Sie hinsetzen und stillhalten?"

Aus der Angst um das Werk kam eine flehende Bitte: "Nur einmal, Durchlaucht, eine halbe Stunde..." Und mit einem Versuch zum Scherz: "Es tut gar nicht weh, Durchlaucht!"

Wieder ging die Tür, Lothar Bucher kam mit der Aktenmappe, er war zum Vortrag befohlen und ging der Stimme des Fürsten in den Nebenraum nach. Er sah verfallen und kränklich aus, ausgetrocknet von Nachtarbeiten, ein Husten erschütterte die schmale Brust mit mächtigen Stößen, zwischen denen ein leises Hüsteln eine ununterbrochene Verbindung spann. Der romantische Lebenstraum Honduras war erledigt, das nie gesehene Palmengrundstück samt allen Negerhütten war verkauft, und als wären früher aus diesem überseeischen Wurzelstock in sein Dasein Säfte aufgestiegen, die es nun entbehren mußte, so dorrte und schrumpfte es zusehends ein. Er schlich nun unter seiner Arbeit dahin, immer noch mit der dreifachen Last anderer auf dem Rücken, aber mühseliger und unter Verbrauch letzter aufgesparter Kräfte.

Er stand scheinbar unschlüssig mit seiner Aktenmappe da, nur ein kurzes Funkeln grüßte aus seinen tiefliegenden, rotgeränderten Augen zu dem Meister hinüber.

"Sie sehen", sagte Bismarck, "keine Ruh' bei Tag und Nacht ... Wenn ich auch der Arbeit entfliehen sollte, sie kommt immer hinter mir drein, wie der Knüppel aus dem Sack."

"Durchlaucht können auch ruhig hier ..." sagte Bucher beiläufig, ohne besonderen Aufhebens, "es ist nichts ganz Geheimes und Gefährliches, was der Herr Professor nicht hören dürfte. Und er hat so ein wenig Gelegenheit, ohne Durchlaucht besonders zu bemühen oder zu belästigen ..."

"Eine Verschwörung gegen mich", sagte der Fürst nach einigem Schweigen, das erst etwas bedrohlich ausgesehen hatte, dann aber doch zum Sanfteren gewendet wurde, "eine Palastrevolution, merke ich, der Feind hat Helfer im eigenen Haus. Na ... meinetwegen, wenn

Sie es verantworten wollen, Doktor, das Dienstgeheimnis preiszugeben! ... Was haben Sie denn?"

Während Lenbach sein Handwerkszeug hervorkramte und mit zitternden Fingern aus den Tuben ein paar dünne Farbenwürmer auf die Palette drückte, wo sie zusammengeriegelt nebeneinander liegenblieben, öffnete Bucher den ersten der roten Aktenumschläge.

Es war der Entwurf eines Zeitungsartikels, in welchem die Bismarckschen Reformgedanken einem großen Publikum verdeutlicht und die Stellungen der Parteien beleuchtet werden sollten, der Versuch einer Gewinnung der öffentlichen Meinung, die bisher noch wenig Anteil an dem genommen hatte, was sie für ein bloßes Parlamentsgezänk hielt. Die Brauen hingen dem Kanzler während des Lesens dicht über die Augen, und Lenbach, der mit Pinsel und Palette auf der Lauer stand, hatte nur eine gänzlich unbrauchbare Verkürzung in Sicht.

"Nein", sagte Bismarck, nachdem er gelesen hatte, "das ist zu ledern ausgefallen, Bucher! Da muß etwas mehr Schwung und Feuer hinein. Lassen Sie Ihren Geist nur blitzen, und haben Sie keine allzu große Angst vor der Phrase. Ich bin ja auch sonst lieber für das Sachliche und Bündige, aber mit Speck fängt man Mäuse. Beredsamkeit ist sonst ein Übel, gewiß, und sie hat schon manches Unheil angerichtet, die Beredsamkeit der Tatsachen ist etwas für feinere Geister, die Zeitungsleserschaft gehört nicht zu ihnen, das will einen Wortschwall, das gewisse Temperament, den Schmiß, manchmal eine kleine Niederträchtigkeit." Er ging im Zimmer hin und her, zur Verzweiflung Lenbachs, der das karge Herbstnachmittagslicht ungenützt aus dem Raum scheiden sah. "Packen Sie die Parteien nur kräftig an, hauen Sie einer jeden einige saftige Hausquarten hin, das freut den lieben Publikus immer. Zeigen Sie den Nationalliberalen die Zähne. Was für ein Standpunkt, der sagt, in der Volkswirtschaft gebe es wenig zu tun und viel zu lernen, dessen Umkehrung sie mir zuschieben, als glaube ich, es gebe viel zu tun und nichts zu lernen. Eine Abfuhr für Herrn Bamberger! Ich bin nie dagegen gewesen, etwas zu lernen, aber ich bin allerdings auch nicht der Meinung, daß wir warten dürfen, bis sich die großen Dinge nach der freihändlerischen Weisheit von selber tun. Warum soll der Staat nicht regelnd eingreifen dürfen, greift er nicht in die Entschließungen des einzelnen auf tausendfältige Weise ein, um dem gemeinsamen Wohl zu dienen? Sogar in die persönliche Freiheit, mit Ehegesetzen, mit Expropriationen, mit dem Wehrgesetz? Wenn der Staat darum schon eine sozialistische Einrichtung ist, dann, in drei Teufels Namen, soll er meinetwegen eine sozialistische Einrichtung sein. Wir dürfen uns vom wirklichen Sozialismus nicht den Wind aus den Segeln nehmen lassen, vom umstürzlerischen Internationalismus, von der Revolutionsmacherei und der Klassenverhetzung. Warum sind denn die Herren von der roten Krawatte so wütend über meine Gesetze hergefallen? Dienen sie nicht dem Wohl der Arbeiter? Es ist Parteiangst, denn sie fürchten, der Arbeiter könnte sagen: Na also, was wollt ihr denn, jetzt gibt uns ja der Staat, den ihr bekämpfen wollt, wirklich das, was uns von euch immer bloß versprochen wird. Nehmen sie die Herrschaften nur der Reihe nach vor. Die Ultramontanen wollen die Fürsorge für die Armen der Kirche überlassen. Als ob die Kirche nicht schon etliche hundert Jahre Zeit gehabt hätte, sich darum zu kümmern. Den Partikularisten paßt eine Reichsversicherungsanstalt nicht, weil dadurch ein neues Band der Reichseinheit geschmiedet wird. Die Großindustriellen haben Furcht davor, daß ihnen der Staat in die Töpfe schauen könnte, sie sind wie junge Hausfrauen, die keine andere Frau in ihrer Küche dulden wollen. Und nachdem Sie so gründlich in die Motive und Motivchen hineingeleuchtet haben, sagen Sie, was uns zwingt, ja, was uns zwingt, Bucher, unsere Fürsorge den Soldaten der Arbeit zuzuwenden und ihnen Leben und Unterhalt bei Unfällen und Krankheiten zu gewährleisten. Unser Gewissen, Bucher, und unsere Pflicht gegen die Menschen und gegen Gott."

Er stand mit dem Rücken gegen den grünen Kachelofen, der angenehme Wärme spendete, seine Worte kamen im mächtigen Strom von seinen Lippen, in seinen Augen war ein blaues Feuer von Begeisterung. Von seiner Eingebung gepackt, wie ein Dichter, formte er die Gedanken, und sie rauschten durch den Raum wie Flügelwesen der Vorzeit, wie jene mächtigen bärtigen Gestalten mit ungeheueren Fittichen, Vorläufer der zarteren Engel, die das wuchtige Irdische stürmend gegen den Himmel hoben.

"Weiter!" sagte er nach einigen tiefen Atemzügen.

Der nächste rote Umschlag enthielt eine etwas entlegene Angelegenheit, die einen ganz anderen Erdteil betraf und die darum des Doktors Bucher ganz besondere Liebe und Fürsorge hatte. Alles Überseeische war ihm seit jeher von jenem schimmernd abenteuerlichen Glücksgefühl verklärt, das ihm sein eigenes Stück fremder Tropenwelt so wertvoll gemacht hatte, und den letzten Rest dieser Liebeskraft wandte er an die Schritte Deutschlands an unbekannten Küsten. Ein Herr F.A.E. Lüderitz, Kaufmann in Bremen, hatte von einem Hottentottenhäuptling in der Bucht von Angra Pequena Land erworben und wollte nach seiner Besitzung reisen, aber in Berlin, wo die Behörden von so exotischen Veranstaltungen nur ungern Kenntnis nehmen wollten, zweifelte man, ob man ihm Unterstützung zusagen dürfe. Fragend sah Doktor Bucher nach seinem Vortrag auf.

"Ist zu schreiben", sagte Bismarck ohne Zögern, "dem deutschen Konsul in Kapstadt, daß der F.A.E. Lüderitz und seine Niederlassungen unter dem Schutz des Deutschen Reiches stehen."

Buchers Gesicht erhellte sich, er schrieb mit Funken vor den Augen, mit einem Gefühl von ungeheuren Räumen, Urwälder dröhnten, blaue Tropenmeere liefen mit Schaumkämmen gegen Sandküsten, durch mannshohes Gras kamen Karawanen her, schwarze Träger im Gänsemarsch, mit Kisten auf den Wollschädeln, einer Negerin baumelte eine rote Korallenkette zwischen den Brüsten, eine Palme fiederte sehr zart gegen einen mondblassen Nachthimmel. Als er aufschaute, gewahrte er den Professor Lenbach in heftiger Tätigkeit, die aber allem Anschein nach darauf hinauslief, das Bild in einem zerstörerischen Zorn mit Pinselhieben kreuz und quer zu zerfetzen.

"Den Mann möchte ich kennenlernen", sagte der Fürst mit einem gleichfalls ins Weite gerichteten Blick. "Deutschland weiß nicht, was es solchen Männern dankt. Die Kaufleute sind die Pioniere seiner Zukunft. Es beteiligt sich an ihren Plänen vorläufig dadurch, daß es ihnen die bürokratischen Bedenklichkeiten an die Beine bindet, damit sie nur ja nicht ungehindert frei in der Welt ausschreiten können. Aber die Leute haben Konquistadorenmut, sie wahren einen jahrelangen Entgang gegen einen sehr unsicheren Gewinn. Der Überschuß unserer Volkskraft drängt sie hinaus, Europa hat uns rundum sehr enge Grenzen gezogen, die neue Völkerwanderung geht über See."

Er stieß sich vom Ofen ab und machte einen Schritt in den nun schon dämmerigen Raum. "Fertig?" fragte er, und an Buchers Stelle antwortete der Professor von der Staffelei her: "Fertig!" Er warf den Pinsel weg, mit dem er eben noch einen letzten spitzen Tupfen aufgesetzt hatte, und streckte die bekleckslten Hände mit gespreizten Fingern vor sich. Das Haar lag ihm wirr über der Stirn, die Adern des Halses schwollen blau aus dem Kragen zum Kinn. Etwas Entrücktes war in ihm, das seinem Wesen bei aller malerhaften Komik eine eigene Gangbarkeit gab.

Bismarck trat vor die Staffelei. Da leuchteten von der Leinwand zwei Augen her, die waren so überirdisch tief und sonderbar, daß Bismarck erschrak. Wie ein Anruf der Ewigkeit strahlten sie aus dem sonst beschatteten Bild. Schamvoll dachte er, wie er von diesem Mann durchdrungen worden sein mußte, und fast zornig wollte er werden, daß er sich nicht besser gewehrt und verborgen gehalten hatte.

Aber dann war die Ergriffenheit mächtiger als alles andere. "Professor!" sagte er erschüttert, indem er die Hand des Meisters faßte, und als wäre dies zu wenig: "Mensch! Mensch! Was haben Sie aus mir gemacht? Bin ich das?"

Ein stummer Gegendruck war die Antwort. Tyras war leise aufgestanden und schattenhaft herangekommen und mahnte mit einem Stoß der Schnauze gegen die herabhängende Hand an seine vergessene Gegenwart.

15

Um Bismarck wehte eine eiskalte Luft, und der Doktor Bucher hatte von dem scharfen Zugwind das Reißen in der Seele bekommen. Es war nicht mehr wie zu der Zeit, wo ihm die Rückzugs- und Hinterseite von der honduresischen Tropensonne bestrahlt worden war, als von einer schon in die Gegenwart wirkenden Wärmequelle der Zukunft. Er war jetzt ein schon recht empfindliches Männlein mit Reißen in der ganzen zweibeinigen Verpackung seines unsterblichen Teiles, mit Magenschwäche, Husten, Zahnweh, Gicht, und vor allem einem ganzen Katzenklavier äußerst übellauniger und gequetschter Nerven. Er hatte Moos angesetzt wie ein alter Kahn im Wasser, er war ausgewetzt wie eine alte Stufe, über die viele Füße hinweggeschritten sind, er war innerhalb morsch und hohl wie eine alte Weide, mit dem weidenmäßigen Vorzug, bei Nacht leuchten zu dürfen, wobei er manchmal, in seiner Arbeit innehaltend, über seine eigene Gespensterhaftigkeit erschrak. So ging er vorläufig in seiner eigenen Haut dahin, aber was überhaupt noch von Leben in ihm war, das war Bismarck: nicht zu sieben Teilen von achten wie früher, sondern zu neunundneunzig vom Hundert.

Am Schluß eines jeden solchen Tagnachtwerkes schwor er sich zu, ein Ende zu machen, und am nächsten Morgen warf er sich doch wieder mit einem Ruck in die Stränge, wie ein Droschkengaul, der mit geknickten Beinen dasteht, aber auf den Zungenschlag und den Peitschenhieb des Kutschers erwacht und seinen Trott aufnimmt. Dem Fürsten war die Arbeit von der wohltätigen Tyrannei des Doktors einigermaßen gedämmt und geregelt worden. Ihm aber gebot kein Doktor Schweninger Halt und Vernunft und am wenigsten Bismarck selber, dem nachgerade alle Einsicht in die beschränkten Möglichkeiten einer Menschenkraft abzugehen schien. Es gab nur mehr eine Richtschnur, einen Maßstab, eine einzige Zeitenuhr auf der Welt: Bismarcks Willen, der ging schnurstracks durch das Universum, und was er etwa an Anfeindungen erfuhr, krabbelte im chaotisch Unwesentlichen. Es kam nicht seinem wirklichen Bestand nach, sondern nur so weit in Betracht, als man sich den Anschein geben mußte, es der Form nach mit Gründen abzutun, da man nun schon einmal parlamentarisch regiert war.

Unter solchen Gedanken räumte Bucher die drei Vogelhäuser aus, die er nach Kissingen in das Haus des Hofrates Streit mitgenommen hatte. Doktor Bucher füllte die Näpfe mit Futter und Wasser, breitete frisches Papier auf die Blechböden und strich frischen Flußsand aus der Saale darüber. Der Star Max schaute mit geneigtem Kopf und, bei aller Anerkennung des sorglichen Waltens, vor Ärger gesträubtem Schopf auf die ordnende Hand, und als diese zurückgewichen war, stürzte er mit einem Satz von der obersten Sprosse zu seinen Ameiseneiern.

Auf der Straße wurde ein Wortwechsel laut, der Bucher an das Fenster zog. Eine Bäuerin stand da, mit breitem Rockgefältel und rotem Regenschirm, und schien in einem Handgemenge mit einem Gendarmen begriffen. "Stoßen S' mich net", schrie sie zornrot, "ich laß mich net stoßen. Ich kann stehn, wo ich will."

"Hier dürfen Sie nicht stehen", sagte der Gendarm, indem er die abgeschüttelte Hand wieder auf die Schulter der Frau legte.

"Warum denn net?"

"Weil Sie hier nicht stehen dürfen", erklärte der Mann im Vollbewußtsein der An- und Fürsichgültigkeit jeglicher behördlichen Maßnahmen, die am besten durch sich selbst begründet ist.

"Ich bin sechs Stund g'laufen, und ich will den Bismarck sehen, ich zahl' mei Steuer, und ich will den Bismarck sehn."

Steuerzahlen war eine immerhin achtunggebietende Tatsache, aber eine polizeiliche Verfügung eine noch weit achtunggebietendere, es gab also kein Schwanken im Wesen, höchstens eine Milderung in der Anwendung. "Sehen S', hier vor dem Haus darf niemand stehn, weil in Kissingen schon einmal auf den Fürsten geschossen worden ist. Verstehen Sie, liebe Frau!" Das war mit tunlichster Umgänglichkeit gesagt, und die liebe Frau war eine außerordentliche Zuwendung von Höflichkeit und Rücksicht auf das Steuerzahlen.

Aber die Bäuerin trug einen Frankenschädel auf den breiten Schultern, und einen frauenzimmerlichen Frankenschädel dazu. "Ich schieß' net auf 'n Fürsten!" beharrte sie, und sichtlich waren ihre Beine bestrebt, gleich denen Daphnes, im Boden Wurzel zu schlagen. Ihr verfolgender Apollo mit dem Raupenhelm aber sah plötzlich in einem Fenster des behüteten Hauses einen Zuschauer stehen, als Zeugen eines Auftrittes, dessen königlich bayerische Gemütlichkeit sicher nicht nach norddeutschem Geschmack war. Man sollte ihm nicht lässige Pflichterfüllung vorwerfen können, man hatte auch seinen Schneid, wenn es nötig war, der Zorn des Gesetzes schwoll an und brach über die Hartnäckige herein: "Überhaupt", brüllte er plötzlich wie der bayerische Löwe in eigener Person, "ich werde Sie aufschreiben. Wie heißen Sie denn eigentlich?" Ein unmäßig dickes Meldebuch wurde aus seinem Versteck am Busen des Wackeren mühsam zwischen Uniformknöpfen hindurch ans Licht gezerrt.

"Ich bin die Schöllhoferin aus Brückenau", sagte die Beanstandete trotzig.

In diesem Augenblick entschied der Zufall oder das besonders freundliche Geschick der Schöllhoferin zu ihren Gunsten. Eine Staubwolke qualmte auf der Straße, als deren Kern ein Wagen sehr flott heranrollte. Wagen samt Staubhülle hielten vor dem hofrätlichen Haustor, Engel öffnete den Schlag, der Fürst und die Fürstin stiegen aus, der Gendarm stand stramm, die Schöllhofbäuerin riß die Augen auf.

"Sehen S'", sagte sie, nachdem das mit Arretierungsgefahr ertrotzte Schauspiel überraschend schnell zu Ende war, "jetzt hab' ich eam doch g'sehn." Hierauf warf sie den Frankenschädel zurück, nahm den roten Schirm unter den anderen Arm, zog die Beine aus dem Pflaster und verließ die Stätte ihres Sieges.

‚Beliebtheit', dachte Bucher, während er die Akten in die Mappen ordnete, ‚was ist Beliebtheit? Man wird zum Gegenstand der Schaulust, wie ein Menagerieeinwohner. Die Wächter klappern mit den Schlüsseln, alle Tage zweimal Vorstellung, die Tiere zu füttern und zu zeigen ist verboten, vor der Freiheit ist ein Gitter. Was wissen sie allesamt von ihm, was kennen sie als das Fell und die Stimme?'

Die kurze Erholungspause, die an die unbefangenen Vogelseelen gewandt werden konnte, war vorüber, der Star Max pfiff den Chopinschen Trauermarsch, und Bucher begab sich zum Vortrag.

Der Trauermarsch als Einleitungsmusik schien ein übles Vorzeichen gewesen zu sein. Es wehte ein besonders scharfer Wind aus großen Höhen. Der kam von einer großen Sorge, von einem Ärgernis, von einer philosophischen Einsicht und von einer Geduldsprobe her. Die große Sorge betraf Frankreich, das wieder einmal zu rüsten begonnen hatte, weil Boulanger das Revanchefeuerchen anblies. Das Ärgernis kämpfte sich an Herberts Ernennung zum Staatssekretär im Auswärtigen Amt. Das war ein Anlaß zum Geschrei über Verwandten- und Günstlingswirtschaft, und Herbert hatte die Richterschen und Windthorstschen Püffe auszuhalten, die ihm nach dem Grundsatz: den Sack schlägt man und den Esel meint man, verabreicht wurden. Die philosophische Einsicht hatte sich vor einer peinlichen Begegnung eingestellt, eine etwas grimmig wehmütige Einsicht, wie sie kommen kann, wenn man sich selbst in Eisen gegossen auf einem Denkmalsockel stehen sieht. Zu alledem hatte die Fürstin heute besonders viel Klebestoff an den Sohlen gehabt und war aus den Läden, in denen sie Einkäufe machte, fast überhaupt nicht wiedergekommen. Das war die Geduldsprobe, die Zeit gegeben hatte, Sorge, Ärger und Denkmalsphilosophie hübsch gründlich durcheinanderzurühren und daraus eine keineswegs wohlschmeckende Seelenspeise zu bereiten.

"Wo haben Sie Ihren Kopf gehabt?" fragte der Fürst, als Bucher seinen ersten Vortrag beendet hatte, "das ist konfuses Zeug. So kann das nicht bleiben." Es war ein Akt über Polenpolitik und mit Buchers bestem Wissen nach des Fürsten galoppierenden Vorsagen nachgeschrieben und bearbeitet. Jetzt tat Gamaliel, als erkenne er seine eigenen Gedanken nicht wieder, und sein durchdringender Blick sagte unzweideutig: Du wirst alt, mein Lieber.

Ja, der Kopf! Der Kopf! Den hatte man in der Schlinge, im Löwenrachen, aber man würde ihn herausziehen, zur rechten Zeit, ehe er ganz verlorenging. Und nun kam etwas Überraschendes: eine neue Anweisung über die Aufgaben der Ansiedelungskommission, die war gestern noch Buchersches Gedankeneigentum gewesen, als solches verworfen und geringschätzig abgetan, jetzt aber wurde sie Bismarckisch vorgebracht und in einem nur etwas veränderten Gewand als gut und heilsam befunden.

Die zweite Mappe enthielt alte Zeitungsblätter und nebenher eine etwas boshafte Genugtuung für Bucher. "Durchlaucht haben vor einiger Zeit bei einem parlamentarischen Frühschoppen geäußert, die nationalen Zeitungen hätten sich beim Nobilingschen Attentat sehr lau benommen, und die Nationalzeitung habe sogar geschrieben, sie stehe der Angelegenheit ‚kühl bis ans Herz hinan' gegenüber. Das ist dem Doktor Dernburg zu Herzen gegangen, er hat alle Artikel über das Attentat gesammelt und legt sie hier vor, um zu beweisen, daß nichts dergleichen in seiner Zeitung steht."

"Steht nichts davon drinnen? Wirklich nicht?"

"Kein Wort", sagte Bucher mit Zeugenwürde.

"Wie erklären Sie das?"

"Der Ausdruck stammt, wie ich mich erinnere, von Durchlaucht selbst. Er ist dann in einem Artikel der ‚Norddeutschen Allgemeinen' aufgenommen worden. Dort haben ihn Durchlaucht gelesen, haben dann den Eindruck behalten, daß etwas Gedrucktes vorliege, und haben dann nur die ‚Norddeutsche' mit der ‚Nationalzeitung' verwechselt. Eine kleine psychologische Verschiebung." Ach, es war immerhin eine Wohltat, den Unfehlbaren einmal als fehlbar aufzuweisen, es wurde einige Bitterkeit hinweggebrannt, wenn der stets das Recht Behauptende einmal im Unrecht stand.

"So so!" sagte Bismarck zerstreut und gar nicht sonderlich angegriffen. Der fürstliche Bleistift, groß wie ein Spazierstock, klapperte auf dem Tisch. "Hören Sie, Bucher, würden Sie sich darüber freuen, in Eisen gegossen und auf dem Marktplatz in Neustettin aufgestellt zu werden? Da bin ich heute an dem Denkmal vorbeigekommen, das mir die guten Kissinger errichtet haben. Was erübrigt sich noch von einem Leben, wenn es einmal denkmalsreif ist? Man ist verkrustet und fossil geworden, steht daneben, und es bleibt nichts übrig, als zu denken, du kannst tun, was du willst, etwas Neues kann nicht mehr daraus werden. Man hat einen Abdruck von dir genommen, man hat deine Vergangenheit ausgestopft und ins Museum gestellt. Man sollte einem Lebenden kein Denkmal setzen dürfen, es bringt ihm die Zukunft um. Fast hätte man Lust, etwas ganz Ungeheuerliches zu tun, nur damit diese begrenzte Gestalt nicht mehr paßt und zerbrochen werden muß."

Bucher erbebte bis in die Grundfesten seines Wesens. Fühlte dieser gefährliche Zauberer etwas davon, daß da einer im Begriff war, sich ihm zu entziehen und den Rest seines Ich zu retten? Und versuchte er, die Bande wieder zu festigen, indem er alles Menschliche verstärkte, das eine so bezwingende Gewalt übte? Jetzt nur keine Weichheit, flehte Bucher zu seinem Schicksal, keine Weichheit und kein Zurückweichen.

"Kommen Sie nachher wieder", sagte der Fürst abgewandt, "wir setzen dann fort."

Bucher ging, aber nicht an die Arbeit, sondern mit umgehängter Botanisiertrommel, wie ein gänzlich Unbeschwerter, ins Freie. Die grünlackierte Unabhängigkeitserklärung blieb freilich bloß äußerlich angehängt, denn sein Herz schlug gewaltig und keineswegs siegesgewiß der Entscheidung entgegen. Vierzehn Stunden tägliche Arbeitszeit, keine Sonntagsruhe, höchstens dreimal in der Woche ein ruhiges Mittagessen, das waren Beschwernisse, die nun ihrem Ende entgegengingen. Aber dabei waren allerlei Bauchredekünste des Gewissens nötig, um sich von der Unumgänglichkeit des Ausgangs ins Freie zu überzeugen. Er verdüsterte sich innerlich ins Mitternächtliche und Balladenhafte und hielt die Parade der politischen Leichen ab, der von Bismarck Abgemurksten, Verbrauchten und Erledigten, mit Camphausen, Delbrück, Hobrecht, Falk und vielen anderen. Und wer kam da als jüngstes Gespenst der nächtlichen Heerschau, in ein Leintuch gehüllt, die Kerze in den Händen? Er selbst, der Doktor Lothar Bucher, der Ausgesogenste von allen.

Während dieser spukhaften Aufführung auf der Bucherschen Seelenbühne war die Welt ringsum sehr lustig. Es war ein Fronleichnamsvorabend, mit halber Feiertäglichkeit und allerlei guten Wetterversprechungen. Bucher ging aus dem Ort hinaus, durch Wälder, immer weiter, bis er auf der Klaushöhe angekommen war. Eine alte Eiche stand da, um deren Stamm sich eine hölzerne Treppe wand. Man kam so durch das Ästegeknorr bis in den Wipfel des Baumes, und von dort sah man weit über Tal und Berg. Bucher stützte die Hände auf das Holzgeländer und schaute in die Ferne. War das wirklich die Wartburg dort am Abendhimmel, die Lutherburg? War es wirklich Schicksalswille, daß alle Großen alte Formen zerschlagen mußten, daß sie sich und ihren Nächsten Not und Gefahr brachten, um ihr Werk zu tun? Mit Goldsäumen dunkelte die Welt, Todesbangigkeit kroch aus düsteren Tälern, darüber war der Himmel selig in sich und seine lichte Freiheit versunken.

Mit leerer Botanisiertrommel und frommem Herzen kam Bucher heim. Der Fürst hatte schon einigemal nach ihm gefragt, aber er wurde ohne Vorwurf empfangen, und die Arbeit ging glatt und ohne Zwischenfälle ihren Weg.

"Wünschen Sie noch etwas, Doktorchen?" fragte der Fürst, als der Geheime Legationsrat nach abgefertigter Aktenfolge noch da stand.

Doktorchen! O nein, jetzt war es zu spät für Honig und Wundsalbe, ein Herz war von seinen Ankern gerissen und trieb dem Meer der Freiheit zu. Krampfhaft dachte Bucher an den Sitz im Eichenwipfel und den selig sich selbst genügenden lichttrunkenen Himmel. ‚Menschenfresser!' knirschte er verbissen, während er dabei den Druck einer schwarzen Faust in seinem Unterirdischen fühlte, Menschenfresser! Plötzlich warf er sich aus all dem Seelentumult blindlings ins Geschehen: "Ich bin krank, Durchlaucht. Ich muß Sie um Urlaub bitten."

Überlegsam betrachtete der Fürst den Getreuen, weit offen standen die Augen dem Blick: "Das heißt, Sie bereiten Ihren Abschied vor, Bucher." Das war gelassene Erkenntnis eines Unabänderlichen, klare Einsicht und Wissenschaft um längst vorbereitete Herzenswege, vielleicht noch früher beleuchtet und im Geist begangen, ehe sie dem Abtrünnigen selbst als möglich erschienen waren. Sehr klug und ungemein sehscharf, wie dies war, bereitete es Bucher dieselben kalten Schauer, wie er seit je vor dem Messer eines Chirurgen oder der Zange eines Zahnarztes gehabt hatte. Wer den menschlichen Dingen so auf den Grund zu sehen vermochte, hatte sich ihrer zu gutem Teil selbst entäußert. Über all dem Erschrecken versäumte Bucher ganz und gar die Gelegenheit zu leugnen, was ihm der Fürst als des Urlaubes letzten Sinn auf den Kopf zu vermutet hatte. Sein Schweigen schien die Bestätigung zu geben.

"Sie haben es gut, Bucher", fuhr der Fürst fort, "Sie können gehen, wenn Sie genug haben. Ihr Tagwerk ist zu Ende. Sie machen Feierabend, hängen den Rock um, zünden die Pfeife an und gehen ins Wirtshaus zur ‚Goldenen Freiheit'. Viel Glück, mein Lieber. Sie haben sich das Ausruhen redlich verdient. Ich will Ihnen den Urlaub nicht vorenthalten." Das war weder zornmütig noch wehmütig, war kein stürmisches Brausen und kein werbendes Lüftchen, es war kalter, stiller, glasklarer Winterfrost, der erstarren machte und insofern dem großen Entschluß förderlich war, als er jede Regung des Lebens ertötete.

Zu seiner eigenen Überraschung befand sich Bucher auf der

Urlaubsbrücke, ohne Schwierigkeit, ohne Kampfgetümmel, ohne besondere Umstände, und wie er jetzt die Sachlage betrachtete, schien es ihm beinahe, als sei er weniger durch seinen eigenen Willen als durch einen fremden dahin geschoben worden, wo er jetzt stand. Und sein Gefühl war gar nicht so beschwingt, wie er es sich ausgemalt hatte, als er jetzt die Depesche schrieb, die einen vorläufigen Nachfolger an die Seite des Fürsten berief. Er ging eine Weile in seinem Zimmer auf und ab, setzte sich dann auf den großen Reisekoffer und befühlte mit den Fingern die gediegene, feste, tüchtige Glätte der Messingecken. Was für ein braver, zuverlässiger Koffer das war, der dahin fuhr, wohin man ihn sandte. Es ging mit ihm nicht das mindeste Zauberhafte vor, er entführte einen nicht durch die Lüfte, er war kein Flügelwesen für einen Ritt ins Unbekannte.

Der Star Max, der vom Lichtschein erwacht war, kratzte sich mit dem einen Bein hinter dem Kopf, saß eine Weile geduckt und begann dann leise und traumhaft den Chopinschen Trauermarsch vor sich hin zu pfeifen.

Ja, da hatte man den Kopf aus der Schlinge gezogen. Aber es war einem dabei ergangen wie dem Fuchs im Eisen, der davonkam, aber ein gut Stück Haut samt Haaren darin ließ.

16

Herr Erich Ungestüm, trotz seines heftigen Namens ein braver Bandagist, also einer, der sogar von Berufs wegen mit dehnbaren und schmiegsamen Dingen den Unvollkommenheiten des Lebens sänftiglich zu wohlgefälligerem Ansehen zu verhelfen hatte, bewohnte den zweiten Stock eines Hauses in der Königgrätzer Straße. Obwohl er von Natur aus ohne alle Beziehungen zur Weltgeschichte stand, hatte er sie doch in den Kreis seiner geschäftlichen Betriebsamkeit einzufangen verstanden, als der geschickte Hersteller von ungewöhnlichen Verbindungen und Bänderzügen, der er nun einmal war. Die Möglichkeit dazu verdankte er der außerordentlichen Lage seiner Wohnung, die mit vier Fenstern nach einem Garten ging, in dem sich in der Tat bisweilen ein Hauptdarsteller des Welttheaters zwanglos wandelnd zu zeigen pflegte.

Zu diesem Bandagisten und Geschichtsfreund kam an einem Februarabend ein Herr von Röder, ein alter gedrungener Herr von bulldoggenhafter Knorrigkeit, und fragte, ob es wahr sei, daß seine Wohnung nach dem Park hinter dem Reichskanzlerpalast zu gelegen wäre. "Gewiß, mein Herr, gewiß!" befleißigte sich Herr Ungestüm zu bestätigen.

"Und ist es wahr, daß man den Kanzler von Ihren Fenstern im Garten spazierengehen sieht?"

"Selbstredend!" versicherte der Bandagist, als sei es von der Vorsehung eigens so erdacht, daß seine Wohnung diese bedeutsame Aussicht haben solle.

"Und ist es wahr, daß Sie Ihre Fenster vermieten?"

Herr Ungestüm zog das bedenkliche Gesicht, das fünfzig Prozent Preisaufschlag bedeutete. Mit dem Vermieten hätte es seine Richtigkeit, aber es seien bloß vier Fenster da und sieben Engländer, von denen einer ein Fenster für sich allein haben wolle.

"Es wird schon zu machen sein", sagte der Fremde, der nicht gern Widerspruch zu ertragen schien.

Herr Ungestüm sah seine fünfzig Prozent Preisaufschlag gesichert. Er sei von seinem Hauswirt gesteigert worden, übrigens sei gerade jetzt viel Nachfrage nach Bismarck, weil morgen eine große Debatte im Reichsrat stattfinden solle und der Kanzler seine Reden oft, im Garten herumwandernd, zu überdenken pflege. "Er hat einen dicken Stock in der Hand, und Tyras schwänzelt ihm um die Beine", führte er mit kammerdienlich schmunzelnder Sachkenntnis aus. "Es is een Genuß, mein Herr, een Genuß, kann ich Ihnen sagen. Man sieht so *peu à peu*, wie ihm die Redefiguren aus dem Koppe wachsen. Aber unter sechs Mark die Stunde kann ich's nich tun."

Das Geschäft wurde gemacht, am frühen Morgen bezog Herr von Röder sein Fenster, um sich mit einem rosigen, semmelblonden Engländer die Aussicht zu teilen.

Frau Ungestüm hatte den Gatten ins Geschäft und die drei Jungen in die Schule entlassen und stritt eben mit der Magd, die vom Einkaufen mit einem unaufgeklärten Abgang von zehn Pfennigen zurückgekehrt war, als in den Hinterzimmern ein bedrohliches Stimmengewirr entstand. Gleich darauf brachen sämtliche Fenstermieter, sieben Engländer mit Herrn von Röder an ihrer Spitze, in die Küche ein. "Was ist das für ein Schwindel?" schrie Herr von Röder als Wortführer, "wo ist Ihr Mann?"

"Ins Jeschäft", antwortete Frau Ungestüm mit beachtenswerter Gefaßtheit.

"So? Dann kommen Sie mal mit uns und sehen sich an, was für eine Aussicht Sie uns verkauft haben." Und schon war Frau Ungestüm ins Schlepptau genommen und fühlte sich in stürmischer Fahrt fortgezogen, daß sie ihre eigene Wohnung kaum recht erkannte.

"Fassen Sie mir nich so an", schrie sie, "Sie machen mich blaue Flecke." Aber aller weitere Einspruch verging ihr, denn da war sie schon am Fenster angelangt und verstummte vor der Wandlung, die mit der weltgeschichtlichen Aussicht vor sich gegangen war. Es war wie ein Blick auf das unablässige graue Elend, auf eine ungeheure graue Wand von Segeltuch nämlich, die zwischen hohen Masten aufgespannt war, ein Vorhang, hinter dem der Park des Reichskanzlerpalastes, aber ebensogut jedes andere Stück Gotteswelt in Verborgenheit ruhen konnte.

"Also det haben die Stangen zu bedeuten jehabt?" stammelte sie.

"Und so eine Aussicht lassen Sie sich mit sechs Mark die Stunde bezahlen. Kommen da ein paar Kerle und ziehen uns die Leinwand vor der Nase in die Höhe. Das ist Betrug, meine Guteste. Aber mich werden Sie nicht dumm machen, Sie werden mir mein Geld zurückgeben. Da ist man eigens nach Berlin gekommen, um den Menschen zu sehen, der so 'nen Sums macht, und dann hängen sie einem so ein Stück alte Leinwand vor die Augen."

"Ein Elimentarereignis", stammelte Frau Ungestüm, im Begriff, sich in niobidischen Schmerz um die entschwindenden Markstücke aufzulösen.

Herr von Röder wäre noch weit erboster gewesen, wenn er gewußt hätte, daß Bismarck wirklich um diese Stunde im Park nebenan auf und ab wandelte, genau so wie ihn Herr Ungestüm eingangs des verunglückten Geschäftes geschildert hatte: einen dicken Knotenstock in der Hand und Tyras bald vorn, bald hinten, bald zur Seite. Wenn Bismarck den langen Weißbuchengang ganz hinaufwanderte, dann sah er die Baumreihen spitz gegen einen dunstigen Februarhimmel zulaufen, einen dicken Bausch von Großstadtqualm, der an der Spitze der endlosen perspektivischen Pyramide geradezu aufgespießt war. Wenn er aber des Wandelganges fabelhafte Spitzigkeit als ganz gewöhnliches stumpfes Ende von durchschnittlichem Baumabstand erkannt hatte und sich wandte, dann lief die ganze Perspektive wieder auf die graue Wand aus Segeltuch zu, und die nackten Äste der Bäume waren schwarz in feinster Verzweigung wie von einem ins Kleine verliebten, andächtigen Maler auf den Leinengrund gepinselt. Zwischen dem Bausch von Qualm und der Malerleinwand aber stand, immer gerade dort, wo Bismarck schritt, ein blauer Februarhimmel offen, mit einer Ahnung von Frühling. Eine herzliche Sonne kam herab, löste Schneekrusten von den Ästen und warf sie Bismarck auf Mantel und Schuhe, ein kühles Gestaube, das wie der Luftzug aus einer offenen Tür in die heiße Gedankenwerkstatt Bismarcks drang. Aufgeregter Vogellärm schrillte von den Bäumen, eine Vorfrühlingsberatung über spatzenvölkische Angelegenheiten. Tyras besuchte alle bekannten Stämme, immer wieder, sooft auch die Allee durchquert wurde, er hatte deren eine ganze Menge, siebzehn zur Linken und einundzwanzig zur Rechten.

Bismarck hämmerte indessen an seinen Gedanken. Die ganze Allee war gedrängt voll von früher Gedachtem, von Kriegerischem und Friedlichem, mehr als Zwanzigjähriges war darunter, aus Tagen großer Entscheidungen, vor Waffengängen mit mächtigen Feinden. Vieles davon war reif geworden und trug Früchte, vieles war auf steinigen Boden gefallen und nicht aufgegangen. Es war Bismarck, als sähe er seine eigenen Gedankenschwärme wie Klumpen an den Bäumen hängen, ein unsichtbares Bienenvolk mit krausem Schicksal. Viel Geschehenes war auch zur Fessel geworden, die man zerbrechen mußte, um zu Neuem zu kommen. Anderes wollte immer wieder entgleiten, man mußte sich der Welt entgegenstemmen, und wenn man sie früher getragen hatte, wie sie war, als ein Atlas, so war man jetzt der Weisheit des Prokrustes auf die Spur gekommen und streckte sie oder verkürzte sie nach eigener Einsicht von Maß und Umfang.

Bismarck schwang den Knotenstock, wie immer vor wichtigem Geschehen war sein Blut schwer und dickflüssig, trotz Doktor Schweninger und Absagen an einige wohlschmeckende Lebensgüter.

Es ging ziemlich bunt in ihm zu, glühender Stahl wogte in weißen Massen, Halbgeformtes erhob sich und sank zurück, dann glitt aus plötzlich aufspringenden Kesseltüren roter Schein über dämonisch stumm dastehende Gestalten, eiserne Klötze, die noch kein Gut und kein Böse in sich trugen. Heute galt es der Wehrkraft des Reiches, Errungenes sollte gesichert werden, Dämme waren gegen die Fluten des Neides und des Hasses zu bauen. Das politische Parteigeschäft hinter der Bühne, der Kuhhandel der Fraktionen war vorbei, und die Aussichten standen günstig. Aber heute mußte noch zum Fenster hinaus gesprochen werden, und Europa spitzte die Ohren. Bitternis und Überdruß ätzten Bismarcks Seele. Er stand still und schlug mit dem Stock einen mächtigen Kreishieb, blaffend sprang Tyras an, als sei er zum Spielen aufgefordert. Um die Menschen zu beherrschen, mußte man sie verachten, und man mußte sich des verachteten Mittels der Beredsamkeit bedienen. Allzu gute Redner waren sträfliche Verführer, es war mit ihnen wie mit den französischen Köchen, die eine Speise so zubereiten konnten, daß kein Mensch wußte, woraus sie im Grunde bestand. Zur Sache! Zur Sache! Wer hörte diesen schlichten und eindringlichen Ruf? Sie alle wollten Prunk der Worte, pompöse Aufmärsche, das verspielte und eitle Geschlecht, das sie waren.

Zornig schritt Bismarck das letzte Stück des Weges zur Gartenpforte in der Königgrätzer Straße. Tyras begann ein Freudengebell, rannte voraus und wedelte wartend an der Tür. Langsam kam der Fürst heran, widerwillig mußte er die große Hundeglückseligkeit enttäuschen. Er lehnte den Knotenstock an die Mauer und sagte leise, aber mit Nachdruck: "Reichstag." Da hielt der Schwanz mitten im Schwung inne, die Flammen in den bernsteingelben Augen erloschen plötzlich, der vergnügt offene blutrote Rachen klappte zu, und zwei Kummerfalten blieben um die Lefzen hängen. Rasch drängte Bismarck an dem vierbeinigen Trauerbild vorbei und trat seinen Gang zur Wohlstatt der Beredsamkeit an.

Seinen kritischsten Zuhörer hatte Bismarck an diesem Tag nicht unten auf den Bänken der Abgeordneten, sondern oben auf der Galerie sitzen. Es war nicht der Herr Abgeordnete von Meppen und nicht der von Hagen und auch keiner aus der grimmen roten

Streiterschar, derselbe Herr von Röder, dem am Morgen dieses Tages anstatt der welthistorischen Aussicht ein graues Entsagungssegel aufgezogen worden war. Wenn ihm so der erste Teil seiner Tagesordnung, der Blick in Bismarcks Parkeinsamkeit, mißraten war, so hielt er um so unentwegter an ihrem zweiten fest: dem öffentlichen Bismarck. Seinen Beziehungen zum "Mindener Boten" hatte er an diesem zudrangreichen Tag seinen Platz zu danken. Vierzig Jahre hindurch hatte er von seinem Gut auf der westfälischen roten Erde Bismarcks Wirken verfolgt, mit Behagen oder Unbehagen, je nachdem es mehr nach rechts oder links ausschlug. Aber selbst bei entschiedenen Rechtswendungen hatte er sich niemals verblüffen oder einfangen lassen, denn er gehörte zu jenen Männern, denen es eine Lebensbestätigung bedeutet, wenn sie an den großen Erscheinungen des Daseins etwas auszusetzen finden.

Dieser neueste Bismarck nun, dieses Monstrum und Mondkalb, Rechtsgänger und Arbeiterfreund dabei, nicht gesotten und nicht gebraten, wuchs sich ihm zu einem Greuel aus. Der Rechthaber witterte den Rechthaber, der Eigensinnige den Eigensinnigen, und was er in diesem Belang an Einwendungen zu machen hatte, vertraute er den Spalten des "Mindener Boten" an, der für den Eigenbrötler aus der westfälischen Hinterwelt gern einen Sonntagsplatz offenhielt.

So saß er denn auf der Galerie, beide Arme breit auf der Brüstung, als sei er eigens hierher bestellt, um über Bismarck Musterung und Gericht zu halten. Zwei Damen waren seine Nachbarinnen zur Rechten, die wiesen sich mit Bemerkungen über unbekannte Beziehungen und Personen als wohlvertraut mit allerlei sonst Unzulänglichem aus.

"Sie ist auch heute wieder nicht da", sagte die Entferntere der beiden.

"Die Gräfin Rantzau is net ganz wohl. Aber auch wenn alles g'sund wär', sie käm' doch net. Ihr Herz halt's net aus, sagt sie."

‚Zwei Österreicherinnen', dachte Herr von Röder. Daheim, in Westfalen, trug man keine hohen Hüte, wie der, dessen Feder ihm bei jeder der raschen Kopfwendungen über die Stirn streifte.

Er schickte seine Aufmerksamkeit wieder in den Saal hinab, wo der Bundesrat auf den erhöhten Plätzen eben seine Sitze einnahm.

Bismarck saß rechts vom Vorsitzenden über ein Papierblatt gebeugt. Noch schwirrte es von Stimmen, in Gruppen waren die Abgeordneten vor und zwischen den Bänken zusammengetreten, noch immer kam Zuzug aus den Wandelgängen. Da schwang die Glocke des Vorsitzenden mahnend durch den Raum, gehorsamer und schneller als sonst ordnete sich der Haufen nach Böcken und Schafen, während die ganz Gerechten und Wohlgefälligen die Mitte besetzten.

"Wo ist Bebel?" fragte die Nachbarin zur Rechten, und ihre Feder fuhr über Herrn von Röders Stirn.

"Da unten in der vierten Reihe!"

"Schaut ja ganz anständig aus", verwunderte sich die federgeschmückte Fragerin, die eine Art Indianer erwartet zu haben schien. Eine Anleihe stand in erster Lesung auf der Tagesordnung, aber was sich so, parlamentarisch ausgedrückt, nach nichts oder nach sehr wenig ausnahm, war, gewendet und innen besehen, eine sehr dramatische Angelegenheit, denn es hing von dem Schicksal dieser Anleihe ab, ob die Reichswehr den Drohungen von Osten und Westen würde einen Dämpfer aufsetzen können oder nicht.

"Der Herr Reichskanzler hat das Wort!" sagte der Vorsitzende.

Bismarck sah vom Blatt und wuchs zu voller Höhe empor. ‚Lächerlich', dachte Herr von Röder, ‚der Kopf sitzt ihm noch immer so klein auf den Schultern wie die Erbse auf dem Kürbis. Damals hat man es angehen lassen können: unausgewachsen, wie er war ... aber es ist ihm geblieben. Was faseln da die Gelehrten vom Rauminhalt des Kopfes? Lächerlich!'

"Wenn ich heute das Wort ergreife", sagte Bismarck, "so ist es nicht, um die Vorlage, die der Herr Präsident eben erwähnte, Ihrer Annahme zu empfehlen, ich bin nicht in Sorge darüber, daß sie angenommen werden wird ..."

Überrascht horchte Herr von Röder hin. Es war eine Überraschung zweifacher Art. Eine dünne, hohe Stimme kämpfte mutlos und von vornherein verzagt gegen die Raumüberlegenheit des Saales. Sie stieg in einem schwankenden, schwachen Säulchen gleichsam vom Redner auf, zitterte unschlüssig über ihm und brach dann ganz in seiner Nähe irgendwo geknickt zusammen. Herr von Röder war von seinen Wahlrednern her dröhnende Bierbässe gewohnt, Fanfarenstöße, aus vollen Lungen machtvolle Einsätze, die gleich zu Beginn der Rede von den Hörern Besitz ergreifen. Diese Stimme, halb jugendlich unfertig, halb greisenhaft zittrig, war keine beherrschende Sprachposaune. Mit spöttischer Befriedigung ging Herr von Röder zu der zweiten überraschenden Feststellung inhaltlicher Natur über. Wenn dieser pp. Bismarck nicht sprach, um die Annahme der Vorlage zu empfehlen, wozu sprach er dann überhaupt?

Was sagte er da? Beurteilung der Gesamtlage Europas? Ein politischer Bierschwefel also! Nun gut, nur zu, man würde ja hören, jedoch mit Urteil, nicht wahr?

Die dünne Stimme sprach weiter, aber mit wachsenden Schwierigkeiten. Atempausen zerpflückten ihren Fluß, manchmal drohte sie an gänzlichem Luftmangel zu ersticken, und da machte Bismarck den Eindruck eines Ertrinkenden. Er fuhr mit den Armen herum, aber keineswegs mit den Gesten eines erfahrenen Redners, die die Zuhörer gleichsam bei Schopf ergreift und herbeischleppt. Mit immer mehr zunehmender Befriedigung betrachtete Herr von Röder die Verlegenheiten da unten am Kanzlerpult, das nervöse Spiel der Hände über Bart und Rock, die ruckweisen Wendungen des Halses im engen Generalskragen. Der ganze Körper machte dem Mann zu schaffen, er bäumte sich und erschlaffte, die Mienen wechselten zwischen Gespanntheit und Hoffnungslosigkeit, nur die Stirn stand ehern und blank gewölbt vor der mühseligen Hirnarbeit. Jetzt schien aber hinter dieser Stirn eine Störung eingetreten zu sein, die Worte tröpfelten nur langsam, die Gedanken waren offenbar versiegt, und mit angenehmem Schauergefühl sah Herr von Röder dem Augenblick entgegen, in dem das fürchterlich lächerliche Ereignis des vollkommenen Steckenbleibens eintreten würde.

Plötzlich brach ein Sturm von Heiterkeit im Saal aus.

"Was hat er gesagt?" fragte Herr von Röder zur Nachbarin hinüber, ärgerlich, daß ihm entgangen war, wie sich Bismarck aus der Gefahr gerettet hatte.

Die kleine rundliche Frau mit dem südlich braunen Gesicht lachte aus vollem Hals. "Ich weiß es nicht", sagte sie mühsam zwischen zwei Wellenbergen von Lachen. Ingrimmig fühlte sich Herr von Röder gleichfalls angesteckt, die allgemeine Heiterkeit erfüllte auch ihn, und nur die strenge Hinlenkung seines kritischen Bewußtseins auf die Dummheit eines grundlosen Gelächters rettete ihn. ‚So, so', dachte er, ‚man ist also ein Komödiant, ein Verwandlungskünstler, man mimt den Unbeholfenen und macht dann plötzlich Witze! Na, wir wollen sehen. Hören wir weiter hin.'

Von Frankreich und Rußland, den beiden Zaunnachbarn, war die Rede. Mit Frankreich war man also augenblicklich in besserem Vernehmen, das ließ sich hören! Rußland aber stellte Truppen an der deutschen Grenze auf, der russische Pressebarometer wies auf Krieg, und wenn man den Krieg bekam, würde auch die allerfriedfertigste französische Regierung nicht das Revanchegebrüll verhindern können, und die Gewehre würden von selber losgehen. - ‚Richtig!' bestätigte Herr von Röder. - Aber Bismarck glaubte eben an den russischen Krieg nicht. - Und warum denn nicht, wenn man fragen darf? Warum zuerst den Teufel an die Wand malen und dann sagen, es gibt keinen Teufel? - Die russische Presse bekam einen Fußtritt - mit Recht - entscheidend für das Verhältnis Rußlands zu Deutschland war der gute Wille und die Freundschaft des Kaisers Alexander. - Oho! Oho! Woher weiß der pp. Bismarck, wie weit der gute Wille und die Freiheit, ihn zu bestätigen, beim Zaren reicht?

Es folgte eine längere Auseinandersetzung über die Kriegsgefahren der letzten vierzig Jahre, und Herr von Röder, der mit halbem Leib über der Brüstung lag, ersah mit einigem Schauergefühl, wie oft die Dinge auf der Kippe gewesen waren und daß man viel mehr Kriege vermieden als geführt hatte.

Die Nachbarin fand diesen Teil der Rede weniger unterhaltend. Sie gähnte mit rosigem Mäulchen und wandte sich dann an Herrn von Röder. "Ist das Moltke, der Alte mit dem eingetrockneten Ledergesicht?" Das "Ja" des Gefragten war ziemlich ungehalten. Wozu diese Frauenzimmer in den Reichstag kommen, hier ist kein Theater, meine Gnädigste, hier sitzen ernste Männer und besprechen ernste Dinge. Immerhin war dieser zum Abgeordneten gewordene Schlachtenlenker eine beachtenswerte Erscheinung, wie er auf den Bänken der Konservativen dasaß, steinern, ohne Muskelzucken, als seien alle Sinne ausgeschaltet, mit Ausnahme des Gehörs.

Was sagte Bismarck? Gott hatte es so gefügt, daß die Hechte im europäischen Karpfenteich uns daran hinderten, Karpfen zu werden. - Nein, wir wollen keine Karpfen werden. - Aber die Hechte sollten uns auch nicht mehr tun als uns ermuntern. - Ja, bei Gott, wir wollen uns auch nicht auffressen lassen.

Merkwürdig, höchst merkwürdig, da war nun gar kein Stocken mehr, die Gedanken kamen fließend, und was sie so ins Ungemeine hob, war nicht ihre Zugehörigkeit zu irgendeinem Reich der Verstiegenheiten, sondern ihre erdhafte Wirklichkeit und Nützlichkeit. Sie waren Gebrauchsgedanken, von keiner anderen Schönheit als ihrer Wesenhaftigkeit, sie waren alles durch sich selbst, und das Wort saß ihnen wie angegossen am Leib. Beifall und Heiterkeit folgten einander, der Redner spielte auf dem ungeheuren Instrument dieser Versammlung, und er spielte mit Meisterschaft, bald zurückhaltend und scherzend zart, bald mit vollgriffigen Akkorden, immer aber führte von allen Abschweifungen ein klarer Bogen zur Grundweise zurück.

Ein streng fugierter Satz belehrte über die Entstehung des Bündnisses mit Österreich, das eine Friedensbürgschaft war und keine Kriegsdrohung. Die kleine braunhäutige Nachbarin klatsche begeistert, ihre Feder vollführte einen Tanz in Herrn von Röders Nacken. "Oh!" sagte sie und besah die Handschuhe, deren zartes Leder solchem Ansturm von Beifall nachgegeben hatte.

‚Wie war das doch?' Längst schon waren alle Einwände aus Herrn von Röders kritischem Bewußtsein abhanden gekommen, alle scheelgesichtigen Vorbehalte schattenhaft entwichen, sein Inneres war wie gereinigt und ausgekehrt. Ins Allgemeine verflochten, war er vor sich selbst erhöht, ganz Ton, selig und unbedenklich, mitschwingender Ton.

Bismarck stemmte die Faust gegen sein Pult, die Augen ein helles, blaues Leuchten, die Stimme voll von dunkel quellender Kraft: "Wir Deutsche fürchten Gott, aber sonst nichts in der Welt."

Da dröhnte Saal und Galerie von Rufen. Herrn von Röders Hände waren plötzlich ein Geknatter von Beifall, in seiner Brust schwoll ein Gebrüll, die Nachbarin riß einen Veilchenstrauß von der Brust und warf ihn im Bogen hinab, und daß er nicht Bismarck, sondern den Abgeordneten Frankenstein traf, war schon eine besondere Ungefälligkeit der Parabelgesetze. Man sah, wie die Männer im Saal aufstanden und den Fürsten umringten, man sah den greisen Schlachtenlenker sich erheben und Bismarck die Hand schütteln, als danke er ihm im Namen der Wehrhaftigkeit des Reiches.

Als Bismarck nach der Sitzung das Reichstagsgebäude verließ, zwischen der Fürstin Odescalchi und der Gräfin Kornis, die sich ihn endlich eingefangen hatten, wurde er von einem alten Herrn von bulldoggenhafter Knurrigkeit angesprochen.

"Erinnern Sie sich, Durchlaucht?" Den Fuß auf dem Trittbrett des Wagens, hielt der Fürst höflich stand. Sein Gedächtnis lief lange Reihen von Jahren ab, ohne dieses Gesicht zu finden. Plötzlich, tief in Jugendzeiten, machte es halt. Der Mensurboden auf dem "Keyser" vor dem Rheinhauser Tor wurde Schauplatz, der Kattunbesen Julia schleppte Bier in beiden Armen. Blutgeruch stieg aus verkrustetem, knisterndem Paukzeug. "Herr von Röder, nicht wahr?"

"Röder von den Westfalen, den Sie damals im vierten Gang abgeführt haben."

"Weiß Gott, ja, zu Baribals Zeiten ...", sagte Bismarck vergnügt. "Sie waren ein gefährlicher Gegner. Ich erinnere mich jetzt, die Hannoveraner hatten Angst um mich. Man wußte, wie Sie dreinhauen können."

"Sie konnten's noch besser. Und heute haben Sie mich zum zweitenmal abgestochen."

Die Frauen machten große Augen zu diesen fleischmeisterlichen Fachgesprächen.

"*Pro patria*-Suite!" sagte Bismarck, Sie wissen ja, da tut man sein Bestes. Ich habe für meinen alten Herrn gefochten."

"Wieder wie damals", bestätigte Herr von Röder, "genau wie damals."

Die Seltsamkeit der Menschenbahnen ergriff Bismarck und machte ihn im Wagen schweigsam. Da war man einander im aufsteigenden Ast begegnet, war dann durch ferne Räume in steilem Bogen gezogen, und im absteigenden Ast knüpfte man wieder den flüchtigen Kreuzungsknoten. Fast war es wie ein Vorzeichen zu verstehen. Ein Vorzeichen? Wovon? Von der allgemeinen Waffenstreckung, dem gebieterischen *Mensur ex* des Lebens, des Abtretens vom Paukboden? Oder von etwas Besonderem, das bevorstand, dessen Erscheinen sich durch Wiederbelebung alter Bilder ankündigte?

Die Fürstin Odescalchi hielt es nicht länger aus, sie begann zu reden, sie strömte von Begeisterung über und nickte allen Leuten, die auf der Straße den Hut vor dem Fürsten zogen, freudig zu, als wollte sie sagen: Ich habe meinen Anteil an ihm.

In der Wilhelmstraße angekommen, vermißte Bismarck den Freudentanz des Hundes. "Wo ist Tyras?" fragte er.

"Tyras?" schmunzelte der alte Engel. "Der sitzt seit vier Stunden bei der hinteren Parktür und läßt niemand zu Eurer Durchlaucht Stock."

"Ach", lächelte der Fürst in sich hinein, "welche Dinge doch wichtig genommen werden. Unsere Stöcke und Regenschirme und bestenfalls noch unsere Kleider. Unsere Seele aber läuft nackt und unbewacht und schutzlos herum."

17

In Stettin, wo sie zu Zeiten des alten Herrn von Bismarck das Wollenwetter gemacht hatten, war eine lustige Manöverwirtschaft, Soldatengetümmel in den Straßen und allerlei beziehungsreiche Verbrüderungen und Verschwesterungen zwischen Volk und Heer. Dann fanden die gewaltigen Schlachten statt, nach den großen strategischen Winkelzügen und Kreuz- und Quermärschen, Angriff und Verteidigung, Kanonengebrüll, Reiterattacken und Sturmhurra, alles wie wirklich, nur mit, gottlob, blinder Schießerei. Zuletzt nahm der Kaiser den Vorbeimarsch der Truppen ab, nahe dem Dorf Krekow, im Wagen stehend, und sein Herz schlug den Marschtakt mit, als sollte es niemals zum Stillstand kommen müssen.

Die Fahnen senkten sich vor dem Heerkönig, und er dankte ihrem Gruß in soldatischer Strammheit. Regiment auf Regiment, im Gleichmaß des Muskelspieles, mit leuchtenden Gesichtern, Körper und Seelen in festem Tritt. Regiment auf Regiment, die zweiten Gardegrenadiere mit ihrem jungen Führer, des Kronprinzen Erstgeborenem, so glänzend die Schau war, eine bitter schmerzliche Wallung überkam den Kaiser, daß zwischen seinem Greisenalter und der jungen Kühnheit des Prinzen Wilhelm diese Lücke aufgerissen war. Der Mann, der zwischen ihnen hätte stehen sollen, Höhe des Lebens zwischen Großvater und Enkel, hatte sein qualvolles Leiden in den Süden tragen müssen, die Luft der Heimat war der kranken Kehle zu rauh geworden. Zwischen den Felsen von San Remo und dem Meer entrann ihm tropfenweise das Leben. Das mußte der alte Mann denken, während der Enkel an ihm vorbeizog und die Zuschauer dahinten mit Hüteschwenken und Winken ihn begrüßten.

Und jetzt kamen die Kolberger Grenadiere, die tapferen Neuner, deren großer Ehrentag bei Gravelotte gewesen war, als die Schlacht bedenklich zu werden anfing. Ihr Kommandant war derselbe, und der Degen war derselbe, den er damals gezogen hatte, um sie ins Feuer zu führen, der Rechner, der Uhrwerksmensch, der damals plötzlich in ein leutnantsmäßiges Losschlagen verfallen war. Siebzehn Jahre waren darüber hingegangen, und der Feldmarschall hatte sich in nichts verändert: Knochen, Leder und Pergament, wie unangreifbar durch die Zeit. Der Kaiser, der sich für einen Augenblick in einem Anhauch von Schwäche gesetzt hatte, erhob sich und winkte Moltke zu sich. "Siebzehn Jahre!" sagte er leise, indem er die trockene, dürre Hand ergriff. So standen sie, Jubel hinter sich, das Regiment marschierte, ein Tritt und ein Herzschlag. Aber der Schatten war da, er hob sich groß und düster hinter dem Kaiser, und sein ernstes Antlitz war gestalteter, in einer brüderlichen Ähnlichkeit mit des Kaisers eigenen Zügen. -

Der Winter ging hin, und als der Märzwind die Pflanzenseelen unruhig zu machen begann und die Tiergartenbäume in feuchtem Schwarz aus nassen Schneeflocken ragten, fast unheimlich vor zusammengeballter Kraft, da wußte man es, daß das alte Nierenleiden zu einem letzten, erbitterten Angriff entschlossen war.

Berlin hielt den Atem an, Tausende umstanden das Schloß, eine flüsternde, gedrückte Menge, und als sie den Wagen Moltkes und Bismarcks Platz machte, da war der Gruß nur ein stummes Hüteziehen.

Es waren viele Menschen im Schlafzimmer des Kaisers, die Nächsten dem Blut, dem Geist und der Pflicht nach. Regungslos lag der Kaiser, er schlief, aber sein Schlaf war nicht Kräftezuwachs, sondern Verfall, schon hoben sich die Knochen des Gesichtes über die einsinkende Haut, der geteilte Bart lag wie wirres Gestrüpp an den Backen.

"Gott wird ihm ein leichtes Sterben schenken", sagte Graf Lehndorff, der Flügeladjutant, der irgend etwas sprechen mußte, um dem zermalmenden Druck zu entgehen, der auf ihm lag.

Die Kaiserin wandte sich warnend um. Der Schlaf schien von dem Sterbenden zu weichen, die gelbe Hand zuckte über die Decke, dann hoben sich die schweren Lider, aus tiefer Versunkenheit irrte ein müder Blick über die Menschen hin, die am Ufer standen, das man zu verlassen im Begriff war. "Ist Wilhelm da?" fragte der Kaiser.

Der Enkel kniete am Bettende, seine Stirn war geneigt, eine gelbe Hand zitterte nach seinem Scheitel.

"Wie geht es meinem Sohn?" fragte der Kaiser wieder.

Niemand sprach, denn niemand wollte von dem hoffnungslosen Ringen sprechen, von dem grausamen letzten Mittel, dem Kehlkopfschnitt, den silbernen Röhrchen, durch die der Kronprinz mühsam atmete.

"So jung! So jung!" murmelte der Kaiser, indem er den Blick tief in das Gesicht des Enkels senkte. "Eine schwere Last für so junge Schultern ... Gott muß helfen ... und meine Treuen. Unsere Bündnisse sind für den Frieden gemacht ... ich glaube, Bismarck hat recht getan ... auch der siegreiche Krieg ist immer noch ein Unglück, wie Moltke sagt ..." Er streckte die Hand nach dem Feldmarschall aus, aber die Augen fielen ihm zu, als sei er wieder vom Schlaf überwältigt. Nach einer Weile regten sich die bläulichen Lippen, ein lautloses Flüstern rieselte von ihnen, der Enkel neigte sein Ohr herab und wandte sich nach dem Feldmarschall um: "Er spricht von Ihnen."

"Moltke", sagte der Kaiser vernehmlicher, und sein starker Wille entriß ihn dem Versinken, "ist alles getan? Kann ich vor Gott hintreten ... als ein getreuer Knecht?"

Der Feldmarschall antwortete nicht mit Worten, sein Wesen war allerfesteste Zuversicht.

"Die Armee ...", raunte es von dem eingefallenen Mund, "fünfzig Jahre ... fünfzig Jahre, meinen Sie, wird Frankreich drohen und nicht vergessen können? Fünfzig Jahre gerüstet sein ...!"

Bismarck trat an das Bett heran. Es war dunkel in ihm vor

Schmerz, ein gefesselter Schrei tobte in ihm und zerriß ihm die Seele, alle konnten sich in dieser Stunde rein an das Gefühl verlieren, nur er war verdammt, die Tat an das Bett des Sterbenden zu tragen, hart zu einem letzten Handeln zu mahnen. "Majestät", sagte er, "ich bitte, mich zur Schließung des Reichstages zu ermächtigen. Den Bogen habe ich mitgebracht, belieben Majestät, Ihre Unterschrift beizusetzen."

Unwillig sahen die Frauen auf, Augusta mit zornigem, die Großherzogin von Baden mit sanfterem Vorwurf. Während die Kaiserin den Kanzler mit dem Blick aufgebrachter Liebe zu verscheuchen suchte, beugte sich die Großherzogin über den Sterbenden: "Du sollst dich nicht anstrengen, Vater ... du mußt vor allem zu Kräften kommen, kein Geschäft soll deine Ruhe stören."

Aber es war, als habe Bismarcks Nähe allein schon den Willen des Kaisers aus Dämmerungen zurückgerufen. "Ich habe jetzt keine Zeit ...", sagte er mit einem Lächeln, das alle ergriff, "keine Zeit, müde zu sein."

Lehndorff war schon mit der Schreibmappe da und schob die Feder in die erkaltenden Finger. "Nur den Anfangsbuchstaben ...", bat Bismarck. Die starren Finger schoben sich über das Papier, die Feder kratzte spießig, ein W entstand mühsam, das erlahmende Handgelenk konnte den Punkt nicht über das i heben, und hängte ihn als regellosen Fahrer daran, ein Zucken zerriß das l, und in erneutem Ansatz folgte ein keuchender, zerschlissener Buchstabe dem anderen bis zu dem Schnörkel mit seinem Hin und Her und allen drei Schleifen genau wie sonst, als das Schreiben noch ein einziger Zug und Schwung gewesen war. Auch vom Tod selbst nahm dieser Mensch der Pflicht keine Erleichterung an.

Mit verschleiertem Blick empfing der Kanzler das Blatt, es war, als habe der Kaiser seine Unterschrift mit seinem letzten Blut gegeben, so erschöpft lag er in den Kissen. Sie schickten sich zum Gehen an, da tat der Kaiser wieder die Augen auf. "Ihre letzte Rede, Bismarck ...", sagte er, "das war mir eine Freude ... eine Freude ... der Reichsrat einig ... ein seltenes Ereignis ... Gott gebe ..."

Bläschen sprudelten aus den Winkeln des welken Mundes, sorgsam wischte Augusta sie fort.

"Sie geloben mir ...", fuhr der Kaiser fort, "Sie geloben mir ... Sie verlassen uns nicht ..."

Hinstürzen! Hinstürzen und diese lehmfarbene Hand, die schon wieder die Schwere der Erde anzunehmen schien, ergreifen und küssen. Viele Blicke hingen an dem Kanzler, die scheuchten ihn in sein Inneres zurück. "Ich gelobe es ...", sagte er hart.

Der Leibarzt mahnte durch Winke, das Zimmer zu verlassen.

"Erscheine mir zum Schild", begann der Oberhofprediger, "zum Trost in meinem Tod, und laß mich sehn dein Bild in deiner Kreuzesnot ..."

Bismarck blieb den Rest des Tages über einsam in seinem Arbeitszimmer, das Amtsgetriebe unter ihm ging fast lautlos vor sich, als sei die ganze Staatsmaschine plötzlich auf Filz gestellt. Theiß wachte mit einem Flammenschwert vor seiner Tür, und auf der anderen Seite hielt Johanna alle Familienstörungen von ihm ab. Auch hier empfand man die Bangigkeit und die nahe Gewißheit eines schmerzlichen Verlustes, die eine ganze Stadt überfallen hatten, aber man empfand sie sozusagen nicht unmittelbar, sondern durch Bismarcks gewaltige Erschütterung hindurch. Man ahnte etwas von den Herzenskämpfen, die das ganze Haus durchdrangen und den letzten Schreiber blasser und schweigsamer machten. Bismarck blieb den ganzen Tag über unsichtbar, womit er sich äußerlich beschäftigte, das merkte Theiß an dem Geruch, der trotz der Doppeltüren schließlich aus allen Fugen in das Vorzimmer quoll.

Am Abend kam Bismarck aus dem Gewölk hervor, mit schlaffen Zügen, doch aufrechten Ganges. Er nahm wie sonst sein Abendessen ein, aber Schweninger hatte heute keinen Anlaß, gefährliche Eßgelüste zu bekämpfen. Zur selben Stunde wie sonst brach er zum Schlafen auf. Niemand hatte an das Sterben gerührt, das sie alle erwarteten, wortkarg hatte Bismarck das Gespräch auf bedeutungslose Dinge des Gestern, Heute und Morgen gelenkt. Johanna begleitete den Gatten. Mitten im chinesischen Saal blieb Bismarck stehen, wo auf grauer Tapetenwand noch von des Alopäus Zeiten her Kulis Sänften trugen, Mandarine auf Büffelkarren fuhren und schlitzäugige Damen in Lusthäusern Tee tranken, während sich rostrote und grüne Vögel auf allen Zweigen schaukelten.

"Es ist bitter", sagte Bismarck. "Deutschland hat eine Partei gehabt, die unbedingt und unter allen Umständen zum Reich hielt. Wir waren die kleinste Partei ... Zwei Männer ... Nun soll ich meinen einzigen Fraktionsgenossen verlieren."

Stumm umschlang Johanna den Geliebten. Sie empfand die fürchterlich zerwühlende Zerstörungskraft eines Schmerzes, dem die Erlösung durch das Wort versagt war, der sie selbst mit Eiseskälte durchdrang und in hoffnungslose Blindheit warf.

Gegen vier Uhr morgens sandte Graf Lehndorff einen Boten. Bismarck hatte geträumt, er sei nach einer heftigen Meinungsverschiedenheit erzürnt vom Kaiser gegangen und habe sich trotzig hinter Arbeit und Akten verschanzt. ‚Er soll mich rufen lassen', dachte er in seinem Traum, ‚ohne mich kann er ja doch nicht fertig werden.' Dabei hatte er immer gleichzeitig das Schloß vor sich gesehen, und plötzlich war ein Mann aus der kleinen Tür auf den Opernplatz hinausgetreten. ‚Der Kaiser', dachte Bismarck, ‚es ist der Kaiser, wohin mag er gehen?' Langsam wanderte der Kaiser durch unbekannte Straßen, die ganz leer und von einem seltsamen Licht erfüllt waren. Allerlei Hausrat stand vor den Türen, Schränke mit offenen Flügeln, in denen nichts aufbewahrt wurde, Tische, auf denen nichts lag, Stühle, auf denen niemand saß. Es war, als hätte ein allgemeiner Umzug stattfinden sollen, und mitten darin sei die Stadt von allen Menschen verlassen worden. Vor einem hohen Tor machte der Kaiser halt und bog den Knöchel zu einem hohlen Klopfen. ‚Mein Gott, er kommt zu mir', fuhr es Bismarck durch das Herz, ‚er kommt selbst zu mir.' Eine quälende, schamvolle Reue zerfleischte ihn, er hörte den mühsamen Schritt seines Kaisers auf der Treppe, hörte ihn durch alle Zimmer gehen und immer näher kommen, eine maßlose Angst vor etwas Ungeheuerlichem schnürte ihm die Brust zu. In diesem Augenblick klopfte es, noch ganz traumverstört empfing Bismarck die Botschaft, daß der Kaiser in den letzten Zügen liege. Mit ihm selbst unbegreiflicher Schnelligkeit fand er in die Kleider, der Wagen hielt schon vor der Tür. Die Straßenlaternen standen wie Totenkerzen, alle Häuser waren schwarz verhangen, der Himmel selbst war von drückenderer Dunkelheit als sonst. Durch leere Zimmer des Schlosses schritt Bismarck, erst im letzten scheuchte er wie Phantome ein paar flüsternde Menschen, die im Schrecken der Vernichtung bebten.

Bismarck trat auf die Schwelle. Zwischen den zu schwarzen Klumpen aneinandergedrängten Gestalten sah er das fahle, regungslose Gesicht seines Kaisers, leises Weinen schwebte über das Lager und sank in die düsteren Winkel des Raumes hinab wie in Abgründe. Riesengroß stand der Schatten zu Häupten des Bettes, schwer wie bleierne Finsternis wuchteten die Flügel auf dem Boden, das Antlitz aber war jetzt ganz das des Kaisers geworden, nur voll undurchdringlicher Hoheit und Entrücktheit, unbegreiflich geheimnisvoll in ernster Verklärung. Da lehnte Bismarck die Stirn gegen den Türpfosten und schluchzte lautlos in das tote Holz hinein. -

Am Morgen begannen die Glocken zu sprechen. Sie riefen ihre Botschaft in Geschäft und Müßiggang. Da erlahmten die Hände und erstarrte das Lachen, die Töne schienen in der Luft zu zerstäuben und wie Asche auf Dinge und Menschen niederzusinken. Ein frühlingsstarker Wind war aufgegangen, der kam aus einem hohen, dünnen, verheißungsvollen Himmel, aber er wurde in den Straßen der Stadt müde und trauervoll von den Tausenden von schwarzen Fahnen, Menschenleid hängte sich an seine Schwingen und nahm ihnen die Kraft.

Noch immer riefen die Glockenstimmen von den Türmen ...

18

Da war man also wieder in Berlin, und das war trostloser denn je mit seiner steinernen Tüchtigkeit. Statt des Rauschens des Sachsenwaldes hatte man diese See von Menschen. Ihre Brandung von Straßenlärm warf sich gegen die nachgerade doch morsch gewordenen Lebensufer, die gleich den Felsen von Helgoland vor dem steten Anprall zu bröckeln begannen.

Man sah viele und lange Gesichter um sich, längere und kältere, als man je in den vergangenen Zeiten zu sehen gewohnt gewesen war, und die Dienstbeflissenheit hatte keine ins Wesen eindringenden Wurzeln. Im Schloß stand die Sonne tief im Wintergestirn des Mißvergnügens, und alle wärmesüchtigen Pflänzlein von Treue und Anhänglichkeit machten frostbange Blätter, nichts Verwunderliches für einen, der in alle sorgsam versteckten Seelenkammern und unter alle Schädeldecken zu schauen verstand und wenig Erfreuliches darin und darunter gefunden hatte.

Das war es, was die Wilhelmstraße vom Schloß schied, daß dort die nüchterne Bedachtsamkeit daheim war und hier die brausende Zuversicht, dort die kühle Erwägung der Sache, hier das Vertrauen in die eigene Person und ihren jugendlichen Glanz.

"Parteien fängt man nicht mit Liebenswürdigkeiten", sagte der Fürst zu Johanna, die seinem Unmut nachfragte, "und am wenigsten die Engerlingparteien. Er glaubt noch an Ideen und hat es noch nicht erfahren, daß Programme härter sind als Ideen. Mit freundlichen Mienen, Wohlwollen und dem Wunsch, alle Welt zu beglücken und zufriedenzustellen, ist nichts getan, denn es gibt Leute, die leben von der Unzufriedenheit der anderen, ein einträgliches Geschäft, kann ich dir sagen. Sie haben Christus gekreuzigt, der kam, um die Welt zu erlösen, und der war Gottes Sohn."

Beklommen sah Johanna den Geliebten an, das Atmen machte ihr Mühe, schwer hob ihr Herz das Blut in die Adern. Sie hatte eine mütterliche Bangigkeit in sich: "Laß die Dinge laufen, Lieber, schenke dich uns und deiner Ruhe. Dein Werk ist vollendet, es ist fest für die Ewigkeit." Über ihn, der im tiefen Lederstuhl saß, hingebeugt, legte sie ihre Wange an die seine. "Warum quälst du dich noch?"

"Ich habe es meinem alten Herrn versprochen, auszuhalten. Man kann mich wegschicken, aber ich darf nicht gehen. Ich darf nicht, nie ist ein Werk vollendet, nichts steht fest für die Ewigkeit. Immer erneuert sich der Kampf."

In diesem Augenblick sah Johanna im Spiegel die beiden Köpfe, die aneinandergeschmiegt waren, diese vom Leben zerfurchten und geprägten Züge, die nichts mehr von der Weichheit der Jugend an sich hatten, und eine quälende und erschütternde Zärtlichkeit machte sie plötzlich kraftlos und warf sie in ein dunkel hinströmendes Gefühl von Not und Glück. "Komm fort", bat sie, "wirf alles hinter dich. Wie viele Jahre mag uns Gott noch zugedacht haben? Ich habe dich lange genug hergeben müssen. Ein Leben, Otto, ein ganzes Leben. Was für ein kärglicher Rest bleibt uns denn?"

Er nahm ihre Hand, die auf seiner Schulter lag, und dankte mit stummem Druck. "Sind es die Jahre, die mich von ihm scheiden? Manchmal sage ich mir, Erfahrungen sind kein Gewinn, sondern ein Verlust, und Gott hat dem Menschen sein bestes und schönstes Teil in die Jugend gelegt, und jedes Jahr raubt etwas, streicht etwas ab, vernichtet etwas. Das Klügerwerden ist ein Unglück, es macht uns kälter. Wie edel und stolz und groß das ist, was er will, aber Edelmut und Großmut sind schlechte Berater in Menschendingen. Er möchte die goldene Zeit wiederbringen, Versöhnung der Menschen, hoch und niedrig, arm und reich, einig, ein Huhn in jedem Topf. Nur daß der eine sein Huhn schon am Freitag ißt und dann über Ungerechtigkeit schreit, wenn er den anderen das seine erst am Sonntag braten sieht. Es sind Menschen um ihn, die Gutes wollen, aber sie wissen nicht, wie das Übel aussieht, das sie bekämpfen. Theorien, Johanna, Theorien, mein ganzes Leben ist ein Kampf gegen Theorien. Da ist einer, ein Maler, der hat des Kaisers Ohr, und er predigt ihm das Elend der Enterbten. Der hat seine Kenntnis der sozialen Frage von seinem Modell. Das ist ein alter Mann, und während er als Vorbild für Apostel und andere würdige Personen dient, schüttet er seine Weisheit aus, eine Armenstuben- und Versorgungshausweisheit natürlich, die ganze Menschheit in der Verkürzung von unten."

"Wissen sie nichts von deinem Herzen und von deinem Christentum?" Es war Johanna, als sei sie nun ganz an seines Lebens Quellen dahingegangen, sie war ein strahlender, funkelnder Tropfen von Gottes Güte. "Wer ist vorangegangen, wenn nicht du? Wer hat zum erstenmal den Weg betreten, wenn nicht du? Wer ist für seine Sorge um die Armen verhöhnt und beschimpft worden, wenn nicht du?"

"Zu wenig, Johanna, zu wenig! Sie fangen da an, wo ich haltgemacht habe, weil ich die Menschen kenne. Was da alles an Beglükkungen und Fürsorgen geplant ist, so viel, daß Deutschland darüber Schaden nehmen wird! Ein vernünftiger Wirt muß Herr in seinem Haus bleiben wollen. Seltsam, daß einer, der sonst so viel vom alten Fritz in sich hat und also von einem starken Herrn, sich Beifall zu erwerben hofft, indem er einen Tribut bezahlt, der sie nur noch begehrlicher machen muß."

"Ich verstehe nichts davon", sagte Johanna, "ich weiß nur, daß es schlimm für sie ist, wenn sie dir nicht folgen."

Solche sanften Stunden waren wenige in diesen Februartagen, sie lagen dünn gesät zwischen vielen Ärgernissen und Verdrießlichkeiten, Beratungen und Sitzungen. Es erwies sich, daß die Mauer, gegen die Bismarck rannte, zumindest ebenso hart war wie sein Kopf und daß kein Stein ins Wanken zu bringen war.

‚Was ist das?' dachte Bismarck. ‚Man ist wie im Traum. Man hat keine Macht über die Dinge, alles hat seine Beschaffenheit geändert.' Widerstände waren plötzlich bei Kollegen, wo sonst flötende Zustimmung gewesen war, Meinungen wurden behauptet, wo man sich sonst beeilt hatte, sein Heil in ihrem Preisgeben zu suchen. Plötzlich war jemand da, der es besser wußte als Bismarck, einer, der auf seinem Willen beharrte und nicht dahin zu bringen war, daß eine Auseinandersetzung so schloß wie zu seines Großvaters Zeiten: "Wenn Sie meinen, Bismarck!" Jemand war da, der es heraussagte, er werde seine Pläne durchsetzen, mit dem Fürsten oder ohne ihn.

Endlich kam ein Tag, an dem die Frage nicht mehr zu umgehen war, ob man Seiner Majestät im Wege sei, und die Antwort darauf war kein zwangloses und zweifelhaftes Nein.

Ein weniges später kam Herr Bleichröder, um zu fragen, ob Bismarck Windthorst empfangen wolle, und er hatte ihn gleich mitgebracht und einstweilen nur draußen im Vorzimmer gelassen.

"Müssen Sie Bleichröder schicken, wenn Sie zu mir wollen?" fragte Bismarck, indem er Windthorst die Hand reichte. "Meine Tür steht Ihnen immer offen."

Windthorst saß da, ohne die Frage zu beantworten, ein Schmunzeln lag dünn seinen Lippen an, hinter den Brillengläsern war ein seltsames Funkeln. "Wir haben also eine Kanzlerkrise", sagte er.

Es war Bismarck, als ströme von diesem kleinen, nun noch mehr verschrumpften Greis eine kalte Luft, eine unheimliche Kühle wie aus der Tür eines dunklen Gewölbes, in dem etwas modert und fault. Als wessen Bote war er gekommen, dieser alte, erbarmungslose und zähe Widersacher von Anbeginn.

"Seine Majestät findet, daß ich der neuen Zeit nicht recht gewachsen bin.

"Ach, Durchlaucht", meinte Windthorst händereibend, "Sie haben schon so viele Krisen überdauert und sind dabei munter und gesund geblieben. Als Kanzler, meine ich, denn als Mensch mögen Sie sich schon recht ausgegeben haben. Sie könnten ja bald ein Krisenjubiläum feiern."

"Das war unter meinem alten Herrn", sagte Bismarck etwas erstaunt über die unpassende Vergnügtheit, die Herr Windthorst nicht zu verhehlen für nötig hielt, "beim jungen Kaiser haben diese Dinge ein anderes Gesicht."

"Mir wäre es nicht gerade lieb, mich von Ihnen trennen zu müssen", schmunzelte Windthorst mit peinlicher Unentwegtheit, "man gewöhnt sich im Laufe der Jahre aneinander. Wir waren einander ebenbürtig, das werden Sie zugeben müssen. Es war mir immer eine Freude, mit Ihnen die Klinge kreuzen zu können. Schließlich kennt man jeden gegnerischen Hieb und jede Finte, und um so besser ficht man selber. Ich würde mich ungern für einen neuen Mann einpauken."

‚Was will er nur von mir?' dachte Bismarck, der sich seinem eigenen Raum und seinem Selbstbewußtsein seltsam entrückt fühlte. Was sprach dieser Mann? War alles bereits weiter gediehen, als er selber wußte? Es war ihm, als sei der Zwergenkönig zu Besuch gekommen, ein boshafter, gefährlicher Nicker, dessen Gunst man nur mit Hingabe seiner unsterblichen Seele erwerben kann.

Windthorsts Brillengläser glitzerten und strahlten, sein kleiner Körper zuckte, wie von beständigen Lachkrämpfen geschüttelt: "Ja, es ist so weit, daß ich Ihnen eine Liebeserklärung machen muß, Durchlaucht. Früher hätte ich es ja nicht tun dürfen, wenn ich nicht mißverstanden werden wollte. Sie begreifen. Nun, wenn ich auch hoffe, daß Sie uns - und mir - erhalten bleiben, so muß man doch für alle Fälle schon auf einen Nachfolger bedacht sein. Ein *bonus pater familiae* des Staates muß das tun."

Und was geschah, wenn man diesen bösen Geist beim Kragen nahm und den Zappelnden vor die Tür warf? War es wirklich so weit, daß sie daran gingen, Bismarcks Kleider zu verteilen? Es wühlte und stürmte in Bismarcks Sterblichem, dort, wo es dem Unsterblichen nahe benachbart ist. Aber dabei war er sich bewußt, daß es galt, die Haltung zu behaupten und sein Gesicht zu wahren. "Sie kommen doch gewiß mit einem Vorschlag in dieser Richtung?"

"Ich denke, es müßte ein General sein", meinte Windthorst mit gesenktem Blick.

"In Anbetracht der Lage wäre ein General allerdings wünschenswert. Ich habe oft darunter zu leiden gehabt, daß mir kein militärisches Ansehen geholfen hat. In manchen Dingen ist es von Vorteil, an den Degen schlagen zu können."

"Was meinen Sie, Durchlaucht", fuhr Windthorst fort, mit eigentümlicher Gier die Zustimmung Bismarcks für sich einheimsend, "was meinen Sie zu diesem Mann: Caprivi?"

Er schlug die Augen auf, senkte sie aber sogleich wieder vor Bismarcks blauem Wettergeleucht. Woher hatte der Welfenführer diesen Namen, den Bismarck vor einigen Tagen so obenhin dem Kaiser selbst genannt hatte? Noch einmal: Als wessen Bote war der Kleine gekommen, welchem Netz von Ränken befand man sich da gegenüber, wer hatte es gewebt und wie wollte man ihn darin fangen?

"Caprivi ist ein tüchtiger Arbeiter", sagte Bismarck mit der Vorsicht eines, der unbekanntes Eis über bodenloser Tiefe begeht. "Er hat unsere Flotte hochgebracht, er hat sich Vertrauen erworben, wie ich sehe, auch bei solchen, die ihr Vertrauen sonst höchst bedachtsam spenden."

"Er ist unparteiisch und sachlich", ergänzte Windthorst, "darauf kann sich schon ein Vertrauen aufbauen." Bismarck wünschte eine Unterredung zu beenden, die größere Ansprüche an seine Zurückhaltung und Vorsicht gestellt hatte, als er sonst zu üben gewohnt war. "Es wird bei Seiner Majestät stehen", sagte er, "wen er zu meinem Nachfolger bestimmt."

Windthorst bemerkte, daß das Gespräch an seinem Schluß angekommen war, und glitt von seinem Stuhl. "Gewiß", sagte er von untern herauf, "gewiß, Durchlaucht! Wir wollen Seiner Majestät niemand aufdrängen, Sie nicht und wir nicht. Vor allem wollen wir hoffen, daß Sie uns erhalten bleiben. Vielleicht sind Sie dann geneigt, eine Wiedereinsetzung in den vorigen Stand vorzunehmen, auf kirchlichem Gebiet nämlich, daß alles wieder so wird, wie es vor 1870 gewesen war ... Auch die letzten Steine des Anstoßes sollten fort ..."

"Nein!" sagte Bismarck schroff.

Als Herr Windthorst gegangen war, starrte der Fürst den Sessel an, auf dem der kleine Feind gesessen hatte, und es schien ihm, als schwebe noch ein körperloses Lächeln boshafter Siegesfreude darüber in der Luft. -

Drei Tage später fuhr der Kaiser vor dem Palast seines Kanzlers vor. Er ging starken Schrittes, ohne links und rechts zu sehen, durch die erstarrenden Räume in Bismarcks Arbeitszimmer. Es war zehn Uhr morgens. Nach einer durchwachten und arbeitsdurchpflügten Nacht war der Fürst noch dem Schlaf hingegeben, und der Kaiser hatte eine Weile zu warten, ehe ihm Bismarck entgegentreten konnte.

Dann waren die Türen geschlossen, die Mauern umstanden in getreuer Schweigsamkeit das Gespräch, aber weder Türen noch Mauern vermochten zu hindern, daß ein Ahnen von Entscheidendem durch das Haus ging.

"Er ist beim Fürsten", flüsterten die bronzenen Türbeschläge.

"Das ist die Stunde", rieselte es im Mörtel der Mauern.

"Ihre Stimmen dringen bis zu uns", sprachen die Ziegel auf dem Dach, die einen fernen Schall erregter Worte zu hören glaubten.

Der Wind legte sich platt auf den First und machte sich ganz regungslos, um durch die Schornsteine in das Innere zu lauschen.

"Warum sind wir nicht blind", tränten die Fensterscheiben, "daß wir dieses sehen müssen!"

Und als der Kaiser von seinem Kanzler gegangen war, da rannte und wisperte es wieder im ganzen Haus.

"Wie blaß er gewesen ist", sagten die Türbeschläge.

"Die Zeit ist aus den Fugen", rieselte es im Mauerschutt.

"Arge Worte, arge Worte!" sprach ein Dachziegel zum anderen.

"Wir wollen nichts mehr sehen", klagten die Fensterscheiben, "nichts mehr sehen."

Der Wind aber machte sich mit einem Stoß auf, um es in die Stadt zu tragen, daß der Kaiser im Zorn von seinem Kanzler geschieden sei.

Tag und Nacht und wieder Tag und Nacht, dann stand General von Hahnke, der Leiter der kaiserlichen Militärkanzlei, auf derselben Stelle, auf der vor achtundvierzig Stunden sein Herr gestanden hatte.

"Durchlaucht", sagte er gedrückt, "ich habe Ihnen im Namen Seiner Majestät die Aufforderung zu überbringen, daß Sie Ihr Abschiedsgesuch überreichen sollen."

Wie ein Turm stand Bismarck hochgereckt, und seine Stimme war klangvolles Erz. "Sagen Sie Seiner Majestät, daß ich die Verantwortung meines Rücktritts in diesem Augenblick nicht übernehmen kann. Ich kann nicht selbst einen Schritt tun, den ich unter den gegenwärtigen Verhältnissen für ein vaterländisches Unglück ansehen muß. Sie können Seiner Majestät aber sagen, daß er mich jederzeit auch ohne Gesuch entlassen kann."

Jede Minute dieses Tages brannte sich Bismarck als glühend schmerzliche Scham ein. Er starrte in den Maskenreigen der Minister wie in ein fremdartiges Gewirr. Sie kamen, um ihre getreue Gefolgschaft zu beteuern, und wenn sie dann erfahren hatten, daß der kaiserliche Entschluß unumstößlich sei, zerbröckelte die Ergebenheit in der Furcht des Herrn, und die Losung wurde: Rette sich, wer kann.

Als der Tag zum Ende rückte, folgte auf den Leiter der kaiserlichen Militärkanzlei der Leiter der kaiserlichen Zivilkanzlei, Herr von Lucanus, ein sonst höflicher und umgänglicher Herr, dem die seidene Schnur, die er zu überbringen hatte, als eine faustdicke Ankerkette um die eigene Seele gewunden war.

Schweiß stand ihm auf der Stirn, er setzte die Worte vorsichtig hintereinander, immer darauf gefaßt, daß eines durch eine dünne vulkanische Kruste ins Bodenlose stürzen und ihm aus dem Brandloch eine Flamme entgegenschlagen könne. Schließlich war der Sinn des gewundenen Aufmarsches aber doch unzweideutig der: daß Seine Majestät das Abschiedsgesuch des Fürsten mit aller Bestimmtheit noch im Laufe dieses Tages erwarte.

Bismarck legte die Hände auf den Rücken, denn seiner Mienen war er sicher, seine Hände aber hätten Verrat üben können: "Seine Majestät hat es eilig. Dieser Tag ist fast schon zu Ende, und ich stehe hier als einer, der gegen die Geschichte und gegen sich selbst die Verpflichtung hat, ausführlich zu begründen, warum er seine Entlassung nehmen muß. Kann Seine Majestät nicht bis morgen warten und mir nicht noch die Frist dieser Nacht geben, so steht es ihm frei, mich auf der Stelle abzusetzen ... aus eigenen Stücken ... Und die Unterschrift auf dieser Verfügung soll meine letzte Amtshandlung sein."

Lucanus hatte vom Verlauf seiner Botschaft eine beiläufige Vorstellung gehabt, als müsse sie irgendwie in einem Feuerofen oder sonst einer alttestamentarischen Vorrichtung enden, in der unliebsame Sendlinge höherer Mächte von widerspenstigen und abtrünnigen Revoluzzern dem Bekennertod zugeführt werden. Nun schien ihm Sengen und Braten erspart zu bleiben, in der Kühle der Gefaßtheit, die ihm entgegenwehte, wuchs ihm Mut und erleichterte sich ihm das Atmen: "Seine Majestät hat mich beauftragt, Durchlaucht mitzuteilen, daß der Abschied in Gnaden erfolgen soll und daß mit ihm die Erhebung zum Herzog von Lauenburg verbunden sein wird."

"Herzog! Herzog! Mein lieber Herr von Lucanus ... ein etwas veränderter Fiesco. Der Mantel fällt, dafür taucht der Herzog auf. Den Herzog hat mir mein alter Herr schon längst zugedacht. Aber ich muß meinen untertänigsten Dank sagen. Den Fürsten habe ich zur Not noch vorstellen können, für den Herzog reichen meine Mittel nicht aus."

Herr von Lucanus wurde eifrig und ein wenig unvorsichtig in der wundärztlichen Behandlung. "Seine Majestät hat auch das bedacht", sagte er mit spitzen Augen und einem Krabbeln unterhalb des Zwerchfells, "Seine Majestät will dafür Sorge tragen, daß der Reichstag Ihnen eine Zuwendung von einer Million Mark bewilligt ... als Dank des Reiches ..."

Die Lippen blieben rund geöffnet von diesem O der ungeheuren Zahl, sie schwebte ihm mit einem Geschmack von Metall noch am Gaumen, aber da gefror ihm dies alles gleichsam im Mund, das Metall wurde glühend vor Weltraumkälte und die Lippen in der Rundung ein schmaler und blasser, gespannter Reif. Es durchdrang ihn bis ins Mark, seine Haut wurde körnig und schrumpfte ein, schlotternd sah er zu Bismarck auf, der ihn zerhämmerte: "Als Dank des Reiches? ... Als Almosen, wollen Sie sagen, als Abfindung ... wie einem vorzeitig entlassenen Dienstboten ... wie einer davongejagten, lästig gewordenen Geliebten ... Herr! Sie stehen als Bote meines Kaisers vor mir ... Ich nehme an, daß auch Sie wünschen, früher das Ende dieser Unterredung als das meiner Geduld kommen zu sehen."

Ein unwiderstehlicher Druck hatte den Sendling zurückgedrängt, es war, als ob er in Treibeis stecke und nicht Herr seines Weges sei, nun fühlte er die Tür in seinem Rücken, das war die Rettung und der Strand von seinesgleichen, taumelnd tappte er nach der Klinke und brachte sich mit einer Verbeugung in Sicherheit.

19

Die drei alten Herren aus der Bismarckschen Familie, die aus Varzin geholt und an die Wände des Arbeitszimmers in der Wilhelmstraße gehängt worden waren, sahen unter ihren Perücken her ernsthaft nach dem Schreibtisch, an dem der Fürst saß und mit der seit der Kullmannschen Wunde etwas ungelenken Hand schrieb. Der riesige Bleistift malte ungefüge Buchstaben auf das Papier, ringsum summte die Nacht der tiefen Einsamkeit, noch zitterten die Dinge von dem Nachhall des Geschehenen, die Stille bebte von verlorenen Klängen.

Bismarck legte den Bleistift quer über das Papier, sein Blick drang starr durch die Hüllen des Seins und suchte den Grund des Wesens, wo Sinn und Unsinn nicht mehr starr gegeneinanderstanden. War das Leben nun wirklich ein umgestülpter und ausgeronnener Becher? War die Schmach ein Brandmal, das ätzend durch alle Schichten fraß und den Kern zerstörte?

Was sagten sie, die da an den Wänden hingen, die Ganzen und Ungebrochenen, in deren Mienen noch eine letzte Spur des Zornes zu lesen war, daß man den Bismarck dereinst Burgstall weggenommen hatte? Wie hatte der Vater gesagt? "Wenn der König vor jemand Respekt hat, so sind's die Altmärker, die vier: die Schulenburg, die Knesebeck, die Alvensleben und die Bismarck." Wie stand Soll und Haben zwischen den Hohenzollern und den Bismarcks jetzt, wie wog Verdienst und Dank gegeneinander?

‚Weggejagt! Weggejagt wie einen Hund!' heulte ein gefährliches Tier in Bismarck.

Er erhob sich und trat vor die drei Bildnisse der Früheren seines Geschlechtes. "Haltet Rat und Gericht über mich."

Es regte sich nichts, der altersmüde Tyras stöhnte leise im Schlaf.

"Ist Wissen um den Menschen - Schuld? Ist Gott mit den Unbedachten und verwirft den Zweifler? Warum sind wir in die harte Wirklichkeit gesetzt, wenn wir uns nicht ihrer erwehren und sie zu unserem Besten zwingen dürfen?"

Und als die drei ernsten Gesichter in ihren verblichenen Farben fortfuhren, schweigend auf ihn herabzublicken, hob Bismarck die Stimme, als müsse er die Last der Einsamkeit wie einen schweren Stein abwälzen. "Ich frage, darf ich das tun, was man mich zu tun zwingen will? Ich sehe Unheil für Volk und Reich, mein Werk ist zu gut für Versuche, die ein jugendlicher Ehrgeiz unternimmt. Kennt ihr unseren Wappenspruch: ‚Das Wegekraut sollst stehen lan?'"

Es war, als habe der Wappenspruch die Seelen der Gewesenen stärker beschworen. Sprach da nicht einer? Hatte da nicht Christoph Friedrich die dünnen, festen Lippen aufgetan, und kamen nicht Worte von ihnen? "Bin der erste Bismarck, der den preußischen Generalsrock angetan hat, und hab' dem Großen Kurfürsten bei Fehrbellin siegen helfen. Hab' auch allzeit nichts anderes sagen hören, als daß Dienst Gehorsam will."

"Gehorsam dem Schlechtberatenen ist Verrat", sagte Bismarck trotzig. ‚Willst du der Pflicht Grenzen setzen? Ist Pflicht das, dem du zustimmst, fragt Pflicht nach deinem Willen?"

Die Augen in dem breiten Gesicht August Friedrichs, des gewaltigen Zechers, wurden lebendig. "Ich weiß, was Dienst, Gehorsam und Pflicht ist, wie kein anderer", grollte er, "hab' mein Leben für den großen König bei der Czaslauer Bataille dahinten lassen. Aber ein Bismarck ist weggejagt worden, Brüder, ist euch der alte Geist so ganz und gar austrieben worden? Schmach ist über uns kommen."

August von Bismarck, der das abgebrannte Schönhausener Schloß wieder aufgebaut hatte, sagte bedachtsam: "Zwei harte Stein' mahlen gut. Warum solltet ihr nicht können übereinkommen?"

"Seine Freunde sind nicht meine Freunde", sagte Bismarck, "meine Freunde nicht seine Freunde. Seit hundert Jahren plagt sich die Welt mit Fragen, die er im Handumdrehen nach seinem Kopf lösen will. Er will die wilden Leidenschaften im Menschen streicheln, und sie werden ihn in die Hand beißen."

"Der Bauer hinter den Pflug", brummte August Friedrich

ingrimmig, "der Bürger hinter den Laden, der Edelmann aufs Pferd, so hat es Gott haben wollen und anders nit."

"Andere Zeiten", sagte August, "andere Zeiten! So einfach ist's nimmer. Ist's wahr, daß er sich's erzürnt hat, daß er dich auf der Fahrt zu deinem Haus aus seinem Wagen auf die Straße gesetzt hat?"

"Das ist nicht wahr. Aber wahr ist, daß er sich erzürnt hat, weil ich den Russen zum Freund haben will und er den Engländer."

"Ist es das allein?" fragte Christoph Friedrich.

"Das ist nicht alles. Er will von allem wissen und alles selbst entscheiden, und ich soll nur Ja und Amen sagen. Auf meinen Schultern liegt die Verantwortung, und ich kann nicht dulden, daß hinter meinem Rücken Dinge geschehen, die dann mir zugerechnet werden."

"Ist das alles?" fragte Christoph Friedrich.

"Das ist nicht alles. Er will wissen, wer über meine Schwelle geht und mit wem ich spreche. Es war einer bei mir, der Windthorst, und er glaubt, ich hätte mich mit dem gegen ihn verschworen, nun sollen mir Handschellen und Beißkorb angelegt werden, es soll kein wichtiger Mann bei mir aus und ein gehen ohne sein Wissen, ich soll immer erst anmelden müssen und fragen, ob ich ihn empfangen darf. Bin ich dann noch Bismarck oder bin ich Lakai?"

August Friedrichs Degen rasselte, die rote Faust war scharf nach dem Gehänge gefahren: "Potz Himmelhund! Bis zu Bismarcks Schwelle reicht Ihrer kaiserlichen Majestät Macht und Befehlsgewalt, dahinter ist Bismarck selbst der Kaiser."

Er war einer der Zornmütigen unter den Bismarcks, und es sah aus, als wolle er jetzt seinen Rahmen verlassen, von der Wand heruntersteigen und geradeswegs irgendwohin gehen, wo er noch besser auftrumpfen konnte.

"Genau so habe ich gesprochen", sagte Bismarck beruhigend, "genau so, und es ist kein Zweifel darüber geblieben, wie ich es meine, und daß mein Haus meine Burg ist, wo niemand gebietet als ich. Das war unser letztes Zwiegespräch, ich bin dem Bismarckschen Namen nichts schuldig geblieben, und ihr könnt euch denken, daß die Worte heiß und laut gewesen sind."

"Ist schon recht", grollte August Friedrich nach, "solche Dinge müssen durchaus im klaren stehen."

Christoph Friedrich sah den Fürsten mit seinem festen Soldatenblick durchdringend an: "Nun willst du von uns wissen, was du tun sollst?"

"Sagt es mir", bat Bismarck, "ich bin uneins in mir, ich weiß nicht, was ich tun soll."

Ein Wort kam von den Lippen des Generals, der bei Fehrbellin gefochten hatte, ein einziges Wort, das bleiern alle Decken durchstieß: "Gehorchen!"

"Ich habe es meinem alten Herrn versprochen, daß ich den Seinen beistehen werde."

August hob die Hand in der Spitzenmanschette aus dem Bild:

"Dein Wort ist gelöst, denn der Enkel entbindet dich davon."

"Was willst du tun?" fragte Christopf Friedrich. "Eine Empörung anzetteln? Ein Recht behaupten, das dir vom Kaiser gegeben ist und das dir von ihm kann genommen werden? Willst den Quitzow spielen und Raubritterschaft treiben?"

"Es ist mir nicht um mich, es ist mir um mein Werk, dem fürchte ich Gefahr und Einsturz. Ich habe es nicht um Dank getan, aber nie habe ich gewußt, daß Undank so brennen kann. Ich habe geglaubt, ich könnt auf alles Lob und alle Ehre verzichten, ich bin keinen Orden und keinen Titeln nachgelaufen, und Dank war mir Wind. Nun sehe ich auf meinen Feldern Undank aufgeschossen, die vielen, denen ich geholfen habe, freut mein Sturz. Die Klinkendrücker haben hochmütige Mienen aufgesetzt, und das Schlimme ist, daß das Lachen darüber schmerzhafter ist, als ich je dachte."

"Laß du dein Werk seinen Weg gehen", sagte August, "es wird nicht zerfallen, es ist größer als du. Das Große, das ein Mensch wirkt, engt ihm das Leben und den Pfad, ein Volk kann dauernd nicht durch einen Mann gezwungen sein, sein Wachstum ist unbegrenzt, das einzelne Leben ist beschränkt, und so zersprengt das allgemeine Leben die Formen, die ihm der einzelne gegeben hat, und wächst über ihn hinaus."

Christoph Friedrichs Blick wurde durchdringend, und der Fürst fühlte ihn wie eine Flamme ganz tief in sich: "Ist es nicht die Macht, um die du klagst, weil sie dir soll verlorengehen?"

Lange lauschte Bismarck in sich hinein, es war ihm, als hinge das

Heil seiner Seele an der Redlichkeit der Antwort. Tief atmend hob er sich aus dem Ringen: "Ich bin nie herrschsüchtig gewesen. Macht war mir Mittel - nicht Zweck."

"Daß sie einem Bismarck das haben antun dürfen", murrte der Obrist der Ansbach-Bayreuther Dragoner.

"Sprecht Eueren Spruch!" bat Bismarck.

Milde sah August von Bismarck auf den späten Enkel herab. "Du hast unser Geschlecht hochgehoben und unserem Namen Unsterblichkeit geben. Dir soll dein guter und gerechter Spruch werden."

Christoph Friedrich öffnete den strengen Mund: "Du sollst deinen Abschied nehmen, denn du sollst deinem Kaiser gehorchen."

August Friedrich, der Obrist, sagte grollend: "Du sollst deinen Abschied nehmen, denn ein Bismarck soll niemandes Knecht sein."

Mit einem gütigen Lächeln sagte August von Bismarck: "Du sollst deinen Abschied nehmen, denn du hast dich in Verachtung über den Menschen erhoben und sollst wieder zu ihm zurückkehren."

Darauf schwiegen die drei Bilder und hingen regungslos an der Wand, in den alten Farben, die trübe durch das Dunkel der Zeiten herüberschimmerten. Bismarck ging festen Schrittes zum Schreibtisch, ergriff den Bleistift und schrieb im Rauschen der Nacht eine Seite um die andere, und als er fertig war, zerknickte er den Stift über dem Papier, mit einem Ruck, als sei der Stab gebrochen und das Urteil gesprochen, und warf die Stücke hinter sich.

20

Über den Reichskanzlerpalast in der Wilhelmstraße war das jüngste Gericht hereingebrochen, alle Gräber hatten sich geöffnet, und alle längst vergessenen Dinge waren auferstanden, aus dem Grund der Truhen und Kasten, aus Laden und Schränken quollen sie hervor, um in die Seligkeit des dauernden Ruhestandes auf einem der Bismarckschen Schlösser überführt zu werden. Es war aber keine Zeit, sie nach Böcken und Schafen zu sondern, sie mußten vielmehr Hals über Kopf in die Kisten getan werden, wie sie einem eben in die Hand gerieten, denn man hatte es ungemein eilig, den abgesägten Reichskanzler vor der Tür zu sehen.

Schon saß der neue Mann oben an Bismarcks Schreibtisch, General von Caprivi, schon hatte er die Zügel mit sanfter Ungeduld in die Hand genommen und wünschte, alles möglichst bald in Ordnung gebracht zu sehen, damit der Empfang der Minister und Botschafter ehestens stattfinden könne.

So war Bismarck mit seinen Habseligkeiten auf Flur und Treppe hinausgedrängt worden, wie ein lästiger Mieter, der wegen Zahlungsunfähigkeit ausgewiesen werden muß. Durch das ganze Haus ging ein Dröhnen und Hämmern, ein Schieben von Kisten, ein Stürzen und Poltern, und während noch der Auszug sich immer mehr ins Unlösliche zu verwirren schien, begann bereits der Einzug die Treppen hinan, Ächzen und Befehlsrufe, und die Seile, mit dem die Möbel hinaufgezogen und hinabgelassen wurden, begegneten einander auf den Stufen und knäuelten sich zusammen wie Schlangen, die sich beißen wollen.

Pinnow ging mit einem Farbtopf und einem Pinsel in Händen von einer Kiste zur anderen und murmelte geistesgestört: "Zweihundertsiebzehn ... zweihundertneunzehn ... zweihundertzwanzig ... wo ist zweihunderachtzehn?" Er war Engels Nachfolger geworden, als diesem die Jahre den Rücken krumm und die Hände zittrig zu machen begonnen hatten, und er war kein geringerer Eiferer im Dienst, nur daß ihm nicht die englische Langmut und Überlegenheit in allen Lebenslagen zur Seite standen, sondern daß ihm außerordentliche Ereignisse leicht den Geist verrückten.

Da sich die Kiste zweihundertachtzehn auf dringenden und wiederholten Anruf nicht melden wollte, ging Pinnow zur Verzweiflung über und tauchte in das Geheimkabinett, wo die allerunentbehrlichsten Unentbehrlichkeiten bis zum allerletzten Kistenschluß zurückbehalten wurden, und unter diesen befand sich die Flasche Nordhäuser Korn, die des Allerunentbehrlichsten obersten Gipfel darstellte, weil sie zur öfteren Anfeuchtung des Lebensmutes notwendig war.

"Pinnow!" rief die Stimme der Gräfin Rantzau durch einige halbgeleerte Zimmer. Pinnow hauchte zweimal stark von sich und lief.

"Pinnow, wo ist die große Serpentinvase der Kaiserin von Rußland?" Die Gräfin leitete den Auszug, denn die Fürstin war krank vor Entrüstung und Angst um den Geliebten, ihr Herz schlug dünn und schwach, und es mangelte ihr in der beklommenen Brust an Atem.

"Zweihundertachtzehn", murmelte Pinnow.

"Schon verpackt?" fragte die Gräfin erleichtert.

"Nein! - Ich weiß es nicht ...", bekannte Pinnow verstört.

"Ach, Sie werden sehen", klagte die Gräfin, "es wird eine Menge verlorengehen und zerschlagen werden." Und sie stoben auseinander und liefen jeder nach seiner Seite davon, die Gräfin auf der Suche nach der Serpentinvase, Pinnow auf der Suche nach der Kiste zweihundertachtzehn.

Aus den Kellern stieg ein Poltern in die Oberwelt, als wären der Gott Bacchus und der Zwerg Perkeo ins Raufen gekommen und würfen einander sämtliche Jahrgänge von Anno Orpheus bis Rüdesheimer Auslese 1888 an den Kopf. Der unterweltliche Rumor war aber durchaus friedlich - insofern nämlich diese ganze plötzliche Veranstaltung als eine friedliche zu bezeichnen war - und galt der Bergung köstlichsten Weingutes. Aus den Gewölben tauchte der fürstliche Kellermeister, ein überaus gelehrter Weindoktor, für den die wahre Wissenschaft nur vom Kellerhals abwärts führte, ein Sternkundiger, aber nicht etwa am gestirnten Himmel, sondern an Kognakflaschen.

"Dreizehntausend Flaschen, Pinnow!" sagte er verklärten Gesichtes, "das soll uns einer nachmachen! Was der Neue da drin haben wird, möchte ich sehen: Hungersdorfer Krätzer, Dürrkräutler Ausbruch, Teufelsdrecker Halswürger ..." Dionysischer Stolz blähte ihn auf, es war eine alexandrinische Bibliothek von Weinen, die da den Reichskanzlerpalast verließ, und das konnten sie sich nur selbst zuschreiben, daß sie jetzt auswanderte.

Pinnow wollte bezüglich seines Bereiches nicht zurückbleiben: "Ich habe dreihundert Kisten", sagte er und begann zu stöhnen, denn eben war ihm die verzauberte Nummer zweihundertachtzehn wieder mit voller Wucht auf die Seele gefallen. "Man wirft uns ja hinaus", schnaufte er plötzlich wutentbrannt, "man wirft uns auf die Straße, man läßt uns nicht einmal Zeit, ordentlich einzupacken."

Er wich verstummend vom Treppengeländer zurück, über das er

mit dem Weindoktor und Keller-Sternkundigen Rede gepflogen hatte, denn eben kam der Fürst aus einem der Zimmer, und es war anzunehmen, daß er fragen würde, woher Pinnow die Zeit zu Lustbarkeiten und Unterhaltungen nehme, wo man doch morgen unter allen Umständen draußen sein mußte.

Bismarck ging aber an Pinnow vorbei und schien ihn überhaupt nicht zu sehen. Vom frühen Morgen an wanderte der Fürst durch den Zusammenbruch und das Bersten seiner Welt, als der überflüssigste aller Menschen, seit Tagen schon, denn er, der gewohnt war, jede Stunde bis an den Rand mit Arbeit zu füllen, stand urplötzlich mit leeren Händen und ruhendem Gehirn. Ringsum war das Krachen und Dröhnen seiner einstürzenden Lebenskreise, das Getöse einer untergehenden Vergangenheit, Donner hereinbrechender Sintfluten, mit Kisten und Geräten als Wrackstücken und Strandgut auf den Wogen, aber ohne Arche Noah, ohne Regenbogen und Taube mit dem Ölzweig. Er sah das Unterste zuoberst gekehrt, wunderte sich bisweilen im Vorbeikommen, was da aufgewühlt zum Vorschein geriet, er wechselte aus dem neptunischen Gleichnis bisweilen in ein plutonisches, denn es war ebensogut auch ein Erdbeben, bei dem die Rinde bis zum Abgründigen hin von Spalten zerschlissen war, so daß man schon sehen konnte, wie die Kruste, auf der man gestanden hatte, im Laufe der Zeiten langsam gebildet worden war.

Nicht unbewacht wanderte er durch die Räume, die sich allmählich mit immer mehr fremden Dingen anzufüllen begannen, er sah die besorgten Mienen der Seinen an seinem ratlosen Weg, er begegnete den Angstaugen Johannas und ihrem fragenden Händedruck: Wie ist dir, Liebster? Was denkst du, Liebster? Warum verblutest du so nach innen? Ach, er dachte gar nichts, er dachte wirklich nichts, er hätte niemandem darüber Rechenschaft geben können. Es war nur ein Trieb, umherzugehen und zu sehen, wie die Sphären einstürzten und das Chaos dunkel anschwoll. Am ehesten hätte er vielleicht sagen können, daß er dachte: ‚Wo ist denn nur all dieser alte Kram verborgen gewesen? Wo haben alle diese Dinge die Jahre über gesteckt?' Da waren die bekanntesten: Der Hirsch und das Gußeisen, die auf dem Sekretär gestanden hatten. - Da war ein Stück des ungeheueren Zinklöwen vom Flensburger Friedhof, der bis 1864 als dänisches Siegesdenkmal dagestanden hatte und dann ein Stück zu einem Briefbeschwerer für Bismarck hatte hergeben müssen. - Da war eine runde Scheibe, die von einer 1866 erbeuteten Kanone stammte. - Da war Bazaines Schreibzeug und ein anderes aus schwarzem Stein, das ihm sein alter Herr einmal in schwerer Krankheit geschenkt hatte. - Da war das Petschaft eines französischen Ingenieurkommandos. - Und da war ja auch der Tisch, der einst im Hause der Madame Jessé gestanden hatte, ein Mahagonitischlein mit vier Beinen und einer Platte wie jeder andere Tisch auch: aber es war ihm eine Inschrift auf Metall eingesenkt worden, die erzählte: "Auf diesem Tisch ist der Präliminarfriede zwischen Deutschland und Frankreich am 26. Februar 1871 zu Versailles, Rue de Provence Nr. 14, unterzeichnet worden."

Neben diesen alle Tage gesehenen und benützten Dingen aber wie viele vergessene aus dem Schutt der Jahre! Wie dann alle aber mehr und mehr wieder in die Kisten verstaut wurden und unter den zugenagelten Deckeln verschwanden, da blieb ihm nur noch ein einziger, dumpf im Leeren rasselnder Gedanke: Kehraus! Feierabend! Und der war nicht einmal irgendwie peinlich, denn umgewendet sah er aus wie Abendröte über dem Sachsenwald und ließ sich auch so aussprechen: Gottlob, ich bin aus allem heraus.

Und da war wieder die Fürstin an seinem Weg, mit einem Strauß wundervoller Rosen, die waren, als könnten sie den tiefsten Schmerz überblühen und überduften. "Die Fürstin Odescalchi ist hier gewesen", sagte sie, innig an seinem Arm; "sie hat dir Rosen gebracht. Sie hat sehr geweint, aber sie hat sich geweigert, dich zu sehen und zu sprechen. Sie ist zu erregt, hat sie gesagt. Aber ich glaube", fügte sie mit einem rührenden Versuch zu scherzen hinzu, "es ist bloß deshalb, weil sie vom Weinen eine rote Nase hat."

Bismarck sah auf das leuchtende Blumenglühen in seiner Hand herab und löste drei rote langstielige Rosen aus dem Gebinde, die er nachdenklich schwanken und wiegen ließ. "Er sitzt schon oben an meinem Schreibtisch fest, Johanna", sagte er, "er klebt an ihm. Ich habe ihm angeboten, ihn in die Geschäfte einzuführen, aber er hat es dankend abgelehnt. Er will alles von Grund auf anders machen."

Da war es, als sei in die sanfte, kleine, hagere Frau plötzlich ein grimmer Zornteufel eingefahren, so ein richtiger springgiftiger, wutschnäuziger, fäusteballender Püsterich: "Ach, laß du sie machen, was sie wollen! Sie sollen sehen, wie sie ohne dich fertig werden. Sie sollen nur ihre Dummheiten machen, aber sie sollen dann auch nur auslöffeln, was sie eingebrockt haben." Solchen stürmischen Wallungen war aber ihr krankes Herz nicht gewachsen, der Atem blieb ihr aus, sie verstummte und rang um Luft, einen halben Schritt hinter Bismarck, damit er von ihrer Qual nichts merke.

Pinnow schob glückstrahlend um eine Ecke: "Zweihundertachtzehn gibt es nicht, Durchlaucht, es gibt überhaupt kein zweihundertachtzehn. Ich habe die Nummer übersprungen."

"Wie?" fragte der Fürst, und die drei roten Rosen nickten in seiner Hand.

Es war aber gar nicht das, was Pinnow hatte melden wollen, sondern die Freudennachricht war nur so aus ihm herausgesprungen, wie der reife Samen aus dem Storchschnabel, und nun kam er über allerlei Brücken von nämlich und außerdem zu dem Eigentlichen, daß der Wagen unten bereitstehe.

"Du willst ausfahren?" fragte Johanna besorgt.

Vor wieviel Jahrzehnten war der Wagen bestellt worden? Bismarck entsann sich des Befehls, wie aus einer weit zurückliegenden Zeit. "Ich will einen Besuch machen", sagte er, und als Johanna sich wieder bittend an sein Herz drängen wollte, löste er sich sachte von ihr: "Nein, allein! ..."

Der Märzmorgen hatte einen Himmel wie aus feuchten Tüchern, Frühlingswäsche war über der Stadt ausgehangen, und bisweilen tröpfelte es aus dem nassen Leinen auf die schwarzen Dächer herab. Im Tiergarten hob sich keckes Grün an den Wegrändern aus welkem Laub, lufthungrige Menschen saßen auf den Bänken, da der Schwärmerei in Berlin aber immer die Lebensklugheit beigestellt bleibt, hatten sie Zeitungsblätter unter die Hosenböden und die Faltenröcke gebreitet. Die Viktoria auf der Siegessäule hob ihren Kranz höher als sonst empor, die Schutzleute hatten weiße Handschuhe an und trugen die Hände auf dem Rücken. Bismarck sah dies alles durch die herabgelassenen Fenster seines Wagens, er wollte nicht gesehen und erkannt sein, aber die Stadt kannte seinen Wagen, die Menschen zogen ernst die Hüte, die Schutzleute holten die Hände rasch vom Rücken vor und grüßten, als wäre man noch immer Kanzler und ... neigte sich die Viktoria jetzt wirklich mit einem Lächeln von ihrem hohen Stand herab, senkte sie wirklich ihren Kranz?

Drei rote Rosen lagen vor Bismarck auf dem blauen Tuch des Sitzes.

Eine lange Fahrt nach Charlottenburg hinaus ... wie hatte sich dieses Berlin gedehnt und war gewachsen von Plamanns Tagen bis heute. Sehr deutlich war plötzlich das Bild des Plamannschen Mosaikhundes im Hausflur mit der klassischen Warnung: *Cave canem*, und dieser Geschmack von eingebrannter Bitternis mit Salz und Zwiebeln - war das die schwarze Suppe der Frau Adelheid Trh aus Leitomischl in Böhmen, jener prophetischen Suppe aus Jugendtagen, die dann am Tisch des Lebens bei keiner Mahlzeit gefehlt hatte?

Der Wagen hielt, durch die Orangerie und die Tannenallee schritt der Fürst zur Gruft der Hohenzollern, an dem barhäuptigen Beschließer vorbei trat er in das Innere. Im Gemäuer hockte Winterkälte und strömte über die Grüfte hin, daß alle Steine und Grabgestalten vom Frost gehärtet und mitleidloser als sonst schienen. Schönheit, Güte, Strenge, Macht und Ruhm waren hier wesensgleich geworden, unter der Erde im Vergehen der irdischen Erscheinung und über der Erde in der Versteinerung und im langsamen Absterben des Gedächtnisses.

Die letzte Gruft barg Bismarcks alten Herrn, denn Deutschlands zweiter Kaiser hatte an anderem Ort die Ruhe gefunden. Fahl lag der Stein, ein wuchtiges Tor der Ewigkeit.

Die Mütze zitterte in Bismarcks Hand, drei rote Rosen nickten über ihren Rand.

‚Verklärter, du', dachte er, ‚siehst du mich? Nimm die Schlacken von mir, lösche den Schmerz. Ich zittere für unser Werk, breite du deine Hände darüber, da mir die meinen lahm geschlagen sind.' Er versank in die Regungslosigkeit einer vollkommenen Trauer, dem Abgrund und dem Nichts nahe verwandt. Es war ihm, als hinge er, aller Gestalt beraubt, über einer Tiefe, in der nur ein unerklärlich dunkles Rauschen war. Die Kälte und das Gefühl der Versteinerung durchdrangen ihn, das helle Leben war unbegreiflich fern.

'Vollendung', dachte er, 'wer ist vollendet? Vollendung ist nur hinter jener Tür, durch die du bereits eingetreten bist.'

Regte sich das umschlungene Schwesternpaar? War die Liebe das einzige Trotzdem, das Frost und Stein und Tod überwindet?

"Ich bin gekommen, um Abschied zu nehmen!" sagte Bismarck.

Drei rote Rosen schmiegten sich erschauernd an den kalten Stein.

21

Unter den Dienerinnen Gottes, die zur Prüfung der Menschen ausgesendet werden, ist eine der seltsamsten die Einsamkeit.

Sie trägt in der einen Hand das Heil, in der anderen die Verzweiflung und hat in jedem der Länder und unter jedem der Völker ein anderes Gesicht, so daß man glauben könnte, es seien viele einander ungleiche Schwestern, es ist aber immer nur die eine Einsamkeit, die ist in Frankreich eine große Leere und Erstarrung des Gemütes, in Rußland ein Durst nach Vergnügen und ein Brand in der Kehle, in England ein einziges, großes Gähnen und Mundaufreißen, sie ist in der Stadt ein anderes Wesen und ein anderes in der Wüste, das Meer sieht sie anders als der Gletscher. In Deutschland wohnt sie am liebsten im Wald, und es scheint, als zeige sie dort ihr eigenstes Antlitz, einen milden Ernst und ein Lächeln über die Welt.

Mit seitwärts geneigtem Kopf lauschte Bismarck auf das Spiel aus offenen Fenstern in grün übersponnener Wand: "Sehen Sie, Graf Lehndorff, man hat mir in Berlin eine feierliche Bestattung angedeihen lassen. Eine Schwadron Gardekürassierer samt Standarte auf dem Bahnhof ... Musik: 'Ich bin ein Preuße, kennt ihr meine Farben?' ... die Spitzen der Behörden ... Volksmenge ... Hurra! Und 'Auf Wiedersehen'. Und damit basta. Jetzt habe ich von Rechts wegen mausetot zu sein und als einbalsamierter Jubelgreis im Sachsenwald zu sitzen. Ich habe mein Mausoleum, mein Kenotaphium, meinen Sarkophag, meinen Obelisken, meinen Leechensteen, also was weiter? Ab und zu klingt der Chorus: 'Lebt denn der alte Hauschild noch?' und wenn das Echo zurückschallt: ‚Hauschild lebt immer noch, Hauschild lebt immer noch', dann geht eine Entrüstung durch die biederen Herzen, denn es ist eine Unverschämtheit von mir, nicht tot zu sein oder nicht wenigstens den Toten zu mimen."

Es war schwer, etwas darauf zu antworten, denn Graf Lehndorff kam aus einem Weltstrich, wo solche Fragen und Entrüstungen und Beklommenheiten sehr laut zu werden pflegten.

"Notabene", fuhr der Fürst fort, "bin ich, ob tot oder lebendig, jedenfalls eine gefährlich ansteckende Zeitgenossenschaft. Man geht mir aus dem Weg oder besser: Man entsinnt sich meiner erst gar nicht, nur ein paar Abgeordnete haben mich besucht, unsere Gesandten Arco und Schlözer haben den Mut gehabt und - Sie!"

Ja, so war es, Graf Lehndorff hatte einige Worte auf den Lippen, aber die kamen ihm so schal und unbedeutend vor, daß er sie ungesprochen ließ, nur auf seinem Gesicht lag all die Erbitterung, die ihm das Herz zerfraß und das Gewissen belastete, als sei es eine Schuld, nicht aufzustehen und vor aller Welt für diesen Mann zu zeugen. Und als er sich darüber klar geworden war, daß ein auf dem Parkett und dem Exerzierplatz verbrachtes Leben jede Eignung und Neigung zu verkümmern pflege, es in den Katakomben eines staatsgefährlichen Bekenntnisses oder auf der Arena für einen mißfälligen Glauben märtyrerhaft zu beschließen, sagte er, voll Scham in der Tiefe: "Ich habe nichts zu verlieren, seit unser alter Herr tot ist."

"Trotzdem", fuhr Bismarck breit entgegen, "es gehört Mut dazu, zu wissen, wo Friedrichsruh liegt." Da war die Hand des Grafen von festem Druck umschlossen, eine herzliche Gefangenschaft, und plötzlich war es Lehndorff wie einem jungen Studenten, der den Schwur auf seine Farben abgelegt hat. Alle Bedenken wichen vor einer höchst dreinschlägerischen Klingenbereitschaft, die mit Tod und Teufel und sämtlichen höllischen Hof- und Reichsbeamten anzubinden sich nicht scheut. Mit einem Male, durch einen Handschlag und einen tiefen Blick wieder Ritter und Soldat ohne alle höfischen Wenns und Abers, sagte er mit Ingrimm: "Es ist eine Schmach ... Schmach und Schande, wie sich Deutschland benimmt."

Der Samen eines Löwenzahns kam herangegondelt, ein Körnlein

Keimkraft mit einer Federkrone, mit einem Segel für Luftfahrten vor dem Wind, und ließ sich auf Bismarcks schwarzem Rockärmel nieder. Bismarck blies ihm neuen Wind zu, das Sämlein riß sich vom Anker, wirbelte unter Baumkronen hoch und fuhr mit einer Strömung davon, aus dem Schatten auf eine sonnenhelle Wiese hinaus, neuen Gebieten zu. "Ach, Sie meinen", sagte Bismarck mit einem unergründlichen Gesicht, "die Segenswünsche meiner lieben Landsleute, wie sie mir von den Zeitungen an meinen Pfad gepflanzt werden. Na ja, es sind ja keine wohlriechenden Gewächse. Ich lese alle Zeitungen und will mir eine Sammlung von Widmungen an mich anlegen. Ich bin der Buschklepper aus dem Sachsenwald, ich bin der Hund, der den Mond anbellt ... guter Mond Caprivi, du geht so stille ...! Ich bin aber auch, um im Kynologischen zu bleiben, der bissige Köter, der den anständigen Menschen an die Beine fährt, ich vollführe das wüste Geschimpfe eines alkoholisierten Subjekts ... man wünscht mir den Staatsanwalt an den Hals und das Zuchthaus zum dauernden Aufenthalt. Eine hübsche Sammlung, wie gesagt, eine Beschäftigung für meine Mußestunden, und wenn sie vollständig ist, kommt auf den Deckel die Widmung: ‚Seinem lieben Bismarck das deutsche Volk.'"

"Nein, das ist nicht das Volk", sagte Graf Lehndorff in einer demokratischen Gefühlswallung, "das Volk hat noch gar nicht gesprochen. Das sind die Kriecher und Kleber, die sich den Mund zerreißen, die Angst vor Ihrer Wiederkehr haben. Man hat Sie an den Marterpfahl geschnürt, und sämtliche Rot- und Schwarzhäute des öffentlichen Lebens und der Presse heulen Ihnen Beschimpfungen zu, nach indianischem Ritus, um zu sehen, wie Sie standhalten. Es ist der Freudentanz der Philister um den geblendeten Simson mit der heimlichen Angst dabei, Gott könnte ihm die Kraft wiedergeben und er könnte sich recken und die Säulen einreißen."

War das wirklich Graf Lehndorff, der sanfte Flügeladjutant mit dem leisen Tritt und den wohlgeölten Wendungen der Rede, der da drauflosknallte wie ein Schwerfuhrwerker? Welcher Geist überschattete ihn, daß er plötzlich in Zungen zu sprechen begann, wie man sie ihm nie zugemutet hätte, recht rauhbrüstigen Zungen, um es ehrlich zu sagen?

Bismarck hob warnend den Zeigefinger. "Gräflein", lächelte er,

"Sie reden sich um den goldgestickten Kragen. Mein Groll ist vorüber ... nur Johanna ärgert sich noch, sie hat ein ungewöhnliches Talent, sich zu entrüsten. Die Menschen sind, wie sie sein müssen ..."

Eine Wasserfläche dehnte sich vor den Spaziergängern, im silbergrauen Glanz schwammen umbuschte Inseln, über denen Nadelbäume wipfelten. "Das war Morast und schwammiges Land, als ich kam", sagte der Fürst, "nun ist die Aue romantisch geregelt, aber man merkt es ihr nicht an, und meine Bäume wurzeln in festem Boden. Was wollen Sie, es ist nun einmal so: Man beginnt mit Teufelsbeschwörungen und verrückten Weibergeschichten, schlägt sich durch die große und die kleine Welt, um am Ende seine Dämme zu bauen und sein Stückchen Welt zu befrieden: ‚Zwar sicher nicht, doch tätig frei zu wohnen.' Auf die Weisheit der Faust setzt sich von selbst Fausts Weisheit."

Im Grün jenseits des Wassers rundete sich eine weiße Scheibe, mit wohlgezogenen Kreisen um einen pechschwarzen Mittelpunkt.

"Wollen Sie schießen?" fragte der Fürst, und schon war Pinnow heran mit einem schwarzlackierten länglichen Kästchen, das er wie vormals Bellachini aus dem Nichts herbeigeschnalzt zu haben schien.

"Ist das Ihr Scheibenstand, Durchlaucht?" verwunderte sich Lehndorff. "Das sind reichlich achtzig Meter!"

"Hundert! Aber mein Handgelenk tut's noch, und die Eichhörnchen müssen manchmal daran glauben." Er hob den blanken, blauschwarzen Lauf, über die Wasser dröhnte der Knall. Aus dem Röhricht fuhren drei schillernde Wildenten mit einem Geschnatter, als wären es Zeitungsenten, und spritzten schäumend über den Spiegel dahin, stilleren Weltgegenden zu.

"Das ist für den Kaiser!" sagte Bismarck.

Zum zweitenmal hob sich der Lauf des Revolvers. Mit dem Krach stob ein Schwarm Dohlen aus dem Geäst einer fernen Buchengruppe und warf sich taumelnd durch die Luft waldeinwärts.

"Das ist für Deutschland!" sprach Bismarck.

Seine Hand streckte sich zum drittenmal aus, bedächtig blinzelte er über den kurzen Lauf nach dem Ziel. Ein Fohlen, das auf der Wiese an seiner Leine gezerrt hatte, sprengte entsetzt die Fesseln und galoppierte blind und toll davon, als wäre es kein fürstlich Bismarckisches

Stallkind, sondern ein Mustang von Buffalo Bills Gnaden.

"Das ist für mich!" sprach Bismarck.

Sie glitten im Boot über die wieder friedlich gewordenen Wasser zur Scheibe hin und sahen die drei Schüsse im Kern sitzen, nur der eine war etwas gegen den Rand gewichen.

"Welcher ist das nun?" sann Graf Lehndorff.

"Sind doch im ganzen recht nahe beieinander", sagte Bismarck, indem er die Hand über die drei Kugellöcher deckte.

Vom Scheibenstand führt ein Weg zwischen vielfältig und abwechslungsreich gestelltem Baumvolk dahin, allerlei Genadel in allen Abschattungen von Grün, mit recht viel Fremdartigem dazwischen, wie es nicht von Haus aus in deutschen Wäldern wuchs. Es waren Gäste vom Mittelmeer, aus Japan und von jenseits des großen Wassers, und Bismarck wußte jedem von ihnen seinen gelehrten Namen und einen eigenen neuen, zärtlichen, selbst erfundenen dazu, denn er meinte, daß sie dann besser heimisch würden.

Wo die Aue wieder stillvergnügt aus dem Schatten ins Licht der Wiesen kam, saß einer und ließ die Angelschnur ins Wasser hängen, und ein anderer stand daneben wie ein Säulenheiliger, nur daß er nicht durch den Nabelstrang der Erleuchtung mit dem Logos und göttlichen Eins, sondern durch besagte Angelschnur mit den Vorgängen im Wasser verbunden war, über die der an der Oberfläche des Wassers schwimmende Kork nur höchst mangelhafte Nachricht gab, wie das nun schon einmal mit Korken und Oberflächen so ist. Er befand sich in dem angenehmen Dämmerzustand zwischen Stumpfsinn und Neugierde, der sich bei Fischen einzustellen pflegt, und am Horizont seines Bewußtseins, im helleren Lichtstreifen, trieb sich allerlei Fragegesindel herum, unter dem soeben die eine seine Aufmerksamkeit auf sich zu lenken suchte, ob es jemals gelingen werde, den Zwiebelfisch in den heimischen Gewässern zu züchten, wobei freilich die merkwürdigste Druckereizoologie herausgekommen wäre. Wie daraus ersichtlich, war der Säulenheilige ein Zeitungsmensch, und als solchen stellte ihn Bismarck vor, Herrn Hofmann aus Hamburg: "Mein Sprachrohr für Deutschland", sagte er, "denn sonst ginge es mit mir wie mit dem Trompeter von Vionville. Meine Trompete haben sie mir zerschossen."

Herr Hofmann besaß die Tugend der Bescheidenheit: "Es ist kein Verdienst, Durchlaucht, die Spalten seiner Zeitung einem Mann zur Verfügung zu stellen, von dem man weiß, daß er der größte seit Jahrhunderten ..."

Ein Mückenschwarm tanzte abendlich vor Bismarcks Gesicht. "Na! Na! Hofmann ..." sagte er, mit einem Schlag der flachen Hand ins dünn summende Geschwirr. "Sie sind's doch nicht, Sie heißen doch bloß so. Nein, es ist doch immerhin etwas, die einzige Zeitung zu sein, die der Ansicht ist, daß ich mit dem Amt nicht zugleich auch den Verstand verloren habe. Nein, ohne Sie und Ihre Zeitung wäre ich wirklich nur ein stummer Hund, und mein staatsbürgerliches Recht auf Meinungsäußerungen könnte ich mir auf den Hut stecken zu dem vielen anderen, das schon dort steckt. Wenn die anderen Zeitungen etwas Gedrucktes von mir bringen sollen, so müßte ich schon eine Anzeige aufgeben, zwei Mark die Zeile: ‚Gewesener Reichskanzler empfiehlt sich kleineren Dynastien zur Sicherung und Klärung ihrer Verhältnisse'."

Bismarcks Gesicht behielt den gemütlichen Spott, aber die anderen fühlten, daß sich der schwarze Wurm geregt hatte. Schweninger, der am Landende der Angelrute saß, sah ein, daß am Wasserende der Vorrichtung kein Mäulchen auf den Wurm anbeißen werde, denn der Fisch, als ein stummer Gesell, ist kein Freund von lauten Ufergesprächen. Er tauchte einen etwas verdrießlichen Blick in den Zuber, zählte fünf schwärzliche Rückenflossen und begann einzupacken. "Wahrhaftig, Hofmann, Ihre Zeitung sollte sich in der Geschichte umsehen. Denken Sie daran, was der Pydnaer Grenzbote wegen Themistokles auszustehen hatte und wie es der Byzantinischen Morgenpost wegen Belisar ergangen ist."

Bismarck stemmte den Krückstock auf den Boden, lehnte sich dagegen und nahm Hofmann von der anderen Seite ins Gebet: "Ja ... und ich höre schon Caprivis Stimme durch den deutschen Blätterwald schallen: ‚Hofmann, wo bist du?' Indem nämlich die ‚Hamburger Nachrichten' von der Schlange Bismarck den Apfel der Erkenntnis genommen haben."

"Sie schreiben ja freilich keine *tristia ex ponto*", sagte Graf Lehndorff, "wie man es von Ihnen erwartet. Ihre Kritik hat nicht bloß Hand und Fuß, sondern auch Hörner und Klauen." Dabei aber war ihm doch irgendwie wehmütig ums Herz, als sähe er eine große Kraft in kleinen Dingen zerrieben und vertan.

Über Bismarcks Schulter wippte ein Zweig, der kam von einem Baumnachbarn her, einem der amerikanischen Gäste des Parks, und wie er nun im Wind auf und ab schwankte, war es, als rühre er mahnend an den Nacken des Vereinsamten. War aus Lehndorffs Worten der unausgesprochene Klang doch allen in die Seele gedrungen? Sie schwiegen, Bismarck faßte den über seine Schulter gereckten Ast wie eine Freundeshand und sah plötzlich auf die büschelförmig rund um das zähe Holz gestellten Nadeln, zwischen denen lichtgrüne Zapfen wie kleine Kerzchen aufstiegen. Wo standen die Brüder dieses Baumes, die Kinder gleichen Samens? Auf dem Felsengebirge? An den Ufern der großen Seen? In den Wäldern von Kentucky oder von Missouri? Irgendwo dort, wohin diese schwarzen Wolken wiesen, die wie Rauch über den Sachsenwald aufstiegen.

"Ich will eine Reise nach Amerika machen", sagte Bismarck mit einer plötzlichen Eingebung. Wohnten nicht Hunderttausende von Deutschen drüben, fern genug, um nur die großen Züge zu sehen und das kleinliche Gezänk nicht zu hören?

Der schwarze Tyrann wehrte Pinnow ab, der ihm den Zuber abnehmen wollte. "Nein", sagte er mit Entschiedenheit, "was Durchlaucht fehlt, ist eine regelmäßige Tätigkeit. Man wird dafür sorgen müssen, daß Durchlaucht sich wieder eine Aufgabe stellen ... mit dem Uhraufziehen am Morgen und ein bißchen Kritik am neuen Kurs ist es nicht getan."

Aber Bismarck hörte die hausärztliche Verordnung gar nicht, er schaute starr nach Süden, wo jetzt das schwarze Gewölk mit schweren Ballen über die Wipfel kroch. Das waren keine phantastischen Himmelswolken, die nach Amerika wiesen, das war dicker Erdenrauch aus Heimatboden, blaß wandte er sich den Männern zu, seine Stimme bebte: "Der Wald brennt ... mein Wald brennt ... Pinnow, den Wagen, den Wagen ..."

Pinnow rannte schon, und Bismarck hinterdrein, als gäbe es einerseits keinen Caprivi und andererseits keine Feuerwehr, sondern als käme es auf seine eigenen Hände einzig und allein an, er sah gar nicht um, ob ihm die anderen folgten, und der Herzog von Lauenburg konnte ihm offenbar niemals unbedenklicher gestohlen werden als in diesem Augenblick.

22

Der Star Max pfiff leise den Chopinschen Trauermarsch, und der Herr Geheime Legationsrat außer Dienst Lothar Bucher riß das alte Blatt von seinem Kalender. Da stand auf dem neuen Blatt unter dem Wonnemonatsdatum: "Und wer im Frühling bitter ist und hart, vergeht sich wider Gott, der sichtbar ward."

Das war von Jean Paul, also ein Sprüchlein aus dem Lavendelzeitalter, aber es klang so frisch wie am ersten Tag und seltsam heutig in den Maimorgen hinein, als sei es soeben aus Gottes Güte in das Dichterhirn gefallen und von diesem der Welt geschenkt worden.

Mit des Doktor Buchers Kalender hatte es eine seltsame Bewandtnis, es war gar kein gewöhnlicher Abreißkalender, wie man ihn in jeder Papierhandlung kaufen konnte, mit dem Datum, den Auf- und Untergängen der Sonne und des Mondes sowie den protestantischen und katholischen Namenstagen und den kirchlichen Festen christlicher und jüdischer Ordnung und allenfalls noch mit einem poetischen Sprüchlein vorn sowie meinetwegen einem Küchenzettel hinten, sondern ein nach den Bedürfnissen des Doktor Bucher eigens zurechtgezimmerter. Freilich: Das eigentlich Kalendarische, das Astronomische und Kirchliche konnte er nicht nach seinem Belieben verändern und mußte schon die Feste feiern, wie sie fielen, aber die poetischen Auf- und Weckrufe waren durchaus seinem Geschmack angepaßt, insofern er nämlich, wenn er einmal einen gefunden hatte, der ihm zusagte, ihn nicht etwa in den Papierkorb versenkte, sondern ihn aufbewahrte, um ihn dann dem nämlichen Tag des nächsten Jahres wieder auf- und beizukleben. Solcherart hatte der Doktor Bucher keinen Allerweltskalender, sondern ein schönes Schatzkästlein voll geistiger Erbauung und Ermahnung, das ihm vom Jahr selbst im Weiterrollen immer wieder durchgeblättert wurde, und da er nun schon ins fünfundsiebzigste ging, waren einige von seinen poetischen Leibsprüchlein über dem immer wiederholten Ausscheiden und Aufkleben kleine, steife, vergilbte Pappstreifchen geworden.

Da lag nun das neue Kalenderblatt mit dem alten, vergilbten Sprüchlein vor ihm, jung und abgetragen zugleich, und fragte deutlich vernehmbar: ‚Und du?'

Bucher wandte den Blick von dem Mahner und trat an das Fenster, aber da war im Park ein blühender Kastanienbaum, der fragte ungefähr dasselbe wie das Kalenderblatt. Es blieb ihm nichts anderes übrig, er mußte sich zur Rechenschaft bequemen.

‚Ich bin nun bald fünfundsiebzig', dachte er, ‚und das Schwabenalter habe ich fast doppelt erreicht. Aber darum bin ich um nichts klüger geworden. Ich habe mich wieder einfangen lassen. Ein gebranntes Kind fürchtet das Feuer, aber ein richtiger Gimpel geht zweimal auf den Leim. Hochansehnliche Festversammlung, die Ähnlichkeit mit dem Gimpel ist unzweideutig festgestellt, denn der Doktor Bucher, der schon außer Dienst war, ist wieder eingerückt. Den kleinen Rest Welt, der mir noch verblieben ist, habe ich preisgegeben, verraten an Papier und Tinte. Was nützt mir Gottes Gegenwart im Frühling, wenn ich die alte Plage wieder auf mich genommen habe, mit Vorsagen und Nachschreiben und Reinschreiben, als läge ich noch immer an der alten Legationsratskette im Auswärtigen Amt. Darüber muß eine Seele wohl mitten im Mai sich verhärten und die Frage tun, warum Gott eigens mir eine solche Gimpelhaftigkeit zum Strafgeschenk gemacht haben mag.'

Die Entgegnung des Kalenderblattes und des Kastanienbaumes wurde durch ein Klopfen abgeschnitten, und Graf Herbert trat ein, mit dem milden, ernsten Gesicht, das er immer trug, wenn nicht die Gegenwart des Vaters seinen inneren Menschen in Spannung hielt.

"Wie geht's, lieber Doktor?" fragte er.

Der Doktor aber war keinen familienhaften Berückungen zugänglich: "Schlimm genug!" Er hielt dem Grafen seine verkrümmte, von Gichtknoten an den Gelenken geschwellte Hand vor Augen. "Da sehen Sie nur. Mit so einem elenden Werkzeug ist die Arbeit kein Vergnügen."

"Wir wissen es", sagte Graf Herbert bedrückt, "aber wir dachten, Ihre alte Freundschaft, Ihre bewährte Treue ..." Er sah den Redensarten auf den seichten Grund, sein Feingefühl ließ ihn angesichts des mürrischen alten Mannes abschwenken: "Ich denke, es müßte für Sie doch eine Freude sein, an seinem Testament mitzuarbeiten."

"Testament? Testament?" brummte Bucher, gegen alle Werbungen ankämpfend. "Es wird Zeit, an mein eigenes zu denken. Ein Tag geht nach dem anderen hin", sagte er mit einem Blick nach dem Kastanienbaum, und mit einem zweiten nach dem Kalender setzte er hinzu: "Wer weiß, ob ich noch einmal das Blatt dieses Tages abreißen werde."

Die Züge des Grafen nahmen Zurückhaltung an, sein Stolz auf den Vater verbot allzu scharfes Drängen: "Es ist doch sein Vermächtnis an Deutschland", sagte er und schied damit einigermaßen dieses Vermächtnis von jedem anderen Testament eines Sterblichen. "Es ist für die Geschlechter nach uns bestimmt."

"Es wird aber nichts daraus", fuhr der Doktor los, "ich fürchte, es wird nichts Rechtes", mäßigte er sich selbst sogleich, "sehen Sie, es sind keine Akten da, die braucht man doch, wenn man für die geschichtliche Richtigkeit einstehen will. Die Aufzeichnungen des Fürsten genügen nicht, so gut sein Gedächtnis ist, so hat er doch nicht alle Einzelheiten behalten. Er wiederholt sich, schweift ab, verliert sich in Nebendinge." Er spitzte die Finger und stach nach Professorenart alle Fehler an: "Diese Gedanken und Erinnerungen sind voll von prächtigen Einzelheiten, aber es fehlt die Komposition ... es wird nichts Ganzes." Er unterbrach sich, mit einem Blick nach der Zeugenschaft des Himmels: "Dieser Doktor Schweninger hat etwas Schönes angerichtet."

Graf Herbert wich noch weiter in seine Zurückhaltung: "Es soll doch kein Roman werden, sondern ein Brevier. Nennen Sie es eine politische Bibel, wenn Sie wollen. Und dann", fuhr er, wieder näherkommend fort, "wäre es auch wirklich nichts ... wäre es auch eine unnütze Arbeit ... Es ist doch eine Arbeit im alten Stil ... Gestaltung der Weltbegebenheiten ... nicht mehr vorschauend, aber doch rückschauend ... eine Arbeit, Doktor, und die mußte dem Vater gegeben werden ... verstehen Sie? Es stand schlimm um ihn ... Er hatte einen starren Blick bekommen ... wir sahen die Risse und Sprünge im Bau. Irgend etwas ...! Die Geestemünder haben ihn als ihren Abgeordneten in den Reichstag schicken wollen. Aber sollte er als Wilder umherlaufen, ohne Anhang, ein Gespött seinen alten und neuen Feinden? Oder sollte er in einer Partei unterkriechen, er, der sein Leben lang alles Parteiunwesen so bekämpft hat?"

Der Doktor Bucher hatte dem Grafen gänzlich ungesittet den Rücken zugekehrt, aber es war ihm lieber, ungesittet zu erscheinen, als sehen zu lassen, was ihm angetan wurde. Angesichts der schmalen Schultern des alten Mannes, seines gekrümmten Rückens und der schlaffen Haus seines Nackens kam plötzlich ein brennendes Mitleid über Herbert. Nicht jeder trug das Alter von Heldentum, sein letztes Lichtstümpfchen auf einem Arbeitstisch für einen anderen auszubrennen. "Wir haben auch unser Opfer gebracht", sagte er mit einer unbeholfenen Handbewegung, die niemand sah, als ein kleiner goldgerahmter Spiegel, "Rantzau und ich ... wir sind aus unserer Laufbahn getreten ... Der Kaiser wollte mich nicht gehen lassen ... aber es war mein Vater, den er weggeschickt hat ...!" Es war ihm schwer, viele Worte von sich zu machen, denn er hatte den Schlagschatten eines riesenhaften Lebens über seinem Dasein gefühlt, aber hier galt es einem anderen, nicht sich selbst: "Es war nicht leicht, Bucher ... Rantzau und ich ... Man will wirken, man will dieses bißchen Verbrennungsprozeß in Taten umsetzen ... Wir haben unsere Tat geopfert ... Im Umkreis eines Großen muß vieles untergehen ... Von Ihnen wird nur Ihre Ruhe verlangt..."

Es war kein Wort hinzuzufügen, Herbert wußte es, er sah es an der Haltung der Schultern, an den Händen, die auf dem Rücken lagen, diesen verkrümmten, gichtisch geschwollenen Händen, an dem Hineinsinken des ganzen Körpers in den Boden, als sei ihm eine Last aufgelegt worden. Grün leuchtete der Kastanienbaum ins Zimmer, und der Star Max, der die ganze Zeit über auf einem Bein gesessen hatte, mit kleinen Wendungen des spitzen Schnabels von einem der Sprechenden zum anderen, tat einen unvermuteten Hüpfer zum Futternapf, als sei er ein plötzlich herabfallender Schlußpunkt.

Sachte verließ Herbert den Raum, stand vor der Tür und sah nach der Nummer am oberen Balken, die noch aus den Spechtschen Zeiten stammte, aus den Gasthofszeiten des Baues. Er lauschte, aber er hörte keinen Laut als das Schnabelwetzen des Stares an den Gitterstäben des Käfigs.

23

Als Doktor Bucher in das Arbeitszimmer kam, stand Pinnow mit einem silbernen Tablett in der Hand vor dem Fürsten, und Bismarck verbarg irgendeine Heimlichkeit auf dem Rücken, wozu Pinnow ein schlaues Kammerdienerlächeln aus den Mundwinkeln rinnen ließ.

"Nicht herschauen, Bucher", sagte Bismarck. "Umdrehen ... wenn ich bitten darf."

Auf dem Rücken hatte nun allerdings der Herr Geheime Legationsrat keine Augen, da er aber kein odysseeisches Wachs bei sich hatte, um sich die Ohren zu verstopfen, hörte er den Sirenenklang eines Glucksens, wie es mit naturwissenschaftlicher Sicherheit auf nichts anderes denn auf das Ausleeren einer Flasche in ein Gefäß oder in eine Kehle gedeutet werden konnte, als welch letztere hier nach Lage der Dinge ausschließlich die fürstlich Bismarcksche in Betracht kam.

Die Buchersche Deutung war auch wirklich um kein Haar vorbeigegangen, denn als er sich wieder umkehren durfte, stand der Fürst da, eine leere Champagnerflasche in der Hand, wie ein Wilderer mit dem abgeschossenen Gewehr, dem der heilige Hubertus erschienen ist, und erweckte Reue und Leid. "Ich bin nun einmal ein alkoholisiertes Subjekt, da ist nichts zu machen, und wenn Sie später zu meinen Feinden übergehen, Bucher, dann erzählen Sie in Gottes Namen, Sie hätten Bismarck eine ganze Flasche Sekt auf einen Zug austrinken sehen. Als Erzlügner, der ich nebenbei bin, kann ich's ja immer noch ableugnen, denn gesehen haben Sie's ja nicht, es war ein Diplomatenstreich, Sie umkehren zu lassen ..." Jetzt ließ der Fürst den Scherz fahren, denn der Schmerz machte Ernst mit ihm und aus seinen Händen einen Schraubstock, in den er seine Backen pressen mußte. Er drückte die Knochen so fest zusammen, daß sie unter der Gewaltanwendung weiß wurden wie die Südpol- und die Nordpolgegend auf einer Erdkugel und das welke Fleisch, das doch irgendwohin verschoben werden mußte, wulstartig nach vorn quoll. "Dagegen weiß mir auch Schweninger keinen Rat", sagte er, nachdem er die schmerzstillende Selbstmarterung beendet hatte, "er hat mir eine Menge übler Dinge vertrieben, aber der Gesichtsschmerz ist zäher als das Pech, das manche Leute auf die Hosen geschmiert haben, um nicht von den Ministersesseln zu rutschen. Dagegen hilft nur eines - gegen den Gesichtsschmerz meine ich -: Kohlensäure, aber nicht die armseligen Restchen, die noch im Glas aufperlen, nachdem der größte Reichtum zerplatzt ist, sondern der volle, sprudelnde Quell aus der Flasche. Versuchen Sie's einmal, Bucher, es ist eine brotlose Kunst, aber immerhin eine Kunst ..."

Da dieser medizinischen Einleitung über ein neues Heilverfahren wenig hinzuzufügen war, begab sich Bucher zum Schreibtisch, denn er hatte nicht bloß Papier und einen gespitzten Bleistift, sondern einen noch weit gespitzteren guten Willen mitgebracht, und der Fürst streckte sich auf das Sofa, womit er einer anderen, diesmal Schweningerschen ärztlichen Verordnung folgte.

Zunächst ereignete sich weiter nichts, als daß der Fürst Zeitungen las und Bucher wartete. Dann kam die Fürstin herein, mit einem kleinen Körbchen, auf dem allerlei farbige Seiden und Deckchen beisammen lagen, ein Kunterbunt von halben Vollendungen, das weiteren Fingerfertigkeiten entgegensah. Sie schlüpfte in ihre Ecke, das war ein breitärmeliger Lederstuhl am Fenster, und wußte so gut zu schweigen wie die beiden anderen, aber sie durchspann das Schweigen mit vielen liebevollen Goldfäden besorgter Zärtlichkeit, daß es sich nach kurzem als ein so altväterliches und hausmütterliches Gewirk ausnahm wie eines von denen, die ihr unter den Fingern wuchsen.

"Haben Sie von dem Caligula-Pamphlet gehört, Bucher?" fragte Bismarck, und man merkte, daß der Haken, an den er seine Frage hing, irgendwo aus einer Zeitungszeile herausstand. Bucher hatte davon gehört, es war ein amerikanisches Gewächs, eine verschnitzte Yankeepflanze, die in Deutschland viel Wucherboden gefunden hatte. Sie tat so, als sei es ihr um nichts anderes zu tun, als dem alten Überhebling Caligula auf die Kappe zu gehen und ihm alle seine Sünden vorzuhalten: seine Ruhelosigkeit, seinen Wankelmut, seine Abneigung gegen wohlgemeinte Ratschläge, seine Neigung, überall dreinzureden, sogar die Entlassung seines ersten Ministers wurde besagtem Caligula übel angekreidet, und alles das war nach allen Regeln der Forschung mit Stellen aus Tacitus, Dio Cassius und anderen

Ehrenmännern genauestens belegt. Umgewendet und von innen besehen war das Sündenregister aber jemand ganz anderem vermeint, und nach dieser Meinung des Verfassers spiegelte die Vergangenheit ganz unheimlich die Gegenwart. Bucher zögerte noch mit seinem Urteil, aber da gab sich Bismarck selbst die Antwort: "Es ist eine Unverschämtheit", sagte er, indem er die Zeitung fallen ließ, "unsere Landsleute drüben erweisen uns mit solchen Dingen einen schlechten Dienst. Es ist etwas anderes, ob junger Most gärt, oder ob unsere Politik zum Gaudium Europas ihre Capriolen treibt. Aus dem Most wird Wein werden, aber unsere Politik muß endlich wieder auf festen Füßen gehen, und darüber muß man die Verantwortlichen belehren."

Johanna machte über einem Seidengerank von Vergißmeinnicht und Rosen eine ungemein kriegerische Miene. Augenscheinlich war sie keineswegs der gelassenen Auffassung ihres Gatten und neigte dazu, den Denkzettel für die Verantwortlichen noch mit möglichst kräftigen und nachhaltigen Merkzeichen zu versehen. Lächelnd las Bismarck in ihrer christlichen, sanften Seele einen ganz unchristlichen Zorn. "Johanna", mahnte er, "wie spricht der Herr? Richtet nicht, auf daß ihr nicht gerichtet werdet. Und weiter: Die Rache ist mein."

Aber Johanna hatte so viel an Kränkung und Ärger und Trauer um den Geliebten in sich hineinsaugen müssen, daß sie auch die Worte des Herrn vom Weg des Zornes nicht abbrachten und daß sie ihn in durchaus heidnischer Gesinnung weiterschritt, selbst auf die Gefahr hin, ihn endlich in den Pfuhl der Verdammnis münden zu sehen. Sie sprach kein Wort, aber um nichts abgekühlter fuhr sie fort, ihre kriegerischen Gedanken in das sommerliche Gewinde hineinzusticken.

Bismarck wandte den Kopf Bucher zu. Der saß da und hatte den Bleistift mit dem stumpfen Ende schief gegen das Papier gestemmt, wie ein Landsknecht seinen Spieß, wenn er das Anrennen des Feindes erwartet. "Ja, Doktor", sagte der Fürst, etwas weit herumschwenkend, "sehen Sie ... ich habe mich entschlossen, unsere Arbeit aufzugeben ... es wird ja doch nichts Rechtes daraus."

Da waren Buchers eigene Worte, aber wie er sie so herankommen sah, da machten sie ihm durchaus den Eindruck von Ausreißern und

Drückebergern, ein schwächliches Gezücht, das man sich schämen mußte in die Welt gesetzt zu haben und das dadurch um nichts besser wurde, daß es augenblicks bei Bismarck einen vornehmeren Unterstand bekommen hatte. Es brauchte gar kein Hahn zu krähen, da waren sie schon innerlich verleugnet.

"Ich hätte mir's früher überlegen sollen", fuhr Bismarck fort, indem er zur Decke empor sah: Die Pfeife stand ihm dabei aus dem Mund und ruhte mit dem Porzellankopf auf dem Boden, so daß eine Art Leitung zwischen der Erde und dem Himmel hergestellt war: vom Boden durch den Porzellankopf in das Rohr und seine biegsame Krümmung in den Mund und von da schicklicherweise gewandelt und sublimiert mit dem Blick zum Himmel: "Ich hätte mir's früher überlegen sollen, dann hätte ich Ihnen viel Mühe erspart."

"Aber Schweninger will doch ..." wandte die Fürstin in allerunbefangenster Liebesichsucht ein. Sie machte ihre runden Augen auf, die sich sogleich mit warmer Angst füllten, denn aus dem geringsten Ungehorsam gegen Schweninger sah sie sogleich allerlei böse Gesundheitswetter aufsteigen.

"Wir haben doch eine ganze Menge geschrieben, Durchlaucht", sagte Bucher, plötzlich steif vor Schrecken, die Anstrengung seiner Gichtfinger könnte ganz umsonst gewesen sein. Er zog einen Grund aus des Fürsten eigenen Worten und spannte ihn mit einem anderen zusammen, den er selbst erst vor einigen Viertelstunden bekommen hatte, also daß die ganze Gelegenheit jetzt doppelspännig daherkam. "Sie sagen doch selbst, Durchlaucht, man müsse Deutschland über eine gute Politik belehren. Ihre Arbeit ist Ihr Vermächtnis an Deutschland! Sie dürfen sie nicht aufgeben."

Bismarck war eine Weile unsichtbar, es qualmte aus dem Pfeifenkopf wie aus einem Krater, und man wußte wirklich nicht, ob nicht Pech und Schwefel nachfolgen werde. "Ich habe es mir hin und her überlegt", sagte er nach einer Weile, noch immer wie Zeus in der Wolke, aber menschennahe, "es geht wirklich nicht. Ich bin kein Geschichtsschreiber. Es ist beinahe leichter, Geschichte zu machen. Sie sind unzufrieden mit mir ..."

Bucher legte erschreckt den Bleistift hin und die Hand auf das plötzlich doppelt so schnell schlagende schuldbewußte Herz. Sah dieser schreckliche Mensch denn wirklich durch alle Wände eines mit aller Festungskunst umschirmten Daseins bis in die untersten Pulverkammern, wo die gefährlichen Minen liegen?

"Mit Recht, Bucher! Sehen Sie ... es ist schwer für mich. Spreche ich ganz von der Leber weg, ohne Scheu und Schonung, dann werden sie über den alten Neidhammel und Bösewicht Zeter schreien, sie werden sagen, ich mache es wie die Hunde und kratze Erde hinter mich auf den Platz, den ich soeben verlassen habe. Und hänge ich der Wahrheit das beliebte Mäntelchen um, drehe ich die Dinge nach der besseren Seite, was die Leute vom Bau stilisieren nennen, dann wird das Geschrei lauten: Er kriecht zu Kreuz, er schweifwedelt, er möchte an den Futternapf."

"Laß sie schreien", sagte Johanna mit einem unerwarteten Anfall ihrer unter dünner Decke immer ausbruchsfertigen Zornmütigkeit, "wie du es machst, ist es gut. Und Schweninger meint ..."

"Es ist eine Gewissenssache", raffte sich Bucher angesichts dieser Bundesgenossenschaft auf, "Durchlaucht, Gewissenssache, den Schatz Ihrer Erfahrungen nicht zu vergraben. Das deutsche Volk hat ein Anrecht darauf, Ihre Stimme noch zu hören ..." Er sprach nicht zu Ende, der Fünfundsiebzigjährige mahnte den um zwei Jahre Älteren abbrechend an das Wegende, dem sie beide nicht fern sein konnten.

Auf den rechten Arm gestützt, sah Bismarck seine Frau und den Getreuen an und wurde heiter bei diesem Ansturm auf seine Festigkeit. "Und bedenken Sie", ereiferte sich Bucher weiter, "daß man Ihnen nachgesagt hat, Sie seien fertig und abgetan. Beweisen Sie durch eine Arbeit, auf welche Kraft man verzichtet hat, zeigen Sie die Frische Ihres Geistes, geben Sie dem nächsten Jahrhundert sein politisches Evangelium, das Buch des guten Rates..."

Der Pfeifenätna qualmte schon wieder, und Bismarck war verschwunden, man sah ihn nicht, aber er sah durch eine Lücke im Dampf eine Hand, die einen Bleistift hielt, schreibbereit, eine Hand, die wie eine altersknorrige Wurzel mit Knoten und Schwellungen verkrümmt war, aber schreibbereit, bis der Bleistift aus unlenksamen Fingern fallen würde. Eine wunderliche Rührung spülte wie eine laue Welle über seine Bedenken hin. Was würde Gott zu einem sagen, der immer nur nahm und nahm, ohne je etwas anderes zu geben als sich selbst?

Die Gräfin Rantzau kam herein und holte die Fürstin in einer Haus- und Küchenangelegenheit hinweg, aber der Doktor Bucher blieb auf dem Feld wie die schiefe Schlachtreihe des Epaminondas bereit, bis zum äußersten standzuhalten.

"Warum legen wir uns hin, um gesund zu werden?" sagte Bismarck plötzlich aus einer ganz anderen Ecke her. "Ich meine, warum liegen wir zu Bett, wenn wir krank sind? Ich glaube immer, daß wir in geheimen Beziehungen zu den mächtigen Strömen stehen, die durch die Erde kreisen. Wenn wir stehen, so ist die Richtung unserer eigenen Körperströme senkrecht zu der der Erdströme, sie kämpfen gegeneinander und heben sich auf. Wenn wir aber liegen, so sind wir und sie in einem Stromkreis beschlossen, und ihre große Gesundheit spült unsere kleine Schwächlichkeit fort. Und wenn wir dann ganz an die Erde hingegeben sind, dann brausen wir mit unserem kleinen Ich als eine Welle durch die Ewigkeit der Welt. - Ich möchte im Sachsenwald begraben sein, Bucher!"

Der Herr Geheime Legationsrat war aus dem Verwundern noch nicht heraus, da flog ein kleiner Schatten durch das breit offene Fenster, flatterte unsicher durch Dunkel und Licht und patschte piepsend auf den Schreibtisch hin. Auf dem sterbenden Löwen aus schwarzem Stein saß ein winziges Vogelding, ein kleines Wesen, ganz Angst und Hilflosigkeit, mit hängenden Flügeln, die wie mit dünnen Stiftchen beschlagen waren, mit keuchender Brust und entsetzt offenem, gelbgerändertem Schnabel.

Bismarck unterbrach den Pfeifenzusammenhang zwischen Himmel und Erde und sämtliche gleichgerichteten kosmischen Ströme und nahm die Beine vom Sofa. "Wie kommt so viel Glanz in meine niedere Hütte?" fragte er selig verklärt nach dem unglücklichen Besucher hin, dem seine erste Ausreise in solche unerhörte Abenteuer gestürzt hatte. Ein Himmelsbote! Ein Hauch halbflügger Ahnungslosigkeit!

Noch mußte das Vogelwesen durch das Entsetzen der Gefangennahme hindurch, um der Freiheit wiedergeschenkt zu werden. "Langsam! Langsam!" bat Bismarck, auf Zehenspitzen schleichend und die guten besorgten Augen auf das piepsende Häuflein Unglück gerichtet. Von der anderen Seite schlich Bucher heran, gleichfalls auf Zehenspitzen, mit einem Herzensglanz von Behutsamkeit und Inbrunst. "Ein junger Zeisig", flüsterte er, um ihn nicht durch ein lautes Wort zu erschrecken.

Das Zeisiglein tat, was Menschen tun, wenn unverstandene Schicksalsgewalten riesenhaft und drohend von links und rechts herankommen, es versuchte zwischen ihnen durchzuschlüpfen, und es erging ihm, wie es Menschen in solchen Fällen zu ergehen pflegt, es plumpste in die Ecke, wo man schließlich doch gefangen wird. Aber die Buchersche Schicksalshand erwies sich, obwohl gichtverkrümmt und verknotet, als ungemein sanft und väterlich besorgt. Sie trug das krabbelnde, stiftbeschlagene Flügelding hinab auf die Parkwiese, nicht anders, als wäre es ein junges Kanarienvöglein eigener Hecke, zärtlich fühlte er dabei die Gegenwehr der kleinen, jugendweichen Krallen. Bismarck stand am Fenster und wies auf einen breiten, grünen Busch, einen ganzen Wald von Zweigen und Blättern.

"Dorthin!" sagte er.

Als sich die Finger auftaten, da sah der unvorsichtige Weltreisende wieder Gras unter sich und Himmel über sich und einen Busch vor sich, in den man mit einem piependen Schrei schlüpfen konnte, und darin verschwand er auch, mit dem plötzlich aufschießenden Gefühl des Triumphes über eine Riesenwelt, weil man nämlich ein Zeisig war und als solcher mit einem genügenden Vorrat an Frechheit ausgestattet.

"Hören Sie, Doktor", rief Bismarck, indem er sich aus dem Fenster beugte, "heute ist's schon zu spät, aber morgen setzen wir fort." Und der Doktor Bucher stand auf dem Rasen und wußte auf Ehre und Seligkeit nicht, wie er dies zu den Erdströmen und dem Zeisig reimen sollte, und alles Herumdrehens ungeachtet kam er auch nicht damit zustande.

Am Abend dieses Tages aber löste er das heutige Blatt vom Kalender, nahm die Schere und schnitt den altneuen Jean Paulschen Spruch wieder aus. Die zerfranste Jahresmappe tat sich auf, der Kalendermacher stützte die gichtische Hand einen Augenblick gegen den abgeschabten Lederdeckel und sagte leise und innig in sich hinein: "So Gott will."

Ein Schrittgeräusch zog den Flur entlang. Bucher öffnete einen Türspalt und sah in der Ferne die Fürstin wandeln, wie sie, das Licht in der Hand, noch vor Nacht von einer Tür zur anderen ging und horchte, ob bei ihren Lieben alles in Ordnung sei.

24

Auf einem schneeweißen Wolkenberg über einer sanft abfallenden Himmelswiese, auf der ein paar Engelsbuben mit einem noch nicht verhärteten Stück Erdenlehm Ball spielten, saßen der vormals Sachsen-Weimarer Hof- und Staatsminister und der vormals k.k. österreichische Finanzbeamte und trieben sich gegenseitig ihre Weltanschauungen aus, das heißt nämlich, was von diesen in der allgemeinen Verklärtheit noch übriggeblieben war, denn obwohl man eigentlich zur durchgängigen Hallelujastimmung verpflichtet war und auf die himmelblaue Reichsfarbe geschworen hatte, war es dem Herrn in seiner Güte doch rätlich erschienen, jeder Menschenseele einen Rest ihrer Besonderung und Kantigkeit zu lassen. Freilich in wohlerwogener Verhältnismäßigkeit, damit wohl einerseits nicht etwa die Lobgesänge und die Sphärentänze wegen Langweiligkeit geschwänzt würden, damit aber auch andererseits die nötige Anregung nicht etwa in ein erdenhaftes Getümmel und in eine Fortsetzung der glücklich überstandenen Balgerei ausarte.

Es war also die Gegensätzlichkeit durch Hinzugießen von etwas Langmut und Verständnis gemildert. Immerhin aber stellte sie sich in den beiden Freunden auf dem Wolkenberg beiläufig wie das Verhältnis zwischen Wein und Essig dar, als welche wohl beide aus demselben Grundstoff gemacht sind, sich aber im Geschmack einigermaßen unterscheiden.

Das Gespräch glitt, nachdem einige laufende himmlische Angelegenheiten berührt worden waren, unter denen eine kleine Weltkatastrophe im Sternbild des Fuhrmanns Goethes besondere Aufmerksamkeit erregte - er hatte sich das bezügliche Protokoll aus dem Sternarchiv vorlegen lassen -, abwärts und wandte sich einigen literarischen Begebenheiten zu, unter denen hinwiederum das neue schriftstellerische Unterfangen im Sachsenwald Grillparzers Meinung herauszufordern schien.

Er hatte bisher, vor allem im Jahr sechsundsechzig, als auch das Verhältnis zwischen den beiden altern Freunden etwas gespannt geworden war, von Bismarck nicht anders als von Goethes Herrn Kollegen gesprochen, wobei natürlich die staatsmännische Beziehung gemeint war, mit einer kleinen Einspritzung von Grillparzerschem Essig. Jetzt aber schien sich die Sache insofern neuartig anzulassen, als nun Bismarck seinerseits sich in die Kollegenschaft drängte, und das hatte Grillparzers Beifall auch nicht, denn er war aus Wien und also immer gegen dergleichen Außergewöhnlichkeiten mißtrauisch.

Goethe hatte sich über ein langgestieltes Blümlein gebeugt, sah ihm andächtig auf den türkisfarbenen Kelchgrund und meinte, es werde schon was Gutes werden, denn, wenn Bismarck auch noch nichts von sich gegeben habe, als Briefe und amtliche Schriftstücke, so habe er doch die Luthersche Markigkeit in seinem Stil und schreibe schon ein rechtschaffenes Deutsch.

"Meinen S' halt das Ihre", sagte Grillparzer eifersüchtig, denn er konnte es durchaus nicht vertragen, jemanden von Goethe gelobt zu hören, "ja, das müssen S' verstehen ... aber sonst..." Goethe hob die hohe Stirn vom Blumenkelch und fragte mit dem Blick.

"Na ... sonst", sagte Grillparzer ärgerlich, weil diese himmlische Heiterkeit so vollkommen unangreifbar war, "weiß man ja, was er von Ihnen hält!" Da hatte der pp. Bismarck seinen Klaps und der Goethe seinen Tropfen Essig.

"Er liebt den ‚Faust'", sagte Goethe und folgte mit den Augen einem feuerfarbenen Paradiesvogel, der rauschend aus einer Baumkrone aufstieg.

"Ja, und die Zeitungsschreiber haben ihm angedichtet, daß er gesagt hat, der ‚Faust' wäre seine Bibel. Weil halt die großen Männer immer berühmte Aussprüch' tun müssen. Aber", und Grillparzer stand auf und schob die Hände triumphierend unter die Schöße des kaffeebraunen Fracks, "g'rad vor ein paar Tagen hat er g'sagt: Er kennt nur eine Bibel, und das ist die Heilige Schrift."

"Da hat er auch recht", sagte Goethe, "Übertreibungen sind nicht mein Geschmack."

Es war also klar, daß Goethe auf den Erdenbruder große Stücke hielt, und Grillparzer entbrannte immer heller in Eifersucht: "Und den ‚Clavigo' und die ‚Stella' mag er gar nicht", sagte er, schon sehr nahe an der Grenze des himmlisch Erlaubten, "und von den ‚Wahlverwandtschaften' will er nix wissen, weil das, hör' ich, keine Helden, sondern lauter Schwachmatikusse und Schlappschwänz' sind."

Der Ball der Engelsbuben hatte sich vor Goethes Füße verflogen, er hob ihn lächelnd auf und warf ihn den Flügelrangen zu. "Er wird schon auch was Passendes bei mir finden, wenn er's braucht", sagte er, ohne seinen klaren Wein trüben zu lassen, nahm den kochenden Herzensfreund unter dem Arm und wandte sich mit ihm Aristophanes zu, der eben mit dem Propheten Jeremias aus einem Hain von teils blühenden, teils früchtetragenden Apfelbäumen heraustrat.

Der Keim dieser himmlischen Auseinandersetzung war die Erwähnung der Reise nach Wien gewesen, die von der Bismarckschen Familie unternommen worden war - "Wien!" hatte Grillparzer geseufzt, mit einer zwiespältigen Empfindung von Sehnsucht und Ingrimm - und Goethe saß mit seinem kleinen Kreis noch in der Weinlaube der Schenke zu den "Zehntausend Jungfrauen", als der Fürst schon den Doppelgipfel des Kahlen- und Leopoldsberges und damit allerlei liebe Erinnerungen aus den Sommerjahren seines Lebens wiedererkannte.

Dann fuhr man brausend über die Brücke, das Gitterwerk zerhackte in rascher Drehung Berge, Stadt und Donau und warf die Stücke den Reisenden in die Fenster, in der dunklen Bahnhofshalle war ein ganzer Strauß von Uniformen und lichten Frauenkleidern: Prinz Reuß mit den Leuten der Botschaft, und neben der Prinzessin die Braut mit ihrem blassen Glückslächeln, das bei allen Bräuten dasselbe und immer gleich lieblich ist, wie der Frühling.

Herbert küßte die schmale Hand, Bismarck schloß das Komteßlein in die Arme: "Töchterchen! Töchterchen! Sie werden es nicht leicht haben. Sie kriegen einen alten Mann ins Haus und eine böse Schwiegermutter. Sie werden mich noch einmal jung machen müssen, mit diesen Augen." Und während die kleine Gräfin Hoyos an Johanna und Marie weitergereicht wurde, war Bismarck schon beim Botschafter seines Kaisers: daß nun sein Herzenswunsch erfüllt werde und daß er glücklich sei, noch einmal Wien zu sehen, und allerlei sonst Sonnenhaftes und Überströmendes aus einem Herzen voll Heiterkeit.

Dieses Überströmen dämmte Prinz Reuß mit einem etwas unsicheren Lächeln, das ihm jeden Augenblick vom Gesicht rutschen konnte, worauf dann Gott weiß was zum Vorschein kommen mochte. Bismarck aber kannte den Botschafter als seinen warmen Bewunderer - und es war eine in sicherem Ankergrund festgesetzte Bewunderung, in dem der Frau Prinzessin nämlich - und schob also die etwas steifleinene Gemessenheit auf den Bahnhof, die Zuschauerschaft und schließlich und endlich doch auch in etwas auf die Prinzlichkeit. Dann aber war es aus mit allen Mutmaßungen, denn die Fürstin Odescalchi war hervorgestürzt mit ihrem Blumenstrauß und einer jugendlichen Begeisterung, die für einen ganzen Gauverband von Turmvereinen ausgereicht hätte, aber die schienen jetzt keinen Bedarf an Bismarckbegeisterung zu haben.

Darin aber täuschte sich Bismarck, wenigstens was die schwarzgelben Brüder anlangte. Denn als man vom Bahnhof fuhr, in der Ordnung, wie sie eben so beiläufig hergestellt worden war: Bismarck und Fürstin Odescalchi und Prinz Reuß voran, dann die Fürstin mit der Prinzessin, dann Herbert und Braut, dann die anderen, da war die Straße vom Bahnhof bis zu den grünen Praterbäumen hin ganz schwarz vor lauter Bevölkerung. Sie schrieen "Hurra!" und "Hoch Bismarck!", nicht auf einmal wie ein Garderegiment, sondern nach und nach, so wie die Veteranen bei der Fronleichnamsprozession schießen, und wenn sie an einem Ende fertig waren, fingen sie am anderen wieder an.

"Haben sie mir Sechsundsechzig ganz vergessen?" fragte Bismarck verwundert, die linke Hand auf dem Wagenschlag, die rechte am Mützenrand. Die Fürstin Odescalchi nickte mit schimmernden Augen: "Sie machen sich nix draus, daß Sie der Kaiser wegg'schickt hat. Für die bleiben Sie der Kanzler, und wenn sich der Caprivi ausblast, bis er zerspringt."

War es die Wiener Luft, die einen so leicht und fröhlich machte? Zeichneten sich die Baumkronen wirklich anmutiger und verführerischer in der Himmelsbläue ab, war das Junilaub wirklich grüner, als jemals eines im Tiergarten gewesen war? - Der Sachsenwald freilich blieb außer Wettbewerb! - War wirklich alles so voller Musik, und stimmten die vier Weltelemente hier wirklich zusammen wie ein gutes Schrammelquartett?

"Ich werde Ihren Kaiser wiedersehen!" sagte Bismarck zur Fürstin. "Wie alt ist er jetzt? ... Zweiundsechzig, also auch kein Jüngling mehr ... Was haben wir alles miteinander erlebt! Miteinander - und gegeneinander. Seine Majestät geruhen mich zu empfangen. Der Oberhofmeister Fürst Hohenlohe hat mich benachrichtigt, daß es der Wunsch des Kaisers ist."

Prinz Reuß aber hatte unter der Wagenecke die langen Finger ineinander gesteckt, ließ die Knöchel knacken und dachte unablässig: ‚Wie sag' ich's ihm? Wie sag' ich's ihm nur?'

Er ließ diese Frage lange durch das Walzwerk seiner Gedanken gehen, wobei sie immer dünner und durchscheinender wurde, bis schließlich durch sie hindurch die Gestalt seiner Gattin als einer rechten Nothelferin in einem Glorienschein sichtbar wurde. "Du mußt es ihm sagen!" schloß er seine Ausführungen am Abend des Tages.

Die Prinzessin hatte schon längst bedacht, daß ihr diese Aufgabe blühen werde, und alle die Stunden hatte sie dem verehrten Mann gegenübergestanden, mit dem schweren Gefühl, um bittere Dinge zu wissen, denen er harmlos entgegenlächelte.

"Ich soll also gehen?" sagte sie mit einem letzten Versuch, sich zu retten. "Ist das nicht deine Sache?"

Aber der Prinz gehörte zu jenen Menschen, die in der Verlegenheit erhärten wie Lehm im Feuer. "Nein! Du weißt doch, von mir wird es ein Dienststück. Du bist die Tochter des Großherzogs von Weimar, eines regierenden Herrn, eines Bundesfürsten, du wirst es zarter machen ... Frauenhände!" Er küßte diese Hände, dankbar dafür, daß sie nicht mehr widersprach und sich der üblen Sendung unterzog.

Man hielt Familienrat im Hause des Grafen Palffy, als die Prinzessin kam. "Sie müssen uns helfen", sagte Bismarck, "die Festordnung steht da, aber zwischen alle diese öffentlichen Veranstaltungen für Fremde möchte ich gerne einige vertrauliche Lustbarkeiten für unsere Freunde schieben. Ein Frühstück im Wienerwald ... eine Donaufahrt ... ein Gartenfest ..."

"Nur nicht zuviel", mahnte Johanna.

Der alte Graf Palffy machte sein vergnügtes Husarenleutnantsgesicht und meinte, von solchen Dingen könne man nie genug bekommen, und wenn man so jung sei wie der Fürst, so könne man sich schon etwas zumuten.

Spät genug gelang es der Prinzessin, den Fürsten von den übrigen abzuschneiden und in das grüne Zimmer zu bringen, in dem eine kostbare Sammlung von Altwiener Porzellan aufbewahrt wurde. Nebenan war eine Flucht von Räumen, in denen Tapezierer wirtschafteten, um sie für den Abend instand zu setzen, und das Leiterrücken, Hämmern und Poltern war ein schroffes Gegenspiel zu der Ruhe der Wallnergasse, die vornehm und still wie ein Flur zwischen einer Reihe von Palästen vor den Fenstern lag. Die zierlichen Figürchen, in denen aller Lebensernst mit runden Gebärden sich in ein Bekenntnis vom Wert des Augenblicks gewandelt hatte, standen in ihren Schränken: Kavalier und Donna unter einem Schlittenpelz, ein Mars in Rosenketten, der Vater Chronos, aber gar nicht schreckhaft, sondern wie ein gemütlicher Postillon in Schwimmhosen, ein Bürgergardist mit einem Wurstzipfel in der Rocktasche, ein Wäschermädel echt wienerischer Abkunft, ein musiktreibendes Liebespaar ...

"Von Rechts wegen sollte das Porzellan in Wien erfunden worden sein ...", sagte Bismarck, "das mit Böttger ist offenbar nur ein Versehen unseres Herrgotts gewesen. Aber wenigstens war er ein Schleizer, also ein braver reußischer Untertan", schloß er mit einer selbst ganz porzellanhaften Liebenswürdigkeit zur Prinzessin hin.

Da war es mit allen diplomatischen Vorsätzen und bereits zurechtgemachten einleitenden Umschreibungen vorbei.

"Ich will Ihnen bloß sagen, Durchlaucht", sagte die Prinzessin traurig, "daß Sie darauf verzichten müssen, uns unter Ihren Gästen zu sehen."

Bismarck blickte von einem Teller auf, in dessen goldumrandeten

Rund sich eine mondumstrahlte Diana über einen schlafenden Endymion beugte. Er verstand so wenig, was ihm da angekündigt wurde, daß er die Prinzessin eine Weile unverwandt anstarrte.

Jemand sagte nebenan, ganz nahe der Tür: "Schani, reib ma dö Zangern umi!"

"Ja", fuhr die Prinzessin fort, indem sie die stattlichen Schultern zurücknahm, "wir dürfen an den Hochzeitsfeierlichkeiten nicht teilnehmen ... der Prinz und ich ... die ganze Botschaft nicht."

Da war ein Faun mit einer Syrinx, der saß auf einem Baumstumpf und lächelte bloß.

"Host an Papp?" brüllte jemand aus der Tiefe der Räume.

"Dürfen?" fragte der Fürst, "dürfen nicht ...!"

"Es ist ein Befehl aus Berlin gekommen ... Caprivi hat sein Veto eingelegt."

Da war ein porzellanener Bulldogg, der blutdürstige Augen machte und die Zähne fletschte, wie wenn es ihm als dem einzigen seiner ganzen zerbrechlichen Welt Ernst mit seiner Lebensaufgabe wäre.

"Wer sind wir denn?" fragte der Fürst, und es war, als trage er einen Blasebalg in der Brust, der eine Schmiedeglut anfachte. "Wer sind wir denn? Sie und ich? Haben Sie meine Einladung nicht angenommen? Die Tochter des Großherzogs von Sachsen-Weimar, der Prinz Reuß - die Einladung des Fürsten Bismarck? Sie sollen meine Einladung abschlagen, sollen nein sagen, nachdem Sie schon ja gesagt haben? Hat man Angst vor einem alten Mann, daß man Uriasbriefe aussendet, um ihm eine Schmach anzutun? Will man mir ... die Ehre abschneiden?"

Krümmte sich der Rücken der Erde im Krampf? Schwankte der Boden unter der Prinzessin? Sie stand da, vom Göttlichen ergriffen wie im Sturm, im Wetter eines Bergsturzes, ihres Ichs entäußert und weit fern von aller Angst in der riesenhaften Erscheinung einer Macht aus Schöpfungstagen untergetaucht. Leise schauernd sagte sie: "Nicht dies allein, Fürst! Der Kaiser lehnt ab, Sie zu empfangen ..."

"Sie selbst haben ja bewirkt, daß die Audienz ..."

"Lassen Sie mich davon absehen, daß ich die Vermittlerin Ihres Wunsches war ... es wäre ja sogar geradezu unhöflich gewesen, wenn Fürst Bismarck nach Wien gekommen wäre, ohne den Kaiser zu besuchen ... Der Kaiser hatte schon zugesagt ... aber ein Wink aus Berlin ...!"

"Ah, das ist ein Schlag ins Gesicht", und es war, als fülle Bismarck das ganze Zimmer aus, so daß nichts und niemand an ihm vorbei konnte. Plötzlich waren die porzellanenen Nichtigkeiten in den Glasschränken irgendwie ins Gespenstische verzerrt, grinsende Abbilder eines puppenhaften Lebens, starr lächelnde, gläsern geglättete Überflüssigkeiten, eine Welt von Torheiten und Firlefanz, von liebenswürdigem Schwindel und tändelnder Bosheit, die von einem Fausthieb des Schicksals zertrümmert werden konnte. "Man hat uns ins Gesicht geschlagen: Sie und mich ..." Bismarck gab einen Laut von sich, zwischen Knirschen und Brüllen, die Blässe seines Gesichtes war so tief, daß ihm die Runzeln wie schwarze Furchen eingezeichnet waren, unter den verwirrten Augenbrauen funkelte es.

"Man fürchtet also, daß ich Zwietracht und Unfrieden stiften könnte ... Man fürchtet, daß ich anfangen könnte, mich zu beklagen und zu erzählen. Man will mich demütigen und auf mir herumtreten? Gut ... jetzt soll man mich kennenlernen, jetzt sind alle Brücken abgebrochen ... jetzt gibt es keine Schonung mehr ... Ich habe geschwiegen und immer wieder geschwiegen, aber nun will ich anfangen zu sprechen ... und wenn die Menschen mich nicht anhören wollen, dann werde ich es der Erde und den Steinen erzählen ... Es werden Bäume wachsen und davon rauschen ... Die Steine werden den Mund auftun und sich von den Bergen stürzen, das Pflaster der Städte wird laut davon werden. Ich bin achtundsiebzig Jahre alt, Hoheit, und mein Leben war die Arbeit für Deutschlands Ehre ... und nun geht Deutschland der meinen zu Leibe und warnt vor mir: Hütet euch vor dem Gezeichneten!" -

Als die Prinzessin von ihrem Gatten gefragt wurde, wie das Ende dieser Unterredung gewesen sei, wußte sie keine Auskunft zu geben, sie hatte die Augen geschlossen und sich mit einem leisen, uneingestandenen Wollustgefühl dem Zusammenbruch überlassen. Ihre feinen Sinne hatten Reinheit und Schönheit empfunden. Gewaltiges war ihr widerfahren. Sie zitterte leise, wenn sie mit zaghaften Worten an dieses Erlebnis rührte.

25

Nachdem ihn die Prinzessin verlassen hatte, war Bismarck wie in einem Nebel hinausgegangen, hatte den breitkrempigen Hut und den Stock ertappt und war jetzt plötzlich durch enge Gassen hin auf einer weiten Einbruchsstelle des Lichtes in der Häusermenge. Er erkannte durch ein Netz grauer Fäden Burgtheater und Rathaus. Ein Wagen kam vorbei, der Fürst rief ihn an, die Frage des Kutschers beantwortete er mit einer halbverstümmelten Gebärde. "Schließen!" rief er, als der Fiaker ihn im offenen Zeugl sommerlich entführen wollte, und verwundert mußte sich der Mann dazu verstehen, das Dach aus Leder und Glas über seinen Wagen zu stülpen. Wenn ein Wiener Fiaker nicht genau weiß, wohin sein Fahrgast will, so fährt er in den Prater, also sah der Fürst nach einigem Geschütter und Geklirr die Schiffsschnäbel des Tegetthoff-Denkmals, dann die Baumsoldaten der Praterallee. ‚Laßt ihr euch in Reihen aufstellen?' dachte er ingrimmig, ‚dürfen sie euch an ihre staubigen Wege pflanzen? Zieht die Wurzeln aus dem Boden, beginnt einen Marsch, fort von hier, dröhnend und stampfend, aus der Gefangenschaft in die Freiheit.' Ein Ringelspiel drehte sich, der Watschenmann bot seine Lederwange zum Ohrfeigenausteilen an. Dann wurde es einsamer und wilder, man kam in den Teil, wo die Natur der Praterau gegen Gärtner und Wegräumer Recht behält, mit Wiesen, Dickicht und Bäumen, von denen Wucherpflanzen hängen.

Hier befahl ein Klopfen Halt, und der Mann auf dem Bock sah verwundert, wie der alte Herr sich in ein Gestrüpp schlug, aber da ihm als einem Wiener Fiaker nichts Menschliches fremd war, deutete er sich es auf seine Weise. Ein Wachtmann kam im Geschwisterschritt: "Sie, der Ihnere Passagier, dös is ja der Fürst Bismarck."

"Ah, da schaugst her", sagte der Fiaker und nahm den Zylinder ab. Ein rotes Tuch fuhr über die Stirn, das Ereignis hatte schweißtreibende Gewalt und nebenbei Preisaufschlagsbedeutung. "Göhst denn net!" Gemeinsam bewachten sie, der Polizist und der Fiaker, Bismarcks Geborgenheit im Busch.

Morgens hatte es geregnet, feucht schlugen die Zweige ins Gesicht und perlten Tropfen auf Schultern und Arme. Ein halb schon wieder übergrünter Schutthaufen mußte überklettert werden, dann wich das Gesträuch zur Rechten und Linken, fand sich nach einer Bogenschwenkung wieder und gab zwei Bäumen Luft und Licht. Durch tiefhängende Zweige schimmerte silbergrau breites Wasser, die Donau.

Bismarck umfing die alte Linde, neben der sich eine junge leise wiegte. "Baum", sagte Bismarck, die Wange am Stamm. "Du! Baum!" Er stöhnte in die Rinde hinein. Nun spürte er, wie ihm das Blut aus der Wunde rann. Sachte rauschte es über ihm, ein Vogel sang im Wipfel, ungeschreckt. Stand er schon lange so, vom Schmerz an die Brust des stummen Freundes geworfen? Das Blut rann, und er hätte sein Leben so hinströmen mögen. Er streckte die Hand aus, ein Büschel Laub schmiegte sich ihm kühl in die Finger, der Vater fiel ihm ein, der an keine Geister glaubte, aber an die Seelen der Bäume, und mußten sie nicht Seelen haben, Geschöpfe der Erde und des Himmels, an beider innerste Kräfte geknüpft: Licht und Dunkelheit, Flüssiges und Festes. Der Atem des Baumes ging, unter der Rinde glitt Leben hin und sang hoch oben im Wipfel mit der Stimme eines Finken. Es war eine Lehre, die da aus den Kräften des Himmels und der Erde kam: seinen Platz behaupten, wurzelzäh im Boden sitzen, und wenn der Feind die Axt anlegte, ihn im Niederbruch noch erschlagen.

Als der Fürst aus dem Dickicht kam, stand der Wachtmann Mödlhammer da, als wäre ihm die Hand an den Helmrand genietet, und Herr Pepi Weinbauer, genannt der herbe Pepi, Mitglied der sangeskundigen Gesellschaft "D' Praterspatzen", riß den Zylinder herab und den Wagenschlag auf und sagte: "Küss' d' Hand, Durchlaucht", und das war eine kleine, ganz unbestellte Verehrungskundgebung mitten im Pratergrün. -

Bismarck hatte eben noch Zeit, sich für den Festabend zurechtzumachen, aber sein innerer Mensch blieb ungeschmückt und dunkel drohend. Das Haus brauste von Gästen, die funkelnden und duftenden Wogen rannen entgegen den Naturgesetzen, die Treppen hinan, die vergoldeten Löwen und Greifen aus Napoleons Leipziger Schicksalsjahr machten die feierlichsten Mienen, die hohen, schmalen Spiegel und die Glasdreikante an den venezianischen Kronleuchtern warfen einander das Lichtgefunkel zu. Wien war da und Budapest, und es war, als habe der Wiener Kongreß noch einmal mit neuen handelnden Personen sein schönstes Fest begonnen.

"Wo ist Berlin?" fragte der alte Graf Palffy, strahlend vor Verschnürungen, die Attila über dem Rücken und den Magnatenhut mit Reiherbusch unter dem Arm. "Die Botschaft läßt sich Zeit."

"Berlin kommt nicht. Graf Caprivi hat es für nötig gehalten, mir einen Fußtritt zu versetzen."

"Wie?" fragte Graf Palffy, indem er ein Auge ganz zukniff und den Brauenbogen des anderen weit hinauf, mitten auf die Stirn, zog.

"Sehr einfach, ein Verbot ist gekommen: Die Metternichgasse darf den Weg in die Wallnergasse nicht finden."

"Unerhört", keuchte Graf Palffy.

"Aber ich bin nicht der Watschenmann im Prater! Kein Kraftmesser für den Übermut der Herren in Berlin! Finden Sie, daß das eine Beleidigung ist, Graf Palffy?"

Der Ungar war ein Edelmann von der streitbaren Sorte, er hatte sein volles Dutzend Duelle auf dem Kerbholz, und so verstand er sich augenblicks mit dem streitbaren Pommern, und das Blut des einstigen Hannoveraners hinwiederum war um keinen halben Grad kühler als das des ehemaligen Husaren, also daß dem gegenseitigen Verstehen durchaus kein Hindernis bereitet war. Graf Palffy tat ein Reitersignal zur Attacke, und dem war außerdem noch jede Note reichlich mit Paprika bestreut, als welches ungarische Nationalgewürz auch dem magyarischen Seelenleben reichlich beigegeben ist: "Aine Belaidigung", rief er mit gesträubtem Schnurrbart, "aine Belaidigung? Verzeihen, Durchlaucht, zehn Belaidigungen, zwanzig Belaidigungen ... für jedes Familienmitglied aine Belaidigung, bitte. Für Ihre Familie, für meine Familie. Seit König Stefan, bitte, war solche Belaidigung noch nicht da."

"Schön", nickte der Fürst, "da Sie meine Ansicht teilen, darf ich Sie bitten, dem Grafen Caprivi meine Forderung zu überbringen. Oh, lieber Graf, ich habe noch meinen sicheren Schuß, ich möchte nicht als mein Gegner vor meiner Pistole stehen. Nehmen Sie an ...?"

"Mit Vergnügen ... ober mit größtem Vergnügen", rief Graf Palffy begeistert, "werde ich ihm Bedingungen stellen, daß ihm schwarz vor Augen wird, soll er sich ondersmol überlegen, Fürst

Bismarck zu belaidigen ... wenn noch ainmal überhaupt dazu in Gelegenheit zu kommen versetzt wird."

Und während rundum das Fest seinen Fortgang nahm, zu den ersten Takten des Fledermauswalzers, begannen die beiden alten Herren in einem Winkel des Speiseraumes bei einem vorweggenommenen Imbiß und einem Glas Sekt ihre blutrünstige Beratung, als wenn jedem von ihnen aus diesem Anlaß etliche Jahrzehnte aus dem Leben gestrichen worden wären.

Am nächsten Morgen, als das kalte Waschwasser Bismarcks Kopf umspülte, da war es, als dringe ihm die frische Kühle auch in die Hirnwindungen. ‚Na ja', dachte er, indem er seinen Nacken rieb, ‚was wird denn geschehen? Man wird sagen: Du bist Offizier, ein Ehrengericht hat über die Zulässigkeit eures Duells zu entscheiden.' Er hatte sich beim linken Ohr und muddelte es heftig hin und wieder. ‚Es werden ein paar alte Generäle mit zusammen dreitausendzweihundertsiebzehn Orden und eineinhalb Pfund Gehirn zusammentreten, und das Ehrengewicht wird verhandeln, ob ich wirklich beleidigt bin.' Nun hatte er sich beim rechten Ohrlappen, und der wurde nicht minder gründlich behandelt. ‚Man wird herumrennen, man wird Versöhnungsversuche machen, man wird sich vor Caprivi stellen, damit ich ihn nur ja nicht vor die Pistole kriege.' Aus dem großen Badeschwamm träufelte ein abschließender Wassersturz auf die blanke Hirnschale: ‚Zuletzt werde ich ein Protokoll in der Hand haben, eine Ehrenerklärung, einen Wisch Papier, wie nach einer Kaffeehausstreiterei.' Er hob den Kopf aus dem Wasserbecken und begann mit des Handtuchs Rauhigkeit seine Haut zu schinden. "In Wahrheit", sagte er, "wer ist beleidigt? Beleidigt ist der Kaiser von Österreich, den man unter Vormundschaft stellt, der nicht empfangen darf, wen er will."

Diesen Reichsdeputationshauptschluß seiner Morgengedanken trug er dem Grafen Palffy vor, der mit merkbar größere Sanftmut herangeschritten kam. "Durchlaucht baratom", sagte der alte Herr erleichtert, "genau dosselbe hob' ich mir hait Nocht auch gedocht. Wenn belieben Duell, bitte ...! Ober meine Mainung is: laufen lassen. Wird er seine Antwort schon bekommen."

Die Antwort kam früher, als sie irgend jemand erwarten konnte.

Als die Hochzeit vorüber war, da lief ein Summen durch die Telegraphendrähte nach München hin: "Aufgepaßt, er kommt." Die Spatzen und die Schwalben, denen die Telegraphendrähte die Nachricht in die Füßchen raunten, zwitscherten es von den Dächern der Dörfer: "Der Fürst kommt." Da begannen sich die verschlafenen Dörfer und Städtchen an der Bahn zu rühren, aus Scham über langes Stummbleiben und Ingrimm, zwei bitteren Wurzeln, wuchs eine überraschend schöne Pflanze von Herzlichkeit und neuer Liebe. Es war, als hätte der üble Berliner Wind die Winterstarrnis weggefegt und wunderlich innige Keime über Nacht ins Treiben gebracht. Es blühte durchs ganze Königreich Bayern die Bahn entlang von Gesang und absonderlichen Veranstaltungen des Herzens, nicht ein Gedemütigter kam zurück, sondern der Sagenheld, Kaiser Rotbarts Schildgenosse, und vielleicht war auch ein klein wenig Justament dabei, weil man den prächtigsten Anlaß hatte, dem preußischen Bruder eins aufs Dach zu geben.

So fuhr Bismarck durch das blauweiße Deutschland hin, und die Münchner Frauentürme standen blitzblank über der Stadt, als wären Gotte Maßkrüge eigens zu Bismarcks Ehren frisch geputzt und geschmirgelt worden. Es war bei alledem natürlich außergewöhnlich viel Feuchtigkeit in der Luft, und da es schon einmal so eingerichtet ist, daß sich bei solchen Witterungsverhältnissen die tieferen Schichten mehr vollzusaugen pflegen als die oberen, so war es auch nicht sehr verwunderlich, daß Pinnow in der Nähe von Jena anstatt des gewünschten Buches das Rasierzeug in den Salonwagen brachte, worauf der Fürst in Anbetracht aller festlichen Vorfallenheiten milde meinte, Pinnow hätte sich den nächsten Rausch ganz gut auch erst in Jena antrinken können.

Schließlich aber stand man auf dem Jenaer Marktplatz, umgiebelt von alten Dächern, bunt umringt von Bürgerschaft und Senat, umjubelt von Mädchen und Studenten, und da fügte es sich, daß man sich eines in der Nachbarschaft behaust gewesenen Dichters erinnerte und seines Berlichingers, mit dem man eines Sinnes wäre. Vor seiner Kaiserlichen Majestät hatte man nämlich nach wie vor den schuldigen Respekt, ihre Hauptleute aber könnten einem - nicht den gleichen abgewinnen.

Wenn bei der morgendlichen Waschung in Wien die Angelegenheit mit einem Reichsdeputationshauptschluß verabschiedet worden war, so wurde dergestalt auf dem Marktplatz in Jena Punktum und Streusand dazugetan.

Gerade über dem Jenaer Marktplatz saßen an jenem Julimorgen der ehemalige Weimarer Minister und der verflossene k.k. österreichische Finanzbeamte in der Laube der Schenke zu den "Zehntausend Jungfrauen", von der man eine weitreichende Aussicht über fast ganz Deutschland hatte. Während Grillparzer die frisch gebackene Ambrosiasemmel in den Nektarstutzen tauchte, klang Bismarcks Stimme durch die selige Höhe.

"Hören Sie", sagte Goethe lächelnd, indem er die Hand auf Grillparzers kaffeebraunen Rockärmel legte, "nun scheint er doch etwas Passendes bei mir gefunden zu haben."

26

Nie war ein Sommer so leuchtend tief gewesen wie dieser Juli im Schönhausener Schloß. Die alten Zimmer standen ganz im Licht des Himmels und der Herzen, junges Eheglück sonnte sich im Park, und im Kinderwagen strampelte eine kleine Bismarck, die der Großmutter Namen trug. Die Ehe, deren Beginn der üble Berliner Wind angeblasen hatte, war auf dem alten Erdboden wurzelfest geworden und wuchs stark in Zukunft. In süßer Reife lächelte Frau Margarethe, Herrin über alle Schönhausener Herzen vom Schloßbesitzer bis zum Nachtwächter, und: "Ist Herbert nicht männlicher geworden?" fragte Frau Johanna unter den alten Parkbäumen.

"Hier festigt man sich in seiner Männlichkeit", sagte Bismarck erinnerungstief, "Schönhausen ist nun einmal so."

Zehn Schritte auf den Parkwegen hin, dann zwang das Herz zum Stillstand, eine Stufe war ein Gebirge wie die Alpen, und es fand sich kein Schlemihlscher Schuh, der darüber hinweghalf. Manchmal blieb sie zurück und tat, als betrachte sie die Wolken oder eine Blume oder als lausche sie dem Gesang eines Vogels. Es war aber eine Angst und Beklemmung in ihr, daß sie hätte schreien mögen. Was davon über ihre Lippen kam, war schon für den Geliebten zurechtgemacht, verdünnt und mehr Wehmut als dunkle, würgende Gewalt. "Ich möchte nur, daß es noch bis zur goldenen Hochzeit reicht", sagte die Fürstin, "wie hast du damals gesagt? ‚Ein Abglanz von den Pforten der Ewigkeit ins Irdische.' Wie schnell man solchen Pforten näher rückt! Wenn man nicht den Trost hätte, daß man dahinter von neuem beginnen kann! ... Das Liebe und Gute im Leben nämlich ... Das Böse, Hämische und Neidvolle bleibt ja wohl durch Gottes Gnade hienieden zurück. Also alles mit dir noch einmal, nur ohne Windthorst und Richter und Caprivi ..."

Ein rotbraunes Eichhörnchen turnte querwegs vor ihnen von einem Lindenast zum anderen, steckte den Schweif als Federbusch hinter sich auf und machte glänzende Stecknadelaugen. "Du bist niemals kokett gewesen, Johanna, auch mit mir nicht. Nun wirst du mir untreu und kokettierst mit dem Tod. Dein Leben reicht weiter als das meine. Ich möchte nicht allein bleiben. Ein paar Termine hab' ich mir schon gesetzt, die ich alle überlebt habe. Nun werde ich erst recht dreiundachtzig oder vierundachtzig, dann ist es aus, und du bleibst nachher noch bei den Kindern ..."

Johanna schüttelte den Kopf: "Ich bin nur noch eine Hülle ... Der Inhalt ist aufgebraucht. Aber du ... du ... darfst noch nicht. Jetzt erst fangen sie an, zu verstehen, was sie an dir haben ... Nun plagen sie dich wieder mit ihrer Liebe, und du reibst dich auf mit Empfängen und Ansprachen und Erwiderungen. Gibt es eigentlich noch einen Verein in Deutschland, der nicht bei dir gewesen ist? Die Krieger und Lehrer und Sänger und Turner, Handel und Gewerbe und Landwirtschaft und Presse ... Herr Gott in deinem Reich, ist dieses Deutschland groß, daß so viel Vereinskraut nebeneinander wachsen kann. Und du stellst dich hin, unter freien Himmel, in zugigen Bahnhofshallen, wo sie dich gerade erwischen, und redest und redest, und es fällt dir nicht ein, an deinen Gesichtsschmerz zu denken. Sie machen Wallfahrten zu dir, und ihrer Begeisterung ist deine Gesundheit wurst, wie sie es vordem ihrer Feindschaft war. Du mußt mir versprechen, daß du künftighin den Hut aufbehältst, wenn du im Freien redest. Ja? Ich möchte doch meine Ruhe haben ..."

Noch an der Schwelle des Grabes sorgte sie sich um den Geliebten, ihre Augen hingen bittend an ihm.

"Ich kann doch nicht den Hut aufbehalten", lächelte Bismarck.

"Nächstes Jahr wirst du achtzig", beharrte sie, "da kann man schon etwas zur Entschuldigung vorbringen. Oder du läßt dir eine kleine schwarze Seidenkappe machen, die du aufsetzt."

Sie traten aus dem Baumschatten auf die Rosenterrasse, zu der gärtnerisch-historischen Veranstaltung, die da zu sehen war. Der gärtnerische Teil war die Juliblüte der Rosen, die an hohen Stämmen und erdnahem Strauchwerk hingen, in Trauben, Büscheln und die stolzesten vereinzelt auf langen Stielen, und diesem Flor war der historische Teil gesellt, bestehend aus vier französischen Kanonen in Lebensgröße. Sie waren ein Geschenk seines Kaisers, und Bismarck hatte sie sozusagen, obzwar er eingestandenermaßen weder als Artillerist noch auch sonst einen Schuß abgegeben hatte, miterobern helfen. Auf der Bismarckschen Terrasse aber, in Sonne, Wind und innerer Ruhe war die Schwesternschaft der heiligen Valerie vom Mont Valerien ins beschauliche Leben eingetreten und vertrug sich trotz ihrer christlichen Abkunft mit der heidnischen Flora aufs allerbeste, und wenn man die Rosen hätte wachsen lassen wie sie wollten, so hätten sie am Ende gar die grimmen Feuerschlünde dornröschenhaft übersponnen. Aber man war hier doch der Ansicht, Krieg und Frieden müßten säuberlich auseinandergehalten werden, und so blieben die Rosen für sich und die Kanonen für sich, als friedlich-kriegerischer Zweiklang in deutlich gesonderter, guter Nachbarschaft.

"Ob das noch dieselben Rosen sind?" sann Bismarck. "Oder doch Urenkelinnen von damals...?"

"Aber die Kanonen sind ganz gewiß erst durch dich dazugekommen", sagte Johanna, "die waren damals bestimmt noch nicht da." Sie stand greis und eingefallen neben dem Gatten und sah von unten mit einem mürben Lächeln zu ihm auf.

Dann kam Herbert und führte den Vater durch Haus und Hof, um zu zeigen, wie es unter ihm gemacht werde. In den Ställen glänzten pralle Pferdeschenkel, rote und scheckige Kühe wandten sich um und glotzten den Besuch an, auf dem Hühnerhof erhob sich großes Geschrei, Truthähne ließen die Flügel auf der Erde schleifen, zitternd spannten sie die Schwänze zu großen Rädern, violette

Fleischzapfen baumelten ihnen von den nackten Hälsen. Hinter der Bretterwand war ein vielstimmiges Grunzen, der Verwalter sprang an, um die Tür aufzuriegeln, aber es war die Hintertür, seit Jahr und Tag nicht geöffnet, in den Fugen verquollen und im Schloß verrostet. Der richtige Eingang lag an der anderen Seite. Da man jedoch schon einmal hinten stand, wollte man auch hier hinein, denn der Fürst sollte nicht am Ende glauben, daß irgend etwas im Gut Schönhausen nicht wie geschmiert und am Schnürchen ginge. Aber so sehr sich auch der Verwalter mit aller Wucht seiner Persönlichkeit und Verantwortung gegen die Riegel warf, die hintere Tür zum Schweinestall versteifte sich darauf, zu zeigen, daß auch die beste Wirtschaft ihre dunklen Punkte und eigensinnigen Widerspenstigkeiten habe. Nun kam Dörten, die Viehmagd, ein Mordsstück von einem Frauenzimmer, das, wenn es sein Talent zum Melken hätte aufs Singen umschreiben lassen wollen, ganz gut den Bayreuther walkürischen Sturm- und Feuriorummel hätte mitmachen können. Auch sie warf sich mit ihren zwei roten Fäusten gegen den Riegel, daß alle Pfosten des Schweinestalls bebten: Aber der, auf den es eben ankam, wich und wankte nicht.

Der Fürst hatte den athletischen Mißerfolgen eine Zeitlang zugesehen. "Na, lat man gut sin", sagte er, als sie sich kläglich umwandte, nun aus der kraftstrotzenden Dorfwalküre in ein verzagtes Weibsbild verwandelt, "lat sin, Dörten, de Swin hebben sich inriegelt."

Da lachte die Fürstin, die tapfer mitgewandert war, hellauf, und der Fürst verstand sich durch einen Blick mit ihr: Der Schönhausener Deichhauptmann hatte gesprochen, fünfzig Jahre waren gestrichen, man konnte noch scherzen wie damals, unverlöschlich war die Jugend in diesen Herzen.

Noch viele Lächeln folgten diesem Lachen, zärtliche, wehmütige Lächeln, die mit welken Fingern über viele Dinge hinstrichen, wie man sie in den Ecken und an den Wänden wiederfand. Der Schimmer der ersten Wochen war an diesen Räumen haftengeblieben, erste Beglückungen und erste Ängste dufteten bittersüß aus der Vergangenheit herüber, wie damals rückten die Schatten mit dem Wandel der Tagesstunden an den großblumigen Tapeten des Wohnzimmers hin, wie damals stemmten sich die alten Möbel mit steif weggespreizten

Beinen gegen den Boden, wie damals wehten die weißen Gardinen mit dem Wind bei den offenen Fenstern aus und ein.

Dann, am sechsten Tag, sagte die Fürstin, nun wäre es genug, man dürfe den jungen Leuten nicht so lange im Haus liegen, denn schließlich seien sie füreinander da und nicht, um sich nach den Alten zu richten und sie abzuwarten ... Das Herz flackerte ihr heftig in der Brust, als sie dies sagte, aber sie bestand tapfer auf dem Abgang aus der Häuslichkeit des neuen Geschlechtes.

So strich ihnen der Rest des Sommers durch Varzin dahin, und außer je einer Ansprache an die Abordnungen der Thüringer und der Frankfurter, an den bayerischen Volksschullehrerverein und an den Gesangverein "Orpheus" aus Barmen störte nichts das Versinken in näher zurückliegende Erinnerungen und in das abschiedsbange neue Erleben, das sich ohne Hoffnung auf allzu langen Weiterbestand als Erinnerung dazugesellte.

Herbst zauste an den Parkbäumen, rote und gelbe Lohe flammte auf, dünne Himmel von ausgeblaßtem Blau waren unermeßlich hoch. ‚Da hinein!' dachte die Fürstin, wenn sie im Rollstuhl die Wege über knirschenden Kies gefahren wurde: Dann glitt ihr Blick über Modererde, die feuchtgrün und moosig den Baumwurzeln anlag: ‚Da hinein!' dachte sie voll Schrecken, und daß sie mit ihrem zerbrechlichen Leib und dem winzigen Fünklein Seele für sich bald den Widerspruch alles Daseins zu lösen haben werde, war ihr nur in der Hingabe an Gott ohne Entsetzen erträglich. Und derselbe Trostgedanke mußte noch viel stärker und lebendiger werden, wenn sie an die Trennung von den Ihren dachte.

‚Was soll aus euch werden?' fragte sie betend in den Nächten, die von den Schmerzen ihres wunden Magens zermartert waren. ‚Gibt es einen Engel, zuverlässig genug, daß man ihm die Sorge um euch übertragen kann?'

Der November trieb es arg mit Stürmen und Regen, die wild über Dach und Fenster herfielen, die kurzen Tage hindurch und die schweren, schwarzen Nächte, und die Nächsten stellten sich noch enger um das erlöschende Leben, als sei es eine armselige Flamme, die von Wind und Nässe gefährdet sei. Nur manchmal grüßte die Ferne noch durch Briefe und Blumen herein. Jetzt ging der Rollstuhl nur von Zimmer zu Zimmer, vom Bett zum Tisch und vom Tisch zum Bett, und langsam lösten sich Schmerz und Liebe in ein Dämmern.

Man hatte die Fürstin schlummernd aus dem Speisesaal in ihr weißes Zimmer gefahren, da saß sie nun am Kamin, das Feuer färbte die Decke rot, die ihre Füße umhüllte, ein grüner Schirm lag ihr über den müden Augen. Am Tisch klapperten Dominosteine in einem geflüsterten Spiel, an dem niemand Freude hatte. Der Fürst saß unbeteiligt im Lampenlichtkreis, wandte die Zeitungen leise um, und wenn dieses Geräusch ihm seltsam leer und papieren trocken klang, so klang ihm das Geräusch der Steine noch seltsamer: knöchern und beinahe unheimlich. Er wollte eben bitten, daß man das Spiel beenden möge, als die Fürstin leise sagte: "Das ist nun wohl schon zwei Jahre her, daß Bucher tot ist?"

Rasch war Bismarck bei der Kranken, und Schweninger hob den Kopf, blieb aber sitzen und hielt auch die anderen durch eine Handbewegung am Tisch zurück.

"Warum fragst du?" erkundigte sich Bismarck.

"Es ist mir eben gewesen, als säße er drüben neben Marie am Tisch und sähe nach mir her. Er hatte einen braunen Rock an, wie man ihn heute gar nicht mehr trägt ... wie zu unseren Frankfurter Zeiten ... und eine Rose im Knopfloch, wie ein Bräutigam."

Bismarck versuchte einen Scherz: "Da müßte er sich jetzt noch anders besonnen haben. Zu Lebzeiten war ihm nie nach Bräutigam zumut."

"Er ist am Genfer See gestorben, nicht wahr? ... Es muß schrecklich sein, nicht in der Heimat sterben zu können."

Bismarck sann dem Getreuen nach. Der äußerlich Beherrschte, innerlich zwischen Deutschland und der Welt Geteilte war zur Ruhe gekommen, die Fremde hatte das letzte Wort behalten, als Andenken an ihn lag ein wunderlicher Abreißkalender in Bismarcks Schreibtisch, neue Tagesblätter mit alten, sorgsam aufgeklebten, poetischen Sprüchlein, und das letzte Blatt, das unabgerissen war, trug Zahl und Namen des 12. Oktobers.

"Wie geht's dir?" fragte Bismarck, indem er Johannas Hand sanft von der Decke hob. "Ich habe keine Schmerzen ..." sagte Johanna wie immer, "bitte, nimm mir den Schirm ab." Ihre Augen hatten einen klaren Blick, und ihre Worte schienen diesmal keine tapfere Lüge, sondern die Wahrheit zu sein.

"Dann habe ich dich auch in großer Gala als Generaloberst durch das Brandenburger Tor fahren sehen. Du warst zum Kaiser geladen, und er hat sich mit dir versöhnt."

"Das war ja auch so ...! Aber von Versöhnung darfst du nicht sprechen. Man zankt sich mit einem Freund und versöhnt sich mit einem Freund. Hier war auf der einen Seite der Kaiser und auf der anderen sein Kanzler ... Wir waren weiter entfernt, nun haben wir uns wieder genähert."

Johanna sah ihm hell ins Gesicht, ihre Augen waren wundersam licht: "Ich weiß, ich weiß, daß es gewesen ist ... Damals wäre ich gern dabei gewesen und hätte dich gern gesehen, im Wagen, unter dem Brandenburger Tor, in Uniform die Treppe hinan. Nun habe ich dich doch gesehen ... Ich habe euch auch sprechen gehört."

"Du weißt es doch: von der neuen Feldausrüstung der preußischen Infanterie ... kein Wort von Politik! Es war alles durchaus militärisch. Ich war der Generaloberst, nicht der Kanzler von ehedem."

"Zwei Soldaten hat er dir vorgestellt ... den einen mit der alten, den anderen mit der neuen Bepackung ... du hast beide Tornister in die Hand genommen und abgewogen ... der eine Soldat war aus Stendal, wo die Bismarcks her sind, der andere aus Jüterbog. Du sagtest: ‚Na, Kinners, da werdet ihr aber fein marschieren, das sind ja keine Tornister mehr, das sind Flügel.'"

"Das hast du alles gesehen und gehört?"

Sie nickte eifrig: "Dann hatte er ein Blatt in der Hand, darauf waren verschiedene Schlachtschiffe von ihm selbst gezeichnet. Es fiel ihm aus der Hand, ihr bücktet euch gleichzeitig danach, aber er war flinker als du."

Woher nahmen ihre Augen diese winzigen, schon wieder halb vergessenen Dinge, woher wußte sie um jedes gesprochene Wort?

"Nun habe ich es doch gesehen", sagte Johanna, und der Kopf sank ihr in die Schultern. Aber sie war nicht eingeschlafen, wie sie glaubten, langsam hob sie die Stirn und Augen: "Ich bin nicht sein Kanzler gewesen. Ich bin mit ihm versöhnt. Er hat vieles gutgemacht. Und vor allem: Er hat Caprivi weggeschickt. Unrecht Gut gedeiht nicht, die Herrlichkeit war von kurzer Dauer ..."

Das war immer noch recht kriegerisch gesprochen, ein Funke des alten Zorns glomm noch unter der Asche der Krankheit.

Sanft legte Bismarck die Hand auf Johannas magere Knie, der andere Arm war um den Hals geschlungen, Wange an Wange: "Soll ich mich noch einmal um den Kanzler bewerben?" scherzte er. "Nur unter einer Bedingung: Du mußt dann in den Reichstag kommen und mich reden hören. Nicht ein einziges Mal all die Jahre warst du auf der Galerie, du weißt ja gar nicht, wie ich mich als Redner ausnehme."

Ihr Kopf sank ihm gegen die Schulter. "Ich bin müde ..." sagte sie, aber es war, als scheuche ihr eine letzte Unruhe den Schlaf. Sie rückte sich zusammen, flüsterte an seiner Handfläche hin: "Ich muß dir etwas sagen ... morgen ..."

Es war etwas von innerer Not darin, so daß Bismarck in seinen Tiefen aufhorchte: "Was ist es, Liebste?"

"Etwas von dir und mir", hauchte sie, schon an der Schwelle des Unbewußten, "morgen ...! morgen!"

Nach einem Verweilen löste Bismarck Hände und Schulter und bettete den Kopf auf die Rückenlehne. Marie kam schon mit Kissen und einer zweiten Decke für die Nacht, denn die Atemnot zwang Johanna, in ihrem Rollstuhl zu bleiben.

Ein Wink Bismarcks zog Schweninger in den Nebenraum. Der Fürst griff in das Teppichgewebe vor der Tür, das den vierten Heinrich im Schloßhof von Canossa vorstellte: "Wie finden Sie die Fürstin, Doktor?"

"Sie wird immer schwächer."

"Wie lange noch?"

"Es ist ein Wunder, Durchlaucht ... nur ihre Liebe hält sie noch auf der Erde ..."

Auf dem Schreibtisch des Fürsten lag ein aufgeschlagenes Buch, und ehe er zu Bett ging, wollte er noch aus dem ehernen Gang der Weltbegebenheiten Einsicht in die Notwendigkeit aller Geschicke holen. Es war der neue Band von Treitschkes Geschichte, von den Anfängen Friedrich Wilhelms IV. bis zum roten Jahr hin, die Zeit, bevor man selbst in das Geschehen eingegriffen hatte. Aber die Seiten waren leer, die Zeilen raschelten trocken hintereinander, oder sie krochen dürr einer aus dem anderen. Das Leben fehlte, das Wichtigste, was sich damals ereignet hatte. Daß einer, der an Gott verzweifelt hatte, durch die Liebe einer Frau zu ihm geführt worden war, daß einer diese Liebe an sein Werk verraten hatte, in einer schauerlichen Selbstzerfleischung und Entzweiung, unter der herabstürzenden Besessenheit zur Tat, aber doch verraten, und daß diese Liebe trotzdem nicht müde geworden war ...

Bismarck schlug das Buch zu, löschte das Licht und ging in einer feindseligen Finsternis zu Bett. Aus einem traumlosen Schlaf erwachte er wie unter einem kalten Hauch, es war noch immer dunkel. Mit dumpfem Hirn lauschte er in die regungslose Schwärze außen und innen, aber nun wußte er mit einemmal, welcher Gedanke ihn geweckt hatte, es war die Frage, deren Antwort ihm am Morgen gegeben werden sollte, und es schien ihm, als dürfe er nicht einen Augenblick zögern, sie zu holen. Zitternd rief seine Hand das Licht, zitternd fuhr er in Schlafrock und Pantoffel, und dann wichen die Räume links und rechts von ihm mit hingehockten schweren Schatten vor der matt beleuchteten Bahn seines Ganges.

Als er in Johannas Zimmer eintrat, sah er, daß es mit allem Fragen und Antworten vorbei war. Der Mund, der ihm vielleicht noch ein letztes Schatzbekenntnis hatte anvertrauen wollen, stand stumm geöffnet.

Sie war eben heimgegangen, bescheiden und still, unbemerkt und ohne Aufsehen, ohne mit ihrem Tod viel Geräusch zu machen, ganz so, wie sie es mit ihrem Leben getan hatte. Ihr Abschied, da er denn sein mußte, hatte den Lieben die Herzensbedrängnis des letzten Ringens erspart, sie waren unvermittelt vor die Vollendung gestellt.

28

In den letzten Märztagen des Jahres 1895 erlebte Frau Thusnelda, geborene Strahofer, seit mehreren Jahrzehnten Gattin des Advokaten und Gemeinderates Josef Rohregger in Mürzzuschlag in Steiermark, eine Überraschung, durch welche die in diesen Jahrzehnten eingeführte und erprobte gemeinschaftliche Lebens- und Eheordnung gänzlich auf den Kopf gestellt zu werden drohte, und zwar einfach durch die antipodische Tatsache, daß sich Herr Josef Rohregger auf die Füße stellte.

Das Staunen riß ihr die Augen auf und den Kochlöffel beinahe aus der Hand, als Herr Rohregger in die Küche kam und nach einigem einleitenden und lobpreisenden Herumschnüffeln mit verdächtiger Beiläufigkeit äußerte, es möchten ihm die guten Hemden ehestens aus der Wäsche gehoben werden, da er zu verreisen beabsichtige. Im ersten Augenblick verfiel Frau Thusnelda natürlich auf Wien, und da die letzte, durch einen Geschäftsvorwand vorbereitete, babylonische Sündenfahrt kurzerhand durch einen Gegenangriff abgeschlagen worden war, glaubte Frau Thusnelda, auch diesmal wieder die wilden Johannistriebe durch kaltes Blut und scharfes Eisen abschneiden zu können. "Das gibt's nicht", sagte sie schlagfertig, mit jenem Blick, der Armeen je nachdem aus der Erde stampfte oder vernichtete, und fügte bei, so ein alter Esel könne endlich seinen Lebensabend geruhsam zwischen seinen vier Wänden ohne weitere Dummheiten verbringen. Sie mußte jedoch erfahren, daß der Besitz eines guten Gewissens unzweifelhaft nicht nur den eines guten Ruhekissens ersetzt, sondern auch einen Ausweis gegen alle eheliche Grenzgendarmerie und Zollwächterei bedeutet. Im Besitz dieser für alle Gattungen von Drachenkämpfen hochwichtigen Eigenschaft hob sich der Doktor Rohregger in den Bügeln und schimmerte förmlich im Sonnenlicht, ein durchaus heldischer Heiliger. "Das Volk von Österreich wallfahrtet zu Bismarck in den Sachsenwald. Es ist meine Pflicht, mit dabeizusein. Hier ... lies!" Und mit weiter Geste reichte er der Gattin in den Palatschinkenbereich einen Brief als Akten- und Beweisstück, damit auch etwas Geschriebenes dabei sei, wie es sich für einen Ritter schickte, der nebenher Advokat war.

Der Brief berichtete, daß die Grazer Burschenschaft "Pannonia" beschlossen habe, sich an der großen Huldigungsfahrt in den Sachsenwald zu beteiligen, und daß aus diesem Anlaß eine außerordentliche Zuwendung von fünfzig Gulden an den Schreiber dringend notwendig sei, als welcher unterzeichnet war "Euer dankbarer Sohn Fritz." Gegen diesen Beleg war nichts einzuwenden, und daß hier keinerlei Fälschung vorliegen konnte, ersah das Mutterauge an den geliebten Schriftzügen, insbesondere aber an der den Einzigen so durchaus kennzeichnenden Wendung von den fünfzig Gulden. "Du willst also mitfahren?" fragte Frau Thusnelda, indem sie ihren Flammenblick in ein gemildertes Brodeln abdämpfte. Denn mit der ihr eigenen Geistesgegenwart hatte sie sofort erfaßt, daß, wenn auch etwa Rohregger sen. durch unmittelbare Einwirkung vom Verlassen des heimischen Herdes abzuhalten gewesen wäre, doch Rohregger jun., in Graz befindlich, Jurist im fünften Semester und Fuchsmajor der "Pannonia", keineswegs durch einen mütterlichen Erlaß zu bannen sein würde, und daß selbst die Verweigerung der fünfzig Gulden nur zu gewissen geschäftlichen Verwicklungen mit schließlicher Lösung durch eine Postanweisung führen müßte. Wenn aber beide miteinander losgelassen würden, Vater und Sohn an derselben Leine, so würde der eine das Ungestüm des anderen zügeln und das wechselseitige Beisein die Leidenschaften erblassen machen.

Rohregger nahm seinen Vorteil wahr. "Achtzig Jahre ... Bismarck, der eiserne Kanzler, der Alte im Sachsenwald, Deutschlands getreuer Eckart ... achtzig Jahre! Ganz Deutschland rüstet sich zur Feier ... Hunderttausende, Millionen werden diesen Tag begehen ... Feuer flammen von Berg zu Berg ... sollen wir Österreicher dahintenbleiben ... bei Neidigen und Meineidigen? Schmach und Schande über den deutschen Reichstag, der sich geweigert hat, Bismarck zum Geburtstag zu beglückwünschen. Sie säßen nicht beisammen in Berlin, diese traurige Gesellschaft, wenn sie Bismarck nicht zusammengebracht hätte." So sprach Herr Rohregger vor Frau Thusnelda und der Magd Cäcilie Wimmerl aus Aflenz, er sprach es mit eherner Mannhaftigkeit, daß alles Küchengeschirr klirrte, und es war eine Stegreifansprache mit Bruchstücken aus der letzten Julirede, weil Herr Rohregger nicht bloß Gemeinderat, sondern auch Vorstandsmitglied der Ortsgruppe des Germanenbundes zu Mürzzuschlag war.

Nein, sie sollten nicht dahintenbleiben, die Deutsch-Österreicher, das war inzwischen auch Frau Thusneldas Meinung geworden, zumal sie, was Frau Thusneldas eigenen Machtbereich anlangte, auch schwer zu halten gewesen wären. Überdies hatte ja auch sie ihr eigenes Bewußtsein, denn Frau Thusnelda, geborene Strahofer, Tochter des ehemaligen Gymnasialprofessors aus Brünn, war in Geschichte und Sage und Mythologie gründlich bewandert, sie war in Pettau bei der großen Turnerschlacht gegen die Slowenen dabeigewesen, und schließlich: Hatte sie nicht ganz dahinten, in ihren Nikolsburger Burgfräuleintagen, selbst eine wunderlich durchsonnte und durchwetterte höchstpersönliche Bismarckerinnerung?

"Hast du ihm nicht selbst in Nikolsburg Rosen an das Bett gestellt?" fragte Herr Rohregger, indem er Thusneldas Hände über den Palatschinken wegfing, die sie eben kunstgerecht mit Marmelade zu bestreichen begonnen hatte.

Da war die Erinnerung mit einem Male so deutlich beschworen, daß man darüber beinahe erschrecken konnte. Rot überflogen, als sei die den ganzen Küchenvormittag über eingesogene Herdglut mit einem plötzlichen Rückschlag wieder hervorgebrochen, mußte man den Blick auf Cäcilie Wimmerl aus Aflenz richten, wie wenn vor Magdohren etwas Unrechtes gesagt worden wäre. War man wirklich einmal das romantische Ritterfräulein mit geheimen Gängen und der Rosenspende einer Bekehrung gewesen, als welches man sich durch das trübe Glas der fast dreißig Jahre da plötzlich erblickte, Backfisch mit Hängezöpfen und kurzen Röcken?

"Und hast du nicht damals ...?" begann sie, fortgerissen und gutmütig ränkesüchtig, aber Herr Rohregger, Sieger auf allen Linien, verschloß ihr rasch den Mund mit der Hand. So war alles in Ordnung, und breiter noch als sonst saß Rohregger abends auf der Germanenmetbank am Stammtisch im "Eisenhut" und konnte aus gutem Gewissen mit obrigkeitlicher Genehmigung für eine Beteiligung an der Bismarckfahrt seine eindringlichste Beredsamkeit walten lassen. Sie zündete, und da solche Zündungen sich in der Regel höchst feuchtfröhlich auszuleben pflegen, sang man vom Lied der alten Eichen.

Niemand ahnte dabei, daß Herr Doktor Josef Rohregger, der so um und um nichts als gutes Gewissen schien, im tiefsten Grund seines Wesens ganz schwarz war vor schlechtem Gewissen, und zwar vor niemand anderem als Bismarck selbst, und daß die Wallfahrt in den Sachsenwald für ihn auch einigermaßen als eine Bußfahrt nach Canossa angezettelt war. -

Im Sonderzug fuhr man ins Schwarz-weiß-rote hinein, und auf jedem Bahnhof, wo man hielt, gab es Fahnengeflatter, Sangessprüche aus wacker dröhnenden Männerkehlen, Hoch und Heil, Festjungfrauen, Bier und Würste. Nach und nach füllte sich der Zug, also daß die Huldigungsreisenden bei Tag aus allen Fenstern und Türen höchst betriebsvorschriftswidrig hinaushingen, bei Nacht aber heringsmäßig auf- und nebeneinander lagen, wobei aber angemerkt werden muß, daß die Abordnung der steirischen Frauen und Jungfrauen ihre eigene, abgesonderte Tonne bekam. Man nahm aber diese Unbilden als Dazugehörigkeit und zog sie weder von der Begeisterung noch von der Empörung ab, man rechnete sie vielmehr einfach in die gangbarste aller Festempfindungen: den Durst. Also daß, wie hinter den Zügen der Wanderheuschrecken entlaubte Bäume und entgraste Wiesen zurückbleiben, hinter dem Sonder- und Schnellzug der Bismarckpilger eine allgemeine Trockenheit und bierlose Wüstenei den Nachfahren entgegenstarrte.

Ganz Deutschland schien in diesen Apriltagen auf der Wanderschaft zu sein, wenn man auch schon keineswegs mehr zum Geburtstag zurechtkam, so war der Strom der Beglückwünschenden doch noch kaum geringer geworden. Alle Zeitungen, die in den Zug geworfen wurden, waren voll von den Begebnissen im Sachsenwald, man sah sämtliche deutsche Stämme wie zu einer Musterung und Heerschau anmarschieren und wieder zurückfluten. In Dresden traf man die zurückkehrenden Deutschen aus Odessa und begrüßte sich von Zug zu Zug.

"Was hat er gesagt?" fragte Herr Foißner, ein Leinwandhändler aus Mährisch-Schönberg, mit halbem Leib aus dem Fenster. "Wir sollen gute Deutsche bleiben und gute Russen auch", schrie ein dicker Bierbauer zurück.

"Kann man das?" zweifelte Doktor Rohregger. "Uns wird er das nicht sagen ...!"

"Ist kein Abgeordneter da?" brüllte der Turner Trawnitschek, indem er sein Bierglas schwang, und man lachte in beiden Zügen. Zum Glück war keiner da, denn Cyrill Trawnitschek, genannt Hagen, Schwergewichtsathlet des Turnerbundes "Eiche", wäre imstande gewesen, einem solchen Glückwunschverweigerer eine Vorlesung mit Experimenten darüber zu halten, wie die Germanen ihre großen Männer zu ehren und den kleinen zu wehren hätten.

Je näher man dem Sachsenwald kam und der Beichte, die dort dem Doktor Rohregger an höchster Stelle bevorstand, desto drangvoller wurde es in ihm, und er begann sich nach dem Busen umzusehen, tief und würdig genug, um sein Vertrauen aufzunehmen, und ehrlich genug, um die Generalprobe an ihm zu machen. Der nächste dazu wäre Rohregger jun. gewesen, aber der schien seinerseits den diesbezüglichen Busen bereits gefunden zu haben, und zwar unter der steirischen Weiblichkeit, unter der er sich mit einer Jungfrau zusammengetan hatte, die, als flüchtige Bekanntschaft vorgestellt, jetzt zu gründlicherer fortzuschreiten willens schien.

So kam man nach Hamburg und machte für den Abend in Hafen- und Matrosenleben, mit wissenschaftlicher Bedächtigkeit, nicht nur so oben hin, sondern auch tiefer unten bis zum Pegel von Sankt Pauli, weil man nun schon einmal da war und damit man daheim doch auch etwas erzählen könne. Zuerst trieb man sich im großen Hafen umher, besetzte ganze Spiegelsäle und Marmorhallen, und das war freilich noch ein ganz anderes Leben als daheim in Wien, es hatte alles einen Zug ins Große, man fühlte sich, als sei man aus einem engen Winkel ins Freie gekommen.

"Das macht der Atem des Meeres", sagte Rohregger der Ältere zu Rohregger dem Jüngeren und dem angegliederten Fräulein Kamilla Schörzhöfer, "des Meeres ... und das Meer ist die Freiheit."

Die großen Haufen zerfielen in kleinere Fähnlein und die wieder in Gruppen, je tiefer es in die Nacht und ins Programm ging, bis Rohregger, Vater und Sohn, nach Abspaltung des Fräuleins Schörzhöfers, mit nur noch drei oder vier wohlgeeichten Bundesbrüdern aus Mürzzuschlag hinter rot verhangenen Fenstern einer echten Matrosenschenke für Fremde saßen. Ganz zuletzt, und noch ein Stockwerk tiefer, waren nur mehr Rohregger Vater und Sohn allein, Hildebrand und Hadubrand, und nun wäre es an der Zeit und Gelegenheit gewesen, den Beichtspiegel vorzunehmen, aber es scheiterte an gewissen technischen Unmöglichkeiten der Verständigung.

Strichregen und Sonne wechselten am anderen Morgen über den Bäumen des Sachsenwaldes, der Atem des Meeres schien auch die gute Eigenschaft zu haben, die Gehirnkammern auszulüften. Rohregger Vater stand an der Spitze der Germanen aus Mürzzuschlag bereit, als gälte es, mit Theoderich in Italien einzufallen. Es war ihm nichts anzumerken, daß sein Inneres ein einziges großes Fragezeichen war: "Wie komme ich über diese Stunde hinweg?" Sein Gewissen schlug ihm wie eine Kuckucksuhr die Viertelstunden, es kam aber kein Kuckuck aus dem Türchen, sondern immer nur der Hahn des Petrus und krähte eine alte Schuld.

Zuletzt krähte es elfmal, da hatte man sich hinter dem Försterhaus aufgestellt, und der Oberförster Lange übernahm wie immer bei solchen Aufmärschen Befehl und Führung. Der Zug der Hunderte ging durch den Park und durch die Reihen der Friedrichsruher Feuerwehr, die stand da, nicht wegen der zündenden Reden, sondern als Bismarcks Ehrenwache und Ordnungspolizei, weil er keine anderen hatte. Bunt flogen die entrollten Fahnen über den Köpfen hin, drängten die Treppe zur Terrasse hinan und reihten sich oben um die Brüstung. Die Fahnenträger ebbten zurück, und man sah den Vater Lange mit dem Hirschfänger um den Jägerrock die Glastür auftun und in das Allerheiligste eingehen.

Alles nahm den Hut ab und hielt den Atem an.

Der Fürst war herausgetreten, groß und aufrecht, im schwarzen Rock, den weichen, großen Hut auf dem Kopf, faltig ruhte der welke Hals und das Kinn auf dem weichen, weißen Kragen. ‚Das ist er', dachte jeder, und es wurde ganz feierlich und ernsthaft in den Hunderten, aller Wallfahrerunfug war aus den Seelen gefegt. Hinter dem Fürsten kamen Herbert, Graf Rantzau und seine Frau, Schweninger und Pinnow, lauter Sagengestalten, und nur die zwei größeren Rantzaububen in weißen Matrosenblusen mit blauen Umlegekragen machten, wie sie da gleich an der Brüstung lümmelten, sich anstießen und hinunterlachten, einen Übergang zur Zeitgenossenschaftlichkeit. Ruhig legte der Fürst den Hut auf die steinerne Brüstung und die Hand daneben, der kahle Schädel wurde sichtbar mit den greisen Haarresten an den Schläfen und im Nacken, sein Blick, über die Menge hin, war ein großes beruhigendes Auftun der Herzen.

Inmitten der allgemeinen Erhebung fühlte nun der Doktor Rohregger seine nun schon über ihn hinhauchende Not, er sah dunkel den Sprecher die Stufen hinanschreiten, sah ihn vor dem Fürsten stehen und hörte bisweilen einzelne Worte seiner Rede wie polternde Steine im Brunnenschacht. "Jetzt kommen die Studenten", sagte jemand neben ihm. In voller Wichs, mit Koller und Kanonen, Schläger, Schärpen und goldgesticktem Cerevis gingen sie klirrend zu zweit die Treppe hinan. Es kam Rohregger vor, als sähe er vorn im Gewühl für einen Augenblick das Profil seines Sohnes, dann, unbegreiflich schnell, war auch dieser Auftritt vorbei, und schon stand eine Frau oben, mit einem Strauß aus Heidekraut und Edelweiß.

Sie hatte Bismarck die Blumen in die Hand gegeben und leuchtete schon wieder weiß und leicht die Treppe hinab. Eine Weile stand der Fürst, den Blick in die Blumen gesenkt. Der Fürst sprach, mit seiner hohen dünnen Rednerstimme, die erst im Strom ihrer selbst Gewicht und Fülle bekam. Um Herrn Rohregger war bald Heiterkeit, bald eine stillvergnügte, bald eine laut ausbrechende, dann wieder hochgeschwungene Begeisterung, und zuletzt blieb es bei der Heiterkeit, als der Fürst aus dem empfangenen Kelch den steirischen Wein trank. Der Wein war gut, aber der Kelch war groß, auch stand der Doktor Schweninger daneben, also sah der Fürst nach einem Blick auf ihn davon ab, einen Schwedentrunk zu tun. Wenn es so auch nicht zur Nagelprobe kam, so war es doch auch kein zimperliches Nippen gewesen, sondern ein herzhaftes Schlucken.

"Da zeigt sich, ob aner a großer Mann is", sagte der Bundesbruder Fingerl neben Rohregger, "da is nix fürs Aug, wie bei die anderen Fürschten, sondern alles wirklich."

Rohregger schrak zusammen, denn der Fürst verließ den auf die Terrasse gepflanzten Fahnenwald und kam die Treppe herab. Die Zylinder wogten hin und her, die Schärpen auf den schwarzen Röcken hoben sich, die Frühlingsfarben der Frauenkleider flammten. Rohregger hatte eine Sehnsucht nach hinten, aber die Vorstandschaft der Germanen schob ihn unnachsichtlich nach vorn, und plötzlich stand der Fürst vor ihm, den breitkrempigen Hut tief in der Stirn, die buschigen Augenbrauen hingen irgendwo über Rohregger in der Unendlichkeit, und zugleich war dieser Blick irgendwo tief drinnen in Rohregger, als ein Stück seines eigenen Wesens.

"Advokat Rohregger ..." keuchte er, "Durchlaucht, ich bin

derjenige, welcher ...", da war der Atem fort. Der Fürst wartete eine Weile auf weitere Aufklärungen, aber als der Atem durch alle Gänge und Winkel von Herrn Rohreggers Persönlichkeit blies, nur nicht dort, wo er ihn am dringendsten gebraucht hatte, sagte er mit einem Blick auf das Germanenbanner: "Aus Mürzzuschlag ... Das ist dort, wo die Steiermark am grünsten ist! Grüßen Sie mir Ihre Berge."

Und war vorbei, und da war der Atem, aber zu spät, und Herr Rohregger blieb mit ungelöstem Beichtgeheimnis zurück. Noch einmal stand der Fürst am Balkon, noch einmal ein Schwenken des breiten Hutes, Herr Rohregger brüllte aus der Tiefe mit der Stimme eines erzenen Stieres: "Hurra!", dann setzte ein linder Regen ein, der auf diesen Augenblick nur gewartet zu haben schien, und half den Park leeren.

Abends, in Hamburg, wurde das große Erlebnis zerstückt und gemeinverständlich gemacht und selbstverständlich begossen, damit es wurzelfest werde. Fingerl meinte, wer ein großer Mann sei, sei ein großer Mann, und daran sei nichts zu ändern, und es wäre ergreifend gewesen, was er über die Freundschaft zwischen Deutschland und Österreich gesagt habe.

Herr Foißner aus Mährisch-Schönberg war nicht ganz zufrieden: "Er hat uns ja dasselbe gesagt wie den Deutschen aus Odessa ... wir sollen mit den Slawen in Eintracht und Frieden leben."

"Ja, aber wir als der männliche Teil und die Slawen als der weibliche Teil", sagte der Bürgerschullehrer Willig, der genau aufgepaßt hatte.

"Freilich, nur daß es öfter vorkommt, daß die Weiber gern die Hosen anziehen möchten", wandte der Apotheker März aus Graz ein, und er offenbarte damit vielleicht den Grund seiner Junggesellenschaft.

Der Vater Rohregger brütete dumpf. Ihm gegenüber saß Rohregger der Sohn und brütete gleichfalls, aber nicht Bismarcks wegen, sondern wegen des Fräuleins Kamilla, die nach kurzer Flittergunst zu einem Arminen aus Wien übergegangen war, der sie ins Theater entführt hatte. Gegen Mitternacht war das Geständnis reif und fiel aus dem Herzen des Vaters in das des Sohnes.

"Ich hab' es ja sagen wollen", bekannte der Vater, "aber auf einmal! ... Was hätte er wohl gesagt? Ich habe im Jahr sechsundsechzig ...", er schluckte und fing den ausreißerischen Atem rasch wieder ein, "damals habe ich ... es war Krieg, weißt du ... und kein Mensch so gehaßt wie Bismarck ... da hab' ich einen Preis von hundert Gulden auf seine Gefangennahme ausgesetzt: lebendig oder tot, mit ganzem oder durchlöchertem Fell ... der bin ich ... der das getan hat."

Er suchte auf dem düsteren Gesicht des Sohnes sein Urteil. Der sah auf: "Wie?" Seine Gedanken waren hinter der entflohenen Kamilla her gewesen.

Rohregger wiederholte das Geständnis, aber solche zweiten Auflagen schwächen das Gefühl, und der Büßer kam sich in der Wiederholung schon halbwegs entsühnt vor. Der Apotheker März hatte mitgehört und beugte sich vor: "Glauben Sie, er weiß es nicht? Er schaut einen Mann bloß an und weiß alles von ihm." Er war ein verstehender Mensch und ein Freund versöhnlicher Ausgänge: "Wir alle haben etwas gegen ihn auf dem Gewissen ... es handelt sich nicht um die alten Schulden, sondern um den neuen Glauben. Und den haben wir ... den haben wir."

Da war Rohregger der Ältere losgesprochen und schlug auf den Tisch: "Ein Hundsfott, wer ihn schimpfen soll!" Ganz, als ob er eben mit Bismarck Brüderschaft getrunken hätte, am Nebentisch saßen Wiener Teutonen mit Grazer Alemannen beisammen, Schwarz neben Grün, und rieben einen gemeinsamen Salamander, daß die Tische krachten, und in weiteren Verlauf der Begebenheiten insofern Schiffbruch zu leiden bestimmt war, als die gemeinsame Leine für Vater und Sohn keineswegs das beiderseitige Ungestüm zu zügeln vermochte. Es erging ihnen vielmehr, dem einen aus noch gärendem, dem anderen aus glücklich überstandenem Seelenschmerz, wie vormals Hildebrand und Hadubrand, als sie selbander die Seestadt Venedig suchten und nicht finden konnten.

29

Der kleine rundliche Herr schnellte auf und schwang sein strammes Bäuchlein um den Tisch: "Köstlich ... köstlich ... nein, wirklich, dolle Sache ... Kerl verlangt allen Ernstes, Durchlaucht sollen goldene Uhr auslösen, die er versetzt hat? Auf welche Einfälle die Leute doch kommen ... fabuleske Einfälle."

"Der Pfandschein liegt bei ... zu meiner gefälligen Bedienung ... er macht's mir wenigstens bequem", sagte der Fürst, indem er dem Brief das schmutzige Zettelchen entnahm.

"Nein, wirklich? Darf man sehen?" krähte der rundliche Herr. "Wahrhaftig, richtigjehender Pfandschein. Kommt wohl öfter vor, wie? Was? Belästigungen ... sind sozusachen Unkraut auf dem Beet der Berühmtheit, was? Nicht? Kann man doch sagen ...?" Er wandte sich mit seinen Fragen an Schweninger, aber der hauchte eine solch schwarze Kälte von sich, daß sich der Professor zurückzog.

"Muß doch auch irgendwie begründen? Nicht?" wandte er sich wieder an den Fürsten, "kann doch nicht so mirnixdirnix, wie Bundesbruder saacht, Pfandschein schicken: ‚Da lösen Sie mir mal den Chronometer ein?'"

"Er meint", sagte der Fürst sanftmütig, "er hätte vor zwei Jahren, an meinem achtzigsten Geburtstag, an so viel Festen teilnehmen müssen, daß er sich bisher noch nicht hätte wieder erholen können. Das ist doch wenigstens eine Begründung." Bismarck hatte schon wieder einen anderen Brief von umfänglicher Gestalt geöffnet und betrachtete ein Bild, das ihm beigelegen hatte. Eine schwärzliche Dame, aus der Verwandtschaft der sieben mageren Jahre Ägyptens, saß inmitten ihrer sieben Söhne, von denen der älteste in Freiwilligenuniform den Arm hinter ihr auf die Stuhllehne gelehnt hatte, während der jüngste auf ihrem Schoß saß. Die mittleren waren nach dem Geschmack der Kundschaft mit anderen beliebten Haltungen beteilt.

"Frau Pastor Graßling findet es für nötig, mir ihren Familiensegen vorzuführen. Es ist allerdings erstaunlich: eine so dürre Scholle und solche Fruchtbarkeit."

"Was will die Frau, Durchlaucht?" verwunderte sich der Professor Hahnenkamp-Distelweg." Sollen Durchlaucht Patenschaft übernehmen? Wie? Mein Gott, Familienstolz, ja, ganz begreiflich, sieben Bengels ... na du meine Jüte ... aber wenn alle Mütter mit sieben Söhnen Durchlaucht Photographien einsenden wollten, dann müßten Durchlaucht eigens neuen Flügel anbauen lassen, nich?

Wie?" Er schmetterte sein "Wie" der Gräfin Rantzau an den Kopf, aber die erhob sich im selben Augenblick und ging mit Hausfraueneile hinaus.

Inzwischen war der Fürst in seinen Briefhaufen tiefer eingedrungen und lachte in einen Bogen hinein, der oben einen großen Firmenaufdruck trug. Darunter war die Abbildung einer Fabrik mit vielen rauchenden Schornsteinen und je einem ganzen Kranz von Ausstellungsmedaillen links und rechts. "Da haben wir's", sagte Bismarck, "nun kriegen wir auch noch einen Bismarckhering zu dem Bismarcktuch, dem Bismarckkragen, dem Bismarckhut, der Bismarckzigarre und den zweihundertsiebzehn anderen Dingen, die meinen Namen eitel nennen."

"Ist's möglich?" Der Professor preßte seinen Bauch gegen die Tischkante und reckte sich so sehr, daß die Beine hinten den Fußboden verließen und er auf den Zehenspitzen schweben blieb wie irgendeine Viktoria oder sonstige Flügelgöttin: "So 'ne Post bringt Ihnen doch immer Überraschungen! Durchlaucht haben morgens sozusaachen jedesmal ein kleines Museum menschlicher Schwächen auf dem Frühstückstisch liegen, wie? Nich? Mit immer neuen Nummern, was? Praktische Psychologie ... Anthroposophie, haha ... ungemein belehrend."

Pinnow war aufgetreten und begann den Frühstückstisch abzuräumen. Bei seinem Rundblick traf Professor Hahnenkamp-Diestelweg auf ein düsterdrohendes Wettergesicht, das gehörte Schweninger an und war so schrecklich, daß der Professor seinen Bauch sogleich um fünfundvierzig Grad weiterschwang, bis er auf Graf Herbert traf. "Menschenkunde", krähte er in der neuen Richtung, "interessantestes Studium? Nich? Grundlegend für alle Fächer der Wissenschaft. Meine Bücher sind allesamt, ohne Ausnahme, auf Menschenkunde begründet. Können Sie sich vorstellen: Historiker ohne Analyse des menschlichen Herzens? Mein Verleger saacht immer: ‚Menschenskind, wo nehmen Sie bloß diese wunderbaren Analysen her?' Sehr einfach, saach ich dann, man muß eben in die Seelen eindringen, nich wahr? Nich do oben rum, sondern mittenrin in die psychologische Chose."

Bismarck sah von einem Telegramm auf, das sich unter das

wieder dringende Briefzeug verkrochen hatte: "Hören Sie, Schweninger, was sagen Sie dazu? Ein Mister Max Kennan drahtet mir aus Philadelphia, ich solle ihm meine Meinung über den kubanischen Krieg sagen. Mit bezahlter Rückantwort."

"Man sollte solchen unnützen Fragern Pechpflaster auf die Mäuler pappen dürfen oder Papagenoschlösser vorhängen." Das war mit einem dreimal geschwefelten Ingrimmsblick auf den rundlichen Professor begleitet.

Aber der schwang unverwundbar sein Bäuchlein: "Find' ich nich! Find' ich jar nich! Welt hat ein Recht darauf, zu wissen, was Fürst Bismarck denkt. Alle griechische Kultur bestand hauptsächlich aus Fragen. Beim pythischen Orakel in Delphi natürlich! Gott Apollo ließ sich interviewen und leitete griechische Politik. Ganz wir Fürst Bismarck deutsche Politik leitet. Muß man sich klar machen. Übrigens neuestens doch wieder bedeutsame Annäherung von S.M. an Durchlaucht festzustellen, alle Differenzen ausgeglichen. Nich?" Das Bäuchlein drehte sich im Kreis von einem zum anderen. "Kurs war ja bis in jüngste Zeit noch immer sehr schwankend. Zum Beispiel hat es allgemeines Mißfallen erregt, daß Durchlaucht zur Eröffnung von Nordostseekanal nicht einmal eingeladen wurden. Wo doch Durchlaucht Anreger gewesen sind und am Zustandekommen größtes Verdienst haben." Der Bauch wanderte weiter von Herbert fort und machte vor dem Fürsten halt: "Deutschland ist glücklich, seinen Kaiser und den Kanzler, den Kanzler saach ich, wieder Hand in Hand zu sehen. Werden Sie noch einmal das Steuer ergreifen, Durchlaucht?" fragte er plötzlich geradeswegs wie aus der Pistole heraus.

Der Fürst legte die letzten Briefe und die Pfeife weg und sah den Professor sanft an: "Fragen ist schon recht. Aber Fragen und Brunnenbohren ist zweierlei. Und auf die Pythia und Apoll dürfen Sie sich nicht berufen, Professor, ich glaube kaum, daß die jemals so - ungeschickt gefragt worden sind."

Durch das Wettergesicht Schweningers platzte der Blitz eines Lachens und leuchtete auf den Mienen Herberts, des Grafen Rantzau und Mariens, die eben eingetreten war, als Schmunzeln weiter.

"Meinen, Durchlaucht? Meinen? So! Na ja ... obzwar: Vielleicht sind uns bloß die geschickten Fragen erhalten geblieben." Der Finger fuhr in den Hals und weitete den engen Kragen, die schwarze Bartfliege am Kinn zitterte ein wenig, aber gleich schwang das Bäuchlein zur Gräfin Marie weiter: "Gnädigste Frau Gräfin sind ja äußerst musikalisch. Künstlerin auf dem Klavier, wie man weiß. Vielleicht darf ich mir erlauben, ich habe gewisse Erfolge in geselligen Kreisen aufzuweisen ... man saacht mir nach, mein Bariton könne sich hören lassen ... vielleicht, wenn es beliebt, wollen mich gnädigste Frau Gräfin zu einigen Liedern begleiten."

"Ich muß Sie um Entschuldigung bitten", sagte die Gräfin, schon wieder auf der Flucht, "meine Zeit ... seit dem Tod der Mutter stehe ich dem Haus vor, vielleicht später ... am Abend."

Der Fürst hatte sich erhoben.

"Durchlaucht wollen spazierengehen", sprang der Professor in die Gelegenheit, "vielleicht darf ich mir erlauben." Schweninger dolchte wütend in der Gallertenhaftigkeit des Zählebigen herum: "Nein", brummte er, "Durchlaucht wünschen allein zu sein."

Der Fürst war gerettet, aber nun hing an Schweninger selbst das ganze Gewicht des unermüdlichen Professors, und als er in den Park ging, hatte er ihn zur Seite, und wenn er seine Schritte recht groß nahm, so beschleunigte der Analytiker seine kurzen, und es kam auf dasselbe heraus. Seit Tagen hatte man diesen Gast im Haus, er war mit einer Empfehlung gekommen, und nun sah man über jedem Wort und jeder Bemerkung sogleich dieses greuliche Fragegespenst aufsteigen wie einen Papierdrachen, und jeder Schnitzel im Schweif war ein "Wie?" ein "Was?" und ein "Nich-wahr?". Jetzt hing der Professor gar an Schweningers Arm und bremste, und vor einem Sandsteinblock am Weg nach der Bahnhaltestelle verankerte er sich schnaufend.

"Das ist wohl der berühmte Block aus dem Teutoburger Wald?" keuchte er. "Von der Grotenburg, wo die Hermannschlacht gewesen ist? Nich? Ja ... sehr sinnig, wie? Denn auch Bismarck ist ein Befreier gewesen, ganz richtig!" Er hatte nun wieder ein wenig Atemwind, und sogleich stieg der Papierdrache höher: "Hören Sie, Professor! Sie müssen mir einiges über den Fürsten erzählen, Sie sind ja seit Jahren mit ihm zusammen." Er zog nach einer Bank hin, und aus seiner

Tasche stiegen ein Lederbüchlein und ein Bleistift. "Wie lebt der Fürst? Wie spricht er im engsten Kreis über den Kaiser? Er wird sich natürlich vor einem Fremden nicht so aussprechen wie vor seinen Hausgenossen. Was halten Sie von Bismarcks Gesundheit? Wieviele Jahre geben Sie ihm noch?"

Unheilvoll stemmte jetzt Schweninger seinerseits eine Frage entgegen: "Sagen Sie mir erst einmal, wozu wollen Sie das alles wissen?"

Der Professor rückte seinen Bauch vertraulich heran: "Wozu? Im Vertrauen, Herr Professor! Jedem Leben sind doch Grenzen gesetzt, nich? Das weiß ein Arzt am besten, wie? Nu, sehen Sie ... Ich bin von einer großen Zeitung beauftragt, den Nekrolog über Bismarck vorzubereiten ..."

Er erschrak, halb vom Sitz geschleudert durch den Ruck, mit dem Schweninger seinen Arm losriß. "Lassen S' mich in Ruh'", schrie er mit einem Gesicht wie Gottes Zorn in Oberbayern, "lebt er euch zu lang? Könnt's ihr's net erwarten, Zeilen aus seinem Tod zu schinden? Wo wart's ihr denn, wie er der Eckstein für alle Köter von Deutschland war? Da hat sich ka Feder gerührt, außer, wenn sie Gift und Gall' g'spritzt hat. Ah ... wenn der Himmel ein Einsehen hätt', wenn der Himmel ein Einsehen hätt' ..." und der Doktor entschwand mit einer flatternden Gebärde, die sich zwischen Racheblitz und Ohrfeige hielt, ohne genauer anzudeuten, was der Himmel eigentlich tun sollte, wenn er ein Einsehen hätte. Er entschwand mit wehenden Rockschößen hinter dem Sandsteinblock aus dem Teutoburger Wald und ließ den Frager in einem selbst höchst fragwürdigen Zustand auf der Bank zurück.

Indessen war Bismarck einsam durch den Wald gegangen, seine geheimen Pfade, auf denen ihm niemand auflauerte. Einmal sah er eine helle Frauenbluse durch schwarzgrüne Stämme. Eine Radfahrerin stand dort im Hinterhalt, das Rad war an eine Buche gelehnt, sie sah krampfhaft nach der anderen Seite in die hellgrüne Aue hinein und wartete auf die Begegnung, um über die Anekdotenhintertreppe in die Bismarckschen Lebensbeschreibungen zu kommen. Es gab genug Ehrgeizige dieser Art, und ein Stück weiter standen wieder zwei von ihnen, gleich zwei, mit verwegenen Strohhüten und Skizzenbüchern unter dem Arm. Aber auch sie waren ausschließlich nach dem Flußweg gespannt, und inzwischen zog Bismarck hinter ihnen vorbei und schlug sich noch tiefer in seinen Wald.

Er hielt die Hände auf dem Rücken, blieb manchmal stehen, um den Bäumen ins Gesicht oder zwischen ihnen hindurch in den Himmel zu sehen. Eine Wiese lag in der Waldumarmung, voll verliebter, sonniger Zärtlichkeit, Bienen läuteten darüber hin. ‚Es ist bitter, von alledem Abschied zu nehmen', dachte Bismarck, ‚es kommt eine Zeit, wo das Hinlegen auch nichts mehr hilft und die Erdströme einen nicht mehr auf die Beine bringen.'

Schilf schwankte um seine Füße, und unter seinen Tritten blieben Löcher im Boden, die sich mit Moorwasser füllten. Wildenten mit schreiend bunten Köpfen und metallisch angelaufenen Flügeln tauchten im Rohr, weiter draußen bog ein Schwan den Hals und segelte in dummstolzer Einbildung über sein Spiegelbild dahin, etwas Schwarzes plätscherte neben Bismarck, eine spitze Schnauze, listige Glanzaugen - eine Wasserratte. ‚Man glaubt, die Welt muß aus den Fugen gehen, wenn man nicht mehr selbst Ordnung macht ... Und schließlich kommt ein anderer und macht's ebensogut und ebensoschlecht, wie man es selbst getroffen hat.' Die schwarze Rattenschnauze schwamm an der Spitze eines Wasserkegels, der, vorn scharf gegrenzt, mit seinem breiten Ende sänftiglich im Röhricht verplätscherte. ‚Ordnung?' sann Bismarck weiter in sich und die Welt hinein. ‚Als ob jemals irgend jemand eine vernünftige Ordnung zusammenbrächte, die alle Teile befriedigt. Da haben wir auf diesem Teich die Schwäne, die sich aufspielen, als seien sie das Vorbild alles Edelmutes und aller adeligen Gesinnung der Schöpfung, dabei sind sie eine streitsüchtige Bande und haben es scharf auf die kleinen, bunten, lustigen Enten abgesehen. Nach der Schwanenordnung müßte es ihnen erlaubt sein, die Enten und ihre Jungen aufzufressen. Nach der Rattenordnung aber sind die Eier und die jungen Schwäne sowie die jungen Enten nur für die Ratten da. Wer will all diese Ansprüche und Ansichten überein bringen ...? Wie soll man es machen, daß alle zufrieden sind, besonders die Ratten?'

Trotz dieser allgemeinen Moritatenstimmung der Natur waren Himmel und Erde heute inniger ineinander verliebt als sonst. Der Schatten, den Bismarck warf, schmiegte sich vertraulicher als sonst neben oder hinter ihm an den Boden und glitt sachter über Gras oder Sand hinweg. Ein kupferfarbener Laufkäfer hastete vor Bismarcks Fuß seinem räuberischen Handwerk nach und war dabei so schön wie ein kleiner, krabbelnder Funkelstein. Durch jugendlich grünes Gestrüpp sah Bismarck hohe braune Dächer. Das Kirchdorf Brunstorf lag in der Sonne und teilte den Glanz mit spitzen Giebeln, über deren Schrägen ein glitzerndes Lichtgeriesel rann. Die geschnitzten Pferdeköpfe bliesen ein Wiehern von sich. Langsam kam Bismarck den Sandweg entlang, er verspürte den Gang im kranken Bein. ‚Mit dem Reiten ist's nun schon lange nichts mehr ... Das Pferd spürt meine Schenkel nicht! Es scheint, nun soll auch das Gehen eingestellt werden. Der Rollstuhl wartet schon auf mich.'

Ganz einsam lag das Dorf, ein gelber Köter schlief auf einer Steinschwelle, ein Kind grub neben ihm ganz spielversunken im Sand. Durch die offenen Fenster der Schule plapperten fünfzig Bubenmäuler im Fibeltakt:

"Wem - Gott - will - rech-te - Gunst er-wei-sen, den - schickt - er - in - die - wei-te - Welt."

Eins, zwei, wie im Marschschritt.

Hinter der offenen Kirchentür lockte kühle Dämmerung, wohlanständig braungerieben glänzten die frommen Beterbänke mit kleinen Spiegeleien von Fensterlicht. Mit abgezogenem Hut war Bismarck nach vorn gekommen, wo neben dem Altar die Marmortafel eingelassen war. Um die Goldbuchstaben wand sich Geschnörkel, und die vornehmeren von ihnen waren zu ganzen phantastischen Bäumchen ausgewachsen. ‚Edle Saat zu himmlischer Freude', las Bismarck wie schon so oft: ‚Friedrich Karl August Graf und edler Herr zu Lippe, geb. 20. Januar 1706, gest. 31. Juli 1781, alt 75 Jahr 6 Monat 12 Tag.'

Durch eine zerschlagene Fensterscheibe drang Vogelgeschmetter. Draußen auf dem Birnbaum wippte ein kleines Stück Sangesglück und Gotteslächeln, und es war, als wollte es hier auf der Stelle vor Lust sein Leben lassen.

‚Die weite Welt ...', dachte Bismarck, ‚die weite Welt!'

‚Hier unter dem ernsten und stillen Volk der alten Sachsen', las der Fürst die Marmorinschrift weiter, ‚schläft ein Ritter von deutscher Vaterlandssitte, treu und wahrhaft. Reif zur Vollendung durch unvergängliche Saat, ging er ein als Freund Gottes und der Menschen zur ewigen Heimat. Tausende von Armen setzen klagend ihm Zypressen, kindliche Liebe den Marmor.'

Die Inschrift galt dem Gründer von Friedrichsruh, und man sagte, daß die Worte von Klopstock verfaßt seien. Das alte Jagdhaus Friedrichsruh war spurlos vergangen, aber sein Name und diese Inschrift waren geblieben.

Aus überschauernder Kühle trat Bismarck wieder auf die Dorfstraße, die leer war wie vorhin, noch immer spielte das Kind neben dem schlafenden Hund, auf einem Zaun jubelte ein Vogel in schwärzlichem und gelbem Gefieder. Er hob sich vor Bismarck in die Luft und flog waldwärts, mit einem Wirbel von Klang und Getriller hinter sich. Unangefochten kam Bismarck aus dem Dorf, es war, als hätten heute alle Menschen die Welt verlassen, seltsam still rann die Sonne auf die Felder. Die Zeit wich zeichenlos, nur der Raum wirkte auf den schweren und schmerzhaften Klumpen des kranken Beines.

Am Weg nach Friedrichsruh wuchtete ein uraltes Grab. Auf Steinplatten im Hügelrund lag ein gewaltiger Granit über der Totenkammer, und rundum im langgestreckten Kreis waren hohe Steine aufgerichtet, Wächter aus Granit um die toten Helden und Fürsten der Vorzeit. Das Riesenbett nannten es die Urenkel der Hünen im Sachsenwald. Bismarck verließ den Weg, betrat zwischen zwei ragenden Steinen den heiligen Grund und stand vor dem Grab.

Ein kleiner Schatten überflog ihn, ein Vogel wippte auf dem lastenden Granitdeckel und sang. Das zarte Federding belebte den ganzen ungeheuren Stein, eine einzige Stimme der Sehnsucht und der Zuversicht besiegte die Starrheit, keine Düsterkeit war mehr um Tod und Vergessenheit.

"Wer bist du, Vöglein?" staunte Bismarck. "Bist du das verflogene Zeisiglein aus meinem Park? Hast du dir aus der Himmelshöhe Kraft geholt? Singst du Leichtsinn oder tiefes Wissen?"

Das Vöglein gab keine Antwort, mit einem letzten kleinen Glücksschrei warf es sich empor und zerfloß im Flimmern der Luft über den Bäumen, im heißen Lichtgezitter des Mittags.

Jenseits der sonnenhellen Wiese sah Bismarck die Parkseite seines Hauses. Betäubt schritt er die Treppe empor, es war ihm, als müsse ihm Johanna entgegentreten, verjüngt und voll von Jubel, wie er selber war. Die Rantzaububen spielten auf der Terrasse, Frau Marie war über die laute Gesellschaft gebeugt. Nun erhob sie sich, und Bismarck sah in ihr gutes Gesicht, das voll sanft hausmütterlichen Vorwurfes war: "Kommst du endlich, Vater? Das war ein langer Spaziergang!"

Bismarck deckte die Hand über die Augen: ein langer Spaziergang, aber das Vöglein von Heisterbach hatte doch nicht in die Vergangenheit zurückgesungen, und es hieß noch ein wenig warten, aber nicht lange mehr, nicht lange mehr.

30

Auf Zehenspitzen gehend brachte Pinnow das Licht. Er beugte sich unter den Lampenschirm, schraubte am Docht und sah dabei verstohlen nach dem Fürsten hin, der in seinem Rollstuhl wieder eingeschlafen war oder doch in der Betäubung lag, die viele der Stunden seines Tages füllte.

Noch lehnte der Juniabend am Fenster und machte der Lampe bang. Verrinnendes Licht von mageren, schmalen Wolkentürmen rötete Schweningers Hände, die über das Handgelenk des Fürsten tasteten. Mit einem schwachen Pochen gab der Puls den suchenden Fingern Antwort, manchmal rüttelte und zuckte es in dem fast abgelaufenen Gangwerk dieses Seins.

Vom Rollstuhl des Fürsten rückte Pinnows Blick auf Marie weiter, die schwarz vor dem hellen Fenster saß, ihre Hände waren müde und ergeben im Schoß gefaltet, sehr blaß im verebbenden Lichtspiel der Lampe. Dieselbe Röte, die Schweningers Finger feuchtete, sickerte von hinten über die aufgebauschten Achselpuffen ihrer Ärmel bis zu der Seide hin, die die Unterarme eng umschloß.

Pinnows Blick wanderte weiter zu Herbert, der einige Schritte vom Rollstuhl entfernt auf einem Sessel saß und dem Vater ins Gesicht starrte. Er hatte die Finger über dem Knie ineinandergeschlungen und spiegelte in seinen eigenen Mienen die rätselhafte

Fremdheit wider und die lähmende Düsterkeit, die sich über die Züge des Vaters auszubreiten begannen. Weiter drüben, am anderen Fenster, stand Rantzau mit Bill, der gerufen worden war, und sprach mit ihm. Die Laute flatterten mit staubgrauen Flügeln und blind wie lichtscheue Tiere durch den Raum und verkrochen sich in den dunklen Ecken. Vollgesogen mit Trauer kehrten Pinnows Blicke in ihn zurück und flüsterten seiner fragenden Seele zu: "Er stirbt." "Er stirbt", wiederholte er draußen dem Kellermeister, der wartend im Flur stand, und dem Reitknecht, der in der Haustür lehnte, "gegen den Tod weiß auch der Professor Schweninger kein Kräutlein."

Mit schweren Füßen stieg der Kellermeister die Treppe hinab, schlurfte mit angezündete Kerze zwischen Flaschen und Fässern hin und klopfte mit gekrümmtem Finger an ein halb geleertes Faß Rüdesheimer. "Er stirbt", antwortete das Faß mit hohlem Dröhnen, "ich weiß, er stirbt."

Der Reitknecht war in den Stall gegangen, wo die Pferde stöhnend mit den Ketten klirrten. Bismarcks braune Stute schnaubte, der Bursche hielt ihr die Linke an die Nüstern und klopfte mit der Rechten den samtweichen Hals. ‚Man muß es Haus und Hof ansagen', dachte er, denn er war aus Westfalen, wo Menschen und Dinge noch enger zusammengewachsen sind als anderswo. "Er stirbt", flüsterte er der Stute ins Ohr, und das Pferd blies durch die Nüstern und drängte ihm ängstlich die feuchtwarme Schnauze in die Handhöhlung.

Im Zimmer oben war alles unverrückt, nur die Zeit hatte den Zeiger der Uhr weitergedreht, das Schweigen prickelte wie Ameisenlaufen durch den ganzen Körper. Fünf Menschen hatten die Seelen ineinandergedrängt und versuchten, verklammert und verschränkt, einen Wall gegen den Tod zu bilden.

Marie sah, wie die buschigen Brauen des Fürsten die Stirn hinanrückten und die Lider von einem klaren Blick hoben.

"Da war ein Schreibpult in der Wilhelmstraße", sagte Bismarck, "an dem hat irgend jemand seinen Bleistift gespitzt ... immer an derselben Stelle ... jahrzehntelang ..."

Erschreckt sah die Gräfin Schweninger an, aber der scheuchte mit kaum merklichem Schütteln des Kopfes alle Fieberbesorgnis hinweg.

"Immer an derselben Stelle ... jahrzehntelang ..." wiederholte der Fürst "... vielleicht seit Alopäus. Es war ein gutes, hartes Holz, aber mit der Zeit entstand ein Grübchen, und aus dem wurde eine Grube, und eines Tages fuhr das Messer auf der anderen Seite in die Luft ... da war es ein Loch ... obzwar es ein gutes, hartes Holz gewesen ist."

Man wußte nichts darauf zu sagen, nur die Gräfin entrang sich eine Frage, ob der Vater vielleicht Wünsche habe.

"In der Paulskirche hatten sie auch Pulte, von denen schnitten sich die Besucher Späne zur Erinnerung ab. Das war wieder die Verehrung ... aber für das Pult kommt's auf dasselbe heraus ..."

"Sie sind ja bei dir gewesen, Vater", sagte Bill, "die letzten aus der Paulskirche." Ein paar verschrumpelte und verhutzelte Männlein, die damals zur Zeit der deutschen Nationalversammlung zornige Redner und drangvolle Schwärmer gewesen waren, hatten vor einigen Tagen ihren Abschiedsbesuch gemacht, schief und gebrechlich, zahnlos und greisenhaft kindisch.

Bismarck hatte den Kopf zum offenen Fenster gewandt und sah den Park in schwarzen Baumwellen vor der unergründlichen Helle der Sommernacht. Die Linien wogten in kühnem Spiel auf und nieder. "Ja, wir geben jetzt einer dem anderen die Klinke in die Hand ..."

"Sie sind immer noch viel frischer, Durchlaucht", sagte Schweninger mit einer stark aufgetragenen Zuversicht, "als die alten Herren, die zuletzt hier waren."

"Noch nicht zu Bett", bat Bismarck, "ich klingle nachher schon."

Sie zögerten aus der Tür, zuletzt Marie mit schweren Füßen und einem Blick, der alles Innige und Zärtliche ihres Wesens wachsam zurückließ. Mit geschlossenen Augen lag der Fürst und ließ den Nachhall der Geräusche in sich versickern, jetzt hob sich wieder die tiefe Stille um ihn wie eine Mauer und schloß ihn von der Welt ab. ‚Es ist lange genug Lärm um mich gewesen', dachte er, ‚Bewegung treibt uns dem Tod entgegen. Sollte ihn Stille bannen können?' Es war ihm, als versinke er in einem lockeren, weichen, dunklen Etwas, das sich um die Formen seines Körpers schloß und sie bewahrte. ‚Man nimmt einen Abdruck von mir', dachte er, ‚für das Museum Gottes.' Dann ruhte er irgendwo tief unten, ohne Zeit, im Zwischenreich von Gut und Böse, von beiden gleich weit entfernt, die

Gedanken regten sich nicht, sie standen still, aber man wußte, daß sie da waren und warteten. Ein Druck von außen her entzündete ihr schmales Licht, das zitterte in einer zerfließenden, schlüpfrigen Masse, die nach allen Seiten hin grenzenlos war. Plötzliche Angst stieß wie ein spitzer Strahl von obenher ein, Angst des Ich und Selbst, mit dem Schmerz am Bewußtseinsrand, mit Sägeknirschen und der Zange der Beklemmung.

Nach Luft ringend fuhr Bismarck in einen fahlen Schein zurück und sah sich einem Menschen gegenüber, der in einem gelben geblümten Schlafrock dasaß und die Füße in roten Samtpantoffeln gegen den Ofen stemmte.

"Sie sind der Professor Hahnenkamp-Diestelweg!" sagte Bismarck verwundert, "Sie sind doch längst abgereist, denke ich."

"Ich bin", antwortete das Schlafrockmännlein mit einem skurrilen und verbindlichen Lächeln, "ich bin auch der Professor Hahnenkamp-Diestelweg, wenn es beliebt, jedoch nur sehr ungern. Aber Durchlaucht sollten sich nicht an diese nur höchst unbedeutende und *salva venia* Hinterseite meines Wesens verlieren, denn eigentlich bin ich der Kapellmeister Kreisler, aufzuwarten."

"Kreisler? Kreisler?" sann der Fürst. "Nein: ich weiß, Sie sind der Herr Richard Wagner."

"Auch der", kicherte das Männlein mit einer Flucht von Grimassen, "auch der. Nur daß mir Mord und Totschlag nicht eben mit Pauken und Trompeten instrumentiert sein muß, will sagen, daß eine Mozartsche Arietta oder Glucksche Kantilene auch nicht minder ist, um von meinem eigenen verunglückten Wassernixlein zu geschweigen, das ja damals mit der königlichen Perückenkammer sozusagen auf und davon geflogen ist." Er wand sich in seinem Stuhl, rieb sich die Hände und patschte die Armlehnen seines Sitzes. Unablässig lief und rieselte es durch sein Gesicht. Es war, als drängten sich unter der Miene, die wie eine zitternde halbstarre Flüssigkeit über ihn gebreitet war, unaufhörlich andere Antlitze vor, die mit einzelnen bekannten Zügen hindurchstießen und zum Licht zu gelangen trachteten: mit einem schwärmerischen Mund, einem strengen Kinn, einer kühnen Nasenkrümmung, einer wunderbar beglückenden Wangenrundung, einer blanken, klugen Stirn und mit einer Fülle von verliebten, ernsthaften, törichten, innigen, stürmischen Blicken.

"Kapellmeister?" sann Bismarck noch immer.

"Kapellmeister ...", nickte das Männlein, und der wirre Haarschopf vollführte einen ganzen Tanz dazu, "und vormals Kammergerichtsrat, aufzuwarten! Aber drüben", er deutete mit dem Daumen über die Schulter hinaus nach einem Sternbild, das sich schief zu den Baumkronen des Parks neigte, "nur noch Kapellmeister ... bei den hundert Chören ... und Musikarchivarius. Ein strapaziöses Geschäft, Durchlaucht, alles was recht ist: alle noch ungemachte Musik auszugeben und die gemachte Musik wieder in Empfang zu nehmen und *diligentissime* einzuordnen. Hätte mich auch schon längst davon dispensieren lassen, dieweil wir nur freiwillig und zwanglos tätig sind und ich mich ebensogut auch irgendwohin lümmeln und Maulaffen feilhalten könnte, aber, wie gesagt: eine kuriose Liebhaberei von mir, seit jeher. Oder ... wie beliebt? ... Noch nicht gesagt? Dann sag' ich's jetzt." Er wand sich die roten Schlafrockschnüre um die Handgelenke, und die Quasten bissen sich miteinander herum wie spielende Schlänglein.

Bismarck war mit seinem Nachforschen bis auf den Grund gekommen: "Nein, ich kenne Sie nicht", sagte er, und es tat ihm ordentlich leid, daß er den wunderlichen Menschen nirgends einzureihen vermochte.

"Oh ... hat nichts zu sagen", kicherte der Kapellmeister, "hat nichts zu sagen ... bei den vielen Menschen, mit denen Durchlaucht das Leben zusammengeführt hat ... Wie viele mögen es gewesen sein?"

Bismarck sah eine dröhnende Wolke von Menschen anschwirren, ein Gewitter von Gesichtern, unzählige Köpfe, einen Schwarm von Leibern, mit plötzlich wechselnder Vorstellung, als sähe er sie in der Meerestiefe, hinter beleuchteter Glaswand angezogen wie Fische. Eine Zahl dröhnte in ihm: "Es werden an die dreißigtausend gewesen sein", sagte er, selbst erschüttert über diese fürchterliche Zahl, in der sich ihm das Verhängnis eines Lebens, die Wucht zermalmender Arbeit mit plötzlicher Eindringlichkeit offenbarte.

"Eine Menschenmühle", stöhnte er, "eine Menschenmühle!"

Der Kapellmeister nickte ihm freundlich zu: "Ist nahrhaftes Mehl daraus geworden ... wenn auch manches taube Körnlein darunter gewesen sein mag. Was mich anlangt, hochzuverehrender Freund, wie ich Durchlaucht in Anbetracht der gegenwärtigen Umstände bereits zu nennen wage ... Heda! Heda!" unterbrach er sich und tappte nach einer der Schlafrockschnüre, die sich selbständig gemacht hatte und davongekrochen war. Der Kapellmeister tat einen possierlichen Sprung und erwischte die Ausreißerin in der Ecke, wo sie sich bereits um den Tischfuß emporzuschlängeln begonnen hatte. Er kam zurück und wand die Schnüre aufs neue um die mageren Hüften: "Was mich anlangt, hochzuverehrender Freund, so bin ich immer dabeigewesen, nur eben nicht in der unmißverständlichen Eindeutigkeit dieser unzulänglichen Ebene ... im übrigen erlaube ich mir, Sie bloß an einen gewissen Abend und an eine gewisse Depesche zu erinnern."

"Ja, das waren Sie ...", sagte Bismarck, und es war ihm jetzt, als sei ihm der Mensch seit jeher vertraut und in jeder seiner Stunden zugegen gewesen.

"Sehen Sie wohl", knurrte der Kapellmeister mit einem Blick voll unendlicher Güte und legte Bismarck die Hand auf die Stirn. Da war es dem Fürsten, als werfe er einen drückenden und recht lästig gewesenen schweren Pelz von sich, sein Atem ging leichter und freier, dünneres Blut kreiste klingend.

War das Johanna, die da neben ihm stand und ihm die Schweißtropfen von der Stirn wischte, oder Marie? Sie war nur ganz leicht hingeschattet, mit einem kleinen Gefunkel von Licht an den Umrißlinien.

"Danke dir, mein Kind", sagte Bismarck.

Alle Dinge im Zimmer waren so, auf silbernem Grund leicht hingewischt, mit diamantenen Rändern, und seltsam genug, daß man zugleich alle vier Seiten eines jeden Dinges, sein Vorne und Hinten, sein Oben und Untern sehen konnte und auch sein Inneres aufgetan war. Man sah die Faserung des Holzes, die körnige Beschaffenheit des Steines und die selig aneinandergeschmiegten winzigen Kristalle der Metalle. ‚Wie Blinde stehen wir davor', dachte Bismarck, ‚arme Blinde und taub dazu ... das ist ja alles Musik.'

Der Kapellmeister ging mit auf den Rücken gelegten Händen ab und zu auch mitten durch ein Ding, ohne sich oder ihm Schaden zu tun und Unordnung hervorzurufen, und nickte nur immer wieder zu Bismarck hinüber, als wisse er um sein betäubendes Glücksgefühl.

"Sind Sie bereit", fragte er nach einer zeitlosen Weile, mit einem Ruck stehenbleibend, "sind Sie bereit zur Reise?"

"Alles zurücklassen?" sagte Bismarck, indem er sich erhob. "Jetzt, wo alles so schön geworden ist?"

"Nein: alles mitnehmen", antwortete der Kapellmeister, indem er den geblümten Schlafrock abwarf. "Belieben Durchlaucht Platz zu nehmen."

"Sie haben Fausti Zaubermantel?" lächelte Bismarck.

"Das gemeindeutsche Kleidungsstück", sagte der Kapellmeister mit einer Verbeugung vor einer unsichtbaren Zuhörerschaft, "das Geburts- und Sterbelinnen, mancher hat es vertan oder verschachert, ist aber doch immer wieder da, wenn es benötigt wird."

War es Kalebs Rücken, auf dem man saß? Oder ein Boot über schwarzblauen Nachtwassern? Oder ein Baumgeäst mit lilafarbenen Büscheln von Blüten, die zur Laube gerankt waren? Tief unten schwamm der Park in Dunkelheit, aber es war keine drangvolle Finsternis, sondern nur eine andere Art von Licht, eine dunklere Schwester der Helle. Ein Zug schnob durch den Wald und brüllte: Nach Berlin! Nach Berlin!

"Es ist viel Lärm auf der Welt!" sagte Bismarck.

"Hochzuverehrender Freund", der Kapellmeister hatte ein beschwingtes Lächeln, "hochzuverehrender Freund, belieben Sie später festzustellen, daß der Lärm von Menschenohren gemacht wird."

Sterne zogen über ihnen dahin, unten rollte die deutsche Erde ihrem Flug entgegen, mit einem Gewink von Wäldern und Flüssen und Städten, hannoversches Land. Hildesheim türmte seine alten Dächer empor, und am Knochenhauer Amtshaus sah man die geschnitzten Figuren im Reigen um die Simse schreiten. "Das ist Göttingen", sagte Bismarck traumhaft. Zur Rechten kochte schwarzrote Lohe aus ungeheuren Essen, Dampf zischte aus gewundenen Röhren, und stählerne Zangen schoben den Hämmern glühende Blöcke zu. Eine trockene Staubsäule, als Akten aufgewirbelt, stand über Wetzlar, des ehemaligen Reichskammergerichtes unvergängliches Wahrzeichen, weit vorgebeugt spähte Bismarck nach Frankfurt hinab. Da sahen sie den Rhein in starkem Strich zum Meer gehen, und da waren sie auch schon über dem Main, und Süddeutschland fing an mit Burgruinen auf Rebenhügeln, im Odenwald unten rumorte der Rodensteiner mit Weinkrügen, still und groß ragte das Straßburger Münster aus deutschem Land, und es war Bismarck, als drücke ihm sein Begleiter wärmer die Hand. Im Schwarzwald ließ der Holländermichel die Axt sinken, mit der er die längsten Bäume niederwarf, legte die Hände rund um den Mund und rief: "He! Hallo! Luftfahrer! Wohin?" Der Hohentwiel hob schon sein altes Gemäuer aus einem blaugrauen Nebel, durch den silberne Stücke des deutschen Meeres trieben. Dunkel spülten noch Wasser und Nebel gegen den Fuß des Alpenwalles, aber schon waren die Zinnen ins Morgenrot aufgewacht und standen feierlich im Halbkreis um die deutsche Welt. Der Kapellmeister faßte die Schlafrockschnüre wie Zügel an, ein Ruck am linken änderte die Richtung, es ging längs der rubinfarben bekränzten Bergwächter hin, und langsam und eindringlich begann es nach Hopfen und Malz zu riechen. Münchens fromme Maßkrugtürme waren aufgereckt, und Bismarck hörte die Kuppeln miteinander flüstern: "Da ist er! Da ist er!"

Die Bavaria auf der Oktoberwiese winkte grüßend mit der Hand, aber der Schlafrock hielt nicht an, ein kleiner Zügelruck gab ihm neuen Anstoß, die Donau schimmerte ihnen entgegen, es klang wie ein Lied, was sie sang, sie freute sich ihrer Kraft, sie freute sich der dunklen Wälder, aus denen sie stammte, sie freute sich der alten Städte, an denen sie vorbeifloß, sie freute sich, daß sie Wien vor sich hatte, mit den Praterauen und dem Kahlenberg. Da war das Ries überflogen, und Nürnberg stellte seine runden alten Türme und seine neuen dampfenden Schlote in den Morgen. Auf menschenleerer Gasse, vor kleinen, verschrobenen Häuslein klopfte ein Schustermeister in braunem Rundbart den Leisten. Er hob den Kopf: "Wachet auf, es nahet der Tag", wehte es herauf. Kissingen schmiegte sich ins graugrüne Waldtal, Bismarck lächelte gelassen auf das dunkle Püppchen hinab, das seiner irdischen Erscheinung Abbild vorstellen wollte. In langen Wogen drängten sich die Rücken des

Thüringer Waldes entgegen. Weimar und Jena lagen klein und verwickelt mit sauberen Straßen und einem seltsam herben Duft unter ihnen, der alles rundum lichter und klarer zu machen schien. Vor der Wartburg saß der Tannhäuser und schnitt Kerben in einen grünenden Stab, hinter einem Busch hockte der Teufel und rieb sich den Rücken. Wo der Rennsteig auslief, sah man schon wieder neue Wälder vor sich: den Harz. Die Prinzessin Ilse saß auf dem Ilsenstein und warf Kußhände nach der bunten Schlafrockwolke, auf dem Brocken stand das Brockengespenst und grinste und focht mit den langen Nebelarmen. Wieder kam ein mächtiger Fluß daher, mit langsam gleitenden, vielgliedrigen Flößen, die Elbe, ein altes Dorfkirchlein versammelte ein paar Bauernhäuser, ein Herrenhaus zog einen grünen Park um sich zusammen. "Diese Deiche hab' ich gehütet", sann Bismarck zur Erde nieder.

Ein Zug an der rechten Schlafrockschnur lenkte der Sonne entgegen, aber vor der Helligkeit ihres Aufganges lag noch ein großer, schwerer Klumpen auf der Erde, aus dem schwarzer Qualm und übler Rauch aufstieg. Sturmwind wühlte darin und riß Fetzen los, die er über das Gedünste aufwirbelte. Sie kreisten wie Windhosen um sich selbst, drehten sich wie gewundene Säulen empor, und es war, als werde der fliegende Schlafrock von ihnen angesogen und sinke in ihr häßliches Wirrsal hinab.

Bismarck fühlte seine Hand fest umklammert: "Dreißigtausend Menschen", flüsterte es beklommen, "dreißigtausend Menschen, hochzuverehrender Gönner! Wie verteilt sich das auf Freund und Feind? Welche Feindschaften wünschest du mitzunehmen?"

Der Sturm wehte Gesichter vorüber, Bruchstücke von Mienen, Gelächter und Zornrufe aus Mündern, die sich aus grauem Schaum bildeten und im Nu wie Blasen vergingen, Windthorsts Brillengefunkel, Eugen Richters rechthaberische Stirn, der Bodensatz ingrimmiger und streiterfüllter Jahre. "Feindschaften?" sann Bismarck, während er immer tiefer sank und die Luft um ihn dick und beängstigend wurde.

"Feindschaften sind Lasten", keuchte es neben ihm.

Da war es Bismarck, als sei dies alles nur aus dem Wesenlosen und Unwichtigen aufgestiegen und vermöge nichts über die innere

Sicherheit und Güte. Licht war der Wille von Anfang an, aber gebrochen drang er in die Welt und verlor sich in Dämmerung. Ein jeder Mensch hatte Recht, nur mußte durch den Tod seines Lebens Gestalt begrenzt und vollendet sein, um das Recht der anderen zu schauen.

In diesem Augenblick schwanden die Sturmfetzen, die Wirbelsäulen des Nebels und der schwere Klumpen der Tiefe, eine gelbrote Wolke, bunt von Blumen, trieb der Schlafrock wieder in seligen Höhen, und unten war Berlin hingebreitet, über ein gewaltiges Stück Erde ausgespannt, und der Atem des Erwachens kam wuchtig aus seinen morgenkühlen Lungen.

Darüberhin riefen Glocken, und Bismarck hatte kaum ein leises Fragen gedacht, als schon die Antwort in ihm war: "Sie rufen um dich!"

"Deutschland! Mein Deutschland!" sagte Bismarck leise.

"Vollendet!" brauste es um ihn.

Ein leuchtender Bogen hob sich empor, Feuerkreise wuchsen, und blendende Türme dröhnten den Schritt der Sonnen, das Unbegreifliche war wie ein gütiges Lächeln durch alle Welten hineingegossen, und flammend sank der Mensch ins Herz der Ewigkeit.